明诗文学生态研究

Literature Entironment of Poetry in Ming Dynasty

郭万金 著

人民出版社

国家社科基金后期资助项目
出版说明

后期资助项目是国家社科基金项目主要类别之一，旨在鼓励广大人文社会科学工作者潜心治学，扎实研究，多出优秀成果，进一步发挥国家社科基金在繁荣发展哲学社会科学中的示范引导作用。后期资助项目主要资助已基本完成且尚未出版的人文社会科学基础研究的优秀学术成果，以资助学术专著为主，也资助少量学术价值较高的资料汇编和学术含量较高的工具书。为扩大后期资助项目的学术影响，促进成果转化，全国哲学社会科学规划办公室按照"统一设计、统一标识、统一版式、形成系列"的总体要求，组织出版国家社科基金后期资助项目成果。

全国哲学社会科学规划办公室

2014 年 7 月

序　一

胡　明

　　我之所以愿意为《明诗文学生态研究》作序,原因主要是:这本厚重的书研究的是"明代"与"明代的诗"——更要紧的还是"明代"这个历史与学术的时段,也许正因为首先是"明代",我才觉得有兴致、有动力、有感触来写序,才觉得有话想说,有话可说。

　　我很小——大约小学二三年级——就知道我国历史上有一个明代,同我是一个"明"字,有明太祖朱元璋,有明成祖朱棣,我家抽屉里有几枚古铜钱,一枚是"洪武通宝",一枚是"永乐通宝",我知道"洪武""永乐"是他们的年号。后来我背"中国历史年代简表",知道明代有 16 个皇帝,读了《明宫十六朝演义》《正德皇帝下江南》等杂书又知道明宫 16 朝,一半的皇帝都是三十几岁死的,二十出头、四十出头又各死一个,还有皇帝没做完一年,甚至刚做满月就死了的。死了葬在北京的十三陵,十三陵中的定陵地宫刚刚被发掘,金银宝贝一大堆。后来读中学时,对明代的事尤其是明代皇帝的事如靖难之变、土木堡之变、夺门之变兴趣更浓厚,他们的年号谥封背得烂熟。

　　为了弄明白敏感的明季"党争",我还找来《东林始末》《东林本末》《东林列传》《三朝要典》《东林点将录》;由小说《李自成》第一卷又开出另一条读书线索:《明季遗闻》《明季北略》《明季南略》《明季稗史》,一直读到《南明野史》《永历实录》《天启崇祯两朝遗诗》以及"荆襄十三家""姚黄十三家"等农民起义的历史资料。那时节"明代"读得入迷,还尝试写过文章,文章便正是用明季遗诗印证启祯政事。——有时一面读陈白沙、王阳明、顾宪成、刘宗周,一面记录王振、汪直、刘瑾、冯保到魏宗贤等权宦的乱政事迹。等到知道了《皇明文衡》《明诗综》《明文海》《明通鉴》《国榷》时,已到了1978 年春天报考研究生的前夜了——"明史"专业却不敢报考,因为开列的参考书没有看齐,有的找到了也来不及读。

　　后来的 30 年,由于选择了另一专业,忙乱于另一专业,明史的兴趣渐渐消退,但偶尔还是忍不住读点《剑桥明史》《嘉靖以来首辅传》一类的读物,《万历十五年》走红时也抢先买了来读。我甚至满怀兴趣一集不漏地观看了电视连续剧《大明王朝 1566：嘉靖与海瑞》。2007 年，我读到我的朋友王毅的《中国皇权制度研究》（此书以 16 世纪的明代政治、制度与法理为焦点），我乃惊讶明史研究还有如此震撼人心的延伸。

检点一长段时间以来自己对"明代"的体会，对明史的追求与理解，有两点浅见：一是"明代"硬性"史"的叙述过多，遮蔽了软性"诗"的叙述，这些"史"的叙述缺乏一道"诗"的过滤、修饰与升华，没有得着明一代人真正内心深处情绪与意志的认同与证实。明代的历史除了史学的叙述之外，还应加入诗学的阐释——加入"形而下"诗心的锤炼与"形而上"诗意的开掘。二是一部明史上的人和事由于缺漏了"诗"的叙述、证例、演绎与发挥，变得处处不自由，处处生硬与粗陋。在明代做人做事、做官做学问都不自由，一种宿命的不自由，谁都被驱赶进、挤压在别人为你设定的、框定的圈子里不得动弹，人人被自己的环境铸塑得气血不伸、心志疲惫。普遍的士大夫知识分子不自由，内阁重臣也不自由；高启、宋濂不自由，刘伯温、胡惟庸也不自由；海瑞不自由，嘉靖也不自由；权倾一时的夏言、严嵩、徐阶、张居正、申时行、温体仁不自由，执政 17 年中撤换了 50 多个宰辅的崇祯也不自由。——有明一代的政治文化生态就是如此，在这个层面上我们再来谈明诗和明诗生态，再来谈四五千家明诗与明诗生态的十面埋伏。

明诗与明诗生态研究无疑是一门学术前沿的大功课。万金这部书做了60 余万字，主旨就是有明一代的诗，二百七八十年间是在怎样一种历史文化的生态条件下运行的，这个特定的生态时空的形态建构是怎样的，它的运作机制是怎样的，它的组织特征是怎样的，它的自身演化与调节是怎样进行的，它是推进了诗歌运动的健康发展呢，还是阻滞了一个时代诗心的自由驰骋？反过来，明诗的运动结构与演化消息又是在怎样的审美意识形态的条件下影响明代人与事的生态，影响明史的进程。

明代的诗当然不是明代文学的主流，不是明代历史文化最重要的标志与依据，但在明代那个时候的人文传统里，它仍是明代文人包括一大群士大夫知识分子最重要的人文情绪的载体，他们通过诗交流积蓄胸次的感情，也是通过诗切磋政治挂靠的技艺。那二百七八十年间一切最纯净坦荡的才情意志、最尖巧精微的思维哲学，搁开了性理道德牵挂的花草楼台游冶，最无是非遮拦、随意挥洒的山川庭园雅集，文人们严重关切的朝廷治乱隆污，甚至党争的惊涛骇浪险恶风波，以及隐藏其深处的气节、流品、格调、胸襟、历史人心的总结、成败荣辱的评价、忠奸是非的标榜，连带明季遗民寄寓"亡国恨"的特定的心境都赖以显现与展览，赖以传达与表述，赖以交流与保存。每一个诗人都在抒写性灵与构筑诗境中撰述历史，证例历史，补笔历史。每一首诗主观或客观上都凝结着一段真实的史迹,寄寓了一段搞得人心起伏的人文信息。——明代的诗是那个时代特殊的历史文件,记载着那个时代的喜乐与悲情,从这个逻辑起点出发,明诗是可以用来证实明史的,有时甚至就是一部可靠的"实录"。

万金的这部书是在他的博士学位论文的基础上修改而成,十年磨一剑,现在新发于硎,书稿付梓后当然会接受学术界的检验,我们读完自然也会有各自的学术感受与认知心得。万金认为:明诗在二百七八十年的很不适宜的文学生态中,艰难地体现着时代精神与生命本色,坚持着重现汉唐的文化梦想与追求,在政治复兴与人文延续的历史机遇中呈现有明一代的社会心态与文人心路。正是基于这一层认识,万金尝试着用一种寄寓生命休感的同情眼光来梳理有明一代的诗歌历程,在社会历史与思想文化的交织考察中还原构拟明诗的文学生态图像,又依据这个文学生态图像结合社会风尚与历史变迁重新定位明诗,开掘、诠释蕴藏在明诗创作背后的生命现实与精神内质。在宏观的历史理解识度与文化承续意志中引申出关于明诗生成格局与演化历程的诗史断制与认知结论。

万金将明诗的生成与演进比喻为一条蜿蜒向前的文化长河,这条文化长河平常的姿态虽称不上华丽雅驯,涌起的波涛也未能呈现出浩浩荡荡的气势,但它自行流淌的水文涟漪却饱含着一代人文波澜的鲜活生机,倒映、折射出周遭环境的变迁与人情风物的流衍,它是一个曾经有过灿烂生命的时代的忠实记录。因而万金的《明诗文学生态研究》的主体内容与核心意义便凿实在对这段诗歌活水的生命诠释、文化剖析与历史理解之上。万金还特别提醒我们,"一代有一代之文学"的文学演进理念或者说文化选择理论把明诗挤出了文学的主流,诗歌作为唐宋繁盛过后的一个文学品类已经先天失去了再现辉煌的历史条件,审美疲劳,创作疲软,缺乏陌生感、距离感与新鲜刺激,不甘沉沦滥艳,不肯献媚世俗,明诗生态更形萎缩。——翻检一下明代诗歌的发展脉络,我们就会对明诗与明诗人产生一种同情甚至尊敬,他们不管是守正守本,体现出精神的高古与自尊,还是求新求变,主张起性灵的纯真与幽趣,都是努力在这并不适宜的文化生态中艰难地实践着自己的理想,坚持着传统的诗歌职守与庄严的入世格调。万金选择这个题目,努力发掘出、还原出、建构出历史原生态,告诉我们明代的知识分子诗人就是这么认真生活过来、挣扎并斗争过来、模拟并创造过来、播种与收获过来的。——这二百七八十年的政治扭曲而荒败的历史不能忘记,这二百七八十年蓬勃的人文建设与复兴的历史同样不能忘记!

李调元《雨村诗话》说:"明诗一洗宋元纤腐之习,逼近唐人";沈德潜

《明诗别裁集·序》说："是时诗学大盛，几比于开元、天宝，而李、何身价当时亦不啻李、杜"。——这些话我们固然不能过于相信，但也不必认定是妄自夸张、完全错误的诗学判断。那个时代（所谓"是时"）的诗人们的诗心感受多半还是真实可靠的。明人明诗是真正有心逼近唐人唐诗的，正是因为明诗的生态时空已经变了，前后七子一直到陈子龙们心目中的明诗复兴只能是一场醉迷自己审美理想的春梦了。《全明诗》尚未编出来，但弄清楚了明诗的全息生态，"全明诗"的本来面目已经十分清晰了。我们今天从朱彝尊、陈田、鲁九皋们那里更多地去寻觅、掇拾、还原明诗生态的历史碎片了。明代大诗人杨升庵说，"人人有诗，代代有诗"。明代有明代的诗，不必似唐也无法似唐，明代的诗就是明人心中的真明诗，真明诗就是明人撰述的真明史。——我们从明人的真明诗中读出了明代的真世界、真乾坤、真人心、真历史。这就是所谓"以明还明"，还明诗与明诗人一个本来面目。

万金最后搬出了他做这本大书的学术主旨，正是胡适当年整理国故的那一节十分著名的话：

以汉还汉，以魏晋还魏晋，以唐还唐，以宋还宋，以明还明，以清还清；以古文还古文家，以今文还今文家；以程、朱还程、朱，以陆、王还陆、王……各还他一个本来面目，然后评判各代各家各人的义理是非。不还他们的本来面目，则多诬古人。不评判他们的是非，则多误今人。但不先弄明白了他们的本来面目，我们绝不配评判他们的是非。

这节话今天听来仍然掷地有声，当然也是指导后人、规范后人做学术文章的一条铁律！今天，我们再来看万金这本书正是做着"以明还明，还他一个本来面目"的艰巨工作，做着精审地评判明诗各家各人的义理是非的艰巨工作。他严格要求自己做到"不诬古人"，当然更时时提醒自己"不误今人"。他说他拿出这一份研究成果，自然还蕴含着构拟一代诗史断制的学术期望，当然也隐曲地寄寓了他心底一层学术雄心。

当年——1931 年 9 月——胡适在指导吴晗如何研究明史的一封信中曾这样叮嘱：

请你记得，治明史不是要你做一部《新明史》，只是要你训练自己做一个能整理明代史料的学者。

今天万金研究明诗，当然也不是要去做一部《明诗史》，而是要训练自己做一个能整理明诗史料进一步能解释这些史料的学者。现在看来，万金在史料的整理与史料的解释两个方面的工作都做得相当出色，从认知结构的完整，到评判机制的科学，整理的一头细致扎实，条理清晰；解释的一头谨慎小心，言必有据，已经具备有了初步悦服人心的学术力度。

　　我少年时代读到的第一首明诗是方孝孺的七言绝句："举世皆宗李杜诗,不知李杜更宗谁。能探风雅无穷意,始是乾坤绝妙辞"。——但愿万金也能探得"风雅无穷意",立起自己的"乾坤绝妙辞"。

序　二

刘毓庆

　　20世纪是中国古代文学与文论研究获得空前成就的一个时代。其成就的获得,主要有赖于"西学东渐"所引发的观念形态的大变革与研究方法的大更新。在科学精神的导引下,理性分析取代了感性体验,系统归纳与纵横论述的大块文章,取代了传统笔记、诗话、随感以及注解式的著述形态,使许多问题条理化、清晰化,由零散走向系统。同时,科学研究方法的大量引入,使文学研究呈现出了丰富性、多样性特色。然而,在轰轰烈烈的表象背后,我们却看到了由于观念的偏差而导致的文学研究领域的先天性缺陷。虽对"研究"而言,成绩卓著,而对文学真谛的探讨而言,则留下了深深的遗憾。

　　如果我们回顾一下20世纪的文学研究历史,就会清楚地感受到"用科学方法研究文学"成为那一时期人们的共识。然而文学毕竟不是科学,科学面对的是物质世界,而文学则是精神产品。用科学眼光对待文学,虽说能对文学形式、结构、内容、思想以及作品中所反映的生活做出有条理的归纳、分析、研究,但也势必导致文学精神与生命的流失。

　　科学主义主导了文学研究领域,导致了文学观念与文学研究方法的根本性改变,也导致了文学研究的机械形态。中国传统"文章天地之元气""文章发阐性灵""文如其人"等观念,以及感悟式、评点式的研究方法,把文学作为生命之物来对待的态度,被忽视;传统文论中诸多带有生命特征的关键词,如风骨、气韵、血脉、神理、主脑等,被形象、典型、情节、流派、主题等之类所取替。在科学观念的指导下,用物理学的眼光,分析文学的机械组合与功能系统,探讨所谓的文学规律,冷静地研究它的创作背景、作者生平、思想内容、故事情节、艺术结构、语言特色、流派归属、时代特征等等,成了最时髦的研究对象。文学鲜活的生命激情,消失在了研究者的分析、归纳、条理、认知之中。这种研究,就如同在手术台上对待一个有病体一样,医生的关注点全在病灶上,而并不关心携带这病变器官的主体丰富多彩的人生经历与精神世界。当然,我们必然充分地肯定用科学方法研究文学所取得的前所未有的成就。但我们所要强调的是,文学不是"科学",也不是单纯的"古典知识"，而是生命的一种存在形式，是飞扬着的生命姿彩的展示。科学主义所指向的是文学的外壳，是作为知识层面上的文学概念，而一定程度上忽略了文学本体中所蕴含的无限广阔的精神世界。我们可以清楚地看到："历史"表现的是凝固的无法更动的过去，"哲学"是以抽象的方式寻求真理，而"文学"所展示的则是活泼泼的生命，是个体、群体乃至一个民族的心灵。文学的价值重心不在其华美的外在语言的表现，也不在反映生活的深度与广度，而在于由"活泼泼的生命"所展开的无限深邃的心灵世界。可是在科学主义的观照下，文学一定程度上被标本化了。

笔者在《二十世纪文学观念对古代文学研究的制约》（《文学评论》2002年第2期）一文中曾经说过，面对文学，有两种不同的研究：一种是"研究文学"，一种是"文学研究"。"研究文学"是把文学作为一种研究对象，凡与文学相关的一切，如作家身世、时代背景、文化环境、社会思潮、艺术风尚、文学流派、文学规律等，都在研究之列。但这是外在于文学的研究，研究的是作为思想史、文化史以及社会史资料存在的历史档案，并不是文学，或者可以称作是"前文学研究"。正是在这一方面，20世纪取得了很大的成就。所谓"文学研究"，则是要在"前文学研究"的基础上，深入到文学的内部，把握、领悟和体验其内在的生命意义。我们现在要走出20世纪的阴影，就必须在文学观念上进行转变，用文学的眼光来对待文学，转换原先的研究模式，开创"文学研究"的时代。

这是观念的根本性转变。这个转变，实质的问题是将文学作为鲜活的生命存在来对待。在这个前提下，可以有多种研究，但有两个最基本的领域则是不可忽略的：一是文学心灵，一是文学生态。"文学心灵"关注的是文学作为生命存在的内在灵明，"文学生态"关注的是生命存在的外在因素。这都是期待我们去关注、揭示的两个领域。而万金君的《明诗文学生态研究》，正是这方面的一部开创性著作。

万金是我的硕士研究生。他的本科非但不是"名门望族"，而且是后续本科，真有点"陋巷寒门"的味道，因而入学时并不太受人关注。选导师的时候，他拿了一大摞读书笔记来找我。我心中一震，立时对他刮目相看。因为这种情况在现在的研究生中太少见了。这不但证明他在读书，而且是在认真地读，大批量地读。随后我分配了他一项任务。当时拙著《图腾神话与中国传统人生》正在校对中，我让他把责编提出疑问的地方，核对一下原文。没有想到他竟然把全书中所有的引文都一一核对了个遍，而且正值春节期间，他牺牲了假日，一个人钻在资料室里查对资料。当我发现的时候，他已奋战半个多月了。随后发现，他的每一门课的终期作业，都是按学术论文的要求来下功夫完成的,而且都达到了能发表的程度。于是所有的代课老师都交口称赞。作为他的导师,我自然非常高兴,时常与他一同探讨问题,讨论当前学术队伍情况与研究动向。本来让研究生入学即开始了解当前学术研究队伍阵容,把握各高校领军人物情况,关注前沿研究信息,这是我的主意。可到后来发现,万金这方面的信息掌握得比我还多,而且由文学的领域延伸到了历史、哲学等学科,这使他的学术视野与格局大大地拓展开来。毕业后他考取了胡明先生的博士生,在胡明先生的指导下,完成了这部60万字的著作。

不过,令我兴奋的并不是论文超量的字数,而是他的选题。"文学生态",这是过去没有人触摸过的一个领域,而且这一问题只有在把文学认作是一种生命形态的时候才能进行,而这一点又恰恰是20世纪文学观念中所缺失的。选这个题目自然有向传统所谓的"科学研究"方法挑战的意味,也意味着文学研究新领域的开拓。因而当他开题之前征求我的意见时,听说胡明先生支持他选此题,我就非常高兴,极力鼓励他来完成这项研究。尽管做这个题目有一定的冒险性——因为学位论文毕竟不同于普通论文,不能放开手写,在很大程度上是要看"座师"们意见的。但我想只要能够免除怪异之论,务去求奇之心,做到持之有故,言之成理,还是会得到大家认可的。

果然不负所望,万金这篇论文完成得很出色。他从"文学生命"理念出发,对明诗的"文学生态"问题,做了全面而又细致的研究。

"视文学为生命"是"文学生态研究"的逻辑起点。就古人而言,文学更多被视为寄寓志向情感的一种生命体,深刻地融入于其人生历程之中,成为传统文化中最为鲜活的心灵载体,传统文学理论中随处可见的生命诠释已无可辩驳地证明了这一点。文学既然是鲜活的生命存在,古代文学便不是故纸堆中了无生气的古老文字所造就的遗产,而生机勃勃的性情、思想、精神才是其最具价值的核心部分。对于古人作品的真正理解并不能依靠单一的审美评判以及彼此割裂的背景分析来完成,首先需要以一种"同情之理解"作为文学生态研究的基本态度。"盖古人著书立说,皆有所为而发;故其所处之环境,所受之背景,非完全明了,则其学说不易评论。而古代哲学家去今数千年,其时代之真相,极难推知。吾人今日可依据之材料,仅当时所遗存最小之一部;欲借此残余断片,以窥测其全部结构,必须备艺术家欣赏古代绘画雕刻之眼光及精神,然后古人立说之用意与对象,始可以真了解。所谓真了解者,必神游冥想,与立说之古人,处于同一境界,而对于其持论所以不得不如是之苦心孤诣,表一种之同情,始能批评其学说之是非得失,而无隔阂肤廓之论。"(陈寅恪:《冯友兰〈中国哲学史〉上册审查报告》,

载《金明馆丛稿二编》，生活·读书·新知三联书店 2001 年版，第 281 页）
而对于"所处之环境，所受之背景"的完全明了则需要以还原生态的历史
意识，"以汉还汉，以魏晋还魏晋，以唐还唐，以宋还宋，以明还明，以清还
清；以古文还古文家，以今文还今文家；以程、朱还程、朱，以陆、王还陆、
王……各还他一个本来面目，然后评判各代各家各人的义理是非。不还
他们的本来面目，则多诬古人。不评判他们的是非，则多误今人。但不先
弄明白了他们的本来面目，我们绝不配评判他们的是非。"（《胡适文集》
第 3 册，人民文学出版社 1998 年版，第 371 页）不诬古人、不误今人的本
来面目正是对于历史真相的高度尊重。将文学视为生命，以"同情之理
解"的切入态度，还原历史，构拟一代文学生态，这便是文学生态研究的
基本学理思路。

就文学赖以生成的生态而言，像由地理环境、自然气候等所形成的影响
着人群性格与生存方式的自然生态，由政治制度等所造成的影响着行为原
则、理想追求的政治生态，由生活方式、经济条件、物质追求等所形成的决定
文学内容与文学表象的社会生态，由道德信仰、价值趋向、人际关系、社会风
尚等所形成的影响文学心灵健康的人文生态，由社团组织、先代传统、意识
形态、文化思想流派等所形成的影响文学精神的文化生态等等，都属于研究
范畴。文学史中任何"一棵参天大树"或特殊的文学形式的出现，都有与其
相适宜的生态环境作为其必然的生存条件。当这种环境变得不适，生态遭
到破坏时，赖以生存的文学生命之树，便会出现渐渐衰败、枯萎，别无选择。
需要特别指出的是，如同生命体对周围生存环境的改造一样，文学生命对于
自身所处的文学生态同样会产生一定的影响作用，二者之间，有着极为密切
的互动关系。"文学生态"的还原不仅要关注到文学作为一种特殊生命赖
以生成的生态环境，同时还要注意到这种特殊生命对文学生态的影响、改
变，有时甚至会造成新的生态环境。例如，玄言诗既是魏晋士人谈玄论道的
产物，同时，以诗谈玄的士人风习同样又推动着魏晋的玄风大炽。再如，唐
代为诗歌的蓬勃提供了最为适宜的文学生态，唐诗成为当之无愧的一代文
学，但是，同样应该注意到，蔚然称盛的唐诗同时也在影响、改变、塑造着唐
人的国家气质、时代风貌。需要特别指出的是，由于对于文学生命特质的充
分认识，文学生态所体现出的是一种在科学思潮之外的独立思考，避开了
"科学分析"所带来的一些片面性弊端，所采纳的是一种宏观视域下的全视
角把握，所包含的是一种大文学观、大历史观、大文化观。于一般文学史视
角之外，更吸纳并表现出了文化史、社会史、思想史、学术史、知识史等学术
视角的多维关注。

　　万金的《明诗文学生态研究》,正是在这样的认识基础上进行的。至于这部著作的学术水平及价值,我想自有公断。但我相信由此而开启的"文学生态研究",必将成为古代文学研究走出 20 世纪的一条通途,获得更多人的响应。

目　　录

导论——写在前面的话

公元 1368 年,平民朱元璋于应天府登基受命,郊祀天地,定有天下之号曰"明",建元洪武。公元 1644 年,殚精竭虑的崇祯皇帝将发覆面,蓝袍跣足,自缢景山,以身殉国。朱明王朝 277 年的统治自是国史历程中不可或缺的一环,近三百年的明史演进中,固有盛世的气象恢弘、治世的永庆升平,亦见衰世的倾颓晚景、乱世的穷途怨怒。封建王朝的兴废存广于时间脉络下的史实陈述中浓缩一代,消息盈虚的传统智慧深蕴于盛衰治乱的史迹踪辙。鉴往知来的历史意识常于如生命机体新陈代谢般的兴亡递嬗中抽绎出具体而微的更迭模式,见时知几的通变思维亦多于史事表象的循环往复中寻理出贴合阴阳化生的发展脉络。国家格局的分合变换,政治形态的治乱更替,诸般种种,或以历史成败的经验借鉴进入施政治国的关注视野;或以时代变迁的是非转瞬纳入天人关怀的哲理思辨。政治与哲学层面的归纳比类自有其提纲挈领的学理意义,但翼从于治平信念的旧史关注多在国政大事、兴亡要务,而作为官方意识之外的哲学智慧则多于参悟宇宙、悬解人生处用力,传统思路中虽不乏宏观视域的整体把握,然研治取向的侧重倾斜终不免于视角之外的具体细节有所忽略。其实,标志一代的文化特征也往往被关系治乱大事之外的"细节"所承载——可兴观群怨,可惊天地、泣鬼神,可载道言志,与政相通的传统诗歌正是这样的文化"细节"。

"资于治道"的理国经验与"古今一瞬"的人生智慧固是传统思路下可以成立的理解角度,但忽略文化"细节"的兴亡模式却不足以完全构拟出明史历程的文化原态,一般史实的线性叙述亦未可完全凸现出表征一代的文化特质。正因如此,作为文化"细节"的传统诗歌才有着格外凸现的存在意义与文化价值,作为心灵载体的明代诗歌不仅是一代文学的有机构成,更是270 余年明史的文化浓缩,深蕴着内涵丰富的历史符号与人文精神,而其迥异于一般史实的生命属性则要求在文本阐释与历史考辨中贯穿一种"同情之了解"的对话精神。即文化"细节"的生命感知而言,传统学术理路中虽有着无法取代的思想资源,亦不乏可资借鉴的知识构成,但却未能成为旧学体系中的核心关注。今日之研究固非旧学所能规限,作为历史存在的一种文化体验,新知的构架应该循着明代文化的历史特性,重塑一种新的诠解范式,承传统之精粹,取异域之思辨,熔铸古今,还原有明一代之文化生态,以完成对明代文化"细节"的生命感知与文化解读,而此,正即明诗文学生态研究的学理发端。

一、特定历史坐标下的挑战与回应

五千年的文明虽是皇皇,中华文化的传衍却实在称不上"履道坦坦"。千载国史上下,所谓的"夷夏之争"①竟也如同中华传统文化一般地源远流长,从某种程度上讲,中华文化正是在游牧文明与农耕文明的冲突中逐步成长与成熟的,每一次文明冲突总会带来文化的进一步成熟。从"东夷西戎、北狄南蛮"的"四夷"格局到"天下共主"的"五服""九畿",从秦汉一统的北击匈奴到东晋六朝的北方民族政权,从"天可汗"的盛唐功烈到辽宋夏金的分立对峙,各民族间不绝于史的冲突、交往、融合承载着不同文明间的接触交流,军事的占领与文化的被征服的周期现象亦验证着文化交往中的一般规则,昭示着中华文明无比强大的生命力。然而,民族文化的交往从来就不是被动接纳的单向流动,中国文化长河的波澜壮阔原在百川汇注、奔腾入海的有容乃大、自强不息,却非一潭死水的深寂沉闷,农耕文明的统绪张力与历史惯性虽可暂时地保持河面的风平浪静,而异质文明激起的汹涌暗潮、世俗文化的心理张力却已逐渐沉积、汇聚为一脉潜流,在文化的底层等待着喷吐的时机。

蒙古铁骑彻底结束了赵宋王朝的偏安统治,元王朝以混一天下的政治规模赢得了帝统治权的天命认可,并因之造就了前所未有的文明撞击,文化底层的世俗潜流喷薄而出,于草原统治者对汉家礼法的淡漠、蔑视中辐射出了巨大的心理张力,农耕传统中正统意识、礼义价值、社会信仰无不受到了强烈的冲击,延续千年的文明礼教面临着前所未有的挑战,特殊文化生态下的传统士人顿失所业,地位下移后的儒生放弃了早先的身份标识,以一种时代选择的通俗文字重新塑造着自身的历史角色,融入任情尚质的世俗潮流之中。元代社会强烈的世俗色彩表现出了"以夷变夏"文化取向,更导致了一场转向世俗的心理革命。"蒙古征服是十九世纪中国经历西方帝国主义的前驱,两次都是相冲突的外来影响使中国遭受文化震撼。这也就是说,吾人审视元朝(1279—1368)的时候,必须视之为酝酿明清两代(1368—1644—1912)出现的重要现象的时期"②,费正清先生于西方视角下的历史

---

① 传统观念中虽然有着"华夷一家"的基本态度,但作为"夷""夷狄"等用语,由于特定的时代背景往往带有一定的偏见与贬义色彩,实为不当。笔者虽于行文中尽量避免,但作为历史现象的引述却无法完全回避,尚祈谅解。

② 〔美〕费正清:《费正清论中国:中国新史》,薛绚译,(台湾)正中书局1994年版,第122页。

思辨显然借鉴了汤因比《历史研究》中的挑战——回应模式，虽然个别提法不无可商榷之处，但其对于中华文化发展之内在脉络所作出的积极思考却有着颇为深刻的学理意义。农耕社会必须回应游牧文明所造成的文化挑战，代元而兴的明王朝是中国古代史上最后一个由汉人建立的全国性政权，如何接纳百年蒙元统治所造成的文化冲击，如何扭转游牧文明所带来的礼法废弛，如何面对已然发生的心理革命，重建农耕传统的文化精神，回应挑战成为明代文化所必须面对的历史使命。

其实，传统社会中游牧文明与农耕文明不仅对立且互补，在双方漫长的接触中，文化影响的双向互动始终存在，"夷夏之争"虽然源远流长，但传统观念中的"夷狄"始终属于四海之内的君之臣民，虽然远离中心，却仍处于"天朝"的笼罩之下，柔远怀来，招附殊俗向来是最被认可的基本态度，"用夏变夷"更是礼乐教化的思路延伸，所谓的"蛮夷戎狄"实则与被服风化的中原庶民有着相同的文化地位，指斥蛮夷为不知礼法的习惯表述与"礼不下庶人"的一般观念即是最好的例证。"夫礼者，所以定亲疏，决嫌疑，别同异，明是非也。礼，不妄说人，不辞费。礼，不逾节，不侵侮，不好狎。修身践言，谓之善行。行修言道，礼之质也"①，"礼，经国家，定社稷，序民人，利后嗣者也"②，作为一种天经地义式的秩序意识③，"礼"在传统社会中承担着个人修身原则与日常行为规范的双重功能。"昭明物则，礼也"④，具有法则意义的"礼"所建构的是一种"明分""辨异"的行为模式与等级体系，其后深蕴着传统观念的道德判断与价值取向。即此而言，"夷夏"之间的真正区别乃是文化层面上雅、俗之分，而作为行为标识的则是"礼"的是否遵守。

正因如此，对于"礼"的修复便成为明王朝对于元代文化影响最为典范的历史回应。"明太祖初定天下，他务未遑，首开礼、乐二局，广征耆儒，分曹究讨。洪武元年，命中书省暨翰林院、太常司，定拟祀典。乃历叙沿革之由，酌定郊社宗庙仪以进。礼官及诸儒臣又编集郊庙山川等仪，及古帝王祭祀感格可垂鉴戒者，名曰《存心录》。二年，诏诸儒臣修礼书。明年告成，赐名《大明集礼》。其书准五礼而益以冠服、车辂、仪仗、卤簿、字学、音乐，凡

---

① 《礼记正义》卷一，载（清）阮元校刻：《十三经注疏》（上、下册），中华书局 1980 年版，第 1231 页。
② 《春秋左传正义》卷四，载（清）阮元校刻：《十三经注疏》（上、下册），中华书局 1980 年版，第 1736 页。
③ 如《礼记·丧服》称，"凡礼之大体，体天地，法四时，则阴阳，顺人情，故谓之礼"。又《左传·昭公二十五年》载，"礼，上下之纪，天地之经纬也，民之所以生也"；《左传·昭公二十六年》载，"礼之可以为国也久矣，与天地并"。
④ 《国语·周语》卷一，上海古籍出版社 1978 年版，第 35 页。

升降仪节,制度名数,纤悉毕具。又屡敕议礼臣李善长、傅瓛、宋濂、詹同、陶安、刘基、魏观、崔亮、牛谅、陶凯、朱升、乐韶凤、李原名等,编辑成集。且诏郡县举高洁博雅之士徐一夔、梁寅、周子谅、胡行简、刘宗弼、董彝、蔡深、滕公琰至京,同修礼书。在位三十余年,所著书可考见者,曰《孝慈录》,曰《洪武礼制》,曰《礼仪定式》,曰《诸司职掌》,曰《稽古定制》,曰《国朝制作》,曰《大礼要议》,曰《皇朝礼制》,曰《大明礼制》,曰《洪武礼法》,曰《礼制集要》,曰《礼制节文》,曰《太常集礼》,曰《礼书》。若夫厘正祀典,凡天皇、太乙、六天、五帝之类,皆为革除,而诸神封号,悉改从本称,一洗矫诬陋习,其度越汉、唐远矣。又诏定国恤,父母并斩衰,长子降为期年,正服旁服以递而杀,斟酌古今,盖得其中。永乐中,颁《文公家礼》于天下,又定巡狩、监国及经筵日讲之制。后宫罢殉,始于英宗。陵庙嫡庶之分,正于孝宗。暨乎世宗,以制礼作乐自任。"①

　　"他务未遑"的首开行为正凸显出"礼乐"在明太祖心中的特别位置,而蕴于其后的正是回应挑战的文化心理。朱元璋尝言:"古昔帝王之治天下,必定礼制,以定贵贱,明等威。是以汉高初兴,即有衣锦绣绮縠,操兵乘马之禁,历代皆然,近世风俗,相承流于僭侈,闾里之民服食居处与公卿无异,而奴仆贱隶往往肆侈于乡曲,贵贱无等,僭礼败度,此元之失政也。中书其以房舍服色等第,明立禁条,颁布中外,俾各有所守。"②无论是"定贵贱,明等威"的礼法关注,还是"僭礼败度"的经验借鉴,其所表现出的正是明王朝对于前元旧俗的文化清理,"一洗矫诬陋习"的汉、唐规模中正饱含着传统文化精神的历史重建,修复礼乐的核心内涵亦在于此。

　　对于"礼"的迥异态度是元、明之间最为鲜明的文化分野,亦即所谓"夷夏之别"的关键所在。明王朝一再宣称元代统治,"窃主中国,今已百年,污坏彝伦,纲常失序"③,"隧使夷狄布满四方,废我中国之彝伦"④,更明言,元主中国,"然昧于先王之道,酖溺胡虏之俗,制度简陋,礼乐无闻"⑤。对于元代社会的礼俗抨击成为明代文化中随处可见、贯穿始终的历史话题,严格而强烈的社会批评往往夹杂着维系风化的正统情绪,而此正即"挑张—回应"

① (清)张廷玉等:《明史》卷四十七,中华书局1997年版,第344页。
② (明)余继登:《典故纪闻》卷二,中华书局1981年版,第36页。
③ 《谕日本国王良怀诏》,载钱伯城等主编:《全明文》卷十九,上海古籍出版社1992年版。
④ 《赐占城国王阿答阿者书》,载钱伯城等主编:《全明文》卷十八,上海古籍出版社1992年版。
⑤ 《明太祖实录》卷三十九,洪武二年二月丙寅,台湾"中研院"历史语言研究所影印本1968年版。

模式的一种文化表现。虽然有着治乱更迭的历史表象，但"元朝瓦解和明朝兴起的方式却完全不是表现在中华帝国历史上的那种改朝换代的模式"①，元明鼎革的历史变迁中更凝结着农耕文明对于游牧文化的挑战回应，"除旧布新，移风易俗"原是易代立国的惯例行为，然而，在明代以修复"礼乐"为核心的文化建设中，则明显表现出了对前元习俗的努力扭转。无论至尊身份的积极关注，还是躬身亲为的实际参与，明代帝王对于"礼"的重视与践履均远远超过了元代帝王。传统观念中的"礼"历来被视为维系王纲、禁绝乱萌的政治工具，作为农耕文明中社会秩序的凝结形式，更有着深刻的文化寓意。明王朝的"复礼"行为本身已表现出了对前元制度的文化修正，在"禁绝乱萌"的复礼思想中显然蕴含着一种"拨乱反正"的文化心理。"复，返也"②，就是要使已经发生的变化回到原初的状态，而此正是传统社会对于文化异态最为寻常的应对思路。对于百年元统所造成的文化冲击，"礼"的修复自然成为明王朝首要的回应手段，而整个明代的文化发展脉络亦沿此展开。

明王朝的兴礼作乐以秩序的重建整顿作为回应挑战的基本思路，并以"参酌古礼"作为具体的执行原则，"复礼"之中本就包含着指向古典的文化导向，"参酌古制"的原则确立更加深了明代文化的"复古导向"。"明祖开基，旷然复古"，统一全国前的朱元璋即以"驱逐胡虏，恢复中华，立纲成纪，救济斯民"为号召，明确提出"拯生民于涂炭，复汉官之威仪"的政治目标和文化理想。③ 建国之后的礼制建设更是以此为任，衣冠习唐，废止元俗，礼制、服用、宫室、舆从等一律参酌古礼，于制度层面率先开启复古风潮。其后的建文帝朱允炆"践阼之初，亲贤好学，召用方孝孺等。典章制度，锐意复古"④。及至对于"议礼"最感兴趣，甚至敢于更改祖制的嘉靖皇帝朱厚熜，同样以"古典"作为自己酌改礼制的依据。而在明代的政治活动中，遵古法祖更是最为普遍的议政方式。无论是君王的诰谕，还是臣子的奏章，莫不引古为据，依古行事。"仿古而治"成为明代统治最为彰显的典范特征。

"元世祖自朔漠起，尽以胡俗变易中国之制，士庶咸辫发椎髻，深襜胡

---

① [英]崔瑞德、[美]牟复礼编：《剑桥中国明代史》，杨品泉、张书生等译，中国社会科学出版社1992年版，第12页。
② 《尔雅注疏》卷三，载（清）阮元校刻：《十三经注疏》（上、下册），中华书局1980年版，第2581页。
③ 参见《明太祖实录》卷二十一，台湾"中研院"历史语言研究所影印本1968年版。
④ （清）张廷玉等：《明史》卷四，中华书局1997年版，第53页。

帽,无复中国衣冠之旧。甚至易其姓名为胡名,习胡语。"衣冠服饰本就是传统礼制的构成部分,习以为常,浸而成俗,最是汉家文化的典范标识,服制的变迁有着直观广泛的社会效应,而草原文明的文化挑战亦寓于其中,继起王朝的应对思路则更为明确:"悉令复旧","衣冠一如唐制,士民皆以发束顶。其辫发椎髻,胡服胡言胡姓者一切禁止"。百年衣冠的汉统恢复中不仅包含着重建一统的政治情绪,更承载着传统礼乐文明的复归感激。元朝的天下一统已然造成了对华夷观念的巨大冲击,而游牧民族迥异于中原礼仪的风俗习尚更成为正统意识难以摆脱的心理困境。当千年沿承的衣冠礼制经由长达百年的空前压抑后,得以重现天下,其所造就的心理效应可想而知。特定背景下的这一文化行为正是农耕社会对于游牧文化的积极回应,群情激昂中交织着久乱得治的历史喜悦,凝聚为一脉强烈的文化精神内驱力,贯穿于近三百年的明史历程。

以"载道""明道"自任的传统士人向来居于"四民之首"的特殊地位,是农耕社会中最具文化影响力的特殊群体,然而,以武力扫荡世界的元王朝却在"儒者无用"的治国观念下将士人进身的习惯路线——科举制度搁置了数十年;特权垄断下的"仕进有多岐,铨衡无定制"更造成了儒生实际仕途的阻塞难通,曾为"上品"的读书人不可避免地沦为社会下层,士阶层的社会卑视与地位下移成为元朝统治下所造就的又一文化挑战。"草昧之际崇缙绅",明王朝的回应行为早在定都建统前就已展开。以游丐起事的朱元璋在戎马征伐的过程中即表现出了对耆儒宿学的优礼关注:"下金华后,聘刘基、宋濂在军中,朝夕讨论,固人所共知。而其初取滁州,范常谒见,即留置幕下,有疑辄问。渡江取太平,即召陶安参幕府。克集庆,即辟夏煜、孙炎、杨宪等十余人。取镇江,闻秦从龙宿学,即令从子文正、甥李文忠以金币聘致,常书漆简,问答甚密。又以从龙荐,聘陈遇侍帷幄,呼先生而不名。取婺州,即辟范祖干、叶仪、吴沈、许干、叶瓒玉、胡翰、汪仲山、李公常、戴良等十三人,会食省中,分直讲经史。"①天下既定,在视为首要急务的礼乐修复中更是"广征耆儒",这些耆儒大多属于元代的"沦落"阶层,新兴王朝却聘其参加制礼作乐的国家文化建设,明堂议论,"分曹究讨",编撰礼书,比照强烈且极具象征意义的文化行为正是明王朝对于游牧文明的挑战回应。与之相类的文化行为还有《元史》的官修活动,洪武元年,"建局删修,而诏宋濂、王祎总裁其事。起山林遗逸之士,协恭共成之,以其不仕于元而得笔削之公也"②。就

---

① (清)赵翼著,王树民校证:《廿二史劄记校证》卷三十二,中华书局1984年版,第738页。
② 《宋濂全集·銮坡后集》卷四,浙江古籍出版社1999年版,第627页。

"选江南知名之士不仕于元者纂修成书"①特意规定而言,"笔削之公"的堂皇借口虽未必可靠②,但前朝在野儒者的入馆参修却同样有着回应挑战的文化意义。当然,更为典范的回应模式便是直接吸收儒生加入统治,并以"学优则仕"的制度保障为士人开启通往权力阶层的进身途径,以实践其修齐治平的人生路线,"学校以教育之,科目以登进之,荐举以旁招之,铨选以布列之"③。科举的恢复成为明代最令士子激动的"复旧"行为,"中外文臣皆由科举而进,非科举者毋得与官"④的授官原则使得科场程文成为士人改变身份、光宗耀祖、实现兼济之志的必须途径,稳定的仕途路径使得"唯有读书高"重新获得了现实意义,士人的社会地位亦随之恢复。国之大柄,莫先择士,作为"国家取人才第一要路"⑤的科举制度是"联系中国传统的社会动力和政治动力的纽带,是维护儒家学说在中国的正统地位的有效手段"⑥,对于传统社会有着无可比拟的深刻意义,是根植于农业文明之上儒家文化精神得以展现的重要途径。"明代,尤明初社会是历朝平民入仕比例最高、机会最为平等的一个社会"⑦。科举制度所造成的精英流动姑且不论,在明初社会的"两最"中,元代士人的沉沦下僚无疑是重要的形成原因之一。明代科举制度的恢复、完备彻底扭转了元代科举的长期中辍以及选官混乱,恢复地位的士人按照儒学传统所设计的人生路线在科举取士的制度保障下呈现出了广泛而深刻的文化影响力,"学优则仕"的理想价值亦在相对客观、完备的科举制度中得到了最大限度的实现,从考前的学校教育到具体的科考内容再及日后的居官执政,传统儒家的思想张力因科举而凸显强化,"士志于道"的文化使命感更成为明代士阶层的普遍文化信念。

传统文化历来有着瞻后式的思维特色,师递相授的知识接受中,古圣先贤的人格功业成为列代士人的永恒理想。士人以明道自任,而一脉相沿的道统承继本身即有着强烈的复古指向。有明立学,矩矱程朱,理学的训练自是道统的强化,而科举制中的代古人立言更是心理机制的全面复古。在百年衣冠的恢复激情、仿古而治的理国模式之下,高扬的古典信念与明代士人

①　《宋濂全集》辑补,浙江古籍出版社1999年版,第1894页。
②　参见钱茂伟:《明代史学的历程》,社会科学文献出版社2003年版,第67页。
③　(清)张廷玉等:《明史》卷六十九,中华书局1997年版,第458页。
④　(清)张廷玉等:《明史》卷七十,中华书局1997年版,第462页。
⑤　《明太宗实录》卷二十八,台湾"中研院"历史语言研究所影印本1968年版。
⑥　[美]吉尔伯特·罗兹曼主编:《中国的现代化》,国家社会科学基金"比较现代化"课题组译,江苏人民出版社1995年版,第338页。
⑦　何怀宏:《选举社会及其终结:秦汉至晚清历史的一种社会学阐释》,生活·读书·新知三联书店1998年版,第136页。

中的尚古情绪彼此渗透、相互激荡,由此形成了明代文化的复古气质。"物不古不灵,人不古不名,文不古不行,诗不古不成"①,随处可见的崇古心态,无所不在的复古追求使得古典理念成为明代社会的普遍文化精神。"明人之文物可贵者,非在乎创造方面,而在于保存方面,收藏而已。"②不在"创造",乃在"保存"的"文物"态度正来自"夫以宋季之丧乱,元政之不纲,则古来文物实质之保存,非待于明人而何"的历史使命。陈登原先生此论虽就书籍而发,然而,作为特殊载体的图书自有其特别的文化寓意,"文物实质"的保存收藏中同样蕴藏着有明一代的恢复古典的文化心理。

　　明代以"复礼"为核心的文化建设,以及由此而在政治思路、衣冠习俗、取士制度等中所表现出的复古倾向孕育了明代文化浓厚的复古气质。以宏观的文化视野而言,这一气质的形成与发展正是对游牧民族的文化挑战所作出的历史回应。如果我们跳出史实的线性叙述,采取一种高度理性思辨与历史站位的姿态,以中国文化发展的宏观角度来俯视这段历史,即可发现,与汉、唐帝国所不同的是,明王朝缺乏像秦、隋一样的短暂王朝作为过渡,蒙元征服的破坏性影响虽不曾中断中国文化的连续发展,但却需要有一个过渡作为消化、整理的阶段,然而历史却不曾给予朱明王朝这样的机会。游牧民族所缔建的元帝国,以前所未有的天下一统,在传统文明的发展轨迹中划下了无法回避的历史刻痕,而此则成为继起的明王朝所必须接纳并作出回应的历史挑战。千年以来农耕文明所孕育的主流文化骤然遭遇游牧民族的"大一统",前所未有的文明撞击激起了正统文化的积极回应,缺少过渡的明王朝来不及消化、整理蒙元统治所带来的文明冲击,责无旁贷的历史使命便使得明王朝以最为典范的"复古"思路在特定民族文化情绪之下迅速扭转了元代社会所表现出的世俗取向,但却非真正成熟的文化接纳。以文明冲突的对立视角而言,以"复古"标识的明代文化虽已基本完成了回应挑战的历史使命,然而,就互补包容的传统思路而言,明王朝对于文化异态的消化、接纳并未完成,"两个社会之间的碰撞所造成的心理反应,只有经历了较长时间,真正触动了个人心灵后,才能显现出最终的社会后果"③。游牧民族与农耕文明的长期对立,传统社会中的雅、俗分立更是由来已久,但彼此间的互补融合,渗透交融却从未停止,文明撞击的心理反应在元代的

---

① (明)李开先:《昆仑张诗人传》,载《李中麓闲居集》,齐鲁书社1996年版,四库全书存目丛书本。
② 陈登原:《中国文化史》,辽宁教育出版社1998年版,第579—580页。
③ [英]阿诺德·汤因比:《历史研究》,刘北成、郭小凌译,上海人民出版社2005年版,第351页。

百年统治中显现出了强烈的世俗色彩,元明易代的再次碰撞则使得明代文化呈现出了浓厚的复古气质。然而,被压抑潜藏的世俗潮流并未被真正消化接受,其与明代复古气质的心理撞击并未停止,在较长时间后,又凭借个人心灵的渗透,在晚明社会喷薄而出,再次呈现出文化的异彩。作为“细节”的诗歌始终注视并记录了 270 余年的明代文化历程,感受着其后的生命脉搏,而在回应游牧民族之文化挑战中展开的明代文化则是孕育这 270 余年诗歌演变的最大文学生态。

二、文化视野下的明诗定位

有明一代,皇皇三百年,清初朱彝尊的《明诗综》收录诗家 3400 余人,清末民初陈田的《明诗纪事》所录诗家已近 4000 人,远逾《全唐诗》的 2300 余家,工程浩大的《全明诗》至今仍未告罄,明诗的数量恐怕也不是一个小数目。中国素有诗国之称,诗歌是传统文学中无可争议的正宗领袖,明王朝理应在诗歌的天地中显示出它的力量,最起码也应该在文学史中占有一席之地,但事实却非如此。

鲁迅先生言:“我以为一切好诗,到唐已被做完,此后倘非能翻出如来掌心之‘齐天大圣’,太可不必动手。”[1]钱锺书先生亦称:“有唐诗做榜样是宋人的不幸。”[2]其实,唐诗何止是宋人的不幸,更是元、明、清诗的不幸,而不幸的宋诗又成为元、明、清诗的不幸。闻一多先生说:“诗的发展到北宋实际也就完了,南宋的诗已经是强弩之末……我们只觉得明清两代关于诗的那许多运动和争论,无非重新证实一遍挣扎的徒劳与无益而已。”[3]中国古典诗歌成于唐,备于宋,结于清,元明两代身处完备与总结间的过渡阶段,欲创新而不能,思集成而不足,实是尴尬。故而,在中国诗史中,元明两代之诗是最缺乏独立品格的,经常扮演着各代诗歌的陪衬和比较角色。钱锺书先生在给宋诗定位时,便曾将它们拿来作陪,“整个说来,宋诗的成就在元诗、明诗之上,也超过了清诗。我们可以夸奖这个成就,但是无须夸张、夸大它”[4]。在“夸奖”而不“夸张、夸大”的冷静中,通过一个举重若轻的“也”字,钱先生厘定了宋、清、元、明的诗史座次,而这一公允的慧眼识度亦裁定了明诗(包括元诗)在中国文学史中的地位。

自林传甲先生的《中国文学史》起至今,我国的各类文学史已逾千部,

---

①　《鲁迅全集》第十二卷,人民文学出版社 1981 年版,第 612 页。

②　钱锺书选注:《宋诗选注·序》,人民文学出版社 1989 年版,第 10 页。

③　《闻一多全集》第一卷,生活·读书·新知三联书店 1982 年版,第 201 页。

④　钱锺书选注:《宋诗选注·序》,人民文学出版社 1989 年版,第 10 页。

绝大多数文学史给明诗的定位亦与钱锺书先生的论断大致相类。文学史不曾赋予明人太多评价自己诗歌的权力,尽管他们不十分把宋、元诗歌放在眼里,温和的说法如"宋诗深,却去唐远;元诗浅,去唐却近。顾元不可为法,所谓取法乎中,反得其下耳"①;激烈者则直斥宋代无诗,陈子龙即言:"宋人不知诗而强作诗,其为诗也,言理而不言情。终宋之世无诗。"②但明人却没有宋人挑战唐诗的勇气与实力,他们所拥有的只是继承唐诗传统的热情与执着,"从高棅到前后七子重新打出严羽的'诗必盛唐'的旗号。……不仅总结了严羽的理论经验,也总结了元诗学唐的创作实际。由于他们的诚挚提倡与逼真实践,明诗在公安、竟陵之前的'盛唐'面目尽管傀儡装束、肤廓皮相,却是唐诗传承史中最辉煌的一段"③。由对宋元的反拨而皈依李唐,"复古"的明人似乎根本没有超越唐诗的念头,明人心性情感多在于政治文化的全面复归,却不在艺术审美细节的超越。终明之世,对明诗评价最高的恐怕算是胡应麟了。

"自三百篇以迄于今,诗歌之道,无虑三变:一盛于汉,再盛于唐,又再盛于明。典午创变,至于梁、陈极矣,唐人出而声律大宏,大历积衰,至于元、宋极矣,明风启而制作大备。"④胡氏所言的"明风启而制作大备"甚是含糊,但其将明与汉、唐并列,已然透露出其对明诗文化角色的思考和认可。明人所重视的是文化复古的大节,却非诗艺突破之小技的钻营,胡应麟所言的"诗歌之道"当然不只限于明人论辩不休的格调声色。有明一代,史学最盛,明人最爱撰史,复古心态在思想层面的最大体现通常便是历史意识。然而,在明儒董谷、刘仕义、谢铎、陆容、陈继儒等乐道的本朝超越前代之胜事时,其着眼处全为内宫、外戚、兵权、刑罚、铨选、朋党、官妓等⑤,他们所论的是否果真为"胜事"姑且不论,但诗歌不在其中却是确凿的。不难看出,诗歌,乃至整个文学,并非明人的主流诉求,更不是明人历史意识中愿意自我标榜的重点。明人所重视的是整个汉唐制度的恢复,其追求的是那种复汉皈唐的气度规模,就诗歌而言,明诗所看重的实为唐诗之后的盛世气度,而非诗歌的艺术技巧、审美维度。

---

① 《李东阳集》第二卷,岳麓书社 1985 年版,第 531 页。
② 《陈子龙文集·安雅堂稿》卷二,华东师范大学出版社 1988 年版,第 55 页。
③ 胡明:《古典文学纵论》,辽海出版社 2003 年版,第 5 页。
④ (明)胡应麟:《诗薮》续编,上海古籍出版社 1979 年版,第 341 页。
⑤ 董说见其《碧里杂存》卷上"本朝超越前代"条,刘说见其《新知录摘抄》卷二百一十六"国朝超越五事"条,谢说、陈说见明张燧《千百年眼》卷十二"我朝胜前代二十二事"条,陆说见其《菽园杂记》卷二。

当然,对明诗最有发言权的还是清人,誉之者称:"明诗一洗宋元纤腐之习,逼近唐人。"①"明诗胜金、元,才学识三者皆不逮宋;而弘、正四杰在宋诗亦罕见其匹"②。"明诗实过于宋。季迪惜不永年,倘逞其所至,岂仅及东坡哉! 中叶之空同、大复,末季之大樽、松圆,皆宋人所未有"③。毁之者则斥其为"瞎盛唐诗""赝古""优孟衣冠"。值得注意的是,尽管有褒贬的差异,但清人的品评仍然显示出相当的理性,钱谦益称明诗"学唐诗,摹其色象,按其音节,庶几似之矣。其所以不及唐人者,正以其摹仿形似,而不知由悟以入也"④。李重华《贞一斋诗说》称:"明人弊病,喜学唐人状貌,苟能遗形得神,便足垂世"⑤,蒋士铨《辩诗》云:"宋人生唐后,开辟真难为。……元明不能变,非仅气力衰。能事有止境,极诣难角奇"⑥。学唐状貌是明诗的最大特点,论者自然要以唐诗为规矩,清人的赞毁亦交会于此,就诗歌技巧言,专力模仿的明诗自然逼近,就诗歌创新言,不见性格的明诗诚为赝古。钱谦益的"悟入"、李重华的"得神"所指出的正是明诗要害,所谓色象音节的形似必须要有神似的元气注入,倾心于政治文化复归的明人是很难探及诗歌背后所蕴藏的这种天地之元气的。以诗存史的钱谦益堪为明诗殿军,作为明诗的终结者与总结者,钱氏喟然叹曰,"征兆在性情,在学问,而其根柢则在乎天地运世,阴阳剥复之微。微乎微乎,斯可与言诗已矣"⑦。"微乎"的字里行间中饱含了意味深长的无限感慨,而此时的明诗却已画上了最后的句号。

除了纵向的诗歌发展思维外,"一代有一代文学"的文学史观所体现的则是文学史对明诗的横向思考。金人刘祁(王飞伯)言:"唐以前诗在诗,至宋则在长短句,今之诗在俗间俚曲。"⑧明人曹安言:"汉之文,唐之诗,宋之性理,元之词曲"⑨,郎瑛则标举"唐诗,晋字,汉文章"⑩。陈眉公称,"先秦两汉诗文具备,晋人清谈书法,六朝人四六,唐人诗小说,宋人诗余,元人画

---

① (清)李调元:《雨村诗话》卷下,载郭绍虞编选,富寿荪校点:《清诗话续编》(三),上海古籍出版社1983年版,第1535页。
② (清)郎廷槐:《师友诗传录》续录,中华书局1985年版,丛书集成初编本。
③ (清)李慈铭:《越缦堂诗话》,北京图书馆出版社2004年版,中国诗话珍本丛书本。
④ (清)钱谦益撰集:《列朝诗集》乙集第三,中华书局2007年版,第2310页。
⑤ (清)李重华:《贞一斋诗说》,载《清诗话》,上海古籍出版社1978年版,第927页。
⑥ (清)蒋士铨:《忠雅堂集校笺》卷十三,上海古籍出版社1993年版,第986页。
⑦ (清)钱谦益:《牧斋有学集》卷十八《胡致果诗序》,载《钱牧斋全集》第五册,上海古籍出版社2003年版,第800页。
⑧ (金)刘祁:《归潜志》卷十三,中华书局1983年版,第145页。
⑨ (明)曹安:《谰言长语》卷上,中华书局1991年版,丛书集成初编本。
⑩ (明)郎瑛:《七修类稿》卷二十六,中华书局1959年版,第392页。

与南北杂剧"①。叶子奇称,"传世之盛,汉以文,晋以字,唐以诗,宋以理学。元之可传,独北乐府耳"②。明人的此类论述相当多,于此不难看出,明人身上有一种对传统文化梳理的精神,尽管他们的思考还不十分成熟,有的甚至可以说是幼稚,但这实在是明人对传统文化进行总结的趋向。"一代之兴,必有一代之绝艺足称于后世者。汉之文章,唐之律诗,宋之道学,国朝之今乐府,亦关乎气数音律之盛。"③那么事关气数的明代绝艺又是什么呢?

明人卓人月称:"夫诗让唐,词让宋,曲让元,庶几吴歌《挂枝儿》、《罗江怨》、《打枣竿》、《银铰丝》之类,为我明一绝耳"。④ 清人尤侗《艮斋杂说》卷三称:"或谓楚骚、汉赋、晋字、唐诗、宋词、元曲,此后又何加焉。余笑曰:只有明朝烂时文耳。"焦循在其《雕菰集》中亦将明之时文与宋词、元曲比列。记载中的调侃语气并不能消解明人在文化梳理中的尴尬。李伯华《中麓闲居集》卷五《改定元贤传奇序》云:"南宫刘进士濂尝知杞县事,课士策题,问:汉文、唐诗、宋理学、元词曲,不知以何者名吾明。"在明人的眼里,文学并非本朝的"胜事",不过是其视域边缘的余事,是他们在仕途宦进,出佛入道之后的娱情悦性。文学的边缘化刺激了新文体的发展,小说、戏曲迅速兴起,实堪为有明一代的"绝艺"。但复古的明人却羞于将这一脱离于正统诗歌体裁的新文体抬出,卓人月拈出的吴歌亦是娱情的通俗文学,置于诗词曲的谱系中同样是底气不足,更重要的是,这些都只是部分明人的判断取向,很难获得明人所共同的价值认可,于是,"欲创新而不能,思集成而不足"的明人再也拿不出什么值得炫耀的东西,作为诗词传统下的一代"绝艺"。

尽管明人曾经嚷出"我辈不可一日无诗"的口号,尽管《明诗纪事》中有3400余位诗人,而其中也不乏相当出色的诗人,但他们却不肯将诗歌当作自己的自豪。需要指出的是,和历代文人一样,明人对诗歌没有丝毫的轻视,李东阳称,"夫诗者,人之志兴存焉。故观俗之美者与人之贤者,必于

---

① (明)陈继儒:《太平清话》卷一,中华书局1985年版,丛书集成初编本。
② (明)叶子奇:《草木子》卷四上,中华书局1959年版,第70页。
③ (元)孔齐:《至正直记》卷三,上海古籍出版社1987年版,第96页。按:《至正直记》引元儒虞集语,今考虞集文集,不见此语,此论恐非出于虞集。清儒张佩纶以为即孔氏托名自撰。
④ 此为卓人月于黄河清之《续草堂诗余序》后所加的评语。载(明)卓人月汇选:《古今词统》(一、二),辽宁教育出版社2000年版,第13页。陈士业《寒夜录》卷上亦载此言,文字略有出入。

诗"①。陈子龙言:"诗由人心生也,发于哀乐而止于礼义……作者不可不慎。"②作为士人的身份象征和行为规则,诗歌仍然毫无争议地占据着传统文士生活中的重要地位。且朱明光复汉唐旧制,就其恢复正统的热情、气势、规模而言,实非宋、元可相比拟。就表面来看,明诗似乎也具备了迈向高峰的一些基本要素,庞大的创作队伍、高涨的创作热情、优良的创作环境,等等。但是明诗最终却未能重造唐诗的辉煌,甚至连他们极为瞧不起的宋诗也不能逾越,就连全面总结的任务也是由清人来完成的。

与汉唐的一统不同,明王朝是从已经统治达百年的元帝国手中取得政权的,修复战乱所带来的民生凋敝、重建政府在社会中的权威、消化这百年的文明冲击,是明人在物质、制度、文化层次所急需解决的问题,由此形成了明代社会特有的恢复心理。休养生息、重振朝纲几乎是每一个新兴王朝的必修课,但除了所谓的"中兴"外,新兴王朝是很少产生恢复心理的,明人的这一心理实与百年来的蒙元统治有极深的渊源,"九儒十丐"的传言或不可信,但科举的时断时续实际上已经中止了士子的仕途,加之民分四等的歧视政策,统治者对传统礼仪的任意践踏,制度的嬗变给民族心理造成了巨大的压力,压迫下的民族自然会萌生恢复的心理,随着元帝国统治的结束,恢复心理顿时在社会中蔓延开来。需要指出的是,元代的蒙元入主已经在传统中埋下了通俗化的潜流,文学已经开始走向了戏曲、小说的挥洒自由、生动活泼,新的审美价值已经开始形成、蔓延。明诗之复古实是社会文化之心理皈依在文学上的折射,其社会文化意义要远大于文学审美意义。积贫积弱的宋帝国始终未能完成全国性的大一统,并在自己的手中将汉人江山拱手让出,实在不是恢复的榜样,李唐帝国所创造的盛世辉煌最可作为汉人的自豪。"文变染乎世情,兴废系乎时序"历来是中国诗学的重要思路,与大唐盛世相伴的唐诗自然成为明诗的楷模,而宋诗当然成为明人贬抑的对象,"明自嘉、隆以后,称诗家讳言宋,至举以相訾謷,故宋人诗集,庋阁不行。"③超越宋诗以传承唐诗成为明人对自己诗歌的定位,如明人李维桢即自豪地声称:"后唐而诗衰莫如宋,有出于中、晚之下;后唐而诗盛莫如明,无加于初、盛之上。"④作为中国古代诗歌的分类大抵有两端,非唐即宋,但明人的眼中却少了一半,不见宋诗,想其开拓发扬,不亦难乎。沿着唐诗的模范勾勒自己的面庞,多少有些失去自我的效颦意味,所得的成就或者就是在相近

① 《李东阳集》第二卷,岳麓书社 1985 年版,第 23 页。
② 《陈子龙文集·陈忠裕公全集》卷七,华东师范大学出版社 1988 年版,第 358 页。
③ (清)宋荦:《漫堂说诗》,载《清诗话》,上海古籍出版社 1978 年版,第 416 页。
④ (明)胡震亨:《唐音癸签》卷十一,上海古籍出版社 1981 年版,第 114 页。

心态下的相似诗境了，明人最好的诗，应该是那些最像唐诗的诗，起码在明人自己看来是这样。

然而，唐诗并非单单由格律、声调、格式堆砌而成，而是融会了唐代社会思潮、时代精神、士人风格、国家气象、学术取向等文化特质的有机统一体。随着唐王朝的衰落与覆灭，唐诗的文学生态已经不再存在，对于一种缺乏生态的文学来说，即便可以生存，也不过是一种失去生命光泽的盆景而已。光复汉制的明王朝虽然与唐帝国在表面有些许相似之处，但是万里长城下的朱明王朝毕竟不同于丝绸之路上的汉唐盛世，他们在文化精神与社会风尚诸多方面有着极大的差异，而这些正是唐诗文学生态的重要构成部分，文化定位的错误导致了文学生态的匮乏，明诗自然不幸地成为唐诗的盆景。

其实，明代并非传统的中兴时代，而是封建社会走向成熟进而终结的时代，它并不具有盛唐时期的勃勃生机，反倒有着赵宋王朝的精致深沉，这一点从宋、明时期的理学兴盛即可看出。然而饱含光复激情的明人却把自己当成了中兴之邦，力图在制度与文化两大层面上重现辉煌，作为文化正统的诗歌自然要以唐诗为楷模了。这种光复的激情迅速在全社会范围中掀起了一场声势浩大的复古浪潮，在该浪潮的推动下，明王朝迅速恢复了传统的汉人制度，并不断将其完善，促进了封建制度的成熟。但是，更高层次的文化成熟却不能靠浪潮下的制度恢复来实现，经历文明撞击后的传统文化必定要消化吸收文化中的异质成分，才能走向成熟，而沉浸在光复激情下的明人却忽略了这一点，但激情不能笼盖整个时代，因文明撞击而产生的异质必须融入文化，受到接纳，文化才能成熟，所以，在晚明，新的思潮突破了复古的笼罩，其表现于哲学的是心学大盛，表现于文学的则是性灵高张。形成这种新思潮的因素很多，但由游牧民族入主中原所带来的文明撞击而造成的文化异质则是深藏在众多因素背后的重要原因之一。身处如此背景下的明诗，既不可能延续唐诗的辉煌，中兴的定位亦使得它无力完成文化集成的重任，在并不适宜的文学生态下成长，明诗的文学成就便可想而知了。

"夫诗文之道，萌折于灵心，蛰启于世运，而苗长于学问。三者相值，如灯之有炷有油有火，而焰发焉。"①作为对明诗最有发言权的学者，钱氏诗学在相当程度上是建立在对明诗的反思之上的，这段耐人寻味的话同样蕴含着其诗以存史的深意。在光复与重整的主潮冲击下，明诗的灵心、世运、学问在起始之际就发生了位移，复古思潮虽然涵盖了明诗从形式内容到精神

---

① （清）钱谦益：《牧斋有学集》卷四十九《题杜苍略自评诗文》，载《钱牧斋全集》第六册，上海古籍出版社 2003 年版，第 1594 页。

趋向的大部分内容，而异质成分却不断要求着文化重整，复古潮流下始终有纵情的暗流，理学统治中蕴含着心学的反动，光复与重整间有着相当的裂痕，正是这一裂痕使得明诗之灵心、世运、学问彼此失衡，难以有炫目的光焰，这三者虽然失衡，却未缺席，明诗之焰自不及唐诗夺目，但它仍然是有明一代之灵心、世运、学问的见证与记录，是一部当之无愧的明代文化史，而这不可或缺的文化意义显然要比一般的诗歌审美意义更应引起我们的关注。

再谈明诗，当然是想给它作个定位，但这个定位却不是诗史与文学史的座次排名，我们不会否认，作为中国诗史中的配角，明诗的成就的确不高，但在中国文学史中，自然有它的贡献，我们承认这个贡献，但却不能夸大和夸张它，自然也不能够贬低它。我们所思考的定位应该是一种立体的全方位的重新界定，除了在传统的文学史平面上，以明代的社会历史发展为纵轴，以明代诗人的社会心态为横轴绘制明诗地图外，我们还希望能够引进一条时间轴——中国传统文化的总体发展，这样的话，我们的三维定位可能会更加的有说服力。我们希望能够从整个中华文化的总体发展趋向对明代文人心态、雅俗文化的生存状况进行宏观全局的把握，在整体文化的大背景下思考明诗，还原明诗的文学生态，与明代诗人展开心灵的对话，开启明代诗歌背后的心灵之窗。

汤因比在《历史研究》中指出，一个文明的衰落，不是从它解体那天算起，事实上是在文明的创造者失去创造力的时候，即使它还有着社会结构的完整性，但是在没有进取只会模仿的情况下，文明实际已经衰落。这时旧的价值体系已经失去吸引的力量，而新的价值体系还没有诞生。社会暂时还不得不按照旧的价值体系运转。即使人的自觉、人道的觉醒已经到来，旧秩序更要一种人为的价值体系来维系。因此，文化专制与思想压抑也就不可避免。旧的价值体系比任何时候都变得更加神圣而不可侵犯。① 明诗或者便是这样的一种文明，文学生态的严重不适已经使得其失去了原本的创造力，当衰落不可避免地来临之时，它的价值体系已经失去了原有的吸引力，但只要古典时代没有完全终结，失去的光彩价值仍然会有人为体系的维系，而明诗的价值正是在这种人为维护中体现的，它记录了明代文士们前赴后继的不懈努力，尽管理想的不可能使他们的努力显得可悲，有时甚至是可笑，但它却真实地记录了这个时代的心路历程，"文学史，就其更深刻的意义来说，是一种心理学，研究人的灵魂，是灵魂

---

① 参见[英]阿诺德·汤因比：《历史研究》，刘北成、郭小凌译，上海人民出版社2005年版。

的历史"①,就这层意义的深刻性而言,明诗绝不逊色于任何时代的诗歌,包括唐诗。

三、明诗生态的人物谱系与学理思辨

有唐一代,"整整一个时代,诗是生命的原旨,诗是文化的正色,诗是学术的主调。几乎整整一代人高张着感性的风帆,喷薄着生命的热力,内心激涌着诗的冲动,笔下铺展开锦绣玉缀,只认创作,不思其他。诗人们关于时代的对话,同行间技艺与情思的交流,生命的理解,审美的实践,功名进取成功的矜夸、失败的怨屈,诗几乎是唯一的媒介"②。"生不逢时"的明人当然没有这样的幸运,自然也未能再现唐诗的辉煌,但在文化承续的强烈意识与诗歌传统的历史惯性下,却也写就了并不寂寞的诗史历程。

《明史·文苑传》自是最具权威性的诗史雏形,"取其制作可传者,或关系一时风气,如前后七子、袁宏道、钟惺之流,略为论列流派。否则不必滥收。未可以钱谦益、曹能始之品题据为定论也"③。编撰原则中着意提出的"不以钱、曹品题为定论",恰恰说明了《列朝诗集》与《石仓历代诗选》在《明史》撰官心中的特别位置,据《千顷堂书目》,"《石仓十二代诗选》中有:《古诗选》十三卷,《唐诗选》一百十卷,《宋诗选》一百七卷,《元诗选》五十卷,《明诗选》一集八十六卷,二集一百四十卷,三集一百卷,四集一百三十二卷,五集五十卷,六集一百卷"④。远过前代总和的明诗衰辑自是特别的诗史资料。至于仿《中州》之集,"以诗系人,以人系传"的《列朝诗集》更是毋庸多言的文献大成。与钱谦益以诗存史的文化情绪不同,官方正史的修撰行为所凸现的更是一种"史"的意识,对于叙事明晰有节、材料取舍有度、持论中允有据的史笔规范格外重视。文苑列传的叙述剪裁虽以钱、曹之作为基本史料,但《明史》馆臣却刻意保持着议论品评的独立中允,以其中的"制作可传"者与"关系一时风气"者大体标绘出了明代诗文的源流脉络。

《明诗别裁集·序》则是诗人沈德潜以诗家的眼光在史传基础上的脉络梳理,粗笔勾勒:

---

① [丹麦]勃兰兑斯:《十九世纪文学主流》"引言",张道真译,人民文学出版社1997年版,第2页。

② 胡明:《关于唐诗》,载《古典文学纵论》,辽海出版社2003年版,第14页。

③ (清)汪由敦:《松泉文集》卷二十二《史裁蠡说》,载《清代诗文集汇编》272册,上海古籍出版社2010年版,第426页。

④ (清)黄虞稷:《千顷堂书目》(附索引),上海古籍出版社2001年版,第771页。

洪武之初，刘伯温之高格，并以高季迪、袁景文诸人，各逞才情，连镳并轸，然犹存元纪之余风，未极隆时之正轨。永乐以还，体崇台阁，骰骸不振。弘、正之间，献吉、仲默，力追雅音，庭实、昌谷，左右骖靳，古风未坠；余如杨用修之才华、薛君采之雅正、高子业之冲淡，俱称斐然。于鳞、元美，益以茂秦，接踵曩哲，虽其间规格有余，未能变化，识者咎其鲜自得之趣焉；然取其菁英，彬彬乎大雅之章也。自是而后，正声渐远，繁响竞作，公安袁氏，竟陵钟氏、谭氏，比之自郐无讥，盖诗教衰而国祚亦为之移矣。①

意在"别裁伪休亲风雅"的沈德潜并无心构拟一代诗史谱系，大体沿袭《明史·文苑传序》的人物论列中显然贯穿着其温柔敦厚的诗教观念以及在此意图下的裁减意识。但其于"风雅"传统下的教化关注显然有着将一代明诗置于中国诗歌流变历程的历史思考。这一思路在鲁九皋的《诗学源流考》中得到了更为鲜明的体现：

明代诗家，最为总杂。开国之初，青田刘文成以名世之英，出经纶之余，形于歌咏。当其未遇，已见知于道园虞氏。道园称其"发感慨于性情之正，存忧患于敦厚之言，体制音韵，无愧盛唐"。次则吴中四杰高季迪启、杨孟载基、张来仪羽、徐幼文贲，并有倡始之功。而是时刘子高崧起于江右，孙仲衍蕡起于岭南，林子羽鸿起于闽中，又有张志道以宁、袁景文凯相继而作，可谓一时之盛。第旧体初变，扫除未尽，就中求其庄雅纯净诸体皆备者，其海叟乎？青丘才力虽大，歌行而外，他体不无元习；孟阳而下，抑又芜已。永乐以还，崇尚台阁，迄化、治之间，茶陵李东阳出而振之，俗尚一变。但其新乐府，于铁崖之外，又出一格，虽若奇创，终非正轨。嗣是空同李氏、大复何氏大声一呼，海内响应，又得徐昌谷祯卿、边华泉贡为之辅翼，称弘治四杰。继又益以康海、王九思、王廷相三人为七子，是为"前七子"。是时诗学之盛，几比于开元、天宝，而李、何声价，当时亦不啻李、杜。七子之后，则有祥符高子业叔嗣，以深微妙婉之思，发温柔敦厚之旨，粹然一出于正。继之以皇甫子浚冲、子安涍、子循汸、子约濂兄弟，并溯源于建安及潘、左、鲍、谢诸家，不失五言正音。此外如薛君采蕙、华鸿山察、杨梦山巍，虽才力或减数子，时有出入，亦其次也。嘉靖之初，李、何之风少熄，而王元美氏、李于鳞氏

---

① （清）沈德潜：《明诗别裁集·序》，上海古籍出版社1979年版，第1页。

复扬其余烬，与四溟山人谢榛及梁有誉、宗臣、徐中行、吴国伦结社为
"后七子"，以振兴风雅为己任。当结社之始，称诗选格，并取定于四
溟。其后议论不合，于鳞乃遗书绝交，而元美别定五子，遽削其名。又
有"后五子""广五子""续五子""末五子"，广至四十子，而四溟终
不与。其实余子皆无足称，而七子之中，亦惟王、李、谢而已。前后七
子，议论略同，其所宗法，皆在少陵以上，建安而下，唐以后书则置焉。
其见非不甚善，特斤斤规仿，过于局促，神理不存。王、李之视李、何，抑
又甚焉，故钱牧斋《历朝诗选》极力摈之。然而当诗教榛芜之日，其催
陷廓清之功，亦何可少！至如昌谷徐氏选择精融，纯乎唐音，皇甫兄弟
独见推奖，王敬美亦携与高按察并称，谓"更千百年，李、何尚有废兴，
二家必无绝响"，论斯允矣。即四溟今体，工力深厚，不媿能手，又何可
以"七子"而讥之也？自是以后，诗学日坏，隆、万之际，公安袁氏，继以
竟陵钟氏、谭氏，《诗归》一出，海内翕然宗之，而三汉、六朝、四唐之风
荡然矣。其间非无卓然不惑，如归季思子慕、高景逸攀龙、李伯远应征、
区海目大相、谢在杭肇淛、曹能始学佺诸君子者，力持风气，然淫哇之
教，浸人心术，论诗之害，未有烈于斯时者也。及陈卧子子龙夺奋臂大
呼，少一转变，论者犹以其不离"七子"面目为憾。然大雅举止，与侏儒
之拜舞何如也？至岭南屈翁山大均，五言直接太白，而陈元孝恭尹辅
之，而有明一代之诗，至此终焉①。

　　鲁九皋以自屈原发端，论列中国诗史源流，尤以明代为详。更称，"诗
以言志，自《虞书》发其义，而《三百篇》穷其奥"②，其后，"或盛或衰，其出多
歧，论者以为玩物丧志之资，作者第以为嘲风弄月之具，是以诗教愈隐，此皆
沿其流而不知溯其源之故也"③。可知，鲁九皋的源流考述实然与沈德潜的
"别裁"明诗有着相似的诗教关注。放大的篇幅虽增添了些许《明史·文苑
传》之外的诗史人物，所叙诗风流变则大体相沿，诗学源流中的关纽人物依
旧是史传中"关系一时风气"的作者。
　　无论是关于"文苑"的史家记述，还是着眼于诗学递嬗的源流考述，个

---

① （清）鲁九皋：《诗学源流考》，载郭绍虞编选，富寿荪校点：《清诗话续编》（三），上海古籍
　　出版社1983年版，第1357—1359页。
② （清）鲁九皋：《诗学源流考》，载郭绍虞编选，富寿荪校点：《清诗话续编》（三），上海古籍
　　出版社1983年版，第1359页。
③ （清）鲁九皋：《诗学源流考》，载郭绍虞编选，富寿荪校点：《清诗话续编》（三），上海古籍
　　出版社1983年版，第1359页。

别人物的论列差别并未影响主流诗风的源流追溯,繁简不同的历程描述中①,明诗演变中的批判与思考已约略可见。明代诗文的交织演进纠缠着明诗学的论争,创作流派大多同时扮演着理论批评者的角色,如台阁茶陵、前后七子、公安竟陵等,双重身份使得他们受到了文学史的加倍关注,成为明代诗文史上浓墨重彩的书写对象。其实,他们之外尚有不少值得注意和应该圈点的诗坛人物——尽管其于明代历史文化中所表现出的第一身份并非诗人,亦未跻身《明史·文苑传》所列的诗家谱系,但他们的诗歌行为与诗学态度却呈现出了影响一代的人文光彩与文化张力。"一本书,如果单纯从美学的观点看,只看作是一件艺术品,那么他就是一个独立存在的完备的整体,和周围的世界没有任何联系。但是如果从历史的观点看,尽管一本书是一件完美、完整的艺术品,它却只是从无边无际的一张网上剪下来的一小块"②。同样,以单纯的诗歌审美而言,因"制作可传"者与"关系一时风气"者而关联结构的诗文流变当然可以理解以一部完备的明诗美学谱系,但以宏观的历史视野而言,因诗歌审美趣尚而连接的诗学链条却不过冰山一角,隐藏其后的则是无边无际的文化巨网,经纬交错,气象万千,构结为一代文学生态。即此而言,明诗的源流递嬗,并非单凭诗歌发展流程的线性梳理就可完全把握。每一位诗坛人物,乃至每一首诗作,都不是单线进程上的"点",而是文学生态中的一种生命存在,正因如此,才期望以一种生态关注的研究视野,将明诗视作一种饱含生机的生命体,以一种同情理解的审慎态度对其生长发展的生态环境进行有机综合的整体把握,在历史文化与思想心灵层面上重新定位明诗,诠释明诗生命。

在"一代有一代文学"的思路与进化论思想所构建的文学史视野中,近三百年的明诗始终处于最被冷落的边缘地带;在文学是反映现实的语言艺术的现代定义与艺术审美判断所界定的价值取向中,作为唐诗盆景的明诗是分量最轻的一份文学遗产。微薄的文学史价值决定了明诗研究的冷落,而这正是明诗研究的最大误区。重新思考明诗的价值应是走出误区的一条捷径,引进文学生态意识进而开掘明诗的文化、思想、社会、心理等多层次意义应该是可取的思路。作为正统文体的明诗堪为有明一代思想文化之实录,在思想文化的发展演变中定位明诗,在明诗的考索中把握明代史实背后的人文脉络,正是对传统诗史互证之思路的延伸拓展;作为雅文学正宗的诗

① 关于明诗源流整体描述还可参见《四库全书总目·〈明诗综〉提要》,以及钱基博先生《现代中国文学史》中的相关论述。
② [丹麦]勃兰兑斯:《十九世纪文学主流》"引言",张道真译,人民文学出版社1997年版,第2页。

歌在以小说、戏曲、民歌为主体构成的明代通俗文学中扮演着什么样的角色,在雅、俗文学交锋中,士大夫表面态度与实际取舍背后的心态考察;作为士子身份象征的诗歌如何与作为文人雅兴标志的书画艺术统一在明代文士的身上,不同艺术形式间审美取向的差异如何体现特殊际遇下的明代文士对矛盾与困惑的心灵宣泄。还需注意的就是要打破明诗与明诗学研究中单线孤立的状态,"文艺运动加作家作品论"的文学史模式虽然纳入了明诗与明诗学中的诸多论争,但现象描述后的简单叠加却使得明诗与明诗学仍是两线并行。然而,明代诗学是在明诗创作的论争与思考中繁衍演进的,两者相互交叉,彼此影响,表象吻合的背后隐藏着深层的思维背反:"时文之学,有害于诗,而暗中消息,又有一贯之理",明诗学中的相当部分与八股训练有着密切的关系;复古与俗化是明代文化中的两股主潮,复古的诗学主张中始终有尊情的倾向,乃至有"真诗在民间"的口号,性灵诗学的背后是在狂放、消沉间徘徊的雅、俗人格;明代的各类诗歌选本是明人诗学观念的重要体现,而这些作为明代诗学实践的选本之间又有着无数的重叠与矛盾,在明诗与明诗学的交叉演进中充满了复古与纵情的背反、心与性的背反,还原生态、交叉解读应该是一条可取的思路。

封建时代,"王言如丝,其出如纶",皇权之下的至尊天子当然有着无可比拟的影响力。按照权力构成的层级分布,居于帝王之下的公卿百官亦在一定程度上分享着各自的统治权力。在明代的权力构成中,内阁与太监则是君王之外尤应注意的核心阶层。无论是一言九鼎的专制帝王,抑或是代言票拟的内阁辅臣,还是窃权专擅的皇宫太监,特殊身份下的权力占有,使得他们的言行好尚通常会对社会文化产生重要的导向作用,"权力意味着在一种社会关系里哪怕是遇到反对也能贯彻自己意志的任何机会,不管这种机会是建立在什么基础之上"①,其所造就的影响效应普遍而广泛地渗透于整个社会,以此展开的明代朝廷文化与官方意识形态当然有着"关系一时风气"的文化效应,最高权威及其周围的核心权力圈的诗歌关注自是言及明诗演变而不应忽略的特殊人物,其中的三杨、李东阳虽也被视为明诗流变中的关节人物,但这些在明史历程中大名鼎鼎的人物却多数被文学史、诗史所遗忘,诸如朱元璋、朱瞻基、严嵩、张居正等,非但是明代政治天幕中的耀眼明星,即便在诗史、文学史流程中亦应有其一席之地。

我们的关注视野当然不能局限于高高在上、万众瞩目的巅峰人物。明代诗坛最基本、最广泛的人员构成仍旧是传统的士人阶层。对于这样一个

---

① 　[德]马克斯·韦伯:《经济与社会》上卷,林荣远译,商务印书馆1998年版,第81页。

具有典范人文特征的庞大阶层，整体的文化把握尤显重要。按照一般理解，原本处于庶民、贵族之间的士阶层有着在布衣与官员间上下流动的特殊身份，故而，对于明代士阶层的基本文化行为大约可以分为两截：一是未仕前的不懈科考，一是得官之后的仕宦生活。"学优则仕"历来是被传统认可的进取途径，而作为制度保证的科举选拔则是帝王思想、士人志尚、道学理念等价值信仰的稳定综合体，但有限的录取名额与庞大的应举队伍间的体制矛盾，却将多数士人限制于反复失利、不断应试的科考途中；对于通过科举步入仕途的士人群体而言，对于官场惯例的适应是身份转变后必需的政治历练，即一般意义而言，居官为政的行为规范自可理解为是科考内容的现实延伸，而基木取向的人格指向保持着大体一致的士行风范。科举体制下的明代士阶层有着基本相同的知识框架、大体相似的人生经历，无论是摆脱八股压力后作为生活余绪的诗意挥洒，抑或是文祸高压、党争聚讼下的噤声自保，其所表现出的诗歌兴趣、文学态度亦大旨相近。尽管明代诗学链条中的风云人物大都属于这一阶层，但是，如帕尔默教授所言，"一个时代的发展趋向在次要作家的笔下比在高水平的天才作家的笔下显得更为清楚明晰。后者像讲述他们所生活的时代那样讲述过去和未来。他们是为各个时代写作的。但是反应敏感、缺乏创造力的作家手里，当时的理想清清楚楚地记录了自身"①，所言颇是。如果要理解明代士阶层的知识生活、普遍奉行的道德规范、审美标准，一般诗家的表述往往是更好的选择，更为适宜的文化代言者。而这些在艺术审美视野中被疏漏的诗人诗作同样有着不应忽略的存在价值与文化意义。

外在身份的言行规范贯穿着内在思想的心灵渗透，作为知识资源的传统学术则以一种意识层面的深刻关注影响着士人的言志抒情，"人们用一种划一的从不曾说出的大本文替代那些说出的事物的多样性，而这种大本文第一次把人们以前不仅在他们的言语和本文、话语和叙述中，而且还在他们创出的制度、实践、技术和物品中，'曾想要说的'的东西加以阐明。同这个内含的、主宰的和共同的'意义'相比，陈述在激增中显得多余，因为所有的陈述都归到这种意义，而且只有这种意义构成它们的真实性，即：同这个独一的所指相比，能指成分是过剩的"②。传统文化中的"道"就是这样的"大本文"，有着"内含的、主宰的和共同的意义"。"道"的文化张力全面渗

① ［美］阿瑟·O.洛夫乔伊：《存在的大链条》，载［英］拉曼·塞尔登编：《文学批评理论——从柏拉图到现在》，刘象愚、陈永国等译，北京大学出版社2000年版，第461页。
② ［法］米歇尔·福柯：《知识考古学》，谢强等译，生活·读书·新知三联书店1998年版，第130—131页。

透于传统社会的各个方面，"士志于道""文以载道""文以明道"亦是普遍认同的基本共识，"道"遂成为传统士人立身为文的终极指向，与之相比，诗歌则是永远的"余事"，当身份不同的人们以不同的行为模式进行着对"道"的践履与"诠释"时，以阐述圣学为志业的道学儒者当然应表现出更为纯粹而严格的"明道"言行以作为世人的表率，于明人而言，得以从祀孔庙的薛瑄、胡居仁、陈献章、王守仁均是论学开宗、卓领一代的楷模人物，他们的诗歌理念同样有着"关系一代风气"的典范意义。

　　约略举出的诗坛人物中，或者没有显著的诗名，或者没有积极的兴趣，诗歌美学的一般谱系自然不会收列、关注，然而，明诗文学生态所标列的人物格局并非诗学链条下的拾遗补阙，其呈现出的却是美学视角之外的生命认知、历史关注与文化解读。正因如此，明诗生态的文学谱系并非叙述链条式的点线相连，对于历史人物的诗歌关注每每包含着历史文化、思想心态的阐释意图，以此联结、勾勒出相应的精神状貌与人文环境，并在明代国家理想、朝廷文化、科举制度、仕宦生活、思想学术、社会变迁等文化板块的交互撞击中还原出孕育一代明诗的文学生态。"人是有历史的动物。人的文化生活是一种世代相承愈积愈厚的历史联系：谁要想参加到这个联系中去通力协作，就必须对它的发展有所了解"①。明诗当然也是这种"世代相承愈积愈厚"的文化生活，想要真正理解这种文化生活，就必须进入历史的序列，与历史中的明人进行心灵间的生命对话。元帝国以前所未有的天下一统造就了无与伦比的文明撞击，异质文明于固有文化的渗透与撞击以及相应的挑战回应成为明代文化必然的逻辑起点，明人在宋元易代的历史反思中确立了自己的国家理想，更在百年衣冠的恢复激情中开启了规模汉唐的文化情结，明代文化的复古气质造就了明代社会最深层的心理构成，诗以言志，"复古"自然成为明诗最为典范的标识——不仅是美学趋向的体现，更是民族文化心志的集体表述。然而，复古的"明诗"虽是明代文化复古的产物，却非文化主潮的核心关注。无论是朝廷文化的形象维系，抑或是科举制度的选拔模式，再及政治生活的官场历练、思想学术的知识培训，诗歌始终处于一种"余事"的地位，而因社会经济变迁所造成的士行转移与观念变迁，更模糊了诗歌作为士人身份的标识意义，造成了一定程度上的诗体尊严失落。

　　需要指出的是，"失落"的明诗仍旧保持着传统文学的正宗地位，依然

---

①　[德]文德班：《历史与自然科学》，载洪谦主编：《西方现代资产阶级哲学论著选辑》，商务印书馆1964年版，第61页。

是士人身份的文化标识,应酬交往中的体面媒介,塑造文雅形象的必然手段,言志抒情的主要途径,始终是明代"文化生活"不可或缺的有机构成,更是理解明代人文精神、道德风貌、社会观念、知识信仰的有效途径,明诗的演进承载着社会文化、民族心态、士人精神的历史变迁,270余年的明诗流变固然孕育于一代文学生态之中,同时亦是有明一代政治经济、社会文化、信仰心态的诗意折射:特权身份的言行制约、天朝观念下的交往态度、科第文化中的出处行藏、忠奸清浊的审美选择、佛道传统的渗透影响、西学耶教的融入沟通、世俗思潮的滔天声势,诸般种种,莫不呈现、载录于一代诗作,作为生命存在的"诗"与作为母体环境的"文学生态"有着双向互动的思辨意义,对"诗"的完整诠释需要还原"生态",而文学生态的构拟过程中又需有"载道言志"的"诗"作为见证历史的心灵资料,由之所呈现乃是一派生命活态,正因如此,明诗文学生态的诠释意义与文化价值才格外凸显。于传统长河的历史段落中诠释明诗的生态视野并非单纯审美视角下的线性叙述,于一般文学史视角之外,更吸纳、表现出了文化史、思想史、学术史、知识史的多维关注。注重传统延续的明诗文学生态研究并非割裂时代的经验分析,其所体现出的乃是一种全面诠解文化生命的阐释策略,而此正即明诗文学生态研究的学理定位。

"环境与艺术既然这样从头至尾完全相符,可见伟大的艺术和它的环境同时出现,决非偶然的巧合,而的确是环境的酝酿,发展,成熟,腐化,瓦解,通过人事的扰攘动荡,通过个人的独创与无法意料的表现,决定艺术的酝酿,发展,成熟,腐化,瓦解。环境把艺术带来或带走,有如温度下降的程度决定露水的有无,有如阳光强弱的程度决定植物的青翠或憔悴。与意大利文艺复兴期类似的风俗,而且是在那一类中更完美的风俗,在古希腊好战的小邦中,在庄严的体育场上,曾经产生一种类似而更完美的艺术。也是与意大利文艺复兴期类似的风俗,但在那一类中没有那么完美的风俗,以后在西班牙,法兰德斯,甚至在法国,也产生一种类似的艺术,虽则民族素质的不同使艺术有所变质,或者发生偏向。因此我们可以肯定地说,要同样的艺术在世界上重新出现,除非时代的潮流再来建立一个同样的环境"①。丹纳这段精彩的议论虽是就文艺复兴的伟大艺术而发,但其中的学理思辨却已大致将明人的诗歌理想论证为一个无法实现的时代梦想。我们的研究虽然因此而发,却非单一的学理验证,明诗文学生态的还原、构拟并不仅仅是为了阐述明人未能成功的诗歌理想,更为重要的是在明人的世界中重新定位明

---

① [法]丹纳:《艺术哲学》,傅雷译,人民文学出版社1963年版,第144页。

诗,开掘、诠释明诗背后的生命存在、精神内涵、文化意义,并在明代社会文化、思想学术、士民心态、政治经济、生活观念等的综合考索、细致思辨中大致理出明诗的嬗递过程及其背景原因,在宏观的历史理解识度与文化承续意识中引申出关于 270 余年明诗格局与精神内涵的诗史断制与认知结论,以一种大文学观、大历史观、大文化观,在整个中国传统文化的发展脉络中把握明诗演变的文化历程,探究藏于其后的士人心态、社会风尚、历史变迁、人文底蕴。

第一章　国家理想下的诗歌姿态

　　明孝陵前的石碑上,刻着爱新觉罗·玄烨对朱元璋的功业评价——"治隆唐宋"。

　　康熙元年,永历皇帝朱由榔被吴三桂绞死,标志着南明政权的最后解体。尽管这一事件对于全国政局并无太大的实际影响,但从某种意义上讲,却意味着清朝在完全意义上的继统朱明,幼小的玄烨遂成为一统基业的承祚者,这位以其雄才大略开创一代盛世的"圣祖仁皇帝"对于前朝开国太祖的立碑定论,自非词臣代拟,亦非泛泛称美,乃是渊源有自的历史关注。玄烨尝言:"洪永开国之际,创业垂统,纲举目张,立政建官,法良意美,传诸累叶,虽中更多故,而恪守祖制,足以自存。又十六朝之内,宫禁毖严而女主不闻预政,乾纲独御而权奸不敢上侵,统论一代规模,汉迄唐宋,皆不及也"①。"治隆唐宋"的称誉正是立足于一代规模的制度关注②,然而,康熙皇帝所着意点出的"治隆唐宋"虽然有着历史评判的合理意义,却有意无意地回避了明太祖朱元璋驱除蒙元,恢复汉统的文化情结。

　　龙兴之前的朱元璋在功克婺州时便树起了"山河奄有中华地,日月重开大统天"的大旗③,以中华正统自居的文化心态已然萌显,至其定鼎开基,更一意规模汉唐,尝言"朕膺天命,君主华夷,当即位之初,会集群臣,立纲陈纪,法体汉唐,略加增减"④,至于宋代典制,仅不过为资以参照的历史经验,并无特别的向往之情。至其《命中书谕高丽》更言,"朕观此奸之量,必恃沧海以环疆,负重山固险,意在逞凶顽以跳梁,视我朝调兵如汉唐,且汉唐之将,长骑射,短舟楫,故涉海艰辛,兵行委曲,朕自平华夏,一海内,水陆通征,骑射舟师,诸将岂比汉唐之为然",饱含威慑的外交辞令中正折射出这位开国雄主超迈汉唐的豪情壮志。而同样的心态亦于有明一代的制度创成

---

① (清)玄烨:《御制文集》第二集卷十六,上海古籍出版社1987—1989年版,文渊阁四库全书本。

② 孟森先生于此亦有相似的论述,"明承法纪荡然之后,损益百代,以定有国之规,足与汉唐相配。唐所定制,宋承之不敢逾越;明所定制,清承之不敢过差,遂复得数百年"(孟森:《明史讲义:商传导读》,上海古籍出版社2002年版,第31页)。

③ (明)刘辰:《国初事迹》,中华书局1985年版,丛书集成初编本。

④ (明)朱元璋:《明太祖集》卷二,黄山书社1991年版,第30页。

中体现,"帝(朱元璋)剖符封功臣,召濂议五等封爵。宿大本堂,讨论达旦,历据汉、唐故实,量其中而奏之","明官制,沿汉、唐之旧而损益之","壬子,诏衣冠如唐制","文武官常服:洪武三年定,凡常朝视事,以乌纱帽、团领衫、束带为公服。……礼部言近奢侈越制。诏申禁之,仍参酌汉、唐之制,颁行遵守"①,所谓"读史要能读志",典志中屡屡出现的汉唐字样实已昭示出这位开基垂统之君的文化心态。"凡有国者,必以祀事为先"②,明祖于祀典极为重视,"初定天下,他务未遑,首开礼、乐二局,广征耆儒,分曹究讨。洪武元年命中书省暨翰林院、太常司,定拟祀典。乃历叙沿革之由,酌定郊社宗庙议以进"③,参酌议定中每每遵依《周礼》、唐制"釐正祀典,凡天皇、太乙、六天、五帝之类,皆为革除,而诸神封号,悉改从本称,一洗矫诬陋习,其度越汉、唐远矣"④。洪武十五年,重定宴飨九奏乐章之五《振皇纲之曲》更曰:"《周南》咏麟趾,《卷阿》歌凤凰。蔼蔼称多士,为桢振皇纲。赫赫我大明,德尊逾汉唐。"屡经更定的典礼乐章中当然蕴含着开国君王的文化情结,"乐与政通"历来是传统礼乐文明中的典范思路,作为国家典礼所奏乐章自然寄寓着朱明王朝的政治追求,着意表明的"逾汉唐"正是有明一代国家理想的自我定位。

公布遍行于天下的典章制度是以满足社会需要为取向的文明综合体,贯穿其中正是明王朝的时代精神与国家理想。可见,"治隆唐宋"的评价虽然不谬,但却非朱元璋情愿接受的誉美,"远迈汉唐"方是与其文化心理相契的志业所在。"明朝的气质始于其开国皇帝朱元璋的心态"⑤,封建君王固然有着一呼百应的无上权威,但影响一朝气质的文化效力却非其个人意愿可以造就,蕴于其后的时代精神与国家理想方是真正的文化导源。作为特殊身份下的最高文化代言者,构成明朝气质之发端的明太祖心态构成实是特定历史情境下社会心理的集中体现,溯其远源则是来自百年元统的历史刻痕。

第一节　前朝文化生态的历史引叙

千余年间的"夷夏"争锋大抵在北方中国展开,迭兴的民族政权始终未

---

① (清)张廷玉等:《明史》卷六十七,中华书局1997年版,第448页。
② (明)朱元璋:《明太祖集》卷七,黄山书社1991年版,第100页。
③ (清)张廷玉等:《明史》卷四十七,中华书局1997年版,第344页。
④ (清)张廷玉等:《明史》卷四十七,中华书局1997年版,第344页。
⑤ [美]费正清:《费正清论中国:中国新史》,薛绚译,(台湾)正中书局1994年版,第133页。

能建立全国性的统治,金人虽有着破汴梁、掳二帝、中断宋统的象征行为,然"立马吴山第一峰"却终是未竟的梦想。虽有着偏安的不光彩,南方的半壁江山却始终是汉统的延祚,所谓"天命在兹"的文明优越感亦是压倒军事无力的精神胜利。然而,公元 1279 年,宋室末代帝王赵昺由大臣陆秀夫背负蹈海自尽,极具象征意义的殉国事件标志着宋朝统治的终结,取《易经》"大哉乾元"之意建元的元朝完成了中国全境的政权统一,更构建了一个前所未有的广袤版图。有元一代,震惊东西、横扫欧亚的军事辉煌并未在民族心理中激起太大的波澜,世界帝国不足百年的短祚历程亦非讲求长治久安的国史愿意夸耀的统治时段,并造就了无与伦比的文明撞击。尽管此前的北方民族政权有着颇成气象的立国规模和制度文明,有些政权甚至还有着"天下宗主"的意义①,但"溥天之下,莫非王土"的统一象征却有着"天命归统"的完整意义,"自古帝王混一天下,然后可为正统"②,"天下一家,然后可以为正统"③,元朝的全国性政权正是在这层意义上获得了统治的合法性,赢得了传统文化心理的最大认可。"今日能用士而能行中国之道,则中国之主也,士于此时而不自用,则吾民将膏鈇钺,粪土野,其无子遗矣"④,知识精英的文化意识突破了种族观念的篱藩,"中国之道"的推行成为元朝政权之合理性的最佳辩护。"中夏夷狄之名,不系其地与其类,惟其道而已矣。故《春秋》之法,中国而用夷礼,则夷之,夷而进于中国,则中国之,无容心焉。舜生于东夷,文王生于西夷,公刘、古公之俦皆生于戎狄,后世称圣贤焉,岂问其地与其类哉? 元之君虽未可与古圣贤并论,然敬天勤民,用贤图

---

① 《金史·卷七十七·宗弼传》载:"皇统二年二月……宋主遣端明殿学士何铸等进誓表,其表曰:'臣构言,今来画疆,合以淮水中流为界,西有唐、邓州割属上国。自邓州西四十里并南四十里为界,属邓州。其四十里外并西南尽属光化军,为弊邑沿边州城。既蒙恩造,许备藩方,世世子孙,谨守臣节。每年皇帝生辰并正旦,遣使称贺不绝。岁贡银、绢二十五万两、匹,自壬戌年为首,每春季差人般送至泗州交纳。有渝此盟,明神是殛,坠命亡氏,踣其国家。臣今既进誓表,伏望上国蚤降誓诏,庶使弊邑永有凭焉。……'(宗弼)乃遣左宣徽使刘筈使宋,以衮冕圭宝佩璲玉册册康王为宋帝。其册文曰'皇帝若曰:咨尔宋康王赵构。不吊,天降丧于尔邦,亟渎齐盟,自贻颠覆,俾尔越在江表。用勤我师旅,盖十有八年于兹。朕用震悼,斯民其何罪? 今天其悔祸,诞诱尔衷,封奏狎至,愿身列于藩辅。今遣光禄大夫、左宣徽使刘筈等持节册命尔为帝,国号宋,世服臣职,永为屏翰。呜呼钦哉,其恭听朕命。'仍诏天下。"(第 1755—1756 页)宋朝的誓表中称金为"上国",自称为"弊邑",称岁币为"贡",起句的"臣构"更是毫不掩饰放弃了"天下宗主"的地位,甘为附属的藩国。而金朝册封高宗赵构为宋帝的册文中更体现着金朝君临藩国的天朝姿态。尽管宋朝的史料并未记载这一耻辱的史料,然史载缺失的微妙态度中已透露出为尊者讳的曲笔。
② (元)脱脱等:《金史》卷八十四,中华书局 1975 年版,第 1883 页。
③ (元)脱脱等:《金史》卷一百二十九,中华书局 1975 年版,第 2783 页。
④ (元)郝经:《陵川集》卷二十七,上海古籍出版社 1987—1989 年版,文渊阁四库全书本。

治,盖亦骎骎乎中国之道矣"①。古圣君王的出身辩证为元朝皇帝的身份合法觅得了历史立足点,而"敬天勤民,用贤图治"政治形象更是依照中国之道的理想塑造。

然而,知识阶层于治统意义的追寻热情远远大于元朝君王的关注热忱。对多数元代君王而言,儒者赖以安身立命的"道统"寄托却只不过是一种可供选择的统治手段,所持了解也极为有限。

　　王(忽必烈)从容问曰:"孔子没已久,今其性安在?"(张德辉)对曰:"圣人与天地终始,无所往而不在,王能行圣人之道,即为圣人性,固在此帐殿中矣。"王曰:"或云'辽以释废,金以儒亡'有诸?"对曰:"辽事,臣未周知;金季,乃所亲见,宰执中虽用一二儒臣,余则武弁世爵,若论军国大计,又皆不预其内外,杂职以儒进者三十之一,不过阅簿书、听讼、理财而已,国之存亡,自有任其责者,儒何咎焉?"②
　　帝(忽必烈)尝从容问曰:"高丽,小国也,匠工弈技,皆胜汉人,至于儒人,皆通经书,学孔、孟。汉人惟务课赋吟诗,将何用焉!"(赵)良弼对曰:"此非学者之病,在国家所尚何如耳。尚诗赋,则人必从之,尚经学,则人亦从之。"③

"从容问曰"的态度中虽包含着一定亲和意味,但心存疑虑的询问中不仅体现出其对汉人文化、儒家思想的陌生,更隐藏着对"金以儒亡"的预设判断与经验反思,而忽必烈在下诏征聘许衡时,对这位大儒的所学、所长、所能亦有着相似的疑问,"不知而聘"的行为正体现出尝试用之的接纳心理,而"科举虚诞,朕所不取"的明确态度④却已抽去了"道统"实践的制度基石。"元有天下,舆图之广,戎马之强,远迈前古,至于君德治道,则概乎无闻,其稍可称者惟世祖而已,然佳兵好货,崇信异端,终不能变夷狄之故习也。"⑤元世祖忽必烈固是一代英主,"信用儒术,用能以夏变夷,立经陈纪,

① (元)许衡:《鲁斋遗书》卷十四,上海古籍出版社1987—1989年版,文渊阁四库全书本。
② (元)苏天爵:《元名臣事略》卷十,上海古籍出版社1987—1989年版,文渊阁四库全书本。
③ (明)宋濂等:《元史》卷一百五十九,中华书局1976年版,第3746页。
④ (元)许衡:《鲁斋遗书》卷十四,上海古籍出版社1987—1989年版,文渊阁四库全书本。又见于《新元史》卷一百七十,中国书店1988年影印版。
⑤ (明)何乔新:《椒邱文集》卷八,明嘉靖元年广昌刊本,第415—416页。

所以为一代之制者,规模宏远矣"①,其于元人文物制度之开辟建立自然有着垂统树帜的先导意义,然而,帝纪中的颂美或已夹缠了《元史》撰修者崇信儒学、延续道统的热忱,"以夏变夷"的称许不免过誉,元朝的"草原本位"始终是最高统治阶层永不褪去的民族特色②,蒙俗汉制并行于政事民情间,文化的浸染原在民族间日渐扩大的交往中进行,并未有如北魏孝文帝般自上而下的大力提倡。忽必烈于汉家文化的有限认知与并不十分热衷的接纳态度使得知识精英的"道统"延续成为游离于治统之外的边缘政术,在这位雄主"祖述变通"的治国理念中,"儒术"不过是突破民族视域可资借鉴的施政思想,并未有丝毫的独尊意味。尽管忽必烈于"汉法"的主观接纳态度算不得由衷,然其具体执政中毕竟呈现出了"效行儒法"的治国思路,在由儒臣王鹗为忽必烈代拟的《中统建元诏》称:"朕获缵旧服,载扩丕图,稽列圣之洪规,讲前代之定制,建元表岁,示人君万世之传,纪时书王,见天下一家之义,法《春秋》之正始,体大《易》之乾元,炳焕皇猷,权舆治道"③。诏书的宣言俨然塑造了一位继统中原的君主形象,而正是这"中国之道"的推行才使得元朝的统治在社会心理中获得传统认可的据点。但忽必烈所祖述的"列圣洪规,前代定制"乃是包括蒙古"国俗"与汉家制度在内的文化遗产,其间,汉文明于草原文化的同化影响自是不争的事实,然而,游牧文化于农耕文明的撞击亦是不能忽视的历史影响,借助"能行中国之道"的统治者所获得的心理据点在传统社会中辐射出了异样的光彩。

一、礼的嬗变与文化精神的转向

"中国者,礼义之国也"④,作为传统文化生活中标志中国的典范,"礼"的存在与延续无疑是中华文明最为重要的表征之一。千载而下,百王隆替,历代礼俗好尚,仪物节度,或有小异,然社会结构却始终大体相同,"中国的社会阶层体制,历两千余年,基本上维持未变。纵然改朝换代,一批人又一

---

① （明）宋濂等:《元史》卷十七,中华书局1976年版,第377页。
② 在元朝,汉字虽然通行,但蒙古语言文字是法定的官方语言文字,即使在元朝后期的蒙、汉文合璧碑铭中,汉文"大元"国号在蒙语中仍译作"称为大元的大蒙古国"或"大元大蒙古国"。帝后去世后有蒙、汉两种庙号,如忽必烈庙谥为"世祖",而蒙古"国语"谥号则为"薛禅罕",意即贤明之汗。铁穆耳的蒙古"国语"庙号为"完泽笃汗",汉语庙号为"成宗",元朝有八个皇帝具有双重庙号。保存"祖俗"亦始终是元代统治者施政时所着重考虑的要素之一。
③ （元）苏天爵编:《元文类》卷九,上海古籍出版社1987—1989年版,文渊阁四库全书本。
④ 《春秋公羊传注疏》卷三,载（清）阮元校刻:《十三经注疏》(上、下册),中华书局1980年版,第2209页。

批人占据高位,并因战争、暴乱、骚扰等,而造成社会结构周期性的解体,然治乱相寻,又返回原来的形式,包括相同的阶级层次,具有相同的基本特质"①,相同性的保持正在于"礼"的历史延续,所体现的则是一种民族共同意识的文化心理积淀。即表面现象而言,蒙古铁骑的入主似乎重新开启了又一次治乱相仍的周期性解体,战乱后的统一格局俨然有着君臣差序的等级模式,但游牧民族于源自农耕文明的"礼"不免有着心理接纳的文化隔阂,偃兵止戈的治世局面之后却是因民族文化差异而形成的心理撞击。

汉儒马融言,"国之大事,唯祭与戎。王道可观,在于祭祀"②;魏王弼亦称,"王道之可观者,莫盛乎宗庙"③。作为"礼"的重要内容与集中展示,祭祀无疑是王道政治最为直观的仪式体现,传统的礼法精神、帝王的卡里斯玛特质,亦多于"沟通天人"的典礼中获得"奉天承运"的合法意义。在治下汉儒的进谏与熏染④下,忽必烈以政治家的敏锐嗅觉感受到汉人珍视祖先、崇敬天地的文化特质,为博得汉族知识精英及一般百姓的心理认同,忽必烈修建太庙,为祖先树立牌位,修建地坛、社稷坛,以汉礼祭祀,乃至进行一系列颇具规模的尊孔活动。关于帝王谱系的文化建设自然有着"行中国之道"的意味,后代帝王亦大致延续了这些"汉法",然而,形式的设立并不等同于具体的执行,带有政治色彩的典礼行为亦不同于"有孚颙若"的虔诚祭祀,忽必烈本人即很少亲自参加此类活动,多数情况下,仅是派手下的儒臣代为祭祀,后代帝王亦多为效仿,甚至对于代祀者的人选也不太着意了。泰定二年闰正月,浙西道廉访司即进言,"四方代祀之使,弃公营私,多不诚洁,以是神不歆格,请慎择之"⑤,其时祭祀情形可见一斑。"制礼作乐者,天子之职也"⑥,"守宗庙者,天子之职也"⑦,"天子之职莫大于礼,礼莫大于分,分

---

① 转引自韦政通:《中国文化概论》,岳麓书社 2003 年版,第 295 页。

② (唐)李鼎祚:《周易集解》卷五,上海古籍出版社 1987—1989 年版,文渊阁四库全书本。

③ 《周易正义》卷三,载(清)阮元校刻:《十三经注疏》(上、下册),中华书局 1980 年版,第 36 页。

④ 《元史·徐世隆传》载:世隆奏(忽必烈):"陛下帝中国,当行中国事。事之大者,首惟祭祀,祭必有庙。"因以图上,乞敕有司以时兴建。从之,逾年而庙成。遂诏祖宗神御,奉安太室,而大飨礼成。帝悦,赏赐优渥。俄兼户部侍郎,承诏议立三省,遂定内外官制上之。时朝仪未立,世隆奏曰:"今四海一家,万国会同,朝廷之礼,不可不肃,宜定百官朝会仪。"从之,此外,元代儒臣上疏进言,亦多言祭祀,如杨桓、孟攀鳞等,事见其本传。

⑤ (明)宋濂等:《元史》卷二十二,中华书局 1976 年版,第 654 页。

⑥ (唐)韩愈撰,马其昶校注:《韩昌黎文集校注》第二卷,上海古籍出版社 1986 年版,第 124 页。

⑦ (宋)朱熹编:《河南程氏遗书·第十八》,(台湾)商务印书馆股份有限公司 1978 年版,第 233 页。

莫大于名,何谓礼? 纪纲是也;何谓分,君臣是也;何谓名,公侯卿大夫是也①,"盖天子之职,莫大于礼,礼莫大于孝,孝莫大于祭"②,"郊社,所以祀天地,是天子之职"③,传统精英观念中的君王被目为受命于天、沟通天人的最高形象,作为礼乐制度的最高执行者,主祭身份乃是其最为凸显的文化特征与社会职守。④ 然而,元代君王于此的态度却并不热衷,泰定四年春正月,御史台臣言:"自世祖迄英宗,咸未亲郊,惟武宗、英宗亲享太庙,陛下宜躬祀郊庙。"制曰:"朕当遵世祖旧典,其命大臣摄行祀事"⑤。可知,世祖所行的"摄行祀事"实为元代祭祀活动的常例。至正十五年冬十月,(元顺帝)谓右丞相定住等曰:"敬天地,尊祖宗,重事也。近年以来,阙于举行,当选吉日,朕将亲祀郊庙,务尽诚敬,不必繁文,卿等其议典礼,从其简者行之"⑥。元顺帝时的元朝已经统治中原数十年,然敬天重祖的"重事"近年来却阙于举行,元代帝王于"天子之职"的热情诚然有限,即便元顺帝这颇为罕见的"亲祀郊庙",或已夹杂了别的感情色彩。方值元末,社会动荡,岌岌可危,帝王的祀天求助原是惯用手段,在如此背景之下,元顺帝的"亲祀"行为,恐怕并不能仅用仰慕汉法的单一动机来解释。《元史·祭祀志》中有一段颇为精彩的论述:

> 元之五礼,皆以国俗行之,惟祭祀稍稽诸古。其郊庙之仪,礼官所考日益详慎,而旧礼初未尝废,岂亦所谓不忘其初者欤? 然自世祖以来,每难于亲其事。英宗始有意亲郊,而志弗克遂。久之,其礼乃成于文宗。至大间,大臣议立北郊而中辍,遂废不讲。然武宗亲享于庙者三,英宗亲享五。晋王在帝位四年矣,未尝一庙见。文宗以后,乃复亲享。岂以道释祷祠荐禳之盛,竭生民之力以营寺宇者,前代所未有,有

---

① (宋)司马光编著:《资治通鉴》卷一,中华书局1981年版,第2页。
② (明)宋濂等:《元史》卷七十七,中华书局1976年版,第1912页。
③ (明)叶子奇:《草木子》卷二,中华书局1959年版,第25页。
④ 相比之下,至少在士子观念层面中,治理国家却退居其次的要求。传统观念对君王的首要要求是"德",是"天命所归",而不是理国才干,而"德"的追求正源自传统祭祀活动中对祭司个人素质的要求,如要求其"洁""能感通"等等,而这些经过儒家思想过滤,成为立身的道德要求。而所谓的"天命所归"更与祭祀活动中的庇佑心理相通,"君权天子、宗法继承、与道同体是古代君权合法性的三大依据"。(参见张分田:《中国帝王观念——社会普遍意识中的"尊君—罪君"文化范式》,中国人民大学出版社2004年版,第225页)尽管中国传统文化的宗教特征并不明显,但君王的特殊身份无疑有着宗教主的色彩,虽然有着非常中国化的表现,但其身上确也体现出了韦伯所言的"卡里斯玛"特质。
⑤ (明)宋濂等:《元史》卷七十二,中华书局1976年版,第1791页。
⑥ (明)宋濂等:《元史》卷四十四,中华书局1976年版,第926页。

所重则有所轻欤。或曰,北陲之俗,敬天而畏鬼,其巫祝每以为能亲见
所祭者,而知其喜怒,故天子非有察于幽明之故、礼俗之辨,则未能亲
格,岂其然欤?①

　　"能亲见所祭者"的巫祝即是游牧民族的萨满,也称"珊蛮","珊蛮者,
其幼稚宗教之教师也。兼幻人、解梦人、卜人、星者、医师于一身,此辈自以
各有其亲狎之神灵,告彼以过去现在未来之秘密。击鼓诵咒,逐渐激昂,以
至迷罔,及神灵之附身也,则舞跃瞑眩,妄言吉凶,人生大事皆询此辈巫师,
信之甚切"②。蒙古太祝、蒙古巫祝成为元代祭祀活动中最为活跃的角色,
如"其祖宗祭享之礼,割牲、奠马湩,以蒙古巫祝致辞,盖国俗也"③。汉人传
统观念中不入流品的星占巫卜竟然部分地承担了"天子之职",其于社会文
化心理的撞击可想而知。蒙古"其俗最敬天地,每事必称天"④,"其常谈,
必曰'托着长生天底气力、皇帝底福荫'。彼所为之事,则曰'天教凭地'。
人所已为之事,则曰'天识着',无一事不归之天。自鞑主至于民无不
然"⑤。蒙古族的"敬天"自不同于汉家仪典,其所崇拜的"长生天"原是蒙
古萨满教中"永恒的天神"。入主中原的蒙古统治者继续甚至是有意保持
着自己的民族特征,依照本族的习惯祭祀自然神灵与天地祖先,如其"祭祀
的方式以浇祭(洒马奶)为主,这与农业社会之以燔祭为主,恰成强烈的对
比","毡的广泛使用及其丰富的象征意义,正凸现出游牧经济的特色"⑥。
甚至,"掌天下礼乐、祭祀、朝会、燕享、贡举之政令"的礼部也"支持元代中
国所有不同民族实行各自的礼仪的权利,别的民族不必向汉族标准看齐。
例如,畏兀儿人被要求按照自己的礼仪行丧;如果他们无视自己的风俗而按
汉人风俗行丧,他们的财产就会被没收"⑦,以蒙古、色目人主持的政府机构
对本族礼制礼俗自然有着刻意的维护,但民族习俗的多元并存却对传统教
化心理造就了不小的冲击。

　　至正十五年(1355)春正月,大斡耳朵儒学教授郑阿建言:"蒙古乃国家

①　(明)宋濂等:《元史》卷七十二,中华书局1976年版,第1779—1780页。

②　[瑞典]多桑:《多桑蒙古史》(上、下册),冯承钧译,中华书局1962年版,第30页。

③　(明)宋濂等:《元史》卷七十四,中华书局1976年版,第1831页。

④　(宋)孟珙:《蒙鞑备录》,上海古籍出版社2002年版,续修四库全书本。

⑤　(宋)彭大雅:《黑鞑事略》,商务印书馆1937年版,丛书集成初编本。

⑥　胡其德:《十二三世纪蒙古族的宗教信仰》,载林富士主编:《礼俗与宗教》,中国大百科全
书出版社2005年版,第328页。

⑦　[德]傅海波等编:《剑桥中国辽西夏金元史907—1368年》,史卫民等译,中国社会科学出
版社1998年版,第675页。

本族,宜教之以礼,而犹循本俗,不行三年之丧,又收继庶母、叔婶、兄嫂,恐贻笑后世,必宜改革,绳以礼法。"不报。①

"不报"二字实已明白无疑地表明了执政当权者保持本族礼俗的基本态度,至于所谓的世人"贻笑"却不是可以让他们引以为戒的因素,对游牧民族而言,礼法制度着实没有农耕文明下那种不可触犯违逆的权威属性,他们自依本族习俗的行事每每在汉家礼法之外。蒙古族俗,"其冠,被发而椎髻,冬帽而夏笠,妇顶故姑。其服,右衽而方领,旧以毡毳革,新以纻丝金线,色用红紫、绀绿,纹以日月龙凤,无贵贱等差"②;"夷人应酬礼节,无所谓揖逊谦让之仪。其在幕中,宾坐于西北隅,主坐于东北隅。宾之从者即列于西北之下,主之从者即列于东北之下。皆跌迦箕踞,不倚不席也。主人待之,仍饮以乳以茶以酥油,次则酒肉之类。宾主食毕,则以其余者犒从群。然聚食于一幕,而主仆不分也"③,贵贱无别、不事揖谦、尊卑不辨……这些习以为常的蒙古族风俗恰是汉家礼法的忌讳所在,"夫礼者所以章疑别微,以为民坊者也。故贵贱有等,衣服有别,朝廷有位,则民有所让"④,礼以别异,等级差序的仪制规定体现了不同阶层的身份地位,"礼者,人之所履也"⑤。社会角色的区别则标志着相应权责义务的确立,"礼不下庶人,刑不上大夫"所强调的是"遽于事,且不能备物"⑥的特殊情况,"礼"作为具有普遍意义的社会秩序对"庶人"同样有着规范作用,可因具体情况而简略行事,却不能阙废不行。甚至于,"虽王公士大夫之子孙也,不能属于礼义,则归之庶人。虽庶人之子孙也,积文学,正身行,能属于礼义,则归之卿相士大夫"⑦,合乎礼义的平民可以突破士庶界限,跻身君子行列;"相鼠有体,人而无体。人而无礼,胡不遄死"⑧,在文化心理层面的"礼"并没有世袭的特权,未能履行义务的"无礼"贵族将会受到舆论层面的道德谴责,剥夺身份标志,降为"礼所不下的庶人",但草原民族的生活习俗却在诸多礼制层面

---

① (明)宋濂等:《元史》卷四十四,中华书局 1976 年版,第 921 页。

② (宋)彭大雅:《黑鞑事略》,商务印书馆 1937 年版,丛书集成初编本。

③ (明)萧大亨:《夷俗记·北虏风俗·待宾》,中华书局 1985 年版,丛书集成初编本。

④ 《礼记正义》卷五十一,载(清)阮元校刻:《十三经注疏》(上、下册),中华书局 1980 年版,第 1619 页。

⑤ (清)王先谦:《荀子集解》卷十九,中华书局 1954 年版,诸子集成本。《说文》称,"礼,履也,所以事神致福也"。

⑥ 《礼记正义》卷三,载(清)阮元校刻:《十三经注疏》(上、下册),中华书局 1980 年版,第 1249 页。

⑦ (清)王先谦:《荀子集解》卷五,中华书局 1954 年版,诸子集成本。

⑧ 《毛诗正义》卷三,载(清)阮元校刻:《十三经注疏》(上、下册),中华书局 1980 年版,第 319 页。

泯灭了贵贱尊卑的等级差异,"元有天下百年,而常朝之典竟未及举,故史册所载阙焉,其逊于辽金远矣"①,即此而言,元代或可称之为传统观念范畴中又一个"礼崩乐坏"的时代,尽管入主的异族统治阶层有着不同程度的汉化,然就其多数而言,就其于本族习俗的有意维持而言,就其于汉族文明的主观向往程度而言,其于农耕社会之礼乐文明的冲击破坏是不言而喻的。更为深刻的是,元朝的大一统,部分推行的"中国之道"已经使其成为社会意识中"天命认可"的合法统治者,统治者迥异于中原礼仪的风俗习尚背后所蕴藏的正是游牧民族尚质少文、带有强烈世俗色彩的文化精神,这一精神则凭借这一合法据点在礼法社会中辐射出了巨大的心理能量,挑战、冲击着农耕传统中正统意识、礼义价值、社会信仰。就"礼"而言,等级尊卑的区别已经规定了统治阶层执礼守法的义务,在文化心理中,入主中原的蒙古族统治者并不同于蜗居边鄙的蛮夷之邦,他们既已获得"天命"的合法认可,就应依"礼"行事,履行作为上层统治者的仪式义务,然其所奉行的游牧民族礼俗自不能为农耕社会的礼法制度接纳,而这些"违礼者"却又是合法的统治者,其于传统观念、价值判断、意识形态无不造成了巨大的冲击。上层统治者的失礼,意味着君子形象的崩溃、典范作用的失效。上行下效,上层于"礼"的轻蔑所带来的是"礼"在整个社会中的信仰动摇,延续千年的文明礼教面临着前所未有的冲击与挑战,元代成为"中国政治、经济的生活都呈现着异态的时代"②,所谓的"异态"呈现,溯其本源,乃在于"礼"的嬗变,制度层面的"异态"在规则的失效与变迁,心灵层面的"异彩"则在于文化精神的深刻转向。

《荀子·礼论》曰:"凡礼:事生,饰欢也;送死,饰哀也;祭祀,饰敬也;师旅,饰威也。是百王之所同,古今之所一也"③。"饰"成为"礼"最为典范的功能体现与标识特征,"饰,拭也。物秽者,拭其上使明。由他物而后明,犹加文于质上也"④,由"拭物秽,使其明"的日常行为引申至"由他物而后明"的哲理思考,进而推及"加文于质上"的审美判断,而"饰"的文化内涵亦在此种传统思维的习惯延伸中体现。在《荀子·大略》中有一段与《礼论》相同,但略为简略的表述,唐人杨倞注曰:"不可太质,故为之饰"。《礼记·曾子问》又称:"君子以礼饰情。"孔颖达疏曰:"凡行吉凶之礼,必使外内相副,

---

① (清)秦蕙田:《五礼通考》卷一百三十五,上海古籍出版社 1987—1989 年版,文渊阁四库全书本。

② 郑振铎:《中国文学研究》(上、下),人民文学出版社 2000 年版,第 457 页。

③ (清)王先谦:《荀子集解》卷十三,中华书局 1954 年版,诸子集成本。

④ (汉)刘熙:《释名》卷四,中华书局 1985 年版,丛书集成初编本。

用外之情以饰内情";孙希旦《礼记集解》曰:"饰犹表也,有是情而后以礼表之,故曰礼以饰情"。关于"礼"的人文诠释中显然包含着"文质彬彬"的审美理想,而"饰"则可算作由此凸显的文化特色。"夫礼,先王以承天之道,以治人之情"①,以"天道"治"人情"是"礼"之初设时的终极指向,以"天道"而非"人情"作为执行法则的治理思想实已体现了"礼"于"天道""人情"间的立场与态度,取法"天道"的"礼",对于"人情"的态度是"治",是节制,却不是"顺"情放纵,传统文化中"发乎情,止乎礼义"的中庸特质亦由此酝酿。《礼记·礼器》称:"礼之近人情者,非其至者也"。郑玄注曰:"近人情者亵,而远之者敬"②。所谓的"近人情"即有着顺情放纵的意味,不免有轻慢之"亵"自不为中庸原则所认可;又《礼记·三年问》:"斩衰、苴杖,居倚庐,食粥,寝苫,枕块,所以为至痛饰也。"郑玄注称"饰,情之章表也"③,"斩衰""苴杖"此类丧礼仪式成为寄托哀思、抒发悲情的表征,礼以饰情的意义亦在于此,堪作"情之章表"的乃是中规中矩的礼制仪式,却非率性肆意的情感流露。"君子不可以不学,见人不可以不饰。不饰无貌,无貌不敬,不敬无礼,无礼不立"④,"饰—貌—敬—礼"的立身训练所体现的正是由外在言行而内在心性的君子塑造,"饰"则成为士人所以"立于礼"的修身要则。"圣人,文质者也。车服以彰之,藻色以明之,声音以扬之,诗书以光之。笾豆不陈,玉帛不分,琴瑟不铿,钟鼓不耾,吾则无以见圣人矣"⑤,文以饰质,礼以饰情,彬彬而后君子,文质然后圣人,君子人格、内圣理想皆可算作传统文化的核心理念,其所共同具有的"饰"的表征中自然有着一种举止有度、进退有序的典雅精神。元朝"起自漠北,风俗浑厚质朴"⑥,自不以文饰为念,以丧礼而言,"北俗丧礼极简,无衰麻哭踊之节,葬则刳木为棺,不封不树,饮酒食肉无所禁,见新月即释服"⑦,并无斩衰、苴杖之类的琐细礼节;至于欢庆时节,更是载歌载舞,务求尽欢,角抵相搏,竞技尚力,较之投壶赋诗

---

① 《礼记正义》卷二十一,载(清)阮元校刻:《十三经注疏》(上、下册),中华书局1980年版,第1414页。

② 《礼记正义》卷二十四,载(清)阮元校刻:《十三经注疏》(上、下册),中华书局1980年版,第1439页。

③ 《礼记正义》卷五十八,载(清)阮元校刻:《十三经注疏》(上、下册),中华书局1980年版,第1663页。

④ (汉)戴德:《大戴礼记·劝学》卷七,载(清)王聘珍:《大戴礼记解诂》卷七,中华书局1983年版,第134页。

⑤ (汉)扬雄:《扬子法言》卷六,中华书局1954年版,诸子集成本。

⑥ (明)叶子奇:《草木子》卷三下,中华书局1959年版,第59页。

⑦ (元)黄溍:《金华黄先生文集》卷二十八,商务印书馆1926年版,四部丛刊本。

的温文尔雅,自然相去甚远。游牧文化中简质尚情正与汉家仪礼的文饰精神相左,而入主中原的蒙古族统治者则一力维系"国俗旧礼",保持草原本色不失于农耕文明的同化之中,由此则表现出了对于汉家礼法的蔑视。"盖自辽金宋偏安后,南北隔绝者三百年,至元而门户洞开,西北拓地数万里,色目人杂居汉地无禁,所有中国之声明文物,一旦尽发无遗"①,大一统下的文化交流自是不可阻挡的历史潮流,声明文物播布熏染下的"华化"固是潮流所趋之大势,然而,异质文化的交流必然有着双向互动的影响效果,不同民族的文明撞击同样应是不容忽视的影响,尤需注意的是,与历代在争战和亲、互市往来、偏安分治中展开的民族交往相比,一统天下的元朝有着继统而作的天命认可,游牧民族中尚质少文的任情品质凭借这一特殊文化据点呈现出强大的文化张力,使得潜伏于传统底层的世俗精神喷吐而出,迸出异样的光彩。

二、精英的沦落与知识的下移

"道者,万物之所然者,万理之所稽也"②,作为一般知识范畴中的最高理念,"道"于传统社会有着极为深刻的意义,"天下有道,以道殉身;天下无道,以身殉道"③,知识精英的人格塑造与安身托命莫不以"道"为旨归,而传统社会的人文品格与文化精神亦于以承道为己任的士人阶层中默运维持。13世纪的游牧民族入主,武力统一,破坏了原有的文化生态,游牧文明的尚质纵情于农耕社会的礼法秩序构成了极大的冲击,"礼"及以之作为身份标志的士大夫已不再是统治阶层的核心关注,生态变迁下的社会位移改变了知识精英读书仕进的习惯路径,而重新认知、定位自身角色则成为一代士人所必须面对的心灵诉求与历史使命。

关于元代士人地位,"九儒十丐"或者算是最为著名的描述。谢枋得称"滑稽之雄、以儒为戏者曰:'我大元典制,人有十等,一官二吏,先之者,贵之也;贵之者,谓有益于国也。七匠八娼、九儒十丐,后之者,贱之也;贱之者,谓无益于国也'。嗟乎,卑哉!介乎娼之下,丐之上者,今之儒者也"④;郑思肖《铁函心史》载,"鞑法:一官、二吏、三僧、四道、五医、六工、七猎、八

① 陈垣:《元西域人华化考》,上海古籍出版社2000年版,第132页。
② 陈奇猷校注:《韩非子新校注》卷六,上海古籍出版社2000年版,第365页。
③ 《孟子注疏》卷十三下,载(清)阮元校刻:《十三经注疏》(上、下册),中华书局1980年版,第2770页。
④ (宋)谢枋得:《谢叠山集·送方伯载归三山序》卷二,中华书局1985年版,丛书集成初编本。

民、九儒、十丐,各有所统辖"。谢枋得的"滑稽戏言"与郑思肖的遗民心声中不免有胜国遗老的怨气,却已失去了史笔的严肃,所述内容的可信度自然也大打折扣。王士禛即以元儒之《燕石集》《石田集》等皆得奉旨刊行,堪为盛事,故称"元时崇文如此,或谓'九儒十丐',当是天历未行科举以前时语耶"①,陈垣先生更断言,"九儒十丐出于南宋人之诋词,不足为论据"②,然清代史家赵翼则在摘引谢、郑二说后称,"(《心史》)无七匠、八娼之说。盖元初定天下,其轻重大概如此,是以民间各就所见而次之,原非制为令甲也"③。王士禛以元代史实的悖反而生疑,陈垣先生的立足处则在史料文献的信伪辨析,而赵翼的着眼处则在社会现象的历史理解,以文献的眼光而言,"九儒十丐"的说法自不能以信史目之,于文化的视角来看,"九儒十丐"则不失为元代士人所处社会地位一贴切形容。

公元 1237 年末(农历戊戌年),元太宗窝阔台即曾诏令科举,这一极具文化意义的标志性事件便是史上颇有其名的"戊戌选试",然而"当世或以为非便,事复中止","(元)世祖至元初年,有旨命丞相史天泽条具当行大事,尝及科举,而未果行",其后儒臣屡屡请奏,"事虽未及行,而选举之制已立"④,直至元仁宗爱育黎拔力八达延祐二年(1315)三月"始开科,分进士为左右榜,蒙古色目人为右,汉人南人为左,仍用赵孟頫、元明善所议贡试法,凡蒙古由科举出身者,授从六品,色目、汉人递降一级"⑤,从戊戌选试到复议贡举,科举取士中断近八十年,延祐首科进士许有壬喟然叹曰:"(元之贡举)倡于草昧,条于至元,议于大德,沮尼百端,而始成于延祐,亦夐夐乎其艰哉! 三十年来,得人之列于庶位者,可枚指也"⑥。"夐夐乎其艰"的远不止于制度萌生的曲折,元制,科考三年一次,延祐而后,共举行 16 次⑦,正榜共取士约一千二百人⑧,因左右分榜,汉人所占不过半数,每科平均不过三十几人,可知其时科第出身之不易。剧减的名额并未给汉人及第者造就便利通达的仕途,汉人授职,"例不过七品官,浮湛常调,远者或二十年,近

---

① (清)王士禛:《居易录》卷三,齐鲁书社 2007 年版,第 3726 页。
② 陈垣:《元西域人华化考》,上海古籍出版社 2000 年版,第 133 页。
③ (清)赵翼:《陔余丛考》"九儒十丐",河北人民出版社 1990 年版,第 899 页。
④ (明)宋濂等:《元史》卷八十一,中华书局 1976 年版,第 2017—2018 页。
⑤ 《续文献通考》卷三十四,上海古籍出版社 1987—1989 年版,文渊阁四库全书本。
⑥ (元)许有壬:《至正集》卷三十五,上海古籍出版社 1987—1989 年版,文渊阁四库全书本。
⑦ 至元时期,因权相伯颜废科,停举两次。
⑧ 《元史·选举志》载:"天下选合格者三百人赴会试,于内取中选者一百人,内蒙古、色目、汉人、南人分卷考试,各二十五人",可知,按例 16 科取士,当取 1600 人,但实际人数仅为额定人数的四分之三,由此,亦略可窥见元代科举之衰落。

者犹十余年,然后改官。其改官而历华要者十不能四五;淹于常调、不改官
以没身者十八九"①,"朝为田舍郎,暮登天子堂"早已蜕变为戏文中的理想
寄托,"儒人今世不如人"②,被列为"儒户"的读书人不免沦落下层:"国朝
儒者,自戊戌选试后,所在不务存恤,往往混为编氓"③。虽然忽必烈曾于至
元十三年(1276)诏令,"敕诸路儒户通文学者三千八百九十,并免其徭
役"④,乃后,至元二十五年(1288)、大德十一年(1307)、至大二年(1309)皆
均有优免儒户杂役之令。然在法令松弛的元代,事实上并未能遵命行事,
"至元有诏,蠲免身役,州县奉行弗虔,差徭如故。逮大德中,有司奉准投下
户计,与民一体当差杂,然喜曰,儒人在内,吾一网尽矣。公时持节金陵,闻
之奋然曰,儒人岂投下户计耶? 呈台力辨其非,遍行诸路禁约科扰,有司旁
缘法意,持之迄不肯从"⑤,《庙学典礼》卷四亦载,"儒户亦作投下户,计与
民一体科差勾扰","投下"一语,源自辽代,蒙古语称爱马,指诸王、驸马、勋
臣所属的人户或封地⑥,最先的投下户来自战俘,在军事征服者的眼中,自
然有着奴隶的意味,须向朝廷及隶属的领主纳赋服役。至皇庆元年(1312)
更诏令,"除边远军人并大都至上都自备首思站赤户外,其余诸役下,不以
是何户计,与民一体均当",明言儒户的杂泛差役不得例外。⑦ 从四民之首
沦为带有奴隶色彩的投下户,仕进的途径狭隘难通,读书人的唯一实
利——蠲免杂役又被撤销。尽管作为民间自由学者的"儒"是中国社会
自秦汉以后一特别重要之流品,即元朝统治者眼光及其政治设施而言,
"彼辈既不能执干戈入行伍,又不能持筹握算为主人殖货财,又不能为医
匠打捕,供主人特别之需求,又不能如农民可以纳赋税,故与'丐'同
列"⑧,"介乎娼丐间"的尴尬处境所折射出的是知识精英在文化生态之历
史变迁中的人文困境。

　　元代大儒姚燧曾言,"大凡今仕惟三途,一由宿卫,一由儒,一由吏。由

---

① (元)苏伯衡:《送楼用章赴国学序》,载《苏平仲集》卷六,中华书局1985年版,丛书集成初
　　编本。
② 无名氏:《举案齐眉》;又马致远《荐福碑》有"你本是儒人,我着你今后不如人";石君宝
　　《秋胡戏妻》亦称"原来这秀才每当正军。我想着儒人颠倒不如人"。
③ (元)陶宗仪:《南村辍耕录》卷二,中华书局1959年版,第24页。
④ (明)宋濂等:《元史》卷九,中华书局1976年版,第181页。
⑤ (元)陆文圭:《墙东类稿》卷十二,上海古籍出版社1987—1989年版,文渊阁四库全书本。
⑥ 参见《汉语大词典》"投下"条;参见周良霄:《元代投下分封制度》,载《元史论丛》第2辑;
　　参见白寿彝总主编:《中国通史》第13册,上海人民出版社1999年版。
⑦ 参见《沈刻元典章》卷三十一,《礼部·四·儒学·儒人差役事》,中国书店1990年版。
⑧ 钱穆:《国史大纲》(上、下册)(修订版),商务印书馆1996年版,第657—658页。

宿卫者言,出中禁,中书奉行,制敕而已,十之一。由儒者则校官,及品者提举教授,出中书,未及者则正录,而下出行省宣慰,十分一之半。由吏者,省台院、中外庶司、郡县,十九有半焉。吏部病其自九品而上,宜得者绳绳来无穷,而吾应者员有尽,故为格以扼之,必历月九十始许入官,犹以为未也,再下令后是增多,至百有二十月。呜呼,积十年矣! 劳乎哉!"①这篇文字作于"大德己亥秋八月上弦日",中断的科举尚未重开,"宿卫""儒""吏"的仕途选择中,得以亲近君王者,实属寥寥,"儒""吏"虽算是颇具可行性的入仕途径,然而"以吏进者,年二十即从仕,十年得补路吏,又十年得吏目,又十年可得从九,中间往复,给由待阙,四十余年才登仕版,计其年已逾六十矣。或有病患事故,旷废月日,七十之翁,未可得一官也。以儒进者,自县教谕升为路学录,又升为学正,为山长,非二十年不得到部,既入部选阶,在选坑之中,又非二十余年不得铨注,往往待选至于老死不获一命者有之。幸而不死,得除一教授,毫且及之矣"②,"学优则仕"的传统进身路线实已在"儒者无用"的治国观念下中断,《元史》称,"当时仕进有多岐,铨衡无定制",一般学校、荐举之外,"又一荫叙有循常之格,而超擢有选用之科。由直省、侍仪等入官者,亦名清望。以仓庾、赋税任事者,例视冗职。捕盗者以功叙,入粟者以赀进,至工匠皆入班资,而舆隶亦跻流品。诸王、公主,宠以投下,俾之保任。远夷、外徼,授以长官,俾之世袭。凡若此类,殆所谓吏道杂而多端者欤!"③并无一定标准的铨选体制所带来的则是官员组成之身份、修养的驳杂不齐,加之世袭资格的保持,特权势力的干涉等对公平铨选的影响,营私舞弊、托请攀附的官场恶习自然滋生。"国朝混一之初,力革虚伪,选任实才,此时求进者少,人心犹有古意。近年以来,幸门大开,庸妄纷进,士行浇薄,廉耻道丧,虽执鞭拂须,舐痔尝粪之事,靡所不为,其有攀附营求即获升迁者,则众口称之羡之,以为能;若安分自守,羞于干谒者,则众口讥之笑之,以为不了事,习以成风,几不可解矣。"④体制内成员的腐化直接影响了制度的执行。1315年,科举重开,然而,考场中的贪污作弊、欺诈不公除直接导致取士质量的下降,更大大挫伤了士人的仕进热情。"蒙古人和色目人组成的两级特权

---

①　姚燧:《牧庵集》卷四,上海古籍出版社 1987—1989 年版,文渊阁四库全书本。

②　《郑介夫奏议》,载(明)杨士奇等编:《历代名臣奏议》卷六十七,上海古籍出版社 1987—1989 年版,文渊阁四库全书本。

③　(明)宋濂等:《元史》卷八十一,中华书局 1976 年版,第 2016 页。

④　《郑介夫奏议》,载(明)杨士奇等编:《历代名臣奏议》卷六十七,上海古籍出版社 1987—1989 年版,文渊阁四库全书本。

阶层垄断了通过社会地位与权力而获得的利益,这直接冲击了旧的具有学问与修养的汉人精英阶层的存在,冲击了他们在政治与社会上作为领袖的传统"①。有元一代,"秩随科第临时贵"②已成为汉族士人心底无限依恋却无法实现的旧梦,百年间,汉族知识精英获据高位者屈指可数,"儒家何如巫医"③的定位实为元朝统治集团的普遍观念,"儒以纲常治天下,岂方技所得比"的认识却非以武力征服天下的统治者所能完全理解接纳的,元代"择吏之初,颇由于儒,而所谓儒者,姑贵其名而存之尔"④。注重实利、尚质少文的元朝统治者,对于传统政治的道德规范、礼法原则并不认可,自然也不会对秉持此种精神、以之为业的儒士另眼看待。上层的冷漠态度导致了儒士施展抱负的最佳保障——科举制度在朝臣的争议中被搁置了数十年。

　　　　宋暮年,儒风骤盛;荒邑小聚,犹数十家,书声相闻。科场既罢,士各散去;经师宿儒,槁死山林;后生晚进,靡所矜式。⑤
　　　　金季丧乱,士失所业,先辈诸公,绝无仅有,后生晚学,既无进望,又不知适从。或泥古溺偏,不善变化,或曲学小材,初非适用。故举世皆曰:儒者执一而不通,迂阔而寡要,于是士风大沮。⑥

　　制度的嬗变改变了儒士以"学而优则仕"为保障的"修齐治平",处于元代文化生态中的知识精英亦不得不面对自身地位的沦落现实,"(读书人)更多情况下是意味着一种身份,如果阶级这个词意味着不以世系为条件的身份,那么读书人也可以换言为阶级。这是因为读了书,就标志着文化与政治的一种身份。不能参与政治的人就是'庶民',这是相互对立的概念"⑦。仕途阻塞难通的事实已基本剥夺了知识分子参与政治与上层文化建设的资格,失去身份标志的"读书人"在某种程度上或者还不及原先的"庶民","生

---

① ［德］傅海波等编:《剑桥中国辽西夏金元史907—1368年》,史卫民等译,中国社会科学出版社1998年版,第722页。
② 《罗隐集·甲乙集·裴庶子除太仆卿因贺》,中华书局1983年版,第125页。
③ (明)宋濂等:《元史》卷一百二十五,中华书局1976年版,第3072页。
④ (元)赵世延等:《经世大典序录》,载(元)苏天爵编:《元文类》卷四十,上海古籍出版社1987—1989年版,文渊阁四库全书本。
⑤ (元)陆文圭:《墙东类稿》卷十二,上海古籍出版社1987—1989年版,文渊阁四库全书本。
⑥ (元)王恽:《秋涧集》卷四十,上海古籍出版社1987—1989年版,文渊阁四库全书本。
⑦ ［日］吉川幸次郎:《中国的读书人》,转引自张哲俊:《吉川幸次郎研究》,中华书局2004年版,第95页。

员不如百姓,百姓不如祇卒"①,"小夫贱隶,亦以儒为嗤诋"②,曾为上层者
在沦落之后不免会受到早先"位卑者"的讥嘲,元杂剧中比比皆是的寒儒、
腐儒形象中正纠缠着民众的嘲弄心理和儒士的自嘲心境,"九儒十丐"之后
的心态中亦夹缠着这两种嘲讽,自然也有对社会的不满怨愤。然而,"士失
所业"终究是不争的事实,"既无进望,又不知适从"正体现了元代士人在失
去仕进保障后的不知所措,无根的失落正是一代士人的普遍心境:

> 人道是文章好济贫,偏我被儒冠误此身,到今日越无求进,我本待
> 学儒人倒不如人。昨日周,今日秦,(带云)似这般途路难逢呵,(唱)可
> 着我有家难奔,恰便似断蓬般移转无根。道不得个地无松柏非为贵,腹
> 隐诗书未是贫,则着我何处飘沦?③

托古讽今的怨诽中隐含着"何处飘沦"的归宿寻觅,"士无入仕之阶,或
习刀笔以为吏胥,或执仆役以事官僚,或作技巧贩鬻以为工匠商贾"④。吏
胥仆役、工匠商贾,原是为士所不齿的所谓"贱业",然而,在养家糊口的生
存压力中与"执一不通,迂阔寡要"的能力指责中,元代士人开始调整视角,
重新进入社会。"世路羊肠剧艰险,天心应厌著儒冠"⑤,在"儒冠误身"的
现实反思中,知识精英放弃了"学而优则仕"的传统设计,而失去身份标志
的"读书人"亦获得了自由融入庶民群体的便利。士失所业,但所学的知识
却不会遗失,相当数量的儒士群体在社会身份的角色转换中继续保持着原
有的知识传统,并将自身的知识优势扩散到日益广阔的社会接触中。"夫
吏之与儒,可相有而不可相无,儒不通吏,则为腐儒,吏不通儒,则为俗吏,必
儒吏兼通而后可以莅政临民"⑥,政府行为的具体执行者⑦获得传统知识的

---

① (元)李继本:《与董涞水书》,载《一山文集》卷八,上海古籍出版社1987—1989年版,文渊
　阁四库全书本。
② (元)余阙:《贡泰父文集序》,载《青阳先生文集》卷四,商务印书馆1926年版,四部
　丛刊本。
③ (元)高文秀:《须贾大夫谇范叔》,载(明)臧晋叔编:《元曲选》下册,中华书局1958年版,
　第1212页。
④ (明)宋濂等:《元史》卷八十一,中华书局1976年版,第2017页。
⑤ (元)张宇:《石泉集·感怀》,载(清)顾嗣立编:《元诗选三集》卷一,中华书局1987年版,
　第12页。
⑥ 《郑介夫奏议》,载(明)杨士奇等编:《历代名臣奏议》卷六十七,上海古籍出版社1987—
　1989年版,文渊阁四库全书本。
⑦ (元)王恽:《秋涧集》卷四十六《吏解》称:"领持大概者,官也","办集一切者,吏也";
　(元)吴师道:《礼部集》卷十《原士》称:"任奔走服役者,胥徒也"。

补充,知识精英亦可于施政实践中检验自己的知识,更获得直接面对民众的机会,于政令的宣告、解释、推行中并有知识普及的完成①,"习文法吏事而又缘饰以儒术"②历来是颇为传统认可的行政手段,出于对吏治的不满,"仁皇惩吏,百司胥吏听儒生为,然而儒实者不屑为,为者率儒名也"③,士人的观念中依然有着对胥吏的鄙薄,而道德规范下的个人修养亦不愿沾染弊端丛生的媮薄吏习,"修齐治平"的人生路线虽因反常的社会条件而扭曲,但传统的教化职能依然可在民间部分地实现,而延祐年间重开的科举毕竟还是为知识精英提供了仕进的可能,尽管有名额的压缩与科场的不公,但并不排除部分人"学而优则仕"的理想实现。

> 我朝上自京师,下至州县,莫不有学,学有生徒,有廪膳,而又表章程朱之学,以为教于天下,则其养与教,岂不超乎唐宋,而追踪三代欤④。

> 我元统一海宇,学制尤备,郡若州邑,莫不有学,学莫不有官,尚虑其浚导未溥,而渐被未洽也。凡先贤过化之地,达尊之所居,德善之所莅,及于人而不能忘好义者,出规为学官以广教育,则为之署额,为之设官秩,视下州之正,天下之大,远州下邑,深山穷谷,增设者不知其几区也。夫以增设之广,视宋有加,人才之出,宜亦倍宋,自今视昔,果何如哉?⑤

曾被视作"伪学"的朱子学说竟然于元朝统治之下获得国家的认可,成为普遍的知识权威,于朱子后学自是莫大的鼓励,不免激生出超轶唐宋的情怀。元朝统治者于学政建设、文治教化的热情实难与唐宋并论,执政者"不念每以厚风俗为务,如孝行复役,节妇有旌,议婚姻,立学师,表淑慝,忠臣义士岁有常秩之类,非不家至户晓,然终无分寸之效者,徒文具虚名而已"⑥,

---

① 危素在《送陈子嘉序》中即称:"国朝草昧之初,天下豪杰乘风云而起者众多矣,然皆布列乎朝廷,以谋大事发大议。至于郡县,往往荷毡被毳之人,捐弓下马,使为守令,其于法意之低昂,民情之幽隐,不能周知而悉究,是以,取尝为胥曹者,命之具文书上,又详指说焉,彼胥吏之患中原,吾不知也"(《说学斋稿》卷二)。按:危素(1303—1372)虽身仕两朝,然此序作于戊寅年(1338),可知所称"国朝"为指元代而言。
② (汉)司马迁:《史记》卷一百一十二,中华书局1959年版,第2950页。
③ (元)许有壬:《至正集》卷七十二,上海古籍出版社1987—1989年版,文渊阁四库全书本。
④ (元)鲁贞:《桐山老农集》卷一,上海古籍出版社1987—1989年版,文渊阁四库全书本。
⑤ (元)许有壬:《至正集》卷三十六,上海古籍出版社1987—1989年版,文渊阁四库全书本。
⑥ (元)王恽:《秋涧集》卷三十四,上海古籍出版社1987—1989年版,文渊阁四库全书本。

军事征服者淡漠的态度——既不十分重视,亦不压制——这无疑给了地方官吏可以自行其是的便利,无论是以儒为吏者,还是因科举获官者,或是作为官僚的仆役,其中的汉族文士有着相当大的比例,再有就是颇具地方影响力的乡间士绅,对这些传统知识熏陶下的群体而言,"道统""学统"的自觉维系、礼义信念的秉持继续、文明传承的责任、自我价值的体现等历史意识与文化精神的凝聚积淀①,使得"立学"以教化成为其引以自任的文化使命,甚至有"出规为学宫以广教育"的举措,学校之风蔚然称盛。需要指出的是,元代的官学尚有蒙古字学、医学、阴阳学等类别,亦颇具规模,如蒙古字学中"百官子弟之就学者,常不下二三百人"②,而医学更是"上自京师,以至列郡州县,各设师弟子员,比十儒学"③,非儒学学校的兴盛再次说明了元代统治者的草原本位政策及其对知识精英的一般态度,在元代所奉行的多元文化政策及务实少文的风俗习尚中,在他们眼中并无太大实用价值的儒学自然没有特别显著的地位,设立学校的诏令原是因许衡等几位大儒的建议请求而发出的,其目的是为国家培养、储备人才,儒学的提倡自非核心的关注。但是,国家的诏令毕竟在客观上为知识的普及创造了条件,亦为沦落的精英提供了稍具体面的安身之所。"(至元)二十八年,令江南诸路学及各县学内,设立小学,选老成之士教之,或自愿招师,或自受家学于父兄者,亦从其便。其它先儒过化之地,名贤经行之所,与好事之家出钱粟赡学者,并立为书院"④。这条关于启蒙教育的诏令批准了两种民间办学的形式:私学和书院。而二者于学术传统的形成与理学的推广、知识的普及等均有着极大的推动作用。狭隘的科举途径使得知识资源在通往上层时中途受阻,而民间办学的兴起则为沦落的儒士提供了向下层散播知识的契机,借助民

① 元好问被元代文士看作宗主式的人物,《金史》本传称:"好问蔚为一代宗工,四方碑板铭志尽趋其门";顾嗣立《元诗选》将元好问列为开卷第一人,称,"自中原板荡,风雅道衰,汴京之亡,故老都尽。先生蔚为一代宗工,以文章独步者几三十年",在对其评骘中,颇可见出元代士人的文化精神;郝经《祭遗山先生文》称,"收有金百年之元气,著衣冠一代之典刑,辞林义薮,文模道程,独步于河朔者几三十年,岂非造物者之所在,而斯文殆将兴邪";又徐世隆《元遗山文集序》称:"窃尝评金百年以来,得文派之正,而主盟一时者……北渡则遗山先生一人而已。自中州骇丧,文气奄奄几绝。起衰救坏,时望在遗山。遗山虽无位柄,亦自知天之所以界付者为不轻,故力以斯文为己任"。
② 柯劭忞:《新元史》卷六十四,中国书店 1988 年影印版。
③ (元)安熙:《默庵集》卷四,上海古籍出版社 1987—1989 年版,文渊阁四库全书本。
④ (明)宋濂等:《元史》卷八十一,中华书局 1976 年版,第 2032 页。按《新元史》作"二十八年三月,命各路各县学内设立小学,选请老成之士教之。或自愿招师,或自从其父兄者,听便。其它先儒讲学之地,与好事之家出私钱赡学者,并立为书院",未言所限为江南诸路。

间的办学力量,一般民众获得了接受知识的机会,而士人亦在维持生计的同时部分地实现了"教以化之"的传统职能。

此外,元代庙学要求地方官吏在祭孔礼毕之后,"从学官主善诣讲堂,同诸生并民家子弟愿从学者讲议经史,更相授受,日就月将"①,孔子被忽必烈认为是"天的怯里马赤",备受尊崇,其中自也夹杂着宗教崇拜的色彩②,而庙学的经史讲议亦有些佛教"俗讲"的味道,"庙学"讲经的用意原在"教化可明,人材可冀",一般听众并无身份资格的特别限制,定期举办的庙学成为儒学知识的世俗普及,通过宣讲进入民众生活的道德观念、礼法意识则在知识的下移中延续着自身的传统。尤应注意的是被誉为"一代农政之善者"的"劝农立社",元制"诸县所属村疃,五十家为一社,择高年晓农事者立为社长。增至百家,别设社长一员。不及五十家者,与近村合为一社。社远人稀,不能相合,各自为社者听。社长专以教劝农桑为务,本处官司不得将社长差占,别管余事。……每社立学校一,择通晓经书者为学师,农隙使子弟入学。如学文有成者,申覆官司照验"③,社学在一定意义上所延续的是古代"乡里之教"的传统,然古之党正,"凡其党之祭祀、丧纪、昏冠、饮酒,教其礼事,掌其戒禁"④,与之相比,"教劝农桑"的社长、"通晓经书"的学师或已有了更为细密的分工,值得注意的是,"劝农务学"的职能规划中更透露出游牧民族务实尚质的文化精神,"教其礼事"已非核心的关注,一般知识的广泛普及对于社会规范的建立、政府法令的推行乃至农业技能的提高⑤

---

① 《庙学典礼》卷一,上海古籍出版社 1987—1989 年版,文渊阁四库全书本。

② (明)叶子奇:《草木子》卷四载:"昔世祖尝问孔子何如人,或应之曰'是天的怯里马赤',世祖深善之。盖由其所晓以通,深得纳约自牖之义"。怯里马赤,蒙古语,即翻译者。引申为代言人,蒙古族习俗最为敬天,孔子为天代言的圣人品质,自然使得蒙古族统治者对这位先哲尊礼有加。

③ 柯劭忞:《新元史》卷六十七,中国书店 1988 年影印版。按:西方学者舒尔曼在其《元代经济结构》中则认为:"至 1286 年,按照《元史》的说法,有 20166 个社学。但是这个数字看来是言过其实的,因为社的领导者意识到期待他们做什么,从而可能向中央政府夸大他们的报告,虚报学校数量增加的假象。普及教育系统的幻想肯定从未实现,事实上,甚至在全中国普遍组建社的证据也是很少的。"(转引自[德]傅海波等编:《剑桥中国辽西夏金元史 907—1368 年》,史卫民等译,中国社会科学出版社 1998 年版,第 516 页)舒尔曼对数字、办学规模的分析颇见真知,但需要注意的是,民间有大量的知识分子需要谋求生计,同时民间对知识始终有着尊敬以及希望接近的诉求,中国的农业社会的周期特点同时也提供了时间上的可能。因此,元代社学虽未必有全国普及的浩大规模,但数量亦绝不会少。

④ 《周礼注疏》卷十二,载(清)阮元校刻:《十三经注疏》(上、下册),中华书局 1980 年版,第718 页。

⑤ 元朝政府曾先后刊印《农桑辑要》一万部,颁行于地方各级司农官员,大德八年,诏令刊刻王祯所著《农书》,颁布于世,此外,元代尚有鲁明善《农桑衣食撮要》流传。农民文化水平的提高,有能力阅读农书,自然有助于提高农业生产力。

等无疑有着积极的现实意义,"事在似缓而实急者,学校是也。盖学校者风化之本,出治之原也。诸路虽设有学官,所在官司例皆视同泛常,不肯用心勉励,以致学校之事有名无实。由是吏民往往不循理法,轻犯宪章,深不副朝廷宣明教化之意"①。至元六年四月的这封诏书是为元代统治者立学用意之凸显。然而,不能忽视的是,随着知识的下移,与一般知识紧密绑缚在一起的道德规范、礼义观念、立身原则、处世智慧等思想资源和文化精神亦有机地融入于下层民众对文化常识的接纳中,这自然可以看作是教化传统的延续与扩展,而知识精英的普遍信仰、人生准则亦因进入庶民世界而面临着世俗精神的检验、过滤、改造。

知识的传播与转移并不限于学校教育一途,文化生态的变迁使得"万般皆下品,唯有读书高"的儒士不幸沦为与巫医百工同列的社会品级。读书仕进的不见希望、衣食温饱的生活维持,种种压力下,士失所业,改换身份,混迹于市井诸行。社会角色的重新认知造就了儒士与社会各阶层的更为广泛、频繁的交往,而曾经的知识训练并不因元代士人的双重身份而遗失,进入社会交往中的知识,一方面因民间对知识的普遍尊敬以及知识为现实生活所带来的便利,而造成了更为广泛的知识下移;同样,市井人文的世俗精神亦极深刻地影响着身份转变后的士人生活,甚至生成一种可以标举一代的文化品格。

三、语言的改造与俗文学的激发

无论是"汉人无补于国,可悉空其人以为牧地"②的幼稚建议,还是"本朝旧俗与汉法异,今留汉地,建都邑城郭,仪文制度,遵用汉法,其故何如?"③的贵族质问,莫不体现出元朝统治者的草原本位思想。在他们眼中,祖宗旧俗原是比汉家法制更应恪守和保持的传统规范,相互交往中的农耕文明虽也浸染同化了相当的军事征服者,但仍然有相当的统治者在着意保持着自己的民族本色,所谓的"仿效汉法",更多的只是作为治理国家的手段,并无太多积极的热忱。至于更为精致深层的汉人文化,对这些本就于文治不甚用心的统治者而言,更是缺乏关注的兴趣。

"元起朔方,本有语无字。太祖以来,但借用畏吾字以通文檄。世祖始用西僧八思巴造蒙古字,然于汉文则未习也。《元史》本纪,至元二十三年,

---

① 柯劭忞:《新元史》卷六十四,中国书店 1988 年影印版。
② (明)宋濂等:《元史》卷一百六十四,中华书局 1976 年版,第 3458 页。
③ (明)宋濂等:《元史》卷一百二十五,中华书局 1976 年版,第 3073 页。

翰林承旨撒里蛮言,国史院纂修《太祖》、累朝《实录》,请先以畏吾字翻译进读,再付纂定。元贞二年,兀都带等进所译《太宗》、《宪宗》、《世祖实录》,是皆以国书进呈也。其散见于他传者,世祖问徐世隆以尧、舜、禹、汤为君之道,世隆取书传以对,帝喜曰:'汝为朕直解进读。'书成,令翰林承旨安藏译写以进。曹元用奉旨译唐《贞观政要》为国语。元明善奉武宗诏,节《尚书》经文,译其关于政事者,乃举文陞同译,每进一篇,帝必称善。虞集在经筵,取经史中有益于治道者,用国语、汉文两进读,译润之际,务为明白,数日乃成一篇。马祖常亦译《皇图大训》以进(皆见各本传)。是凡进呈文字必皆译以国书,可知诸帝皆不习汉文也。"①元裕宗算是于汉家文化最为留心的,惜未即位而薨,即如最能亲儒重道的元仁宗,"然有人进《大学衍义》者,命詹事王约等节而译之,则其于汉文盖亦不甚深贯。至朝廷大臣亦多用蒙古勋旧,罕有留意儒学者。世祖时,尚书留梦炎等奏,江淮行省无一人通文墨者,乃以崔或为江淮行省左丞(《或传》)。李元礼谏太后不当幸五台,帝大怒,令丞相完泽、不忽木等鞫问,不忽木以国语译而读之,完泽曰:'吾意亦如此。'是不惟帝王不习汉文,即大臣中习汉文者亦少也"②。帝王、大臣尚且如此,一般官员的汉化程度亦可想而知了。

今蒙古、色目人之为官者,多不能执笔花押,例以象牙或木刻而印之,以为押字。宰辅及近侍官至一品者,得旨,则用玉图书押字,非特赐不敢用。③

北人不识字,使之为长官或缺正官,要题判署事及写日子,七字钩不从右七而从左午转,见者为笑。④

元代所推行的民族等级制度为蒙古人、色目人提供了仕进、科举等方面的种种优待,遂形成"天下治平之时,台、省、要官皆北人为之,汉人、南人,万中无一二;其得为者,不过州、县卑秩,盖亦仅有而绝无者也"⑤。执掌要职的北人高官因文化水平与语言隔阂的双重制约,故而在政令民情的知晓、处理中必须借助翻译通事,以便统治。忽必烈在至元六年(1269)的诏书亦称,"我国家肇基朔方,俗尚简古,未遑制作,凡施用文字,因用汉楷及维吾

① (清)赵翼著,王树民校证:《廿二史劄记校证》卷三十,中华书局1984年版,第687页。
② (清)赵翼著,王树民校证:《廿二史劄记校证》卷三十,中华书局1984年版,第687页。
③ (元)陶宗仪:《南村辍耕录》卷二,中华书局1959年版,第27页。
④ (明)叶子奇:《草木子》卷四,中华书局1959年版,第82—83页。
⑤ (明)叶子奇:《草木子》卷三上,中华书局1959年版,第49页。

字,以达本朝之言",然以元代统治者有限的汉字水平而言,其所能接受理解则多是极为浅显的白话语言,公文往来中蒙汉互译,自须照顾上层统治者的接受能力,通俗易懂。明白如话,方是适合的风格。

> 至元十四年三月,钦奉圣旨道与……淮西庐州地方,为咱每军马多年征进,百姓每抛下的空闲田地多有,若自愿种田的人,每教种者……①
>
> 释迦牟尼佛道子里,不行经文的,勾当裹不谨慎,别了行的每根底,依体例要了罪过。是那个寺里的和尚呵,只教做那寺里的种田地里者。和尚的勾当里不谨慎,要了肚皮,觍面皮呵,宣政院官并僧官每,不怕那甚么?圣旨。钦此。②

至元六年正月十七日,钦奉圣旨:"如今鹅过来,放海青时分,省会中都路地面城里、村里人每,若是海青拿住鹅呵,恐怕人不识,将海青打伤。若拿住海青的人,送与本处官人每,教好人送将来者。如海青拿不住鹅呵,坐落的田地里,或是拿着鸡儿,休打者。人见呵,拿住送将来者。拿不得呵,教人看着,报知本处官司,转送与鹰房子每者。"③

至元二十八年五月初八日,中书省奏:"桑哥大都的富户每根底,自己隐藏着,和买检钞时分,不拣甚么差发不教着,却教穷百姓每生受来。别箇的官人每,隐藏着来的也多有。上位道是:'可怜见,教省官人每为头里外大小,不拣谁,开库的,铺席做买卖的人每,不拣谁的,都厮轮当编排着应当。'这般道了,不当差发的,隐藏着别人的,重要罪过。"么道。奏呵,"那般者",么道,圣旨了也。钦此。④

帝王钦旨、大臣奏章、公牍法令中比比皆是的俚语方言自是统治集团民族特色、文化水平的反映,《元典章》"于当年法令,分门胪载,采掇颇详,固宜存备一朝之故事。然所载皆案牍之文,兼杂方言俗语。浮词妨要者十之七八。又体例瞀乱,漫无端绪。观省劄中有置簿编写之语,知此乃吏胥钞记

---

① (元)元世祖:《开荒田土无主的做屯田诏》,载李修生:《全元文》卷十,凤凰出版社1998年版,第350页。

② 《元典章》刑部卷之一典章三十九,"和尚犯罪种田"条,天津古籍出版社2011年版,第1346页。

③ 方龄贵校注:《通制条格校注》卷十五,中华书局2001年版,第444页。

④ 方龄贵校注:《通制条格校注》卷四,中华书局2001年版,第200页。

之条格,不足以资考证。故初拟缮录,而终存其目焉"①,四库馆臣的存目态度正体现出元代公文的通俗色彩,鄙俚浅显的白话虽然难入饱学之士的法眼,但这些刊布、公行于天下的文书条令却有着改造文字的效用,于社会风尚的转移亦颇具影响。《通制条格》是元仁宗择"耆旧之贤、明练之士,时则若中书右丞伯杭、平章政事商议中书刘正等,由开创以来政制法程可著为令者,类集折衷,以示所司"②,尽管有"耆旧之贤、明练之士"的参与,但"以示所司"的样板功能却使得这部元代法令公文的汇编保持着颁布时的原貌,毕竟,润饰后的典雅文言是元朝统治者所不喜亦不能接受的。所谓"奏议宜雅,书论宜理"的传统文体规范已被游牧民族尚质少文的世俗精神所颠覆,陆机有云,"碑披文以相质","碑以叙德,故文质相半",然元代的许多碑刻则是按蒙古语的结构,以当时的口语、俗语直译作汉文的,自然多以简质为尚,其于文饰则较少考虑。"元朝行移文字,其正书(汉字)则自前而后,蒙古书则自后而前,畏吾儿字则横书,别立译史"③,蒙汉文间这种刻意照顾接受者文化水平的转译或可称一种满是白话色彩的"硬译"④。

至元六年(1340)二月,忽必烈诏令,"凡有玺书敩降者,并用蒙古新字,仍各以其国字副之",所谓"蒙古新字"是忽必烈即位后命吐蕃萨斯迦僧人八思巴所创制的一种新文字。这一诏令或者包含着这位统一天下的一代英主有如同秦始皇"书同文"般的伟大构想,或者充满着其保持本民族文化的强烈意识,或者出于方便统治的实际动机,但这些并非我们的关注所在,我们所看重的乃是这一举措的文化意义及其所造成的社会影响。尽管新的文字并未能取代传统的文字,更在元代灭亡之后就成为一种死的文字,然而,"八思巴字的失败不应该归咎于它在技术上功能不全。语言学家认为它在发音的准确性和灵活性上是一个奇迹。它显示朝廷对一种通用文字以及对一种反映那个时代的白话文的书面文字的关心,但它是官方设计的而且是从上而下强制推行的。忽必烈希望使用八思巴字鼓励白话文在写作中的普及。通过强调白话文,他表示他无需遵守士大夫管理政府的原则和方法,这些原则和方法需要使用文言文,并且注重历史知识对当代政治决策的作用。因此不应对在宫廷文件之外还使用白话文感到奇怪。白话文渗透到元朝文

---

① (清)永瑢等:《四库全书总目》卷八十三,中华书局1965年版,第714页。
② (元)富珠哩翀:《大元通制序》,载(元)苏天爵编:《元文类》卷三十六,上海古籍出版社1987—1989年版,文渊阁四库全书本。
③ (明)叶子奇:《草木子》卷四,中华书局1959年版,第65页。
④ 参见蔡美彪编著:《元代白话碑集录》,中国社会科学出版社2017年版;亦邻真:《元代硬译公牍文体》,《元史论丛》第一辑,中华书局1982年版。

学中,而且白话文和通俗艺术比中国历史上的任何时期都要繁荣"①。从这层意义上讲,这或者算作是白话文运动的首倡了。官方的文字态度所体现的正是国家政策的文化指向,自上而下的朝廷推动自然有着相当的号召力与影响力。通晓蒙汉双语成为颇为可行的进身途径,自然产生了相当数量学习蒙古语的汉人,其中即包括相当数量的儒生。"蒙汉两文并行的当时政治之中,翻译是一个过程,必须考虑到口语的汉文文书。中国的文言文是固定格式的文体,很难直接移译蒙古语那样不同的语言,结果即使移译为文语,也有必要移译为出于中间状态的比较柔和的中国口语"②,平白易晓的文字成为权力阶层中通行的交流手段,更随着典令制度的刊布渗透于平民社会,特殊文化生态下的传统士人顿失所业,流动于两大群体间的知识阶层于游牧文明的世俗精神与民间社会的一般观念的熏陶濡染之下,部分地放弃了早先的身份标识,将其传统人生的诠解投射于一种世俗化的新模式,形成了可以标举一代的文学样式——元曲。

　　"曲为有元一代之文章,雄于诸体,不惟世运有关,抑亦民俗所属"③,"九儒十丐"的排序虽未可信,但元代僧道的地位却是足令儒生艳羡不已的。"古来佛事之盛,未有如元朝者。邵戒三谓:元起朔方,本尚佛教……自西土延及中夏,务屈法以顺其意,延及数世,浸以成俗,而益至于积重而不可挽。今以诸书考之,每帝将立,必先诣帝师,受戒七次,方正大宝。后妃公主,无不膜拜。正衙朝会,百官班立,帝师独专隅坐。或降诏褒答,则字以络珠为之,御宝以珊瑚印之。奉使而出,乘传累百,所过供亿无敢慢。比至京,则假法驾半仗为前导,省院台官并往迎,礼部尚书专督祗候。此体制之僭,虽亲王太子不及也"④,佛教崇奉的泛滥于儒家学术的播布造成了不小的阻碍,草原贵族于农耕文明本无太多主动接纳的热忱,元朝最后一个太子爱猷识里达腊(后为北元昭宗)即言"李先生(按指其师傅李好文)教我儒书许多年,我不省书中何言,所言何事;西番僧教我佛经,我一夕便晓"⑤。帝师甚至明确反对太子习儒,"向者太子学佛法,顿觉开悟,今乃受孔子之教,恐损太子真性"⑥。帝师的排儒固然暗含着利益的争夺,然而,就统治者的文化

①　[德]傅海波等编:《剑桥中国辽西夏金元史 907—1368 年》,史卫民等译,中国社会科学出版社 1998 年版,第 537—538 页。

②　[日]吉川幸次郎:《元杂剧研究》,转引自张哲俊:《吉川幸次郎研究》,中华书局 2004 年版,第 306 页。

③　姚茫父:《曲海一勺·述旨第一》,文通书局 1942 年版,第 7 页。

④　(清)赵翼:《陔余丛考》卷十八,河北人民出版社 1990 年版,第 334—335 页。

⑤　(明)权衡:《庚申外史》,中华书局 1985 年版,丛书集成初编本。

⑥　(元)陶宗仪:《南村辍耕录》卷二,中华书局 1959 年版,第 21 页。

水平而言,早先的佛道二教本通行于民间,较之儒家经籍的典雅文言,其面向大众的教义宣讲显然要更为通俗,更易接受,"今为道家之教者,为宫殿楼观门垣,各务极其宏丽,象设其所事神明而奉祀之,其言曰为天子致福延寿,故法制无所禁,惟其意所欲为。自京师至外郡邑,有为是者多以来告而求识焉,大抵侈国家宗尚赐予之盛,及其土木营缮之劳而已"①,元儒虞集的愤懑中正有儒术凋零的慨叹。有元一代,儒家始终未能"独尊",但早先为士人所瞧不起的"百工"却因自身的技术特长而被统治者看重,此升彼降,曾经的地位差异竟也消弭了不少,"(至元三年)籍近畿儒户三百八十四人为乐工"②,无论士人是否认同,在权力阶层与庶民社会的一般意识中,儒生已然与工匠同列了。朝廷对工匠的重视,促进了手工业的发展,产品的交换需求亦随之增长,同时,元代辽阔的疆域、发达的海运、色目人的经商意识以及宋代以来的城市经济等等,均刺激着商业的繁荣。商业的发展带来了交流的扩张,"煌煌千贾区,奇货耀出日。方言互欺诳,粉泽变初质"③,元代的商业交往不仅是不同地区间的往来,更有不同民族乃至不同国家间的贸易,而多种语言文化的交流必然要求一种明白易晓、通俗浅显的文字作为主要手段,语言的通俗化亦由此渐为潮流。混迹其间的传统士人既已失却了身份地位的优越感,传统的典雅精神亦不为庶民社会的世俗观念所接受,受激于所饰角色的社会冷遇,有鉴于释老传道的通俗方式,被迫于生计维持的基本需求,身预其潮的知识精英只好以一种时代选择的通俗文字重新塑造着自身的历史角色,以一种有别于传统的新模式延续着自己的文化使命。

"盖自唐宋以来,士之竞于科目者,已非一朝一夕之事,一旦废之,彼其才力无所用,而一于词曲发之。且金时科目之学,最为浅陋。此种人士,一旦失所业,固不能为学术上之事,而高文典册,又非其所素习也。适杂剧之新体出,遂多从事于此;而又有一二天才出于其间,充其才力,而元剧之作,遂为千古独绝之文字"④,士人地位的普遍下移造就了宇宙间的这篇大文字,失去仕进保障的儒生大抵有着"沈抑下僚,志不得伸"的不平之气,积郁于胸,"以其有用之才而一寓之乎声歌之末,以纾其怫郁感慨之怀"⑤,"不

① (元)虞集:《道园学古录》卷四十六,上海古籍出版社 1987—1989 年版,文渊阁四库全书本。
② (明)宋濂等:《元史》卷六十八,中华书局 1976 年版,第 1695 页。
③ (元)袁桷:《清容居士集》卷十六,上海古籍出版社 1987—1989 年版,文渊阁四库全书本。
④ 王国维:《宋元戏曲史》,东方出版社 1996 年版,第 79—80 页。
⑤ (明)胡侍:《真珠船》,载邓子勉编:《明词话全编·胡侍词话》,凤凰出版社 2012 年版,第 881—882 页。

平则鸣"传统观念得到了最佳的印证,然"哀而不伤,怨而不怒"的中庸美学
却被大大的突破,"虽本才情,务谐俚俗"①的"蒜酪"风尚一以自然任情为
旨归,"曲以说得急切透辟,极情尽致为尚;不但不宽弛,不含蓄,且多冲口
而出,若不能待者,用意则全然暴露于词面"②。强烈的世俗精神冲破了"发
乎情,止乎礼义"的传统藩篱,"曲之作也,术本于诗赋,语根于当时,取材不
拘,放言无忌,故能文物交辉,心手双畅,其言弥近,其象弥亲"③,"不拘"
"无忌"的率性挥洒中毫无掩饰地展示着世俗精神的任情主张。元曲者,
"彼但摹写其胸中之感想,与时代之情状,而真挚之理,与秀杰之气,时流露
于其间。故谓元曲为中国最自然之文学,无不可也。若其文字之自然,则又
为其必然之结果,抑其次也"④。"自然"之品的定位正在意兴所至的性情
流露,长期落魄民间、仕进难通的满腹怨诽,一旦喷吐,自非"温柔敦厚"的
美学规范可以局限,而元曲的主要受众——权力阶层与庶民社会,其文化精
神莫不有着强烈的世俗色彩。创作主体的地位下移、创作动机中的任情倾
向、接受群体的世俗特征,加之全社会范围内的白话通行,"文字之自然"固
为"必然结果"矣。"如果说蒙古人的统治从来都不会有利于作为文人和政
治家之特权领地的学术性的严肃文学,那么它似乎是受到了作为一种补偿
的刺激,这就是所有的民间表达形式,首先是现实和讽刺体裁的歌曲,往往
由对蒙古人和对受到占领者宠信的集团的仇恨所启发激励;但也有故事、传
奇小说,特别是戏剧,总而言之全部是通俗文学和方言文学"⑤,而这些发愤
而作的"通俗文学和方言文学"中别有一脉迥异于精英文化的世俗精神激
荡,其于士人的典雅传统自可算作是一种革命了。"文学革命,在吾国历史
上非创见也。文学革命至元代而极盛,其时之词也、曲也、剧本也、小说也,
皆第一流之文学,而皆以俚语为之;其时吾国真可谓有一种活文学出现。倘
此革命潮流不遭明代八股之劫,不遭前后七子复古之劫,则吾国的文学已成
俚语的文学,而吾国之语言,早成为言文一致之语言,可无疑也。"⑥儒士的
沦落下层、知识的一般普及、游牧民族的蔑视礼法、异质文明激荡下的审美
变迁……诸般种种,投诸时下俚语,造就了一流的"活文学",特定文化生态

---

① (明)王世贞:《弇州四部稿》卷一百五十二,上海古籍出版社1987—1989年版,文渊阁四
库全书本。
② 任中敏:《词曲通义》,商务印书馆1932年版,第30页。
③ 姚茫父:《曲海一勺·述旨第一》,文通书局1942年版,第8—9页。
④ 王国维:《宋元戏曲史》,东方出版社1996年版,第101—102页。
⑤ [法]谢和耐:《中国社会史》,耿昇译,江苏人民出版社1997年版,第335页。
⑥ 《胡适全集》第二十八卷,安徽教育出版社2003年版,第337页。

下,文学革命的激发、蔚然大观,其所蕴含的正是文化精神的世俗化转向。

被胡适先生视为"极盛"的"文学革命"当然不会在儒学独尊的传统中产生,近百年的元朝大一统成为营造这场革命的最佳文化生态,游牧统治者的草原本位思想、传统士人的社会位移、礼法规范的动摇、一般知识的普及使得世俗精神获得前所未有的淋漓展现,"元有天下,非特政、刑、礼、乐一无可宗,即语言、文字之末,图书、翰墨之微,亦少概见。使非崇尚词曲,得《琵琶》《西厢》以及《元人百种》诸书传于后代,则当日之元,亦与五代、金、辽同其泯灭,焉能附三朝骥尾,而挂学士文人之齿颊哉!此帝王国事以填词而得名者也"①,代以文存,元曲所以标志一代者,乃在其自然文字中所寓之世俗精神、人文情怀、士子心态,所以永不磨灭者,正在此文化生命的勃勃生机。

军事征服者的文化被征服或可称为文化发展的一个必然模式,然而,当征服者变为被认可的统治者时,异质文明于固有文化的渗透与撞击同样是不能忽视的时代话题,更于人类文明的发展轨迹中划下了无法回避的历史刻痕。而作为历史逻辑的惯例与文化梳理的必须,对于明诗文学生态的关注考察,当然须从元代开始。

第二节　大一统信念下的时代精神

明太祖"远迈汉唐"的文化心理并非单纯的个人意识,乃是一种社会文化心理的集中体现。而逾迈汉唐亦是明人文字中的常见情绪,"太祖高皇帝,受天命以有天下,疆理之广,远迈汉唐列圣,休养生息,户口滋殖。亦非前代所及"②,"高帝之功德,超驾尧舜;文皇之疆宇,远踰汉唐,皇仁既宏,圣寿复高,维城裸将,绳绳振振,其为盛事,岂前代可拟?"③"盖祖宗之功烈过汉唐,亦宜有比隆三代之文"④,"盛德大业,比隆成周,汉唐以下不足言矣"⑤,"我皇明建学,纯法隆古……以复性为先,明伦为本,而异端杂学皆不得以淆乎其间。是其学政又非汉唐历代可拟"⑥,"我朝法成周以建六官,今

①　(清)李渔:《闲情偶寄》"结构第一",载中国戏曲研究院编:《中国古典戏曲论著集成》(七),中国戏剧出版社1959年版,第8页。

②　(明)何乔新:《椒邱文集》卷十三,明嘉靖元年广昌刊本,第688页。

③　(明)王世贞:《弇山堂别集》卷一,中华书局1985年版,第2页。

④　(明)归有光:《震川先生集》别集卷二上,上海古籍出版社1981年版,第728页。

⑤　(明)程敏政:《篁墩文集》卷五,上海古籍出版社1987—1989年版,文渊阁四库全书本。

⑥　《薛瑄全集》文集卷二十一,山西人民出版社1990年版,第897页。

户部即古司徒,休养生息逾二百年,于兹庶而富,富而教,可谓比隆前古,而超轶汉唐矣"①,"我明启土,二广岭南之间治教与中州比,虞周之所不能致,汉唐之所不能怀,兼制而得之,于乎盛矣"②,"一统之盛,过汉唐而追三代,孰有踰我大明之今日乎?"③"今国家兴治,众职毕举,将轶汉唐而过之"④,"士君子以康阜一世为志,遭遇圣天子,崇慎守令,将举卓轶汉唐之治"⑤。无论是祖宗功德的赞叹仰慕,还是国家盛业的理想寄托,其中固然有着谀美拍马的成分,但群言所聚的"汉唐"关注中显然蕴含着一种强烈的民族集体意识,频繁出现的比拟"汉唐"中显然贯穿着一种深刻的历史记忆,无论是开国君王还是文坛盟主,无论是时文巨匠还是理学醇儒,无论是状元才子还是饱学尚书,不同身份下的相似关注自非个体记忆行为的偶然重叠,实为同一社会信念下的共同取向,"社会信念,无论其起源如何,都具有双重性质,它们是集体的传统或回忆,但也是从对现在的理解中产生的观念或习俗"⑥。传统社会的"汉唐"记忆正导自于"大一统"的盛世情结。对于"大一统"的不朽信念,汤因比先生曾有一段透彻精辟的阐释剖析:

"人们对于大一统国家不朽性的信念,即使被明显而无情的事实驳倒后,依然会延存数百年乃至上千年",其中,"一个明显的原因是,大一统国家的奠基者及其直接后继者留下了深刻有力的个人印象",而"大一统国家不朽信念之所以经久不衰的另一原因是,这种组织本身令人难以忘怀,而这种印象有别于作为其化身的前后相继的统治者的威望,大一统国家之所以能获得人心,是因为它象征着从动乱时代的长期苦难中恢复过来","大一统国家是统一意识在政治层面上的最高体现,而统一意识乃是四分五裂所造成的心理效应之一"。⑦

传统中国的"汉唐"信念亦有着大体相似的文化心理。汉武帝、唐太宗历来是被传统观念所认可的一代雄主,而建立于兵戈动乱之后的汉、唐王朝更有着和平久治的文化寓意,需要特别指出的是,在汉、唐的统一之前,都有

① (明)王樵:《方麓集》卷四,上海古籍出版社1987—1989年版,文渊阁四库全书本。
② (明)王慎中:《遵岩集》卷九,上海古籍出版社1987—1989年版,文渊阁四库全书本。
③ (明)杨慎:《升庵集》卷四十八,上海古籍出版社1987—1989年版,文渊阁四库全书本。
④ (明)徐一夔:《始丰稿》卷十一,上海古籍出版社1987—1989年版,文渊阁四库全书本。
⑤ (明)皇甫涍:《皇甫少玄集》卷二十四,上海古籍出版社1987—1989年版,文渊阁四库全书本。
⑥ [法]莫里斯·哈布瓦赫:《论集体记忆》,毕然、郭金华译,上海人民出版社2002年版,第311页。
⑦ [英]阿诺德·汤因比:《历史研究》,刘北成、郭小凌译,上海人民出版社2005年版,第242—244页。

一个短暂的统一王朝——秦、隋。但是这两个短暂的王朝在结束长期分裂不久后便因自身的暴政而陷入了兵火战乱之中,而经历了短暂和平的民众则有着更加强烈的统一渴望,应运而生的汉、唐一统自然产生了更为强大的心理效应,亦成为民族心理中大一统信念的典范载体。当然,历经千载的兴亡变迁中,汉唐之前的三代姬周,其后的宋元亦都有着"大一统"国家的一般文化品格,唐虞三代的奠基君主历来是圣贤谱系中的追慕对象,三代之治更是传统政治的最高理想,但毕竟年代久远,而其本身又是汉、唐王朝的政治理想,逾迈汉唐而追比上古遂成为"大一统"信念下的普遍国家理想。对明人而言,宋、元王朝则是不远的"过去",以大文化观、大历史观的视角而言,或可算作社会信念中"现在的理解"。

一、宋元鼎革的历史反思

西方学者对赵宋一代历来有着相当高的评价,李约瑟称,宋代是中国"自然科学的黄金时代";谢和耐称之为"中国的'文艺复兴'"[①],内藤湖南及一些欧美学者都将宋代视为"中国的近世开始"[②],费正清更将宋朝定位为"中国最伟大的时代"[③]。汉学家的史学思路多就社会分析而展开,对具体数据、史实的细密研究自然有别于中国史学的传统关注,而赵宋王朝的历史意义亦于中西比照的习惯思路[④]中凸现。其实,就个别社会视角而言,明人对于宋代亦有着相当程度的认可,如在言及混一疆域时,宋与汉唐常常并列为被超逾的对象,可见,明人眼中的"一统"谱系并未将宋代排斥之外;在典章制度的具体设定中,宋人制度亦是可资借鉴的历史依据,同样表现出明人对宋代文化的接纳认同。阁臣李贤读《宋朝经济录》而称,宋"自太祖而下,九主率能开通言路,其间名臣无虑二百余人,于天道君道,礼乐刑赏,财赋兵戎诸类,知无不言,言无不切,凡人之邪正,事之利害,无不上闻,而庆

---

①　[法]谢和耐:《中国社会史》,耿昇译,江苏人民出版社 1997 年版,相关章节。

②　转引自张广达:《内藤湖南的唐宋变革说及其影响》,载《唐研究》第十一卷;胡志宏:《西方中国古代史研究导论》,大象出版社 2002 年版。

③　费正清尝言:"宋代是伟大的创造时代,使中国人在工技发明、物质生产、政治哲学、政府、士人文化等方面领先全世界。"([美]费正清:《费正清论中国:中国新史》,薛绚译,(台湾)正中书局 1986 年版,第 90 页)又称:"中国的政治、社会和思想在 13 世纪形成了一种平衡,并且在当时的思想、技术条件下达到了完美的程度"([美]费正清:《中国:传统与变迁》,张沛译,世界知识出版社 2002 年版,第 172 页)。

④　即使并非专门的比较研究,研究外国者也通常会有意无意以本国作为参照对象。在西方汉学著作中,我们经常可以看到"当时的西方如何如何"之类的表述,其实,中国学者在研究外国时亦有着相似的情形,或隐或显地以祖国作为参照比较的对象。而这种对祖国的关注应该属于一种集体无意识下的习惯思路。

历、元祐之时为尤盛,其经国大猷,岂直远过汉唐而已哉,虽比隆三代可也"①。优礼儒臣、纵言议论历来是宋代特色,对于有着早期文祸记忆又不得与君上自由相通的明人而言,不免心生羡慕。明以理学开国,学以程朱为宗,由理学诸贤所构成的道学体系遂成为明人对于宋代文明的最大认同,由之延伸的文治教化、衣冠文物更是明人笔下的宋代骄傲:"宋氏有国三百余年,治教之美,远过汉唐,道德之懿,上承孔孟。"②"宋有天下三百年,明君贤臣,伟烈俊功,前后相望,礼乐教化之盛,衣冠文物之隆,上追三代,远过汉唐"③。礼乐教化、衣冠文物的特别关注正是道学一脉的思路延续,而传统文化的精雅品格亦在于此,而此亦即西方汉学家诠释宋代文明的一个重要视角。"华夏民族之文化历数千载之演进,造极于天水一朝"④。作为现代史家的文化反思,陈寅恪先生的历史定位或可视为有着相似关注下的"同情了解",而其中自也包括了已然进入历史的明人于宋文化的理解与继承。尽管明人承认宋王朝在"一统"脉络中的历史地位,对其制度文化亦有相当认同,宋明理学的习惯表述更证明了其文化气质的相承相似,然而,即便如此,宋王朝却始终未能成为朱明王朝的国家理想,一旦涉及堪为规模仿效的前代榜样,曾为"一统"的宋代则每每被剔除在外。如前所述,朱元璋的帝业理想是"远迈汉唐"却非"治隆唐宋",在明人的"大一统"国家信念中,并没有宋代的位置。

　　古称久安长治,亡逾唐虞三代。周历八百,国祚最长,其间兴衰之迹可考镜也。所云一统之盛,穆王而后,昭王没于楚水,夷王降为侯礼。暨东迁洛邑,徒寄空名耳。安在其为真主乎?三代而后,汉唐为盛。汉祚三百移于新莽,光武中兴,事同别构,而百年后寻复乱矣。唐之天下尤不足言。始则牝鸡易姓,既乃犬羊构祸,河北亡于藩镇,京邑播于吐蕃,贞观、开元之盛,白驹过隙耳。独我明,自太祖高皇帝以布衣开国垂统,成祖文皇帝以嫡子靖难承宗迄今,十有二帝,几三百年来矣。中经土木之难,大驾北狩而四陲晏如。武皇胤绝,中原多难,宗子继统,三叶重光。北虏挠之而不能乱,东夷讧之而不能伤,宦竖籫之而迷不易位,

---

① （明）李贤:《古穰集》卷九,上海古籍出版社1987—1989年版,文渊阁四库全书本。
② （明）罗伦:《一峰文集》卷二,上海古籍出版社1987—1989年版,文渊阁四库全书本。
③ （明）周叙:《论修正宋史书》,载黄宗羲编:《明文海》卷一百七十四,中华书局1987年版,第1741页。
④ 陈寅恪:《邓广铭〈宋史职官志考证〉序》,载《金明馆丛稿二编》,生活·读书·新知三联书店2001年版,第277页。

权相斫之而厉不薰心。①

　　鄙薄前代的标榜心理姑且不论，然而，在其欲以逾迈的对象中却没有宋代。其实，无论是"周历八百，国祚最长"的认可，还是"三代而后，汉唐为盛"的定位，周、汉、唐在被设为超越对象时，已然成为明人"大一统"信念下的国家理想——而这一理想则在对本朝的自豪心态中得以体现，至于赵宋，却不在其列。曾柄国十年的一代帝师首辅张居正更言，"本朝立国规模，章程法度，尽善尽美，远过汉唐，至于宋之懦弱牵制，尤难并语"②，明确将宋排斥于有明一代国家理想之外。在同样的"大一统"信念下，陆深亦将"弱宋"从正统承继的历史序列中移出。其称：

　　　　凡天下混一为正统，恐亦未精。先辈方正学先生尝论之，又似过繁。予意欲析而言之。盖有正而不统者，若周之东迁是已，晋宋之南附之；统而不正者，若秦、晋、隋、元是已，新莽附之。三代而下，汉正兴甚，唐次之。宋初与魏晋无大相远，后来功德过之，贤人辈出，惜乎舆地不完，而政教号令未遍于海宇，不应混一之义。由是观之，惟我皇朝，功德土宇，有汉唐之所不及者。史家正统，宜曰汉、唐、明，而宋不得与焉。③

　　汉、唐、明的正统序列折射出了明人于"大一统"信念下的自我定位，"正而失统"的宋王朝却因亡于蒙元的不幸命运，招致了更大的批判。

　　　　宋之盛时，已日与契丹元昊搆隙，而燕云不复，淮北中失，偏安忍耻，仅抚遗民，女真侵其半，蒙古凶其终，其视汉唐规模固已不逮，而其受害之惨，使天地反覆，日月无光，三皇五帝以来之人民土地，一旦沦于夷狄，亦宇宙所未有之事也。④

　　盛衰兴亡虽为常事，但"华夷之辨"却是传统观念中极为重要的命题，"尊王攘夷""华必统夷""以夏变夷"历来是儒学经典中极为普遍的政治理念，并由此形成了以"中国"为中心的"大一统"观念。然而，元朝的灭宋一统却造成了对这一理念的颠覆性冲击。混一天下的百年统治打破了传统观

① （明）王世懋：《窥天外乘》，中华书局1985年版，丛书集成初编本。
② （明）张居正：《张太岳集》卷三十二，上海古籍出版社1984年版，第397页。
③ （明）陆深：《燕闲录》，中华书局1985年版，丛书集成初编本。
④ （明）谢肇淛：《五杂组》卷四，辽宁教育出版社2001年版，第81页。

念中"中国居内以治四夷"的"天下格局",游牧民族的尚质少文更对传统的礼乐文明形成了巨大的冲击,作为无法回避的历史划痕,前所未有的异族入主成为明代文化心态的逻辑起点,而对宋元鼎革的历史反思则成为明代社会信念所必须完成的"现在的理解"。然而,明人的理解并不能摆脱"华夷之辨"的传统思路,宋、元间的改朝换代每被视为千古未有的非常之变,"宋承中华之统三百余年,致治几于三代,不幸辽、金二虏,蘖牙期间,至元氏遂以夷狄入而代之,诚有天地以来非常之变"①,"宋社既屋,夏变为夷,宇宙非常之变也"②。移祚元朝的宋王朝始终不能被根深蒂固的"华夷"观念完全接纳,宋室覆亡"使天地尽堕腥膜,以遗国家不雪之耻。今古非常之变,可胜悼哉!"③正统观念下的"华夷"关注使得因历史反思而滋生出的哀痛情绪远远超出了一般意义上的兴亡感伤,登临怀古原是诗家常情,然而,明人对于相隔数世的宋亡故事却始终有着一种特殊的关注。"宋家宫阙已萧萧,满目残阳照野蒿。独有两峰青不了,至今南北插云高。""猎骑归梁苑,沙人牧宋宫"。"指点山陵问宋朝,荒云漠漠荬萧萧。""西番杖锡居中阙,南渡衣冠尽北朝。九庙山陵孤塔雨,千年城郭半江潮。向南古木何人墓,岳将忠魂黯未消。""宋家后叶如东晋,南渡虔州益可哀。""幽兰轩中苦复苦,分取遗骸藏宋圉。""宋墓莽岑寂,岳宫今在兹。风霜留桧柏,阴雨见旌旗。百战回戈地,中原左衽时。土人严伏腊,偏护向南枝。""万里中原战血腥,宋家南渡若为情。忠臣有志清沙漠,庸主无心复汴京。""敌国荒凉吴鹿豕,故宫行在宋君臣。杖藜远塞风烟暮,花木深城雨露春。往事不须悲落日,高歌独立恐伤神。"④俯拾即是的宋亡感怀中显然孕育着一种较之盛衰转移更为深沉的伤悼情怀,"宋之亡于蒙古,千古之痛也……呜呼,此岂有宋一代之辱乎? 而天下恬然不知为怪乎?"⑤黄宗羲在明亡后的这段议论当然有特殊的时代情绪,其中却也包含着有明一代普遍社会意识的历史积淀,"夷夏之辨"的"千古之痛"在恢复汉统的明代社会中通常表现为一种深沉的反思伤感,明社倾覆的历史重演则使得这一哀痛情绪格外凸现,非"有宋一代之

---

① (明)解缙:《元乡贡进士周君墓表》,载(明)叶盛:《水东日记》卷二十四"引",中华书局1980年版,第238页。
② (明)张宁:《方洲集》卷二十,上海古籍出版社1987—1989年版,文渊阁四库全书本。
③ (明)何孟春:《余冬录》卷三十,岳麓书社2012年版,第304页。按:此条又见于(明)陈全之:《蓬窗日录》卷六,上海书店1985年影印版,第5—6页。
④ (清)钱谦益:《列朝诗集》闰集第二,丁集第十五,甲集前编第十,乙集第六,丙集第三、第十一,闰集第四、第二,影印清顺治九年毛氏汲古阁刻本。
⑤ (清)黄宗羲:《留书·史》,载《黄宗羲全集》第十一册,浙江古籍出版社2005年版,第11页。

辱"的心灵伤痕被再次揭开,而"不知为怪"的诘问则是这位明末思想者于有明一代之元朝态度的反思。

除去偶然作为混一疆域的比较对象外,明人对于蒙元的统一政权并不认可,作为事实的百年统一虽不可否认,但传统的夷夏意识却将其排斥于正统之外。被《明儒学案》列为诸儒之首的方孝孺明言,"夷狄而僭中国,女后而据天位,治如苻坚,才如武氏,亦不可继统矣",斥元朝为变统,方孝孺以篡臣、女后、夷狄并为"变统",然于"夷狄"之斥尤为激切,方正学引经据史,借古圣之言、先王之道,明正统而攘夷狄。"夫所贵乎中国者,以其有人伦也,以其有礼文之美,衣冠之制,可以入先王之道也。彼篡臣贼后者,乘其君之间,弑而夺其位,人伦亡矣,而可以主天下乎?苟从而主之,是率天下之民无父无君也,是犹可说也。彼夷狄者,伛母烝杂,父子相攘,无人伦上下之等也,无衣冠礼文之美。故先王以禽兽畜之,不与中国之人齿。苟举而加诸中国之民之上,是率天下为禽兽也"①。激烈的言辞导自其明辨"华夷"的正统意识,对于"夷夏大防"的坚决态度交织着这位"小韩子"的明道理想②与耿介脾性。细玩其辞,却不难发现,方氏近乎叱骂的"禽兽"譬喻实已超出一般意义上的"夷夏之辨",而进入了文化层面的深刻关怀。所谓"无人伦上下之等""无衣冠礼文之美"的关注正是一种中华文化本位意识的强烈体现,而其于"夷狄"的根本批判亦在于此,却非表面意义上的狭隘民族观念。"相鼠有皮,人而无仪"的"遄死"咒骂并非专就外族而言,作为礼义规范下的正统维护,其所针对的是"无仪失礼"的行为,对于具体行为者的批判并不因人而异,而对作为化外之民的"夷狄"甚至有着更为宽容的态度。有"程朱复出"之誉的方孝孺所以持论不容回旋、掊击不遗余力的核心关注正在于此,"在宋之时,见胡服,闻胡语者,犹以为怪,主其帝而虏之,或羞称其事。至于元百年之间,四海之内,起居饮食,声音器用,皆化而同之,斯民长子育孙于其土地,习熟已久,以为当尔"③。百年间的风习转移,礼乐废弛,及于明初,流俗犹存,方孝孺的持论之中既有历史反思之沉重,更兼现实关怀之深切。所谓"士大夫诵先王之道者乃不知怪,又或为之辞其,亦可悲矣乎?"④方为其掊击行为的根本原因。至于民族层面的"夷夏之别"却是可以在礼义教化中消弭的,若荆舒以南,虽被《春秋》目为"夷狄",但"自秦

① (明)方孝孺:《逊志斋集》卷二,商务印书馆 1926 年版,四部丛刊本。
② 值得留意的是,韩愈在"排佛"时,将之视为外来的异端思想,其中实已暗含着"华夷之辨"的意识,方孝孺指斥佛老、尊王攘夷有着相似的思路。
③ (明)方孝孺:《逊志斋集》卷二,商务印书馆 1926 年版,四部丛刊本。
④ (明)方孝孺:《逊志斋集》卷二,商务印书馆 1926 年版,四部丛刊本。

以来袭礼义而为中国者二千年矣,人伦明而风俗美,乌得与夷狄比乎"①,可见,方孝孺的"尊夏攘夷"实为一种文化本位意识的历史批判,其"袭礼义而为中国"的认可②虽然立足于"人伦明风俗美"的事实保证,然究其学理思路,却与"能行中国之道则为中国之主"③有着相似的文化关注。即此而论,传统观念中的"夷夏之辨"实在文化礼俗,并非种族血统。而方孝孺对于元代的否定亦仅就其社会思想、人文习俗中不合道学规范者而言,其所表现出的强烈的文化正统本位意识,于理学笼罩下的明代社会中获得了极大的认同,有明一代的"华夷"思想大抵由此展开,如瞿景淳即称"至胡元之世,举中国之衣冠而左衽之,举中国之土宇而腥膻之,且迟迟于百年之久,将胥天下为禽兽之归,变未有甚于此者,尚可以其　天下而予之乎?"④曾作《大学衍义补》的理学名臣丘濬更称:"自有天地以来,中国未尝一日无统也。虽五胡乱华,而晋祚犹存;辽金僭号,而宋系不断。未有中国之统尽绝,而皆夷狄之归如元之世者也。三纲既沦,九法亦斁,天地于是乎易位,日月于是乎晦冥,阴浊用事,迟迟至九十三年之久。中国之人,渐染其俗,日与之化,身其氏名,口其言语,家其伦类,忘其身为中华,十室而八九矣。不有圣君出,乘天心之所厌,驱其类而荡涤之,中国尚得为中国乎?"⑤虽然批评的激烈程度、具体的言辞表达因时因人而异,但基本的态度却大体相同,而此,亦即传统文化中"夷夏之辨"的本旨所在,溯其根本,仍在道统关注下的礼义维护。

　　明人对于元朝的批判主要在文化层面展开,严格而强烈的礼俗抨击随处可见,方孝孺的立足人伦风俗的"变统"定位所凸现的正是以士人为核心的一般社会态度。然而,文化层面的价值批判并不能完全否定元代政权一统百年的存在意义,况且,元的统治亦曾得到本朝儒者"行中国之道为中国之主"的合法辩护。所谓"天行有常,不为尧存,不为桀亡",在传统意识中,"受命代兴"始终被视为政权更迭的基本规则。就政治现实

①　(明)方孝孺:《逊志斋集》卷二,商务印书馆 1926 年版,四部丛刊本。

②　萧公权先生曾据"兼重血统的近代民族思想"反诘曰:使蒙古尽用许衡之策,"袭礼义而为中国",则方氏亦将认为中夏之正统乎?[萧公权:《中国政治思想史》(上、下册),商务印书馆 2011 年版,第 502 页]答案应该是肯定的。萧先生的著作"属稿值抗战期中"[萧公权:《中国政治思想史》(上、下册),商务印书馆 2011 年版,"凡例"],而当中华民族遭遇他国入侵的危亡之际而生的近代民族思想与传统的夷夏之辨虽有相通之处,却有着本质的不同,近代民族思想产生于亡国灭学的历史背景之中,面临着更为复杂的文化生态,而此,则已大大超出了本书的讨论范围。

③　(元)郝经:《陵川集》卷三十七,上海古籍出版社 1987—1989 年版,文渊阁四库全书本。

④　(明)瞿景淳:《瞿文懿公制科集》卷二,齐鲁书社 1996 年版,四库全书存目丛书本。

⑤　(明)丘濬:《世史正纲》卷三十二,齐鲁书社 1996 年版,四库全书存目丛书本。

而言,宋元间的治权交替确然有着不容否认的合法性。故而,一代雄主朱元璋在北伐前的《檄谕齐鲁河洛燕蓟秦晋之人》中即称"自宋祚倾移,元主中国,此岂人力,实乃天授"①,对于元代的百年统治予以政治认可,至其登基称帝时的《即位诏》仍保持着相似的态度:"中国之君,自宋运既终,天命真人于沙漠,入中国为天下主,传及子孙,百有余年,今运亦终"②。朝廷的治统认可获得了士阶层的政治接纳,宋讷在《敕建历代帝王庙碑》中称,"前乎三代之官天下者,天也;后乎三代之家天下者,亦天也,皇帝王之继作,汉唐宋之迭兴,以至于元,皆能混一寰宇,绍正大统,以承天休,而为民极,右之序之,不亦宜乎"③。理学家吕柟更以"(元)有百年天下者,其始虽夷,取天下虽非汤武,然亦有'为天地立心,为生民立命'处,这个血脉,亦与尧舜之心相通,但其道未广大纯粹耳"④论证了元世祖的"可祀",承认了其于帝统谱系的合法地位。正史修纂虽为官方行为,但朱元璋"诏修《元史》,起山林遗逸之士使执笔焉,凡文儒之在官者,无与于是"⑤,从某种意义上讲,在野儒者的参与行为本身即体现着士阶层于元代统治的史学认可。王洙虽认为元时极乱,"不可以言道",却也承认"胡元者,赵宋之闰位,昭代之驱除,皆天命也"⑥。王宗沐则在其《宋元资治通鉴义例》中称:"(元代)君臣所为汲汲者,惟用兵、作佛事二者而已。即有建立改更,亦不过东支西掩,以度一时。而人民涂炭,纲常坏乱之祸,盖不览其全史,未易知也。其事体舛谬,既足以生豪杰之愤;而人名夷语,又足以厌览者之心。但以事开一代,而是书又以编年为体,且天开大明一统,正革其命,则亦不得而废也"。亦以史家身份承认了有元一代"天命授统"的"不得而废"。

需要指出的是,治统合法性的认可并不意味着道统的接纳,而道学立场下的文化批判亦未因"天命授之"的政治认可而减轻或中止,始终是贯穿有明一代的社会文化心理。除却如前所述的士人关注外,官方的诏谕亦有着相似的态度,"向者我中国为胡人窃据百年,隳使夷狄布满四方,废我中国之彝伦"⑦,"粤自古昔帝王,居中国而治四夷,历代相承咸由斯道。惟彼元

① 《明太祖实录》卷二十一,台湾"中研院"历史语言研究所影印本1968年版。
② (明)朱元璋:《明太祖集》卷一,黄山书社1991年版,第1页。
③ (明)宋讷:《西隐集》卷七,上海古籍出版社1987—1989年版,文渊阁四库全书本。
④ (明)吕柟:《泾野子内篇》卷八,上海古籍出版社1987—1989年版,文渊阁四库全书本。
⑤ (元)赵汸:《东山存稿》卷二,上海古籍出版社1987—1989年版,文渊阁四库全书本。
⑥ (明)王洙:《宋史质》"叙略",(台湾)大化书局1977年版,第3页。
⑦ 《赐占城国王阿答阿者书》,载钱伯城等主编:《全明文》卷十八,上海古籍出版社1992年版,第361页。

君,本漠北胡夷,窃主中国,今已百年,污坏彝伦,纲常失序"①。"天授元统"与"窃据中国"的语辞表述似乎有着表象的矛盾,但就其深层的思想内涵与现实指向而言,却不相悖。彝伦层面的道德批判与治统层面的合法认可本就因文化、政治的不同视角而展开,作为正统思想于不同层面的表现,并无本质意义的冲突。况且,对于"天授元统"的承认实则是明王朝代元而兴的逻辑铺垫,宋元鼎革非"人力所授",但元明易代同样为"天命授之"。一以贯之的代兴原则于政权更迭历史逻辑中为明王朝觅得了"天命认可"的合法意义,朱元璋在承认"天授元统"的同时,更强调元运已终、天命转移的现实关注,一再宣称自己"荷上天眷顾"②"应图谶,有天命,众会云从,代君家而主民"③,借此以凸现朱明取代元朝的合法意义。对于元代统治的道统批判虽主要就文化层面展开,但由彝伦纲常的污坏失序而否定元朝政权的存在合理性,则无疑增添了新王朝取而代之的正当意义。朱元璋所称的"天命真人于沙漠"早已在治统、道统的双重认可中移作己身的荣耀,即不以诗名的归有光亦在其《钟山行》中慨然赞曰:"钟山云气何苍苍,长江万里来汤汤。龙蟠虎踞宅帝王,凿山断岭自秦皇。孙吴、司马④、六代至南唐,神皋帝辇争辉煌,余分紫色那可当,偏安假息真彷徨。宋金之季鞑靼强,腥风六合云日黄。百年理极胡运亡,天命真人靖八荒。手持尺剑旋天纲,一洗乾坤混万方。考卜定鼎开百皇,钟山云气何苍苍"⑤。对于元朝的政治承认与文化批判使得明王朝有着格外凸现的正当合法性,"得国最正"遂成为有明一代的基本国家信念。宋濂称,"元季绎骚,(朱元璋)奋起于民间以图自全,初无黄屋左纛之念,继悯生民涂炭,始取土地群雄之手而安辑之,较之于古如汉高帝,其得国之正,二也"⑥,解缙则曰,"一统华夷,功高万古,此放勋也,得国之正,皆非汉唐宋所及,真所谓取天下于群盗,救生民于涂炭"⑦,丘濬(浚)更称,"惟我朝得国之正,三代以来所未有也"⑧,"自魏晋以来,由宋元而上,或闰位之弗齿,或霸业之偏安,或威令

---

① 《谕日本国王良怀诏》,载钱伯城等主编:《全明文》卷十九,上海古籍出版社1992年版,第339页。

② (明)朱元璋:《明太祖集》卷一,黄山书社1991年版,第1页。

③ (明)朱元璋:《明太祖集》卷十七,黄山书社1991年版,第409页。

④ "司马"二字疑衍。

⑤ (明)归有光:《震川先生集》别集卷十,上海古籍出版社1981年版,第955—956页。

⑥ 《宋濂全集·翰苑续集》卷五,浙江古籍出版社1999年版,第874页。

⑦ (明)解缙:《文毅集》卷一,上海古籍出版社1987—1989年版,文渊阁四库全书本。

⑧ (明)丘浚:《重编琼台稿》卷七,上海古籍出版社1987—1989年版,文渊阁四库全书本。

之阻行，或凉德之可厌，皆未有若我朝得国之正，辟地之大者也"①。自豪之情，跃然可见。

　　新兴国家的一般信念通常来自对前朝的历史反思，前所未有的元朝一统则使得明人的反思必须追溯至宋元的鼎革易代。在传统的"大一统"信念以及普遍的"华夷"意识之下，失统于元朝的宋代，当然不会成为有明一代的国家理想，尽管对于宋代有着相当的认可，尽管有着理学气质的文化相承，但对从元朝手中夺取政权的明人而言，决不情愿将移祚于元朝的宋王朝作为自己的仿效对象，诗与政通，当夹缠着民族集体意识的普遍文化心态投射于诗学观念时，遂形成了明人对于宋诗的普遍贬斥。明初的瞿佑已言，"世人但知宗唐，于宋则弃不取。众口一辞，至有诗盛于唐坏于宋之说"，至嘉靖三十二年的进士李蓘仍称，"世恒言，宋无诗"②，一代风气，可以略见矣。刘崧在为林鸿的《鸣盛集》作序时即称，"诗家者流，肇于康衢之《击壤》，虞廷之《赓歌》，继是者沨沨乎三百篇之音，流而为离骚，派而为汉魏，正音洋洋乎盈耳矣。六代以还，尚绮藻之习，失淳和之气。唐兴……诸君子各鸣其所长，于是气韵声律，粲然大备，及列而为大历，降而为晚唐，愈变而愈下，迨夫宋，则不足征矣"③。在明前的诗史源流中，宋诗被斥列为"不足征"的地位。其后的董纪更称，"夫诗自三百篇后，变而为五七言，盛于唐，坏于宋，不易之论也"④。然而，更大影响则来自文坛宗主的态度。李东阳尝言，"宋人于诗无所得"，又称"宋诗深，去唐却远"。而何景明则明言，"经亡而骚作，骚亡而赋作，赋亡而诗作，秦无经，汉无骚，唐无赋，宋无诗"⑤。李梦阳在《潜虬山人记》中有这样一段叙述，"山人商宋梁时，犹学宋人诗，会李子客梁，谓之曰，宋无诗，山人于是遂弃宋而学唐"⑥，其转移导向之力，可见一斑矣。其后，李攀龙在编选《古今诗删》时，始于古逸，次以汉魏南北朝及唐，其后则直接继以本朝诗人，视宋元若无物。而汪道昆在《诗纪序》中亦称，"宋无诗，无取也"⑦，直至明末，陈子龙仍坚称："宋人不知诗而强

---

① （明）丘浚：《重编琼台稿》卷八，上海古籍出版社1987—1989年版，文渊阁四库全书本。
② （明）李蓘：《宋艺圃集》卷首，上海古籍出版社1987—1989年版，文渊阁四库全书本。
③ （明）刘崧：《鸣盛集》"序"，载（明）林鸿：《鸣盛集》"原序"，上海古籍出版社1987—1989年版，文渊阁四库全书本。
④ （明）董纪：《西郊笑端集》卷二，上海古籍出版社1987—1989年版，文渊阁四库全书本。
⑤ （明）何景明：《大复集》卷三十八，上海古籍出版社1987—1989年版，文渊阁四库全书本。
⑥ （明）李梦阳：《空同集》卷四十八，上海古籍出版社1987—1989年版，文渊阁四库全书本。
⑦ （明）贺复征：《文章辨体汇选》卷二百九十七，上海古籍出版社1987—1989年版，文渊阁四库全书本。

作诗,其为诗也,言理而不言情。终宋之世无诗焉"①。王夫之虽未明确贬斥宋诗,但船山评选诗歌时仅及古诗、唐诗、明诗,其间微尚,或可略知。贯穿明代始终的轻蔑宋诗,俨然成风,绝非仅就诗歌技巧、艺术特色而发,藏于其后的国家理想、集体意识当是更为深层的心理动机。所谓"声音之道与政通","文变染乎世情,兴废系乎时序",明人的宋诗贬斥实与其社会文化心态中的宋朝态度相为一致。明代对宋诗的最高评价来自方孝孺,其《论诗》诗曰,"前宋文章配两周,盛时诗律亦无俦。今人未识昆仑派,却笑黄河是浊流"②,对宋诗的推崇堪为空谷足音。更为系统的论述则见于其《刘楀园先生文集序》:

> 自周以来,教化详明,得先王之意者,莫如宋,故宋之学术最为近古,大儒硕生既皆深明乎道德性命之理,远追孔孟之迹,而与之为徒,其它以文辞驰于时者,亦皆根据六艺,理精而旨远,气盛而说详,各有所承传,而不肯妄相沿踵,盖教化使然也③。

有"程朱复出"之誉的方孝孺于宋代的文教治化向来评价极高,其于宋代诗文的称赞推许正是这一思路的延伸。在他看来,"若朱子《感兴》二十篇之作,斯可谓诗也已。其于性命之理昭矣;其于天地之道著矣;其于世教民彝有功者大矣,系之于三百篇,吾知其功无愧。虽谓三百篇之后未尝无诗,亦可也"④。朱熹的性理诗被视为三百篇后的最高典范,道学价值成为诗歌评判的唯一标尺,循此思路,"根据六艺""发挥道德乃成文"的宋人诗作自然得到"能探风雅无穷意,始是乾坤绝妙词"的诗学认可。可见,方孝孺的推许宋诗正来其"求学术于三代之后,宋为上"的基本立场,而此亦即理学笼罩下明代社会对于赵宋王朝的最大文化认同。明人对于宋诗最为有力的辩护亦在于此,如认为宋代"治教之美,远过汉唐"的罗伦即称,"南渡以后,国土日蹙,文气日卑,而道德忠义之士,接踵于东南,其间以诗词鸣者,格律之工,虽未及唐,而周规折矩,不越乎礼义之大闲,又非流连光景者可同日语也"⑤,仍是一脉相沿的道学关注。明人诗话、笔记对于宋人的具体诗作,亦颇有些艺术层面的肯定,如杨慎在其《升庵诗话》即屡屡列举宋

① 《陈子龙文集·安雅堂稿》卷二,华东师范大学出版社1988年版,第55页。
② (明)方孝孺:《逊志斋集》卷二十,商务印书馆1926年版,四部丛刊本。
③ (明)方孝孺:《逊志斋集》卷十二,商务印书馆1926年版,四部丛刊本。
④ (明)方孝孺:《逊志斋集》卷四,商务印书馆1926年版,四部丛刊本。
⑤ (明)罗伦:《一峰文集》卷二,上海古籍出版社1987—1989年版,文渊阁四库全书本。

诗佳作以驳斥"宋无诗"的极端论断。较之理学思路下的价值认可，具体诗篇的美学认可或是抑宋风气中更为微弱的辩护，但却由此透露出，明人对宋诗的真正贬斥并不在艺术审美，乃在渗透着民族集体意识的社会文化心理。明儒安磐称：

> 造化人事，有有则有无，有全则有偏，有盛则有衰，一时风声气习，例足以振起，亦足以颓堕，汉以文盛，唐以诗盛，宋以道学盛，以声律论之，则不能兼焉。汉无骚，唐无选，宋无律，所谓无者，非真无也，或有矣而不纯，或纯矣而不多，虽谓之无，亦可也。①

"造化人事"的诗外关注，实已是对"宋无律"的最好注脚，"非真无"与"谓无亦可"的调和态度中正有着对文化心理与艺术审美的双重考虑。相比之下，袁中道的解释则更为通透：

> 文章关乎气运，如此等语，非谓才不如，学不如，直为气运所限，不能强同。故夫汉魏之不三百篇也，唐之不汉魏也，与宋元之不唐也，岂人力也哉！然执此遂谓宋元无诗焉，则过矣②。

"气运所限，岂非人力"的诠解虽然给了宋诗相当的宽容，但是宋不及唐的基本态度并未改变，溯其思路，宋诗所以不及唐诗处，非关才学，实在气运。其实，明人对于宋诗贬抑正在国家气运的关注，所谓"宋无诗"，实为普遍文化心态下的意气之论，自然过头。"文章关乎气运"，明人的宋诗态度并非单纯意义上的文学审美，文化心态下的"气运"关注或是更具影响力评价因素，而由宋元鼎革的历史反思而滋生的文化情绪则因传统观念的思想张力而贯穿、弥漫于整个社会，激起了有明一代的复古风潮。

二、蔚然成风的文化复古

承认百年元统的"天命所在"虽然为朱明王朝的"受命代兴"寻得了治统更迭的逻辑合法，但继元而作的历史地位却要求明王朝必须重新树立一个更符合传统理念的国家形象。对于元代的道统评判并非停留于书面口头

---

① （明）安磐：《颐山诗话》，上海古籍出版社 1987—1989 年版，文渊阁四库全书本。
② （明）袁中道著，钱伯城点校：《珂雪斋集》卷十一《宋元诗序》，上海古籍出版社 1989 年版，第 497 页。

的政治宣传,必须以落于实处的文化行为方可满足民族集体意识的强烈心理诉求。明代的"大一统"信念中不仅有着向慕汉唐三代的传统意识,更包含着宋元鼎革的历史反思,所谓"除旧布新,移风易俗",原是易代立国的惯例行为,但特殊文化背景下的朱明建统却使得这一惯例行为有着格外凸现的恢复意义,而传统信念中的古典理想更在夹缠着民族集体意识的文化心态中演变为明代社会的普遍观念。

"明祖开基,旷然复古",统一全国前的朱元璋即以"驱逐胡虏,恢复中华,立纲成纪,救济斯民"为号召,建国后更欲实践"复汉官之威仪"的使命,衣冠习唐,废止元俗,礼制、服用、宫室、舆从等一律参酌古礼,在制度层面率先开启复古风潮。《明实录》载:

> 初,元世祖起自朔漠,以有天下,悉以胡俗变易中国之制,士庶咸辫发椎髻,深襜胡帽,衣服则为裤褶窄袖及辫线腰褶;妇女衣窄袖短衣,下服裙裳,无复中国衣冠之旧。甚至易其姓名为胡名,习胡语。俗化既久,恬不知怪。上久厌之,至是,悉命复衣冠。如唐制,士民皆束发于顶……不得服两截胡衣,其辫发椎髻、胡服、胡语、胡姓者一切禁止。斟酌损益,皆断自圣心。于是百有余年胡俗,悉复中国之旧矣①。

作为人类生活中极为重要的构成要素,服饰除御寒蔽体的基本功能外,更被视为社会等级、职业身份以及人生阶段的文化表征。年鉴学派大师布罗代尔更称,"一部服饰史所有的问题:原料、工艺、成本、文化固定性、时装与社会阶级制度"②。而有明一代"旷然复古"的文化性格亦于"革除胡俗""一如唐制"的衣冠制度中率先凸现。在衣食住行的基本生活需要中,衣冠服饰或者算是最为凸现的外在民俗表征,衣冠如唐遂成为"百年胡俗""尽复中国之旧"的典范表现。当然,明王朝的文化政策并不停留于衣冠服饰的表象复旧,其核心关注实在汉官威仪之后的传统礼法精神。

> 太祖尝谕廷臣曰:"古昔帝王之治天下,必定礼制,以定贵贱,明等威。是以汉高初兴,即有衣锦绣绮縠,操兵乘马之禁,历代皆然。近世风俗,相承流于僭侈,闾里之民,服食居处与公卿无异,而奴仆贱隶往往

---

① 《明太祖实录》卷三十,台湾"中研院"历史语言研究所影印本1968年版。
② [法]弗尔南·布罗代尔:《15至18世纪的物质文明、经济和资本主义》第一卷,顾良、施康强译,生活·读书·新知三联书店1992年版,第367页。

肆侈于乡曲,贵贱无等,僭礼败度,此元之失政也。中书其以房舍服色等第,明立禁条,颁布中外,俾各有所守。"于是省部定职官自一品至九品房舍、车舆、器用、衣服各有等差①。

太祖尝命儒臣历考旧章,上自朝廷,下至臣庶,冠婚丧祭之仪,服舍器用之制,各有等差,著为条格。书成,赐名《礼制集要》。其目十有三,曰冠服、房屋、器皿、伞盖、床帐、弓矢、鞍辔、仪从、奴婢、俸禄、奏启本式、署押体式,颁布中外,使各遵守"②。

可见,明祖衣冠复旧的根本政治指向在"定贵贱,明等威",作为历史经验的则是"贵贱无等,僭礼败度"的元之失政,而具体的执行方式则是"历考旧章",等差为制,蕴于其中的文化精神正是传统信念下的古典追求。在这位深刻影响明代文化气质的创业君王的治国思路中有着鲜明的法古倾向,"屏藩王室"则称"朕非私亲,乃遵古先哲王之制";"讲求官制"则"远稽汉唐,略加损益"③,二十卷的《明太祖文集》中竟出现"古"字308次④,慕古之情,或可略见;洪武三十年(1397),朱元璋因作《大明律诰》成,在御午门谕群臣曰:"朕仿古为治,明礼以导民,定律以绳顽"⑤。七旬的老皇帝在去世前一年的训谕自然有着总括毕生统治的意味,"仿古而治"下的"礼""法"关注正是这位开国君主贯穿始终的施政理念,而此亦即朱明帝国复古气质得以形成的政治导源。国家的提倡、法令的规限,自是复古风气形成的重要原因,但更为深刻的文化内因则导自恢复心理下的传统张力。

明代服饰一改游牧民族的短窄利落的草原特色,宽袍广袖,峨冠博带,遵依古制。汉家衣冠的恢复意义远不限于一般程度上的审美满足,尊卑有别的表面秩序,其真正的核心内涵实在服饰之后的传统精神与文化品格,理

---

① (明)余继登:《典故纪闻》卷二,中华书局1981年版,第36页。

② (明)余继登:《典故纪闻》卷五,中华书局1981年版,第96页。按:《礼制集要》原书不可考,《典故纪闻》称标目十有三,但列举仅有十二目,或有脱落,或是前有总说之类的文字,作为一目,不得而知,今谨从《典故纪闻》转述之说。又据谈迁《国榷》载:"《礼制集要》成。其书载冠服、房室、器皿、伞盖、床帐、弓矢、鞍辔、仪从、奴婢、俸禄、奏启、署押、体式定制,颁布中外。"(《国榷·卷十·乙亥洪武二十八年·十一月辛酉朔》,中华书局1958年版,第761页)原书标点断以"体式。定制颁布中外",恐非。此最末两项与《典故纪闻》微有差别,似以"体式"不限于署押之体,另为一目,则可合十三之数。史料有缺,故存一说,待考。

③ 《明太祖实录》卷五十一、卷一百二十九,台湾"中研院"历史语言研究所影印本1968年版。

④ 据电子版文渊阁四库全书本《明太祖文集》统计。

⑤ (清)张廷玉等:《明史》卷九十三,中华书局1997年版,第611页。

学醇儒薛瑄称:"古人衣冠伟博,皆所以庄其外而肃其内,后人服一切简便短窄之衣,起居动静惟务安适,外无所严,内无所肃,鲜不习而为轻佻浮薄者"①。"庄其外而肃其内"的修身关注正是"衣冠伟博"的内涵所在,对于短窄之衣的安适评判亦仅就道德层面展开,藏于其后的则是一以贯之的儒学道统。躬行礼教,集关学大成②的吕柟亦言:"古人制物,无不寓一个道理,如制冠,则有冠的道理;制衣服,则有衣服的道理,制鞋履,则有鞋履的道理。人服此而思其理,则邪僻之心无自而入。故曰:衣有深衣,其意深远;履有絇綦,以为行戒"。③ 作为传统礼仪的有机构成,衣冠制度早已成为民族集体意识的一种文化表征。衣冠之理与立身之道相通,"人服此而思其理",正心诚性的道德训练亦于潜移默化中完成。

《明朝小史·洪武纪》载,"曩因中国衣冠,狃于胡俗,已常考定品官命妇冠服,及士庶衣冠通行中外,俱有定制。惟民间妇女首饰衣服,尚循旧习,宜令中书省集议冠服定制,颁行遵守,务复古典,以革旧习"④。"务复古典,以革旧习"的集议宗旨正可成为朱明王朝"除旧布新"的最佳诠释,而对于民间妇女首饰衣服的国家关注所体现出的则是贯彻到底的衣冠复古。明代的衣冠复旧所延续的正是其于元朝的道统批判,元代的礼法废弛最是明人抨击所在,对于所谓胡俗胡服的批评莫不蕴含着"礼崩乐坏"的道统关注,礼乐文明的重建体现于汉官威仪的恢复,作为典范标识的衣冠制度,更有着直观广泛的社会效应,遂成为恢复心理最为凸现的文化象征,溯其思想本源,却在道学观念下的传统续接,而此,正即明代文化复古最为深刻的思想动力、最为普遍的社会信念。

传统信念中的古典精神因官方的提倡、汉统的恢复而格外凸现,由之形成的慕古行为更是蔚然成风,除去衣冠服饰外,稽仿汉唐,历考旧章,略加损益的礼制建设中更是一派法古气象。明宣宗尝语侍臣曰,"朕祗奉祖宗成法,诸司事有疑碍而奏请者,必命考旧典"⑤,朱明祖训的法古精神使得稽考"旧典"成为明代议事参政的普遍行为,以至明代大臣们在与皇帝的对抗时亦常常援引古代典籍中的记载作为后盾,以之颉颃帝尊,而有明一代的复古气息亦因之更为凸现。及至钟情议礼的嘉靖皇帝朱厚熜,更"以制礼作乐

---

① (明)薛瑄:《读书录》卷六,载《薛瑄全集》,山西人民出版社1990年版,第1177页。
② 参见(清)黄宗羲:《明儒学案》"师说",中华书局1985年版,第11页。
③ (明)吕柟:《泾野子内篇》卷十三"鹭峰东所语第十八",中华书局1992年版,第121页。
④ (明)吕毖:《明朝小史》卷二,(台湾)正中书局1981年版,玄览堂丛书本。
⑤ (明)余继登:《典故纪闻》卷九,中华书局1981年版,第153页。

自任","郊庙百神,咸欲斟酌古法,厘正旧章"①。丰坊上疏,"请复古礼,建明堂",遂定季秋大享明堂之制;从夏言之论耕蚕之礼,则敕礼部,"古者天子亲耕,皇后亲蚕,以劝天下。自今岁始,朕亲祀先农,皇后亲蚕,其考古制,具仪以闻",更参法古制,定高禖之礼、圣师之祭。而"其更定之大者,如分祀天地,复朝日夕月于东西郊,罢二祖并配,以及祈谷大雩,享先蚕,祭圣师,易至圣先师号,皆能折衷于古"②。其实非止如此,即衣冠细微处,亦每见其复古之心,如朱厚熜即曾与张璁多次考以服制,议定,"冠服、衣裳、韠舄俱如古制,增革带、佩绶及圭",又考古帝王燕居法服之制,因酌古法,更名曰"燕弁"。祀典服制的屡屡改订确也营造出了礼乐繁兴的气象,所谓"明兴以来,文治之盛未始有也"③,除去作为惯例的夸饰成分,如此拔高的颂美正来自嘉靖前期对于古典理念的积极实践,而蔚然称盛的古礼修复更将有明一代的复古气质表现得淋漓尽致。尤应注意的是,在改定祀典时的祖制违背,明初祀典经朱元璋手定,被视为万世法则,然而,朱厚熜却屡有修正,尽管"变更祖制"的疑虑也曾在讨论议定的过程中表现,然而遵循古制终是压倒祖宗成法的最后选择,其实,与明臣以"古"抗"君"所遵循的治国理念一样,朱厚熜的行为正是朱元璋"仿古而治"的精神延续,变革的终极指向仍旧在古法旧典,但明代文化品格中的古典信念却已于超越祖制的古礼修复中发挥到了极致。

传统文化历来有着瞻后式的思维特色,师递相授的知识接受中,古圣先贤的人格功业成为列代士人的永恒理想,士人以明道自任,而一脉相沿的道统承继本身即有着强烈的复古指向。有明立学,矩矱程朱,理学的训练自是道统的强化,科举制中的代古人立言更是心理机制的全面复古。在百年衣冠的恢复激情、仿古而治的理国模式之下,高扬的古典信念与明代士人中的尚古情绪彼此渗透、相互激荡,明代社会文化心态的复古潮流由此形成,仿古、拟古泛滥于各个领域。

略翻《明史》,已见彭好古、卢学古、白好古、王崇古、彭遵古等数名,又若"方孝孺,字希直,一字希古","徐善述,字好古","曾质粹,字好古","罗通,字学古",皆以"古"为字。"凡子弟未冠者,不得以字行"④,取字通常是古代成人礼——冠礼的重要组成,"明洪武元年诏定冠礼,下及庶人,纤悉

① (清)张廷玉等:《明史》卷四十八,中华书局1997年版,第350页。
② (清)张廷玉等:《明史》卷四十七,中华书局1997年版,第344页。
③ 《明世宗实录》卷五百六十六,台湾"中研院"历史语言研究所影印本1968年版。
④ (明)黄佐:《泰泉乡礼》卷一,上海古籍出版社1987—1989年版,文渊阁四库全书本。

备具。然自品官而降，鲜有能行之者，载之礼官，备故事而已"①。然而，所谓鲜有能行之的"备故事"并非礼制的实际取消，而是基于现实情况"鲜不能完全行之"。"冠礼文繁，所用宾赞执事，人数甚众，自非家有大厅事、与力能办治者，未易举行。故留都士大夫家，亦多沿俗行礼，草草而已"②，于尚古的明人而言，宾赞执事的繁礼减省越发凸现出"稽名定义，制字命之"③的重要意义，《万历野获编》载："丈夫始冠则字之，后来遂有字说，重男子美称也"④。因取字而专有"字说"，一时风气，或可略见。一般而言，所取之字往往寄寓着对冠者的期望、训诫，即此可知，明人名字中频繁的"古"字出现正是尚古心态的普遍流露。作为个人标识的名字大抵有些特别的文化寓意，更不免烙有时代的印痕。今人如此，明人亦不例外，若"华尚古，名珅，字汝德，无锡人。有尚古楼，凡冠履盘盂几榻，悉拟制古人。尤好古法书、名画、鼎彝之属，悬购益勤"⑤，可谓人如其字，然而，明代士人风习中，"好古""尚古"实是极为寻常的现象，史籍笔记中触目皆是，有明之复古，可见一斑矣。

非但取名如此，日常称谓亦每见求古之风，《谷山笔麈》载，"《史》、《汉》文字之佳，本自有在，非谓其官名、地名之古也，今人慕其文之雅，往往取其官名、地名以施于今"⑥。嘉靖时，"世庙好用古官名，又最重典礼。故于贵溪、分宜、铅山、华亭、泰和、常熟、兴化诸公，往往传旨称大宗伯、太宰，又于少保胡公宗宪总督江西福建军务旨云，大司马兼院右正"⑦。君王如此，百官自然效从，"自嘉、隆以来，士风文字雅好古风，官名称谓亦多从古，如称六卿为大司徒、大司马之类，此皆周官旧名，职任相合，称之是也。惟至台长无以称之，乃曰大中丞，则误甚矣。今之左右都御史，乃汉之御史大夫，左右副佥都御史，乃汉之御史中丞。在汉官仪，皆无大字，乃以大夫降称中丞，非所以尊之也。至于锦衣掌印，称为大金吾，顺天府尹称为大京兆，益无稽矣。名言之间，礼分所寓，岂宜猛浪如此。若各镇总兵称大将军，虽非今制，亦汉官名所有尔"⑧。其实，在建文时期的方孝孺即曾据《周礼》官名更改六部官职名称，朱鹭《建文书法拟》称，"四年之间，今日省州，明日省县；

① （清）张廷玉等：《明史》卷五十四，中华书局1997年版，第385页。
② （明）陆粲、顾起元：《庚巳编　客座赘语》卷九，中华书局1987年版，第287页。
③ 《宋濂全集·芝园后集》卷四，浙江古籍出版社1999年版，第1397页。
④ （明）沈德符：《万历野获编》卷二十四，中华书局1959年版，第545页。
⑤ （明）陈继儒：《笔记　书蕉》卷一，中华书局1985年版，丛书集成初编本。
⑥ （明）于慎行：《谷山笔麈》卷八，中华书局1984年版，第90页。
⑦ （明）王世贞：《弇山堂别集》卷十二，中华书局1985年版，第218页。
⑧ （明）于慎行：《谷山笔麈》卷十三，中华书局1984年版，第148—149页。

今日并卫,明日并所;今日更官制,明日更勋阶;宫门殿门名题日新,虽干戈
倥偬,日不暇给而不曾休,一何扰也"①,一时风气,固可见矣。

　　士人生活中的以古为尚更是不一而足。苏人王锜《寓圃杂记》称,吴中
近年"人材辈出,尤为冠绝。作者专尚古文,书必篆隶,骎骎两汉之域,下逮
唐、宋未之或先"②。又言,苏学之盛,"近来尤尚古文,非他郡可及"。其中
固然有着不可避免的乡土情结,但引为自豪的"专尚古文,书必篆隶"却是
一代慕古心态的折射。又若清人叶德辉《书林清话》"明许宗鲁刻书用《说
文》体字"条云:"明嘉靖间,闽中许宗鲁刻书,好以《说文》写正楷……顾此
亦嘉靖间风气如此。吾藏嘉靖十年陆钺刻《吕氏家塾读诗记》,亦系如此。
在明人则又过于好古矣。"同书"明刻书用古体字之陋"条称:"明中叶以后
诸刻稿者,除七子及王、唐、罗、归外,亦颇有可采者,然多喜用古体字,即如
海盐冯丰诸人尤甚"。"刻书字贵通俗,在宋已然",书籍流通,自当以晓易
为念,但明人刻书却好用古字体,宁因不明六书而纰谬臆断,嗜古之心,却不
稍减。与之相映成趣的则是古书刊刻的盛行,"燕中刻本自希,然海内舟车
辐辏、筐篚走趋、巨贾所携、故家之蓄错出其间,故特盛于他处。越中刻本亦
希,而其地适东南之会、文献之衷,三吴七闽典籍萃焉"。"吴会、金陵,擅名
文献,刻本至多,巨帙类书咸会萃焉。"③藏书亦由之兴盛,图书以古为贵,而
古籍的多寡往往成为藏书家相为争胜的焦点。④ 而图书之外的古物古玩,
同样为士人所钟爱,如:"沈云鸿,字维时,石田之子也。性特好古,器物书
画,遇名品,摩抚谛玩,喜见颜色,往往倾囊购之"⑤。"苏丑字叔武,歙
人……性爱古法书名画,不惜万金购之"⑥,又若,陈全之既得禹碑刻,慨然
而赋《禹碑歌》,其中则"好古予生嗟太晚"⑦之句。附庸风雅的宦官亦颇具
此好,如"南京守备太监钱能与太监王赐皆好古物,收蓄甚多,且奇"⑧。流

---

① (明)朱鹭:《建文书法拟》"前编",北京图书馆古籍珍本丛刊,书目文献出版社 1998 年版,
第 451 页。

② (明)王锜、于慎行:《寓圃杂记　谷山笔尘》卷五,中华书局 1984 年版,第 42 页。

③ (明)胡应麟:《经籍会通》(外四种),北京燕山出版社 1999 年版,第 49 页。

④ 参见叶昌炽《藏书纪事诗》、叶德辉《书林清话》、吴晗《江浙藏书家传略》、吴枫《中国古典
文献学》等相关记载。

⑤ (明)陈继儒:《笔记　书蕉》卷二,中华书局 1985 年版,丛书集成初编本。

⑥ (明)陆深:《玉堂漫笔(两种)》,中华书局 1985 年版,丛书集成初编本。

⑦ (明)陈全之:《蓬窗日录》卷八,上海书店 1985 年影印版,第 11 页。按:此诗清人欧阳厚
于《岳麓诗文钞》卷八中以为杨慎所作,此诗据《升庵文集》内称:碑自长沙得之,云是宋何
子一模刻于岳麓者,予既得禹碑,作《禹碑歌》,故录之。其自明嘉靖以来,咏岳麓山禹碑
各诗,亦择而录之于后。

⑧ (明)陈洪谟:《治世余闻》下篇卷二,中华书局 1985 年版,第 44 页。

风之下，阁臣亦有沉溺其间者，"一上科进士，以养病应外选，欲求内补，百谋未遂。闻徐首相溥好古货，可通。其人素雄于货，乃购古琴古画并珍品投之。首相遂许"①。"嗜古"风气，诚为盛矣。士人流风所及，民间的工艺审美兴趣为之浸染，"姑苏人聪慧好古，亦善仿古法为之，书画之临摹，鼎彝之冶淬，能令真赝不辨。又善操海内上下进退之权，苏人以为雅者，则四方随而雅之，俗者，则随而俗之，其赏识品第本精，故物莫能违。又如斋头清玩、几案、床榻，近皆以紫檀、花梨为尚，尚古朴不尚雕镂，即物有雕镂，亦皆商、周、秦、汉之式，海内僻远皆效尤之，此亦嘉、隆、万三朝为盛"②。仿古、拟古之习，已蔚然成潮。

　　流传于明人中的两则笑话颇当留意：

> 　　秦士有好古物者，价虽贵，必购之。一日，有人持败席一扇，踵门而告曰："昔鲁哀公命席以问孔子，此孔子所坐之席也。"秦士大愒，以为古，遂以负郭之田易之。逾时，又有持枯竹一枝，告之曰："孔子之席去今未远，而子以田售。吾此杖乃太王避狄杖策去邠时所操之箠也，盖先孔子又数百年矣，子何以偿我？"秦士大喜，因倾家资悉与之。既而又有持巧漆碗一只，曰："席与杖皆周时物，固未为古也；此碗乃舜造漆器时作，盖又远于周矣，子何以偿我？"秦士愈以为远，遂虚所居之宅以予之。三器既得，而田舍资用尽去，致无以衣食，然好古之心终未忍舍三器。于是披哀公之席，持太王之杖，执舜所作之碗，行丐于市，曰："那个衣食父母，有太公九府钱，乞我一文！"闻者喷饭。③
>
> 　　有以好古贫者，披杏坛之席，执虞氏之器，策邓禹之杖，曳东郭之履，而乞于市，曰："谁与我圜府钱也？"有担者□之李，不顾。担者曰："仲子李也。"瞠目而谢之曰："我始以王戎李故弗纳，谓是汉以下物也。"④

　　作为笑谈的资料正是民间流行现象的夸张表现，却也并非无据，如"刘幼孙重庆，户部侍郎，生平有好古之癖，日用之物，无一犹人者。凡古异之

---

① （明）陈洪谟：《治世余闻》下篇卷二，中华书局 1985 年版，第 48 页。
② （明）王士性：《广志绎》卷二，中华书局 1981 年版，第 33 页。
③ （明）谢肇淛：《五杂组》卷十六，辽宁教育出版社 2001 年版，第 345—346 页。
④ （明）张大复：《梅花草堂笔谈》卷八，上海古籍出版社 1982 年版，瓜蒂庵藏明清掌故丛刊，第 510—511 页。

物,价无贵贱,以必得为主。没后欠债二三千金,皆费于所好者也"①。"好古"风习,可见一斑。笑话中的远古器物如孔席舜碗、虞器邓杖,自然荒谬不经,但信从者的慕古心态却丝毫不假。明代现实中甚至还有儒者参与的"伪古"现象,如杨慎伪造大禹碑,丰坊伪造《子贡诗传》《申培诗说》等,究其作伪动机,举世皆此的好古风气或是不应忽略的因素。

有明一代,"天下诸事慕古,衣尚唐段、宋锦,巾尚晋巾、唐巾、东坡巾,砚贵铜雀,墨贵李廷珪,字宗王羲之、褚遂良,画求赵子昂、黄大痴"②。时风所向,天下慕从,其中虽不免有流于表象的模拟,不知古而强学古的附庸。然而,上至帝王,下至庶民,莫不唯古是趋却终是不争的事实。蔚然成风的文化复古中,古典精神成为明代社会的普遍信仰,随处可见的崇古心态、无所不在的复古追求则是最具典范意义的文化表征,一时潮流所及,文学当然不能例外;如此氛围之下,复古简直是必然的取向。

三、汉唐情结的诗学表现

"时运交移,质文代替,古今情理",诗歌关系气运原是为传统诗学普遍认可的重要命题,历代论者颇伙,爰及朱明,议论尤为频繁。若曰,"古今诗道之变非一也,气运有升降,而文章与之为盛衰,盖其来久矣"③。又称"盖诗之为用,犹史也。史言一代之事,直而无隐,诗系一代之政,婉而微章,辞义不同,由世而异"④。此言,"时有废兴,道有隆替,文章与时高下,与代终始"⑤;彼道,"诗文与风俗相为盛衰"⑥,既称,"文逐运移,格以人变"⑦,更言,"文各有所主,各有时代"⑧,熟悉话题的反复陈述正体现出明人诗学观念中普遍的时运关注。如前所论,诗文与时运相为盛衰观念下的价值取向已经直接影响了明人的宋诗态度,而逾迈汉唐的国家理想、"大一统"信念下的复古精神更于同一诗学理念的普遍观照下渗入本朝诗歌。

> 洪武肇兴,驱逐胡虏,国势虽不如汉唐,优于赵宋实远。其异于汉唐者,汉唐自然强盛,明则有勉强之处耳。明人鉴于宋人外交之卑屈,

① (明)杨士聪:《玉堂荟记》卷上,中华书局1985年版,丛书集成初编本。
② (明)李乐:《见闻杂记》卷六,上海古籍出版社1986年版,第480页。
③ (明)王祎:《王忠文公集》卷五,上海古籍出版社1987—1989年版,文渊阁四库全书本。
④ (明)胡翰:《胡仲子集》卷四,上海古籍出版社1987—1989年版,文渊阁四库全书本。
⑤ (明)高棅编纂:《唐诗品汇·五言古诗叙目》卷二十二,中华书局2015年版,第144页。
⑥ (明)许学夷:《诗源辩体》卷十一,人民文学出版社1987年版,第137页。
⑦ (明)胡应麟:《诗薮》内编卷二,上海古籍出版社1979年版,第25页。
⑧ (明)艾南英:《天佣子集》卷五《答陈人中论文书》,清刻本。

故特自尊大。凡外夷入贡,表章须一律写华文,朝鲜、安南文化之国,许
其称臣;南洋小国及满洲之属,则降而称奴。天使册封,不可径入其国
城,须特建大桥,逾城而入;贡使之入中国者,官秩虽高,见典史不可不
用手本,不可不称大人。外夷称中国曰天朝者,即始于此。诸如此类,
即可见明代国势之盛,出于勉强。国势如此,国人体气恐亦类此。其见
于文事者,台阁体不足为代表,归震川闲情冷韵之作,亦不足为代表,所
可代表者,为前后七子之作。彼等强学秦汉,力不足以赴之,譬如举鼎
绝膑,不自觉其面红耳赤也。①

　　章太炎先生这段高屋建瓴的文字,以"国势"而论"体气",于有明"文
事"之心态评析颇称到位。钱穆先生亦言:"明之为文者,渐知鄙薄元儒,乃
欲上祧宋而远师汉唐,于是有诗必李杜文必盛唐之说。盖其时,明之正位既
久,群士心理已大异于明初之时,群知鄙薄胡元,不复欲齿及之,而宋为元
亡,乃连类而不受重视。"②诚然,"推翻蒙古人的汉族复兴主义并不打算延
续宋代,而是在理论上企图回归汉唐的盛世。"③视宋人不足为法的朱明王
朝始终以延续、逾迈汉唐盛世为念。"大一统"信念下的普遍国家理想因百
年衣冠的汉统恢复而格外凸现,仿古而治的理国模式则使得传统思想中古
典信念分外凸现,蔚然成风的文化复古成为有明一代的典范标识。每个时
代都有属于自身的文化性格与心理气质,从国家的政治理念再到日常的衣
着服饰,从主流的意识形态再到一般的社会风习,不同的客观现象背后蕴藏
着整体性的时代精神。对明人而言,"大一统"信念下的复古情怀无疑可以
称之为明王朝的整体时代精神。即诗而论,有明270余年间,数以千计的诗
人,斗量筲计的诗篇,聚讼抵牾的诗学争论,但清人于明诗却有着大体一致
的盖棺定位,"诗至明克于返古",④"宋诗近腐,元诗近纤,明诗其复古
也"⑤,复古成为明诗最显著的标签,亦成为后人诟病的众矢之的。尽管有
着显而易见的弊端,复古仍旧成为明代诗坛中最响亮的口号,渊源有自的复
古风潮自是其最为深广的文化背景和心理动力,作为时代精神的复古信念

① 章太炎:《国学讲演录》,华东师范大学出版社1995年版,第248页。
② 钱穆:《读明初开国诸臣诗文集续篇》,载《中国学术思想史论丛》卷六,安徽教育出版社
　 2004年版,第166页。
③ [美]费正清:《费正清论中国:中国新史》,薛绚译,(台湾)正中书局1994年版,第132页。
④ (清)毛先舒:《彭录别驾题词》,载《思古堂集》,齐鲁书社1996年版,四库全书存目丛
　 书本。
⑤ (清)沈德潜、周准编:《明诗别裁集·序》,上海古籍出版社1979年版,第1页。

更成为明代文化心理中的深层结构与集体意识，并因"汉唐盛世"的特殊文化内涵与心理张力而呈现为明诗生态中普遍的"汉唐情结"。

　　身居开国文臣之首的宋濂每每"代君立言"，最称帝心。明初"诸大典制，封赏册拜，皆(刘)基与左丞相李善长，学士宋濂计定"①。其基本文化态度已然渗透于明代旷然复古的开国规模中。这位堪为明廷代言的儒臣，力求"文道合一"，倡言"师古"，而其眼中的文章最高典范则是圣制"六经"，尝言，"文至于六经，至矣尽矣，其始无愧于文矣乎"②，更称，"六经之后几无文矣"③。道统信念下的六经推崇中实已暗含了逾迈汉唐、上追三代的国家理想，与"仿古而治"政治心态相似，六经典范的确立直接导致了追慕师古的必然思路。"事不师古，则苟焉而已。言之必弗详也，行之必弗精也。弗精且详，则灭裂之弊生，而颓惰之气胜矣。能师古则反是。然则所谓古者何？ 古之书也，古之道也，古之心也。道存诸心，心之言形诸书，日诵之，日履之，与之俱化，无间古今也。若曰专溺辞章之间，上法周汉，下蹑唐宋，美则美矣，岂师古者乎"④。古书、古道、古心的精神汲取成为"复古"思路下的普遍行为，日诵日履的坚持不辍以至无间古今的俱化境界则是师古模式下的一般路径。"专溺辞章"原是道统观念下的习惯批评，单就辞章文字的取法周汉唐宋虽不在"师古"之列，但明道关注下的"上法周汉，下蹑唐宋"却是被认可的学古途径。"唐子西云，'六经之后，便有司马迁、班固。六经不可学，学文者舍迁、固，将奚取法？'呜呼！ 斯言至矣"⑤。明确承认迁、固为六经之下的取法对象。⑥ 若其论诗，则称"开元、天宝中，杜子美复继出，上薄《风雅》，下该沈、宋，才夺苏、李，气吞曹、刘，掩颜、谢之孤高，杂徐、庾之流丽，真所谓集大成者，而诸作皆废矣。并时而作，有李太白，宗风骚及建安七子，其格极高，其变化若神龙之不可羁"⑦。罗列评骘唐人数家

① (明)王世贞：《弇州续稿》卷八十五，上海古籍出版社 1987—1989 年版，文渊阁四库全书本。

② 《宋濂全集·芝园后集》卷一，浙江古籍出版社 1999 年版，第 1352 页。

③ 《宋濂全集》"辑补"，浙江古籍出版社 1999 年版，第 1954 页。

④ 《宋濂全集·翰苑续集》卷八，浙江古籍出版社 1999 年版，第 922 页。

⑤ 《宋濂全集·翰苑续集》卷三，浙江古籍出版社 1999 年版，第 831 页。

⑥ 作为道学家的宋濂于宋文亦评价颇高，尝言，"自秦以下，文莫盛于宋"，然其又称："夫自孟氏既没，世不复有文。贾长沙、董江都、太史迁得其皮肤，韩吏部、欧阳少师得其骨骼，春陵、河南、横渠、考亭五夫子得其心髓。观五夫子之所著，妙斡造化而弗违百世，以俟圣人而不惑，斯文也，非宋之文也，唐虞三代之文也，非唐虞三代之文也，六经之文也"。[参见(明)宋濂：《徐教授文集序》，载《宋濂全集》，浙江古籍出版社 1999 年版，第 1352 页]"非宋之文"的定位当然有着道统的关注，却也隐隐透露出其于有宋一代的文化态度。

⑦ 《宋濂全集·潜溪后集》卷四，浙江古籍出版社 1999 年版，第 208 页。

而后称"诗道于是为最盛"。宋氏所重"师古"非在表面辞章,乃在精神心术,所特别标举的迁、固、李、杜正是其眼中汉唐精神的文学表征。若其言"诗之格力崇卑,固若随世而变迁,然谓其皆不相师,可乎?第所谓相师者,或有异焉。其上焉者师其意,辞固不似,而气象无不同;其下焉者师其辞,辞则似矣,求其精神之所寓,固未尝近也"①。格力崇卑随世而变的诗学观念正是文章关系气运的思路延伸,有唐诗道最盛的论断亦非专就文辞而发,蕴于其后的"气象""精神"方为核心关注所在,而此亦即宋濂倡言之复古相师的真正内涵。

　　同为参订典制的刘基则有着更为鲜明的超越心理,其言:"文之盛衰,实关时之泰否。是故先土以诗观民风,而知其国之兴废,岂苟然哉!文与诗,同生于人心,体制虽殊,而其造意出辞,规矩绳墨,固无异也。唐虞三代之文,诚于中而形为言,不矫揉以为工,不虚声而强聒也,故理明而气昌"②,又称"三代之文,浑浑灏灏,当是时也,王泽一施于天下,仁厚之气,钟于人而发为言,安得不硕大而宏博也哉"③。自是文系国运思路下的追慕三代。其于汉代诗文的基本认知则就"三代而降,君天下之久者莫如汉"的定位而展开,"汉之政令,南通夜郎邛僰、西被宛、夏,东尽玄菟乐浪,北至阴山,涵泳四百余年,至今称文之雄者莫如汉,其气之盛使然哉"④。"汉兴,一扫衰周之文敝,而返诸朴,丰沛之歌,雄伟不饰,移风易尚之机,实肇于此……贾疏、董策、韦传之诗,皆妥帖不诡,语不惊人,而意自至,由其理明而气足,以撼之也,周之下,享国延祚,汉为最久,盖可识矣。"堪与汉室相为颉颃者则为李唐,"汉之后,惟唐为仿佛,则亦以其正朔之所及者广也"⑤,"继汉而有九有,享国延祚最久者,唐也,故其诗文有陈子昂,而继以李、杜,有韩退之,而和以柳,于是唐不让汉,则此数公之力也"⑥。其后,"宋之威武,较之汉、唐弗侔也;而七帝相承,治化不减汉、唐者,抑亦天运之使然与?是故气昌而国昌,由文以见之也。元承宋统,子孙相传,仅逾百载,而有刘、许、姚、吴、虞、黄、范、揭之俦,有诗有文,皆可垂后者,由其土宇之最广也"⑦。始终贯穿的时运审视,理明气昌的诗文尺衡,被朱元璋称为"吾子房也"的刘伯温

---

① 《宋濂全集·潜溪后集》卷四,浙江古籍出版社1999年版,第209页。
② 《刘基集》卷二,浙江古籍出版社1999年版,第88页。
③ 《刘基集》卷二,浙江古籍出版社1999年版,第95页。
④ 《刘基集》卷二,浙江古籍出版社1999年版,第95页。
⑤ 《刘基集》卷二,浙江古籍出版社1999年版,第95页。
⑥ (明)刘基:《刘伯温集》卷二,浙江古籍出版社2011年版,第118页。
⑦ 《刘基集》卷二,浙江古籍出版社1999年版,第89页。

于"大一统"信念下的王朝论列中毫不涉及辞章文字的技艺细节,用意全在国家气运之下的精神关注,酣畅淋漓的纵论历代后自然有着立足本朝的理想寄托。"今我国家之兴,土宇之大,上轶汉、唐与宋,而尽有元之幅员,夫何高文宏辞未之多见,良由混一之未远也"①。超轶汉唐的开国规模中已然寄寓了高文宏辞的期望,特殊文化背景下的朱明"大一统"造就了特别的复古心理与文化精神,随着混一渐远,蕴于其中的汉唐情结亦日趋凝重。

庐陵杨士奇既视本朝为"治平之世,超汉、唐而跻邃古也"②,又称"我国家文运隆兴,诗道之昌,追古作者",比附逾迈之志,卓然可见;若其诗云"班马雄词真特达,唐虞化日正舒长",更有"醉里衣冠见盛唐。仿佛开元无事日"③之句,一代文坛盟主的汉唐情结已可于中略窥。继主文柄的茶陵李东阳亦曰,"诗之为物也,大则关气运,小则因土俗,而实本乎人之心。古者道同化洽,天下之为诗者皆无所与议,既其变也,世殊地异,而人不同,故曹、豳、郑、卫,各自为风。汉、唐与宋之作,代不相若,而亦自为盛衰"④。又言"六朝、宋、元诗,就其佳者。亦各有兴致,但非本色。只是禅家所谓小乘,道家所谓尸解仙耳"⑤,非本色的"小乘""尸解"自不能成为仿效对象,若其称"宋诗深,却去唐远;元诗浅,去唐却近,顾元不可为法,所谓取法乎中,仅得其下耳"。实已将唐诗作为衡量尺度,诗家可以取法的"上法"了。又言,"今之为诗者,能轶宋窥唐,已为极致,两汉之体,已不复讲"⑥。其"宗唐"态度已然表露无遗。诗关气运,"文章与气运相升降",反对"俛首蹜步""辞语似之"的李东阳于唐诗显然有着诗律声调之外的关注。史称,"弘、正之间,李东阳出入宋、元,溯流唐代,擅声馆阁",而西涯眼中的朱明帝国"承平既久,民物繁庶,制度明备,山川草木亦精彩溢发,若增而高,若辟而广,校之父老所传草创之际。盖已倍蓰",实堪"轶汉唐宋,以拟三代之盛"⑦,如此观念下的唐音擅声,自然有着深层文化心理的推动之力。

如前所论,"文章与时运相盛衰"已是明代极为普遍的文学观念,以此审视历代诗歌变迁,自然有着大体相似的判断。"诗岂易观哉。唐虞赓歌,三百篇之权舆,其来远矣。汉魏而下,诗载文选,选之后,莫盛于唐。唐三百

①　《刘基集》卷二,浙江古籍出版社1999年版,第89页。
②　(明)杨士奇:《东里文集·甘露赋》卷二十四,中华书局1998年版,第357页。
③　(明)杨士奇:《东里诗集》卷三,上海古籍出版社1987—1989年版,文渊阁四库全书本。
④　《李东阳集》第二卷,岳麓书社1985年版,第57页。
⑤　《李东阳集》第二卷,岳麓书社1985年版,第545页。
⑥　《李东阳集》第二卷,岳麓书社1985年版,第115页。
⑦　《李东阳集》第二卷,岳麓书社1985年版,第19页。

年诗之音几变矣,文章与时高下,信哉。"①"文章与时高下,代有是言也。三百篇尚矣。秦汉以下。诗莫盛于唐"②。在文章振落随时运兴衰而转移的一般思路下,诗盛于唐成为明人的普遍认识:"诗至于唐而盛";"夫诗自三百篇以降,变而为汉魏,为六朝,各自成家,而其体亦随以变,其后极盛于唐,沨沨乎追古作者"③;"诗自三百篇后,莫盛于唐"④;"诗自风雅骚选之后,莫盛于唐"⑤;"夫诗自魏晋以下,莫盛于唐"⑥。无论是文随运移,还是诗盛于唐,均算不得明人的创新之论,然而,古已有之的旧话被反复重提,普遍的诗学观念之后所蕴藏的正是集体意识下的深层文化心理推动。"诗盛于唐"成为明人观念中毋庸多言的诗学常识,虽然有些论者的唐诗关注似乎仅就诗歌本身而发,但文运思路下的"诗盛于唐"实已作为一般诗学见解隐于其后,而作为现象的积极关注本身即是一种普遍文化心理的诗学体现。文随运移思路下的"诗盛于唐"更影响着明人对于本朝的诗歌定位,无论是明初"我朝诗道将复盛于唐"⑦的理想期待,还是明中叶"我朝诗道之昌,追复古昔"⑧的自豪心态,抑或是"诗歌之道,无虑三变:一盛于汉,再盛于唐,又再盛于明"⑨的历史回溯,作为明代文化的深层心理与集体意识的汉唐情结始终贯穿其中。

　　有明一代的复古典范自当首推口号鲜明、影响深广的前后七子。《明史·文苑传》载:"李梦阳、何景明倡言复古,文自西京、诗自中唐而下,一切吐弃,操觚谈艺之士翕然宗之。明之诗文,于斯一变。迨嘉靖时,王慎中、唐顺之辈,文宗欧、曾,诗仿初唐。李攀龙、王世贞辈,文主秦、汉,诗规盛唐。"⑩有明诗文的"复古"表征在正史的现象梳理中分外凸现,而先后相继的两代七子更以明确的汉唐指向、坚决的持论态度,互为标榜,共相推毂,将有明一代的复古潮流于诗文层面推向极致。"卓然以复古自命"的李梦阳"倡言文必秦、汉,诗必盛唐,非是者弗道",何景明"稍后出,相与颉颃"。"天下语诗文必并称何、李","迨嘉靖朝,李攀龙、王世贞出,复奉以为宗。

①　(明)宋讷:《西隐集》卷六,上海古籍出版社 1987—1989 年版,文渊阁四库全书本。
②　(明)王祎:《王忠文公集》卷五,嘉靖元年张齐刻本,第 97 页。
③　(明)金幼孜:《金文靖集》卷八,上海古籍出版社 1987—1989 年版,文渊阁四库全书本。
④　(明)张宁:《方洲集》卷十七,上海古籍出版社 1987—1989 年版,文渊阁四库全书本。
⑤　(明)何乔新:《椒邱文集》卷九,明嘉靖元年广昌刊本,第 475 页。
⑥　(明)吴宽:《匏翁家藏集》卷四十四,商务印书馆 1926 年版,四部丛刊本。
⑦　(明)张以宁:《翠屏集》卷三,上海古籍出版社 1987—1989 年版,文渊阁四库全书本。
⑧　(明)叶盛:《水东日记》卷二十六,中华书局 1980 年版,第 255 页。
⑨　(明)胡应麟:《诗薮》续编,上海古籍出版社 1979 年版,第 341 页。
⑩　(清)张廷玉等:《明史》卷二百八十五,中华书局 1974 年版,第 7307 页。

天下推李、何、王、李为四大家,无不争效其体"①,以汉唐为宗的复古风潮蔚为大观,参与人数之众,一时声势之盛,泽被影响之深,非唯明世仅有,即置于千年国史,亦罕见其匹。"有明诗流,吴下擅于青丘,越中倡于犁眉,八闽工于膳部,东粤盛于西庵,西江妙于子高,各有轨辙,不相沿袭。自茶陵崛起,笼罩才俊,然当世倡和,袭其体者,不过门生执友十数辈而已。暨前后七子出,趋尘蹑景,万喙一声。"②陈田先生这段关于明诗流派的评论文字,颇当留意。"弘治时,宰相李东阳主文柄,天下翕然宗之,梦阳独讥其萎弱"③,亢言宗法汉唐,何景明同声呼应,遂至"坛坫下移郎署"④。文柄的转移涉及个人的才华秉性,更夹杂着明代特有的气节关注。然而堪为文坛宗主者,大抵有着引领一时风气的号召力。而能具备如此影响力者,除却个人因素外,更须有着与时代潮流相合拍的文学见解,非但为时代潮流的引领推动者,同时更是身预其潮的参与者。一朝阁老主盟的倡和声势竟然不及曹署郎官的结社影响,其间或有他故,而文学见解与时代潮流的契合程度无疑应是极为重要的影响因素。较之李东阳的诗文宗尚态度,旗帜鲜明"文必秦汉,诗必盛唐"显然与明代逾迈汉唐的普遍文化心理更为合拍,"趋尘蹑景,万喙一声"的真正促成因素正在于明代文化复古中的汉唐情结。尽管在七子内部有着这样那样的争讼,具体的诗学见解亦不尽相同,及至范围广杂的流派成员,更是歧见迭出,甚至有背道而驰者,但宗汉崇唐的总体取向却始终一致,而李、何、王、李四大家的核心凝聚力正在于此。"文必秦汉,诗必盛唐"并非李梦阳所言,乃是史家对其诗文态度的总结,并以此作为整个复古潮流的典范标识。后人对于风靡一代的潮流关注自然在其最为凸现的文化表征,所以将宗法汉唐作为明代诗文复古最为显著的标签,其中实已蕴含更为深层的文化理解。言及明诗,必言复古,论及复古,必言七子,作为明代诗文最受关注的部分,方家于此论述已详,毋庸赘言。然而,以文学生态的关注视角而言,前后七子"宗法汉唐"的口号能够长达百年地令天下"趋尘蹑景,万喙一声",绝非单纯文学意义上号召所致,况且其文学见解中诸如"必""无""不读"等极端的用语已然有着先天的理论漏洞,这样并不完善的文学主张几乎贯穿了明诗的整个历程,成为有明一代最具典范意义的文学表征,其后所深蕴的巨大张力正来自明代文化心理中的深层结构与集体意识。

　　还应关注的一个现象则是"诗必盛唐"。"宋元论唐诗,不甚分初、盛、

---

①　(清)张廷玉等:《明史》卷二百八十六,中华书局1997年版,第1885页。

②　陈田辑撰:《明诗纪事》第3册戊签目"序",上海古籍出版社1993年版,第1395页。

③　(清)张廷玉等:《明史》卷二百八十六,中华书局1997年版,第1885页。

④　陈田辑撰:《明诗纪事》第2册丙签目"序",上海古籍出版社1993年版,第931页。

中、晚，故《三体》《鼓吹》等集，率详中、晚而略初、盛，揽之愦愦。杨仲弘《唐音》始稍区别，有正音，有余响。然犹未畅其说，间有舛谬，迨高廷礼《品汇》出，而所谓正始、正音、大家、名家、羽翼、接武、正变、余响，皆井然矣"①。特别的初、盛、中、晚之别，固是唐诗接受史的细化趋势，然其于李白诸卷之小序则标有"使学者入门立志，取正于斯"之语，宗主盛唐，已见端倪。又"明初闽人林鸿，始以规仿盛唐立论，而棅实左右之。是集其职志也"②，可知，高棅非止区别，实有侧重褒贬。"其所选《唐诗品汇》《唐诗正声》，终明之世，馆阁宗之"③，深远影响，固可知矣。明人崇唐，尤重盛唐："三百篇而下，莫古于汉魏，莫盛于盛唐，齐、梁、晚唐，有弗论矣"④，"诗自三百篇后，历汉晋而下有近体。盖以盛唐为至"⑤，"夫诗自三百篇以来，而声律之作，始盛于唐开元天宝之际"⑥。至于前后七子更是专以盛唐为宗。至于四库馆臣"李梦阳、何景明等摹拟盛唐，名为崛起，其胚胎实兆于此"的论断是否成立，姑且不论，但尤重盛唐却无疑是明人崇唐的典范心态。而明人对盛唐诗歌的区别关注则在"气象"表征："初盛中晚，区分域别。故以古律唐，则工拙难见；以唐律唐，则盛衰可言。大都初盛以气驭情，情畅而气完，中晚以情役思，思苦而气弥衰"⑦。"盛唐之于诗也，其气完，其声铿以平，其色丽以雅，其力沈而雄，其意融而无迹，故曰盛唐，其则也"⑧。"盛唐前，语虽平易，而气象雍容；中唐后，语渐精工，而气象促迫"⑨。即此而言，明人尤重盛唐的诗歌关注实在于文字之后的盛唐气象，盛唐诗歌的气象形成导自于李唐王朝的盛世规模，而蕴于明人诗宗盛唐之后的依旧是普遍国家理想下的汉唐情结。

复古是对历史的回忆，然而"如果回忆仅仅是关于过去的知识，那么它就无非是无限数量的考古材料的堆集而已。如果回忆仅仅是富于理智的沉思，那么它只不过是作为一种无动于衷的观照而描画了过去的图景而已。

① （清）王士禛：《香祖笔记》卷六，上海古籍出版社1982年版，第123页。
② （清）永瑢等：《四库全书总目》卷一百八十九，中华书局1965年版，第1713页。
③ （清）张廷玉等：《明史》卷二百八十六，中华书局1997年版，第1882页。
④ （明）王祎：《王忠文公集》卷七，上海古籍出版社1987—1989年版，文渊阁四库全书本。
⑤ （明）杨士奇：《东里续集》卷五十九，上海古籍出版社1987—1989年版，文渊阁四库全书本。
⑥ （明）杨荣：《文敏集》卷十五，上海古籍出版社1987—1989年版，文渊阁四库全书本。
⑦ （明）冯时可等：《唐诗类苑》"序"，载（明）张之象：《古诗类苑》，齐鲁书社1996年版，四库全书存目丛书本。
⑧ （明）王世贞：《弇州四部稿》卷六十五，上海古籍出版社1987—1989年版，文渊阁四库全书本。
⑨ （明）胡应麟：《诗薮》内编卷三，上海古籍出版社1979年版，第51页。

只有当回忆采取了汲取的形式时,才会形成在对历史的尊崇中的当代人个体自我的现实,而后,这个回忆才会作为一种标准来衡量当代人自身的感情与活动;最后这个回忆才会成为当代人对他自身的永恒存在的参与"①,明代的复古正是这样"采取了汲取的形式"的历史回忆。"大一统"信念下的古典精神因百年衣冠的恢复心理、逾迈汉唐的国家理想而备受推崇,民族传统的复古倾向于特定的时代背景中演变为浩浩荡荡的文化复古。作为历史回忆的复古情怀成为明代社会最深层的心理构成,诗以言志,明人之志寄寓于抑宋宗唐的诗学态度与汉唐情结的诗学表现之中,以复古为标识的文化存在则成为明人衡量自身之感情与活动的重要尺绳。

第三节　天朝外交中的诗歌视域

关于中国古代地理知识的追溯,大抵多导源于《尚书·禹贡》篇,这篇约产生于两千几百年前②的文章,虽不过千余字,除因独存于文献湮灭的先秦时代而倍显珍贵外,较之时代略近的《山海经》《穆天子传》,又有着文简事赅、不涉荒诞的正宗意义,更因圣人裁制的经典特性,衣被百代,牢笼万世,整个传统时代的地理观念无出其右。《禹贡》的主要内容大略在区划九州、描述山河、建制五服,以其完整、系统的记述被后世史家推为方志源头,元人张铉在其《至大金陵新志》中开篇即称,"古者九州有志尚矣,《书》存《禹贡》"。明人艾南英在其《禹贡图注》自序中称:"《禹贡》一书,古今地理志之祖"③。《禹贡》无可替代地成为中国传统地理学的不祧之祖,成为历代地书方志的写作样板,而跻身《书经》的《禹贡》又有着超出寻常史籍的圣经意义,更以兼具经、史的双重身份进入了儒家诠释传统。

进入经典知识谱系的《禹贡》,自以一贯的训诂、义疏、考证等方式延续着知识传统,由之展开的则是以疆域政区消长和古今地名演变为主要关注的沿革地理学,然而,史学层面的一般知识延续并不足以体现经典的全部意义,《禹贡》于传统社会的深刻意义更在于"禹别九州,随山浚川,任土作贡"的核

---

① [德]卡尔·雅斯贝斯:《时代的精神状况》,王德峰译,上海译文出版社 2003 年版,第140—141 页。
② 关于《禹贡》的著作时代,大略有四种说法:(1)西周说,王国维在《古史新证》认为《禹贡》为周初人所作;(2)春秋孔子说,郭沫若、王成组持此说;(3)战国中期说,钱玄同、顾颉刚持此说;(4)战国末至汉初说。参见[日]内藤虎次郎:《禹贡制作年代考》,载江侠庵编译:《先秦经籍考》,商务印书馆 1931 年版。
③ (清)朱彝尊:《经义考》卷九十四,上海古籍出版社 1987—1989 年版,文渊阁四库全书本。

心理念,篇中地理知识的终极意义并不在地域的区划描述,而是要构建一种宇宙秩序,"从最早的记载起,在整个思想史中就贯串着一个有秩序的、有条理的、和谐的宇宙这样一个概念。人本能地拒绝了他和他的自然环境是偶然事物造成的这一说法"①,古老的中华文明并不例外,在传统思想中,始终存在着一种秩序井然、天人和谐的宇宙意识,作为"六经"的组成部分,《禹贡》自是正统思想的不二载体,就"经"垂型万世的功能指向而言,地理描述中所暗含的世界概念、宇宙秩序对中华传统的形成无疑有着深刻的范式影响。儒家诠释传统的礼义色彩使得《禹贡》的核心理念因以凸显,九州五服的区划中显然有着中国中心的设定,弥漫于"六经"体系中的圣贤意志、尊卑秩序、远近原则、华夷辨别等礼治概念更与之交织渗透,凝结为传统思想中最为重要的部分之一——天朝意识,在帝王时代不断呈现出巨大的张力。而《禹贡》于传统最深刻的影响亦在此间,"服""贡"概念中的等级蕴义,九州五服的秩序设计,"任土作贡"的原则确立,天朝意识下的世界秩序已经在传统中被牢固地树立,想象的秩序必须有实证的支持,这自然成为传统沿革地理学的任务之一,直至清代,学者李振裕在为胡渭的《禹贡锥指》作序时,仍称,"自禹治水,享今四千余年,地理之书无虑数百家,莫有越《禹贡》之范围者",其中固然有儒家诠释经典的模式限制,两千年来在史学层面上的《禹贡》研究要之亦不出证实天朝秩序的范围。然而,天朝秩序的证实行为远非一般的文献研究可以涵盖,礼治文明的构建才是最被认可且意义深远的实践行为,天朝意识下的礼乐制度树立了礼仪之邦的国家形象,想象中的宇宙秩序成为邦交原则的思想源头,遂具体化为始终于历代王朝的朝贡制度。

作为天朝礼治体系的一个组成部分,朝贡制度的预设是天朝意识下的文明优越感,其目的是为了将天朝礼治、上国文明,按照《禹贡》中的世界概念由近及远地逐层推扬,以涟漪式的文明传播由浅而深地完成风化天下的文化使命,在"溥天之下,莫非王土,率土之滨,莫非王臣"的天朝理念中,朝贡制度虽然有着"天下一家"的人文关怀,且蕴含着"化干戈为玉帛"的和平主张,却远非平等的外交原则,就心态而言,不过仍是传统思想中等级尊卑的心理延伸。在如此观念和心态下的朝贡制度更多的是一种政治礼仪行为,其象征意义要远远大于实际交往中的国家利益,经济效果,作为帝王功业的见证之一,"四夷来朝"的景象无疑成为最好的效应回馈。"中国人倾向于将对外关系想像为中国国家与社会内部社会与政治秩序原则的外部表现。中国的对外关系也就相应具有等级,如同中国社会自身一样,随着历史

---

① [美]普雷斯顿·詹姆斯:《地理学思想史》,李旭旦译,商务印书馆1982年版,第5页。

的发展,形成一种对外关系制度,大体相当于欧洲形成的国际秩序。"①从《禹贡》的夏制想象,到《诗·商颂·殷武》中的"昔有成汤,自彼氐羌,莫敢不来享,莫敢不来王,曰商是常",再到《周礼》对仪式细节的规定,朝贡制度逐步成为天朝观念在对外交往中的意志体现,汉唐盛世的强大国力在周边民族和国家所产生的向心力更巩固了朝贡制度的推行和完善,即便在积贫积弱的赵宋王朝与蒙古族执政的元朝,天朝意识笼罩下的朝贡制度依然主宰着古老中国的对外交往,作为中国历史上最后一个汉人封建政权,代元而兴的明王朝虽然没有蒙古铁骑的强悍武力,但却有着更为深沉而积极的传统承续意识,明代制度得到了中外史家的称赞②,"明代中国的行政治理是一个巨大的事业:因为它承担的这项工作是宏伟无比的,行政的专业理想是崇高的"③。这项崇高理想下的宏伟工作正是汉族中兴后的文明重建,元代是中国历史上第一个由少数民族建立的全国性政权,朱元璋既然承认了元代的百年统治是"天命所在",就必须为天下子民塑造一个更为合乎天朝意识的王朝形象,"旷然复古"的内政建设中,"复汉官之威仪"自是其精神所在,膨胀的天朝意识更将对外交往中的朝贡制度推向极致,力图营造出泱泱大国的皇皇景象,而"有明一代,来华朝贡的国家数量之多,朝贡的规模之大、手续之缜密、组织管理之完善,皆为历代所不及"④,四夷宾服,万国来朝的文明气象满足了超越前朝的君王虚荣心,完成了天朝上国的形象工程,而整个明代的对外交往亦被天朝意识下的礼治模式所笼罩。作为传统治国思路延承的最后一环,清朝虽于朝贡制度热情不高,但天朝意识却依然根深蒂固,直到1840年,西方殖民者坚船利炮下的不平等条约才终止了沿袭千年的朝贡制度,天朝观念亦在举国惊叹的"三千年未有之变局"中日趋崩溃。

明代无疑是中国外交史中最应注意的时代,既有朝贡制度的鼎盛,兼及西学东渐的初始,既有世界航海史的远航壮举,更有"不得入海"的海禁锁国,作为中国对外交往历程中最值得浓墨重彩书写的一段,"朝贡"观念下

① John King Fairbank, *The Chinese World Order: Traditional China's Foreign Relations*, Harward University Press,1974,p.2.
② 孟森《明清史讲义》称:"明承法纪荡然之后,损益百代,以定有国之规,足与汉唐相配。唐所定制,宋承之不敢逾越;明所定制,清承之不敢过差。"[参见孟森:《明清史讲义》(上、下),中华书局1981年版,第29页]《剑桥中国明代史》称,"明代政府被某些近代学者称之为中国文明的伟大成就"。
③ [美]牟复礼、[英]崔瑞德编:《剑桥中国明代史》,杨品泉、张书生等译,中国社会科学出版社1992年版,第3页。
④ 李云泉:《朝贡制度史论——中国古代对外关系体制研究》,新华出版社2004年版,第61页。

的明人是如何看待这段历史的？天朝意识下的传统心理如何以习惯的模式对待文化间的巨大差异？在明诗于明代对外交往的关注中凝聚着这个时代的精神风貌,思想传统的延续与社会观念嬗变交错其中。浓缩时代文化的诗歌视野,除诗史视角下的历史关注外,更有诗歌语境中的心态折射,应该可以成为诠解一代文化生态的可选思路。

一、诗礼传统的惯性延续

"诗、乐、舞"三位合一的诗体发生中即隐含着诗歌传统与礼乐文明的同源特性,而由三百篇所开启的诗歌传统,更可视作是中华礼乐体系的一种诗性解读。"不学诗,无以言","不学礼,无以立",交错缩结的诗、礼以一般规范的身份被纳入了君子的言行体系,而成为行为标准的诗礼则成为贵族交往中标志地位、显示修养以及表达意愿、传递信息的一种雅致而蕴藉的文化形式。"礼非乐不行,乐非礼不举。自后夔以来,乐以诗为本,诗以声为用,八音六律为之羽翼耳。仲尼编《诗》,为燕享祀之时用以歌,而非用以说义也"①。古人对诗歌的礼乐关注甚至超过了文本意义上的经典疏解,尽管战国时代的礼崩乐坏早已将春秋时代的诗礼风流涤荡一空,但诗歌在交往中的礼仪特质,作为君子身份的象征却已在历史的积淀中凝为一种深入传统的文化意义。同时,春秋时代,会盟燕享中的诗礼行为亦以一种文质彬彬的交往模式成为礼乐文明的典范样板。"诵《诗》三百,授之以政,不达;使于四方,不能专对。虽多,亦奚以为?"②无疑使得春秋时代的赋诗行为获得圣学的认可,得以进入天朝意识的范畴,而赋诗自然成为天朝礼治体系中最具文化品位和传统意义的礼仪行为。

春秋邦交的会盟燕享因战国的烽火和秦汉的一统而中止,赋诗传统的转移大致有两种途径:其一,贵族的知识独占在礼崩乐坏的时代中扩大为士阶层的知识膨胀,诗歌亦随之下移,在士大夫的交往中继续着自己的传统,而在个人世界的关注中,诗歌更多凸显了以"言志"手段作为身份标识的功能,交往亦不再是核心的关注;其二,在秦汉之后的一统局面中,按照《禹贡》的理想设计,天朝礼治体系继续向远方延伸,然而,在超出同一语言、文化区域后的交往中,礼节性赋诗的交流功能是极其有限的,更多的是并不顾及受众的仪式组成,以一种文化交流的补充形式延续着诗礼传统。需要特别指出的是,文化交流中,历来不乏善于学习中华文明的外国人,语言瓶颈的突破似乎为

① (宋)郑樵:《通志二十略·乐略第一·乐府总序》,中华书局1995年版,第883页。
② (南宋)朱熹集注,郭万金编校:《论语集注》第十三,商务印书馆2015年版,第214页。

他们创立了一个可以对话的平台,交往应对中诗歌酬唱为数亦不少。虽然,一些人的使臣身份使得他们的赋诗有着邦国交礼的意味,然以其交际实际而言,更多的却是个人间的交往行为。总之,无论何种身份、何种形式,赋诗行为仍在文化意义上继续着被中止的春秋赋诗,延续着天朝体系下的诗礼传统。

明太祖登基不久,便着人宣谕海外:"曩者我中国为胡人窃据百年,遂使夷狄布满四方,废我中国之人伦。朕是以起兵讨之,垂二十年,芟夷既平。朕主中国,天下方安,恐四夷未知,故遣使以报诸国"①,"朕既为天下主,华夷无间,姓氏虽异,抚宇如一"②,"自古为天下主者,视天地所覆载,日月所照临,若远若近,生人之类,莫不欲其安土而乐生。然必中国安,而后四方万国顺附"③。朱元璋的君临姿态自是天朝秩序的体现,而对"胡人废伦"的贬斥及"抚""安"的字眼的重复出现则充分表明了明王朝放弃元朝的武力征服,代之以附远厚别的怀柔策略。同年编订的《皇明祖训》则可看作是对此外交思想所进行的内政补充:"四方诸夷皆限山隔海,僻在一隅,得其地不足以供给,得其民不足以使令。若其自不揣量,来扰我边,则彼为不祥。彼既不为中国患,而我兴兵轻伐,亦不祥也。吾恐后世子孙倚中国富强,贪一时战功,无故兴兵,致伤人命,切记不可。但东北与西北边境互相密迩,累世战争,必选将练兵,时谨备之。"④并将朝鲜、日本、安南等15个国家列为"不征之国"。朱元璋的外宣内诫中自不乏天朝意识的傲慢尊大、"华夷秩序"的辨析维护,而一种可贵的和平主义亦蕴含其中,此种和平主义既是天朝礼治的核心精神之一,同是又可作为保证"招携以礼,怀远以德"⑤有效推行的施政思想。与"旷然复古"开国规模相配,源自儒家经典思想中的和平主义很轻易地便成为明代对外交往的重要指导思想,有力地推动了《禹贡》思路下的教化实际,而已然延续千年的天朝意识亦因和平主义与复古思路的双力作用而更加凸显。

国家礼制无疑是赋诗传统最为正统、集中的体现,《礼部类稿》《明集礼》《明会典》诸书及《明史》中的《礼志》《乐志》和相关外国列传,颇为详尽地记载了明帝国对蕃王、蕃使朝贡及遣使之蕃时的衣冠服饰、行坐位向、宴

---

① 《明太祖实录》卷三十八,台湾"中研院"历史语言研究所影印本1968年版。
② 《明太祖实录》卷五十三,台湾"中研院"历史语言研究所影印本1968年版。
③ (清)张廷玉等:《明史》卷三百二十四,中华书局1997年版,第2151页。
④ 《明会典》卷九十六,上海古籍出版社1987—1989年版,文渊阁四库全书本。
⑤ 《春秋左传正义》卷十三,载(清)阮元校刻:《十三经注疏》(上、下册),中华书局1980年版,第1798页。

飨拜答、迎送赐赠、礼乐兴作等环节的仪式规定。明制,蕃王"朝见用大乐,宴会间用细乐,兼用舞队"①,"高丽、安南、占城等使朝贡皆于奉天殿设大乐以见之,其锡宴则间用大乐、细乐及舞队"②,国家乐舞原本即是礼乐传统中的重要组成部分,在春秋赋诗中止之后,国家乐舞实际上已成为诗礼传统在国家行为层面上的唯一延续,尽管"乐与政通"的思想已因礼崩乐坏而转移③,但作为一国意志体现,国家乐舞依然有着不可替代的文化意义。那些作为国家诗篇的乐章舞歌除典礼中的仪式功能外,亦有着承载朝廷理念,塑造国家形象的文化功能,而此正是诗礼传统的一贯关注,亦是天朝意识的集中体现。如洪武三年所定宴飨乐章《风云会》称:"一戎衣,宇宙清宁。从此华夷归一统,开帝业,庆升平"④。《贺圣朝》曰:"百年礼乐重兴日,四海风云庆会时"⑤。《大一统之曲》称:"江汉远朝宗,庆四海,车书会同。东夷西旅,北戎南越,都入地图中。"⑥而在那些涉及四夷朝贡的乐章中,天朝意识、"华夷秩序"、和平主义的体现就更加地淋漓尽致了,如:

《抚四夷之曲》:海波不动风尘静,中国有真人。文身交阯,氈裘金齿,重译来宾。奇珍异产,梯山航海,奉表称臣。白狼玄豹,九苞丹凤,五色麒麟。⑦

《贺圣朝》:云气朝生芒、砀间,虹光夜起凤凰山。江、淮一日真主出,华夏千年正统还。瞻日角,睹天颜,云龙风虎竞追攀。君臣勤苦成王业,王业汪洋被百蛮。⑧

《太平清乐曲》:《太清歌》:万国来朝进贡,仰贺圣明主,一统华夷。普天下八方四海,南北东西。托圣德,胜尧王,保护家国太平,天下都归一,将兵器销为农器。旌旗不动酒旗招,仰荷天地。《上清歌》:一愿四时风调雨顺民心喜。摄外国,将宝贝;摄外国,将宝贝;见君王,来朝宝殿里,珊瑚、玛瑙、玻璃,进在丹墀。⑨

---

① 《明集礼》卷三十,上海古籍出版社 1987—1989 年版,文渊阁四库全书本。
② 《明集礼》卷三十一,上海古籍出版社 1987—1989 年版,文渊阁四库全书本。
③ 后世对此思想关注大多沿着"兴观群怨"的思路集中于诗歌,如明亡之后,竟陵派的诗作便被指为亡国之音,其中有着诗、乐分离的缘故,亦有古乐流传中断的原因,但无论是诗以观政,还是乐以通政,都可视作是诗礼传统的时代嬗变。
④ (清)张廷玉等:《明史》卷六十三,中华书局 1974 年版,第 1561 页。
⑤ (清)张廷玉等:《明史》卷六十三,中华书局 1974 年版,第 1561 页。
⑥ (清)张廷玉等:《明史》卷六十三,中华书局 1974 年版,第 1561—1562 页。
⑦ (清)张廷玉等:《明史》卷六十三,中华书局 1974 年版,第 1561 页。
⑧ (清)张廷玉等:《明史》卷六十三,中华书局 1974 年版,第 1563 页。
⑨ (清)张廷玉等:《明史》卷六十三,中华书局 1974 年版,第 1568 页。

《四夷舞曲》,其一,《小将军》:顺天心,圣德诚,化番邦,尽朝京。四夷归伏,舞于龙廷。贡皇明,宝贝擎。其二,《殿前欢》:四夷率土归王命,都来仰大明。万邦千国皆归正,现帝庭,朝仁圣。天阶班列众公卿,齐声歌太平。……其五,《过门子》:圣主兴,圣主兴,显威灵,蛮夷静。至仁至德至圣明,万万年,帝业成。①

《抚安四夷舞曲》,其一,《贺圣朝》:华夷一统,万国来同。献方物,修庭贡,远慕皇风,自南自北,自西自东。望天宫,佳气郁重重,四灵毕至,麟凤龟龙。②

《进膳曲》其二,《太清歌》:万方国,尽来庭。稽首歌帝仁,仰荷生成。振乾纲,阴阳顺序,民物乐生。逢明圣,万年春,永膺休命。华夷蛮僚咸归正,苍生至老不知兵,鼓腹含哺囿太平,九有享清宁。③

像《贺圣朝》等曲都要求在蕃王、蕃使宴飨时演奏,对于那些语言交流还需要有翻译帮助的朝觐者而言,能否明白这些在钟鼓管弦伴奏下的天朝乐章恐怕都是一个问题,但天朝礼治的仪式进行却是不顾受众的接受能力的,而且乐章的真正的受众并非这些异域使者,而是那些徜徉于天朝盛世情结之下的君王、官僚们。蕃邦朝贡不过是自足心态下的一种点缀,在诗礼传统的延续下的塑造可以配合天朝意识的国家形象才是乐章的核心价值。

明代的多数君王于诗歌并没有特别的喜爱,为数不多的诗篇大半只是象征性的文治点缀,涉及对外交往的诗作更是偶尔为之,但作为国家形象的最高代言人,这些偶然为之的作品却不草率,仍旧按部就班地营造着雍容博雅的气氛,显示着天朝上国的气度风雅。

永乐三年,满剌加国王遣使入京,求封其山为一国之镇。明成祖封其国之西山为镇国山,亲制碑文并赐以铭诗曰:

> 西南巨海中国通,输天灌地亿载同。洗日浴月光景融,雨崖露石草木浓。金花宝钿生青红,有国于此民俗雍。王好善义思朝宗,愿比内郡依华风。出入导从张盖重,仪文襫袭礼虔恭。大书贞石表尔忠,尔国西山永镇封。山君海伯翕扈从,皇考陟降在彼穹。后天监视久弥隆,尔众子孙万福崇。④

---

① (清)张廷玉等:《明史》卷六十三,中华书局1974年版,第1569页。
② (清)张廷玉等:《明史》卷六十三,中华书局1974年版,第1568页。
③ (清)张廷玉等:《明史》卷六十三,中华书局1974年版,第1576页。
④ (清)张廷玉等:《明史》卷三百二十五,中华书局1997年版,第8438页。按《万历野获编》所引诗篇略有数字不同:"西南"作"西山","于此民俗雍"作"于兹乐雍谷","大书"作"天书","弥隆"作"益隆"。

四年,又以日本国王源道义捕海寇有功,赏赐之外,封其国山曰寿安镇国之山。亲制碑文,赐以铭诗曰:

日本有国钜海东,舟航密迩华夏通。衣冠礼乐昭华风,服御绮绣考鼓钟。食有鼎俎居有宫,语言文字皆顺从。善俗殊异羯与戎,万年景运当时雍。皇考在天灵感通,监观海宇罔不恭。尔源道义能迪功,远岛微寇敢鞠凶。鼠窃蝇嘬潜其踪,尔奉联命搜捕穷。如雷如电飞蒙冲,绝港余孽以火攻。焦流水上横复纵,什什伍伍禽奸凶。荷校屈肘卫以从,献俘来庭口喁喁。彤庭左右夸精忠,顾咨太史畴勋庸。有国镇山宜锡封,惟尔著于山增崇。宠以铭诗贞石砻,万世照耀扶桑红。①

六年,嗣浡泥国王遐旺还国,赏赐有加,浡泥国有后山,封为一国镇。国王之子又请封长军镇国之山,明成祖亲制碑文,其铭诗曰:

炎海之墟,浡泥所处。煦仁渐义,有顺无忤。偻偻贤王,惟化之慕。导以象胥,遹来奔赴。同其妇子,兄弟陪臣。稽颡阙下,有言是陈。谓君犹天,遣其休乐,一视同仁,匪偏厚薄,顾兹鲜德,弗称所云,浪舶风樯。实劳恳勤。稽古远臣,顺来怒趱,以躬或难。矧曰家室,王心宣诚,金石其坚。西南蕃长,畴与王贤。矗矗高山,以镇王国。镌文于石,懋昭王德。王德克昭,王国休宁,于万斯年,仰我大明。②

十四年,封柯枝国王可赤里为国王,并封其国中之山为镇国山。亲制碑文,内系以铭曰:

截彼高山,作镇海邦,吐烟出云,为下国洪庞。肃其烦歊,时其雨旸,祛彼氛妖,作彼丰穰。靡蓄靡渗,永庇斯疆,优游卒岁,室家胥庆。於戏! 山之嶻兮,海之深矣,勒此铭诗,相为终始。③

沈德符称:"盖封外国山者凡四见,皆出睿制诗文,以炳耀夷裔。且词旨隽蔚,断非视草解、杨诸公所能办,因思唐文皇兵力仅伸于漠北,而屈于辽

---

① (明)沈德符:《万历野获编》卷二十四,中华书局1959年版,第15页。
② (清)张廷玉等:《明史》卷三百二十五,中华书局1997年版,第8414页。
③ (清)张廷玉等:《明史》卷三百二十五,中华书局1997年版,第8442页。

水一海夷,如文皇帝威德,直被东南,古所未宾之国,飙飏宏文,昭回云汉,其盛恐万禩所未有也。"①永乐时期的外交无疑是国史中最为辉煌的一段,天朝礼治的和平推扬于斯鼎盛。这位马上皇帝的赋诗之中,充满着君临天下、万国来朝、四夷宾服的事业成就感,纸背之后则饱含着天命归统的自豪与满足。沈德符的推定理应不谬,文治武功下的炳耀异邦,或者比乐舞制度中的规定乐章更有种生气淋漓的感觉,其中的荡决气度非雄主不能为也,而此亦可称作是天朝意识下的诗礼传统在中西交通史上奏出的最强音。

相比之下,朱元璋与日本诗僧绝海中津间的唱和似乎有着更多诗文交往的味道,洪武九年,绝海中津和法友汝霖良佐一起应建都法大意,奏对称旨,获得与明太祖诗歌唱和的机会。绝海中津所作诗为:"熊野峰前徐福祠,满山药草雨余肥。只今海上波涛稳,万里好风须早归。"朱元璋的和诗是:"熊野峰前血肉祠,松根琥珀也应肥。当年徐福求仙药,直到如今更不归。"绝海中津之诗以思归为念,所述"海上波涛稳"之句又有着称美四海升平的颂圣内涵,可称应对得体。而朱元璋的和诗却别开蹊径,对绝海中津的称颂并未回应,却代以"既是血肉之躯,如何能求得长生仙药"的反诘,在"血肉"与"更不归"的因果暗答中,表明了这位平民皇帝对求仙长生的不屑,更暗含着对秦始皇遣使求药的轻蔑。《明实录》中的几条记载恰可作为此诗注脚。

《太祖实录》卷三十三称:(洪武元年闰七月廿九)上谓侍臣宋濂等曰:"秦始皇、汉武帝好尚神仙,以求长生。疲劳精神,卒无所得。使移此心以图治,天下安有不理?"②

《太祖实录》卷五十九称:(洪武三年十二月十四)上颇闻公侯中有好神仙者,悉召至,谕之曰:"神仙之术以长生为说,而又谬为不死之药以欺人,故前代帝王及大臣多好之,且有服药以丧其身者……此乃欺世之言,切不可信。"③

《太祖实录》卷二百三十九称:(洪武二十八年秋七月廿七)有道士以道书献,上却之……"彼所献书,非存神固气之道,即炼丹烧药之说,朕乌用此?"④

被视作虚谬的徐福居然在日本大享香火供奉,朱元璋于此自不以为然,字里行间中的不屑渗透着居高临下的文明优越感。"海东之魁"⑤绝海中津的非使节身份虽使得这次唱和有着一般诗文往来的色彩,甚至开辟了些许

① (明)沈德符:《万历野获编》卷二十四,中华书局 1959 年版,第 15 页。
② 《明太祖实录》卷三十九,台湾"中研院"历史语言研究所影印本 1968 年版。
③ 《明太祖实录》卷五十九,台湾"中研院"历史语言研究所影印本 1968 年版。
④ 《明太祖实录》卷二百三十九,台湾"中研院"历史语言研究所影印本 1968 年版。
⑤ 杭州中天竺僧人如兰为绝海《焦坚稿》其跋文中称:"虽我中州之士老于文学者,不是过(过是)也,且无日东语言气习……诚为海东之魁,想无出其右者也。"

个性发挥的空间,但依旧是天朝意识、"华夷秩序"笼罩下的诗礼延续。而一旦身份改变,情形就大不相同了。① 李朝使节权近出使明朝时,明太祖曾赐诗三首,其一《鸭绿江》曰:

> 鸭绿江清界古封,强无诈息乐时雍。逋逃不纳千年祚,礼义咸修百世功。汉代可稽明载册,辽征须考照遗踪。情怀造到天心处,水势无波戍不攻。②

已是天朝君王面孔下的告诫语调了。而日本使臣嗐哩嘛哈,在应对朱元璋关于日本风俗的提问时,曾作诗答曰:

> 国比中原国,人同上古人。衣冠唐制度,礼乐汉君臣。银瓮篘新酒,金刀鲙锦鳞。年年二三月,桃李一般春。③

关于赋诗后的结果,约有两说:一是明太祖厌其傲慢,拒绝了日本的通贡

---

① 《明朝小史》卷一称:帝在位五年,谓刘基曰:日本夷固非北胡心腹之患,犹蚊虫警寤,自觉不宁。闻其俗尚禅教,宜选高僧说其归顺。遂命明州天宁寺僧祖阐,字仲猷;南京瓦罐僧无逸,字克勤,往彼化其来贡。将行,天界住持四明宗泐赋诗饯别,诗云:"帝德广如天,圣化无远迩。重译海外国,贡献日赍委。惟彼日本王,独遣沙门至。宝刀与名马,用致臣服意。天子鉴其衷,复命重乃事。由彼尚佛乘,亦以僧为使。仲猷知心宗,无逸写经义。二师当此任,才力有余地。朝辞闻阖门,夕宿蛟川涘。巨舰扬独帆,长风天万里。如鲸不敢骄,冯夷效驱使。沧茫熊野山,一发青云际。玉庭闻诏来,郊迎至欣喜。时则扬帝命,次乃谈佛理。中国师法尊,远人所崇礼。况兹将命行,孰有重于此。海天渺无涯,相念情何已。去去善自持,愿言慎终始。"此诗持献于上,圣览,赐和诗云:"常闻古帝王,同仁无遐迩。蛮貊尽来宾,我今使臣委。仲猷通供纟,倭夷当往至。于善化凶人,不负西来意。尔僧使远方,毋得多生事。入为佛弟子,出为我君使。珍旃浦泉经,勿失君臣义。此行非瀚海,一去万里地。既辞释迦门,白日宿海涘。艨艟挂飞帆,天风驾万里。平心勿忧惊,自然天之使。休问海茫茫,直是寻根际。诸彼佛放光,倭民大欣喜。行止必端方,毋失经之理。人国有斋时,斋毕还施礼。是法皆平等,语言休彼此。尽善凶顽心,了毕才方已。归来为拂尘,见终又见始。"[(明)吕毖:《明朝小史》卷一,(台湾)正中书局1981年版,玄览堂丛书本,第125—128页]又《七修类稿》卷五载:永乐间,三保太监招抚四夷,复通。尝见太祖与国初僧仁一初送祖阐无逸之诗,太祖诗云"尝闻古帝王,同仁无遐迩;蛮貊尽来宾,我今使臣委。促猷通洪玄,倭夷当往至;于善化凶人,不负西来意"等句。一初诗云:"大明建国如虞唐,万方玉帛朝明堂。五百僧中选僧使,奉诏直往东扶桑。"又云:"飘飘瓶锡辞九重,大骊四月开南风。游龙双迎浪花白,天鸡一叫东方红。"[(明)郎瑛:《七修类稿》卷五,中华书局1959年版,第82—83页]

② (明)佚名:《朝鲜志》卷下,清艺海珠尘本,第61页。

③ (明)严从简:《殊域周咨录》卷二,中华书局1993年版,第57页。明人李言恭、郝杰编撰《日本考》卷之五"答风俗问"引此诗,首句作:"君问吾风俗,吾风俗最淳。"(中华书局1983年版,第234—235页)

请求。一是太祖听后,对朝臣道:"莫谓异地不生人才,此一诗,亦觉可听。"①虽均为稗官野史,态度迥异,但由此正可折射出明代社会的对外心态,无论是对无礼的不满,还是对番邦汉化的有限称许,总之是一派俯视的眼光。无独有偶,此诗还被改头换面,安在安南胡朝皇帝胡季犛的名下,变为:"欲问安南事,安南风俗淳。衣冠唐制度,礼乐汉君臣。"②按:"衣冠唐制度"一语本为宋人张大亨为米芾所作像赞③,却为外国君臣"拿来",屡屡引用,却也应时应景,然在其诗中学华颇有所得的成就感中,实足以昭显外族的慕华心理,而外邦的仰慕无疑又使得原本尊大倨傲的天朝意识愈加膨胀。

历史上的中外交往虽有高低起落,却从未中断,使臣往来间的诗歌交往亦历代不绝,颇为可观。然而,交往诗歌的汉语性质实已预设了仰慕中华的心态,而以朝鲜、日本为代表的周边诸国在汉文化的长期熏染下,在相当程度上已经融为儒家文化圈中的一员。这些国家诗人的汉诗写作多由模仿入手,随着文化交往的累积,水平的提高,其中的优秀者于汉诗之命词立意,结构营造多有领会,创作出不少可与汉人所作相媲美的诗篇。明兴,既承前代之文化积累,又兼君主于"万国来朝"局面之渴望,随朝贡制度之和平推行,诗文往来,彬彬称盛,而其中尤以朝鲜为最。

> 朝鲜君臣最称好事,使者轺轩一至,即命馆伴远迎,属和诗章,连篇累牍,龚修撰用卿鸣治、吴给事希孟子醇于嘉靖十六年奉使,国王遣陪臣十人陪燕汉江之上,泛杨花渡,登龙头峰,纵观江山之胜。……咸有诗篇继和,极东国一时之盛。④

恪守"以小事大"原则的朝鲜历来被视作朝贡制度中的属国典范,亦被认为是最具中华气质的藩国,"四夷惟朝鲜礼俗,虽箕子遗风,固亦东方之气耳"⑤,而使臣间的诗文酬唱正是"东方之气"风雅呈现。其实,所谓的"蛮夷"能诗,古已有之,《左传》中即有戎子驹支赋《青蝇》以应对范宣子的记载,清儒劳孝

① 无名氏:《英烈传》第七十二回,上海古籍出版社1981年版,第278页。按:《英烈传》以此诗为高丽使者嘻哩嘛哈所作。
② 按:此诗据称收入越南黎贵惇的《全越诗录》,题为"答北人问安南风俗",然后人已疑之,盖托名拟作。然亦可略观其时之风气。
③ (宋)吴炯:《五总志》:元章既洒落不群,而冠服多用古制。张大亨嘉甫赞其像曰,"衣冠唐制度,人物晋风流",议者以为实录。
④ (清)朱彝尊:《明诗综》卷九十四,乾隆刊本。
⑤ (明)陈全之:《蓬窗日录》卷一,上海书店1985年版,第68页。

舆在评论中即称"戎亦能赋诗,可知当时诗教入人之深"①。嘉许的背后仍旧是浸润天朝意识的居高俯视。面对"蛮夷"的赋诗热情与创作水平,虽有肯定的赞许②,却不愿真正在心理层面与之平等对话,多是礼节性的一般应对。

> 朝鲜为守礼之邦,朝廷待之亦与诸夷迥异。然国初册封多用内官,自成化间,内臣郑同、翟安二人并使,而言官纠其非,事得寝。此后多用文臣,亦有内外兼用者。至嘉靖间,则大珰例不遣矣。隆庆元年,始又命中官姚臣同行人欧希稷吊祭朝鲜,封其侄署国事李昖公者为王,即今王,为日本所侵,几至亡国者是也,其时华亭当国,不宜有此。至今上屡遣使其国,皆用词臣及使署充之,体统始正矣。③

使臣身份的随意变换实已暗示出天朝的一般态度,而使臣的文化背景于交往效果却有着重要的影响。"旧典:使于东国必命儒臣给舍,迨嘉靖二十三年,恭僖王薨,遣使改谥及赙,改命司礼监太监郭璈,副以华亭张行人承宪。于是中官偕行道涂,无酬答之作,礼成而返,乃缄诗以寄国人,爰有吏曹判书申光汉,议政府右赞成柳仁淑,成均馆司艺林亨秀,礼曹正郎李洪男,户曹参判沈连源,黄海道观察使权应挺,相与追和之,仍刊为《皇华集》一卷,而郑士龙为作序。"④随行的张承宪毕竟还能"礼成缄诗",总算是挽回一点颜面。但即便是颇具文采的儒臣入使者也未必能当得起"天使到我国者,皆中华名士也"⑤的溢美,至于那些已被八股耗尽大半心力的官员们就更不足称道了。于此,朝鲜学者柳梦寅即言:

> 《皇华集》非传世之书,必不显,于中国使臣之作,不问美恶,我国不敢拣斥,受而刊之。我国人称天使能文者,必曰龚用卿,而问之朱之蕃,不曾闻姓名。祈顺、唐皋铮铮矫矫,而亦非诗家哲匠。张宁稍似清

---

① (清)劳孝舆:《春秋诗话》卷一,中华书局1985年版,丛书集成初编本。
② 朱彝尊《明诗综》:"天顺元年,使朝鲜者翰林修撰吴陈鉴,缉熙太常博士会稽高闰,居平三年,奉使则刑科给事中余姚陈嘉猷,世用四年,奉使则礼科给事中海盐张宁靖之,原亨凡三充馆伴,靖之赠诗云:'朝鲜贤臣朴判书,老成文物非凡儒。'盖其国中翘楚也。"类似这样的称许,在明人著作中尚有他例,而多数是从个人身份出发对外国诗人、学者所能达到的高度表示肯定。
③ (明)沈德符:《万历野获编》补遗卷一,中华书局1959年版,第811页。
④ (清)朱彝尊:《明诗综》卷九十四,乾隆刊本。
⑤ [朝鲜]成伣:《庸斋丛话》,载邝健行等选编:《韩国诗话中论中国诗资料选粹》,中华书局2002年版,第25页。

丽,而软脆无指,终于小家,其余何足言? 徐居正对祈顺,敢为先唱若挑战者,然困于"百济地形临水尽,五台川脉自天来",栗谷讥之曰:"四佳有似角抵者,先交脚,后仆地。下邦人待天使,宜奉接酬和而已,何敢先唱?"此真识者之言也。①

柳梦寅立足本国心态,剖析到位,相近的观点同样出现在明人沈德符的笔下,"朝鲜俗最崇诗文,亦举乡会试,其来朝贡陪臣多大僚,称议政者即宰相,必有一御史监之,皆妙选文学著称者充使介。至阙必收买图籍,偶欲《弇州四部稿》,书肆故靳之,增价至十倍。其笃好如此。天朝使其国,以一翰林一给事往,欲行者即乘四牡,彼国濡毫以待唱和,我之衔命者,才或反逊之。前辈一二北扉,遭其姗侮非一,大为皇华之辱。此后似宜遴择而使,勿为元菟四郡人所笑可也"②。

沈、柳二人对同一现象的共同关注,反映的心情大略相似:对诗文交往中天朝表现的不满与失望。然而,二人却都忽视了文化背景中的传统转移。春秋赋诗传统中的使臣们本是外交活动中的绝对主角,但时代裂变下的礼乐衰落、知识普及共同造就了诗礼传统的转移,使臣们的主角身份自然也随之淡化了。在经秦汉大一统而强化的中央集权体制下,凸现国家形象成为对外交往的第一要义,天朝意识下的非对等往来更使得个人魅力的发挥空间十分有限。更重要的是,不同语境下迥异的文化背景、知识结构又使得对话资源相当匮乏。交往生态的时代变迁导致了诗歌"专对"功能的萎缩与使臣特色的褪色:诗歌日益成为文人日常生活的交际媒介;充任使节并无特殊的文化要求,而明代的许多使臣甚至是由太监充当的,根本不具备诗文往来的基本素质。离开了交往中心的使臣与诗根本无法重现传统的辉煌,失去国家关注的使臣诗歌,更多的成为个人生活的观照,而他们与异国诗人诗歌交往也就越来越个人化、日常化。

在明代,像朝鲜诗人郑梦周、申叔舟、权擥、许琮、权近、朴原亨、郑士龙、苏世让、许沆、许筠、金尚宪、崔澱等,以及日本诗僧绝海中津、天祥、机先等均为外国诗人中的佼佼者,其关注视角、意境酝酿多与中国诗人相似,胜者足可媲美汉人之作,但完全的汉化却削弱了对外交往的特色。他们与中国诗人的交往诗篇,大多与中国诗人间的诗歌往来并无差异,而作为一般个人

---

① [朝鲜]柳梦寅:《于于野谈》,载邝健行等选编:《韩国诗话中论中国诗资料选粹》,中华书局 2002 年版,第 103 页。
② (明)沈德符:《万历野获编》卷二十五,中华书局 1959 年版,第 786 页。

在日常交往层面的诗文交流,所具有的交往视野自然有限。这种诗歌现象本身就是对外交往的成熟产物,作为中外交往于文化层次的结晶之一,这一现象似乎更应归入最终结果的范畴,却非交流的过程。然而,汉诗创作能力的形成只是在技术层面上造就了对话的可能,却无法在心理层面上获得平等的交流。只有放下天朝意识的尊贵身份,才可能有更为自然的交流对话。在使臣们日常化的诗歌交往中,这种可能似已初具模样,交往中的真挚友情、离别时的不舍之情,确实洗尽了天朝意识的傲慢尊大。如:

辛应时《送欧大行还朝》:"鸭绿江头送棹声,东风吹泪若为情。人间离别伤今日,天上音容隔此生。衡浦雁回惊远梦,洞庭春尽渺归程。遥知万里相思处,南斗横斜片月明。"①

申光汉《次华使张承宪公游汉江》:"天上河源落五台,楼前澄影隔尘埃。杨花春尽帆归远,楮岛烟消雁影来。物色不随游子去,芳樽今为使君开。三韩胜地皆方丈,更借仙风倾一杯。"②

许筠《柬吴子鱼先生》:"野馆荒凉门半开,入帘残月影徘徊。露虫偏向秋林织,今夜故人来不来?"③

许筠《送参军吴子鱼大兄还大朝》:"国有中外殊,人无夷夏别。落地皆弟兄,何必分楚越。胆胆每相照,冰壶映寒月。倚玉觉我秽,唾珠复君绝。方期久登龙,遽此成离诀。关河路险巇,秋郊方蕴热。此去慎行休,毋令阻回辙。东陲尚用兵,海峤日流血。须冯鲁连子,却秦掉寸舌。勿嫌九夹陋,勉徇壮夫节。"④

绵绵的"弟兄"情意诚然涤尽了"中外""夷夏"的殊别,亦暗示着一种符合中华文化气质的交往原则:两国间的亲密交往应当部分地放弃自己的文化身份,以一种互相谅解式的同情关怀来建构,这样,虽然两国交往中少了外交辞令中的机锋暗藏,但却增添了融融的和平气象,无疑是更深层次上对诗礼传统的延续。与之相关,蒋一葵《尧山堂外纪》中的两则记载当为留意:

唐皋以翰林出使朝鲜,其主出对命属云:"琴瑟琵琶,八大王,一般头面。"皋即对云:"魑魅魍魉,四小鬼,各自肚肠。"主大骇服。⑤

---

① (清)朱彝尊:《明诗综》卷九十五,乾隆刊本。
② (清)钱谦益:《列朝诗集》闰集第六,影印清顺治九年毛氏汲古阁刻本。
③ (清)钱谦益:《列朝诗集》闰集第六,影印清顺治九年毛氏汲古阁刻本。
④ (清)朱彝尊:《明诗综》卷九十五,乾隆刊本。
⑤ (明)蒋一葵:《尧山堂外纪》卷九十五,上海古籍出版社2002年版,续修四库全书本,第200页。关于此联,后世亦有附会之说,如,相传八国联军入侵中国,和谈会议上,一个洋人说出上联:"琴瑟琵琶,八大王王王在上,单戈止战。"此联嵌字、合字并用,意境嚣张,一时清朝官员面面相觑,作声不得。猛然间,旁边一小吏拍案而起,应声道出下联:"魑魅魍魉,四小鬼鬼鬼犯边,合手并拿。"顿时镇住全场。自是野史之说,不足为信,但却可借此以观其时之社会心态、文化思想。

嘉靖初，都御史毛伯温征安南，其国王以《萍诗》讽云："锦鳞密砌不容针，带叶连根不计深。常与白云争水面，岂容明月坠波心？千层浪打诚难破，万阵风颠永不沉。多少鱼龙藏未见，太公无计下钩寻。"毛伯温依韵答之云："随田逐水冒稜针，到底原来种不深。空有根苗空有叶，敢生枝节敢生心？宁知聚处焉知散，但识浮时不识沉。大抵中天风势恶，扫归湖海竟无寻。"国王见诗大惊，由是贡服。①

如此典型的"赋诗言志"自春秋之后，实不多见，借此，唐、毛似或可成为使臣之才思气节的标本，但余永麟《北窗琐语》的记载却正与之抵触。

嘉靖乙亥，（日本）入贡正使石鼎、周良珠、宣用琳皆解文字者也。余每致笔，谈多重佛略儒。五经用汉隽王弼、郑玄之徒，皆彼所深信。医用旧方，而略发挥。诗尚纤巧，又元体之下下者，题咏颇多。略述一二：……《萍》："锦鳞密砌不容针，只为根儿做不深。曾与白云争水面，岂容明月下波心。几番浪打应难灭，数阵风吹不复沉。多少鱼龙藏在底，渔翁无处下钩寻。"……体制大概如此。②

虽偶有文字差异，然模拟窜改之迹甚为明显，《萍》诗的归属权足以令人生疑，今按：据《浙江通志》卷一百三十八载，余永麟为嘉靖七年戊子科举人，据《广西通志》卷五十四，蒋一葵，在万历三十九年上任灵川县知县。余书当先出，四库馆臣于二书均有微词，于《北窗琐语》称："书中叙日本出处、土俗、朝贡三事颇详，其余记载则颇多失实"。于《尧山堂外纪》称："是书取记传所载轶闻琐事，择其稍僻者，辑为一编……雅俗并陈，真伪并列，殊乏简汰之功。"由此而言，《北窗琐语》所录或较为可靠，然以明人之治学态度及野史资料来源之繁杂③，仅以目前的资料似乎难成定谳。但即便所述不实，记录本身亦可折射出明代士人的天朝意识及在此意识下的诗礼延续。以诗文折服的和平模式在文人世界中永远是胜过武力征服的选择，历史上的毛

①　（明）蒋一葵：《尧山堂外纪》卷一百，上海古籍出版社2002年版，续修四库全书本，第200页。

②　（明）余永麟《北窗琐语》，载周光培编：《历代笔记小说集成》，河北教育出版社1995年版，第33—35页。

③　王世贞《弇山堂别集》卷二十七载："《交事纪闻》，纪世宗御制《送毛伯温南征诗》：'大将南征胆气豪，腰悬秋水雁翎刀。风吹金鼓山河动，电闪旌旗日月高。天上麒麟原有种，穴中蝼蚁莫能逃。太平颁诏回辕日，亲与将军脱战袍。'《损斋备忘录》，则太祖《送总兵杨文征蛮诗》也。雁翎刀曰，吕刀。末云'大标铜柱归来日，庭院春深庆百劳'。《备忘录》作于弘治中，《交事纪闻》之附会，不言可知，然太祖制集无之，又见宋时一小说云是哲宗送大将征夷，则其来久矣，然哲宗事亦不足信，盖野人之谈三变矣。"在古代的传播、记录条件下，野史的口笔相传，其间的谬误实为无法避免的无奈之事，明人远没有清儒的严谨学风，其中的鲁鱼之误就更多了。

伯温是率军征讨安南的主帅，但明人津津乐道的是未必确实的"赋诗交锋"，却非毛伯温疆场征战的平定功绩。偏离史实的关注视角，除了一贯的神补正史不足之外，更暗含着钟情于复古的明人对春秋时代的"诗歌外交"的向往——天朝意识、诗礼传统在社会观念中的交织体现。

文化传统的时代变迁造成了使臣与诗在对外交往中的位移，与"文采争胜"或"暗地交锋"式的诗歌唱和相比，言志式的诗作似乎更为真实地记录了明代士子的交往心态。江西刘璟以侍讲使交南，拒收所馈金珠珍玩，示以《初入关》诗云："咫尺天威誓肃将，寸心端不愧苍苍。归装若有关南物，一任关神降百殃。"①诗虽不见佳，但掷地有声，其中的骨鲠气节却是明代士大夫最为凸显的心灵生态。近乎发誓的言志情怀，其首要关注乃在个人的品行高洁、道德修养，至于归装中的是"关南物""占城物"，抑或是在本国、本官署的他人馈赠并不留意，总之是一概回绝。身为使节，心是儒臣，言志之诗，非为交往。而贪婪受贿者自不会将自己的行为纪之以诗，刘璟的拒贿恰可反映使臣出使中的贿赂行为，亦有诗史的意义，但这些显然都是我们在诗歌背后的挖掘，并非刘诗的关注所在。

而明儒薛瑄的《送陈修撰使高丽》一诗恰可成为刘诗之唱和与补充："万国来朝通九译，一朝持节使三韩。烟开碣石行边见，日出扶桑马上看。玉烛正调王道盛，天书大布远人欢。归囊不似千金橐，留取清名宇宙间。"②作为旁观者的薛瑄与身临其事的刘璟的关注视角一般无二，足以发现明代士人在交往时的最普遍关注乃是"不愧苍苍"的"留取清名"，又如"梁储册封安南国王充正使，礼成，亟返，馈遗无所顾。持大体，不与陪臣倡和"③。在八股的模式锻炼与理学的思想灌输之下，砥砺名节方是明代士人一生用心处，至于"诗赋风流"却是此后的余事了。

中华正统观念中的"天朝态度"与"礼不下庶人"的等级意识，共同构建了对外交往的基本心态，虽以礼待之，却有恕对方无礼于先的理解预设，这或许算得上一条颇为开明的外交礼仪规则，尽管所谓的对"蛮夷"的优容有着天朝上国的颜面保存，但毕竟减少了许多不必要的外交摩擦。而中国传统礼仪中最优雅的外交形式却在交往中褪色、淡忘。虽然外来使节对这种诗酒风流的仰慕使得一些使节必须有所回应，但传统的赋诗时代早已远逝，更重要的是，随着《诗经》时代的结束，赋诗制度所需要的普遍知识背景和

---

① （明）焦竑：《玉堂丛语》卷五，中华书局 1981 年版，第 165 页。
② 《薛瑄全集》文集卷十，山西人民出版社 1990 年版，第 612 页。
③ （明）焦竑：《玉堂丛语》卷五，中华书局 1981 年版，第 168 页。

人文环境,早已被金戈铁马下的国家利益冲击得荡然无存。皮之不存,毛将焉附。失去生态的赋诗传统,早已由国家外交礼节变为个人的身份象征,偶然的兴趣寄托和习惯的应酬语言,所谓"专对"功能,只不过是经典教科书中的文字、科举考场中的试题,和一种遥不可及的文化传统。所能延续的只有作为常识观念的天朝意识,以及在此意识下的上邦心态。

二、诗歌态度的散点透视

明人于本朝外交充满自豪,信心十足:

> 我朝国势之尊,超迈前古,其驭北虏西蕃,无汉之和亲,无唐之结盟,无宋之纳岁币,亦无兄弟敌国之礼,其来朝贡,则以恩礼待之。其朝鲜、安南、琉球、日本、占城、暹罗、满剌加诸国,乌思藏、童卜韩、胡奴儿于诸司,朵颜、赤斤、阿端、卜剌罕诸卫,奉法尤谨,朝廷待之,恩礼亦有加焉。呜呼,盛哉!①

对于诗歌,明人却没有那样的充足的底气,有明一代,敢将明诗拿来炫耀的寥寥无几,至多不过以承接李唐为念。诗歌既非明人的主流诉求,亦非明人历史意识中愿意自我标榜的重点,更多的是明代士人的身份象征符号和行为规则,是一种知识谱系的惯例,一种习惯文体下的情志表达。作为一代诗歌,明诗虽然缺乏审美视野的突破,却有着无法回避的诗史意义。然而,诗歌的叙述并非历史记录的全视角,而是一种表现态度的散点透视,尤其是在关注对象本身处于边缘地位的时候,散点透视中的历史态度往往更能凸现诗史的意义。

1. 咏物的惯例

中国诗歌的咏物传统自然导源于《诗》三百,"古之咏物,其见于经。则灼灼写桃花之鲜,依依极杨柳之貌,杲杲为出日之容,凄凄拟雨雪之状,此咏物之祖也。"②经典开启的传统获得了圣人的认可,"小子何莫学夫诗?诗可以兴,可以观,可以群,可以怨。迩之事父,远之事君;多识于鸟兽草木之名"。"多识"成为《诗》在经学传统中特许的一项功能,除了在经学中以博物的形式延续外,更成为中国诗歌体式的一种重要门类。标举"多识"的咏物传统诚然放大了诗歌的视野,许多新异事物,即在"多识"的功能许可下

---

① （明)敖英:《东谷赘言》卷上,中华书局1985年版,丛书集成初编本。
② （清)俞琰选编:《咏物诗选》"自序",成都古籍书店1984年版,第1页。

被纳入诗歌传统。天朝意识虽然一贯自诩地大物博、无所不有,但"蛮夷"中有不少天朝所未曾经眼的新异事物,却也是不争的事实。"互通有无"是天朝不愿接纳的观念,但和平主义下的朝贡制度却使得域外的新奇事物有了正当合法的输入背景。"多识"功能与"入贡"姿态的有效结合,使得异邦中新奇事物以体面的身份进入中国诗歌的大雅之堂,历代吟咏不绝,如宝马、狮子、倭刀、香料等贡品无不成为中国诗人的形容对象。明诗亦不例外,一如既往地延续着中国诗歌的咏物传统,不乏热情地关注着番邦异物。如:

夏原吉《圣德瑞应诗》:

圣主膺乾运,垂衣驭八区。道隆尧舜比,功茂禹汤俱。荡荡三边肃,熙熙兆姓娱。普天歌至治,率土发灵储。爰有诸蕃国,能忘万里途。随槎超瀚漫,献瑞效勤渠。渺渺来中夏,惓惓觐帝居。麒麟呈玉陛,狮子贡金铺。紫象灵山种,骅骝渥水驹。驼鸡同鸑鷟,文豹拟驺虞。福禄身纤锦,灵羊尾载车。霜姿狷更异,长角兽尤殊。彩槛奇音鸟,雕笼雪色乌。玄龟三尾曳,山凤五花敷。日上龙墀丽,风回凤阁①迁。礼官躬典设,蕃使肃奔趋。仙掌开丹炭,祥烟散紫衢。重瞳欣一顾,百辟震三呼。兹岂寻常致,端由治化孚。既将昭帝德,尤足壮神都。炎汉何能拟,姬周莫并驱。拜瞻嗟庆幸,称赞愧荒疏。惟愿皇风洽,仍祈化日舒。鸿图千载固,圣寿万年余。②

金幼孜《长角兽歌》:

圣人端拱御八方,车书混一超虞唐。仁恩义泽霈洋溢,雨旸时序民物康。南极炎荒北穷发,西逾月窟东扶桑。陆鸷水栗悉稽颡,莘琛奉贽来梯航。维时天心眷皇德,纷纷总总来奇祥。麟虞在郊凤在薮,白乌驯雉参回翔。醴泉出地甘露降,嘉禾瑞麦何穰穰。前年西域贡狮子,赤豹神鹿纷成行。今年海外见奇兽,殊姿异状尤非常。茸茸紫毳莹苍璧,两角棱棱三尺强。非兕非豸亦非鹿,玄云蓊郁凝天章。双瞳夹镜黑如漆,四足捷疾行跄跄。征图考牒不可辨,载稽博物何茫茫。远人效贡儇珍异,径涉大海扬飞樯。荐之雕笼藉芳褥,再拜奉献登明堂。是时九重启

---

① 《明诗综》作"贝阙"。
② (明)夏原吉:《忠靖集》卷二,上海古籍出版社 1987—1989 年版,文渊阁四库全书本。其序称:"永乐己亥秋,海外忽鲁谟斯等国遣使来进麒麟、狮子、天马、文豹、紫象、驼鸡(昂首高七尺)、福禄(此似驼而花文可爱)、灵羊(尾大者重二十余斤,行则以车载其尾)、长角马哈兽(角长过身)、五色鹦鹉等鸟。又交趾进白乌、山凤、三尾龟等物。赐观于庭,承制赋此。"

阊阖,旭日照耀森开张。祥飙瑞霭相拂掠,佳气郁勃欢声扬。乃知圣德极广远,覃及庶类恩光。岂知此兽更奇绝,性质驯雅胜白狼。玄犀角峀未堪傺,九真所献那足方。虞廷率舞先百兽,上协箫韶仪凤凰。太平幸际千载会,愿纪鸿绩镌琳琅。陈词稽首歌圣德,天子万寿,地久同天长。①

唐顺之《日本刀歌》:

有客赠我日本刀,鱼须作靶青丝缥。重重碧海浮渡来,身上龙文杂藻荇。怅然提刀起四顾,白日高高天冏冏。毛发凛冽生鸡皮,坐失炎蒸日方永。闻道倭夷初铸成,几岁埋藏掷深井。日淘月炼火气尽,一片凝冰斗清冷。持此月中斫桂树,顾兔应知避光影。倭夷涂刀用人血,至今斑点谁能整。精灵长与刀相随,清宵恍见夷鬼影。迩来鞑靼颇骄黠,昨夜三关又闻警。谁能将此向龙沙,奔腾一斩单于颈。古为神物用有时,且向囊中试韬颖。②

其中,狮子则是不少文人竞相吟咏的对象,如:
王绂《瑞应狮子诗》:

西戎狮子进神京,粲粲金毛映日明。幸际盛时亲睹此,绝胜前史但闻名。万方顿使群妖息,一吼能令百兽惊。不是吾皇珍远物,远人深意慕朝廷。③

杨荣《狮子》:

圣朝统六合,威德被遐荒。鸟兽既咸若,万物沾恩光。狮子产西极,雄猛非寻常。锯牙自铦利,铜首何轩昂。双耳正上耸,两目耀星芒。巨尾摇锦茸,长毛绚金黄。顾盼雄风生,哮噉百兽藏。及兹来阙下,俛首随鹓行。帖然自驯服,感此仁化彰。玉阶齐率舞,灵囿恣翱翔。仰惟圣明世,物类皆跄跄。永言乐熙皞,天地同悠长。④

金幼孜《狮子歌》:

---

① (明)金幼孜:《金文靖集》卷二,上海古籍出版社 1987—1989 年版,文渊阁四库全书本。
② (明)唐顺之:《唐顺之集》卷二,浙江古籍出版社 2014 年版,第 100 页。
③ (明)王绂:《王舍人诗集》卷四,上海古籍出版社 1987—1989 年版,文渊阁四库全书本。
④ (明)杨荣:《文敏集》卷一,上海古籍出版社 1987—1989 年版,文渊阁四库全书本。

圣皇御天弘庙略,敷宣鸿化昭礼乐。登庸俊贤亲简擢,河清海晏雨旸若。民物熙熙遂耕凿,奇祥异瑞叠昭灼。朝野颂声相继作,封疆视古益恢拓。幅陨相距何寥廓,东穷扶桑南海角。西涉流沙北荒漠,山梯海航日联络。玉帛筐篚纷交错,侏僬椎卉相唯诺。奔走贡献填郊郭,金天之西路绵邈。粤有神兽匿深壑,非熊非罴亦非駮。咆哮一声震崖崿,曰为狮子何卓荦。百兽见之遁且却,象犀虎豹狸与貉,伏地脑裂俟其攫。西人致之脱羁缚,载之雕阑覆以幄。雄风长云相拂掠,远逾流沙度河朔。黄金台前霜正落,五云辉辉映楼阁。舳棱晓月明金爵,阊阖九重方启钥。远人致词甚敦朴,薄贡远物效勤恳。毛为黄茸光濯濯,两目晶荧惊电烁。铜头铁筋纷莘确,奋鬐吐舌耸龈腭。尾大如斗何挥霍,轩然猛气如欲搏。左顾右盼喜而跃,衣袂日月荣恩渥。疏涤雨露远氛浊,饱食紫芝谢丛薄。瑶囿琼林以为托,乃知圣皇德至博。同仁一视靡厚薄,声教所暨如橐籥。指挥万国在掌握,威服强梗慑暴恶。迩安远怀遵约束,神功巍峨等山岳。小臣献诗愧雕琢,万岁千秋歌永乐。①

何乔新《题狮子图》:

莎溪之域弱水滨,金精下降毓怪珍。伟哉狻猊产此地,雄姿猛态夐绝伦。双睛晱晱电流赤,劲爪铦牙侔剑戟。空山怒吼轰春雷,百兽闻之皆辟易。饥来不食麋鹿群,抟犀拉象如孤。几回饥饮龙门浃,积石半露余波浑。圣皇端拱位皇极,月竂冰天皆仰德。荒夷得此不敢留,絷以金绳献京国。修途万里经流沙,群动慴窜不敢哗。尾端尚带昆仑雾,口角

---

① (明)金幼孜:《金文靖集》卷二,上海古籍出版社 1987—1989 年版,文渊阁四库全书本。其序称:圣天子,德极天地,明并日月,化被万方,仁及庶类,上安下顺,内绥外怀,阴阳协序,万宝告成,田野熙洽,无斗争金革之声,蛮方君长,稽首称藩,岁时贡献,梯航联络,比肩接踵而至者,日不暇给。而凡昔之纪于载籍所不常有之物,或闻之而不可见者,今皆目睹其盛,若驺虞、麒麟,世皆知为仁兽,寥寥数千载,未有能识其形似之真者,我圣天子临御之日,驺虞凡再见,至于麒麟之祥,亦两自海外数万里而来。其余若名马、文犀、紫象、赤豹之属,盖以为常贡而弗之数者。今西域自流沙踰昆仑,历玉门关,以达于中国,又不知其几万里,乃汲汲焉走一介之使,槛狮子以贡,其向慕于声教者,何若是其哉。稽之往牒,狮子即狻猊也,如戏猫,能食虎豹,威伏百兽,日行可五百里,今观其状,似虎猛而壮,铜爪锯牙,广颡巨颅,尾大而长,目炯炯如电,声哮哮震撼山岳,抚摩之,不慑不惧,蹲踞拜伏,游戏舞跃,皆能解人意,有不待驯扰而能者,自边徼达于京师,欢声四动,观者蚁附,而公卿大夫与执事莫不荣耀庆幸,以为千万载之奇遇,且相与发扬蹈厉,作为歌诗以称颂。圣天子之威德,光明宣著,覃被四表,不以幽而弗烛,不以远而弗届,且以见殊方绝域,畏威慕德,臣仆于中国者,极其归仰爱戴之诚,盖自书契以来,包举六合,统一夷夏,开万世太平之业,未有若今日之为盛者。臣忝职文字,躬睹盛美,不可无纪述以传示将来,谨拜手稽首而献诗曰。

仍含葱岭霞。彤轩文陛丽晴旭,遥望龙颜自驯伏。低头安尾体态闲,黄
麠苍髯绚人目。皇威远被万国宁,长杨灵囿多祥祯。狮兮狮兮敛鸷猛,
长与驺虞作队行。①

夏言《狮子》:

　　金眸玉爪目悬星,群兽闻知尽骇惊。怒慑熊罴威凛凛,雄驱虎豹气
英英。曾闻西国常驯养,今出中华应太平。却羡文殊能服尔,稳骑驾驭
下天京。②

　　此外,如狮子赋③、狮子赞之类的文字亦屡见于明人笔端。但无论是颂
美祥瑞的吹捧粉饰,还是刻画入微的托物言志,背后所隐藏的天朝态度与多
识功能,都可称得上是古典诗歌的咏物传统的习惯延续。但中国诗歌的关
注视角绝不停留于"多识"层面的一般知识扩充,在对外交往中凸现的天朝
意识,于国家内部的哲学理念中却有着另样的诠释。在"贡狮"事件的明诗
关注中,自然也就有了异样的声音:
　　袁衮《观鲁迷所贡狮子歌》曰:

　　鲁迷迢迢,远在昆仑西,叩关通道贡狻猊。绝漠知重几万译,跋涉
流沙经月氏。初从羁縻就属国,倾城聚观途路塞。挛题械胠苦维絷,
豹鞟为鞘铁衔勒。尾如流星气凭陵,隅目烛地思奔腾。四蹄蹳蹳毛发竦,
瘦脊碐乀排锋棱。崩雷掣电望风吼,青兕辟易元黑走。牂夫股栗不敢
前,壮士变色将无狃。奚奴绿鬐深眼睛,戟手魋髻垂胡缨。须臾鞚引藁
街下,俯首帖耳犹长鸣。刲羊屠狗恣所欲,丰刍肥牺日不足。英雄束缚
亦如此,豢养恩深敢辞辱。始知丹青貌不同,仿佛山海图经中。上林已
开射熊馆,天子赐见长杨宫。虎贲如云兵卫列,强弩短刀防噬跑咶。诏
谓围人破槛车,玉阶舞蹈龙颜悦。我闻异物不可驯,祖裼扰之如有神。
水衡宝锱敕颁赐,不惜金钱怀远人。呜呼明王慎德卑远略,珍禽奇兽须

①　(明)何乔新:《椒邱文集》卷二十三,明嘉靖元年广昌刊本,第1085—1086页。
②　《佩文斋咏物诗选》卷三百九十九,上海古籍出版社1987—1989年版,文渊阁四库全书本。
③　(明)梁潜:《泊庵集》卷一,上海古籍出版社1987—1989年版,文渊阁四库全书本。有《西
　　域献狮子赋》,其序称:永乐十三年秋九月,西域以狮子来献,雄姿诡状,杰然殊常,顾盼之
　　间,百兽悚伏,前此未之见也。于乎! 远物之来,实由皇上德化广被之所致,非偶然者。臣
　　潜睹兹盛美,谨百拜稽首,而献赋曰。

教却。周征白狼荒服叛,汉闭玉门歌颂作。先朝故事传敬皇,鲁迭狄塞曾来王。当时谢却仰明圣,万古史册生辉光。今皇端拱勤内治,夷德无厌惟嗜利。何当破械纵山林,厚赏金缯绝来使。①

吴宽《西域贾人以狮子入贡有诏却之次韵鸣治》称:

> 万里流沙奇兽去,数行新诏满朝欢。须知此物真无益,始信为君亦不难。盛世粪田曾却马②,他人野鸟③自称鸾。即看重译皆归化,敌国何方是契丹。"④

张治道《嘉靖丙戌六月五日京兆驿观进贡狮子歌》称:

> 嘉靖中叶称至治,海内纷纷多异瑞。天子虽闭玉门关,狻猊犹自远方至。呜呼!此物胡为来?钩爪巨牙身嵬嵬。忠顺丘墟土番叛,西域之国绝贡献。月支疏勒称西极,此物十年达中国。目光如电众所惊,踞地咆哮天为黑。倾都之人尽来观,我亦走马入长安。长安市人色无欢,为道食羊责县官。一时无羊人遭鞭,羊备犹索打干钱。高鼻番人眼如拳,锦衣绣裤赤槛前。有时玩弄口生烟,猛烈惊奔声震天。百兽跪地虎豹,鸡犬不复鸣青田。狻猊之外有青兕,四十年前曾过此。异像常闻父老传,奇形尚在丹青里。噫嘻!先皇好博兽,豹房虎圈亲来斗。自谓真龙虎敢当,挽衣一近遭虎伤。至今海内传其事,呜呼此物安足视!凤凰绝鸣,麒麟不游。牛马不蔽野,狻猊达皇州。我来观罢生繁忧。⑤

袁氏歌行长篇,描绘刻画,曲终奏雅,归于劝诫,自是谲谏传统;吴氏七律短制,借《道德》玄言,汉儒经解,力主无为德化,以古喻今,亦为诗家常法。张作乐府篇章,感事而发,直笔铺叙,语含怨刺,却是讽喻精神。三作或

---

① (清)朱彝尊:《明诗综》卷四十五,乾隆刊本。
② 此处用《老子》"天下有道,却走马以粪"之意,王弼注曰:"天下有道,知足知止,无求于外,各修其内而已,故却走马以治田粪也。"
③ 此处用《尚书》典,采伏生《尚书大传》之意,其曰:"武丁祭成汤,有雉飞鼎耳而雊。问诸,祖己曰:雉者,野鸟也。不当升鼎。今升鼎者,欲为用也,远方将有来朝者乎?故武丁内反诸己,以思先王之道,三年,鬓发、重译,至者六国。孔子曰:吾于《高宗肜日》见德之有报之疾也。"载(清)孙之騄辑:《尚书大传》卷二。
④ (明)吴宽:《匏翁家藏集》卷十七,商务印书馆1926年版,四部丛刊本。
⑤ (清)钱谦益:《列朝诗集》丙集第十一,影印清顺治九年毛氏汲古阁刻本。

急或缓,或雅或俗,风格迥异,关注却同,殊途同归的"却贡"主旨所体现的正是明代精英阶层对朝贡体制的积极反思,而不绝于史的"却贡"之请恰可与之辉映,在诗歌与史实的张力中,大略可勾勒出一般知识背景下的明代士人于朝贡的关注。

弘治年间,面对撒马儿罕及土鲁番不断的贡狮行动,朝臣先后进言却贡,略录其要:

礼官耿裕等言:"南海非西域贡道,请却之。"礼科给事中韩鼎等亦言:"狰狞之兽,狎玩非宜,且骚扰道路,供费不赀,不可受。"帝曰:"珍禽奇兽,朕不受献,况来非正道,其即却还。守臣违制宜罪,姑贷之。"礼官又言:"海道固不可开,然不宜绝之已甚,请薄犒其使,量以绮帛赐其王。"制可。

巡按御史陈瑶论其糜费烦扰,请勿纳。礼官议如其言,量给犒赏……帝曰:"贡使既至,不必却回,可但遣一二人诣京。狮子诸物,每兽日给一羊,不得妄费。德等贷勿治。"①

(耿)裕等言:"番人不道,因朝贡许其自新。彼复潜称可汗,兴兵犯顺。陛下优假其使,适遇倔强之时,彼将谓天朝畏之,益长桀骜。且狮子野兽,无足珍异。"帝即遣其使还。②

阁臣刘吉等言:"陛下事遵成宪,乃无故召番人入大内看戏狮子,大赍御品,夸耀而出。都下闻之,咸为骇叹,谓祖宗以来,从无此事。奈何屈万乘之尊,为奇兽之玩,俾异言异服之人,杂遝清严之地。……长番贼之志,损天朝之威,莫甚于此。"③

鲁迷,去中国绝远。嘉靖三年遣使贡狮子、西牛。给事中郑一鹏言:"鲁迷非尝贡之邦,狮子非可育之兽,请却之,以光圣德。"④

御史张禄言:"华夷异方,人物异性,留人养畜,不惟违物,抑且拂人。况养狮日用二羊,养西牛日用果饵。兽相食与食人食,圣贤皆恶之。又调御人役,日需供亿。以光禄有限之财,充人兽无益之费,殊为拂经。乞返其人,却其物,薄其赏,明中国圣人不贵异物之意。"不纳。⑤

精英们的"却贡"思路并不复杂,大臣奏疏与士人诗歌的思考模式、判断理由大略相近,或由祖宗成法以怀疑入贡者身份,或以君王的品行要求否定其朝贡意义,或以代价高昂的实际支出论证其不可行性,智识阶层于朝贡

① (清)张廷玉等:《明史》卷三百三十二,中华书局1997年版,第2201页。
② (清)张廷玉等:《明史》卷一百八十三,中华书局1997年版,第1260页。
③ (清)张廷玉等:《明史》卷三百二十九,中华书局1997年版,第2183页。
④ (清)张廷玉等:《明史》卷三百三十二,中华书局1997年版,第2207页。
⑤ (清)张廷玉等:《明史》卷三百三十二,中华书局1997年版,第2207页。

体制的反思大抵如此,于体制之后的天朝意识并无关涉。于此,我们却不能苛求古人,所谓"哲学的突破"必须有相应的社会、经济、政治、思想、观念、学术以及外部刺激等一系列内外因素的合力才能出现,即便是天才,同样也需要适宜的生态,才有可能超越固有的知识背景。对于八股理学浸润下的封建士大夫而言,要求他对作为其基本知识背景的组成部分之一的天朝意识进行反思,显然是不切实际的。依照儒学路径认真实践的明代知识阶层,从未放弃天朝子民的身份,而是由儒家由己及人、由内而外的观察视角,在兴观群怨的传统支持下,以古典诗歌的美刺精神,在咏物的惯例中反思朝贡的现实意义。尽管批评的思想资源、表现方式并不出传统范畴,但颂美之音中的异样声调却已展露了明代士人于对外交往中的态度。

　　2. 陈诚使西域

　　与咏物诗"因物见世"的切入角度相异,纪行诗所采用的是"以人观景"的关注视角,其中自有"多识"传统的延续,却已多了些诗人主体的眼光别汰。作为古代诗歌的一大板块,纪行诗的核心关注虽不在交往,然而,当诗人身处异域,经常人所未经,睹常人所未睹时,作为诗人视野之历史呈现的纪行诗无疑有着更为凸现的诗史意义,实为对外交往中不可或缺的诗歌关注。自张骞凿空,西域渐为中华熟识,纪行述异,歌诗不绝,有明一代,以"辙迹遍四方"的吉水陈诚出使西域次数最多,且有《西域往回记行诗》92首及《西域行程记》《西域番国志》,颇具规模。

　　陈诚出身儒门,受学于元儒梁寅,洪武二十七年中进士,交友于方孝孺、解缙等,自是儒生本质,其《至哈烈城》诗即称:"白首青衫一腐儒,鸣驼拥箭入西胡。曾因文墨通明主,要纪江山载地图。中使传宣持至节,远人置酒满金壶。书生不解休离语,重译慇懃问汝吾。"[1]使节扮相下依旧是书生面目,对"文墨"颇具几分自信的陈诚更在自己的诗作中身份妥帖地延续着古典诗歌纪行传统。历史记载中的使臣典范自是其心仪对象,如《过川谣》称:"苏武边庭十九年,烨烨芳名垂万古。"[2]《出京别亲友》称:"丹心素有苏卿节,行橐终无陆贾装。"[3]《望哈烈城》其一称:"异俗殊风多历览,襟怀不下汉张骞。"[4]《八刺黑城》称:"博望早封侯,苏卿老归国。"[5]出使途中的奇观异景自然也是

① (明)陈诚:《陈竹山先生文集》内篇卷一,齐鲁书社1996年版,四库全书存目丛书本。
② (明)陈诚:《陈竹山先生文集》内篇卷一,齐鲁书社1996年版,四库全书存目丛书本。
③ (明)陈诚:《陈竹山先生文集》内篇卷一,齐鲁书社1996年版,四库全书存目丛书本。
④ (明)陈诚:《陈竹山先生文集》内篇卷一,齐鲁书社1996年版,四库全书存目丛书本。
⑤ (明)陈诚:《陈竹山先生文集》内篇卷一,齐鲁书社1996年版,四库全书存目丛书本。

笔下之物,如《火焰山》云:"一片青烟一片红,炎炎气焰欲烧空。"①《流沙河》云:"无端昨夜西风急,尽卷波涛上小岗。"②所经邦国的别样风俗更为纪行惯例,如《至撒马儿罕国主兀鲁伯果园》言:"加趺坐地受朝参,贵贱相逢道撒蓝。不解低头施揖让,惟知屈膝拜三三。"③去国离乡的别愁乡思自是人之常情,如《九日》曰:"路入穷荒三万里,身离上国一周年","闲倚穷庐凝远目,乡心归雁夕阳边"④;《又叹》其二曰:"去路迢迢乡国远,归心切切简书迟。"⑤报国建功的壮志情怀更是屡现笔端,《八剌黑城》云:"但祈功业成,勤苦奚足惜。愿言播芳声,千古垂竹帛"⑥;《又叹》其一云:"定远成功心事苦,中郎仗节鬓毛斑。今人好踵前人迹,共著芳名宇宙间。"⑦

  纵观陈诚诗作,大多词意妥帖,叙述明晰,时见性情,切合身份,如其《狮子》诗称:"自古按图收远物,不妨维絷进吾皇。"⑧所作《狮子赋》亦以"非维远物之是珍,实表外夷之慕义也"⑨为念,以抚远招贡为旨的陈诚于番邦异物所持态度自不同于主张却贡的士大夫,天朝意识下的上国形象维护是其出使之最高使命,自为其核心关注。宣播王化的使命自任最是天朝使节身份下儒臣心态的真实写照,如《过卜隆古河》:"愿祝圣皇千万寿,诞敷声教及天涯。"⑩《哈密城》:"圣恩广阔沾遐迩,夷貊熙熙乐太平。"⑪《土尔番城》:"九重雨露沾夷狄,一统山河属大明。"⑫《八剌黑城》:"吾皇敷德教,信义行夷貊。"⑬《俺都淮城》:"九天施雨露,四海沐恩波。"⑭《过忽兰打班》:"暂纪官程归故国,共知王化被遐方。"⑮《诣哈烈国主沙哈鲁第宅》:"从此万方归德化,无劳征伐定三边。"⑯和平主义的安边主张正是儒家仁义

---

① (明)陈诚:《陈竹山先生文集》内篇卷一,齐鲁书社 1996 年版,四库全书存目丛书本。
② (明)陈诚:《陈竹山先生文集》内篇卷一,齐鲁书社 1996 年版,四库全书存目丛书本。
③ (明)陈诚:《陈竹山先生文集》内篇卷一,齐鲁书社 1996 年版,四库全书存目丛书本。
④ (明)陈诚:《陈竹山先生文集》内篇卷一,齐鲁书社 1996 年版,四库全书存目丛书本。
⑤ (明)陈诚:《陈竹山先生文集》内篇卷一,齐鲁书社 1996 年版,四库全书存目丛书本。
⑥ (明)陈诚:《陈竹山先生文集》内篇卷一,齐鲁书社 1996 年版,四库全书存目丛书本。
⑦ (明)陈诚:《陈竹山先生文集》内篇卷一,齐鲁书社 1996 年版,四库全书存目丛书本。
⑧ (明)陈诚:《陈竹山先生文集》内篇卷一,齐鲁书社 1996 年版,四库全书存目丛书本。
⑨ (明)陈诚:《陈竹山先生文集》内篇卷一,齐鲁书社 1996 年版,四库全书存目丛书本。
⑩ (明)陈诚:《陈竹山先生文集》内篇卷一,齐鲁书社 1996 年版,四库全书存目丛书本。
⑪ (明)陈诚:《陈竹山先生文集》内篇卷一,齐鲁书社 1996 年版,四库全书存目丛书本。
⑫ (明)陈诚:《陈竹山先生文集》内篇卷一,齐鲁书社 1996 年版,四库全书存目丛书本。
⑬ (明)陈诚:《陈竹山先生文集》内篇卷一,齐鲁书社 1996 年版,四库全书存目丛书本。
⑭ (明)陈诚:《陈竹山先生文集》内篇卷一,齐鲁书社 1996 年版,四库全书存目丛书本。
⑮ (明)陈诚:《陈竹山先生文集》内篇卷一,齐鲁书社 1996 年版,四库全书存目丛书本。
⑯ (明)陈诚:《陈竹山先生文集》内篇卷一,齐鲁书社 1996 年版,四库全书存目丛书本。

学说的投射，《俺都淮城》："玉帛梯航贡，车书仁义摩。安边宁口舌，制胜岂干戈。"①《望哈烈城》："皇威至处边城静，何用嫖姚百万兵。"②陈诚的进士出身、吉水籍贯，以及永乐帝的热情关注，使得他的每次出行都博得了当时名流的关注，王直、胡广、周孟简、邹辑、胡俨、金幼孜等纷纷作诗送行，所作虽多为颂圣称功、勉志壮行，却也蔚然称盛，堪作明人天朝心态之集体展露。

　　需要指出的是，陈诚诗作的光彩多在西域行程的诗史意义，却已被其《西域行程记》《西域番国志》③等掩去大半，陈诚亦颇为得意地自称，"绝域道途三万里，殊方风俗几多般。回朝若问西夷事，只好《行程记》里看"④。陈诚全部诗歌数量不过100余篇，官位亦不显，最终不过从四品的广东布政司右参议，再加上永乐之后，明代对外交往的全面收敛，这位休居近二十年的出色使臣竟被历史所忽略，《明史稿》中的传记并未被《明史》采纳，而原本就不太凸现的诗人身份更是为人遗忘，以至极具明代诗史性质的《列朝诗集》《明诗综》《明诗纪事》诸作均阙漏不录。史载阙如的缘由诚多，而知识阶层的态度与关注于中亦可见一斑。

　　3. 郑和下西洋

　　谢国桢先生曾言："世徒知郑和之乘槎南洋，而不知陈诚之奉使西域，其功不减于和"。较之陈诚，郑和的确幸运了许多，不但《明史》有传，且"盖三保下西洋，委巷流传甚广，内府之戏剧，看场之平话，子虚亡是，皆俗语之流为丹青耳"⑤。就国家意志言，下西洋于天朝礼治下的教化远播、上国形象的积极塑造、君王心理的虚荣满足不无意义。就民间观念言，西洋行程中的奇闻逸事、异域景物、番邦风俗，无不迎合民间之好奇心理，成为佐谈资料。而朝贡贸易背后禁而不绝的私人贸易亦因之发展，间接刺激民间经济繁荣⑥的郑和更成为世俗话题的中心人物。就历史评价言，七下西洋的壮举诚为中国外交史、世界航海史之丰功伟业，毋庸多言。但是，这样一场壮观的海洋活动并未引起精英阶层的太多关注，有明一代，关于郑和西洋事的吟咏实不多见。

---

① （明）陈诚：《陈竹山先生文集》内篇卷一，齐鲁书社1996年版，四库全书存目丛书本。

② （明）陈诚：《陈竹山先生文集》内篇卷一，齐鲁书社1996年版，四库全书存目丛书本。

③ 虽《四库全书总目》卷六十四《使西域记》称"其所载音译，既多伪舛，且所历之地，不过涉嘉峪关外一二千里而止。见闻未广，大都传述失真，不足征信"（中华书局1965年版，第572页），但清人唐肇称："举昔人纪注外国之书，惟陈员外《西域行程记》，稍为典实。盖其身历，非采摭传闻者可比"。《明史·西域传》亦多因其书而成。

④ （明）陈诚：《陈竹山先生文集》内篇卷一，齐鲁书社1996年版，四库全书存目丛书本。

⑤ （清）钱曾：《读书敏求记》，书目文献出版社1984年版，第66页。

⑥ （明）严从简《殊域周咨录》卷九载："自永乐改元，遣使四出，招谕海番，贡献毕至，奇货重宝前代所希，充溢府库，贫民承令博买，或多致富，而国用亦羡裕矣"（余思黎点校，中华书局1993年版，第324页）。

在七次航海的随行者中，能归以志事，得以流传者，不过会稽马欢《瀛涯胜览》、太仓费信《星槎胜览》、应天巩珍《西洋番国志》三书，史籍如此，诗作就更为寥寥了。巩珍无诗，马欢有一首颇具影响的《纪行诗》，其曰：

> 皇华使者承天敕，宣布纶音往夷域。鲸舟吼浪泛沧溟(沧溟深)①，远(往)涉洪涛渺无极。洪涛浩浩涌鲸波，群(犀)山隐隐浮青螺。占城港口暂停息，扬帆迅速来阇婆。阇婆远隔中华地，天气烦蒸(蒸人)人物异。科头裸(跣)足语侏离，不习衣冠疏(兼)礼义。天书到处多(腾)欢声，蛮魁(首)酋长争相迎。南金异宝远驰名(贡)，怀恩慕义摅忠诚。阇婆又往西洋(南)去，三佛齐过临五屿。苏门答剌峙中流，海舶番商经此聚。自此分舟(宗)往锡兰，柯枝古里(俚)连诸番。弱水南滨溜山国(谷)，去路茫茫更险艰。欲投西域遥(还)凝目，但见波光接天缘。舟人矫首混西东(东西)，惟指星辰定(辨)南北。忽鲁谟斯近海傍，大宛米(未)息通行商。曾闻博望使绝域，何如当代覃恩光。书生从役何(岂)卑贱，使节叨(三)陪游览遍。高山巨浪罕(岂)曾观，异宝奇珍今始见。俯仰堪舆无有垠，际天极地皆王臣。圣明(朝)一统混华夏，旷古于(及)今孰可伦？使(圣)节勤劳恐迟暮，时值南风指归路。舟行巨浪(四海)若游龙，回首遐荒隔(接)烟雾。归到京华觐紫宸，龙墀纳拜皆奇珍。重瞳一顾天颜喜，爵禄均颁雨露新(深)。②

叙事条理，纪行述异，天朝心态于中屡现，虽此诗之归属权受到当代学者的质疑③，然自有其史料价值存焉。费信则在其《星槎胜览》中，"采辑诸

---

① 括号内文字为《三宝太监西洋记通俗演义》第一百回所引开卷诗。罗懋登：《三宝太监西洋记通俗演义》，上海古籍出版社1985年版，第1284—1285页。
② (明)马欢：《瀛涯胜览校注·纪行诗》，冯承钧校注，中华书局1955年版，第2页。
③ 陈信雄先生在《从〈瀛涯胜览〉的版本问题探讨此书应用的若干问题》一文中，于此论述颇力："《纪行诗》确实见于《瀛涯胜览》，但是考察各种版本，发现重大疑点，这首诗只见于二种版本：《纪录汇编》本与《国朝典故》本，其他版本均不见此诗。《纪录汇编》是刻本，刻于1617年或更晚，《国朝典故》是抄本，抄于1620年以后。1617年晚于马欢原著成书年代(1451)约150年，可能为后来刻版或传抄之时所混入。在另一方面，《纪行诗》出现于《瀛涯胜览》以外之著作，而早于1617年《纪录汇编》者，为1597年罗懋登《三宝太监西洋记通俗演义》，写于是书第一百回的本文之前。再查《纪录汇编》与《国朝典故》所见诗作，除《纪行诗》外别无其他作品，而其他版本之《瀛涯胜览》完全看不到诗的存在；另一方面，罗懋登《三宝太监西洋记通俗演义》一书之以诗入文者，散见于各回，最少三十处，知诗写诗为罗氏著作之普遍特色。进而考察《纪行诗》内容所含，多以乱世而赞颂盛世事迹，大谈汉代西域事功，马欢著作则无此种写作风格。依据上述论证，推论《瀛涯胜览》原无《纪行诗》，直到1617年以后重刻、重抄之时，才被混入，《纪行诗》非马欢之诗。"(载《郑和研究与活动简讯》第二十二期，2005年6月。)

番风俗、人物、土产之异,集成事序,咏其诗篇",凡四十四首,费信之诗,附于叙事之后,为总括之意,诗文相映,足备诗史,《星槎胜览》用心乃在"中国之大,华夷之辨,山川之险易,物产之珍奇,殊方末俗之卑陋,可以不劳远涉而尽在目中矣。夫王者无外,王德之体,以不治治之。王道之用若然,将见治化之效,声教所及,暴风不作,海波不扬,越棠肃慎之民曰,中国有圣人在上,白雉措矢之贡,不期而至矣"①。亦是王化宣教之正统思路,其诗于描述之中,不无天朝心态,如《占城国》即称:"圣运承天统,雍熙亿万春。元戎持使节,颁诏抚夷民。莫谓江山异,同沾雨露新。西连交趾塞,北接广南津。酋长尤崇礼,闻风感圣人。"费信年十四即代兄当军,虽出身低微,然其志笃好学,颇具"采撷裁诗句,摅诚献紫宸"之弘愿,所作"尤念苍生志,承恩览远邦。采诗虽句俗,诚意献君王",适为写照,其诗以耳目睹记,图绘殊方风物,实堪与陈诚之西域纪行诗并为中西交通史之诗歌双璧。

　　明诗于郑和下西洋的关注似乎亦大抵如此,实无热情,即便马、费之著作亦不过以野史视之②,其诗就更不足为道了。明初诗人袁华有《送市舶官诗》:"诸蕃之国南海阴,岛居卉服侏僺音。雕题椎结金凿齖,犷骜如兽那可驯,稼穑万斛樯林林。夏秋之交来自南,象犀翠羽珠贝金。苏合熏陆及水沈,皇元率土罔有刑。三边扰攘兴甲兵,梯航梗阻民弗宁。重臣分阃号令伸,殊方慕义相附亲。呵叱鲛鳄驱鲲鲸,海不扬波如砥平。娄东太仓吴要津,襟带闽粤控蛮荆。贾胡夷蜑贡赆琛,关讯互市什一征。抚绥覆育德泽深,犹虑苛细失厥心。夫君矫矫东南英,温恭廉洁迈等伦。承命监视慎章程,两周星霜秋复春。长涂萧萧征马喧,回辕不载薏苡行。夫君夫君明且清,自兹步武趋王庭。上陈民瘼摅忠诚,愿化愁叹为骧声。"③所述太仓刘家港,即为郑和航海之起锚出发地,既有贸易盛况,更不乏上国气度,对市舶官亦是优礼有加,深寄厚望。可惜,这样由衷的颂美情绪并未延续到郑和身上。

　　明诗对"西洋"的冷漠自然与郑和的太监身份有关,朱元璋以历代宦官乱政为戒,即规定宦官"不得识字、预政,备扫除之役而已"④,文化水准较低的宦官诗文修养极为有限,于诗歌亦无太多的兴致,郑和亦不例外。明成祖

---

① (明)费信:《星槎胜览校注》"序",中华书局1954年版,第11—12页。
② (明)祝允明《前闻纪》称:"永乐中,遣官军下西洋者屡,当时使人有着《瀛涯一览》、《星槎胜览》二书以记异闻矣。"
③ (明)袁华作,载《全元诗》,中华书局2013年版,第343页。按:袁华入明为官,且曾与徐达唱和。
④ (清)张廷玉等:《明史》卷九十五,中华书局1997年版,第625页。

"锐意通四夷,奉使多用中贵"①,以使西域而言,正使为中官李达,陈诚不过佐行。于此,士子颇有微词,在朱棣欲遣内官出使朝鲜时,御史侯英即以"'其人多读书知礼。使非其人,必为所轻。……乞追寝成命,选廷臣有学行者以往。'上是之,以词林充正使,给事中副之"②。然而,对于朝贡典范——朝鲜③的特例并不普遍,"永乐时星槎四出,轮航不辍,大都貂王当曷鸟弁也。虽特遣庶曹,仍冠以内侍,其习沿而未变"④。历史叙述的纸背后暗含着不满,况且,士大夫的心理中历来有鄙薄太监的传统,耻与结交,诗文应酬本就稀少,虽碍于君王的颜面,不便直接表露,却足已造就诗歌的冷漠态度。

朝贡制度的实际生命力与召唤力实在于"厚往薄来"的招徕政策,"岛夷朝贡,不过利于互市赐予"⑤,明人于此亦多有察觉,历朝奏章中关于"蛮夷"贪利的论述虽不绝于笔,但天朝颜面的维护始终横亘于胸,袁袠《观鲁迷所贡狮子歌》中已有"夷德无厌惟嗜利"的关注,但开出的药方仍不过是"厚赏金缯绝来使","厚赏"本是招徕的极大诱惑,其与"绝来使"之目的的矛盾处,正是天朝朝贡体制之软肋。相比之下,处于天朝意识之外的利玛窦的观察显然更为客观深刻:"为数众多的来宾并不是以真正的使节资格到中国来的。他们来是为了赚钱,带来礼物并希望皇帝赏赐。为了不失伟大君王的尊严,这些赏赐远远超过他所收到的礼物的价值。他们把收到的钱用来购置中国商品,然后拿到他们本国出卖,获取大利。而且他们一登上中国的土地,他们的开支就都由公款报销。看来中国人想照顾这些使节,或者不如说这些商人,其惟一目的就是要控制邻国,因此他们向皇上进贡什么样的礼物倒似乎是无所谓的。……然而这些蛮夷从老远带来这样一些琐细的东西却使国家为他们路上的开支花费了一大笔钱。好像中国人重视的倒不是这些自称使节的低下地位,而是炫耀他们君主的伟大。"⑥

然而,即便是国力贫弱的赵宋王朝尚且顽固地支撑着天朝的颜面,"厚其委积而不计其贡输,假之荣名而不责以烦缛,来则不拒,去则不追,边圉相

① (清)张廷玉等:《明史》卷三百零四,中华书局1974年版,第7768页。
② (明)朱国祯:《涌幢小品》卷三十,上海古籍出版社2005年版,第3814—3815页。
③ (明)沈德符:《万历野获编》卷三十言:"本朝人贡诸国,唯琉球、朝鲜最恭顺,朝廷礼之亦迥异他夷。朝鲜以翰林及给事往,琉球则给事为正,行人副之。"(中华书局1959年版,第781页。)
④ (明)谈迁:《国榷》卷十五,中华书局1958年版,第3814—3815页。
⑤ (宋)马端临:《文献通考》卷三百三十一,中华书局2011年版,第9131页。
⑥ 〔意〕利玛窦、〔比〕金尼阁:《利玛窦中国札记》,何高济等译,中华书局1983年版,第413—414页。

接,时有侵轶,命将致讨,服则舍之,不黩以武,先王柔远之制,岂复有加于是哉"①。力图"复三代之礼"②,规模汉唐盛世的明帝国于此更不甘示弱,朱元璋曾言:"远夷跋涉万里而来,暂而秦货求利,难与商贾同论,听其交易,勿征其税","凡海外诸国入贡,有附私物者,悉揭其税"。"永乐初,西洋诸国使臣来朝贡方物,因附载胡椒,与民互市,有司请征其税,成祖曰:'商税者,国家以抑逐末之民,岂以为利? 今夷人慕义远来,乃欲侵其利,所得几何? 而亏辱大体万万矣。'不听。"③明初君王的关注乃在承运开国的皇皇气象、四方咸宾的升平氛围,在极度膨胀的天朝意识中,实际的经济利益并不在考虑之中。同时,君子不言利的儒学传统亦为"厚往薄来"的朝贡原则提供了合理合法的辩护。宣谕干诏、颁赐银物、鼓励入贡诸事几乎是郑和每过一地的必行惯例,更是不计得失的天朝交往行为。28 年的七下西洋,毫无疑问地营造了明王朝的上国形象,却也代价不菲,"连年四方朝贡,相望于道,实罢中国"④,国力耗损极大。

更重要的是,充溢府库的贡物远远超出了皇室的消费能力,于是便成为百官的赏赐品,洪武二十三年(1390),"赐在京文武官四千八百余人高丽布各一匹"⑤,永乐三年(1405),"赐文武百官西洋及高丽布有差"⑥。如此大规模的赏赐行为实已显露了贡品的过剩,仁宗继位后,胡椒、苏木等贡物亦成为赏赉之物⑦,单一的赏赐可以处理过剩的贡品,却不能减少国库的支出,折支官员俸禄便成为在维护天朝颜面的前提下,解决贡品过剩与财政消减的首选方案。朝廷规定"春夏折钞,秋冬则苏木、胡椒,五品以上折支十之七,以下则十之六"⑧,宣德九年(1434),更具体规定了胡椒、苏木的折钞比例,南北二京官员各于当地府库支付⑨,像在广东,"都、布、按三司文武官员在省文职官吏,本司(布政司)备行广丰库,于库贮抽回胡椒、苏木,计算各名下折色俸银,每一两内除八钱,折苏木一百斤,尚余二钱,折椒五斤八两六钱八分"⑩。而这些对于原本俸禄就不高的明代官员实是不小的刺激,面

①　(元)脱脱等:《宋史》卷四百八十五,中华书局 1977 年版,第 13982 页。
②　《明太祖实录》卷十五,台湾"中研院"历史语言研究所影印本 1968 年版。
③　(明)余继登:《典故纪闻》卷六,中华书局 1981 年版,第 106 页。
④　《明太宗实录》卷二百三十六,台湾"中研院"历史语言研究所影印本 1968 年版。
⑤　《明太祖实录》卷二百零二,台湾"中研院"历史语言研究所影印本 1968 年版。
⑥　《明太宗实录》卷六十五,台湾"中研院"历史语言研究所影印本 1968 年版。
⑦　(明)王世贞:《弇山堂别集》卷七十六,中华书局 1985 年版,第 1456 页。
⑧　(明)黄瑜:《双槐岁钞》,上海古籍出版社 2005 年版,第 250 页。
⑨　《明宣宗实录》卷一百一十四,台湾"中研院"历史语言研究所影印本 1968 年版。
⑩　(明)黄佐:《广东通志》卷六十六《外志三·番夷》,嘉靖本。

对一堆无用的胡椒、苏木，除了折价处理，再遭受一次经济损失外，并无他法。

在国家利益与个人收入的双重关注下，交往中的实际利益开始进入士大夫们的视野之中，除了要求减轻朝贡的次数、赏赐的力度外，对于贡物的给价也仔细核算，力求合理，于郑和西洋事自无好感。永乐时，文臣邹缉即借三殿火灾指责朝廷岁遣内官赍往外番"收货所出常数千万，而所取曾不能及其一二，耗费中国，糜敝人民，亦莫甚于此也。且钱出外国，自昔有禁，今乃竭天下之所有以与之，此可谓失其宜矣"①。又焦竑《玉堂丛语》卷五载：

> 成化间，朝廷好宝玩，中贵有迎合上意者，言宣德间尝遣王三保使西洋等番，所获无算。上命一中贵至兵部，查西洋水程。时项公忠为尚书，刘公大夏为车驾郎中，项使一都吏检旧案，刘先检得之，匿他处，都吏检之不得。项笞都吏，令复检，凡三日夕，莫能得，刘竟秘不言。会科道连章谏，事遂寝。后项呼都吏，诘曰："库中案卷，安得失去？"刘在旁微笑曰："三保下西洋时，所费钱粮数十万，军民死者亦以万计，纵得珍宝，于国何益？此大臣所当切谏。旧案虽在，亦当毁之，以拔其根，尚足追究有无邪？"项悚然降位，向刘再揖而谢之，指其位曰："公阴德不细，此位不久当属公矣。"后刘果至兵部尚书。②

此事亦见于陆树声《长水日抄》、严从简《殊域周咨录》，唯详略不同。明代士大夫于郑和航海的态度由此可见。"郑和之业，其主动者，实绝世英主明成祖其人也"③，若非碍于君王颜面，士子的腹诽恐怕已遍及诗文了，冷漠的诗歌态度更多的是"为尊者讳"的传统保持，其中或者也暗含着几分从天朝心态层面上对郑和事业的认可。

此外，万历三大征之一的御倭援朝战争或可称之为明代对外交往中的变奏曲，长达7年的入朝作战，最后因日本关白丰臣秀吉的突然去世而近乎戏剧性地突然结束。对于这场战争，由于战场远离中国本土，明代士人的关注视野自然受限，疆场征战的诗歌记录大多是由朝鲜诗人来完成的，如李朝诗人李德懋《碧蹄店》即是为明将李如松所作："天兵癸巳齿倭锋，铁马啼劳腻土浓。未抵轻僄蝴蝶阵，临风痛哭李如松。"朴文逵《过振威县素沙坪》，则对明朝平倭总兵麻贵颇有称许，其诗称："八月明南宿雨晴，黄沙漠漠展

① （明）程敏政：《明文衡》卷七，商务印书馆1926年版，四部丛刊本。
② （明）焦竑：《玉堂丛语》卷五，中华书局1981年版，第150页。
③ 梁启超：《郑和传》，中华书局2015年版，第3页。

归程。凫臾敌国江山在,麻贵新营草树平。地向烟尘皆廓落,秋高云日倍清
晶。自怜劳碌终何事？自首为儒愧此行。"而明人自身诗作亦不过是惯例
式的关注,并没有太多的热情。如周于德《闻王师东援朝鲜》诗称:"材官十
万欲平倭,司马何如汉伏波。杀气晓连玄菟郡,将军夜渡白狼河。还须直破
伊岐岛,莫使虚传杕杜歌。礼乐东藩箕子国,王师急为洗干戈。"习惯的出
师称颂并无特出之处,为"礼乐东藩","洗干戈"的出兵动机所凸现的正是
明代士人对这场天朝仁义战的性质认识。而区大相于 1598 年作的《纪朝
鲜》所体现的则是对久战无功的深刻反思,其诗称:

> 自有东师六七载,庙堂岁岁议封贡。近者群公幸主战,折将鼹军竟
何用。海阔刍粮不易渡,五钟一石劳传送。横征颇虑空杼轴,转输未免
妨耕种。去年小挫由忌功,今年大衄缘轻纵。执事颜行屡见逆,天王威
命何曾共。封既无成战失利,公私之积咸哀痛。更无一人能画策,徒有
诸僚成聚讼。夷狄交侵古来有,更于中国何轻重。当时止合问曲直,按
兵境上不为动。朝廷制驭自有道,岂在劳民与动众。奈何误听小人计,
日以和好自愚弄。从此兵端寻岁月,岂知海内为虚空。财倾左藏不足
惜,民伤万命能无恸。近闻有议留屯戍,老成亿度或屡中。充国金城上
方略,李牧雁门费边供。年来丧败咎北军,弓马虽娴备骑从。吴越少年
习水战,樯楫轻利过飞鞚。倘能训练三万人,坐见狁夷受羁控。腐儒何
敢与肉食,聊以短章代微讽。绕朝勿谓秦无策,中兴尚看甫作颂。①

　　士人的心态随战事进展而转移,出兵时的纵横意气因战局的僵持而转
换为现实的关注,务实的思考通常只在受挫的天朝意识中出现,然而,最终
勉强的胜利毕竟保全了天朝的颜面,亦掩盖了由战争中的实际弊端所体现
的深层危机,因挫折感而产生的反思随着天朝心态的恢复而褪色。
　　咏物纪行的习惯模式,天朝上邦的俯视视角,一如既往地延续着传统诗
歌各项功能,从并不积极的明诗态度中,已足以感知精英阶层关注热情的有
限,对外交往中的新鲜成分并未能在天朝心态下的传统河流中激起太多的
涟漪。对于成熟的诗歌文体而言,面对一个并不令人兴奋与关注的话题,一
个无法进入主流文化的讨论核心区域,明诗并不会给中外交往以太多的关
注,仅仅是以其一贯的广袤视域,惯例般地将其纳入诗歌传统中,不露声色,
波澜不惊,尽管天崩地解的"三千年未有之巨变"在此时孕育,但明诗的关

---

① （清）朱彝尊:《明诗综》卷五十六,乾隆刊本。

注热情依旧在汉唐的规模,在复古与性灵的争吵,然而,这并不热情的有限关注却已大体映射出明代社会于对外交往的一般态度,更真实地记录着一代士人的心路历程。

第四节　复古潮流下的诗歌意气

"大一统"的社会信念虽然不朽,但治乱更迭却是始终存在的历史现象。自诩"得国最正"的朱明王朝在其逾迈汉唐的国家理想中同样饱含着对长治久安的永恒追求,然而,永世太平的理想并非国运恒昌的实现保证,不断涌现、堆积的政治、经济、社会问题使得王朝的运转逐渐迟钝、僵化,如同汉、唐帝国的覆亡,由盛而衰、积弊难返再次成为明王朝的历史宿命。明社之屋自有其体制痼疾以及体制之外的人为因素,但一贯鄙薄赵宋,规模汉唐的明帝国却遭遇了与宋室相似的易代尴尬。明王朝更成为史上唯一夹在元、清两个"大一统"国家之间的汉人政权。

"文变染乎世情,兴废系乎时序",治世之音的安乐和平,理明气昌的高文宏辞,自是时运勃兴下的文学表现,"八音与政通,而文章与时高下。三代之文,至战国而病,涉秦、汉复起,汉之文至列国而病,唐兴复起。夫政庞而土裂,三光五岳之气分,大音不完,故必混一而后大振"①,混一之音始终是历代文人的文学向慕,规模汉唐的文化复古是明诗生态中最为典范的心灵背景,除去一般意义上的统一喜悦外,百年衣冠的汉制恢复放大了"混一而后大振"的心理效应,造就了一代明诗的高亢发端。重建汉官威仪的恢复激情成为朱明帝国极为重要的童年经验之一,深刻影响着有明一代的文化复古,更与传统观念下的其他意识一道融为贯穿明诗始终的汉唐情结。就宏观视野下的兴亡更迭而言,明清易代自可视作帝姓改易的一般历史事件;然而,即规模汉唐的复古心理而言,明祚覆亡却是天崩地解的鼎革巨变。270余年的心理沉积当然不会因政治生态的骤变而戛然终止,凝聚着民族集体文化意识的汉唐情结更于亡国之痛的切身反思与传统道德的思想张力中呈现别样的精神光彩。

一、百年衣冠的恢复激情

黄宗羲称"有明之文,莫盛于国初"②,陈田亦言,"凡论明诗者,莫不谓

---

① 《刘禹锡集》卷十九《唐故尚书礼部员外郎柳君集纪》,中华书局1990年版,第236页。
② (清)黄宗羲:《明文案序》,载《黄宗羲全集》第十册,浙江古籍出版社1985年版,第18页。

盛于弘、正，极于嘉、隆，衰于公安、竟陵。余谓莫盛于明初，若犁眉、海叟、子高、翠屏、朝宗、一山、吴四杰、粤五子、闽十子、会稽二肃，以及草阁、南村、子英、子宜、虚白、子宪之流，以视弘、正、嘉、隆时，孰多孰少也"①。曾分别梳理选辑明代诗文文献的黄、陈二人自然有着毋庸置疑的评骘资格。即或被视为"明诗盛于弘、正"的典范代言李梦阳于百年之后亦称，"高皇挥戈造日月，草昧之际崇儒绅。英雄杖策集军门，金华数子真绝伦"②。于其时人文之盛颇为称慕。与其同时的正德左都御史张纶则言，"国初文明之盛，前代莫及。若宋公景濂、刘公伯温、苏公平仲、胡公仲申、王公子充、许公存仁、高公季迪，皆元末遗才，其学最称该博，编摩著作直欲跨越董、马、班、杨、左思、范晔而下弗论也。惜其诗词颇染宋人气习，而不能纯乎盛唐之音，论者以为不古若也。诸公既没，作者辈出，求其精著述之妙，穷述作之工，无愧于西京盛唐者，犹未多见也"③。虽于明初诸公尚有"不能纯乎盛唐之音"的叹惋，但与后代作者比较之下，言外之意仍是"国初为盛"的追慕。才子杨慎更明言，"谓近日诗胜国初，吾不信也"④，称"洪武初，高季迪、袁景文，一变元风，首开大雅，卓乎冠矣。二公而下，又有林子羽、刘子高、孙炎、孙蕡、黄玄之、杨孟载辈羽翼之，近日好高论者曰：沿习元体，其失也瞀；又曰：国初无诗，其失也聋，一代之文，曷可诬哉"⑤。同样盛赞明初诗坛。

　　然而，"（李）献吉生休明之代，负雄鸷之才，僩然谓汉后无文，唐后无诗，以复古为己任。信阳何仲默起而应之。厥后齐吴代兴，江楚特起，北地之坛坫不改。近世耳食者，至谓唐有李杜，明有李何"⑥。拟之李、杜的誉称正暗含着一代之盛的定位，"永乐以后诗，茶陵起而振之，如老鹤一鸣，喧啾俱废。后李梦阳、何景明继起，廓而大之，骎骎乎一代之盛矣"⑦。经由百年的生聚承平，"至成化以来，号为太平无事"，身当其时的李梦阳"气节本震动一世。又倡言复古，使天下毋读唐以后书，持论甚高，足以辣当代之耳目"，且其"才力富健，实足以笼罩一时"⑧，何景明起而倡和，七子相为标榜，宗汉崇唐，天下翕然从之。所以称盛，亦有其故。然而，奉唐音为圭臬的明诗并不同于宋诗的沉潜，于普遍复古心理下的唐诗摹仿而言，寄寓诗中的

①　陈田辑撰：《明诗纪事》第 1 册甲签目，上海古籍出版社 1993 年版，第 1 页。
②　（明）李梦阳：《空同集》卷二十，上海古籍出版社 1987—1989 年版，文渊阁四库全书本。
③　（明）张纶：《林泉随笔》，中华书局 1985 年版，丛书集成初编本。
④　（明）杨慎：《丹铅总录》卷十九，上海古籍出版社 1987—1989 年版，文渊阁四库全书本。
⑤　（明）杨慎：《升庵集》卷五十四，上海古籍出版社 1987—1989 年版，文渊阁四库全书本。
⑥　（明）谈迁：《枣林杂俎·艺篾》，中华书局 2006 年版，第 239—240 页。
⑦　（清）沈德潜：《明诗别裁集》卷三，上海古籍出版社 1979 年版，第 75 页。
⑧　（清）永瑢等：《四库全书总目》卷一百七十一，中华书局 1965 年版，第 1497 页。

盛世"气韵",更是诗歌为胜的重要标识。逾迈汉唐虽是有明一代普遍的国家理想,然以实际国势而论,"则有勉强之处",有"治隆唐宋""远迈汉唐"后世之誉的不过洪武、永乐两朝,弘治虽称太平中兴,即"气韵"而论则不免失色。复古是明诗的特征,但并非其长,缺少了"气"的流贯,明中叶的诗虽有唐貌却无唐韵。即此而言,自然要逊色于开国。有明诗史,"极其流变,则在振唐格以革元风,矫纤浓而为雄遒"①。雄遒唐格的复振成为贯穿明诗历程的始终追求,蕴于其后的则是明代文化心理中的汉唐情结。"明自洪武以来,运当开国,多昌明博大之音"②。而"昌明博大之音"的造就正导自于明初的开国之"气"。

通常而言,建立于刀兵战乱之后的一统王朝往往采取休养生息的安民政策,对于长期饱经兵火之苦的黎庶百姓而言,一统信念已被残酷的现实摧残殆尽,突然间的梦想实现自然有着强烈的心理效应。文章与时高下,一统王朝的开国气象自是诗情文运的催化剂,缔造一统局面的开国雄主更成为诗歌辞赋的礼赞对象,其中的颂圣拍马虽不得免,但久分而合的混一喜悦却不得视为伪情,久困动荡后的太平景象当然有着激动万民的魄力,由之而生的文学热情自也顺理成章。然而,新兴王朝大多面临着民生凋敝、百废待兴的劫后余象,真正的盛世重现则需要相当时间的安养积聚,"文随时变","诗理之先,同夫开辟,诗迹所用,随运而移"③。一般而言,因统一再现而生的短暂热忱受制于乱后恢复的社会现实,并不足以形成具有持续性的文学盛事,况且,表面繁荣的诗歌行为中更不免掺杂着带有阿谀色彩的粉饰行为,虽也堪为一时盛况,却很难称为影响广远的一代之盛。于元末兵乱中"高筑墙,广积粮,缓称王",终得混一天下的明王朝当然拥有乱后治世的普遍心理认同,然而"千里赤地""城邑空虚"的战后凋敝同样是新兴帝国所必须应对的社会现实。朱元璋即言"天下初定,百姓财力俱困,譬犹初飞之鸟,不可拔其羽,新植之木,不可摇其根,要在安养生息之"④。这位布衣天子对于"新民望治,犹疾望医"的社会心理有着深切的体会,直至称帝之后亦依旧保持着崇尚俭朴的平民本色,加之好质恶饰的审美习尚,开国明祖的诗歌兴趣着实有限,至于阿谀文字更是深恶痛绝。如象征天意嘉许的祥瑞现象向来为历代君王所喜,更每每伴随着大量的颂美诗文,朱元璋则称"朕

---

① 钱基博:《中国文学史·第六编·第二章》,中华书局1993年版,第901页。

② (清)永瑢等:《四库全书总目》卷一百七十一,中华书局1965年版,第1497页。

③ 《毛诗正义》"序",载(清)阮元校刻:《十三经注疏》(上、下册),中华书局1980年版,第261页。

④ 《明太祖实录》卷二十五,台湾"中研院"历史语言研究所影印本1968年版。

为生民主,惟思修德致和,使三光平,寒暑时,为国家之瑞,不以物为瑞也"①,并一再拒绝臣下的表贺称颂。崇简务实固是可圈可点的帝王德行,却算不得文学发展的有利条件。和平重现的一统喜悦虽不会因缺少君王的积极提倡而消退,但务实尚质的国家取向对于应运而生的文学热情终归有些消极的影响。然而,在此并不适宜的文学生态中,明初诗文却呈现出别样的精彩。干戈休止后的一统太平固然造就了相当的文学热忱,然而,明初诗文的蔚然称盛显然并非一般意义上混一喜悦可以造就,"昌明博大"的开国之"气"中显然有着更为深刻的精神内驱力。

　　和一般的治乱更迭不同,明之代元包含着强烈的民族主义色彩,"四塞河山归版籍,百年父老见衣冠"是远比"从今四海永为家,不用长江限南北"更为深沉的喜悦与感慨,而此亦即"国初文明最盛"的重要心理背景,百年衣冠的恢复激情中不仅包含着重建一统的政治情绪,更承载着传统礼乐文明的复归感激。元朝的天下一统已然造成了对"华夷"观念的巨大冲击,而游牧民族迥异于中原礼仪的风俗习尚更成为正统意识难以摆脱的心理困境。当千年沿承的衣冠礼制经由长达百年的空前压抑后,得以重现天下,其所造就的心理效应可想而知。汉统恢复的群情激昂交织着久乱得治的历史喜悦,由之凝聚的开国之"气"遂成为明初乃至贯穿整个明诗历程的精神内驱力。

　　被宋濂誉为"于诗尤号名家,震荡凌厉,骎骎将逼盛唐"②的杨维祯,应召不受爵,虽保持了"不受君王五色诏,白衣宣至白衣还"的士人完节③,然而,这位"野性宁随鸳鹭班"的"铁笛道人"却在诗中表现出了强烈的恢复喜悦,"舟泊秦淮近晚晴,遥观瑞气在金陵。九天日月开洪武,万国山河属大明。礼乐再兴龙虎地,衣冠重整凤凰城。莺花三月春如锦,兆姓歌谣贺太平"④。由衷的兴奋激动自然不是曾登科任官于前元的铁崖先生对于新朝的政治谀美。山河一统的太平景象自是诗情的触媒,而"礼乐再兴""衣冠重整"的汉制恢复显然是更为核心的关注。在元时曾"奏除翰林待制,为权悻所阻"的吴志淳,虽入明不仕,其《春日遣怀》却称:"四顾山河归一统,明君文德似唐尧。幽燕地阔干戈息,吴楚春深雨露饶。中古衣冠存旧制,南来

---

① (清)谷应泰:《明史纪事本末》卷十四,中华书局1977年版,第202页。
② 《宋濂全集·銮坡后集》卷六,浙江古籍出版社1999年版,第681页。
③ 关于杨维祯的政治态度,后世颇多毁誉聚讼。参见黄仁生先生《杨维祯与元末明初文学思潮》相关论述。
④ (清)钱谦益:《列朝诗集》甲集第十一,影印清顺治九年毛氏汲古阁刻本。

律令有新条。腐儒击壤茅檐下，为拟讴歌答圣朝。"①以儒生身份的讴歌报答中同样是满腔激昂，干戈平息下的"衣冠存旧制"仍是最为深刻的喜悦。而"元翰林待制，仕太祖，为湖广行省参政"的吴云则在《送李民瞻侍郎宣谕陕西》中称："侍郎将命出金銮，道路传呼远近欢。关内官曹迎使节，秦中父老识衣冠。"②侍郎李民瞻赴陕所宣当即为那篇著名的《谕齐鲁河洛燕蓟秦晋之人檄》，檄文中虽然承认了元统的天命所授，但更指出了"元之臣子，不遵祖训，废坏纲常"，以恢复中华为号召，立纲陈纪，明确提出"拯生民于涂炭，复汉官之威仪"的政治目标和文化理想。③ 吴云道路传呼，"父老识衣冠"的宣谕想象正体现出一代士人的恢复激情。又若席帽山人王逢，称疾辞荐于元，不就张士诚之辟，而"老于明世二十余年"亦不仕于明，钱谦益谓之为"明世之逸民"，然其诗中亦每多衣冠之念，如其"百姓未忘周大赍，成都元有汉遗风"④，"周南风俗汉衣冠，五色云中忆驻銮"⑤。又若"苜蓿胡桃霜露浓，衣冠文物叹尘容。皇天老去非无姓，众水东朝自有宗"⑥，反复的衣冠追忆中其情已见。然而此种衣冠感慨并非个人情怀，却是元明之际的普遍情绪，如"万国烟尘海沸波，夕阳谁复倒回戈。华戎杂处衣冠少，吴楚封疆壁垒多"⑦。又若"九月荒茨飞社燕，千年乔木噪寒鸦。江山风雨殊今昔，文武衣冠起叹嗟"。诸如"江右衣冠如向日，黑头兄弟亦还家"⑧；"风尘零落旧衣冠，独客江边自少欢"⑨。尽管其中亦夹杂着个人的感伤情绪，但"衣冠"的感慨之中始终隐含着一种特定的文化情绪。而一旦这种衣冠情绪与乱后一统下的礼乐重建相结合，其所呈现的则是一派激昂的开国气象。

"元末进士，授盐山知县"，入明屡迁为祭酒的宋讷，《壬子秋过故宫》⑩十九首中，虽始终笼罩着一层睹物伤怀的兴亡感伤，但"文武衣冠更制度"，"宝鼎百年归汉室"的字里行间中却有着一种难以掩饰的喜悦。杨基《八月九日祀社稷述事》更言："祝史祝王册，儒臣奉誓词。衣冠陈盛典，秬鬯降洪

① （清）钱谦益：《列朝诗集》甲集第七，影印清顺治九年毛氏汲古阁刻本。
② （清）钱谦益：《列朝诗集》甲集第十四，影印清顺治九年毛氏汲古阁刻本。
③ 《明太祖实录》卷二十一，台湾"中研院"历史语言研究所影印本1968年版。
④ （清）钱谦益：《列朝诗集》甲集第四，影印清顺治九年毛氏汲古阁刻本。
⑤ （清）钱谦益：《列朝诗集》甲集第四，影印清顺治九年毛氏汲古阁刻本。
⑥ （清）钱谦益：《列朝诗集》甲集第四，影印清顺治九年毛氏汲古阁刻本。
⑦ （清）钱谦益：《列朝诗集》甲集第九，影印清顺治九年毛氏汲古阁刻本。
⑧ （清）钱谦益：《列朝诗集》甲集第十一，影印清顺治九年毛氏汲古阁刻本。
⑨ （清）钱谦益：《列朝诗集》甲集第四，影印清顺治九年毛氏汲古阁刻本。
⑩ 此处壬子为1372年，明洪武五年。

螯。"①衣冠盛典的礼乐祭祀是一代恢复心理最为集中的文化体现,礼乐祀典成为明初诗文的一个关注热点,赞颂歌美的习惯模式中总有一种特别的兴奋蕴含其中。"百年礼乐今重见,万国车书喜会同"②,"礼乐幸逢全盛日,耕桑俱是太平人"③,或仕或隐的不同政治身份下却有着相似的文化关注、一致的恢复激昂。至若"国家文治今百年,多士执贽皆知天。南宫坐试二三策,能使海内无遗贤。院门晨开官烛烂,白袍鹄立人五千。上谈礼乐祖姬孔,下议制度轻儴玄"④的文明状写中已然饱含着由衷而强烈的礼乐情绪;又如"吾皇亲手拥高簪,洒扫六合氛尘清。海中夷筐已入贡,陇外户版初来呈。大开明堂议礼乐,学士济济登蓬瀛。大庙冬烝荐朱瑟,千亩春藉垂青纮"⑤。开国雄主的一统功烈因崇儒议礼、冬烝春藉的汉制恢复而更为彰显。颂歌礼赞中虽不乏称美混一的政治热忱,然而,礼乐重建的人文关怀却是更为深沉的诗情所在。堪为典范的恢复激情正来自于曾吟出"四塞河山归版籍,百年父老见衣冠"的诗人高启。

"但好觅诗句,自吟自酬赓"的高启并非明诗流派中的浪尖人物,亦不曾提出过什么响亮的口号,却赢得了"明朝最伟大的诗人"的称号。⑥《四库总目提要》称其"天才高逸,实据明一代诗人之上"。陈田亦言,"季迪诸体并工,天才绝特,允为明三百年诗人称首,不止冠绝一时也"⑦。当"天下崩离,征伐四出,可谓有事之时",高启"凡可以感心而动目者,一发于诗,盖所以遣忧愤于两忘,置得丧于一笑者"⑧,亲睹离乱的忧愤、于乱世中朝不保夕凸现为强烈的求归情绪,如《步至东皋》:"如何得归后,犹似客中情。"⑨与之相伴而生"求归"同样是这一心态的流露,《送谢恭》:"为客归宜早,高堂白发生。"⑩《忆远曲》借商妇相思的委曲传达:"妾今能使乌头白,不能使郎休做客。"⑪"归"字于《大全集》屡现达521次,高青丘之"归"情于此可见一斑。而元明易代,天下一统,干戈休止,"威仪尽汉官"⑫的礼乐再兴激发

①　(清)钱谦益:《列朝诗集》甲集第七,影印清顺治九年毛氏汲古阁刻本。
②　(清)钱谦益:《列朝诗集》甲集第十,影印清顺治九年毛氏汲古阁刻本。
③　(清)钱谦益:《列朝诗集》乙集第一,影印清顺治九年毛氏汲古阁刻本。
④　(清)钱谦益:《列朝诗集》甲集第五,影印清顺治九年毛氏汲古阁刻本。
⑤　(清)钱谦益:《列朝诗集》甲集第四,影印清顺治九年毛氏汲古阁刻本。
⑥　1961年11月6日,毛泽东在高启《梅花》诗前加注:"高启,字季迪,明朝最伟大的诗人。"
⑦　陈田辑撰:《明诗纪事》第1册,上海古籍出版社1993年版,第163页。
⑧　(明)高启:《高青丘集·凫藻集》卷三,上海古籍出版社2013年版,第892—893页。
⑨　(明)高启:《高青丘集》卷十三,上海古籍出版社2013年版,第523页。
⑩　(明)高启:《高青丘集》卷十三,上海古籍出版社2013年版,第522页。
⑪　(明)高启:《高青丘集》卷二,上海古籍出版社2013年版,第88页。
⑫　(明)高启:《高青丘集》卷十四,上海古籍出版社2013年版,第577页。

了高启内心深处的历史意识,其广为传诵的代表作《登金陵雨花台望大江》即是典范之作,金陵最是怀古地,兴亡变迁的历史沧桑在此极易流出,"坐觉苍茫万古意,远自荒烟落日之中来。石头城下涛声怒,武骑千群谁敢渡。黄旗入洛竟何祥,铁锁横江未为固。前三国、后六朝,草生宫阙何萧萧,英雄来时务割据,几度战血流寒潮。我生幸逢圣人起南国,祸乱初平事休息,从今四海永为家,不用长江限南北"①。由战乱反思而滋生的和平渴盼由于强烈的历史关怀而显得雄浑深刻。而承载着汉官威仪的"衣冠"情绪更是屡见于笔底:"衣冠复故貌"②,"衣冠上国风"③,"六代衣冠总尘土,幸逢昌运莫兴哀"④。兴亡更迭下的历史意识因汉统恢复呈现出"幸逢昌运莫兴哀"的激昂色调,四库馆臣称高启"摹仿古调之中自有精神意象存乎其间,譬之褚临禊帖,究非硬黄双钩者比,故终不与北地、信阳、太仓、历下同为后人诟病焉"⑤。独立的精神意象正导自高启于开国气度中的精神把握。"函关月落听鸡度,华岳云开立马看。知尔西行定回首,如今江左是长安","江左长安"的豪情逸兴中,汉唐情结,淋漓尽显;尝作《青丘子歌》自状诗心,中有"斫元气,搜元精,造化万物难隐情,冥茫八极游心兵,坐令无象作有声"⑥之句,元气、元精的诗学关注所营就的正是"跌宕风华,凤观虎视,造邦巨擘,所不待言"⑦的气度风貌,后世明诗之冠的推许亦多在于此,朱庭珍称,"前明一代诗家,以高青丘为第一,自元遗山后,无及青丘者,不止一变元气,为明诗冠冕已也……自元至今,所有诗家,无出青丘右者,洵可直继遗山,为一大宗矣"⑧。

比以元好问的诗宗推许已然有着逸出诗外的关注,一代风气的转移实在其诗之所蕴之"精神气象"。若赵翼言"高青丘才气超迈,音节响亮,宗派唐人,而自出新意,一涉笔即有博大昌明气象,亦关有明一代文运。论者推为开国诗人第一,信不虚也"⑨。是论诚是,高启融四海归心的混一喜悦、兴亡更替的历史关怀于一体,并以衣冠重见的恢复激情,凝铸为"博大昌明"

① (明)高启:《高青丘集》卷十一,上海古籍出版社2013年版,第451页。
② (明)高启:《高青丘集》卷四,上海古籍出版社2013年版,第149页。
③ (明)高启:《高青丘集》卷十二,上海古籍出版社2013年版,第472页。
④ (明)高启:《高青丘集》卷十四,上海古籍出版社2013年版,第575页。
⑤ (清)永瑢等:《四库全书总目》卷一百六十九,中华书局1965年版,第1471页。
⑥ (明)高启:《高青丘集》卷十一,上海古籍出版社2013年版,第434页。
⑦ (清)朱彝尊:《明诗综》卷九,乾隆刊本。
⑧ (清)朱庭珍:《筱园诗话》卷二,载《清诗话续编》(四),上海古籍出版社1983年版,第2359页。
⑨ (清)赵翼:《瓯北诗话》卷八,人民文学出版社1963年版,第124页。

的精神气象，"足以嗣响盛唐"①，张羽《悼高青丘季迪》亦言"赖有声名消不得，汉家乐府盛唐诗"之誉，所谓一代之冠，固有其所宜也。

关系有明一代文运的精神气象，并不仅限于易代之际，百年衣冠的恢复激情以其典范的象征意义与深广的文化内蕴延续、辐射于明诗的整个历程。永乐状元曾棨尝因唐宪宗时，敦煌"州人皆服臣虏，岁时祀祖父，衣中国之服，号恸而藏之"的旧史事件而作《敦煌曲》，中有"一朝胡虏忽登城，城上萧萧羌笛声。当时左衽从胡俗，至今藏得唐衣服。年年寒食忆中原，还着衣冠望乡哭"②，怀古之中的格外沉痛实然暗含着前事不远的现实感伤，胡俗、唐服的比对之中，本朝"衣冠恢复"的感激依旧隐然可见。若李东阳《十六州》云："遂令宋统成偏安，中原以北无幽燕。金元相承二百载，恸哭衣冠化兜鍪。"③托古讽今，原是诗家惯例通则，对于宋元故事的历史反思所呈现亦是相似文化心理。而曾有诗云"胡运消沉汉道兴，毡车宵遁土城平"④的丘濬在其《金陵即事》中曰："六朝宫阙久蒿莱，紫盖黄旗帝运开。沄鹊漏传云外观，凤皇箫奏月中台。千山峰势连吴远，万里江流自蜀来。此日金陵非昔日，子山词赋莫兴哀。"⑤感慨兴亡转易而曲终奏雅，归结于"莫兴哀"的心态正与高启"幸逢昌运莫兴哀"的恢复感激一脉相承。倪岳《孟春奉陪庙享纪事而作》云："祠殿森严盾陛重，雍歌初彻燎烟浓。虞周典礼千年合，文武衣冠百辟从。"⑥邱云霄《至日祀南郊归候承天门颁诏》亦曰："时崇礼乐衣冠重，阳动乾坤草木新。"⑦衣冠礼乐的关注自是明初以来的态度延续，恢复激情每于本朝衣冠礼乐的自豪中呈现，童轩集唐人之诗称"文轨尽同尧历象，蛮方今有汉衣冠"⑧。何景明《昔游篇》有"朝天再睹汉衣冠，帝京宫观一如昔"⑨句，王世贞《送狄行人使蜀藩》称："桐叶旧余周典礼，蚕丛争识汉衣冠。"⑩畲翔《送郑谏议之滇南》有"蛮王负弩汉衣冠"⑪语。而在对明祖的功烈怀念中，光复汉统的礼乐重兴更是最为积极的关注话题。李东阳《匡

① （清）朱彝尊：《明诗综》卷九引顾玄言语，乾隆刊本。
② （清）钱谦益：《列朝诗集》乙集第一，影印清顺治九年毛氏汲古阁刻本。
③ 《李东阳集·诗稿·卷之二·十六州》，岳麓书社2008年版，第72页。
④ （清）钱谦益：《列朝诗集》丙集第三，影印清顺治九年毛氏汲古阁刻本。
⑤ （清）钱谦益：《列朝诗集》丙集第三，影印清顺治九年毛氏汲古阁刻本。
⑥ （清）钱谦益：《列朝诗集》丙集第三，影印清顺治九年毛氏汲古阁刻本。
⑦ （明）邱云霄：《北观集》卷三，上海古籍出版社1987—1989年版，文渊阁四库全书本。
⑧ （明）童轩：《清风亭稿》卷八，上海古籍出版社1987—1989年版，文渊阁四库全书本。
⑨ （明）何景明：《大复集》卷十二，上海古籍出版社1987—1989年版，文渊阁四库全书本。
⑩ （明）王世贞：《弇州四部稿》卷三十三，上海古籍出版社1987—1989年版，文渊阁四库全书本。
⑪ （明）畲翔：《薜荔园诗集》卷三，上海古籍出版社1987—1989年版，文渊阁四库全书本。

山大忠祠》中已有"千古中华须雪耻,我皇亲为扫腥膻"①的帝业想望,王世贞《题仙岩文丞相祠》曰:"毋论削迹勤王地,大有衣冠荐芷荪。君不见真人奋淮北,金戈立扫毡裘色。"②《奉谒长陵敬志鄙感》更称:"长陵松柏似龙蟠,象纬高垂列汉官。万里乾坤留剑舄,百年丰镐见衣冠。"③邵宝《凤阳谒陵》亦有"岁举留都周册祝,月游原庙汉衣冠"④之句。山人岳岱《咏怀》更言,"恭惟我太祖,天授神圣德。神文迈三五,圣武靖南北。唐宋岂无君,中原受胡厄。礼乐今再新,臣黎返故宅。誓雪百王耻,乾坤重开辟"⑤。所谓"野人喜说汉衣冠"⑥,明人中的"衣冠"情绪有着源自传统的深刻内涵,更饱含着前代兴废的历史反思,百年衣冠的恢复激情非但营造了明初的精神气象,其所呈现出的文化张力已然融为有明一代的文化心理构成,浸染列朝诗作,其力非浅。

二、作为插曲的革除遗忠

百年衣冠的恢复激情下自是一派欢欣鼓舞,然而,首当其潮的明初诗文中却不时流露出异样的感伤色彩。钱穆先生曾参读当时诸家之诗文集,"夷考事实,当时群士大夫之心情,乃及一时从龙佐命诸名臣,其内心所蕴,乃有大不如后人读史者之所想像"⑦,"明初开国诸臣,人物皎然,能以文采自显者,乃无不系心胡元,情存彼此,是诚世运国命所大堪惊诧与慨叹之一事也"⑧。明初士人多不仕的社会现象成因复杂,明祖的严法治国、驭儒态度固是重要因素,而由元入明的士人心态亦不得忽视,《宋元学案》《元史·忠义传》中所载的死国之士为数不少。尽有天下的元王朝有着天命认可的治统合法性,"行中国之道则中国之主",中国之主的承认即意味着臣民之道的履行。尽管元代礼法废弛,及至末季,弊政百出,但于士人而言,尤其是

---

① (明)李东阳:《李东阳集·诗稿·卷之十五·厓山大忠祠》,岳麓书社 2008 年版,第291 页。
② (明)王世贞:《弇州四部稿》卷二十,上海古籍出版社 1987—1989 年版,文渊阁四库全书本。
③ (明)王世贞:《弇州四部稿》卷三十三,上海古籍出版社 1987—1989 年版,文渊阁四库全书本。
④ (明)邵宝:《容春堂前集》卷七,上海古籍出版社 1987—1989 年版,文渊阁四库全书本。
⑤ (清)钱谦益:《列朝诗集》丁集第八,影印清顺治九年毛氏汲古阁刻本。
⑥ (明)王立道:《具茨诗集》卷三,上海古籍出版社 1987—1989 年版,文渊阁四库全书本。
⑦ 钱穆:《读明初开国诸臣诗文集》,载《中国学术思想史论丛》卷六,安徽教育出版社 2004 年版,第 76 页。
⑧ 钱穆:《读明初开国诸臣诗文集》,载《中国学术思想史论丛》卷六,安徽教育出版社 2004 年版,第 161 页。

身仕元廷者,尽忠守节始终是横亘于胸的道义规范。从道不从君的信念张力同样呈现于元朝统治下的"中国之道"中,道统观照下的忠义思想原是传统士人的普遍观念,易代之际,心系故国则是传统道德规范下的忠义表现,于身处元明之际的群士大夫而言,并不例外。钱穆先生所言的"系心胡元,情存彼此"自在情理之中。

　　然而,代元而兴的明王朝有着治统与道统意义上的双重合法性,较之一般意义上的帝姓更迭,百年衣冠的汉统恢复,再兴礼乐的开国规模,无不呈现出更为振奋人心的文化张力。如前所引的杨维桢、吴志淳、王逢等,皆不仕于明,政治立场的保持自是心系前朝的表现,但衣冠礼乐的文化向往却是不加掩饰的激情流露。吴志淳晚赋《遣怀》诗,有云"为儒已入他州籍,垂老频收故国书"之句,凄然沦落之感,固不为伪,然其腐儒击壤的"讴歌答圣朝"亦是实情。"皋羽之于宋,原吉之于元,其为遗民一也"①,而遗民王逢的心态则更具典范性:"江南布衣双鬓苍,岁阑独立气慨慷。衣冠礼乐制孔良,路迢无由贡明堂。"②慷慨独立的意气中竟是礼乐关注下满腔激切的用世之心。高启《奉迎车驾享太庙还宫》亦有"汉酎祭余清庙闭,舜衣垂处紫宫开。礼成海内人皆庆,献颂应惭自乏才"③,自是相似心境。又如任官于前元的祭酒宋讷虽也有"兴如张翰思吴俗,心似钟仪乐楚风。故国遗民说华表,人非城是古今同"④的故国之念,然洪武年间,以儒士受征编《礼》《乐》诸书,制《太学碑》,"师道严正,为一时典型"⑤。元末吴县教授卢熊于洪武时应召赴京,"与卢熊同受小学,长从杨廉夫授《春秋》"的殷文奎作诗送别,其曰:"前朝图史已全收,诏起丘园重纂修。用夏变夷遵礼乐,大书特笔法《春秋》。金台墨泻朝挥洒,银烛花消夜校雠。进卷内廷承顾问,鹄袍端立殿西头。"⑥"用夏变夷"的礼乐建设显然是更为深刻的精神内驱力。"礼乐重开气象新,可堪词客转思纯"⑦,昆仑山人王叔承于数世之后的历史追忆大致标明了元明之际群士大夫基本的心态。故国之思虽是传统道德训练下的习惯情绪,但衣冠礼乐的恢复激情却是特定生态下的文化感召,二者实然有着道统意义下的一致关注,正因如此,颂美新朝与怀念故国才成为明

---

① （清）钱谦益:《列朝诗集》甲集前编第四,影印清顺治九年毛氏汲古阁刻本。按:"王逢,字原吉"。
② （清）钱谦益:《列朝诗集》甲集前编第四,影印清顺治九年毛氏汲古阁刻本。
③ （清）钱谦益:《列朝诗集》甲集前编第四,影印清顺治九年毛氏汲古阁刻本。
④ （清）钱谦益:《列朝诗集》甲集第十三,影印清顺治九年毛氏汲古阁刻本。
⑤ （清）永瑢等:《四库全书总目》卷一百六十九,中华书局1965年版,第1465页。
⑥ （清）钱谦益:《列朝诗集》甲集第十九,影印清顺治九年毛氏汲古阁刻本。
⑦ （清）钱谦益:《列朝诗集》丁集第九,影印清顺治九年毛氏汲古阁刻本。

初士人心态中并行不悖的文化情绪。

随着时间的迁移,历经两朝的明初士人大多亡去,对于前元的故国之念自也逐渐消退无遗。而百年衣冠的恢复激情则融为朱明帝国的时代精神,在蔚然成风的文化复古中继续延伸,衣冠重见、礼乐再兴的文化热忱中深蕴着古典信念的复兴关注。然而,正当颇具儒者气质的建文帝朱允炆承祖践阼,循着旷然复古的开国规模,轻刑减赋,"亲贤好学,召用方孝孺等。典章制度,锐意复古"①时,更具军人性格的叔父朱棣却借削藩起兵,以"清君侧"为名,誓师北平,四年征战,靖难功成,入正大统,造就了明史中另外一层意义上的易代插曲。主要在北方几省展开的战事并未波及全国,其所造成的社会破坏自然相对要小得多,尚不致激起兴亡变幻的乱离情绪。更为重要的是,同为朱姓的亲叔侄于皇权的争夺在很大意义上有着帝王家事的意义,并不同于一般意义上的改朝换代。借宫廷政变而攘夺帝位原是政治史上屡见不鲜的事件,宫禁之内的手足相残更是不足为怪的史载常事。然而,以藩王身份起兵一隅,经年苦战而有天下者,却算国史上的特例。汉时的"七国之乱",吴、楚七藩并起,然终遭败绩;唐代的"玄武门之变"虽然成就了一代英主李世民,但宫闱政变的对象则是时为太子的未来皇帝李建成,并非当朝天子。靖难之役的特殊性正在于此,叔侄辈分实可不论,但重要的是,朱允炆得位于祖父朱元璋,是名正言顺、合理合法的大明天子;而朱棣则是朱元璋亲自册封的燕王,是明确无疑的"臣",正因如此,靖难事件虽可于历史演变中被目为帝王家事的权位攘夺,但毋庸置疑的君臣名分却使之成为政治伦理中不折不扣的篡逆行径。所谓"另一层意义上的易代插曲"正即此而言。

尽管名不正,言不顺,但朱棣毕竟以"太祖之子"的身份继位大统,无论建文或亡或逃,逊国已是无法挽回的历史。"明祖以篡得位,既即位矣,明之臣子,究以其为太祖之子,攘夺乃帝王家事,未必于建文逊位之后,定欲为建文报仇,非讨而诛之不可也"②,帝不异姓的历史宽容成为一般士人面对既成事实的普遍无奈态度,然而天子无过,以臣伐君的篡逆行为终究难以寻得有力的合法辩护,朱棣不合伦理的继统行为形成了与传统士人古典信念的强烈冲突。礼以别异,明初的礼乐修复本就以重建伦理秩序为旨归,传统观念中的节义思想更因之凸现,君臣纲常更是理学训练下的基本信念。具有别样意义的易代插曲同样激起了革除遗忠的故主情怀——明祚未移,自

---

① （清）张廷玉等:《明史》卷四,中华书局1997年版,第53页。

② 孟森:《明史讲义:商传导读》,上海古籍出版社2002年版,第100页。

不会有亡国之念,建文朝臣对于旧君的尽忠守节在很大程度上来自于这位青年皇帝在施政中所塑造的符合儒学观念的仁主形象,当然,更多的节义行为则导自于传统意识中的政治伦理——易代之际的臣子职守。

成祖即位后,召刘基次子刘璟,刘璟"称疾不至。逮入京,犹称殿下。且云:殿下百世后,逃不得一'篡'字。下狱,自经死"①。"篡"为朱棣最忌讳处,却是激发士人忠义的伦常大节。齐泰、黄子澄、方孝孺作为建文近臣,自不必言,其时"礼部侍郎黄观、礼科给事中黄钺、翰林修撰王叔英、监察御史曾凤韶、浙江按察使王良、江西按察副使程本立、督府断事高巍皆使于外,闻靖难兵入都城,观、钺皆投水;叔英、凤韶、本立、巍皆雉经;良举火自焚;翰林编修程济、按察佥事胡子义、宁波知府王琎、卫辉知府孙镇、郎中梁田玉、中书舍人宋和、郭节皆弃官而去。其它变易姓名,隐迹山谷者不可胜纪"②,一时士行风节,可见一斑。燕山卫卒储福,尝于靖难中逃跑,朱棣即位后以逃卒身份被调往曲靖卫,"仰天哭曰:'吾虽一介贱卒,义不为叛逆之臣',在舟中,日夜泣不止,竟不食而死"③,又"昆山龚翊,字大章,建文末年,以戍卒守金川门,城破,为之一恸。后宣德中,周文襄两荐为昆山太仓教官,谢曰:'某任亦无害,但恐负吾往日一恸耳。'竟隐居终身,门人私谥曰安节先生"④。朱棣百世难逃的"篡"行激起了群士大夫维系纲常的道德责任感,上至朝廷重臣,下及城门戍卒,死节逃隐者,比比皆是。郎瑛曾言:"建文间死节之士,予得诸文庙榜示奸恶官员姓名二纸,及传于文献者,共百廿四人"⑤。得以载之文献,相传后世者尚有如此之众,至若湮灭埋没者更不知其数。"周武应天顺人,夷齐甘死首阳,两不相妨"⑥的类比评价于建文一朝自非公论,但对朱棣的谀美辩护实是治统延续的必须腔调,然而,"夷齐甘死"的忠义精神,却正是革除遗忠的臣道所在。建文遗臣所以感怀激烈,蹈死不顾,持节守义者,正在于此。建文之难,(练子宁)与齐泰、黄子澄、方孝孺俱族诛。于是建文遗臣有行遁者,题诗蛾眉亭云:"一个忠成九族殃,全身远害亦天常。夷齐死后君臣薄,力为君王固首阳。"⑦诸忠之志,于中略见。又若:

①　(清)张廷玉等:《明史》卷一百二十八,中华书局1997年版,第988页。
②　(明)朱睦㮮:《革除逸史》卷二,中华书局1985年版,丛书集成初编本。
③　(明)李贽:《续藏书》卷七,中华书局1959年版,第126—127页。
④　(明)都穆:《都公谭纂》卷上,中华书局1985年版,丛书集成初编本。
⑤　(明)郎瑛:《七修类稿》卷十,中华书局1959年版,第152页。
⑥　(明)郎瑛:《七修类稿》卷十,中华书局1959年版,第153页。
⑦　(明)蒋一葵:《尧山堂外纪》卷七十八,上海古籍出版社2002年版,续修四库全书本。

被朱棣列为"首恶"的黄子澄被执后,始终称朱棣为"殿下",否认其帝尊,称"臣知殿下以兵力取富贵,不知殿下即此位"。又言"殿下向来悖谬,不可为训",惨遭身磔族诛之祸。①

练子宁,靖难兵至,李景隆以前憾请诛之,及责问,子宁语不逊,断其舌,曰:"吾欲效周公辅成王。"子宁手探舌血,大书地上:"成王安在?"遂族其家。②

铁铉,"燕王即皇帝位,执之至。反背坐廷中嫚骂。令其一回顾,终不可,遂磔于市"③。

金华杨荣,由岁贡,夙尚风节,以诗文名,官国子助教,靖难末弃官归。永乐初诏录旧臣,荣辞不赴。强至途中,叹曰:"吾何颜复树名仕籍乎?"遂赴水死。④

曾凤韶,庐陵人。洪武末年进士。建文初,尝为监察御史。燕王称帝,以原官召,不赴。又以侍郎召,知不可免,乃刺血书衣襟曰:"予生庐陵忠节之邦,素负刚鲠之肠。读书登进士第,仕宦至绣衣郎。慨一死之得宜,可以含笑于地下,而不愧吾文天祥。"嘱妻李氏、子公望:"勿易我衣,即以此殓。"遂自杀,年二十九。⑤

慷慨赴难的忠义言行坚决否认朱棣的即位合法性,无论是当庭指斥,还是宁死不仕,其所体现出的正是易代之际的高行完节。于君臣伦理的纲常维系中所喷发出的殉道精神,见之于行,则赴死、逃隐,不甘二朝;言之于文,则写照丹心,发抒孤愤,气骨铮铮。

正学先生方孝孺慨然就死,作绝命词曰:"天降乱离兮孰知其由,奸臣得计兮谋国用犹。忠臣发愤兮血泪交流,以此殉君兮抑又何求。呜呼哀哉兮庶不我尤。"⑥试问上苍的天命质疑,斥奸抒愤的忠良血泪,殉君赴难的坦然无怨,生命谱就的激昂文字中自有一脉不可磨灭的淋漓元气。翰林修撰王叔英,"知事不可为,沐浴更衣冠,书绝命词,藏衣裾间,自经于元妙观银杏树下"。其词曰:"人生穹壤间,忠孝贵克全。嗟予事君父,自省多过愆。有志未及竟,奇疾忽见缠。肥甘空在案,对之不下咽。意者造化神,有命归九泉。尝念夷与齐,饿死首阳巅,周粟岂不佳,所见良独偏。高踪渺难继,偶

---

① (明)朱国桢:《皇明逊国臣传》卷二,上海古籍出版社 2002 年版,续修四库全书本。
② (明)焦竑:《玉堂丛语》卷四,中华书局 1981 年版,第 139 页。
③ (清)张廷玉等:《明史》卷一百四十二,中华书局 1997 年版,第 1051 页。
④ (明)谈迁:《枣林杂俎·逸典》,中华书局 2006 年版,第 29 页。
⑤ (清)张廷玉等:《明史》卷一百四十三,中华书局 1997 年版,第 1056 页。
⑥ (清)张廷玉等:《明史》卷一百四十一,中华书局 1997 年版,第 1047 页。

尔无足传。千秋史官笔,慎勿称希贤。"又题其案曰:"生既已矣,未有补于当时。死亦徒然,庶无惭于后世"①。忠孝克全的立身素志,夷齐死国的精神继踵,"无惭于后世"的标名青史正是革除遗忠的普遍心态,大势已去,新君即位已是定局,无力国事下的躬身反思中,报君殉道遂成为传统观念下以一己之力抗衡一国至尊的普遍行为。"胡子昭为荣县训导,建文初,升检讨,历刑部左侍郎。文皇即位,被逮,死之。临刑,有诗曰:'两间正气归泉壤,一点丹心在帝乡。'"②只言片语中已见不灭精神。卜士袁杞山"与黄子澄谋匡复,事露出逃,行至吴江北门,作绝命词,行吟数四,自投于河,有居民吴贵三者援而出之",其绝命词曰,"北风萧萧秋水绿,木落松陵野老哭。周武岂不仁,乃耻食其粟。牛无益于时,九死又累赎。吾将从彭咸,宁葬江鱼腹"③。虽死节未称,然其志已明,耻食周粟的夷齐节义成为革除遗忠的普遍心态,历代忠良的品行向慕更是一以贯之的心理积淀。礼部尚书陈迪,靖难兵起时"受命督军储于外,过家不入,闻变,即赴京师。文皇即位,召迪责问之,迪抗声指斥,并收其子凤山、丹山等六人,同磔于市。于迪衣带中得诗:'三受天王顾命新,山河带砺此丝纶。千秋公论明于日,照彻区区不二心。'又有《五噫歌》"④。千秋公论的青史褒贬正是一代士人所以视死如归的不朽信念,所以感怀激励的精神内核却士志于道的传统精神。

侍书蒋钦"壬午授密旨,从黄子澄走姑苏,至杨任所,谋建义旗,子澄遣钦往宁波会合知府王琎发兵固守钱塘,随逾海抵闽粤,檄州郡大举,赋诗嘱别云:'去去涉江海,贵速无后时。身轻不遑顾,厦颓务穷支。十日秦庭哭,一举齐桓师。持此报国心,何事不可为。'未及至而成祖正位,子澄与任被诛,钦因亡匿山泽,称'东海遗臣',游楚、蜀二十余年乃归,衰麻经带,终其身"⑤。诗中每多愁苦故主之思,"九疑云黯苍梧树,翠华南去不复还","三湘之深东入海,相思之心终不改"⑥,"欲诉重华无限恨,輈辀啼处雨如烟"⑦,相思舜帝之心实寓缅怀建文之意,《悼黄子澄太常》曰:"但怜共矢心匪石,虽死犹歊气似云。方腊一时符僭号,平原千古足流芬。"⑧死节感激下的僭号谴责,正是纲常维系下的道统批判。侍郎卓敬,靖难兵入被执,"帝

① (清)张廷玉等:《明史》卷一百四十三,中华书局1997年版,第1056页。
② (明)焦竑:《玉堂丛语》卷四,中华书局1981年版,第139页。
③ (清)沈季友编:《檇李诗系》卷八,上海古籍出版社1987—1989年版,文渊阁四库全书本。
④ (明)焦竑:《玉堂丛语》卷四,中华书局1981年版,第138页。
⑤ (清)沈季友编:《檇李诗系》卷八,上海古籍出版社1987—1989年版,文渊阁四库全书本。
⑥ (清)朱彝尊:《明诗综》卷十六,乾隆刊本。
⑦ (清)沈季友编:《檇李诗系》卷八,上海古籍出版社1987—1989年版,文渊阁四库全书本。
⑧ (清)沈季友编:《檇李诗系》卷八,上海古籍出版社1987—1989年版,文渊阁四库全书本。

怒,犹怜其才,命系狱,使人讽以管仲、魏徵事。敬泣曰:'人臣委赞,有死无二。先皇帝曾无过举,一旦横行篡夺,恨不即死见故君地下,乃更欲臣我耶?'帝犹不忍杀。因姚广孝而乃斩之,诛其三族"①。有《墨竹》诗云:"虞帝不归秋自晚,满江烟雨泣湘娥。"所蕴哀思或于蒋兢相同。《列朝诗集》又收录宣德初,绵竹山人题诗一首,其云:"山河形胜今犹在,宫阙趋跄事已非。冀野风生双虎斗,咸阳火起一龙飞。伤心何忍闻黄诏,稽首无缘见衮衣。击石独怀千古恨,仰天血泪不胜挥。"②万州海云庵有老僧示寂,衣上有诗,云:"十年依佛国,万里走天涯。旧主无寻处,孤臣敢问家? 何心婴组绶,有血滴袈裟。寒食魂应寂,悲歌愧五蛇。"③山人、寺僧正是建文遗臣习见的不仕选择,怀恨千古的故主哀思经由永乐时"威德遐被,四方宾服"的成功骏烈而至仁宣的太平治世仍不为减,其间历史回忆实已超出了对建文帝的个人怀念,所以贯穿始终的核心精神依旧是传统信念下的"明道"关注。

　　革除遗忠的持节守义以抗衡非礼的纲常维系体现出了强烈的"明道"色彩,蹈难赴死的舍身行为更承载着可以百世旌表的殉道精神,正因如此,其身后的青史评价远未至千秋之后方得公论,群士大夫的仰慕推许随其殉难之时即已展开,方孝孺、黄子澄等虽遭灭族惨祸,然忠良骨血却未斩绝,冒死存孤者,大有其人。"永乐中,藏孝孺文者罪至死"。而"门人王稌潜录为《侯城集》,故后得行于世"④,民间士人百般收集,乃至"得其一字,宝于金璧"⑤。又如"沛县知县颜伯玮,庐陵人也,太宗靖难师过沛,颜死节焉"。太师杨士奇过沛,悼诗曰:"平生金石见临危,就义从容子亦随;千载山河遗县在,一门忠孝史官知。故乡住近文丞相,先德传从鲁太师;欲酹荒坟何处是? 离离芳草泪空垂。"学士刘球和云:"父子捐生总蹈危,精魂常与日光随。县南荒垅遗民识,地下丹心故老知。双节名家先世德,四忠同郡后贤师;古今载笔皆公道,共使清名百代垂。"予另有《萃忠录》一帙,铁、颜之事备焉,今见二诗,并记于稿。⑥ 编修刘球还曾为卓敬作传,"称其与夷齐当不朽,且私谥之曰忠贞"⑦。理学训练下的传统士人对明道守节的忠臣义士向

① (清)张廷玉等:《明史》卷一百四十一,中华书局1997年版,第1048页。
② (清)钱谦益:《列朝诗集》甲集第二十二,影印清顺治九年毛氏汲古阁刻本。
③ (清)钱谦益:《列朝诗集》甲集第二十二,影印清顺治九年毛氏汲古阁刻本。
④ (清)张廷玉等:《明史》卷一百四十一,中华书局1997年版,第1047页。
⑤ (明)钱士升:《皇明表忠记》,齐鲁书社1996年版,四库全书存目丛书本。
⑥ (明)郎瑛:《七修类稿》续稿卷五,中华书局1959年版,第819页。
⑦ (明)姜清:《姜氏秘史》卷二,豫章丛书本,光绪刊本。

来钦慕,悼诗作传的民间行为始终不绝。表彰忠良本是封建王朝的一贯态度,代言朝廷的官方态度亦于道统观照下日趋明朗,朱棣对于一些言辞不甚激烈的建文遗臣已然有着"忠臣"的认可,其子明仁宗朱高炽"即位之岁十一月,召礼部尚书吕震与御劄曰:'建文中奸臣、正犯悉受显戮,其家属初发教坊司、锦衣卫、浣衣局习匠。功臣家奴,今有存者,既经大赦,并宥为民,给还田土。'仁宗撰《长陵神功圣德碑文》,称建文君,虽追废,犹书其没曰崩,当其在位,犹尊之曰朝廷。又谕群臣曰:'若方孝孺皆忠臣。'诏从宽典。于是天下始敢称孝孺诸死义者为忠臣云"。① 成化十七年进士宋端仪"慨建文朝忠臣湮没,乃搜辑遗事,为《革除录》。建文忠臣之有录,自端仪始也"②。修史行为的许可,显然意味着杰度的宽松。而请复建文年号、请恤殉难诸臣的奏疏几乎每朝皆有,而朝廷的态度亦渐为明朗,万历"十二年,御史屠叔明请释革除忠臣外亲。命自齐、黄外,方孝孺等连及者俱勘豁"③。"万历十三年三月,释坐孝孺谪戍者后裔,浙江、江西、福建、四川、广东凡千三百余人"。"神宗初,有诏褒录建文忠臣,建表忠祠于南京,首徐辉祖,次孝孺云"④。官方的最终认可所体现的正是"道统"的巨大张力,无论是民间的哀悼私谥,还是列朝有之的朝廷疏请,从某种意义而言,正是以一种青史褒扬的方式延续着士志于道的传统精神。汉官威仪的恢复中本就深蕴重建正统秩序的古典信念,革除遗忠不惜以生命维系纲常的殉道行为,同样包含着深刻的秩序关注与伦理意识,本就扎根于传统的士人精神更因理学背景下的文化复古而分外彰显,每当颠沛危难之际,发言为诗,自有一种淋漓元气存于其中。

三、明季遗民的心境诗情

革除遗臣的尽忠守节当然是明代士人于明道追求下的品格呈现,然而,作为历史背景的建文逊国毕竟是"另一层意义上的易代插曲",朱姓帝统并未因此中斩,叔侄间的皇权争夺虽然有悖君臣纲常,亦招致了强烈的伦理批判,却终于被历史宽容地理解为帝王家事。更重要的是,百年衣冠的汉制恢复亦未因此转移,而朱棣所刻意营造的四方宾服更以逾迈汉唐的气度规模延续着光复激情。虽然有着治统与道统层面的双重合法性,但作为封建王朝的朱明帝国终究不能摆脱盛衰兴亡的更迭规律,更为不幸的是,这一次的

① (明)郑晓:《今言》卷四,上海古籍出版社 2002 年版,续修四库全书本。
② (清)张廷玉等:《明史》卷一百六十一,中华书局 1974 年版,第 4395 页。
③ (清)张廷玉等:《明史》卷九十四,中华书局 1997 年版,第 621 页。
④ (清)张廷玉等:《明史》卷一百四十一,中华书局 1997 年版,第 1047 页。

改朝换代,非但有着帝姓的转移,更造就了再一次的衣冠沦丧。较之作为易代插曲的靖难之变,明清鼎革的影响振荡无疑是更为深刻的天崩地解,革除遗臣的殉道守节更演变为弥漫于整个明末清初的遗民心态。

逾迈汉唐的国家理想不幸变成了清朝入主的残酷现实,"衣冠沦丧"的文化情绪再次构结为遗民心态中的主导元素。"国家不幸诗家幸,话到沧桑句变工"历来是易代之际的典范诗歌现象。所谓穷苦之辞易工,发愤著书的成就大抵与"愤"的程度关联紧密,对传统士子而言,国破家亡或为最大之"愤",所谓"夷夏之辨"的正统观念则往往渗透于礼俗层面的文化抵触,"愤"的程度自然也就更为激烈了。如同元帝国的天下混一,奄有四海的清王朝同样成为明代遗民所必须面对的易代生态。相同的传统观念于类似的历史背景中所激起的文化行为大抵相似,忠节观念下的拒不合作历来是遗民们的一般态度,无论死节殉国,起兵对抗,还是守节不仕,逃僧归隐,均可视为传统信念下的道德追求。以殉国而论,传统中国历来不乏舍生取义者,"夫以明季死事诸臣多至如许,迥非汉、唐、宋所可及"①,死节殉国的激励来自于砥砺名节的有明士风,并有末帝崇祯的殉国榜样,更交织着"明辨华夷"的正统情绪,一时慷慨死难者前后相继,忠烈赤诚,感泣天地。略引笔记稗史所载,以见一时士行:

> 会稽庠生王毓蓍(字元趾)感痛激烈,作《愤时致命篇》。曰:"古称五死,何俟捐躯赴义之可乐? 寿止百年,保无疾病水火之杀人? 惟兹清流碧水之中,正是明伦受命之地。鬼如不厉,为访三闾之踪;魂果有灵,当逐伍胥之怒。真能雪耻自任,愿激发于光天;倘或同志不孤,敬相招于冥土!"又诗二绝(遗失):……中夜不语兄弟,不别妻子,命阍沽醪,正襟浮白,劳以余沥,且戒勿从。持炬出门,贴《致命篇》于宋唐卫士奇之祠壁,肃衣冠赴水于柳桥。②

山阴儒士潘集(字予翔),年十九,闻王毓蓍死,自署大明义士,操文哭奠于柳桥。有曰:"自古国运靡常,所赖忠臣骨作山陵;至今壮士何为? 徒令儒生怨经沟渎! 念太祖三百年养士之恩,竟同豢豕……"又《杂咏三首》

---

① 弘历:《御制诗集》四集卷三十五,上海古籍出版社 1987—1989 年版,文渊阁四库全书本。关于明季殉国人数的相关论述,参见何冠彪:《生与死:明季士大夫的抉择》,(台湾)联经出版事业股份有限公司 1997 年版。

② (明)徐芳烈:《浙东纪略》,《台湾文献史料丛刊》第六辑,(台湾)大通书局 2009 年版,第2 页。

中一绝:"放眼拓开生死路,高声喝破是非关。莫愁前路知音少,止畏当头断气难!"读罢哀恸,夜怀二石与诗文,逾女墙投于渡东桥下。①

原苏松巡抚祁彪佳(字幼父,号世培),作《绝命词》别宗亲。系以一诗曰:"运会轨阳九,君迁国破碎,鼙鼓杂江涛,干戈遍海内。我生何不辰?聘书乃迫至!委贽为人臣,之死谊无二。予家世簪缨,臣节皆罔赘。幸不辱祖宗,岂为儿女计!含笑入九原,浩然留天地!"②

山阴安仓儒生周卜年,作绝命五歌,其五歌有曰:"我生我生竟成空,恨不学剑弯长弓!神州陆沉将安穷,徒怀报国忧冲冲!"③

诸暨儒士傅商霖,歌曰:"人类尽,三纲绝!世尽甘,予心裂!幸父葬,母已穴!妻虽有,固可撇!子即幼,亦难说!正衣冠,笑而诀!"又愤歌曰:"忆昔高皇我太祖,扫除之功驾汤武!礼乐文章冠百王,纪纲法度优千古。"……后云:"然而大厦既云倾,一木难为柱与础!况我书生甚藐焉,作辞敢仿离骚楚!惟尝清夜自思维,幼曾遂过邹与鲁。兴王后史采民谣,或者不尽废狂瞽!"既作歌,不食而死。④

监军御史陈潜夫,字元倩,作《绝命诗》曰:"万里关河群马奔,三朝宫阙夕阳昏。清风血泪苌弘碧,明月声哀杜宇魂!白水无边流姓氏,黄泉耐可度寒暄。一忠双烈传千古,独有乾坤正气存。"⑤

御史何弘仁血诗题壁曰:"有心扶日月,无计巩河山。化作啼鹃去,千秋血泪潸!"殉难于旅邸。⑥

礼部尚书詹事陈函辉,作六言绝命词十章。序云:"乱离无诗韵,皆信笔口占,将死才尽,亦聊以告天下诸同志云。"其一曰:生为大明之臣,死为大明之鬼,笑指白云深处,萧然一无所累!又《别亲友诗》:"故国千行泪,孤臣一片心。"诸僧索遗言,走笔留八十句,中有:"叔世君臣薄,其道变为市。

---

① (明)徐芳烈:《浙东纪略》,《台湾文献史料丛刊》第六辑,(台湾)大通书局2009年版,第3页。
② (明)徐芳烈:《浙东纪略》,《台湾文献史料丛刊》第六辑,(台湾)大通书局2009年版,第4页。
③ (明)谈迁:《枣林杂俎·仁集》,中华书局2006年版,第150页。
④ (明)徐芳烈:《浙东纪略》,《台湾文献史料丛刊》第六辑,(台湾)大通书局2009年版,第26页。
⑤ (明)徐芳烈:《浙东纪略》,《台湾文献史料丛刊》第六辑,(台湾)大通书局2009年版,第28页。
⑥ (明)徐芳烈:《浙东纪略》,《台湾文献史料丛刊》第六辑,(台湾)大通书局2009年版,第28页;(清)徐鼒:《小腆纪传》卷四十二,中华书局2018年版,第446页。亦载。

麻衣不草诏,所争惟一是。东湖樵夫亭,芳名佩兰芷。头白谁百龄?汗青自十纪。"①

阁部张国维,从容赴园池死。有绝命诗三首:其一曰:"艰难百战戴吾君,拒敌辞唐气励云。时去仍为朱氏鬼,精灵当伴孝陵坟!"②

兴国公王之仁,有绝命诗二律:一曰:"黄沙白浪起狂飙,力尽钱塘志未消。半世功名垂马革,全家骨肉付江潮。诗题四壁生如在,大笑秋空死亦骄。三百年来文字重,只今惟有霍骠姚!"二曰:"通济桥边独步时,国门惊见汉宫仪。欲将须发还千古,拼取头颅掷九逵。死后只应存剑铗,世间终是有男儿!瓣香拈起寒霜劲,白日含愁不敢悲!"杀于南都大中桥。③

此外,若翰林徐汧誓必死,裂绢,书《矢志诗》寄其母,中曰:"为臣贵忠死,义更无他顾"④。御史陈良谟于北京城陷时,大书二十字于桌:"国运遭阳九,君王遭难时。人臣当殉节,忠孝无两亏"⑤。举人刘恩泽自题楼壁曰:"千古纲常事,男儿肯让人。"明日,城陷,掷楼下以死。⑥ 瞿式耜与张居正曾孙张同敞兵败被俘,誓偕死,乃相对饮酒,幽于民舍。两人日赋诗倡和,得百余首,狱中所赋《自艾》云:"七尺不随城共殉,羞颜何以见中湘。"⑦礼部主事张肯堂死前赋绝命词云:"保发严夷夏,扶明一死生。孤忠惟自许,义重此身轻"⑧。一代大儒刘宗周,绝食守节,殉难日作三首,示婿云:"信国不可为,偷生岂能久。止水与迭山,只争死先后。若云袁夏甫,时地皆非偶。得正而毙矣,庶几全所受。"《绝命辞》曰:"留此旬日死,少存匡济意。决此一朝死,了我平生事。慷慨与从容,何难亦何易。"⑨周凤翔"赴东华门茶棚下举哀,复匍匐至邸,自经",绝命诗云,"碧血九原依圣主,白头二老哭忠魂"。许直《绝笔》:"投笔翻然辞世行,老亲幼子隔幽明。丹心未雪生前恨,青简空留身后名。"黄端伯《绝命辞》云:"欲识分身处,刀山是道场。"⑩死生文字,激荡天地,堪为叹息扼腕。

---

① (明)徐芳烈:《浙东纪略》,《台湾文献史料丛刊》第六辑,(台湾)大通书局 2009 年版,第 29—31 页。
② (清)计六奇:《明季南略》卷六,中华书局 1984 年版,第 294 页。
③ (明)徐芳烈:《浙东纪略》,《台湾文献史料丛刊》第六辑,(台湾)大通书局 2009 年版,第 33 页。
④ (明)屈大均:《皇明四朝成仁录》卷七,(台湾)明文书局 1991 年版,第 245 页。
⑤ (明)陈良谟:《陈忠贞公遗集》卷一,四明丛书本,广陵书社 2006 年版,第 25 页。
⑥ (清)张廷玉等:《明史》卷二百九十三,中华书局 1997 年版,第 1926 页。
⑦ (明)瞿式耜:《瞿式耜集》卷二,上海古籍出版社 1981 年版,第 238 页。
⑧ (清)翁洲老民等:《海东逸史》卷十,浙江古籍出版社 1985 年版,第 137 页。
⑨ (明)刘宗周:《刘蕺山集》卷十七,上海古籍出版社 1987—1989 年版,文渊阁四库全书本。
⑩ (清)朱彝尊:《明诗综》卷七十六,乾隆刊本。

　　殉国死难的刚烈气节以生命谱就了掷地有声的忠义心曲,然而,死节却非遗民的唯一选择,明季遗民于殉国之外尚有保持气节的其他生存方式。如遗民杜濬的"同学数十人"中,"两人引颈先朝露,一人万里足重茧。三人灭迹逃空门,四人墙东长闭户。一人买药不二价,一人佯狂以为污"①,万里远行,遁迹佛门,佯狂市隐的种种不合作,成为遗民别样人生的依存寄托。至其诗情心境,虽未有殉难者的刚烈,然身处国破家亡之际,目睹中原沦亡之难,颠沛流离,亲友零落,国家盛衰与个体生死的历史绾结本已营就了深沉哀恸的亡国感伤,而作为易代表征的衣冠变换更使得明季遗民的黍离之痛分外悲切凄楚。"夫流极之运,东观兰台,但记事功,而天地之所以不毁,名教之所以仅存者,多在亡国之人物。血心流注,朝露同晞,史于是而广矣。犹幸野制遥传,苦语难销,此耿耿者,明灭于烂纸昏墨之余,九原可作,地起泥香,庸讵知史亡而后诗作乎"②。"以诗补史"的文化阐释使得"以史证诗"的"诗史"理解于鼎革之际的特定生态中获得更为深刻的存在意义。

　　"登高空忆梅花岭,买醉都无万历钱"的林古度以儿时的一枚万历钱,"廿载殷勤系左臂",故国之思,不言而喻,"笔画分明万历字"的前朝旧物于诗酒集会中使得"座客传看尽黯然,还将一缕为君穿"③,若其《同喻宣仲鹫峰寺听秋莺》:"物候推移伤客魂,啼莺何意恋山村。不因落叶林间满,犹道啼春在寺门。"④山村寺门的春意留驻正是遗民心境所钟,易代之后的为"客"心理更是薙发易俗下的普遍情绪。又若雁宕山樵陈忱,明亡不仕,卖卜为生,借《水浒后传》以寓遗民之志,开篇序诗即云:"千秋万世恨无极,白发孤灯续旧编。"⑤又其《九歌》四首,其一云:"黄尘汩汩白日荒,连年征戍背里创。孤臣昼闭黑云压,搏人当路嗥豺狼。肌肤皴裂足重茧,那能握粟占行藏?丈夫生死安足计,但求一寸干净地。"⑥被查慎行称为"眼空江表衣冠族,摇笔犹堪杀腐儒"的阎尔梅"早岁狂歌晚岁僧,名山赏过几千层。沧桑风景随时幻,兀坐荒林对一灯"⑦,抗清事败,流亡半生,枕戈泣血,"六十年余对一灯,诗书厄与数相承"⑧,孤灯意象中的不死信念寄寓着薪尽火传的

① (明)杜濬:《变雅堂诗集》卷二,光绪二十年变雅堂遗书本,第14页。
② (清)黄宗羲:《黄宗羲全集》第10册,浙江古籍出版社1985年版,第48页。
③ 邓之诚:《清诗纪事初编》(上、下册),上海古籍出版社1965年版,第500页。
④ 徐世昌编:《晚晴簃诗汇》卷十六,中华书局2018年版,第424页。
⑤ (清)陈忱:《水浒后传》,上海古籍出版社1981年版,第1页。
⑥ 陈田辑撰:《明诗纪事》第6册,上海古籍出版社1993年版,第3123页。
⑦ (清)阎尔梅:《白耷山人诗集》卷八,上海古籍出版社2002年版,续修四库全书本。
⑧ 钱仲联主编:《清诗纪事·明遗民卷》第1册,江苏古籍出版社1987年版,第143页。按:此诗为续修四库全书本。《白耷山人诗集》未见。

精神期望,尽管明季遗民的生死取舍中有着忠孝两全、难易比较、守经达权等种种思辨关注①,但士志于道的精神传承却如长夜孤灯,成为朝运鼎革时的元气激荡。徐枋,少詹事汧子,"以名贵公子,才名甚盛",当易代之际,以父命不死,"徒跣以遁,裹足荒山中,以死节未遂,形存而志等于死,生平戚友俱绝,操作勤苦,非力不食"②。曾作怀人诗九首,其一曰:"呜呼鲁仲连,屈强不帝秦。区区蹈东海,大意终能伸。胡然天帝醉,金符被强嬴。眇焉匹夫节,而与天地争。十年遍天涯,四海谁情亲? 一心贵有讬,岂敢轻死生。"③古贤的追慕向往中自有本心的寄托,敢与天地相争的"匹夫节"正在于"载道"的元气灌注。

　　寄情山水原是诗家惯例,易代之际的遗民遁世更是与山水为伴,"文人与山水相为表里"④,衣冠变换的易代背景下,与亡国情绪相为表里的残山剩水更是遗民心境的诗歌承载,布衣吴嘉纪尝云,"乾坤何处可题诗? 画里江山雨洗时。水起峰低人不见,云生树冷鹤先知"⑤。何处题诗的时代追问中正孕育着天崩地解的悲痛感慨,画里江山的故国依恋,树冷鹤知的孤臣心境依旧寄意笔下,清苦境界渲染出的凄冷气氛正是山河易主下的诗韵常调。方以智"肩大布衲,游行即以为卧具,别无鞦袋钵囊,亦复不求伴侣,日类十百里,无畏无疲"⑥,一代公子的僧装苦行本身即是艰苦卓绝的操行砥砺,"无鞦袋钵囊""不求伴侣"的流寓徘徊中更见其于鼎革之际的独立品格。"新垒依依田半荒,怀归正月履满霜。暮行有虎村烟少,野宿无鸡寒夜长。但有蓬蒿如昔日,却将桑梓作他乡。城南败榭多枯骨,愁对悲风说战场"⑦,劫后荒景下的"何处为家"自是无根心态下的习惯追问。《诗·小雅·小弁》:"维桑与梓,必恭敬止。"朱熹《集传》:"桑、梓二木。古者五亩之宅,树之墙下,以遗子孙、给蚕食、具器用者也……桑梓父母所植。"⑧晋袁宏《后汉纪·明帝纪上》言:"中国者,先王之桑梓也"⑨。桑梓他乡的沉痛正与"乾

---

① 参见赵园、何冠彪等先生相关论著。
② (清)叶燮:《已畦集》,转引自陈田辑撰:《明诗纪事》第 6 册,上海古籍出版社 1993 年版,第 3172 页。
③ 陈田辑撰:《明诗纪事》第 6 册,上海古籍出版社 1993 年版,第 3174 页。
④ 《黄宗羲全集》第 10 册,浙江古籍出版社 1985 年版,第 96 页。
⑤ (清)吴嘉纪:《吴嘉纪诗笺校》,上海古籍出版社 1980 年版,第 56 页。
⑥ (明)正志:《青原愚者智大师语录序》,载方以智:《青原愚者智禅师语录》,黄山书社 2019 年版,第 77 页。
⑦ (明)方以智:《方子流寓草》卷五,北京出版社 1998 年版,四库禁毁书丛刊本。
⑧ (宋)朱熹注:《诗集传》卷十二,凤凰出版社 2007 年版,第 162 页。
⑨ (晋)袁宏:《两汉纪·后汉纪》卷九,中华书局 2002 年版,第 165 页。

坤何处可题诗"的心路相同,衣冠沦陷下的山河易主使得无处皈依成为明季遗民的普遍情绪,"天地伤心久托孤,弥缝自肯下红炉。支离藏却人间世,破碎人间有世无"①。残山剩水下的破碎人间中,伤心天地的托孤言行中始终深蕴着"有世无"的终极追问。若钱谦益《越东游草引》所述梁溪黄心甫之游,"以青鞯布袜军持漉囊为供亿,以高人逸老山僧樵客为伴侣,以孤情绝照苦吟小饮为资粮,与山水之性情气韵,自相映发"②,黄氏之游实堪为一代遗民写照,坚苦自励的山水游历成为明季士人的常见行为,与山水气韵相映发的性情之游实不以风景为念,孤行独苦的游历中更有道德人格的塑造完善,心存故国的恢复之志,衣冠变换的前朝哀思,凝结于心,情见于辞,别有深情深意灌注其中。

　　"千古哀怨托骚人,一代兴亡入诗史"③,诗歌成为遗民寄托亡国之思的习惯载体,载道精神的历史延续。遗民世界里有两件事最为重要:一是反思,思考家国沦亡的缘由,黍离之痛的最深处即在于"悠悠苍天,彼何人哉";二是延续,这是更为重要的事,中国文化中历来有"为往圣继绝学"的传统,神州陆沉、宗庙覆亡后,传继道统自然成为遗民们自觉肩负的神圣使命,国可亡,天下不可亡,遗民们的天下意识源自传统士子修齐治平的人生路线,最能获得普遍的认可和赢得广泛的共鸣,这种延续情结通常于不同民族接续统治时表现最强烈,明清易代,衣冠恢复的"得国最正"骤变为移祚外族的"亡国最痛",由之激起一代士人深刻反思的历史感和文化传承的使命感,除却诗歌文字中喷薄而出的感怀孤愤,蕴于诗后的"天地元气"更成为明季遗民的普遍关注。

　　作为传统思想中的基本概念,"气"有着极为广泛的适用领域,并不局限于美学范畴。然而,正是"气"的涵盖统摄特征使其有着一种特殊的本源意义。于先秦时代的哲学思辨中已经具有了万物基始的特质,及至深刻影响传统中国的理学体系中,更被确认为万物的基本存在状态。作为美学范畴的"气"同样是传统文学观念中的基本观念,以不同的表现形式弥漫于历代诗文的创作论析之中。孟子言:"夫志,气之帅也;气,体之充也"④,标举"吾善养吾浩然之气",并称,"其为气也,至大至刚,以直养而无害,则塞于

---

①　(明)方以智:《药地炮庄》卷二《人间世》,上海古籍出版社 2002 年版,续修四库全书本。
②　(清)钱谦益:《牧斋初学集》卷三十二《越东游草引》,载《钱牧斋全集》第二册,上海古籍出版社 2003 年版,第 928 页。
③　(清)陈文述:《颐道堂诗选》卷一,上海古籍出版社 2002 年版,续修四库全书本。
④　(宋)朱熹:《四书章句集注·孟子集注卷三·公孙丑章句上》,中华书局 1983 年版,第 230 页。

天地之间。其为气也,配义与道;无是,馁也"①。充塞天地的雄浑刚健自是
"浩然之气"的典范表征,而"配义与道"则是其所以"至大至刚"的根本所
在。韩愈有言,"气,水也;言,浮物也,水大而物之浮者大小毕浮,气之与言
犹是也,气盛,则言之短长与声之高下者皆宜"②。"气盛"成为道统关注下
的最高文学尺衡;方孝孺称:"道者,气之君;气者,文之师也;道明则气昌,
气昌则辞达,文者,辞达而已矣。"③气成为联结道、文的关纽所在。道学谱
系下的以"气"论文虽然有着偏离现代文学观念的评判尺度,但于古人而
言,却是源自经典的金科玉律。传统观念中的"元"亦有着相当丰富的内
涵,其中,如大、善、始等,实与"浩然之气"有着相似的人文取向,即此而言,
"元气"的概念之中本就包含着刚健有力的本源内涵,《吕氏春秋·应同》
曰:"芒芒昧昧,因天之威,与元同气。"《汉书·律历志上》:"太极元气,函三
为一。"颜师古注引孟康曰:"元气始起于子,未分之时,天地人混合为一。"
《文选·班固〈幽通赋〉》:"浑元运物,流不处分。"李善注:"言元气周行,终
始无已,如水之流,不得独处也。"可见,传统观念中的"元气"实包含着万物
初始,混合三才、周行不息的丰富内涵。唐陈子昂《谏政理书》中称,"元气
者,天地之始,万物之祖"④,而宋明理学视野下的"元气"更是与"道"相配
的宇宙本原,作为万物根始的"元气"遂以包容一切的统摄姿态进入文学领
域,更以其涵盖包容、生生不息、至大至刚的文化内涵成为传统士子文学人
生的核心精神所在。

　　颇具思辨精神的汉儒王充于《论衡》中称:"万物之生,皆禀元气","人
禀元气于天","天禀元气,人受元精",更言"元气,天地之精微也","天不
变易,气不改更。上世之民,下世之民也,俱禀元气……一天一地,并生万
物。万物之生,俱得一气。气之薄渥,万世若一。帝王治世,百代同道。人
民嫁娶,同时共礼"⑤。所谓"天不变易,气不改更","帝王治世,百代同
道","天"与"道"的亘古不变使得"元气"成为超越历史的永恒存在。对明
季遗民而言,特定文化背景下的明清易代有着"天崩地解""海徙山移"的巨
变意义,而亡国剧痛的历史反思与延续道统的文化传承则于九原易祚的时
代氛围中生发出共同的追寻指向,鼎革巨变下的不变寻求当然要求超越现
实的历史永恒,而万物所禀的天地"元气"自然成为明季遗民于家国沦亡中

① (宋)朱熹:《四书章句集注·孟子集注卷三·公孙丑章句上》,中华书局1983年版,第231页。
② 《韩愈文集汇校笺注》卷六,中华书局2010年版,第701页。
③ (明)方孝孺:《逊志斋集》卷十一,商务印书馆1926年版,四部丛刊本。
④ 《陈子昂集》卷九,中华书局1960年版,第208页。
⑤ 黄晖:《论衡校释·齐世篇》卷五十六,中华书局1990年版,第804页。

的精神寄托,衣冠变换下的普遍关注。

黄宗羲曾言,"夫文章,天地之元气也。元气之在平时,昆仑旁薄,和声顺气,发自廊庙,而豳浃于幽遐,无所见奇。逮夫厄运危时,天地闭塞,元气鼓荡而出,拥勇郁遏,坌愤激讦,而后至文生焉"。①"厄运危时"的特定文化背景使得"天地闭塞",充塞天地的"元气"因之"鼓荡而出",遂成一代至文。又称:"自古有一种文章,不可磨灭,真是天若有情天亦老者。而世不乏堂堂之阵,正正之旗,皆以大文目之,顾其中无可移人之情者,所谓剟然无物者也。"②文章所以不可磨灭而"移人之情者"正即"至文"之中的"元气鼓荡"。尝言"诗也者,联属天地万物,而畅吾精神意志者也"③,"诗之为道,从性情出,性情之中,海涵地负,古人不能尽其变化,学者无从窥其隅辙"④。着意标举的"性情"实然有着特殊的关怀,"夫吴歈越唱,怨女逐臣,触景感物,言乎其所不得不言,此一时之性情,孔子删之,以合兴观群怨,思无邪之旨,此万古之性情也"⑤,符合圣人裁制,可以万古的性情正即"配义与道"的元气呈现,"其精神所注,如决水于江河淮海,冲砥柱,绝石梁"⑥。较之传统诗学范畴的"诗发乎情""不平则鸣",黄宗羲于遗民视角下的元气阐述虽有着学理层面上的逻辑继承,但交织了亡国反思、道统延续等时代情绪的"天地元气"显然有着亘古永恒的终极意义。若其于《南雷文约·谢时符先生墓志铭》中所言,"遗民者,天地之元气也",与"厄运危时"相伴而生的遗民自然有着天地元气的特别钟情,即遗民人生而言,无论是持志守道的完行高节,抑或是万古性情的诗文寄寓,天地元气的周行鼓荡始终贯穿渗透其间。"当其元气所鼓动,性情所发,亦间有其不能自主之时……而益见其大……兴会所至,感慨悲愤愉乐之激发,得意疾书,浩然自快其志,此一时也,虽劝以爵禄不肯移,惧以斧钺不肯止"⑦,魏禧的这段议论充分肯定了元

① (清)黄宗羲:《谢皋羽年谱游录注序》,载《南雷集·吾悔集》卷一,商务印书馆1926年版,四部丛刊本。
② (清)黄宗羲:《论文管见》,载《黄宗羲全集》第10册,浙江古籍出版社1985年版,第33页。
③ (清)黄宗羲:《陆鉁俟诗序》,载《黄宗羲全集》第10册,浙江古籍出版社1985年版,第91页。
④ (清)黄宗羲:《寒村诗稿序》,载《黄宗羲全集》第10册,浙江古籍出版社1985年版,第56页。
⑤ (清)黄宗羲:《马雪航诗序》,载《黄宗羲全集》第10册,浙江古籍出版社1985年版,第96页。
⑥ (清)黄宗羲:《靳熊封诗序》,载《黄宗羲全集》第10册,浙江古籍出版社1985年版,第96页。
⑦ (清)魏禧:《答计甫草书》,《魏叔子文集外篇》卷五,续修四库全书本,第431—432页。

气对于天下至文的感发鼓动之力,而爵禄不移、斧钺不止的创作心态正是一代遗民的真实写照。

此外,若归庄论诗,以"气、格、声、华四者缺一不可。譬之于人,气犹人之气,人所赖以生者,一肢不贯,则成死肌,全体不贯,形神离矣"①,"气"于诗之四要素中显然有着格外凸现的重要地位。王夫之亦称:"诗虽一技,然必须大有原本"②,其本则在主体精神,"天地之生,莫贵于人矣;人之生也,莫贵于神矣。神者何也?天之所致美者也。百物之精,文章之色,休嘉之气,两间之美也。函美以生,天地之美藏焉,天致美于百物而为精,致美于人而为神,一而已矣"③。天所致美的"精""神"实与万物所禀的元气相通,所谓"视而不可见之色,听而不可闻之声,搏而不可得之象,霏微蜿蜒,漠而灵,虚而实,天之命也,人之神也,命以心通,神以心栖,故诗者象其心而已矣"④。诗者象心的美学命题中显然有着超越文本的深刻关怀。"古之知性者,其惟自见其衷乎!仁、义、礼、智以为实也;大中、至正,以为则也。暗然而日章,以内美也;和顺积中而英华发外,以充美也"⑤,仁义为实,正大为则、和顺充塞的美学精神实与天地元气殊途同归,有着大体相似的文化内涵。船山论诗,亦极重性情,其称,"古之为诗者,原立于博通四达之途,以一性一情周人情物理之变,而得其妙"⑥。可堪"周人情物理之变"的性情自非系于一人一时,正即黄宗羲所言的"万古之性情"。可见,虽未有明确的概念表述,但究其学理思路,王夫之的诗学关注实与黄宗羲的天地元气有着相似的人文旨归。"洞庭之南,天地元气,圣贤学脉,仅此一线"⑦,是言颇是,天地元气下的学脉延续正是这位遗民巨子的安身立命所在。遗民傅山亦言:"文者,情之动也;情者,文之机也。文乃性情之华,情动中而发于外,是故情深而文精,气盛而化神,才挚而气盈,气取盛而才见奇"⑧。对于"气盛"的关注自是传统思路的延续,而"文章生于气节"的特别强调更见其遗民本色。所谓"情性配以气,盛衰惟其时"⑨。傅山身当鼎革易代之际,"偏

① (清)归庄:《归庄集》卷三《玉山诗集序》,中华书局1984年版,第206页。
② (清)王夫之:《明诗评选》卷一,载《船山全书》第十四册,岳麓书社1993年版,第1170页。
③ (清)王夫之:《诗广传》,载《船山全书》第三册,岳麓书社1993年版,第513页。
④ (清)王夫之:《诗广传》卷五,载《船山全书》第三册,岳麓书社1993年版,第485页。
⑤ (清)王夫之:《尚书引义》,载《船山全书》第二册,岳麓书社1993年版,第295页。
⑥ (清)王夫之:《四书训义》卷二十一,载《船山全书》第七册,岳麓书社1993年版,第915页。
⑦ (清)刘献廷:《广阳杂记》卷二,中华书局1957年版,第56页。
⑧ (清)傅山:《霜红龛集》,山西人民出版社1985年版,第673页。
⑨ (清)傅山:《霜红龛集》,山西人民出版社1985年版,第84页。

才遇乱世,喷口成波涛"①。"荡荡乾坤病,戈戈肺腑收"②。"孤情死未休"③的不朽情怀正为遗民心境写照。其称,"著述须一副坚贞雄迈心力,始克纵横"④。又言"生既须笃挚,死亦要精神。性钟带至明,阴阳随屈伸"⑤。雄迈心力、笃挚精神的纵横贯穿养就了傅山"偡傥豪雄"的"河岳"之气。邓之诚称其"诗文外若真率,实则劲气内敛,蕴蓄无穷,世人莫能测之。至于心伤故国,虽开怀笑语,而沉痛即隐寓其中,读之令人凄怆"⑥。故国哀思下的元气暗蕴正是遗民诗情的普遍存在形态,历史反思与道统延续所构建的遗民心境中始终有着超越时空的亘古追求。

　　"元气"关注的另一诗学表现则是对于"模拟"的批判反思:黄宗羲言"俗人率抄贩模拟,丁天地万物不相关涉,岂可为诗"⑦,论友人诗,则曰,"有杜诗,不知子之为诗者安在?"⑧直指模拟以至"无我"之弊。顾炎武称:"近代文章之病,全在摹仿,即使逼肖古人,已非极诣,况遗其神理,而得其皮毛者乎?"⑨又言,"君诗之病,在于有杜;君文之病,在于有韩、欧。有此蹊径于胸中,便终身不脱依傍二字,断不能登峰造极"⑩,强调诗体代降,"诗文之所以代变,有不得不变者,一代之文,沿袭已久,不容人人皆道此语,今且千数百年矣,而犹取古人之陈言一一而摹仿之,以是为诗,可乎? 故不似则失其所以为诗,似则失其所以为我"⑪。似与不似间的我、诗两失,成为以诗文模拟的痼疾所在。王夫之亦言,"所以门庭一立,举世称为'才子'、为'名家'者有故。如欲作李、何、王、李门下厮养,但买得《韵府群玉》、《诗学大成》、《万姓统宗》、《广舆记》四书置案头,遇题查凑,即无不足。若欲吮竟陵之唾液,则更不须尔,但就措大家所诵时文'之'、'于'、'其'、'以'、'静'、'澹'、'归'、'怀'熟活字句凑泊将去,即已居然词客"⑫,剽窃拼凑的模拟流

①　(清)傅山:《霜红龛集》,山西人民出版社1985年版,第84页。
②　(清)傅山:《霜红龛集》,山西人民出版社1985年版,第168页。
③　(清)傅山:《霜红龛集》,山西人民出版社1985年版,第168页。
④　(清)傅山:《霜红龛集》,山西人民出版社1985年版,第670—671页。
⑤　(清)傅山:《霜红龛集》,山西人民出版社1985年版,第132页。
⑥　邓之诚:《清诗纪事初编》,中华书局1965年版,第164页。
⑦　(清)黄宗羲:《陆鲦侯诗序》,载《黄宗羲全集》第10册,浙江古籍出版社1985年版,第91页。
⑧　(清)黄宗羲:《南雷诗历》,载《黄宗羲全集》第11册,浙江古籍出版社1985年版,第205页。
⑨　(清)顾炎武著,黄汝成集释:《日知录集释》卷十九,上海古籍出版社1985年版,第1463页。
⑩　《顾亭林诗文集·亭林文集》卷四,中华书局1983年版,第95页。
⑪　(清)顾炎武著,黄汝成集释:《日知录集释》卷二十一,上海古籍出版社1985年版,第1591页。
⑫　(清)王夫之:《姜斋诗话·夕堂永日绪论·三一》,载《船山全书》第15册,岳麓书社1996年版,第833页。

弊自然导致了千篇一律的躯壳腔调。不难看出,遗民们对于明诗模拟之病的指斥批评大抵有着相似的持论立场,即限于模拟的明诗有着"无我"的通病,而所谓的"无我"批判正来自"元气"的关注。厄运危时的"元气"凸现使得遗民于明亡之后的诗史追溯中首觅"元气",流于表象的字句模仿虽然貌似唐诗,却无精神气脉贯穿其中,自然招致众口一词的强烈批判。

即便标举复古的云间陈子龙对于晚明诗坛的摹拟流弊亦深表厌恶,"至万历之季,士大夫偷安逸乐,百事堕坏,而文人墨客所为诗歌,非祖述长庆,以绳枢瓮牖之谈为清真;则学步香奁,以残膏剩粉之资为芳泽。是举天下之人,非迂朴若老儒,则柔媚若妇人也,是以士气日靡,士志日陋,而文武之业不显"①,纠缠着士风抨击的诗歌批评同样有着文字之外的"元气"关注。其言"诗由人心生也。发于哀乐,而止于礼义,故王者以观风俗,知得失。自考正也。世之盛也,君子忠爱以事上,敦厚以取友,是以温柔之音作,而长育之气,油然于中,文章足以动耳,音节足以疏神,王者乘之,以致其治;其衰也,非辟之心生,而亢厉微末之声著,粗者可逆,细者可没,而兵戎之象见矣,王者识之,以挽其乱。故盛衰之际。作者不可不慎也。或谓诗衰于齐梁,而唐振之;衰于宋元,而明振之。夫齐梁之衰,雾縠也。唐黼黻之,犹同类也。宋元之衰,砂砾也,明英瑶之,则异物也,功斯迈矣"②。诗教传统的旧话重提,尊唐抑宋的诗学理想正是陈子龙"悼元音之寂寥,仰先民之忠厚"下的诗史追溯,而盛世文章中的"长育之气"则成为其续接七子的复古追寻。"文当规摹两汉,诗必宗趣开元,吾辈所怀,以兹为正"③,崇汉宗唐的口号接力正是有明一代汉唐情结的诗学延续,蕴其后的正是接踵风雅的儒学信念,其《皇明诗选》的编撰缘起即在"唐自贞元以还。无救弊超览之士,故不复振而为风会忧。二三子生于万历之季,而慨然志在删述,追游夏之业,约于正经,以维心术"。又称,"夫居荐绅之位,而为乡鄙之音;立昌明之朝,而作衰飒之语。此《洪范》所为言之不从,而可为世运大忧者也。弟慨然欲廓而清之"④,不满晚季士风的清廓之志中正有着世运文风的现实关注,"继大雅,修微言,绍明古绪"的复古思路显然不在字句文字的模拟,"文章之道,既以其才,又以其遇,不其然哉? 我尝与李子言之矣:诗者,非仅以适己,将以施诸远也。诗三百篇,虽愁喜之言不一,而大约必极于治乱盛衰

① 《陈子龙文集·安雅堂稿》卷十四,华东师范大学出版社1988年版,第424页。
② 《陈子龙文集·陈忠裕公全集》卷七,华东师范大学出版社1988年版,第358—359页。
③ 《陈子龙文集·陈忠裕公全集》卷十二,华东师范大学出版社1988年版,第667页。
④ 《陈子龙文集·安雅堂稿》卷十四,华东师范大学出版社1988年版,第424页。

之际,远则怨,怨则爱;近则颂,颂则规"①。以三百篇为典范的风雅继承虽是儒学道统下的习惯思路,但明清易代的兴亡际遇却玉成了这位"寥寥湖海外"的"天地一遗民"。朱庭珍《筱园诗话》称,明代"末年诗人,惟陈卧子雄丽有骨,国变后诗尤哀状,足殿一代矣"②。陈田《明诗纪事》亦言,陈子龙"早岁少过浮艳,中年骨干老成,殿残明一代诗,当首屈一指"③。显然,"骨"是陈子龙获誉的主要原因,而此处"骨"之内涵当然包括了诗文之外的人格精神。"行吟坐啸独悲秋,海雾江云引暮愁。不信有天常似醉,最怜无地可埋忧","满目山川极望哀,周原禾黍重徘徊","翩翩入洛群公在,剩有孤臣泪未干"的心境诗情,"悲愤峭激,深切著明,无所隐忌,读之使人慷慨奋迅而不能止"④,所谓元气钟于遗民,盖即此谓乎? 以身殉国的陈子龙铸就了诗与国同亡的历史意义,义不受辱的生死抉择使得古雅风格分外凸现,给复古的明诗一个高亢的收尾,陈子龙"诗特高华雄浑,睥睨一世"⑤,其以沉博绝丽之才,廓清榛芜,力追先正;振七子之坠绪,返俚浅于茂典,"以此结明三百年之诗局,而与开一代风气之高启,后先辉映;亦足以觇复古为明文学之主潮,诗亦不在例外;所谓君以此始,亦以此终也"⑥。即此而言,陈子龙自是当之无愧的明诗殿军。

虞山钱谦益则是另一层意义上的明诗殿军。邹式金称:"牧斋先生产于明末,乃集大成。其为诗也,撷江左之秀而不袭其言,并草堂之雄而不师其貌,间出入于中、晚、宋、元之间,而浑融流丽,别具垆锤,北地为之降心,湘江为之失色矣!"⑦乔亿《剑溪说诗》称:"明诗屡变,咸宗六代、三唐……自钱受之力诋弘、正诸公……此风气之一大变也"⑧。《晚晴簃诗汇》卷十九称,"牧斋才大学博,主持东南坛坫,为明清两大诗派一大关键",东林党魁、文坛宗主、两朝领袖的光芒实不能掩盖钱氏的名节大亏,虽然《投笔》一集实为明清之诗史,较杜陵尤胜一筹,乃三百年来之绝大著作也"⑨,但真正使钱氏担当明诗殿军之职的乃是其《列朝诗集》,《诗》亡而后《春秋》作,"人

---

① 《陈子龙文集·陈忠裕公全集》卷八,华东师范大学出版社 1988 年版,第 445—446 页。
② (清)朱庭珍:《筱园诗话》卷二,《清诗话续编》(四),上海古籍出版社 1983 年版,第 2363 页。
③ 陈田辑撰:《明诗纪事》第 5 册·辛签,上海古籍出版社 1993 年版,第 2810 页。
④ 《陈子龙文集·安雅堂稿》卷三,华东师范大学出版社 1988 年版,第 82 页。
⑤ (清)吴伟业:《吴梅村全集》卷五十八《梅村诗话》,上海古籍出版社 1990 年版,第 1135 页。
⑥ 钱基博:《中国文学史·第六编·第二章》,中华书局 1993 年版,第 925 页。
⑦ (清)邹式金:《牧斋有学集序》,载钱仲联主编:《清诗纪事·顺治朝卷·钱谦益》,凤凰出版社 2004 年版,第 315 页。
⑧ (清)乔亿:《剑溪说诗》卷下,载《清诗话续编》(二),上海古籍出版社 1983 年版,第 1104 页。
⑨ 陈寅恪:《柳如是别传·复明运动》,上海古籍出版社 1980 年版,第 1169 页。

知夫子之删《诗》,不知其为定史;人知夫子之作《春秋》,不知其为续《诗》"①,钱谦益的《列朝诗集》正是定史续诗之作,以诗见史,以诗存史,"录诸公之诗,间有借诗以存其人者,故不深论其工拙也"。"使后之观者,有百年世事之悲,不独论诗而已也"。"不知汉简为谁青",难脱青史褒贬的钱谦益以诗史的独特模式完成了明诗在文化意义上的终结,"苦恨孤臣一死迟",深刻忏悔下的全面反思在心灵层面总结了明代诗学,诚如吴梅村言:"牧斋之于诗,可以百世。"②

　　"江南才子杜秋诗,垂老心情故国思",钱谦益结穴有明一代的诗史断制大抵于亡国反思与道统延续的遗民情绪中展开。"破字当头",一代模拟风气的拨乱反正成为牧斋诗学的基本态度,"余之评诗,与当世抵牾者,莫甚于二李及弇州"③。前后七子,以复古为任,操柄海内,典范一代,天下后学靡然相从,"自弘治至于万历,百有余岁,空同雾于前,元美雾于后。学者冥行倒植,不见日月,甚矣两家之雾之深且久也"④。痛感于后学"惟其闻见习熟,抑没于两家之雾中而不能自出""下劣诗魔入其肺腑"的诗学流弊,钱谦益昌言击排,点出手眼,欲无令后生堕彼云雾,以"踔厉风发""驰骤古人"。《列朝诗集》中历数七子模拟之弊,斥其"模拟剽贼与声句之间,如婴儿之学语,如桐子之洛诵""僻学为师,封己自是,限隔人代,揣摩声调。论古则判唐、选为鸿沟,言今则别中盛为河汉,谬种流传、俗学沈锢"。《曾房仲诗叙》更称:"本朝之学杜者,以李献吉为巨子,献吉以学杜自命,聱謷海内,比及百年,而訾謷献吉者始出,然诗道之敝滋甚,此皆所谓不善学也。夫献吉之学杜,所以自误误人者,以其生吞活剥,本不知杜,而曰必如是乃为杜也。今之訾謷献吉者,又岂知杜之为杜,与献吉之所以误学者哉?古人之诗,了不察其精神脉理,第抉摘一字一句,曰此为新奇,此为幽异,而已于古人之高文大篇所谓铺陈终始,排比声韵者,一切抹杀,曰此陈言腐词而已。斯人也,其梦想入于鼠穴,其声音发于蚓窍,殚竭其聪明不足以窥郊岛之一知半解,而况于杜乎?献吉辈之言诗,木偶之衣冠也,土茴之文绣也。烂然满目,终为象物而已。若今之所谓新奇幽异者,则木客之清吟也,幽独之隐

---

① (清)钱谦益:《牧斋有学集》卷十八《胡致果诗序》,载《钱牧斋全集》第五册,上海古籍出版社 2003 年版,第 800 页。
② (清)吴伟业:《吴梅村全集》卷二十八《龚芝麓诗序》,上海古籍出版社 1990 年版,第 666 页。
③ (清)钱谦益:《牧斋有学集》卷四十七,载《钱牧斋全集》第六册,上海古籍出版社 2003 年版,第 1562 页。
④ (清)钱谦益:《牧斋初学集》卷三十二,载《钱牧斋全集》第二册,上海古籍出版社 2003 年版,第 925 页。

壁也,纵其凄清感怆,岂光天化日之下所宜有乎？呜呼学诗之敝,可谓至于斯极者矣。"①木偶衣冠,土苴文绣的"象物"批判正中"献吉辈"僵化拟古之流弊窾郤。

所谓"立在其中",七子之弊在于"枵然无所有""毫不能吐其心之所有",而"唐之李杜,光焰万丈,人皆知之,放而为昌黎,达而为乐天,丽而为义山,谲而为长吉,穷而为昭谏,诡诙恑兀而为卢仝、刘叉,莫不有物焉。魁垒耿介,槎枒于肺腑,击撞于胸臆,故其言之也不惭而其流愽也,至于历刦而不朽"。拟唐明诗的"无所有"与真唐诗的"有物"区别正为牧斋诗学所立之本。"今之为诗,本之则无,徒以词章声病,比量于尺幅之间,如春花之烂发,如秋水之时至,风怒霜杀,索肤不见其所有,而举世咸以此相夸相命,岂不末哉。"②钱谦益所着意追寻的诗歌之本正是词章声句之外灌注着天地元气的精神气格。"夫文章者,天地之元气也。忠臣志士之文章,与日月争光。与天地俱磨灭。然其出也,往往在阳九百六,沦亡颠覆之时,宇宙偏沴之运,与人心愤盈之气,相与轧磨薄射,而忠臣志士之文章出焉。"③曾霁云论文曰,"当今不得不推高阳为第一,其文熊熊浑浑,元气磅礴,非章句瑅缋之徒可几及也"④。钱谦益以为知言,并称"吾师之文,其大者为高文典册,筹边断国,固已着竹帛而垂夷夏。其小者则残膏剩馥,犹足以衣被海内,沾丐作者,此天地之元气,浑沦磅礴,非有使之然者也"⑤,所谓"声音之道与元气变化",天地元气的"浑沦磅礴"成为牧斋言诗的核心关注。其《孙幼度诗序》言:"今夫吾师者,国家之元气也,浑沦盘礴,地负海涵,其余气演迤不尽,而后有幼度兄弟,而后有幼度兄弟之诗,征国家之元气于吾师,征吾师之元气于幼度之诗,传有之,深山大泽,实生龙蛇。"⑥若《徐司寇画溪诗集序》又称:"先生之为人,诗所谓如金如璧者也。其发而为诗,则精金之有声也,良玉之有孚尹也,人知先生之诗,可以润色休明,挽回运数,不知先生固天地

---

① （清）钱谦益:《牧斋初学集》卷三十二,载《钱牧斋全集》第二册,上海古籍出版社2003年版,第928页。
② （清）钱谦益:《牧斋有学集》卷十七,载《钱牧斋全集》第五册,上海古籍出版社2003年版,第767页。
③ （清）钱谦益:《牧斋初学集》卷四十,载《钱牧斋全集》第二册,上海古籍出版社2003年版,第1085页。
④ （清）钱谦益:《牧斋初学集》卷三十一,载《钱牧斋全集》第二册,上海古籍出版社2003年版,第916页。
⑤ （清）钱谦益:《牧斋初学集》卷三十一,载《钱牧斋全集》第二册,上海古籍出版社2003年版,第916页。
⑥ （清）钱谦益:《牧斋初学集》卷三十一,载《钱牧斋全集》第二册,上海古籍出版社2003年版,第915页。

之元气也"①。李邦华当城陷国亡时,走宿文信国祠,"三揖信国曰:'邦华死国难,请从先生于九京矣。'为诗曰:'堂堂丈夫兮圣贤为徒,忠孝大节兮誓死靡渝,临危授命兮吾无愧吾。'遂投缳而绝"。② 钱谦益为其《文水全集》作序,将李邦华与文天祥并列为"后先五百年,惊耀青史"忠节之士,称"二公之文,元气旁薄,不可以辞章区别也"③。其曾言,"忠臣直士,名节道义,天地间之元气也",《初学》《有学》二集中的"元气"出现多达 87 次,忠义名节下的遗民心境可见一斑。"诗言志,志足而情生焉,情萌而气动焉,如土膏之发,如候虫之鸣,欢欣噍杀,纡缓促数,穷于时,迫于境,旁薄曲折,而不知其使然者,古今之真诗也"④。诗以言志,志足,情生,气动,玉成于穷时迫境,"不知其使然"的"真诗"追求中自有辞章之外的元气关注。其称,"古之为诗者,必有深情畜积于内,奇遇薄射于外,轮囷结轖,朦胧萌折,如所谓惊澜奔湍,郁闭而不得流,长鲸苍虬,偃蹇而不得伸,浑金璞玉,泥沙掩匿而不得用,明星皓月,云阴蔽蒙而不得出,于是乎不能不发之为诗,而其诗亦不得不工"⑤。又言,"古之为诗者,必有独至之性,旁出之情,偏诣之学,轮囷逼塞,偃蹇排奡,人不能解而已不自喻者,然后其人始能为诗,而为之必工"⑥,"不得不工""为之必工"的逻辑前提是"不能不发"的性情逼塞。"古人之诗文,必有为而作,或托古以讽谕,或指事而申写,精神志气,抑塞磊落,皆森然发作于行墨之闲,故其诗文必传,传而可久"⑦。诗文可以传久导自"精神志气",于抑塞之后的"森然发作"。溯其思路,虽是"穷而后工""发愤著书"的一脉相承,然"夫诗者,言其志之所之也,志之所之,盈于情,奋于气,而击发于境风识浪奔昏交凑之时世"⑧。着意标举的志

---

① (清)钱谦益:《牧斋初学集》卷三十,载《钱牧斋全集》第二册,上海古籍出版社 2003 年版,第 904 页。

② (清)张廷玉等:《明史》卷二百六十五,中华书局 1997 年版,第 1759 页。

③ (清)钱谦益:《牧斋有学集》卷十六,载《钱牧斋全集》第五册,上海古籍出版社 2003 年版,第 731 页。

④ (清)钱谦益:《牧斋有学集》卷四十七,载《钱牧斋全集》第六册,上海古籍出版社 2003 年版,第 1550—1551 页。

⑤ (清)钱谦益:《牧斋初学集》卷三十二,载《钱牧斋全集》第二册,上海古籍出版社 2003 年版,第 923 页。

⑥ (清)钱谦益:《牧斋初学集》卷三十二,载《钱牧斋全集》第二册,上海古籍出版社 2003 年版,第 939 页。

⑦ (清)钱谦益:《牧斋初学集》卷八十六,载《钱牧斋全集》第三册,上海古籍出版社 2003 年版,第 1813 页。

⑧ (清)钱谦益:《牧斋有学集》卷十五,载《钱牧斋全集》第五册,上海古籍出版社 2003 年版,第 713 页。

气、世运正是遗民诗情的典范标识。如其斥竟陵为"诗妖"的格调批判亦是相似思路下的精神关注。"夫文章者,天地变化之所为也。天地变化,与人心之精华,交相击发,而文章之变,不可胜穷"①。身当易代鼎革之巨变的钱谦益,每念"南渡衣冠非故国,西湖烟水是清流"②,"千古之兴亡升降,感叹悲愤,皆于诗发之"。其言,"唐之诗,入宋而衰,宋之亡也,其诗称盛"③,称其"如穷冬冱寒,风高气栗,悲噫怒号,万籁杂作,古今之诗莫变于此时,亦莫盛于此时"④,极变而盛的诗学定位中正是兴亡感慨下的切身反思,"夫诗本以正纲常,扶诗运,岂区区雕绘声律、剽剥字句云而?"⑤模拟诗风批判下的纲常关注所体现的则是天崩地解下的道统延续。

　　"诗道大矣,非端人正士不能为,非有关忠孝节义纲常名教之大者,亦不必为。"⑥身仕二姓的一生污点虽"由其素性怯弱,颇于时势所使然"⑦,却已使"端人正士"的形象再造成为其晚岁汲汲的"奢望"⑧,然"其悲中夏之沉沦与犬羊之俶扰,未尝不有余哀也……世多谓谦益所赋,特以文墨自刻饰,非其本怀。以人情思宗国言,降臣陈名夏至大学士,犹拊顶言不当去发,以此知谦益不尽诡伪矣"⑨。"每于典籍论终古,只道乾坤似昔时。已破关河惆怅在,未召魂魄却回迟",究其诗情,这位被官修正史列为贰臣的一代文宗终究有着不折不扣的遗民心境,糅合着学问性情、灵心时运的元气关注正是包含着历史反思与道统延续的一代诗学总结,被视为遗民典范的顾炎

---

①　(清)钱谦益:《牧斋有学集》卷三十九,载《钱牧斋全集》第二册,上海古籍出版社2003年版,第1343页。

②　(清)钱谦益:《牧斋有学集》卷三,载《钱牧斋全集》第四册,上海古籍出版社2003年版,第731页。按:清人陈文述《颐道堂文钞》卷十《书无名氏诗后》称:"尝于废纸中,见钞本无名氏诗一册"中有此诗(清嘉庆十二年刻道光增修本,第356页)。钱诗之流传与禁忌,可见一斑。

③　(清)钱谦益:《牧斋有学集》卷十八《胡致果诗序》,载《钱牧斋全集》第五册,上海古籍出版社2003年版,第800页。

④　(清)钱谦益:《牧斋有学集》卷十五,《钱牧斋全集》第五册,上海古籍出版社2003年版,第800—801页。

⑤　(清)钱谦益:《牧斋有学集》卷十九,《钱牧斋全集》第五册,上海古籍出版社2003年版,第831页。

⑥　(清)钱谦益:《牧斋有学集》卷十九,《钱牧斋全集》第五册,上海古籍出版社2003年版,第831页。

⑦　陈寅恪:《柳如是别传》(上、中、下册),上海古籍出版社1980年版,第1024页。

⑧　胡明:《钱谦益入清后诗歌试论》,载《古典文学纵论》,辽海出版社2003年版,第343页。

⑨　章炳麟著,徐复注:《訄书详注·别录》,上海古籍出版社2000年版,第902—903页。

武曾许钱牧斋以文章宗主,至称"牧斋死而江南无人胜此"①,可知,"四海宗盟五十年"的天下推崇实然有着辞章之外的许可认同。

因衣冠恢复而彰显的汉唐情结中本就蕴含着盛世气象的深刻关注,朱明王朝逾迈汉唐的国家理想虽然受制于现实国力,然浩浩荡荡的文化复古之后实亦蕴含着古典精神的追寻,封建王朝难以摆脱的兴亡宿命交织着衣冠变换的民族情绪,激荡而生的"元气"追寻中凝聚着亡国反思的历史沧桑感和道统传承的文化使命感。传统诗学观念中的习见命题,诸如诗以言志、文以载道、诗如其人、文随运移、穷而后工等等,均因置于有明一代的群体心态中而呈现出异样的时代色彩。从明初的恢复心理,再到移祚后的遗民心态,以及作为插曲的革除遗忠,基本文化心态下的集体意识与时代精神始终贯穿其中,虽然每每体现为超越诗歌文本的深层关注,却于明诗文学生态有着极为深远的文化影响与精神渗透。

---

① （清）傅山:《霜红龛集》卷九,山西人民出版社1985年版,第236页。

第二章 朝廷文化中的诗歌态度(上)

中国政治文化生态中最稳定的社会构成大抵要算礼乐熏染下的宗法伦理制度了,"圣人南面而治天下,必自人道始矣。立权度量,考文章,改正朔,易服色,殊徽号,异器械,别衣服,此其所得与民变革者也。其不可得变革者则有矣,亲亲也,尊尊也,长长也,男女有别,此其不可得与民变革者也"①,"尊尊亲亲"的伦理规则渗透于家国同构的治理模式,凝结为最为普遍的社会心理,"天生万物,惟人最灵。所以尊尊亲亲,别生分类"②,类别的区划构建了等级秩序,"生有先后,所以为天序;小大、高下相并而相形焉,是谓天秩。天之生物也有序,物之既形也有秩"③,自然秩序的"高下相并"于人类社会的最初体现则是"少者使长,长者畏壮,有力者贤,暴傲者尊,日夜相残,无时休息,以尽其类"的"麋鹿禽兽"状态,"圣人深见此患也,故为天下长虑,莫如置天子也;为一国长虑,莫如置君也"④于是便有了"圣人列贵贱,制爵位,立名号,以别君臣上下之义"⑤的礼法构架。帝王天子成为宗法伦理体制中的最高层级,以其为核心的权力阶层则成为整个社会系统的核心所在。

封建君王的权力于传统政治哲学的历史追溯和理论辩护中获得合法的存在与认可,同时又通过尊卑上下的伦理意识在礼法观照中的等级社会中塑造出无上权威的神圣形象,由之形成对国家民众的有效控制。"《洪范》曰:'天子作民父母,以为天下王'。圣人取类以正名。而谓君为父母,明仁爱德让,王道之本也。爱待敬而不败,德须威而久立,故制礼以崇敬,作刑以明威也。圣人既躬明恚之性,必通天地之心,制礼作教,立法设刑,动缘民情,而则天象地。故曰先王立礼'则天之明,因地之性'也"⑥。为民父母的君王在成为天下尊主的同时,更成为圣人所裁制的礼乐刑政的最高执行者。

① 《礼记正义》卷三十四,载(清)阮元校刻:《十三经注疏》(上、下册),中华书局1980年版,第1506页。
② (后晋)刘昫等:《旧唐书》卷二十七,中华书局1975年版,第1032页。
③ 《张载集》,中华书局1978年版,第19页。
④ 许维遹:《吕氏春秋集释》卷二十《恃君览第八》,中华书局2009年版,第546页。
⑤ 严万里校:《商君书》,中华书局1954年版,诸子集成本。
⑥ (汉)班固:《汉书》卷二十三,中华书局1962年版,第1079页。

家长—君主模式的权力控制有着制度层面与观念形态的双重高压。"皇权政体是一套制度,同时它本身还包含有一套控制思想的制度,这使得思想所承受的专制压力空前增大。任何细微思想的正常表达都受制于官方的监控、皇权的威压以及意识形态的总体规划"①。需要指出的是,最为严格的思想控制并非来自外部的统治势力,而是来自源于内在的意识认同——"尊尊亲亲"的伦理规则与法天而设的圣制礼法作为整个社会的普遍观念,而帝王权力的赋予与认可都在此共同意识中产生。"溥天之下,莫非王土;率土之滨,莫非王臣"②,君权合法的前提既已造就,"勉勉我王,纲纪四方"③,"方行天下,至于海表,罔有不服"④自然也就顺理成章地成为一般现象了。

制度与观念的双重认同使得封建君王成为传统社会的绝对核心,拥有着生杀予夺的无上权力,"帝王者,居天下之尊号也,所以差优号令臣下"⑤,在封建体制下,以君王为核心的朝廷文化以及由此所形成的官方意识形态对社会风尚有着莫大的引导作用,"上好礼,则民莫敢不敬;上好义,则民莫敢不服;上好信,则民莫敢不用情"⑥,上行下效,君王的好尚是封建时代最有力的指挥棒,"君好之,则臣为之;上行之,则民从之。《诗》云:诱民孔易,此之谓也"⑦。作为中国历史上倒数第二个封建王朝,前代列朝的兴亡嬗变、帝王轮庄式的走马更换自是不能回避的历史表征,但因制度与观念而确立的君王权威却未因帝姓更易的事件表象而动摇,依然牢固地扎根于社会心理与基本态度中。"每天清晨一炷香,谢天谢地谢君王。太平气象家家乐,都是皇恩不可量"⑧,帝王的泛化崇拜仍是普遍的民情风尚,天子"一喜天下春,一怒天下秋",以君王为核心的朝廷倾向自然也一如既往地保持着其不可阻挡的导向力量。

① 雷戈:《秦汉之际的政治思想与皇权主张》,上海古籍出版社 2006 年版,第 30 页。

② 《毛诗正义》卷十三,载(清)阮元校刻:《十三经注疏》(上、下册),中华书局 1980 年版,第463 页。

③ 《毛诗正义》卷十六,载(清)阮元校刻:《十三经注疏》(上、下册),中华书局 1980 年版,第515 页。

④ 《尚书正义》卷十七,载(清)阮元校刻:《十三经注疏》(上、下册),中华书局 1980 年版,第232 页。

⑤ (清)陈立:《白虎通疏证》(上、下册),吴则虞点校,中华书局 1994 年版,第 57 页。

⑥ (南宋)朱熹集注,郭万金编校:《论语集注》第十三,商务印书馆 2015 年版,第 214 页。

⑦ (清)孙希旦:《礼记集解》(上、中、下册),中华书局 1989 年版,第 1017—1018 页。

⑧ (清)石成金:《传家宝》卷四,光绪刊本。

第一节　最高权威的诗歌关注

传统的文学并没有太多的独立品格,所谓"《易》称'观乎天文,以察时变';《传》称'言而无文,行之不远'。故'文章经国之大业,不朽之能事'。而君子等役心劳神,宜于大者远者,非缘情体物,雕虫小技而已。是故思王抗言词赋,耻为君子;武皇裁勒篇章,仅称往事,不其然乎"[1]。附丽于"立德""立功"的"立言"不朽自不在缘情体物的诗文雕琢,单纯意义的文人词翰则更多地纠缠于文字技巧的才名相争。"夫学者研理于经,可以正天下之是非。征事于史,可以明古今之成败。余皆杂学也"[2],就一般的职能分工而言,作为被边缘化的"杂学",并非必需的社会构成,亦不具有如道德功业般有着必须履行的追求义务,故而,文学的发展更多地取决于社会主体的态度与兴趣。封建体制下的至尊君王是传统社会中最具号召力的主体,"在专制的国家里,整体的性质要求绝对服从;君主的意志一旦发出,便应该确实发生效力,正像球戏中一个球向另一个球发出时就应该发生它的效力一样"[3],特殊的政治地位与文化身份,使得帝王的个体行为通常有着超乎寻常的社会张力,亦成为文学生态中最不容忽视的影响因素。

历览群史,文学的称盛大抵来自上层统治者的关注与兴趣,且不说采诗观风、润色鸿业之类带有政治色彩的文学态度,单是文学"自觉时代"的造就即与"三曹"的文学兴致关系甚深,而历代史书的《文学》《文苑》列传中,帝王的诗文关注更是文章盛业的关钮所在:

《梁书·文学传》称:"是以君临天下者,莫不敦悦其义,缙绅之学,咸贵尚其道,古往今来,未之能易。高祖聪明文思,光宅区宇,旁求儒雅,诏采异人,文章之盛,焕乎俱集。每所御幸,辄命群臣赋诗,其文善者,赐以金帛,诣阙庭而献赋颂者,或引见焉。"[4]

《陈书·文学传》称:"后主嗣业,雅尚文词,傍求学艺,焕乎俱集。每臣下表疏及献上赋颂者,躬自省览,其有辞工,则神笔赏激,加其爵位,是以搢绅之徒,咸知自励矣。"[5]

《魏书·文苑传》称:"永嘉之后,天下分崩,夷狄交驰,文章殄灭。昭

---

① (唐)王勃:《王子安集注》卷十一,上海古籍出版社1995年版,第302—303页。
② (清)永瑢等:《四库全书总目》卷九十一,中华书局1965年版,第769页。
③ [法]孟德斯鸠:《论法的精神》(上、下册),张雁深译,商务印书馆1961年版,第27页。
④ (唐)姚思廉:《梁书》卷四十九,中华书局1973年版,第685页。
⑤ (唐)姚思廉:《陈书》卷三十四,中华书局1972年版,第453页。

成、太祖之世,南收燕赵,网罗俊义。逮高祖驭天,锐情文学,盖以颉颃汉彻,掩踔曹丕,气韵高艳,才藻独构。衣冠仰止,咸慕新风。肃宗历位,文雅大盛,学者如牛毛,成者如麟角。"①

《北齐书·文苑传》称:"后主虽溺于群小,然颇好讽咏……立文林馆,于是更召引文学士,谓之待诏文林馆焉……当时操笔之徒,搜求略尽……待诏文林,亦是一时盛事。"②

《南史·文学传》称:"自中原沸腾,五马南度,缀文之士,无乏于时。降及梁朝,其流弥盛。盖由时主儒雅,笃好文章,故才秀之士,焕乎俱集。于时武帝每所临幸,辄命群臣赋诗,其文之善者赐以金帛。是以缙绅之士,咸知自励。至有陈受命,运接乱离,虽加奖励,而向时之风流息矣。"③

《隋书·文学传》称:"高祖初统万机,每念斫雕为朴,发号施令,咸去浮华。然时俗词藻,犹多淫丽,故宪台执法,屡飞霜简。炀帝初习艺文,有非轻侧之论,暨乎即位,一变其风。其《与越公书》、《建东都诏》、《冬至受朝诗》及《拟饮马长城窟》,并存雅体,归于典制。虽意在骄淫,而词无浮荡,故当时缀文之士,遂得依而取正焉。"④

《旧唐书·文苑传》称:"爰及我朝,挺生贤俊,文皇帝解戎衣而开学校,饰贲帛而礼儒生;门罗吐凤之才,人擅握蛇之价。靡不发言为论,下笔成文,足以纬俗经邦,岂止雕章缛句。韵谐金奏,词炳丹青,故贞观之风,同乎三代。高宗、天后,尤重详延;天子赋横汾之诗,臣下继柏梁之奏;巍巍济济,辉烁古今"。⑤

《宋史·文苑传》称:"自古创业垂统之君,即其一时之好尚,而一代之规模,可以豫知矣。艺祖革命,首用文吏而夺武臣之权,宋之尚文,端本乎此。太宗、真宗其在藩邸,已有好学之名,及其即位,弥文日增。自时厥后,子孙相承,上之为人君者,无不典学;下之为人臣者,自宰相以至令录,无不擢科,海内文士彬彬辈出焉。"⑥

降及元代,元朝统治者于汉家诗文并无太多的兴趣,《元史》中的"文苑"则被纳入"儒学"之中,以"元兴百年,上自朝廷内外名宦之臣,下及山林

① (北齐)魏收:《魏书》卷八十五,中华书局1974年版,第1869页。
② (唐)李百药:《北齐书》卷四十五,中华书局1972年版,第603页。
③ (唐)李延寿:《南史》卷七十二,中华书局1975年版,第1762页。
④ (唐)魏徵、令狐德棻:《隋书》卷七十六,中华书局1973年版,第1730页。
⑤ (后晋)刘昫等:《旧唐书》卷一百九十上,中华书局1975年版,第4982页。
⑥ (元)脱脱等:《宋史》卷四百三十九,中华书局1977年版,第12977页。

布衣之士,以通经能文显著当世者,彬彬焉众矣"①一笔带过,其中固然夹缠着明代史官的文学判断,但从史实现象的陈述分析中亦可看出,缺乏君王关注的元代正统文学实难称盛②。有明一代,以恢复汉统为志,标举盛唐,文士彬彬,亦颇成景观。

"明初,文学之士承元季虞、柳、黄、吴之后,师友讲贯,学有本原。宋濂、王祎、方孝孺以文雄,高、杨、张、徐、刘基、袁凯以诗著。其他胜代遗逸,风流标映,不可指数,盖蔚然称盛已。永、宣以还,作者递兴,皆冲融演迤,不事钩棘,而气体渐弱。弘、正之间,李东阳出入宋、元,溯流唐代,擅声馆阁。而李梦阳、何景明倡言复古,文自西京、诗自中唐而下,一切吐弃,操觚谈艺之士翕然宗之。明之诗文,于斯一变。迨嘉靖时,王慎中、唐顺之辈,文宗欧、曾,诗仿初唐。李攀龙、王世贞辈,文主秦、汉,诗规盛唐。王、李之持论,大率与梦阳、景明相倡和也。归有光颇后出,以司马、欧阳自命,力排李、何、王、李,而徐渭、汤显祖、袁宏道、钟惺之属,亦各争鸣一时,于是宗李、何、王、李者稍衰。至启、祯时,钱谦益、艾南英准北宋之矩矱,张溥、陈子龙撷东汉之芳华,又一变矣。有明一代,文士卓卓表见者,其源流大抵如此"③。

《明史·文苑传》中的君王缺席实亦大致表明了明代帝王的诗歌兴趣与文学态度,复汉归唐虽是国家的文化理想所在,但最高统治者于诗歌的推扬鼓励实在有限。除元朝外,明代君王恐怕是中国历史上最乏文采的帝王群体了,据黄虞稷《千顷堂书目》所载④,在明代的16位皇帝中,有诗留世者不过太祖(5卷)、成祖(仅有御制文集,未言卷数)、仁宗(2卷)、宣宗(6卷,乐府1卷)、英宗(诗文1卷)、宪宗(4卷)、世宗(诗赋7卷)、神宗(诗文1卷)八人而已,朱彝尊《静志居诗话》《明史·艺文志》大略相承,唯《艺文志》增录《孝宗诗集》5卷⑤。钱谦益《列朝诗集小传》中有建文帝3首,武宗

---

① (明)宋濂等:《元史》卷一百八十九,中华书局1976年版,第4313页。
② 这里所言的"盛",指的是一种文学氛围、诗文气象以及社会影响、文化意义等等,数量的多少仅是一个参考。按照杨镰先生的统计,元代诗歌约有13万首,以100年的时间而言,数量并不算少。明代、清代也有类似的情况,据新华社上海1990年12月26日电,《全明诗》编纂委员会称,明诗"起码超过唐诗十余倍"(转引自郭英德主编:《中国古代文学通论·明代卷》,辽宁人民出版社2004年版,第22页)。而清诗的数量则可能会更多。当然,数量庞大的背后还有着诗人群体的增多,普遍文化水平的提升,诗体尊严的降低,作诗的态度、传播媒介的进步,印刷、纸张的廉价与普及,相关文献的流传与保存等许多相关因素。
③ (清)张廷玉等:《明史》卷二百八十五,中华书局1997年版,第1875页。
④ (清)黄虞稷:《千顷堂书目(附索引)》,上海古籍出版社2001年版,第441页。
⑤ (清)张廷玉等:《明史》卷九十九,中华书局1997年版,第655页。

12首,却无英宗、宪宗,陈田《明诗纪事》又称,明成祖有集①,并录其诗5首,姑且不论历来帝王诗文数量中含有的大量水分②,单是这11位君王所留下的诸体混杂也不足30卷的分量已经说明了明代帝王们的文采如何了,亦可见他们对诗歌有多少兴趣了。鲁迅先生讲文艺是"有闲阶级"的专利,朱元璋是明代帝王中最勤政的一个,但他的诗歌数量却名列前茅③,可见,在其身后的"有闲子孙"实在对诗歌没有太大的兴趣。

一、十六帝的一般诗学认知

明太祖朱元璋废相置阁,威柄独操,揽大权于一身,成为朝廷文化的绝对核心,"天子新有天下,惩前代弛缓不振之弊,赫然临朝,体天地之运,法日月之明,润之以雨露,震之以雷霆,大举废政而修明之,如是者十余年而始定。当是时,郡县之官虽居穷山绝塞之地,去京师万余里外,皆悚心震胆,如神明临其庭,不敢少肆"④,朱元璋惩元制松弛之弊,以峻法理国,手刃勋将亲子曰"宁胡大海反,吾号令不可违也"⑤;法治驸马欧阳伦,重典驭下,朝按而暮罪之,"用法太严,奉行者重足立"⑥,至有"京官每旦入朝,必与妻子诀,及暮无事则相庆,以为又活一日"之情状⑦。虽不免矫枉过正,然纲纪海内,号令既出,天下历行,如身之使臂,臂之使指,莫不制从。即便是普通君

---

① (清)黄虞稷《千顷堂书目(附索引)》亦录有"成祖文皇帝御制文集",但未标明卷数。

② 如《千顷堂书目(附索引)》于世宗名下的《翊学诗》一卷注曰:嘉靖七年听经筵讲官讲大学衍义,帝制五言古诗一章并序,大学士杨一清等恭和;于《宸翰录》一卷称:御制七言诗赐张孚敬者。于《辅臣赞和诗集》一卷称:嘉靖六年除夕御制五言诗示杨一清,一清与谢迁等恭和。于《咏和录》一卷称:嘉靖十年帝同大学士张孚敬,及礼部尚书李时西苑观稼,抵先蚕坛位御制诗,孚敬等和。于《咏春同德录》一卷称:与辅臣费宏等倡和。《白鹊赞和集》一卷,即名可知,亦为君臣唱和之作的结集,朱彝尊《明诗综》引张萱等《重编内府书目》曰,"嘉靖六年,大学士杨一清、贾咏,翰林学士翟銮进讲《大学衍义》,御制五言古诗一章,用金龙笺书,一清等恭和,集为一册,名《翊学诗降勅谕答》,上用钦文之宝勅首,三臣衔皆御笔也",可知,一卷《翊学诗》中不过仅有嘉靖的一首诗。清儒卢文弨曾将明世宗的诗赋七卷改为一册。看来,如同历代的御制文集一样,有些臣子的诗文也被收入明帝的集中,算作圣作了。

③ 钱谦益《列朝诗集》录太祖诗28首,仅次于宣宗的42首,其余诸帝最多则不过4首;朱彝尊《明诗综》录太祖诗3首,仅次于宣宗的9首。选诗数额自不免要受到作者本身诗作数量的限制,一般而言,当诗作优劣并不是唯一的遴选最高纲要时,数量多的作者入选通常会多一些,对于这两部有明代诗史意义的诗歌选集而言,尤是如此。

④ (明)方孝孺:《逊志斋集》卷十四,商务印书馆1926年版,四部丛刊本。

⑤ (明)朱国祯:《涌幢小品》卷五,上海古籍出版社2005年版,第3236页。《明史·胡大海传》亦有述及。

⑥ (清)张廷玉等:《明史》卷一百三十八,中华书局1997年版,第1034页。

⑦ (清)赵翼著,王树民校证:《廿二史劄记校证》卷三十二,中华书局1984年版,第744页。

王,其个人的好恶也可成为凌驾一切的官方意识,左右朝廷文化的导向,影响一代风尚,更何论如朱元璋这样专谋独断的开国雄主。"日,君也"①,《诗》云,"明明上天,照临下土",郑笺云:"明明上天,喻王者当光明。如日之中也。照临下土,喻王者当察理天下之事也"②。有明文臣第一的宋濂即称,"帝力所被,如天开日明,万物熙熙,皆有春意"③,君王于文化建设的决策、态度,文章诗赋的关注、理解,乃至个人的审美趣向,莫不成为影响一代文学生态的日照因素,有明诗歌自然也在太祖朱元璋所开启的帝王观照之下,滋长萌发,茁茂成熟,衰枯零落,化泥归根④,完成了其生命历程的历史演进。

明祖朱元璋以淮右布衣崛起乱世,亲历元季"贵贱无等,僭礼败度"的失政弊端,逐鹿中原时,更以"驱逐胡虏,恢复中华,立纲成纪,救济斯民"标榜号召,及登九五之位,面对百年元朝治下的"华风沦没,彝道倾颓",更有一种任重道远的政治责任心与文化使命感:"昔我中国先圣先贤,国虽运去,教尤存焉。所以天命有德,惟因故老,所以不旋踵而雍熙之治,以其教不迷也。胡元之治,天下风移俗变,九十三年矣。无志之徒,窃效而为之。虽朕竭语言,尽心力,终岁不能化矣,呜呼艰哉"⑤。当然,政治家朱元璋的眼光自不会局限于儒家视野下的"道统"承继,朱明"治统"的维系与绵延方是其终极关怀所在,"礼法,国之纪纲。礼法立,则人志定,上下安,建国之初此为先务"⑥。一般而言,"礼"可以归入文化建设的范畴,而"法"则属于巩固政权的国家行为。"我之疆宇,比之中国前王所统之地不少也,奈何胡元以宽而失,朕收平中国非猛不可"⑦,"乱世用重典"是朱元璋开国建邦的基本态度,而"移风善俗,礼为之本,敷政导民,教为之先。故礼教明于朝廷,而风化达于四方"⑧,以礼教为核心的文化建设同样以一种传统治国手段而得到洪武皇帝的认可与关注。"明太祖初定天下,他务未遑,首开礼、乐二

---

① (清)王念孙:《广雅疏证》卷一,中华书局1983年版,第5页。
② 《毛诗正义》卷十三,载(清)阮元校刻:《十三经注疏》(上、下册),中华书局1980年版,第464页。
③ 《宋濂全集·芝园前集》卷四,浙江古籍出版社1999年版,第1235页。
④ 如同有机体的生命循环一般,明诗的消亡中正孕育着清诗的萌生,明诗的成败得失莫不成为清诗可以借鉴吸收的文学养料。其实,历代诗歌于下一代的诗作无不有着"化作春泥更护花"的历史作用,故而,"化泥归根"应该是诗歌生命的最后归宿。
⑤ (明)朱元璋:《御制大诰》"胡元",上海古籍出版社2002年版,续修四库全书本。
⑥ (明)俞汝楫编:《礼部志稿》卷一,上海古籍出版社1987—1989年版,文渊阁四库全书本。
⑦ (明)刘基:《诚意伯刘文成公文集》卷一《皇帝手书》,商务印书馆1926年版,四部丛刊本。
⑧ (明)俞汝楫编:《礼部志稿》卷一,上海古籍出版社1987—1989年版,文渊阁四库全书本。

局,广征耆儒,分曹究讨"①,"明兴,太祖锐志雅乐"②,有明一代的文化建设于重修礼乐、汉统恢复的核心关注下而全面展开,而朱元璋的文学关注亦于其恢复礼乐的文化心态中而凸显:

"古乐之诗章平而正;后世之歌词淫以夸;古之律吕,协天地自然之气,后之律吕,出人为智巧之私;天时与地气不审,人声与乐音不比,故虽以古之诗章,用古之器数亦乖戾而不合,陵犯而不伦矣。手击之而不得于心,口歌之而非出于志,人与乐,判然为二,而用以动天地,感鬼神,岂不难哉! 然其流已久,救之甚难,卿等宜求诸此,俾乐成而颁之诸生,得以肄习,庶几可以复古人之意"③。

立足于礼乐修复的诗歌关注虽非纯粹的文学态度,但"复古"倾向已是十分明确,"诗至明克于返古"④,"宋诗近腐,元诗近纤,明诗其复古也"⑤,"复古"成为明诗最显著的标签,溯其心态源流,或在朱元璋"复古人之意"的帝王关注,更在"明祖开基,乃旷然复古"⑥的文化生态。

所谓的"复古",固然在远承三代、近续汉唐的文化统绪,就其美学意义而言,则还包含着一个关于"古"的审美认知——古朴、古雅的美学宗尚。朱元璋在营建宫室时,特意去掉设计图中"雕琢奇丽者",称,"宫室但取其完固而已,何必过为雕斫? 昔尧茅茨土阶,采椽不斫,可谓极陋矣,然千古称盛德者,以尧为首。后世竞为奢侈,极宫室苑囿之娱,穷舆马珠玉之玩,欲心一纵,卒不可遏,乱由是起。夫上能崇节俭,则下无奢靡。吾尝谓珠玉非宝,节俭是宝,有所缔构,一以朴素,何必雕巧以殚天下之力也"⑦。于古圣君王的德行仿效中正可看出这位开国皇帝"务实尚朴"的美学趣向。明人黄省曾《洪武宫词》亦称,"云檐排比玉妃房,户户俱铺紫木床。圣后从来敦内治,不教雕镂杂沉香"⑧,"不教雕镂"的"紫木床"同样标志出整个洪武宫廷文化的审美风尚:"宫室器用一从朴素,饮食衣物皆用常供"⑨。以峻法治国的朱元璋身上当然有着"好质而恶饰"的法家思想,而幼遭艰辛的贫民经历

---

① (清)张廷玉等:《明史》卷四十七,中华书局 1997 年版,第 344 页。

② (清)张廷玉等:《明史》卷六十一,中华书局 1997 年版,第 413 页。

③ (明)李之藻:《頖宫礼乐疏》卷一,上海古籍出版社 1987—1989 年版,文渊阁四库全书本。

④ (清)毛先舒:《彭录别驾题词》,载《思古堂集》,齐鲁书社 1996 年版,四库全书存目丛书本。

⑤ (清)沈德潜、周准编:《明诗别裁集·序》,上海古籍出版社 1979 年版,第 1 页。

⑥ (清)张廷玉等:《明史》卷二百八十五,中华书局 1997 年版,第 791 页。

⑦ (明)余继登:《典故纪闻》卷一,中华书局 1981 年版,第 8—9 页。

⑧ (清)钱谦益:《列朝诗集》乾集之下,影印清顺治九年毛氏汲古阁刻本。

⑨ 《明太祖实录》卷一百七十六,台湾"中研院"历史语言研究所影印本 1968 年版。

更培养出节俭质朴的生活观念,当这些个人因素,与"复古"的文化心态相结合时,"质朴古雅"自然成为最为凸显的审美诉求,成为其文学观照中的一种普遍美学观念。

"唐虞三代,典谟训诰之词,质实不华,诚可为千万世法。汉、魏之间,犹为近古,晋、宋以降,文体日衰,骈丽绮靡,而古法荡然矣。唐、宋之时,名儒辈出,虽欲变之,而卒未能尽变。近代制诰表章之类,仍蹈旧习,朕尝厌其雕琢,殊异古体,且使事实为浮文所蔽。其自今凡诰谕臣下之词,务从简古,以革弊习。尔中书宜播告中外臣民,凡表笺奏疏,毋用四六对偶,悉从典雅"①。

"复古"思路下的文风改革所体现的正是不事雕琢的美学主张与讲求实用的功利取向。刑部主事茹太素曾以五事上言,17000余字的奏章,直至6370字,才述及才士稀少,所任多迂儒俗吏,亦未睹五事实迹,不耐烦的朱元璋召问茹太素,怒而扑之,深夜卧榻,诵其至16500字后,方有五事实迹,其五事之字只是五百有零。感慨之余,"立上书陈言之法,以示天下:若官民有言者,许陈实事,不许繁文,若过式者问之"②。公文程式的立法规定已然透露出朱元璋文章尚用的务实态度,"厌其雕琢"虽是作为公文的审美要求,同样渗透于一般文章之中。

"古人为文章,或以明道德,或以通当世之务。如典谟之言,皆明白易知,无深怪险僻之语。至如诸葛亮《出师表》,亦何尝雕刻为文? 而诚意溢出,至今使人读之,自然忠义感激。近世文士不究道德之本,不务当世之务,立辞虽艰深,而意实浅近,即使过于司马相如、扬雄,何裨实用? 自今翰林为文,但取通道理、明世务者,无事浮藻。"③

朱元璋还曾作过一篇《述非先生事》的文字,文章虚构了一位东浙的隐居贤者非先生,经致仕朝臣金华文渊子举荐,天子特旨擢用,"职以翰林应奉,专天下之文章是非决焉",而后,又因拟文体式与编修发生争执,文章似乎没有写完,以编修"君其思之可也"匆忙作结,未有终论。但朱元璋给这位非先生取名为"藻",用意已然明了:"非藻"的取士标准正是其"不事雕镂"的一贯思路。"帝尝出御制诗文,(桂)彦良就御座前朗诵,声彻殿外。

---

① (明)余继登:《典故纪闻》卷三,中华书局1981年版,第49页。

② (明)朱元璋:《明太祖集》卷十五,黄山书社1991年版,第305页。

③ (明)廖道南:《殿阁词林记》卷五,上海古籍出版社1987—1989年版,文渊阁四库全书本。按:此则又见于余继登《典故纪闻》、黄佐《翰林记》诸书,大旨相同,唯个别用字较此略为文雅。

左右惊愕"①,若以儒家温文尔雅而言,桂氏的行为自为不敬,但朱元璋的表现却是"帝嘉其朴直",可知这位布衣天子的身上并没有太多的文质彬彬的气息与典雅的美学趣味。又"洪武中,上尝召词臣赋诗歌,以为乐,且与评论诗法,太子正字桂彦良每应制,先众而就,尝进曰:治道具在六经,典谟训诰愿留圣意,诗非所急也。上深然之,自是恩遇隆洽,称曰老桂不名"②。而朱元璋的诗歌态度亦可于此略窥。

虽出身低微,兵戈半生,明太祖朱元璋武定文治的治国思路却极为清晰:"建立基业,犹构大厦,剪伐斫削,必资武臣;藻绘粉饰,必资文臣。用文而不用武,是斧斤未施而先加黝垩;用武而不用文,是栋宇已就,而不加涂塈,二者均失之。为天下者,文武相资庶无偏陂"③。在"恢复汉家规模"为礼乐建设中,才士通儒自然成为这位马上皇帝的核心关注。《明史·儒林传》称:"明太祖起布衣,定天下,当干戈抢攘之时,所至征召者儒,讲论道德,修明治术,兴起教化,焕乎成一代之宏规"④。缺席于"文苑"的君王以提倡者的面貌出现于"儒林",其间的好尚取舍固可知矣。朱元璋曾将古代忠贤之士分为三等,以能"辅国安邦,孜孜图治"为上等之贤;以"博习古人之言,深知已成之事",虽忠于辅国,而无机变之才,但"本情忠鲠"的端人正士为中等之贤,以"学通经史,然泥于陈迹,不识经济之权衡,扬言高论,虽'心亦无他,不识时达变'为下等之贤"⑤。通经博古的儒者之流仅居中下,而文章之士更远不在其列,显然,朱元璋的关注重心原在"道德治术",经史之学已在其次,若集部文辞之属,则更在其下。不过为"黼黻皇猷"的文治余事而已。其誉陶安为"国朝谋略无双士,翰苑文章第一家",首先赏识的仍是陶安的谋略;对于今儒"穷经皓首,理性茫然。至于行云流水,架空妄论,自以善者矣。及其临事也,文信不敷,才愆果断,致事因循"⑥更是深表不满。朱元璋尚质恶华的美学趣尚与务实尚用的行政原则,沿着"文如其人"思路彼此结合,形成其因人论文、求实厌奇的文章判断:

"夫文章之说,凡通儒贤智者,必格物而致知,然后以物事而成章。其非通儒贤智者,或以奇以巧,虽物事可书其的,而为文不顺,则弃物事以奇

---

① (清)张廷玉等:《明史》卷一百三十七,中华书局 1997 年版,第 1029 页。
② (明)黄佐:《翰林记》卷十一,上海古籍出版社 1987—1989 年版,文渊阁四库全书本。
③ 《执中成宪》卷四,上海古籍出版社 1987—1989 年版,文渊阁四库全书本。
④ (清)张廷玉等:《明史》卷二百八十二,中华书局 1974 年版,第 7221 页。
⑤ (明)余继登:《典故纪闻》卷一,中华书局 1981 年版,第 13—14 页。
⑥ (明)朱元璋:《明太祖集》卷十,黄山书社 1991 年版,第 203 页。

巧而成者有之。或者心不奇巧,其性僻而迁,意在著所听闻以为然,著成文者有之。"①

于作为对象的"文"而言,"简古无饰"为其审美趣向,于作为主体的"人"而言,"质朴通达"为其取用标准,朱元璋的基本文学关注大抵如此,《明史》本纪赞其"惩元政废弛,治尚严峻。而能礼致耆儒,考礼定乐,昭揭经义,尊崇正学",颇为的论。在朱元璋的立国思想中,法家的治国模式与儒家正统的礼乐提倡中都不曾给诗文以特别尊崇的地位,其于诗歌的态度亦包含于其文章关注之中,并无特别的爱好提倡。至多不过是点缀升平的余事,且必须合乎古朴的美学规范。②

朱元璋临终立嘱:"朕膺天命三十有一年,忧危积心,日勤不怠,务有益于民。奈起自寒微,无古人之博知,好善恶恶,不及远矣"③。出身卑微、缺乏文教成为其一生意结,如同天下父亲,自己的缺陷希望由子孙弥补,因此,"建大本堂,取古今图籍充其中,延四方名儒教太子诸王,分番夜直,选才俊之士充伴读。时赐宴赋诗,商榷古今,评论文字,无虚日"④,当然,朱元璋对太子修文的关注并不仅限于自身的心理寄托,同时亦包含着这位创业之主对后世守成之君修文治国的基本要求。然而,朱标却未"承天行日月,与世作阳春"⑤地继统大业,因病早逝,以皇太孙继位的建文帝"践阼之初,亲贤好学,召用方孝孺等。典章制度,锐意复古"⑥,虽以文立国,但醉心礼乐的建文帝所延续的则是祖父的复古思路,虽其为人远较朱元璋仁慈优柔,然其于诗歌亦未表现出特别的兴趣。可惜,这位长于宫廷,幼读《诗》《书》的朱允炆仅立国四年,便陷入因削藩而造成的政治剧变,被叔叔朱棣夺去了皇位。有明王朝开始了第二位马上皇帝的统治。

"智勇有大略"的朱棣"少长习兵",为燕王时,便曾征讨乃儿不花,建立战功,"节制沿边士马",威名大振;三年"靖难"中,披坚执锐,身先士卒,终

---

① (明)朱元璋:《明太祖集》卷十,黄山书社1991年版,第219页。又余继登《典故纪闻》卷二载:"有风宪官二人,各讦所短于廷。其一人言其便,其一人言简而缓。太祖曰:'理原于心,言发于口,心无所亏,辞出而简;心有所蔽,辞胜于理。彼二人者,其言寡者直,其言多者非。'诏廷臣诘之,言寡者果直"(中华书局1981年版,第25页)。亦可作为朱元璋因人论文的思路体现。

② 需要特别补充说明的是明初的诗文之祸,由于朱元璋这一极端的诗歌态度中夹缠着许多特殊个人因素与政治背景,笔者将在下文专述。

③ (清)张廷玉等:《明史》卷三,中华书局1997年版,第50页。

④ (明)余继登:《典故纪闻》卷二,中华书局1981年版,第27页。

⑤ (明)方孝孺:《逊志斋集》卷十四,商务印书馆1926年版,四部丛刊本。

⑥ (清)张廷玉等:《明史》卷四,中华书局1997年版,第53页。

成帝业;即位以后,迁都北京,"用东南之财赋,统西北之甲兵"①,"六师屡出,漠北尘清,至其季年,威德遐被,四方宾服,受朝命而入贡者殆三十国。幅陨之广,远迈汉、唐"②,戎马一生,堪为一代雄主。然即其一生功烈而言,多在赫赫武功,虽也有尊崇儒学,编纂图书的兼修文治,然溯其性情志趣,并不在诗赋文章。洪武二十八年,朱棣将北平永清所产嘉禾进献给朱元璋,"群臣表贺,太祖大喜,为诗一章赐之"③,然而,对于君父的赐诗,朱棣只是惯例的谢恩,并无特别的兴趣,更无唱和的行为④。朱棣言行颇有乃父之风,最为朱元璋所喜⑤,同样,在他自己的几个儿子中,朱棣并不喜欢颇有儒雅之风的长子朱高炽,对勇武剽悍,随己转战南北的次子朱高煦却十分偏爱,至有废长立次之意。显然,朱元璋、朱棣父子二人,金戈铁马,半生倥偬,个人兴趣中有着强烈的尚武倾向,诗文辞赋至多为太平粉饰,并无特别的喜爱。永乐时,有善饮虏使至,状元曾棨与一武弁以能饮作陪,"三人默饮终日,虏使已酣,武人亦潦倒,惟曾棨爽然,复命。上笑曰:'无论文字,此酒量岂非大明状元耶'?"⑥以酒量与文字并称,正是豪杰气魄,而一代君王的文学微尚亦于其中流露。又其对皇长孙朱瞻基的讲学儒臣即言,"夫帝王大训,可以经纶天下者,日与讲说……不必如儒生绎章句、工文辞为能也"⑦,"经纶天下"不以"工文辞为能"的帝王气度实已透露出这位永乐皇帝一如其父的文学关注。

　　一般而言,创统后的守成君主,大多有着较好的教育背景,除去个人因

---

①　(明)丘濬:《大学衍义补》卷八十五,上海古籍出版社 1987—1989 年版,文渊阁四库全书本。

②　(清)张廷玉等:《明史》卷七,中华书局 1974 年版,第 105 页。

③　(明)高岱:《鸿猷录》卷七,上海古籍出版社 1992 年版,第 144—145 页。

④　永乐四年(1406)二月壬申,上(朱棣)以太祖高皇帝御制嘉禾诗勒石,赐诸王及尚书、侍郎,内阁学士、侍读、侍讲及国子监祭酒、司业(《明太宗实录》卷四十,台湾"中研院"历史语言研究所影印本 1968 年版)。事隔 10 年,如此规模的"勒石赐诗"当然不是出于对父皇赐诗的特别兴趣,实则是对这首"祥瑞"诗后的政治色彩的有意彰显:出现于燕地的祥瑞得到父皇的赐诗认可,除了有神化自身的政治寓意外,在一定程度上亦是对其皇权继承合法性的辩护、宣扬。

⑤　《明太宗实录》卷一载:蓝玉曾私下对皇太子朱标说:"殿下试观陛下,平日于诸子中最爱者为谁?"皇太子答曰:"无如燕王"。《明太宗实录》中还写到朱元璋因"皇长孙弱不更事",有心"立燕王为皇太子"。今按:朱棣夺权后,曾对《洪武实录》作过大的修改,而《太宗实录》中不免也会做些手脚,以证明自身统治的合法性。官修实录或未可全信,但从有关明代典籍不难看出,朱元璋、朱棣父子二人为人行事确多有相似之处,朱元璋对颇有乃风的儿子有所偏爱,却也在情理之中。

⑥　(明)吕毖:《明朝小史》卷四,玄览堂丛书本,(台湾)正中书局 1981 年版,第 378 页。

⑦　《明太宗实录》卷四十九,台湾"中研院"历史语言研究所影印本 1968 年版。

素外,通常都有着较高的文化水平。作为有明二祖之后的守成之君,仁宗朱高炽的才学素养自然远胜父祖,而生长于深宫,受教于儒臣的太子经历更为其增添了其先人所不具备的文雅气质。于此,明人笔记多有称颂,《名山藏》称:"仁庙有典有则,模范雅训,不啻学士"①。《双槐岁钞》亦称:"仁庙潜心经学,礼重宫寮,文仿欧阳,诗尚选体"②。《七修类稿》引《野记》称:"仁庙资质甚美,词翰并精,圣学外,尤喜举业。每试录至,则票摘瑕处以语宫官,极允当也"③。即此而观,倒也颇有些优礼文学的气象。然而,杨士奇《三朝圣谕录》中的一则记载尤当留意:

"永乐七年,赞善王汝玉每日于文华后殿为道说赋诗之法。一日,殿下顾臣士奇口:'古人主为诗者,其高下优劣何如?'对曰:'诗以言志,明良喜起'之歌,'南熏'之诗,是唐、虞之君之志,最为尚矣。后来如汉高祖《大风歌》,唐太宗'雪耻酬百王,除凶报千古'之作,则所尚者霸力,皆非王道。汉武帝《秋风辞》,气志已衰,如隋炀帝、陈后主所为,则万世之鉴戒也。如殿下于明道玩经之余,欲娱意于文事,则两汉诏令亦可观,非独文词高简近古,其间亦有可裨益治道。如诗人无益之词,不足为也'。殿下曰:'太祖高皇帝有诗集甚多,何谓诗不足为?'对曰:'帝王之学,所重者不在作诗。太祖皇帝,圣学之大者,在《尚书注》诸书,作诗特其余事。于今殿下之学,当致力于重且大者,其余事可姑缓。'殿下又曰:'世之儒者亦作诗否?'对曰:'儒者鲜不作诗,然儒之品有高下,高者道德之儒,若记诵词章前辈君子谓之俗儒,为人主尤当致辨于此'。"④

朱高炽即位后,立刻擢杨士奇为礼部侍郎兼华盖殿大学士,即此已可知杨士奇在太子朱高炽心中的地位了。杨士奇这段立足正统的诗学观念,引古论今,理据确凿,于"潜心经学""尤喜举业"的朱高炽自然有着极大的影响。然而,朱高炽做了20多年的太子,因父皇不喜而备受压抑,自身的体质素来孱弱,未经苦厄的深宫太子通常没有太强的意志,长期的积郁于继位后演变为纵情酒色的宣泄,甚至在为父皇朱棣守孝期间亦不节制,其中或夹杂着对朱棣的不满,但终为礼法不容。此事被李时勉奏疏中的"谅暗中不宜近妃嫔"触痛,朱高炽恼羞成怒,几乎将李时勉打死⑤;出使朝鲜的朝臣亦

①　(明)何乔远:《名山藏》卷八十六,上海古籍出版社2002年版,续修四库全书本。

②　(明)黄瑜:《双槐岁钞》,上海古籍出版社2005年版,第151页。

③　(明)郎瑛:《七修类稿》卷九,上海书店出版社2009年版,第94页。

④　(明)杨士奇:《东里集》卷二,上海古籍出版社1987—1989年版,文渊阁四库全书本。

⑤　参见《明史·李时勉传》、(清)夏燮《明通鉴》卷七相关记载。

称,"洪熙沉于酒色,听政之时,百官莫知朝暮"①,即此而言,做了皇帝的朱
高炽虽然"用人行事,善不胜书",却也与诚敬好学的东宫形象拉开了距离。
太子时代的诗歌兴趣本就为杨士奇打消不少②,沉溺酒色的明仁宗,不过一
年短祚③,自然不会对诗歌有特别的提倡。

明宣宗朱瞻基则是比父亲朱高炽更为典型的太平天子,自幼深得祖父
宠爱,先后以姚广孝、丘福、蹇义、胡广、杨荣、杨士奇等当朝重臣为讲官,
"推广仁义道德之源,开陈二帝三王之治与我太祖高皇帝之大经大法,凡创
业守成之难,生民稼穑之事,朝夕讲论"④。少时的朱瞻基聪明好学,很快便
完成了一般帝王知识谱系的构建,更在朱棣身边得到不少切实的政治锻炼,
颇有一代英主之风。钱谦益在《列朝诗集》中对朱瞻基更是推崇备至:"帝
天纵神敏,逊志经史,长篇短歌,援笔力就,每试进士,辄自撰程文,曰:'我
不当会元及第耶?'万机之暇,游戏翰墨,点染写生,遂与宣和争胜;而运际
雍熙,治隆文景,君臣同游,赓歌继作,则尤千古帝王之所系遭也。"⑤诚然,
良好的宫廷教育加上不凡的个人资质孕育了朱瞻基的风流儒雅与出众才
华。"宣宗尤喜为诗"⑥,国家图书馆藏《大明宣宗皇帝御制集》44卷,自十
四卷以后为诗词,各体皆备,并有乐府小令,总数当在千首左右,居明代诸帝
之冠,亦可跻身列代帝王诗人之列。朱瞻基无疑是诗歌兴趣最浓的明代帝
王,自称"朕喜吟哦,耳目所遇,兴趣所适,往往有作"⑦。然而,这位风流儒
雅的青年皇帝,自幼即在宫廷文化的熏陶之下,沾染了不少贵族子弟的玩乐
习气。查继佐即就此委婉地提出了批评:"帝有睿才,书艺风雅,光大恺恻,
允哉太平天子之言。旨兴豪举,虽内侍小臣,不嫌倡和。问为微行,或称为

---

① 吴晗辑:《朝鲜李朝实录中的中国史料》上编卷四,中华书局1980年版,第343页。
② 国家图书馆藏《大明仁宗皇帝御制集》存目,有文1篇:《大明长陵神功圣德碑》,诗256
　首,词8首。转引自陈宝良:《明代社会生活史》,中国社会科学出版社2004年版,第
　66页。
③ 朱高炽之死与其纵欲过度关系甚大,虽正史讳言,然明人笔记中屡有言及。如《病逸漫
　记》卷一:"仁宗皇帝驾崩甚速,疑为雷震,又疑宫人欲毒张后误中上。予尝遇雷太监质
　之,云:'皆不然,盖阴症也。'"参见赵中男:《宣德皇帝大传》,辽宁教育出版社1994年版,
　第62页。
④ 《明太宗实录》卷八十五,台湾"中研院"历史语言研究所影印本1968年版。
⑤ (清)钱谦益:《列朝诗集》乾集上,影印清顺治九年毛氏汲古阁刻本。
⑥ (明)廖道南:《殿阁词林记》卷十二,上海古籍出版社1987—1989年版,文渊阁四库全书
　本,按:《翰林记》记载相同,但无"尤"字,陈田辑撰《明诗纪事》(上海古籍出版社1993年
　版)引《殿阁词林记》中亦无"尤"字,《殿阁词林记》尚有湖北先正遗书本,或为陈田所据。
⑦ (明)朱瞻基:《诗集序·大明宣宗皇帝御制集》,齐鲁书社1996年版,四库全书存目丛
　书本。

英国公家使,或称校尉,斗鸡走马,圆情鹞首,往往涉略。性爱促织,亦豢驯鸽,万姓颇为风俗,稍渐华靡。然此其余才,性明断,不废政事"①。"万姓颇为风俗,稍渐华靡",正是天子"性爱"的直接后果,"帝酷好促织之戏,遣取之江南,其价腾贵,至十数金。时枫桥一粮长,以郡督遣,觅得其最良者,用所乘骏马易之。妻妾以为骏马易虫,必异,窃视之,乃跃去。妻惧,自经死,夫归,伤其妻,且畏法,亦经焉"②。由之产生的文学后果则是蒲松龄的《聊斋·促织》,又"我朝宣宗最娴此戏,曾密诏苏州知府况钟进千个,一时语云:'促织瞿瞿叫,宣德皇帝要。'此语至今犹传,苏州卫中武弁,闻尚有以捕蟋蟀比首房功,得世职者。今宣窑蟋蟀盆甚珍重,其价不灭宣和盆也"③。所谓"君王雅爱观斗蛩",由此而生的诗歌影响则是"君不见苏州太守五花骢,千个直比捕房功"④。明宣宗虽然于诗歌颇有兴趣,自己写诗,但这位帝王的爱好实在广泛,举凡书画游猎、斗鸡促织、抚琴作乐,莫不投入。诗歌非其独爱,"帝王能品器物,无不精好"⑤,在诸多兴趣的分散之下,自然对诗歌也没有什么特别的提倡。这位青年皇帝的兴趣广泛,捉几只蟋蟀、献几件新奇玩物都可以获得奖赏,群臣百姓自然也就不会专在诗歌上用力了。

　　明末清初的唐甄有段颇为精彩的帝王之论,"天之生贤也实难。博征都邑,世族贵家,其子孙鲜有贤者,何况帝室富贵,生习骄恣,岂能成贤! 是故一代之中,十数世有二三贤君,不为不多矣。其余非暴则暗,非暗则辟,非辟即懦。此亦生人之常,不足为异。惟是懦君畜乱,辟君生乱,暗君召乱,暴君激乱。君罔救矣,其如斯民何哉"⑥。唐氏生于崇祯三年,持论视野虽在历代君主,但其历史判断的最近依据自然是有明十六帝。自仁、宣二帝起,明代君王骄蹇游逸、浮华轻薄的皇家习气已逐渐形成,以宣庙朱瞻基之天分与兴趣尚且没有特别的诗歌关注,以下诸帝的诗歌态度便可想而知了。

　　38 岁的朱瞻基因病亡故⑦,年仅 7 岁的朱祁镇即位,改元正统,是为明

---

① (明)查继佐:《罪惟录》志三十二之上,商务印书馆 1926 年版,四部丛刊本。

② (明)吕毖:《明朝小史》卷六,(台湾)正中书局 1981 年版,玄览堂丛书本。

③ (明)沈德符:《万历野获编》卷二十四,中华书局 1959 年版,第 625 页。

④ 《明宫杂咏》卷二,转引自赵中男:《宣德皇帝大传》,辽宁教育出版社 1994 年版,第 310—311 页。

⑤ (明)陆浚原:《藜床沈余》,吴伟业《吴诗集览》卷四下,乾隆刊本。

⑥ (清)唐甄:《潜书·鲜君》,中华书局 1955 年版,第 66 页。

⑦ 商传先生指出,"如同对宣宗的好游乐一样,史书中对他的后宫生活也没有更多的记述,单是这位以勇武著称的皇帝却只活了三十七岁。史家常常批评明朝皇帝纵欲而短命,宣宗堪称此风之始"(商传:《明代文化志》,上海人民出版社 1998 年版,第 144 页)。"乙亥,崩于乾清宫,年三十有八。"(《明史·卷九·宣宗》,中华书局 1974 年版,第 125 页。按:此为古今计算年岁之差。)

英宗。以"三杨"为首的辅政大臣借"每月逢二必行"的经筵讲学,宣扬圣道,欲以此将朱祁镇塑造为传统儒家理想中的一代明君,十几岁的小皇帝虽然每日修习经书,却更愿意接受以王振为首的太监们为其设计的各种娱乐活动。宣扬圣道的讲官们是看不起诗赋的,而以"狡黠得帝欢"①的王振于"辅臣方议开经筵"便"导上阅武将台","集京营及诸卫武职试骑射"②,一意教唆朱祁镇演武游乐,自不会让英宗于诗赋特别留意的。朱祁镇幼年时,父亲朱瞻基问他,"敢有干扰国家犯上作乱的,敢不敢亲帅致讨",答曰:"敢",亲征瓦剌固在于王振的煽动,但"虏贼逆天悖恩,已犯边境,杀掠军民,边将累请兵救援,朕不得不亲率大兵以剿之"③的出兵理由中正暗含着对祖辈武功的追慕,与对幼年时英雄承诺的兑现。成祖"御用枪,有号带,在午门之五凤楼"④,英宗曾多次登楼,抚矛思慕⑤,显然,在朱祁镇的身上,遗传着由朱元璋、朱棣、朱瞻基一脉而来的尚武气质,其于诗歌的兴趣自然也有限得很。"诗穷而后工",英宗以一代帝君身陷囹圄,然亦未见有寄情诗歌的表现,复辟之后,励精图治,敬天法祖,遗命废止宫人殉葬,颇有些贤主的味道,于诗亦无太多关注。全部诗文合起来不过一卷,微薄的分量已是很好的证明了。

明景帝朱祁钰继统于危乱之际,为"事之权而得其正者也"⑥,继统后虽也能"笃任贤能,励精政治",然贪位薄兄"汲汲易储,南内深锢",至于夺门之变,不得令终。"固中人之资,不足言大振作也"⑦。虽享祚八年,然英宗复辟,相关文献的保存自然受到影响。《皇明纪略》称,"景帝即位始求颜、孟、周、程、朱之子孙各一人为翰林五经博士,世其官以奉祠"⑧,由之可见,这位守成之君的文治关注仅在尊儒、衍圣数事,并无特别之处。几部相关的明诗文献均未提及景帝有诗作留世,然《金陵琐事》"出猎图"条称,印冈罗公题徐廷威公子所藏景帝画《出猎图》云:"朔吹潜消塞上尘,长扬纵猎捷书频。侍臣谁奏相如赋,赢得君王为写真"⑨。《墨缘汇观录》载:"景泰花竹双鸟图,

① (清)张廷玉等:《明史》卷三百零四,中华书局 1997 年版,第 1992 页。
② (清)谷应泰:《明史纪事本末》卷二十九,中华书局 1977 年版,第 443 页。
③ 《明英宗实录》卷一百八十,台湾"中研院"历史语言研究所影印本 1968 年版。
④ (清)于敏中等编纂:《日下旧闻考》卷三十三,北京古籍出版社 1985 年版,第 508 页。
⑤ 赵毅等:《正统皇帝大传》,辽宁教育出版社 1993 年版,第 124 页。称在《明英宗实录》卷一百八十,台湾"中研院"历史语言研究所影印本 1968 年版。未见。
⑥ (清)张廷玉等:《明史》卷十一,中华书局 1997 年版,第 74 页。
⑦ 孟森:《明史讲义·商传导读》,上海古籍出版社 2002 年版,第 147 页。
⑧ (明)皇甫录:《皇明纪略　两湖尘谈录　古穰杂录》,中华书局 1985 年版,丛书集成初编本。
⑨ (明)周晖:《金陵琐事》卷三,(台湾)成文出版社 1983 年版,第 360—361 页。

绢本方幅,高七寸八分,阔七寸二分,著色夹竹桃枝、杏花。双鸟,景泰五年御笔"。① 据此可知,景帝能画。"君王近爱青楼舞,别起离宫召惜儿"②,《凤洲笔记》称:"景帝时,召妖姬李惜儿入宫"。《万历野获编》亦称:"景帝初幸教坊李惜儿,召其兄李安为锦衣,赏金帛赐田宅"③。由此而知,与兄长的尚武不同,景帝身上则更多地继承了父亲的风流气质。章纶上景帝疏,开首便是"于深宫之内远美色,退声乐,以保养圣躬"④,钟同疏中亦称"无徇于货色,无甘于游戏"⑤,结果一个被杖死,一个被监禁,应是触到了景帝的痛处。

一般而言,"生于深宫之中,长于妇人之手","未尝知哀也,未尝知忧也,未尝知劳也,未尝知惧也,未尝知危也"⑥的继体守成之君,"自非上圣,鲜不以逸豫骄奢而失之者"⑦。明代二祖之后的帝王大抵皆是如此:"处富贵之极,不知下民之疾苦,虽自力于为善,而至于享逸乐之久,海内治安,上恬下嬉,廓然无事,则往往好人之顺己,而恶人之逆己,于是谄谀之言日进,而忠鲠之义不闻,此民事之所以日忘,而天位之所以日危,而德之所以不终也"。⑧ 仁、宣、英、代(景)四帝,虽不免其弊,然即大体而论,均非失道之君,行政立身亦颇有可取之处,但其后的龙子龙孙却大多沿着"守成享乐"的历史惰性,一路溺陷,少有成器者。

明宪宗即是其一,这位成化皇帝不仅"长于妇人之手",更一生依恋妇人——万贵妃。或许是童年时代,父亲的陷虏、还朝、软禁以及自己的太子被废所留下的心理阴影,朱见深终生不渝地宠爱着大他十八九岁的妃子,"(成化)二十三年春,(万贵妃)暴疾薨,帝辍朝七日",数月后驾崩。其中或者有因依赖而产生的特殊情结⑨,但万氏特有的媚术与笼络之术亦不可

① (清)安歧:《墨缘汇观录》卷四,清光绪元年刻粤雅堂丛书本。
② (明)朱权等:《明宫词》,北京古籍出版社1987年版,第243页。
③ (明)沈德符:《万历野获编》卷二十一,中华书局1959年版,第544页。
④ (明)章纶:《养圣躬勤论政敦孝义疏》,载(明)陈子龙等选辑:《明经世文编》卷四十七,中华书局1962年版,第367页。
⑤ 《明英宗实录》卷二百四十一,台湾"中研院"历史语言研究所影印本1968年版。
⑥ 王先谦:《荀子集解》,中华书局1954年版,诸子集成本。
⑦ (宋)林栗:《周易经传集解》卷十五,上海古籍出版社1987—1989年版,文渊阁四库全书本。
⑧ (宋)林之奇:《尚书全解》卷十六,上海古籍出版社1987—1989年版,文渊阁四库全书本。
⑨ 商传先生称:"(明宪宗)因为自幼依恋于一位年长于自己十八九岁的妃嫔万氏身边,成为了一个永远长不大的皇帝。人们常常不能理解,成化帝为什么要去宠爱一个从年龄上可以做他母亲的妃子,而且终生不渝。如果从心理学角度去分析的话,这应该是成化帝从幼年形成的心理模式定态化的结果。而造成这种定态的则是万贵妃,她比任何人都更了解成化帝的心理性格乃至一切,并且一人占据了他身边两个最重要的女人的位置——母亲与妻子。这成为明朝历史或者说中国历史上一大奇闻"(白寿彝总主编:《中国通史》第九卷,上海人民出版社1996年版,第1385—1386页)。

忽视,史称"(万氏)机警,善迎帝意……帝每游幸,妃戎服前驱"①,从万氏戎服邀宠的细节中,我们亦可略微推断出朱见深有着与父祖相类的兴趣——好游尚武。此外,同其祖、其叔一样,宪宗于绘画亦颇为用心。《图绘宝鉴》云:"皇明宣庙御笔,有山水,有人物,有花果、翎毛、草虫,宪庙、孝庙御笔皆神像及金瓶、金盘,牡丹、兰菊梅竹之类。今观此山水小景,潇洒出尘,宛胜国气韵。盖圣能天纵,自各极其妙也"②,所言山水小景,即为宪宗所画,上有题诗云:"晓晴色染山林红,阵阵寒鸦喜弄风。云敛碧空秋意重,山横野店画桥东。"红林、寒鸦、碧空、秋山、野店、画桥的意象堆砌自是画师常笔,却不免"雕缋满眼"的浮华气息。"万岁山亭附凤池,花光竹影互参差。太平天子多才思,新制连环四景诗"③,《明诗综》称,"益庄王《勿斋集》有《恭次皇祖宪宗皇帝四景连环诗韵》四首,今不得而见"④,然即此而论,所作亦不过游戏文字耳。成化皇帝虽也"间留意于诗章",但兴趣却远不在此,宠万妃、溺佛道、好方术、喜游乐、善绘画已然耗去了全部的精神,何暇顾及诗歌呢。

　　孝宗朱祐樘无疑可以算作是明代守成之君中的佼佼者,以"木火土金水"为序的朱氏帝王世系走完第一轮后,新一轮伊始的弘治皇帝确也造就了些"中兴气象"。《明史》称其"恭俭有制,勤政爱民,兢兢于保泰持盈之道,用使朝序清宁,民物康阜"。驾崩后群臣悼诗云,"日月无私照,乾坤仰圣功。孝可通金石,诚能动鬼神。云容常昊日,露祷必深更。岁旱忧疑狱,天寒悯戍兵。近臣常造膝,元老不呼名","恻怛蠲租诏,丁宁馈戍金"⑤,颂圣的成分自是不免,然而,"人间何日忘弘治,天下兹辰哭孝宗"——"哀挽之章,偏于朝野"的群体缅怀与诗歌行为却是明代帝王身后事的"罕物",所折射出的正是明代士人于孝宗明君形象的认可。除却敬天法祖、勤政爱民这些儒家规范下的必须行为外,孝宗的后宫生活,同样可圈可点,不论张后是否擅宠,其始终保持着正宫皇后的合法身份,孝宗对妻子的宠爱于道德伦理上实在无可厚非。"三千粉黛浑如扫,圣主重翻日讲章","自是经年无曲宴,不愁供奉数中人"。⑥ 不近声色的朱祐樘无疑成为贴合儒家帝王理想的

① (清)张廷玉等:《明史》卷一百一十三,中华书局1997年版,第923页。
② (明)汪砢玉:《珊瑚网》卷三十六,上海古籍出版社1987—1989年版,文渊阁四库全书本。
③ (明)朱权等:《明宫词》,北京古籍出版社1987年版,第245页。
④ (清)朱彝尊:《明诗综》卷一,乾隆刊本。
⑤ 上引诸诗,均见于《明诗综》卷一。
⑥ (明)王世贞:《弇州四部稿》卷四十六,上海古籍出版社1987—1989年版,文渊阁四库全书本。

道德典范,然而,诗歌却非正统帝王观念下的必为之事,全在君王个人兴趣。朱祐樘曾作《静中吟》一绝,曰:"习静调元养此身,此身无恙即天真。周家八百延光祚,社稷安危在得人。"李东阳赞曰:"二十八字,应宿之数。造化之动,以静为体。万物育焉,天地参矣。其机在我,致用则人。调元代工,有君有臣。大哉王言,众理兼有。"钱谦益亦称此诗,"粹然二帝三皇,典谟训诰,不当以诗章求之也"①,立足理学的诗歌判断自有可取之处,学士张元祯进讲性理,朱祐樘索太极图观之曰,"天生斯人,以开朕也",可知其于性理之说颇为信从。然李、钱二人颂圣之余却忽略了朱祐樘自身体质的单薄孱弱②,孝宗并非纵欲之君,却只活了36岁,其身体状况,可想而知了。"上体稍不佳,即诵诗云:'自身有病自心知,身病还将心自医。心若病时身亦病,心生元是病生时。'其善于颐养如此"③,即此而言,《静中吟》的真正态度实与此诗的关注一脉相承:均是基于性理观念下对自身生命的理解关怀。又"孝宗在御日,遇午节曾于便殿手书一桃符云:'采线结成长命缕,丹砂书就辟兵符。'盖圣主好文,宴衎自娱又与后圣不同如此"④。明白无疑地表明了孝宗的文学兴趣不过"宴衎自娱"而已。《礼记·檀弓上》:"居处言语,饮食衎尔。"郑玄注"衎尔,自得貌"正可成为这位"恭俭自饬"的弘治皇帝游心文艺时的注脚。朱彝尊称其"置《永乐大典》于便殿,暇即省览,又命儒臣集历代御制诗以为规范",儒臣于历代帝王诗作的取裁中当然有着合乎道统的判断,其终极指向原在为君之道的借鉴,并非诗歌的关注。指向自身的文学态度,同时又要服从于传统明君观念下的形象塑造,朱祐樘于诗歌的提倡自然有限得很。

可惜的是,孝宗"忧勤惕励"并没有遗传给儿子朱厚照,这位以"逸乐骄奢"著称的正德皇帝,按照守成之君的历史规律,大大迈进了一步。虽然亦有惯例的经筵讲学,"然儒臣之讲未毕,而已有鸿鹄之思,几席之读未几,而倏兴逸乐之想,惟闻与近幸导谀者,不时游玩,杂剧满前,一暴十寒,得之方微,耗之已甚"⑤,竟然导致大臣的奏章都"不可文,文恐上不省;不可多,多

① (清)钱谦益:《列朝诗集》乾集之上,影印清顺治九年毛氏汲古阁刻本。
② 据载,弘治的顶上没有头发,原因是其母被迫服药堕胎所致。他的体质单薄孱弱,显系隐藏期间营养缺乏的结果。参见郭厚安:《弘治皇帝大传》,辽宁教育出版社1994年版,第56页。
③ (明)陈洪谟:《治世余闻》上篇卷一,中华书局1985年版,第10页。
④ (明)沈德符:《万历野获编》卷二,中华书局1959年版,第68页。
⑤ 吏科给事中胡煜疏,见《明武宗实录》卷十二,台湾"中研院"历史语言研究所影印本1968年版;又见于《续文献通考》卷二百一十三。

览勿竟也"①。学识不足而轻举嬉戏，专信诹佞而游猎无度，朱厚照将帝家子弟的宴安愉佚演绎得淋漓尽致，声色犬马，亲女嬖，建豹房，荒淫放荡，无所不为，自封大将军，禁令杀猪，莫不体现出这位正德皇帝的率性而为，诸多的爱好中并无诗歌，生性爱动的明武宗对于文人翰墨实在没什么兴趣，自然不会留心了。

正德身边的太监诱导导致了其先天文学环境的不足，其后的嘉靖却有个不错的诗歌环境，祖母邵氏即因自吟《红叶诗》而得到宪宗的宠幸②，父亲兴献王朱祐杬在邵氏的影响下，"嗜诗书，绝珍玩，不畜女乐"③，有《恩纪诗集》七卷、《含春堂稿》一卷，其"喜以文事自娱"④与兄长朱祐樘倒颇为相类，自然也言传身教中影响到儿子朱厚熜，"口授以诗，不数过辄成诵。与以读书作字，问安视膳之节，与夫民间疾苦，稼穑艰难，靡不领略"⑤，稍长之后的朱厚熜又受教于"学不孔、颜，行不曾、闵，虽文如雄、褒，吾且斥之"的湖广提学副使张邦奇，系统接受了传统儒家的经典教育。从早岁的"通《孝经》大意"到入府学后"每遇祭祀及拜进表笺，进止凝重，周旋中礼，俨然有人君之度"⑥，朱厚熜逐步完成了儒学知识框架的构建，并以之作为其言行举止的指导准则。早期的儒学训练成为这位藩王突然继位后"锐意求治"的理论前提，"临御以来，厘革弊政，委任旧臣。凡夫敬天法祖，修德勤政，求贤纳谏，讲学穷理，节财爱民诸事，唯日孜孜，次弟举行"⑦，又"世宗初建无逸殿于西苑，翼以豳风亭。盖取诗书中义，以重农务。而时率大臣游宴其中，又命阁臣李时、翟銮辈，坐讲《豳风·七月》之诗，赏赉加等。添设户部堂官，专领稿事"⑧。无论是理国观念，还是施政方式，大抵皆是依照儒家明君观念的形象塑造。而少年时的诗歌濡染亦未因入继大统而转移，"世宗初政，每于万几之暇喜为诗，时命大学士费弘、杨一清更定。或御制诗成。

① （清）谷应泰：《明史纪事本末》卷四十三，中华书局1977年版，第630页。
② （明）朱国祯：《涌幢小品》卷五，上海古籍出版社2005年版，第3221页。载："皇祖母孝惠皇太后邵氏，知书，有容色，杭州兵家女也。……尝赋诗曰：'宫漏沈沈滴绛河，绣鞋无奈怯春罗。曾将旧恨题红叶，惹得新愁上翠蛾。雨过玉阶秋气冷，风摇金锁夜声多。几年不见君王面，咫尺蓬莱奈若何。'诗成，微吟，宪宗步月过院，闻而异之，遂召幸焉。生兴王，是为睿宗献皇帝。"
③ （清）张廷玉等：《明史》卷一百一十五，中华书局1997年版，第930页。
④ 《明武宗实录》卷一百七十五，台湾"中研院"历史语言研究所影印本1968年版。
⑤ 《明世宗实录》卷一，台湾"中研院"历史语言研究所影印本1968年版。
⑥ 《明世宗实录》卷一，台湾"中研院"历史语言研究所影印本1968年版。
⑦ 《明世宗实录》卷二，台湾"中研院"历史语言研究所影印本1968年版。
⑧ （明）沈德符：《万历野获编》卷二，中华书局1959年版，第49页。

令二辅臣属和以进，一时传为盛事"①，然而，这样的盛事不久便因"大礼议"而中辍了，"张璁等用事，自愧不能诗，遂露章攻弘，诮其以小技希恩。上虽不诘责，而所出圣制渐希矣"②。张璁的抨击对象虽不是嘉靖，但他竟然引以为戒，"圣制渐希"，即此可知，对正统观念熏陶下的嘉靖皇帝而言，诗歌不过"小技"而已，虽然有着一定的兴趣，却远不能与制礼作乐、模范天下的天子职守相提并论。略微的间接指责便足以令其轻易放弃，自然不会有特别的提倡了，更何况还有压倒儒学帝王观的道教崇拜呢！嘉靖的崇道远源导于自宪宗、孝宗、兴献王以来，一脉相承的修斋设醮，优礼道家，近因则在自身的体弱多病、久无子嗣等，偶尔几次的祷祀应验更加剧其于道教的迷信。"银函佛骨付灰尘，恭默惟闻奉玉真"③，历遭宫婢之变后，更是移居西苑，专意修玄，昔日的无逸殿已变为永寿宫，国事尚且不为留心，何谈诗歌，"梨园子弟鬓如霜，十部龟兹九部荒。妒杀女冠诸侍长，大罗天上奏霓裳"④，诸般礼乐荒废殆尽，整副心事只在焚修斋醮，"坛前才布诸天位，苑外先催学士文"⑤，仅有的文学兴趣亦全部转移于青词撰写，取媚道教神祇的文字成为后期嘉靖唯一的文学关注，其中的韵文体青词虽也可纳入广义的诗歌范畴，但嘉靖的提倡却实在算不上是对诗歌的积极态度。

　　被立为太子的皇长子不幸早夭，溺道的朱厚熜笃信陶仲文"二龙不相见"之说，始终没有正式册立裕王朱载垕为皇太子。朱载垕的生母不为嘉靖所喜，自己与父皇一年难得见几次面，关系也很淡薄，户部官员自然冷眼相对，以至于一连三年得不到应有的赏赐，生活拮据，乃至要王府官员贿赂严世蕃，方才获得三年未有的赐给之物。久居藩王的清贫生活却也培养出这位隆庆皇帝的节俭作风，"尝思食果饼，询之近侍，俄顷，尚膳监及甜食房，各开买办松榛、长饧等物，其值数千金以进，上笑曰：'此饼只需银五钱，便于东长安大街勾栏胡同买一大盒矣，何用多金？'内臣俱缩颈退。盖上在潜邸久，稔知其价也。又一日思食驴肠，近侍请增入御膳中，上曰：'如此则大官将日杀一驴，以备上供矣。'竟不许"⑥。即小见大，可知其"仁俭性成"，且有"罢一切斋醮工作及例外采买"，"禁属国毋献珍禽异兽"的惠民善

---

① （明）沈德符：《万历野获编》卷二，中华书局 1959 年版，第 38 页。
② （明）沈德符：《万历野获编》卷二，中华书局 1959 年版，第 38 页。
③ （明）朱权等：《明宫词》，北京古籍出版社 1987 年版，第 263 页。
④ （明）王世贞：《弇州四部稿》卷四十六，上海古籍出版社 1987—1989 年版，文渊阁四库全书本。
⑤ （清）朱彝尊：《明诗综》卷四十九，乾隆刊本。又见于（明）李蓘：《嘉靖宫词》。
⑥ （明）沈德符：《万历野获编》补遗卷一，中华书局 1959 年版，第 792 页。

政,《明史》称其"在位六载,端拱寡营,躬行俭约,尚食岁省巨万。许俺答封贡,减赋息民"①,即此而论,当为有据。通常而言,崇尚俭朴的帝王于文艺一般没有特别的兴趣,更重要的是,如同朱棣不喜的朱高炽一样,位居至尊后的朱载垕同样以纵情酒色的方式宣泄着久被压抑的积郁。"帝颇耽声色,陈皇后微谏,帝怒,出之别宫"②,史科给事中石星上疏称,"臣窃见陛下入春以来,为鳌山之乐,纵长夜之饮,极声色之娱,朝讲久废,章奏遏抑,一二内臣,威福自恣,肆无忌惮,天下将不可救"③。讳疾莫深的态度正透露出明穆宗节俭而不寡欲的实际行径,"隆庆窑酒杯茗盌,俱绘男女私亵之状,盖穆宗好内,故以传奉命造此种"④,朱载垕虽"黜不经之祀",宫中却保留了嘉靖间的佞幸所进的红铅等热剂,"至穆宗以壮龄御宇,亦为内官所蛊,循用此等药物,致损圣体,阳物昼夜不仆,遂不能视朝"⑤。在位仅六载,便在36岁的壮龄去世,即是明穆宗纵欲早亡的最好说明。此外"穆宗好观武事,时江陵……请上每秋大阅,躬诣校肆,上大喜,褒美允行"⑥,又穆宗尝驰马宫中,(朱翊钧)谏曰:"陛下天下主,独骑而骋,宁无衔橛忧"⑦。可知,朱载垕的身上颇遗传了些祖辈的尚武气质。然而,这位还算节俭的隆庆皇帝,既溺于女色,且喜驰马武事,自然不会对诗文感兴趣了。

明神宗朱翊钧登基时仅有10岁,元辅张居正独揽朝政外,更依照儒家的惯例塑造着这位未来的万历皇帝,"每日于日初出时驾幸文华,听儒臣讲读经书。少憩片时,复御讲筵,再读史书。至午膳而后还大内。惟每月三六九常朝之日始暂免,此外即隆冬盛暑无间焉"⑧。而少年朱翊钧确也显示出聪明好学的勤勉品质,"于宫中读书,日夕有程,常二四遍覆背,须精熟而已"⑨,"十年之中,圣学日新,坐致太平之治……早岁励精,真可只千古矣"⑩。勤学之外的唯一兴趣便是书法,"上天藻飞翔,留心翰墨,每携大令鸭头丸帖、虞世南临乐毅论、米芾文赋以自随……内府藏颜鲁公书孝经,得

---

① （清）张廷玉等:《明史》卷十九,中华书局1997年版,第101页。
② （清）张廷玉等:《明史》卷二百一十五,中华书局1997年版,第1466页。
③ 《历代通鉴辑览》卷一百一十,上海古籍出版社1987—1989年版,文渊阁四库全书本。
④ （明）沈德符:《万历野获编》卷二十六,中华书局1959年版,第654页。
⑤ （明）沈德符:《万历野获编》卷二十一,中华书局1959年版,第547页。
⑥ （明）沈德符:《万历野获编》补遗卷一,中华书局1959年版,第792页。
⑦ （清）张廷玉等:《明史》卷二十,中华书局1997年版,第102页。
⑧ （明）沈德符:《万历野获编》卷二,中华书局1959年版,第64页。
⑨ 《明神宗实录》卷四十,台湾"中研院"历史语言研究所影印本1968年版。
⑩ （明）沈德符:《万历野获编》卷二,中华书局1959年版,第64页。

之如珙璧,命江陵相装潢题识,珠囊绨几,未尝一日去左右"①。"自髫年即工八法",初"摹赵孟頫,后好章草"②,屡以墨宝赏赐群臣,然张居正上疏却称,神宗书法"笔力遒劲,体格庄严,虽前代人主无以复逾,但帝王之学,当务其大者,自尧舜至唐宋英贤之主,皆以修德行政治世安民,不闻有技艺之巧也,惟汉成帝知音,能吹箫度曲,六朝梁元帝、陈后主、隋炀帝、宋徽宗皆能文章善画,然无救于乱亡,可见君德之大,不在技艺间也。今皇上圣聪日开,宜及时讲求治理,以圣帝明王为法,若写字一事,不过假以此收放心,虽直逼钟、王,亦有何益哉?"③元辅张先生的立足古圣帝王言行的忠心进谏,对神宗影响颇大,几年后便取消了日课中的书法,赐书臣下的行为也减少了不少。被纳入文章之属的诗歌则同样被目为技艺之流,不足为帝王留心。"司礼张君名维,蓟人也,少侍今上春宫,为予言,上初学诗,咏新月云,"天边一轮月,其形光皎洁,可比圣人心,乾坤多照彻"④,少年君王的初学诗作或可不论工拙,然诗中所贯穿的圣道治国却足以反映出经史熏染下的朱翊钧仰慕先贤的核心关注。"今上大婚以后,留意文史篇什,遇元旦、端阳、冬至,必命词臣进对联及诗词之属,间出内帑所藏书画,令之题咏,或游宴即宣索进呈。至讲筵尤为隆重,宴赏之外,间有横赐,先人与同年及前辈诸公,无日不从事楮墨。而禁裔法酝,亦时时及门"⑤。偶然的诗歌关注亦夹杂于"文史篇什"的整体留意之中,最为隆重的仍是事关君王进德修业、治理天下的经筵讲习,朱翊钧对于诗歌实无特别的兴趣。而后期的朱翊钧沉溺于酒色财气,"嗜酒则腐肠,恋色则伐性,贪财则丧志,尚气则戕生",身心疲惫的明神宗开始了史上绝无仅有的消极怠政,"上朝讲渐稀,宸游亦简,至今日而警跸不闻声,天庖不排,当岁时节序,亦未闻有一二文字进乙览,词臣日偃户高卧,或命酒高会而已。虽享清闲之福,而不蒙禁近之荣,似亦不如当时宠遇也"⑥。朱翊钧"怠于临政,勇于敛财,不郊不庙不朝者三十年",完全背弃了少年天子时的贤君理想,至于原本就兴趣不高的诗歌就更不予理睬了。

---

① (清)钱谦益:《列朝诗集》乾集之上,影印清顺治九年毛氏汲古阁刻本。
② (明)文秉:《定陵注略·圣明天纵》,(台湾)伟文图书出版有限公司1976年版,第9页。
③ 《明神宗实录》卷三十三,台湾"中研院"历史语言研究所影印本1968年版。
④ (明)朱孟震:《玉笥诗谈》,载周维德集校《全明诗话》第3册,齐鲁书社2005年版,第2407页。《定陵注略》"圣明天纵"条有"咏月诗","团圆一轮月,清光何皎洁,惟有圣人心,可以喻澄彻",大体相类,若非相传有误,即为一题数作,然即此可知,朱翊钧于诗并不擅长。
⑤ (明)沈德符:《万历野获编》卷十,中华书局1959年版,第267页。
⑥ (明)沈德符:《万历野获编》卷十,中华书局1959年版,第267页。

　　仅有一月帝祚的明光宗,堪为附赘。朱常洛"在青宫苦极","失意于上之所昵,其启处反不若庶人"①,如同为父皇不喜的朱高炽、朱载垕一样,朱常洛将十几年来备经折磨的心理压抑借酒色宣泄,"不亲书史","环宫之内,尽日兀坐,无所事事"②,不免为近侍"导以荒淫","及登极,贵妃进美女四人侍帝,未十日,帝不豫"③,生前"梃击",亡于"红丸",故后"移宫",三案构争,党祸益炽。如此的"一月天子"自然不会对诗歌留意,更重要的是,作为父亲,"不亲书史"的生活方式理所当然地影响了后来的明熹宗朱由校。

　　明神宗恶子及孙,始终拒绝册立朱由校为皇太孙,反对其出阁读书,十有五岁,"竟不使授一书,识一字"④,明光宗突然驾崩,匆忙继位的朱由校成为明史上唯一一位"未尝出阁讲读"的皇帝,其文化水准可想而知。"帝好儿弄,既即位,当东西交哄之日,耳目不及文书"⑤,学一荒而不可振,自幼贪玩成性,不知帝业为何物的朱由校即位后,依旧嬉戏不止,而君王的无上至尊更给了其肆意游戏的便利,明人秦徵兰有《天启宫词》100 首,蒋之翘有《天启宫词》136 首,其中有相当篇章都是状写朱由校的各种游戏的,诚可谓别出心裁,层出不穷。"帝性机巧,好亲斧锯髹漆之事,积岁不倦"⑥,这位木匠皇帝,连国政权柄都可交付妇寺,怎会留心诗文呢?

　　继统于危难之际的思宗朱由检"慨然有为。即位之初,沈机独断,刬除奸逆,天下想望治平"⑦,然而,大势倾沦非一日而就,门党争诟于廷,女真崛起于边,流民激变于内,积习难挽,文臣唯诺,将骄卒惰,国用日蹙,遂至溃烂而莫可救。尽管朱由检自身的刚愎自用、举措失当、猜疑多忌、用人难久,于明宗骤亡有着不可推卸的责任,但以传统帝王的道德准则而言,"在位十有七年,不迩声色,忧劝惕励,殚心治理"的崇祯皇帝诚非亡国之君。朱由检"衣冠不正,不见内侍,坐不欹倚,目不旁视,不疾言,不苟笑"⑧,俨如道德之士,"雅好鼓琴,尝制访道五曲"⑨,颇具君子之风,"帝喜读书,各宫玉座左右俱置卷帙,坐则随手批览。常作四书八股文以示群臣,因而颁行天下,士子咸诵焉",所谓"居然风度是书生,坐处旋闻洛咏声。提笔若随乡贡籍,也

---

① (明)查继佐:《罪惟录》帝纪之十五,商务印书馆 1926 年版,四部丛刊本。
② 《明神宗实录》卷五百六十一,台湾"中研院"历史语言研究所影印本 1968 年版。
③ (明)查继佐:《罪惟录》列传之二,商务印书馆 1926 年版,四部丛刊本。
④ 《明神宗实录》卷五百八十,台湾"中研院"历史语言研究所影印本 1968 年版。
⑤ (明)查继佐:《罪惟录》帝纪之十六,商务印书馆 1926 年版,四部丛刊本。
⑥ (清)张廷玉等:《明史》卷三百零五,中华书局 1997 年版,第 2005 页。
⑦ (清)张廷玉等:《明史》卷二十四,中华书局 1997 年版,第 121 页。
⑧ (明)王世德:《崇祯遗录》,北京出版社 1998 年版,四库禁毁书丛刊本。
⑨ (清)抱阳生编著:《甲申朝事小纪》(上、下册),书目文献出版社 1987 年版,第 430 页。

应金榜占科名"①也。这位书生天子,勇于求治,寡欲崇俭,有儒者风范,却无文人习性,其少诗作。且身处末世欲力挽狂澜,一生勤勉,更无暇文艺了。

有明十六帝,群像各异,几可缩微历代君王图景,或勤勉或荒怠,或暴戾或仁懦,然而,传统观念下的君王行为中,诗歌本身并不属于可以提倡的规范行为。帝之留心,当务大者。纳入明君体系的帝王或者有些兴趣,却不能有意提倡,当然也包括那些庸碌平常的中材之主,接受了为君之道,却无力无能完成,守成无为,当然也不会于诗歌特别鼓励了。至于被归入昏君、荒君之流的皇帝们,流连声色嬉戏,哪里还会眷顾诗文雅兴——明代帝王的一般诗歌态度大抵如此:并无特别的爱好,更无着意的提倡鼓励。

二、维系君王形象的赋诗与赐诗

虽然未获得传统为君之道的合法认可,但较之声色犬马,诗歌作为帝王万几之余的性情陶冶、文治点缀,无疑有着更为合理的存在意义,而诗以言志、文以载道的一般观念更为诗歌的文化价值提供了理论辩护。更重要的是,从先秦时代诗礼、诗乐的绾结到以赋诗行为为标志的春秋礼乐文化,再到"不学诗,无以言"的立身准则,"诗"成为君子修养的最佳文化体现。尽管《诗》三百在后来的经典化过程中被尊为"圣经",褪去了文学的色彩,但已然浸染了"礼"之文化品质的诗歌,实已成为士人阶层的一种行为标识,并在"礼以别异"的等级社会中积淀为君子文化身份象征的集体无意识。《仪礼·丧服》曰:"君,至尊也。"郑玄注:"天子、诸侯及卿大夫有地者,皆曰君"②。《诗·魏风·伐檀》曰:"彼君子兮,不素餐兮!"③《孟子·滕文公上》称:"无君子莫治野人,无野人莫养君子。"④《淮南子·说林训》言:"农夫劳而君子养焉。"高诱注:"君子,国君"。显然,"君王"之"君"与"君子"之"君"于等级层面的文化寓意大抵相通,故而,作为一般君子文化身份象征的诗歌同样可以应用于"奄有四海"的天下之君。日理万机的君主虽有着不事诗歌的合理借口,位极人伦的帝王亦不需要以诗赋风雅来证明自己的至尊身份。然而,作为统治阶层的最高代言人,无论是礼乐表率的职责所

① (明)朱权等:《明宫词》,北京古籍出版社1987年版,第80页。
② 《仪礼注疏》卷二十九,载(清)阮元校刻:《十三经注疏》(上、下册),清嘉庆刊本,中华书局2009年版,第2381页。
③ 《毛诗正义》卷五,载(清)阮元校刻:《十三经注疏》(上、下册),中华书局1980年版,第359页。
④ (宋)朱熹:《四书章句集注·孟子集注卷五·滕文公章句上》,中华书局1983年版,第256页。

在,还是融洽统治集团内部关系的政治需要,抑或点缀升平的文治建设,都要求帝王在一定的人文生态下以赋诗、赐诗的文学行为维系自己作为国家文化最高象征的天子形象。

朱元璋以游丐起事,目不知书,于戎马军旅中征访耆儒宿学,朝夕讨论,勤于学问,乃后遂能操笔成文章。尝谓侍臣曰:"朕本田家子,未尝从师指授,然读书成文,释然自顺,岂非天生圣天子耶?"①将"无师成文"认作"天生之圣",自我夸耀的背后或可想见朱元璋钦慕文雅之情状,即位后的锐志雅乐固然有着恢复汉制的文化心态,亦隐含着这位平民天子文治粉饰的形象塑造。而在其亲拟的具有宪法意义的《大诰》中,起首第一条便是:君臣同游。曰:

"昔者人臣得与君同游者,其竭忠成全其君,饮食梦寐未尝忘其政,所以政者何? 惟务为民造福,拾君之失,搏君之过,补君之阙,显祖宗于地下,欢父母于生前,荣妻子于当时,身名流芳,千万载不磨"②。

法令形式的硬性规定中自然含着"为子孙深虑"的政治动机:"盖君尊如天,臣卑如地,其分至严,矧继世之君生长深宫,其于臣下尤易悬绝,盖一日之间,视朝之际,仅数刻耳。退朝之后,所亲接者,宦官宫人,所谓贤士大夫者,无由亲近也,于是乎发为君臣同游之训。谓之游者,则凡便殿燕闲之所,禁御行幸之处,无不偕焉"③。尽管"拾其失,搏其过,补其阙,不忘其政以福乎民"的文化寓旨有别于"自汉唐以下诸君,非不有时而同游,不过宴赏觞咏,助欲丧德而已"④,但侍游、燕和的相似程式却已为君臣间赋诗赓和创造了客观条件。

明人陈弘绪《寒夜录》称,"府志载,高皇帝以至正壬寅幸龙兴,谒孔子庙,过铁柱观,复出城,开宴于滕王阁,诸儒咸赋诗为乐",时为吴王的朱元璋虽未亲自参与,却已然表现出了融洽君臣、修文为治的积极态度。登基之后,勤政不倦,然同游唱和亦屡为举行:

"建大本堂,取古今图籍充其中,征四方名儒教太子诸王……帝时时赐宴赋诗,商榷古今,评论文字无虚日。命诸儒作《钟山龙蟠赋》。置酒欢甚,自作《时雪赋》,赐东宫官"⑤。

---

① (明)徐祯卿:《翦胜野闻》,中华书局 1991 年版,丛书集成初编本。
② (明)朱元璋:《御制大诰三编》君臣同游第一,明洪武内府刻本。
③ (明)丘濬:《大学衍义补》卷六,上海古籍出版社 1987—1989 年版,文渊阁四库全书本。
④ (明)湛若水:《格物通》卷四十五,上海古籍出版社 1987—1989 年版,文渊阁四库全书本。
⑤ (清)张廷玉等:《明史》卷一百二十五,中华书局 1997 年版,第 929 页。

"帝宴闲,辄命儒臣列坐赋诗为乐"①。

"江东诸门酒楼成,赐百官钞,宴其上。(钱)宰等赋诗谢。帝大悦"②。

"帝有事北郊,召尚书吴琳、主事宋濂率文学士以从。执偕陶凯等十二人入见斋所。令赋诗,复令赋山栀花。"③

"帝尝登钟山,以宁与朱升、秦裕伯等扈从拥翠亭,给笔札赋诗"④。

"洪武二年十一月,上御外朝,召学士宋濂、危素、詹同等饮,亲御翰墨赋,冬日诗诸臣皆和焉"⑤。

"丙午年六月旱,上祷雨钟山,获应赋七言《喜雨诗》,命待制黄哲等赓和;已而诸将告捷,多令翰林诸儒臣应制赋诗,上亲加评品"⑥。

在如此频繁的文学燕游之下,"当时儒臣,每侍上游观禁苑,凡亨楼台阁。靡不登眺,以通上下之情,成地天交也"⑦,朱元璋借同游开言路,融洽君臣,以促进统治集团整体化的施政思路在一定程度上得以实现,而偃武修文的立国方针亦于升平点缀中体现。更重要的是,朱元璋这位出身微贱的马上皇帝已然在诗赋风流中褪去了"不识诗书"的草莽气息,君臣同游、燕享赓和的熙熙皞皞中俨然营造出一派有德有言、文武兼备、足以代言天下的圣王形象。然而,继祚承业而起的朱家子孙却大多没有这样的思路,这些长于深宫的皇家子弟一般都有着良好的教育背景,却没有创业甘苦的直接感触,自然不会有洪武开国时刻意的形象塑造,而宫廷生活所培养的唯我独尊、颐指气使更使其难以融洽于未曾共事艰辛的群臣僚属,对于"君臣同游"的理解自然有限得很。

依照守成君主模式所培养的建文帝或于朱元璋的"君臣同游"领会颇深,靖难烽烟四起,尚且"宴群臣于奉天殿,大祀庆成也。是日,群臣大欢会,赋诗纪成,颁天下"⑧。惜其立国仅及四载,未见规模。

明成祖以武力篡权,于帝王形象倒是颇为留心,其用力之处原在耀兵域

---

① (清)张廷玉等:《明史》卷一百三十五,中华书局 1997 年版,第 1022 页。

② (清)张廷玉等:《明史》卷一百三十七,中华书局 1997 年版,第 1031 页。

③ (清)张廷玉等:《明史》卷一百三十七,中华书局 1997 年版,第 1031 页。

④ (清)张廷玉等:《明史》卷二百八十五,中华书局 1997 年版,第 1877 页。

⑤ (明)廖道南:《殿阁词林记》卷十二,上海古籍出版社 1987—1989 年版,文渊阁四库全书本。

⑥ (明)廖道南:《殿阁词林记》卷十三,上海古籍出版社 1987—1989 年版,文渊阁四库全书本。

⑦ (明)廖道南:《殿阁词林记》卷十二,上海古籍出版社 1987—1989 年版,文渊阁四库全书本。

⑧ (明)姜清:《姜氏秘史》卷四,豫章丛书本,光绪刊本。

外、四方咸宾的天朝规模,标志文治的重头戏则在《永乐大典》的编纂。其序称,"朕嗣承鸿基,缅向缵述,尚未有大一统之时,必有大一统之著作,所以齐政事、同风俗,序百王之传,综历代之典"①,皇皇巨制正是天朝大国之文化表征,其后所蕴则为"大一统"的帝王心理:江山一统、四海咸宾的气象规模方是夺了侄儿皇位的永乐帝的用心所在,而以一代垂统之君,燕享群臣,点缀文治的诗赋行为亦多为此心态下的产物。

"永乐四年八月,集翰林儒臣及修书秀才十数人于丹墀内,同赋《白象诗》。擢右庶子胡广为第一,王涯为第二,余赏赉有差"②。

"(太宗)元宵观灯,命大臣皆赋诗,诗成,有钞币之赏"③。

"永乐中,学士解缙、胡广等七人,每令节燕闲,陪驾幸东西二苑,登万岁,侍宴广寒殿,泛太液以为常,多为歌诗以纪之"④。

然而,朱棣并没亲自加入赋诗之中,所保持的仅是一种居高临下的赏赐行为,洪武时君臣同游的政治意义实已开始消退。

"永乐间,禁中凡端午、重九时节游赏,如剪柳诸乐事,翰林儒臣皆小帽襈□,侍从以观。观毕,各献诗歌词,上亲第高下,赏黄封宝楮有差,至宣德间犹然。以后阁老与诸学士、卿亚间与焉,以下儒臣不复近,而应制之作罕闻矣"⑤。

"襈□"即"曳撒",为古代戎服,虽可为燕居所用,却不尽合礼法⑥,永乐儒臣以小帽戎装侍从尚武君王,或有亲近之意,却有失文雅之度,而"君臣同游"的文化寓意亦渐渐退化为皇家乐事的文字点缀了。"宣德间犹然"的同游乐事或为有明一代"上下同心"之最高峰,史称:"是时海内宴安,天子(宣宗)雅意文章,每与诸学士谈论文艺,赏花赋诗,礼接优渥"⑦,"当是

---

① 陈登原:《国史旧闻》卷五十八,中华书局1980年版,第553页。
② (明)焦竑:《玉堂丛语》卷三,中华书局1981年版,第79页。又见于皇甫录《皇明纪略》。
③ (明)王锜、于慎行:《寓圃杂记 谷山笔记》卷一,中华书局1984年版,第8页。
④ (明)廖道南:《殿阁词林记》卷十二,上海古籍出版社1987—1989年版,文渊阁四库全书本。
⑤ (明)尹直:《謇闻漫记 謇斋琐缀录》卷二,中华书局1991年版,丛书集成初编本,第20—21页。又见于《明朝小史·卷四·永乐纪》。
⑥ (明)王世贞:《觚不觚录》:"袴褶,戎服也。其短袖或无袖,而衣中断,其下有横折,而下复竖折之,若袖长则为曳撒,腰中间断以一线道,横之则谓之程子衣,无线导者则谓之道袍,又曰直掇,此三者,燕居之所常用也。迩年以来,忽谓程子衣、道袍皆过简,而士大夫宴会必衣曳撒,是以戎服为盛,而雅服为轻,吾未之从也"。尽管王世贞不以为然,但在相当一部分士大夫看来,此举颇为失礼。又《明史·卷二十九》载,正德还京时,曾令朝臣用曳撒大帽迎接,而给事中朱鸣阳言,"曳撒大帽,行役所用,非见君服,皆近服妖也"。
⑦ (清)张廷玉等:《明史》卷一百五十二,中华书局1997年版,第1092页。

时,帝(宣宗)励精图治,士奇等同心辅佐,海内号为治平。帝乃仿古君臣豫游事,每岁首,赐百官旬休。车驾亦时幸西苑万岁山,诸学士皆从。赋诗赓和,从容问民间疾苦。有所论奏,帝皆虚怀听纳"①。这位多才多艺的太平天子倒是颇为准确地贯彻了"君臣同游"的祖训意图,更增添了些刻意媲美前贤帝圣的标榜心态。若"宣宗御文华殿,召大学士杨士奇、杨荣、金幼孜,特赐鲥鱼醇酒,加赐御制诗,有'乐有嘉鱼'之句,士奇等霑醉献和章,上嘉曰:'朕与卿皆当以成周君臣自勉,庶几不忝祖宗之付托'"②,又曾对大学士王英说:"洪武中,学士有宋濂、吴沉、朱善、刘三吾,永乐初,则解缙、胡广。汝勉之,毋俾前人独专其美。"③朱瞻基志在有为,不甘落后父祖,比附前王的帝王心思于中可见。所谓"运际雍熙,治隆文景,君臣同游,赓歌继作,则尤千古帝王之所系遘也。于乎盛哉!"④由钱谦益立足诗史的感怀称盛中,或可窥见朱瞻基有意为之的贤君塑造。需要指出的是,明宣宗不仅亲自参与赋诗唱和,而且许多"君臣同游"的场合中,扮演着独领风骚的角色,"宣庙遣中官召郡守七人,宴光禄寺,并赐以诗,公(况钟)实为之首"⑤,"宣德六年万寿圣节,上御制诗一章,赐尚书胡濙、蹇义、大学士杨士奇、杨荣,且曰'朕茂膺天命,惟尔四人赞翼之力'赐宴尽欢,而罢"⑥。尽管杨士奇、杨荣都在次日"各奉和睿制以献",但就"君臣同游"而言,实际的赋诗主角却只是朱瞻基一人,接受了良好宫廷教育的明宣宗,远不同于初不识书的朱元璋,风流儒雅,于诗颇有兴趣,当然不愿于"君臣同游"中放弃显示圣明、树立形象的机会。然而,宣宗之后的明代帝王于诗歌大多没有特别的喜爱,更循着守成之君的荒废规律,步步堕落,略不以帝王形象为念,"君臣同游"自然也便成为阁臣、学士、亚卿偶然得"沐"的天恩,至于赋诗更是少见。

其后,"英宗复辟,始命诸大臣同游",内容却是"校猎南海子""西苑阅武臣骑射""阅御监勇士骑射"之类,全在演武,不闻赋诗。⑦《殿阁词林记》又载,"嘉靖十二年四月十三日,上御环碧殿试演马,歌曰:朱夏才入四月中,乘闲试马出深宫。惟兹七马壮且雄,登霄未可拟,跳涧或峥嵘,爰因演步至环碧,命诸左右来辅弼,同游同游兮祖训昭,赞襄赞襄兮须竭力。朕非商

---

① (清)张廷玉等:《明史》卷一百四十八,中华书局1997年版,第1077页。
② (明)余继登:《典故纪闻》卷九,中华书局1981年版,第165页。
③ (清)张廷玉等:《明史》卷一百五十二,中华书局1997年版,第1092页。
④ (清)钱谦益:《列朝诗集》乾集之上,影印清顺治九年毛氏汲古阁刻本。
⑤ (明)都穆:《都公谭纂》卷上,中华书局1985年版,丛书集成初编本。
⑥ (明)黄佐:《翰林记》卷六,中华书局1985年版,丛书集成初编本。
⑦ (明)廖道南:《殿阁词林记》卷十二,上海古籍出版社1987—1989年版,文渊阁四库全书本。

高宗,诸辅勿我弃,旱为霖兮羹作梅,启心务期沃朕心,俾令汤孙继祖烈,庶几政化维日新"①。"演马"当属武事,歌诗中虽也有"同游祖训昭,赞襄须竭力"的政治理解,亦不乏"汤孙继祖烈,政化维日新"的形象塑造,却不见臣下的唱和。况且,对于溺道极深的嘉靖皇帝而言,更愿看到的乃是工致的青词,原不在臣子的赓和。

明代君王的赋诗情状大抵如此,作为帝王的一种示恩方式,赐诗与赋诗一样,有着融洽君臣关系、维系帝王形象的文化寓意。相对于赋诗行为的集体性而言,帝王的赐诗虽有着不可避免的政治动机,却也包含着更为明显的个人色彩。

有着特殊文化背景的明太祖朱元璋,对于开国规模的营造以及天子形象的树立颇为关注。除却频繁的同游赓和之外,亦屡屡赐诗臣下:张紞出为云南左参政,"陛辞,帝赋诗二章赐之"②;范常乞归,"帝赋诗四章送之,赐宅于太平"③;"(陶安)坐事谪知桐城,移知饶州。陈友定兵攻城。安召吏民谕以顺逆,婴城固守。援兵至,败去。诸将欲尽戮民之从寇者,安不可。太祖赐诗褒美。州民建生祠事之"④;"遣(李质)振饥山东,御制诗饯之"⑤;不难看出,朱元璋的赐诗多是"因事而作","有为而赐",褒美鼓励之意多于诗中,若其赐陶安诗曰:"匡庐岩穴甚济济,水怪无端盈彭蠡。鳄鱼因韩去远洋,陶安鄱阳即一理。"⑥以韩愈祭鳄比之陶安理城,虽非贴切之喻,而嘉美之意已然明了。又前元降臣张以宁"奉使安南,封其国主,未至王卒,国人请立世子,以宁不从,复请命于朝,乃许之。上以其奉使不辱,御制诗八篇赐之,其宠异如此"⑦,赐诗八篇的宠异行为正在"奉使不辱"的功业:《明史》于此叙述颇详,陈日焜亡后,张以宁"留居洱江上,谕世子告哀于朝,且请袭爵。既得令,俟后使者林唐臣至,然后入境将事。事竣,教世子服三年丧,令其国人效中国行顿首稽首礼"⑧。张以宁出使,事必请谕,不专断,更以中国礼仪教化番邦,于天朝圣主的形象塑造最为有益,正得朱元璋心意。

---

① (明)廖道南:《殿阁词林记》卷十二,上海古籍出版社 1987—1989 年版,文渊阁四库全书本。
② (清)张廷玉等:《明史》卷一百五十一,中华书局 1997 年版,第 1087 页。
③ (清)张廷玉等:《明史》卷一百三十五,中华书局 1997 年版,第 1022 页。
④ (清)张廷玉等:《明史》卷一百三十六,中华书局 1997 年版,第 1024 页。
⑤ (清)张廷玉等:《明史》卷一百三十八,中华书局 1997 年版,第 1035 页。
⑥ (明)夏良胜:《中庸衍义》卷十六,上海古籍出版社 1987—1989 年版,文渊阁四库全书本。又见于《明朝小史·卷一·洪武纪》。
⑦ (明)沈德符:《万历野获编》卷十,中华书局 1959 年版,第 253 页。
⑧ (清)张廷玉等:《明史》卷二百八十五,中华书局 1997 年版,第 1877 页。

其实,朱元璋自己亦曾赐诗给日本僧人、朝鲜秀才①,用心以多在上邦君王形象的维系,即此而言,"赐玺书,比诸陆贾、马援,再赐御制诗八章"的格外恩典自然也就不足为奇了。

以赐诗之宠而言,宋濂或为明代冠冕,"每燕见,必设坐命茶,每旦必令侍膳,往复咨询,常夜分乃罢。濂不能饮,帝尝强之至三觞,行不成步。帝大欢乐。御制《楚辞》一章,命词臣赋《醉学士诗》。又尝调甘露于汤,手酌以饮濂曰:'此能愈疾延年,愿与卿共之。'又诏太子赐濂良马,复为制《白马歌》一章,亦命侍臣和焉。其宠待如此"②。这位"开国文臣之首"实际上是朱元璋有意树立的词臣模范③,在其《述非先生事》中,取型于宋濂的金华文渊子白称,"奈何文章之士,除吾之外,余无称帝心者也",所道出的正是朱元璋对宋濂的最高评价,在他眼中,"学通今古,性淳而朴实,有古人之风"④的宋濂正与其崇尚简古的审美取向合拍。而宋氏宗经复古的文学思想又与其锐意雅乐、恢复汉制的文化取向契合。同时,宋濂于"元至正中,荐授翰林编修,以亲老辞不行",隐于元而仕于明的政治背景最为朱元璋欣赏,而"朕以布衣为天子,卿亦起草莱"的相似出身更消除了朱元璋藏于内心深处的出身阴影,最能形成"君臣同乐"的融洽气氛,朱元璋为宋濂所作《楚辞》,起首便言"西风飒飒兮金张,会儒臣兮举觞",更结以"宋生微饮兮早醉,忽周旋兮步骤跄跄。美秋景兮共乐,但有益于彼兮何伤",正见上下相融之象,若其《赐宋濂诗》则有"景濂家住金华东,满腹诗书宇宙中。自古圣贤多礼乐,训今法度旧家风"⑤,一代雄主对开国文臣的推许于"诗书礼乐"中展开,而"武定祸乱,文致太平",制礼作乐,表率天下的帝王形象亦于中树立。

就赐诗的赏赐意义而言,还可以延伸出另外一种"赐诗"行为——因诗受赐。文学侍臣的职责多在"黼黻皇猷""点缀文治",因之获得奖赏自不算稀奇,但适合帝王脾味却是必要的前提,而君王的文学好尚亦可于中折射一

---

① (明)吕毖:《明朝小史》卷一,(台湾)正中书局1981年版,玄览堂丛书本。

② (清)张廷玉等:《明史》卷一百二十八,中华书局1997年版,第989页。

③ (明)焦竑《玉堂丛语》卷三称:"高帝欲俾宋濂参大政,濂曰:'臣少无他长,惟文墨是攻,今幸待罪禁林,陛下之恩大矣,臣诚不愿居职任也。'上厚之。每燕见,必命茶赐坐,每旦,令侍膳,询访旧章,讲求治道,或至夜分乃退。濂在朝久,若郊社、宗庙、山川百神之祀典,朝享、宴庆、礼乐、律历、衣冠之制,四夷朝贡赏赉之仪,及勋臣名卿焯德耀功之文,承上旨意,论次纪述,咸可传于后也"(中华书局1981年版,第75—76页)。今按:宋濂固守词臣的态度或是朱元璋厚待的最大原因,明史称其,"虽白首侍从,其勋业爵位不逮基,而一代礼乐制作,濂所裁定者居多",宋濂的文学表现确实也在执行着一代典范文臣的历史职责。

④ (明)朱元璋:《明太祖集》卷三,黄山书社1991年版,第48页。

⑤ (明)朱元璋:《赐宋濂诗二章》其一,载《全明诗》卷五,上海古籍出版社1990年版,第51页。

二．"一切谀词艳曲皆弃不取"①的朱元璋对于一般的称颂拍马颇为厌恶，曾"特以未造阅江楼名令诸职事，试作文以记之"，诸人之文"虽有高下，其大意则亦然……不过皆夸楼之美，言工已成"，由此对"所问所答，不过顺其欲而常其美，恶不谏焉"，"思膺上爵而名扬于世"的"群然而同游者"提出批评，指出"今之同游，非昔君之同游者。昔君之同游，皆和而不同者。今同我游者，咸同而不和者"②。其所贯穿的思路正与《大诰》中"君臣同游"以"捄过补阙"的文化寓旨一致。然而，洪武时代，以诗获赏的文臣并不为少，更有意思的是，他们的诗却没有丝毫的"捄过补阙"。如：

"刘伯言，新淦人。洪武初，宋潜溪以诗文荐之，应制《赋钟山晓寒》诗，有'鳌足立四极，钟山蟠一龙'之句。称旨，授官，辞归，赐金帛"③。

"帝微行，口占虹霓诗云：谁把青红线两条，和云和雨系天腰。命贡士彭友信续之，友信应声曰：王皇昨命鸾舆出，万里长空驾玉桥。帝大悦，明日即授北平布政使。"④

"林廷纲，洪武初承太祖亲擢吏科给事中，宠遇日隆，尝侍游江间殿，太祖首唱诗二句曰，'江间小殿与云齐，梁上新添燕子泥'。公承旨足成之曰，'雉扇晓开红日近，龙衣春湿彩云低，旌旗影里貔貅息，斧钺门前骐骥嘶。簪笔诗成同拜舞，太平天子赐新题'。又承旨作春江渔父图，亲题于殿壁间曰：'浩荡乾坤一钓图，丝纶终日倚菰蒲，桃花浪暖鱼堪脍，桑柘春深酒可酤。岁月不知蓬鬓改，江湖真与世情疏，熊罴不入君王兆，四海于今诵帝谟。'后赐名恒忠"⑤。

"太常博士顾录，字谨中，善诗歌，有《过鄱阳湖》诗，其一联云：'放歌今日容豪客，破敌当年想至尊。'闻入禁中，太祖命尽进其作。一日，近臣入便殿，见上所常御之处，有录诗数帙，盖深喜之也"⑥。

"国初，象山人钱唐貌魁梧善饮食。元末天下大乱，隐而不见，年将陆旬。见四海定于一，赴京敷陈王道，先献一诗。其诗曰：'大明洪武元年春，春雷一声天地响。龙飞在天雨如膏，天地山河增气象。山人昔往东海山，山形如象山名丹。丹山之南有白石，山人隐遁松林间。一朝阴气蔽白石，天昏

---

① （清）张廷玉等：《明史》卷六十一，中华书局 1997 年版，第 415 页。
② （明）朱元璋：《明太祖集》卷十三，黄山书社 1991 年版，第 266—267 页。
③ （明）朱国祯：《涌幢小品》卷二十二，上海古籍出版社 2005 年版，第 3635 页。
④ （明）吕毖：《明朝小史》卷二，（台湾）正中书局 1981 年版，玄览堂丛书本。
⑤ （清）周亮工：《闽小记》卷四，瓜蒂庵藏明清掌故丛书本。
⑥ （明）姚福：《青溪暇笔》卷上，中华书局 1985 年版，丛书集成初编本。又见于蒋一葵：《尧山堂外纪》卷八十二。

地暗人变颜。人人变颜心铁黑,山人铁心仍铁肝。山人名不挂唇齿,山人不与人相似。吴江江上吴山青,吴山有城高百雉。好风吹步上京师,铁杖麻鞋见天子。天颜悦怿天开明,谨身殿中承圣旨。致君尧舜端有时,山人事业当如此。'诗既称旨,授刑部尚书"[1]。

显然,朱元璋所欣赏的诗歌全在"龙兴""帝业"之类的颂美拍马,所谓的"称旨"全在皇家气象的烘托,圣王天子的形象凸显。明人笔记中的相类记载可为佐证:

朱元璋"自将兵十万,取婺州,过兰溪县,见古柏甚奇,驻师其下。有方姓老人拜伏曰:'此圣天子也。'喜之,赠以诗笺,令得游天下"[2]。

又朱元璋微访,"与生对席。问其乡里,曰:四川重庆人也。帝因属词曰:千里为重,重水重山重庆府。生应声曰:一人是大,大邦大国大明君。帝又举其小木几命生赋诗,生曰:寸木元从斧削成,每于低处立功名。他时若得台端用,要向人间治不平。帝私喜,因探钱债酒家而去,生不知为帝也。明日忽召生入谒,生茫然自失,既至上笑曰:秀才忆昨与天子对席乎? 生惶恐谢罪。又曰:尔欲登台端乎? 遂命为按察使。由是民间尽传此奇遇"[3]。

"洪武登极后,尝微行,夜过村落中,口吟云:'微微细雨洒修竹,拂拂轻风弊落花。'忽见一老人云:'天下车书今一统,五云深处帝王家。'太祖召见曰:'昨闻汝诗,深见忠爱,汝欲官乎?'曰:'不愿。'曰:'有子乎?'曰:'无子。'引入内库,命其纵取,老人遂取一金曰:'毕老足矣。'"[4]

此类故事,自难当以史实。然其中所蕴的文化心理却甚可注意,朱元璋以平民立身,自诩功业正是极为自然的心理,但是这一心理并不会直接赤裸地表现出来,毕竟国家大事的压力极为沉重,而自己低微出身亦是难以彻底消除的心理阴影。更重要的是,他对文人并无太多好感,个性又多猜忌,文臣的颂扬大抵多有着献媚的味道。作为一代雄主,朱元璋自然明了,所以他更愿听到民间真挚朴实的赞美,所谓"修辞立其诚",朱元璋对于文学并不十分留心,对于雕琢之事更是深恶痛绝,以此美学态度来取舍,不知而为的颂圣之作自然最称心意。对士人而言,平步青云则是永远的士人梦想,最是街头巷尾的佐谈资料,最易敷衍为文,因此此类故事亦最为流传。其实,笔

---

①　(明)黄溥、刘昌:《闲中今古录摘抄　县笥琐探摘抄》,中华书局1985年版,丛书集成初编本。

②　(明)朱国祯:《涌幢小品》卷二十七,上海古籍出版社2005年版,第3746页。

③　(明)吕毖:《明朝小史》卷一,(台湾)正中书局1981年版,玄览堂丛书本。

④　(明)余永麟:《北窗琐语》,载周光培编:《历代笔记小说集成》,河北教育出版社1995年版,第1页。

记所载的颂圣言行,与"称旨"的文臣诗作并无太多区别,有意无意的拍马大抵皆在对君王创统之膨胀心理的满足,而这位布衣天子渴求树立圣主形象的帝王心态亦于中呈显。

"洪武六年,诏天下乡贡举人,罢会试,开文华馆,禁中命选举人年少质美者肄业,其中河南解额内选张唯等四人,山东选王琏等五人,并各省共一十七名①,上召见便殿,亲命题,赋诗称旨,皆擢翰林编修,命入堂中读书,诏儒臣宋濂、桂彦良等分教之。"②

所赋之诗,虽不可考,然即张唯、王琏应制所作《醉学士歌》中"酒酣拜舞玉阶前,千载君臣庆良会","圣主九重动颜色","归来天阶踏明月,回望祥云满金阙"③之类的颂圣手法而论,或可推知其便殿赋诗的"称旨"所在。

同为马上皇帝的朱棣却于诗歌不甚留意,甚少诗作,学士解缙、胡广虽也多次侍驾游宴,然赐诗殊荣却仅见于与其关系特殊的姚广孝,曾有《赐太子少师姚广孝七十寿诗》二首,"功名跻辅弼,声誉籍文章"以彰其开国之勋,"未可还山隐,当存报国忠"以尽其挽留之情。朱棣于姚广孝的天恩眷顾或多因个人情意,而其赐诗外国的动机则全在帝王形象的维系。"永乐五年,授交阯明经甘润祖等十一人为谅江等府同知,赐勅慰勉,仍赋诗一章各送之"④,交阯(趾)所举的明经进士竟然有等同姚广孝的赐诗殊荣。又永乐三年,朱棣封满刺加国之西山为镇国山;四年,封日本国山曰寿安镇国之山;六年,封浡泥国长军镇国之山;十四年,封柯枝国中之山为镇国山。每次封山,必亲制碑文,赐以铭诗。朱棣对诗歌并无太大兴趣,接连亲为的赐诗之举所体现的正是明成祖的核心关注:古所未宾之国的朝贺臣服最是辉煌帝业的政治标志,炳耀夷裔的御制铭诗无疑有着维系天朝圣主形象的文化意义,永乐皇帝慨然赐诗的真正动机亦在于此。

"尤喜为诗"的朱瞻基当然是赐诗最多的明代皇帝,宴游赋诗时的主角独唱、不重赓和实已有着面向群臣的赐诗色彩。而指向明确的单独赐诗亦屡见记载,"宣宗尝临视文渊阁,亲披阅经史,与少傅杨士奇等讨论,因赐士

---

① (明)王世贞:《弇山堂别集》卷八十一,录其中九人,名次、姓名、年龄,"正月初八日河南解额内选四名:第一人,张唯,年二十七;其次,王辉,年二十八;李端,年二十一;张翀,年二十七。二十三日,山东解额内选五名:第一人,王琏,年二十三;其次,张凤,年二十八;任敬,年二十六;陈敏,年二十三;马亮,年二十五;皆拜翰林编修。又选国子监蒋学、方征、彭通、宋善、王惟吉、邹杰等拜给事中,于文华堂肄业,命太子赞善大夫宋濂、太子正字桂彦良分教之"。

② (清)孙承泽:《春明梦余录》卷三十二,北京古籍出版社1992年版,第502页。

③ 陈田辑撰:《明诗纪事》第1册,上海古籍出版社1993年版,第119—120页。

④ (明)王世贞:《弇山堂别集》卷十四,中华书局1985年版,第253页。

奇等诗"①,"(孙忠)尝谒告归里,御制诗赐之"②,又如《绿竹引赐都督孙忠》《太液池送黄淮辞政》《喜雪歌赐兵部尚书张本》《书愧诗示户部尚书夏原吉》《赐许廓巡抚河南诗》诸作,均是这位雅意文学的宣德皇帝对臣下的恩典。朱瞻基长于宫禁,受学儒臣,缵继大统后,守成父祖鸿业,按照儒家圣王理想塑造的明主形象自然成为这位太平天子的历史使命。"宣德间巡抚周公忱会计入朝,上命置酒于乐馆,集公卿大臣侍饮极欢……是日,一学士醉归,忘其带,词林为赋醉学士歌"③,"宣庙尝诏令临御以来三科进士御文华殿亲试之,拔其尤者……进学文渊阁,其优礼给赐,一循永乐甲申之制,仍赐御制诗以示勉励"④。近乎雷同的"君臣同游"中正可窥见朱瞻基继踵先祖的守成情结,当然,较之祖辈,朱瞻基的身上有着更多儒家观念下的"仁君"色彩,赐诗中每每体现出仿效古圣贤王的民生关切,若《悯农诗示吏部尚书郭琎》云:"辛苦事耕作,忧劳亘晨昏。丰年仅能给,歉岁安可论"。《减租诗》称:"而此服田者,本皆贫下民。耕作既劳勤,输纳亦苦辛","先王亲万姓,有若父子亲。兹惟重邦本,岂曰矜斯人"。《捕蝗诗示尚书郭敦》更有"上帝仁下民,讵非人所致。修省弗敢怠,民患可坐视"句。这些赐诗作为"王道""仁政"思想的文学体现,自然有着"亲民"帝王的形象塑造,却也不乏指向现实的政治意义。

　　史载,"六月己卯,遣官捕近畿蝗,谕户部曰:'往年捕蝗之使害民不减

---

① (清)张廷玉等:《明史》卷九十六,中华书局1997年版,第626页。余继登《典故纪闻》卷九载:宣宗所赐诗曰:"秘阁宏开当异隅,充栋之积皆图书。仙家蓬山此其处,上与东壁星相符。罢朝闲暇一临视,衣冠左右环文儒。琼琚锵锵清响振,宝鼎馥馥香烟敷。维时日上扶秋初,始看瞳胧绚绮疏。忽似粲烂明金铺,从容燕坐披典谟。大经大法古所训,讲论启沃良足娱。朝廷治化重文教,且暮切磋安可无? 诸儒志续汉仲舒,岂直文采凌相如? 玉醴满赐黄金壶,勖哉及时相励翼。辅德当与夔龙俱,庶几治至希唐虞。"(中华书局1981年版,第168页)

② (清)张廷玉等:《明史》卷三百,中华书局1997年版,第1965页。

③ (明)皇甫录:《皇明纪略　两湖尘谈录　古穰杂录》,中华书局1985年版,丛书集成初编本。

④ (明)蒋一葵:《尧山堂外纪》卷八十二,上海古籍出版社2002年版,续修四库全书本。余继登《典故纪闻》卷十载:宣宗谓少傅杨士奇等曰:"朕昨命卿等简庶吉士俾进学,因思贤才必自国家教养以成之,教之不豫,安能得其用? 因作诗述意,卿当以朕意谕之,俾知自励。"诗曰:"国家用贤良,岂但务精择。贤良之所出,亦自培养得。虞廷教元士,周家重俊宅。皇祖简贤科,教育厚恩泽。二十有八人,用之著成绩。朕心切旁求,夙夜恒侧席。是科凡百人,中岂乏卓识? 爰拔俊茂资,将以继往昔。优游词垣内,研究古载籍,撷辞务淳庞,励行必端直。所期在登庸,泽物兼辅德。勖哉副予望,奋志毋自画。"(中华书局1981年版,第182—183页)

于蝗,宜知此弊。'因作《捕蝗诗》示之"①,又宣德七年三月庚申朔,上退朝,御左顺门,谓尚书胡濙曰:"朕昨以官田赋重,百姓苦之,诏减十之三,以苏民力。尝闻外间有言,朝廷每下诏蠲租税,而户部皆不准,甚者文移戒约有司,有勿以诏书为词之语。若果然,则是废格诏言,壅遏恩泽,不使下流,其咎若何? 今减租之令,务在必行,《书》曰:民惟邦本,本固邦宁。有子曰:百姓不足,君孰与足? 卿等皆士人,岂不知此,朕昨有诗述此意,卿当体念,勿忘也。"②可知,《减租诗》亦是有为而作。而《悯农诗示吏部尚书郭琎》的写作缘由则是,"朕昨宵不寐,思农民之艰难,能使之得其所,则在贤守令,因作此诗,卿常为朕择贤,毋使农民受弊也"③。

此外,朱瞻基曾得赵孟頫《豳风图》,"因赋长诗一章,召翰林词臣,示之曰:'《豳》诗周公陈后稷公刘致王业之由,与民事早晚之宜,以告成王,使知稼穑艰难。万世人君,皆当鉴此。朕爱斯图,为赋诗,欲揭于便殿之壁,朝夕在目,有所儆励,尔其书于图之右'"④,所体现的仍为相似的思路,其又曾"谓侍臣曰:'朕尝历田野,见织妇采桑育蚕缲丝,制帛累寸而后成匹,亦甚劳苦。'出所赋《织妇词》以示,曰:'朕非好为词章,昔真西山有言,农桑衣食之本,为君者当诏儒臣以农夫红女耕蚕劳勤之状,作为歌诗,使人诵于前,又绘为图,揭于宫掖,布之戚里,使皆知民事之艰,衣食之所自,朕所以赋此也'"⑤。

"朕非好为词章"的刻意掩饰中正透露出这位好文之主的赋诗心态:愿治之主,崇礼儒硕,讲求治道,诗歌固非所重,原是有道君王的一般规范,亦是朱瞻基自小接受的为君理念。然其对于诗歌又有些不舍的兴趣,因此除了圣贤的榜样示范外,更抬出了"惟歌生民病"的道德认可。而这些立足仁治民本的诗歌思想,既是明宣宗对自身赋诗行为的理论辩解,同时又在相当程度上成为这位守成之君的实际诗歌态度,并以之作为辅政的手段,以凸显其裨于治道的现实意义。

然而,朱瞻基毕竟是天资聪颖、颇富诗才的太平天子,享国10年的安定气象更为其提供了"自是太平多景象,偶因临眺一题诗"⑥的创作动机。因

① (清)张廷玉等:《明史》卷九,中华书局1997年版,第67页。
② 《明宣宗实录》,台湾"中研院"历史语言研究所影印本1968年版。
③ (明)余继登:《典故纪闻》卷十,中华书局1981年版,第175页。
④ (明)余继登:《典故纪闻》卷十,中华书局1981年版,第180页。
⑤ (明)余继登:《典故纪闻》卷十,中华书局1981年版,第181页。
⑥ (明)朱瞻基:《大明宣宗皇帝御制集》卷三十五《江亭晓望》,齐鲁书社1996年版,四库全书存目丛书。

兴而就的诗作并无特定用意指向,而赏赐的对象自然也就随意了许多。其"命阳武侯薛禄等率师筑赤城等处,赐之诗,有'出车命南仲,城齐维山甫'句。禄不晓南仲、山甫,以问少傅杨士奇,具言之,且曰:'上以古之贤将待尔也'。禄乃扪心感泣"①。虽也收到了感激将领的应有效果,但可见宣宗对于受诗对象的理解能力并不留心。又御医盛寅,医术高明,"宣宗尤爱之,尝对御令与同官奕,特赐诗以示宠异"②,而太医院使徐叔拱省墓、还乡,朱瞻基也都有赐诗③,"御用监太监陈芜,交趾人。永乐丁亥入内府。宣庙为皇太孙,芜在左右。既御极,即升太监,赐姓名曰王瑾,字润德……尝被赐诗章……内臣恩宠鲜有出其右者"④,太医、内侍虽为亲近之臣,却没有太高的文化素养,对诗意的理解自然有限。朱瞻基的《宣德四年御制偶成诗赐太监》是首藏头诗,如此的赐诗行为中显然有着更多个人感情的投射,而略带游戏色彩的文采炫耀亦仅能以内侍作为对象,毕竟在儒臣眼中,这样的行径都属于帝王不当为的"余事",其实,朱瞻基本人所接受的帝王观念中亦有着同样的认识。故而,这位明宣宗的赐诗一面有着关切民生的仁政体现,一面却保持着偶尔为之的"余事"态度。

帝王的赐诗多与个人兴趣与文学修养相关,宣宗之后的明代帝王大多于诗歌没有太大的兴趣,赐诗的恩典自然也就少了许多。"英宗复辟,擢杨宣为鸿胪寺少卿,凡朝廷宴享朝贺大礼,皆出职掌,宣修干美髯,奏对明畅,日见宠遇,宪宗立,升鸿胪卿"⑤,而"杨宣,克自勤恪,虽大寒暑风雨,未尝一日阙朝,前后赏赉甚多,若御制连环诗、一统志、通鉴诸书之赐,尤殊恩也"⑥,杨宣的赐诗殊恩自在其"奏对明畅""克自勤恪",更与其特殊的职官所在颇有关联。明制,"鸿胪掌朝会、宾客、吉凶仪礼之事。凡国家大典礼、郊庙、祭祀、朝会、宴飨、经筵、册封、进历、进春、传制、奏捷,各供其事。外吏朝觐,诸番入贡,与夫百官使臣之复命、谢恩,若见若辞者,并鸿胪引奏"⑦,就帝王形象的维系而言,执掌礼仪的鸿胪卿可谓重职,杨宣的出色表现无疑对朱见深的天子形象有着极好的维护,明宪宗格外的恩宠行为固有表彰之

① (明)王世贞:《弇山堂别集》卷十四,中华书局1985年版,第253页。
② (明)陆粲、顾起元:《庚巳编　客座赘语》卷九,中华书局1987年版,第100页。
③ (明)王世贞:《弇山堂别集》卷十四,上海古籍出版社1987—1989年版,文渊阁四库全书本。
④ (明)叶盛:《水东日记》卷三十四,中华书局1980年版,第330—331页。
⑤ 明《献征录》,载(清)张英等纂:《渊鉴类函》卷九十三,北京市中国书店1985年版,第11页。
⑥ (清)张英等纂:《渊鉴类函》卷九十三,北京市中国书店1985年版,第10页。
⑦ (清)张廷玉等:《明史》卷七十四,中华书局1997年版,第489页。

意,而以诗、书为赐的特别表现同样有着文治点缀的政治色彩。又"宪宗一日于内得古帖,断烂不可读。命中使持至内馆,适傅瀚在,且即韵为二诗以复。上大悦,有珍馔法酝之赐"[①],虽然"大悦",所赐不过酒食,其间微尚,可以知矣。

　　明武宗虽然荒嬉逸乐,然7岁时便出阁讲学,而任其伴读的则是刘健、李东阳、谢迁等儒臣,偶尔兴致所到,亦能提笔赋诗。正德末期,宁王朱宸濠叛乱,明武宗以"亲征谋逆"为名,借机完成了被群臣请愿所破坏的南巡心愿,凯旋还朝时,驾过镇江,幸杨一清第,达夜畅饮,赐绝句12首。杨一清又有应制律诗4首、应制贺圣武诗绝句12首,编为2卷,名《车驾幸第录》。自叙称:"虞廷赓歌之后,古帝王有以诗章宠臣下者,不过一篇数言而止,未有联章累牍若是其盛者;至于屈万乘之尊,在位者或有之,然亦鲜矣;若罢政归休者为尤鲜"[②]。杨一清引为殊荣的自豪对不守帝王规范的明武宗而言却算不得特别,"联章累牍"的赐诗原是朱厚照畅饮后的诗兴所至,临幸汤泉,宫女随行且题诗赐之[③],何论朝臣;正德皇帝四处巡幸,无所不去,布衣徐霖家尚且两幸[④],何况致仕大学士府第。倒是其所作绝句中的自我吹捧却当留意,即云"南征已定旋师旅,去暴除残第一人",又言,"正德英名已播传,南征北剿敢当先。平生威武安天下,永镇江山万万年"。朱厚照首议南巡时便引起了百官的上书请愿,至有罚跪、下狱、廷杖的极端行为,已经造成了君臣的隔阂,而此次南巡的借口是平叛,然而,出发伊始便接到了王守仁的《擒获宸濠捷音疏》,但好游的武宗继续着仍然已经毫无意义的"南征",所谓的凯旋实为无稽之谈。驾幸致仕大学士杨一清家中的赐诗行为暗含着融洽君臣的政治意义,更有挽回君王颜面、维系天子形象的文化意义,于是诗中便有了对"南征"之功的刻意吹嘘。

　　以赐诗而论,有明一代,堪与宣宗相比者,唯有世宗,朱厚熜以藩王身份入继大统,较之深宫太子自然少些骄奢之气。且即位之初,励精图治,受学

[①]　(明)焦竑:《玉堂丛语》卷一,中华书局1981年版,第24—25页。

[②]　(明)蒋一葵:《尧山堂外纪》卷九十,上海古籍出版社2002年版,续修四库全书本。

[③]　(明)蒋一葵:《尧山堂外纪》卷九十四,上海古籍出版社2002年版,续修四库全书本,第145页。载:武宗幸蓟之汤泉,宫女王氏随行,题诗赐之云:"沧海隆冬也异常,冰池何自暖如汤? 溶溶一脉流今古,不为人间洗冷肠。"

[④]　(明)周晖:《金陵琐事》卷一,称:"太祖三幸陈遇家,武宗两幸徐霖家。陈参帷幄之谋,徐进词曲之技,陈徐皆布衣"[(台湾)成文出版社1983年版,第28—29页]。谈迁《枣林杂俎·艺簹》载:"武宗在临清召江宁徐霖,授教坊习官,不拜,乃授锦衣卫镇抚。久益幸,至呼其字子仁。进必敝袍,遂赐斗牛袭衣。至南京,尝夜过其家,从容欢燕,四更乃罢"。

醇儒,亦以古圣贤王自勉,经筵讲大学衍义,即有"于变帝尧典,思齐文王篇。万国修身始,朕念方拳拳"之感。即此而论,初期朱厚熜与朱瞻基确有相似,均被列入颇喜为诗的有为之君,赐诗臣下均系常事。"世庙受天永命,乐备礼明,尤勤勤于韵语,当时受赐者:郭武定勋,费文宪宏,杨文襄一清,石文介珤,张文忠孚敬,李文康时,夏文愍言,朱尚书衡,他若席文襄,书以病目,期以弼亮。赵尚书,鉴以致仕,嘉其止足。龙笺御墨,往往传之世家"①。而相似知识背景亦使得朱厚熜的赐诗内容多与朱瞻基相似,若其赐贾咏曰:"君臣际良难,所贵德业并"。赐费宏:"眷兹忠良一以赖,舜皋仿佛康哉赓"。赐杨一清云:"股肱职补衮,伊周并昭彰。助成嘉靖治,青史常流芳"。大抵皆在融洽君臣,比附前贤。又朱衡、潘季驯治黄见效,"(嘉靖)帝大喜,赋诗四章志喜,以示在直诸臣"②,亦是王道思想下一以贯之的民本关注。唯朱厚熜颇重礼法,赐诗之恩仅及朝臣,不像朱瞻基,将太医、内侍都纳入赐诗对象。至其深溺道教后,赐诗更是绝少为之,以严嵩之专宠,却未见有太多的赐诗殊荣③,由之亦可知其诗歌兴趣之转移也。

　　世宗之后,主上荒怠,群臣党立,甚少赐诗。明神宗有《劝学诗》一章,御书赐太监孙隆,其曰:"斗大黄金印,天高白玉堂。不因书万卷,那得近君王。"④对象是特旨开矿的太监,诗意全在功利,倒也符合这位贪财的皇帝,然赐诗雅意却已荡然无存,更不见帝王气象,"故论者谓明之亡,实亡于神宗"⑤,或为所本欤? 及至末世,思宗朱由检虽甚少作诗,却两次赐诗武臣:

　　"己卯九月,宴枢辅杨嗣昌于文华殿,赐坐,上手觞者三。袖出诗赐之:盐梅今暂作干城,大将威严细柳营。一扫寇氛从此靖,还期教养遂民生。"⑥

① (清)朱彝尊:《明诗综》卷一,乾隆刊本。
② (清)张廷玉等:《明史》卷八十三,中华书局1997年版,第549页。
③ 今按:严嵩《钤山堂集》中有《恭纪恩赐诗》曾就明世宗所赐玉带、蟒服、酒馔、瓜果、画扇、书法等物,纪事谢恩,又有《纪恩十二绝》,虽银牌子、金寿仙、橄榄等细物,亦有诗纪之,然却不见有谢恩赐诗之作,以严嵩之取媚世宗,若朱厚熜有诗,必然大加谢恩,然集中并无痕迹,虽有《赐御制朝泛舟于金海诗一轴》一绝,但朱厚熜的这首诗作于嘉靖二十年,其时严嵩尚未入阁,当时七臣同游,夏言仍居首辅,严嵩亦有恭和圣制之作,实为君臣唱和,严嵩虽得到"一轴"御制诗,却不能算作专对其人的赐诗。又《介桥严氏族谱·家传》中所载《少师介溪公传》中有"二十八年乙酉,七旬寿诞,上赐诗为祝"句(载曹国庆等:《严嵩评传》附录三,上海社会科学出版社1989年版,第161页)。即便对严嵩多有美化的家传记载为实,那么,严嵩柄政21年,所得君王赐诗诚为有限,而晚年朱厚熜的诗歌态度亦可知矣。
④ (清)钱谦益:《列朝诗集》乾集之上,影印清顺治九年毛氏汲古阁刻本。
⑤ (清)张廷玉等:《明史》卷二十一,中华书局1997年版,第111页。
⑥ (明)谈迁:《枣林杂俎·逸典》,中华书局2006年版,第75页。又见于《三垣笔记》,《烈皇小识》卷六,《蜀碧》卷一,《幸存录》卷下等。

"四川石砫土司女帅秦良玉,帅师勤王,召见,赐彩币羊酒,上制诗旌之曰:蜀锦征袍手制成,桃花马上请长缨。世间不少奇男子,谁肯沙场万里行。"①

勉励旌表中满是殷勤寄寓,朱由检帷幄无人,孤注一掷的深层心理亦可于字里行间读出。"朕非亡国之君","诸臣尽亡国之臣","事事皆亡国之象",刚愎个性下的自我辩护虽有着 17 年为帝的品行依据,然而,君临天下的帝王形象却已在其诗篇背后的无助心态中崩溃了。

帝王以一身系天下,诗文小技,固非所重。传统的为君之道实际已经极大限制了帝王的诗歌行为。然而,君王的赋诗与赐诗大多有着逸出文学指向之外的政治色彩和文化意义,在一定程度有上着为儒学意识所认可的合法性,亦为帝王的诗歌兴趣开辟了一条合理的表现渠道。明代以理学开国,作为统治思想的儒学观念对列朝帝王的一般诗歌态度自然有所规限,然而,即使在颇为许可的赋诗与赐诗中,我们同样没有见到明代君王对于诗歌的特别提倡。16 朝中仅有洪武、宣德、嘉靖前期略有规模,足见明代帝王对诗歌兴趣实在有限。

明人胡震亨称:"有唐吟业之盛,导源有自。文皇英姿间出,表丽缛于先程;玄宗材艺兼该,通风婉于时格,是用古体再变,律调一新,朝野景从,谣习浸广;重以德、宣诸主,天藻并工,赓歌时继,上好下甚,风偃化移,固宜于喁偏于群伦,爽籁袭于异代矣。中间机纽,更在孝和一朝,于时文馆既集多材,内庭又依奥主,游燕以兴其篇,奖赏以激其价,谁罔律宗,可遗功首? 虽狠狎见讥,尤作兴有属者焉"②。将唐代的"吟业之盛"归于君王的表率与倡导,又称"唐人诗集,多出人主下诏编进。如王右丞、卢允言诸人之在朝籍者无论;吴兴昼公,一释子耳,亦下敕征其诗集置延阁。更可异者,骆宾王、上官婉儿,身既见法,仍诏撰其集传后,命大臣作序,不泯其名。重诗人如此,诗道安得不昌"③,由"更可异"的不解到"安得不昌"的心态转折中,既有对唐诗昌盛的艳羡,更暗含着对本朝诗歌失宠于君王的叹惋。胡云翼先生曾将"君主的提倡"列为"宋诗的发达"首要原因,并指出,"历代文学发达,与君主的提倡都是有很深的关系。如汉赋、唐诗都是受了政治的特别提携,才得格外发展。宋代虽不是诗的时期,然那些帝王都有些诗癖,竭力奖励提倡于上,一般文人为了升官发财起见,自然风靡于下"④。然而,明代帝

① (清)于敏中等编纂:《日下旧闻考》卷三十四,北京古籍出版社 1981 年版,第 522 页。
② (明)胡震亨:《唐音癸签》卷二十七,上海古籍出版社 1981 年版,第 281 页。
③ (明)胡震亨:《唐音癸签》卷二十七,上海古籍出版社 1981 年版,第 284 页。
④ 胡云翼:《宋诗研究》,巴蜀书社 1993 年版,第 18 页。

王却没有这样的诗癖,所表现出的仅仅是作为一般惯例式的有限提倡与鼓励,尽管没有特别的排斥,但朱明十六帝算不上热衷的诗歌态度却不足以成就有明一代的"吟业昌盛",缺乏最高权威的有力支持,明诗生态中的日照时间大大缩短,自不足以重现唐宋诗歌的文学生态,所谓承唐越宋,在诗歌生态的初成之际,便已经大打折扣,生态要素的缺乏更使得这一口号只能停留在理想层面的美学讨论之中,无法再现。

第二节　明初文狱的心理阴霾

士人因文字受祸,无代无之,实在算不上国史中的新鲜事,清朝的文字狱即被鲁迅先生称为"脍炙人口的虐政",其实,与之一道"脍炙人口"的尚有明初的文祸。"明代三百年,文献犹存,文字狱祸尚有可以考见者乎?曰:有之,然其严酷莫甚于明初。"①是言诚是,不消说唐王室对李杨韵事的宽容,即便是宋神宗对苏轼咏桧诗的理解也足令明初士人艳羡不已。唐宋诗歌生态中的君王日照充足和煦,自然为诗歌的发达提供了便利,明诗生态中的帝王关注已然有限,更在建国伊始,便因君王个人的禀性心理造就了一股文祸寒流。

一、记载态度与理性思辨

有明文祸,正史有阙,而行于稗乘,其最著者当为清代史家赵翼《廿二史劄记》"明初文字之祸"条之收列:

"明祖通文义,固属天纵。然其初学问未深,往往以文字疑误杀人,亦已不少。《朝野异闻录》,三司卫所进表笺,皆令教官为之,当时以嫌疑见法者:浙江府学教授林元亮,为海门卫作《谢增俸表》,以表内'作则垂宪'诛。北平府学训导赵伯宁,为都司作《万寿表》,以'垂子孙而作则'诛。福州府学训导林伯璟,为按察使撰《贺冬表》,以'仪则天下'诛。桂林府学训导蒋质,为布、按作《正旦贺表》,以'建中作则'诛。常州府学训导蒋镇,为本府作《正旦贺表》,以'睿性生知'诛。澧州学正孟清,为本府作《贺冬表》,以'圣德作则'诛。陈州学训导周冕,为本州作《万寿表》,以'寿域千秋'诛。怀庆府学训导吕睿,为本府作《谢赐马表》,以'遥瞻帝扉'诛。祥符县学教谕贾翥,为本县作《正旦贺表》,以'取法象魏'诛。亳州训导林云,为本府作

---

①　顾颉刚:《明代文字狱祸考略》,载郑天挺主编:《明清史资料》(上),天津人民出版社1980年版,第84页。

《谢东宫赐宴笺》，以'式君父以班爵禄'诛。尉氏县教谕许元，为本府作《万寿贺表》，以'体乾法坤，藻饰太平'诛。德安府学训导吴宪，为本府作《贺立太孙表》，以'永绍亿年，天下有道，望拜青门'诛。盖'则'音嫌于'贼'也，'生知'嫌于'僧'也，'帝扉'嫌于'帝非'也，'法坤'嫌于'发髡'也，'有道'嫌于'有盗'也，'藻饰太平'嫌于'早失太平'也。《闲中今古录》又载，杭州教授徐一夔贺表有'光天之下，天生圣人，为世作则'等语，帝览之大怒，曰：'生者僧也，以我尝为僧也。光则薙发也，则字音近贼也。'遂斩之。礼臣大惧，因请降表式，帝乃自为文播天下。又僧来复谢恩诗，有'殊域'及'自惭无德颂陶唐'之句，帝曰：'汝用殊字，是谓我歹朱也。又言无德颂陶唐，是谓我无德，虽欲以陶唐颂我而不能也。'遂斩之。案是时文字之祸起于一言，时帝意右文，诸勋臣不平，上语之曰：'世乱用武，世治宜文，非偏也。'诸臣曰：'但文人善讥讪，如张九四厚礼文儒，及请撰名，则曰士诚。'上曰：'此名亦美。'曰：'《孟子》有士诚小人也之句，彼安知之。'上由此览天下章奏，动生疑忌，而文字之祸起云"①。

　　文字狱既关涉明太祖形象，则官书讳载，实录回避，时人缄口，所以流传者，多赖文网松弛后的私家著述。明清鼎革，文狱复炽，有明史事为学者所讳，太祖文祸更为所忌。及至中叶，赵翼裒缉稗史，始略为陈说，《廿二史劄记》以"其记诵之博，义例之精，论议之和平，识见之宏远"②每为史家推重③，影响深广，后世述及明太祖文字狱者，或径以《廿二史劄记》为据，或沿《劄记》所引史料本文立论④，流播遂远。而朱元璋略通文义，学问未深，往往以文字疑误杀人亦成为对这一"脍炙人口的虐政"的一般解释。

　　太祖文祸虽"脍炙人口"，却也遭到了极有力的质疑翻案。陈学霖先生在其《明太祖文字狱案考疑》⑤一文中即就明太祖的文化程度，《廿二史劄

---

①　(清)赵翼著，王树民校证：《廿二史劄记校证》卷三十二，中华书局1984年版，第740—741页。

②　(清)钱大昕：《廿二史劄记序》，载(清)赵翼著，王树民校证：《廿二史劄记校证》"附录二"，中华书局1984年版，第885页。

③　李慈铭虽称《陔余丛考》《廿二史劄记》为"赵以千金买之一宿儒之子"(《越缦堂日记》同治九年七月初五日)，但对二书的史学价值却颇为认可，称其"周密详慎，卓然可传"(《越缦堂读书简端记·廿二史劄记跋尾》)。其后怀疑者，亦仅就二书的著作权质疑，并未否定二书的价值。而目前的史界多已承认二书均为赵翼所作(参见陈祖武：《清儒学术拾零》，湖南人民出版社2002年版，第196—205页)。

④　如顾颉刚《明代文字狱案考略》、吴晗《朱元璋传》、丁易《明代特务政治》等先生的论著都以此为主要论据。

⑤　陈学霖：《明太祖文字狱案考疑》，载《明史研究论丛》第五辑，江苏古籍出版社1991年版，第418—450页。

记》所引明人资料的可靠性加以评析,并对部分具体案例进行考订辨析,以翔实有力的论据证明"虽似有其事,然谬误失实,不可轻信为真",陈学霖先生的严谨之处并不仅体现在廓清疑团的辨伪工作,更在其于明代笔记史料的思辨态度。其称,"虽然,此等野史稗乘所记表笺狱案不足尽信,但以史料缺乏,亦难断定并无其事。然以情理度之,此辈儒生若果真以干忤文字忌讳被诛,原因不在赵瓯北所言明祖'学问未深,往往以文字疑误杀人',而可能系嫌及政治事件"①,并未因部分案例的失实而彻底推翻关于明初文祸的历史成说。且称,记录明初史事的野史稗乘,"皆以国史失载,多采自闾巷传闻,杂以佛道故事,真伪莫明,不大可靠。其中有揄扬太祖之龙兴,神话其才智能力,夸大其功勋政绩,皆似是而非,难作信史。亦有隐喻其个性猜忌,揽权独擅,无故大兴刑狱铲除异己,诛杀儒生,如文字狱案诸类事件,这些稗史杂著,既不能见证于史,实难持之考论洪武一朝史事。然则,是否可以完全抹杀,以鄙夷视之,则又不然。因为此类记载虽不尽真实,但却显现野俗传说关于太祖本人及明初史事,是表露民间对国史的认识与评骘,不为官方忌讳所囿。即以文字狱案故事言之,这些野史稗乘所记,无论是否确实,显然暴露太祖个性猜忌,滥权专擅,无故刑杀儒士,不似官史隐讳。如梁亿肆言诸儒官以表笺讹误被诛,虽无直接指斥太祖,但对主上为人与处事颇有微言,亦间接显现专制帝王之横暴,与官宦的不易相处,不无指桑骂槐之意。更且,又如黄溥缕述表笺文字狱的始因,谓开国武勋不以太祖'响意右文'为然,并举儒臣曲解孟子章句以讥讪张士诚为证,亦显露明初文武功臣争衡,与后人对洪武勋臣的印象与评价。此等作者于传述太祖文字狱之余,似又借此反映独裁君主对士人的箝制与压迫,以谏喻当代帝王勿以太祖为先例,无故刑戮儒生,或借此警惕官宦人善守其位以保其身。这些意思虽不甚明显,但若细读其文,亦可与行中窥见,则其寓意并不限于批评明太祖而已"②。持论堪称公允。

"礼失求诸于野",稗史笔记对于正史的补阙纠谬之功,历来为史家所认可,但采之街谈巷议,口耳相传的史料出处却始不免有着"不经"的色彩,关注来源的文献学审视自然有其学理逻辑,却往往忽略了记录者的主观因素,对多数笔记作者而言,其所持的并非严格意义的作史态度,而非正史官书的史笔规范又十分自由,其选择史料的眼光在很大程度上受到个人兴趣、

① 陈学霖:《明太祖文字狱案考疑》,载《明史研究论丛》第五辑,江苏古籍出版社1991年版,第438页。
② 陈学霖:《明太祖文字狱案考疑》,载《明史研究论丛》第五辑,江苏古籍出版社1991年版,第441页。

关注侧重的影响,裨补正史的记述动机承载着一种历史观念、史识见解的补充,并不单单停留于史料拾遗的普通层面,更有一种自我意识隐藏其中。不同于诗词歌赋的文学表达,脱离正史规限的稗史笔记将作者的态度判断融汇于历史话题的哀缉关注,寄托于或隐或显的史家评论,成为传统士人情志的一种特殊载体。而作为私人行为的稗史记载,其资料来源的获得方式无疑影响了其作为严格史料的可信程度,但口耳相承的流传中显然延续着相似话题的历史关注,而此,恰是士人态度的真实体现,亦是稗史笔记最为深远的史料意义。陈学霖先生于文祸笔记的关注所体现的正是这种置身作者时代的关注思路,虽然对于部分资料的辨伪有据可循,但笔记的记载并不因"故事"的"情节错误"而失去全部意义,在"故事叙述"后隐藏的"士人态度"方是历史关注的真正所在,择取材料的错误——是选择的失误,即失实是流传中的失实,并非记录者的刻意作伪——并不能即此否定记录者的关注视角与评判态度。

其实,赵翼的记载亦有着相似的思路,其在《廿二史劄记》的小引中即称,"惟是家少藏书,不能繁征博采以资参订。间有稗乘脞说与正史岐互者,又不敢遽诧为得间之奇。盖一代修史时,此等记载无不搜入史局,其所弃而不取者,必有难以征信之处,今或反据以驳正史之讹,不免贻讥有识"①,私家藏书的有限当然制约了史料的考辨核实,"正史不取,必难征信"的一般观念于乾嘉学风中更为凸显,赵翼"贻讥有识"的担心并非只是作为惯例的自谦之词,却是对一种有异于乾嘉实证的学术思路的小心尝试。钱大昕即对此予以高度评价,"此论古特识,颜师古以后未有能见及此者矣"②。除却"驳正史之讹"的考据意义外,赵翼于"古今风会之递变,政事之屡更,有关于治乱兴衰之故者"③有着格外的留意关注,"赵氏意在总贯群史,得有折衷"④,所呈现的正是不同于考证专精的博通思路。若其关于明代文祸的资料哀缉,虽因"家少藏书"的条件限制,未能博采参订,于史料有失甄别,但其于"明初文祸"的历史关注却不因此而失去意义。

其实,钱谦益、四库馆臣都已曾对野史中部分文祸案例予以辨伪,但落足处却在史实的真伪甄别,并未有特别的史识提炼,而赵翼的关注重点显然并不在野史记载的文献准确性,其所凸显的乃是对历史群像的一种贯通理

① (清)赵翼著,王树民校证:《廿二史劄记校证》"小引",中华书局1984年版,第1页。
② (清)钱大昕:《廿二史劄记序》,载(清)赵翼著,王树民校证:《廿二史劄记校证》"附录",中华书局1984年版,第886页。
③ (清)赵翼著,王树民校证:《廿二史劄记校证》"小引",中华书局1984年版,第1页。
④ 金毓黻:《中国史学史》,商务印书馆1999年版,第342页。

解。在《廿二史劄记》中,"明初文字之祸"并非孤立存在的史事陈述,与之相关的尚有"明祖行事多仿汉高""明祖文义""明初文人多不仕""胡蓝之狱""涂节汪广洋之死""明祖晚年去严刑"诸条记载,而赵翼的通识思路亦只有置于这组历史现象中方能完全展露。

"明祖行事多仿汉高"条居首,开宗明义,"明祖以布衣起事,与汉高同"着意标举出开国君王的布衣本色,其后则举建宫壮丽、徙移富户、分封子弟、赐爵于民、诛戮功臣诸事以为佐证。紧接其下的"明祖文义"条则称"明祖以游丐起事,目不知书,然其后文学明达,博通古今",又称,"古来帝王深通文义者,代不数人,况帝自幼未尝读书,长于戎马间。又未暇从事占毕,乃勤于学业,遂能贯通如此",嘉叹之中,不难看出赵翼对朱元璋因勤学所致的知识进益的许可。然而,在此之后的"明初文字之祸"条中,又称,"明祖通文义,固属天纵。然其初学问未深,往往以文字疑误杀人,亦已不少",值得注意的是,赵翼的此条劄记全采稗史笔记,无涉正史,亦无法如"明祖文义"条所载朱元璋之勤学崇儒,一一标明时间。可知,此条劄记的关注核心实在"帝意右文,诸勋臣不平"的故意构陷,是则所录,本自《闲中今古录摘抄》,原文为:

> 蒋景高,象山人,元末遗儒也。内附后,仕本县教谕,罹表笺祸。赴京师,斩于市。斯祸也,起于左右一言。初,洪武甲子开科取士,响意右文,诸勋臣不平。上语以故曰:"世乱则用武,世治宜用文,非偏也。"诸勋进曰:"是固然,但此辈善讥讪。初不自觉。且如张九四厚礼文儒,及请其名则曰:'士诚'。上曰:'此名甚美。'答曰:《孟子》有'士诚小人也'之句,彼安知之?"上由此览天下所进表笺而祸起矣。①

陈学霖先生据蒋氏谱所言蒋清高卒年就所录表笺之祸质疑,更指出"故事所引太祖答诸勋谓'此名甚美'似别有微意。此处表现明祖根本不通晓孟子章句,故谓'士诚'之名极美,及至对方点出,始明言外之旨。由此可见,此故事虽隐喻诸武臣故意曲解孟子,以实儒生之罪,但亦有讥讽太祖不学,不足晓喻经典的用意"②。而此,恰为"故事"之后的"态度"所在。朱元璋对孟子最为不满,"惟其对君不逊,怒曰,使此老在今日,宁得免耶? 时将

---

① (明)黄溥、刘昌:《闲中今古录摘抄　县笥琐探摘抄》,中华书局 1985 年版,丛书集成初编本,第 8 页。
② 陈学霖:《明太祖文字狱案考疑》,载《明史研究论丛》第五辑,江苏古籍出版社 1991 年版,第 437 页。

丁祭,遂命罢配享"①,"又以孟学当战国之世,故词气或抑扬太过,今天下一统,学者不得其本意,而概以见之言行,则学非所学,而用非所用。又命(刘)三吾删其过者为《孟子节文》,不以命题取士"②。对于亚圣的不敬当然引起了士子的不满,除了明人笔记中屡屡称道钱唐置棺袒胸当箭之事,更有士人作诗咏歌,"引棺绝粒箭当胸,拼死扶持亚圣公。仁义七篇文莫蠹,冕旒千载绘仍龙。批鳞既奋回天力,没齿终成卫道功。那得洪恩遍寰宇,泮宫东畔置祠宫"③。虽于明祖未敢指责,但对钱唐的称美中却已暗含了一般士人的褒贬态度。此处的"微言深意"正与褒扬钱唐有着相似的心态思路,而赵翼的关注亦在于此,《廿二史劄记》的摘录中,舍弃了作为引子的蒋清高表笺案,直接以勋臣的不满倾轧作为文祸的导火线,其于朱元璋"学问未深"的批评则延续了明代稗史笔记中所隐藏的士人态度。传统意义上的学问概念并不仅限于一般的文字知识,其中更包含着对传统道义的接纳和理解,明代士人与赵翼对朱元璋的"学问"指责,实立足于更深一层的文化意义,其所涉及的乃是对文本经典所承载的明君理念、王道政治的接纳、理解、执行。然明祖开国,以重法驭下,所行并非儒者所倡之仁政,即此而论,士人眼中的明太祖自为"不学"。而表笺文字为文人所职,其违法受惩多缘于此,从朱元璋接连几次的诏令规定表笺格式即可推知,当时文人因此受罚者并非少数。虽未必有杀身之祸,但罹刑受辱却为难免,其中的腹诽自然不少,积怨累积下的口耳承传自不免扩大史实,以彰明祖之暴戾不学,况且,文献有阙,并不能即个别案件不实即推定全部事例为伪,其中或有一二属实,亦未可知。

　　然而,赵翼于明初文祸的关注却不仅限于此,"明初文人多不仕"条述太祖严法导致文人不愿从仕,"胡蓝之狱""涂节汪广洋之死"继续明祖行事仿汉高的思路,所突出的则是"盖雄猜好杀本其天性",其中亦有群臣相互倾轧穿插其中,实为对文祸政治背景的延续阐释,至最后的"明祖晚年去严刑"条所呈现的则是"初以重典为整顿之术,继以忠厚立久远之规"的深识远虑的帝王形象。虽叙事各有侧重,实则有一贯通意识串联其中,全面细读,方可复见明初政治生态于一斑。尤应注意的是,"清朝易代,经康雍乾

---

① (清)全祖望:《鲒埼亭集》卷三十五《辨钱尚书争孟子事》,商务印书馆1926年版,四部丛刊本。

② (明)祝允明:《前闻记》,中华书局1985年版,丛书集成初编本。刘三吾《孟子节文》题辞称:"中间辞气之间抑扬太过者八十五条……自今八十五之以内,课士不以命题,科举不以取士,一以圣贤中正之学为本。"

③ (明)陈全之:《蓬窗日录》卷七,上海书店出版社1985年版,第9页。

三朝镇压,文网严峻,学者多讳谈明朝史事,尤其是太祖的文字狱案。及至清中叶,赵翼(瓯北)(1727—1814)始略为陈说"①,赵翼于文网松弛后陈说前朝文祸,纸背之后或即隐含着对清代文字狱的历史反思,清代文祸之酷烈毫不逊于明初,作为发动文字狱的几位清代君王都有着相当的文化水准,但遗民心态又是普遍的士林情绪,士人与君王间的心理隔阂在所难免,若其对"清风不识字""夺朱非正色"的理解,与朱元璋以"殊"为"歹朱"的认知并无区别,皆为帝王专制心理的畸形表现。而且,当时满族贵族大都没有太高的汉化水平,且对汉族多怀仇视之心,而实际造成许多文字狱的亦恰是这些满族贵族,自身学问未深,经别有用心之人略加诬蔑,遂兴文狱,亦与明初勋臣的毁谤文人有相似之处。自称于古今风会、政事更迭,随见附著的赵翼,于清代文狱未尽之时的明代文祸关注自不能以偶然的巧合来解释,相似事件的历史关注中隐然有着更为深入的人文思考。

野史笔记所载未必皆实,包括正史所录亦未必全真,但藏于其后的士人态度却可在史实的交互证明中成为理解、还原一代文化生态的管钥,由此所凸显的则是一种历史思辨与同情理解。若前引京官入朝与妻子相诀之事,赵翼称引自《草木子》,然草木子无此记载,王树民先生校证称,事见于《稗史汇编》卷七四"国宪门刑法类皮厂庙"条。今按,《太平广记》卷二百六十八称,武则天用来俊臣治狱,"朝士每入朝,多与妻子诀别",是当为此状之原型,明人笔记多不严谨,每有添加之辞,或有借此发挥者,为赵翼所引。此固当以异闻视之,以明初之特务手段,若有此状,朱元璋必能知晓,自不免又有一场屠戮,然有明一代,并未有因此得祸者,固可知此则记载之不可信也。然而,记录虽未属实,却可由之窥见一代士人官宦的惧祸心态。事情或可增删,但其中所透露出的士大夫心境却做不得伪,笔记本非正史,而明人著作又多不谨严,笔记中每多此类记载,即此而言,透过事件阅读,同情于古人心境,构建一代文化生态或为一种可取的态度。

除却赵翼所引,明代的"诗"祸更屡有发生,佥事陈养浩作诗:"城南有嫠妇,夜夜哭征夫。"太祖知之,以其伤时,投之于水。② 杭人"项伯藏者,洪武初,以诗坐法,割两耳"③。四明人僧守仁作《翡翠》诗:"见说炎州进翠衣,网罗一日遍东西。羽毛亦足为身累,那得秋林静处栖。"朱元璋以谤讪

① 陈学霖:《明太祖文字狱案考疑》,载《明史研究论丛》第五辑,江苏古籍出版社1991年版,第420—421页。
② 参见(明)刘辰:《国初事迹》,中华书局1985年版,丛书集成初编本。
③ (明)田汝成辑撰:《西湖游览志余》卷二十一,上海古籍出版社1998年版,第314页。

罪论处。① 监察御史张尚礼作《宫怨》诗:"庭院沈沈昼漏清,闭门春草共愁生。梦中正得君王宠,却被黄鹂叫一声。"朱元璋以其能摹写宫闱心事,下蚕室死。② 诗人高启的死因除了"龙蟠虎踞"四字外,还有一首《题宫女图》:"女奴扶醉踏苍苔,明月西园侍宴回。小犬隔花空吠影,夜深宫禁有谁来。"上举四诗:思妇、咏物、宫体实属古代诗歌之常例,然无端获罪,这实在是诗歌的空前浩劫,虽然笔记所载故事的真伪尚须验证,即便所述事件为实,其中或者又夹缠着复杂的因果缘由,但其后所隐藏的帝王心理与士人志行的严重隔阂却可大致陈说。

二、明祖心理与士人志行的隔阂

明太祖朱元璋,以布衣起身,创基立业,奄有天下。前事不忘,后事之鉴,惩元朝之礼法废弛,明祖开国,首重礼法,尊儒右文,制礼作乐,恢复汉家仪制,然重礼而不废法,以猛济宽,薄德任刑,天下侧目重足,不寒而栗。"礼""法"成为明初政治生态中的关键要素,而朱元璋的帝王心理亦沿此两端展开。就一般意义而言,"礼""法"所分别代表的是传统政治思想中的"王道"与"霸道",其哲学根源则分别导自儒、法两家。自汉武帝罢黜百家,儒术独尊,定为一统,流衍百世,泽被士人,遂为主流正统,虽然作为理论的帝王规范也每以王道仁政相为标榜,但作为实践的统治经验却多为王霸兼施。王道政治下的帝王与士人有着共同儒学宗旨与终极指向,关系相对融洽,明君良臣更是屡为称道的理想模式,霸道政治则不同,基本思想背景的历史差异决定了帝王与士人间的不可避免的心理隔阂,法家重势,尊君抑民,以法、术驭下,屏道德于政治之外,专法令而弃仁义,自与儒家主张背道而驰。处于此种政治生态下,以儒立身的士人自不甘合作,况且"无道不仕"本就是士人保持独立品行与精神高昂的传统模式。列朝帝王或明或暗地选择王、霸治术,以或师或友、或臣或役的处士模式为历史贴上明、昏、仁、暴的君王标识,而历代士子则以或隐或仕的生存方式在王、霸政治中维系、推扬、延续着"道"的传统与信念,然而,不幸的明初士人却遭遇了出身贫贱、兼重礼法的雄猜之主——朱元璋。

明祖开基,旷然复古,汉家仪制的恢复、礼乐文明的建设、百废待兴的政局,莫不需要知识人才的加入,故屡屡延聘名儒,下诏求贤,其称,"自古圣

---

① 参见(明)郎瑛:《七修类稿》卷三十四"僧诗累",中华书局1959年版,第517页。
② (明)蒋一葵:《尧山堂外纪》卷七十九,上海古籍出版社1987—1989年版,续修四库全书本。又见于(清)徐金九《本事诗》卷二"高启"条。

帝明王,建邦设都,必得贤士大夫相与周旋,以成至治。今土宇日广,文武并用,卓荦奇伟之才,世岂无之,或隐于山林,或藏于士伍,非在上者开导引拔之,则在下者无以自见,自今能有上书陈言,敷宣治道,武略出众者,参军及都督府具以名闻"①。洪武三年,诏"有司悉心推访,以礼遣之"②,六月,"复命天下有司访求儒术,深明治道者"③,洪武六年,复下诏曰:"贤才,国之宝也。古圣王劳于求贤。若高宗之于傅说,文王之于吕尚。彼二君者岂其智不足哉,顾皇皇于版筑鼓刀之徒者,盖贤才不备,不足以为治。鸿鹄之能远举者,为其有羽翼也。蛟龙之能腾跃者,为其有鳞鬣也。人君之能致治者,为其有贤人而为之辅也。山林之士德行文艺可称者,有司采举,备礼遣送至京,朕将任用之,以图至治。"④洪武十三年二月,"诏郡县举聪明正直,孝悌力田、贤良方正文学之士及精通儒数者以名闻"⑤。洪武十九年,诏"山林岩穴隐逸之士,有司旁求博访,以礼敦遣赴京,量才录用"⑥。朱元璋欲有所为下的求贤若渴自非伪情,洪武十二年一岁即"除官二千九百人,天下所举儒学人材五百五十三人"⑦,开国求治心态下的选贤与能原是创业之君的共同举措,然而明祖立国,除历劫兵火后的社会凋敝外,元朝统治下的礼乐废弛同样是其必须面对的问题,经济、政治、文化的重重压力之下的朱元璋夙夜勤励,求治之心,自然逾于常人。于臣则诫曰,"勿以怠为先,以勤为后,各尽乃心,以臻于治"⑧,于士则诏曰,"今天下甫定,愿于诸儒讲明治道,启沃朕心,以臻至治。岩穴之士,有能以贤辅我,以德济民者,有司礼遣之,朕将擢用焉"⑨,急于求治的朱元璋屡屡破格擢用各类贤才,一时"山林岩穴、草茅穷居,无不获自达于上,由布衣而登大僚者不可胜数"⑩,俨然一派治世景象。然而,求贤任能的王道表象之下所隐藏的却是帝王之术的现实观照,朱元璋的诏访动机与士人的仁政理想并不完全吻合,一代雄主朱元璋的政治关注并不限于求贤举能的诏访行为,其核心关注乃在贤能之士所能产生的

①　《明太祖实录》卷十四,台湾"中研院"历史语言研究所影印本1968年版。
②　《明太祖实录》卷四十九,台湾"中研院"历史语言研究所影印本1968年版。
③　《明太祖实录》卷五十三,台湾"中研院"历史语言研究所影印本1968年版。
④　(清)张廷玉等:《明史》卷七十一,中华书局1997年版,第467页。又见于余继登:《典故纪闻》卷三,中华书局1981年版,第48页。
⑤　《明太祖实录》卷一百三十,台湾"中研院"历史语言研究所影印本1968年版。
⑥　《明太祖实录》卷一百七十八,台湾"中研院"历史语言研究所影印本1968年版。
⑦　《明太祖实录》卷一百一十七,台湾"中研院"历史语言研究所影印本1968年版。
⑧　(明)朱元璋:《明太祖集》卷二,黄山书社1991年版,第29页。
⑨　《明太祖实录》卷三十五,台湾"中研院"历史语言研究所影印本1968年版。
⑩　(清)张廷玉等:《明史》卷七十一,中华书局1997年版,第467页。

理国实效。

天下初定,思贤若渴的朱元璋即效仿唐宋制度,开科取士,然所得却未能称意。洪武七年,谕中书省臣曰:"朕从科举,以求天下贤才,务得经明行修、文质相称之士,以资任使,今有司所取,多后生少年,观其文词,若可与有为,及试用之,能以所学措诸行事者甚寡。朕以实心求贤而天下以虚文应选,非朕责实求贤之意也,今各处科举宜暂停罢,别令有司察举贤才,必以德为本,而文艺次之,庶几天下学者知所向方,而士习归于务本"①。朱元璋求治心切,选士不拘一格,尝言"资格为常流设也,若有贤才岂拘常例"②。不难看出,这位讲求实用的平民帝王对于科第虚名并不看重,其时,科举既罢,"专用辟荐,凡中外大小臣工,下至仓库司局诸杂流,亦令推举文学才干之士。其被荐者,又令转荐"③,然而,所荐之人已然流品驳杂,被荐之士更不免鱼龙相混,施于政事,良莠各现,贤者自不必言,庸者却不免受责。"铨选之法,在太祖时不甚重,天下未定,求贤求才唯恐不及,惟必得贤且才者而后用之;既用之后,发觉其非贤或恃才作弊者,诛戮不少贷,法在必行,无情可循"④。明祖惩元季废弛之弊,治国以猛以严,法外用刑,既有违例,必惩不贷。洪武九年星变,诏求直言,平遥训导叶伯巨上书称,"宋、元中叶,专事姑息,赏罚无章,以致亡灭。主上痛惩其弊,故制不宥之刑,权神变之法,使人知惧而莫测其端也……古之为士者,以登仕为荣,以罢职为辱。今之为士者,以涸迹无闻为福,以受玷不录为幸,以屯田工役为必获之罪,以鞭笞捶楚为寻常之辱。其始也,朝廷取天下之士,网罗捃摭,务无余逸。有司敦迫上道,如捕重囚。比到京师,而除官多以貌选。所学或非其所用,所用或非其所学。洎乎居官,一有差跌,苟免诛戮,则必在屯田工役之科。率是为常,不少顾惜,此岂陛下所乐为哉?诚欲人之惧而不敢犯也。窃见数年以来,诛杀亦可谓不少矣,而犯者相踵。良由激劝不明,善恶无别。议贤议能之法既废,人不自励,而为善者怠也"⑤。

所议诚是,一代士情大略如此。洪武十七年,练子宁领乡荐,次年,殿试应对称,"陛下自顷岁以来,诛戮奸回,作新政治,于是纷然擢用天下之士,以共成厥功,或以聪明正直为名,或以孝悌力田为选,或以贤良方正为科,陛下责望之意非不深也,委任之意非不甚专也,然而报国之效,茫如抟风,岂是

---

① （明）俞汝楫编:《礼部志稿》卷一,上海古籍出版社1987—1989年版,文渊阁四库全书本。
② 《明太祖实录》卷一百一十七,台湾"中研院"历史语言研究所影印本1968年版。
③ （清）夏燮:《明通鉴》卷七,岳麓书社1997年版,第281页。
④ 孟森:《明史讲义:商传导读》,上海古籍出版社2002年版,第57页。
⑤ （清）张廷玉等:《明史》卷一百三十九,中华书局1974年版,第3991—3992页。

数者之果不足以为治哉,亦徇其名而不求其实之故也。是故古之用人者,日夜思之,必其人之足以当是任也,然后以是任畀之,而不疑今也,不然以小善而遽进之,以小过而遽戮之"①,可为佐证。其后则有解缙的《大庖西封事》,其称:

"国初至今,将二十载,无几时无变之法,无一日无过之人。……尝闻陛下震怒,锄根剪蔓,诛其奸逆矣,未闻诏书褒一大善,赏延于世,复及其乡,尊荣奉恩始终如一者也。或朝赏而暮戮,或忽罪而忽赦,施不测之辱则有之矣,诚以陛下每多自悔之时,辄有无及之叹,是非私意使然也,存养之功须臾少加密耳,是以有过不及也。陛下天性素严,或差于急,克伐怨欲……陛下进人不择于贤否,授职不量于重轻,建不为君用之法,所谓取之尽锱铢,置朋奸倚法之条,所谓用之如泥沙。监生进士,经明行修,而多困于州县,屈于下僚,孝廉人材,冥蹈瞽趋,而或布于朝省,骤历清华,椎埋嚣悍之夫,阘茸下愚之辈,朝捐刀镊,暮拥冠裳,左弃筐箧,右绾组符,剔履之贱,衮绣巍峩;负贩之佣,舆马赫奕,虽曰立贤无方,亦盍忧恂有德;是故贤者羞为之等列,庸人悉习其风流,以贪婪苟免为得计,以廉洁受刑为饰辞,故有'无钱工役无盘缠'之俚谚。'胡膀官人没商量'之童谣,出于吏部者,无贤否之分;入于刑部者,无枉直之判,黜陟无章,举措乖方,八议之条虚设,五刑之律无常,天下皆谓陛下任意喜怒为生杀,而不知皆臣下之乏忠良也"②。

较之叶伯巨的训导身份,"甚见爱重,常侍帝前"的解缙对于朱元璋理解得更为深刻,而其对于被取之士的态度则远较叶伯巨苛刻,叶氏议论之立足点实在士人,故每言士之受辱获罪,以学、用不符为士的为官失职辩护。解缙言事则每有为明祖开脱之意,虽指责明太祖"进人不择于贤否",则已暗示授官之士实多"椎埋嚣悍之夫,阘茸下愚之辈",又特意点明朱元璋"天性素严",故明太祖之用刑诛逆并无错误,而"臣下乏忠良"亦成为"天下皆谓陛下任意喜怒为生杀"的合理辩护,故而,"书奏,帝称其才"③。其实,朱元璋在洪武十八年的殿试制策已然表明了其于求贤取士中的尴尬处境:

"朕自代元,统一寰宇,官遵古制,律放旧章,孜孜求贤,数用弗当,其有能者,委以腹心,多面从而志异,纯德君子,授以禄位,但能敷古,于事束手,中材下士,廉耻无知,身命弗顾,造罪渊泉,永不克己,张君之恶,若非真贤至圣,亦莫不被其所惑,若此无已,奈何为治?"④

①　(明)练子宁:《中丞集》卷上,上海古籍出版社1987—1989年版,文渊阁四库全书本。
②　(明)解缙:《文毅集》卷一,上海古籍出版社1987—1989年版,文渊阁四库全书本。
③　(清)张廷玉等:《明史》卷一百四十七,中华书局1997年版,第1073页。
④　(明)练子宁:《中丞集》卷上,上海古籍出版社1987—1989年版,文渊阁四库全书本。

"奈何为治"的尴尬之中实已透露出强烈的不满与失望,却也暗含着对刑戮士人行为的自我辩解。练子宁沿此思路所拓展的"陛下求贤之急虽孜孜,而贤才不足以副陛下之望者",自是满意的解释,故而被擢第二名进士及第,授翰林院修撰。解缙之词锋虽较练氏为重,但大体思路同出一辙,回护之意亦显而易见。故万言书虽上,却未受责。叶伯巨致祸根本虽在分封之议被朱元璋曲解为"小子间吾骨肉"①,但其立足士人的抗辩显然与明祖的理解背道而驰,于君王颜面有损,不免导致责罚加重。练子宁、解缙固为士人身份,却有着接近明太祖的难得机会,所议虽于朱元璋多有委婉回护,然终为有据之言,大体不失为持平之论,故而,既得明太祖称赏,又为士林认可。可惜的是,练、解之际遇远非常人可及,真正代表士人群体普遍心声的依旧是叶伯巨的平行关注,却非练、解身处近日地位时的俯视理解。若《戒庵老人漫笔》卷三《黄叔扬》传即称,"是时,天下新定,重法绳下,士不乐仕,人文散逸,诏求贤才,悉集京师。铖(黄叔扬之名)父见其子好学甚,恐为郡县所知,数惩之不能止。家中有田数十亩,在葛泽陂,因令督耕其中"②。其后,黄叔扬与元末隐士杨滢相识,与其子杨福同居,尽读其书。县闻之,并辟福贤良。而杨滢的表现则是:怨之曰,"以子好学,尽以藏书奉观览,奈何不自韬晦,卒为人知,贻累我家"③。由《明史·王逢传》称"太祖灭士诚,欲辟用之,(王逢)坚卧不起,隐上海之乌泾,歌咏自适。洪武十五年以文学征,有司敦迫上道。时子掖为通事司令,以父年高,叩头泣请,乃命吏部符止之"④,年高固为孝子请免之因,然征聘至京,却亦可父子团聚,王掖的"叩头泣请"中正折射出深藏心底的畏惧情绪。或民或官,身份不同,心态却类,一代士情,可见一斑。

《明史·文苑传》中,杨维桢,"赐安车诣阙廷,留百有一十日,所纂叙便例定,即乞骸骨"⑤。苏伯衡,"太祖即征之,入见,复以疾辞,赐衣钞而还。

---

① (清)张廷玉等:《明史》卷一百三十九载:先是,伯巨将上书,语其友曰:"今天下惟三事可患耳,其二事易见而患迟,其一事难见而患速。纵无明诏,吾犹将言之,况求言乎?"(中华书局1997年版,第1041页)其意盖谓分封也。然是时诸王止建藩号,未曾裂土,不尽如伯巨所言。迫洪武末年,燕王屡奉命出塞,势始强。后因削夺称兵,遂有天下,人乃以伯巨为先见云。可知,叶伯巨虽有先见之明,但其时诸王并未有实权,朱元璋并未能理解此"难见而患速"之事,自然目为妄奏。

② (明)李诩:《戒庵老人漫笔》卷三,中华书局1982年版,第106—107页。

③ (明)李诩:《戒庵老人漫笔》卷三,中华书局1982年版,第107页。《明朝小史》卷二"士不乐仕"条亦称:"帝新定天下,以重法绳臣下,士不乐仕,人文散逸,诏求贤才悉集京师,甚至家有好学之子,恐为郡县所知,反督耕于田亩"。

④ (清)张廷玉等:《明史》卷二百八十五,中华书局1974年版,第7313页。

⑤ (清)张廷玉等:《明史》卷二百八十五,中华书局1974年版,第7309页。

二十一年聘主会试,事竣复辞还"①。戴良,"以老疾固辞"②。秦裕伯,"洪武元年复征,称病不出"③。陶宗仪,"洪武四年诏征天下儒士,六年命有司举人才,皆及宗仪,引疾不赴。晚岁,有司聘为教官,非其志也"④。高明,"太祖闻其名,召之,以老疾辞"⑤。赵介,"有司累荐,皆辞免"⑥。林鸿,"不善仕,年未四十自免归"⑦。正史之外,稗乘笔记亦屡有所载,"陆彭南,字去邪,号象翁,明《毛诗》。不仕"⑧,"武穆七世孙仲明,洪武初,自固始徙于汴。少负清节,隐居不仕,庐墓九年,朝廷三召不起"⑨,"刘永之,清江人。长《春秋》。尝一至京师,宋濂欲留之,以耳聋辞归"⑩。士人的"不仕行为"中固然有个人因素,更包含着复杂的历史情绪,诸如对严刑峻典的失望不满、保全其身的传统智慧、无道则隐的独立精神等。朱元璋的重典驭下自是霸政思路,其于士人的王道理想本就有着严重的思想隔阂。儒法之言礼法的根本区别在"贵民与尊君之一端"⑪,朱元璋与士人的关注分歧亦在此。

朱元璋虽然尊儒崇孔,但早岁贫贱,目不知书,戎马倥偬中的延儒备问,用意乃在统治之术的知识储备,儒家学说不过是这位雄主的资政思想之一,其于"孔子既无特别尊敬之意,也没有什么恶感,彻头彻尾是政治运用"⑫,尝言,"除仲尼之道,祖尧舜,率三王,删诗制典,万世永赖,其佛仙之幽灵,暗助王纲,益世无穷,惟常是吉。尝闻:天下无二道,圣人无两心,三教之立,虽持身荣俭之不同,其所济给之理一,然于斯世之愚人,于斯三教有不可缺者"⑬,不难看出,儒家虽居主流,却非独尊,不过为朱元璋的一种帝王治术。明祖理国,王霸兼施,法令之外,最重君权,"予无乐乎为君,唯其言而莫予违也"⑭,孔子于帝王至尊之一般心态的描述可谓入木三分,尽管其下尚有

① (清)张廷玉等:《明史》卷二百八十五,中华书局1974年版,第7311页。
② (清)张廷玉等:《明史》卷二百八十五,中华书局1974年版,第7311页。
③ (清)张廷玉等:《明史》卷二百八十五,中华书局1974年版,第7317页。
④ (清)张廷玉等:《明史》卷二百八十五,中华书局1974年版,第7317页。
⑤ (清)张廷玉等:《明史》卷二百八十五,中华书局1974年版,第7315页。
⑥ (清)张廷玉等:《明史》卷二百八十五,中华书局1974年版,第7333页。
⑦ (清)张廷玉等:《明史》卷二百八十六,中华书局1997年版,第1882页。
⑧ (明)朱国祯:《涌幢小品》卷十八,上海古籍出版社2005年版,第3518页。
⑨ (明)朱国祯:《涌幢小品》卷二十,上海古籍出版社2005年版,第3580页。
⑩ (清)朱彝尊:《曝书亭集》卷六十四,上海古籍出版社1987—1989年版,文渊阁四库全书本。
⑪ 萧公权:《中国政治思想史》第1册,辽宁教育出版社1998年版,第238页。
⑫ 余英时:《明代理学与政治文化发微》,载《余英时文集》第十卷,广西师范大学出版社2006年版,第19页。
⑬ (明)朱元璋:《明太祖集》卷十,黄山书社1991年版,第216页。
⑭ (南宋)朱熹集注,郭万金编校:《论语集注》第十三,商务印书馆2015年版,第217页。

其言不善足以丧邦的警诫提醒,却每被耽于其乐的君王所忘却。一朝位尊九五,天下生杀予夺,尽操其手,臣下恭维,多以"圣"称,既已称"圣",出言自无不善,固当无违,君王的独尊心理亦每在皇权统摄之下自我膨胀。明太祖出身低微,每为人所辱,既登大宝,天下颂美,所以转变者,正在权力。由"淮右布衣"而"奄有四海",身份巨变后的强烈心理落差集中表现为对权力的独占欲望。虽出于统治的关注及历代帝王的经验借鉴,亦每每屈尊求贤,诏令进言,但"莫予违也"的君权独尊始终是最为沉重的心底情结。故见孟子主张"民贵君轻"便大为恼火,乃至节文罢祀,胡、蓝之狱,其起因皆在于君不敬,勋臣宿将株连殆尽,用意亦在君权、治统之维系。而文臣受戮之祸亦多缘此。《明史》载:

> 张孟兼,浦江人……刘基尝为太祖言:"今天下文章,宋濂第一,其次即臣基,又次即孟兼。"太祖颔之。孟兼性傲,尝坐累谪输作……布政使吴印者,僧也,太祖骤贵之,宠眷甚,孟兼易之。印谒孟兼,由中门入,孟兼杖守门卒。已,又以他事与相拄。太祖先入印言,逮笞孟兼。孟兼愤,捕为印书奏者,欲论以罪。印复上书言状,太祖大怒曰:"竖儒与我抗邪!"械至阙下,命弃市。①

在"竖儒与我抗邪"的专制心态下,天下文章第三的张孟兼便因"性傲"得祸被诛。

"王朴……性鲠直,数与帝辨是非,不肯屈。一日,遇事争之强。帝怒,命戮之。及市,召还,谕之曰:'汝其改乎?'朴对曰:'陛下不以臣为不肖,擢官御史,奈何摧辱至此! 使臣无罪,安得戮之? 有罪,又安用生之? 臣今日愿速死耳。'帝大怒,趣命行刑。过史馆,大呼曰:'学士刘三吾志之:某年月日,皇帝杀无罪御史朴也!'竟戮死。帝撰《大诰》,谓朴诽谤,犹列其名。"②

这位"性鲠直"的御史亦因面折明太祖、挫伤君王自尊而招致杀身。帝王之独尊心理与士人志行间的对抗已露端倪。

又李仕鲁,少颖敏笃学,以能为朱氏学者被拘,入见,太祖喜曰:"吾求子久,何相见晚也",除黄州同知。曰:"朕姑以民事试子,行召子矣。"③期年,治行闻。十四年,命为大理寺卿。颇见器重。然"(李)仕鲁性刚介,由

---

① (清)张廷玉等:《明史》卷一百七十三,中华书局 1974 年版,第 7320—7321 页。
② (清)张廷玉等:《明史》卷一百三十九,中华书局 1974 年版,第 3999—4000 页。
③ (清)张廷玉等:《明史》卷一百三十九,中华书局 1974 年版,第 3988 页。

儒术起,方欲推明朱氏学,以辟佛自任。及言不见用,遽请于帝前,曰:'陛下深溺其教,无惑乎臣言之不入也!还陛下笏,乞赐骸骨归田里。'遂置笏于地。帝大怒,命武士捽搏之,立死阶下"①。

尽管曾有过"相见恨晚"的君王嘉许,这位"性刚介"的大理寺卿同样因损及帝王尊严的逆鳞行为而惨死,需要指出的是,李仕鲁"立死阶下"的真正原因并非劝君辟佛的忠言进谏,乃是置笏于地的乞归行为。有道则见,无道则隐,原是士人志行所在,屡谏不从则可去之,亦是儒家主张的从仕原则,隐于其后的则是士人载道而行的独立精神。"天下有道,以道殉身;天下无道,以身殉道",这种"士志于道"的思想理念远是压倒君权的无上信仰,更为士人赢得了在"道"之层面师友君王的优礼地位。若孟子所言的"君之视臣如手足,则臣视君如腹心;君之视臣如犬马,则臣视君如国人;君之视臣如土芥,则臣视君如寇仇"②,亦是这一思路的延伸,然而,这却是"收天下之权于一身"的朱元璋所最为忌讳的。

如前所述,朱元璋少贫贱而不知书,定鼎之前的问学论道,不过是作为理国之术的政治储备,既非真心倾慕圣道,自不可能真正领会士人志行的精魂所在。若其求贤所言"朝廷爵录,所以待士,彼有卓越之才,岂可限以资格。朕但期得贤,名爵非所怜"③。乍听之下,自为慕贤举措,然细读其言,却可发见平民意识下的基本判断。其所以"得贤"的手段为不怜"名爵",而此,实是基于平民视角对士人从仕的功利理解,却非对士人修齐治平之理想的真正关注。至其《严光论》,更明言,"名爵者,民之宝器,国之赏罚,亘古今而奔走天下豪杰者是也。《礼记》曰:君命赐,则拜而受之,其云古矣。聘士于朝,加以显爵,拒而弗受,何其侮哉"④,君权独尊下由庶民思维与驭下政术交织而成的复杂心理于兹可见,无论是庶民之仰视立场,还是君主的俯瞰角度,以"名爵"赐士已经是莫大的恩典了,士人理应感激涕零,竭忠而报,至于士的"不仕"行为实已超出朱元璋双重身份下的视角范围,自然不解,以之为侮了。

相同的思路,还表现在其所作《设大官卑职馆阁山林辩》一文中,文章虚构了一位耐久道人,"昔本山野之士,太宗闻名召至,授以武昌参知政事,为年逾六十,令致仕",人有求文,不择贫贵,概从所求。"凡文必以耐久道人为美,俗者不知,亦以为奇。识者将以为非所以求文者,求人之名以为贵。

①　(清)张廷玉等:《明史》卷一百三十九,中华书局 1974 年版,第 3989 页。
②　《孟子注疏》卷八上,载(清)阮元校刻:《十三经注疏》(上、下册),中华书局 1980 年版,第 2726 页。
③　《明太祖实录》卷一百九十七,台湾"中研院"历史语言研究所影印本 1968 年版。
④　(明)朱元璋:《明太祖集》卷十,黄山书社 1991 年版,第 209 页。

今乃忘高爵而书山野,不如求俗者之志欤! 因有此说,人皆罢求本官之文,已得者甚有毁之",其后又有"内黄县令沈仁,亦年迈而致仕",人从求文,亦不择贵贱,然"凡与人之文,务以内黄县令于首",欲文者遂如流之趋下,户限三日一换。耐久临门质问,为沈仁所辱,欲闻上,家人劝止曰:公忘君爵而书耐久,若欲闻上为必然,恐招重辱以及身。耐久自骇而自觉非。①

全文语句拙劣,且有几处不通,可知未经文臣润色,颇可窥见朱元璋之真实心理。题目虽有"馆阁山林辩"字样,然文中所提不过"耐久之文虽好,乃有黄精、蕨薇之气盈章,其沈仁之文,觏之,则御炉烟霭,尚有御馔之气芬芳"一句,但其于馆阁的偏重实已表露。而最可折射明祖之心境则在耐久受辱一段。其称:

"耐久偶过其门,见欲文者如是,乃曰:'夺从吾者在斯'。特临门而问仁曰:'君子不夺人之所好,此欲文者即吾之生,尔独有之,可乎?'仁曰:'此何人,行非礼之言?'傍曰:'此即耐久也。'仁曰:'我虽卑职,终曾受官,彼山人敢临门而侮仁?'遂呼仆以叱之。其耐久昂昂然愈刚,遂被仁辱。傍谓:'仁所辱者,致仕之参将,必上闻'。仁曰:'若如此,则加辱之'。曰:何故?曰:'彼轻君爵而美山野,文书耐久,诚可辱'。良久,遇解纷。"②

耐久"此欲文者即吾之生"的贪利形象已略可反映出朱元璋对于一般文人的鄙薄认识,在其看来,"古今名爵,奔走天下豪杰者",士人更是谓之折腰,然却每每推辞,实为沽名钓誉。且名爵为天子所授,耐久不署爵名,以道人标榜,"轻君爵而美山野",诚当受辱。"耐久昂昂然愈刚,遂被仁辱"最是全文妙笔,独裁君王的平民本色尽为展露。所谓"昂昂然愈刚",正是士人耿介之体现,但民间争执时,既无实力,且又作势者,每每遭辱,此句所述,堪为写照:敢与君权相抗者必辱之,若有"昂昂然愈刚"者,则加辱之,于所谓士人气节并无尊重。《史记·韩长孺列传》载:韩安国坐法抵罪,蒙狱吏田甲辱,安国曰:"死灰独不复燃乎?"田甲曰:"燃即溺之"。韩安国之恐吓颇有"昂昂然愈刚"之意,而田甲的"溺之"之侮正是底层民众的情态展现,与朱元璋之状写颇具异曲同工之妙,隐于其后的创作心理或有相通之处。值得留意的是,朱元璋对文章中虚构人物的名字颇为用心,如前引《述非先生事》中的"非藻"、金华文渊子,此文中的耐久道人,沈仁——疑为"圣人"之谐音,皆有喻指。即此而论,这位雄猜君王可能颇有些于士人诗文中搜寻忌讳的文字嗜好。史载,陶凯,曾任礼部尚书,后出为湖广参政。致仕。

---

① (明)朱元璋:《明太祖集》卷十六,黄山书社1991年版,第344—345页。
② (明)朱元璋:《明太祖集》卷十六,黄山书社1991年版,第345页。

"尝自号'耐久道人'。帝闻而恶之"①大约便是此文缘起所在。其实,陶凯致仕两年后便起为国子祭酒,后又改晋王府左相,却终因"坐在礼部时朝使往高丽主客曹误用符验,论死"。虽葬身酷法之下,然祸根所植却在"耐久道人"。高启惨遭腰斩,论者多称其《上梁文》犯忌,又言《题宫女图》触讳,然而,最大的犯忌亦在其"归隐初辞荐辟章"②的不仕态度。相较之下,钱宰的遭遇便幸运多了。

"临安钱宰子予,武肃王之裔,元末老儒也。高庙礼徵,同诸儒修纂《尚书》,会选《孟子》节文,公退微吟曰:'四鼓鼕鼕起著衣,午门朝见尚嫌迟。何时得遂田园乐,睡到人间饭熟时。'察者以闻。明日文华燕毕,进诸儒,谕之曰:'昨日好诗,然曷尝嫌汝,何不用忧字?'宰等悚愧谢罪。后未几,皆遣还。宰以国子博士致仕"③。

钱宰应召修书的入仕态度是其得以保全的最大因素,钱宰于至正间中甲科,然以亲老不仕。洪武二年,征为国子助教,十年乞休,进博士,赐敕遣归。至二十七年,征天下宿儒订正之《书传》,行人驰传征至。"江东诸门酒楼成,赐百官钞,宴其上。宰等赋诗谢。帝大悦。谕诸儒年老愿归者,先遣之。宰年最高,请留。帝喜。"④正是因为有这样积极的政治态度,朱元璋方才有改诗不罪的优礼,然这位雄猜之主对于诗文用字的留意理解亦可略为窥见矣。《大诰三编·作诗诽谤第一》即言太常少卿高炳因"妄出谤言,以唐律作流言以示人,获罪而身亡家破",列为法律条令的因诗获罪,自不比野史笔记的私人记载,可知,明初文字狱并非虚妄之谈,当然,《大诰》曾"大播寰中","家诵人读",影响深远,文士罹祸,不知其故者,自不免以诽谤附会,确然存在的明初文狱于口耳承传中不免因之夸大,但明太祖心理与士人志行间的隔阂却是不争的事实。

即君王心态而言,以名爵相授,士非但不感恩戴德,反拒而弗纳,予而不受,视君言为无物,自引以为辱。以平民视角而言,名爵为天下所求,士人更不例外,今授之反而不受,实为诘名,固可辱之。作为文字的分析虽然清晰,但对双重身份交织下的明太祖心理而言,并没有严格的区分,在"被辱"与"辱人"的交错情绪下,士人的不仕无疑成为"昂昂然愈刚"的表现,必当辱

① (清)张廷玉等:《明史》卷一百三十六,中华书局1997年版,第1026页。
② (明)高启:《高青丘集》卷十七,上海古籍出版社2013年版,第740页。
③ (明)叶盛:《水东日记》卷四,中华书局1980年版,第39页。又《尧山堂外纪》卷七十九、《蓬窗日录》卷七、《复斋日记·上卷》均录此事。
④ (清)张廷玉等:《明史》卷一百三十七,中华书局1997年版,第1031页。

之。"王道务德,不来不强臣;霸道尚功,不伏不偃甲"①,平民帝王朱元璋一贯尚功务实,薄德任刑,在求治心切与不仕为侮的帝王独尊心理推动下,朱元璋对于士人的不仕极为反感,尝言,"朕闻昔之至智者,务志以崇身,专利济以名世,未见独善其身而为智者……安有怀大本,抱厚德,视君缺佐,目民受殃,恬然自处者?"②于"君缺佐""民受殃"的立场关注之下,彻底否定了士人独善其身的合理性,并以孔孟周游列国的利济之心否定了因时而仕的传统观念,指出"欲出类拔萃,必犯患涉难,善能平斯二事,则名彰不朽"。况且,朱元璋每以戡乱摧强、再造太平的天下恩主自居,在其眼中,自己所开创的明王朝较之亲身经历的元季乱世,实为太平盛世。士人理应对他的"全生保命之恩,再生之德","梦寐于终身,有所不忘",若贵溪(今属江西)儒士夏伯启叔侄断指不仕,苏州人才姚润、王谟被征不至,自然成为明太祖眼中"昂昂然愈刚"者,备感受辱的君王心理激化为对帝王尊严的极端维护,以其一贯的重典治国方式表现为《大诰三编》中的著名条令——"寰中士夫不为君用,是外其教者,诛其身而没其家,不为之过"③。

求治心切—广取天下之士—士有不可用—严刑惩办—再取天下士—士畏而不仕—酷法诛戮,明初君王与士人关系表面演进大致如此④,略去细节后的一般推演更可凸显出君、士关系的恶性循环。不难看出,权欲膨胀下的帝王尊严与早年经历中的平民意识交织而成的明太祖心理与士人志行间有着不可避免的思想隔阂,政统与道统间的历史矛盾因朱元璋的个人心理与治国方式而日渐加深,最终不幸演变为暴君式的屠戮。

钱穆先生尝言,"明祖盖能知治国不得不用儒,而一时群儒皆不乐为用,故屈意自卑下以待群儒,而又时时不吝严刑峻法,使诸儒不得不委屈为己用……然则群儒之拒聘不出者,明祖乃始重之而又置憾焉,则群儒之见几而作,不俟终日,其情亦未可厚责也。元治纵不足言,然历代开国,儒士之盛,明代为首。此皆群儒在元代,意存遁隐,故得有此。明祖奖起之是也,而必欲鞭笞驱策之,则固大非"⑤。慧眼巨识,持论公允,堪称同情之了解。

---

① 《张九龄集校注》卷十六《应道侔伊吕科对策第二道》,中华书局2008年版,第839页。

② (明)朱元璋:《明太祖集》卷十,黄山书社1991年版,第206页。

③ (明)朱元璋:《御制大诰三编》"秀才剁指第十""苏州人材第十三",上海古籍出版社2002年版,续修四库全书本。

④ 需要说明的是,因大狱株连而造成的人才匮乏,亦是造成"再取天下士"的缘故。然而,按朱元璋的理解,但凡牵涉于大案的被株连士人均属不法,自可归入广义上的"不可用",当然要严惩不贷了。

⑤ 钱穆:《读明初开国诸臣诗文集续篇》,载《中国学术思想史论丛》卷六,安徽教育出版社2004年版,第193页。

"盖明祖之崇儒,其志终是偏重于吏治,而微忽于尊贤。知用臣未尝知崇道。故儒道之与吏治,其在有明一代,终无沆瀣相得之美,较之两汉唐宋皆逊,此亦治明史与究明学者所值深切研讨一问题也"①。诚为灼见,着意吏治的明祖关注与尊崇儒道的士人志行始终不能完全重合,随着最高权威与最大诗歌主体间的心理隔阂日渐加深,最终导致了脍炙人口的明初虐政——文字狱,亦造就了明诗文学生态中最大心理阴霾。

三、天下读书种子绝矣

其实,除却个人心理禀性的影响,作为一代雄主的朱元璋对于儒家王道仁政并非不认可,更无拒绝之意,然所谓"力生强,强生威,威生德,德生于力。圣君独有之,故能述仁义于天下"②,在这位创统之君看来,皇权有力、君威彰显后方可以德治国,述行仁义。故其即位之初,严猛治国,以树帝王权威,至晚年则去严刑,训导子孙,非但每以儒臣为任,更亲身教诲,太子朱标从观郊坛,则指道旁荆楚曰:"古用此为扑刑,以其能去风,虽伤不杀人。古人用心仁厚如此,儿念之"③。即此可知,朱元璋的王道仁政实寄托于后世子孙的继统之君。洪武十五年,方孝孺以吴沉、揭枢荐,召见。朱元璋喜其举止端整,谓皇太子曰:"此庄士,当老其才。"礼遣还。后为仇家所连,逮至京。太祖见其名,释之。二十五年,又以荐召至。太祖曰,"今非用孝孺时",除汉中教授。④ 一系列的格外恩宠,正可看出朱元璋先霸后王的政治策略,"今非用孝孺时"的时代定位中自可窥见其以霸政立威的治国思路,然"上方心在赏罚,未遑教化"⑤的用人思路中实已隐含着朱元璋对于继统之君的王政期望,其曾对朱标说,"有一佳士赍汝,今寄在蜀,其人刚傲,吾抑之。汝用之,当得其大气力"⑥。王道仁政的实现依赖于政统与道统的重合,朱元璋的严猛霸政于士人志行实多摧残,政统固已有力,道统却衰,此道之维系振兴则在言行可表率一代的卓荦真儒,而方孝孺正是一代雄主朱元璋在重法建君威时,特意为后世子孙所保留的道统

---

① 钱穆:《读明初开国诸臣诗文集续篇》,载《中国学术思想史论丛》卷六,安徽教育出版社2004年版,第193页。
② 严万里校:《商君书》,中华书局1954年版,诸子集成本。
③ (清)张廷玉等:《明史》卷一百十五,中华书局1997年版,第929页。
④ (清)张廷玉等:《明史》卷一百四十一,中华书局1997年版,第1047页。
⑤ (明)王绅:《正学斋记》,载(明)方孝孺:《逊志斋集》"外纪",商务印书馆1926年版,四部丛刊本。
⑥ (明)蒋一葵:《尧山堂外纪》卷七十八,上海古籍出版社2002年版,续修四库全书本。

传人。

　　方孝孺，字希直，一字希古，宁海人。幼警敏，双眸炯炯，读书日盈寸，乡人目为"小韩子"，从学宋濂，备受有明第一文臣推许："凡理学渊源之统，人文绝续之寄，盛衰几微之载，名物度数之变，无不肆言之，离析于一丝而会归于大通，生精敏绝伦，每粗发其端，即能逆推而底于极，本末兼举，细大弗遗。见于论著，文义森蔚，千变万态，不主故常，而辞意濯然常新，滚滚滔滔，未始有竭也"①。如此称美学生，"性淳而朴实"的宋濂竟不觉为过，更满怀自信地称，"予今为此说，人必疑予之过情，后二十余年，当信其为知言，而称许生者非过也，虽然，予之所许于生者，宁独文哉"②。"宁独文哉"的追问诚有深意，宋濂论文向以明道为宗，"文者，道之所寓也"，所以寄托称许者，原不在文，乃在文之所载——道。若其赠诗所言"生乃周容刀，生乃鲁玙璠。道贵器乃贵，奚须事空言。孳孳务践形，勿负七尺身。敬义以为衣，忠信以为冠。慈仁以为佩，廉知以为鞶。特立睨千古，万象昭无昏"③。所以称美厚寄者，全在士人志行、儒家道统。

　　开国君臣的特别器重虽然视角不同，却有着相似的关注思路，无论是君王的仁政构想，还是儒者的明道寄托，方孝孺已被定位为有明一代承续道统、昌明圣学的历史传人，而方孝孺亦"末视文艺，恒以明王道、致太平为己任"④，一以儒学道德理念砥砺品行，规范人生，自言"方子颇好道，少以礼自

① 《宋濂全集·芝园续集》卷十，浙江古籍出版社1999年版，第1625—1626页。
② 《宋濂全集·芝园续集》卷十，浙江古籍出版社1999年版，第1626页。又《逊志斋集》附录中尚录有宋濂《送方生还天台诗》，序称，"晚得天台方生希直，其为人也，凝重而不迁于物，颖锐有以烛诸理，间发为文，如水涌而山出，喧啾百鸟中，见此孤凤凰，胡不喜，越一年别去，感慨今昔，又云何弗思，退朝之暇，悬镫默坐，因发于声诗一十四章以送之，末章用来字者，冀负笈重至，以迄于有成也"。今按：此文不见于商务印书馆1926年版，四部丛刊本。《宋学士文集》，四库全书本。《文宪集》卷三十一则有《送李生还四明诗》及序，仅将天台方生换作四明李生，其余文字，完全一样。今按：百鸟孤凤之喻，典自韩愈《听颖师弹琴》"喧啾百鸟群，忽见孤凤凰"，而宋濂《孙伯融诗集序》中有"非纷纭百鸟中间，此孤凤凰欤"，《元封从仕郎江浙等处行中书省左司都事郑彦贞甫墓铭》中有"百鸟喧啾，忽见凤凰"，《方府君墓志铭》有"百鸟纷纭，西东成群；孤凤之鸣，儋爵析圭"，《故节妇汤夫人墓碣铭》曰，"百鸟纷纭，乃见凤凰"，可知凤凰之喻，实属寻常客气。但序文中所表现的期待厚望，似非方孝孺不足以当此。方孝孺之相关文字曾遭禁毁，而宋濂文集为后刻，其中故意改换文字，亦未不可。如谈迁《枣林杂俎·艺籑》称："宋学士著作最富，《潜溪前后集》在元季已盛行于世。入明，刘伯温选定为《文粹》十卷，门人方孝孺郑济等又选《续文粹》十卷。皆孝孺与同门刘刚、林静、楼琏手自缮写，刊于义门书塾。丙戌岁，钱谦益于内殿见之。孝孺氏名皆用墨涂乙，盖遵革除旧禁也。"姑录之，以资参考。
③ 《宋濂全集·芝园后集》卷十，浙江古籍出版社1999年版，第1627页。
④ （清）张廷玉等：《明史》卷一百四十一，中华书局1997年版，第1047页。

修。观其居家庭,未尝暂嬉游。且食不暇饱,夕梦孔与周"①,言行举止,一以儒道为宗,"非尧舜周孔之言弗存,非修己淑人之事弗为,非推之四海而准、垂之万世而信者,无以措吾思也"②。论政则称,"王者之学,以古为师,穷理正心,固守勇为。法尧为仁,法舜尽孝,视民如伤,文王是效。简册所陈,善政嘉猷,取之自治,奚暇外求"③,以仁义民本为发端,欲以宗族之制"试诸乡间,以为政本";言法则力主"先教后诛","本之以德,辅之以刑",以"仁义礼乐为谷粟,而以庆赏刑诛为盐醢,故功成而民不病"④,至若"节己厚人,不专其利,崇俭黜欲",轻徭薄赋,"宁余于民,无藏府库"的利民主张则是传统仁政思想下的经济观照,而其推行井田的理论溯源则在"仁义"的关注,每称"井田之废,乱之所生也,欲行仁义者,必自井田始","欲舍井田而行仁义,犹无釜而炊也,决不得食矣"⑤,粹然一出于道统之正;若其述学论文,远承周孔,矩矱程朱,明理致知,谆谆醇儒。尝言,"孔子曰,穷理尽性,以至于命。斯圣贤所以为教,而人所当为者也。穷天下之理而见之于躬行,尽乎三纲六纪而达之于天道,尧舜禹汤、周公孔子之所传。人之为人,不过学此而已,生者知此而后可生,死者明此而后可死,入乎此则为人,出乎此则为夷狄鸟兽,不可毫发也"⑥,又称,"为学不以宋之君子为师,而欲达诸古,犹面山而趋,而欲适乎海也"⑦,于朱熹最为推崇,"朱子之学,圣贤之学也。自朱子没二百年,天下之士,未有舍朱子之学而为学者"⑧。尽管"孝孺工文章,醇深雄迈。每一篇出,海内争相传诵"⑨,但道学观念下的"载道"态度却是一以贯之的为文准则:

"夫道者,根也,文者,枝也;道者,膏也,文者,焰也。膏不加而焰纾,根不大而枝茂者,未之见也。故有道者之文,不加斧凿而自成,其意正以醇,其气平以直,其陈理明而不繁决,其辞肆而不流,简而不遗,岂窃古句探陈言者所可及哉。文而效是,谓之载道可也;若不至于是,特小艺耳,何足以为文"⑩。

---

① (明)方孝孺:《逊志斋集》卷二十三,商务印书馆 1926 年版,四部丛刊本。
② (明)方孝孺:《逊志斋集》卷十一,商务印书馆 1926 年版,四部丛刊本。
③ (明)方孝孺:《逊志斋集》卷一,商务印书馆 1926 年版,四部丛刊本。
④ (明)方孝孺:《逊志斋集》卷二,商务印书馆 1926 年版,四部丛刊本。
⑤ (明)方孝孺:《逊志斋集》卷十一,商务印书馆 1926 年版,四部丛刊本。
⑥ (明)方孝孺:《逊志斋集》卷六,商务印书馆 1926 年版,四部丛刊本。
⑦ (明)方孝孺:《逊志斋集》卷十四,商务印书馆 1926 年版,四部丛刊本。
⑧ (明)方孝孺:《逊志斋集》卷七,商务印书馆 1926 年版,四部丛刊本。
⑨ (清)张廷玉等:《明史》卷一百四十一,中华书局 1997 年版,第 1047 页。
⑩ (明)方孝孺:《逊志斋集》卷十,商务印书馆 1926 年版,四部丛刊本。

　　文章小艺的观点自然不算新奇,但宋濂"宁独文哉"的期许深意却可由此阐明。洪武十三年(1380),宋濂因长孙慎坐胡惟庸党①,全家贬谪茂州,次年,行至夔州卒②。得闻恩师殁去,方孝孺作哀辞、祭文8篇,极尽哀挽,述德业学问以彰恩师之志,忆知遇之情以寄悲悼之思,尽管谗言诽谤的指斥之后压抑着难以言说的愤懑,然宋濂所以厚望寄寓,孝孺所以秉承延继,却于中尽显:既言"子来孔时。斯文有传,非子谁宜。我观海内,亦有作者。非言之难,知道者寡。古人为学,惟道是明。繄我望子,岂以文名"③,又云"当始戒途,告我以书,勉以道学,为君子儒"④,诚为临别赠序中"宁独文哉"之最佳注脚。宋景濂既以道统承续为寄,方孝孺则慨然为志,反复陈情,再三致意:"第愚不肖,弗敏为学。天容地负,怀公奥博。忠义大节,道德大原,庶几努力,法古圣贤。公之望我,盖将在此。天未可期,心则已矣。公神在天,亦我之思,我辞告公,宁不我知"⑤;"今也既亡,民实无禄。寥寥圣道,畴引畴续……道之废兴,允匪人为。曷以为报,不负所期"⑥;"公之属望,夫岂为身。将缵斯道,以开后人。虽愚无能,志尚未已。报公之德,庶或在此"⑦。这8篇立意大抵相同,内容自有重复,然读之不厌,痛悼之情、荷道之责、承统之志、浩然之气跃然纸上。而孝孺之安身立命,一生志业亦在于此。

　　其病中赋诗言志则曰:"惟天生俊哲,盖为万世谋。大欲扶三纲,次欲叙九畴。安能闭关卧,缩首鸣啾啾。孔孟处衰世,奔走摧轮辀。宁不怀宴安,此道难中休。天令所赋授,与古岂不侔"⑧。俨然以孔孟传人自命,所谓天令所赋,此道难休,正是孔子天付斯文之统绪延承。尝言,"周公孔子与吾同也,可取而师也,颜子孟子,与吾同也可,取而友也"⑨,更对"众若骇然,

<hr />

①　按:宋濂于洪武九年六月由翰林侍讲学士升为翰林学士承旨,既已为翰林院"首臣",然次年既致仕,尽管朱元璋极尽恩礼之事,但方升官即致仕,实已触犯心理敏感的明太祖的最大忌讳,获罪之因,或藏于此。朱国祯《皇明史概》第十五册第三卷称:"太祖劳其身以忧天下,切齿于人之不仕者,御制班班可考。先生二十余年鱼水之交,鞠躬尽瘁,死而后已,自其职分。末年引疾,实拂圣心。若有意避远,并子孙亦杜仕籍,恐天威一震,全族皆沉,欲徙死于夔,其可得哉"。所论诚为(台湾)文海出版社1984年版。
②　关于宋濂之死,论者有谓为自杀,参见王春南、赵映林:《宋濂、方孝孺评传》,南京大学出版社1998年版,第111—121页。
③　(明)方孝孺:《逊志斋集》卷二十,商务印书馆1926年版,四部丛刊本。
④　(明)方孝孺:《逊志斋集》卷二十,商务印书馆1926年版,四部丛刊本。
⑤　(明)方孝孺:《逊志斋集》卷二十,商务印书馆1926年版,四部丛刊本。
⑥　(明)方孝孺:《逊志斋集》卷二十,商务印书馆1926年版,四部丛刊本。
⑦　(明)方孝孺:《逊志斋集》卷二十,商务印书馆1926年版,四部丛刊本。
⑧　(明)方孝孺:《逊志斋集》卷二十三,商务印书馆1926年版,四部丛刊本。
⑨　(明)方孝孺:《逊志斋集》卷十七,商务印书馆1926年版,四部丛刊本。

而惊愕然,而相顾俳然,笑予以为狂"的俗士态度予以抨击,指斥其辈,虽口之所食、身之所服、坐卧居行、耳目四肢,莫不与周公、孔子、颜孟同,独于道而疑之,慨叹"甚矣今之士之无志也"①。又辩称,"故志乎富贵权术而不志乎道者,自贱其身者也。谓其身不足以行道者,诬其身者也。谓周孔颜孟为不可及者,弃其天性者也,是三者,皆君子之贼也"②,君子之志既明,方孝孺慨然自任,"天之生身也,岂特养夫区区之口体至死而已哉,亦将以辅天地所不及,而助之养斯民耳"③。而此种不恤一身、忧道悯民的人文关怀更是屡见言表:

"士未尝不欲闻于后世也,然徒务乎闻,斯无闻矣。为其所志狭,而所望者私也。圣贤安顾其一身哉? 上之欲善天下,次之欲淑来世,遑遑终其身而不恤。"④

"盖天之授人以才智,非欲其自谋一身而已,固将望之补天道之所不能,助生民之所不及焉。尔是以伊尹方处畎亩,而以觉斯民自任,颜渊饮水饥饿,而论为邦,孟子辙环四方,每以先王之道告世之有力者,诚知所受者大,所任者重,不敢弃当世,而负乎天也。故得志则泽被于四海;不得志,则功流于后世,其德业声号愈远而弥张"⑤。

方孝孺将列圣前贤的感发激励、名垂青史的士人理想落实为许身道统的历史使命感,每以承续前贤,阐明王道为念,立身行事,莫不合节中礼,"世咸以为程朱复出"⑥视之。何乔远则称,"孝孺之平生,杰然必为君子也,贱文章而贵道德,耻刑法而尊教化,虑无不发明圣学、敷陈王道,当是时,天下皆以孟轲韩愈复生"⑦,于孟轲、韩愈、程朱的先贤比拟中,"杰然为君子"的方孝孺实已被世人纳入道统延续的历史谱系。方才有了姚广孝著名的临行请托:"文皇发北平,僧道衍送之郊,跪而密启曰:'臣有所托'。上曰:'何为?'衍曰:'南有方孝孺者,素有学行,武成之日,必不降附,请勿杀之,杀之则天下读书种子绝矣。'文皇首肯之"⑧。

"读书种子"典自黄庭坚《戒读书》,其称:"四民皆当世业,士大夫家子

---

① (明)方孝孺:《逊志斋集》卷十七,商务印书馆1926年版,四部丛刊本。
② (明)方孝孺:《逊志斋集》卷十七,商务印书馆1926年版,四部丛刊本。
③ (明)方孝孺:《逊志斋集》卷十七,商务印书馆1926年版,四部丛刊本。
④ (明)方孝孺:《逊志斋集》卷四,商务印书馆1926年版,四部丛刊本。
⑤ (明)方孝孺:《逊志斋集》卷十七,商务印书馆1926年版,四部丛刊本。
⑥ (清)沈佳:《明儒言行录》续编卷一,载(明)朱国祯:《逊国臣传》,上海古籍出版社1987—1989年版,文渊阁四库全书本。
⑦ (明)何乔远:《名山藏》卷八十二,上海古籍出版社2002年版,续修四库全书本。
⑧ (清)谷应泰:《明史纪事本末》卷十八,中华书局1977年版,第291页。

弟能知忠信孝友,斯可矣,然不可令读书种子断绝,有才气者出,便当名世矣"①。其所本或在裴度训子,柳宗元《龙城录》载:"裴令公常训其子,凡吾辈但可文种无绝,然其间有成功能致身为万乘之相,则天也"②。立足子孙的家训关注虽不过"万般皆下品,唯有读书高"的观念延续,却是一般士人的习惯思路,刘黻《和建小学韵呈赵求仁使君》即言,"衿佩欢迎师帅来,读书种子赖栽培。他年济济云霄路,谁信清朝叹乏才"③。至若垂训作诫,亦屡有称及,王柏称"苟一意于利,则读书种子断绝,流为俗人"④,杨士奇亦言,"汝惟善视两儿,不可令断绝读书种子耳","一家中子孙不可断绝读书种子"⑤。然而,姚广孝的"读书种子"绝非仅及一身的齐家关注,特意标明的"天下"指向正是"衍师本儒生""轩然出人群"⑥的核心关注。《碧里杂存》载:"太祖高皇帝天纵之质,博通三教,作养人材,儒风既盛,禅学并兴。当时若姚广孝、诉哭隐、泐季潭、琦楚石诸僧,皆高才博学,与宋景濂、沈士荣诸学士,往复论难,各明其道。"⑦《都公谭纂·卷上》则称:"国初,宋学士景濂,精于释,释宗泐季潭精于儒,太祖每称之曰:'泐秀才,宋和尚。'"即此可知,其时儒释往还论道当为属实。尤应注意的是,洪武八年诏通儒,姚(广孝)以僧试礼部,中,不愿仕,赐僧服还⑧,可知姚广孝众僧与宋濂诸儒往复论道的时间当在此期间。而宋濂又言,"洪武丙辰,予官禁林,宁海方生孝孺过从,以文为贽,一览辄奇之,馆实左右,与其谈经,历三时乃去"⑨,其时即洪武九年,据《方孝孺年谱》,时间则具体为是年初春,白寿彝主编《中国通史》称:"洪武八年,姚广孝以通儒被召留京师天界寺。这一次他虽未得官,而于次年春'赐还吴门'"⑩。时间相近,同在京师,且有着共同的交往

① (宋)黄庭坚:《戒读书》,载《全宋文》第 107 册·卷 2319,上海辞书出版社、安徽教育出版社 2006 年版,第 92 页。
② 《柳宗元集校注·龙城录卷下·裴令公训子》,中华书局 2013 年版,第 3448 页。
③ (宋)刘黻:《蒙川遗稿》卷三,上海古籍出版社 1987—1989 年版,文渊阁四库全书本。
④ (宋)王柏:《鲁斋集》卷九,上海古籍出版社 1987—1989 年版,文渊阁四库全书本。
⑤ (明)杨士奇:《东里续集》卷三十八,上海古籍出版社 1987—1989 年版,文渊阁四库全书本。
⑥ (明)高启:《高青丘集》卷五,上海古籍出版社 2013 年版,第 228 页。
⑦ (明)董毅:《碧里杂存》上卷,中华书局 1985 年版,丛书集成初编本。
⑧ (明)郎瑛:《七修类稿》卷四十三,中华书局 1959 年版,第 634 页。《明史》本传则称,"洪武中,诏通儒书僧试礼部。不受官,赐僧服还",未言具体时间。皇甫录《皇明纪略》称:《东里集》载丰城朱善字备万初授教授,洪武八年起取赴京延试第一。除翰林修撰后至文渊阁学士,不知是举为何。或即为此举。
⑨ 《宋濂全集·芝园续集》卷十,浙江古籍出版社 1999 年版,第 1625—1626 页。
⑩ 白寿彝总主编:《中国通史》第九卷,上海人民出版社 1996 年版,第 1249 页。

人物——宋濂,而相讨论的话题则在儒、释"各明其道",姚广孝极有可能即在此时与方孝孺有所接触,甚至,"以叛道者莫过于二氏,而释氏尤甚"的方孝孺或即为抨击释家之最有力者。据此而论,姚广孝于方孝孺的接触关注或从此始,其时,方孝孺"以文谒宋公景濂,深惊器之,名流老辈皆让不敢"①,宋濂"一览辄奇"的文章姚广孝也可能读过。洪武十五年,方孝孺被荐入京,朱元璋目为庄士,欲老其才。虽被遣还,却也名动一时,是年,马皇后崩,诏选高僧分侍诸王,姚广孝被宗泐推荐,再次入京,二人是否相遇,史籍缺载,虽未可知,但颇具才名的方孝孺却极有可能引起交往广泛的姚广孝的再次关注。至于其后,方孝孺文章传诵海内,姚广孝当然有可能接触,然"天下读书种子"的定位或于洪武九年时已然萌芽。极有可能与方孝孺有过接触的姚广孝,对方氏的认识理解自不会仅仅停留于口耳相传的名声与四海相诵的文字,"道衍,忍人也,郊送文皇于北平,首请全孝孺,自有深服其心者,匪独以文矣"②,所论极是。

年长方孝孺20余岁的姚广孝③,历元季乱世,寄身佛寺,却不溺于方外之乐,每有经国之志,相者袁珙见之曰,"是何异僧,目三角,形如病虎,性必嗜杀,刘秉忠流也"④,道衍大喜。赠诗云,"岸帻风流闪电眸,相形何似相心忧? 凌烟阁上丹青里,未必人人尽虎头"⑤,其志可知,姚广孝为人行事与刘秉忠颇为相类,学冠儒释,兼通三教,晓阴阳术数,吟诗纵论,堪为一代怪杰,其识鉴人才,自有独到之处。"少师,智人也,固惓惓于方正学矣"⑥,其"读书种子"的关注定位远非一般世人眼中"其时文章,孝孺第一"的表层理解,所以留意处,自不在方孝孺的文章名气,其所重视者乃是有明道统传承谱系中方孝孺的"程朱复出"。元末衰弊,士失其守,明祖重典,天下唯唯,儒学一脉,虽不绝如缕,然"今人多不如古也,而莫士为甚,以其无志也"⑦,方孝孺慨然任重,道德学问,楷模当世,实为一代士人之精神典范,而姚广孝目以"天下读书种子"的核心关注正在于此。当然,姚广孝有着辅弼朱棣以成帝业的政治识力,其士人身份下的道统关注中更夹杂着与朱元璋霸道立威、王

①　《方先生小传》,载(明)方孝孺:《逊志斋集》,商务印书馆1926年版,四部丛刊本。
②　(明)谈迁:《国榷》卷十二,中华书局1958年版,第860页。
③　《明史》本传称,姚广孝永乐十六年,"年八十有四",而方孝孺于建文四年被诛,"时年四十有六"。
④　(清)张廷玉等:《明史》卷一百四十五,中华书局1997年版,第1062页。
⑤　(明)姚广孝:《逃虚子诗集》卷九《赠相士袁廷玉》,齐鲁书社1996年版,四库全书存目丛书本。
⑥　(明)谈迁:《国榷》卷十二,中华书局1958年版,第860页。
⑦　(明)方孝孺:《逊志斋集》卷十七,商务印书馆1926年版,四部丛刊本。

政传国的相似思路。然而，朱棣的颇具父风多在雄主才略，这位半生倥偬的马上皇帝虽也尊崇儒术，但对于政统、道统的关系理解继承却远不及"唯言莫予违"的独尊心态深刻，对于姚广孝的允诺终因尊严受挫的君王心理演变为方孝孺的磔诛惨剧。

　　　　及师次金川门，大内火，建文帝逊去，即召用孝孺，不肯屈，逼之。孝孺衰绖号恸阙下，为镇抚伍云等执以献。成祖待以不死，不屈，系之狱，使其徒廖镛、廖铭说之。叱曰："小子从予几年所矣，犹不知义之是非！"成祖欲草即位诏，皆举孝孺，乃召出狱，斩衰入见，悲恸彻殿陛。文皇谕曰："我法周公辅成王耳。"孝孺曰："成王安在？"文皇曰："伊自焚死。"孝孺曰："何不立成王之子。"文皇曰："国赖长君。"孝孺曰："何不立成王之弟。"文皇降榻劳曰："此朕家事耳，先生毋过劳苦。"左右授笔札，又曰："诏天下，非先生不可。"孝孺大批数字，掷笔于地，且哭且骂，曰："死即死耳，诏不可草"。文皇大声曰："汝安能遽死。即死，独不顾九族乎？"孝孺曰："便十族奈我何！"声愈厉。文皇大怒，令以刀抉其口两旁至两耳，复锢之狱，大收其朋友门生，每收一人，辄示孝孺。孝孺不一顾，乃尽杀之，然后出孝孺，磔之聚宝门外。孝孺慷慨就戮①。

　　可知，朱棣初无磔杀之意，所以恼羞成怒，实在君王之尊严屡屡为挫，召用不屈，一辱也；方孝孺斩衰哭殿，视新朝于无物，二辱也；据理面驳成祖"法周公辅成王"的政治辩解，置朱棣于无义，三辱也；朱棣降榻卑辞，实已大失君王颜面，然孝孺掷笔，哭骂不诏，人主尊严扫荡殆尽，容身无地，四辱也；以九族胁迫的朱棣已是技穷，施淫威以挽回残余颜面，然孝孺以十族奈何抗之，昂然不畏，将成祖的最后尊严一把抹去，五辱也。数番交锋，朱棣备受挫折，独尊心理下的严重屈辱感演化为报复泄愤的极端手段：抉口、族诛、磔杀、掘坟。"孝孺负刚毅之气，奋雄博之辩，致使不能穷诘，故其受祸之惨，极于一时君臣，三代以来所未有也。后十余年，文庙言及辄足顿，愤愤不能平，其当时论可知"②。据传，方孝孺所写"燕贼篡位"四字③，更是当面骂侮，而以君王之独尊心态，兼以朱棣之武人脾性，遂成奇祸。明儒钱士升称"孝孺十族之言，有以激之也。愈激愈杀，愈杀愈激，至于断舌碎骨，湛宗燔

────────────

①　（清）谷应泰：《明史纪事本末》卷十八，中华书局1977年版，第291—292页。

②　（明）姜清：《姜氏秘史》卷一，豫章丛书本，光绪刊本。

③　《历代通鉴辑览》卷一百零一，上海古籍出版社1987—1989年版，文渊阁四库全书本。

墓而不顾。而万乘之威,亦几于殚矣"①,亦称有识,方孝孺以一介书生对抗君威,虽殒身亡族,然帝尊屡为所辱,君威实已殚矣。然所论有未确处,于成祖而言,为愈激愈杀,于方孝孺则非"愈杀愈激",亲友门生被杀在其"激"成祖后,为"激"之果,非"激"之因,其所感激慷慨者,非为十族之诛,乃在殉道之志。

方孝孺以明道承统为任,"欲以一人之身挽回数千年之世道"②,每言"圣智之虑,不止于善一身安一时,而必欲垂法子孙黎民,以传示后世"③,感慕往圣前贤,抱持恩师所望,砥砺品行,常怀不恤一身,忧道悯民之志。既称"士之高卑,在道德心志"④,又言,"士之可贵者,在节气,不在才智",于汉汲长孺、吴张了布莘"负气自高,昌言偪色,不少屈抑,以取合当世,视人君之尊,不为之动,遇事辄面争其短,无所忌",极为称慕,至言"国家可使数十年无才智之士,而不可一日无气节之臣,譬彼甘脆之味,虽累时月不食,未足为病,而姜桂之和,不可斯须无之"⑤。即是可知,持志死节,固为孝孺之所取,又季弟方孝友就戮时,孝孺目之泪下,孝友口占一诗曰"阿兄何必泪潸潸,取义成仁在此间"⑥,日常激勉之深,可见一斑。然若以此涵盖孝孺之殉道,仅为俗论,不足领会精神。

"世徒见其舍生取义,浩然与日星河岳争光,而不知至大至刚之气,直养无害,如水之有源,自在流出,非有所矫强愤激而为之。斯为圣贤素位之学,与侠士武夫慷慨于一时者,气象大不侔矣。"⑦

钱大昕此语,足当方孝孺之隔代知音,孝孺尝言:"至于绝私去欲,以全其性,穷微致曲,以达乎命,尧舜禹汤文武之所有者,与之絜深较广而无怍,周公孔子颜孟之所学者,沛乎若皆在我而无亏,敛之于一身而非有余,施之于政教而无不足,当其存心无为,以自乐其所存。操威福之柄者,不能夺;为生民之宰者,莫之制,穷达死生之变,亦大矣,不少乱其胸次而为之入"⑧,道学之至,"能穷理而尽性,虽即吾身为孔孟可也"⑨,方孝孺矢志精诚,绝私去

① （明）钱士升:《皇明表忠记》卷二,齐鲁书社1996年版,四库全书存目丛书本。
② （明）何乔远:《名山藏》卷八十二,上海古籍出版社2002年版,续修四库全书本。
③ （明）方孝孺:《逊志斋集》卷十二,商务印书馆1926年版,四部丛刊本。
④ （明）方孝孺:《逊志斋集》卷十五,商务印书馆1926年版,四部丛刊本。
⑤ （明）方孝孺:《逊志斋集》卷十六,商务印书馆1926年版,四部丛刊本。
⑥ （清）张怡:《玉光剑气集》卷六十六,中华书局2006年版,第235页。
⑦ （清）钱大昕:《跋方正学溪喻草稿摹本》,载《嘉定钱大昕全集》第八册,江苏古籍出版社1997年版,第553页。
⑧ （明）方孝孺:《逊志斋集》卷十九,商务印书馆1926年版,四部丛刊本。
⑨ （明）方孝孺:《逊志斋集》卷十七,商务印书馆1926年版,四部丛刊本。

欲,全性达命,心存圣贤之道,不动于穷达生死。故而,虽可自刭早死,或得保以宗族,然道之未明,正统未辨,即以翼道为任,不得遽死,需待彰显"道统"之至尊,方可从容殉道,固不得以寻常愤激死节者目之,正所谓"顺理之使不失其所也。"①杀身成仁的殉道意义方谓完全。

方孝孺"直以圣贤自任,一切世俗之事,皆不关怀……持守之严,刚大之气,与紫阳真相伯仲,固为有明之学祖也"②,然而,一代学祖守道不渝,却致磔身沉族之惨祸,其于有明士人之学行风节实为巨创。朱元璋重典治国,文士少全,至方孝孺以"程朱复出",身系道统之重,天下士心所为向慕,然中道摧折,更身罹不世之祸,"儒统遂绝"③。蔡清言:"使正学先生当日得行其志,伊周格天之业,疑亦不远,痛言及此,真使人有追憾天地之心"④。至《儒林外史》中,邹吉甫尚称:"我听见人说,本朝的天下,要同孔夫子的周朝一样好的;就为出了个永乐爷,就弄坏了"⑤。娄三、娄四公子亦常说:"自从永乐篡位之后,明朝就不成个天下"⑥。无论是本朝儒者对方孝孺的叹惋,抑或清代士人对朱棣的不满,其关注点皆在有明道统承续的中断,而此,正是"天下读书种子绝矣"的真正内涵。

方孝孺以荷道之身独抗万乘君威,虽罹极刑,然持道守节之士人志行已凛然驾于君权之上,尊严扫地的成祖朱棣除极刑方孝孺外,对于建文遗臣更是酷刑诛戮,"籍其乡,转相攀染,谓之瓜蔓抄,村里为墟"⑦,极端的报复行为中虽有着篡权者以刑杀树君威的政治情绪,但实已夹杂了帝王自尊受损后的个人泄愤心理,而帝王的独尊心理与士人志行间的隔阂亦至于极。

"事莫重于纲常,忠莫大于报主,祸莫惨于杀身。夫处骨肉之间,见微知著,不难以身发大难之端。读晁错传,至今三尺孺子犹搤腕焉。至于国破君亡,身伏碪碩,洙泗之间,断断言亟称召忽之仁,不哀其不然者。即功如仲父,直如魏徵,千载而下,谥为辱人。况乎子为人奴,妻为人妾,九族陈尸,六亲流血,无如建文死难诸臣。又况乎亲以及亲,友以及友,数千百人,咸输城

---

① 《礼记·中庸》:"唯天下至诚为能尽其性,能尽其性,则能尽人之性,能尽人之性,则能尽物之性"。郑玄注曰:"尽性者,谓顺理之使不失其所也。"
② (清)黄宗羲:《明儒学案》卷四十三,中华书局 1985 年版,第 1045 页。
③ 钱穆:《读明初开国诸臣诗文集续篇》,载《中国学术思想史论丛》卷六,安徽教育出版社 2004 年版,第 193 页。
④ (清)沈佳编:《明儒言行录续编》卷一,上海古籍出版社 1987—1989 年版,文渊阁四库全书本。
⑤ (清)吴敬梓:《儒林外史》第九回,上海古籍出版社 2012 年版,第 118 页。
⑥ (清)吴敬梓:《儒林外史》第八回,上海古籍出版社 2012 年版,第 112 页。
⑦ (清)张廷玉等:《明史》卷一百四十一,中华书局 1997 年版,第 1049 页。

旦,逮其子孙,清勾不绝,如建文诸臣亲戚者,其足伤悼,岂胜道哉"①。

时隔百年,论者犹凄凄,在为尊者讳的一般准则与皇权威慑之下,对于成祖的指斥批评虽未见于笔端,然愤懑哀痛实已洋溢字里行间,勇者扼腕,懦者自伤。然酷刑磔身、瓜蔓株连、湛宗燔墓、卑辱亲友的君权淫威之下,士人心志为之转移者何可计数。

> 僧慧暕涉猎儒书,而有戒行。永乐中,尝预修《大典》,归老太仓兴福寺。予弱冠犹及见之,时年八十余矣。尝语坐客云:"此等秀才,皆是讨债者。"客问其故,曰:"洪武间,秀才做官吃多少辛苦,受多少惊怕;与朝廷出多少心力? 到头来,小有过犯,轻则充军,重则刑戮。善终者十二三耳。其时士大夫无负国家,国家负天下士大夫多矣。这便是还债的。近来圣恩宽大,法网疏阔。秀才做官,饮食衣服,舆马宫室,子女妻妾,多少好受用,干得几许好事来? 到头全无一些罪过。今日国家无负士大夫,天下士大夫负国家多矣。这便是讨债者。"还债讨债之说,固是佛家绪余,然谓今日士大夫有负朝廷,则确论也。省之,不能无愧②。

既曾参修《永乐大典》则不免对朱棣有所回护,其实,明王朝所负士人之债,非止洪武时的文祸迭兴,朱棣磔诛"天下读书种子"所造成的士人失志,亦毫不为逊。朱元璋在为明人恢复了最广袤的文学生态——汉人制度的同时,却给明代士子们带上了最为沉重的精神镣铐。一代之开国气象有如人类之童年经验,必将对本朝士子产生深远的影响,"诗文固系世运,然大概自其创业之君"③,朱元璋营造了经济振兴、制度齐备的皇皇景象,却没有开辟一个宽容蓬勃的文化氛围,取而代之的是一个高压沉默的局面,将明初士人的开创激情迅速凝固为自保的谨慎,"见人斫轮只袖手,听人谈天只箝口"④。明成祖的磔诛方孝孺则在心灵深处摧毁了明代士人的道义底线,天下读书种子自此断绝,君主心理与士人志行间的隔阂遂被推至极端,道统

---

①　(明)谈迁:《国榷》卷十二引徐必达语,中华书局1958年版,第860页。徐必达,字德夫,嘉兴人,万历壬辰进士,历知太湖、溧水二县,升南吏部主事,累官南兵部左侍郎,有《南州草》。
②　(明)陆容:《菽园杂记》卷二,中华书局1985年版,第16页。
③　(明)胡应麟:《诗薮》内编卷二,上海古籍出版社1979年版,第23页。
④　(明)张昱:《可闲老人集》卷一《寄河南卫镇抚赵克家叙旧》,上海古籍出版社1987—1989年版,文渊阁四库全书本。

与政统间巨大的裂痕成为明代士人无法回避的历史创伤。

　　虽然,在以后的明代社会中,明诗所处的政治生态要改善了许多,但是童年经验中所留下的伤害是不能抹去的,以各代诗歌的自身发展而言,高峰很少出现在开国之初,而后人论及明诗时,却多以明之开国为最盛,而明诗的高峰也确在明初,激情凝固后的明诗无法摆脱明初文字狱所留下的心灵阴霾,言志抒情总不能酣畅,"避席畏闻文字狱,著书都为稻粱谋"并非清人独有,亦是明初高压所造就的士人心态。明诗的复古气质虽有着特殊的文化背景,但其中却贯穿着一种模式化心理,而究其本源,文祸造成的守成情结或即缘由之一。诗以言志,作为传统诗歌之一般主体的明代士人心志,却受挫于明初二祖的垂统树威,滥刑株连。"天地之道,不能纯和,故青阳阐陶育之和,素秋厉肃杀之威"①,原为常态,但当明诗初萌时,青阳之和骤然变为素秋肃杀,其于有明一代士人心志之摧残,诗歌生态之破坏,实亦甚矣。

―――――――――

　　①　(晋)葛洪:《抱朴子》外篇卷一,中华书局1954年版,诸子集成本。

第三章 朝廷文化中的诗歌态度（下）

"溥天之下,莫非王土,率土之滨,莫非王臣",然人主统御六合,居天下之尊,尽天下之有,却不能专天下之治。即帝王才资而言,"天下之大,非一人之可及;万事之细,非一心之可察"①。以治国理事而论,"天下之大,非一人所能独治也,必张官置吏以分理之"②。故"夫天下之大,非一人之所能治,而分治之以群工"③。依照社会分工的一般原理,君权独揽、治权共享成为传统政治生活的一般模式,"夫治天下犹曳大木然,前者唱邪,后者唱许。君与臣,共曳木之人也"④,"前邪后许"的君臣成为"曳木"天下的指挥群体,并于等级社会中形成了以帝王为塔尖的垂直统治模式,君主意志通过群臣百官的逐级传递与落实,演变为国家政策的制定、执行。帝王的统治需要群臣百官的参与,而在庞大统治集团中逐层而降的权力分配中则形成了一个最为接近帝王的核心权力阶层,其以君王辅弼的特殊身份介入统治,成为朝廷文化与官方意志的又一代言者。

第一节 内阁的职责维系及诗歌行为

"宰相者,上佐天子理阴阳,顺四时,下育万物之宜,外镇抚四夷诸侯,内亲附百姓,使卿大夫各得任其职焉"⑤。作为百官之首的宰相俨然成为天子之外的权力核心。然而,"天无二日,土无二王,家无二主,尊无二上"⑥的政治伦理却不允许有第二个权力核心的存在。历秦汉唐宋,丞相虽然保持

---

① （明）杨士奇等编:《历代名臣奏议》卷六十六,上海古籍出版社1987—1989年版,文渊阁四库全书本。
② （明）杨士奇等编:《历代名臣奏议》卷二百七十,上海古籍出版社1987—1989年版,文渊阁四库全书本。
③ （清）黄宗羲:《明夷待访录·原臣》,载《黄宗羲全集》第1册,浙江古籍出版社1985年版,第4页。
④ （清）黄宗羲:《明夷待访录·原臣》,载《黄宗羲全集》第1册,浙江古籍出版社1985年版,第4页。
⑤ （汉）司马迁:《史记》卷五十六,中华书局1959年版,第2062页。
⑥ 《礼记正义》卷五十一,载（清）阮元校刻:《十三经注疏》（上、下册）,中华书局1980年版,第1619页。

仅亚于君的政治地位,但实际权力却不断削减、分流。至明,朱元璋立国,"罢丞相,设五府、六部、都察院、通政司、大理寺等衙门,分理天下庶务,彼此颉颃,不敢相压,事皆朝廷总之"①,相权的彻底取消保证了君王独一无二的权力核心地位,"人主以一身统御天下,不可无辅臣",但相位缺设所留下的政治空白却必须填补。朱元璋仿宋制,设华盖、谨身、文华、武英四殿及文渊、东阁二阁大学士,秩正五品,"纪注言动,备顾问","不为置僚属,无所治,天子方自操威福,亦无所寄裁"。②洪武时期的皇权专制下,"于政事无与"且品秩低微的翰林学士虽然尚且游离于核心权力圈的边缘,但"侍左右、备顾问"的近日地位实已隐藏着向核心渗透的先天便利。至永乐时,"继大位,始即文渊阁召侍讲等七人,日入直左右,已益亲重。上所与谋,群臣甚秘,稍迁至大学士,岁时赉予同尚书矣。仁、宣朝用太子经师恩,累加至三孤,益尊。而宣皇帝右文遏杀,内柄无大小悉下大学士士奇等取报行,而吏部蹇义、户部夏原吉以不时召,得选入省可六尚书事,与士奇均。而大学士陈山等或鲜所关预。岂非无颟职,繇上轻重裁耶?论道之体,创尊仁、宣,迨景及宪,大权始集,今视之,赫然真相矣"③。甚至威柄独操且于礼制颇有研究的世宗朱厚熜亦承认"此官虽无相名,实有相职"④,天子对相职事实的承认实是最高权威对明代内阁核心权力地位的认可,但朱厚熜是曾更定郊祀大典、敢改祖制的嘉靖皇帝,对于一般阁臣而言,自不肯承认内阁与相职的权位相似,"祖宗设立阁臣,原是文墨议论之官,毫无事权。一切政务皆出自六卿,其与前代之相臣,绝不相同"⑤,但对于相似职能的履行却坦言有着不可推卸的责任,"内阁之职,所以承德弼违,献可替否,佐辅朝廷,裁决政务,与百司庶府职掌不同"⑥,"我朝阁臣虽无宰相之名,实有赞襄之责。自朝廷大礼规定以及人材进退,民生休戚,举天下国家之务,无巨无细,有一不问内阁者乎?"⑦而一般士人眼中,则有着更为实际的认识,"内阁之职,同于古相,而所不同者,主票拟而不身出与事"⑧,明确标出二者于施政模式的

① (明)朱元璋:《皇明祖训》,台湾"中研院"历史语言研究所影印本 1968 年版。
② (明)王世贞:《弇山堂别集》卷四十五,中华书局 1985 年版,第 833 页。
③ (明)王世贞:《弇山堂别集》卷四十五,中华书局 1985 年版,第 833 页。
④ 《明世宗宝训》卷六,台湾"中研院"历史语言研究所影印本 1968 年版。
⑤ 《明神宗实录》卷五百二十三,台湾"中研院"历史语言研究所影印本 1968 年版。
⑥ 《续文献通考》卷五十二,引刘健疏,上海古籍出版社 1987—1989 年版,文渊阁四库全书本。
⑦ 《明神宗实录》卷五百九十九,方从哲语,台湾"中研院"历史语言研究所影印本 1968 年版。
⑧ (清)孙承泽:《春明梦余录》卷二十三,北京古籍出版社 1992 年版,第 339 页。

本质差别,又"夫阁臣,于礼至贵倨也,视百司乃无重相压,何以相称焉。其喜怒借上意,故上不嫌逼也;威福间己意,故下屏息也;创白由六曹,故难不与也;取以诏行,故众无敢訾也"①,则以堪比故相的阁臣权势为切入角度,阐论阁臣之"为相"。有明一代虽无丞相之名,但丞相职能的历史延续却是事实的存在。作为代替的阁臣群体,虽无相权,却是明代核心权力阶层的重要构成。

"股肱喜哉,元首起哉",尽管并非绝对的权力核心,但在有如元首股肱的君臣关系下,辅弼阁臣的言行态度作为最高意志的补充与执行,于官方意识形态的形成与朝廷文化的基本取向莫不影响巨至。身处"一人之下,万人之上"的特殊地位,虽然没有帝王般的无上至尊,但进入核心权力圈的阁臣行为依然有着不容忽视的社会张力,其于诗歌的兴趣关注,虽不及君王的日照影响,却仍是足以影响明诗文学生态的温度因素。

一、开国宋濂与才子解缙

明代阁臣源自翰林,溯有明翰林之首,自当推金华宋濂。宋濂以文学侍从,一代礼乐制作,多由裁定,举凡"郊社宗庙山川百神之典,朝会宴享律历衣冠之制,四裔贡赋赏劳之仪,旁及元勋巨卿碑记刻石之辞,咸以委濂,屡推为开国文臣之首"②。然宋濂却不以文人自居,"余讳人以文生相命,丈夫七尺之躯,其所学者独文乎哉?"③又作《白牛生传》喻之曰:"吾文人乎哉? 天地之理欲穷之而未尽也;圣贤之道欲凝之而未成也,吾文人乎哉?"④受教于元儒吴莱、柳贯、黄溍之门的宋濂,学本程朱,论文一以宗经载道为念,其称:

> 文者道之所寓也。道无形也,其能致不朽也宜哉! 是故天地未判,道在天地;天地既分,道在圣贤;圣贤之殁,道在六经。凡存心养性之理,穷神知化之方,天人感应之机,治忽存亡之候,莫不毕书之。皇极赖之以建,彝伦赖之以叙,人心赖之以正,此岂细故也哉? 后之立言者,必期无背于经,始可以言文⑤。

纳"文"于"经"的基本态度所体现的正是理学观照下的宗经思路,贯穿其中的则是"文以载道"的传统观念。宋濂于"文"的理解亦超出了"文章之

① (明)王世贞:《弇山堂别集》卷四十五,中华书局1985年版,第833页。
② (清)张廷玉等:《明史》卷一百二十八,中华书局1997年版,第989页。
③ 《宋濂全集·芝园后集》卷五,浙江古籍出版社1999年版,第1403页。
④ 《宋濂全集·潜溪前集》卷七,浙江古籍出版社1999年版,第80页。
⑤ 《宋濂全集·芝园后集》卷一,浙江古籍出版社1999年版,第1351页。

士"的一般概念,"天地之间,万物有条理而弗紊者,莫非文,而三纲九法,尤为文之著者。何也? 君臣父子之伦,礼乐刑政之施,大而开物成务,小而提身缮性,本末之相涵,终始之交贯,皆文之章章者也"①。更明确指出"余之所谓文者,乃尧舜文王孔子之文,非流俗之文也"。圣贤之文以明道、立教、辅俗化民为宗,故而,"非圣贤之文"应以"圣贤之道充乎中,著乎外,形乎言",最终以达到"不求其成文而文生焉"的"文之至"②,循着明道教化的为文宗旨,"重道轻文"自然成为其一力主张的作文态度,"大抵为文者,欲其辞达而道明耳,吾道既明,何问其余哉"③,"文之所存,道之所存也。文不系于道,不作焉可也"④。倡言"文非学者之所急,昔之圣贤初不暇于学文,措之于身心,见之于事业,秩然而不紊,粲然而可观者。即所谓文也"⑤,修德立业本身即为"作文"的思路显然是对儒家"三不朽"观念的道学延伸。故而,"其文之明,由其德之立"者为上焉者之事,而"优柔于艺文之场"但能"以明道为务"为中焉者之事,至"昼夜孜孜,日以学文为事"则为下焉者之事。⑥ 宋濂一生为文行事,以儒者为念,"于学无所不通。为文醇深演迤,与古作者并"⑦深契帝意,朱元璋授以正三品翰林承旨,诰称:"翰林院尚未有首臣,朕于群儒中选,皆非真人,各虚名而已。独宋濂一人侍朕左右,十有九年,虽才不兼文武,博通经史,文理幽深,可以黼黻肇造之规,宜堪承旨"⑧。许为"真儒"、博通经史、文可黼黻的授官理由正凸显出朱元璋的理国思路与文治关注,而宋濂以圣贤为楷模的明道实践又与其复古崇雅的文化政策相合,"翰林首臣"的真正指向亦在于此。

　　废相的朱元璋自不允许有相似的权力现象出现,即"忠勋如刘基,亲敬如宋濂,终其身弗以授也"。然其亦称"官翰林者,虽以论思为职,然既列近侍,旦夕在朕左右,凡国家政治得失,生民利病,当知无不言"⑨。宋濂侍帝

①　《宋濂全集·芝园前集》卷一,浙江古籍出版社 1999 年版,第 1167 页。
②　《宋濂全集·芝园后集》卷六,浙江古籍出版社 1999 年版,第 1568 页。
③　《宋濂全集·芝园后集》卷五,浙江古籍出版社 1999 年版,第 1406 页。
④　《宋濂全集·浦阳人物记》卷下,浙江古籍出版社 1999 年版,第 1838 页。
⑤　《宋濂全集·銮坡前集》卷十,浙江古籍出版社 1999 年版,第 557—558 页。
⑥　《宋濂全集·銮坡前集》卷十,浙江古籍出版社 1999 年版,第 557—558 页。
⑦　(清)张廷玉等:《明史》卷一百二十八,中华书局 1997 年版,第 989 页。
⑧　见丛书集成本。《宋学士全集》附录《翰林承旨诰文》,按:《明太祖集》中收《翰林承旨宋濂诰》:"昔君天下者,官有德而赏有功,世之文武莫不云从。尔濂虽博通今古,惜乎临事无为,每事牵制弗决。若使尔检阅则有余,用之于施行则甚有不足。然方今儒者,以文如卿者甚少,朕念卿相从久矣,特授卿翰林学士承旨,尔宜懋哉"。是文显较所引简略,当为朱元璋自拟之稿,而《四部备要》所录当为经文臣修饰后的正式诰文。
⑨　《明太祖实录》卷二百四十九,台湾"中研院"历史语言研究所影印本 1968 年版。

19年,备为顾问,讲求治道,讨论达旦,历据汉、唐故实,量其中而奏之。虽不能左右独裁之明太祖,但视宋濂之侍上备问,实为阁臣之迹。以权势而论,白首侍从的宋濂自不足道,但作为备受推许的"文臣之首",在一定程度上已然成为君王文学理想关注下的现实化身,有着代言天子的文化色彩。宋濂的诗文理解本自其贯穿一生的儒学训练,朱元璋的文学关注立足于国家意识的官方构建,虽有着政治功利的思考,但基本思路却来自与名儒耆宿的讲习论道。儒者的"道统"承继与帝王的"治统"维系一向有着种种的历史重叠:诸如"天下有道"的终极关怀、三代圣王的共同偶像、王道仁政的基本学理等等,由此衍生的文学态度自然有着先天的相似。从龙颂圣虽是臣子义化属性中的必须义务,前提却仍在君王言行的有"道"。"君子之事君也,务引其君以当道,志于仁而已"①,进入经典的圣人语录成为天下士人的"事君"准则,千载不废,儒臣宋濂自不例外。至朱明一代,以理学开国,而儒学主流下的经典教育已然积淀百代,"道"之层面上的君臣合一更有着深刻的文化背景、历史内涵以及传统惯性。宋濂既无阁臣之名,更无阁臣之职,然文臣之首的侍君背景实为后世阁臣发端。更重要的是,这位"翰林首臣"的文学态度对于后代多由翰林进身的阁臣群体有着不可回避的先导意义,"道"之统摄下的诗文观念预设了整个明代核心权力阶层的基本文学态度。

　　永乐间,"成祖即位,特简解缙、胡广、杨荣等直文渊阁,参预机务。阁臣之预务自此始"②,"入阁参预机务"的政治标识实已暗示着明代阁臣于核心权力阶层的渗透。"时机务孔殷,每旦,百官奏事退,内阁之臣造膝前进呈文字,商机密,承顾问,率漏下数十刻始退。"③朱棣特赐二品织金衣且劳之曰:"朕于卿等非偏厚,代言之司,机密所寓。况卿等六人旦夕在朕左右,勤劳帮助,不在尚书下。故于赐赉必求称其事功,何拘品级"④。可见,在朱棣眼中,"专典密务"的代言阁臣并不逊于尚书之职,而论事功不拘品级的嘉勉理由之后或已隐含了对阁臣"有相职而无相名"的经验判断,但这位建统雄主同样不容许君权之外的权力核心存在,虽然承认"朕皇考祖制,翰林长官品级与尚书同",但于代言近臣的恩宠亦仅限于封诰赐服而已,终永乐之世不过学士五品,"不置官属,不得专制诸司。诸司奏事,亦不得相

①　《孟子注疏》卷十二下,载(清)阮元校刻:《十三经注疏》(上、下册),中华书局1980年版,第2760页。
②　(清)张廷玉等:《明史》卷七十二,中华书局1997年版,第472页。
③　(明)陈建:《皇明通纪·历朝资治通纪卷之三》,中华书局2008年版,第393页。
④　(明)余继登:《典故纪闻》卷六,中华书局1981年版,第114页。

关白"①,用意正与其父相同,付阁臣以卑衔,使不敢相压六卿尚书,彼此颉
颃,以限制其权势。

其时,才子解缙最得朱棣赏识,七位侍臣中,遇事每以首选,两年内超擢
翰林院学士。解缙幼颖敏,年十八举乡试第一,二十岁举进士。"才名煊
赫,倾动海内。俗儒小夫,谰言长语,委巷流传,皆籍口解学士"②,然而,解
学士的才子诗情虽流传于街巷,播撒于士群,却未渗入侍臣职守下的事君言
行。朱元璋嘉其知无不言,即日上封事万言,首谏朱元璋之"好观《说苑》、
《韵府》杂书与所谓《道德经》、《心经》者",以"《说苑》出于刘向,多战国纵
横之论;《韵府》出元之阴氏,抄辑秽芜,略无可采","愿集一二志士儒英,臣
请得执笔随其后,上溯唐、虞、夏、商、周、孔,下及关、闽、濂、洛。根实精明,
随事类别,勒成一经,上接经史"以为"太平制作之一端",更进言"访求审乐
之儒,大备百王之典,作乐书一经以惠万世",尊祀圣王贤臣于太学。自天
子达于庶人,"通祀孔子以为先师,而以颜、曾、子思、孟子配。自闵子以下,
各祭于其乡","一洗历代之因仍,肇起天朝之文献",③设党庠乡学之规,开
武举、广乡校,论给配妇女之条,立足节义风化;谏笞杖之刑勿用,本自孝行
节义。全副关注尽在礼乐文明、道学正统,自是儒者面目,略无才子狂狷。
至永乐见用,所持态度一如既往。若领编《永乐大典》,即为前志所在。曾
进《大学正心章讲义》,成祖览之至再,谕曰:"人心诚不可有所好乐,一有好
乐,泥而不返,则欲必胜理"。由朱棣所谕,不难推知解缙等于《大学》篇章
的诠释思路。饶州鄱阳县民朱季友进书,词理谬妄,谤毁圣贤。解缙与礼部
尚书李至刚等请置于法④,俨然以卫道自居。若《中秋不见月》诗中虽结以
"云旗尽下飞玄武,青鸟衔书报王母。但期岁岁奉宸游,来看霓裳羽衣舞"
的颂美惯例,但诗中亦有"帝阍悠悠叫无路,吾欲斩蜍蛙碟冥兔。坐令天宇
绝纤尘,世上青霄粲如故"的清廓之志。俞汝成称"解学士才冠一时,积学
尤富,发为诗文,宜无与敌,乃多率意遣辞,不事磨炼,若信笔游戏者然"⑤。
信笔游戏固是才子常态,但却也暗藏着解学士的诗文态度。诗思敏捷,不屑
推敲,然"其言非雕琢,其意卓然有见而非泛,其气象严峻,凛然而有不可犯
之色也"。即此可知,解诗虽有"豪宕丰赡似李杜"⑥之誉,却多为才子习性

---

① (清)张廷玉等:《明史》卷七十二,中华书局 1997 年版,第 472 页。
② (清)钱谦益:《列朝诗集》乙集第一,影印清顺治九年毛氏汲古阁刻本。
③ (清)张廷玉等:《明史》卷一百四十七,中华书局 1974 年版,第 4115—4116 页。
④ (明)余继登:《典故纪闻》卷六,中华书局 1981 年版,第 111 页。
⑤ (清)朱彝尊:《明诗综》卷十九,乾隆刊本。
⑥ (明)杨士奇:《东里集》卷十七,上海古籍出版社 1987—1989 年版,文渊阁四库全书本。

下的率而为之,未肯留心用力,刻意求工。

　　解缙教学者恒曰"宁为有玷玉,莫作无瑕石",实亦自况,原知禀性以才高命世,固难为醇儒。王世贞戏为文章九命,中有玷缺,称自古文人,多陷轻薄,"迩时李献吉,气谊高世,亦不免狂简之讥。他若解大绅、刘原傅、桑民怿、唐伯虎、王稚钦、常明卿、孙太初、王敬夫、康德涵,皆纷纷负此声者,何也? 内恃则出入弗矜,外忌则攻摘加苦,故尔,然宁为有瑕璧,勿作无瑕石"①。规摹士林情态,颇见深刻。然朱高炽曾以解缙疏廷臣短长疏示杨士奇,称:"人言缙狂,观所论列,皆有定见,不狂也",是言不虚。解缙之才子本色在士林,然当其参与机务、代言职司时,则慨然以儒臣为任,翰林黄谏称,"暨得所作上高庙书六十余事及五七言诗歌读之,其论切时务,其言格君心,其忠犯人主,其学之赡,才识之高,如布帛菽粟,充溢庾藏,视金玉虽贵,锦绣虽美,而卒有益于人国之用,莫若是也"②,礼部侍郎任亨泰称:"公之文所以汪洋大肆,而无龃龉其间,正直闳深,而无偏陂之失也。兼说万有,贯通而时出之,浚其源于六经,要其归于周、孔,虽不求工,文与行如影响之出于形声也,浑然天成,卓尔出类,集义养气,孳焉未已"③。可知,儒学训练下的才子解缙,入仕之后所践履的仍然是正统观念下的事君之道。虽行事习性"襟宇阔略,不屑意细故,而表里洞达,绝(无)崖岸"④,迥异于宋濂的温和恭谨,但儒臣职守下的道统维系却一般无二。

　　解缙从仕,"前后不十年,为庶吉士再岁,御史未满岁,为学士四岁,两赞外藩,皆席未暖"⑤。内阁生涯不过四年,所侍又为雄主朱棣,虽列身枢要,却无后世阁臣之权势影响。然而,解缙作为明代最具才子气质的内阁学士,一旦侍君备问,进言参政,则不见丝毫文人习气,俨然正色儒臣,言必合道。一代才子尚且如此,何况他者。即此而论,这位才子学士的阁臣心境无疑有着极为深刻的文化寓意,较之普通翰林的诗文态度,宁为瑕玉的才子诗思显然更能体现出阁臣职责维系下的诗歌取向。

---

①　(明)王世贞:《艺苑卮言》卷八,载丁福保辑:《历代诗话续编》(上、中、下册),中华书局1983年版,第1083页。

②　(明)黄谏:《文毅集序》,载(明)解缙:《文毅集》,上海古籍出版社1987—1989年版,文渊阁四库全书本。

③　(明)任亨泰:《文毅集序》,载(明)解缙:《文毅集》,上海古籍出版社1987—1989年版,文渊阁四库全书本。

④　(明)杨士奇:《东里集》文集卷十七《前朝列大夫交趾布政司右参议解公墓碣铭》中当缺"无"字,据他书改。

⑤　(明)杨士奇:《东里集》文集卷十七,上海古籍出版社1987—1989年版,文渊阁四库全书本。

二、"三杨"、台阁体、李东阳

永乐阁臣秩列五品,终为不尊,至洪熙时,朱高炽优礼东宫旧臣,屡赐银章,特恩破格,领"三孤""太子三师"荣衔。至宣德时,诸臣以顾命之佐,多为眷宠,始得条旨特权。正统时,朱祁镇以七龄继位,"始专命内阁条旨"。内阁学士以票拟的方式代君批答拟旨,纲纪朝廷,进退百官,职掌天下钧衡,俨然为相。① 其时,杨士奇、杨荣、杨溥在阁日久,位益尊,爵益高,权益重,至英宗初位,乃尊称为辅相。"三人逮事四朝,为时耆硕。溥入阁虽后,德望相亚,是以明称贤相,必首三杨。均能原本儒术,通达事几,协力相资,靖共匪懈。史称房、杜持众美效之君,辅赞弥缝而藏诸用。又称姚崇善应变,以成天下之务;宋璟善守文,以持天下之正。三杨其庶几乎"②。于《明史》馆臣拟以唐代贤相的誉美称颂中,可知"三杨"之德业功烈、权势声望已远非宋濂、解缙可比,足以成为明代权力阶层的核心构成。然而,内阁"三杨"的诗文关注却延续着宋濂、解缙的儒臣思路。

杨荣,字勉仁,建安人,因住京师之东,故曰东杨③。举乡试第一,联中会试第三,廷试二甲第一,以劝朱棣先谒陵后即位受知,同值文渊阁七人中,年纪最少,性警敏,历事四朝,谋而能断。尝言"吾见人臣以伉直受祸者,每深惜之。事人主自有体,进谏贵有方。譬若侍上读《千文》,上云'天地玄红',未可遽言也。安知不以尝我?安知上主意所自云何?安知'玄黄'不可为'玄红'?遽言之,无益也。俟其至再至三,或有所询问,则应之曰:'臣幼读《千文》,见书本是'天地玄黄'未知是否④,固知其非悻直之臣,却终不免"谲而不正"之讥⑤,然亦可见杨荣之长于应变,恭谨机敏。以"事君有体,进谏有方"的杨荣当然不会拂逆君王兴趣。尝从征至野狐岭,朱棣指示

---

① 关于明代内阁制度的形成,参见王其榘:《明代内阁制度史》,中华书局1989年版;张显清、林金树主编:《明代政治史》,广西师范大学出版社2003年版。
② (清)张廷玉等:《明史》卷一百四十八,中华书局1997年版,第1079页。
③ (明)焦竑《玉堂丛语》卷七称"正统间,文贞为西杨,文敏为东杨,因居第别之。文定郡望,每书南郡,世遂称南杨"。《明史》因之称:"以居第士奇曰'西杨',荣曰'东杨',而溥尝自署郡望曰南郡,因号为'南杨'。"《七修类稿》卷四十三载:"永乐、宣德间,杨荣、杨溥、杨士奇,皆秉机轴,皆有文学政事之名,同在阁中,则参谒者难于称姓也。故以东西南位别之。盖士奇江西人,故曰西杨;溥,荆州人,荆,古南郑也,故曰南杨;荣固闽人,住京师之东,故曰东杨。称本朝名臣,至今曰三杨。问其东西南之属,不知也。"三杨"之别兼由籍贯、官邸而来,用意唯在区别三人。殁后谥称既定,则以文贞、文敏、文定相别,"三杨"之属,自不为人所知矣。
④ (明)叶盛:《水东日记》卷五,中华书局1980年版,第56—57页。
⑤ (明)廖道南:《殿阁词林记》卷一,上海古籍出版社1987—1989年版,文渊阁四库全书本。

山川形势,与语良久,杨荣应制于马上赋亲征诗,有:"圣主尊居四海安,天教戎敌自相残"之句,朱棣甚嘉之,"未几,谍知敌酋布尼雅实哩与其下阿噜台仇杀,东西奔遁",亟召杨荣谕曰:"此贼果自相残灭,汝前日之诗,安知不为谶乎?"杨荣下马叩首且言曰,"陛下德威广布,贼若不散旋,当殄灭,安敢拒天兵"①。其实,杨荣的歌诗称美中已然暗含着由朱棣指示形势而以己意推出的判断,而朱棣"甚嘉之"的背后亦有着相似的判断,然其以杨诗为谶的评价则隐藏着这位君王对自己预测的自负:君王未曾明言的预测为客观的判断,而臣下的赋诗颂美却不过偶然的巧合。杨荣的应答则顺着朱棣的思路,称美帝德天兵的威慑力,以示自己的判断是由此而来,不过一般观念下的自然思路,并无特殊,"自相残灭"不过偶然巧合罢了。即此可知杨荣之善于揣摩帝心,方可有"自入仕即得君,无日不在宠荣之中者四十余年,历事四朝,曾无数日之差,生荣死哀,始终全美"②。朱棣尚武喜功,杨荣偶然应制作诗,大抵皆颂称武功,歌美祥瑞,用旨多在黼黻文治,以称帝意。至仁宣之世,二帝虽可称右文之主,却均以儒家明君为楷模,被明确传统帝王规范所规限的诗赋"余事"自不在提倡之列,杨荣更不会着力推扬。更何况,科第出身下的基本知识训练所形成的本就是诗赋余事的一般观念。供职翰林后,"益注意圣贤仁义道德之懿,不屑文辞,凡有求者,辄辞。不获已,则随己意以应之,不为雕斫组织,以徇俗好,而理致闳远,有非人所可及"③,"在春坊,每进讲罢,必从容以正心务德,亲贤去邪,尚俭戒逸之言进,深见嘉纳,或访以政务,必陈其切要,及先后缓急施行之序,皆恳切无少避忌"④,自是儒臣行止,中规中矩,可圈可点。而其文章观念亦多为儒学观照下的一般关注,尝言,"天地间,一元气之流行,惟人得其正,而至理具焉。善养是气,足以配乎道义,而后发之为文章"⑤,夏原吉以户部侍郎使闽视学,时为诸生的杨荣即以讲《孟子》养气章,深契其旨,大被嘉奖,⑥可知其于孟子养气说颇有心得,孟子之"浩然

① (明)江镃:《文敏杨公行实》,载(明)杨荣:《文敏集》"附录",上海古籍出版社1987—1989年版,文渊阁四库全书本。
② (明)李贤:《古穰集》卷三十,上海古籍出版社1987—1989年版,文渊阁四库全书本。
③ (明)江镃:《文敏杨公行实》,载(明)杨荣:《文敏集》"附录",上海古籍出版社1987—1989年版,文渊阁四库全书本。
④ (明)廖道南:《殿阁词林记》卷二十,上海古籍出版社1987—1989年版,文渊阁四库全书本。
⑤ (明)杨荣:《文敏集》卷十三《送翰林编修杨廷瑞归松江序》,上海古籍出版社1987—1989年版,文渊阁四库全书本。
⑥ 参见蒋一葵:《尧山堂外纪》卷八十二,上海古籍出版社2002年版,续修四库全书本。

正气"本在道德涵养,借以论文,固非杨荣所创,而以"气"为关注核心的重道轻文却是一贯的思路。其称"六经"之后,作者醇正莫如孟子,又称"三代而下,莫盛于汉唐宋,帝王之治,虽曰有间,至于儒者,若汉之贾谊、董仲舒、司马迁、扬雄、班固,唐之韩愈、柳宗元、李翱、皇甫湜,宋之欧阳修、二苏、王安石、曾子固诸贤,皆能以其文章羽翼六经,鸣于当时,垂诸后世"①。"羽翼六经"依旧是道统脉络延伸下的为文标准。杨荣为黄淮集作序又称:

"夫姚、宋不见于文章,刘柳无称于事业也。粤在今世,于斯二者并美兼着,得非公乎。公天资过人,自其少时居家塾,游儒庠,治经之余,发为吟咏,语辄惊人。暨其壮也,繇佐郡邑,以参方岳,历亚卿而列八座,登三少,政务之暇,大篇短章,传诵于人者,铿乎金石奏而咸韶和,辉乎珠玉粲而云锦张也,何其伟哉。盖公生当皇明气运隆盛之初,遭逢列圣,得以所学扬历中外,建立勋业,至于文章特其余事尔。"②

于中诚多夫子自道,其实,兼美事业文章本为儒者所慕,但无论是处理事务的实际压力,还是作为惯例的先后缓急,抑或儒学训练下的心理定式,都要求"以余事为之"作为必须前提与基本态度,对仕途得意者而言,更是如此。以杨荣自身所作而言,"诏诰命令,训饬臣工,誓戒军旅,抚谕四夷,播告万姓,莫不严正详雅,曲当人心。出其绪余,作为碑铭志记,序述赞颂,以应中外人士之求,又皆富赡温纯,动中矩度。诗亦备极诸体,清远俊丽,趣味不凡"③,除去作为分内职守的公文写作外,其余的文字多可归入算作"绪余"的应酬之作。而"严正详雅""富赡温纯""清远俊丽"的审美风格之后则是多年所养的"醇正"之气。"其学博、其理明、其才赡、其气充,是以其言汪洋弘肆,变化开阖,而自合乎矩度之正,盖泱泱乎盛传于天下"④。学博理明、才赡气充的人文定位或是比文章"具有富贵福泽之气。应制诸作,泱泱雅音。其它诗文,亦皆雍容平易"⑤的表象描述更为深刻的文化标识,更可凸显出一代阁臣的情志状貌。

---

① (明)杨荣:《文敏集》卷十四《颐庵文集序》,上海古籍出版社 1987—1989 年版,文渊阁四库全书本。

② (明)杨荣:《文敏集》卷十四《黄少保集序》,上海古籍出版社 1987—1989 年版,文渊阁四库全书本。

③ (明)钱习礼:《文敏集序》,载(明)杨荣:《文敏集》"原序",上海古籍出版社 1987—1989 年版,文渊阁四库全书本。

④ (明)王直:《建安杨公文集序》,载《抑庵文集》卷六,上海古籍出版社 1987—1989 年版,文渊阁四库全书本。

⑤ (清)永瑢等:《四库全书总目》卷一百七十,中华书局 1965 年版,第 1484 页。

　　杨荣警敏善谏,于君固不违逆,于同僚友朋亦多不开罪。虽不屑文辞,然对于"官署民居,所以施政教、适性情,而欲纪载其实,序述其故,孝子慈孙欲铭着其祖考之美,以垂诸不朽者"①,杨荣则多应其求请。序跋碑铭中每有"推辞不获"之言,或为套语,但所作文字却多在前述之列,于此亦可略窥其诗文态度。《明史》本传称其,"性喜宾客,虽贵盛无稍崖岸,士多归心焉"②。江铄《行实》称其"暇时接见朝士大夫及方岳牧守,从容咨访时政人才,以备顾问。凡有馈送,纤芥弗受。尝于所居东偏构屋若干楹,环植花木,扁曰静轩。退朝之暇,衣冠正坐,焚香煮茗,与所知谈论经史,每至夜分。又于朝门之东南筑室十余楹,树以槐柳,退食则燕息其中,或邀翰林诸公宴会为乐"③,二者颇可互证,以杨荣之警敏,处处留心,借与朝臣士子言谈燕坐之机,获知讯息于他人不觉中,自是多谋善断者素日积习,固不可以小人刺取告讦刺之。杨荣虽"论事激发,不能容人过。然遇人触帝怒致不测,往往以微言导帝意,辄得解。夏原吉、李时勉之不死,都御史刘观之免戍边,皆赖其力"④,"三四十年间,日侍四圣左右,参赞机务,惠泽及人,不可胜计,人莫能知,公亦未尝言"⑤,或有溢美,但亦可知杨荣固为多谋君子矣,以此而论,杨荣多肯为人作文赋诗,除官场一般应酬外,亦多有接纳之用心。若宣宗时,杨荣曾扈驾巡边,遇敌众将入寇,朱瞻基亲率师剿平之。班师还京后,杨荣"进七言诗凡十篇,各立题意,宣宗皇帝览之喜,屡沐白金钞币之赐"⑥。这是杨荣不多的主动献诗,虽不免有邀宠之嫌,但亦可见其于文武兼备的帝王心理的准确把握。况且,遭遇明时的颂圣本就是儒学规范所许可的文学行为,且所赋内容又是其所擅长的边事,可称得体。而宣宗赐杨荣诗则称,"怀忠秉诚履坚贞,临事果达智识明",显然亦未以文学近臣视之。至英宗朝,更有杨荣论事有"果断之才","于礼乐儒雅则无称焉"⑦之谓,可知杨荣所长并不在文学。

---

① (明)王直:《建安杨公文集序》,载《抑庵文集》卷六,上海古籍出版社1987—1989年版,文渊阁四库全书本。
② (清)张廷玉等:《明史》卷一百四十八,中华书局1997年版,第1078页。
③ (明)江铄:《文敏杨公行实》,载(明)杨荣:《文敏集》"附录",上海古籍出版社1987—1989年版,文渊阁四库全书本。
④ (清)张廷玉等:《明史》卷一百四十八,中华书局1997年版,第1078页。
⑤ (明)江铄:《文敏杨公行实》,载(明)杨荣:《文敏集》"附录",上海古籍出版社1987—1989年版,文渊阁四库全书本。
⑥ (明)江铄:《文敏杨公行实》,载(明)杨荣:《文敏集》"附录",上海古籍出版社1987—1989年版,文渊阁四库全书本。
⑦ 《明英宗实录》卷六十九,台湾"中研院"历史语言研究所影印本1968年版。

除"谲而不正"外,论者多讥杨荣贪财,或当一辩。明人笔记载:

"平江伯陈豫,以白金、采币之类,求西杨为其父作墓志,西杨却之,不许。固请,辞益坚,不得。乃减金币三分之一,求于东杨,即纳而为之,称许过实。或见西杨曰:'以平江之父,先生不为志,何也?'曰:'汝安得知? 彼曾祖,吾为墓碑,虽未识其人,以子封爵,非积德之厚不能致。吾按状而发扬之,必有实也。彼祖,吾复为之,以委督漕运而有行实,功绩可纪,所以发扬之。若佐,无可述者,苟称之过实,非所以取信于后世也。吾何以金帛为哉?' 予因思,唐之张说爱姚崇之玩物而得之,盛为称许之辞于碑,盖有愧于西杨者也"①。

其实,杨荣为之作志的态度很明确:"以平江之父,先生不为志,何也?"根本在同僚情面难却,非为金币作之也。若为贪财,或索取当更多。其时,杨士奇位虽略尊于杨荣,却也相差无几,润笔岂可若许。杨荣为作墓志,用意仍在不逆人意,接纳群僚,以备他用。"(东杨)有济人利物之仁,而不忍却人之馈,人以为爱钱。文庙亦知之,每遂其所欲,盖用人之仁,去其贪也。或乡人来馈者,必访询贫富何如,若知其贫,亦不却其馈,但以别物与所馈相称酬之;若富者以十分为率,亦答其一二。或坐法乞救,或在卑求荐,必留意焉,报者相继而不厌也"②。杨荣之病在"不忍却人之馈",并非贪财,其父丧后,杨荣闻讣告归,料理丧事,"既襄事,乃料理乡党平日有假贷钱谷弗能偿者,悉焚其券;族人有间不能举者,悉为葬之;贫弱不能自存,悉收养嫁娶之;有因产业致争者,割己业畀之。起复时,宗戚乡邻,送行者咸垂涕"③。其母丧后,"族人有间公弟妹匿母存时所蓄金帛甚富,盍追究之? 公从容言曰:昔人云楚弓楚得,况弟妹,吾同胞也,悉置不问"④。即是观之,诚非贪鄙之辈。而杨荣"先世家关右,系出汉太尉震。唐末有仕于闽者,始居浦城,其后子孙复迁崇安建阳,转徙建安,今为建安人。衣冠相承,为郡望族"⑤,原为望族大户,家资本富,远非杨士奇可比,论者常以二杨相比,西杨状况自不如东杨,加之西杨确有受馈之事,不免为人口实。

杨荣非但"不忍却人之馈",更"不忍却人之情",其于乡人已多为眷顾,至于近亲所为,虽心下不满,却也屡为纵容。"英庙一日独与杨文敏公语,

---

① (明)李贤:《天顺日录》,明嘉靖十二年刻明良集本,第75页。

② (明)李贤:《古穰杂录摘抄》,中华书局1985年版,丛书集成初编本,第61—62页。

③ (清)张怡:《玉光剑气集》卷十五,中华书局2006年版,第595—596页。

④ (明)江镃:《文敏杨公行实》,载(明)杨荣:《文敏集》"附录",上海古籍出版社1987—1989年版,文渊阁四库全书本。

⑤ (明)江镃:《文敏杨公行实》,载(明)杨荣:《文敏集》"附录",上海古籍出版社1987—1989年版,文渊阁四库全书本。

语及公家事甚详,又问:'公有何事难自处者,朕为卿处之。'公谢无有。上固询之,公曰:'臣惟有一妾,与臣同贫贱,颇善事。第妾有父,以臣贵久依臣。臣固厚待之,今被侵家政,规权赂,颇桡臣事。臣未能去之也。'公意盖欲上为属之法吏,罪而屏之耳。上忽顾左右,呼校尉来,面封杖,俾至公第,杖弑之。公叩首谢,然而以双箑往,公请其故,上曰:'既去其父,安用其子乎?'公顿首言:'此女颇无过,居亦自疾其父。殆且留之。'上曰:'父以女死,女宁自安? 要之势自不可。倘或噬脐,无如初忍情也。'公又申恳再三,竟不从。校去,顷刻报已两毙。公犹未出朝也"①。以明代之特务手段,探知朝臣家事并非难事,英宗所为固有为杨荣解难之意,然亦可知杨荣妾父之不法,更可见杨荣名声之所累。

《明史纪事本末》称:"(宣宗)上御文华殿,召杨士奇,屏左右言:'张瑛尝言,杨荣畜马甚富。今察之,皆边将馈荣,荣大负朕'。士奇对曰:'荣屡从文皇北征,典兵马,以故接诸将。今内阁臣知边将才否、阨塞险易远近及寇情顺逆,臣等皆不及荣远甚'。上笑曰:'朕初即位,荣数短汝,非义、原吉,汝去内阁久矣。汝顾为荣地耶?'士奇顿首曰:'愿陛下以曲容臣者容荣,使改过'。"②

朱瞻基每以聪颖自命,但这位儒学训练下的守成之君于边事远不及其祖,杨士奇所见诚是,而一代雄主朱棣"亦知之,每遂其所欲"的宽容态度中同样有着相似的理解。杨荣欲知边事,必然多与边将接触。杨荣既"不忍却人之馈",而边将更有此风,"畜马甚富"自是杨荣知边的必然结果,亦为阁相之笼络手段。杨士奇为作墓志铭曰,"北裔西陲,从狩万里。职典者文,亦兼知武。羌人胸臆,帅垣弱强。重瞳屡顾,敷奏惟明"。陈田称,"参预机务者,不熟塞垣形势,何以御侮? 后惟张江陵足当此",颇具眼力。其实,非但熟知边事相似,即获知边事,笼络边将之手法亦同出一辙③,知此,

---

① (明)祝允明等:《野记　停骖录摘抄正续　谿山余话　世说旧注》,中华书局 1985 年版,丛书集成初编本。

② (清)谷应泰:《明史纪事本末》卷二十八,中华书局 1977 年版,第 432—433 页。

③ 朱东润先生于张居正之贪贿所论颇为凯切,其称,"居正对于自己底生活,不算没有把握。在操守方面,正因为居正对于政权的热衷,我们更可想象他对于货利的淡泊。在言论自由的时期,一旦贪污有据,经人指摘,往往不但成为终身的沾辱,而且会引起政权的动摇。这是一个热衷政权的人所不愿意的。然而明代腐化的空气,已经弥漫了,腐化的势力,侵蚀一切,笼罩一切,何况一个全权在握的首辅,更易成为腐化势力底对象。北京只是居正底寓所,他底家在江陵;居正可以洁身自好,但是居正有仆役,有同族,有儿子,有弟弟,还有父亲。腐化的势力,在北京找不到对象,便会找到江陵。居正也许还能管束子弟,他能管束父亲吗? 尤其张文明那一副放荡不羁的形态,更不会给一个十几年不曾见面的儿子以说话的机会"(朱东润:《张居正大传　陆游传》,东方出版中心 1999 年版,第 249—250 页)。即此而论,杨荣在贪财方面,亦与张居正多有相似之处。

方谓视大体。《明史》称"或谓荣处国家大事,不愧唐姚崇,而不拘小节,亦颇类之",或受俗论影响,然以辅相之权变视之,可称知言矣。至刘台弹劾张江陵疏称,"盖居正之贪,不在文吏而在武臣,不在内地而在边鄙"①,腐儒迂见,安足论哉。然道德舆论之下,以张居正之自信受宠,尚且有"近日之事,则反噬出于门墙,怨敌发于知厚,又适出常理之外"②的痛心疾首,屡疏乞休。杨荣闻报王振将发其接受宗室馈赠土物③,尽管杨士奇已以其不在京辩解之,但仍"兼程造朝,触冒瘴疹,卒于钱塘"④。道统之力,固可知矣。

杨溥,字弘济,石首人。与杨荣同举进士,以籍贯"荆古南郑"称南杨。宣宗即位,始入直文渊阁,英宗正统十一年卒,为阁臣二十一年。明人论及本朝贤相,必曰"三杨",称"西杨有相才,东杨有相业,南杨有相度"⑤,谓"士奇有学行,荣有才识,溥有雅操,皆人所不及"⑥,或言"西杨之文学,东杨之政事,南杨之清雅,皆人所不及"⑦,可知杨溥所长在品格操行,《明史》称其"质直廉静,无城府。性恭谨,每入朝,循墙而走",其为人可略知一二。而其最为士人所称道的则是入阁前的十年囹圄。

"杨文定在狱中十余年,家人供食,数绝粮。又上命叵测,日与死为邻,愈励志读书不辍。同难者止之曰:'势已如此,读书何为?'曰:'朝闻道,夕死可也。'五经诸子,读之数回。已而得释,晚年遭遇为阁老大儒,朝廷大制作多出其手,实有赖于狱中之功。盖天玉成之如此"⑧。

杨溥的"以文学润饰太平"正在其入阁之后的"朝廷大制作",然所赖却是狱中反复诵读的五经诸子,"大制作"的道学色彩已约略可知。其为杨荣所作神道碑铭称,"凡朝廷大制作,若《四朝实录》、《性理大全》、《历代臣鉴》、《外戚事鉴》,皆为总裁"⑨,可知"大制作"的内容所指,并自不关乎诗

① (清)张廷玉等:《明史》卷二百二十九,中华书局1997年版,第1544页。
② (明)张居正:《答廉宪胡公邦奇》,载《张太岳集》卷二十八,上海古籍出版社1984年版,第339页。
③ 《明史》载:"靖江王佐敬私馈荣金。荣先省墓归,不之知。(王)振欲借以倾荣,士奇力解之,得已。荣寻卒。"[(清)张廷玉等:《明史》卷一百四十八,中华书局1997年版,第1077页]由此亦可知,所谓杨荣受贿,有时为其不知时,家人所为,实与杨荣无关。
④ (明)尹直:《謇斋琐缀录》卷一,中华书局1991年版,丛书集成初编本。
⑤ (明)焦竑:《玉堂丛语》卷七,中华书局1981年版,第226页。
⑥ (清)张廷玉等:《明史》卷一百四十八,中华书局1997年版,第1079页。
⑦ (明)尹直:《医闾漫记 謇斋琐缀录》卷一,中华书局1991年版,丛书集成初编本。
⑧ (明)何良俊:《四友斋丛说》卷三十八,中华书局1959年版,第346页。
⑨ (明)杨溥:《建安杨公神道碑铭》,载(明)杨荣:《文敏集》"附录",上海古籍出版社1987—1989年版,文渊阁四库全书本。

文小技。杨溥"初乡试,首选考官胡俨批其文,他日必能为董子之正言,而不学公孙弘之阿曲,后果如其言"①,其文"和平雅正","温厚疏畅而不雕刻,平易正大而不险怪"②,由此可知,杨溥之文章风格,依然是文统谱系的一贯延伸。若其《东征》诗:"搀抢耀齐分,龙御勤六师。出门驰马去,不暇告妻儿。亲友送我行,欲语难为辞。死生岂不恤,国事身以之。"③文字平实,直抒胸臆,固是社稷良臣尽忠心态,诗却未可称佳。又:

　　宣庙最好词章,选南杨与陈芳洲二先生日直南宫应制,杨思迟,陈思敏。一日,命御制《寿星赞》,陈援笔赞云:"渺南极兮一星,灿祥光兮八纮。兆皇家兮永龄,我怀思兮治平。赖忠贞兮弼成,宜寿域兮同升。"南杨以指圈画"寿域"二字,欲易而未就。时中官促进甚急,曰:"先生有则改,无则罢。"遂取去。赐内阁,问二杨先生曰:"寿域二字如何?"西杨应曰:"八荒开寿域。"中官还诘南杨曰:"八荒开寿域,此句诗如何?"南杨曰:"好诗。"中官曰:"先指寿域为未好,何也?"南杨默然。少顷,陈退食,遇西杨于端门,西杨语陈曰:"适赐《寿星赞》甚佳,必大手笔也。"陈唯唯。后正统间,朝钟一日不受杵,命内阁制《祠钟文》。南杨入室中翻旧稿不得,太监候久,促陈芳洲曰:"先生何不作?"陈乃白南杨曰:"旧无此稿,先生口占我写。"南杨乃起一语,陈遂续成之④。

　　即此而论,杨溥非但诗思迟缓,于诗赋实不留心,"八荒开寿域"为杜甫《上韦左相二十韵》中诗句,杨溥之圈画评判无定见,正见其往日读书限为经子,并不有意于诗。又若其《送邹侍讲仲熙扈驾北行修实录》言"封章多是陈民俗,不羡相如一赋工"⑤,诗文态度固已明了。朱彝尊称,"三杨位业并称,南杨诗名独不振",当为不虚,《千顷堂书目》卷十八载有《杨文定公集》12卷、《杨文定公诗集》4卷,然其《文定集》,四库未收,黄宗羲《明文海》未收其文,仅程敏政《明文衡》录有10篇,数量远不及杨士奇。《续修四库全书》收有影印南京图书馆藏明抄本《杨文定公诗集》7卷(存卷一至卷

① (明)唐枢:《国琛集》,中华书局1985年版,丛书集成初编本。
② (明)彭时:《杨文定公诗集序》,载(清)黄宗羲编:《明文海》卷二百六十,中华书局1987年版,第2724页。
③ (清)钱谦益:《列朝诗集》乙集第一,影印清顺治九年毛氏汲古阁刻本。
④ (明)尹直:《医闾漫记　謇斋琐缀录》卷二,中华书局1991年版,丛书集成初编本。
⑤ 陈田辑撰:《明诗纪事》第2册,上海古籍出版社1993年版,第638页。

五、卷七),以杨溥之位尊一时,诗文集却流传不广,可知,诗文之事,本非所长,更非其所留心者。

杨士奇,名寓,以字行,江西泰和人,世称西杨。一岁而孤,随母适罗氏,已而复宗。贫甚。力学,授徒自给,多游湖、湘间,馆江夏最久。建文初,为王叔英以史才荐修《太祖实录》,入翰林,充编纂官。吏部考第史馆诸儒。尚书张紞得士奇策,曰:"此非经生言也。"奏第一。授吴王府审理副,仍供馆职。靖难后,改编修,特简入阁,参预机务,正统九年卒。历事四帝,在阁长达四十年,为有明阁臣之最。"三杨"之中,杨士奇虽以"文学""学行"为人称贤,却明确标举"如诗人无益之词,不足为也",是言固为太子朱高炽而发,却也包含着其自身的诗学定位:"儒者鲜不作诗,然儒之品有高下,高者道德之儒,若记诵词章前辈君子谓之俗儒"①。"儒者鲜不作诗"的现象承认中所凸显的则是"道德之儒"的立身追求。杨士奇自为墓志曰:"越自授官,所觊行道,心存体国,志在济人。惟理无穷尽而学殖未充,事有甚难而智虑弗逮,故秩愈进而忧愈重,宠愈厚而畏愈切。进慕陈善,退勤省躬,而施以公,而守以约,始终一意,夙夜不忘"②。《易·乾》:"君子终日乾乾,夕惕若厉",诚为其一生所履,而进德修业的毕生回顾中,于诗文之作略无一言,固可知其核心关注矣。黄淮序其文集则称:"凡大论议、大制作,出公居多,肆其余力,旁及应世之文,率皆关乎世教,吐辞赋咏,冲澹和平,渢渢乎大雅之音,其可谓雄杰俊伟者矣"③。李时勉《东里续集序》云:"先生以其余力发为文章,浑含温润,谨严而净密,如精金粹玉,自足以见重于世"④。虽于西杨诗文推崇备至,但"余力"为之的基本态度却一准儒臣规范。而"诗文余事"亦是杨士奇序跋他人之作的一般观念。

《胡延平诗序》:"先生之任风纪也,秉正直之节,务持大体;为郡守也,敦岂弟之行而修实惠,蔼然忠君爱国之诚,悯然忧勤恤民之心……诗虽先生余事,而明白正大之言,宽裕和平之气,忠厚恻怛之心,蹈乎仁义而辅乎世教,皆其所存所由者之发也"⑤。

《刘职方诗跋》:"先生于明经,于古文,尤所笃好,诗特其余事耳。先生

① (明)杨士奇:《东里集》卷二,上海古籍出版社 1987—1989 年版,文渊阁四库全书本。
② (明)杨士奇:《东里集》续集卷三十九,载《东里老人自志》,上海古籍出版社 1987—1989 年版,文渊阁四库全书本。
③ (明)黄淮:《东里文集》"序",载(明)杨士奇:《东里集》"原序",上海古籍出版社 1987—1989 年版,文渊阁四库全书本。
④ (明)程敏政:《明文衡》卷四十四,商务印书馆 1926 年版,四部丛刊本。
⑤ (明)杨士奇:《东里集》文集卷四《胡延平诗序》,上海古籍出版社 1987—1989 年版,文渊阁四库全书本。

德义在人,治行在史,余因此集,特记其好学一事,以示后人云"①。

《支言集跋》:"元之盛际,北有许文正公,南有先生,皆道学大儒,其功在朝廷,在学者表,然重当时而垂后世。文虽先生余事,然使后学得以窥见先生万一而私淑焉者,独有赖于斯"②。

《书张御史和唐诗后》:"诗虽学者余事,然昔人有曰,若不能升其堂者,非可易言也"③。

对于普通官员士子的诗歌行为,杨士奇并未继续规诫太子时的"无益"判断与"不为"态度,但以"余事视之"仍是保持不变的基本定位,而载道、明学的用世指向则是必需的前提。只有在此层面上,于未来天子而言的无益行为方因主体身份的变化得到认可。杨士奇作为谏言"诗可不为"的一代阁臣,位至三孤,典范群僚,对于自身的诗歌行为自然有着更为严格的道德规限与职能要求。

> 古之善诗者,粹然一出于正,故用之乡间邦国,皆有裨于世道。夫诗,志之所发也,三代公卿大夫下至闺门女子皆有作以言其志,而其言皆有可传,三百十一篇,吾夫子所录是已。余蚤不闻道,既溺于俗好,又往往不得已而应人之求,即其志之所存者无几也。观水者必于溟渤,观山者必于泰华,央渎附娄奚取哉!《国风》、《雅》、《颂》,诗之源也。下此为《楚辞》,为汉魏晋,为盛唐,如李杜及高岑孟韦诸家,皆诗正派,可以沂流而探源焉。亦余有志而未能者也,挺勉之哉。④

"溺于俗好""应人之求"固是道学统摄下的反思自责,却也略可窥见杨士奇早年游学时的诗歌兴趣以及在颜面难却的求请风习下的被迫延续。《诗》三百作者的广泛性成为一般诗歌行为的最佳辩护:"夫子所录"的圣人认可中自然包含了对常人作诗的默许。相伴而生的"诗言志"则成为其一以贯之的纲领精神,祖述诗骚的源流追溯所体现的更是习以为常的宗经意识。作为经典支脉的汉唐诗歌虽亦可列为"正派",但"一出于正""有裨于世"的善诗标准所凸显的却是经学视野下的诗教关注,堪

① (明)杨士奇:《东里集》文集卷十《刘职方诗跋》,上海古籍出版社 1987—1989 年版,文渊阁四库全书本。
② (明)杨士奇:《东里集》续集卷十八《支言集跋》,上海古籍出版社 1987—1989 年版。
③ (明)杨士奇:《东里集》续集卷五十九《书张御史和唐诗后》,上海古籍出版社 1987—1989 年版。
④ (明)杨士奇:《东里集》续集卷十五《题东里诗集序》,上海古籍出版社 1987—1989 年版,文渊阁四库全书本。

为"滇渤""泰华"的并非汉唐诗作的姿彩斑斓,乃是一脉相沿的言志明道。对于诗歌的性情特质,杨士奇虽不否认,但"发乎情,止乎礼义"的经学思路却是必须遵循的基本规范,以此养就性情之"正"。其于杜甫的推崇正在于此,"若雄深浑厚,有行云流水之势,冠冕佩玉之风,流出胸次,从容自然而皆由夫性情之正,不局于法律,亦不越乎法律之外,所谓从心所欲不踰矩,为诗之圣者,其杜少陵乎"①。而杜诗之祖,则在《诗经》,"少陵卓然上继三百十一篇之后,盖其所存者,唐虞三代大臣君子之心,而爱君忧国,伤时闵物之意,往往出于变风变雅者,所遭之时然也。其学博而识高,才大而思远,雄深闳伟,浑涵精诣,天机妙用,而一由于性情之正"②。杜诗于《诗经》传统的历史延继被集中凝聚为"性情之正"的精神相承,至于一般诗家孜孜以求的诗体格律却远在关注之外,"厥后作者代出,雕镂锻炼,力愈勤而格愈卑,志愈笃而气愈弱,盖局于法律之累也。不然,则叫呼叱咤以为豪,皆无复性情之正矣"③。无论是"法律之累",还是"叫呼叱咤",都已逸出了中庸的美学规范,有失于"正"。而"性情之正"的培养,并不在诗歌的锻炼,乃在道德的积淀涵养,"盖本于道义之正,所谓浩然之气是也,而发于外者,固雍容不迫,无所乖戾,而适乎大中,所谓性情之正也"④,由道义而生的浩然之气方为"性情之正"的本根所在,落足处仍在"道德之儒"的立身宗旨。

以"六经"为天下至文原是道学观念下的基本文学判断,作为传统诗歌的最高典范,《诗经》有着无法逾越的"圣经"性质,更是后世诗家所宗尚规摹的不祧之祖。以《诗经》为起点的诗学认知自然融入了作为士人常识的经学判断,成为儒学主流下的一般诗学准则。以儒者自命的杨士奇更是奉为圭臬,"诗本性情,关世道,三百篇无以尚矣。自汉以下,历代皆有作者,然代不数人,人不数篇,故诗不易作也。而尤不易识,非深达六义之旨,而明于作者之心,不足以知而言之"⑤。"深达六义之旨"成为杨士奇作诗、识诗

---

① (明)杨士奇:《东里集》续集卷十四《杜律虞注序》,上海古籍出版社 1987—1989 年版,文渊阁四库全书本。
② (明)杨士奇:《东里集》续集卷十四《读杜愚得序》,上海古籍出版社 1987—1989 年版,文渊阁四库全书本。
③ (明)杨士奇:《东里集》续集卷十四《杜律虞注序》,上海古籍出版社 1987—1989 年版,文渊阁四库全书本。
④ (明)杨士奇:《东里集》文集卷四《赠萧照磨序》,上海古籍出版社 1987—1989 年版,文渊阁四库全书本。
⑤ (明)杨士奇:《东里集》续集卷十四《沧海遗珠序》,上海古籍出版社 1987—1989 年版,文渊阁四库全书本。

的唯一途径,其不以法律为念的诗学认知即本自"古诗三百篇,皆出乎情,而和平微婉,可歌可咏,以感发人心,何有所谓法律哉"①的原典理解。其言"自汉以下,言诗莫深于朱子",绝高的诗学定位导自于"昔朱子论诗,必本于性情言行,以极乎修齐治平之道,诗道其大矣哉"②的道学推断。杨士奇虽非科第出身,所接受却是作为一般士人知识构成的儒学理念,"修齐治平"的道德训练终是恢弘诗道的根本所在,君子人格的锻炼塑造亦是一以贯之的终极指向。仕宦显达的特殊地位则为其提供了推扬儒家诗学的便利条件,而此,既为传统儒臣的职能所在,更是自身知识训练下的必然指向。除却不以"文"重的"余事"态度之外,偶然为之的诗歌行为中更贯穿着正统儒学的诗歌关注与规范恪守。

　　"诗以理性情而约诸正,而推之可以考见王政之得失,治道之盛衰。三百十一篇,自公卿大夫下至匹夫匹妇,皆有作,小而兔罝羔羊之咏,大而行苇既醉之赋,皆足以见王道之极盛。至于葛藟硕鼠之兴,则有可为世道慨者矣。汉以来,代各有诗,嗟叹咏歌之间,而安乐哀思之音,各因其时,盖古今无异焉。若天下无事,生民乂安,以其和平易直之心,发而为治世之音,则未有加于唐贞观开元之际也……读其诗者,有以见唐之治盛于此,而后之言诗道者,亦曰莫盛于此也。余窃有志斯事,而材质凡近,徒劳而无成,间或一遇能者,未尝不歆艳向往之"③。诗与政通的经典思路延伸中实已暗含着杨士奇自身诗歌志趣的历史定位,"有志斯事"的社会背景原是"圣人抚昌运,四海洽时雍"④的太平盛世,仿效唐诗以再现"唐之治盛"的诗歌旨归自然成为一代儒臣的诗学理想。"治世之音安以乐,其政和",对身列辅臣的杨士奇而言,政和民安更有着一般理想与职责所在的双重意义,循着"安乐哀思,各因其时,古今无异"的文学规律,"遭逢圣明,膺斯文之任"的杨士奇发言为诗,自是一派温和平正的治世之音,溯其发端则仍在道学浸染下的"性情之正"。既不乏"圣化升平日,天恩长养时。四郊无夜警,万物蔼春熙。畊有如坻积,

①　(明)杨士奇:《东里集》续集卷十四《杜律虞注序》,上海古籍出版社 1987—1989 年版,文渊阁四库全书本。

②　(明)杨士奇:《东里集》文集卷四《胡延平诗序》,上海古籍出版社 1987—1989 年版,文渊阁四库全书本。

③　(明)杨士奇:《东里集》文集卷五《玉雪斋诗集序》,上海古籍出版社 1987—1989 年版,文渊阁四库全书本。

④　(明)杨士奇:《东里集》诗集卷一《题富春柴桑二图》,上海古籍出版社 1987—1989 年版,文渊阁四库全书本。

歌闻击壤辞"①的太平颂圣,亦有"水旱农艰食,兹乡实可嗟。扫田纷拾稗,为饭杂蒸沙。岁赋征仍急,秋成望苦赊。吾徒何补益,肉食老京华"②的悯民自责,更有"夏霖频泛滥,秋谷竟虚无。官府犹征役,朝廷已罢租。缅怀刘谏议,千载愧吾徒"③的施政关注。杨弘济云,"东里歌颂太平,未尝不致儆戒之意,至于触物起兴,亦莫不各极其趣,体制音响,皆发乎性情,非求之工巧者比"④,可谓知言。

　　无论是所持的一般诗歌观念,抑或暇时为之的诗歌行为,较之杨荣、杨溥,乃至宋濂、解缙,以"文学"称贤的阁臣杨士奇,对于诗歌的基本关注并无特出之处,始终不过是远离核心、可有可无的"余事"行为。于阁臣而言,即便个人有特别的诗歌兴趣,亦莫不统摄于道学,规限于儒臣职守,况且经典教育下的启蒙训练、知识培养、人格塑造,均不曾给诗歌以特别的提倡,由学优则仕而入直代言的一般阁臣经历亦未提供关注诗歌的特别契机。特殊的身份地位,作为一般知识构成的理学背景以及儒学传统下的言行规范,都已决定了进入明代核心权力阶层的阁臣群体的诗歌态度。论者每以"三杨"为明代"辅相"之始,内阁制度亦完备于此,"三杨"的文学态度上承宋濂之风,一以明道宗经为尚。作为一代贤相的典范形象,更有榜样后世阁臣的开启意义,颇堪代言有明核心权力阶层的一般诗文取向。"三杨"于明代内阁制度史以及明代政治史中的特殊地位,确然有着导先一代阁臣的典范意义,更由之引出了被误读误解的"台阁体"。

　　几乎所有的文学史对于明代的"台阁体"理解都遵循着相同的模式:"台阁体"是以"三杨"为代表的上层官僚诗文创作,其主要特征则不外乎"雅正平和""雍容冲淡""讴歌承平"等,并在明代文坛形成了很大影响。而一般研究者的基本判断亦大致由此生发,特定时代的阶级观念中,"台阁体"自然是被大加批判的对象,而之后的学界评价虽然大体不高,但实践态度则更为宽容、理性,批评基调的保持延续中,主观意识的简单判断已然转变为更具学理思辨的客观剖析,对"台阁体"的认识深度、关注角度亦随之

---

①　(明)杨士奇:《东里集》诗集卷二《余姚陈氏嘉会楼》,上海古籍出版社 1987—1989 年版,文渊阁四库全书本。

②　(明)杨士奇:《东里集》诗集卷二《次韵黄少保过田家有感》,上海古籍出版社 1987—1989 年版,文渊阁四库全书本。

③　(明)杨士奇:《东里集》诗集卷二《望昌平》,上海古籍出版社 1987—1989 年版,文渊阁四库全书本。

④　(清)朱彝尊:《明诗综》卷十九,乾隆刊本。

逐步深入广泛。① 但对于明代"台阁体"的基本认知却仍然停留于文学史概念下的一般理解中,未暇多顾。然而,这一理解中却包含着一个延续了数百年的认识误区。

"台阁体"一词,不见于正史,《明史·文苑传》对此期文学的基本评价是"永、宣以还,作者递兴,皆冲融演迤,不事钩棘,而气体渐弱",既未提及台阁,更未明言"三杨","演迤"一词则被《明史》先后用来形容宋濂(醇深演迤)、王慎中(演迤详赡)的文风特点。宋濂于"为文辞不务钩章棘句,而一以理胜"②向来心慕称许,所谓"冲融演迤,不事钩棘"的整体风貌实为开国文臣之首宋濂的流风所浸。至于"三杨",本传则略不涉其诗文,所赞仅于"原本儒术,通达事几",并不以文学视之,亦未如宋濂、王袆、方孝孺、刘基、李东阳等一样,与列《文苑传》所特意标举,引领一代文学潮流的"卓卓表见者"。永、宣时期历来被视为朱明王朝的治世,颇具升平景象,所谓"文运与世运相关,文章之盛者,世道之盛也"③,和平环境通常都是文治称盛的最好触媒,作者递兴的蔚然状貌固是自然结果,"永乐以后,公卿大夫,家各有集。馆阁自三杨而外,则有胡庐陵、金新淦、黄永嘉,尚书则东王、西王,祭酒则南陈、北李,勋旧则东莱、湘阴,词林卿贰则有周石溪、吴古崖、陈廷器、钱遗庵之属,未可悉数"。钱谦益于盛况追述后更有着颇为深刻的观察辨析,"余惟诸公,勋名在鼎钟,姓名在琬琰,固不屑与文人学士竞浮名于身后"④。实已将馆阁文臣的基本文学态度大致点明,《明史·文苑传》虽称

---

① 近年来的相关论文主要有,史小军、张红花:《20世纪以来明代台阁体研究述评》,《南阳师范学院学报(社会科学版)》2006年第2期;冯小禄:《明代台阁体文学三题》,《天中学刊》2006年第1期;冯小禄:《论台阁作家宋文观和宋诗观的错位》,《中南大学学报(社会科学版)》2005年第6期;孙学堂:《从台阁体到复古派》,《陕西师范大学学报(哲学社会科学版)》2002年第4期;左东岭:《论台阁体与仁、宣士风之关系》,《湖南社会科学》2002年第2期;陈传席:《台阁体与明代文人的奴性品格》,《社会科学论坛》2001年第4期;张红花:《明代台阁词的创作风貌及其成因》,《广西社会科学》2005年第3期;王萧:《明代台阁派形成》,《上海大学学报(社会科学版)》2005年第2期;王昊:《仁宣致治下的"台阁"标本——杨士奇诗歌解读》,《泰安教育学院学报岱宗学刊》2005年第1期;魏崇新:《台阁体作家的创作风格及其成因》,《复旦学报(社会科学版)》1999年第2期;魏崇新:《明代江西文人与台阁文学》,《中国典籍与文化》2004年第1期;魏崇新:《杨士奇之创作及对台阁文风之影响》,《南京师范大学文学院学报》2004年第2期;黄卓越:《论明中期文权的外移——弘治朝文学振兴活动考略》,《中国文化研究》2000年第2期。同时,相当一部分研究者在其涉及明代诗史、明代散文史的专著中也有相关论述,如廖可斌、陈书录、陈文新等先生的论著中都有相关论述。研究者角度各异,然持论有据,亦多有创获。
② 《宋濂全集》銮坡前集卷四,浙江古籍出版社1999年版,第410页。
③ (明)倪谦:《倪文僖集》卷十六,上海古籍出版社1987—1989年版,文渊阁四库全书本。
④ (清)钱谦益:《列朝诗集》乙集第一,影印清顺治九年毛氏汲古阁刻本。

此期"作者递兴",然其中多数人物却各自有传而不入文苑,即此可知,此期作者之身份特殊远非文苑可以容纳。需要注意的是,即便在这个不屑文名的馆阁群体中,"三杨"亦未有特出的地位。如前所论,"三杨"的文学润色在"大制作、大议论",在典礼乐章、史书修撰、章表诰命,却非诗文小技。具体而论,杨溥诗思迟缓,文章亦流传不广,远不能以诗文与杨荣、杨士奇并称,四库馆臣言,"(杨荣)与杨士奇同主一代之文柄",未及杨溥。而李东阳更称:"永乐以后至于正统,杨文贞公实主文柄"①,连杨荣都不在其列,其间微尚,固可知矣。更重要的是,以"三杨"对于诗文向以"余事"视之,并无特别的提倡,所谓的宴集赋诗,并不经常,较之东、西杨近四十年的阁臣生涯,实称偶然。"三杨"既未以文坛核心自视,亦无丝毫流派意识,"台阁"一词更不见于《东里集》《文敏集》。暇时偶尔的诗文行为、一以贯之的余事态度、参差不齐的文学素养,都不曾为以"三杨"为首的文学流派或团体提供形成条件。"三杨"同主朝政是史实,但"三杨"共同主盟文坛却是"政治决定一切"思路下的习惯夸大,并无历史根据。

"台阁"一词与文学的最早渊源或在《文心雕龙·章表》之"左雄奏议,台阁为式;胡广章奏,天下第一,并当时之杰笔也"②,典自《后汉书·左雄传》:"自雄掌纳言,多所匡肃,每有章表奏议,台阁以为故事"③。然而,较之《后汉书》"台阁以为故事"的历史叙述,置于历代章奏之评析语境下的"台阁为式"显然有着更深一层的文学审美内涵,"当时杰笔"的历史定位中实已包含着对其作为一代文体典范的美学认可。虽然"台阁为式"的表述在很大程度上依旧不过是一种现象总结,但其所标识的章表奏议却有着明确的审美取向"原夫章表之为用也,所以对扬王庭,昭明心曲。既其身文,且亦国华",特定接受群体与实用环境所要求的是"雅义以扇其风,清文以驰其丽"的美学特征,"必使繁约得正,华实相胜,唇吻不滞,则中律矣"④。作为标识的"台阁为式"自然也具有了相似的美学内涵。但是,章表奏议虽被传统的广义文学观念所接纳,但却未能完全进入一般语境下的狭义文学范畴,论者的普遍关注仍在以诗歌辞赋为典范的文学体式,故而,"台阁为式"所具有的美学内涵始终隐而不显。在一般诗学文论话语中,"台阁"的使用大抵为一种基于本义的作者身份指称,与之相并使用的则是形容隐居不仕的"山林"一词。

---

① 《李东阳集》第二卷,岳麓书社 1985 年版,第 74 页。
② (南朝梁)刘勰:《增订文心雕龙校注》卷五,中华书局 2012 年版,第 303 页。
③ (宋)范晔:《后汉书》卷六十一,中华书局 1965 年版,第 2022 页。
④ (南朝梁)刘勰:《增订文心雕龙校注》卷五,中华书局 2012 年版,第 303 页。

宋吴处厚所撰《青箱杂记》卷五称:"文章虽皆出于心术,而实有两等:有山林草野之文;有朝廷台阁之文。山林草野之文,则其气枯槁憔悴,乃道不得行,著书立言者之所尚也;朝廷台阁之文,则其气温润丰缛,乃得位于时,演纶视草者之所尚也"①。宋人多承而论之,吴泳《鹤林集》卷二十八称,"夫文章合下有两等:山林草泽之文,其气槁枯;朝廷台阁之文,其气温润。譬如按乐,教坊则婉媚风流,外道则粗野嘲哳"②。胡次焱曰:"前辈谓文有两种,有山林之文,有台阁之文。鸣玉者台阁之文也,其声温润而和平;扣缶者山林之文也,其声浏溧而激烈,居使然也。士穷则扣缶,达则鸣玉"③。吴龙翰亦称:"某尝谓台阁之文温润,山林之文枯槁。文,声也,各鸣其所以而已。温润之文,琴瑟鼗鼓,笙簧钟磬,可以奉神明,飨宗庙。文之枯槁,则如燕市夜鸿,华亭晓鹤,仅足堪听,而其下者则如露草寒蛩,不过自鸣其困穷耳。"④

降至元明,渐为定论,若元黄溍《文献集》卷六有"品评者谓有山林之文,有台阁之文",舒頔《贞素斋集》卷二亦称,"近代有所谓台阁山林江湖之诗,然台阁诸老,有非唐人所可及者"⑤。至洪武八年(1375),道人何淑为邓雅《玉笥集》作序曰:"世谓文章有台阁山林之殊,故其气有温润枯槁之异,文章固然,诗之为道亦犹是也"⑥。可知,以台阁、山林之论已广为通行,儒臣宋濂即称:

"昔人之论文者,曰有山林之文,有台阁之文。山林之文,其气枯以槁;台阁之文,其气丽以雄。岂非天之降才尔殊也?亦以所居之地不同,故其发于言辞之或异耳。濂尝以此而求诸家之诗,其见于山林者,无非风云月露之形,花木虫鱼之玩,山川原隰之胜而已。然其情也曲以畅,故其音也眇以幽,若夫处台阁则不然,览乎城观宫阙之壮,典章文物之懿,甲兵卒乘之雄,华夷会同之盛,所以恢廓其心胸,蹄厉其志气者,无不厚也,无不硕也。故不发则已,发则其音淳庞而雍容,铿鍧而镗鞳,甚矣哉! 所居

① (宋)吴处厚:《青箱杂记》卷五,中华书局1985年版,第46页。
② (宋)吴泳:《与洪平斋书二》,载《全宋文》第316册,上海辞书出版社、安徽教育出版社2006年版,第234页。
③ (宋)胡次焱:《笑玉诗序》,载《全宋文》第356册,上海辞书出版社、安徽教育出版社2006年版,第124页。
④ (宋)吴龙翰:《上刘后村书》,载《全宋文》第357册,上海辞书出版社、安徽教育出版社2006年版,第395页。
⑤ (元)舒頔:《贞素斋集》卷二,上海古籍出版社1987—1989年版,文渊阁四库全书本。
⑥ (明)何淑:《玉笥集》"序",载(元)邓雅:《玉笥集》"原序",上海古籍出版社1987—1989年版,文渊阁四库全书本。

之移人乎。"①又言,"予闻昔人论文,有山林、台阁之异。山林之文,其气瑟缩而枯槁;台阁之文,其体绚丽而丰腴,此无他,所处之地不同,而所托之兴有异也"②。

纵观诸论,于"山林""台阁"之审美旨趣、艺术风格、产生背景等莫不剖析到位,更可看出论者所着意体现的持平态度,但文气辨析的字里行间中却不难体会出其于"台阁之文"的偏尚,然而,这一"偏尚"并非美学价值的权衡所致,导源乃在传统士人的基本文化心理。儒家出仕指向下的"学优则仕"无疑是封建士子的共同人生路径,"修齐治平"的儒者理想大抵多赖仕途实现,"兼济独善"固是进退自如的君子心态,但列身台阁、建功立业的不朽愿望终究是难以释怀的士人情结。至若以"颜如玉""黄金屋"为念的凡儒俗士,更是景从向慕。"台阁"因"山林"的烘托而演变为一种文化审美类型,"台阁之文"亦随之成为寄托此文化心理与审美理想的一种文学样式,而在书法、绘画等艺术门类亦可发现"台阁"文化审美心理的渗透,如《墨林快事》即称,李东阳之"字以自出机轴为佳,人漫谓之台阁体"③。即此"台阁"而言,实为类名,并非私名,但凡身居庙堂高位,即可入列,未必定限于"三杨"。前之宋濂,后之李东阳,皆可论列,且更为《明史·文苑传》所特意标举的卓出人物,缘何必以"三杨"为代表呢?尚且要包括不以诗文为长的杨溥呢?百年误区所系,即在"以类名宰私名"的逻辑错误。

以专名而论,所谓明代"台阁体"其实仅就杨士奇一人所发,王世贞《艺苑卮言·卷五》论称,"文章之最达者,则无过宋文宪濂、杨文贞士奇、李文正东阳、王文成守仁"④,于杨士奇则曰,"杨尚法,源出欧阳氏,以简澹和易为主,而乏充拓之功,至今贵之曰:'台阁体'"⑤。语意甚为明了,"台阁体"是后人对杨士奇拟法欧阳、简澹和易的文章的专有称法,并不涉及他人。杨荣则与胡光大、金幼孜、黄宗豫、曾子启、王行俭诸公并列"皆庐陵之羽翼也",既无特出处,亦于杨士奇之"台阁体"无涉。至于杨溥,竟不入"文章达者"之流,不予置论。钱谦益《列朝诗集》乙集"杨少师士奇"条明言:"国初相业称三杨,公为之首,其诗文号台阁体"⑥。钱谦益虽将"台阁体"的范围

---

① 《宋濂全集·銮坡前集》卷七,浙江古籍出版社 1999 年版,第 481 页。
② 《宋濂全集·翰苑续集》卷四,浙江古籍出版社 1999 年版,第 842 页。
③ 《佩文斋书画谱》卷八十,上海古籍出版社 1987—1989 年版,文渊阁四库全书本。
④ (明)王世贞《艺苑卮言》卷五,载丁福保辑:《历代诗话续编》(中),中华书局 2006 年版,第 1024 页。
⑤ (明)王世贞《艺苑卮言》卷五,载丁福保辑:《历代诗话续编》(中),中华书局 2006 年版,第 1024 页。
⑥ (清)钱谦益:《列朝诗集》乙集第一,影印清顺治九年毛氏汲古阁刻本。

扩展至诗歌,但基本指称却很明确:杨士奇的诗文号称台阁体①。《列朝诗集》历来被视作明诗研究的基本文献,但部分后世论者或是忽略了"公为之首"的中间语句,遂变为"国初相业称三杨,其诗文号台阁体","台阁体"自然便由杨士奇的"独属"变为"三杨"的共享了,但更深一层的误读则来自于"台阁之体"与"台阁体"的混淆使用。

"台阁体"是后人对杨士奇文章②的特称,此处的"台阁"在相当层面上所延续的乃是"台阁为式"的审美内涵。"明初'三杨'并称。而士奇文章特优,制诰碑版,多出其手"③,杨士奇入阁既久,"凡大论议、大制作,出公居多",所谓论议制作,大抵皆为"对扬王庭,昭明心曲",兼备"身文""国华"的朝廷文章。论者于其文风,或称"文章谨严有法,议论往返,卒归于理,表然为一世之望"④,或言"一扫浮靡,复乎纯正"⑤,论其诗格则"优游按衍,诸体皆蕴藉可观"⑥,"格调清纯"⑦,"韵语妥协,声度和平"⑧,"如流水平桥,粗成小致"⑨,和平雅正、冲澹温润适与"台阁为式"的美学内涵相合。兼以杨士奇之学行地位,自可为式台阁,典范一代。陆深即言:

> 惟我皇朝一代之文,自太师杨文贞公士奇,寔始成家,一洗前人风沙浮靡之习,而以明润简洁为体,以通达政务为尚,以纪事辅经为贤。时若王文端公行俭,梁洗马用行辈,式相羽翼,至刘文安公主静崛兴,又济之以该洽,然莫盛于成化、弘治之间。盖自英宗复辟,励精治功,一代之典章纪纲,粲然修举,一二儒硕若李文达公原德,岳文肃公季方,复以经纶辅之,故天下大治,四裔向化,年谷屡登,一时士大夫得以优游毕力

① 需要指出的是,古人对于"文学""文章""文"的概念界定并不严格,这使用中往往广义、狭义混淆,并无区别之意。"文学""文章""文"的观念中经常将诗歌也包括其中。宋濂即称,"诗文本。出于一……何尝岐而二之"(《宋濂全集》,浙江古籍出版社 1999 年版,第 2086 页)。若以王世贞所论,"台阁体"似乎当专就文章而言。但即便以阁臣职守所必需的章表奏议等公文而论,应制诗歌也可以归入"台阁体",所以"台阁体"当主要就文章而言,但诗歌亦被纳入其广义范畴。
② 传统意义的广义文章概念,是包括诗歌在内的,因此钱谦益等所言亦可成立。
③ (清)永瑢等:《四库全书总目》卷一百七十,中华书局 1965 年版,第 1484 页。
④ 《明英宗实录》卷一百一十四,台湾"中研院"历史语言研究所影印本 1968 年版。
⑤ (明)朱与言:《祭太师杨文贞公文》,载(明)杨士奇:《东里集》"附录",上海古籍出版社 1987—1989 年版,文渊阁四库全书本。
⑥ (清)朱彝尊:《明诗综》卷十七,乾隆刊本。
⑦ (清)朱彝尊:《明诗综》卷十七,乾隆刊本。
⑧ (清)朱彝尊:《明诗综》卷十七,乾隆刊本。
⑨ (明)王世贞:《艺苑卮言》卷五,载丁福保辑:《历代诗话续编》(中),中华书局 2006 年版,第 1033 页。

于艺文之场,若李文正公宾之,吴文定公原博,王文恪公济之并在翰林,把握文柄,淳庞敦厚之气尽还,而纤丽奇怪之作无有也。①

不难看出,朝臣文章的百年②历程,西杨文章有着不容忽视的范式意义,而"以明润简洁为体,以通达政务为尚,以纪事辅经为贤"特征提炼亦颇为到位,堪称领揭杨氏文章之文化精髓。需要注意的是,陆深虽许杨士奇以"寔始成家"的导先地位,却未认可台阁流派的存在,更未明言"台阁体",所论后世阁臣如刘定之、李贤、岳正、李东阳、王鏊沿袭其后,却未刻意羽翼,以成门派。其时,前七子之首李梦阳亦言,"宣德文体多浑沦,伟哉东里廊庙珍。我师崛起杨与李,力挽一发回千钧"③。"东里廊庙珍"的赞美已足见其于杨士奇的推崇,"廊庙珍"的形容比喻正在西杨台阁身份下的文章品格。其于杨一清、李东阳所称的"力挽一发回千钧"正可与陆文"淳庞敦厚之气尽还,而纤丽奇怪之作无有也"相为佐证,所以挽回文风者,乃是返回雅正平和的简洁敦厚,大体相承西杨文风,并无反对台阁之意,对杨士奇之尊崇亦一以贯之。由是可知,至正德年间,杨士奇的文章广为士林推重,而杨荣、杨溥的文学影响则大抵与其政治生命相等,渐已式微。又王世贞于嘉靖三十六年(1557)始撰次《艺苑卮言》,次年初稿六卷成,嘉靖四十四年(1565),六卷完稿,于其所言"至今贵之曰'台阁体'"可知,杨士奇的文章影响,直至嘉靖时期,尚且不衰,而"台阁体"的专名指称方始见载。

至张慎言为天启阁臣何宗彦的全集作序时,尚称:"当代名相之业莫著于楚。石首杨文定值缔建之初,补天浴日,策勋亡两。于时,文章尚宋庐陵氏,号台阁体,举世向风,其后权散而不收,学士大夫,各挟所长,奔命辞苑。至长沙李文正出,倡明其学,权复归于台阁。"④张序于何宗彦极尽颂美能事,其用意本在将何氏置于"当代楚相"的文统延续脉络中,以凸显"台阁之文,实我公再造也"的历史定位,却不在"台阁文学"的传承辨析。以时代而

---

① (明)陆深:《俨山集》卷四十《北潭稿序》,上海古籍出版社 1987—1989 年版,文渊阁四库全书本。

② 今按:陆深,字子渊,号俨山,上海人,弘治乙丑进士,官至詹事府詹事兼翰林院学士。是文为陆深为礼部尚书傅珪遗文《北潭稿》所作序言,傅珪卒于 1515 年,其时相去杨士奇入阁(1402)已逾百年。

③ 按:陈书录先生于《明代诗文的演变》中曾推算这首《徐子将适湖湘余实恋恋难别走笔长句述一代文人之盛兼寓祝望焉耳》"作于正德元年仲春或稍前一些时候"(江苏教育出版社 1996 年版,第 194 页)。

④ (明)张慎言:《何文毅公全集序》,载(清)黄宗羲编:《明文海》卷二百五十三,中华书局1987 年版,第 2651 页。

论,张氏当知"台阁体"本为杨士奇文章专称,但因要特别突出诗文影响并不深远的楚相杨溥的文学地位,便以"于时,文章尚宋庐陵氏,号台阁体"的含糊论断一笔带过,这样,杨溥便借"三杨"之名,成为"举世向风"的"台阁体"作者了。其实,如果"台阁体"并非专就杨士奇一人而言,张氏大可不必多绕弯子,叙功完毕,径以其文号"台阁体",下承影响云云即可,至多添加一句"与杨荣、杨士奇并称三杨",何必要特意点出"尚宋庐陵氏"呢? 杨士奇曾言,"宋欧阳永叔、曾子固,力于文词,能反求诸经,概得圣人之旨,遂为学者所宗"①,而王世贞"源出欧阳氏","至今贵之曰台阁体"的表述中已经阐明了二者的关系,即张序本文而言,张慎言对于"台阁体"的指称并不模糊,只因主旨所需,故用曲笔而已,其后,文中又屡言"权归台阁""台阁之文",将整个阁臣群体混而言之,此处"台阁"已在特定语境下成了一种文化审美类型的代称。这种广义的文化审美类型不仅可以包括特指杨士奇文章的"台阁体",而且有着一定程度的共同群体特征,后人出于对历史现象的把握,通常将之理解为一种文学流派或团体,于是便有了所谓的"台阁流派""台阁末流",而"台阁体"也由一家文章之私名混淆为一种文学类型的类名。张慎言此序后为黄宗羲收入《明文海》,以黄氏之影响力,流传自广,更重要的是,张文所体现的混淆其实为一种普遍现象,序跋碑铭历来是传统文学的重要资料来源,但笔者常因屈就本旨而故用曲笔,而这种具有一定合理意义的"微小"误解却往往因后代相关资料缺乏而被以为定论,遂以误相传,尝鼎一脔,窥豹一斑,可知"台阁体"之误用实出有因。流衍后世,清人多有承袭,遂有了《四库全书总目》中的"台阁流弊论"。

《四库全书总目·东里集》提要称:

> 仁宗雅好欧阳修文,(杨)士奇文亦平正纡余,得其仿佛。故郑瑷《井观琐言》称:"其文典则,无浮泛之病。杂录叙事,极平稳不费力"。后来馆阁著作,沿为流派,遂为七子之口实。②

所称杨士奇之文"平正纡余",仿佛欧文,承袭前说之迹依稀可见,至于《井观琐言》的作者郑瑷,四库馆臣考证颇详,据弘治《八闽通志》所载推定,为"莆田人郑瑷,字仲璧。成化辛丑进士。官至南京礼部郎中"③,清修《福

---

① (明)杨士奇:《颐庵文选序》,载(明)胡俨:《颐庵文选》"卷首",上海古籍出版社1987—1989年版,文渊阁四库全书本。
② (清)永瑢等:《四库全书总目》卷一百七十,中华书局1965年版,第1484页。
③ (清)永瑢等:《四库全书总目》卷一百二十二,中华书局1965年版,第1054页。

建通志》及《大清一统志》,称其为成化十七年进士,性嗜学,自六经诸子百家之书靡不涉猎,为文浑雄深粹,有《蜩笑偶言》。然而《井观琐言》原文为:

> 杨东里文,典则无浮泛之病,杂录叙事极平稳,不费力。梁用之丰赡委曲,亦当代一作家。曾子启诗佳处不减昆体,李布政昌祺,人多称其刚毅不挠,尝观其所著《运甓诗稿》,大抵浮艳不逞,不类庄人雅士所为,所谓"枨也欲,焉得刚"者也①。

虽所论梁潜、曾棨、李昌祺亦可以"馆阁"视之,但略无相沿以为流派之意,不过因文而论,以相高下,虽于杨士奇文风颇为称许,但未有"台阁体"之称。持论态度实与其后的陆深相仿。而所谓"馆阁著作,沿为流派,遂为七子之口实"则已是四库馆臣的推论,紧接其下的《文敏集》提要中,亦有相同的论调"(杨荣)与杨士奇同主一代之文柄,亦有由矣。柄国既久,晚进者递相摹拟,城中高髻,四方一尺。余波所衍,渐流为肤廓冗长,千篇一律。物穷则变,于是何、李崛起,倡为复古之论,而士奇、荣等遂为艺林之口实"②。不难看出,"晚进者递相摹拟"的文坛现象与"城中高髻,四方一尺"的社会心理,便是四库馆臣目为"流派"的基本依据,实为对历史表象的归纳总结,却非当时史实的辨析论证。如前所论,李梦阳对于杨士奇并无不敬,而杨士奇既未自相标榜,更未倡言号召,顾不得以流派目之,况欧文风行天下久矣,历宋元而至有明,代有摹仿。杨士奇柄国既久,道德功业,固为一代所慕,加之文章雅正和平,宗尚欧阳,自被目为仿效欧文之典范,所谓"晚进者"的"递相摹拟",实在于此,所以摹仿者,仍为宋儒欧阳修。董其昌即称"自杨文贞而下,皆以欧、曾为范"③,杨士奇不过道学文统下的楷模之一而已,并未以文章宗主视之,如彭韶《少师文贞杨公赞》曰:"秉节坚贞,元气所钟。早孤自奋,媲美文忠。江湖脱颖,馆阁优崇。知人毕达,休休尔容。匡辅四圣,恩宠始终。有文有行,有谋有功。师垣眉寿,一代儒宗。"④虽以之媲美欧阳,但定位却在"一代儒宗"。以传统意识下的文学观念而言,文与道相通,文如其人,人如其文,对于文学的推重往往与明道成德的个人品行联系起来,杨士奇之文平稳似欧阳修固为仿欧者推崇,但其道德功业实为时人更

---

① (明)郑瑗:《井观琐言》卷一,上海古籍出版社 1987—1989 年版,文渊阁四库全书本。
② (清)永瑢等:《四库全书总目》卷一百七十,中华书局 1965 年版,第 1484 页。
③ (明)董其昌:《容台文集》卷一《重刻王文庄公集序》,齐鲁书社 1996 年版,四库全书存目丛书本。
④ (明)彭韶:《彭惠安集》卷十,上海古籍出版社 1987—1989 年版,文渊阁四库全书本。

深一层的心理钦慕。而此,亦恰恰为杨士奇仿效欧阳修之精髓所在。

"夫欧之学,苏文忠公谓其学者,皆知以通经学古为高,救时行道为贤,犯颜敢谏为忠。盖其在天下不徒以文重也。后之为欧文者,未得其纤余,而先陷于缓弱,未得其委备,而已失之覼缕,以为恒患,文之难亦如此"①。

李东阳此论实中肯綮,"欧"之精髓并不在文,乃在其后所蕴之"道",杨士奇屡为士林推重,实在其于欧阳修的道统相承,文章不过身具其"道"后的自然流露。而后之学者,专事于欧文"纤余""委备"的形貌摹拟,自不免恒患"缓弱""覼缕"。对于学文之流弊,另一位阁臣王鏊亦有妙论:

"文如韩柳,可谓严矣,其末也流而为晦,甚则艰蹇钩棘,聱牙而难入;文至欧苏,可谓畅矣,其末也流而为弱,甚则熟烂萎薾,冗长而不足观,盖非四子者过,学之者过也。学之患不得其法"②。

"末流"之弊端正在"学不得法",于被学者无涉,更于"学得其神者"无关。李、王两位阁臣眼中的末流弊端正与四库馆臣所一再抨击的"台阁末流"之弊大体相同:所谓"肤廓冗长,千篇一律","冗漫""肤廓冗沓""啴缓冗沓"者也。然而,这却是阁臣眼中的末流学文之病,并非来自复古七子的口诛笔伐。早先的元儒刘将孙即对此提出过评判,"王言贵深浑,此道何久荒。断从西汉下,偶俪为辞章。剪截斗纤巧,何异于优倡。代言袭一律,设科号词场。个字夸歊后,廋词竞遗忘。缀拾蚁注字,套类蜂分房。谓此台阁体,哀哉虞夏商"③。可见,此种因末流摹拟而导致的文学流弊自有渊源,有目共睹,未可全归为"李、何崛起"方才产生的"艺林口实"。且王鏊已言"盖非四子者过,学之者过也",既非韩欧之过,更非学欧得神的杨士奇之过了,"伟哉东里廊庙珍"已然明白无疑地表明李梦阳对杨士奇的尊崇,而文渊阁本四库全书《东里集》前之提要于此则称,"盖亦推本于士奇,而言其后效尤既久,或病其渐入于肤庸,然亦不善学者索貌遗神之过,若就其所作论之,实能不失古格者,其转移一代之风气,非偶然也"④。所持思路与王鏊之论颇有相同之处,最大区别处则在以杨士奇作为"学之者"的根本学习对象,而所以贻误则在将杨士奇理解为所谓"台阁流派"的本源,忽略了由来已久的"学欧"习气,此段文字前本有"士奇文亦平正纤余,得其仿佛,可称春容典雅之音,当时馆阁著作,遂沿为流派"。但在《四库全书总目》中则加入了一

---

①　《李东阳集》第二卷,岳麓书社1985年版,第110页。
②　(明)王鏊:《震泽集》卷十四,上海古籍出版社1987—1989年版,文渊阁四库全书本。
③　(元)刘将孙:《养吾斋集》卷一,上海古籍出版社1987—1989年版,文渊阁四库全书本。
④　(清)纪昀:《东里集总目提要》,载(明)杨士奇:《东里集》,上海古籍出版社1987—1989年版,文渊阁四库全书本。

段《井观琐言》上的文字,并将"当时"改作"后来",议论文字也变为"亦不尽没其所长"简单一言的保留态度。

"晚进者"的模拟弊端既然确实存在,相应的指责自为不免。万历阁臣王锡爵《袁文荣公文集序》称,"世儒之论,欲以轧茁轨骸,微文怒骂,闯然入班扬阮谢之室,故高者至不可句,而下乃如虫飞蟀鸣,方哓哓哆公,以为文字至有台阁体而始衰。尝试令之述典诰,铭鼎彝,则如野夫闺妇强衣冠揖让,五色无主,盖学士家溺其职久矣"①。王锡爵这篇序文是为著名的青词宰相袁炜所作,其时阁臣多以供撰青词为事,已遭时论诟病,王锡爵立足台阁本职的辩解维护固可立足,然世论所非的"学士溺职"现象实已说明当时台阁文风之弊。值得注意的是此处所使用的"台阁体",王锡爵是为王世贞所标榜的"二友"②之一,所谓"至今贵之曰台阁体"的"今",正与此文所论情形之时代大致相类。由此亦可知,其时,"台阁体"一词通行,所指即为源出欧阳修的西杨文章。至于"文字至有台阁体而始衰"的诟病正可与四库馆臣所称的"以末流放失,遽病士奇与杨荣哉"相为佐证:

"平心而论,凡文章之力,足以转移一世者,其始也必能自成一家,其久也亦无不生弊。微独东里一派,即前后七子亦孰不皆然。不可以前人之盛,并回护后来之衰;亦不可以后来之衰,并掩没前人之盛也,以末流放失,遽病士奇与杨荣哉"。

台阁有末流,非台阁者亦有末流,不识"学者""被学者""学而得神者"之区别,但于己见不合,则混而斥之,正是文坛末流之积习,且有党争情绪夹杂其中,自难公允。四库馆臣虽得摆脱此弊,所持思路则与前引诸论相仿,平端各家,颇称公允。将杨荣列入其中则大抵基于"三杨"同主朝政,共倡台阁的一般理解,此段议论似应在《东里集》提要中,而四库馆臣却将其置于《文敏集》提要中,用意或即在凸显"三杨"一体的认知,其实,前文中的"东里一派"已明白无疑地说明了杨士奇的主流位置及代表性,而此,亦恰可作为杨士奇文章在嘉靖时被特别称为"台阁体"的又一补证。

杨士奇被列为"台阁流派"开山首领,同主文柄的杨荣也与列其中,至于另外一杨——杨溥却不得不阙而不论了,毕竟那位南杨的诗文流传不广,起码四库馆臣未见其书,无法评论。然纪昀在《阅微草堂笔记·槐西杂志

---

① (明)贺复征:《文章辨体汇选》卷三百零九,上海古籍出版社1987—1989年版,文渊阁四库全书本。
② (清)朱彝尊:《明诗综》卷五十二称:元美标榜诗人,于五子、四十子外,以其弟敬美及文肃称二友焉。

四》中即称:"宋末文格猥琐,元末文格纤秾……三杨以后,流为台阁之体,日就肤廓"①。作为个人笔记的文字态度自然不及编纂四库全书严谨,这位总纂官的观点虽然明确:"三杨"之后的末流即为"台阁之体",其病则在"肤廓",却也略嫌武断,不加区别地将"三杨"当作"台阁之体"的源头,而"肤廓"同时亦成为所谓"台阁末流"的习惯标志。总纂官的这一基本认识自然成为《四库全书总目》评论明代台阁体的一般态度:

《槎翁诗集》提要:迨杨士奇等嗣起,复变为台阁博大之体,久之遂浸成冗漫。②

《凫藻集》提要:非洪、宣以后渐流为肤廓冗沓,号台阁体者所及。③

《可传集》提要:不犹愈于洪熙、宣德以后所谓台阁体者,并无咸酸之可味乎?④

《倪文僖集》提要:三杨台阁之体,至弘、正之间而极弊,冗阘肤廓,几于万喙一音。谦当有明盛时,去前辈典型未远,故其文步骤谨严,朴而不俚,简而不陋,体近三杨而无其末流之失。⑤

《襄毅文集》提要:明自正统以后,正德以前,金华、青田流风渐远,而茶陵、震泽犹未奋兴。数十年间,惟相沿台阁之体,渐就庸肤。⑥

《类博稿》提要:正统、成化以后,台阁之体,渐成啴缓之音。⑦

《谦斋文录》提要:至其他作,则颇多应俗之文,结体亦嫌平衍。盖当时台阁一派,皆以春容和雅相高,流波渐染,有莫知其然而然者。⑧

《吴文肃公摘稿》提要:不似当时台阁流派,沿为肤廓。⑨

《空同集》提要:成化以后,安享太平,多台阁雍容之作。愈久愈弊,陈陈相因,遂至啴缓冗沓,千篇一律。⑩

《石溪文集》提要:今观所作,虽有春容宏敞之气,而不免失之肤廓。盖台阁一派,至是渐成矣。⑪

---

① (清)纪昀:《阅微草堂笔记·槐西杂志四》,上海古籍出版社2016年版,第261页。
② (清)永瑢等:《四库全书总目》卷一百六十九,中华书局1965年版,第1467页。
③ (清)永瑢等:《四库全书总目》卷一百六十九,中华书局1965年版,第1472页。
④ (清)永瑢等:《四库全书总目》卷一百六十九,中华书局1965年版,第1475页。
⑤ (清)永瑢等:《四库全书总目》卷一百七十,中华书局1965年版,第1487页。
⑥ (清)永瑢等:《四库全书总目》卷一百七十,中华书局1965年版,第1487页。
⑦ (清)永瑢等:《四库全书总目》卷一百七十,中华书局1965年版,第1488页。
⑧ (清)永瑢等:《四库全书总目》卷一百七十,中华书局1965年版,第1489页。
⑨ (清)永瑢等:《四库全书总目》卷一百七十一,中华书局1965年版,第1495页。
⑩ (清)永瑢等:《四库全书总目》卷一百七十一,中华书局1965年版,第1497页。
⑪ (清)永瑢等:《四库全书总目》卷一百七十五,中华书局1965年版,第1554页。

《尚约居士集》提要：其文正大光明，不为浮诞奇崛，盖洪、宣间台阁之体大率如是也。①

《贞翁净稿》提要：其诗沿台阁旧派，不免肤廓。②

《期斋集》提要：大抵应酬之作，仍沿台阁之体。③

《御定四朝诗》提要：洪熙、宣德以后，体参台阁，风雅渐微。④

《明诗综》提要：永乐以迄弘治，沿三杨台阁之体，务以春容和雅，歌咏太平。其弊也冗沓肤廓，万喙一音，形模徒具，兴象不存。⑤

"三杨"、"台阁体"（"台阁之体"）、肤廓已然成为固定相接的关系链条，对于"三杨"，虽未直接批评，然台阁流弊既深，被视为倡导者的"三杨"势必为人口舌。四库馆臣虽也认识到这一点，更在《文敏集》提要中特意表明态度，但于对台阁末流弊端抨击中却终不免受到心理惯式的影响，若《袁中郎集》提要即称："盖明自三杨倡台阁之体，递相摹仿，日就庸肤"。字里行间中已然流露出对"三杨"的些许贬斥。而"台阁之体"亦成为四库馆臣衡量明人别集的重要标尺，略佳者则称之"承平台阁之体"，然更多的则是"沿台阁旧体""不出当时台阁之体"的贴签归类。其中，当然有作为美学类型的"台阁之体"与作为明代文学流派之"台阁体"的混淆使用，但在多数四库馆臣眼中，明代的"台阁体"流派就代表着这种审美类型，甚至在许多场合使用中，二者是合一的。但对于本朝文章，"台阁"则毫无疑问成为一种颇受认可的美学类型，若：

张英《文端集》提要："英遭际昌辰，仰蒙圣祖仁皇帝擢侍讲幄，入直禁廷，簪笔雍容，极儒臣之荣遇。矢音赓唱，篇什最多。其间鼓吹昇平，黼黻廊庙，无不典雅和平。至于言情赋景之作，又多清微淡远，抒写性灵。台阁、山林二体，古难兼擅，英乃兼而有之。"⑥

李霨《心远堂诗集》提要：其写一时交泰之盛，盖遭际盛时，故其诗有雍容太平之象，古人所谓台阁文章者，盖若是矣。⑦

王泽宏《鹤岭山人诗集》提要：所作类皆和平安雅，不失台阁气象。⑧

王顼龄《世恩堂集》提要：顼龄值文治昌明之日，奏太平黼黻之音，故一

---

① （清）永瑢等：《四库全书总目》卷一百七十五，中华书局 1965 年版，第 1554 页。
② （清）永瑢等：《四库全书总目》卷一百七十六，中华书局 1965 年版，第 1567 页。
③ （清）永瑢等：《四库全书总目》卷一百七十七，中华书局 1965 年版，第 1588 页。
④ （清）永瑢等：《四库全书总目》卷一百九十，中华书局 1965 年版，第 1726 页。
⑤ （清）永瑢等：《四库全书总目》卷一百九十，中华书局 1965 年版，第 1730 页。
⑥ （清）永瑢等：《四库全书总目》卷一百七十三，中华书局 1965 年版，第 1524 页。
⑦ （清）永瑢等：《四库全书总目》卷一百八十一，中华书局 1965 年版，第 1641 页。
⑧ （清）永瑢等：《四库全书总目》卷一百八十二，中华书局 1965 年版，第 1646 页。

时台阁文章,迥异乎郊寒岛瘦。①

其实,相似的语言,我们也可于明人对"三杨"等阁臣文章的评论中发现,然而,朱明王朝中备受推崇的"台阁"典范,必定不会在满清政府的官方态度中得到褒扬,尽管"台阁"依然是与山林相对的审美类型,其中所蕴含的文化心理与审美理想也大体相似②,但作为外部生态的政治要素却要求四库馆臣对不同时代的相同审美类型采取双重标准:扬此抑彼。当然,其中亦夹缠了对本朝的自豪、自身的地位要求,以及与别集作者的关系等主观因素,即此而论,四库馆臣对"三杨"的评价自不会太高,却也不能太低,因为毕竟与本朝台阁文章有着相为一致的美学内涵,且杨士奇本身的文学成就亦有目共睹。但对于"三杨"之后确实存在所谓"台阁流弊",必然会大加贬斥,但这种带有政治情绪的评判却不能称之为十分严格的史实辨析。

谈到政治因素,还有一个不应忽略的例证,便是钱谦益的《列朝诗集》,其实,在这部最具明代诗史意义的文献大成中,已明确指出:杨士奇,"其诗文号台阁体",但钱书早遭禁毁,备受诟病。钱谦益《列朝诗集》"以记丑言伪之才,济以党同伐异之见,逞其恩怨,颠倒是非,黑白混淆,无复公论……六七十年以来,谦益之书久已渐灭无遗",而"独为诗家所传诵"、广为流传的《明诗综》的态度却是,"彝尊因众情之弗协,乃编纂此书,以纠其谬",而以纠谬为任的朱彝尊对于"台阁体"的归属并未留意,虽发现了"三杨位业并称,南杨诗名独不振"的文学现象,但于"台阁体"与"三杨"间的内在联系却未深论。在因人废书的特定生态下,钱谦益于"台阁体"的本义理解自然甚少为人关注,即便有人注意到,亦未必敢持以为据。王世贞著述繁复,对于"台阁体"之命名不过偶然提及,并未专门论及,而"台阁体"其实也不过是嘉靖士人对杨士奇文章的一种特定称呼,并未特别提倡,且当时已经遭人诟病,流传使用自然受到影响,为后人疏漏,亦是常情。虽清人亦曾略为留意,如清姚之骃《元明事类钞》卷二十一"台阁体"条称:"《王世贞集》:杨士

---

① (清)永瑢等:《四库全书总目》卷一百八十三,中华书局1965年版,第1659页。
② 郎瑛《七修类稿》卷二十九云:"山林之诗与台阁者不同"。叶盛《水东日记》卷二十六引孙贲《七言集句诗序》称:"予尝欲以唐人七言绝句分为十类,如王建《宫词》:'金殿当头紫阁重,仙人掌上玉芙蓉。太平天子朝元日,五色云中驾六龙。''绣幕珠帘窣地垂,微风吹动万年枝。金笼鹦鹉耽春睡,忘却新教御制诗。'凡此类谓之台阁。王建《林亭》:'绿树重阴盖四邻,苍苔日厚自无尘。科头箕踞长松下,白眼看他世上人。'杜牧《汉江》:'溶溶漾漾白鸥飞,绿净春深好染衣。南去北来人自老,夕阳长送钓船归。'凡此类谓之山林"。至宋荦《西陂类稿》卷二十七称,"初唐,王杨卢骆,倡为排律,陈杜沈宋继之,大约侍从游宴应制之篇居多,所称台阁体也"。可知,对明清士人而言,作为一种审美类型的"台阁"并无太大差别。

奇文尚法,源出欧阳氏,以简荡和易为主,至今贵之,号曰:台阁体。"①《渊鉴类函》卷一百九十六引《明诗纪事》②曰:"杨士奇,太和人,其诗文号台阁体"。可惜,个别的关注并不能影响特定生态下的时代潮流,"三杨以后,流为台阁之体,日就肤廓",终究成为压倒一切的通行观念,而作为文学现象的历史归纳,此论亦有着一定合理因素。加以《四库全书总目》对文史研究者的巨大影响,言传百年,竟成定谳。而所谓的明代"台阁体"便在这种前后相继的误读中产生了。③

尽管也曾受到各种各样的非议,但作为基本按照儒学理念所塑造的阁臣典范,"三杨"于后代阁臣诚然有着不容忽视的先导意义。如杨士奇在历代延续的"文学欧阳"中的楷模地位一样,"三杨"的"贤相风度"同样也是明代官员于传统政治观念下良臣意识的历史延续,蕴于其中的则是千载承继的道学规范。而洪、宣之治的盛世背景更为"三杨"相业增添了几分"明良相逢"的理想色彩。对于有着相同知识结构、身份要求的后代阁臣而言,作为有明"辅相"之始的"三杨"确实有着可资效仿的一般意义,当然,真正贯穿其中的仍然是儒学道德观照下的人臣规范。如前所述,"三杨"的文学观念中本就糅合了道统继任、儒臣职守、理学背景、君子人格等诸多传统因素,而此自然也是有着相似背景的阁臣群体的共同意识,"三杨"并不特别提倡的诗歌态度,同样也成为明代阁臣的一般诗歌趣向。

虽然"儒者鲜不为诗",但由以儒起身的阁臣所构成的明代核心权力阶层却不会对诗歌特别关注,尽管他们人皆能诗,但无论是地位身份的特别要求,还是言行举止的传统规范,都制约着阁臣们或浓或淡的诗歌兴趣,而其于诗歌的兴趣亦只能于经典所认可的言志载道范畴中呈现为一种有无之间的"余事"关注。即便自身有着极为浓厚的诗歌兴趣,却也需保持着贴合身份、地位的诗歌态度。

---

① (清)姚之骃:《元明事类钞》卷二十一,上海古籍出版社 1987—1989 年版,文渊阁四库全书本。

② 《书林清话·卷七》引近人庞鸿文撰《常昭合志稿·毛凤苞传》,称毛晋"所著书有《和古今人诗》、《野外诗》、《题跋》、《虞乡杂记》、《隐湖小志》、《海虞古今文苑》、《毛诗名物考》、《宋词选》、《明诗纪事》、《词苑英华》、《僧宏秀集》、《隐秀集》共数百卷"。而毛晋之《明诗纪事》已失传不见,笔者于《渊鉴类函》中缉出《明诗纪事》40 条,另于《御选历代诗余》中缉出 1 条,比对发现,除个别字词外,基本与《列朝诗集》相同。钱谦益与毛晋渊源极深,而钱氏《列朝诗集》即为毛晋所刻。此本《明诗纪事》虽未睹全貌,即此或可大致推断,《渊鉴类函》所引即为毛晋所撰之《明诗纪事》。

③ 清季之后,无论是五四时期的平民意识,还是新中国成立后的阶级观念,作为官僚文化标识的"台阁"都已被预先贴上了否定批评的签条,一般研究者对于这等官僚文学先已有了嗤之以鼻的不屑,关注自然淡漠,且年代既久,资料湮灭,贻误百年,诚为难免。

　　李东阳无疑是最富诗歌兴趣的明代阁臣,作为《明史·文苑传》所论列的"文士卓卓表见者"中的唯一阁臣,李东阳除有大量诗歌传世外,且有《怀麓堂诗话》这样的论诗专著,无论实践创作,还是理论归纳,均足称"擅声馆阁"。而其本人亦更屡屡自称有"诗癖",既云"不眠岂坐耽诗癖"①,更言"耽诗癖在身长瘦"②,甚至于"平生抱诗癖,虽病不能止",要效法陶渊明的作诗戒酒,作诗止诗③,诚然有些"性癖耽诗句"的诗人禀性。然而,即便如此的"溺于诗道",李东阳亦未曾以阁臣身份给予诗歌特别提倡,相反,却继续保持着一般儒臣的"余事"关注,若其"止诗诗"即称,"萧然百玩余,此技差独喜。如以酒醒酒,愈醉不得起。今将诗止诗,无乃非物理。应酬与吟咏,何必分彼已。虽无役志劳,有玩斯丧矣"。诗歌不过"百玩余"中为其"独喜"的一技而已,虽然情有独钟,始终仍以"余技"视之,故而才有玩物丧志的自警。其实,除诗之外,于画亦兴趣颇高,经常赏画赋诗,集中即收有大量的题画诗,在传统观念中,较诗而言,画是更为典型的士人余技。对于自己的诗、画癖好,李东阳倒不避讳,尝称"舍人耽诗复爱画,断素遗缣总收拾"④,又云"爱画耽诗是我私,旁人休笑虎头痴"⑤,显然,"舍人""我私"的着意表述中有着对个人身份的凸显,而所特别强调的则是诗、画癖好的个人属性——作为排除阁臣身份后的一般士人雅兴,正是在"我私"的特定前提之下,李东阳的诗中才能有"旁人休笑"的心安理得。由此可知,李东阳一再自诩的"诗癖"全在个人兴趣层面,毫不涉及其内阁重臣的身份地位。

　　至其为翰林侍读陆釴作序,则称"今之科举,纯用经术,无事乎所谓古文歌诗,非有高识余力,不能专攻而独诣,而况于兼之者哉"⑥,于科第笼罩下的明诗生态颇有见地,但由其所特别点明的"高识余力"却不难发现儒臣们所一以贯之的"余事态度",为翰林作序时的身份当然不同于自吟其志时的士人定位,毕竟会有阁臣身份的考虑,虽然有"诗癖",但却只是个人兴趣,阁臣身份下诗歌关注仍然是"余力为之",况且,李东阳4岁即以神童为景帝召试,18岁成进士,少年得志,当然有着"高识余力"的资本。由此而

---

① 《李东阳集》第一卷,岳麓书社1984年版,第370页。

② 《李东阳集》第一卷,岳麓书社1984年版,第355页。

③ 《李东阳集》第一卷,岳麓书社1984年版,第138页。诗题为:"予病中颇爱作诗,舜咨以诗来戒者,再未应也。偶诵陶渊明止酒诗,自笑与此癖相近,因追和其韵,断自今日为始,成化丁酉春正月十日。"

④ 《李东阳集》第一卷,岳麓书社1984年版,第203页。

⑤ 《李东阳集》第一卷,岳麓书社1984年版,第529页。

⑥ (明)李东阳:《怀麓堂集·文后稿》卷三《春雨堂稿序》,岳麓书社2008年版,第959页。

论,此段文字或暗含着李东阳的自豪与辩护:少年进士有着以"余力"作诗的雄厚资本,有点"诗癖"又算什么呢? 但以"余力"为之却始终是基本的诗歌态度。其《送武选汝君之南京序》所体现的亦是相似的思路:"夫行能辞艺,皆所以为世用。而进取之机、官守之分,则有不同。君子之于官也,必吾之所当得,得之不为幸;必吾之所能为,为之不为强,宁用我者有所未尽,而吾之处之者有余,使心有余虑,身有余力,岁有余日,而复以其所余者,自尽于其间"①。对于为官者的"辞艺"之作,既强调为世所用的积极态度,强调君子的取舍观念,更提出了余虑、余力、余日,"复以其所余者"的"自尽"态度。

又其《使难赠乔太常希大》中亦称:"若怀古而思,登高而赋,文章歌咏,足以发其心志而播之乡国者,又其余事,奚必为希大道哉?"②奚大道哉的态度正可反映出"诗为余事"已然成为儒臣所公认的共同观念,成为翰林群体的一种普遍意识,并无特别强调的必要。

"平生抱诗癖"的李东阳虽未曾有"重道轻文"的明确表示,却也有着"古之文章,亦必其人有道德行义,始足以为世重"③的一般认知,文以德重的观念正是孔子"有德者必有言"的思路继续,蕴于其中仍然是以"载道"为基本要义的文学价值评判。若称,"夫诗者,人之志兴存焉,故观俗之美与人之贤者,必于诗,今之为诗者,亦或牵缀刻削,反有失其志之正,信乎有德必有言,有言者之不必有德也"④,自是经学思路下一以贯之的诗学关注,至于眼下"牵缀刻削"的为诗者,既失其正,不过"有言",不足为重。而由中庸原则所延伸的"不失其正"更成为李东阳诗学判断的美学尺度,所谓"长歌之哀,过于痛哭,歌,发于乐者也,而反过于哭,是诗之作也。七情具焉,岂独乐之发哉,惟哀而甚于哭,则失其正矣。善用其情者,无他,亦不失其正而已矣"⑤。其所遵循的仍是一脉相沿的"发乎情,止乎礼义",终是经典思路下的儒臣本色。

可知,李东阳于诗虽有特殊的兴趣,却也未曾以阁臣身份给予特别的关注,除一再强调自己的诗歌行为完全属于个人兴趣,以凸显自己以"余力"

① 《李东阳集》卷四《送武选汝君之南京序》,岳麓书社2008年版,第422页。
② (明)李东阳:《怀麓堂集·文后稿》卷十二《使难赠乔太常希大》,岳麓书社2008年版,第1092页。
③ 《李东阳集》第二卷,岳麓书社1985年版,第312页。
④ 《李东阳集》第二卷,岳麓书社1985年版,第23页。
⑤ (明)李东阳:《麓堂诗话》,载丁福保辑:《历代诗话续编》(下),中华书局2006年版,第1384页。

为之、"余事"视之的一贯态度外,有德有言、言志载道、不失其正的诗学观念,实于宋、解、"三杨"的诗学旨趣大体相同,自是道学统摄下的一脉相沿的阁臣关注。以李东阳之"诗癖"尚不能逾此规限对诗歌以特加提倡,至若其他于诗歌本无太大兴趣的阁臣,更不会作为"余事"的诗歌予以关注了。

三、夏言与严嵩、青词宰相、张居正

　　文学史中的"台阁体"虽有着层累的文化误解,但明代阁臣的诗歌关注却大体保持着道统观照下的惯性延续。"三杨"之后,朝臣入阁渐有资格限制,"成祖初年,内阁七人,非翰林者居其半。翰林纂修,亦诸色参用。自天顺二年,李贤奏定纂修专选进士。由是,非进士不入翰林,非翰林不入内阁,南、北礼部尚书、侍郎及吏部右侍郎,非翰林不任"①,前代绝无的科举、翰林之盛缔造了"进士—翰林—阁臣"的进阶模式,"通计明一代宰辅一百七十余人,由翰林者十九"②,普遍的科第经历造就了阁臣们一般知识构成,因科举而强化的儒学理念更成为明代阁臣的基本信仰。若弘治八年,明孝宗下诏命撰三清乐章,首辅徐溥即奏称,"三清乃道家妄说",更明言,"臣等诵习儒书,若邪说俚曲,尤所不习,且初设文渊阁,命学士居之者,实欲其谋议政事,讲论经史,培养本源,辟正阙失,非欲其阿谀顺旨,以取容悦也"③。态度明确的抗旨行为导自于严格的儒学训练,一般知识谱系下的"尤所不习"正是道统观照下的普遍文学取向,而在由之引发的阁臣职守阐述中更循着"重道轻文"的惯例将阁臣的文学职能限制于"讲论经史"的儒学正途之中。"经以载道,可以观帝王致治之本;史以纪事,可以鉴前代兴亡之由"④,对于圣王之学的诠释推行历来是儒者明道的职责所在,而君王作为讲授对象的阐述行为则成为这一儒家理念的最高体现。明代经筵自正统初"著为常仪,以月之二日御文华殿进讲,月三次,寒暑暂免。其制,勋臣一人知经筵事,内阁学士或知或同知"⑤。"讲论经史"被视为与"谋议政事"所并称的阁臣职守,其所表现出的正是儒

① (清)张廷玉等:《明史》卷七十,中华书局1997年版,第464页。
② (清)张廷玉等:《明史》卷七十,中华书局1997年版,第464页。
③ (明)徐溥:《谦斋文录》卷一,载《奉命撰三清乐章奏》,上海古籍出版社1987—1989年版,文渊阁四库全书本。
④ (明)俞汝楫编:《礼部志稿》卷四十五,上海古籍出版社1987—1989年版,文渊阁四库全书本。
⑤ (清)张廷玉等:《明史》卷五十五"经筵",中华书局1997年版,第390页。

学观念下的身份理解。

　　"翰林之名,本于扬子云《长杨赋》,所谓子墨客卿问于翰林主人,盖谓文学之林①,如'词坛'、'文苑'云尔。古未有以此为官名者。其设为官署,则自唐始……当其初设翰林,本以便于燕私游艺,凡技术之士皆在焉。学士亦技术之一,故亦待诏于此。其后以撰拟诏命,得参机务,遂别为清要之极选。然其时翰林犹有杂流……是宋时翰林亦尚沿唐制,杂艺皆居之。其专以处文学之士,则自明始"②。然而,尚为吴王的朱元璋在给翰林侍讲学士朱升的诰命中即以"备顾问于内廷,参密命于翰苑","议礼作乐,郊庙所资;修己及人,国家所尚,擢登玉署,侍讲彤闱,凤池兼掌于丝纶,麟史仍参于笔削,地天交泰,有资翊赞之功;云汉昭回,共致文明之治"③,在洪武元年授翰林学士陶安的诰书中则称:"开翰苑以崇文治,立学士以冠儒英,重道尊贤,莫先于尔,是用擢居宥密,俾职论思,兹特赐以宠章,用昭国典,尚其勤于献纳,赞我皇猷,综理人文,以臻至治"④。文治思路下的翰林设置显然有着特殊的人文关怀,汉唐制度中的"文学侍从"已于"重道尊贤"的政治关注下褪去了"词坛""文苑"的文艺色彩,彰显出了"儒"的道学色彩。明人黄佐即称:翰林"至我朝而任益崇,凡议礼制度,考文之大柄,一以付之,论道经邦之辅由此其选,而政之枢要,史之权衡,皆所综焉"⑤。兼备政、史之职的明代翰林非但有着格外尊崇的政治地位,更有着迥异于"燕私游艺"的文化指向。所谓"圣祖命官之意正与成周媲隆,非徒远过唐宋而已"⑥,自是国家理想下的习惯语词,但在礼乐修复背景下勃兴的明代翰林确然有着与一般意义上的"文学侍从"所不同的职能侧重。文学侍从之臣"皆博习经艺,彰露文彩,足以备顾问,资政化,所以竭其弥纶辅翼之责,作其发扬蹈厉之勇,撼其献替赞襄之益,致其黼黻藻会之盛,此皆天也"⑦,在开国文臣之首对于"文学侍从之臣"的天职阐述中,"彰露文彩"须以"博习经艺"作为首要前提,而"顾问资政"的身份诠解中亦未表现出太多的诗文关注。"学士之职,

---

① 《文选》卷九李善注曰:翰,笔也。翰林,文翰之多若林也。《诗·大雅》"有壬有林"是也。此云林,即"文翰林",犹"儒林"之义也。
② (清)赵翼:《陔余丛考》卷二十六,中华书局1963年版,第522页。
③ (明)朱元璋:《翰林院侍讲学士朱升诰》,载朱升:《朱枫林集》卷一,黄山书社1992年版,第1页。
④ (明)黄佐:《翰林记》卷一,上海古籍出版社1987—1989年版,文渊阁四库全书本。
⑤ (明)黄佐:《翰林记》卷十一,上海古籍出版社1987—1989年版,文渊阁四库全书本。
⑥ (明)黄佐:《翰林记》卷十一,上海古籍出版社1987—1989年版,文渊阁四库全书本。
⑦ 《宋濂全集·芝园前集》卷二,浙江古籍出版社1999年版,第1180—1181页。

凡赞翊皇猷,敷敷人文,论思献纳,修纂制诰,书翰等事,无所不掌"①,"赞翊皇猷,敷敷人文"的文化行为中当然包含着狭义概念中的"文学"职能,诸如盛典纪述的粉饰太平、侍从君王的应酬唱和之类的"文学"行为虽然也在其列,却远非翰林们的核心关注。如明代对诗歌最有兴趣的君王朱瞻基即在赐翰林院箴中称:"咨尔儒臣,朝夕左右,必端乃志,必慎乃守,启沃之言,惟义与仁,尧舜之道,邹孟以陈,词尚典实,浮薄是戒,谋议所属,出参于外,心存大公,罔役于私,昔人四禁,汝惟励之,献纳论思。以匡以益,以匹前休"②。尧舜邹孟的道统延续明白无疑地标明了明代翰林的文化定位以及"儒"的基本气质,道学统摄下的儒臣虽有着作诗的惯例许可,却多是仕宦正途之外的生活余绪。又若《明史》称:"周洪谟等以词臣历卿贰。或职事拳拳,或侃侃建白,进讲以启沃为心,守官以献替自效。于文学侍从之选,均无愧诸"③。官修正史所标列的"无愧"行为中并未有词臣的诗文应制、词藻点缀,有明一代"文学侍从"的文化定位于此略见。

明制,"非进士起家不得居翰林,为孤卿,非翰苑出身不得入内阁,居宥密"④,与翰林渊源极深的阁臣群体自然保持着一脉相沿的基本文学态度,而"常侍天子殿阁之下"的特殊地位则要求着更为广泛的政治文化职能。除去"掌献替可否,奉陈规诲,点检题奏,票拟批答,以平允庶政"的核心政治权力之外,"凡车驾郊祀、巡幸则扈从。御经筵,则知经筵或同知经筵事。东宫出阁讲读,则领其事,叙其官,而授之职业。冠婚,则充宾赞及纳征等使。修实录、史志诸书,则充总裁官。春秋上丁释奠先师,则摄行祭事。会试充考试官,殿试充读卷官。进士题名,则大学士一人撰文,立石于太学。大典礼、大政事,九卿、科道官会议已定,则按典制,相机宜,裁量其可否,斟酌入告。颁诏则捧授礼部。会救则稽其由状以请。宗室请名、请封,诸臣请谥,并拟上"⑤。明代阁臣围绕君王文化行为与国家礼制建设而展开的许多职能实则为身份转变之后翰林职守的必然延伸,或隐或显的宰辅定位使得明代阁臣与"文学侍从"的距离更为遥远,与大典礼、大政事相伴的朝廷"大制作""大论议"成为其最为典范的"文学"行为,而被视为小技的诗文写作自然成为视野之外的生活余事。较之一般翰林,位高责重的阁臣不仅面对着票拟批答的沉重庶务,更要考虑到领袖群伦的行为表率。况且,儒学主流

①　(明)黄佐:《翰林记》卷一,上海古籍出版社1987—1989年版,文渊阁四库全书本。

②　(明)黄佐:《翰林记》卷一,上海古籍出版社1987—1989年版,文渊阁四库全书本。

③　(清)张廷玉等:《明史》卷一百八十四,中华书局1997年版,第1267页。

④　(清)张英等:《渊鉴类函》卷六十五,中国书店1985年版,第6页。

⑤　(清)张廷玉等:《明史》卷七十二,中华书局1997年版,第472页。

下的传统社会并未表现出特别浓厚的宗教气质①,祭祀行为往往被简化为清除了一切情感成分的官职礼仪,几乎等同于社会惯例。② 所谓"忠信之质,禋絜之服,而敬恭明神者,以为之祝"③,献祭者的道德素养、恪守礼法被视为执行祭祀的基本素质,社会惯例对于祭祀者的"诚洁"关注并不在祭祀时的沐浴斋戒,却在其道德言行是否符合儒学规范。明代阁臣作为国家礼仪的重要参与者,有时还要担任帝君的代祀之使,当然有着更为严格的"诚洁"要求④,立身行事自须竭力维系端正忠信的儒臣形象,道统之外的诗歌行为当然不在关注提倡之列。尽管在翰林时期的阁臣们大都有过或多或少,或独抒情志,或应酬唱和的诗歌行为,然一旦入阁参政,无论是实际的公务压力,还是特定的身份要求,均使其诗歌行为相应减少。"以道事君"的典范思路中本就隐括着"诗文害道"的一般观念,而这一思路又因阁臣的近日地位而更为彰显,所谓"作诗到李、杜,亦一酒徒耳"⑤的贬抑言论虽有些偏颇,剔去其中的个人意气,却是阁臣心态的真实表现——比之一般翰林更为淡漠的诗歌态度。与之相类,受命于天的帝王虽有着至尊无上的人间权力,但最高祭司的特殊身份却同样有着严格的道德要求,无论君王们能否实际履行人间道德典范的最高使命,但其表现于一般言行举止的形象维系却大体以传统规范下的理想塑造为标尺,儒学规范下日理万机的帝尊天子当然也不应对诗歌表现出特别热衷的态度,故而,帝君阁臣的关注大多表现为身份之外的个人兴趣——以此避绕传统规范的道学批评,而作为文学行为的诗歌写作在儒学传统下的君臣规范中大多以一种"发乎情,止乎礼义"的生活余绪而存在,始终未曾得到特别的提倡,即便270余年间的某些君臣曾表现出相当的诗歌兴趣,但"万几之暇"的文学优游却大抵停留于个人的兴趣层面,并未有特殊身份下的加意鼓励。唯一的例外则是导自于明世宗朱厚熜溺道斋醮时的青词需求。

斋、醮之法本不相同,随道教的发展逐渐融合。隋唐而后,"斋醮"合称,名目繁多,大体可分为清醮、幽醮两类。清醮包括祈福谢恩、祛病延寿、

---

① 法国作家马尔罗称:"中国,她是这样的没有宗教气质,又是这样地深深地依附于她的大地、江河、山脉、先祖,通过另一种形式的祖先崇拜,又将自己与再生联结起来。"德国哲学家康德说,"宗教在这里(指中国)遭受冷遇"。德国哲学家谢林也说,"中国人意识中似乎有彻底的非宗教性"。见何兆武、柳卸林主编:《中国印象——世界名人论中国文化》上册,广西师范大学出版社2001年版,第113、164、212页。

② 参见[德]马克斯·韦伯:《儒教与道教》,王容芬译,商务印书馆1995年版,第223页。

③ 《国语·楚语》卷十八,上海古籍出版社1978年版,第560页。

④ 如在明代阁臣的几次"夺情"事件中,百官群僚的批评大多持有相似的立场,对于阁臣的许多指责也多就其作为百官表率的特殊身份而引发。

⑤ 弘治阁臣刘健语,见《四友斋丛说》《尧山堂外纪》所引李梦阳《凌溪墓志》。

祝国迎祥、祈晴祷雨等,幽醮则包括摄召亡魂、沐浴度桥等。尤其是诸如"上消天灾,保镇帝王""求仙保国"之类专为天子设计的斋醮科仪对于不少封建帝君都有着相当的诱惑力,有明一代亦不例外,太祖朱元璋兼用三教,而成祖靖难成功曾得力于道士袁珙等,其后的不少朱家子孙都保持着或浓或淡的道教兴趣。无论是贪恋皇家生活的富贵安逸,抑或希望江山社稷的永世享用,追求长生每每成为历代君王的一般行为,以或隐或显的不同方式进行着。然而,当无数的事实已然证明此路难通时,作为补充的传宗接代便显得尤为重要,一般家庭尚且如此,遑论以天下为私产的封建君王。故而,长生与求嗣的普遍渴求往往因帝王人间至尊的特殊地位而格外凸显,修炼长生、得道成仙本就为道教教义所在,而与"求嗣"关系密切的房中术亦是其提倡的养生术之一。特定宗教功能与君王心理需求的相契,自然导致了君王的信奉行为。一般而言,身体多病、久无子嗣的皇帝通常有着更为强烈的心理需求,其所表现出的迷信程度自然也更为狂热。以南方藩王入继大统的朱厚熜难免水土不服,加之大婚后又有些纵欲过度,以致身体虚弱,久无子嗣,自不免祈灵于道教,何况还有源自父亲兴献王朱祐杬的崇道影响。嘉靖十年十一月,朱厚熜新选 9 名秀女以充后宫,同时命于宫中建醮,称:"兹醮事非诸斋可比,实朕祈天祷神求嗣,为国重典。其以礼部尚书夏言充祈嗣醮坛监礼使,侍郎湛若水、顾鼎臣充迎嗣导引官,文武大臣郭勋、李时、王宪、汪鋐、翟銮日轮一员进香行礼,首、终二日朕亲行之"①。封建时代的帝祚延续自是朝廷要事,但特别强调的"非诸斋可比"以及将道教的"祈嗣醮坛"视为"国家重典"的行为实已折射出了朱厚熜的崇道心态。其后,建祈嗣醮屡屡举行,嘉靖十二年八月,朱厚熜终于得到一个儿子,虽然仅两月便夭折了,但将功劳归于建祈嗣醮的朱厚熜对于道教却更加迷信了,随着一些斋醮祈祷的偶然应验,崇道行为亦不断升级:废毁宫中佛寺、佛像,封赏道士,兴建道观,由求嗣长生而至国政要务,事无大小,系请于神,不验则请之再三,有验则行大醮以谢神佑,"不斋则醮,月无虚日"②,由之造成的文学影响便是对青词的大量需求。

青词,又作青辞,亦名绿章。唐李肇《翰林志》云:"凡太清宫道观荐告词文,用青藤纸朱字,谓之青词"。明周思得《上清灵宝济度大成金书》卷三十五曰:"青者,东方之色,始生之炁,纸所以用青也。以言者尚其词,词所

①　《明世宗实录》卷一百三十二,台湾"中研院"历史语言研究所影印本 1968 年版。
②　(清)张廷玉等:《明史》卷一百九十二,中华书局 1997 年版,第 1318 页。

以揲中心之所欲也。朱者,至阳之精。书以朱,以类而感格"①。或称,因肝在五行中属东方之木,配青色,血色为红,故青纸朱书象征披肝沥血,以示荐告诚心。除去纸笔讲究外,书写式样亦有着相当严格的规定:"文用四六,或十二句,或十六句。修撰者务在实朴,言减意深,不可繁华多语。纸用一张,阳数也。不用二幅,盖偶数也。纸高一尺二寸,密行书写,阔不容纸,上空八分,下通走蚁,前留二寸,后空半张,以待太上判命。书法与书章并同,切在志诚,不可灭裂,戒之慎之"②。细密严谨的仪式规定自然饱含着虔诚敬畏的宗教情绪,但"所以揲中心之所欲"的"青词"不仅被限制为"文用四六"骈体形式③,而且"不可繁华多语"的要求,着实需要相当的文学能力方可驾驭。讲求对偶和声律的四六文本就专尚骈俪,意少词多,自不免藻绘相饰,而青藤纸的大小已定,一页之上的有限句数当然要求"言减意深",更增加了撰写难度。一般道士的文化水平大多有限,所撰"青词",殊乏文采,自然达不到如此水准,虽可勉强应付寻常人家的斋醮仪式,但对有着相当文学素养的朱厚熜而言,实在难称帝心。嘉靖十年,时任礼部右侍郎的顾鼎臣奏称:"上设醮时,先一日阴云解散,二之日云物一色,复降瑞雪,此皇上精诚格天所致。因进《步虚词》七章。又言七日奏请青词,尤为至要,仍列五事奏之,其事皆斋坛香水供献之祥也"④。朱厚熜大喜过望,留览《步虚词》,优诏褒答,悉从其奏。顾鼎臣亦随之官运亨通,先改吏部左侍郎,后进礼部尚书,嘉靖十七年八月,以本官兼文渊阁大学士入参机务。寻加少保、太子太傅、进武英殿。政绩寻常的顾鼎臣得以受宠入阁,"青词"之功,实为有力,顾鼎臣所献的《步虚词》是依据步虚⑤音乐所填写的文词,道士建醮时旋绕香炉或烛灯,边巡行边按一定的曲调口诵词章,多为五、七言的诗体,自可纳入广义的诗歌范畴。顾状元的文笔远非道人可比,自然博得君王大悦,随之而来的加官晋爵更成为朝臣们慕而仿效的原动力。"自顾疏后,斋醮日

---

① 《藏外道书》第十七册,巴蜀书社 1992 年版,第 459 页。
② 《藏外道书》第十七册,巴蜀书社 1992 年版,第 459 页。
③ 论者或称,龚自珍那首著名的"九州生气恃风雷,万马齐喑究可哀。我劝天公重抖擞,不拘一格降人材"为青词。实则未必,龚自珍在这首诗后注称,"过镇江,见赛玉皇及风神、雷神者,祷祠万数,道士乞撰青词"(《龚定庵全集类编》卷十六,中国书店 1991 年版,第 373 页)。这段文字只是说明"道士乞撰青词"是写作此诗的动机,并不是说此诗便是龚氏所作青词,非但文体不符,细玩诗意,亦是目睹民间祀神后的感激之言,并非求神祝词。
④ (明)沈德符:《万历野获编》卷二十九,中华书局 1959 年版,第 732 页。
⑤ 步虚是指醮坛上讽诵词章采用的曲调行腔,相传其旋律宛如众仙缥缈步行虚空,故又名"步虚声"。

盛,凡事玄三十余年,及上升遐始止"①,顾鼎臣的奏疏虽于朱厚熜的溺道行
为有些推波助澜的效用,却非主导因素,但"词臣以青词结主知,由鼎臣倡
也"②却是无法躲避的历史评判。尽管顾氏并无政治劣迹,亦曾建言东南赋
役之弊,筑城昆山的善举更是赢得"乡人立祠祀"③的功德之举,而其所进
《步虚词》很有可能就是为"建祈嗣醮"而作,其实,帝脉延续,关系国本,臣
子的积极关注并非失范之举,但科第状元身份下所表现出的主动奉道却有
着背弃儒守的媚主意味,所谓"以青词结主知"的历史评判正在于此。传统
思路历来有沿波讨源的习惯,嘉靖崇道所带来的无穷流弊遂使得这位始作
俑者不得不背上"流秽史册"的恶名。

　　顾鼎臣虽缘青词入阁,然其时,"李时为首辅,夏言次之,鼎臣又次之。
时卒,言当国专甚,鼎臣素柔媚,不能有为,充位而已"④。明代的阁臣排序
历来是权力的象征,"不知自何年起,内阁自加隆重,凡职位在先第一人,群
臣尊仰,称为首相,其第二人以下多其荐引,随事附和,不敢异同"⑤。内阁
首辅成为明代核心权力阶层的典范代言,然而,封建时代的臣子权势更多的
来自帝王的恩宠而不是制度之下的职权赋予,况且内阁并未获得官僚系统
的直接行政支持,仅仅是在制度上与官僚系统相脱离的皇帝辅佐机构。⑥
明武宗遗嘱"天下事重,嘱母后及内阁处之"⑦,其后,首辅杨廷和利用新旧
交替的权力真空,施令除弊,俨然有政归内阁之局。朱厚熜登基后,借议礼
以伸君权,进退宰辅,廷杖群臣,厌薄言官,废黜相继,裁抑中贵,因刚愎之性
以立帝君之威,太阿独操,唯我独尊。君权既张,内阁的权力附庸角色亦愈
加凸显,博取帝王恩宠以获取权力成为阁臣参政的普遍模式,君王的好尚自
然成为阁臣群体的一般行为指向。朱厚熜在为其未曾做过皇帝的生父兴献
王争取称宗袝庙之资格的议礼中,即表现出了强烈的爱憎取舍倾向,附从者
"片言致通显",反对者或贬或狱或杖,迎合君王意志的"议礼"行为遂成为
嘉靖初期极为重要的"入阁"途径,当议礼之争以皇权的完胜结束后,朝臣
的"入阁"途径亦随着这位独断君王的关注而转移至斋醮祈祷中的青词
撰写。

----

① (明)沈德符:《万历野获编》卷二十九,中华书局 1959 年版,第 732 页。
② (清)张廷玉等:《明史》卷一百九十三,中华书局 1997 年版,第 1324 页。
③ (清)张廷玉等:《明史》卷一百九十三,中华书局 1997 年版,第 1324 页。
④ (清)张廷玉等:《明史》卷一百九十三,中华书局 1997 年版,第 1324 页。
⑤ (明)张萱:《西园闻见录》卷二十六《宰相上》,引嘉靖时胡世宁语,(台湾)文海出版社
　　1984 年版。
⑥ 参见谭天星:《明代内阁政治》,中国社会科学出版社 1996 年版,第 231 页。
⑦ 《明武宗实录》卷一百九十七,台湾"中研院"历史语言研究所影印本 1968 年版。

　　"当国专甚"的夏言虽非以"青词结主知"的首倡者,却也有着潮流之下的迎合行为。"朕之简任倚信,在卿独重,况职居辅首"①的特别宠信不仅来自大议礼中的附和态度,更有着对世宗崇道的文学奉承。若嘉靖"乙未年春正月朔大雪,上谕大臣曰:'今日欲与卿等一见,但蒙天赐时玉耳。'礼卿夏言,即进《天赐时玉赋》以献,上大悦,以忠爱褒之,甫逾年而入相矣"②。借祥瑞的拍马虽是词臣惯例,但对于信道的朱厚熜却有不少逸出儒学传统之外的道教情绪,夏言借以升迁的《天赐时玉赋》能被朱厚熜大为赏识,自然有着超出一般诗赋的特殊之处,"当时若雨雪之类,皆因祷而应,故张皇乃尔。后有秉笔修国史者,削去可也"③。儒学观念下的史笔批评正凸显出夏言并不纯粹的文学动机。若其《雪夜召诣高玄殿》曰:"迎和门外据雕鞍,玉竦桥头度石栏。琪树琼林春色静,瑶台银阙夜光寒。炉香缥缈高玄殿,宫烛荧煌太乙坛。白首岂期天上景,朱衣仍得雪中看。"④"炉香缥缈"的"太乙坛"正表明了雪夜召诣的圣意所在——撰写青词,烟雾缭绕中的皇家宫阙着实有着几分天庭景象,但阁臣夏言的文字比拟之中依然有着几分投君所好的意味——颂美帝家的词臣惯例显然有着明显的奉道意味。夏言"性警敏,善属文"⑤,更定祀典中便曾"撰《泰神殿礼成感雪赋》一篇,《圜丘载祀庆成诗》九章,并录上御札宠及臣名者三条及臣原奏三,通装成二册,随本进呈"⑥,作为儒家礼制的文学烘托,颂美记述的习惯行为自是词臣分内职守,并无失范之处。然而,之后的夏言,更"于祝厘之余,徒抽黄而对白,不知沿流以失源,作《国朝中兴诗》二十一首,《天降宝露诗》一首,《白鹊呈祥诗》一首,《白兔献瑞诗》一首,《金台八景诗》九首,《武夷九曲诗》十一首,《皇陵八咏诗》八首,《辅臣赞和诗》一首,共成一册,谨录上进",并恳请朱厚熜"当万几之暇,曲垂采览,益加宸翰正之"⑦,频繁的祥瑞称美已然有着取媚主上的意味,而朱厚熜的悦心祥瑞亦非导自纯正的儒家思想,实是斋醮应验的心理满足。溺道未深时的朱厚熜"每作诗,辄赐言,悉酬和勒石以进,帝益喜。奏对应制,倚待立办。数召见,谘政事,善窥帝旨,有所傅会。赐银章一,俾密封言事,文曰'学博才优'。先后赐绣蟒飞鱼麒麟服、玉带、

① 《明世宗实录》卷一百八十,卷二百三十一、台湾"中研院"历史语言研究所影印本1968年版。
② (明)沈德符:《万历野获编》卷二,中华书局1959年版,第53页。
③ (明)朱国祯:《涌幢小品》卷一,上海古籍出版社2005年版,第3138页。
④ (清)钱谦益:《列朝诗集》丁集第十一,影印清顺治九年毛氏汲古阁刻本。
⑤ (清)张廷玉等:《明史》卷一百九十六,中华书局1997年版,第1343页。
⑥ (明)夏言:《南宫奏稿》卷五,上海古籍出版社1987—1989年版,文渊阁四库全书本。
⑦ (明)夏言:《南宫奏稿》卷五,上海古籍出版社1987—1989年版,文渊阁四库全书本。

兼金、上尊、珍馔、时物无虚月"①。凭借"善窥帝旨"的政治敏锐,夏言出色的文学才华得以淋漓尽致地发挥,"议礼"身份下的诗赋固宠诚然显示出了相当的效力,以致张璁、方献夫虽"相继入辅,知帝眷言厚,亦不敢与较"②。议礼结束后,朱厚熜溺道日深,"青词结主"之风既开,以文学邀宠而又备受朱厚熜青睐的夏言当然不甘人后,"初,言撰青词及他文,最当帝意"③的史家记录已然明确点明了夏言的以青词受宠,而"嘉靖十五年,皇子生,帝赐言甚渥。初加太子太保,进少傅兼太子太傅。闰十二月遂兼武英殿大学士入参机务"④的史实叙述则可算作最佳的历史注脚。朱厚熜以建醮祈子为"国家重典",朝臣的"青词"大多以此而作,皇子诞生的功劳首归道士的斋醮,"赐言其渥"的行为正表明了夏言在斋醮过程的积极参与,不久之后的入阁参政正导源于专断君王的特别提携:夏言出色的政治才干固为朱厚熜所欣赏,但漂亮的青词及相关文字却是毫不逊色甚至更为重要的恩宠原因。

　　需要指出的是,"善窥帝旨"的夏言虽然以诗赋邀宠、青词结主,但儒臣的基本关注却大体不变。"敬而远之"历来是儒家应付鬼神的一般态度,但侍奉君王则是阁臣职守,"上方崇尚道教,如邵元节、陶仲文皆以方士得幸……倡率道众,时举清醮,以为祈天永命之事"⑤。斋醮虽盛,但帝王"祈天永命"的关怀却也与儒者"天下太平"的终极指向相类,在此层面上的青词行为亦勉强可以获得一些合理的存在意义,当然,夏言在很大程度上还是将青词撰写当作邀宠君主的手段,在其所作的应制诗赋中,虽不乏借祥瑞而颂圣的写作惯例,却也体现出了鲜明的儒臣身份,若其《无逸殿西壁诗应制》称:"睿藻承遗训,农歌启圣衷。千秋无所逸,七月咏豳风。帝学诗书在,神谋制作同。光昭文祖业,原上有新宫。"⑥即是儒学观念统摄下的标准诗作,李舒章称夏言之诗"颇长应制,第有形模,而少气色"。朱彝尊亦言,其"应制诗篇,投颂合雅,不若袁文荣之近于亵"⑦,可知,这位以诗赋固宠、因青词入阁的夏贵溪依旧是经典训练下的儒臣面目。夏言"豪迈有俊才,纵横辨博,人莫能屈"⑧,既受帝王特眷而入阁,骄蹇自负,卑视次辅:翟銮

---

① (清)张廷玉等:《明史》卷一百九十六,中华书局1997年版,第1343页。
② (清)张廷玉等:《明史》卷一百九十六,中华书局1997年版,第1343页。
③ (清)张廷玉等:《明史》卷一百九十六,中华书局1997年版,第1344页。
④ (清)张廷玉等:《明史》卷一百九十六,中华书局1997年版,第1343页。
⑤ (明)张瀚:《松窗梦语》卷五,中华书局1985年版,第99页。
⑥ (清)朱彝尊:《明诗综》卷三十六,乾隆刊本。
⑦ (清)朱彝尊:《明诗综》卷四十一,乾隆刊本。
⑧ (清)张廷玉等:《明史》卷一百九十六,中华书局1997年版,第1344页。

"恂恂若属吏然,不敢少龃龉"①,严嵩与夏言同乡,称先达,事言甚谨。言入阁援嵩自代,"以门客畜之",嘉靖十八年,更领受上柱国之衔,成为明世人臣中唯一生拜上柱国者②,豪迈脾性中的强烈功名欲望于此可见一斑,"夏桂州赠王履约中丞手书诗,用'上柱国'章,考其岁月,正削秩里居,尚未复职。何以侈及前衔乃尔"③,削职之后,尚不忘衔名"人臣无上,以致奇祸"的批评亦为有据。即此而论,夏言借以邀宠的诗歌行为实然有着相似的功名心理推动。身居首辅的权力膨胀使得自负的夏言有些得意忘形,身份的转变为向来"慷慨以经济自许,思建立不世功"的夏言提供了实践理想的契机,对于诗歌的积极关注亦随之转移,延续着阁臣群体一以贯之的余事态度。与之同时,身为儒臣典范的首辅夏言与溺道日深的天子朱厚熜间的志趣倾向亦日益背驰,将文学行为的诗歌视作小技的态度并非造成君臣隔阂的关键所在,有着儒学背景的朱厚熜亦曾遵照道统规范限制着自身的诗歌兴趣,相近知识结构下的文学理解并无太大差异,然而,深溺道教的世宗皇帝已然成为有着特殊身份的道教信徒,其于青词以及相关文字的关注已远远越出一般文学行为的审美需求,而成为浸润着强烈迷信情绪的宗教行为,自非儒学规范可以约束。相反,志在建功的夏言却继续按照儒家的一贯信念塑造着首辅形象,对于帝王日益狂热的崇道行为并不配合:王世贞《嘉靖以来首辅传》在述及夏言、严嵩倾轧时,称:"上左右小珰来谒言者,言奴视之,其诣嵩,嵩必执手延坐款款,密持黄金置其袖,以是争好嵩而恶言。上或使夜瞰言、嵩寓直何状? 言时已酣就枕,嵩知之,故篝灯坐,视青词草。言初以是得幸,老而倦思,听客具稿,亦不复检阅,多旧所进者,上每掷之地而弃之,左右无为报言,言亦不复顾,嵩闻而益精专其事,以是上益爱之"④。鄙薄内监、不屑结纳虽是正统儒臣的一贯态度,但缺少眼线的夏言却将真实的青词态度展露于朱厚熜眼中,狭窄范围、词汇中下的反复谀美很难激发出真正的文学兴趣,朱厚熜日夜相继的斋醮行为却有着源源不断的青词需求,面对不断重复的同题写作,"老而倦思,听客具稿"实是难以避免的应对行为,但曾以青词得幸的夏言在其不复检阅、多进旧作的消极应对中显然蕴含着一种态度的转变。朱厚熜早先的青词需求多集中于"祈嗣"之类的"国家重典",其后,事无大小,皆请于神,偶然的求祈神灵成为必须的日常行为,但

---

① (清)张廷玉等:《明史》卷一百九十六,中华书局1997年版,第1344页。

② 参见王世贞《皇明异典述》、沈德符《万历野获编》补遗卷二相关论述。

③ (明)沈德符:《万历野获编》卷二十六,中华书局1959年版,第674页。

④ (明)王世贞:《嘉靖以来首辅传》卷三,上海古籍出版社1987—1989年版,文渊阁四库全书本。

君王彻底的道教行为并非儒臣心甘情愿的接受,以建功自负的首辅夏言本已有了文学关注的转移,对于属于道教范畴的青词撰写更有着特殊的心理排斥。"人主故所御翼善冠,上不御而御道士冠,因命尚方仿而雕沈水香为五冠,以赐言及成国公希忠,京山侯元,大学士銮,尚书嵩,言独密疏,谓非人臣法服,不敢当,上大怒"①。"冠"在传统礼制中有着特殊的文化意味,夏言由"善窥帝旨"到"对抗君命"的态度转变中虽交缠着个人脾性、高位骄蹇的复杂情绪,但以"儒"拒"道"的文化心理却明白无疑,即此可知,夏言淡漠青词的行为表现实然有着一以贯之的儒臣心态。可惜,此时的朱厚熜已经不是那位醉心礼制的刚愎皇帝,而是一位日益升级的道教信徒,夏言的据"礼"行事虽然有着合乎儒统的正当意义,却大大挫伤了崇道君王的宗教情绪,由"掷地弃之"而"大怒"的厌恶不满中已然开启了夏言日后的弃市悲剧。自负的首辅遭遇了刚愎的帝王,阁权膨胀与皇权专制的制度矛盾中纠缠着个人性格的冲突,因青词、崇道而失宠的夏言在政敌严嵩的倾轧之下不幸成为明代第一位被处斩的辅臣。

朱厚熜"自二十年遭宫婢变,移居西内,日求长生,郊庙不亲,朝讲尽废,君臣不相接"②,深溺道教的明世宗在很大程度上放弃了传统君王的应尽职守,由之带来则是阁臣事君模式的深刻转变,专断君王的兴趣好尚成为左右阁臣际遇的关键所在,嘉靖阁臣的道教态度直接决定着自身的仕途命运,"夏言以下冠香叶冠,积他衅至死。而严嵩以虔奉焚修蒙异眷者二十年"③。"一字寓褒贬"的春秋笔法历来为传统史家推许宗奉,官修正史之《佞幸传》中所出现的"异眷"字样实然暗含着对这位列身《奸臣传》的权相的言外贬斥:崇道君王的特别宠眷来自赞助玄修的不遗余力,阁臣身份下的奉道行径固是皇权威慑下的无奈选择,但"虔奉焚修"的专注态度却非儒臣所当为。严嵩的入阁之路,与夏言颇为相似:借议礼以讨帝欢,借青词而结主知,自是嘉靖阁臣的常见履历。19 岁即以《诗经》中举的严嵩,在 7 年之后(1505),便结束科第生涯,以二甲第二名的身份赐进士出身,随后又因《雨后观芍药诗》入选庶吉士,对这位出身寒素的 26 岁进士而言,"学优则仕"的人生历程可谓顺利,但与在正德十二年(1517)方才获得进士身份的夏言相比,严嵩却没有"去谏官未浃岁拜六卿"的超擢幸运,不仅有着长达 8 年的钤山隐居,即便在重返仕途直至入阁前的 26 年政治履历中亦没有破格

---

①　(明)王世贞:《嘉靖以来首辅传》卷三,上海古籍出版社 1987—1989 年版,文渊阁四库全书本。

②　(清)张廷玉等:《明史》卷三百零七,中华书局 1997 年版,第 2023 页。

③　(清)张廷玉等:《明史》卷三百零七,中华书局 1997 年版,第 2024 页。

提拔的特殊荣耀。正德年间的归隐钤山使得严嵩的明哲保身体现出了深为士林称许的清高姿态，"结茅楚水枫林下，拥膝长吟任此身"的士人风流中又不失"时危献纳思无术，怅望中原伤战尘"①的忧国关怀，"稍看民乐土，还苦吏催科。世事关愉戚，生涯学醉歌。清溪足鲂鲤，吾欲买渔蓑"②，进退出处中的独善兼济最是士情常态。自幼"颖异绝伦，于书过目不再诵，属对辄有奇语"③的严嵩在钤山养望中的诗赋风流将自己的文学禀赋发挥得淋漓尽致，与当朝名士多有往还，颇著清誉。

需要指出的是，严嵩虽于诗兴趣极浓，却同样保持着节义为先的儒学理解。若其在《云台编后序》中便称，自己虽编撰录刻唐人郑谷的诗集《云台编》，但"不独重其诗也，重夫乡之先贤，以为若一艺名于世者，犹表见之不忍，使其泯灭不闻，况夫有大勋德节义者乎。及在秘阁阅所藏《宜春志集》，有童宗说撰《云台编后序》，其论都官，当僖宗时，独能知足不辱，韬晦里闾，全去就始终之大节，异于其时贪得躁进者，而祖公无择，表其墓图像，配于韩公之祠，则其行之可贤又如此，而世徒以诗目都官，岂知言者哉"④。着意拈出的勋德节义虽是为表彰乡贤而发，但"不独重其诗"的人格关注却是正统观念下的习惯思路，而从对郑谷"知足不辱，韬晦里闾，全去就始终之大节"的特别称道中亦略可窥见严嵩在钤山养望时所抱持的基本心境，在"隐""诗"交织的古雅风流中，诗歌作为其淡泊人生的情志载体最为士林激赏，诗以人重，严嵩倾动一时的诗名实与其安贫守道的归隐风节大有渊源。如李梦阳为其所作的《钤山堂歌》即结以"君不见，山下石崖千尺矶，经年不钓苔成衣，玉璜羊裘各有分，可问王孙归不归"⑤之句，而所赞全在严嵩之隐居高节。论者言及严诗，多以清和恬淡称之。张文邦称其诗，"出恬澹而有余，足以经纬风雅"⑥；王子衡云，"介溪诗思冲邃闲远"⑦；唐虞佐云，"崆峒子评介溪诗曰：淡，石潭翁评介溪诗曰：达，达者其辞和，淡者其辞平，和平之音，其于古作者庶几矣"⑧；刘介夫称其诗，"宣志理情，和声昭则"⑨；崔子钟

① （明）严嵩：《钤山堂集》卷二，齐鲁书社1996年版，四库全书存目丛书本。
② （明）严嵩：《钤山堂集》卷三，齐鲁书社1996年版，四库全书存目丛书本。
③ 《少师介溪公传》，载曹国庆等：《严嵩评传》附录三，上海社会科学院出版社1989年版。
④ （明）严嵩：《钤山堂集》卷二十一，齐鲁书社1996年版，四库全书存目丛书本。
⑤ （明）李梦阳：《空同集》卷二十二，上海古籍出版社1987—1989年版，文渊阁四库全书本。
⑥ （清）朱彝尊：《明诗综》卷三十三，乾隆刊本。
⑦ （清）朱彝尊：《明诗综》卷三十三，乾隆刊本。
⑧ （清）朱彝尊：《明诗综》卷三十三，乾隆刊本。
⑨ （清）朱彝尊：《明诗综》卷三十三，乾隆刊本。

云,"惟中诗,清婉而绮,不浮其质"①;皇甫子循称其诗,"达而和,澹而平,明润而婉洁"②。清和恬淡的诗风来自徜徉山水的隐居生活,孙伟在正德十年所作的《钤山堂诗序》中即称其"钤冈,山名,先生所居近之景趣,擅一邑之奇,旦暮游息其间,芳润熏澉,有不知其意与境会,言笑成声者矣"③,而诸如淡、达之类的品评定位中显然有着"诗如其人"的双重关注,严嵩当然不是彻底的隐者,卧居山林实是一种待时而动的行藏选择,而在此期间的严嵩确然表现出了"扫榻云林白昼眠,行藏于我固悠然。元无蔡泽轻肥念,不向唐生更问年"的淡泊品质,长达 8 年之久的甘贫无怨、吟咏自娱绝非寻常沽名钓誉者所能坚持,"阴阳自古皆常度,物候今看却殊故。瞽史何由讯咎征,病夫默坐忧时事"④;"阙望长回首,岩栖不记年。时闻起桴鼓,未暇枕书眠"⑤。普遍知识训练下的忧国关注同样是这位韬晦翰林的难舍情怀。无论是寄意山水的安贫乐道,抑或心系朝政的忧时情绪,严嵩所表现的正是"知足不辱,韬晦里闾,全去就始终之大节"的品格追求,至于情动而作的诗歌,虽是极为重要的言志途径,却非最为核心的关注所在。"七看梅发楚江滨,多难空余一病身。阙下简书催物役,镜中癯貌愧冠绅。非才岂合仍求仕,薄禄深悲不逮亲。此日沧波理征棹,回瞻松栢自沾巾。"⑥严嵩终于出山了,还朝的动机颇为复杂,贫病交困虽然不是主要原因,但病身之下的"薄禄不逮"却也是不应忽略的因素,况且,三年前,独子严世蕃的出世更加重了严嵩的养亲压力。朝廷的诏书敦迫算是不错的台阶,于韬晦养望的严嵩而言,权宦刘瑾已然伏法,廷臣党附者,或论死或谪戍,一时朝署为清,而主政的杨廷和为其科举及第时的座主,费宏则是其江西同乡,如此的政治背景自然称得上是再仕良机。至于一般士人的报国之志、功名想望、光宗耀祖同样是严嵩再仕的心理构成。正德十一年,隐居 8 年的严嵩重返仕途,"十年卧林巷,恍若与时违。当时同升侣,往往列金绯。吾岂薄荣利,贫病恒相羁。清晨阅明镜,了了见须眉。自非食肉相,藏拙安所宜"⑦。面对昔日同僚的飞黄腾达,严嵩并未表现出隐者的清高自赏,取而代之的却是"吾岂薄荣利,贫病恒相羁"的平凡姿态。其中固然暗含着由隐而仕的自我解嘲,却也

①　(清)朱彝尊:《明诗综》卷三十三,乾隆刊本。
②　(清)朱彝尊:《明诗综》卷三十三,乾隆刊本。
③　(明)孙伟:《钤山堂诗序》,载(明)严嵩:《钤山堂集》"序",齐鲁书社 1996 年版,四库全书存目丛书本。
④　(明)严嵩:《钤山堂集》卷二,齐鲁书社 1996 年版,四库全书存目丛书本。
⑤　(明)严嵩:《钤山堂集》卷二,齐鲁书社 1996 年版,四库全书存目丛书本。
⑥　(明)严嵩:《钤山堂集》卷二,齐鲁书社 1996 年版,四库全书存目丛书本。
⑦　(明)严嵩:《钤山堂集》卷三,齐鲁书社 1996 年版,四库全书存目丛书本。

流露出了久居贫病下的艳羡情绪,"自非食肉相,藏拙安所宜"的居官定位所呈现的虽是重入宦海的小心谨慎,但立足面相的自我否定中却隐藏着不甘人后的才华自许。

虽然有着隐居的清高资本,然严嵩却不以此骄人,"藏拙"从政,谦恭守礼,折节待士,颇得令名。何良俊称,"余尝至南京往见东桥,东桥曰:'严介溪在此甚爱才,汝可往见之'。尔时介溪为南宗伯,东桥即差人持帖子送往。某赍一行卷,上有诗数十首。此老接了,即起身作揖过,方才看诗。至《咏牛女》'情随此夜尽,恩是隔年留'等句,皆摘句叹赏。是日遂留饭。后壬子年至都,在西城相见,拳拳慰问,情意暖然"①。无论是卸任官员顾璘的贤名推许,还是无名士人何良俊的亲身经历,均可看出严嵩对于君子形象的着意塑造,"愿坐庙堂同水镜,总收贤俊入甄陶",严嵩这句与友人共勉的诗句堪为其时其人之真实写照,谦和平易的待人接物,一如钤山养望时的淡泊守节,确然为其赢得了声名颇佳的士人口碑。众望允孚,必非倖致,除去谦和恭谨的处世态度外,严嵩出色的诗歌才华同样是促成其一时清誉的重要因素。诗文交往历来是士大夫间最为得体的交际方式,严嵩迎来送往的公、私交际中每每有着与谦恭态度相伴的应酬之作,李梦阳即曾对聂豹称,"如今词章之学,翰林诸公严惟中为最"②。文坛盟主的如此盛赞无疑是对严嵩文学才能的极大肯定,文名既著,求请遂多,严嵩虽也曾有过"因搜短句了清景,人事诘朝酬应忙"的慨叹,但《钤山堂集》中大量的应酬文字却已表明了严嵩频繁的诗文交际——或许,对这位起家寒素,又归卧十年的薄俸官员而言,以个人才华为资本的应酬诗文是其唯一可以拿得出手的人情交际。当然,其中也包含着严嵩本人对诗歌的浓厚兴趣,无论是隐居钤山时的"病骨总缘诗思瘦",抑或在"新诗海内流传遍"的关注,再及对何良俊诗句的赏鉴,均表现出了其对诗歌的特别关注。而其暮年自序诗集更云,"晚登政涂,百责身萃,回忆旧业,如弁髦然,触口纵笔,率尔应酬,不能求工,亦不暇求工也"③。《对应德》亦称,"少于诗,务锻炼组织,求合古调,今则率吾意而为之耳"④,暮年严嵩以阁臣身份的反省批评正折射出诗歌在其心中的特殊位置:即便位居首辅,政事繁重,尚且对晚岁诗作的"不能求工"表现出别样的遗憾情怀。《严嵩年表》称,《钤山堂集》初刻于嘉靖二十四年,凡三十

---

① 参见(明)何良俊:《四友斋丛说》卷二十六,中华书局1959年版,第239页。
② (明)何良俊:《四友斋丛说》卷二十六,中华书局1959年版,第239页。
③ (清)朱彝尊:《明诗综》卷三十三,乾隆刊本。
④ (清)朱彝尊:《明诗综》卷三十三,乾隆刊本。

二卷,"前部分为钤山时所作,后部分为北京、南京时所作,风格殊异"①。殊异的风格正可与严嵩自序的反省相为印证,而其所慨叹的"不工"亦在于此。

严嵩尝言,"夫诗之道,难言矣,非天景胜奇无以发灵智,非功力深到无以造微赜"②,可见,除去业精于勤的功力训练外,外界景致的感触引发同样是严嵩眼中极为重要的作诗要素。"长身成削"的严嵩自言"受气素薄弱,既长犹尪羸"③,诸如"病身秋尽始登台"④;"春去复秋至,愁多与病连"⑤;"唯须药物供身病"⑥;"多病有怀谈莫尽"⑦的病态状写更于诗中常见。钤山隐居固为韬晦之举,同时亦有养生之想。退居山林的韬晦、养生自以清心淡泊为念,其所居处的钤山并非雄山大川,乃是松泉石涧,地偏心远的幽居之所。避乱韬晦虽无可厚非,却终有些"柔"的色彩,以孱弱之躯而隐居幽僻之地的严嵩,发言为诗自以清雅秀丽为胜,而少刚健风骨之调。王世贞称"嵩好为诗,清雅有态,然弱而不能为沈雄之思,文亦类之"⑧,颇称中的之论。"清雅有态,弱不能雄"的严嵩诗作多山林之致而少庙堂之气,然而,于林泉松石中陶冶出的诗情韵致并不适宜于迎送往来的官场应酬,严嵩诗风的前后迥异,自在情理之中。崔铣诵严嵩隐居之诗而曰:"清婉而绮,不浮其质,斯肥于山林者乎"⑨,至严氏还馆之后,"道路所经,官常所激,僚友是酬,为诗若干首,感喻乎交际,训敕乎生徒,敷纳乎治理,为文若干篇,铣诵之曰,辨于礼裁而藻思致,循乎典常而玄倪寓,诗其唐之春容,文其汉之简健,斯施诸庙堂者乎"⑩。于崔铣的"庙堂"评析中略可窥见严嵩在重入仕途后的儒臣形象,然而,基本知识训练下的诗文惯例却非久居山林的严嵩所心甘情愿,自序中的"不工"定位正是谦虚表述下的心声吐露。

再仕后的严嵩在其40岁生日时,曾就"予少孤多病,恒有忧生之嗟,今

---

① 曹国庆等:《严嵩评传》附录三,上海社会科学院出版社1989年版,第148页。
② (明)严嵩:《钤山堂集》卷二十一《云台编序》,齐鲁书社1996年版,四库全书存目丛书本。
③ (明)严嵩:《钤山堂集》卷六,齐鲁书社1996年版,四库全书存目丛书本。
④ (明)严嵩:《钤山堂集》卷二,齐鲁书社1996年版,四库全书存目丛书本。
⑤ (明)严嵩:《钤山堂集》卷二,齐鲁书社1996年版,四库全书存目丛书本。
⑥ (明)严嵩:《钤山堂集》卷二,齐鲁书社1996年版,四库全书存目丛书本。
⑦ (明)严嵩:《钤山堂集》卷三,齐鲁书社1996年版,四库全书存目丛书本。
⑧ (明)王世贞:《嘉靖以来首辅传》卷四,上海古籍出版社1987—1989年版,文渊阁四库全书本。
⑨ (明)崔铣:《洹词》卷十一,上海古籍出版社1987—1989年版,文渊阁四库全书本。
⑩ (明)崔铣:《洹词》卷十一,上海古籍出版社1987—1989年版,文渊阁四库全书本。

年四十矣，日月于迈，禄不逮养，学未有闻”①感而赋诗三首，中有：“庸知四十载，老大生髭须”的年华感慨，又兼“男子始生朝，弧矢悬门堂。眷言四方志，岂必怀故乡。睠彼孤黄鹄，矫翮云天翔。啾啾茅檐下，燕雀空榆枋”②的远志寄托，其三更曰：“弱龄不量力，高视慕前俦。学道思理人，洗心念寡尤。奄忽踰四龄，此志但悠悠。聪明异前时，行业不加修。抱册时呻吟，宁免遗忘忧。雕虫技何补，食粟颜堪羞。中夜起长叹，反躬时内省。宣父戒无闻，漆雕惭未信。勋业弗及时，白发忽生鬓。嗟彼万里道，中途可旋轸。愿言加餐饭，努力桑榆晚。”③年华流逝下的功业感叹原是诗人常情，但于曾隐居8年的严嵩而言，却是志念转移的重要体现，反复申抒的勋业期许自非吟咏林下时的诗情关注，“雕虫技何补”的儒臣惯语却是由隐而仕后的“入乡随俗”。再入官场的严嵩已然褪去昔日的淡泊情怀，取而代之的则是贴合身份的勋业追求。严嵩曾言：“禄与位，世所慕以为荣者也，父母以是望其子，子之欲孝者，以谓非是无以慰悦其父母之心。读书为学，纂言为文，凡以为仕禄之具而已，是故虽有贤者，不能以自振也”④。尽管严氏亦强调“学于圣门德，成为大贤，名在万世”是另一层面的“孝”，却未否定“世所慕以为荣”的仕禄追求，严嵩既已放弃隐居，重涉仕途，求禄保位自然成为其眼中的首要之事，况且这一行为还有着“孝”的合法意义，随着核心关注的转移，诗歌的兴趣自然转移，与山林迥异的官场并非惯于“清雅淡泊”的严氏诗歌所适宜的文学生态，而禄位之心日重的严嵩以谦卑小心的恭谨姿态应付着各色人等，寻觅着升迁机会。然而，并不得心应手的庙堂应酬虽是严嵩入阁前颇为重要的交际手段，也曾为其博得不少称赞，陈子龙云，“严相气骨清峭，应制诸篇，颇为雅赡，特束湿寡，自然之致尔”⑤，颇具山林自然之气的应制文字虽可赢得诗家认可，却未能博得君王的特别青睐。

严嵩的“得主之始”是嘉靖七年奉命祭告显陵之后关于祭陵时“应时雨霁。又石产枣阳，群鹳集绕，碑入汉江，河流骤涨”⑥的祥瑞描述，此举虽有投合帝心之嫌，然嘉靖初期的朱厚熜励精图治，颇有些明君气象，借祥瑞以称颂新君，饰美太平实是其时朝臣常态，严嵩不过从众而为，而“请命辅臣撰文刻石，以纪天眷”的建议所体现正是其面面俱到的从政心态，以严嵩之

① （明）严嵩：《钤山堂集》卷六，齐鲁书社1996年版，四库全书存目丛书本。
② （明）严嵩：《钤山堂集》卷六，齐鲁书社1996年版，四库全书存目丛书本。
③ （明）严嵩：《钤山堂集》卷六，齐鲁书社1996年版，四库全书存目丛书本。
④ （明）严嵩：《钤山堂集》卷九，齐鲁书社1996年版，四库全书存目丛书本。
⑤ （清）朱彝尊：《明诗综》卷三十三，乾隆刊本。
⑥ （清）张廷玉等：《明史》卷三百零八，中华书局1997年版，第2028页。

才华,自可自行撰文以博主欢,但其却将这个邀取君悦的机会让给辅臣,谦恭得体,密不透风。议礼过程中严嵩见风使舵,务为佞悦,以柔媚结主欢,然而,引经据典的礼制讨论并非这位以《诗经》中举的八股进士所擅长,虽也能颇称帝心,却未得到如夏言的超擢优待,其所擅长的依旧是文字的颂圣拍马,由同科状元顾鼎臣所开启的青词媚主当然亦是严嵩不肯错过的邀宠机会,虽然不及夏言是"最当帝意",却也颇称圣心。上媚君主、下结百官的严嵩一路升迁,官运亨通,"碧霄何意得重攀,九转丹成列上班"的得意中了无"恬淡无心羡达官"的早年心境,却暗含着升迁迟缓的感慨,嘉靖十八年,"帝上皇天上帝尊号、宝册,寻加上高皇帝尊谥圣号以配,嵩乃奏庆云见,请受群臣朝贺"①。渐得帝欢的严嵩这次却不客气,借"请受群臣朝贺"的机会尽展所长,为《庆云赋》《大礼告成颂》奏之,借祥瑞文字以献媚取宠,果然,"帝悦,命付史馆。寻加太子太保,从幸承天,赏赐与辅臣埒"②,距位极人臣不过一步之遥。多年的官场历练,使严嵩对于朱厚熜的禀性颇为了解,其实,早于严嵩入阁的夏言对于世宗的性情嗜好亦非无知,然其"謇谔自负"的个性却不及严嵩的柔媚更适宜于刚愎专断的朱厚熜,在一系列的倾轧相斗后,终于惨败,而严嵩所以制胜的法宝则是嘉靖皇帝最为专注的青词玄修。即青词撰写而言,于"言去,醮祀青词,非嵩无当帝意者"③的史家记载中不难发现,以朱厚熜的眼光而言,严嵩不及夏言,最多居于次位。严嵩"诗皆清利,作钱刘调,五言尤为长城,盖李长沙流亚,特古乐府不逮之耳。夏贵溪亦能诗,然不甚当行,独长于新声,所著有《白鸥园词稿》,豪迈俊爽,有辛幼安、刘改之风"④。对于四、六言的青词而言,长于词作的夏言或者比善作五、七言诗句的严嵩更为得心应手些,当然,久居林下的寒素严嵩亦不及"久贵用事,家富厚"的夏言更能适应帝王斋醮的皇家气象。但即赞玄态度而言,夏言则远不及严嵩,内臣眼线姑且不论,"朝夕直西苑板房,未尝一归洗沐"⑤的精诚态度却非夏言可比,朱厚熜尝赐嵩银记,文曰"忠勤敏达",较之所赐夏言的"学博才优",二人轩轾,或可略窥,但于道教信徒朱厚熜而言,态度显然要比文字更为重要,直至严嵩被贬之后,仍"追念其赞玄功",其关注可知。严嵩曾写过一组《恭纪恩赐诗》,记述其在"便殿召对、西苑宿直"时所得御赐之物,中有为《赐御制朝泛舟于金海诗一轴》所作一诗,

---

① (清)张廷玉等:《明史》卷三百零八,中华书局1997年版,第2028页。
② (清)张廷玉等:《明史》卷三百零八,中华书局1997年版,第2028页。
③ (清)张廷玉等:《明史》卷三百零八,中华书局1997年版,第2028页。
④ (明)沈德符:《万历野获编》卷八,中华书局1959年版,第206页。
⑤ (清)张廷玉等:《明史》卷三百零八,中华书局1997年版,第2028页。

曰:"锦轴瑶签捧御书,楼船秋日泛龙池。吾君不事横汾乐,为忆慈游转益悲。"①"横汾"典出汉武帝《秋风辞》"泛楼舡兮济汾河,横中流兮扬素波"之句,后多代指君王诗文,并蕴君臣宴饮同乐之意,若《旧唐书·文苑传序》即称:"天子赋横汾之诗,臣下继柏梁之奏,巍巍济济,辉烁古今"②。然而,纠缠于议礼与崇道之间的朱厚熜在很早的时候便因张璁的奏章而"圣制渐希",殊无汉武雅兴,"吾君不事"的态度却令于诗歌极有兴趣的严嵩大为失望,甚至生发出"忆及转悲"的慨叹,御赐恩典记忆中的特殊情绪正流露出严嵩柔媚事主时的异样心态,严嵩所长在诗,以其所受儒学教育及个人兴趣而言,以诗歌结帝欢远是比以青词结主知更为情愿的选择,然而,君王的兴趣并不在此,专宠20年的严嵩亦只得以竭力赞玄的积极态度固宠保位,至于自身的诗歌兴趣却只能在斋醮时的《步虚词》与偶然的应酬中艰难地维系着,入阁时的严嵩虽"精爽溢发,不异少壮",毕竟已过六旬,独相专权,年岁既增,阁务日重,尚可得独子严世蕃相助,然当严世蕃以母丧不得入直所代拟,严嵩自为奏对,屡屡失旨,更重要的是,年迈的严嵩才思锐减,实难应付朱厚熜有增无减的青词需求,"所进青词,又多假手他人不能工,经此积失帝欢"③,恩替势败,自是难免。

对于专意崇玄的朱厚熜而言,青词撰写始终被视为阁臣事君的第一要务,嘉靖二十八年入阁的张治"以不愿效劳青词,为世宗所恨,入阁亦一年,以悒郁死,犹之乎不相也"④。以赞玄为务的严嵩毕竟不是主持斋醮的道士,青词的撰写依旧是固宠结主的首要途径。与夏言相似,缘青词而得宠的严嵩亦因之失宠,紧随其后的则是又一位"以青词结主知"的倾轧者——徐阶。华亭徐阶,"为人短小白皙,善容止。性颖敏,有权略,而阴重不泄。读书为古文辞",尝以孔子祀典事抗辩张璁,被斥为延平府推官,后屡迁至礼部尚书,而其所以被朱厚熜赏识的原因是,"帝察阶勤,又所撰青词独称旨"⑤,聪颖而有权略的徐阶当然清楚自己得宠的原因,明白自己处境,一如严嵩之事夏言,"谨事嵩,而益精治斋词迎帝意"⑥,如朱厚熜尝以五色芝授嵩,使炼药,谓阶政本所关,不以相及。徐阶惶恐言,"人臣之义,孰有过于保天子万年者,且非政本而何?上乃亦授之芝,使炼药,而阶益精专于上所

---

① (明)严嵩:《钤山堂集》卷十六,齐鲁书社1996年版,四库全书存目丛书本。
② (后晋)刘昫等:《旧唐书》卷一百九十上,中华书局1975年版,第4982页。
③ (清)张廷玉等:《明史》卷三百零八,中华书局1997年版,第2029页。
④ (明)沈德符:《万历野获编》卷十,中华书局1959年版,第262页。
⑤ (清)张廷玉等:《明史》卷二百一十三,中华书局1997年版,第1454页。
⑥ (清)夏燮:《明通鉴》六十,中华书局2009年版,第2087页。

向往,不复持矣"①。徐阶对帝君所好的把握与迎合,于此可见一斑。沈德符言:"徐文贞为政,无专擅之名,而能笼络钩致,得其欢心;秉东西铨者,在其术中不觉也"②。黄宗羲亦言其"纯以机巧用事"③,然而,徐阶既遭遇乾纲独揽的猜忌之主,又处于权相忌害之下,况且又有着早年被斥的经历,若其被贬所作《抵郡作》曰:"涓埃无补圣明朝,玉署清华岁月叨。省罪久知南窜晚,感恩遥戴北辰高。狂心子夜浑亡寝,病骨炎陬不任劳。画虎几时成仿佛,狎鸥从此谢风涛。"④虽然有些贬官后的牢骚,但汲汲待用的情怀却也昭然,至于末句的"狎鸥"亦非真的隐逸之思,实为受挫之后的韬晦反思。有着如此背景,且善于权谋,徐阶自不免恭勤逢迎以自保,精心撰写青词遂成为首要之务,至于非"上所向往"者,自然便不予留意了。四库馆臣称其在外谪延平府推官时所撰的《少湖文集》"大都应酬之文十居六七,皆不足以传"。又称其《世经堂集》中"敷陈治体之文,皆能不诡于正,余则未见所长"⑤,可知诗歌既非这位长于谋略的阁臣所擅长,亦非关注所在,至多不过应酬之具而已。

其实,非只徐阶如此,"自嘉靖中年,帝专事焚修,词臣率供奉青词。工者立超擢,卒至入阁。时谓李春芳、严讷、郭朴及(袁)炜为'青词宰相'"⑥。嘉靖十七年探花袁炜"撰青词,最称旨","才思敏捷。帝中夜出片纸,命撰青词,举笔立成。遇中外献瑞,辄极词颂美。帝畜一猫死,命儒臣撰词以醮。炜词有'化狮作龙'语,帝大喜悦。其诡词媚上多类此。以故帝急枋用之,恩赐稠叠,他人莫敢望"⑦。严讷,"暮宿直庐,供奉青词,小心谨畏,至成疾久不愈"⑧。李春芳则是另一位青词状元,"简入西苑,撰青词,大被帝眷",然"恭慎,不以势凌人"⑨。郭朴,入直西苑时,虽有与袁炜相类似的"幸与撰述,不欲远离阙下"⑩的辞官理由,然"为人长者,两典铨衡,以廉著。辅政二年无过"⑪。其后的阁臣高拱,亦曾"撰斋词,赐飞鱼服。四十五年,拜文

①　(明)王世贞:《嘉靖以来首辅传》卷四,上海古籍出版社1987—1989年版,文渊阁四库全书本。
②　(明)沈德符:《万历野获编》卷九,中华书局1959年版,第245页。
③　(清)黄宗羲:《明儒学案》卷二十七,中华书局1985年版,第618页。
④　(明)徐阶:《少湖文集》卷七,齐鲁书社1996年版,四库全书存目丛书本。
⑤　(清)永瑢等:《四库全书总目》卷一百七十七,中华书局1965年版,第1580页。
⑥　(清)张廷玉等:《明史》卷一百九十三,中华书局1997年版,第1324页。
⑦　(清)张廷玉等:《明史》卷一百九十三,中华书局1997年版,第1324页。
⑧　(清)张廷玉等:《明史》卷一百九十三,中华书局1997年版,第1324页。
⑨　(清)张廷玉等:《明史》卷一百九十三,中华书局1997年版,第1324页。
⑩　(清)张廷玉等:《明史》卷二百一十三,中华书局1997年版,第1457页。
⑪　(清)张廷玉等:《明史》卷二百一十三,中华书局1997年版,第1457页。

渊阁大学士,与郭朴同入阁"①。诸臣虽然性格各异,或自负或谦恭,但于青
词的撰写态度却大体相同,从某种角度而言,或可分别算作是夏言、严嵩的
惯性延续,嘉靖十七年后,内阁辅臣14人中,竟有9人是以青词起家,作为
君王辅弼的人臣之最居然可以凭借为道教斋醮所撰写的青词而获取,"青
词宰相"的称谓本就是莫大的讽刺。旷古未有的怪事却在道教信徒的一代
君王治下出现,专断帝尊于宗教热情统摄下的畸形文学兴趣突破了儒学观
念下的行为规限,成为明代权力阶层最为独特的文学关注。需要指出的是,
道君朱厚熜的青词兴趣所表现出的是文学表象下的宗教关怀,而词苑文臣
的青词撰写所表现的却是宗教形式下的文学关注。青词,包括可以纳入
诗歌范畴的步虚词,虽然有着文学的外形,就其本质而言,信仰动机下的
君王提倡更是一种宗教行为,而以邀宠为目的下的朝臣风慕却是一种迎
合圣意的政治投机,很难称之为是完全意义上的文学行为。即便如此,嘉
靖朝的多数阁臣们依旧将全部的文学兴趣投诸青词撰写,本就是生活余
绪的诗歌创作自然也只能在有限的余暇、必需的应酬以及步虚的训练中
维系了。

　　朱厚熜虔诚的祈祷并未应验,60岁的嘉靖皇帝终因久服丹药过量而崩
逝于乾清宫,继承帝位的穆宗朱载坖诏令停止斋醮,驱逐道士,因专断君王
的宗教情绪而导致的青词提倡亦及帝君之身而止,随之而来的则是拨乱反
正的批判反思。嘉靖末年,因青词入阁的高拱即称,辅臣"虽无宰相之名,
有其实矣,然皆出诸翰林。翰林之官,皆出诸首甲与夫庶吉士之选留者,其
选也以诗文,其教也以诗文,而他无事焉。夫用之为侍从,而以诗文犹之可
也;今既用于平章,而犹以诗文,则岂非所用非所养,所养非所用乎"②,更称
"今也止教诗文,更无一言及于君德治道,而又每每送行贺寿以为文,栽花
种柳以为诗,群天下英才为此无谓之事,而乃以为养相材,远矣"③,明确指
出翰林职分当在"辅德""辅政",对于"诗文之教"痛加斥责,高拱之言虽是
明初翰林议论的延续,并无新意,但特殊背景下的旧调重弹却有着深刻的现
实关怀。规避君讳的惯例之下自然不会有明确的青词指斥,但"选也诗文,
教也诗文,而他无事"的严厉批判实就此而发,毕竟,因"文学"入阁仅是部
分嘉靖朝臣所独享的"幸运","诗文"与禄位关系最为密切的时期亦在于
此。对于诗文的批判算不得阁臣的新鲜态度,只是在"青词宰相"的现象反

① (清)张廷玉等:《明史》卷二百一十三,中华书局1997年版,第1457页。
② (明)高拱:《高文襄公集》卷三十一,明万历间刻本。
③ (明)高拱:《本语》卷五,上海古籍出版社1987—1989年版,文渊阁四库全书本。

思中才格外凸显。"嘉靖中,阁臣如华亭新郑之流,皆以文翰起家,而志在经世,不求工于声律"①。徐阶、高拱的青词撰写大抵算是无奈的选择,得被帝眷已足见其文学才能,但"志在经世,不求工于声律"的传统态度却是摆脱崇道君王束缚后的阁臣本色。朱厚熜溺道之深,非但于明代绝无其匹,即于历代帝王中亦属罕见,对于嘉靖之后的阁臣而言,帝王的诗歌兴趣虽然有限,但儒臣的身份本色却可大致保持,较之青词宰相,自然算是一种幸运了,而其对于诗歌态度当然也是一如既往地以余事视之了。

明代阁臣大多扮演着君王附从的角色。真正名实皆备、堪称辅相者,则以张居正为首,"盖起衰救弊之功,往往百余年而仅遇其人,不戛戛乎难之哉。江陵张文忠又变博大为遒炼,吞云梦而撼岳阳"②,江陵张居正无疑是有明一代最具魄力的内阁宰辅。

张居正2岁识字,5岁入学,10岁通六经大义,12岁中秀才,13岁应试时所作《题竹》诗曰:"绿遍潇湘外,疏林玉露寒。凤毛丛劲节,只上尽头竿。"诗作虽未可称佳,却也超出了同龄人的水准,更足以看出这位荆州小秀才逞志功名、着意抢魁的进取情怀。而此亦是得志少年最易滋生的心态,"吾昔童稚登科,冒窃盛名,妄谓屈宋班马,了不异人,区区一第,唾手可得"③,少年的得意自满通常会随着一路的顺利而滋长,"人不轻狂枉少年"的意气方遒大多会在一帆风顺中凝结为日后的脾性人格,如果张居正继续顺利,真的"唾手及第"的话,春风得意的少年张举人或者会成为志愿难遂的郁郁贾长沙,其一生抱负,不免在仕途坎坷的打击中消磨;或者会成为目空一切的荆楚"唐解元",其一生事业,亦不免在诗酒风流的放浪中消逝。④所幸,张居正遇到了一位善于锻炼人才的赏识者顾璘⑤,时任湖广巡抚的顾璘,对这位小秀才"许以国士,呼为小友",乃至赠犀带、托少子,寄以厚望,却故意让张居正落第,以坚其志意,老其才智。顾璘在张居正最为少年得意时的当头棒喝,实为"玉汝于成"的关键之举。科场失意后的张居正"揣己

---

① (清)钱谦益:《列朝诗集》丁集第十一,影印清顺治九年毛氏汲古阁刻本。
② (明)张慎言:《何文毅公全集序》,载(清)黄宗羲编:《明文海》卷二百五十三,中华书局1987年版,第2651页。
③ (明)张居正:《张太岳集》卷三十五《示季子懋修》,上海古籍出版社1984年版,第445页。
④ 参见朱东润:《张居正大传》,百花文艺出版社2000年版,第10页。
⑤ 参见(明)何良俊:《四友斋丛说》卷九:"孔子曰:'臧文仲其窃位者欤。'知柳下惠之贤而不与立也。秦誓言,大臣一无他伎,但休休有容。人之有伎,若己有之,遂能保我子孙黎民。则大臣爱才,岂细故哉? 若端毅公者,非但近代之所绝无,虽古人亦以为难矣。以余所见,近来唯顾东桥、马西玄二公,见人有一言一字之可取者,即称誉不绝口。诚有若己有之之意。"(中华书局1959年版,第80页)

量力,复寻前辙,昼作夜思,殚精毕力"①,3 年后,中乡试为举人,1544 年,赴京会试不第,又 3 年,再试得中,虽非一举成功,但 16 岁的举人、23 岁的进士依然有着可以得志发狂的资本,而经历挫折后的张居正却表现出了难得的老成持重,甚至连"春风得意马蹄疾"的欢喜都不曾溢于言表,在数年的科考生涯中,诗歌几近废绝不作,甚少传世,八股时代的进士身份是士子政治生命与实现人生理想的首要条件,非此则一切无从谈起。无论是顾璘的"腰玉"期望,还是"只上尽头竿"的童年理想,莫不需要通过科举考试的资格认证,张居正自算不得科场困顿,但不大不小的举业挫折却已洗去了若许少年意气,增添了几分沉毅渊重。

张居正的翰林时代正值后七子接踵囊哲的复古风潮,"诸进士多谈诗,为古文,以西京、开元相砥砺,而居正独夷然不屑也。与人多墨墨,潜求国家典故与政务之要切者衷之,而时时称老易,以为能得其用"②。"志伊学颜"的张居正当然不肯将生命耗费于虚辞侈言的唱吟赓和与文字争胜,其大段精神气力乃在公辅事业,"四方辅轩奉使归者,必往为造请。辙迹所至,户口、扼塞、山川形势、地利平险、人民强弱,一一记之"③。在张居正的眼中,翰林进士的职责是"玉堂夫子,学统天人,道通古今,主盟于词赋之坛,树帜于文章之府"。至于"鸣盛华国,润色鸿业"的文饰点缀不过是"测浅者不可以图深,见小者不可以虑大"的短见,是"未闻昭旷之论"的佔俾之儒的陋识。

　　盖学不究乎性命,不可以言学;道不兼乎经济,不可以利用,故通天地人而后可以谓之儒也。造化之运,人物之纪,皆赖吾人为之辅相,纲纪风俗,整齐人道,皆赖吾人为之经纶,内而中国,外而九夷八蛮,皆赖吾人为之继述,故操觚染翰,骚客之用心也,呻章吟句,童子之所业习也。二三子不思敦本务实,以眇眇之身,任天下之重,预养其所有为,而欲藉一技以自显庸于世,嘻,甚矣,其陋也,且道德者,事之实也,文词者,德之华也,故尚行则行有枝叶,尚言则辞有枝叶,训诰典谟,圣人岂殚精极虑,作意而为之者哉,几微内洞,文采外章,扬德考衷,启发幽秘,不求文而自文耳。乃吾见一人焉,辩若悬河,藻若春工,含吐邹枚,方驾

① (明)张居正:《张太岳集》卷三十五《示季子懋修》,上海古籍出版社 1984 年版,第 445 页。
② (明)王世贞:《嘉靖以来首辅传》卷七,上海古籍出版社 1987—1989 年版,文渊阁四库全书本。
③ (清)林潞:《江陵救时之相论》,载《张居正集》第 4 册,湖北人民出版社 1994 年版,第 529 页。

陆谢,及考其实,曰是人也,德薄人也,才辩之流,虚浮之党也,若而人者,诸君愿为之乎? 又尝见一人焉,辩不惊世,誉不响俗,其言呐身,不胜其衣,粥粥若无能,及考其实,曰是人也,忠信人也,君子之徒,圣贤之归也,若而人者,诸君愿为之乎? 则根本固者,华实必茂,源流深者,光澜必章,是以君子处其实,不处其华,治其内不治其外,夫恢皇王之绪,明道德之归,研性命之奥,穷经纬之蕴,实所望于尔诸君也,是之不误而文焉,从事若曰,文词而已也,岂徒为尔诸君之累母,亦忝天子之命而虚其望乎,又何令名之有。①

张居正的诗文态度大略可见于这篇《翰林院读书说》,酣畅淋漓,气势咄咄,诚有韩昌黎《师说》之风,其间一脉相承者,正是以扭转士习、敦厉风俗自任的志尚胆力。然而,时为翰林的张居正却远不能一呼百应,即便连自身的执持善行、固守志节亦未能彻底。《太岳集》中的应制唱和并不在少数,皇后、太子辞世,须作挽歌;君王有中意的书画,自得题画;宫中出现了大悦龙颜的物件,亦要赋诗。虽然心下不甘,但张居正却必须按部就班地实践着翰林的职业训练,如同其他在科第竞争中脱颖而出的进士一样,张居正身份妥帖地履行着翰林们最为普遍一般的文字职责,颇为认真地在文字游戏中展示着自己的才华。因文采以博得君王赏识本是封建时代士子们于"立言不朽"追求的一种文学体现,无论喜欢与否,君王对诗歌的态度大抵不出润色鸿业与文治点缀的传统文学功能观,于翰林而言,虽然未必有机会因应制诗写得精彩而受到重用,但是应制诗写得不好却大有影响前程的可能性。

明代君王于诗歌的兴趣虽然有限,但文学的拍马终归算是皇帝心甘情愿的享受,本不乏诗才的张居正当然不会放弃攀龙附凤、以遂其志的机会,应制颂圣的诗作写得中规中矩,有板有眼。八股取士的内容、格式、语气、思想均为国家制定,一成不变,当有限的内容、固定的思想以同一的格式经由千百万应试者无数次的反复摹写训练后,八股写作不免流于形式,对于知识背景大致相同,且渴望以一第改变人生的士子而言,更多地变成一种严格规则下的文字功夫考察,而"替换字面"自然成为作文的诀窍所在,在科第的压力与诱惑下,读书人莫不于此费心用力。长期的八股锻炼不免影响创作的思路习惯,以时文手法写诗本就成为许多进士的作诗通例,律诗格式虽多与八股体例相通,毕竟要自由些,而应制诗却是平添了若干要求的,自与八股更为接近了。关于皇亲的哀挽诗作是连感情都限定的,久经时文训练的

---

①　(明)张居正:《张太岳集》卷十五《翰林院读书说》,上海古籍出版社1984年版,第185页。

翰林张居正不免要用些"八股笔法"了,其《孝烈皇后挽歌》曰:"讵知鸾驭杳,长使凤楼空"①;《庄敬太子挽歌》则称:"鹤驭凌霄汉,龙楼锁寂寥"②;挽皇后曰:"仙游渺何处"③;吊太子则称:"空悲仙路杳"④。纵观其诗,用典贴切,立意雅正,不失翰林风范,而同一语气下明显的文字替换正是时文训练下的惯常手法。相比而言,题画咏物的应制之作或可多些性情,虽然"岁岁临长景,呈祥应帝家""应知皇泽远,麟趾自振振"⑤的仰天称贺是必不可少的,但终究发出了"眼前看赤子,天下念苍生"⑥,"短笛乾坤里,长林雨露中","禾黍千顷熟,烟雨一蓑寒"⑦的逸响,虽是只言片语,却可略窥张太岳之奇情伟志、胸襟气度,心怀赤子苍生,念存乾坤烟雨,儒学视野下的民生关切中不失卓然独立的山林雅致,江湖情怀下的闲情逸兴中始终有家国兴亡的入世思考。

然而,对于初为翰林的张居正,所谓"山林之志"不过是进取之余的消遣情怀,"日讨求国家典故"的张居正早为礼部尚书徐阶"深相期许",而其时"严嵩为首辅,忌阶,善阶者皆避匿,居正自如,嵩亦器居正"⑧,不屑谈诗的张居正在芸芸进士中鹤立鸡群,阁臣自然看重结纳,而以青词得宠的严嵩似乎更看重张居正的文采,不时会嘱咐张居正代拟一些诸如《圣寿无疆颂》《得道长生颂》《代谢赐御制答辅臣贺雪吟疏》之类无关痛痒的文章,而张居正除了得体地完成这些文字使命外,甚至还作《三瑞诗为严相公赋》来奉承严嵩,虽不免阿谀之嫌,但全诗体物浏亮、状写华整,其结尾称:"扶植元因造化功,爱护似有神明持。君不见,秋风江畔众芳萎,惟有此种方葳蕤。"⑨即字面而论,三瑞(瑞竹、瑞芝、瑞莲)所生,实得天助,而三瑞主人更得庇佑,福寿双全,自是颂美常例,然而,严嵩的福气大抵来自嘉靖的扶植,却非上苍的爱护,诗中的造化神明实乃青睐道教的明世宗,嘉靖原是极喜欢祥瑞的,张居正大可"曲终奏雅",结以"帝德隆厚,万物生辉,天降灵物"诸般此类的话,归祥瑞于帝功,以讨君王欢心。但张居正结束全诗的却是"江畔众

---

① (明)张居正:《张太岳集》卷三《孝烈皇后挽歌》,上海古籍出版社1984年版,第66页。
② (明)张居正:《张太岳集》卷三《庄敬太子挽歌》,上海古籍出版社1984年版,第66页。
③ (明)张居正:《张太岳集》卷三《孝烈皇后挽歌》,上海古籍出版社1984年版,第66页。
④ (明)张居正:《张太岳集》卷三《庄敬太子挽歌》,上海古籍出版社1984年版,第66页。
⑤ (明)张居正:《张太岳集》卷三《应制荷花诗》,上海古籍出版社1984年版,第63页。
⑥ (明)张居正:《张太岳集》卷三《应制题百子图》,上海古籍出版社1984年版,第63页。
⑦ (明)张居正:《张太岳集》卷二《三瑞诗为严相公赋》,上海古籍出版社1984年版,第60页。
⑧ (清)张廷玉等:《明史》卷二百一十三,中华书局1997年版,第1457页。
⑨ (明)张居正:《张太岳集》卷三《应制题画诗》,上海古籍出版社1984年版,第64页。

芳萎"与"此种方葳蕤"的景象反差,三瑞的奇异固然因众芳的枯萎而凸显,但秋风横扫下的百花凋零与全诗营造的祥和氛围却有格格不入之感,张居正对这样的应酬文字并不心甘情愿,但严嵩的身份地位以及对自己的器重均使其无法推脱,只能违志而行,照例的认真应付。颇经历练的张居正毕竟积累了一些政治经验,对于严嵩弄权,构陷异己的行为虽是不满①,却不肯如杨继盛般的直言攻讦,也不会在诗作中公开地讥讽批评,胸中的愤懑深藏于不留痕迹的称贺文字中——君恩眷厚下的严嵩"葳蕤"正是导致群臣"江畔众芳萎"的直接原因,纸背之后的深层批判更能体现新进翰林张居正此时的曲折心境。

张太岳眼中的翰林事业乃是"辅相国运,纲纪风俗,整齐人谊,继述中外",其心志所立乃在"敦本务实,以眇眇之身,任天下之重,预养其所有为",志向如此的张居正于华而不实的应酬诗文本就颇为鄙薄,但时代风习与传统观念下的翰林职守却要他不断地违志渎和,心下实是不甘。然而,应制颂美毕竟可于形容盛德的诗礼传统中获得心理的认可,张居正的真正焦虑并非违愿地写几篇应景逢迎的称贺文字,而是"以天下为己任"的深层使命感在面对严重社会弊端时油然滋生的忧患意识。新进翰林张居正一面认真地敷衍着《贺灵雨表》《贺瑞雪表》《贺冬至表》《贺元旦表》之类的饰美文字,一面却在《论时政疏》中针针见血地指出了朝政病弊,关于时政"臃肿痿痹、血气壅阏"的慷慨议论中隐然可见贾谊《陈政事疏》中"痛哭、流涕、长太息"的情志激荡。见微知著,"风尘何扰扰,世途险且倾"②,从张居正送友外任时的再三叮咛中,足以看到这位翰林眼中的病态社会已是危机四伏:

> 长安棋局屡变,江南羽檄旁午,京师十里之外,大盗十百为群,贪风不止,民怨日深！倘有奸人乘一旦之衅,则不可胜讳矣。非得磊落奇伟

① 身为一般翰林的张居正不免要阿谀首辅严嵩,诗集中的《寿严少师三十韵》对严嵩恭维备至,虽结尾有"名因帝眷全"但与全诗整体的"贤臣"拍马相称,自是颂美,并无讥刺;又如其文集十《祭封一品严太夫人文》中称"惟我元翁,小心翼翼,谟议帷幄,基命宥密,忠贞作干,终始惟一,夙夜在公,不遑退食。……笃生哲嗣,异才天挺,济美象贤,笃其忠荩,出勤公家,入奉晨省,义方之训,日夕惟谨",但除无法推辞奉承之外,张居正于谄媚之事,实为厌恶。王世贞《嘉靖以来首辅传》卷七载,"尝会试,而其(指张居正)门生喜客于嵩,能得嵩意,居正众斥之曰:'李树不代桃僵耶? 亟去毋辱吾门。'众稍庄惮之,而有天幸毋为嵩耳目者。嵩顾亦称居正"。而以个人交往而言,张居正对于待己不薄的严嵩似无太多恶感,在严嵩失势之后,分宜县知县为他经营葬事,张居正尚写信称道:"闻故相严公已葬,公阴德及于枯骨矣;使死而知也,当何如其为报哉?"

② (明)张居正:《张太岳集》卷一《送高廉泉之任》,上海古籍出版社1984年版,第52页。

之士,大破常格,扫除廓清,不足以弭天下之患。顾世虽有此人,未必知,即知之,未必用。此可为慨叹也①。

如同奏疏的泥牛入海,尽管以国器期许,志在公辅的张太岳凛然有着挺身救弊的荡决气度,但无从施展才志的他仍不免落入了中国士子最为寻常的情感郁结——怀才不遇。古代的失意者多喜登临,渴望于极目远眺的辽阔视野中觅得心灵知音的共鸣,但通常结果却是登临“消愁愁更愁”,由空间的苍茫之感移情至“逝者如斯”的时光流转,渺小个体在时空转换中的飘移无根更增添了艰辛坎坷的身世沧桑,千古伤心岂一人,历史的同情感触更激起了“同是天涯沦落人”的悲情共鸣,更着愁心无限。

> 但恐濛汜夕,余光不可留,风尘暗沧海,浮云满中州。目极心如惄,顾望但怀愁,且共恣啸歌,身世徒悠悠。②

以奇士自命的张居正虽秉具“扫除廓清”之志,却无法摆脱民族传统下的心态笼罩,失意时的登临亦满是怀才不遇的愁情慨叹。成长于相同知识背景下的中国士子大多有着相类的心理结构,入世关怀下的积极进取不免在现实社会的种种制约下碰壁受挫,“不遇”的失落成为士人心态中最为典型的挫折感受,更成为百代骚人笔下的永恒母题。张居正的失落源于任重天下的弘远志向在现实社会中的“心有余而力不足”,翰林的身份虽然接近了公辅的理想,却也触及了现实的政治,目睹的真相使得渐近的理想变得更为遥远,拉大的心理落差激出了张太岳胸中的不平之鸣:

> 昔我图南奋溟渤,身逢明主游丹阙,作赋耻学相如工,干时实有扬云拙。一朝肮脏不得意,翩翩归卧沧江月。③

满腔压抑,喷吐而出,龙性难拘的意气挥洒,奇情磊落的淋漓酣畅,于中尽显,“一朝”句当是化自李白“人生在世不称意,明朝散发弄扁舟”,太白诗

---

① (明)张居正:《张太岳集》卷三十五《答西夏直指耿楚侗》,上海古籍出版社1984年版,第450页。

② (明)张居正:《张太岳集》卷一《同汪云溪太守李龙洲侍御刘百洲太守钱罗湖州守岳东浔别驾登怀庾楼》,上海古籍出版社1984年版,第54页。

③ (明)张居正:《张太岳集》卷二《曹纪山督学题老子出关图谢之》,上海古籍出版社1984年版,第61页。

中"安能摧眉折腰事权贵"的傲岸人格亦于诗中浮现。然而,张居正诗中的谪仙格调并非源自七子"诗必盛唐"的复古倡言,却是两位失意翰林间的千古同情语。诗人李白曾自述其志曰:"申管、晏之谈,谋帝王之术。奋其智能,愿为辅弼,使寰区大定,海县清一"①。而此恰是政治家张居正深相期许的一生事业,有如此抱负者多是有些自命不凡的,可千里之志从不曾有一蹴而就的可能,皇皇功业莫不需要劫难的磨砺,不甘向命运低头的自负者通常会以情志的极端转移来对抗挫折,将兼济天下的入世情怀迅速变为独善其身的出世遐思,失意李太白放浪山水,纵情诗酒,写意人生,而同志同情的张居正则借诗仙酒杯以浇自己胸中磊块,于山水诗酒中消遣愤懑,"尘襟已消豁,世网谁能侵? 休言大隐沉金马,且弄扁舟泛碧浔"②,"浮名看自薄,谪宦转悠然。别袂分春色,题诗隔暮烟"③,《述怀》一诗最是此时心境:

> 岂是东方隐,沉冥金马门? 方同长卿倦,卧病思梁园。寒予柄微尚,适俗多忧烦。侧身谬通籍,抚心愁触藩。臃肿非世器,缅怀南山原。幽涧有遗藻,白云漏芳荪,山中人不归,众卉森以繁。永愿谢尘累,闲居养营魂,百年贵有适,贵贱宁足论。④

功成名就、全身而退大约是传统人生中最为完美的典范模式,于穷达进退间有着功业与人格的双重完善意义,更成为历代士人的不懈追求,张居正亦不例外。而当强烈的兼济之志在了无用武之地的现实中四处碰壁时,达人理想中"全身独善"的一端便成为最为突出的念想。

> 蒲生野塘中,其叶何离离,秋风不相借,靡为泉下泥。四序代炎凉,光景日夜驰,荣瘁不自保,倏忽谁能知。愚暗观目前,达人契真机,履霜知冰凝,见盛恒虑衰。种松勿负垣,植兰勿当逵,临市叹黄犬,但为后世嗤。⑤

---

① (清)王琦注:《李太白全集》卷二十六《代寿山答孟少府移文书》,中华书局1977年版,第1225页。
② (明)张居正:《张太岳集》卷二《曹纪山督学题老子出关图谢之》,上海古籍出版社1984年版,第61页。
③ (明)张居正:《张太岳集》卷三《送毛青城谪滇南》,上海古籍出版社1984年版,第68页。
④ (明)张居正:《张太岳集》卷一《述怀》,上海古籍出版社1984年版,第52页。
⑤ (明)张居正:《张太岳集》卷一《蒲生野塘中》,上海古籍出版社1984年版,第53页。

蒲本柔质,何当秋风之肆虐?人之微渺,哪堪时运之倏忽?区区失意翰林,焉有扭转之力?危机四伏中的明哲保身原是势单力弱者的处世智慧,潜心历代朝故典章的张居正对身处时局及在如此环境下自己可能的力量所致最为明晰,而"种松勿负垣,植兰勿当途"的劝诫自警中甚至对自己已然展露的才华品行亦不免暗自担心,自己于严嵩虽然不满,但畏其势力却不免攀附,今严嵩父子之奸佞不下赵高,若不沉晦免患,恐有李斯"临市叹黄犬"的重蹈覆辙。所谓见机而作的明哲自保大略是在以下二者间的游移:或是与世混浊的沉浮并俱,或是亢然远离的避祸归隐。以张居正的志气脾性而言,前者的沉沦是断然不愿的,隐逸山林的独善其身则是情有所钟的心下取向。然而,志在公辅的张居正终究不是"少无适俗韵"的陶渊明,挂冠归隐的直接原因并非"不能为五斗米折腰向乡里小人"的一时意气,却是于"岂为浮荣愁堕甑,须知世路可翻车"的深层忧虑中滋生的全身远祸——"世事缤纷那足问,隔江东畔有鲈鱼"①。而其于失意杨生的送别诗中却言,"南山雾雨文初变,溟海扶摇翮未舒。知子年少思养晦,归来不是忆鲈鱼"②。自己的鲈鱼之思导源于仕途险恶中的生存压力,而送行劝慰中的不忆鲈鱼却得于遵时养晦后的蓄势待发,所谓的鲈鱼之思不过是张太岳在兼济之志与不利现实间的独善过渡,究其本心,终是身处江湖,心在魏阙。"那知鸿鹄羽,翻为稻粱谋"的自嘲中,并不乏"大鹏有修翰,野雉无远趾"③的千里之志。

翰林张居正数年的归隐于时局并无太大影响,嘉靖末期的明代社会依旧是一副衰落面目:"商贾在位,货财上流,百姓嗷嗷,莫必其命,比时景象,曾有异于汉、唐之末世乎?幸赖祖宗德泽深厚,民心爱戴已久,仅免危亡耳"④。然而,山水风物的性情陶冶、心学禅宗的志意训练却已着实让这位一度消沉的未来宰辅获益匪浅,初入仕途的坎坷蹭蹬化作失意人生的经验累积,降任斯人的苦志磨砺成就了宠辱不惊的大家风范。

　　十年此地几经过,未了尘缘奈客何。官柳依依悬雨细,客帆渺渺出烟多。无端世路催行剑,终古浮荣感逝波。潦倒平生江海志,扁舟今日

① (明)张居正:《张太岳集》卷五《应城访李义河给谏宿古城寺》,上海古籍出版社1984年版,第79页。
② (明)张居正:《张太岳集》卷五《送杨生南归》,上海古籍出版社1984年版,第78页。
③ (明)张居正:《张太岳集》卷三《与李义河给谏约游衡岳不至奉嘲二首》,上海古籍出版社1984年版,第67—68页。
④ (明)张居正:《张太岳集》卷三十二《答福建巡抚耿楚侗言致理安民》,上海古籍出版社1984年版,第297页。

愧渔蓑。①

依照文士传统中的名利观,归隐之后,再走出山林、重新入仕多少是有些尴尬的,张居正亦在所不免,然其淡淡的复出自嘲中却更有一种执着的志愿,"未了尘缘奈客何"的举重若轻中孕含着极深层的用世情怀,"了却君王天下事,赢得生前身后名","生我不应负天地,了却君王事便休",辛弃疾、文天祥一脉传承的报国情结自是张太岳的未了心愿,往圣先贤的精神秉承当然有着恢弘的历史感召力,但张居正的"未了尘缘"中更有一种源自灵魂深处的舍身意念,虽未有历史精神的广博雄浑,却别有一种元气淋漓的生命质感。

> 二十年前曾有一弘愿,愿以其身为蓐荐,使人寝处其上,溲溺之,垢秽之,吾无间焉。此亦吴子所知。有欲割取吾耳鼻,我亦欢喜施与,况诋毁而已乎?②

是书作于万历元年,上推二十年,其时的张居正刚届而立,竟有如此弘愿,溯其先导,要在其曾祖,"昔念先曾祖,平生急难振乏,尝愿以其身为蓐荐,而使人寝处其上"③。祖孙并具的"蓐荐"精神固有其家族间血缘气质的遗传,更有张居正于先祖遗志的秉继,究其深处,尚有荆楚性格的文化累积,史称"楚人剽疾"④,又言"其俗剽轻"⑤,《正字通·刀部》曰,"剽,勇悍也",《说文·心部》曰,"悍,勇也",所指均为一往直前、义无反顾的刚烈。略近于"蛮"式的勇猛,正是楚人性格之体现,无间溲垢、不畏诋毁的"蓐荐"精神中诚然不乏这样的勇猛,实为中庸平和的正统文化所不能发生,最深层的原初动力正是积淀于楚人灵魂深处的执着追求。诗以言志,文如其人,《割股》歌行,堪作是心写照,最为此等精神流露。

> 割股割股,儿心何急! 捐躯代亲尚可为,一寸之肤安足惜? 肤裂尚

---

① (明)张居正:《张太岳集》卷五《渡河》,上海古籍出版社1984年版,第80页。
② (明)张居正:《张太岳集》卷二十五《答吴尧山言宏愿济世》,上海古籍出版社1984年版,第300页。
③ (明)张居正:《张太岳集》卷二十三《答楚按院陈燕野辞表间》,上海古籍出版社1984年版,第279页。
④ (汉)司马迁:《史记》卷五十五,中华书局1959年版,第2046页。
⑤ (汉)司马迁:《史记》卷一百二十九,中华书局1959年版,第3276页。

明诗文学生态研究

可全，父命难再延，拔刀仰天肝胆碎，白日惨惨风悲酸。吁嗟残形，似非
中道，苦心烈行亦足怜。我愿移此心，事君如事亲，临危忧困不爱死，忠
孝万古多芳声。①

“割股”典出《庄子·盗跖》，其曰“介子推至忠也，自割其股以食文
公”，庄子的不经言论虽未能进入正史的谱系，但割股事君亲的行为却因忠
孝同情的推衍褒扬而铭刻于民族传统的孝道之中，介子推未必为实的割股
行为竟于中国的孝行史中屡屡重演。苏轼有言，“上以孝取人，则勇者割
股，怯者庐墓”②，所论不谬，虽有道德力量的感召，割股终究还是要些勇气
的。略检方志，清修《湖广通志》中的历代割股者竟有百余人之多，楚人之
勇于此可见一斑。虽获得舆论的认可，割股行径毕竟有悖于“身体发肤受
之父母，不可轻损”的孝道，张居正于此亦发出了“吁嗟残形，似非中道”的
慨叹，如此“苦心烈行”自足令人怜悯，但张太岳更为激赏的却是“捐躯代亲
尚可为，一寸之肤安足惜”的舍身精神，“割股”的蛮勇偏执唤起了张居正胸
中深藏着的楚人脾性，“只上尽头竿”的童年理想，廓清天下的宰辅志愿并
为交织，于“仅免危亡”的国运忧虑中喷吐而出，“临危忧困不爱死，忠孝万
古多芳声”的呐喊中豪情四溢，元气淋漓，《明史》本传称其“勇敢任事，豪杰
自许”③，诗史互证，诚知是言不虚。

张居正的“割取耳鼻”的“欢喜施与”自然有佛家的影响，袁中道《游居
柿录》卷五载：“城中见张江陵写唐诗字一轴，下有‘太和’二字，盖江陵少时
号太和居士。和尚豁渠《语录》云：‘过江陵，会张太和，如在清凉树下打
坐。’江陵少时留心禅学，见《华严经》‘不惜头目脑髓，为世界众生，乃是大
菩萨行’，故立朝时，于称讥毁誉，俱有所不避；一切利国福民之事，挺然为
之”④。源自僧人的记录不免要夸耀禅宗的力量，但由本于《周易》的“太
和”之号已可略见张居正的用心并非唯在释教。

前年冬，偶阅华严悲智偈，忽觉有省，即时发一弘愿：愿以深心奉尘
刹，不于自身求利益。去年，当主少国疑之时，以藐然之躯，横当天下之

① （明）张居正：《张太岳集》卷二《割股行》，上海古籍出版社1984年版，第62页。
② （宋）苏轼：《议学校贡举状》，载《苏轼文集》卷二十五，孔凡礼点校，中华书局1986年版，
第724页。
③ （清）张廷玉等：《明史》卷二百一十三，中华书局1997年版，第1457页。
④ （明）袁中道著，钱伯城点校：《珂雪斋集 游居柿录》卷五，上海古籍出版社1989年版，第
1208页。

变,比时惟知办此深心,不复记身为己。①

　　读经间的顿悟发愿倒也契合禅宗模式,但"愿以深心奉尘刹"的不避毁誉却非纯粹的禅宗了,佛家舍身的大悲大勇移于张居正身上,则更多地转化为忠君信念的执着追求,不免有了几分蛮勇成分。《张太岳集·杂著》中载,"张益州云,事方到手,便当思其出脱之处,此处事之要法",又称"古语云,莫使满帆风,常留转身地。此处世之(原缺)法"②,可惜,张居正引以为戒的处世法则并未称效,"时称老易,以为能得其用"的张居正于权变应对非不擅长,理国兴邦,考成安边,日理万机,尚且游刃自如,谋一撤身阶梯,又有何难,奈何有抄夺之祸? 蓐荐弘愿下的"不于自身求利益"正是关键,释老的遁世用意虽在个人的澄心解忧,却有忘怀得失的"无物"取向,甘为"蓐荐"乃是天下之志的本心所在,更造就了不于自身求利的"无我"旨趣。如此的"物我两忘"自非道佛的出世思想可以笼罩,并有儒家的进取用世融于其中,尚有执着信念、不计得失的楚人气质蕴于其内。可知,工于谋国的张太岳并非拙于谋身,乃是不谋也。

　　在封建时代,修齐治平的人生路线是与学优则仕的进身传统绑缚在一起的,"位卑未敢忘忧国"虽是士人常情,但治国平天下终归是卿相的事业。张居正的"蓐荐"弘愿同样关联于他的宰辅志业,弘愿虽发,了无用武之地的张居正依旧须作待时而动的龙剑之隐,严嵩的倒台带来新的机遇,张太岳不禁吟出了"狂歌嫋嫋天风发,未论当年赤壁舟"③的诗句,欲与孙刘争雄的气度胸怀中已略见其志,"佳辰已是近中秋,万里清光自远天"④,失意时的满目萧杀已化作用世情怀下的勃然秋兴,清远廓落的景象正是明日施展抱负之无限空间的寄寓。历经入阁参政的新硎初试、势不可免的权力争斗后,江陵张居正身居首辅,辅弼幼主,中外大柄,尽握掌中,腰玉期许,竟成真实。凌云之志既遂,自当还他年弘愿,张太岳慨然以天下为己任,大事芟夷,廓清氛浊,综核名实,信赏必罚,尊主庇民,明张法纪,诏令风行,整饬武备,裁汰虚词,躬行实效,敦尚俭素,深固邦本。

---

① (明)张居正:《张太岳集》卷二十五《答李中溪有道尊师》,上海古籍出版社1984年版,第296页。
② (明)张居正:《张太岳集》卷十八《杂著》,上海古籍出版社1984年版,第222页。
③ (明)张居正:《张太岳集》卷四《壬戌七月望夕初幼嘉陈子嘉二年兄过访次韵》,上海古籍出版社1984年版,第73页。
④ (明)张居正:《张太岳集》卷四《中秋前与诸君共集双河寺》,上海古籍出版社1984年版,第73页。

张居正理国,取申、韩法治之猛药,力挽时弊,熟谙国家要务的他更于历代兴亡中深契人治之理。士阶层是运转整个国家机制的关键力量,其精神风貌、素养习性实于国运盛衰有举足轻重之意义,但"近来俗尚浇漓,士鲜实学"①,"比来士习人情,渐落晚宋窠臼"②,实令张居正焦虑不已,对由此而致的"俗尚干求,词多浮靡"更是深恶痛绝,一针见血地指出此类文字"过为夸侈,多至数百千言。或本无实行,虚为颂美;或事涉幽隐,极力宣扬"③。且不说好质恶饰的法家取向,即便是"巧言令色,鲜矣仁"的儒家传统于此亦不认可,王霸兼收的张居正自然要大加洗涤。士习浇漓若此,人心失统,所伤乃在国家元气,固本培元当为要务,扭转士风最是切迫,"吾所恶者,恶紫之夺朱也,莠之乱苗也,郑声之乱雅也,作伪之乱学也"④,诚非自居正统的卫道面孔,乃是深沉忧患下的痛下针砭。其"凡物颜色鲜好,滋味秾厚者,其本质皆平淡"⑤的美学主张,自是与其治国思路一脉相沿的恶华尚质。《暮宿田家》中的野老形象最堪为其美学理想之寄托。其诗曰:

> 暝投谷田港,野日沉荒岗。行子昧所如,假息墟里傍。野老喜客至,开门下严装。坐我茅檐下,饭我新炊粮。儿童四五辈,趋走行壶浆。篚囷有余粒,傍舍绕丛篁。攘袂再三起,向我夸耕桑。体貌虽村愚,言语多慷慨。世儒贵苛礼,文缛意则凉。大美不俟和,素质本无章。感此薄流俗,侧想歌皇唐。⑥

备极沧桑、吞声而泣的野老形象虽非仅见,却算不上是中国诗史中的主流印象。传统诗赋的野老形象多数导源于《桃花源记》"黄发垂髫,并怡然自乐"的无忧印象,其中的铺叙亦大抵不出好客、具酒、话谈数事——而这些都可于世外桃源中觅得相似。凝聚了桃源意境的野老形象成为古代诗歌传统中安居忘世、田园隐逸的诗意点缀,于代不乏人的摹写中演变为中国诗

---

① (明)张居正:《张太岳集》卷二十五《答文宗谢道长》,上海古籍出版社 1984 年版,第296 页。
② (明)张居正:《张太岳集》卷二十一《答少司马杨二山》,上海古籍出版社 1984 年版,第245 页。
③ (明)张居正:《张太岳集》卷三十八《明体制以中王言疏》,上海古籍出版社 1984 年版,第479 页。
④ (明)张居正:《张太岳集》卷三十一《答宪长周友山讲学》,上海古籍出版社 1984 年版,第386 页。
⑤ (明)张居正:《张太岳集》卷十八,上海古籍出版社 1984 年版,第218 页。
⑥ (明)张居正:《张太岳集》卷四《面奖廉能》,上海古籍出版社 1984 年版,第56 页。

史中的熟识面目。初读之下,张居正笔下的野老形象似乎并无多少新鲜之处,依旧是迎客备饭、把酒畅言的陈套,但"卒章显志"式的议论却明白无疑地将其于野老身上所寄托的美学理想和盘托出,野老古朴无华却情真意切,世儒繁文缛节则虚情假意,素质无章的大美理念正是其一贯的美学追求。体貌村愚、言语慷慨的野老形象不仅寄寓着张太岳对抗流俗的审美取向,更有一种更为深层的美学关注孕育其中。"攘袂再三起,向我夸耕桑"最是全诗警句,村老状貌呼之欲出,堪为中国诗史中最为鲜活的野老形象,村氓的夸耀绝非田园的隐居之乐,如同贾府的焦大不会喜欢林妹妹一样,士人的隐逸自得是他们永远无法理解的,他们的哀乐系于收成的好坏、赋税的多寡,满心喜悦的极口夸赞全在丰收的年景、蠲免的租役。理国安民原是张居正一生事业,百姓的欣喜安居实乃其最为殷切的期待。"惟凭野老口,不立政声碑"①,村野老人发自内心的对客夸耀,即或未及己功,却也远胜丽辞满纸的虚文谀美。由此而言,诗中的野老实是一代名相张居正之政治理想最为深刻的美学体现。

　　张居正诗歌美学的质朴追求中虽有法家功用意识的影响,但原其本旨却仍是以儒为主、佛道为辅的摒弃华言、返璞归真。雕缋满眼的应制颂美虽与张居正的美学规范不合,却是润色鸿业的职责所在;千篇一律的华章丽藻虽与本质平淡的旨趣相异,却有"美盛德之形容"的经学认可。而君王太后的倚重、宰辅身份的要求、生平弘愿的激励更成为张居正操翰称盛的原动力,角色、境遇的变迁消弭了早先应制中的暗自不甘。一以继之的认真创作,满是君恩难报的感激,全无阿谀拍马的念头。"知己尚然酬一诺,诸臣何以报殊恩"②,"微尘敢谓裨山岳,祇竭葵忠一年诚"③,正是"元辅张先生"内心写照,"愚臣衮职惭何补,拟续卷阿答至尊"④,《卷阿》被《毛序》以为是"召康公戒成王"之作,朱熹则以为是召康公从成王游歌于卷阿之上,因王之歌而作此诗以为戒的,要之皆不出主文谲谏的传统,张居正的用典虽是劝百讽一的程式格套,却可见其匡弼辅政的伊周自任,更暗含着由孤桐愤懑转为凤栖于桐的心境变迁。君王"爱听嘉言频促席,亲劳御手为调羹"⑤的恩宠信赖,张居正自然是感激不尽,应制称圣写得愈发认真,但多年的翰林训

---

① (唐)杜荀鹤:《赠秋浦金明府长》,载《全唐诗》卷六百九十一,中华书局1979年版,第7937页。
② (明)张居正:《张太岳集》卷一《暮宿田家》,上海古籍出版社1984年版,第71页。
③ (明)张居正:《张太岳集》卷四《恭侍读讲纪事》,上海古籍出版社1984年版,第72页。
④ (明)张居正:《张太岳集》卷四《恭颂圣德诗二首》之一,上海古籍出版社1984年版,第71页。
⑤ (明)张居正:《张太岳集》卷四《恭侍读讲纪事》,上海古籍出版社1984年版,第72页。

练及八股套路却使得笔下的模样总与从前有几分相似,唯是添了些发自肺腑的感激。"悬情双发难乞老,报国丹心主自知"①,"士为知己者死"向来是报恩传统中的士子情怀,何况加入忠君报国的伦理精神呢?恩宠备至的张居正唯有"为国忘家,捐躯殉主"以报君恩。其"于国家之事,不论大小,不择闲剧,凡力所能为,分所当为者,咸愿毕智竭力以图之。嫌怨有所弗避,劳瘁有所弗辞,惟务程功集事,而不敢有一毫觊恩谋利之心"②,是言诚为不虚,张居正肩巨承艰,披肝沥胆,中外大政,皆由所出,驰政饬边,功在社稷,然始终秉持弘愿,了无贪鄙之心。万历六年,受其重用的边将李成梁大败犯境鞑靼,奏凯入朝,"武夫力而拘诸原,书生坐而专其利",原是论功行赏之惯例,而在文官制度中,文臣受赏厚于武将亦是寻常,张居正票拟加恩,则以将士为首,赏赉最厚,他人皆为不及,足见其"综核名实,信赏必罚"的治国策略,于己则上疏辞恩谢赏,"皇上以大捷告庙,自引冲年凉德,必以成功归之祖宗列圣。夫以皇上之明圣,犹不肯自以为能。必归之列祖,臣等何知,乃敢贪天之功以为己力乎?且阁臣以边功受赏,亦自近时有之,非我祖宗盛德事妙哉?"③略不以功自居。正如其诗所云:

> 霜戈一指靖辽阳,露布星驰入未央。天子垂衣多庙算,将军汗马自鹰扬。丝纶奖借承殊眷,金紫辉煌出尚方。帷幄敢言能决胜,独余忠荩佐时康。④

张太岳选将任边,修举实政,未雨绸缪,运筹帷幄,居功至伟。然至事成行赏之时,则归功上下,与己无涉,所言毫不"觊恩谋利",当之无愧,名相风范,千古想见。

"愿以深心奉尘刹"的张居正既受先帝顾托,又承幼主宠渥,感激图报,以尊主庇民、振举颓废为急务,任法独断,操持一切,厉行改革,无所顾避,放言行事自多逸出常规处,不免与人口舌。而夹缠党争的明人议论诚不在宋人之下,"或一事而甲可乙否,或一人而朝由暮跖,或前后不觉背驰,或毁誉自为矛盾,是非淆于唇吻,用舍决于爱憎,政多纷更,事无统纪"⑤,尚质省

① (明)张居正:《张太岳集》卷四《春日侍讲》,上海古籍出版社1984年版,第72页。
② (明)张居正:《张太岳集》卷四十《纂修成书辞恩命疏》,上海古籍出版社1984年版,第514页。
③ (明)张居正:《张太岳集》卷三十八《辽东大捷辞》,上海古籍出版社1984年版,第489页。
④ (明)张居正:《张太岳集》卷四《辽左大捷》,上海古籍出版社1984年版,第72页。
⑤ (明)张居正:《张太岳集》卷三十六《陈六事疏》,上海古籍出版社1984年版,第454页。

文、务求实效的张居正对此本就十分厌恶,更以甘为"蓐荐"的无畏精神抗然而行,书牍往来间,屡明其志:"天下至大,非一手一足之力所能成……仆不难破家沉族以徇公家之务,而一时士大夫乃不为分谤任怨,以图共济,将奈何哉"①,"仆以一身当天下之重,不难破家以利国,陨首以求济,岂区区浮议可得而夺者"②。既已势成水火,更有夺情之事,立时群情汹涌,攻讦如潮。体国忧民的张居正本已身陷于忠孝难两全的困苦中,既贪恋得来不易的鼎臣重权,更挂念惨淡经营的救弊心血,丧亲之痛的萦郁、伦理纲常的压力,夹杂缠绕,殚忧极瘁,而士情若此,无疑雪上加霜,然而,这纷纷朝议却彻底激起了张居正心中深藏着的楚人脾性,既受非常之恩,当有非常之报,非常者,固非常理之所能拘也,张居正慨然赋诗《独漉》,其曰:

　　独漉独漉,羊肠坂曲。积羽从轻,翻车折轴。彼何者鸟,来往翩翩。叽腐啄腥,吓凤惊鸾。姜兮菲兮,贝锦是张。猰狗所吠,吠此宵行。同行窃金,按剑相疑。子实不良,畏我子知。衔珠向君,精光可烛。小人在旁,猥曰鱼目。国士死让,饭漂思韩。欲报君恩,岂恤人言。③

　　虽有庄周的不屑,更多的却是《离骚》的怨愤,张居正咏竹时的亢然节操已隐然可见其同乡屈原的孤高气性,见谗受诬的同情感受更激起了这位楚相的亢行砥砺,"欲报君恩,岂恤人言"的慷慨激昂中曾不见三闾大夫"余心所善,九死无悔"的执着信念哉?"既已忘家殉国,遑恤其他!虽机穽满前,众镞攒体,不之畏也"④与"虽体解吾犹未变兮,岂余心之可惩"的千古共鸣更堪为两位楚地人杰的悲情对话。虽同为楚调,二人终是有些不同的,贵族大夫屈原以巫觋的精诚专一执着于"安能以身之察察,受物之汶汶者乎"的令名节操,而芥民出身的张居正则以兼容心、禅的"蓐荐"精神悟得"得失毁誉关头,若打不破,天下事无一可为者"⑤,岸然生出"不但一时之

①　(明)张居正:《张太岳集》卷二十九《答总宪李渐庵论驿递条编任怨》,上海古籍出版社1984年版,第349页。
②　(明)张居正:《张太岳集》卷二十六《答应天巡抚宋阳山论均粮足民》,上海古籍出版社1984年版,第316页。
③　(明)张居正:《张太岳集》卷一《独漉篇》,上海古籍出版社1984年版,第58页。
④　(明)张居正:《张太岳集》卷三十《答河漕按院林云源言为事任怨》,上海古籍出版社1984年版,第366页。
⑤　(明)张居正:《张太岳集》卷三十二《答南学院李公言得失毁誉》,上海古籍出版社1984年版,第407页。

毁誉有所不顾,虽万世之是非亦所不计"①的傲世情怀。

　　苟利国家,生死以之,不因祸福而趋避,向来是中国政治家谋政立身的准则,张居正的深心弘愿虽于佛经悟得,溯其心路,"以公灭私"的经学传统与尽瘁忠良的青史谱系乃为远因。今人虽多因改革宰相并称王安石、张居正,但明人于宋人历来鄙夷,以伊、周自命的张居正亦屡以"衰宋"目之,对于不在青史谱系的宋相王安石绝少称引,于其"天变不足畏,祖宗不足法,人言不足恤"的改革精神更是刻意规避,献白莲、白燕以顺天时,施政行事必称先祖成宪,禁学务实意在整齐人心、清省议论,曾未有对抗传统之意,但其逸出传统的言行却注定要接受明代士风下的议论掊击,报国尽忠为世误解的心灵挫折远非初入仕途志意难申的抑郁情怀可比,位极人臣、披肝沥胆的半世心血更不允许再作知难而退、养光韬晦的龙剑之隐,进退维谷的绝境心态触发了张居正潜蕴内心的楚人脾性,激起了其近于偏执的信念执着,张太岳遂以"深心奉尘刹"弘愿,持不计毁誉之"蓐荐"精神,亢行于世仿佛同情共勉的楚臣屈原,不畏人言有如并不心仪的宋相王荆公。

　　"仆今所谓,暂时虽不便于流俗,他日去位之后,必有思我者"②,所谓不计"万世是非"乃是激愤之言,"青史褒贬"是传统中足以凌驾君王的最高评判权力,更是历代士子人生标尺的终极裁断,实为张居正亢言深心的寄托所在。可惜的是,殁于位上的张居正竟陷于"当其柄政,举朝争颂其功而不敢言其过,及其既败,举朝争索其罪而不敢言其功"③的"生死市"④中,同朝名士王世贞作传已有"心服江陵之功而不敢言,以世所曹恶也"⑤的违心曲笔,群小相传,真伪难定,史之失职,由以久也。然张江陵振纲剔弊,朝政一新,延祚数世,诚难泯灭,"恩怨尽时方论定,封疆危日见才难"的盖棺之论亦仅见张太岳的治国才力,不朽功烈,其人其情远未得矣。

　　史或有缺,诗文可补,张居正自称生平"于学未有闻,惟是信心任真,求本元一念,则诚自信而不疑者"⑥,而其"为文不屑屑程度,不喜谲怪,第取境

① (明)张居正:《张太岳集》卷三十二《答湖广巡抚朱谨吾辞建亭》,上海古籍出版社1984年版,第403页。
② (明)张居正:《张太岳集》卷二十八《答应天巡抚论大政大典》,上海古籍出版社1984年版,第338页。
③ (清)朱彝尊:《明诗综》卷四十八,乾隆刊本。
④ 《皇明世说新语》卷八:张江陵当国,附势者竞趋其门,江陵败,众急攻之以觊殊擢,太仓相公曰,生江陵市与死江陵市等耳(上海古籍出版社2002年版,续修四库全书本)。
⑤ (清)永瑢等:《四库全书总目》卷一百七十七,中华书局1965年版,第1596页。
⑥ (明)张居正:《张太岳集》卷三十一《答藩伯周友山论学》,上海古籍出版社1984年版,第390页。

与神会,言与志足,而柔澹春融,得天然之致"①,其诗文足称心声矣。以务实为旨归的张居正最厌空文虚辞,所作大抵有为。应制酬唱当然身份妥帖、文词典雅;赠友送别,却也情深不诡、缠绵婉致;言志抒怀,更是借题挥洒,一抒胸臆。张太岳虽有太白的奇情磊落,亦不乏少陵的民生关切,惜未身及李杜时代的文化生态,自难孕育诗仙、诗圣的文根慧心,却不妨碍诗歌成为其标举身份、寄意情志的心声载体。导源《诗三百》的诗歌传统在经历唐、宋的众体具备、诸题尽写后,中华文化于诗中的意象凝结大致成熟,任何心境都可从悠久传统的丰厚底蕴中寻得与之契合的意象表述。张居正作诗喜用奇伟壮阔意象,如"高梧十寻""修竹"等正是其傲岸人格的无意识流露,"万里远空""飞瀑"则为其扫除之志的深层寄寓。其诗不避重复,同题之作,多有意境相同处,并不多费心力搜刮新境,即熟悉之词,随手写出,唯在抒吐怀抱;其于字句锻炼亦不甚用心,读书甚多,尽取我用,唯在适志;用典贴切,颇见匠心,诗在言志,沧桑寄托中的历史共鸣最为动心惬意,张居正于诗的最大关注或即于此。然张居正之奇情磊落虽见于诗歌,但其作为首辅时的诗歌态度并无特殊之处,一如列朝阁臣,以余事视之。以江陵之奇伟魄力,尚不脱此篱藩,明代核心权力阶层的诗歌关注亦大略可知也。

　　有明阁臣的谥号虽多有"文"字,但生前的诗文关注却极为有限。据明代谥法,"经纬天地曰文;道德博闻曰文;学勤好问曰文;勤学好问曰文;慈惠爱民曰文;愍民惠礼曰文;赐民爵位曰文;修德来远曰文;忠信接礼曰文;博闻多见曰文;刚柔相济曰文;施而中理曰文;修治班制曰文;敏而好学曰文;不耻下问曰文"②,所论全在道德品行,能为诗赋却不在其中。郑玄曾曰,"谥者,行之迹"③,作为正统观念下盖棺"谥号"并不留意于诗歌,即此亦可推知,作为给人议"谥"者与身后为人所"谥"的重要参与群体,明代阁臣于身前身后的核心关注虽然亦在"文",但却非诗文之"文"。

第二节　宦官的世俗雅趣及诗歌影响

　　有明一代的核心权力阶层中,除阁臣外,尚有一个不可遗忘的重要组成

---

① (明)张敬修:《张文忠公实录》,载《张居正集》,湖北人民出版社1994年版,第411页。
② (明)郭良翰:《明谥纪汇编》卷二,上海古籍出版社1987—1989年版,文渊阁四库全书本。
③ 《礼记正义》卷十,载(清)阮元校刻:《十三经注疏》(上、下册),中华书局1980年版,第1309页。

部分——宦官。时朝废相不置,"翰林官迁至大学士,入内阁,典机务,礼绝百僚,人称为宰辅"①,一般称谓的认可比拟多着眼于地位职能的表象特征,并未完全体现出统治阶层的实际权力分配。明代内阁于六部九卿并无统属关系,其权仅止于票拟,并无相权,章表奏议的真正生效必须经由皇帝批红,而宦官则是必由途径。"朝廷有命令,必传之太监,太监传之管文书官,管文书官方传至臣等。内阁有陈说,必达之管文书官,管文书官达至太监,太监乃进至御前"②。作为内外交通枢纽的宦官无疑是最为接近至尊君王的权力阶层。明制,司礼监掌印太监:"掌理内外章奏及御前勘合";秉笔、随堂太监:"掌章奏文书,照阁票批朱"……文书房:"掌收通政司每日封进本章,并会极门京官及各藩所上封本,其在外之阁票,在内之搭票,一应圣谕旨意御批,俱由文书房落底簿发。凡升司礼者,必由文书房出,如外廷之詹、翰也"③。就制度本身而言,宦官职能不过是"照阁票批朱"的抄写传声而已④,并不能与阁臣的代言票拟相提并论。但制度之外的帝王素质却成为明代宦官权力膨胀的温床。

　　国家奄官,实与公孤之权相盛衰。天子早朝宴退,日御便殿,则天下之权在公孤。一或晏安是怀,相臣不得睹其面,则天下之权在阉宦。盖公孤虚侍君侧,累日积月,朝钟不鸣,章疏之入,司礼监文书房则主之。可否,时出于内批,公孤不得而与矣。故三杨在宣宗时,言无不售,至英宗初,则拱手唯命,莫如之何。盖宣宗则日临群臣,躬揽庶政,故与公孤亲,而权在公孤。英宗初政,而权在阉宦。一人之身,前后所遭如此,国家政权所寄之由也。⑤

---

① （明）陆楫、杨豫孙:《兼葭堂杂著摘抄　西堂日记》,中华书局1985年版,丛书集成初编本。
② （明）余继登:《典故纪闻》卷十六,中华书局1981年版,第291页。
③ （清）张廷玉等:《明史》卷七十四,中华书局1997年版,第494页。
④ （明）刘若愚:《酌中志》卷十六"内府衙门职掌"条款:"司礼监掌印太监一员,秉笔、随堂太监八九员或四五员。设有象牙小牌一面,长寸余,每日申时交接,轮流该班。凡每日奏文书,自御笔亲批数本。外,皆众太监分批。遵照阁中票来字样,用朱笔楷书批之。间有偏旁偶讹者,亦不妨略为改正。"(上海古籍出版社2005年版,第2985页)又卷十二"各家经管纪略"条载:"凡每日票本奏下,各秉笔分到直房,即管文书者,打发本管公公一本,一本照阁中原票,用朱笔誊批。事毕奏过,才打发。此系皇祖以来累朝旧制,非止今日一家一人如此也。"(上海古籍出版社2005年版,第2956页)
⑤ （明）谈迁:《国榷》卷二十四,中华书局1958年版,第1563—1564页。

　　朱元璋曾言:"守成之君,生长富贵,若非平昔练达,少有不谬者"①。这位平民皇帝的担心倒未曾落空,自家的后世子孙大多溺于内宫,怠于政务,疏于朝事。君臣既不得相通,"内阁之拟票,不得不决于内监之批红,而相权转归之寺人。于是朝廷之纪纲,贤士大夫之进退,悉颠倒于其手"②,权柄旁落中官,遂有黄宗羲所称的"奉行奄宦之朝政"——"夫宰相六部,朝政所自出也。而本章之批答,先有口传,后有票拟。天下之财赋,先内库而后太仓。天下之刑狱,先东厂而后法司。其他无不皆然。则是宰相六部,为奄宦奉行之员而已。"③黄氏更进而指出,"吾以谓有宰相之实者,今之宫奴也。盖大权不能无所寄,彼宫奴者,见宰相之政事坠地不收,从而设为科条,增其职掌,生杀予夺出自宰相者,次第而尽归焉"。有明阁臣 163 人,由宦官援引入阁者 22 人,为宦官排陷去职或因附阉(进用,阉败)被斥者 28 人④,宦官权势,可见一斑,钱穆先生称,"明代司礼监,权出宰辅上","实际相权(或竟称君权)一归寺人"⑤。实权在握的太监,挟君宠以令朝臣,借批红以决献替,群僚百官多为附从,"国朝文武大臣,见王振而跪者十之五,见汪直而跪者十之三,见刘瑾而跪者十之八。嘉靖以来,此事殆绝。而江陵殁,其党自相惊,欲结冯珰以为援,乃至言官亦有屈膝者矣"⑥,其势炽天,略不亚于真相,至魏忠贤擅权,"凡彼时阁中送票者,文书房李守质、杨国瑞、王敏政、翟国桢等,捧匣者侯保山、马昇、张宗赤等也。每至阁中,有话硬传,全无敬礼辅臣之体"⑦。略无尊重的轻薄态度之后正是实际权力的移归内官。这些既无相名,更无相职,却把持实际相权的太监们成为明代核心权力阶层中的特殊势力群体,窃帝王之威福以遂己志,横行天下,至有"立皇帝""九千岁"之称,距九五之尊不过一步之遥,诚谓"一人之下,万人之上",权势之下,海内附从,影响一代风习,固为有力矣。

---

①　(清)张廷玉等:《明史》卷一百一十五,中华书局 1997 年版,第 929 页。

②　(清)张廷玉等:《明史》卷七十二,中华书局 1997 年版,第 471 页。

③　(清)黄宗羲:《明夷待访录·奄宦》,载《黄宗羲全集》第 1 册,浙江古籍出版社 1985 年版,第 44 页。

④　参见张治安:《明代政治制度研究》,(台湾)联经出版事业公司 1992 年版,第 246 页。今按:王其榘《明代内阁制度史》(中华书局 1989 年版)录明代阁臣 164 人,多席书一人。席书,字文同,遂宁人。弘治三年进士,以议礼受知嘉靖帝,倚为亲臣。初进《大礼集议》,加太子太保,寻以《献帝实录》成,进少保。眷顾隆异,后诏加武英殿大学士,闻命而卒,实际未到阁理事。是否统计入内,无关大体。

⑤　钱穆:《国史大纲(修订本)》(上、下册),商务印书馆 1996 年版,第 675 页。其《中国历代政治得失》又称:"明代政制最坏时,司礼监便是真宰相,而且是真皇帝"。

⑥　(明)王世贞:《觚不觚录》,上海古籍出版社 1987—1989 年版,文渊阁四库全书本。

⑦　(明)刘若愚:《酌中志》卷十一,上海古籍出版社 2005 年版,第 2952 页。

一、有限知识教育下的个别兴趣

宦官之设,本为宫禁所需,以其特殊的生理缺陷专门服务于妃嫔云集的皇宫大内,"不任以事,惟门阁守御,廷内扫除,禀食而已"①。作为皇权时代的固有产物,宦官于帝王、后妃私人生活的服务无疑有着特殊的伦理认可,"宦者之官,古今宜有,但世主不当假之权宠"②。承认其存在的基本价值,却限制其因特殊地位而可能拥有的非法权力,将之定位为后宫生活的服役者,不得干涉国政大事,曹操此言颇可视作封建时代士大夫对于宦官的整体判断。同时,作为汉代"阉祸"的历史反思,于君王而言,更有可资为鉴的深层意义。出身疾苦的明太祖于内宦略无好感,即位后,深以历代"阉祸"为戒,曾言,"阉寺之人,朝夕在人君左右,出入起居之际,声音笑貌日接乎耳目,其小善小信,皆足以固结君心。而便僻专忍,其本态也,苟一为所惑而不之省,将必假威福、窃权势,以干与政事,及其久也,遂至于不可抑,由是而阶乱者多矣"③,又称,"此曹善者千百中不一二,恶者常千百。若用为耳目,即耳目蔽;用为心腹,即心腹病。驭之之道,在使之畏法,不可使有功。畏法则检束,有功则骄恣"④。虽厌恶若此,却终不能废止,其所循观念亦不过一如曹操般的传统应对思路。尝有一事奉朱元璋最久内侍,微言及政事,朱元璋立斥之,终其身不召。对权力极为敏感且对宦官多有反感的明太祖,"因定制,内侍毋许识字。洪武十七年铸铁牌,文曰:'内臣不得干预政事,犯者斩',置宫门中。又敕诸司毋得与内官监文移往来"⑤。朱元璋将不得"识字预政"制度化,用意原在强化内监"侍奉洒扫"的基本职能,限制其文化水平发展以杜绝其预政的可能性。太监大多出身贫贱,因无力谋生才净身入宫,之前自然不会有读书识字的机会,入宫之后又受到禁令的限制,其文化水准可想而知。然而,朱元璋的这条祖训却未能产生垂宪后世的效力。

> 国初,设大本堂于内府,东宫、亲王读书其中。学士宋濂,祭酒梁贞、魏观等,迭为讲授,而选国子生为伴读,则布衣高启、谢徽分教之,寻命功臣子弟常茂、康铎等入侍。于是,诸生出就六馆,而启、徽亦各授官。永乐中,令听选学官,入教小内侍。正统初,太监王振开设书堂,择

① (宋)欧阳修、宋祁:《新唐书》卷二百零七,中华书局1975年版,第5855页。
② (宋)司马光:《资治通鉴》卷五十九,中华书局1976年版,第1897页。
③ (明)朱元璋:《宝训》卷三《去谗佞》,台湾"中研院"历史语言研究所影印本1968年版。
④ (清)张廷玉等:《明史》卷七十四,中华书局1997年版,第495页。
⑤ (清)张廷玉等:《明史》卷七十四,中华书局1997年版,第495页。

翰林检讨钱溥、吏部主事宋琰辈,轮日入直,名为内府教书,实则于国初异矣。宣德初,九真判官刘翀服阕来朝,以旧学之臣,改主事,寻改行在修撰。会大学士陈山离间赵邸,上疏薄之,命解内阁几务,与翀同教内侍之秀慧者,开席于文华殿东庑。①

　　洪武祖训随"内府教书"的性质变迁而彻底失效,宫内讲学,毕竟已为侍奉周围的有心太监提供了间接的学习机会,内臣不得"识字预政"的规定并非开国即有,故而"洪武中,内官仅能识字,不知义理"②。朱棣靖难成功,颇得力于阉人,宠信日重,"明世宦官出使、专征、监军分镇、刺臣民隐事诸大权,皆自永乐间始"③,内宦事权既已超出"扫除之役",知识的相应提高自成必要,故永乐内侍得以专门接受教育,读书习字。仁宗短祚,宣宗虽称明主,却已为长于深宫之中的守成之君,与宦官自幼为伴,于内监"寖以亲幸",其时,湖广参政黄泽上书言十事,其言远嬖幸曰:"刑余之人,其情幽阴,其虑险谲,大奸似忠,大诈似信,大巧似愚,一与之亲,如饮醇酒,不知其醉,如噬甘腊,不知其毒,宠之甚易,远之甚难,是以古者宦寺不使典兵干政,所以防患于未萌也。涓涓弗塞,将为江河,此辈宜一切疏远,勿使用事,汉唐已事,彰彰可监"④。朱瞻基虽表示嘉叹,却不能用而行之。宣宗时代,非但内阁得有"票拟"之权,司礼监秉笔太监的代君批红亦成定制,"凡每日奏文书,自御笔亲批数本外,皆秉笔内官遵照阁中票拟字样,用朱笔批行,遂与外廷交结往来矣"⑤,内阁——司礼监的内廷外府体制因之完善⑥。所谓"继体之君,贵养万几之劳,似须有代之者,而丝纶之寄权,局攸归复,与相体无异,则太祖禁立相之严,恐于此焉阁矣,设加情于内阁之臣,则欲通间阁者,乃衅端焉,阉监是重,有不宜可乎"⑦? 长于宫中的皇帝远没有创业君王之节俭勤政,这位典型的太平天子,情趣广泛,后宫生活丰富,太监围伴左右,日为君王倚重宠信,且以视为"家奴"的内臣监督百官原为朱家皇帝惯用,大权外寄,阁臣俨然如相,司礼监之设,或有制衡之意,亦未可知,然事权范

①　(明)黄瑜:《双槐岁钞》,上海古籍出版社 2005 年版,第 168 页。
②　(明)陆容:《菽园杂记》卷四,中华书局 1985 年版,第 41 页。陈全之《蓬窗日录》卷四亦引此段。
③　(清)陆以湉:《冷庐杂识》卷七,中华书局 1984 年版,第 378 页。
④　(清)张廷玉等:《明史》卷一百六十四,中华书局 1997 年版,第 1154 页。
⑤　(清)夏燮:《明通鉴》卷七,岳麓书社 1997 年版,第 581 页。
⑥　参见赵中男:《宣德皇帝大传》:"四、完善内阁——司礼监结构的体制"相关内容(辽宁教育出版社 1994 年版,第 115—158 页)。
⑦　(明)章潢:《图书编》卷八十五,上海古籍出版社 1987—1989 年版,文渊阁四库全书本。

围既已扩大，读书识字固在必行。朱瞻基变通洪武祖制，"开内书堂于内府，改刑部主事刘翀为翰林修撰，专授小内使书，选内使年十岁上下者二三百人读书其中。其后大学士陈山已专是职，遂定翰林官四人教习以为常。自此内官始通文墨"①。然而，太监的文字职责终究不过"照阁票批朱"，所谓的内书堂教育亦大抵停留于初等文化水准，"所读之书，故事给《百家姓》、《千字文》及《孝经》、《大学》、《中庸》、《论语》、《孟子》，写字给刷印《千家诗》、《神童诗影本》，盖略取识字，不甚于悖高皇之制，垂世守焉"②，刘若愚《酌中志》于此所述颇详，其称：

> 凡奉旨收入官人，选年十岁上下者二三百人，拨内书堂读书。本监提督总其纲，掌司分其劳，学长司其细。择日拜圣人，请词林众老师。初则从长安右门入，北安门出；后则由北安门出入。每学生一名，亦各具白蜡、手帕、龙挂香，以为束脩。至书堂之日，每给《内令》一册，《百家姓》、《千字文》、《孝经》、《大学》、《中庸》、《论语》、《孟子》、《千家诗》、《神童诗》之类，次第给之。又每给刷印仿影一大张。其功课：背书、号书、判仿。然判仿止标日子，号书不点句也③。

即此而言，太监虽于宫中获得求学机会，但所受的知识教育亦甚为有限，所读不过童蒙四书，所习不过背书识字，其大体文化水准固可知矣。"皇城中内相学问，读《四书》、《书经》、《诗经》，看《性理》、《通鉴节要》、《千家诗》、《唐贤三体诗》，习书束活套，习作对联，再加以《古文真宝》、《古文精粹》，尽之矣。十分聪明有志者，看《大学衍义》、《贞观政要》、《圣学心法》、《纲目》，尽之矣。《说苑》、《新序》亦间及之。《五经大全》、《文献通考》涉猎者亦寡也。此皆内府有板之书也。先年有读《等韵》、《海篇》部头，以便检查难字。凡有不知典故难字，必自己搜查，不惮疲苦。其后，多卤莽粗浮、懒于讲究，盖缘心气骄满，勉强拱高，而无虚己受善之风也。《三国志通俗演义》、《韵府群玉》皆乐看爱买者也。至于《周礼》、《左传》、《国语》、《国策》、《史》、《汉》，一则内府无板，一则绳于陋习，概不好焉"④。

内宫的知识获取范围大抵不过两处"尽之矣"，与士人之所学所读，自不能相提并论，而其所乐看爱买的《三国志通俗演义》《韵府群玉》，实为士

① （清）夏燮：《明通鉴》卷十九，岳麓书社1997年版，第581页。
② （明）史玄：《旧京遗事》，北京古籍出版社1986年版，第11页。
③ （明）刘若愚：《酌中志》卷十六，上海古籍出版社2005年版，第2989页。
④ （明）刘若愚：《酌中志》卷十八，上海古籍出版社2005年版，第3044页。

人所不屑的通俗读物,《三国志通俗演义》自不必说,若《韵府群玉》即曾被解缙视为"钞辑秽芜,略无文彩"的杂书,谏言朱元璋勿读。内书堂受学太监多为 10 岁上下,教书讲习大抵停留于启蒙阶段,其后用事宫中,读书获知更为有限。遇典故难字,便需借《等韵》《海篇》部头自己搜查,虽为早岁宫中好学风气,但亦可知内书堂教授内容之有限。即此可知,宫中部分太监虽然获得了受教育的机会,但所学知识却极为有限。且授学太监不过二三百人,远非普及教育,内官整体文化素养大体不过初期启蒙水平而已,然而,内书堂毕竟为其中的有志好学者提供了受知平台,更重要的是打破了内官不许识字的规限。此外,在因罪受刑入宫的太监中,还有一些相对文化水准较高的太监,如"永乐末,诏许学官考满乏功绩者,审有子嗣,愿自净身,入宫中训女官辈。时有十余人"①,虽为不称职的学官,但其所受知识训练及文化修养自然高于常人,日常相处,或有交流熏染,虽然影响有限,却亦可视为太监受知渠道之一。

以内容而论,太监所习所读,大抵为儒家典籍,教习亦由翰林担任,传统道德规范自然贯穿其中,太监中虽善类不多,却也有些气节忠直之士。若弘治时太监何鼎,性忠直,时外戚寿宁侯张鹤龄兄弟无礼僭越,"鼎持大瓜欲击之,奏言:'二张大不敬,无人臣礼。'皇后激帝怒,下鼎锦衣狱。问主使,鼎曰:'有。'问为谁,曰:'孔子、孟子也'"②,可知,孔孟之道入人之深。又太监怀恩,"性忠鲠无所挠","会星变,罢诸传奉官。御马监王敏请留马房传奉者,帝许之。敏谒恩,恩大骂曰:'星变,专为我曹坏国政故。今甫欲正之,又为汝坏,天雷击汝矣!'敏愧恨,遂死"。③ 无论是怀恩之忠,还是王敏之愧,立身行事皆可见儒者风范。另若穆宗时的李芳,"以能持正见信任",光宗时的王安,"为人刚直",屡"劝帝行诸善政",④名见于正史,有可称道者尚有金英、兴安、冯保等,此外,明人笔记中亦有不少贤宦记录。⑤ 史家士人的贤德称许正在这些中官言行举止的合乎正统,宫中的儒风浸染,以及部

① 参见(明)黄溥:《闲中今古录摘抄》,中华书局 1985 年版,丛书集成初编本。又见于严从简《殊域周知录》卷十七。

② (清)张廷玉等:《明史》卷三百零四,中华书局 1997 年版,第 1995 页。

③ (清)张廷玉等:《明史》卷三百零四,中华书局 1997 年版,第 1994 页。

④ (清)张廷玉等:《明史》卷三百零五,中华书局 1997 年版,第 2003 页。

⑤ 如《见闻杂记》卷四称:"唐先生《国琛集》载本朝贤宦十四人,而张永不与焉。"并增录十余人,并称,"嗟乎! 此吾师阐幽之意也。公卿大夫小善微勋,文士大为揄扬,成书远播,乃中贵则忽之矣。吾师不忍人之所易忽,此虽未尽其人之善者,当俟后之君子续焉。"《今言》卷二:"内臣,如王岳、徐智、范亨、怀恩、覃昌,镇守陕西晏宏,河南吕宪,皆忠良廉靖,缙绅所不及也。"

分太监的慕然向从,或可于此窥见一斑。而"内书堂"讲习翰林的儒雅风范,部分太监先前所受的儒学教育,以及耳闻目睹的士人风雅,却也为内监营造了颇具"文雅"气息的宫廷文化氛围,除却道德精神的感召外,于多数内监而言,外在言行的仿效或是装点文雅的可行便捷途径,诸如写字吟诗之属,各因兴趣,颇有为者。

太监的文字职责在"照阁票批朱",书艺自然有着实际运用与标志风流的双重意义,最为内官所重,如戴义,"楷书笔法与沈度相埒";萧敬"多读书,其楷书笔法似沈度,而草书则从张颠、怀素,间杂以篆籀边旁";鲍忠,"多学善书……以楷书写谕传红,世庙优赉特加;又田太监义,陕西人,亦鲍名下也,至万历二十四年掌司礼监印,其楷书得鲍教为多";史宾"多学能书,颇复欧阳,率更笔法……好写扇,其诗字之扇流布宫中";金忠"博学能书善琴";纪纶"博学能文善写";郑之惠,"字临黄山谷帖";王进德,"每休沐之暇,即闭门焚香,弹琴读书,或展古名人墨妙临,写不释手,故书法遒丽,遂成名家";张维"善诗能文,且精于琴画";诸升"多读博识,通篆籀六书之学"①。至于诗歌,虽是最为典型的士大夫标识,但对知识储备、文化素养均为有限的内监而言,却显得难度较大,然而,即便如此,风雅倾慕之下亦略有作者。若《万历野获编》卷六称:"太监何文鼎者,浙之余姚人。少习举业,能诗文,壮而始阉"②。又刘若愚《酌中志》所载:

陈矩,"字万化,号麟冈……凡饮,稍暇即鼓琴歌诗,或踟跌静坐。自《皇华纪实》之外,有《香山记游》、《闽中纪述》,惜未刻也。至于声名货利,了无所好,聚蓄书画玩好之类"③。

李永贞"始读《四书》、《诗经》,后读《易经》、《书经》、《左传》、《史》、《汉》等古书,习写赵吴兴字体。善弈棋,能作诗、作古文,亦能选看时文"④。

汤盛,"于书无所不读,善饮酒,能诗……沉酣典籍,自号'醉侯',雅歌笃学",郑之惠为所作墓志铭称其"自弱冠通经史,而尤以诗声振。常以古法出新意,人皆服焉"⑤。

郑之惠,"号明渊,专心经史、古文、《左》、《国》等书,诗习杜工部,字临

---

① 参见(明)刘若愚:《酌中志》卷二十二,上海古籍出版社2005年版,第3074—3081页。

② 又见于皇甫录《皇明纪略》,中华书局1985年版,丛书集成初编本。

③ (明)刘若愚:《酌中志》卷七,上海古籍出版社2005年版,第2931、2935页。

④ (明)刘若愚:《酌中志》卷十五,上海古籍出版社2005年版,第2971页。

⑤ (明)刘若愚:《酌中志》卷二十二,上海古籍出版社2005年版,第3076、3077页。

黄山谷帖,亦能作时艺古文。"①

朱彝尊《明诗综》录有六人:

龚辇,字中道,南昌人,弘治中为内官监左丞。有《冲虚集》。

张瑄,弘治中内官监太监,镇守广西。

傅伦,正德中,都知监太监,镇守桂林。

王翱,字鹏起,顺天通州人,嘉靖中,选入司礼监读书,历御马监右监丞。有《禁砌蛮吟》。

张维,字四维,霸州人,隆庆初,选入伴读东宫,历乾清宫管事,御马监太监,提督内忠勇营。有《苍雪斋稿》。

孙隆,字东瀛,三河人,万历中,以太监督织造,驻杭州。

并称,"三百年来,此辈善诗文者盖寡。予为搜访,仅得六人焉。此外若杨友、吕宪、戴义、李学辈,虽间有诗句流传,多不成章。虽欲广之,而未得也"②。明代太监能诗者当然不会仅如朱彝尊所列数人,明嘉靖十五年(1536),由湖广参议方升编写的《大岳志略》卷四即录有太监扶安的《登太和山》七律一首③,为各家所未言。但"此辈善诗文者盖寡"的判断却大抵不错,"内书堂"所提供的有限知识教育并不足以培养出能够吟诗作赋的太监诗人,而挥翰为诗毕竟不是可以单凭附庸风雅的一般仿效动机就能达到的,须得有一定的知识积累与文学能力。如俞汝成即称,龚辇"雅事文墨,兼尚理学"④,而被明神宗称为秀才的张维,"幼博学好书,又最为李太监芳器许","善诗能文,且精于琴画,往返廉静,驿递咸德之。凡诗赋翰牍,人咸宝惜……著有《皇华集》、《归来篇》、《莫金山人集》、《苍雪斋集》等书行于世"⑤。而太监王翱的经历当为留意。

　　王翱字鹏起,号村东,原籍南直句容人,永乐时,迁北直通州。嘉靖
　　壬寅选入,时年十一岁。拨司礼监内书房读书,受业于郭东野、赵太洲、
　　孙继泉先生,咸器重之。且曰:"尔诸生系内史,不必学举业文章,惟讲
　　明经史书鉴及本朝典制,以备圣主顾问,有余力学作对与诗可也"⑥。

---

① (明)刘若愚:《酌中志》卷二十二,上海古籍出版社2005年版,第3076页。
② (清)朱彝尊:《明诗综》卷八十七,乾隆刊本。
③ 参见杨立志:《明代宦官咏武当山诗考释》,《郧阳师范高等专科学校学报》2001年第4期。文中还举出明代宦官龚辇、吕宪、戴义、李学、张维等与武当山有关的完整诗作6首。
④ (清)朱彝尊:《明诗综》卷八十六,乾隆刊本。
⑤ (明)刘若愚:《酌中志》卷二十二,上海古籍出版社2005年版,第3079、3080页。
⑥ (明)刘若愚:《酌中志》卷二十二,上海古籍出版社2005年版,第3080页。

王翱11岁入宫,就学内书堂,所受教育自全在宫禁,其经历颇可视为一般内监之典型。其为讲习所器重,自在其好学乐知。但由讲习先生的教诲之中,却可看出,其于太监的诗歌主张亦在"余力"为之,当然,此处"余力"并非朝臣之"余事视之"的态度,乃为"学有余力"之"余力",可见,内府教习的主要内容并不涉及诗歌,诗作仅是"学有余力"的太监们的专利,王翱即是其例。然而,作为"学有余力"的选择,自不限于诗歌,诸如琴艺书画等文人雅事皆可为用。即是而论,太监的诗歌行为实为有限知识教育下的个人兴趣,远不成规模。而有明三百年,宫中太监数以万计,入学内书堂者至多不过300人,学有成效者也极为有限,其中于歌诗有兴趣者更不过寥寥,大抵皆是个人层面的私人兴趣所在,实不足以形成风气。

二、刻意导帝荒嬉的擅权手段

有限知识教育下的个人诗歌兴趣远不能代表明代太监的一般趣味,即便是那些为世论称,颇具儒风的太监亦只占整个太监群体的极少数。多数太监出身贫苦,无力接受教育,知识水平低下,入宫之后又为宫廷享乐生活所濡染,日所接触的京城风习更将原先的淳朴气息洗汰殆尽,况且,太监中有相当数量即来自京畿附近的无业游民,有些本就为市井无赖,因好吃懒做,无力谋生,方净身入宫。入选内书堂的太监不过少数,其中更有学而不成的。整体文化水平低下的太监接受了宫廷文化中的奢华浮夸,更将自身的市井趣味融汇其中。同时,元代帝王不以汉族礼法为念,大大增添了宫廷文化中的世俗气息。朱明继起,太祖朱元璋以创业之君,倡以恢复汉制,重礼法,尚俭朴,禁止宫中雕饰,然而,贫民君王力图扭转宫廷文化倾向的尝试却未能在子孙身上延续,长于富贵的守成君王有着更为丰富的后宫生活。自洪宣起,宫廷生活渐为浮华,各种嬉戏玩物纷现宫中,以邀帝欢。太监的文化品位即于此种宫廷背景中生成,而其本身同时又作为宫廷成员对此风习扬波助澜。

"不孝有三,无后为大",这一深刻的伦理观念对于生理条件特殊的太监没有任何意义,而由此观念所产生的"留之子孙"的"有余"意识亦随之消亡。对于知识有限的太监而言,本就为谋生入宫,原不图留名于世,既然后嗣已绝,取而代之的则是及身而止的享乐主义,酒食饱腹、嬉戏荒乐成为其消遣生命的最佳途径之一。何况,伴君嬉戏有时还能得到格外的恩宠,起码不必终老于奉应洒扫的宫廷苦役中,何乐而不为。故而,于各种嬉戏游玩中用心留意的内宦远较仰慕风雅、吟诗写字的太监为多,亦更贴合于宫廷生活的浮华嬉乐,是普通太监最为一般的文化心理定式。就更深一层的社会意义而言,"无后不孝"的观念失效自然造成了太监对传统"孝道"观念的怀疑,由之产生的则是对整个伦理道德的信仰流失。"百善孝为先",士人对于太监不耻的根本所在,亦多在于其立身先亏的特殊情况,沈德符"尝于都下见一罢闲中贵,堂中书一对云:'无子无孙,尽是他人之物;有花有酒,聊为卒岁之欢。'又全用南宋宰相乔行简词中语,此辈亦知达生如此"①。真正的达生境界或未可及,但作为太监所经受的是来自心理与生理的双重扭曲,在巨大生理创伤以及因之带来心理变态之下,本就没有受过太多规范教育的宦官们更是没有太多的道德束缚,自然沉溺于酒色财气、吃喝玩乐等"花、酒之欢"的世俗追求中。

　　　　饱食逸居,无所事事,多寝寐不甘。又须三五成朋,饮酒掷骰,看纸牌,耍骨牌,下棋,打双陆,至三四更始散,方睡得着也。又有独自吃酒肉不下者,亦如前约聚,轮流办东,封凑饮啖,所谈笑概俚鄙不堪。多有醉后忿争,小则骂打僮仆以迁怒,大则变脸挥拳,将祖宗父母互相唤骂,为求胜之资。然易得和解,磕过几个头,流下几眼泪,即欢畅如初也。凡攒坐饮食之际,其固获扬饭流歠,共食求饱,咤食啮骨,或膝上以哺弄儿,或弃肉以饲猫犬,真可笑也。如有吃素之人,修善念佛,亦必罗列果品,饮茶久坐,或至求精争胜,多不以箪食瓢饮为美,亦可笑也。间有一二好看书习字者,乐圣贤之道,或杜门篝灯,草衣粗食,不苟取,不滥予,差足愉快,奈寥寥不多见耳。大抵天启年间,内臣性更奢侈争胜,凡生前之桌椅、床柜、轿乘、马鞍,以至日用盘盒器具,及身后之棺椁,皆不惮工费,务求美丽。甚至坟寺、庄园宅第,更殚竭财力,以图宏壮。且叠立名目科敛各衙门属僚,今日曰某老太太庆七十、八十,某太爷、太太祭吊;明日曰老宅上梁庆贺,某寿地兴工立碑。即攘夺府怨总不恤,糜费土木心所甘,习以成风,亦可鄙可笑也……内臣又好吃牛驴不典之物,曰"挽口"者,则牝具也;曰"挽手"者,则牡具也。又羊白腰者,则外肾卵也。至于白牡马之卵,尤为珍奇,曰"龙卵"焉②。

　　除却寥寥不多的看书习字者外,竟是市井全像,由太监之生活习尚中不难看出其略无礼法约束,不计后果的任情恣肆,固是世俗心态,其中自也蕴含着因生理缺陷而导致的心理扭曲:对于欲求物事的不计得失、不择手段的

────────────

① (明)沈德符:《万历野获编》卷九,中华书局1959年版,第230页。
② (明)刘若愚:《酌中志》卷二十,上海古籍出版社2005年版,第3065—3066页。

疯狂追求。唐甄即言,"原其所以自宫者,使我心悸。肾为身根;掘身之根,其痛非常痛也,其害非常害也。今使人断一指以易王侯,虽有悍者不愿为之,而彼奴则为之。其求太监能忍若此,则其谋富贵何所不为。而犹欲得其忠于所事,何不思之甚乎"①,诚为有识之论。对等级森严的宫廷而言,最具诱惑力的便是权力,而权力之源便是皇帝。取宠于皇帝,甚至把握皇帝便成为宦官攫取无上权力的直接途径。

　　(仇)士良之老,中人举送还第,谢曰:"诸君善事天子,能听老夫语乎?"众唯唯。士良曰:"天子不可令闲暇,暇必观书,见儒臣,则又纳谏,智深虑远,减玩好,省游幸,吾属恩且薄而权轻矣。为诸君计,莫若殖财货,盛鹰马,日以球猎声色蛊其心,极侈靡,使悦不知息,则必斥经术,阉外事,万机在我,恩泽权力欲焉往哉?"②

　　这位唐代大宦官"杀二王、一妃、四宰相,贪酷二十余年,亦有术自将,恩礼不衰云"③,堪称一代权宦典范。而他这段"妙论"实已成为后代宦官所以邀恩擅权的"经典思路"。"有明一代宦官之祸,视唐虽稍轻,然至刘瑾、魏忠贤亦不减东汉末造矣"④,宦官所以为祸,全在擅权妄为、导帝荒嬉,疏远群僚的"仇氏妙语"则成为其屡试不爽的灵丹妙药。王振,"狡黠得帝欢,遂越金英等数人掌司礼监,导帝用重典御下,防大臣欺蔽。于是大臣下狱者不绝,而振得因以市权"。汪直,"为人便黠"。李广,"以符箓祷祀蛊帝,因为奸弊,矫旨授传奉官"。刘瑾,"尤狡狠。尝慕王振之为人,日进鹰犬、歌舞、角觝之戏,导帝微行。帝大欢乐之,渐信用瑾,进内官监,总督团营"。魏忠贤得以"恣威福,惟己意"的手段是,"帝性机巧,好亲斧锯髹漆之事,积岁不倦。每引绳削墨时,忠贤辈辄奏事。帝厌之,谬曰:朕已悉矣,汝辈好为之"。借此擅权。

　　论者或以内监之擅权因太监读书获知,智计增长得以笼络君王所致,《明史》即称因设内书堂,太监"用是多通文墨,晓古今,逞其智巧,逢君作奸。数传之后,势成积重,始于王振,卒于魏忠贤。考其祸败,其去汉、唐何远哉。虽间有贤者,如怀恩、李芳、陈矩辈,然利一而害百也"。赵翼辩之曰,"然考其致祸之由,亦不尽由于通文义也。王振、汪直、刘瑾固稍知文

---

①　(清)唐甄:《潜书·丑奴》,中华书局1955年版,第166页。
②　(宋)欧阳修、宋祁:《新唐书》卷二百零七,中华书局1975年版,第5875—5876页。
③　(宋)欧阳修、宋祁:《新唐书》卷二百零七,中华书局1975年版,第5876页。
④　(清)赵翼著,王树民校证:《廿二史劄记校证》卷三十五,中华书局1984年版,第807页。

墨,魏忠贤则目不识丁,而祸更烈。大概总由于人主童昏,漫不省事,故若辈得以愚弄而窃威权。如宪宗稍能自主,则汪直始虽肆恣,后终一斥不用。武宗之于瑾,亦能擒而戮之。惟英、熹二朝,皆以冲龄嗣位,故振、忠贤得肆行无忌"①。此言颇为中的,宋儒钱时尝因汉代阉祸发而论之曰:"夫国之有阉宦,犹爱女嬖妾之在闺阃,浸润肤受,言最易行,又况汉廷窃命弄权,习成故事,当嗣君年幼,母后临朝之日,所以朝夕承迎给事左右者,何啻骨肉之相依倚,岂外廷疏远可遽撼摇也"②。可知内监能够擅权的根本所在为君王的宠爱,而邀宠君王的习惯伎俩则是投其所好,导君荒嬉,伺机擅权,"朝夕奉迎"左右则是独有的先天便利条件,至于学识却在其次,内书堂所授知识大抵为启蒙水平,且一以儒家经典为宗。王振为不称职学官,汪直、刘瑾自然也学识有限,然此辈为人狡黠,工于心计,略通文墨,固可增恶,却非根本所在。真正为儒风浸染,学识颇高的却是如何文鼎、王安之类的正直之士,但一则人数稀少,不成势力,二来依照内监本职所在,本不当干涉政事,此类中官,颇有儒风,多有抗言直谏之举,却少取媚帝欢,至于擅权行事更非礼之所许,自然不为,所以论政时每以忠鲠气节为尚,别无权变之巧,不免为人排挤。即此亦可知,阉祸之盛,根本并不在太监的"通文墨,晓古今",况且,内书堂的有限教育不过"略取识字"而已,远远达不到"晓古今"的程度。

　　然而,这些稍知文墨,甚至目不识丁的太监终究循着前代权宦的导君手法,借明代票拟批红之制,假君威以窃取国柄,发号施令,俨然真相,成为明代核心权力阶层中不容忽视的一股特殊势力。这些擅权太监大多学识有限,道德观念淡薄,为达目的不择手段,一朝得志,恣肆妄为,唯以己意为是,顺者昌,逆者亡。其学既已不足,全副心志又用于结纳帝欢,排斥异己,对于诗歌自然无暇顾及。更何况,窃权手段的核心所在即是要帝王不得闲暇观书,接见儒臣,自然要刻意引导帝王远离书本,沉溺于玩好游幸,球猎声色,悦不知息,诗歌虽为帝王余事,但既非此辈所长,可以借之邀宠,而诗学观念中的言志载道更为其所忌讳,当然不会提倡,反会故意引导帝王远离,以避免君王与能诗的儒臣获得更多的接触机会。有明一代,于诗最具兴趣者为太祖、宣宗、世宗。然太祖创业,世宗以藩王入继,固与宦官影响较少。仁宗即位不过一年,宣宗实为明代守成君王之始,其诗歌兴趣虽未被宦官转移,但于玩好游幸却已多有溺陷。宣宗于明代帝王颇称圣明,却终归为长于深

①　(清)赵翼著,王树民校证:《廿二史劄记校证》卷三十五,中华书局1984年版,第809页。
②　(宋)钱时:《两汉笔记》卷十二,河北教育出版社1995年版,历代笔记小说集成本。

宫的皇家子弟,虽受学儒臣,却仍不免为近侍所诱。至于其他诸帝,或幼冲继统,或不曾出阁读书,更易为中官左右,或沉于酒色,或陷于方术,或游乐无休,或贪财好货,其中或夹有帝王本人因素,然内宦诱导于前,助波于后,自难逃其咎。而在阉祸最烈的几个时代,正统、成化、正德、天启,四位皇帝毫无例外地对诗歌不感兴趣,内宦刻意转移导引之力,可见一斑矣。

三、威福之下的士人尴尬

宦官之根本在皇权,而阉祸之发端,多在继统守成之君,"继世而为天子者,席疆土之富强,承先帝之侈丽,幼习于嬉戏之徒,长安于使令之给,是故溺于奄奴,与嬖色等。而况母后帝后以及妃嫔,皆所便习,不可以缺。当是之时,虽有刚明之君,知其害而欲去之,其势如决痈割瘤,不可为也"①,最高权力的依赖庇护为宦官的擅权提供了便利,但真正有效的制约则只能靠君王"不假之权宠"的自我意识,而一般士人的舆论指责亦只有通过君王行为才可生效。然而,即便刚明之君,亦不能尽去内臣,更何谈凡庸之君。内监既已窃柄擅权,假君王之恩宠,用君王之威福,焰势炽天,然而,刑余之人本为士人所鄙视,身处其下,实为尴尬,抗之,则事不得遂,附之,则不为心甘。孟森先生曾言:

> 宦官无代不能为患,而以明代为极甚。历代宦官与士大夫为对立,士大夫决不与宦官为缘。明代则士大夫之大有作为者,亦往往有宦官之为助而始有自见。逮其后为他一阉及彼阉之党所持,往往于正人君子亦加以附阉之罪而无可辨。宪宗、孝宗时怀恩,有美名,同时权阉若梁芳、汪直,士大夫为所窘者,颇恃恩以自壮,后亦未尝以比恩为罪。其他若于谦之恃有兴安,张居正之恃有冯保,杨涟、左光斗移宫之役恃有王安,欲为士大夫任天下事,非得一阉为内主不能有济。其后冯保、王安为他阉所挤,而居正、涟、光斗亦以交通冯保、王安为罪,当时即以居正、涟、光斗为阉党矣。史言阉党,固非谓居正、涟、光斗等,然明之士大夫不能尽脱宦官之手而独有作为。贤者且然,其不肖者靡然惟阉是附,盖势所必至矣。②

是言诚为灼见。明代宦官的"批红"是君王亲授的合法权力,而"票拟"

---

① （清)唐甄:《潜书·去奴》,中华书局 1955 年版,第 168 页。
② 孟森:《明史讲义》,上海古籍出版社 2002 年版,第 6 页。

的生效必由"批红",特定时代的制度规定本就促成了内府外廷间的依赖、制约。明代帝王多与阁臣隔阂,接见不多,政事实多赖内外相通方得达成,太监与士大夫间的交往自然难免。况且除去实际需要之外,附庸风雅本为太监习尚,颇愿与士人交往,如王安,"耿介好学","时沉酣典籍,无书不窥,每写扇送相知士大夫。而门多正人"①。魏学颜"未甚读书,而博闻强记,敬重士大夫"。王进德,"尤好接贤士大夫,宛然有儒者风。尝与陆文裕公深善,所蓄《七贤过关图》,陆公题跋也"②。曹奉,"持佛氏戒,号'丹岩居士'。颇与士大夫交"③。且这些宦官本身即颇有士儒风范,或学,或书,或画,或禅,士人与之相交,亦不觉为耻。若前述太监王翱,则以诗与士人相交,"万历辛巳,奉旨慈宁宫教书,遂迁居于西安门北,得从容与士大夫唱和吟诗。侍母孝,待弟良翔友于之爱,为内廷所少。翱为人悲歌倜傥,博学自豪,视富贵若电光石火焉"④,诗人风范之下亦颇见儒者品格,其《笼雀》诗云:

> 曾入皇家大网罗,樊笼久困奈愁何? 徒于禁苑随花柳,无复郊原伴黍禾。秋暮每惊归梦远,春深空送好音多。圣恩未遂衔环报,羽翮年来渐折磨。⑤

于内官心境状写亦称到位,于宫禁羁绊厌倦的内监并不会有如同士人般的山林之志,所谓的出世情怀亦仅能落足于"郊原伴黍禾"的农家本色,即或如此,亦不乏一种落尽浮华的淳朴之气,至其念念不忘的君恩报答则与一般士人报效国家心志相类,即诗艺而言,虽属平平,但诗歌之后所载情志却足以构成与士人唱和的交流平台,所谓"从容与士大夫唱和吟诗",当为不虚。

又如太监陈矩,以"祖宗法度,圣贤道理"自守,"词臣中讲官惟与郭明龙正域、李九我廷机先生善,然一揖之外亦绝不通往来",然每于神宗面前调护士大夫,至逝后"神庙极为悼惜……赐谕祭九坛祠,额曰'清忠'","文武临吊送葬者素白塞路,壅不能行。山阴朱相公赓、晋江李相公廷机、福清叶相公向高亲诣立棺前祭奠。其文有云:'三辰无光,长夜不旦。'其敬慕推

---

① (明)刘若愚:《酌中志》卷九,上海古籍出版社2005年版,第2941页。
② (明)刘若愚:《酌中志》卷二十二,上海古籍出版社2005年版,第3078页。
③ (明)刘若愚:《酌中志》卷二十二,上海古籍出版社2005年版,第3084页。
④ (明)刘若愚:《酌中志》卷二十二,上海古籍出版社2005年版,第3080页。
⑤ (清)钱谦益:《列朝诗集》闰集第五,影印清顺治九年毛氏汲古阁刻本。

崇如此"①。其中,虽不免有帝王首为悼惜的缘故,然陈矩之立身行事诚足
为称赞,相交所善,"一揖之外亦绝不通往来",遇事则持公心以调护解救,
是为以礼相待的君子之交,实为士人相交的最高境界,朝臣之敬慕推崇亦不
为谀美。

唐枢即言:"孔子曰:有教无类,以贤品人,则于我无党。以德容物,则
于人无比。每见缙绅道中珰多切齿,孰知有杰然者,架出吾辈上,为缙绅所
不能为之事乎?故君子以虚应天下,能收群美以共归。有极则治理犹反掌,
若王、何,今长老尚能道其行事敬礼之。若黄、吕、晏,予亲见其贤,当效法之
不暇,而能自外之乎?昔刘东山者,孝宗几误加怒,而太监苗逵力救以解,遂
成明良之遇。则若人者不惟不相仇,反以为容于吾辈,回视吾辈不为其所
笑耶?"②

是论颇见公允,亦足见士人与宦官亦非决不交往③,溯其本源,内书堂
之设,或为有功焉。然而,太监中,如陈矩、王翱之流实寥寥无几,绝大多数
为品位低俗的庸劣之辈,若"嘉靖初,南京守备太监高隆,人有献名画者,高
曰:'好,好,但上方多素绢,再添一个三战吕布最佳。'人传为笑"④。《金瓶
梅词话》中的薛太监更道,"俺每内官的营生,只晓得答应万岁爷,不晓得词
曲中滋味,凭他每唱罢"⑤,可知其知识学养之低下、审美趣味之粗俗。较之
诗歌,词曲已多世俗色彩,而太监依然不懂,其于诗歌就更无从欣赏,然而,
此类人物中却又有些附庸文雅、装点门面者,一般宦官,权势有限,或可不予
理睬,如"何学宪公景明,授中书舍人,奉敬皇帝哀诏下云南,远方君长及中
贵人咸赠遗犀象珍贝,谢弗受"⑥,"待诏文公徵明,以行谊文翰重一时,诸造
请户外屡常满。然先生所与从请,独书生故人。……所最慎者藩邸,其所绝
不肯还往者中贵人"⑦。至若奸宦得志,作威作福,士人为其钳制,若非持节

①　(明)刘若愚:《酌中志》卷七,上海古籍出版社 2005 年版,第 2933 页。
②　(明)唐枢:《国琛集》卷下,中华书局 1985 年版,丛书集成初编本。
③　(明)陈全之:《蓬窗日录》卷七载:"临海赵太守,洪武间卒业太学,为中贵题蚕妇图云:蚕
　　未成丝叶已无,鬓云撩乱粉痕枯。宫中罗绮轻如布,争得王孙见此图"。既为题诗,可知彼此
　　实有交往,而这位赵太守因诗为朱元璋赏识,"除肇庆知府,在郡有廉声。及归叹曰:昔赵清
　　献持一砚,今吾倍之,遂持二砚以归,时号赵双砚"。即题诗本意与政行而论,可知赵氏非阿
　　谀取巧之辈,而亦与中贵相交矣。今按:关于朱元璋因诗识人之相关记载屡见于明人笔记,
　　真伪参杂,难考其确,姑录而存之,暂为一据(上海书店出版社 1985 年影印版,第 8 页)。
④　(明)郎瑛:《七修类稿》卷五十,中华书局 1959 年版,第 740 页。
⑤　(明)兰陵笑笑生:《金瓶梅词话》(上),人民文学出版社 2000 年版,第 404 页。
⑥　(明)刘元卿:《贤奕编》卷一,中华书局 1985 年版,丛书集成初编本。
⑦　(明)刘元卿:《贤奕编》卷一,中华书局 1985 年版,丛书集成初编本。又见于焦竑:《玉堂
　　丛语》卷五。

亢行的骨鲠之士,终不免有尴尬之举。

> 明代宦官擅权,自王振始。然其时廷臣附之者,惟王骥、王祐等数人,其他尚不肯俯首,故薛瑄、李时勉皆被诬害。及汪直擅权,附之者渐多,奉使出,巡按御史等迎拜马首,巡抚亦戎装谒路,王越、陈钺等结为奥援。然阁臣商辂、刘翊,尚连章劾奏,尚书项中、马文升等亦薄之而为所陷,则士大夫之气犹不尽屈也。至刘瑾,则焦芳、刘宇、张彩等为之腹心,戕贼善类,征责贿赂,流毒几遍天下。然瑾恶翰林不屈,而以《通鉴纂要》誊写不谨,谴谪诸纂修官,可见是时廷臣尚未靡然从风。且王振、汪直好延揽名士,振慕薛瑄、陈敬宗①之名,特物色之。直慕杨继宗之名,亲往吊之。瑾慕康海之名,因其救李梦阳,一言而立出之狱。是亦尚不敢奴隶朝臣也。迨魏忠贤窃权,而三案被劾、察典被谪诸人,欲借其力以倾正人,遂群起附之。文臣则崔呈秀、田吉、吴淳夫、李夔龙、倪文焕,号五虎;武臣则田尔耕、许显纯、孙云鹤、杨寰、崔应元,号五彪;又尚书周应秋、卿寺曹钦程等,号十狗;又有十孩儿、四十孙之号,自内阁六部至四方督抚,无非逆党,骎骎乎可成篡弑之祸矣②。

若薛瑄之开罪王振,实肇始于王振屡为拉拢不得,后又得罪王振于羽翼,为构陷入狱,后王振为舆论所迫,又因老仆哭述薛夫子德行为人,方才贬官为民,保全性命。于薛瑄事件中正可窥见权宦心态:既已位尊权炽,则延揽名士以抬高身价,若不遂愿,不免有构害之心。对于名儒才士,并非诚心仰慕,但附庸风雅的基本心态灼然可见。若刘瑾、康海、李梦阳之事,正史所载不过数言,《尧山堂外纪》卷九十二所述颇详:

> 初李梦阳代韩文草疏刘瑾,已调出之,犹不快前忿,罗以他事械至京下狱,将置之死。时康海与梦阳同有才名,各自负不相下。瑾慕海,尝欲招致门下,而海不往。瑾恒先施,必欲其一至,海每阔亡答之。至

---

① (明)焦竑:《玉堂丛语》卷五载:澹然陈公,以南祭酒九载奏绩之京。时中贵有柄国者,势倾朝野,素慕公,欲收之门下。适工部侍郎周公忧巡抚南圻,在京进谒,中贵知其与公同年,微露其意。周公以为言,公曰:"敬宗忝为人师表,而求谒中贵,他日无以见诸生。"周公因以讽中贵曰:"陈祭酒法极高,姑以求书为名,先以礼币,彼将谒谢矣。"中贵乃遣人致彩段羊酒,求书程子四箴,公为走笔之,而却其礼,竟不往见。故为祭酒十八年不迁,士大夫益高其风节云(中华书局 1981 年版,第 155 页)。
② (清)赵翼著,王树民校证:《廿二史劄记校证》,中华书局 1984 年版,第 808 页。

是,梦阳所亲左国玑诣狱谓梦阳曰:"子殆无生路矣,唯康子可以解之。"梦阳曰:"吾与康子素不相能,今临死生之际,乃始托之,独不愧于心乎?吾宁死矣。"左曰:"不谓李子而为匹夫之谅也。"强之再三,以片纸请书数字。梦阳乃援笔曰:"对山救我。唯对山能救我。"左持书诣海,海曰:"是诚在我,我岂敢吝恶人之见,而不为良友一辟咎也。"遂诣瑾,瑾焚香迎海,延置上座。海不少逊。瑾曰:"今日有何好风吹得先生来也?"命左右设席。海曰:"吾有言告公,公如听吾言当为公留,不然,吾且去矣"。瑾曰:"云何?"海曰:"昔唐明皇任高力士,宠冠群臣,且为李白脱靴,公能之乎?"瑾曰:"瑾即请为先生脱之。"海曰:"不然。今李梦阳高于李白数倍,而海固万不及一者也。下狱而公不为之援。奈何欲为白等脱靴哉?"即奋衣起。瑾固止之曰:"此朝廷事,今闻命即当斡旋之。"海遂解带与痛饮,天明始别。梦阳遂得释归,而海自是与瑾往复,竟以此废弃。①

其叙刘瑾"焚香迎海"等处或有夸张之处,然士人宦官情态大致可见,李梦阳宁死不屈,自是气节之士,而左国玑之斡旋苦心,说以"匹夫之谅"亦为常情,康海得片字而诣瑾营救,可称义举。而权宦威福下,如李梦阳之奋起对抗,自是士节正行,却不免祸及其身,而左、康之委曲其间,调停营救,虽是士人常情,却不免遭际尴尬。刘瑾所慕康海,一重同乡,一重其才,一重其状元名头,故才有延置上座,效仿高力士脱靴之举,所录或非实事,但刘瑾延揽名士,慕仿高雅之情固不为伪。如李梦阳之类节士,泾渭分明,可以无论,左国玑仅于士人间调停,亦可忽略,若康海之违志折节,诚为尴尬,把持操行,则人不得救,事不得遂;然而一旦往复,势难自拔。而较康海之处境更为难堪者,则有李东阳。

正德时,大学士刘健、李东阳、谢迁"持议欲诛瑾,词甚厉,惟东阳少缓,故独留。健、迁濒行,东阳祖饯泣下。健正色曰:'何泣为?使当日力争,与我辈同去矣。'东阳默然"②。顾命大臣固不可一日尽去,所留自当为态度和平者,故李东阳屡上疏乞致仕,均不允。"东阳门徒最盛,相传以瑾素重其文名,故得不去。后人传瑾于朝阳门外创造玄真观,东阳为制碑文,极其称颂"③。以刘瑾延揽名士之心态而论,加之刘瑾得势后,"凶暴日甚,无所不

---

① (明)蒋一葵:《尧山堂外纪》卷九十二,上海古籍出版社2002年版,续修四库全书本,第15—16页。
② (清)张廷玉等:《明史》卷一百八十一,中华书局1997年版,第1250页。
③ (明)陈洪谟:《继世纪闻》卷一,中华书局1985年版,第72页。

讪侮,于东阳犹阳礼敬"的表面景象而论,李东阳因文名得留,亦有可取之处。而这位曾经的内阁重臣既已无权,悒悒不得志,委蛇避祸,同时又要弥缝其间,补救乱政,潜移默夺,保全善类。刘瑾既颇重其文名,李东阳自不免有诗文谀美,如南京御史张芹即曾劾李东阳,"当瑾擅权乱政时,礼貌过于卑屈,词旨极其称赞"①。碑记刻石,为众所睹,若一般诗文,或当另有。何孟春即言,"怀麓堂《诗文后稿》,西涯翁见付编次,凡为中贵作者,悉去之,翁不以为忤"②。何氏之回护,西涯之尴尬,略可咀嚼一二矣。然同时身处尴尬之中者,却非止李东阳一人。

> 时刘瑾虽诛,而政权仍在内臣。魏彬掌司礼监印,决大政。马永成等又奏,有旨:"凡朝廷大事,须彬等同议。"时东阳、廷和、梁储、费宏四人在阁,以"穷苦无菜"四字为题,各作长诗以献永。东阳为《穷字诗》,拆点画,为句极巧。永大悦,命工刊装锦轴送人。未久,山东盗起,人以为穷苦之应,遂秘不以示人。东阳又属杨一清作《平定宁夏碑》,颂永功德,后亦不复作。③

李东阳、杨廷和、梁储、费宏四人自非阿谀之辈,然身处其势之下,却终不免有尴尬之举。若世宗即位,"给事中张九叙等劾(梁)储结纳权奸,持禄固宠。(梁)储三疏求去",所谓"结纳权奸"的罪名之下,或即包括着其无奈之下的尴尬诗作。若李东阳身居首辅,又为一代文宗,更为众口所指。有士人即投以诗云:才名直与斗山齐,伴食中书日已西。回首湘江春草碧,鹧鸪啼罢子规啼。"盖鹧鸪啼声乃行不得也,哥哥不如归去云云,实寓嘲讽之意。以后凡有做不得事者,皆云鹧鸪啼"④。

> 王振死土木,钱学士溥为撰葬铭,称其忠烈。陆式斋诗云:"王阉素称黠,轻生忍如此! 史官忠烈铭,千载孰非是?"刘瑾作玄明宫,李阁老东阳为作碑记,颂其功勋,李空同诗云:"峨碑照辉颂何事? 一谀死后一谀生。"时同归于失言矣。其能免后世之诮乎?⑤

---

① (明)郑晓:《今言》卷二,上海古籍出版社2002年版,续修四库全书本。
② (明)何孟春:《余冬录》卷四十八,岳麓书社2012年版,第492页。
③ (明)陈洪谟:《继世纪闻》卷三,中华书局1985年版,第89页。
④ (明)吕毖:《明朝小史》卷二,(台湾)正中书局1981年版,玄览堂丛书本,第248页。又见于《徐襄阳西园杂记》《七修类稿》《玉堂丛语》《继世纪闻》等,详略不同。
⑤ (明)徐咸:《徐襄阳西园杂记》卷下,中华书局1985年版,丛书集成初编本。

复辟后的英宗"顾念振不置。用太监刘恒言,赐振祭,招魂以葬,祀之智化寺,赐祠曰精忠",如此背景下的墓志铭,换作他人,其辞又能如何?所谓失言,诚非所愿,正可见其身处威福之下的尴尬处境。至若柔媚无骨的阿谀之辈倒没有这样的尴尬,如:

> 陈宪章早习举业,领乡荐,上春官,屡不偶,乃卒业成均。从众拨历记选而归,诸经魁乃相与作诗赠行,劝其不必出仕,而归隐终身。宪章喜得此名,益务诡异,高谈阔论。后以举者言,征到京,吏部欲如例试而后授官。乃托病,潜作十绝颂乡宦梁方太监,方言于上,授检讨。致仕,轩轩然自以为荣。杨维新谓其既托病不能谢恩辞朝,乃即日乘轿出城,辄张盖开道,不胜骄态,此岂知道义哉?①

谄媚权贵原为无行文人劣习,唯富贵利禄是求,置道义为罔闻,舆论清议更不足为念,自然也就没有尴尬可言。又太监魏忠贤籍没后,抄出"诸臣上寿锦幛,崔呈秀《祝寿文》二篇,顾秉谦《寿六十寿文》一篇,张瑞图《庆荣寿序》一篇,黄立极《叠承恩纶序》一篇,冯铨《祝上寿上公俚言》百韵,沈惟宝《生祠记》一首,张宏德《祝嵩寿诗》一篇"②。

冯铨诗长达百韵,奉承谀美,无以复加,极尽拍马之能事,倒也顾念魏忠贤目不识丁,特标以"俚言",自贱其词,以博权宦一欢。然谀辞满纸,固为魏阉所能完全了解,而冯铨之卑躬屈膝、无耻献媚却已尽在其中了,此亦可谓之言志矣。

"明代阉宦之祸酷矣,然非诸党人附丽之,羽翼之,张其势而助之攻,虐焰不若是其烈也。中叶以前,士大夫知重名节,虽以王振、汪直之横,党羽未盛。至刘瑾窃权,焦芳以阁臣首与之比,于是列卿争先献媚"③。至魏忠贤窃柄,网织构陷,"毙诏狱者十余人,下狱谪戍者数十人,削夺者三百余人,他革职贬黜者不可胜计"④,正人去国,善类一空,"谄子无所不至,至建祠祝釐"⑤,"所过,士大夫遮道拜伏,至呼九千岁,忠贤顾盼未尝及也"⑥。威福之下,朝臣士夫之变节取媚者,可谓众矣。权宦虽为学识所限,却也偶尔标

---

① (明)尹直:《謇斋琐缀录》卷七,中华书局1991年版,丛书集成初编本。
② (明)谈迁:《枣林杂俎·业赘》,中华书局2006年版,第600页。
③ (清)张廷玉等:《明史》卷三百零六,中华书局1997年版,第2008页。
④ (清)张廷玉等:《明史》卷三百零六,中华书局1997年版,第2014页。
⑤ (清)张廷玉等:《明史》卷二百四十八,中华书局1997年版,第1652页。
⑥ (清)张廷玉等:《明史》卷三百零五,中华书局1997年版,第2005页。

榜风雅,延揽名士,名士或自重不交,或虚与委蛇。至若口谈道德而志在穿窬的假道学之流与不顾脸面、露骨诌媚的无耻之徒,自是蜂拥而上,呈诗文谀美巴结,以博权宦欢心。此类文字纯系献媚者于权宦一时兴趣下的拍马阿谀,本无传世之意,后世更嗤之以鼻,权宦失势,此辈亦作猢狲散,流传自然稀少。虽雕辞丽藻,间或有文字之佳,然士失其志,诗道之沦丧,亦极矣。

明代的太监自然没有阁臣的身份顾虑与道统观念,但其本身有限的知识背景以及在宫廷氛围中濡染形成的审美趣味与世俗心态,都不可能产生特别的诗歌关注。在倾慕文雅的一般风气下,虽也出现了一些颇具儒风的太监,然而,作为一种士人风流的整体接纳,其关注重心,或为论道谈禅,或为琴棋书画,并不局限于诗歌,有志于诗者,不讨寥寥数人。更为重要的是,真正进入明代权力核心阶层的太监群体多为狡黠之辈,学识不足且无道德约束,于诗歌并不留意,即便出于自抬身价动机之下的延揽行为,其所关注之重点亦仅限于士人的名气声望,至于诗文本身,则并不留意。至于一般诌媚者的谀美诗文,则更为不屑。至其威福之下,士人进退维谷,对抗者致祸,委蛇者尴尬,攀附者失德,于一代诗歌并无提倡之力,却有摧残之实。

综上而论,无论是有名无实的阁臣,还是有实无名的太监,其所构成的明代核心权力阶层并未对诗歌给予特别的提倡关注。明诗生态中的君王关注已然有限,而作为最为接近至尊权威的核心权力阶层所保持的则是相近的态度,其于诗歌的关注不过有无之间的兴趣所在,偶尔的特别关注,全在个人兴趣,并不涉及特殊的身份地位。在由权力阶层所代言的朝廷文化与官方意识中,虽然没有对诗歌的特别贬抑,却也并没有如同唐宋时代的积极提倡,种种条件下的有限关注自然造成了明诗文学生态的先天不足。

第四章　科举制度下的诗歌取向

明代君王对于诗歌虽无特别关注,鼓励提倡亦颇为有限。明初二祖因个人心理所造成的文狱惨祸虽戕害士人心志,但始终未曾直接压制、反对诗歌的创作,且君臣宴游,赋诗赐诗,有明二祖均曾亲力为之,日照虽然不足,却还保持着一般的温度,不至于有摧残之害,突如其来的明初文祸寒流虽为害一时,但其本意在维护君王尊严,并非专意破坏。况且,其后的继统之君亦每以昭雪忠臣的行为纠正裨补。核心权力阶层则大抵保持着与君王相近的态度,限于身份的阁臣以习惯的"余事"态度应之,不为所限的权宦则受制于学识,或有或无的诗歌兴趣全系个人行为,并无特别的排斥。明诗生态中的帝王日照虽然不足,作为辅弼的核心权力阶层亦温度不高,虽称不上促成繁荣的有利条件,然帝王、阁臣的有限态度与兴趣亦有着合乎各自身份要求的合理性,无可厚非,自不应视为抑制发展的不利条件。

上层的关注提倡所体现的是一种居高临下的提携态度,自是文学生态中推进发达的积极因子。明代君王的诗歌兴趣诚然有限,阁臣权宦的关注亦在有无之间,而所以影响转移其兴趣关注者,则在道统观照下的为政规范。无论是政治经验的积累,还是伦理哲学的要求,个人的文艺兴趣当然不能成为柄权执政者的道德准则,最高统治者及其辅弼成员虽然有着无上的权力,却无法变更源自传统的为政要求。尽管他们的个人行为可以逸出规范,紧随其后的却是无法避绕的道义谴责。"道统者,治统之所在也"①,"道"成为传统政治理念中的最高秩序与核心关注,"文以载道"则成为最具合法意义的判断视角,权力阶层有限兴趣下的吟诗作赋虽多以"载道"关怀作为表层意义上的合理辩护,但更为深刻的关注则体现为兴趣之外的"以文取士"。

时运交移,王朝兴替,作为统治意志实际体现的朝纲典制自与之更迭适应,然而,列代制度的因袭、改革、创立中却始终贯穿着儒学主潮下的秩序整顿,以为尺衡的则是"所以变化遂成万物"②的天下之"道"。贤人治国自是最为认可的履"道"思路,选贤任能成为权力阶层最为核心的治统关注,而

① (元)陶宗仪:《南村辍耕录》,中华书局1959年版,第37页。
② 王先谦:《荀子集解》,中华书局1954年版,诸子集成本。

作为关键的才士培养、选拔、任用则实际执行着儒家理想人生的塑造与实现。士者，"所以学而至乎圣人之事"①，怀道之士的参与统治成为实现道统与治统间最大叠合的有力保障；"士者所以为辅相承嗣也"，"欲祖述尧舜禹汤之道，将不可以不尚贤。夫尚贤者，政之本也"②，尚贤关怀下的育才取士制度则成为传统政治思想的基本关注。自《尚书》诰谟的举贤任官再到历代帝范的人才思想，选拔贤士加入统治始终是不变的核心关注，但具体的入仕路线则因育才取士的制度设置而各有所异。统治者的用意在网罗人才，为国所用，如何选取贤士自然成为关注的重点，而此，亦即权力阶层享用统治权利时所必尽的政治义务，远不能以一般兴趣视之。朱明以八股取士，取士制度之下的"时文"乃是帝工、阁臣远胜于寻常诗赋文章的核心关注。

君王日照、阁臣温度的积极关注莫不成为八股时文的最佳生态条件，于诗而言，自然不算有利条件，然而，更为不利的条件则来自于八股时文的制度土壤——科举取士。所谓制度，乃是包括规范和地位在内的角色体系，是以满足具体的社会需求或目的为取向的文明成分系统，是习俗、传统、象征、信仰、价值、规范、角色和地位的相对稳定和一体化的总和，支配着具体的社会生活领域——家庭、宗教、教育、经济、管理，被社会学家认为是社会赖以存在的基础。③ 一旦形成，自有其稳定性，并不以个人的主观意志为转移。钱穆先生尝言：

> "考试"与"铨选"，遂为维持中国历代政府纲纪之两大骨干。全国政事付之官吏，而官吏之选拔与任用，则一惟礼部之考试与吏部之铨选是问。此二者，皆有客观之法规，为公开的准绳，有皇帝（王室代表）所不能摇，宰相（政府首领）所不能动者。若于此等政治后面推寻其意义，此即《礼运》所谓"天下为公，选贤与能"之旨。④

传统选贤思路历经数代，最终定型为科举制度，同时满足着统治者、求仕者等不同角色的社会需求，作为传统政治思想的历史选择，其本身即是帝王思想、士人志尚、道学理念等价值信仰的稳定综合体，并不因君主好尚而

---

① （宋）朱熹：《朱子全书·晦庵集》卷三十二，上海古籍出版社、安徽教育出版社2010年版，第1401页。

② （清）孙诒让：《墨子间诂》卷二，中华书局1954年版，诸子集成本。

③ 参见［俄］弗·伊·多博林科夫、阿·伊·克拉夫琴科：《社会学》，张树华译，社会科学文献出版社2006年版，第407—409页。

④ 钱穆：《国史大纲》，商务印书馆1996年版，第15页。

更改。较之帝王阁臣的外部提倡,科举制度于士人心志实然有着更为深远的内在影响。明代科举之制,有异于唐代诗赋取士,略仿宋代经义,代古人语气为之,俗谓八股,以是取士。关切其身的科名及第已是发乎士子本心的直接关怀,而作为制度的八股取士更有着源自传统观念与权力阶层的支持,自然有着不可转移的导向力量。八股时文既为有明取士之定制,天下士人,风行向从,被明代科举制度排斥于外的诗歌自然不幸地成为"时文余事",在八股程文的制度土壤中艰难而顽强地继续着自己的生命,记录着有明士人的残余心态,恪守着抒情言志的精神职责。

第一节　八股冲击与诗的位移

三代圣王的禅让传说中虽已体现出贤人治国的选举端倪,但夏商时代的氏族特色所凸显的则是血缘关系下"各亲其亲,各子其子"的贵族世袭,"殷人尊神,率民以事神,先鬼而后礼","周人尊礼尚施,事鬼敬神而远之,近人而忠焉",①在周代人本尊礼的文化气质中,血缘亲疏的自然关系被完善为严辨嫡庶的宗法制度,封建亲戚以蕃屏周,由"亲亲"而"尊尊"的文化转移突出了贵族等级差异,但"更(赓)乃祖考"②的官职世袭却是普遍的情况。然而,若"舜发于畎亩之中,傅说举于版筑之间,胶鬲举于鱼盐之中,管夷吾举于士,孙叔敖举于海,百里奚举于市","伊尹耕于有莘之野",以及为人所津津乐道的"吕望年七十钓于渭滨",所述虽未能全部坐实,却也略可证明世袭社会中有着选荐贤士的突破行为。况且,世袭社会的任官中同样有着"选士"行为,只不过选择的对象被限定于独占知识文化资源的贵族,作为重要尺衡的则是标志出身的世系族谱,伍长、乡吏等小官的选拔中亦有着"乡兴贤能"的推选行为。"尊尊、亲亲、贤贤,此三者治天下之通义也,周人以尊尊亲亲二义,上治祖祢,下治子孙,旁治昆弟,而以贤贤之义治官。故天子诸侯世,而天子诸侯之卿、大夫、士皆不世"③。社会政事日趋复杂,所需官吏额数亦随之增加,"不世"之士则多托身权门,借推引、自荐入仕,至春秋战国,礼崩乐坏,游士纵横,舌动天下,诸侯霸主亦不拘为用。虽无固定制度形成,任贤取才之荐选思路实已呈现,爰及两汉,乃有察举、征召、辟除、荐举、任子诸法,其中以察举之制最为普遍,且有"不举孝,不奉诏,当以不

①　(清)孙希旦:《礼记集解》卷五十一,中华书局1989年版,第1310页。
②　《曶壶》,转引自晁福林:《夏商西周的社会变迁》,北京师范大学出版社1996年版,第380页。
③　《王国维全集》卷八,浙江教育出版社、广东教育出版社2009年版,第315页。

敬论;不察廉,不胜任也,当免"①的法令推行,遂成一代制度。魏晋以九品中正制为选官之法,门阀把持选举,"上品无寒门,下品无士族",竟成风习,然察举一制,并行不废。察举中虽有策问应对,后汉时,亦有"儒者试经学,文吏试章奏"②的辅弼手段,但终究以"人荐"为主,难以严密考核,不免有弊。曹魏时,王昶已有"考试犹准绳也,未有舍准绳而意正曲直,废黜陟而空论能否也"③之论,西晋傅玄亦称,"夫同情者相妒,同事者相害,中人所不能免也,故君子不以人害人,必以考试为衡石,废衡石而不用,此美玉所以见诬为石,荆和所以抱璞而哭之也"④,葛洪更言"夫衡量小器,犹不可使往往有异,况人士之格,而可参差而无检乎"⑤。"荐举"由人的主观之弊既已尽现,标准统一的客观考试遂有取代之趋势。⑥降及李唐,则有科举之定制,士人投牒自进,国家以文取士。逮及赵宋,"初亦如唐制,兼采时望。真庙时,周安惠公起,始建糊名法,一切以程文为去留"⑦,唐制中可能导致考官主观"因缘挟私"的通榜、公荐、行卷因之渐废,"程文"遂成为此后取士的唯一尺衡。并及锁院、誊录等措施,力求客观公正,隔绝考生、考官,唯程文是取。士人的才学能力集中体现于应试文章,国家之进退取舍亦关注于科场程文,所谓"以文取士",至此,方谓意义完全。元朝时,科举中辍而不废,朱明继起,历行千年的科举制度终至完备。

明朝初建,悉复汉制,对士子而言,最令他们激动的便是科举的恢复了。洪武三年(1370)五月初一日,初设科举,诏曰:

> 朕闻成周之制,取材于贡士,故贤者在职,而其民有士君子之行,是

①　(汉)班固:《汉书》卷六,中华书局1962年版,第167页。

②　(宋)范晔:《后汉书》卷四十四,中华书局1973年版,第1506页。

③　(晋)陈寿:《三国志·魏书》卷二十七,中华书局1964年版,第749页。

④　(宋)王钦若等:《册府元龟》卷八百二十九,中华书局1989年版,第749页。

⑤　(晋)葛洪:《抱朴子》,中华书局1954年版,诸子集成本。

⑥　何怀宏先生指出,南朝宋、齐、梁、陈的察举与学校入仕制度,较之魏晋,明显地处于一个转折时期。察举与学校入仕之途又有了较为明显的复兴趋势。专制君主在振兴察举与学校上作出了积极的努力;南朝考试程序的严密化,"以文取人"原则的强化,秀才与举主关系的疏远,以及自由投考制度的萌芽,都构成了察举、学校制向科举制度发展的中间环节。自由投考制度的萌芽在北朝,则表现在士人"求举秀才"而刺史加以推荐之上。察举的中心环节,已渐渐由举荐转移到考试上来;察举的标准已由兼及孝悌、吏能,变成了以文化知识检验为主;长官的举荐权力,已经变成了搜罗文人以应试的责任;考试程序在不断严密化、规范化;入仕、铨选与考课的区别分化,日益清晰。(参见何怀宏《选举社会及其终结——秦汉至晚清历史的一种社会学阐释》,生活·读书·新知三联书店1998年版,第96页)

⑦　(宋)陆游:《老学庵笔记》卷五,三秦出版社2003年版,第197—198页。

以风俗淳美,国易为治,而教化彰显也。汉唐及宋,科举取士,各有定制,然但求词章之学,而未求六艺之全。至于前元依古设科,待士甚优,而权要之官每纳奔竞之人,辛勤岁月,辄窃仕禄,所得资品,或居人之上,其怀材抱道之贤,耻于并进,甘隐山林而不起,风俗之弊,一至于此。今朕统一中国,外抚四夷,方与斯民共享升平之治,所虑官非其人,有伤吾民,愿得贤能君子而用之。自洪武三年为始,特设科举,以起怀材抱道之士,务在经明行修,博古通今,文质得中,名实相称。①

朱元璋的开科诏令自是传统尚贤思路的延续,其所凸显的则是其复古取向与务实主张,于成周之制的向慕中更有着博古通今、文质得中的现实关注。"设科取士,期必得于全材,任官惟贤,庶可成于治道","全材"关注下的明初科考,更处于急需用人的开国背景之下,很大程度上是作为衡量怀材抱道之士是否"名实相称"的有效尺度,作为考试,其通过性质要大于选拔性质,并无严格的形式限制。"乡试、会试文字程序"即明令规定:

> 第一场试五经义,各试本经一道,不拘旧格,惟务经旨通畅,限五百字以上。《易》程朱氏注、古注疏;《书》蔡氏传、古注疏;《诗》朱氏传、古注疏;《春秋》左氏、公羊、穀梁、胡氏、张洽传;《礼记》古注疏。四书义一道,限三百字以上。
> 第二场试礼乐论,限三百字以上,诏诰表笺。
> 第三场试经史时务策一道,惟务直述,不尚文藻,限一千字以上。
> 第三场毕后十日面试,骑观其驰骤便捷,射观其中数多寡,书观其笔画端楷,律观其讲解详审。而殿试则试"时务策一道,惟务直述,限一千字以上"。②

"经旨通畅""不尚文辞""惟务直述"的风格要求正反映出明初科举于文体规限的宽松,而在"必得全材"的取士思路之下,首场的五经义、四书义也没有决定性的意义,"取士必重实学,征材用,故崇二、三场所试论、表、策者,虽书、经义不佳,论、表、策佳者取之"③。其后,应试人数日趋增多,科举

---

①　(明)王祎:《王忠文公集》卷十二,上海古籍出版社 1987—1989 年版,文渊阁四库全书本。今按:(明)程敏政列此诏《明文衡》卷首,以为朱元璋御制,然《明太祖集》未收,可知,当为王祎代笔,又见于明代王世贞《弇山堂别集》卷八十一所载,与此文字略异。
②　《弇山堂别集》卷八十一,中华书局 1985 年版,第 1540 页。
③　《陈子龙文集·安雅堂稿》卷五,华东师范大学出版社 1988 年版,第 145 页。

的选拔性质愈发突出，而阅卷的强度与难度亦随之增加，首场的经、书义日为所重。"明兴而始三试，士各以其日为经书义以观理，为论以观识，为表以观词，为策以观蓄。然其大要重于初日，以观理者，政本也，至于标题命言，则或全举而窥其断，或摘引而穷其藻，上之所以待下者，愈变而其辞益工。盖至于嘉隆之际，灿如矣"①。"观理者，政本也"，所凸显的是作为传统思想主流的儒学精神，而"标题命言"则是以文为衡、择优录用的有效手段。传统价值观念的历史延续与实际运作的切实可行使得首场的经书文成为明代科举取士的核心所在，而文章程式则由有着共同知识背景的"考官和士子在作文与衡文的反复互动中，逐渐成形并得到某种默认，成为某种不成文法，然后才成为某种明确的定制"②——这便是深刻影响了明清历史的八股时文③。

一、八股之重

任贤取士为政本所在，自是君王关注重点，朱元璋虽以严法治国，然其求贤若渴亦是实情，尝言"若得材识贤俊之士，布列中外，佐吾致知，吾以一心统其纪纲，群臣以众力赞襄庶政，使弊革法彰，民安物阜，混一之业，可以坐致。古语云：国无仁贤，则国空虚"④，在其心中，人才所系之重，可见一斑。求贤心切的开国明祖，唯才是与，不拘资格，取士之法亦未定于一途，初设科举，所得非人，遂罢科举十年，"别令有司察举贤才，以德行为本，而文艺次之。其目，曰聪明正直，曰贤良方正，曰孝弟力田，曰儒士，曰孝廉，曰秀才，曰人才，曰耆民"⑤。然荐举所得人才，列置郡县，多不称职，宜核其去留。考试甄别自为选拔手段，考试既不得废，朱元璋遂"命科举与荐举并行。(任)昂条上科场成式，视前加详，取士制始定"⑥，次年(1384年)，颁布科举成式，"洎科举复设，两途并用，亦未尝畸重轻。建文、永乐间，荐举起家犹有内授翰林、外授藩司者。而杨士奇以处士，陈济以布衣，遂命为《太

① (明)王世贞：《弇州四部稿》卷七十，上海古籍出版社1987—1989年版，文渊阁四库全书本。
② 何怀宏：《选举社会及其终结——秦汉至晚清历史的一种社会学阐释》，生活·读书·新知三联书店1998年版，第187页。
③ 按：八股之名，并不见于明初，其为经义之文的通俗称法，大约始于成化之后，参顾炎武、戴名世说。本文所用"八股"，乃就其一般所指而言，并非特指成化之后的固定称谓。
④ (明)朱元璋：《宝训》卷五，台湾"中研院"历史语言研究所影印本1968年版。
⑤ (清)张廷玉等：《明史》卷七十一，中华书局1997年版，第467页。
⑥ (清)张廷玉等：《明史》卷一百三十六，中华书局1997年版，第1027页。

祖实录》总裁官，其不拘资格又如此"①。故而，明儒黄淳耀称，"国初三途并用，其最重者荐辟与乡贡，次乃及于科目，其有茂才异等，晓习兵农礼乐，天文地理，河渠律历，兵阵壬奇诸科者，皆不繇场屋，一出即为台阁妙选，方面大臣"②。黄氏"三途"的划分依据实为考试，三者的区别所在，正在于考试在铨选过程中所起作用不同，科目全由考试，荐辟则无须考试，乡贡由州县推荐，却须参加考试，合格后方得授官。黄淳耀为崇祯十六年进士，"为诸生时，深疾科举文浮靡淫丽，乃原本《六经》，一出以典雅。名士争务声利，独澹漠自甘，不事征逐"③，其以考试为尺度的仕途划分所凸显的正是明代士人对考试选才的关注，特意点出的国初最重荐辟，实多羡慕之意，而背后所暗含则是对后世专以科第取士的不满。而此，亦是明末士人对科第取士的一种普遍的历史反思，用意多在对科举取士之弊的抨击，却非严格冷静的历史评析。

于明代仕途更为细密的分析则来自于早些时候的归有光，归氏《三途并用议》曰："所谓三途者，进士也，科贡也，吏员也。国初用人，有征聘，有经明行修，有人才，有贤良方正，有才识兼人，有楷书，有童子诸科。其后率多罢废。承平以来，专用进士、科贡、吏员，是三者初未尝废"④。嘉靖时期的归有光毕竟没有明末士人亡国危机下的特殊情绪，其于明代仕途的结构分析与历史演变的叙述评析自然态度平和、持论中允。其后，顾炎武则据《明会典》所载条例，认为明初提控、都吏、掾史、典吏、令史等授官品级，与举人出身的进士不甚相远，故"国初之制，谓之三途并用，荐举一途也，进士、监生一途也，吏员一途也"⑤。明代，充任职役的吏员以及在专门机构从事特殊技能工作的书算、通事等，亦可以积累年资，通过考核，获得官位，亦为明代入官途径之一，故归有光、顾炎武均以吏员别为一途，不同于黄氏之论，至于总类，实则大体相同，不同处唯在，顾氏以为科与贡均从考试而得，故总谓之一途，不当以为二途。而归氏亦称"今进士之与科贡，皆出学校，皆用试经义论策，试进士不中，入国子为举人监生，试举人不中，循年资而贡之，入国子为岁贡监生"⑥，实与顾炎武有着相似的判断，其所以分为二途的

① （清）张廷玉等：《明史》卷七十一，中华书局1997年版，第467页。
② （明）黄淳耀：《陶庵全集》卷八，上海古籍出版社1987—1989年版，文渊阁四库全书本。
③ （清）张廷玉等：《明史》卷二百八十二，中华书局1974年版，第7528页。
④ （明）归有光：《震川先生集》卷三，上海古籍出版社1981年版，第65页。
⑤ （清）顾炎武著，黄汝成集释：《日知录集释》卷十七，上海古籍出版社1985年版，第1361页。
⑥ （明）归有光：《震川先生集》卷三，上海古籍出版社1981年版，第65页。

原因则立足于对授官时出身资格的考虑,较之顾氏的历史考索,显然有着一层现实关注的意味。

至《明史·选举志》,则称:"选举之法,大略有四:曰学校,曰科目,曰荐举,曰铨选。学校以教育之,科目以登进之,荐举以旁招之,铨选以布列之,天下人才尽于是矣。明制,科目为盛,卿相皆由此出,学校则储才以应科目者也。其径由学校通籍者,亦科目之亚也,外此则杂流矣。然进士、举贡、杂流三途并用,虽有畸重,无偏废也。荐举盛于国初,后因专用科目而罢。铨选则入官之始,舍此蔑由焉"①。学校与科目关系紧密,被目为一途,而吏员等杂流之入官自可归入铨选一途,故曰选举四法,三途并用。又称,有明一代,"选人自进士、举人、贡生外,有官生、恩生、功生、监生、儒士,又有吏员、承差、知印、书算、篆书、译字、通事诸杂流。进士为一途,举贡等为一途,吏员等为一途,所谓三途并用也"②。正史所述,则溯其源,明其类,尽其详,持论实与归、顾相同。

然而,三途并用,却非三途并重,如前所述,荐举仅盛行于明初,其时,国家乏才,而明祖法令严明,且建国初期的为政者多有蓬勃之气,所荐虽不乏才士,却也多有所举非人的事实,时日既久,"徇私滥举权势子弟并亲识故旧之人,及至考察,才行文学,皆无可取"③渐成风气,士者既无公平机会,得官亦无优越之处,应者自寡,而一般官员亦恐荐举非人招致处罚,"自后科举日重,荐举日益轻,能文之士率由场屋进以为荣;有司虽数奉求贤之诏,而人才既衰,第应故事而已"④。次论吏员,出身贫苦的朱元璋,自幼多见"州县官吏多不恤民,往往贪财好色,饮酒废事,凡民疾苦,视之漠然,心实怒之"⑤。其实,寒贱布衣朱元璋所能最多接触的不过是下层胥吏而已,其真正"怒之"者,实为此辈。"一切诸司衙门吏员等人,初本一概民人,居于乡里,能有几人不良? 及至为官为吏,酷害良民,奸狡百端,虽刑不治"⑥,成见既存,故洪武四年,中书奏科举定制,凡府州县学生员、民间俊秀子弟及学官吏胥习举业者皆许应试,朱元璋则曰"科举初设,凡文字词理平顺者皆预选

①　(清)张廷玉等:《明史》卷七十一,中华书局1997年版,第468页。
②　(清)张廷玉等:《明史》卷七十一,中华书局1997年版,第468页。
③　《明英宗实录》卷八十五,台湾"中研院"历史语言研究所影印本1968年版。
④　(清)张廷玉等:《明史》卷七十一,中华书局1997年版,第467页。
⑤　(明)余继登:《典故纪闻》卷二,中华书局1981年版,第29页。
⑥　(明)朱元璋:《御制大诰》"吏属同恶"第五十一,上海古籍出版社2002年版,续修四库全书本。

列,以示激劝,唯吏胥心术已坏,不许应试"①,开国君王于吏员的厌恶演变为不许科考的制度规定,虽然尚保留着"考满"合格而"转补""升补"的晋升路径②,却日渐拥挤狭窄,"吏员考满,冠带听选,有经十二三年未得除授者,中间多有衣食不给,借贷于人,贫苦无聊,志意衰退"③,"近年以来,吏员需选者,人多缺少,计其资次,乃有老死不能得一官者"④。吏员被排斥于科举之外,即便有机会得官任职,却也不得谓之正途,故《明史》即以"杂流"视之,朝廷亦"立格以限其所至,而吏员之与科第高下天渊矣"⑤。吏员一途,虽存实塞,而荐举之路,亦名存实亡,有明一代,取士任官之正途实在科贡,亦即顾炎武所言的考试一途,而作为考试核心内容的便是八股时文。

需要指出的是,科贡之中,亦有轩轾俯仰,洪武初期,百废待兴,"用人之途最广,僧道皂隶,咸得为九卿牧守,大臣荫子,至八座九卿者,不可缕数"⑥,其时"人才辈出,太学为盛,朝廷所用,内而台谏,外而藩臬,率以授太学生之成材者"⑦。首科状元吴伯宗经朱元璋亲制策问,得"赐冠带袍笏,授礼部员外郎,与修《大明日历》"⑧,二甲进士俱授主事,三甲进士所授俱为县丞,⑨相较之下,尚无太大优势,然"宣德以后,独重进士一科,虽岁贡、监生莫敢与之抗衡"⑩,而"正统以来,岁贡、监生无复径守台谏及藩臬章贰者"⑪,而"天下州、县,无虑千三百,为正佐之官者,进士十不及一,举人十不及二三,余皆岁贡并援例监生,以及吏员出身者为之"⑫,弘治阁臣丘濬尝言"我朝选举之制,比汉、唐、宋为省,科举之外,止有监学历仕、吏员资次二途以为常选,其它如经明行修、贤良方正、材识兼茂、楷书、秀才、童子之类,皆

---

① (明)俞汝楫编:《礼部志稿》卷七十一,上海古籍出版社 1987—1989 年版,文渊阁四库全书本。

② 《明会典·卷十五·吏部十四》载:"洪武十七年,议定吏员考满,试中第一第二等者,于在京有出身衙门内用,第三等者于在京未有出身衙门内用,仍以等第姓名出榜晓谕,遇缺以次拨用"。

③ (明)商辂:《商文毅疏稿》,上海古籍出版社 1987—1989 年版,文渊阁四库全书本。

④ (明)丘濬:《大学衍义补·治国平天下之要·正百官·公铨选之法》,上海书店出版社 2012 年版,第 106 页。

⑤ (清)顾炎武著,黄汝成集释:《日知录集释》卷十七,上海古籍出版社 1985 年版,第 1361 页。

⑥ (明)张居正:《张太岳集》卷十八《杂著》,上海古籍出版社 1984 年版,第 214 页。

⑦ (清)孙承泽:《春明梦余录》卷五十四,北京出版社 1992 年版,第 1116 页。

⑧ (清)张廷玉等:《明史》卷一百三十七,中华书局 1997 年版,第 1029 页。

⑨ (明)陆容:《菽园杂记》卷一,中华书局 1985 年版,第 2 页。

⑩ (明)张居正:《张太岳集》卷十八《杂著》,上海古籍出版社 1984 年版,第 214 页。

⑪ (明)王圻:《续文献通考》卷五十五,现代出版社 1986 年版。

⑫ (明)张璁:《张文忠公文集·奏疏》卷六《张璁集》,上海社会科学院出版社 2003 年版。

兴废不常"①,唯存进士一科,而"当世之所重者,在进士科,而此二途次之",更称"祖宗所恃以求贤辅治之具,诚莫先于进士一科,是以百年以来,凡明治体建功业者,皆自此途以出"②。万历时的治河名臣潘季驯亦言,明代官人之法,"特重进士之科,是以历朝建功立业者,进士十居八九"③。明末黄淳耀亦言"自宪皇帝以后,所谓三途者,遂废其二,而科举始独重矣。近则三场之所重者,止于七义,七义之所重者,止于三义"④。有明仕途,科举独重,进士为先,欲得其成,则在科场较量,三场之重,又在首场,八股时文自然成为重中之重。

在儒家积极入世的关怀之下,孔圣的"美玉待善贾"已是"学会文武艺,货与帝王家"的思想源头,而"朝为田舍郎,暮登天子堂"更历来是传统士人的一般理想。有明一代,"国家取士,惟举业一途。士多以此学,主司多以此取士,而有志者所不能脱焉者也"⑤。修齐治平的书生理想必须依赖登臒为官方能彻底实现。明代取士授官尽在科举,"中外文臣,皆由科举而选,非科举毋得与官"⑥,而"即有卓荦奇伟之才,若不从科目出身,终不得登臒仕"⑦。士、官相隔,唯在八股时文,书生的全段功名富贵尽在其中,士人的报国济民之志亦寄托其中。"夫作人之道,全在鼓舞变化,而考绩之说,同一黜陟幽明。今鼓舞之法,既独行于进士一科,而考绩之法又独严于发身举人、岁贡者"⑧,此消彼长,举人、岁贡之志尽移于进士,"夫科目之设,天下之士群趋而奔向之,上意所向,风俗随之,人才之高下,士风之醇漓,率由是出"⑨,八股时文自然成为明代士人最为普遍的身心关注,更是有明一代最为典范的文化标识。

明兴,科举重开,"学而优则仕"的理想路线再次获得了实践的可能,而"非科举毋得与官"的国家态度则将其进一步强化为"科举优则仕",三场之

---

① (明)丘浚:《大学衍义补·治国平天下之要·正百官·清入仕之路》,上海书店出版社2012年版,第97页。

② (明)丘浚:《大学衍义补·治国平天下之要·正百官·清入仕之路》,上海书店出版社2012年版,第97页。

③ (明)潘季驯:《潘司空奏疏》卷一《慎选民牧疏》,上海古籍出版社1987—1989年版,文渊阁四库全书本。

④ (明)黄淳耀:《陶庵全集》卷八,上海古籍出版社1987—1989年版,文渊阁四库全书本。

⑤ (明)应大猷:《书道南书院录后序》,载《容庵集》卷六,(台湾)新文丰出版公司1989年版,丛书集成续编本。

⑥ 《明太祖实录》卷二十五,台湾"中研院"历史语言研究所影印本1968年版。

⑦ (明)张居正:《张太岳集》卷十八《杂著》,上海古籍出版社1984年版,第214页。

⑧ (明)倪岳青:《溪漫稿》卷十四,上海古籍出版社1987—1989年版,文渊阁四库全书本。

⑨ (明)王鏊:《震泽集》卷三十三,上海古籍出版社1987—1989年版,文渊阁四库全书本。

中,首场为重的取士风习更将士人的理想路径限定为"八股优则仕",天下读书人,敢不向慕而从?"明朝以八股开科取士,士之喜功名而爱富贵者,争尽心趋之。自头童至齿豁,无论薄海内外,其不专心致志者寡矣"①。可知,有明士人心中,八股之重,无以论比。且明代殿试例无黜落,通过会试者,最差亦可得同进士出身,并赐有"恩荣"宴,洪武初,赐诸进士宴于中书省,洪武三十年,赐进士韩克忠等宴于会同馆;永乐二年,赐进士曾棨冠服银带,赐钞五锭,赐宴于会同馆;宣德五年,赐宴于中军都督府,八年,宁晋人曹鼐举进士一甲第一,赐宴礼部。自此,进士宴礼部遂为定制。② 又"教坊司,专备大内承应,其在外庭,惟宴外夷朝贡使臣,命文武大臣陪宴乃用之。盖沿唐鸿胪寺、宋班荆馆故事,所以柔服远人,本殊典也。又赐进士恩荣宴亦用之,则圣朝加重制科,非他途可望,其他臣僚,虽至贵倨,如首辅考满,特恩赐宴始用之。惟翰林官到任,命教坊官俳供役,亦玉堂一佳话也"③。此外,襄阳人任亨泰,洪武二十一年戊辰赴试,状元及第,"宠遇特隆,命有司建状元坊以旌之。圣旨建坊自此始"④,"永乐九年三月庚午,命工部建进士题名碑于国子监"⑤,赐宴用乐,建坊立碑,进士之尊荣可谓极矣。"上以文取人,士以文致显耀,举世翕然"⑥,即人君而论,尚武的朱棣且言"科举是国家取人材第一路"⑦,而右文的朱瞻基每试进士,则自撰程文,更以"会元及第"自命,君王的关注提倡加以制度的保证,"以文取士"的选拔原则于明代科举中得以最大强化,科场程文成为士人改变身份、光宗耀祖、实现兼济之志的必需途径,八股时文自然当之无愧地成为有明一代最具分量的文化磁极。

二、八 股 之 难

进士既身系天下之重,自然不可轻得,国家人才尽出其中,万众所视,孰敢轻忽。然而,遴选本难,应者日众,所以权衡低昂者,唯在程文。继元而兴的朱明王朝,每以恢复汉制为志,科举重开固为取士安邦的现实要求,然亦略可窥见光复心理下的政治取向。明儒蔡清即言:"今之举业之文非古也,

---

① (清)韩程愈:《白松楼集略》卷七,康熙刊本。

② 参见《明史》卷五十三、卷七十、卷一百二十八、卷一百六十七及《明太祖实录》卷二百五十三、卷二十九等相关记载。

③ (明)沈德符:《万历野获编》卷十,中华书局1959年版,第271—272页。

④ (明)焦竑:《玉堂丛语》卷三,中华书局1981年版,第78页。又见蒋一葵《尧山堂外纪》卷七十九。

⑤ 《明太宗实录》卷一百一十四,台湾"中研院"历史语言研究所影印本1968年版。

⑥ (元)吴师道:《礼部集》卷十一,上海古籍出版社1987—1989年版,文渊阁四库全书本。

⑦ 《明太宗实录》卷二十八,台湾"中研院"历史语言研究所影印本1968年版。

而其理则犹古也"①,考选之制"就全国民众施以一种合理的教育,复于此种教育下选拔人才,以服务于国家;再就其服务成绩,而定官职之崇卑与大小。此正战国晚周诸子所极论深觊,而秦、汉以下政制,即向此演进"②,至唐宋之科举取士,已演变为传统政治生活的重头戏,亦成为中国传统中精英政治的主要思路和构成基础。明代八股取士所遵循的显然也是这种精英思路下的政治训练。科举传统的尚贤精神虽然一脉相沿,但作为实际取士的具体手段却更趋严格缜密。"科举取士,务得全材",重才能、轻文辞虽是科举考试的历来主张,但可以展现才能的平台却是科场文章,而选拔取舍的最后依据亦是制艺时文,在"一切以程文为去留"的基本准则之下,科场程文必须同时满足主司"操绳尺以度群材",士子"合矩矱以中程式"的双向诉求。考场文字既须给应试者施展才华的最大空间,以体现选贤与能的基本宗旨,同时又必须保证主考官客观评阅的可操作性,以维护公正公平的根本原则,八股之难,略可见矣。

作为传统社会毫无疑问的主流思想,儒学自可以为是"施以全国民众的合理教育",作为选拔贤才的考试内容亦大抵沿此展开。汉代,左雄改制,"诸生试家法""儒者试经学",而汉儒家法,师所传授,弟子一字不可改变,界限最严,其所考察者,多在记忆能力,其后,唐之"帖经","以所习经,掩其两端,中间开唯一行,裁纸为帖。凡帖二字,随时增损,可否不一,或得四、得五、得六者为通"③,颇类今日考试之填空;又有所谓"墨义"者"每经问义十道,五道全写疏,五道全写注"④,实为默写形式的记忆测验⑤,以上数类,大略皆为儒家经典知识的记诵检测。至若诏诰表笺之类公文写作,自然流于形式考察,策问对答,或可涉及时政要务,然士子出身有差,多数考生并无法接触国家大事,其论不免流于表面,有失公平之义。更重要的则是,评阅标准难以掌握,若宋庆历时,曾改制以策论为先,但最终却以"为诗赋声病易考,而策论汗漫难知"⑥,不得不归复旧制。诗赋之体,本于儒经,又须押韵合律,诚有可取之处,唐以诗赋取士,所出题目颇有摘自儒家

---

① (明)蔡清:《虚斋集》卷三,上海古籍出版社1987—1989年版,文渊阁四库全书本。
② 钱穆:《国史大纲》,商务印书馆1996年版,第15页。
③ (宋)郑樵:《通志》卷五十八,浙江古籍出版社1988年版,第708页。
④ 《黄宗羲全集》第1册,浙江古籍出版社1985年版,第14页。
⑤ 《旧唐书·宪宗纪上》载:"壬申,礼部举人,罢试口义,试墨义十条,五经通五,明经通六,即放进士",默义与口义对举,窃疑,"墨义"之"墨"即为"默写"之默也。今按:《荀子·解蔽》有:"故口可劫而使墨云,形可劫而使之诎申。"《史记·屈原贾生列传》云:"眴兮窈窈,孔静幽墨。"裴骃集解引王逸曰:"墨,无声也。"墨,默本。通,可为一据。
⑥ (元)脱脱等:《宋史》卷一百五十五,中华书局1977年版,第2613页。

经典者，①遂成一代定制，历行百年。文字作为科举考试的必然载体，作为表达的文学能力自然在首考之列，作为核心内容的儒家经典知识，必然依托文字载体而体现。而诗赋取士则不免有些凸现文学能力的夺主意味。王安石作诗曰："文章始隋唐，进取归一律。安知鸿都事，竟用程人物"②。按：汉灵帝曾于鸿都门置学，召举能为尺牍辞赋及工书鸟篆者。王安石认为隋唐制度所因即汉末此制，更言"今以少壮时，正当讲求天下正理，乃闭门学作诗赋，及其入官，世事皆所不习，此科法败坏人才"，当"先除去声病偶对之文，使学者得专意经术"③，学术统一而至道德纯粹。遂罢诗赋而改试经义，而"试义者须通经、有文采乃为中格，不但如明经墨义粗解章句而已"④，除去恢复科考取士中儒学知识的核心地位外，就考试的灵活度和难度而言，类似命题作文的经义应试文自然远胜于之前的较为单一的记忆测验，与诗赋相比，除去更为突出的"明道尊经"色彩外，集中主题下的字数增加亦意味着难度的提升。而诗赋中的严整格律结构，既可作为主司绳尺，以便权衡，更能增加难度，以见水平，诗赋取士的这一合理内核逐渐为日后科举所吸收，历元代之经义，降及朱明，则定型成熟为八股时文。

　　八股的形成并非一人一时，溯其源流，则众说纷纭而各有所据⑤，以传统考试制度之演进而言，八股作为取士制度中的最后成熟文体，对于历代考试形式的合理内核均有所吸取，而变化为更最适于科举选拔的文章定式，需要指出的是，非但八股如此，"整个文明史充满着那些最初十分珍贵而最后使人致命的主义和制度"⑥，如前所述，制度本就是因满足具体的社会需求而形成的相对稳固的文明综合体，而社会需求的不断变化与其所具备的相对稳定性间的必然冲突则成为制度本身所不可避免的内在矛盾。故而，制度初兴，每为应时而作，自有其利，时过境迁，积弊渐生，最初的珍贵不免沦为最后的窒息。而"穷则变，变则通"传统应对思想亦随之而生，即选举而论，"三代取士之经，出于乡举里选。至汉三途而一变，至六朝九品而再变，

①　清代臧岳《应试唐诗备考》称："唐以前试士，未有摘经书句命题者，有之，自试帖始。"见陈伯海主编：《唐诗汇评》下册，浙江教育出版社 1995 年版，第 3329 页。
②　(宋)王安石：《临川文集》卷十，上海古籍出版社 1987—1989 年版，文渊阁四库全书本。
③　(元)脱脱等：《宋史》卷一百五十五，中华书局 1977 年版，第 3618 页。
④　(元)脱脱等：《宋史》卷一百五十五，中华书局 1977 年版，第 3618 页。
⑤　关于八股之形成及源流，除早期学者如商衍鎏外，当代学者论及颇详，可参看黄强《八股文与明清文学论稿》、何怀宏《选举社会及其终结——秦汉至晚清历史的一种社会学阐释》、王凯旋《明代科举制度考论》中相关章节。
⑥　英国经济学家白哲特说，转引自[美]乔治·塞尔兹编：《影响人类历史的名人思想》，公婷等译，上海人民出版社 1991 年版，第 25 页。

至隋唐科举而三变,皆承其敝而变者也。实则试言试行皆试也,特变其所试之法。世安有不敝之法哉"①。若家法、帖经、墨义、诗赋、经义之递相演进,亦有承敝而变之深意存焉,至明代八股,集诸法之大成,于传统考试而言,其考察的灵活度与难度以及阅卷取舍的相对客观公正,实已臻于极致。

以作为基础知识储备的儒家经典记忆而言,直接考察记诵程度的帖经、墨义(口义)无法展现考生的全面才华,早在宋代便为更为灵活、更有难度的经义所取代,明之八股,略仿宋代经义,亦不停留于单一的识记能力检验。然而,八股的考察重点虽在对儒学知识更高层面上的理解与应用,但作为基本能力的识记检验却未因此放弃。明代科举"沿唐、宋之旧,而稍变其试士之法,专取四子书及《易》、《书》、《诗》、《春秋》、《礼记》五经命题试士"②,题目范围已被限定于四书五经,对于儒家经典的熟悉自然是必备的素质,更为重要的是,在八股考试中,破题最是关键环节,"破题是个小全篇","全篇之神奇变化,此为见端"③,所以先声夺人、吸引考官皆在于此。梁素冶称"凡作破题,最要扼题之旨,肖题之神,期于浑括清醒,精确不移"④,若想达到此境,于四书五经则远非一般熟悉可止,须得烂熟胸中,每字每句皆须熟记,非但如此,相关传注,都应记诵,如朱子传注,更当倒背如流。不如此,则不知题目之出处,更不知如何下手破题,题尚且不能破,此后的行文更无从谈起了。科举八股虽然不是识记能力的检测,但于士子对儒家经典的记忆程度却有着更高层次的内在要求:除去十分熟稔的知识记忆之外,同时还必须具备对这些知识的理解和应用。

八股时文的另一标志为"代古人语气为之",所谓的古人自是经典谱系下的列圣先贤,圣人之言,尽在诸经,"代圣贤立言"实为一种儒学经典的阐释方式。章太炎先生曾言:"注疏者,八股之先河",盖注疏释经,八股文为衍绎四子书及五经之义理,故注疏外式异八股,而内涵为八股之所自出。⑤相同经学内涵下的不同阐释方式,恰可体现出八股文对应试者于儒经理解能力的高度要求。代者,"代当时作者之口,写他意中事"⑥,所要求的则是一种设身处地的揣摩体会,更要求考生完全进入经典,彻底理解圣贤思想。

---

①　邓嗣禹:《中国考试制度史》"邓序",(台湾)学生书局1982年版,第1页。

②　(清)张廷玉等:《明史》卷七十,中华书局1997年版,第462页。

③　(清)刘熙载:《艺概注稿》卷六《经义概》,中华书局2009年版,第823页。

④　(清)刘熙载:《艺概注稿》卷六《经义概》,中华书局2009年版,第829页。

⑤　陈柱:《中国散文史》,上海书店1984年版,第267页。

⑥　(明)董其昌:《画禅室随笔》卷三《评文》,上海古籍出版社1987—1989年版,文渊阁四库全书本。参见《古今图书集成》文学典"经义部",中华书局、巴蜀书社1985年版。

钱锺书先生尝称:“揣摩孔孟情事须从明清两代佳八股文求之,真能栩栩如活生,其善于体会,妙于想象,于杂剧传奇相通”①。“善于体会”,绝非空言,必须建立于对儒学经典的深度理解、掌握之上。归有光称:“今所学者虽曰举业,而所读者即圣人之书,所称述者即圣人之道,所推衍论缀者,即圣人之绪言,无非所以明修身、齐家、治国、平天下之事,而出于吾心之理。夫取吾心之理而日夜陈说于吾前,独能顽然无概于中乎?……以吾心之理而会书之意,以书之旨而证吾心之理,则本原洞然,意趣融液,举笔为文,辞达义精,去有司之程度亦不远矣”②。心理、书旨的互证会通是举笔为文的前提,却必须经过以圣人之道为吾心之理,且日夜陈说的过程方可造就。艾南英即言,“欲使制举质问尽足以代圣贤之旨,求其纯而后驳,固已难矣”③,时文大家尚有此感,其难度可想而知。

最后的难度则来自于具体的八股写作,其所考察的内容或可归结为一种“载道传统”下的文字应用能力。言之无文,行而不远,但作为科考载体的八股文字却没有“行远”的观念,其宗旨是在有限的时间、字数以及规定的思想范畴、文体格式中以文学形式最大地展示自己对儒学义理的理解阐释,以博取科名。对于儒学原典以及规定传注的理解把握必须以文字的形式表现,而考官对于应试者全部能力的考察仅限于最后成型的八股,文章形式的标准统一无疑有助于铨选的便利与客观公平的保证。“唐制试士,改汉魏散诗而限以比语,有破题,有承题,有颔比,颈比,腹比,后比,而然后以结收之。六韵之首尾即起结也,其中四韵即八比也,然则试文之八比视此矣”④,作为最后的成熟的考试文体,时文八股取其严整格式以为士子行文之制约,主司评阅之尺衡,而对偶的体式,以及起承转收的结构章法遂成为八股最为突出的形式特点。“破题犹冠也,承题犹发也,起讲犹首也,入手犹项也,起股犹两臂也,中股犹腹背也,后股犹两腿也,束股两足也,中间之出落呼应,犹通身之筋脉也。”⑤形象的比喻正凸显出时文八股浑然一体的结构绾结与渊源有自的对称美学。周作人认为,八股文“是中国文化的结晶”,“实行散文的骈文化,结果造成一种比六朝的骈文还要圆熟的散文诗,

① 钱锺书:《谈艺录》(补订本),中华书局 1984 年版,第 236—238 页。

② (明)归有光:《震川先生集》卷七,上海古籍出版社 1981 年版,第 151 页。

③ (明)艾南英:《四家合作摘谬序》,载黄宗羲:《明文海》卷三百一十二,中华书局 1987 年版,第 3221 页。

④ (清)毛奇龄:《唐人试帖序》,载《西河集》卷五十二,上海古籍出版社 1987—1989 年版,文渊阁四库全书本。

⑤ 光绪廿四年六月十九日《申报》“八股辩”,转引自何怀宏:《选举社会及其终结——秦汉至晚清历史的一种社会学阐释》,生活·读书·新知三联书店 1998 年版,第 200 页。

真令人有观止之叹"。"不但是集合古今骈散的精华,凡是从汉字的特别性质演出的一切微妙的游艺也都包括在内,所以我们说它是中国文学的结晶"。①　张中行在《闲话八股文》中称,"在周秦以来的所有文体中,八股的内涵最丰富,要求最严格,也就最难作。还最难评定鉴赏"②,在《说八股补微》又称:"由技巧的讲究方面看,至少我认为,在我们国产的文体中,高踞第一位的应该是八股文,其次才是诗的七律之类,因为,即如借对之类,终归可以用耳目摄取,至于八股的妙处,就非鼻子不可。"③八股亡去后的历史反思最能摆脱道学的影响,可以专注于时文体式的技法考察,而高度的评价正为八股难度的折射反映。又若,刘绍棠先生则将八股文比作平衡木运动④,刘海峰先生称八股文"就像是有严格规范动作的体操比赛"⑤,其所关注的正是时文八股在沉重镣铐下的舞蹈难度。

尤需指出的是,明祖开国定制,即要求科场文章"惟务直述,不尚文藻",朱棣亦明令"文体毋须尚虚浮,惟取朴实"⑥,自诩"会元及第"的朱瞻基亦曰:"国家取士,科目为先,所贵得真才,以资任用。古人取士于乡,其行艺素有定论,至朝廷复辨其官才,所以得人为盛。后世惟考其文字而遂官之,欲尽得真才,难矣。然文章议论,本乎学识,有实学者,其言多剀切,无实见者,其言多浮靡。唐虞取士,亦尝敷奏以言。况士习视朝廷所尚,朝廷尚典实,则士习日趋于厚,朝廷尚浮华,则士习日趋于薄。此在朝廷激励成就之有道也"⑦,可见,虽然有着严格的体式限制,但在"重道轻文"的基本态度之下,浮华不实的文字表述同样不为所取,所谓"先之经术以询其道,次之论判以观其学,次之策时务以察其才之可用。诗赋文辞之夸乎靡丽者,章句训诂之狃于空谈者,悉屏去之"⑧,科考宗旨的崇道务实对科场文字的具体表达风格形成了新的规限,时文八股更成为重重严格规定下的高难度发挥。

当代心理学家、教育学家,以及研究考试制度的学者指出,八股文的考试方法多少是一种智力测验,而不只是记忆测验与知识测验。八股文要求在严格规定的制度中最大地显示应试者的才华,"指事类策,谈理似论,取

① 周作人:《论八股文》,载《看云集》,河北教育出版社2002年版,第77—78页。
② 张中行:《闲话八股文》,辽宁教育出版社1998年版,第3页。
③ 启功、张中行、金克木:《说八股》,中华书局2000年版,第66页。
④ 参见王凯符:《八股文概说》"序",中国和平出版社1991年版。
⑤ 刘海峰:《科举学导论》,华中师范大学出版社2005年版,第219页。
⑥ 《明太宗实录》卷二十八,台湾"中研院"历史语言研究所影印本1968年版。
⑦ (明)余继登:《典故纪闻》卷九,中华书局1981年版,第157页。
⑧ 茅大芳:《乡试小录序》,载《希董堂集》卷上,道光十五年重刊本。

材如赋之博,持律如诗之严"①的科举程文作为一种高难度的强化训练,于识记、理解、应用诸层面对应试者能力有着全面的要求,士人戴着最沉重的镣铐,却要跳出最美的舞蹈,诚为不易。

三、八 股 之 余

面对既重且难的八股时文,有明士人,弃之不能,得之不易,毕生精神气力全部耗于其中。所谓"窗前读古书,灯下寻书义。贫者因书富,富者因书贵","一举首登龙虎榜,十年身到凤凰池。十载寒窗无人问,一举成名天下知",原是极寻常的士人心理。明人论称,"今两京武学外卫军生,争习举业以窃科名,韬略弓马,邈不相识"②,习武之人,尚且如此,操翰文士,又当如何。有明功名富贵皆在八股,天下读书人之耳目心力自然为之转移留意。若明末进士金声,未及第前,家贫如洗,曾题联书斋曰:"穷已彻骨,尚有一分生涯,饿死不如读死;学未惬心,正须百般磨炼,文通即是运通。"清儒彭蕴章亦称:"前明以制艺取士,立法最严。题解偶失,文法偶疏,辄置劣等,降为青衣社生。故为诸生者,无不沉溺于四书注解及先辈制艺,白首而不暇他务"。③ 在如此的压力之下,士人们怎敢将自己的前途视作儿戏,游心旁骛呢?"科举之学,驱一世于利禄之中,而成一番人材世道,其敝已甚。士方没首濡溺于其间,无复知有人生当为之事,荣辱得丧,缠绵萦系,不可脱解,以至老死而不悟"④。士人全副身心投诸于此,以为毕生之鹄,程文之外,一切诸事皆不留意,所谓"自科举之学兴而词章之学废"⑤,诗歌理所当然地变成了"八股之余"。

明末清初的吴乔尝言:

> 事之关系功名富贵者,人肯用心。唐之功名富贵在诗,故三唐人肯用心而有变。一不自做,蹈袭前人,如今日之抄旧时文,便为士林中滞货故也。明之功名富贵在时文,全段精神俱在时文用尽,诗其暮气为之耳。⑥

① 江国霖:《制义丛话》"序",上海古籍出版社2002年版,续修四库全书本。
② (明)郑纪:《东园文集》卷四《奏设武举以培养将材疏》,上海古籍出版社1987—1989年版,文渊阁四库全书本。
③ (清)彭蕴章:《归朴完丛稿》卷十《又书何天复集后》,同治刊本。
④ (明)归有光:《震川先生集》卷七,上海古籍出版社1981年版,第149页。
⑤ (明)吴宽:《匏翁家藏集》卷三十一,商务印书馆1926年版,四部丛刊本。
⑥ (清)吴乔:《围炉诗话》卷四,载郭绍虞编选,富寿荪校点:《清诗话续编》(一),上海古籍出版社1983年版,第598页。

是言常为后世论者称引,颇见中允,而与之同时的黄宗羲(1610—1695)亦云:"三百年人士之精神,专注于场屋之业,割其余以为古文,其不能尽如前代之盛者,无足怪也"①,尽管二人的关注对象不同,却有着相似的考察思路,其于明代诗文的核心把握均立足于士人精神的时文专注,关于明诗、明文之暮气、割余的定位自是水到渠成的自然推论。

"时文之学,不宜过深;深则兼有害于诗。前明一代,能时文,又能诗者,有几人哉?金正希、陈大士与江西五家,可称时文之圣,其于诗,一字无传。陈卧子、黄陶庵不过时文之豪,其诗便有可传。荀子曰:'艺之精者不两能'也"②。《荀子·解蔽》曰:"故好书者众矣,而仓颉独传者,一也;好稼者众矣,而后稷独传者,一也;好乐者众矣,而夔独传者,一也;好义者众矣,而舜独传者,一也。倕作弓,浮游作矢,而羿精于射;奚仲作车,乘杜作乘马,而造父精于御。自古及今,未尝有两而能精者也"③。当为所本,自是《荀子·劝学》"用心一也"的思路延续。但于明人而言,诗与时文却非可以相提并论的平行两艺,二者之间有着明白无疑的先后主次之序。所谓"当今天子重文章,足下何须讲汉唐",作为八股之余的汉唐诗赋需待时文合格之后方可讲求,科名未得,何敢言诗。

科举既罢诗赋,士行文风自随之转移,宋末黄庚自序诗稿即云"仆龆龄时,习举子业,何暇为诗。自科目不行,始得脱屣场屋,凡生平豪气,尽发而为诗歌"④,元人李祁亦称,"予时方习举子业,虽窃慕为诗,而力有弗逮"⑤,越自有明,八股为试,"幼习举业"遂成为明人行状墓铭中的高频语汇,列于科目之外的诗歌余事,自不在视野之中。

文徵明《凤峰子诗序》称:"我国家以明经取士,士之有志饬名者,莫不刺经括帖,剽猎旧闻,求有以合有司之尺度,而诗非所急也"⑥。明人杨巍尝言,"余自幼习举子业,不知为诗,至嘉靖乙卯,外补晋臬,时督学使者为曹君纪山,始提挈余为诗"⑦,这位嘉靖二十六年的进士因举业而不知诗,天启丁卯举人郑仲夔虽于诗颇有兴趣,却也得置于功名之后,其称,"余弱冠好

---

①　《黄宗羲全集》第10册,浙江古籍出版社1985年版,第19页。

②　(清)袁枚:《随园诗话》卷八,人民文学出版社1982年版,第667页。

③　(清)王先谦:《荀子集解·解蔽篇》第二十一,中华书局1988年版,第401页。

④　(清)姚之骃:《元明事类钞》卷二十二,上海古籍出版社1987—1989年版,文渊阁四库全书本。

⑤　(元)李祁:《云阳集》卷六,上海古籍出版社1987—1989年版,文渊阁四库全书本。

⑥　(明)文徵明:《凤峰子诗序》,载(明)黄宗羲:《明文海》卷二百六十,中华书局1987年版,第2725页。

⑦　(明)杨巍:《存家诗稿》"跋",上海古籍出版社1987—1989年版,文渊阁四库全书本。

言诗,遍搜古今诸体,精辑成帙,各为一序。冀得早了八股缘,当更定以传。今陈之箧中,十年许矣"①。"早了八股缘"遂成为明人有暇为诗的最大契机。同年举人罗万藻亦曰,"入明以来,学士大夫往往以全力用之制艺,而以其制艺之余及诗"②,时文之余实为明代士子最为寻常的诗歌定位。

何景明曾言,"景明学诗,自为举子历宦,于今十年"③,可见,这位前七子领袖的诗歌历程亦是在科举及第后才开始的。而后七子领袖王世贞亦有着相类的经历,自称"十五时,受《易》山阴骆行简先生。一日,有鬻刀者,先生戏分韵教余诗,余得'漠'字,辄成句云:'少年醉舞洛阳街,将军血战黄沙漠。'先生大奇之,曰:'子异日必以文鸣世。'是时畏家严,未敢染指,然时时取司马班史、李杜诗窃读之,毋论尽解,意欣然自愉快也。十八举乡试,乃间于篇什中得一二语合者。又四年成进士……自是诗知大历以前,文知西京而上矣"④。这种经历堪为明代文人的典范模板,明代士人十之八九都有这样的经历:中举前,专攻时文,不问其他;中举后,方有余暇涉及诗赋。王世贞青年中举,实属大幸,更多的文人将毕生精力耗于举业,何有余力作诗?且不论循规蹈矩之儒者,即便曾放言"独有灵性者自为龙"⑤的汤显祖尚且称,"不佞生非吴越通,智意短陋,加以举业之耗,道学之牵,不得一意横绝流畅于文赋律吕之事"⑥,主张性灵的"三袁"之一,袁中道亦不得不承认,"一生心血,半为举子业耗尽"⑦。而于明诗最具发言权的一代宗匠钱谦益更叹称,有明士人"自少及壮,举其聪明猛利朝气方盈之岁年,耗磨于制科帖括之中"⑧,嗟惋之意,溢于言表。

脍炙人口的"铁杵成针"大约只能发生于唐代,只有在诗赋取士的整体文化生态中才会酿就这样的故事,若至明代,则绝不可能,没有人会这样关心诗人,相似的故事倒也可能发生,但故事的主角则一定是揣摩时文的应举士子。稗乘笔记中关于明代书生呕心沥血写作八股的记载屡见不鲜,可知,

① (明)郑仲夔:《耳新》卷三,中华书局 1985 年版,丛书集成初编本,第 15 页。
② (明)罗万藻:《西崖诗序》,载《此观堂集》,康熙三年刊本。
③ (明)何景明:《大复集》卷三十四,上海古籍出版社 1987—1989 年版,文渊阁四库全书本。
④ (明)王世贞:《艺苑卮言》卷七,载丁福保辑:《历代诗话续编》(下),中华书局 1983 年版,第 1068 页。
⑤ 《汤显祖全集》诗文卷三十二《张元长嘘云轩文字序》,北京古籍出版社 1999 年版,第 1139 页。
⑥ 《汤显祖全集》诗文卷四十七《答凌初成》,北京古籍出版社 1999 年版,第 1142 页。
⑦ (明)袁中道著,钱伯城点校:《珂雪斋集》卷二十四《答秦中罗解元》,上海古籍出版社 1989 年版,第 1053 页。
⑧ (清)钱谦益:《钱牧斋全集》第 6 册,上海古籍出版社 2003 年版,第 1324 页。

"铁杵成针"的精神依旧,唯是用力方向转移于八股时文罢了。然"一代之言,皆一代之精神所出,其精神不专,则言不传。汉之策,晋之玄,唐之诗,宋之学,元之曲,明之小题,皆必传之言也"①,科考制度下的精神转移使得作为唐代文化标识的诗歌沦为朱明王朝的八股之余,而时文制艺则于天下士人的全神投注中,成为有明一代的文化标志。李贽认为"今之举子业"可归入"大贤言圣人之道"的"古今至文"之列②,更称"夫千古同伦,则千古同文,所不同者一时之制耳。故五言兴,则四言为古;唐律兴,则五言又为古。今之近体既以唐为古,则知万世而下当复以我为唐无疑也,而况取士之文乎"③,于宏观视野下的文化流变中将取士时文视作当时之唐诗,至明末艾南英则明言"今之制艺,必与汉赋、唐诗、宋之杂文、元之曲共称能事于后世"④,其后,清人焦广期亦称,有明一代"其力能与唐人抵敌,无毫发让者,则有八股之文焉"⑤,焦循更言"时文之理法尽于明人,明人之于时文,犹唐之诗、宋之词、元之曲也"⑥,并称,"有明二百七十年,镂心刻骨于八股。如胡思泉、归熙甫、金正希、章大力数十家,洵可继楚骚、汉唐诗、宋词、元曲,以立一门户;而何、李、王、李之流,乃沾沾于诗,自命复古,殊可不必矣。夫一代有一代所胜,舍其所胜,皆寄人篱下耳。余尝欲自楚辞以下,至明八股,撰为一集。汉则专取其赋,魏、晋、六朝至隋,则专取其五言诗,唐则专录其律诗,宋专录其词,元专录其曲,明专录八股。一代还其一代之胜"⑦。无论是明人的自许,还是清人的认同,在以时代精神的全力关注为标尺的历代文化类比中,时文八股当之无愧地成为朱明王朝"一代所胜"的典范代言。

溯自风雅的传统诗歌,至唐代而蔚然称盛,毫无争议地成为大唐帝国"一代所胜"的文化标志。可惜,唐诗的辉煌及"身"而止,不可企及的"吟业之盛"遂成绝响,"唐诗何以为盛"自然成为后世论者的关注所在。宋代诗人杨万里尝言,"唐人未有不能诗者,能之矣亦未有不工者……无他,专门

① (明)王思任:《唐诗纪事题辞》,载计有功:《唐诗纪事校笺·附录·六》,中华书局2007年版,第2597页。
② (明)李贽:《焚书》卷三,中华书局1961年版,第98页。
③ (明)李贽:《焚书》卷三,中华书局1961年版,第117页。
④ (明)艾南英:《天佣子集》卷八《王康侯合并稿序》,乾隆十五年本。
⑤ (清)焦广期:《此木轩文集》卷一《答曹潙庭书》,上海古籍出版社2002年版,第293页。
⑥ (清)焦循:《雕菰集》卷十《时文说三》,清道光四年阮福岭南节署刻本,第219页。
⑦ (清)焦循:《焦循诗文集》(下),广陵书社2009年版,第843页。

以诗赋取士而已,诗又其专门者也,故夫人而能工之也"①。而诗论大家严羽亦言,"唐诗何以胜我朝? 唐以诗取士,故多专门之学,我朝之诗所以不及也"②。元初的牟巘称,"唐以诗取士,士皆工于诗"③。戴表元也认为"唐人能攻诗"的原因是"唐人乃设此以备科目,人不能诗自无以行其名,故不得不攻耳"④。科举取士的功名推动原是显而易见的现象,以之作为唐诗兴盛的缘故,自是顺理成章的推论,"唐以诗取士而诗盛"成为宋元人的通识,固属寻常,然爰及有明,"唐以诗赋取士"的话题骤显频繁,随意翻检,俯拾即是。

> 盖唐世以诗取士,士之生斯世也,孰不以诗鸣? 其精深闳博,穷极兴致,而瑰奇雅丽者,往往震发,散落天地间,篇什之多,莫可限量。⑤
> 唐以诗赋取士,故诗学之盛,莫过于唐。⑥
> 盖唐以诗赋取士,故士之工诗,犹汉之经术有专门焉,如从游应制,必品其高下;学士竞挟于外,昭容评可于中,虽燕集赓唱,亦私为甲乙,推其擅场,故诗益精焉。⑦
> 昔唐以诗赋取士,士既以诗赋收其科发身乃有增治经术者。方今号为黜诗赋,尊经术,士亦必以经术收其科发身,然后习为诗赋,其轻重不同亦制使之然也。然必收其科发身后习为诗赋者,乃可以钓誉射声,为世所述。其不能收其科者,虽善为诗赋,世亦莫赏也。⑧

屡屡的旧话重提中实然有着现实的关注,代元而兴的明王朝每以恢复汉制、规摹盛唐为念,而明人以继承唐诗传统为己任,当感觉唐诗的辉煌难以为继时,他们便开始思索其中的原因,科举是与他们最切身相关的,自然成为最先思考的对象。然而,科举时文恰恰是造成明代诗歌不振

① (宋)杨万里撰,辛更儒等校:《杨万里集笺校》卷八十三《周子益训蒙省题诗序》,中华书局2007年版,第3338页。
② (宋)严羽:《沧浪诗话·诗评》,载(清)何文焕辑:《历代诗话》,中华书局2004年版,第695页。
③ (元)牟巘:《陵阳集》卷十二,上海古籍出版社1987—1989年版,文渊阁四库全书本。
④ (元)戴表元:《剡源文集》卷九,上海古籍出版社1987—1989年版,文渊阁四库全书本。
⑤ (明)高棅:《唐诗拾遗·序》,中华书局2015年版,第2965页。
⑥ (明)陆容:《菽园杂记》卷十五,中华书局1985年版,第190页。
⑦ (明)皇甫汸:《刘侍御集序》,载黄宗羲:《明文海》卷二百四十二,中华书局1987年版,第2512页。
⑧ (明)王慎中:《陆龙津诗序》,载黄宗羲:《明文海》卷二百六十三,中华书局1987年版,第2755页。

的重要原因,明人找到了自己的病症,但却无法开出救治的良方。若丘濬所称:

> 唐一代,以诗取士,宜乎名世者为多,然而著名者仅二人焉,而不出自科目。宋人取士,初亦沿唐制,其后专用经义,诗道几绝。间有作者,非但无三代风,视唐人亦远矣。国初诗人,生胜国乱离时,无仕进路,一意寄情于诗,多有可观者。如吴中高、杨、张、徐四君子,盖庶几古作者也,其后举业兴而诗道大废,作者皆不得已而应人之求,不独少天趣,而学力亦不逮矣。吴人自四子后,作诗者多出于文字之绪余,非专门也。①

宋人"诗道几绝"与明初四杰"多有可观"有意比照中,正可见其阁臣身份下于本朝文治形象的格外维护,丘濬虽称"唐诗之著名者不过两人,且不由科目",但其关注重心却不在"以诗取士"与唐诗之盛的关系考辨,"科举得人"方是纸背之后的真正关注,诗并非所重,其所重者在"才",在"著名者",诗歌称盛虽可为一代文治标志,但较之国政大事,自然不足为道,故而,阁臣丘濬虽于以诗取士的效果略表怀疑,却坦然承认"举业兴而诗道大废",诗歌已然沦为八股绪余。

关于唐以诗取士的积极思辨者还有王世贞与杨慎。王世贞言:"人谓唐以诗取士,故诗独工,非也。凡省试诗,类鲜佳者。如钱起《湘灵》之诗,亿不得一;李肱《霓裳》之制,万不得一。律赋尤为可厌。白乐天所载玄珠斩蛇,并韩柳集中存者,不啻村学究语。杜牧《阿房》,虽乖大雅,就厥体中,要自峥嵘擅场,惜哉其乱数语,议论益工,面目益远。"②

较之丘濬的阁臣关注,诗坛盟主王世贞的视线由"最佳"而转移至"最劣",以省试诗之不工作为反诘依据。但不难看出,作为诗论者的客观艺术批评,王世贞所言之"工",乃专就艺术水准而言,并未涉及唐诗的繁荣之"盛"。其时,王世贞倡言为诗,然论者却多认为取士之法已变,而诗道衰而不振,作为诗坛领袖,自要重建士人的作诗信心,故其于取士之诗的特别关注正有此意,诗之工拙与以诗取士并无必然联系的论证一旦成立,那么以八股取士的明代士人当然也可写出"工诗"来,借此以激起明代士人的诗歌信

① (明)丘濬:《重编琼台藁》卷九,上海古籍出版社1987—1989年版,文渊阁四库全书本。
② (明)王世贞:《艺苑卮言》卷四,载丁福保辑《历代诗话续编》(下),中华书局1983年版,第1015页。

心。然而,作为进士的王世贞本身即有着"专攻举业,不暇为诗"的经历,推己及人,切身的感触却又使其不得不承认以诗取士与诗歌之工间的因果关系,其称"唐以诗赋程士,士之由科第进者,往往濡首于诗,而其大究亦多工于诗而拙于政。至明而程士必经谊,而课吏必政术,盖弘德以前一受符试郡县,则日夜碌碌奉刀笔,未有能及吟咏之事者。二三豪隽虽稍不为考功令所束,然其大究尚工于政而拙于诗"①,尽管特别以"工于政而拙于诗"作为视线的转移,但诗赋取士的巨大影响终始无法回避,"程士必经谊,而课吏必政术"依旧是明人"拙于诗"的原因所在。

立场不同的丘濬、王世贞虽于唐的"以诗取士而诗工"颇有微词,但对明的"八股盛而诗衰"却表示认可。而才子杨慎于此的认识却体现出了另外的思路:

> 胡子厚与予论诗曰:"人有恒言曰:唐以诗取士,故诗盛;今代以经义选举,故诗衰。此论非也。诗之盛衰,系于人之才与学,不因上之所取也。汉以射策取士,而苏李之诗、班马之赋出焉,此岂系于上乎?屈原之《骚》,争光日月,楚岂以骚取人耶?况唐人所取五言八韵之律,今所传省题诗,多不工……"余深服其言②。

杨慎(胡子厚)的关注点与王世贞大抵相同,却有着更为完整深入的思考,明确认可胡子厚"诗之盛衰,系于人之才与学,不因上之所取也"的基本判断。素有才子之称的杨慎24岁即高中状元,于一般士人的科场耗神并无太深体会,对于自己的才学则颇为自信。杨慎才高学富,自不甘为人后,尝言"人人有诗,代代有诗。古之诗也,一出于性情,后之诗也,必润以问学,性情之感异衷,故诗有邪有正,问学之功殊等,故诗有拙有工,此皆存乎其人也"③,对个人才学的特别推重正是才子本色的凸显,以才学作为诗歌工拙之尺衡亦是极自然的思路。若其又称"学诗者动辄言唐诗,便以为好,不思唐人有极恶劣者"④,立足点仍在才学,亦颇有些纠谬时人专学唐诗的用意蕴于其中。有明第一才子的经历并非人人可有,既以才学为恃,则每有自立

---

① (明)王世贞:《龚子勤诗集序》,载《弇州四部稿》续编卷四十七,上海古籍出版社1987—1989年版,文渊阁四库全书本。
② (明)杨慎:《升庵诗话》卷七,载丁福保辑:《历代诗话续编》(中),中华书局1983年版,第773页。
③ (明)杨慎:《升庵集》卷三,上海古籍出版社1987—1989年版,文渊阁四库全书本。
④ (明)杨慎:《升庵集》卷五十七,上海古籍出版社1987—1989年版,文渊阁四库全书本。

之意,其所以认同"诗之盛衰不在取士"的根本原因亦在于此。至于举业之弊,杨慎称"本朝以经学取人,士子自一经之外,罕所通贯"①,诗赋之学自然也在"罕所通贯"之列,尽管杨慎的责难对象为士人陋习,却已在客观上承认了科举取士于士人才学的影响,循其思路,士人才学又为诗歌盛衰之关键,明诗之衰,依旧在取士制度。

所谓唐诗之盛,有着数量、质量的双层含义,即数量而言,则在唐诗之繁荣,即质量而言,则在唐诗之"工",数量虽不能代替质量,却也是保证质量的重要条件,况且,唐诗之"盛"的内涵中还包括整体水平、社会氛围、精神风貌等量、质交错的要素,并不能以部分唐诗的不工,来否定"唐诗之盛",一代阁臣、诗坛盟主、时文状元,不同身份下的反思指向均在唐诗之"工",对于唐诗于科举生态中的整体繁荣却无异议。然而,不同立场下各具代表性的质疑,却包含着对本朝诗歌的现实关注,其关于唐诗之工与以诗取士的关系辨析或可看作是对于本朝诗歌生态的有限辩护,然而,不得不承认的八股兴而诗道衰却正折射出明人寻得症结却无能为力的无奈心态。

"唐以诗取士,故其诗犹今之经义,人皆习之,其精神所极,可以动物而遗世"②,制度土壤的变化、精神气力的关注转移,使得曾为唐代文化标识的诗歌沦为明代的"八股之余"。然而八股取士制度是封建文官制度的重要环节,是明代制度成熟的一个重要标志,诗歌则是已经成熟过的文体,已然成熟的事物是很难发生变化的。诗歌之盛在于制度土壤的适宜生长③,而诗歌之衰亦在于此。所以,明人看到了它对诗歌发展的影响,却无能为力。清人也看到了它的弊端,但除了批评之外④,同样无能为力。

① (明)杨慎:《升庵集》卷五十二,上海古籍出版社1987—1989年版,文渊阁四库全书本。
② (明)罗洪先:《池亭倡和序》,载黄宗羲:《明文海》卷二百六十四,中华书局1987年版,第2760页。
③ 蒋寅先生曾将研究者关于唐诗繁荣的原因概括为7点:1.经济的繁荣;2.制度开明、文化多元;3.教育普及与全社会普遍喜爱诗歌的风气;4.科举制度的引导、君主的提倡;5.多民族、多元文化的交融,姊妹艺术的滋润;6.前代经验的积累、继承;7.近体诗形成,声调格律的完成。并分析指出,只有第3、4条是必要条件。(参见蒋寅:《古典诗学的现代诠释》,中华书局2003年版,第221—225页)其实,就广义而言,制度的形成本就包含着对相关社会领域具体需求的满足,作为一种相对稳定的文化综合体,支配着相当广泛的社会生活领域,就这层意义而言,教育普及、社会风气、君主提倡等均可纳入到科举制度的涵盖中,所以唐诗之盛的重要原因即在其适宜的制度土壤。
④ 明末清初的吴乔即言:"明不以诗取士,宜乎不工"(《围炉诗话》卷五,载《清诗话续编》(一),上海古籍出版社1983年版,第602页),清陆蓥亦称:"人有恒言,唐诗、宋词、元曲三者,就其极盛言之。风气所开,遂成绝诣。明以时文取士,作者辈出,诗学殊逊唐、宋。"(《问花楼词话》,载唐圭璋编:《词话丛编》,中华书局2005年版,第2544页)

第二节　科举格局与士人出处

早期来华的美国传教士汉学家卫三畏在谈及中国科举制度时,即曾以"文学士"比喻"秀才";以"博士"比喻"进士",①虽有些牵强,但立足西方学位制度的观察比较自有其合理意义,更包含着不同视角下对相似文化现象的积极关注。② 德国社会学巨擘马克斯·韦伯曾指出:"大学、商学院和工程学院所颁发的文凭的进一步演进,以及大学希望在所有的学科领域里都实行学历证书制度的强烈要求。最终在政府机构和行政机关中形成了一个新的特权阶层。这类学历证书证实了它们的持有者的社会地位:有了它,它的主人也就有可与贵族家庭联姻的资格……有了它,它的主人也就能够被接纳进入一个坚持'以荣誉为其行为准则'的社交圈子;有了它,它的主人也才能要求在工资报酬之外,还能获得'他人的尊重'作为额外的回报;有了它,它的主人才能确保自己的晋升和老年的生活保障;而最重要的是,有了它,它的主人才能够要求对社会上的和经济上的优势地位实施垄断。因此,当我们从四面八方听到人们到此都在要求引入常规的课程和特种考试时,隐藏在其背后的理由当然并不是出于人们突然萌发的'求知欲',而是在于人们试图控制对这些优势地位的供给,从而实现文凭拥有者对这些优势地位的垄断。今天,'考试'已经成了实现这一垄断的全球通用的手段,因此,考试制度不可抗拒地得到了推进。"③

在韦伯关于现代文凭考试的论述中,接受了教育的民众凭借文凭在政府机构和行政机关中形成新的特权阶层,由之带来了社会地位、声望财富、政治资历等一系列的改变,于中,我们可以毫不费力地看到传统科举考试的影子,从"富家不用买良田,书中自有千钟粟;安居不用架高堂,书中自有黄金屋;出门莫恨无人随,书中车马多如簇;娶妻莫恨无良媒,书中有女颜如

---

① ［美］卫三畏:《中国总论》,陈俱译,上海古籍出版社2005年版,第379、387页。

② 美国传教士何天爵即将"乡绅士大夫阶层"译为"literati",称"这一阶层的人都是在他们所居住的地区受过教育的读书人,他们一般都完成了读书人所必读的内容,而且已经通过了一两级通向仕途的科举考试。如果把这一类人用西方的各阶层作一比较的话,他们非常近似于我们西方国家在政府中任职的大学毕业生"。(［美］何天爵:《真正的中国佬》,鞠方安译,光明日报出版社1998年版,第168页)

③ 转引自［美］戴维·格伦斯基编:《社会分层》,王俊等译,华夏出版社2005年版,第151页。

玉"的宋帝《劝学文》①,到明人笔记中津津乐道的"改换门庭",再到《儒林外史》中脍炙人口的"范进中举",科举考试对于社会生活的巨大改变与西方文凭考试无疑有着相似的社会影响,需要特别指出的是,西方的文凭考试形成了政府机关中新的特权阶层,传统的科举考试虽培养出了相当数量的执政官员,却未能形成新的社会阶层,因为"中国史上有一个源远流长的'士'阶层似乎更集中地表现了中国文化的特性,也似乎更能说明中西文化的异质之所在"②。传统"士"阶层的最大文化特征乃在"道"的使命承载,孔子言"士志于道",孟子称"无恒产而有恒心者,唯士为能",大抵标明了士的终极信念与独立品格。"道"的超越性更造就了"天下有道则见,无道则隐。邦有道,贫且贱焉,耻也。邦无道,富且贵焉,耻也"的践履原则,亦形成了"穷则独善其身,达则兼善天下"的人生理想。纳于"士"传统之下的科举制度自然不能生成新的阶层,但作为士子人生穷达的关键转折,却可以极大地凸显"士"的身份特征,为"士"的人生理想提供制度保证,而士人"用之则行,舍之则藏"的立身态度亦于中呈现。

一、学优则仕与治平理想——科举取士的制度保证

"士志于道",于传统士人而言,所以致"道"的途径则在于"学"。《周颂·敬之》曰:"日就月将,学有缉熙于光明",《毛传》:缉:明;熙:广,郑笺云:"日就月行,言当习之以积渐也。且欲学于有光明之光明者,谓贤中之贤也"。清儒马瑞辰则以为:缉,绩也。绩之言积。"缉熙,当谓积渐广大以至于光明"。章太炎先生虽认可传笺之释义,但称"缉熙于光明"即"光明于光明",文法与"孝于惟孝"正同,郑笺"贤中之贤"未得诗义,且"光明"当属己言,不当人言。字义理解虽与马氏相左,但文法理解却与之一致,颇称中允。此处"缉熙"当作动词,而"光明"则为名词。缉熙为学的过程表现,"光明"之境由此而致。即或不计具体字句的细节理解,"学有缉熙于光明"所蕴之意正是学可致"道"的经典判断。对"学"之意义的最高诠释则来自《礼记》中著名的"大学之道,在明明德,在亲民,在止于至善","明明德"之句法用意颇与"缉熙于光明"相通,前一"明"字作动词用,意为彰明光明之德性,同样有着学可致"道"的内涵。值得注意的则是列于其次的"亲民"主张,朱熹据程颐之说,以"亲"作"新",所据为下文"苟日新,日日新,又日新","作

---

① 此诗相传为宋真宗赵恒所作,一名《励学篇》,然诗文别集罕录,戏曲小说称引甚多,流传颇广。

② 余英时:《士与中国文化》,上海人民出版社2003年版,第2页。

新民"之句;而王阳明则以"亲"仍作"亲"解,所据为后文"君子贤其贤而亲其亲"及"民之所好好之,民之所恶恶之,此之谓民之父母"之句,新民者,有革旧布新之意,亲民者,则有君子仁爱之意,但理学宗匠与心学大师的理解歧义却非我们的关注所在。无论新民,还是亲民,所体现的都是一种民本关怀,而作为民生关注的君子情怀实则预设了一种"视民如子"的俯视态度,尽管"道"的超越性与崇高性可以高耸君子的人格形象,但"视民如子"的具体实现却需要以特定身份地位作为保障。从这个层面而言,大学之道中的"亲(新)民"内涵实已隐含着鼓励入仕的积极主张。而更为明确的主张则来自《论语·子张》篇中的"学而优则仕",旧儒或以"优"为德业优长,或与上文"仕而优则学"之"优"一并训为行有余力,其实,所谓"行有余力"的游刃有余同样可以看作是学业优异、德业优长的一种境界表现,更为重要的是,"学而优则仕"的提出明确了"学""仕"之间的逻辑关系,并借助经典影响的思想渗透而成为历代士人所信奉的基本理念。

在儒家经典的思想脉络中,对以载道为使命的士阶层而言,必须以"学"为实现途径,而"学"的意义不仅体现于个人的德行彰显,更表现为一种关注民本的社会行为——"仕"。而"仕"的社会属性已决定了其不可能通过个体的单向努力而实现,"学而优则仕"作为一种人生价值的实现设想,必须得到社会制度的保障方可称为完全意义的实现,而且也只有当其他影响因素被尽可能地排除之后,才能凸显出"学优"对于"仕"的真正价值所在。科举取士无疑是这一理想思路的最佳实现保障。科举始设,天下士民皆可"怀牒自列于州县",门阀士族的选官垄断遂被打破,"学"对于"仕"的直接影响日趋凸显,而宋代的锁院、糊名、誊录则基本截断了考卷之外的人为因素,极大程度地保证了科举考试的客观公正,降及朱明,科举制度已臻于成熟完备:"各级科举的层次、细则在明代得到了越来越精确的规定,科举构成了一张严密有序的大网。考试与学校的结合达到了几近于浑然一体的程度。给生员廪米有助于实际地提供机会平等的手段,提学官的设立则有助于考试制度的独立性,减少行政主官的干扰"①。而作为科考内容的八股文,不仅提高了考试的难度,同时亦推进了考官衡文的标准化,"一切以程文为去留"的科举宗旨基本得以体现,而"学而优则仕"的理想价值亦在相对客观、完备的科举制度中得到了最大限度的实现。

如弘治十五年进士何瑭即称,"儒者之学,明德新民。新民之功,必欲

---

① 何怀宏:《选举社会及其终结——秦汉至晚清历史的一种社会学阐释》,生活·读书·新知三联书店1998年版,第99页。

治国平天下,苟不出仕,何由治平。苟不科举,何由出仕,然则习举业以应科目,亦儒者之正也"①。又曰:"君子进德修业,欲及时也,深知此意,则习举业以应科目,为儒学之正也明矣。呜呼,天理人欲,同行异情,学者其尚绎思之也哉。大学之道,明德为体,新民为用,体即用之体,用即体之用,如耳目与视听,然非二物也"②。立足儒学之正的举业平议所凸显的正是"学优则仕"的思路贯穿,通过"习举业以应科目"以实践"进德修业"的君子人生成为明代士人对于科举的积极心态。又若弘治十二年进士孙绪称:"孔子曰:志于道,据于德,依于仁,游于艺,是虽圣门为学,希圣希贤之事。然推之科举之学,亦的然不可易"③。以孔门为学之道诠释科举之学,自然有着"学优则仕"的相似思路,亦休现了作为仕进正途的明代科举与儒学正统思想的相通绾结。"圣希天,贤希圣,士希贤"④,由圣贤的仰慕效仿而激起的治平理想因科举制度的有效保障而获得了实现的可能。而正是在这一层面上的明代科举获得了士阶层的最大认可,王鏊称"经义取士,其学正矣,其义精矣"⑤。李维桢亦曰:"国家以经义取士,理最正,法最善,而士之遇合自关命数。"⑥孙绪更言,"科举之学,亦何负于士"⑦。以儒家经典为内容的八股取士当然获得了儒学正统的最大认可,而丘濬则从人才选拔的现实角度对科举制度予以认可,称,"天开文运,贤俊登庸,由是观之,则祖宗所恃以求贤辅治之具,诚莫先于进士一科,是以百年以来,凡明治体建功业者,皆自此途以出"⑧。传统人生理想得到了科举制度的社会保证,而科举的相对公平客观则使得士子修齐治平的人生价值可以通过自身的努力而实现。

士人既以载道为任,明代成熟的八股科考制度以及非科考毋任的选官原则更成为"学而优则仕"的有力保障,所谓"邦有道,贫且贱焉,耻也",严格细密的考试规则中自有一种尽力剔除个人主观因素的客观精神体现,力求公正平等的取士制度当然可以算作"邦有道"的一种表现,即此而言,有明士子的投身举业自然有着无可厚非的理想价值和传统意义。十年寒窗、一朝及第成为明代士人最为向往的典范人生,科名显擢以遂治平之志更是

---

① (明)何瑭:《柏斋集》卷六,上海古籍出版社1987—1989年版,文渊阁四库全书本。
② (明)何瑭:《柏斋集》卷六,上海古籍出版社1987—1989年版,文渊阁四库全书本。
③ (明)孙绪:《沙溪集》卷十四,上海古籍出版社1987—1989年版,文渊阁四库全书本。
④ 《周敦颐集》,中华书局1991年版,第95页。
⑤ (明)王鏊:《震泽集》卷三十三,上海古籍出版社1987—1989年版,文渊阁四库全书本。
⑥ (明)贺复征:《张仲骏制义题辞》,载《文章辨体汇选》卷三百六十三,上海古籍出版社1987—1989年版,文渊阁四库全书本。
⑦ (明)孙绪:《沙溪集》卷五,上海古籍出版社1987—1989年版,文渊阁四库全书本。
⑧ (明)丘濬:《大学衍义补》卷九,上海古籍出版社1987—1989年版,文渊阁四库全书本。

一代士子常情。正统状元施槃《恩荣宴》赋诗曰："千里观光我独行，辞亲无奈惜离情。玉堂未拟登三辅，金榜先叨第一名。麟凤骈臻欣道泰，车书混一仰文明。太平天子恩如海，虎啸龙吟会匪轻。"①弘治阁老李东阳《十九日恩荣宴席上作》则曰："队舞花簪送酒频，清朝盛事及嘉辰。星辰昼下尚书履，风日晴宜进士巾。围撤汉科三日战，苑看唐树九回春。丹心未老将头白，犹是当年献策身。"②"恩荣宴"是科举时代新科进士所特有的无上荣耀，唐宋两代称"闻喜宴"，宋太宗始设宴于琼林苑，故又称"琼林宴"，明清两代均称"恩荣宴"。作为科举制度的传统模式，君王设宴自是标志一朝人才兴盛的文化象征，于士人而言，既为"学而优则仕"的实现，更为治平理想的起点。新科状元与当朝阁臣于不同身份下的共同关注自然有着不同的情志侧重，施槃的感慨谢恩中隐然可见施展抱负的跃跃欲试，而李东阳的盛事状写中却可品味出对当年及第的往昔怀念，但无论是前瞻的"麟凤骈臻欣道泰"，还是回顾的"犹是当年献策身"，均可窥见科举保障下的"学而优则仕"对明代士人的理想激发。

"学而优则仕"与"治平理想"虽是科第心态下的明代士人最为寻常的志意信念，但专注举业的士子大多无暇，甚至不能以诗言志，更多的情志抒发则在亲友送行的殷殷期望之中，管讷《将进酒赠彭生秉德》曰："君不闻洛阳贾生对宣室，长安九衢皆动色。长安九衢横九天，尔如神驹当自力。我昔侍从金门中，誓师牧野初成功。功成治定四海同，条牧再见承平风。尔行决科期第一，狐裘蒙茸发如漆。莫辞更尽金屈卮，直上排云振双翮"③；朱国祚《苏州送君舆侄赴试北上》言："驾言劳舟发，送尔出金闾。游子将何之，行行入帝乡。帝乡日已近，佳气逾苍苍。俯视碧水流，仰看浮云翔。情随水偕远，意逐云俱长。重宝抱璠玙，殊材堪栋梁。努力献文赋，伫听声名扬"④；女学士沈琼莲《送弟溥试春官》称："少小离家侍禁闱，人间天上两依稀。朝迎凤辇趋青琐，夕捧鸾书入紫薇。银烛烧残空有梦，玉钗敲断未成归。年年望汝登金籍，同补山龙上衮衣"⑤。从藩王府长史到殿阁大学士再及禁中女官，不同身份下的共同期许所体现的是明代社会对于士子科举的普遍关注，管讷于洪武九年征拜楚王府纪善，本身未经科举，赠诗之中自有一种豪迈不

① （明）蒋一葵：《尧山堂外纪》卷八十五，上海古籍出版社 2002 年版，续修四库全书本，第 64—65 页。
② 《李东阳集》第一卷，岳麓书社 1984 年版，第 388 页。
③ （清）钱谦益：《列朝诗集》甲集第二十，影印清顺治九年毛氏汲古阁刻本。
④ （清）朱彝尊：《明诗综》卷五十九，乾隆刊本。
⑤ （清）钱谦益：《列朝诗集》闰集第四，影印清顺治九年毛氏汲古阁刻本。

拘之气,故有凌云之志而不刻意于功名;万历十一年进士第一的朱国祚,官至户部尚书兼武英殿大学士,赠诗侄辈,贴合身份的嘉勉之中却已略见功名之念;沈琼莲尝以守宫论博得"孝庙悦,擢居第一,给事禁中"①,亦可算作科第出身,而赠诗对象则有姐弟之亲,功名关注自然强烈。不同身份下的功名关注,虽然程度不同,但"学优则仕"的传统心理却大抵相似。科举制度为传统儒家的理想人生路线提供了有力保障,正是在这一层面上,士人对于功名仕途的孜孜追求才获得了"取之有道"的道德许可,才能成为亲友们不须隐讳的激励目标、士人们矢志不渝的不懈追求。如明人唐皋在歙痒日,每以魁元自拟,虽累蹶场屋而志不息。乡人诮之曰:"徽州好个唐皋哥,一气秋闱走十科。经魁解元荷包里,争奈京城剪柳多。"唐闻之,志益励,因题书室壁曰:"愈读愈不中,唐皋其如命何? 愈不中愈读,命其如唐皋何?"又尝见人所持便面画一渔翁网鱼,题曰:"一网复一网,终有一网得。笑杀无网人,临渊空叹息。"②虽然八股科举以严密的规定尽可能地排除了人为主观因素,但士子的答卷、主考的阅卷中却不可避免地有着非客观因素的渗透,在一定程度上左右着考生的命运。经由考场经验的长期累积与中举、落第者的观察比较,这些无法预料的科场因素遂于世人的功名关注中演变为社会观念中的时运意识。"话说人生只有科第一事,最是黑暗,没有甚定准的。自古道'文齐福不齐',随你胸中锦绣,笔下龙蛇,若是命运不对,到不如乳臭小儿、卖菜佣早登科甲去了。"③《拍案惊奇》中的这段开卷议论自是此种时运意识的集中反映,所谓"文章自古无凭据,惟愿朱衣一点头",原是科场不利者的习惯心理,但传统士人的科第心路却未就此止步。"人生凡事有前期,尤是功名难强为。多少英雄埋没杀,只因莫与指途迷",小说家的劝世指路在"知难",却非"而退",虽然承认机缘命运的非人力因素,但读书勤学却是一贯的主张,而"尽其在我,听其在天"则是基本的态度。"谋事在人,成事在天"的传统精神演变为"窗下莫言命,场中不论文"④的应考心态,然而,科举的相对客观毕竟使得"谋事在人"有着相当的实现可能,而天下士子前赴后继、百折不挠、白首场屋的执着追求亦在于此。

科举制度保障下可能实现的人生理想自然成为天下士子最为光明正大、最具合理意义也最为认可的科考原动力,但更为直接的驱动却来自于功

---

① (清)钱谦益:《列朝诗集》闰集第四,影印清顺治九年毛氏汲古阁刻本。
② (明)蒋一葵:《尧山堂外纪》卷九十五,上海古籍出版社2002年版,续修四库全书本,第157—158页。
③ (明)凌濛初:《拍案惊奇》卷四十,上海古籍出版社1985年版,第1735页。
④ (明)凌濛初:《拍案惊奇》卷四十,上海古籍出版社1985年版,第1753页。

名富贵的现实指向。然而,"不义而富且贵,于我如浮云"的道德判断中已隐含了"义而富贵"的合法认可,由科举及第所带来的物质生活条件的相应转变无疑被认为是最为合理正当的改变方式。"学会文武艺,货与帝王家"成为最为认可的"义而富贵",科举取士则成为最为典范的"求善贾而沽",即此而言,士人的勤学入仕实无可厚非,其后所蕴藏的则是传统观念中最为根深蒂固的忠孝意识。素有"薛夫子"之誉的明代理学大儒薛瑄早岁即"究心洛、闽渊源,至忘寝食"①,于科举亦颇有微词,尝言"道之不明,科举之学害之也"②,然其《登科后还家省侍》亦称:"万里鹏程浩荡飞,千年际遇古今稀。初从天上看金榜,又向人间戏彩衣。卫水南旋帆漠漠,晋山西上马骈骈。君亲恩比沧溟大,忠孝深期愿莫违"③。薛瑄及第后的喜悦之情虽未及"一日看尽长安花"的春风得意,但"万里鹏程浩荡飞"的兴奋激昂却也溢于言表,而更为深层的喜悦则来自于家国同构下的"忠孝深期",治平理想自可列为报君之"忠"的体现,彩衣之戏则是事亲之"孝"的心境。理学醇儒的情志表达自然温柔敦厚,一准中庸之道,乐而不淫,金榜题名的欣悦所在乃是忠孝期许的部分实现。而此种忠孝之道下的功名追求则原是传统文人的常见心态,明人自不例外,王祎《五月余还至渭南适克正博士为丞于兹赋诗道旧并以留别》诗即曰:"上以奉明君,下以慰慈母。平生功名心,萧条亦何有。惟是故意长,欲报乏琼玖"④;张以宁《春厓堂诗》亦称:"愿将一寸草,化作倾阳葵。上以承君宠,下以报母慈"⑤,所谓的"忠孝不能两全"在更多情况下,不过是停留于理论层面的伦理矛盾,因为父母长辈大多以"学而优则仕"作为对子孙后辈的要求,期望既重,督导亦勤,因家长之命而用心八股成为士人通例,此种"光宗耀祖"的家族理想遂成为天下士人投身科第的巨大推动力,至清代袁枚尚称:"未成进士,不可弃时文;有亲在,不可不成进士"⑥,正是相似心态的一脉延续。

　　论者每每抨击科举射利,持论固然有据,但是对于功名追求后面的思想动机却多有忽略,中华传统历来重义轻利,天下风从的科举求仕历经千年而不衰,绝非简单的功利动机可以解释,更为深层的历史驱动则源自于传统深

①　(清)张廷玉等:《明史》卷二百八十二,中华书局1997年版,第1855页。
②　《薛瑄全集》,山西人民出版社1990年版,第1222页。
③　(明)薛瑄:《文清公薛先生文集》卷七《登科后还家省侍》,三晋出版社2015年版,第288页。
④　(明)王祎:《王忠文公集》卷二,上海古籍出版社1987—1989年版,文渊阁四库全书本。
⑤　(清)钱谦益:《列朝诗集》甲集第十三,影印清顺治九年毛氏汲古阁刻本。
⑥　(清)袁枚:《小仓山房文集》续集卷三十一《与俌之秀才第二书》,上海古籍出版社1988年版。

处的道义感召,而作为制度的科举的最大意义亦在于此——为传统观念下的人生理想提供了相对客观有限的实现保障。

二、无道而隐与个人品格——举业弊端下的操行选择

五代王定保《唐摭言》载:"(唐太宗)尝私幸端门,见新进士缀行而出,喜曰:'天下英雄入吾彀中矣!'"①宋人张舜民则质疑曰:"太宗一朝五放榜,每榜一名,安得缀行之士"②,史料的真伪辨析姑且不论,但英雄入彀的科举判断却是士人的共识。明人陈耀文《天中记》引《国史补》称,进士科"其推重谓之'白衣公卿',又曰'一品白衫';其艰难谓之'三十老明经,五十少进士';其负倜傥之才,变通之术,苏、张之辩说,荆、聂之胆气,仲、由之武勇,子房之筹画,弘羊之书计,方朔之诙谐,咸以是而晦之。修身慎行,虽处子之不若;其有老死于文场者,亦所无恨。故有诗云:'太宗皇帝真长策,赚得英雄尽白头'"③。《画墁录》称此诗为赵嘏作。"赚得英雄尽白头"的喟叹与"英雄入彀"自是相似的批评思路,其锋芒所指则在进士科的"推重"与"艰难"。

明代的八股取士使得科举的"重""难"愈加凸显,而相似的抨击思路亦更为突出,宋濂言:"自科举之习胜,学者绝不知诗。纵能成章,往往如嚼枯蜡,较之金头大鹅、芳腴满口者有间矣"④。陈士业列举唐宋举子之不学故事,称:"当时以诗赋取士,犹尚涉猎典籍。而书生之陋已如此。自八股之业既盛,寻常史汉,俱束高阁,况于当代之人物典故哉?"⑤士不知诗,虽有失身份,却非大碍,书生陋学,则为失职,既"重"且"难"的科举作为弊端根源自难脱指责。"夫今九州岛之广,四海之远,聪明才辩,固自不少,皆科举之学误之也。天下人才,不过二等,天资明敏者,上也;学问后通者,次也,上焉者,其于科第早得数年;次焉者,其于科第迟得数年,大约如是而已矣。早者,血气未定,一旦心与物交,有引于功名,有引于富贵,间有有志学术而重为政事所缚者,既有志又有地,千百之十一耳,是上焉者,科举误之也。迟者,血气既衰,力不逮志,是次焉者,科举又误之也。举天下之人才,皆误于

---

① (五代)王定保:《唐摭言》卷一,上海古籍出版社1978年版,第3页。
② (宋)张舜民:《画墁录》,上海古籍出版社1987—1989年版,文渊阁四库全书本。
③ (明)陈耀文:《天中记》卷三十八,上海古籍出版社1987—1989年版,文渊阁四库全书本。按:此段文字亦见于《唐摭言》,然后世论者多以为出自《国史补》。
④ 《宋濂全集·芝园前集》卷五,浙江古籍出版社1999年版,第1253页。
⑤ (明)陈宏绪:《寒夜录》卷下,中华书局1985年版,丛书集成初编本。

科举"①。即诗而言,诗以言志,志意既衰,士行则难维持,诗道自然不振。以学而论,虽有志学术者亦为科举所限,仅得余力为之,要之,科举所累实在士人精神的专注不移,溺志灭心,朱熹即言:"非是科举累人,人累科举",更称,"科举之事,不患妨功,惟患夺志"。被收入《性理大全》的朱子语录于明代士人自然有着极大的影响,如明代大儒薛瑄、王阳明、顾宪成等均有相似的见解。"不患妨功,惟患夺志"之论既是对科举误人的学理剖析,更是对科举之必然流弊的深刻担忧。即此而言,"夺志"之累实在士人,却非科举本身,而士人所以保持"志"之不失的有效方法则是不以功名为念,将得失置之度外。宠辱不惊的进退自如本是融合着传统儒、道思想的处世心态与人生境界,然而,多数情况下,淡泊名利所体现的更是一种"隐"的文化特质。而此,正是士人保持独立操行的常见心态,亦是传统诗歌中的习见话题,明人、明诗自不例外。

董纪《东野草堂》:

> 隐迹向东野,草堂幽趣多。门垂系船柳,池放换经鹅。象局闲中戏,禅床醉后歌。不知名利客,扰扰欲如何。②

凌云翰《槐安国》:

> 大槐为国竟如何,梦境浑如世事多。老我久无名利念,笑看行蚁上南柯。③

刘嵩《题吴教授所藏黄大痴画松江送别图》:

> 展图坐对凤山青,却想高情动千古。君不闻功名利达能几何,长安离别日日多。④

沈周《睡起自遣》:

> 书枕悠悠自小康,何须断送脚尘忙。屏心云气山开画,树里檐声雨

---

① (明)陆深:《俨山集》卷八十五,上海古籍出版社1987—1989年版,文渊阁四库全书本。
② (明)董纪:《西郊笑端集》卷一,上海古籍出版社1987—1989年版,文渊阁四库全书本。
③ (明)凌云翰:《柘轩集》卷一,上海古籍出版社1987—1989年版,文渊阁四库全书本。
④ (明)刘嵩:《槎翁诗集》卷三,上海古籍出版社1987—1989年版,文渊阁四库全书本。

满堂。名利可怜鸡有肋,神仙只累鼠拖肠。时时具酒招邻曲,闲与桑麻较短长。①

李贤《三老亭》:

　　亭构因三老,终朝会此间。围棋消白日,酌酒对青山。野鸟时飞止,溪鱼自往还。不知名利客,谁似此生闲。②

顾清《师邵出意作纶竿于墙上以便递诗名曰诗钓首倡一篇词意兼美依韵奉酬》:

　　巧心文思孰兼长,诗钓诗成又几章。千里浮沈谢江路,一竿风月共邻墙。君如缘木求鲂鲤,我正怀砖想珮璜。毕意两无名利念,五湖烟水旧同乡。③

钱谦贞《复次漫兴前韵八首》其一云:

　　儒冠挂却白头新,廿载支离笑此身。天上有星称处士,人间无父号穷民。闲门客少荒三径,绿树阴疏冷四邻。清磬一声香一炷,不知名利为何人。④

　　无论是否中举,无论职位尊卑,隐者的自得与仕者的艳羡均是传统士人淡泊名利的心态折射。明人的最大名利关注自然在科举,"犬子试初毕,老妻浪惊喜。滔滔中夜心,四海皆名利"⑤,由此而论,明人的淡泊名利固然是传统思想的延承、士人品格的保持,但其所针对的最大现实则是科举的射利风习。当然,科举与名利的绾结有着不可否认的合法性,但科举制度所提供的客观公平毕竟是相对的,其间的营私舞弊自是不争的事实,优秀文章的不公黜落亦非罕见,中举及第的各色考生中鱼龙混杂、良莠不齐,再加上科考内容与官职要求的实际差距,诸般种种,无不影响着科举取士的公正品质。

----

① (明)沈周:《石田诗选》卷六,上海古籍出版社1987—1989年版,文渊阁四库全书本。
② (明)李贤:《古穰集》卷二十一,上海古籍出版社1987—1989年版,文渊阁四库全书本。
③ (明)顾清:《东江家藏集》卷十二,上海古籍出版社1987—1989年版,文渊阁四库全书本。
④ (清)钱谦益:《列朝诗集》丁集第十三之下,影印清顺治九年毛氏汲古阁刻本。
⑤ (清)钱谦益:《列朝诗集》丙集第四,影印清顺治九年毛氏汲古阁刻本。

科举制度本是传统士子"学而优则仕"及治平理想的实现保障,以其公正公平的选贤任能作为"天下有道"的一种表现,而其于士行文风的巨大影响力亦根源于"道"的感召。但是,当科举流弊使得这一制度保障的公正性、有效性大打折扣时——尽管多数弊病的形成并不因科举制度本身而产生,而在于来自外部的人为因素,如当权者本身的贪鄙等,但是,各种不公、病态毕竟体现于科举过程中,作为万众所视的国政之重自不免遭人诟病,更为重要的是,"天下有道"的国家形象因之受损,而"无道则隐"的士人传统亦随个人气质品格之不同而呈现为风情各异的一代心史。

　　明初士人的归隐情绪自然包含着元代隐逸风习的历史延续,元朝时,士失其业,困处下僚,进身无望,至季末而愈烈,夹缠着民族情绪的"无道则隐"成为元代士人的普遍心态,由元入明的士人身上自然有着全身远害、不为羁縻的前朝习气。这种"隐"的传统张力无疑是明初士人不仕的重要原因之一。朱明建统,科举重开,鼓舞士心,毋须多言,但对于拥有五六千万人口的泱泱大国①,识字人数又较前代有所增加,有明276年间,共录取进士24480人,平均录取人数不过89人,②日趋拥挤的科考仕途始终存在着绝大多数的落榜考生,其中更不乏屡试不中的优秀才士,"英俊沉下僚"亦是实有之的事实,指斥世道不公原是失意科场时发泄抑郁愤懑的常见渠道,尽管明代科举实现了部分士人的"学而优则仕",但是,"有道""无道"原是一对界限不明的相对概念,且建国伊始,朱元璋、朱棣便因个人脾性下的极端行为严重挫伤了士人志行,尽管后世帝王有着不同程度的绳愆纠谬,但历史的重创始终是难以洗尽的心理阴影。更重要的是,科举制度中还不可避免地存在着这样那样的弊端。在失意者眼中,不免"无道"——尽管在其他人看来,乃至以历史的眼光来评判,他所处的时代或者并算不得"无道",但就其个人遭际而言,却也颇有些"无道"的意味。

　　其实,如同对科举与功名间的合理认同一样,"隐"的行为毕竟与儒家主流的入仕主张不合,但"无道"前提的成立,却可使得这一行为获得合法意义,整体社会"有道"背景下总不免有个体层面上的"无道"环境,正因如此,"隐"的行为才获得最为广泛的社会认可,隐者所受的尊重固在其淡泊

---

① 据《明实录》记载,明代列朝人口最多时为成化十五年(1479)71850132人,最少时为正德元年(1506)46802050人,余者均在5、6千万间上下。古代官方的人口统计历来不准,更具代表性的史界说法则是:明代初年约有1亿人口;明代万历中叶有1.5亿人口;明代(或明末)人口总数为2亿左右。参见白寿彝先生主编《中国通史》相关章节。

② 参见何怀宏:《选举社会及其终结——秦汉至晚清历史的一种社会学阐释》,生活·读书·新知三联书店1998年版,第348页。

功名的高尚情操,然而,与主流思想截然相反的行为能够获得持续而巨大的社会影响力,却非单一的道德原因,况且,孔子已经明确提出:"邦有道,贫且贱焉,耻也","有道"社会的不仕行为并未获得主流意识的道德认可,但"隐者"在多数情况下还是得到了社会的尊重和理解,甚至有些是在"有道"的治世之中。道家的出世思想虽被传统接纳,但却远不能和作为主流的入世主张相抗衡,"隐"的合理合法仍然需要儒家的道德认可,而"无道则隐"则是圣制经典所承认的出世行为,道家的出世主张所以被儒家主流接纳的原因亦在于此。故此,"隐"才获得了主流意识的接纳认可,才能成为保持独立品格的士人志行。士志于道,士的一切言行均围绕"道"而展开,能成为士人品格的"隐"当然也在"道"的观照之下。所以,被士人所广泛认可尊尚的"隐"实为"无道则隐"之隐,并非单一意义的遁世之"隐",而列朝列代普遍存在的隐逸现象并非全由社会整体的混乱无道而造成,相当数量的"归隐"行为乃是基于个体自身处境的"无道"判断。以科举而言,学而优则仕,获取功名,自有其合法意义,但是,士人却可以根据"妨志"之弊,立足个人意志,将举世科考视为追逐名利的社会弊病,"无道"判断因此而立,"隐"的行为自然合法。

　　李贽论隐,有"时隐""身隐""心隐""吏隐"之别,但所以区分的标准却不统一,"时隐"即"邦无道而隐",有保身之哲;"身隐"者,"以隐为事,不论时世是也,以此为隐,又何取于隐也"①,字里行间的不满流露正是对单一意义的"遁世之隐"的批评,由此亦可见,获得道德认可的"隐",即"无道而隐"才堪称合理合法的"隐"。又称"身隐"者,"身虽隐而心实未尝隐","心隐",即"隐"的心态而言,"吏隐",即"隐"的形式而论,所划的四种隐士实有交叉重叠,难称精准。其实,李贽关注的重点并不在此,乃在"隐"的真实性与彻底性,即"真隐"与"假隐",与之相关的则是其一再批评的假道学。明代的功名富贵在八股时文,而科第生态下的"隐情"自然最易发生于落第士人与平民布衣身上,而这两类中的多数人仍心系科场,落第者希望再博一第,布衣渴望改换门庭,"隐情"的生发多是偶然情境下的一时感触,却非本心所在。讲求童心的李贽所要求的是彻底摒弃功名利禄的"真隐",对于这样的行为自然痛加指责。从李贽激烈的社会批判中,不难看出这一现象在一定范围内的普遍存在,与之颇有渊源的则是明代的山人群体。

　　如同文章风格中的"台阁""山林",一般意义上"山人"概念中本就有着与朝臣相对而言的隐者内涵。而"隐"作为与"仕"对立的一种文化传统,有着极为

---

① （明）李贽:《藏书》卷六十六,中华书局1974年版,第1089页。

广泛的覆盖范围,以"隐"为标识的"山人群体"自然也有着不同的社会涵盖①。相当一部分山人因谋生养家的经济压力而放弃科举,或设馆教书,或托身权贵,或游幕,或为吏,或医卜。然而,曾经接受的教育毕竟培养了一定的文艺修养,诗赋文章、琴棋书画之类的文人雅事则成为其提升身份的文化资本,亦成为其入幕干谒,乃至售卖谋生的工具。受制于生存需求的部分山人,虽可摆脱科举困扰,却未必能保持独立的士人品格,入幕干谒的行为之中仍旧可见积极用世的传统精神与追逐名利的世俗指向,但这些却与"隐"的文化属性扞格,难以避免的"志""行"矛盾使得山人每每遭人诟病,指为沽名逐利。李贽斥之曰:"名为山人而心同商贾,口谈道德而志在穿窬。夫名山人而心商贾,既已可鄙矣,乃反掩抽丰而显嵩少,谓人可得而欺焉,尤可鄙也!"②身无功名的薛冈非但不愿接受山人的称谓,甚至称,"人有此类,殃莫大焉;山有此人,辱莫甚焉"③。冯梦龙《山歌》所收录的张献翼《山人歌》更是极尽嘲讽:"道假嗯弗假,道真咦弗真。作诗咦弗会嘲风弄月,写字咦弗会带草连真,只因生意淡薄,无奈何进子法门。做买卖咦弗吃个本钱缺少,要教书咦弗吃个学堂难寻,要算命咦弗晓得五行生剋,要行医咦弗明白个六脉浮沉。天生子软冻冻介一个担轻弗步重弗得个肩膊"④。

　　山人的尴尬处境导自经济来源的依赖性,生存压力下的山人群体对于损伤自尊的干谒投靠虽不甘不愿,却不得不为。士人志、行间的巨大裂痕成为山人最为深刻、典范的心理矛盾。山人俞安期即言,"愁来不能处,再三易寝兴。明明我胸臆,有物常为凭。仰呼彼苍者,玄云复纵横。抚床号同旅,坚卧莫我应。衷心谁与诉,丝桐可晤言"⑤。源于生活、心理的双重压力已然难以承受,况且其所面对的社会态度则是权贵的厚待冷遇与士人的推重讥嘲,相反的极端态度更加深了山人的思想矛盾,徐渭的自杀便是极度精神分裂下的极端表现,其《自为墓志铭》:"人谓渭文士,且操洁,可无死,不

①　张德健先生在其《明代山人文学研究》(湖南人民出版社 2005 年版)中,曾就明代山人群体的产生、构成、发展,及其生存方式、文化品格等立专门章节阐述,论述颇详,可参。另郑利华《明代山人群体的文化特征及其在文坛的影响》(《中国学研究》第四辑)、赵轶峰《山人与晚明社会》(《东北师大学报》2001 年第 1 期)、吴承学等《明清人眼中的陈眉公》(《首届明代文学国际研讨会论文集》,南京师范大学出版社 2004 年版)以及[日]金文京《晚明山人之活动及其来源》(《中国典籍文化》1997 年第 1 期)均有相关论述。

②　(明)李贽:《焚书》卷二《又与焦弱侯》,中华书局 2009 年版,第 49 页。

③　(明)薛冈:《天爵堂集》卷八十《辞友称山人书》,上海古籍出版社 1987—1989 年版,文渊阁四库全书本。

④　(明)冯梦龙等:《明清民歌时调集》(上卷),上海古籍出版社 1987 年版,第 430 页。

⑤　(明)俞安期:《翏翏集》卷七《杂兴诗》,上海古籍出版社 1987—1989 年版,文渊阁四库全书本。

知古文士以入幕操洁而死者众矣！乃谓则自死，孰与人死之。渭为人度于义无所关时，辄疏纵不为儒缚，一涉义所否，于耻垢，介秽廉，虽断头不可夺。故其死也，亲莫制，友莫解焉。"①对于持"义"甚严的徐渭，山人的精神苦楚更为凸显，加之本人性格因素，终不免酿成悲剧。一般的山人虽然没有徐渭的特殊痛苦，但却有着相似的心灵体验。朱国祯曾言："一山人多酒过骂人，辄自命曰：'浮云富贵。'余曰：'且与汝细讲圣人言语，切不可截了头尾轻用。只如此句，上有"不义"二字，故他是浮云；下有"于我"二字，故我可浮云。他若富贵而义，则彼是卿云，又对待者是我，我者，孔夫子也。不是孔夫子，亦何可浮云？'其人嘿然，第曰道学先生"②。

　　山人的嘿然正是对道学批判的无奈接受，其并非不知孔圣的"浮云"本意，但是只有刻意表现淡泊名利才能为得自身的行为更为合法，故而，在他们投靠权贵的干谒诗中每每有着着意表现的清高隐逸。布衣宋登春《江阁晚望呈荆州公》即曰："几处兼葭连岸白，数村烟火隔江明。无家自合依刘表，有赋谁能荐长卿。巫峡去帆江树隐，衡阳归雁暮云平。黄金已尽还为客，湘汉长歌万古情。"③沈明臣《春日言志三首次张大司马》其二称："惭予多负俗，爱看切云冠。孤凤桐丝语，双龙玉剑蟠。南山栖隐鸟，北海下长竿。投赠美人佩，言思日采兰。"④进呈公卿以博奖掖赏识，但却必须保持着山人的隐逸特征，呈诗行为与诗歌内容的分离所体现的正是山人志、行间的深层矛盾。而且，相当山人的投赠干谒，并不仅有一首诗，通常都是自己诗作合集，如文徵明为梁辰鱼《鹿城集》所作之序即言："伯龙将游帝都，携此编以交天下士。则天下之人接其人，玩其词，人人知有伯龙矣"⑤，诗集中既有对干谒对象的奉承，亦有自己的隐逸情怀，并有对贫困生活的描写，虽然情绪复杂，却是矛盾思想下的曲折心路。

　　尤需注意的是，明代的"山人"有时更是一种标榜身份的时尚称谓，"夫所谓山人高士者，必餐芝茹薇，盟鸥狎鹿之俦，而后可以称其名耳。今也一概溷称，出于何典？词客称山人，文士称山人，征君通儒称山人，喜游子弟亦称山人，说客辩卿谋臣策士亦称山人，地形日者医相讼师亦称山人，甚者公

① 《徐渭集》卷二十六《自为墓志铭》，中华书局1983年版，第639页。
② （明）朱国祯：《涌幢小品》卷十七，上海古籍出版社2005年版，第3512页。
③ （明）宋登春：《宋布衣集》卷二，上海古籍出版社1987—1989年版，文渊阁四库全书本。
④ （明）沈明臣：《丰对楼诗选》卷十三，齐鲁书社1996年版，四库全书存目丛书本，第307页。
⑤ （明）文徵明：《梁伯龙诗序》，载（明）梁辰鱼：《梁辰鱼集》，上海古籍出版社1998年版，第33页。

卿大夫,弃其封爵,而署山人为别号"①。不同身份下的山人相称中显然有着一种相通的心理模式:山人称谓本身的隐逸表征并未消失,各色人等所以标榜自矜的根本原因亦在于山人"餐芝茹薇,盟鸥狎鹿"的文化属性。颇成风气的"山人隐逸"并非偶然的世风所趋,在科举心态笼罩下的明代社会中,如此寻常的山人现象之后,所体现的正是有明士人对于科举高压的心理对抗。有限名额下既重且难的八股取士绝不可能完全满足天下士人的"学而优则仕",单一方向下的积极仕进必然造成沉重的心理压力,重压下的分流转移随之成为必需,兼济独善的穷达观念本就是传统士人最为习见有效的应对思路,既然科举录取中有着难以确定的偶然因素,立足时运下的穷达理解自然成为一种极普遍的心理范式。对未能中举及第者而言,时运不济往往是最好的精神宽慰,运"穷"下的独善其身自然成为失意士人缓解压力的立身选择,"隐"的心态亦由此而生,如前所述,"隐"的方式各异,更多情况下实为一种心境追求,"山人"称谓的风行中虽不免有附庸风雅、标榜清高之人,但就整体而言,实为此种社会心态的文化体现。"隐情"的寄托方式同样多种多样,或山水花树,或闲云野鹤,或谈禅论道,或琴棋书画,言志抒情的诗赋文章更是投寄隐情的习惯模式,然堪为明代山人典范的陈继儒即言,"大抵文章大业与经生不同,齿欲少,游欲远,藏书欲博,取材欲精,交道欲广,应酬欲简,起居欲适,而著述欲富,阙一则名不附目前"②。陈继儒所标举的"文章大业"显然有着与举业之道刻意相对的意味,诸如远游广交、博览精择的主张所针对的正是拘守传注、白首程文的八股流弊。对于诗文,陈继儒坦言其为"小技耳",却称"然深沉则力劲,综博则泽鲜。由浅而达,由达而老,由老而化,而绚烂生焉。以此行世,即百赏誉,未必得我之骨髓,百弹射,未必损我之皮肤"③。山人虽"隐",但"道"仍为核心关注,诗文自为小技,但是摆脱举业束缚与仕宦限制的山人却能自由地表达情志,且标志身份的诗文又为其"行世"工具,故而,诗文于山人群体实有特殊意义,李贽甚至称"幸而能诗,则自称曰山人;不幸而不能诗,则辞却山人而以圣人名",固为激愤之语,山人与诗之关系密切亦可见一斑。明诗不幸地沦为八股之余,但放弃举业的布衣山人却可不以余事视之:

　　(王)孟端,讳绂,字孟端,幼颖敏,稍长好学,入乡校为弟子员,治

---

① 参见(明)钱希言:《戏瑕》卷三,中华书局 1985 年版,丛书集成初编本。
② (明)陈继儒:《白石樵真稿》卷一《岩栖幽事》,上海杂志公司 1935 年版,第 13 页。
③ (明)陈继儒:《读书镜》,载吴文治主编:《明诗话全编》,江苏古籍出版社 1997 年版,第 5894 页。

经习举子业,既数奇,连遭困顿,即弃去,放迹江湖间,越太行,上巴蜀,历名胜,探古迹,以蓄其奇气纵,情于诗酒,交结名士,所游皆公卿贵人,无不敬爱,尤善真行书,笔法出入晋唐间,律诗学大历诸才子,时有警句。①

　　三山有隐君子曰王君敷……少习举子业,慨然有志于用世,既而以疾废,遂舍科举之学,益务博览,无所不窥,发为诗歌,新丽可喜,尤工行草书,以故士大夫皆重之。②

　　王孟端与王君敷的经历大抵皆可于明代山人群体中寻得相似的基本过程:放弃举业、移情诗歌成为明代布衣山人的典范行为,此外,若黄宗,"亨纯敬,别号一愚,貌皙而癯,少负奇气,尝从二兄习举子业,久之,困踬不利,乃愤起自图,曰吾何以沉郁,占哔踽踽,如许为也,遂弃去,应藩府辟,敏给暇豫,不为公移束缚,得隙辄鼓琴,吟弄今体五七言诗以自适"③。以身份归属而言,或可划入吏隐的范畴,就诗歌行为而言,却也有着舍八股而为诗的相同经历。"隐居博学"的明人张可仕补订闵士行《明布衣诗》达100卷,钱谦益《列朝诗集》、朱彝尊《明诗综》中亦收录了大量布衣、山人、处士的诗作,还有大量身有功名者与山人处士的相和之作。可知,就诗人、诗作的数量而言,以"隐"为文化特征的布衣山人的确是明代科第心态下不应忽视的群体,尽管他们的诗歌表达中含有远非隐逸思想可以规限的复杂情绪,尽管部分的隐逸清高有着刻意标榜甚至作伪的意味,但无论他们是"真隐"还是"假隐",其所体现则是一种科第压力以及举业弊端下的操行选择,虽然基本的选择模式并未逸出传统的思路,但毕竟缓解士人的进取压力,并以一种特殊的模式保持了士人的独立品格。即便只是一种寄托于文字的情志抒发,但也可折射出明代士人在理想抱负与现实生存夹缝中的崎岖心路。当然,历朝历代都不乏真的隐士,"和陶""慕陶"同样是明诗中的常见主题,个中自有真情假意之别,但作为一种文化心态的历史延承,同样折射出明代士人在科第心态下的求隐心境。

　　还应特别关注的个案即是解元唐伯虎。唐寅性颖利,博学有逸才,少疏狂纵酒,"祝允明规之,乃闭户浃岁。举弘治十一年乡试第一,座主梁储奇其文,还朝示学士程敏政,敏政亦奇之。未几,敏政总裁会试,江阴富人徐经

---

① （明）胡广:《征事郎中书舍人王孟端墓表》,载（明）王绂:《王舍人诗集》附录,上海古籍出版社1987—1989年版,文渊阁四库全书本。

② （明）何乔新:《椒邱文集》卷二十六,明嘉靖元年广昌刊本。

③ （明）方良永:《方简肃文集》卷六,上海古籍出版社1987—1989年版,文渊阁四库全书本。

贿其家僮,得试题。事露,言者劾敏政"①。唐寅则"因持一帛诣程宫詹敏政乞文,饯梁洗马储奉使南行",且徐经与其同乡举人,"奉六如甚厚,遂同舡会试至京"②而遭至牵连。唐寅所为本是士人常情,但疏狂,不知避嫌,终受其害,被"下诏狱,谪为史。寅耻不就,归家益放浪"③。较之一般士人的不第愤懑,解元唐寅及第而含冤受屈,更经诏狱之难,其怨愤可想而知。唐寅"尝负凌轶之志,庶几贤豪之踪,侥仰顾眄,莫能触怀。家赏微羡,而餍习优汰,不能自裁,日以单瘠,踽然处困,衔杯对友。引镜自窥辄悲,以华盛时荣,名不立,俟河之清,人寿几何,恐世卒莫知,没齿无闻,怅然有抑郁之心"④,原是凌云志业实现保障的科场反而成为唐寅功成名就的最大创伤。折戟原因既并非个人才能之不足,亦非主司趣尚之相左,却是一场横生的舞弊牵连,沉重的现实挫折感与平生凌轶之志所构成的心理冲突使得唐寅天性中的疏狂愈加膨胀,应举时的唐寅"夜来欹枕细思量,独卧残灯漏夜长。深虑鬓毛随世白,不知腰带几时黄。人言死后还三跳,我要生前做一场。名不显时心不朽,再挑灯火看文章"⑤,汲汲功名之心与寻常士子大体相类,唯多几分自信豪气而已。而当这份豪情壮志突然遭遇不公的冷遇时,被压抑的满腔激愤遂演变为任诞放浪的傲世行为,以一种愤世嫉俗的市隐姿态对抗科举社会对自己的无道不公。"莫言此地崎岖甚,世上风波更不平"⑥,"莫嫌此地风波恶,处处风波处处愁"⑦已然寄寓了其于社会的基本认识;"领解皇都第一名,猖披归卧旧茅蘅。立锥莫笑无余地,万里江山笔下生"⑧的跌宕情怀中正可看出这位风流人杰对社会的不满对抗;桃花是唐寅诗中最常见的意象,唐寅"曾筑室桃花坞,日与客日般饮其中",唐寅私印有"江南第一风流才子",又有"龙虎榜中名第一","烟花队里醉千场",又曰"普救寺婚姻案主"者⑨,桃花之艳固与放浪情色的心理有相通之处,然其心灵深处却别有所钟,《桃花庵歌》着意刻画了卓荦不羁的桃花仙人,"但愿老死花酒

① (清)张廷玉等:《明史》卷二百八十六,中华书局1997年版,第1886—1887页。
② (明)蒋一葵:《尧山堂外纪》卷九十一,上海古籍出版社2002年版,续修四库全书本,第124页。
③ (清)张廷玉等:《明史》卷二百八十六,中华书局1997年版,第1887页。
④ (明)徐桢卿:《新倩籍》,中华书局1985年版,丛书集成初编本,第3页。
⑤ 《唐寅集》卷二《夜读》,上海古籍出版社2013年版,第87—88页。
⑥ 《唐寅集》卷三《题栈道图》,上海古籍出版社2013年版,第122页。
⑦ 《唐寅集》卷三《题画九十首》之一,上海古籍出版社2013年版,第140页。
⑧ 《唐寅集》卷三《风雨浃旬,厨烟不继,涤砚吮笔,萧条若僧,因题绝句八首奉寄孙思和》,上海古籍出版社2013年版,第109页。
⑨ (明)郎瑛:《七修类稿》卷四十,中华书局1959年版,第582页。

间,不愿鞠躬车马前"已见士人品格,与陶令不为五斗米折腰实有相通之意;结尾"别人笑我忒疯骚,我笑他人看不穿。不见五陵豪杰墓,无花无酒锄作田"①,对权豪富贵的傲然俯视中隐藏着一种精神的高耸。传统中失意当时者每每不屑辩解,以沉默相对,始终相信有着高于世俗认可的历史批判,《史记》中的"桃李不言,下自成蹊"则是此种心态最具典范意义的意象原点。唐寅酷爱桃花,借桃花美酒藐视富贵的深层用意或在于此。当"冰雪风云事不同,今朝尊贵昨朝穷"②的理想泡影被科场弊案彻底吹破后,"莫道英雄今没有,谁人看在眼睛中"③则成为内心深处不断反复的社会质问,尽管唐寅以"笑舞狂歌五十年,花中行乐月中眠"的狂放风流表达着强烈的愤世情绪,"诗赋自惭称作者,众人疑道是神仙"的市隐自诩中小寄托着难以抹去的感伤,但一代风流才子唐伯虎却已于明代科举生态中,奏出了"无道则隐"的最强音。"些须做得工夫处,莫损心头一寸天"——士志于道,无论心中所志是始终不舍的用世之念,还是慨然而生的出世之想,最后定位仍旧是以道为核心的士行维系。

儒家传统历来有"三不朽"之说,"立言"居于其一,"代圣贤立言"本就有不朽之意,而揣摩圣贤口吻,设身处地、发为文章,更是一种思想锻炼,实即为日后行为的书面训练,就此意义而言,所谓"代圣贤立言"实为一种圣人治国模式的书面演练。然而,科举制度下,这种特殊训练却造就了有明士人的基本心路和言行态度。士志于道,传统士人的立身行藏以"道"为核心展开,作为制度的科举为士人"学而优则仕"的治平理想提供了实现保障,明代士子汲汲程文,全副精神专注科场,士行文风为之转移。然而,科举中各种各样的流弊、有限的录取名额又将相当的士子拒之门外,因各种原因被迫放弃科举的失意文士则以传统思路中的"无道而隐"应对进取受挫的精神压力,因个人际遇而形成了一代以"隐"为主导色彩的士人风流。

第三节　科第心态与诗歌模式

八股取士,一旦形成制度,则意味着成为一种相对稳定的文化综合体,满足着相关社会领域的具体需求,同时又支配着相应的社会生活领域。有

①　《唐寅集》卷一《桃花庵歌》,上海古籍出版社2013年版,第21页。
②　《唐寅集》卷三《题自画吕蒙正雪景图》,上海古籍出版社2013年版,第131页。
③　《唐寅集》卷三《题自画红拂妓图》,上海古籍出版社2013年版,第125页。

明一代,"科举必由学校","非科举毋得与官",学校、科举、铨选首尾连贯的制度体系,以功名富贵、治平理想的双重号召力,使得天下士人云合影从,既重且难的八股时文,加以社会的学校教育、朝廷的选拔体制,其于"牢笼英才,驱策志士"实然有着撷英与禁锢的双重深意。

在科第功名的压力之下,有明士人的诗歌关注自然置于时文之后,曾为一代文化标识的诗歌遂不幸沦为八股之余。然而,地位的下移所导致的不过是"余事"视之的诗歌态度,更为深刻的影响则来自于士人心志的"八股"禁锢。

一、八股套路的模式禁锢

《儒林外史》中的鲁编修有句名言:"八股文章若做的好,随你做甚么东西,要诗就诗,要赋就赋,都是'一鞭一条痕,一掴一掌血'。若是八股文章欠讲究,任你做出甚么来,都是野狐禅,邪魔外道"①。清朝建统,体承明制,至吴敬梓的时代,八股取士又延及百年,更以一种君临姿态俯视诗、赋,俨然以诸体法门自居。特意以孔圣故国为姓的编修虽为虚构,但于近乎极端的八股崇拜中,百年士人的科第心态却可略窥。

清代诗坛盟主王士禛称:"予尝见一布衣有诗名者,其诗多有格格不达。以问汪钝翁编修,云:'此君坐未尝解为时文故耳。时文虽无与诗、古文,然不解八股,即理路终不分明。'近见王恽《玉堂嘉话》一条,鹿庵先生曰:'作文字当从科举中来。不然,而汗漫披猖,是出入不由户也。'亦与此意同"②。而清代大才子袁枚亦言:"时文之学,有害于诗,而暗中消息,又有一贯之理。余案头置某公诗一册,其人负重名。郭运青侍讲来,读之,引手横截于五七字之间,曰:'诗虽工,气脉不贯。其人殆不能时文者耶?'余曰:'是也。'郭其喜,自夸眼力之高。后与程鱼门论及之,程亦韪其言。余曰:'古韩柳欧苏,俱非为时文者,何以诗皆流贯?'程曰:'韩、柳、欧、苏所为策论应试之文,皆今之时文也。不曾从事于此,则心不细而,脉不清。'"③清代诗坛巨擘的共同关注并非偶然,八股时文本有取自律诗之处,固有贯通之处,理路、气脉的作文法则自可反观于诗。基于作法技巧、艺术手段的美学关注所体现的是一种类比思辨的综合思路,即如钱锺书先生所称的"诗学亦须取资修辞学耳。五七字工而气脉不贯者,修辞学所谓句法,而不解其所

---

①　(清)吴敬梓:《儒林外史》第十一回,上海古籍出版社 2010 年版,第 127 页。
②　(清)王士禛:《池北偶谈》下册,中华书局 1982 年版,第 301 页。
③　(清)袁枚:《随园诗话》卷六,人民文学出版社 1982 年版,第 197 页。

谓章法也"①,然而,科第心态下的特殊关注中却包含着另一种取向,即以"时文"衡诗,以时文技法作为评析诗歌优劣的尺度,溯其流脉,实与鲁编修"八股若好,要诗就诗"的思路有相通之处,或可称之为对这一思路的合理解读。稍前时候的雍正年间,鲍鉁言:"自有明以八股制科取士,迄今四百年来,诗文胥纳于八股之范围"②,亦是同样的思路表达。沿波讨源,相似的心态更可逆推于明代士人,汤显祖曾言,"今之为士者,习为试墨之文,久之,无往而非墨也。犹为词臣者习为试程,久之,无往而非程也。宁惟制举之文,令勉强为古文、词、诗歌,亦无往而非墨程也者"③,天下士子既投注于全副精神,每日呼吸浸润其中,而诗歌本与时文有相通之理,以八股之法作诗、论诗却也是极自然的思路。

　　然而,诗歌之成熟早于八股,八股的形成部分中又有着诗歌元素,依照时间序列的一般理解,自然应该是诗歌理论于八股作法的渗透,清人袁若愚言:"时文讲法,始能学步;诗不讲法,即又安能学步乎? 且起承转合四字,原是诗家章法,时文反为借用"④。其后,李树滋则将这一借用定位于明代,其称:"今俚儒教人作文,必曰起承转合。不知四字乃言诗,非言文也。范德机《诗法》:作诗有四法,起要平直,承要春荣,转要变化,其移入时文,应自明人始"⑤。然而,仅及元人的诗法溯源却留下了唐宋时段的空白⑥,自然为人反诘,"诗有起承转合,有破题承题,唐宋以前未闻此说,盖列朝诸子溺于时文,故为此臆说耳"⑦,其所涉及的则是形成八股文的另一源头——宋元经义。起承转合的结构法则"即使不是从经义作法中直接移植过来,也是在其理论框架中产生的","与经义有着天然的血缘关系"⑧。关于移

---

① 钱锺书:《谈艺录》(补订本),中华书局1984年版,第243页。
② (清)鲍鉁:《禆勺》,载《清代诗文集汇编》第799册,上海古籍出版社2010年版,第314页。
③ 《汤显祖全集》诗文卷三十二《张元长嘘云轩文字序》,北京古籍出版社1999年版,第1139页。
④ (清)袁若愚:《学诗初例》卷首,乾隆二年刊本。
⑤ (清)李树滋:《石樵诗话》卷七,道光二十九年湖湘采珍山馆刊本。
⑥ 关于范德机《诗法》,论者虽多称其伪,但大致的时代判断则在元明之间,即便为伪,其作为一代士人心态下的诗学关注并不为伪,古人伪书价值多在于此。诚如陈寅恪先生在《冯友兰〈中国哲学史〉上册审查报告》中所言:"以中国今日之考据学,已足辨别古书之真伪;然真伪者,不过相对问题,而最要在能审定伪材料之时代及作者而利用之。盖伪材料亦有时与真材料同一可贵。如某种伪材料,若径认为其所依托之时代及作者之真产物,固不可也;但能考出其作伪时代及作者,即据以说明此时代及作者之思想,则变为一真材料矣。"
⑦ (清)张潜:《诗法醒言》卷一"统论",清乾隆间刻本。
⑧ 蒋寅:《起承转合:机械结构论的消长——兼论八股文法与诗学的关系》,《文学遗产》1998年第3期。

入方向的考辨非但有着正本清源的学理意义,更可凸显出随取士制度而转移的士人关注。诗赋既罢,取而代之的经义自然备受关注,作文法则应运而生,历宋元至朱明,由经义而八股,士人进身之径限于一途,莫不倾毕生精神智力而为之,经义作法渐为时文程式,士人莫不自幼习之,以之观照于诗,固为常情。弘治阁老李东阳即称:"唐人不言诗法,诗法多出宋,而宋人于诗无所得,所谓法者,不过一字一句,对偶雕琢之工,而天真兴致,则未可与道"①,所言正与前说相类,又称:"律诗起承转合,不为无法,但不可泥,泥于法而为之,则撑拄对待,四方八角,无圆活生动之意。然必待法度既定,从容闲习之余,或溢而为波,或变而为奇,乃有自然之妙,是不可以强致也,若并而废之,亦奚以律为哉?"②将"起承转合"视为不可泥亦不可废的律诗之法,已见重视之意。至万历元年(1573)癸酉科陕西举人③王榗所编《诗法指南》,首以《诗经》六义为"诗学正源",次列"诗学正义",即言:"夫作诗有四字,曰:起承转合是也。以绝句言之,第一句是起,第二句是承,三句是转,四句是合……以律诗言之,律有破题,即所谓起也……有颔联,即所谓承也……有颈联,即所谓转也……有结句,即所谓合也"④。已将起承转合视为诗学正义,统摄诗歌诸体,竟成诗家不二法门。导源于宋元经义的"起承转合"被元人以为律诗法要,却盛行于明,早期诗格诗法著作,尚可见引述元人之意,至后期议论评析,则多以成法面貌出现,甚少言及源流,显然已成思维定式,其间或有祖述相传之力,然明人的关注重心本在汉唐盛世,对于闰运之元朝并不留意,其效实微,究其根本引导推动之力,却多在科第心态下的八股模式。清人李树滋由诗法而时文的移入方向或可商榷,但"自明人始"的时代判断却大抵不谬,明人议论,时文法则每与诗法混淆通用,辨别源流虽为不易,一代士人心态却可即此略见。曾参加过明代科考而未中举的金圣叹即称,"夫唐人之有律诗之云,则犹明人之有制义之云也"⑤,"诗与文,虽是两样体,却是一样法。一样法者,起承转合也。除起承转合,更无文法;除起承转合,亦更无诗法也"⑥。虽不辨源流,径以"起承转合"为诗文通则,但其批点唐诗时必然遵循的时文套路,乃至评论《西厢》《水浒传》时每每借鉴的八股文法,却已

---

① 《李东阳集》第二卷,岳麓书社1985年版,第531页。
② (明)李东阳:《麓堂诗话》,载丁福保辑:《历代诗话续编》(下),中华书局2006年版,第1376页。
③ 此据《陕西通志》卷三十一,周维德先生称,王榗"万历五年(1577)以礼经魁三秦",未知所据。
④ (明)王榗:《诗学正源》,载周维德:《全明诗话》,齐鲁书社2005年版,第2413页。
⑤ (清)金圣叹:《贯华堂选批唐才子诗甲集七言律》卷二《鱼庭闻贯》,凤凰出版社2016年版,第99页。
⑥ (清)金圣叹:《贯华堂选批唐才子诗甲集七言律》卷二《鱼庭闻贯》,凤凰出版社2016年版,第109页。

将这位怪才于科第心态下的模式禁锢展露无遗。

其实，八股文法远不限于"起承转合"一条，清人唐彪《读书作文谱》卷七"文章诸法"，曾就八股之章法、股法、句法、字法略为举论，曰：浅深、虚实、开合、离合相生、描写与对面描写、衬贴与对面衬贴、跌宕、详略、先后、翻论、进退、转折、推原、推广、反正、照位、关锁、代法、咏叹、遥接、抑扬、顿挫、虚衍、顺逆、挨讲穿插、预伏、补法、省笔、分总、牵答、类叙等。① 清朝承袭明代八股之制而略无改易，作为制度保持下的一脉相沿，清人所叙的八股文法自然可以看作是前明时文技法的经验总结，然而，所列诸法却往往是明人诗学中的习惯语汇，若李梦阳即称，"古人之作，其法虽多端，大抵前疏者后必密，半阔者半必细，一实者必一虚，选景者意必二，此予之所谓法，圆规而方矩者也"②，对称美学的解读思路虽然有着传统审美心理的贯穿，然而，疏密、虚实的法度要求却也是八股写作的习惯技法。其后的王世贞更言，"须令上下脉相顾，一起一伏，一顿一挫，有力无迹，方成篇法"③，又称："篇法有起有束，有放有敛，有唤有应，大抵一开则一阖，一扬则一抑，一象则一意，无偏用者。句法有直下者，有倒插者……字法有虚有实，有沉有响，虚响易工，沉实难至……篇法之妙"④。所论篇、句、字诸法中，起伏顿挫、起束呼应、倒插虚实之类的语汇莫不时见于八股技法。而王世贞更坦言，"首尾开阖，繁简奇正，各极其度，篇法也。抑扬顿挫，长短节奏，各极其致，句法也。点掇关键，金石绮彩，各极其造，字法也。篇有百尺之锦，句有千钧之弩，字有百炼之金，文之与诗，固异象同则，孔门一唯，曹溪汗下，信手拈来，无非妙境"⑤。于诗、文同则的态度中正可看出这位有着进士经历的诗坛盟主对于诗、文技法不加辨析地混一使用。

作为艺术法则，"各种艺术（造型艺术、文学和音乐）都有自己独特的进化历程，有自己不同的发展速度与包含各种因素的不同内在结构。毫无疑问，它们之间是有着经常的关系的，但这些关系并非从一点出发从而决定其他艺术的所谓影响；而应该被看成一种具有辩证关系的复杂结构，这种结构

---

① 参见(清)唐彪：《读书作文谱》卷七，载《历代文话》第 4 册，复旦大学出版社 2007 年版，第3480—3492 页。

② (明)李梦阳：《空同集》卷六十二，上海古籍出版社 1987—1989 年版，文渊阁四库全书本。

③ (明)王世贞：《艺苑卮言》卷一，载丁福保辑：《历代诗话续编》(下)，中华书局 1983 年版，第 961 页。

④ (明)王世贞：《艺苑卮言》卷一，载丁福保辑：《历代诗话续编》(下)，中华书局 1983 年版，第 961 页。

⑤ (明)王世贞：《艺苑卮言》卷一，载丁福保辑：《历代诗话续编》(下)，中华书局 1983 年版，第 963 页。

通过一种艺术进入另一种艺术,反过来,又通过另一种艺术进入这种艺术,在进入某种艺术后可能发生完全的形变"①。诗、文作为不同类型的文学艺术,彼此间有着更多的相似因素,不同艺术间的这种互渗影响自然更为突出。但是,相似元素越多,互渗过程就越不明显。章学诚即言,"论文考艺,渊源流别,不易知也"②。清儒尚且如此,考辨本非明人所长,所以持论者又不过时文余事,自然不肯认真。若谢榛论诗法即称:

> 唐人诗法六格,宋人广为十三,曰:"一字血脉,二字贯串,三字栋梁,数字连序,中断,钩锁连环,顺流直下,单抛,双抛,内剥,外剥,前散,后散,谓之屠龙绝艺。"作者泥此,何以成一代诗豪邪?③

谢榛所言的宋人十三格,实为元人范德机所言,托名范德机所作《木天禁语》,书中称,唐人李淑《诗苑》曾述篇法六格,然李淑实为宋人④,谢氏既沿其误,更以十三格为宋人之说⑤。即此可知,明人的关注并不在诗学源流的考辨,自然也不会如清人那样讨论诗法与时文法的移入方向。万历二十六年进士邓云霄⑥言:

> 唐以诗取士,国朝以制义取士。其一二句题,即律诗体也;数句题,即排律体也;长题,即歌行体也。今人于制义孰为落套,孰为不接,孰为无味,孰为气弱,孰为雍滞混杂,则皆知之,以其用心细看也。若诗多犯此弊,人鲜有推究之者,不细看故也。想唐人以此为羔雁,其细看亦如

---

① [美]勒内·韦勒克、奥斯汀·沃伦:《文学理论》,刘象愚等译,江苏教育出版社2005年版,第152页。

② (清)章学诚:《文史通义校注》卷五,中华书局1985年版,第560页。

③ (明)谢榛:《诗家直说》九十四,载(明)谢榛著,李庆立校笺:《谢榛全集校笺》,江苏古籍出版社2003年版,第1045页。

④ 参见张健:《元代诗法校考》,北京大学出版社2001年版,第143页。关于《木天禁语》的真伪问题,还可参见张伯伟:《元代诗学伪书考》,《文学遗产》1997年第3期。

⑤ 按:谢榛在《诗家直说》中,还两次引述范德机论诗语句,然均不见于《木天禁语》,其"诗当取材于汉魏,而音律以唐为宗"条,则见于《元史》卷一百九十杨载本传,为杨载之语,明王祎《练伯上诗序》(《王忠文公集》卷五)亦称为杨载所言,但不见于托名杨载的《诗法家数》,又"绝句则当先得后二句,律诗则当先得中四句"条则出自傅与砺《诗法正论》,由谢氏称引之不严谨略可窥见明代学风及关注态度。然数家诗法皆有未标撰者的版本出现,其中有托名伪传的现象亦未可知,元代诗法在明代流传之混乱情状,可见一斑。

⑥ 此据《广东通志》卷三十二,《湖广通志》卷四十一称其为万历戊辰进士,按:万历时期无戊辰年,误。

今人制义耳,安得不佳?①

　　所论颇是,明人的细看处虽在制义,但当其有暇或有志将视线移于诗歌时,即便是以"粗看"的态度对待"八股之余",看法却不会有太多的变化。唐的诗法、宋元的经义规则,均在科举制度土壤中产生,而明代的时文技法同样亦在科第土壤中生成。八股文本身即融合着律诗与经义的双元因素,同时又有传统审美观念与继承意识蕴含其中。"诗与举子业,异调而同机也"②正是明代科举土壤所养成的基本诗歌观念,对全段精神尽在场屋的明人而言,将已成习惯的时文套路用于"异象同则"的八股之余——诗歌,原是极自然的思路。

二、时文技法的心理渗透——以换字与选本为例

　　"汉、魏诗似赋,晋诗似《道德论》,宋、齐以下似四六骈体,唐诗则词赋骈体兼之,宋诗似策议,南宋人诗似语录,元诗似词,明诗似八股时文。风气所趋,虽天地亦因乎人,而况於文章之士哉!"③风气转移的力量源泉导自于深蕴其后的集体精神关注,并且有着养成风习的社会制度土壤。明以八股取士,士行文风遂为转移,渗透濡染之下,渐成一代科举心态,发而为诗,不免时文气息。自幼训练的时文技法自也成为一朝及第后写作诗歌的习惯手段。然而,前述篇、句、字诸法实为一种抽象的理论提炼,虽然有着指导实践与审美评析的双重意义,却并非完全意义上的具体写作技巧。在一切以程文为去留的科举制下,应试者与考官的具体关注全在科场文字,八股时文在考官与考生的互动中逐渐形成了限制严格的固定体式,时代既久,固定取材范围内的文章内容亦渐趋相同。对一般考生而言,变换文字则成为最可吸引主考眼光的捷径,作为八股写作的技巧秘诀,"换字"自然也是明代士人习惯而成自然的作诗手法。

　　"换字"本为诗家常法,宋儒叶梦得即言:"江淹《拟汤惠休诗》曰:'日暮碧云合,佳人殊未来。'古今以为佳句。然谢灵运'圆景早已满,佳人犹未还',谢玄晖'春草秋更绿,公子未西归',即是此意。尝怪两汉间所作骚文,未尝有新语,直是句句规模屈、宋,但换字不同耳。至晋、宋以后,诗人之词,

---

①　(明)邓云霄:《冷邸小言》,载周维德编:《全明诗话》,齐鲁书社2005年版,第3488页。

②　(明)袁宏道著,钱伯城笺校:《袁宏道集笺校》卷三十五,上海古籍出版社1981年版,第1109页。

③　(清)潘德舆:《养一斋诗话》卷二,载郭绍虞、富寿荪编:《清诗话续编》(一),上海古籍出版社1983年版,第2023页。

其敝亦然。若是虽工,亦何足道! 盖当时祖习共以为然,故未有讥之者耳"①。批评之意已见言表。项安世亦称:"换字之法,虽贤圣之文亦然,盖语势当然,非必有意也,特文士推演之,遂至于艰深尔"②。立足圣贤语录的源流追溯于"换字之法"多有回护,"语势当然,非必有意"亦为中允之论,不满责难的对象则是后世文士的"有意"推演。可知,涉嫌剽窃抄袭的"换字"法在宋时已颇为论者诟病,不以为法。降及朱明,竟在科第八股的推动影响下,再次成为进士举人们的习惯技巧。弘治十八年进士安磐言:

> 西涯云,晦翁深于古诗,其效汉魏,至字字句句,平仄高下,亦相依仿。后见晦翁答郑文振言,向见拟古,将谓只是学古人之诗,元来却是学古人说话,意思、语脉皆要似他,只换却字,某后来依如此作得二三十首诗,便觉得长进。盖意思、句语、血脉、势向皆效之也。观于此言,益信西涯之说。夫以晦翁学作古诗,乃如此精密用功,后之人,以卤莽之识,动云学选,吾未见其可也。③

朱熹虽然喜欢作诗,却始终不以诗人自居,更明确无疑地将诗定位为"第二义"的余事,其所言的"换字"法显然是一种诗歌技巧的训练法则,意在"长进",并有"意思、句语、血脉、势向皆效之"的整体精神领会作为补充要求。然而,"晦翁"理学宗师的特殊身份早于科举制度中凸显放大,对非朱注不读的明人而言,更有着非同一般的导向影响。原是作为余事的技法训练被视为"精密用功",而这种与时文作法相通的"换字"技巧既有出自圣贤语录的合法性,自然成为科第心态下的写诗模式。套用古人成句,略改数字,遂成己作。嘉靖二十三年进士李攀龙"其为诗,务以声调胜,所拟乐府,或更古数字为己作"④,"易五字而为《翁离》,易数句而为《东门行》、《战城南》。盗《思悲翁》之句,而云'乌子五、乌母六',《陌上桑》窃《孔雀东南飞》之诗,而云:西邻焦仲卿、兰芝对道隅。影响剽贼,文义违反","七言今体,承学师传,三百年来,推为冠冕,举其字则五十余字尽之矣,举其句则十数句尽之矣。百年万里,已憎累出;周礼汉官,何烦洛诵? 刻画雄词,规摹秀句,沿李顾之余波,指少陵为颓放,昔人所以笑橅帖为门,指偷句为钝贼也"⑤。

---

① (宋)叶梦得:《石林诗话》卷下,中华书局1991年版,丛书集成初编本。
② (宋)项安世:《项氏家说》卷七,中华书局1985年版,丛书集成初编本。
③ (明)安磐:《颐山诗话》,上海古籍出版社1987—1989年版,文渊阁四库全书本。
④ (清)张廷玉等:《明史》卷二百八十七,中华书局1997年版,第1893页。
⑤ (清)钱谦益:《列朝诗集》丁集上,影印清顺治九年毛氏汲古阁刻本。

即便相为羽翼的王世贞也不得不承认"于鳞拟古乐府,无一字一句不精美,然不堪与古乐府并看,看则似临摹帖耳"①,虽称许其"七言律极高华",却也指出其"以字累句,以句累篇,守其俊语,不轻变化,故三首而外,不耐雷同"的弊端②。曾为一代诗坛盟主的李攀龙尚不免如此,其余庸碌之辈更是换字凑句,以为诗篇。所谓"截取一句,换字以为盛唐"③,颇切中追仿盛唐的明诗之病。然而,"换字"作为一种已遭批判的诗法,其复兴于明代的根本原因并不在朱熹作诗的"换字"训练,却是八股技法的模式渗透。朱熹的这段议论并未被收入作为科考教材的大全中,安磐的关注即是先见李东阳之议"晦翁",有所留意,而后方才见到"晦翁答郑文振言"的,可知,朱熹的诗法言论远不及他的经典传注为士人关心。朱子的影响号召虽不可忽视,但于身心溺陷于举业的明人而言,长期反复的时文训练已然成为固定的行文模式,将八股技巧直接移于作诗原是极自然的思路,亦是明诗"换字"的根本原因所在。又八股与律诗最为接近,故科举心态下的明清士人得有余力为诗者,所作多为律诗,然八股模式却每每横亘于前,以致"将现成救急字眼,凑上几字,遂成一句;通首拖泥带水,黏成八句,谓之律诗。近来漫天塞地,皆是此辈"④,末流如此,直是以时文为律诗,其弊昭然,然科第心态的模式禁锢亦可见一斑矣。

明末清初的黄虞稷作《千顷堂书目》,曾特意设"制举类"一门,其目有:

> 《四书程文》;《易经程文》;《书经程文》;《诗经程文》;《春秋程文》;《礼记程文》;《论程文》;《策程文》(右八种,见叶盛《箓竹堂书目》,皆明初场屋试士之文)⑤;《黎淳国朝试录》(辑明成化以前试士之文);刘基《春秋明经》;王克宽《春秋作义要诀》;吴昆麓《正脉》;沈虹迄《玄览》;刘景范《原始》;范应《宾文记》;《三场文海》;《策海集略》;

---

① (明)王世贞:《艺苑卮言》卷七,载丁福保辑:《历代诗话续编》(中),中华书局1983年版,第1066页。

② (明)王世贞:《艺苑卮言》卷七,载丁福保辑:《历代诗话续编》(中),中华书局1983年版,第1065页。

③ (清)吴乔:《围炉诗话》卷六,载郭绍虞、富寿荪编:《清诗话续编》(一),上海古籍出版社1983年版,第669页。

④ (清)薛雪:《一瓢诗话》第六十七条,载王夫之等撰:《清诗话》,上海古籍出版社1978年版,第691页。

⑤ (明)郎瑛《七修类稿》称:"成化以前,世无刻本。时文,吾杭通判沈澄刊《京华日抄》一册,甚获重利;后闽省效之,渐至各省刊提学考卷也。"按:叶盛为正统乙丑进士,《箓竹堂书目》既已著录诸种程文,可知,时文之刻行,并非在成化以后。郎瑛说当误。

《论学渊源》；梁寅《策要》；刘定之《十科策略》；张和《筱庵论钞》；
□□□《策学衍义》；戴暨《策学会元》；唐顺之《策海正传》；茅维《策
衡》、《论衡》、《表衡》(皆录科制程文)；《明状元策》；《策学衍义》①；
《策原》；陈禹谟《类字判草》、《诏诰章表拟题事实》、《诏诰表程文》，又
有卢文弨所校补：杨慎《经义模范》；黄佐《论原》、《论式》；《六子论》
(集阳明、梦泽、荆川、震川、莱峰、鹿门制举文)。②

　　然"明以八比取士，工是技者隶首不能穷其数。即一日之中，伸纸搦管
而作者，不知其几亿万篇。其不久而化为故纸败烬者，又不知其几亿万
篇"③，而此亦是作为"敲门砖"的八股文为"藏书家不重，目录学不讲，图书
馆不收"④的重要原因。黄虞稷亦承认："三百年来，程士之文与士之自课
者，庞杂不胜录"，但因"典制所在，未可废也"⑤，故据《文献通考》所录《擢
犀策》《擢象策》之类，略为记载，"以见一代之制"。所录诸书多已散佚无
考，然就题目而论，此类之中，范文选本实据多数，远胜于技法讨论。值得注
意的是，《千顷堂书目》中还记录了明人相当数量的唐诗选本：

　　　高棅《唐诗品汇》、《唐诗正声》；周叙《石溪周氏唐诗类编》；康麟
　　《文雅音会编》；何乔新《唐律群玉》；李梦阳、顾璘《批评唐音》；邹守愚
　　《全唐诗选》；敖英《类编唐诗绝句》；樊鹏《初唐诗》；杨宷⑥《绝句辨
　　体》、《绝句衍义》、《唐绝搜奇》、《唐绝增奇》、《五言律祖》、《五言律
　　细》、《七言律细》；王朝雍《绝句博选》；胡缵宗《唐雅》；徐献忠《唐诗
　　品》、《百家唐诗》；黄德水《初唐诗纪》；张之象《唐诗类苑》、《唐雅》；卓
　　明卿《唐诗类苑》；包节《苑诗类选》；顾应祥《唐诗类抄》；冯琦《唐诗类
　　韵》；萧彦《初唐鼓吹》；毛应宗《唐雅同声》⑦、《初唐诗纪》、《盛唐诗
　　纪》；臧懋循《唐诗所》；赵宧光、黄习远《增定万首唐人绝句》；冯惟讷
　　《唐音翼》；张玉成《七言律准》；不知撰人《唐宋诗选》；田艺衡《唐七言
　　律选》；朱梧《琬琰清音》⑧；郝敬《山草堂选唐诗》；唐汝询《唐诗解》、

　①　此条据四库本补入。
　②　(明)黄虞稷：《千顷堂书目》，上海古籍出版社 2001 年版，第 784—785 页。
　③　(清)永瑢等：《四库全书总目》卷八十五，中华书局 1965 年版，第 732 页。
　④　商衍鎏：《清代科举考试述录及有关著作》，百花文艺出版社 2004 年版，第 244 页。
　⑤　(明)黄虞稷：《千顷堂书目》，上海古籍出版社 2001 年版，第 784 页。
　⑥　慎之古字，别本作"慎"。
　⑦　《中国古籍善本书目》(上海古籍出版社 1998 年版)中为毛懋宗《唐雅同声》。
　⑧　《中国古籍善本书目》(上海古籍出版社 1998 年版)中为黄凤翔、詹仰庇缉，朱梧批点。

《唐诗》；程元初《唐诗绪笺》；沈子来《唐诗三集合编》、《初唐汇诗》①、《盛唐汇诗》、《盛唐十二家诗》、《中唐十二家诗》；朱之蕃《中唐十二家诗》、《晚唐十二家诗》、《唐科试诗》；杨德周《闽南唐雅》；胡震亨《唐音统籤》；杨廉《风雅源流》、《唐诗咏史绝句》；李于鳞《唐诗选》；钟惺、谭元春《唐诗归》；符观《唐诗正体》；窦惟远《参玄集》（所集皆唐人诗）。②

《中国古籍善本书目》中，除去上列部分书目外，又见：

毛晋编制《唐三高僧诗集》、《唐人四集》、《五唐人诗集》、《唐人选唐诗》、《唐人六集》、《唐人八家诗》；杨巍《六家诗选》；毕效钦《十家唐诗》；刘成德《唐大历十才子诗集》；王准《唐十才子诗》；张逊业《十二家唐诗》；杨一统《唐十二家诗》；许自昌《前唐十二家诗》；蒋孝《中唐十二家诗》；陆汴《广十二家唐诗》；姜道生《唐中晚名家诗集》；黄贯曾《唐诗二十六家》；朱警《唐百家诗》；李洪宇《诗坛合璧》（李攀龙辑、陈继儒笺释《唐诗选注》、王黉《唐诗联选》、李攀龙《诗韵辑要》，附刻名家评说）；杨肇祉《唐诗艳逸品》；邵天和《重选唐音大成》；万表《山中集》；李默、邹守愚《全唐诗选》；司马泰《诗宗汇韵》；蔡云程《唐律类钞》；潘光统《唐音类选》；何东序《十二家唐诗类选》；李栻《唐诗会选》；李维桢《新镌名公批评分门类释唐诗隽》；方一元《唐诗纪》；周汝登《类选唐诗助道微机》；黄克缵《全唐风雅》；张居正《唐诗类选》；吴勉学《唐乐府》；徐用吾《精选唐诗分类评释绳尺》；施重光《唐诗近体集韵》；张可大《唐诗类韵》；张铨《唐诗选句》；徐克《详注百家唐诗汇选》；余俨《唐世精华》；赵士春《唐诗选》；李沂《唐诗援》，另有未题编者数种，《唐五家诗》（明正德十四年刻本）、《盛唐名家集》（明凌濛初刻朱墨套印本）、《唐六家集》（明嘉靖刻本）、《唐十二家诗》（明刻本）、《唐人小集》（明刻本）、《唐人集□□种》（明铜活字印本），以及相当数量的抄本。③

明人关于本朝诗歌的选辑兴趣虽然不及唐诗，但也为数不少，如：

---

① 《中国古籍善本书目》（上海古籍出版社1998年版）有吴勉学编《初唐汇诗》《盛唐汇诗》。
② （明）黄虞稷：《千顷堂书目》卷三十一，上海古籍出版社2001年版，第766—770页。
③ 中国古籍善本书目编委会：《中国古籍善本书目》，上海古籍出版社1998年版，第1391—1437、1665—1673页。

王偁《皇朝诗选》;刘仔肩《雅颂正音》;郑晦《朝野诗选》;沐昂《沧海遗珠集》;朱绍《鼓吹续编》;瞿佑《鼓吹续音》;苏大《皇明正音》;萧俨《大明风雅广选》;晏铎《鸣盛集》、《怀悦士林诗选》;程庆玩《声文会选》(集明初至弘治间人诗);徐庸《湖海耆英集》(录永乐至正统四朝人诗);高播《明诗选粹》;徐泰《明风雅》;王谔《明珠玉》;杨慎《明诗抄》;尹乘《明风雅》;黄佐《明音类选》;王三省《明风雅》;谢东山《明近体诗抄》;俞宪《盛明百家诗》;狄斯彬《明律诗类抄》;李蓘《明艺圃集》;李先芳《明诗》、《明隽》;朱曰藩《七言律细》;穆文熙《明七言律》;胡应麟《七言律范》;李腾鹏《诗统》;顾起纶《国雅》、《续雅》;黄德水《国华集》;朱多照《友雅》;司马泰《南都英华》;穆光胤《明诗正声》;卢纯学《明诗正声》;江昌《盛明风雅》;陆应扬《明诗妙绝》;沈士偁《皇明诗选》;陈子龙《明诗选》;张可仕《补订闵士行明布衣诗》、《大明雅音》、《大明诗选》、《明十二家诗类抄》(李空同、何大复、徐昌毂、边华泉、孙太白、薛西原、李沧溟、谢四溟、王凤洲、宗方城、吴川梅、穆少春);彭会《明七言律传》、《盛明十二家诗选》(空同、大复、昌毂、华泉、东桥、西原、苏门、梦泽、沧溟、凤洲、姚凤麓、张少谷);瞿九思《明诗傲》。①

《中国古籍善本书目》亦见数种:陈邦瞻《明初四家诗》;李三才《李何二先生诗》;来复《李何近体诗》;赵南星《明十二家诗选》(李梦阳、何景明、薛蕙、郑善夫、边贡、高叔嗣、李世宁、李攀龙、王世贞、吴国伦、卢柟、徐祯卿);等等。

此外,书目还列有一些明人的历代诗歌选本如张洪《历代诗选》、曹学佺《石仓十二代诗选》;唐顺之《二妙集》(选唐宋元明七言律统);等等,亦有关于宋元诗歌的选本,但数量却极有限,远不能与唐、明相比,明人宗唐越宋的诗歌取向由此可见一斑,明诗的宗唐抑宋自有其特殊的历史文化心理以为背景,暂且不论,此处所当注意的是,在明代同时出现了数量庞大的诗歌选本与时文选集,这或者算是明代图书出版业的重头戏,自然有着社会需要与书贾牟利的双向推动,我们关注的重点则是所以形成社会需要的士人心态。

八股本为取士而设,但取士行为与富贵功名的天然联系却使得八股时文不可避免地成为射利途径,"如何得中"遂成为考生最为直接的功利关

① (明)黄虞稷:《千顷堂书目》卷三十一,上海古籍出版社 2001 年版,第 766—770 页。

注。在诸多的时文技法中，"换字"是入门秘诀，而熟读、临摹范文则是最为平常也最易见效的训练手法。熟能生巧原是学习常法，时文大家唐顺之在《己酉送两弟正之立之赴试》中便称："文入妙来无过熟，书从疑处更须参"①，唐顺之并不以诗见长，但此句却流传颇远，康熙帝即以此句作为赐给清源县知县丁克成的御书对联②，其中缘由或是因为诗句之中颇蕴含了这位八股大家的作文之道——"熟"，作为熟悉的对象是中举者的场屋制义以及名家程文，具体的手法则是反复诵读、不断临摹，由"熟"而"巧"，乃至得心应手。明代八股文逐渐成型于主司与考生间的互动之中，作为交流媒介的则是科场范文，而这些范文同时就是最后准则的原始载体，因此，八股范文对于天下士人有着极为重要的意义。务求及第的功利指向使得一般士人的核心关注全部移于考官口味，所谓"代圣贤立言"实已沦为"代主司立言"，而及第时文则是最可窥见考官好尚的途径，应试者敢不用心揣摩、刻意模仿。有心者借熟读模仿以提高技艺，投机者则以之为取巧途径，"诵数十篇而小变其文"，入场一博，也可偶中，如"今杭之举业之文，可谓盛矣，然究其实，则皆录诸书藻丽之语；货近时泛巧时文，读不过二三册，遂高举而夺魁矣"③。此法既行，渐成风气④："今日举子不必有融会贯通之功，不必有探讨讲求之力，但诵坊肆所刻软熟腐烂数千余言，习为依稀仿佛浮靡对偶之语，自足以应有司之选矣"⑤。"近来一种俗学，习为记诵套子，往往能取高第，浅中之徒，转相放效"⑥。有识之士的批评并不能扭转世风所趋，况且，范文本身无罪，其过乃在士心之趋利取巧，如归有光虽抨击俗学不遗余力，却并不反对刻印范文，不仅自己编著，还为他人所编序。顾炎武于八股抨击最力，于"坊刻"最为痛恨，但锋芒所指亦仍在世风流弊，却非范文本身。在此心态下，八股范文遂成为士人的普遍需求，读者既众，书商见利，刻印渐盛，各类时文选集自然也风行天下。

　　时文选本的遍布天下导自于明代士人模拟范文以求一第的科举心态，唐诗选集的数量虽然不及时文选本，却也蔚为大观，颇称一代之盛。溯其缘

①　(明)唐顺之：《荆川先生文集》卷三，商务印书馆1926年版，四部丛刊本。

②　《山西通志》卷一百八十二，上海古籍出版社1987—1989年版，文渊阁四库全书本。

③　(明)郎瑛：《七修类稿》卷十八，中华书局1959年版，第273页。

④　于此，法国汉学家谢和耐称："中国早于欧洲，已知道我们称为临时抱佛脚的东西。据瓦列利说，这确实包括'学习概要、手册、简化学术著述、现成问答集、摘录，及其它代替原著的可恶东西'"。(参见［法］谢和耐：《中国人的智慧》，何高济译，上海古籍出版社2004年版，第70页)

⑤　(明)陆深：《俨山集》卷八十五，上海古籍出版社1987—1989年版，文渊阁四库全书本。

⑥　(明)归有光：《震川先生集》卷七，上海古籍出版社1981年版，第151页。

由,却有着同样的模式心理。模仿前代佳作,本是毋庸多言的诗家常法,《诗经》以降,唐诗为盛,亦是士人共识,况朱明代元而兴,规摹汉唐,以唐诗作为模拟对象自然无可厚非。但是,明人近乎极端的仿唐行为实已超出了一般意义上的模仿法则,显然有一种特殊的模式心理蕴于其中。明初的陈谟言:"学诗必自拟古始,虽李杜亦然,拟之而不近,未也,拟之而甚近,亦未也,初若甚近,则几矣,其终也,甚不近而实无不近,则神矣"①,尚为中允之论。略后的乌斯道则称:"世之论诗者,孰不曰凡工诗必拟诸古人,古人之中孰长于某诗某诗,必择而拟之,则庶几乎音节体裁有仿佛焉者"②,模拟之论已略成风气。至李东阳,则曰:"今之为诗者,能轶宋窥唐,已为极致。两汉之体,已不复讲。而或者又曰:必为唐,必为宋。规规焉,俛首蹜步,至不敢易一辞,出一语,纵使似之,亦不足贵矣"③。为诗者步趋规矩于唐宋典范,模拟愈盛,流弊渐生。其后"李梦阳、何景明倡言复古,文自西京,诗自中唐而下,一切吐弃,操觚谈艺之士翕然宗之。明之诗文,于斯一变。迨嘉靖时,王慎中、唐顺之辈,文宗欧、曾,诗仿初唐。李攀龙、王世贞辈,文主秦、汉,诗规盛唐"④,效仿唐诗成为有明诗歌最鲜明的特色,而极端的模拟心理亦每有显露,李梦阳曾言,"夫文与字一也,今人模临古帖,即太似不嫌,反曰:能书。何独至于文而欲自立一门户耶?"⑤尺尺寸寸,句模字拟,已遭诟病;至李攀龙更是"视古修辞,宁失诸理"⑥,至被指为剽窃。而其编选的《古今诗删》,不取宋元,以明接唐,亦遭指责。但不难看出,明代诗坛的模拟心理以及崇唐习气,愈演愈烈,其间,虽不乏有识之士的起而救弊,却终不能抗拒一代风习。然而,模拟之风的盛行并非单一诗歌主张可以造就,更为有力的推动当来自于士人在制义举业中形成的模拟心理,如同"换字"法一样,及第后的举人进士在作诗时,很自然地将八股思路移为此用,备受推崇的唐诗当然也就如同应试的范文一样,成为理所当然的模仿样板,选编刻印遂蔚然成风。在不少诗歌选本中的评点中,更可见到相当数量的八股批评语汇,亦可补充说明,明代唐诗选集的刊刻与时文选本的编印实然有着相似的心理背景。

① (明)陈谟:《海桑集》卷九《书王伯允诗稿》,上海古籍出版社 1987—1989 年版,文渊阁四库全书本。
② (明)乌斯道:《王敏功诗集序》,载黄宗羲:《明文海》卷二百五十六,中华书局 1987 年版,第 2688 页。
③ 《李东阳集》第二卷,岳麓书社 1985 年版,第 115 页。
④ (清)张廷玉等:《明史》卷二百八十五,中华书局 1997 年版,第 1875 页。
⑤ (明)李梦阳:《空同集》卷六十二,上海古籍出版社 1987—1989 年版,文渊阁四库全书本。
⑥ (明)李攀龙:《沧溟集》卷十六,上海古籍出版社 1987—1989 年版,文渊阁四库全书本。

极为相似的现象之后大抵有着相似的心理推动,对于明人而言,自童而壮,全副身心,尽投注于时文八股,自有一种科第心理模式生成,以之施于外物,原为常理。故而,如换字之法、模拟典范本是诗家常法,或者可以称之为某种程度上的艺术通则,其利弊早已昭然,然明人却每每不顾,遂至极端,追溯其源,正是科第心态下的模式禁锢使然。时文技法的心理渗透并不在诗法、文法的源流辨析,相通法则在特定心态下的群体行为中膨胀为一代风习,方是其张力的集中体现。如前所述,时文本含有律诗之元素,创作论析之法多有相通,非止换字、模拟,而这些本就可施之于诗的技法观念则于科第心态中放大,作用于诗,如此生态下的明诗自然要"有似八股"了。

八股时文的制度土壤,于时行文风诚然有着不可讳逆的导向转移之力,却远非诗歌生长的沃土。明代诗人的一个普遍特点即是有科第功名,当然,无意科举的布衣诗者并非没有,但以作诗者的数量而言,却远不及进士举人,多数的科场困顿者并不甘放弃仕进,相对谋生需求的满足之后,继续应考,沉溺于八股,仍旧无暇为诗。诗为八股之余,通过科考的进士举人方是最有资格、最有闲暇的作诗者,如此看来,记录明代诗人最多的恐怕不是陈田的《明诗纪事》,而要算是明代举人进士的榜单了。"穷苦之辞易工",能结社吟诗的举人老爷的困苦总是少于普通人的,诗自然也不易工了。如此的结论或许偏颇,但科举对明诗的影响,由此可见一斑。作为士人情志载体的明代诗歌,尽管生态环境并不十分适宜,艺术技巧未能尽善尽美,然八股重压下的有明诗歌,正是科第心态下的士心写照,作为一代士林心态的历史承载,自有其不废意义。

第五章　仕宦生活中的诗歌情怀

　　几乎耗尽有明士人全副精神气力的举业时文并非士人志意的终极指向,科举取士虽是学而优则仕下的治平理想得以实现的制度保障,然而,制度的保障所提供的仅是理想实现的可能性。八股程文是明清士人必由的进身之阶,然而,机会的获得不过是践履志业的起点。"士虽有圣贤之学,尧舜其君之志,不以是进,终不大行于天下。盖士之始相见,必以贽,故举业者,士君子求见于君之羔雉耳"①,王阳明取譬士礼的妙喻"可谓亲且切矣"②,非但有着表象形式的相似,而科举取士的核心意义和历史深蕴亦于相通文化背景下的贽礼阐释中呈现。章学诚则循此思路延伸道:"制举之业,如出疆之必载贽也。士子怀才待用,贽非才。而非贽无由晋接,国家以材取士,举业非材,而非举业无由呈材,君子之于举业无所苟者,必其不苟于材焉者也"③,又称,"学者之于举业,其用于世也如金钱"④,人生日用之急虽在布帛菽粟,然流通交易,必于金钱,故"上以此求,下以此应,正如金钱之相为交质耳,非然,徵金钱者,志不在金钱,而在布帛菽粟"⑤,章氏更为通俗的"金钱"之喻恰当地点出了科举的"敲门砖"功能,更明言士人之志"不在举业,而在经史辞章有用之材"⑥。就传统社会而言,游士时代结束后,从荐举到科举,士人大抵有着相对稳定的仕进路线,材之"有用"的最大展现,并不在独坐书斋的皓首经史,却在为官入仕的抱负施展,宦海固为难测,却始终是士人兼济天下的最佳平台。

　　科举考试"所充分发挥的思想和记忆力的训练,造就了一个层次的知识界,只需要公共生活的磨练和经验,就可以从读书人中产生政治家"⑦。西方传教士的现象观察自可作为一般意义上的历史判断,关于政治家更为准确的表达或者应该是官员⑧,至于"公共生活的磨练和经验"则是浮沉上

---

① （明）王守仁:《王文成公全书》卷二十二《重刊文章轨范序》,中华书局2015年版,第1003页。
② （明）张纶:《林泉随笔》,中华书局1985年版,丛书集成初编本。
③ （清）章学诚:《章学诚遗书》"跋屠怀三制义",文物出版社1985年版,第323页。
④ （清）章学诚:《章学诚遗书》"跋屠怀三制义",文物出版社1985年版,第323页。
⑤ （清）章学诚:《章学诚遗书》"跋屠怀三制义",文物出版社1985年版,第323页。
⑥ （清）章学诚:《章学诚遗书》"跋屠怀三制义",文物出版社1985年版,第323页。
⑦ ［美］卫三畏:《中国总论》,陈俱译,上海古籍出版社2005年版,第385页。
⑧ 西方学者还习惯使用知识官僚来称呼中国的古代官员。

下的仕宦考验。然而，由书生而官员的身份转换，并未改变"士"的文化属性，"八股"的"敲门砖"功能虽然结束，但以儒家经典为考试内容的科举影响并不因此终结，传统儒家的思想张力因科考而强化，天下士人以此为进身之阶，更以此为任官之道，而整个明代仕宦文化亦在"道"的理想实践与具体"公共生活"的政治历练中展开。

第一节　士大夫的政治情结与文学情调

《周礼》称："坐而论道，谓之王公；作而行之，谓之士、大夫"，郑玄注曰："亲受其职，居其官也"，居官亲职的仕宦传统正是"作而行之"的"道"学实践。而传统官员的为政之道，如忠心无佞、廉洁奉公、勤政爱民等，所体现的正是对儒学之"道"的政治阐释。周秦汉唐、宋元的政治积淀自然是明代仕宦文化必须接纳的历史遗产，一般儒学理解下的为官准则依旧保持着传统的张力。更为重要的是，明以理学开国，"道学"精神在天下读书人的汲汲应考中逐渐渗透，及第后的为政模式实已于传统经典的义理诠释中设定，入仕后的政治情绪大抵循着道学的思路展开。传统政治思路历来主张贤能治国，"使民兴贤，出使长之；使民兴能，入使治之"①，而贤能评判标准的则是六德：知、仁、圣、义、忠、和；六行：孝、友、睦、姻、任、恤；以及六艺：礼、乐、射、御、书、数。古代关于德行、道艺的贤能选拔，逐渐积淀为传统官宦的为政准则，因时代演进而略有淘汰。德、行并重的传统人治于为政者的个人品行极为关注，在家国同构的统治模式中，政治道德与伦理准则通常是不同层面的相同要求。降及有明，千年的政治传统已臻成熟，经由历史经验选择沉汰的德行道艺自然不会与古代的标准一般无二，但作为基本道德的核心关注却大体不变。士大夫于政事之暇的燕闲歌诗同样有着悠久的传统，明代士人既已入仕，八股的"敲门砖"作用自然终结，诗歌摆脱了余事的地位，可以堂而皇之地进入士大夫的生活。仕宦文化下的"有暇为诗"原当是士大夫抒情言志的个人行为，但相同的知识背景、类似的人生经历所形成的则是大体相类的士人品格，而"文以载道"更是最为一般的认识态度，而诗以言志的诗学传统本就包含着积极的政治关注，学而优则仕者每每有着相同的入世关怀、进取精神，长期的理学训练更使得道学理想不断渗入士人心志。受职居官的明代士大夫，身处由传统张力、道学氛围所构建的人文生态之下，退

① 《周礼注疏》卷十一，载（清）阮元校刻：《十三经注疏》（上、下册），中华书局1980年版，第717页。

公之余的赋诗言志虽是个人情怀的挥洒,而文学情调中却每夹缠难以挥去的政治情绪。

一、忠 孝 天 彝

于臣下而言,为政之道的第一要义便是"忠"。《书·伊训》曰:"居上克明,为下克忠。"孔传:"事上竭诚也。"①儒学元典的道德要求已然大体规限了后世君臣的立身准则,《论语》又载,"定公问:君使臣,臣事君,如之何?孔子对曰:君使臣以礼,臣事君以忠"②。孔圣于上下相处之道的基本定位更成为后世君臣的行为规范。尽管臣下的竭诚尽忠同时要求君王担任起"克明""以礼"的相应义务,然而,由于封建君王的独尊至上,传统伦理的双向要求往往成为臣下的单一义务。"明君"的要求涉及君王的先天素质并非纯粹的道德要求,而且,概念模糊的"明君"亦不易判定,历代帝王的本纪及谥号虽然有着谀美的成分,但被定义为"昏君"的帝王却不多。现代意义的皇权批判并不能代替传统的观念,古人对君王虽有"圣明"的要求,却非实际的期望。更为重要的是,封建时代的取士制度所体现的是一种由上而下的国家选才模式,本身即含有"尊贤"的意味,唐宋以降,进士日重,降及朱明,及第者更是备受恩礼——赐宴、题名、立碑,程式化的优礼行为正意味着"君使臣以礼"的义务完成。即此而言,君王既已履行了"使臣以礼"的义务,臣下自当竭诚尽忠,死而后已。

得沐天恩的明代进士,平日所习又皆忠孝之道,学而优则仕的理想由此施展,感慕忠良,发言为诗,丹心报国自然成为明人诗作中颇为寻常的臣子形象。于谦《立春日感怀》曰:"一寸丹心图报国,两行清泪为思亲"③,尹耕《春怀》称:"书生无计当戎右,一剑真思报主知"④,丰坊《鸣凤行赠杨给事惟仁》:"感恩报国元自许,不然安用七尺躯"⑤。感激之下,死志之念,每每溢于言表,林鸿《寄陈八参军》云:"立身自许致功名,报国谁能论生死"⑥,黄佐《铙歌鼓吹曲》之"拥离章"亦云"愿为忠臣死报国"。频繁出现的尽忠报国正可折射出有明仕宦阶层的基本为官理念。如前所述,传统社会的为官往往与做人相通,作为家庭伦理的"孝"每每与作为社会职责的"忠"相提

---

① (清)王先谦:《尚书孔传参正》卷九《伊训第四》,中华书局2011年版,第406页。
② (南宋)朱熹集注,郭万金编校:《论语集注》第三,商务印书馆2015年版,第107页。
③ (明)于谦:《忠肃集》卷十一,上海古籍出版社1987—1989年版,文渊阁四库全书本。
④ (清)钱谦益:《列朝诗集》丁集第二,影印清顺治九年毛氏汲古阁刻本。
⑤ (清)钱谦益:《列朝诗集》丙集第十五,影印清顺治九年毛氏汲古阁刻本。
⑥ (清)钱谦益:《列朝诗集》甲集第二十,影印清顺治九年毛氏汲古阁刻本。

并论，王祎《国宾黄先生之官义乌主簿赋诗奉赠》曰，"忠孝实大节，至行出天彝"①，将忠孝视为天理伦常正是理学思路的体现；莫璠《读史》亦云，"忠孝亦何物，古今称大闲"。大闲语本《论语·子张》："大德不踰闲"。②《新唐书·卓行传赞》："节谊为天下大闲"，宋陆游《自勉》诗："节义实大闲，忠孝后代看"。皆以忠孝为天下士人基本的行为准则。《礼记·释统》称："忠臣以事其君，孝子以事其亲，其本一也。上则顺于鬼神，外则顺于君长，内则以孝于亲。如此之谓备。唯贤者能备，能备然后能祭"。礼法社会中，祭祀资格的获得实然与入仕为官有着相似的文化蕴意，所谓"明乎郊社之义、尝禘之礼，治国其如指诸掌而已乎"，然而，士大夫必须具备忠孝的基本条件方得与祭，传统祭祀的伦理要求与现实政治的道德规范使得忠孝成为历代士人基本的立身准则。当然，由氏族血缘的祭祀伦理算起，"孝"应该是比"忠"更为先起的道德观念，"在原始宗法制时代，后世之所谓'忠'，实包括于'孝'之内"③，然"殷道亲亲，周道尊尊"，随着后世君权的不断膨胀，"忠"不仅由"孝"分离出来，成为独立的道德要求，更因国家统治的特殊需要与格外鼓吹而成为历代为臣者的第一立身要则。"臣子所当尽者，忠与孝也。说者谓忠孝不能两全，予以为不然。夫为人子者，终身事亲，不干仕进，是固不能尽忠于君矣。若见用于世者，登要津，跻膴仕，立身扬名，以显其亲，谓之忠孝不能两全，可乎？"④李贤关于忠孝的观念辨析所体现的正是多数士人的一般态度，颇具典范意义。然而，其合乎情理的尽忠显亲说中却隐然有着以"忠"为重的基本取向。而在明代小说中，臣子每每遇到忠孝冲突时，绝大多数都是牺牲孝以成全忠，小说家所言虽未必为史实，但作为一时社会观念的反映却大体不谬。尤其是朱元璋废相不置，删节《孟子》中的轻君语录，君权独尊，"忠"的要求更为彰显。当然，忠孝间细微的地位差别所凸显的是为臣者对于君王的无限义务，根本相同的忠孝在更多情况下仍旧保持着相同的道德指向。

尤应注意的是，明代以理学开国，而理学的一个重要内容即是"以儒家的仁义礼智信为根本道德原理，以不同的方式论证儒家的道德原理具有内在的基础，以存天理、去人欲为道德实践的基本原则"⑤。朱熹尝引二程之

① （明）王祎：《王忠文公集》卷二，上海古籍出版社1987—1989年版，文渊阁四库全书本。
② （南宋）朱熹集注，郭万金编校：《论语集注》第十九，商务印书馆2015年版，第279页。
③ 童书业：《春秋左传研究》，上海人民出版社1980年版，第269页。
④ （明）李贤：《古穰集》卷八，上海古籍出版社1987—1989年版，文渊阁四库全书本。
⑤ 陈来：《宋明理学》，辽宁教育出版社1991年版，第14页。

言曰,"忠者,天理"①,又称,"人之所以生,理与气合而已。天理固浩浩不穷,然非是气,则虽有是理而无所凑泊。故必二气交感,凝结生聚,然后是理有所附著。凡人之能言语动作,思虑营为,皆气也,而理存焉。故发而为孝弟忠信仁义礼智,皆理也"②,并称,"理只是这一个,道理则同,其分不同,君臣有君臣之理,父子有父子之理"③,又言,"人物之生,天赋之以此理,未尝不同,但人物之禀受自有异耳","性即理也。在心唤做性,在事唤做理"④,心学宗匠王阳明与朱子虽颇有分歧,关于天理之论却有着相似的思路,其称,"心即理也。此心无私欲之蔽,即是天理。不须外面添一分。以此纯乎天理之心,发之事父便是孝。发之事君便是忠。发之交友治民便是信与仁。只在此心去人欲、存天理上用功便是"⑤。朱熹、王阳明关于心、理的论辩姑且不论,但从二人一致的思路却可看到,儒家的忠孝之理原是人的自身天赋,本为伦理道德要求的忠孝仁义,成为人之天理天性。明代科举取士,一以朱子为宗,天下士子,口诵目睹皆为此道,举业训练唯在三部《大全》,而王阳明则是朱熹之外最具影响力的明代思想家。身心修养于耳濡目染间潜移默化,视忠孝为天理遂成为有明士人的基本认识,而儒家的忠孝伦理亦越出普通道德范畴而成为明代士子如同日常吃饭穿衣般的天性所在。明儒程通即言,"天地五常之道,莫大乎君亲,古今百行之源,莫先乎忠孝。夫孝之于亲,忠之于君,臣子立身之大节,所以厚彝伦,敦教化,亘万古,不可一日废也"⑥。才子解缙亦称:"忠孝,人之大节也,能无愧于斯二者,使后世有述焉,其人盖亦有数耳。然人孰无忠孝之心哉?或衰于妻子,或迫于利害,见善而不能迁,闻义而不能勇,是以鲜能无愧也。苟能锐然立志不以私胜,不以利昏,闻义而勇为,见善不及,虽死生患难之际凛然而不变,何古人之不可及哉,盖是二者,本人心之所固有"⑦。贴近士人心态的利害分析颇称到位,用意却在突出忠孝的本心固有,鼓舞士行。所谓"古之士,学矣未尝不仕,仕矣未尝不学,而学与仕未尝不志乎忠孝也"⑧。忠孝之道已于科举制度与理学思想的双重渗透下成为明代士人的基本信条。兵部左侍郎吕大器"驱驰南北,尽瘁行间。五言如'野寺依岩立,官衙傍水开','孤灯寒殿壁,落月

---

① (宋)朱熹编:《河南程氏遗书》第十一,(台湾)商务印书馆股份有限公司1978年版,第136页。
② 《性理大全书》卷三十,上海古籍出版社1987—1989年版,文渊阁四库全书本。
③ 《性理大全书》卷三十四,上海古籍出版社1987—1989年版,文渊阁四库全书本。
④ 《性理大全书》卷二十九,上海古籍出版社1987—1989年版,文渊阁四库全书本。
⑤ (明)王守仁:《王阳明全集》卷一《传习录》,上海古籍出版社1992年版,第2页。
⑥ (明)程通:《贞白遗稿》卷二,上海古籍出版社1987—1989年版,文渊阁四库全书本。
⑦ (明)解缙:《文毅集》卷十,上海古籍出版社1987—1989年版,文渊阁四库全书本。
⑧ (明)徐有贞:《武功集》卷三,上海古籍出版社1987—1989年版,文渊阁四库全书本。

映山城'，'土瘠蝉吟屋，林疏月上扉'，'野狐冲马立，山鬼伺人骄'，'精卫悲衔土，鹧鸪啼满山'，'云烟春尚在，烽火画相连'，'泪尽铜驼棘，歌残玉树花'，'岂无丹阙恋，终抱白云思'，忠孝之诚，溢于言表①。此等情志于明人诗作中比比皆是，语句或有工拙，拳拳忠孝却一般无二。若倪谦为章大经《困志集》作序即称，"凡以寓夫爱君忧国之诚，思亲怀旧之感，而绝无怨怼抑郁之态焉，故曰在心为志，发言为诗，观公是诗，忠孝之志可知矣"②；黄九烟评论礼科给事中姜垛之诗亦云，"先生诗发乎性情，本乎忠孝，名实交孚，缠绵尽致"③。一代士人心志，或可于此略窥。

"学校者，风化之源，人材所自出，贵明体适用，非徒较文艺而已也"④。有明一代，学校所以储培才，科举所以抡才，学校、科举浑然一体，同处于理学思想的观照之下，"夫自古帝王之建学，莫不以明人伦为化理之本，人伦之大，莫先乎忠孝，学者之学，亦莫切于斯二者，自家及国，以至于平天下，莫不由是而推之，驯致其极，天地以之而贞观日月以之而贞明，五气以之而顺布，万物以之而化成者何，莫不本乎此，苟不务此，而徒学于文辞，以为进取之具，是果何补于化理者哉"⑤。理学思路下的人才培养以德行为重，道学视野下的诗歌自然居于其次。吏部侍郎杨起元《送年友黄云崖宿州掌教》即云："前月乘轺车，经过睢阳驿。慨然思古人，入城访遗迹。西去二百里，张许今庙食。秉彝在人心，谁不好懿德。君今涉滩流，传经聚逢掖。文艺何足云，忠孝为标的。国家根本地，士风最当植。丈夫万世名，勉之在一息。"尽管送行的惯例不免有诗，但"文艺何足云，忠孝为标的"却始终是基本的诗歌态度。

二、人　情　世　故

尽管传统道德对于执政者还有更多的政治伦理要求，诸如勤政爱民、尊卑有序、知礼守法、通达干练、体恤下属等等，但忠孝为人伦大节所在，清廉则是最基本的居官道德，均为皇权社会中最高统治者所特意提倡的政治品德。传统政府在有效运转时，对于政治伦理、官员道德的依赖要远远胜过组织制度、技术手段，德才兼备虽是习惯的选官标准，但实际的任官准则却是"德"先"才"后，道德的关注始终是第一位的，而忠孝、清廉则是君权专制下

① （清）朱彝尊：《明诗综》卷七十三，乾隆刊本。
② （明）倪谦：《倪文僖集》卷二十二，上海古籍出版社1987—1989年版，文渊阁四库全书本。
③ （清）朱彝尊：《明诗综》卷七十三，乾隆刊本。
④ （清）张廷玉等：《明史》卷一百六十四，中华书局1997年版，第1155页。
⑤ （明）杨荣：《文敏集》卷九，上海古籍出版社1987—1989年版，文渊阁四库全书本。

最为基本的政治品质,当然,其他政治伦理亦有着不可忽视的重要意义,如勤政爱民即是历代官员所必备的基本素质,导自"仁爱"的民本关注有着极为深远的道德渊源,作为儒学传统的核心理念,从某种程度上说,甚至要凌驾于"忠君"之上,然而,士人信仰中的最高理念并不会获得皇权政治的最高认可,帝王的关注提倡始终以"忠孝"为首,"以民为本"虽是基本的为政准则,但君王的至尊地位却不得动摇,主张"民贵君轻"的孟子曾遭朱元璋删节之厄,还曾被一度废祀,可见,专制帝制下的民本关注虽为士人的基本为政态度,但帝王的提倡却十分有限。尽忠尽孝者可以获得立碑建坊的国家旌表,而爱民如子的官员所得到的通常来自民间的匾额拥戴。尽管相当情况下,忠孝清廉、勤政爱民常常集于一人一身,但君王的政治褒扬却始终有所侧重。传统社会中的伦理道德世代延续,历代士大夫濡染其中,其所形成的政治情绪实则相差无几。有明一代,理学影响下的"忠孝"观念虽被视为天理,官俸微薄下的清廉持守亦分外艰难,但仕宦阶层寄情言志的诗歌表现却无大异,前代忠臣孝子、清官廉吏仍是不变的讴歌对象,报国、守节亦为诗中常见之志。至若"勤政爱民"等,亦是如此,"多卿为国忘劳瘁,老我怀贤惜别离"①。"病骨非堪着战袍,临戎感奋却忘劳。"②"疆围靖谈笑,躯命尽劳瘁。守臣职固然,何敢云我纟乙。"③"悬知两地看明月,爱国忧民共此心"④,"平生爱国忧民意,仕路谁堪语肺肝"⑤,"触眼伤民瘼,萦心病客愁"⑥,"今年旱魃又为虐,禾稼半死民熬煎"⑦,体国忘劳,感事伤民原是最为寻常的政治情绪,今古无异,发言为诗,皆是传统仕宦心态的一般表述。相似政治情绪下的诗歌表现大体相同,虽然也是明代士人心态的真实写照,却未有特别的明代标识,传统伦理的强大惯性与历代相沿的儒学知识虽使得政治道德的诗歌表现每每相似类同,而道统的张力亦于此凸显,"道者,古今共由之理,如父之慈,子之孝,君仁,臣忠,是一个公共底道理。德,便是得此道于身,则为君必仁,为臣必忠之类,皆是自有得于己,方解恁地"⑧,"古今共由之理"的诗歌表现自然大体一致,道学视野下的诗歌主题,诸如

---

① (明)杨士奇:《东里集》续集卷五十九,上海古籍出版社1987—1989年版,文渊阁四库全书本。
② (明)韩雍:《襄毅文集》卷八,上海古籍出版社1987—1989年版,文渊阁四库全书本。
③ (清)钱谦益:《列朝诗集》丁集第十三之下,影印清顺治九年毛氏汲古阁刻本。
④ (明)凌云翰:《柘轩集》卷二,上海古籍出版社1987—1989年版,文渊阁四库全书本。
⑤ 《李东阳集》第一卷,岳麓书社1984年版,第544页。
⑥ (清)钱谦益:《列朝诗集》丙集第六,影印清顺治九年毛氏汲古阁刻本。
⑦ (清)朱彝尊:《明诗综》卷十六,乾隆刊本。
⑧ (宋)黎靖德编:《朱子语类》卷十三,中华书局1986年版,第231页。

"忠孝""清廉""爱民"等,历千年而书写不衰的原因亦在于此。

传统政治伦理大体规限了明代仕宦阶层的立身原则和行为规范,然而,属于社会行为的"仕"并不等同于个人道德的独自完善,仕宦人生的实际展开必须有着相当的社会接触,道德层面的政治伦理不过是传统精神的升华提炼,极具指导意义的基本态度并不可能完全应对现实的政治人生。传统社会的"人治"特征往往冲淡了制度的功能,必然的社会交往成为仕宦文化极为重要的构成部分。基本的伦理道德自然是人际往来的必要前提,但具体交往行为中却有着约定俗成的相应规范——所谓人情世故,正即此而言。

礼以别异,步入仕途的士大夫意味着身份地位的转变,自然有着不同于平民的交往习俗。明代礼制中对官员交际有着详细的仪式规定,进退跪拜、举手投足均有程式,君臣上下的尊卑关系亦体现其中。作为具体行为准则的一般交际礼仪,以其程式化的标准过程维系着官场体面、等级秩序。然而,官员们的实际行为却未必能恪守礼仪。"《大明会典》:'官员隔一品避马,隔三品跪。'惟法从不然。今诸寺大卿皆三品也,乃避尚书、侍郎,公侯勋臣在一品之上,乃避内阁,六卿二品避内阁,亚卿三品避太宰,文官八、九品者,亦与公侯抗礼,道上不避,此倒施也。史官、谏议与六卿抗,抑亦过矣。《会典》所载,直为不与同品者比,非欲以新进书生与朝廷老臣分廷而坐也。近世风俗大坏,人心不古,大臣持禄固位,折节于台谏,台谏怙势恃力,抗颜于大臣,安所得廉远堂高之义哉? 若大臣不爱官爵,即自重不为抗,台谏不畏强御,即守礼不为诎。奈何其不然也"[①]。道德立场下的现象观察每每有着主持风宪的社会意识,"大臣持禄固位""台谏怙势恃力"的深层心理批判远远胜过日常礼节的行为纠正。当然,官员的违礼行为多发生于一般交际场合,在正式的典礼场合中很少有出格的失礼行为,但明代官员"道上不避"失礼行为却透露出一种制度之外的交往规则。

明祖设制,"罢丞相,设五府、六部、都察院、通政司、大理寺等衙门,分理天下庶务,彼此颉颃,不敢相压,事皆朝廷总之"[②],天下事权分散各部衙门,彼此制衡,官员的品级等差一旦进入不同的职事系统,便失去尊卑相压的实际效力,流于表面的烦琐礼节自难恪守。而且,《大明会典》明确规定:"凡奉旨发放为格为例及紧要之事,须会多官会议停当",明代廷议范围既广,参与官员除六部尚书、都御史、六科给事中外,并有大理卿、通政使,十三道掌道御史等,另外,据所议事项性质,相关

---

① (明)于慎行:《谷山笔麈》卷一,中华书局 1984 年版,第 3 页。
② (明)朱元璋:《皇明祖训》,台湾"中研院"历史语言研究所影印本 1968 年版。

各部均得参与①,亦即绝大多数官员都有可能就国家事务公开发表政治见解,并可能产生大小不同的相应效力。在这种情况下,具体政策法规的通过执行必须得到多数官员的支持,而彼此间的意见交流、分歧谅解却不可能在廷议中完全解决,日常间的私人交往每每有着达成共识的辅助作用。

尤当注意的还有"位卑而权重"的六科给事中。明祖废相,自操威柄,独揽乾纲,"集权专制至明已达于顶峰,而君主耳目日为用之监察制度,亦因是发展至其极致。其组织之大,职权之广,威权之重,委寄之深,历代均不能望其向背"。② 监察之制,起源甚早,职官约分两类,一为察官,即御史,其权在监督百司,纠劾官邪,以防官吏之专擅舞弊;一为言官,即给谏,职在封驳诏敕,以规正朝廷之违失。唐宋时以专司纠弹的御史为台官,以职掌建言的给事中、谏议大夫等为谏官,然职责权限往往混淆,故有"台谏"泛称。明制,六科各有都给事中一人(正七品),左、右给事中各一人(从七品),各科又有给事中四至十人不等,"掌侍从、规谏、补阙、拾遗、稽察六部百司之事"③,给事中兼领监察与规谏二职,察官、言官两途合流。作为明代监察制度的重要环节,六科给事中自为一曹,无所隶属,品秩虽嫡,职权却广,威权更重,自然有着傲上的资本,朝臣对于台谏更是着意拉拢,有心为事者意在减少摩擦,贪图利禄者则欲以讨好保位,而给事中们亦须留意群僚,以收集信息,彼此间的私人交往就更显重要了。"道上不避"的失礼行为之后固然有着复杂的交往动机,但其所表现的并非官员间的压制对抗,失礼行为的背后往往有着颇为频繁的日常往来。

传统的为政要求并不主张官员在私下的政治交往,尤其是专制集权的明初君王,便经常利用厂卫机构监视百官,廷臣也自以为警,若宋濂之自喻"温树"即可为证。但官员间的日常交往则不在此限,一般社交遂成为官员们相互融洽关系的普遍途径,尽管并无政事观点的明确交流,但彼此间的性格习惯、立身原则,以及通过言行举止所间接透露出的政治态度都可余中获悉,甚至,良好关系的建立、个人形象的树立往往对于日后行事有着积极的裨益效果。而且,在高位者应谦和而不倨傲,就低职者应自尊而不卑谄,不居实效且流于表面的官场礼节自然便在此种为官道德的合理心态下渐渐"法从不然"了,而此便是明代仕宦文化中的"人情世故"。

----

① 　关于明代廷议制度,可参见张治安:《明代政治制度研究》,(台湾)联经出版事业公司1992年版,第1—40页。

② 　参见张治安:《明代政治制度研究》,(台湾)联经出版事业公司1992年版,第257—311页。

③ 　(清)张廷玉等:《明史》卷七十四,中华书局1997年版,第490页。

明代官场社交的通行礼仪,大约有期会、迎送、酒席、供具、寿仪诸类①,诸类礼仪中,相见行礼自是规范,必备的饮食招待同样不能缺少,奉送的礼品虽因人因时而厚薄不同,但也是通行的惯例。最应留意的则是在迎来送往、献酬交酢中的诗歌唱和。诗歌雅事历来是士人身份的最佳文化标识,应酬唱和亦是历代延承的士人传统,应酬诗文自然成为明代官场社交中不可或缺的组成部分。有时甚至成为整个社交活动的核心内容,如:

> 赵司成永,号类庵,京师人。一日过鲁学士铎邸,鲁公曰:"公何之?"司成曰:"忆今日为西涯先生诞辰,将往寿也。"鲁公曰:"吾当与公偕,公以何为贽?"司成曰:"帕二方也。"鲁公曰:"吾贽亦应如之。"入启笥,索帕无有,踌躇良久,忆笥中曾馈有枯鱼,令家人取之。家人报以食仅存其半,鲁公度家无他物,即以其半戴与赵公俱往公所称祝。公烹鱼沽酒,以饮二公欢甚,即事倡和而罢。②

诸公风雅可见一斑,然此次应酬中的"即事唱和"方是交往的核心构成,以帕为贽,其情可见,半鱼为宴,其席可知,所谓君子相交,正在于此。又杨士奇"过去访友人,则相与联寝语达旦,自常廪外无别供,乡人得以只鸡束薪相辞受。其简易如此"③。如前所论,仕宦相交本易招致结党营私嫌疑,贪鄙者亦借此通行贿赂,故而,立身持正者于官场交往多简易待之,酒食贽礼兼非所重,略存其意而已。若:

> 章文懿公懋,尝谓门人董遵曰:"待客之礼,当存古意,今人多以酒食相尚非也。"闻薛文清公居家留客,止用一鸡黍,盛以瓦器,酒三行,就饭而罢。又魏文靖公居家,客至必留饭,止一肉一菜。虽不之公府,必回访舟次,有所相遗,必答礼,不虚受人惠。此二公可法云。④

可知,礼尚往来,人之常情,然笼罩于政治道德下的明代仕宦文化却极力褪去其中的"私利"色彩,将之作为一种古人风尚的传统延继。明代官员间的彼此交往中隐含着这般那般的政治动机,正因如此,一般官员们的日常

---

① 参见陈宝良《明代社会生活史》(中国社会科学出版社2004年版),陈宝良、王熹《中国风俗通史·明代卷》(上海文艺出版社2002年版)相关章节。
② (明)刘元卿:《贤奕编》卷一,中华书局1985年版,丛书集成初编本。
③ (明)刘元卿:《贤奕编》卷一,中华书局1985年版,丛书集成初编本。
④ (明)刘元卿:《贤奕编》卷一,中华书局1985年版,丛书集成初编本。

交往在"礼"的层面才特别注意,着意避嫌,以保持清廉持正的为官要旨,至若贪官污吏与钻营谄媚之徒以社交馈赠为名行贿赂之实的龌龊勾当另当别论。不应忽视的一个社会现实是,明代官俸微薄,仕宦阶层养家资用本就拮据,官场中的各类应酬却也为数不少。于出身微寒的为官清廉者而言,巨大的消费支出不免成为压力,应酬赘礼毕竟事关脸面,重价之物非但不适,且无力承受,空手往还则有失身份,两难之中,标志士人身份的诗歌便成为最为得体适宜的交际媒介。既可保证颜面不失,且无贿赂之嫌,既可寄言达志,又可展露才华,既无囊中羞涩之尴尬,又可效仿古人之风雅,一举数得,何乐而不为? 诗作赠送遂成为官场社交中最为通行体面的应酬方式,明代仕宦阶层的诗作大半缘此而发。

　　然而,明代仕宦阶层于得官前所接受文章训练虽严格持久,但应酬文字却不在其内。对明代官员而言,时文八股可以随手而来,未经训练的应酬诗文却颇感为难。然而,作为社交往来,官场惯例却不能违背,无奈之下,遂有请人代笔者。诚如徐渭所言,"今制用时义,以故举业得官者,类不为古文词,即有为之者,而其所送赠贺启之礼,乃百倍于古,其势不得不取诸代,而代者必士之微而非隐者"①。"士之微而非隐者"的准确定位,一针见血地点出了代笔山人的身份特征,即山人立场而言,官场交际所需要的大量应酬文字确实提供了谋生糊口与显示才能的机缘。就社会分析的角度而言,代笔现象的势在必为恰恰说明了应酬文字在明代官场交际中的普遍性与重要性,请人代笔后的经济交换更说明应酬文字在某种程度上的商品意味,作为"商品"的应酬诗文又被作为"礼品"应用于官场交际,正说明了应酬诗文的"赘礼"属性。然而,交换性质下的代他人做嫁衣终不免草率,如:

　　　　张士谦学士作文,不险怪,不涉浅,若行云流水,终日数篇。凡京师之送行、庆贺,皆其所作,颇获润笔之资。或冗中为求者所逼,辄取旧作易其名以应酬。有除郡守者,人求士谦文为赠,后数月,复有人求文送别驾,即以守文稍易数言与之。忘其同州也。二人相见,各出其文,大发一笑。②

　　既然收取润笔,代作诗文则不至太差,否则无法交代买家。但如此态度的诗文写作,以及大量的同题材反复创作,即或才高者,亦不免为累,何况平

----

　　① 《徐渭集》抄代集小序,中华书局1983年版,第536页。
　　② (明)王锜:《寓圃杂记》卷四,中华书局1984年版,第33页。

常,故而,套语程式每每见用于文字应酬,取材则多在前代,自不免有剽袭模拟之弊。至若官员自为,进士出身的明代官员基本的写作思路已为时文八股束缚,且才力超群者,亦疲于应酬,吟诗作文多是程句套话,每以模拟为事。①　然而,诗文应酬既然普及官场交际,时日既久,渐成风气,风习所下,应用更广,遂溢出官宦范围,而进入社会。陆容即称:

> 古人诗集中有哀挽哭悼之作,大率施于交亲之厚,或企慕之深,而其情不能已者,不待人之请也。今仕者有父母之丧,辄遍求挽诗为册,士大夫亦勉强以副其意,举世同然也。盖卿大夫之丧,有当为《神道碑》者,有当为《墓表》者,如内阁大臣三人,一人请为《神道》,一人请为《葬志》,余一人恐其以为遗己也,则以挽诗序为请。皆有重币入赘,且以为后会张本。既有诗序,则不能无诗,于是而遍求诗章以成之。亦有仕未通显,持此归示其乡人,以为平昔见重于名人。而人之爱敬其亲如此,以为不如是,则于其亲之丧有缺然矣。于是人人务为此举,而不知其非所当急。甚至江南铜臭之家,与朝绅素不相识,亦必夤缘所交,投赘求挽。受其赘者不问其人贤否,漫尔应之。铜臭者得此,不但哀册而已,或刻石墓亭,或刻板家塾。有利其赘而厌其求者,为活套诗若干首以备应付。及其印行,则彼此一律。此其最可笑者也。②

仕者为父母求请挽诗,已然超出官场之一般交际,故"勉强以副其意";至若照顾权臣身份,另加请托,则已多余,再至"遍求诗章"以凑诗册,已近无聊之举,然毕竟皆为官场中人,尚有应酬之意。及至富家追慕风雅下的"投赘求挽",则已是社会风习下的民间效仿,所作文字虽称应酬,实无应酬之意,仅为交换而已。即此可知,代笔行为非止布衣山人为之,俸禄微薄的明代官员亦多有为之。各种各样的文字求请自不限于挽诗,诸如寿诞迎送等日常礼节亦多有纳赘求文者。然而,作为明代政治生活中颇为重要的人情世故,应酬诗文自然成为仕宦生活的典范表现。此类文字,既非衷情而发,又多活套,颇为明诗之厄。论者每称明诗之弊在模拟太过,批评则多在前后七子复古模拟,作为诗坛盟主的口号提倡自不免与人口舌,然而,溯其源流,真正流弊所在,或不在于数人的提倡,却在应酬习气下的批量创作。且此类诗文数量既多,流传又广,作者或无传世之心,而求者却有意保存,树

---

①　参见第三章相关论述。
②　(明)陆容:《菽园杂记》卷十五,中华书局1985年版,第189页。

碑、刻板每每有之,后世常见明人作品多为此类模仿套语,据而发论指责,亦为常情,诗坛盟主的创作主张虽难脱其咎,然却不应承担主要责任。吴乔即言:

> 　诗坏于明,明诗又坏于应酬。朋友为五伦之一,既为诗人,安可无赠言?而交道古今不同,古人朋友不多,情谊真挚,世愈下则交愈泛,诗亦因此而流失焉。《三百篇》中,如仲山甫者不再见。苏、李赠别诗,未必是真。唐人赠诗已多。明朝之诗,惟此为事。唐人专心于诗,故应酬之外,自有好诗。明人之诗,乃时文之尸居馀气,专为应酬而学诗,学成亦不过为人事之用,舍二李何适矣!①

是论诚为灼见,明诗之最大弊端正在于此,而"舍二李何适"的反问亦可见其于以李梦阳、李攀龙为首前后七子的中允分析。明诗处于八股与应酬的夹缝中,本就不得不以模仿前作、换用套语,如此文学生态之下,二李的模拟主张自然是最好的选择。吴乔又称:

> 　弘、嘉诸公所以致此者,有六故焉:一时文,二早捷,三高才,四随邪,五事繁,六泛交。诗与古文,门径绝异,时文于二者更异。彼既长于时文,即以时文见识为古文诗,骨髓之疾也。早捷则心骄,忠言无闻。才高则笔下易得斐然,不以古人自考离合。随邪则才执笔便似唐人,终身更无进步。事繁则应酬如麻,无暇苦吟详读。泛交则逼迫徵求,不容量入而出。六病环攻,虽青莲、少陵,不能不为二李。②

所论虽在弘、嘉诸家,然实于明诗之弊多中要害,明诗为时文之余,作者多为有着举人进士身份的仕宦官员,而此辈又往往陷于应酬繁多,不得不作模拟套语。所论六病中时文,早捷、随邪均可纳为八股之弊③,而事繁、泛交则被列为应酬行为,至于高才,则就弘、嘉诸公个人而言,并不具备普遍意义。是段所议弘、嘉诗风正可为前文所引论述之注脚。

需要补充说明的是,时文、应酬作为明诗生态中的重要构成部分,对于

---

①　(清)吴乔:《围炉诗话》卷四,载郭绍虞编选,富寿荪校点:《清诗话续编》(一),上海古籍出版社 1983 年版,第 594 页。

②　(清)吴乔:《围炉诗话》卷六,载郭绍虞编选,富寿荪校点:《清诗话续编》(一),上海古籍出版社 1983 年版,第 682 页。

③　具体论述,可参见第三章。

明诗的整体发展自然有着无法回避的模式渗透与观念影响,明诗的最大流弊亦因此而生。但是,应酬毕竟是促成明人大量作诗的社会驱动力,其所受到的根本指责则在于作诗情感的虚伪不真,但是,并非所有的诗作均为求请投赞所得,在明人的应酬之作中,还有相当一部分是发自肺腑的真情之作。在这些诗歌中,诗人向自己的亲友袒露胸怀、抒发志意,记录着明代士人的真实心路,其中有些才情兼备之作,同样不能一笔抹杀。而且如果没有官场应酬的现实需要,在科第八股以及视诗为余事的道学观念的压力之下,单凭个人兴趣的明诗发展将更为艰难。即明诗生态而言,仕宦阶层的交往应酬固为诗之大患,必须为明诗的模拟程式负责,但其于明诗的"繁荣"却有着不应忽略的推进之功——尽管这种"繁荣"造成极大的负面影响,直接导致了明诗的最大弊病,其中的正面价值虽然有限,却不应忽视。

三、清 廉 持 守

"无私,忠也"①,《国语·周语下》称:"言忠必及意,言信必及身。"韦昭注:"出自心意为忠。"②而对以心为偏旁的"忠"最为寻常的行为诠释或可归之为"竭诚",而"无私"则是从心理层面的相反定义,《尚书·周官》曰:"以公灭私,民其允怀"。孔传称:"从政以公平灭私情,则民其信归之"③。私情、私心同样有着相应的行为表现——贪。与之相对的"清廉"则是传统士行于"无私"角度下的"忠"之践履。作为"忠"的行为体现,为官清廉原是毋庸多言的政治伦理,"清官梦"非但是仕宦阶层的理想,更是整个民族的期望。作为人所共睹是实际行为,清廉并无太深的理论内涵,极为简单的正误判断毋须费力论证,现实情境下的操行考验乃是核心意义所在。既然涉及具体的行为环境,明代官员的俸禄则是首先应关注的对象。

> 明初百官之俸,皆取给于江南官田。其后令还田给禄。洪武十三年,已定文武官禄米俸钞之数。二十五年,更定官禄,正一品月俸米八十七石,从一品至正三递减十三石,从三品二十六石,正四品二十四石,从四品二十一石,正五品十六石,从五品十四石,正六品十石,从六品八石,正七品至从九递减五斗,至五石而止,自后为永制。洪武时,官全给米,间以钱钞,兼给钱一千、钞一贯抵一石。官高者支米十之四五,卑者

---

① 《春秋左传正义》卷二十六,载(清)阮元校刻:《十三经注疏》(上、下册),中华书局1980年版,第1906页。

② (春秋)左丘明:《国语集解·周语下》第三,中华书局2002年版,第88页。

③ (清)王先谦:《尚书孔传参正》卷二十八,中华书局2011年版,第857页。

支米十之七八,九品以下全支米。后折钞者每米一石给钞十贯。又凡折色俸,上半年给钞,下半年给苏木胡椒。成化七年,户部钞少,乃以布估给,布一匹当钞二百贯。是时钞一贯仅值钱二三文,而米一石折钞十贯,是一石米仅值二三十钱也。布一匹亦仅值二三百钱,而折米二十石,是一石米仅值十四五钱也。《明史·食货志》谓,自古官俸之薄未有若此者。顾宁人谓,其弊在于以钞折米,又以布折钞,以致如此。其后又定有折银之例。凡官俸有二,曰本色,曰折色。其本色又有三,曰月米,曰折绢米,曰折银米。月米不问官大小皆一石,折绢者绢一匹当银六钱。折银者,银六钱五分当米一石。比从前以布折钞之例稍优矣。其折色亦有二,曰本色钞,曰绢布折钞。本色钞,二十贯折米一石。绢布折钞,绢一匹折米二十石,布一匹折米十石。一品者本色仅十之三,递增至从九品,本色乃十之七。此有明一代官俸之大略也。①

　　"钞折米""布折钞"的相抵耗损使得并不丰厚的明代官俸②大打折扣,官员们的实际收入十分有限,微薄的官禄所要支付的是亲人奴仆非止一人的生活各项开支,自不免捉襟见肘。宣宗初年,双流知县孔友谅上书言事,称:"国朝制禄之典,视前代为薄。今京官及方面官稍增俸禄,其余大小官自折钞外,月不过米二石,不足食数人。仰事俯育,与道路往来,费安所取资。贪者放利行私,廉者终窭莫诉。请敕户部勘实天下粮储,以岁支之余,量增官俸。仍令内外风宪官,采访廉洁之吏,重加旌赏。则廉者知劝,贪者知戒"③。贫民天子朱元璋最恶贪官,惩元末弊政,"重绳贪吏,置之严典"④,亲编《大诰》重刑贪赃枉法者,"四编《大诰》中列举的官吏贪污案件,不下数千起"⑤。至有扒皮酷刑。然而,进士孔友谅所提出反贪方法却是"量增官俸""旌赏廉吏",略显消极的主张之后正是明代官员的现实困境。正统时,李贤亦称"今在朝官员,皆实关俸米一石,以一身计之,其日用之费,不过十日,况其父母妻子乎!"为官者不能安身养家,"欲其无

---

① (清)赵翼撰,王树民校证:《廿二史劄记校证》卷三十二,中华书局1984年版,第750—751页。

② 关于明代官俸,论者指出"如果结合中国历代升斗容量变化的因素来考虑",明代官俸标准并不比前代低多少。参见张显清、林金树主编:《明代政治史》,广西师范大学出版社2003年版,第641页。

③ (清)张廷玉等:《明史》卷一百六十四,中华书局1997年版,第1154—1155页。

④ (清)张廷玉等:《明史》卷二百八十一,中华书局1997年版,第1845页。

⑤ 陈高华:《从〈大诰〉看明初的专制政治》,《中国史研究》1981年第1期。

贪,不可得也"①,顾炎武亦称,"今日贪取之风所以胶固于人心而不可去者,以俸给之薄而无以赡其家也",并引正统六年,山东监察御史曹泰奏称:"今在外诸司文臣,去家远任,妻子随行,禄厚者月给米不过三石,薄者一石二石,又多折钞,九载之间,仰事俯育之资,道路往来之费,亲故问遗之需,满罢间居之用,其禄不赡,则不免失其所守,而陷于罪者多矣。乞敕廷臣会议量为增益,俾足养廉,如是而仍有贪污,惩之无赦"。②俸禄不足成为最为认可的贪污原因,"不免失其所守"的同情中饱含着无奈的谅解,"安所取资"的经济尴尬遂成为明代官员操行考验的基本背景。

　　俸禄不足的明代官宦,难以应酬取给,拮据之情,每每见于笔端。孙蕡《碌碌行寄保昌县丞童豫》云:"碌碌复碌碌,驱驰半世为斗粟。去年腊尽江左边,今春又驾江南船。家贫每畏别离苦,不知携累还颠连。炎云四月关门道,青泥滑滑杂流潦。黄梅雨里钩辀啼,瘦妻前僵子后倒"③,苦病之状,溢于言表。吴兆《赠于纳言文若》称其"俸支常不足"④,黎民表《苦热行》亦云"索米长安少俸钱"⑤,可知宦者之居处不易。李梦阳称,"薄禄不救诸亲饥,壮志羞称万间厦"⑥;何景明亦云"客病闲官马,囊空涩俸钱"⑦,供养不足的现实困窘颇称心病,无奈之下的典当行为竟为官吏常情,谢晋称,"莫言微禄亏亲养,樻券还能助俸钱"⑧,凌义渠《夏日漫兴》云,"庙市争趋朔望余,观乎既往复踟蹰。稍赢月俸钱堪质,为检摊门叶子书"⑨。凌氏官至大理寺卿,赶集逛市居然颇费踟蹰,至有质书之念,宦情之薄,可见一二。王世贞《罢官杂言则鲍明远体》其三称:"东家请急归,骊驹玉勒多光辉。西家乞骸还,秋风尽买南山田。我今遭家难,仓皇荷恩休。囊中俸钱支取尽,明年要典鹔鹴裘。男儿有身饥亦可,恨不饱杀安昌侯"⑩,愁苦无奈之中已见不平激愤。

　　更有甚者,南康知府吴宝秀居官清正,得罪税监李道,被诬,诏逮治,

① （明）李贤:《达官支俸疏》,载（明）陈子龙等选辑:《明经世文编》卷三十六,中华书局1962年版,第278页。
② （清）顾炎武,黄汝成集释:《日知录集释》卷十二,上海古籍出版社1985年版,第953—954页。
③ （明）孙蕡:《西庵集》卷三,上海古籍出版社1987—1989年版,文渊阁四库全书本。
④ （清）钱谦益:《列朝诗集》丁集第三,影印清顺治九年毛氏汲古阁刻本。
⑤ （明）黎民表:《瑶石山人稿》卷十六,上海古籍出版社1987—1989年版,文渊阁四库全书本。
⑥ （明）李梦阳:《空同集》卷十九,上海古籍出版社1987—1989年版,文渊阁四库全书本。
⑦ （明）何景明:《大复集》卷二十二,上海古籍出版社1987—1989年版,文渊阁四库全书本。
⑧ （明）谢晋:《兰庭集》卷上,上海古籍出版社1987—1989年版,文渊阁四库全书本。
⑨ （明）凌义渠:《凌忠介公集》卷一,上海古籍出版社1987—1989年版,文渊阁四库全书本。
⑩ （明）王世贞:《弇州四部稿》卷十九,上海古籍出版社1987—1989年版,文渊阁四库全书本。

"妻陈氏恸哭,请偕行,宝秀不可。乃括余赀及簪珥付其妾曰:'夫子行,以为路费。'夜自经死"①。时人何白作长诗《哀江头》纪事哀悼,有言"开奁试检约指环,挑灯更拾流银鬐。半生椎发羞艳妆,贫女从来少珠翠。离娄结束留枕函,与君稍佐长途费";更云"锦衣敦迫难久俟,薄俸那能具行李。父老吞声为釀金,商略通衢置方匦。间阎士子纳银钱,村庄妇女投簪珥。三日得环三百余,空城大小随行车。呼天远彻一千里,道傍闻者咸嗟吁"②。时论亦称,"南康守吴宝秀逮系时,其妻至投缳自尽,阖郡号呼,几成变乱"③,可知,此诗堪以史读之。"臣能尽忠妻尽节""千秋正气塞乾坤,为雷为霆有余烈"的忠义表彰姑且不论,然临行质典首饰以为盘缠,殁后无钱安葬,官宦清苦,可见一斑。明代廉吏殁大多身无遗财,若:

工部尚书宋礼,"性刚,驭下严急,故易集事,以是亦不为人所亲。卒之日,家无余财"④。

蒋骥嗣,"典京营兵。弘治中充总兵官,历镇蓟州、辽东、湖广。官中外二十年,家无余赀"⑤。

户部尚书刘中敷,"性淡泊,食不重味,仕宦五十年,家无余赀"⑥。

兵部尚书于谦,"及籍没,家无余赀,独正室鐍钥甚固。启视,则上赐蟒衣、剑器也"⑦。

都督同知张俊,"为边将,持廉,有谋勇。其殁也,家无赢资"⑧。

礼部尚书傅珪,"在位有古大臣风,家无储蓄,日给为累"⑨。

太子太保,兵部尚书兼左都御史李承勋,"官四十年,家无余赀"⑩。

兵部侍郎,山西巡抚曾铣,"廉,既殁,家无余赀"⑪。

兵部左侍郎兼右佥都御史曹邦辅,"历官四十年,家无余赀"⑫。

---

① （清）张廷玉等:《明史》卷二百三十七,中华书局1997年版,第1591页。陈田《明诗纪事》引《横云山人史稿》,所录全同。

② （清）钱谦益:《列朝诗集》丁集第十五,影印清顺治九年毛氏汲古阁刻本。

③ （清）张廷玉等:《明史》卷二百三十七,中华书局1997年版,第1591页。陈田《明诗纪事》引《横云山人史稿》,所录全同。

④ （清）张廷玉等:《明史》卷一百五十三,中华书局1997年版,第1094页。

⑤ （清）张廷玉等:《明史》卷一百五十五,中华书局1997年版,第1109页。

⑥ （清）张廷玉等:《明史》卷一百五十七,中华书局1997年版,第1117页。

⑦ （清）张廷玉等:《明史》卷一百七十,中华书局1997年版,第1181页。

⑧ （清）张廷玉等:《明史》卷一百七十五,中华书局1997年版,第1211页。

⑨ （清）张廷玉等:《明史》卷一百八十四,中华书局1997年版,第1266页。

⑩ （清）张廷玉等:《明史》卷一百九十九,中华书局1997年版,第1361页。

⑪ （清）张廷玉等:《明史》卷二百零四,中华书局1997年版,第1393页。

⑫ （清）张廷玉等:《明史》卷二百零五,中华书局1997年版,第1400页。

礼部左侍郎田一俊，"禔身严苦，家无赢赀"①。

御史马孟祯，"孟祯少贫。既通显，家无赢资"②。

南京礼部右侍郎吕柟，"仕三十余年，家无长物，终身未尝有惰容"③。

即经济角度而言，文武群僚的"家无余资"正可体现出明代官俸的不足为用，即道德层面而论，一代正史中屡屡出现"穷官"记载所折射的却是有明仕宦阶层处身贫困中的操行风节。李东阳"立朝五十年，清节不渝。既罢政居家，请诗文书篆者填塞户限，颇资以给朝夕。一日，夫人方进纸墨，东阳有倦色。夫人笑曰：'今日设客，可使案无鱼菜耶？'乃欣然命笔，移时而罢，其风操如此"④。然而，风操清誉下的清苦窘迫，却是必需的代价。李东阳称，"台府官清只俸钱，十年祭有大夫田"⑤，俸禄之外尚有田亩收入，然而，其位既尊，开销亦大，"与客联句，尝拆敝褥中故絮以代烛，其《次白洲留别》诗有'看花不厌伤多酒，燃絮犹供未了诗'。盖纪其实也"⑥。一代阁相，俭朴如此，居家度日，尚需仰赖他人诗、书求请，清宦之苦，略可知矣。李东阳有诗、字声名且家有田地，犹不免困窘，至于一般官员，"俸钱微薄能几许，世故艰难已备尝"⑦。陆深《秋兴》云："怅望西山宿雨晴，新凉高阁梦魂清。秋于景物三分变，老觉功名一念轻。日课就荒诗草少，月支无补俸钱赢。长安岁岁逢摇落，宋玉情多鬓易星"⑧。萧瑟秋意最是愁苦寄托，老去回首，惆怅百感，宋玉的寒士之感因俸钱不足日用的清苦而分外凸显，功名为轻的念头中固有怀才不遇的感慨，却也夹缠着入仕禄薄的失意。

俸禄微薄下的廉节操守虽不胜清苦，理学训练下的明代官吏却颇有守道正行者，刑部主事张宗琏"莅郡，不携妻子，病亟召医，室无灯烛。童子从外索取油一盂入，宗琏立却之，其清峻如此"⑨，大名鼎鼎的海瑞"布袍脱粟，令老仆艺蔬自给。总督胡宗宪尝语人曰：'昨闻海令为母寿，市肉二斤矣'……卒时，佥都御史王用汲入视，葛帏敝籝，有寒士所不堪者。因泣下，

① （清）张廷玉等：《明史》卷二百一十六，中华书局1997年版，第1470页。
② （清）张廷玉等：《明史》卷二百三十，中华书局1997年版，第1553页。
③ （清）张廷玉等：《明史》卷二百八十二，中华书局1997年版，第1859页。
④ （清）张廷玉等：《明史》卷一百八十一，中华书局1997年版，第1251页。
⑤ 《李东阳集》第一卷，岳麓书社1984年版，第315页。
⑥ （明）蒋一葵：《尧山堂外纪》卷八十七，上海古籍出版社2002年版，续修四库全书本，第83页。
⑦ （明）朱溓：《天马山房遗稿》卷七，上海古籍出版社1987—1989年版，文渊阁四库全书本。
⑧ （明）陆深：《俨山集》卷九，上海古籍出版社1987—1989年版，文渊阁四库全书本。
⑨ （清）张廷玉等：《明史》卷二百八十一，中华书局1997年版，第1849页。

醵金为敛"①。郑文康《送广东方宪使入京》云："万里遥瞻尺五天，梦魂先到御阶前。袖中奏藁皆民瘼，担上行囊只俸钱。旌节晓冲梅岭雨，轩车寒带蓟门烟。重来莫负南人望，要见贪泉变醴泉。"②刘麟《与彭西岩话旧》称赞彭氏："太守欲留留不住，百姓攀车车已驰。俸钱可数恰五日，宦囊惟有商山芝。"③金华宋氏《题邮亭壁歌》称其夫婿"日则升堂治公务，夜则挑灯理文稿。守廉不使纤尘污，执法致遭僚佐怒"④。一时士行操守，或可略见。论者有曰："士大夫守官之廉，犹处子守身之洁，皆分内事也。若处子自多其洁，恒自矜曰：'我于庶士也绝无桑中之约。则人将贱之矣。'士大夫之能文章，犹处子之能女红，亦分内事也。若处子自多其女红，恒自矜曰：'我之织纴组纯，诸姑伯姊皆莫能及。'则人将鄙之矣"⑤，清廉操守由"忠"引申而出，理学思路下的"忠"已于历代政治道德的历史积淀中成为士人心性中的天理人伦，居官守廉自然便是不得夸耀的必尽义务。"两袖清风"的廉洁形象虽也颇见于明诗，吴俨《送引之黄门两广勘事》曰："清风盈两袖，千古激贪泉"⑥，顾清《送汪德声御史按闽中》称："扫除芜翳要霜雪，濡煦槁瘁宜春阳。公余别有天下喜，两袖清风朝北堂"，⑦卢象升《过穆陵关》："介马临戎壁垒新，连天烽火叹无民。挥戈欲洗山河色，仗策思援饥溺人。安奠苍生千古事，扫除逋寇八年尘。携归两袖清风去，坐看闲云不厌贫"⑧，然而，赠言他人则为期许勉励，发乎己身则为言志鼓舞，却无标榜之意。颇当留意的则是于谦那首颇有名气的绝句，"绢帕麻菇与线香，本⑨资民用反为殃。清风两袖朝天去，免得闾阎话短长"⑩，此诗是否为于谦所作，尚待考论，郎瑛即言，世传于谦题桑、题犬"二诗不类于公本集之句，予问之先辈，则曰：闻有亲笔于某家，盖句虽俚而意则尚也，似其为人，或不经意而云者。若《手帕》《蘑菇》之诗亦然。或曰：犬诗乃先正李时勉者。未知孰是"⑪。然而，诗中虽写出自身的廉洁行事，但一片清刚正气，绝无自诩之意，堪称"似

① （清）张廷玉等：《明史》卷二百二十六，中华书局1997年版，第1528、1529页。
② （明）郑文康：《平桥藁》卷五，上海古籍出版社1987—1989年版，文渊阁四库全书本。
③ （明）刘麟：《清惠集》卷一，上海古籍出版社1987—1989年版，文渊阁四库全书本。
④ （清）钱谦益：《列朝诗集》闰集第四，影印清顺治九年毛氏汲古阁刻本。
⑤ （明）敖英：《东谷赘言》卷上，中华书局1985年版，丛书集成初编本。
⑥ （明）吴俨：《吴文肃摘稿》卷一，上海古籍出版社1987—1989年版，文渊阁四库全书本。
⑦ （明）顾清：《东江家藏集》卷十五，上海古籍出版社1987—1989年版，文渊阁四库全书本。
⑧ （明）卢象升：《忠肃集》卷一，上海古籍出版社1987—1989年版，文渊阁四库全书本。
⑨ （明）蒋一葵：《尧山堂外纪》卷八十三，上海古籍出版社2002年版，续修四库全书本。本作"不"。
⑩ （明）叶盛：《水东日记》卷五，中华书局1980年版，第57页。又见于《都公谭纂》卷上。
⑪ （明）郎瑛：《七修类稿》卷三十七，中华书局1959年版，第558页。

其为人"，且细玩诗意，此诗当为拒绝馈赠而作，类似诗作亦每见于明人记载：

> 吴都宪讷为御史时，出巡贵州还，例当言三司官得失，有潜以黄金追送于道者，吴公略不启封，但题诗其上云：萧萧行李向东还，要过前途最险滩。若有私赃并土物，任他沉在碧波间。①
> 顾先生兰，居吴城临顿里，受性介洁，不苟取予。宰山东淄川入觐，父老为率，邑民出数十缗以献，竟赋诗却之云："笑舒双手去朝天，荣辱升沈总自然。珍重淄人莫相赠，近来刘宠不收钱。"②

由此而论，"蘑菇"之诗即或非于谦所作，其清廉操守固可见矣，而一代士行风操亦略可窥见。清廉持守本是为官者的基本道德，历朝历代的清官廉吏并不为少，前贤名宦的榜样感召、青史标名的鼓舞激励、传统道德的历史积淀，使得居官清廉不折不扣地成为士大夫的"分内事"，理学熏陶下的明代士大夫更不例外。然而，明代仕宦阶层的道德延续却是在俸禄微薄、入不敷出的特殊生态下进行的，既为义务，则不得自夸其德，经济困窘的愁苦之情虽也不时流露，但"有愧官俸"的自我反省却始终胜过"两袖清风"的他人褒奖，诗文表达中的曲折心态正是传统道德训练下的仕宦情绪，"为问轩中清白吏，还应比雪比梅花"③，非但是言志抒情的文学寄托，更是道学关注下的政事实践。

第二节　名节与党争交织下的诗歌心路

作为时文之余的诗歌在明代基本上是进士的专利，然而，拜恩师、序同年、认同门、结同僚一类的群体性活动是进士生活中最主要的组成部分，诗歌则是最体面的媒介，而所谓的诗酒风流亦符合明人尚古的脾性，于是便形成了明代诗坛宗派林立、社团丛生的现象。④ 在频繁纷闹的诗派与诗社中，写诗更多的是一种身份象征符号和行为规则，是一种知识谱

① （明）都穆：《都公谭纂》卷上，中华书局1985年版，丛书集成初编本。
② （明）陆粲：《说听》卷上，河北教育出版社1995年版，历代笔记小说集成本。
③ （明）张羽：《静庵集》卷四，上海古籍出版社1987—1989年版，文渊阁四库全书本。
④ 郭绍虞先生《明代的文人集团》中辑录明人结社176种，其中晚明结社115种，李圣华先生《晚明诗歌研究》中增辑至213种，并胪列晚明诗社52家，何宗美先生《明末清初文人结社研究》据文献记载，综比罗列，汰去重复者仍超过300例，明人结社之风于此可见。

系的惯例，很难培养出几个出色的诗人。钱基博的《中国文学史》是对明代诗文评价最高的一部文学史了，于此却言"自来文人好标榜，诗人为多，而明人之诗人尤甚。以诗也者，易能难精，而门径多歧，又不能别黑白而定一尊，于是不求其实，相竞于名，树职志，立门户……而此百十人中，没世而称者，不过三四十人"①。通常，敝帚千金不自见是构成文人相轻的基本心理，"各以所长，相轻所短"则是此心态的具体表现，而易作难精的为诗者，最易落此窠臼。既能科举及第，作诗又有何难？明代进士们对自己的诗才大多不乏自信，"人之自失也，以其所长者也"②，窃以为长，则为之不已。诗派、诗社的成员大多有相似的经历，在切磋交流中彼此揄扬，相互模仿，自然会形成一些共同的看法，喊出一些口号。小群体中的认可愈发加重自负的程度，对不同意见更是不能容忍，群体性的文人相轻所直接导致的是党同伐异下的门户分立。风气一旦形成，即便真正持论公允者也难脱影响；多数庸者则高自矜诩，是己非人，抱残守缺；更有甚者，则借机结纳权贵，攻讦政敌，文风、士风于此而坏，促成明诗有派无人之象，于明诗实为一患。以文人心态为基点的现象分析，所呈现出的一般文学交往所形成的普遍风习，所谓"文人相轻"，自古有之，不同文学观念下的相互抨击原是文坛常事，争讼的激烈程度亦因与论者的个人脾性而异。然而，明代仕宦的诗歌生涯多在官场应酬中展开，"专为应酬而学诗，学成亦不过为人事之用"③，有明政治生态中的名节砥砺与党争聚讼遂深印其间。

一、源自传统的名节心理

孔子曰："三军可夺帅也，匹夫不可夺志也"④，所以如此者，"言有物而行有格也，是以生则不可夺志，死则不可夺名"⑤，而儒家所提倡立身品格中则有着"上不臣天子，下不事诸侯；慎静而尚宽，强毅以与人，博学以知服；近文章，砥厉廉隅"⑥的言行要求。"'近文章，砥厉廉隅'者，言儒者习近文

① 钱基博：《中国文学史·第六编·第二章》，中华书局1993年版，第901页。
② 黎翔凤：《管子校注·枢言第十二》，中华书局2004年版，第251页。
③ （清）吴乔：《围炉诗话》卷四，载郭绍虞选编，富寿荪校点：《清诗话续编》（一），上海古籍出版社1983年版，第594页。
④ （南宋）朱熹集注，郭万金编校：《论语集注》第九，商务印书馆2015年版，第175页。
⑤ 《礼记正义》卷五十五，载（清）阮元校刻：《十三经注疏》（上、下册），中华书局1980年版，第1650页。
⑥ 《礼记正义》卷五十九，载（清）阮元校刻：《十三经注疏》（上、下册），中华书局1980年版，第1671页。

章,以自磨厉,使成己廉隅也"①。《广雅·释言》:"廉,棱也";《玉篇·阜部》:"隅,角也"。棱角分明的廉隅之喻,正为士人端方不苟的名节象征。孟子更称,"居天下之广居,立天下之正位,行天下之大道,得志与民由之,不得志独行其道。富贵不能淫,贫贱不能移,威武不能屈,此之谓大丈夫"②。孔孟之道因理学的推崇而被后代士人视为天理人伦,立身行事,莫不以为圭臬。"砥厉廉隅"既是为经典所认可的文章行为,"志于道,据于德,依于仁,游于艺"的士行规范中,更有着对托志文艺的一般许可——当然,志道、据德、依仁的前提预设,实已将士人心志过滤为理学浸润下的纯正情感,发言为诗,粹然合道,名节砥砺自然成为历代士人诗作中的永恒母题。降及朱明,理学势尊,一代士人受学启蒙,日常训练,精神投诸,皆在于此,濡染既深,及第后,得暇为诗,志意吐露,每在于斯。科举取士使得修齐治平的儒家人生路线成为可能,道学理想的实现获得制度的保证,感激发愤本是仕者常情。"念遭际,则思作我者之恩,视名籍,则思荐我者之意,縻爵受禄,则思所以用我者之责,必砥砺名节,卓然为第一流人,以无负乎畿甸科目之士。则今日之选,所谓萃以正者也,类聚而吉者也,观国而利于用者也"③。具体的实际政治能力姑且不论,砥砺名节下的报国卫道,却是有明士大夫慕从风行的寻常心路。"儒家盛业当名世,老屋残书尚满厨。壮岁光阴浑易过,古人名节要齐驱"④;"势位无崇卑,名节要自臧。空言顾何施,令德有遗芳"⑤,道之所存,不在职位高低,名节之念,每在挫折中凸显,"业穷道岂迁,操危气愈伸"⑥,"人生屈辱乃淬砺,百炼正欲逢盘根"⑦,"我欲其为不朽计,铓锷淬砺重发硎"⑧,"自勖冰霜操,宁辞旦夕劳"⑨,心甘情愿的殉道精神于中可见。

　　景仰先贤风范,激发向慕之心,原是士人常见心态,"先生节操古人同"⑩的称许,正见比附之情。而同为"载道"传统下的情志抒发更有着相

①　《礼记正义》卷五十九,载(清)阮元校刻:《十三经注疏》(上、下册),中华书局1980年版,第1671页。
②　(宋)朱熹:《四书章句集注·孟子集注》卷六,中华书局1983年版,第266页。
③　《李东阳集》第二卷,岳麓书社1985年版,第97页。
④　(明)陶安:《陶学士集》卷七,上海古籍出版社1987—1989年版,文渊阁四库全书本。
⑤　(明)陆粲:《陆子余集》卷八,上海古籍出版社1987—1989年版,文渊阁四库全书本。
⑥　(明)林鸿:《鸣盛集》卷一,上海古籍出版社1987—1989年版,文渊阁四库全书本。
⑦　(明)杨基:《眉庵集》卷三,上海古籍出版社1987—1989年版,文渊阁四库全书本。
⑧　(清)钱谦益:《列朝诗集》甲集第二十二,影印清顺治九年毛氏汲古阁刻本。
⑨　《薛瑄全集》文集卷六,山西人民出版社1990年版,第333页。
⑩　(清)钱谦益:《列朝诗集》甲集前编第五,影印清顺治九年毛氏汲古阁刻本。

似的寄托象征,"夫士之托兴于物者,非私所嗜而溺所好也,用以比德焉。尔桃李之卉之华,而夭艳无取,霜雹积阴所致,而变异或臻,士君子所贵重者,梅与雪而已。夫梅,不徒清也,岁寒之孤芬,有以坚所守也;雪不徒白也,阳春之寡和,有以励所学也。昔之名哲,有若何逊、宋璟、林逋、苏武、袁安之流,或以梅,或以雪,抒幽发兴,极其所至,以砥砺名节,天下后世,固有闻风兴起者矣"①。其实,士人所关注的更是这些高洁操行象征物背后的文化寓意,岁寒而后凋,卓荦而不群,"持此冰霜操,岁寒心特坚"②,"平生固守冰霜操,不与繁花一样情"③的习惯表达下正是一以贯之的文化情结。梅、雪固为君子所重,后凋之松柏同样是常见的情志载体,"松柏守孤直,不争桃李色"④;"岩壑宁教无此材,岁寒然后知松柏"⑤;"朝餐戒贪泉,夕寐抱素丝。松柏有贞操,不受霜雪欺"⑥;"勖君青松心,永保冰霜操"⑦;而有着相似文化内蕴的象征物有时亦一同出现,"荃兰松柏有至性,肯与百卉同衰盛"⑧,"古木疏篁倚石边,不随桃李斗春妍。平生留得冰霜操,别有幽期在莫年"⑨,"万木凋零色已非,独留三友共为期。生无桃李春风面,总是冰霜晏岁姿。士到穷时存节义,物从静处见真机"⑩。其中,作为君子人格的传统象征的"竹",更因其物理属性的"节"而备受士大夫关注,"霜中节凛孤臣操,地下根分贵主灵"⑪,"身随杖竹空存节,鬓比篱花不耐霜"⑫,"可人千尺冰霜操,要看亭亭到岁寒"⑬;"参差万玉立,窈窕一亭深。不改冰霜操,时聆鸾凤音"⑭;"为爱周园好竹枝,莫因风雨恨低垂。岁寒但保冰霜操,会有凌霄拂汉时"⑮。每每形于笔端,咏歌不绝。

"岩岩气节高百世,奚假文章身后录",较之诗歌的文字表露,明代士人

---

① (明)郑真:《荥阳外史集》卷七,上海古籍出版社1987—1989年版,文渊阁四库全书本。
② (明)王翰:《梁园寓稿》卷一,上海古籍出版社1987—1989年版,文渊阁四库全书本。
③ (明)王冕:《竹斋集》续集,上海古籍出版社1987—1989年版,文渊阁四库全书本。
④ 《刘基集》卷二十,浙江古籍出版社1999年版,第356页。
⑤ (清)钱谦益:《列朝诗集》丁集第十,影印清顺治九年毛氏汲古阁刻本。
⑥ (明)王偁:《虚舟集》卷三,上海古籍出版社1987—1989年版,文渊阁四库全书本。
⑦ (明)朱同:《覆瓿集》卷一,上海古籍出版社1987—1989年版,文渊阁四库全书本。
⑧ (明)朱同:《覆瓿集》卷一,上海古籍出版社1987—1989年版,文渊阁四库全书本。
⑨ (明)王璲:《青城山人集》卷八,上海古籍出版社1987—1989年版,文渊阁四库全书本。
⑩ (明)程通:《贞白遗稿》卷六,上海古籍出版社1987—1989年版,文渊阁四库全书本。
⑪ (清)钱谦益:《列朝诗集》丙集第六,影印清顺治九年毛氏汲古阁刻本。
⑫ (清)钱谦益:《列朝诗集》丙集第三,影印清顺治九年毛氏汲古阁刻本。
⑬ (明)杨士奇:《东里续集》卷六十一,上海古籍出版社1987—1989年版,文渊阁四库全书本。
⑭ (明)袁华:《耕学斋诗集》卷三,上海古籍出版社1987—1989年版,文渊阁四库全书本。
⑮ (明)杨士奇:《东里续集》卷六十二,上海古籍出版社1987—1989年版,文渊阁四库全书本。

更重视操行名节的现实砥砺,所谓"风雪凛然存节概,刮摩聊尔见文章"①,直面现实人生的真正风霜远比诗文言志更能体现士行节操。《诗》云,"有匪君子,如切如磋,如琢如磨"②;《孟子》曰:"故天将降大任于是人也,必先苦其心志,劳其筋骨,饿其体肤,空乏其身,行拂乱其所为;所以动心忍性,曾益其所不能"③。至宋儒张载作《西铭》:"贫贱忧戚,庸玉女于成也"。传统儒学对于艰辛历练历来抱持积极态度,不以为苦,反视为成就君子人格的必由训练,坦然受之。而理学所提倡的心性功夫更以精神修养的高度升华来对抗穷苦辛劳的现实磨难,攻苦食淡,安贫乐道,艰难懘瘁,劳身殉道,"道"的至高意义与终极指向成为士人砥砺名节的根本追求与永恒动力。"诗书古有立,贫贱道何穷"④,不慕富贵的独立节操正在于"道"的传统张力,明代官俸微薄,清廉非但家无余资,甚至日常生活亦极艰辛,史载不绝,时论则多以风节高之,其所呈现的同样是明道观念影响下的价值判断与道德认定。徐溥称,"士非困穷不能自立"⑤,阳明弟子刘阳更言,"苟不能甘至贫至贱,不可以为圣人"⑥,对贫贱磨炼的格外看重,既反映出砥砺名节的时代风气,同时,更以"自立""为圣"的行为鼓励推动着这一士习潮流。政治道德下的清廉要求使得俸禄微薄的现实处境难以改变⑦,安贫乐道的传统处世精神遂在素日训练的理学熏陶中成为明代士人心甘情愿的品格培养。"李侯古介士,皭然冰雪姿,平生藜苋肠。不受膏粱滋,南山柏叶苦犹咽,首阳薇蕨甘如饴"⑧;古圣先贤的楷模行为自是取之不竭的精神动力:"捉衿肘已露,纳履踵成穿。甘从原思贫,耻学毛遂荐"⑨,"爱思古之人,贫贱甘如饴"⑩,"甘贫意自适,守道乐有余"⑪。而重义轻利的立身传统亦随之彰显,"习俗羞营利,甘贫耻受恩"⑫,"守道遗荣利,趋物丧其真","富贵焉足求,

---

① (明)王守仁:《王文成全书》卷十九,上海古籍出版社1987—1989年版,文渊阁四库全书本。
② 《毛诗正义》卷三,载(清)阮元校刻:《十三经注疏》(上、下册),中华书局1980年版,第321页。
③ (宋)朱熹:《四书章句集注·孟子集注》卷十二,中华书局1983年版,第348页。
④ (明)王偁:《虚舟集》卷二,上海古籍出版社1987—1989年版,文渊阁四库全书本。
⑤ (明)徐溥:《谦斋文录》卷三,上海古籍出版社1987—1989年版,文渊阁四库全书本。
⑥ (清)黄宗羲:《明儒学案》卷十九,中华书局1985年版,第443页。
⑦ 对无数尚在科名之外的读书人而言,庞大的应试队伍与有限的录取名额间的基本矛盾,同样使得其中的相当一部分人无奈地处于应试、守贫的生活境况中。
⑧ (明)陆粲:《陆子余集》卷八,上海古籍出版社1987—1989年版,文渊阁四库全书本。
⑨ (清)钱谦益:《列朝诗集》甲集第十二,影印清顺治九年毛氏汲古阁刻本。
⑩ (清)钱谦益:《列朝诗集》丁集第十四,影印清顺治九年毛氏汲古阁刻本。
⑪ (明)练子宁:《中丞集》卷下,上海古籍出版社1987—1989年版,文渊阁四库全书本。
⑫ (明)杨基:《眉庵集》卷六,上海古籍出版社1987—1989年版,文渊阁四库全书本。

甘我贱与贫"①。在推崇唐诗的明代诗坛，陶诗依然有着不可替代的地位，除却艺术手段的源流承传外，陶渊明本身的人格精神与人生境界或者是更为主要的因素。

安贫乐道的名节砥砺并非明代士人所独有，源远流长的人文精神无代无之，但明代的特殊文化背景则使得这一传统的历史张力更为凸显，原本个人意义上的道德完善逐渐演变为社会层面上的士人风习。就文化主流的演进而言，自然是烂熟阶段的表现；就士人心灵的寄托表现而言，名节砥砺则成为明代诗歌中或隐或显的文学情结。"罢钓归来日已昏，荻花吹雪暗江村。此生不是甘贫贱，留得清风遗子孙"②，贫贱作为一种道学理念下的行为选择，并非终极的目标，留于子孙后世的"清风"才是真正的意义所在。安贫乐道作为特定背景下的一种常见的典型行为模式，并不能覆盖"名节"的全部内涵，明人的名节砥砺亦不仅限于固守贫贱，恪守传统道德规范下立身行事莫不可以成为广义上的"名节"砥砺，溯其本心，原在于一种意念精神的培养，亦即儒家所弘扬提倡的"志"，诗以抒情言志，传统与现实交互作用下的士人情志自是诗歌生态中的核心构成，导源于传统，受激于现实的名节心理成为明人诗作的习惯表现亦在情理之中。

二、无法回避的现实党争

"君子矜而不争，群而不党"原是传统士人的立身标准与行为规范，所谓"摄威擅势，私门成党，而公道不行"③，历史经验中的政治流弊更将"结党"行为排除于政治伦理之外。爰及朱明，更有法令的明文规定，"若在朝官员交结朋党，紊乱朝政者皆斩，妻子为奴，财产入官"④。强大的道德传统与严格的法制约束似乎造就了早期政局中的和平表象，论者言及明代党争亦每以晚明为烈。正德知县董穀甚至称，"党锢之祸，汉以之亡，牛李洛蜀，何代无之。国朝百八十年，多士一心，无复朋党"⑤，将之列为明朝超越前代的胜事之一。可惜，这位举人出身的汉阳知县远离政治中心，未曾亲历朝廷的论争对抗，殊不知，晚明之前的政治势力对抗，虽未指目为党，却也壁垒分明，水火难容。

首先便是朝臣与宦官的对抗相争。士大夫历来鄙视宦官，羞与刑余之

---

①　（明）薛蕙：《考功集》卷二，上海古籍出版社 1987—1989 年版，文渊阁四库全书本。

②　（明）史谨：《独醉亭集》卷下，上海古籍出版社 1987—1989 年版，文渊阁四库全书本。

③　（汉）刘安：《淮南子·泛论训》，中华书局 1954 年版，诸子集成本。

④　《明会典》卷一百二十八，上海古籍出版社 1987—1989 年版，文渊阁四库全书本。

⑤　（明）董穀：《碧里杂存》上卷，中华书局 1985 年版，丛书集成初编本。

人同列,朱元璋亦铸铁牌以禁止宦官干政。然而,后世君王长于深宫,冲龄继祚,不免亲近依赖内监,作为内宫与外廷的关系纽带,太监的政治影响自不容忽视,司礼、秉笔、厂卫、监军,至有代行天子之实,其权日重,其势日炽,无耻士人,投身献媚,夤缘攀附,遂成势力。品行端正的朝臣守礼持身,既不屑与此辈为伍,更深恶其卑劣形迹,每每议论批评,上章弹劾,而权宦及阿谀附从者,则设计构陷,以图自保,并及宣示淫威,而理学训练下的朝臣多有不屈于权势者,不义构害更激起群僚公愤,对抗日深,渐成水火。王振时,"公侯勋戚呼曰翁父。畏祸者争附振免死,赇赂辏集。工部郎中王祐以善诣擢本部侍郎,兵部尚书徐晞等多至屈膝。其从子山、林至荫都督指挥。私党马顺、郭敬、陈官、唐童等并肆行无忌"①,然党附者为数不多,而若刘球、李时勉、薛瑄诸人虽因得罪王振而被诬受刑,刘球之狱固为惨烈,但尚未有针对朝臣的群体惩治行为。

至汪直擅权时,群臣弹劾,汪直一度失势,然监察御史戴缙借灾变进言称,"未闻大臣进何才,退何不肖,以固邦本,亦未闻群臣革何宿弊,进何谋猷,以匡治理。惟太监汪直缉捕杨晔、吴荣等之奸恶,高崇、王应奎等之赃贪,又如奏释冯徽等冤抑之军因,禁里河害人之宿弊,是皆允合公论,足以服人而警众者也"②。然佞人戴缙的奏言却非秉自公心,其"九年考满,不得升用,久益无聊,探知西厂虽革,汪直犹幸,乃假灾异建言颂直功德,以觊幸进,先以奏草示直所厚锦衣卫所千户吴绶,直德之,为言于上,然后奏之"③,汪直得以复开西厂,伺察益苛,人不堪命,势焰熏灼,天下闻而畏之,大肆报复群臣,"令东厂官校诬奏项忠,且讽言官郭镗、冯贯等论忠违法事。帝命三法司、锦衣卫会问。众知出直意,无敢违,竟勒忠为民。而左都御史李宾亦失直旨褫职,大学士辂亦罢去。一时九卿劾罢者,尚书董方、薛远及侍郎滕昭、程万里等数十人"④。数十人的集体去官,虽未罗织党罪,实已肇始党祸。而戴缙亦因投机骤贵,先擢尚宝少卿,不数月进右金都御史,遂为左副及右都御史,后出为南京工部尚书。"于时,御史王亿等,竞效缙所为,相率媚直,谓西厂摘伏发奸,不惟可行之今日,实足为万世法。传闻四方,无贤愚皆唾骂之,指缙为罪首,而缙骤跻显秩,益甘心党直,依阿澳涩,台中纪纲扫地"⑤,若参议胡琮,与戴缙为"同年进士又尝同为御史,雅相厚善,其后戴为

① (清)张廷玉等:《明史》卷三百零四,中华书局1997年版,第1993页。
② (明)王世贞:《弇山堂别集》卷九十二,中华书局1985年版,第1763页。
③ (明)王世贞:《弇山堂别集》卷九十二,中华书局1985年版,第1763—1764页。
④ (清)张廷玉等:《明史》卷三百零四,中华书局1997年版,第1994页。
⑤ 《资治通鉴纲目三编》卷十四,上海古籍出版社1987—1989年版,文渊阁四库全书本。

权珰引用,攀附骤贵。公遂去之,而戴念之不衰,及公浮湛外僚,数致意欲援用公,公绝不与通。他日以事至京,戴方为刑部尚书①,显赫用事,迹公所寓躬候之,亦避不见。盖公修正强执,不欲附离匪人"②。可见,士林不耻,泾渭已分。然汪直虽"势倾中外,阿附者立蒙显荣,忤之者即遭祸谴"③,畏而献媚者虽众,但附丽为党者不过戴缙、吴绶、王越、陈越等数人而言,尚未称盛,然士人风节实已受损。若戴缙所作《楚江旅怀》称:"薄暮过潇湘,秋空楚水长。黄芦千里月,红叶万山霜。客梦悬双阙,乡心逐五羊。羁情谁与晤,劳者若为伤。"④萧瑟秋暮中,情绪黯然,梦念京都,顿起乡思。衣锦还乡却是一般士人的普遍心理。戴缙"九年考满不得升用"不免牢骚满腹,所谓"羁情谁与晤"正在于此,又其《夜泊武昌》称"恋阙心尤切,思家梦未成。何如访仙侣,投老学长生"⑤,亦是同样的心路折射,意欲求仙却不过一时的"羁情"激愤,"恋阙心尤切"的功利关注方是其本心所在,如此心态下,"性险躁干进"⑥且久不擢的戴缙自不免投机取媚,邀宠权势,以博显赫。戴缙的遭遇与心态在明代官员中具有相当的普遍性,而最终的行为选择通常决定于道德修养的把持。意志不坚者,终不免趋炎附势,附丽成党。至刘瑾、魏忠贤擅权,群小更是趋之若鹜,《明史·阉党传》论称:

> 明代阉宦之祸酷矣,然非诸党人附丽之,羽翼之,张其势而助之攻,虐焰不若是其烈也。中叶以前,士大夫知重名节,虽以王振、汪直之横,党与未盛。至刘瑾窃权,焦芳以阁臣首与之比,于是列卿争先献媚,而司礼之权居内阁上。迨神宗末年,讹言朋兴,群相敌仇,门户之争固结而不可解。凶竖乘其沸溃,盗弄太阿,黜陟渠侩,窜身妇寺。淫刑痡毒,快其恶正丑直之私。衣冠填于犴狴,善类殒于刀锯。⑦

此辈既盛,而名节之士的亢行砥砺亦随之高张,冰火异途,互指为党,分立门户,聚讼无已,终以覆国。朝臣与宦官的争斗纠缠几乎贯穿了整个明代政治生活,此消彼长,或明或暗。尽管士人传统历来以与太监相交为耻,且

---

① 按:戴缙未曾任职刑部,此处记载或误。
② (明)文徵明:《甫田集》卷二十七,上海古籍出版社1987—1989年版,文渊阁四库全书本。
③ (清)汪森:《粤西丛载》卷十,上海古籍出版社1987—1989年版,文渊阁四库全书本。
④ (清)朱彝尊:《明诗综》卷二十八,乾隆刊本。
⑤ 陈田辑撰:《明诗纪事》第2册,上海古籍出版社1993年版,第1022页。
⑥ 《资治通鉴纲目三编》卷十四,上海古籍出版社1987—1989年版,文渊阁四库全书本。
⑦ (清)张廷玉等:《明史》卷三百零六,中华书局1997年版,第2008页。

内宦之中,正人为少,就实际政事的运作开展而言,内宫却是必须结纳拉拢的重要政治力量。朝臣与内宦中各有良莠,同志同心者,自然亲近相交;志道不同者,不免相视为仇。争夺日益激烈,终成一代党祸。然而,明代的权力争夺却远不限于夹缠着传统态度的朝臣与宦官之争,内阁首辅的权位之争亦是重要的构成。

　　明代废相不置,内阁辅臣"虽无相之名,而已有钧衡之重"①。弘治以前,阁臣之间地位排序并不凸显,供职备问,权在六部,首、次之分并无太多实际意义。"正德嘉靖间,二杨相继,颇达国体,不见专擅。自张璁有'辅臣择六卿,六卿择庶僚'之议,则显然以相自居,继以夏、严,而六卿之权总于阁下矣。至徐阶为首揆,始以'事权还六部'等语榜之门屏,谓之曰'还则知前之专擅为假也'。逮高拱、张居正,又悍然不顾,以朝房为政府,以考成出内阁,而六卿伺候奔走之不暇矣"②。威权既重,堪为真相,权势排序亦随之而生,"辅臣首次之分,极于正嘉间"③。赵翼《廿二史劄记》"明内阁首辅之权最重"条专门论之,称"首辅之与次辅,虽同在禁地,而权势迥然不侔"。举夏言之冷遇严嵩,徐阶之事严嵩,张居正当国,次辅吕调阳恂恂如属吏。韩爌为首辅,魏广微入阁,欲分其权,而故事阁中秉笔唯首辅一人,广微乃嘱魏忠贤传旨谕爌,同寅协恭,而责广微毋伴食,由是广微分票拟之权。由此可见明代首辅、次辅之别。权限相差既远,然品位却极为相近,彼此相争,遂不能已。嘉靖大礼议中,首辅杨廷和、蒋冕、毛纪、费宏、杨一清、张璁,迭相更换,其间争讼攻击,弥漫庙堂。既而,夏言、严嵩、徐阶、高拱、张居正,先后为首辅,其后则是更为白热化的勾心斗角。嗣后,沈一贯借"楚宗""妖书"案排挤"归德公来,必夺吾位"的阁臣沈鲤,温体仁、周延儒的相互挤兑,更贯穿于愈演愈烈的晚明党争中。

　　权利争夺历来是政治生活的重要构成,有明一代,废相分权,君王之下的最高权力分由内阁与司礼监担任,朝臣与宦官以及内阁首辅间相互争斗均围绕着权力的分配而层层展开,早期的相争虽未分立门户,指斥为党,然彼此之间势同水火,各自为阵,或可目为广义上的明代党争。既然有了双方的对立,扩充各自势力的关系拉拢随之而生,除去政治立场外,同乡、同年、同门、同僚等均被用来增加感情,加强联络。其中同年、同门、同僚等均因科举入仕而生,或可称之为广义的政治关系,但源自地域的同乡关系所体现的

---

①　(清)赵翼撰,王树民校证:《廿二史劄记校证》卷三十三,中华书局1984年版,第767页。

②　(明)徐学谟:《世庙识余录》卷五,书目文献出版社1988年版,北京图书馆古籍珍本丛刊。

③　(明)沈德符:《万历野获编》卷七,中华书局1959年版,第195页。

则是来自政治外部的影响力量。乡土之谊历来是传统观念的重要组成,地理因素对于个人禀性、言行习惯的形成均有相当作用,在官场交际中,相同地域的官员往往有着更多的共同话题关注,比如具体政策对于家乡的影响利弊等等,容易形成松散不一的关系群体,而因官员籍贯所引发的政治争斗同样贯穿于近三百年的明史历程。

　　朱元璋对张士诚治下江南士人多怀敌意,明令"凡户部官不得用浙江、江西、苏松人"①,其后则有"南北榜事件",洪武三十年(1397),考官刘三吾、白信蹈所取宋琮等52人,皆南士。朱元璋怒其所取之偏诛杀白信蹈及覆阅试卷的张信、状元陈郏等,刘三吾戍边,"亲自阅卷,取任伯安等六十一人。六月复廷试,以韩克忠为第一。皆北士也"②。其后的明英宗亦称"今科进士中,可选人物端重语音正当者二十余人为庶吉士,止选北方人,不用南人,南方若有似彭时者方选取"③。其实,朱元璋的刻意调整,正是对地域—政治关系的关注,平衡南北,以便统治。但朱祁镇的关注却在:"北人文雅不及南人,顾质直雄伟,缓急当得力",既失均衡之意,则不免偏狭。吏部尚书王翱"由是益多引北人"④,由之带来的后果是,"初,王翱为吏部,专抑南人,北人喜之。至(姚)夔,颇右南人"⑤。南北之争已趋激烈。成化时,"汪直去,在内阁者刘珝、刘吉。而安为首辅,与南人相党附,珝与尚书尹旻、王越又以北人为党,互相倾轧"⑥,已成党争之势。刘瑾当权,"以谢迁故,令余姚人毋授京官。以占城国使人亚刘谋逆狱,裁江西乡试额五十名,仍禁授京秩如余姚,以焦芳恶彭华故也。瑾又自增陕西乡试额至百名,亦为芳增河南额至九十五名,以优其乡士",而媚附刘瑾的焦芳在中进士后,"大学士李贤以同乡故,引为庶吉士,授编修",进身既得同乡之力,得势后"深恶南人,每退一南人,辄喜。虽论古人,亦必诋南而誉北,尝作《南人不可为相图》进瑾"⑦,可知,南北之争更交织于朝臣与权宦的争斗中。南方地区因其经济、人文优势,在科举取士中每每占优,虽屡遭压抑,却势力不衰,双方明争暗斗,各成势力。而晚明党争中同样有着地域因素的渗透,"祭酒汤宾尹谕德顾天埈各收召朋徒,干预时政,谓之宣党、昆党;以宾尹宣城人,天埈

---

①　《明会典》卷二,上海古籍出版社1987—1989年版,文渊阁四库全书本。

②　(清)张廷玉等:《明史》卷七十,中华书局1997年版,第463页。

③　参见(明)彭时:《彭文宪公笔记》卷上,中华书局1985年版,丛书集成初编本。

④　(清)张廷玉等:《明史》卷一百七十七,中华书局1997年版,第1219页。

⑤　(清)龙文彬:《明会要》卷三十一,中华书局1956年版,第504页。

⑥　(清)张廷玉等:《明史》卷一百六十八,中华书局1997年版,第1175页。

⑦　(清)张廷玉等:《明史》卷三百零六,中华书局1997年版,第2008页。

昆山人也"①,又"台谏之势积重不返,有齐、楚、浙三方鼎峙之名。齐则给事中亓诗教、周永春,御史韩浚。楚则给事中官应震、吴亮嗣。浙则给事中姚宗文、御史刘廷元"②,诸党虽然共与东林为敌,却仍以同乡为号召。此外,王邦奇曾诬杨廷和等为蜀党;"中书原抱奇者,贾人子也,尝诬劾大学士(韩)爌。至是再劾爌及(曹)于汴并及尚书孙居相、侍郎程启南、府丞魏光绪,目为'西党',请皆放黜,以五人籍山西也"③;"王图,字则之,耀州人。……掌翰林院。兄国,方巡抚保定。廷臣附东林及李三才者,往往推毂图兄弟。会孙丕扬起掌吏部,孙玮以尚书督仓场,皆陕西人。诸不悦图者,目为秦党"④;即使"东林盈朝"亦"自以乡里分朋党"。明代党争中的地域影响,可见一斑。

若"宪庙时,大学士李东阳楚人,与洛阳刘学士健同朝。一日候驾丹陛下,日初出,刘顾李曰:'晓日初薰学士头。'李应声曰:'秋风正贯先生耳。'楚俗多乾鱼,洛阳有盗驴之谚,彼此盖恶相嘲,而拈对整捷。二公诚儒雅风流,乃当时太平和德,亦可想而可见也"⑤,李、刘二公雅量戏谑,略无敌对之意。然而,随手拈来的乡土嘲讽却已尽显地域分歧,李、刘交厚固可不论,若在交情一般者,则已为恶声诟骂了。又若嘉靖时阁臣"李时尝以'腊鸡独擅江南味'戏夏言,夏即应以'响马能空冀北群'。人嘲江西以腊鸡,畿辅以响马。故二公各指所籍为戏"⑥。亦是相似情态。由此可见,因南北地理因素而形成的文化分歧随处可见,又因政治利益的交织渗透而更显激烈,乃至呼朋引类,结党为阵。当然,明代党争的核心在政治权力,南北相争的根本亦在利益分配,但地域因素的参入却无疑增大了党争的涉及范围与激烈程度。

就一般官员而言,无论是否参与政治争斗,先天的地域籍贯却已被身处争斗中的党人做了预先的划定,至于同僚同年、座主门生等关系,更是被预先考虑的政治因素,官员们或受排挤,或得提携,实已被无奈地卷入或深或浅的党争中。明代士人寒窗苦读,一朝及第,所面对便是不可回避的党争现实。正德进士薛蕙所作《行路难》正是此种心态的痛苦反映。

　　　　　男儿有事在四方,我今胡为不下堂。白首徒怀经济策,青袍虚忝尚

①　(清)张廷玉等:《明史》卷二百二十四,中华书局1997年版,第1522页。
②　(清)张廷玉等:《明史》卷二百三十六,中华书局1997年版,第1587页。
③　(清)张廷玉等:《明史》卷二百五十四,中华书局1997年版,第1686页。
④　(清)张廷玉等:《明史》卷二百一十六,中华书局1997年版,第1472页。
⑤　(明)张瀚:《松窗梦语》卷六,中华书局1985年版,第114页。
⑥　(明)蒋一葵:《尧山堂外纪》卷九十六,上海古籍出版社2002年版,续修四库全书本。

书郎。蚤年不睹道路涩,慷慨登朝期树立。万分论议甫一吐,群小猜谗
已横集。自兹投劾归田里,汹汹风波犹在耳。敢恨流离世不容,独幸崎
岖身未死。摧藏无复异时意,攀援永谢同朝士。始悟高贤好长往,却愧
顽疏昧知止。君不见当时汲汲鲁中叟,襄裳濡足常奔走。七十二君冀
一遇,枘凿方圆终不偶。楚狂悲歌伤凤衰,郑人窃悼丧家狗。大圣行藏
且如此,小儒功名亦何有。闭门不免忧饥寒,出门险巇千万端。祸福重
轻君自看,不如解却头上冠。悬车絷马但高卧,莫叹人间行路难。①

本欲用事四方,以遂治平理想,但面对的政治现实却是:论议甫吐,群小
猜谗,教章弹劾而不辨清浊。正德状元唐皋"老于场屋,暮年始登上第,为
文下笔立就,或求窜易字句,伸笔直书,不袭一字,人咸服其才,惜未究其用
也"②,钱谦益"未究其用"的慨叹固为唐皋"进侍讲学士,未几卒"的短暂仕
途所发,然更为深层的不用之感却在唐皋借古托喻的《公莫舞》:"公莫舞,
公莫舞,剑光飞,观如堵。亚父诚有见,沛公不击吾属虏。岂知帝王自有真,
谁能阴谋肆轻侮。君不见三章易秦法,何如一炬成焦土!尔谋非不精,尔党
自相拒。"③对刘邦的功业认同中饱含着对范增的间接赞许虽是史家的通行
观念,但特别点出的"尔党自相拒"正是这位状元修撰在特定政治生态下的
愤懑同感。

常因上书应诏陈言,指斥时政甚切。被系锦衣狱的正德进士韩邦靖尝
有《玄明宫行》,其言:"万民累足臣屏息,四海离心主不知。从来偏重多忧
患,自古末流难障捍。东京政事三公缺,阉宦专权祸尤烈。正统王振擅权
时,先朝李广亦恣睢。只今不独刘瑾盛,帝主旁前安可知。倚社难熏古如
此,操刀必割谁能已。三穴那能穷帝旁,万机况复归司礼。救枉扶偏本不
同,更张琴瑟始成功。"④侍郎马汝骥亦作《过玄明宫故址有伤往事六十韵》
曰:"白日登遥陌,玄明问故宫。变桑徒蔼蔼,秀麦只芃芃。伊昔虞廷上,兹
阉汉幄中。腹心推帝主,权位窃奸雄。《巷伯》诗篇重,门生礼数崇。阁臣
行雅默,戚里坐昏懵。自恃回天势,谁分转日功。宪章更七圣,奴仆视诸公。
左顺衣冠谒,东河奏疏通。笑谈倾海岳,呼吸动雷风。铁券衔恩异,银珰拜
德同。岩廊逢魑魅,国社倚猿狨。刃血陈蕃懑,囊头孟博忠。急流翻俊乂,
直道若愚曚……人情知损益,天运验衰隆。赫怒窥文勇,哀矜感舜聪。简霜

① (明)薛蕙:《考功集》卷一,上海古籍出版社1987—1989年版,文渊阁四库全书本。
② (清)钱谦益:《列朝诗集》丙集第十六,影印清顺治九年毛氏汲古阁刻本。
③ (清)钱谦益:《列朝诗集》丙集第十五,影印清顺治九年毛氏汲古阁刻本。
④ (清)钱谦益:《列朝诗集》丙集第十五,影印清顺治九年毛氏汲古阁刻本。

才肃杀,评月变朦胧。书记殊邦斥,讴歌一旦空。夏门题贼榜,阴闼系官僮。火向寒灰灭,冰缘皎日融。……衔达还重孽,恣睢更腐躬。群英虚宠贵,万姓实疲癃。骥伏云霄枥,雕翻日月笼。操刀怀必割,奉璧恨难攻。斡斗凭机速,旋钧借力洪。告猷多龌龊,布法或龏龏”①。刘瑾所建的玄明宫成为士人睹物伤怀、倾泄愤懑的途径,历史反思的权奸抨击中正有满腔忠义蕴藏其中。

对于正德时朝臣与宦官的争斗,晚明秀才何允泓在《咏怀吴中先哲赠别受之孝廉》之《王文恪鏊吴文定宽》章称:“尔宽与尔鏊,詹端好弹肃。是时青殿中,八党已潜伏。耆儒朝献替,小竖夜蹴跼。前星淡靡耀,淬雷声颇促。吴也率其僚,陈言何谆笃。出讲争晷刻,入告必详复。茍攸善观则,桓荣时献牍。惜哉鹤禁规,难救豹房哭。只今宫省内,国海更沈穆。侍从若云屯,衷肠互倾覆。璇宫冷如冰,阁务一何燠。安车借驰驱,谁念折其轴。”②同情笔触中每见叹惋之情,又其叙晚明党争曰:“国论倚台谏,悠悠难具论。昌言风已微,钩党日愈新。柱下树荆棘,夕垣伏戈矜。深宫沉白简,天语隔紫宸。泾渭既无源,南北各有唇。不复辨真赝,相与随笑颦。埋轮吓腐鼠,借剑斩束薪。邮传候迁拜,取次据要津。职掌任汶汶,颊舌徒断断”③。描摹党争诸象,颇为入神,堪称诗史。至若遗民王镶《偶成十八韵》所叙则已是夹缠着亡国之痛的抨击伤悼:

　　石显方含宪,匡衡实要枢。甘陈功屡抑,堪猛眷终诛。奏固阴司草,阿新浪结徒。祸胎成唯诺,国柄博睢盱。日月宁无照,风云亦有衢。大横芒已耀,小畜血仍浮。巾褐无遗壑,旌蒲更满途。一开钩党禁,复录矢忠儒。喜簿初矜宠,哀郎竟戮诛。降娄门莠烂,渴蜺井桐枯。红杇群窥指,高明魅啸呼。登墙负子险,据地刏喉愚。受爵一方怨,辞权万指孤。真人疑冠玉,假鬼诋匏壶。子羽何嫌面,维摩好施须。悲歌终日夜,乐酒且须臾。门下谁弹铗,闺中孰窃符? 蔡雍倘相识,定为一长吁。④

党祸之后的无人可用正是明代覆亡的重要原因,而党争之下的士人群相状写同样有着深刻的历史反思。

---

① (清)钱谦益:《列朝诗集》丙集第十五,影印清顺治九年毛氏汲古阁刻本。
② (清)钱谦益:《列朝诗集》丁集第十三,影印清顺治九年毛氏汲古阁刻本。
③ (清)钱谦益:《列朝诗集》丁集第十三,影印清顺治九年毛氏汲古阁刻本。
④ (清)钱谦益:《列朝诗集》丁集第十四,影印清顺治九年毛氏汲古阁刻本。

三、名节党争的仕途交织

传统中国的治国模式大抵以"人治"为主,而现实政治中的"法治"通常体现为一种辅弼性的统治手段。较之主流儒家的"德治""仁政",法家的"法治"自然不会得到有力的提倡,更重要的是,传统社会中,绝大多数能够参与统治的官吏所接受的均是来自儒家的思想教育。进入科举时代,尤其是当理学被认定为唯一合法的考试思想后,随之成为整个社会的知识背景,传统社会的是非认定、价值判断、行为选择无不取决于儒家道德的伦理认可。"以大历史的观点,亦即是从'技术上的角度看历史'(technical interpretation of history)"①来观察,由此所形成的一个社会特征即是,"中国人在解决所有社会问题时宁可用伦理办法而不用技术办法,这就使政府的工作方式有局限而影响到权力的运转"②。技术视角当然有其独特的历史穿透力,道德伦理的全面渗透虽然使得制度的施行更显人道,但模糊的标准却已直接影响到政府工作的正常运转。明初废相,于行政则内阁备问,六部责任,于监察则有六科给事中,十三道监察御史,吏部则以考察以进退官吏,各自独立、相互牵制。然而,在更多情况下,不同系统间的权力制衡并不是根据各自相应的职责规定,决策、执行、监督各系统的实际运作往往依赖执行者的个人素质,而道德伦理的是非判断则是压倒实际效应的核心关注,"人治"传统下的明代官员,在政治伦理、官场惯例以及实际的权力分配中形成了一种特殊的权力制衡。彼此之间,既争斗又合作,针锋相对与周旋调停并存,颉颃对峙中又有着有限让步。然而,这样的政治生态之下,所谓的技术方法在具体问题的解决中往往失效,官员间的微妙关系成为权力运转的有效保证,然而,完全依赖人为因素的关系制约终不免受到各种各样的主观影响,复杂政治背景与纯粹道德要求间的不断冲突最终导致了这一关系的畸形发展,深刻影响明代政治文化的"党争"正是这一关系的历史变异。然而,面对权力关系的历史畸变,明代官员的应对方式依旧延续着源自传统的道德思路,道学训练下的名节砥砺在现实的党争中更为凸显。

在明代的聚讼争斗中,台谏言官的作用颇当注意。论称:

> 自明太祖改御史台为都察院,并唐宋三院御史为一,广置言官,原

---

① 黄仁宇:《万历十五年》,中华书局 1982 年版,第 262 页。
② [英]崔瑞德、[美]牟复礼:《剑桥中国明代史》,杨品泉、张书生等译,中国社会科学出版社1992 年版,第 2 页。

欲责其随时献替,乃仁宣以后,台纲日弛,往往借端聚讼,逞臆沽名,而一二大臣,又或援引私人,藉为牙爪,朋党之渐已开,及神宗失德怠荒,令诸臣得以直言自衒,至于绞讦摩上,侪偶难堪,神宗厌其哗嚣,一切留中不下,诸臣明知封章之不复进御,更肆诪张,遇事生风,竞以把持朝局为得,计其始,则争并封,争挺击,举国若狂,犹曰托词忠爱,继而争京察,争考选,则全主于引同恶而排异己,于是有齐、楚、浙党,三方鼎峙之目,相与龃龉正人,挟制阁部,爱憎噂沓,日起戈矛,神宗既黑白不分,惟台章所攻其人即自引去,诸臣益得恣行己意,吏部亦畏其恐喝,悉视指挥,盘踞日深,党祸日炽,驯至魏阉擅政,其中宵人败类,方且列名,彪虎助之,搏击清流,剥伤元气,不旋踵而明社乁墟,口舌之痾,实其亡征之先见者也。①

位卑权重的科道御史成为不同势力的争夺拉拢对象,或攀附同乡同年,施以恩惠;或以权势相压,威逼胁迫。而言官群体同样鱼龙混杂,贪利懦弱者,不免跟风唯命;刚介耿直者,虽力求持身之正,但复杂的政治关系并不能倚靠纯粹的道德判断厘清是非对错,况且有时还有个人情绪的意气用事夹杂其中。如此背景下的公允持平之论诚为难得。其实,非但言官如此,明代官员大多有着上书言事、发表见解的机会和权利,即便在野的士大夫也可评议朝政,清议的形成并非言官独力为之,但其所面临的困境却是朝野议政者共同的难题。谢肇淛曾就唐文宗所言"去河北贼易,去朝中朋党难",发挥议论道:

　　夫朋党之分,若果一正一邪,易辨也,亦易去也,如宋元祐、绍圣之党是也。正之中有邪,邪之中有正,其初起于意见之不同,而其势成于羽翼之相激,各有是非,各有君子小人,难辨也,亦难去也,如唐牛李之党是也。李诚胜牛,然李不纯君子,而李之党不尽君子;牛不纯小人,而牛之党不尽小人。此其辨别去取,上圣犹或难之,而况唐之庸主乎?然则调停之说是与?曰:真知其中之各是各非,而去取之可也;漫无可否而两存之,适足以滋乱耳,是子莫之执中也。②

　　谢肇淛的议论或者暗含着对于现实党争的深刻反思,明代的党争同样

<hr/>

① 《历代职官表》卷十八,上海古籍出版社1987—1989年版,文渊阁四库全书本。
② (明)谢肇淛:《五杂组》卷十五,辽宁教育出版社2001年版,第319页。

存在着正邪交织的复杂情形。如明代官员铨选中,各种势力关系彼此渗透影响,朝臣在推选时,往往党护私人,当然,推荐提携者对关系密切的被选拔人通常有着更为全面的了解,对其能否胜任该职务的判断自然相对准确,反对者的关注点则在对方党人的缺陷,却能起到严格监督的作用,但这种制衡却得不到有效的保证,优点缺陷常在党争聚讼中放大。故而,尽管关于一些具体人员的进退尚有合理可取处,但这种行为本身所带有的党派情绪却已抵消了其有限的合理性,使得原有的争夺更为激烈。非但铨选,许多相关政事均是如此。"明至中叶以后,建言者分曹为朋,率视阁臣为进退。依阿取宠则与之比,反是则争。比者不容于清议,而争则名高。故其时端揆之地,遂为抨击之丛,而国是淆矣"①。晚明首辅叶向高亦不无感慨地称道:"今日世道,得清议之力,亦受清议之苦"②。"国是淆矣"的尴尬局面正是依托"清议"的党争恶果。国家政事的实际效果通常并不能依赖道德价值马上作出结论,而政治运作的实际环境同样要复杂于儒家经典中的伦理判断。所谓的"清议",虽然有着对国事时政的关心,但进士出身的"清议者"持以立论,据以批驳的却是儒学经典的礼法规范、道德教条。万历进士,礼科给事中郝敬有《读春秋》,其曰:"五霸乱王章,春秋实经始。邦国有遗文,修缉人臣礼。笔削非新义,兴亡沿旧史。直道在人心,毁誉吾何事。"③读经之间,已见素志,儒学传统中的"直道人心"方为立身根本,至于自身的毁誉得失,却不在考虑之中。南京刑科给事中郑明选《感怀》诗亦云:"黄虞世已远,大道渐陵迟。十室八九空,奸邪乃猖狓。法令日以繁,盗贼日以滋。宣尼相鲁国,道路不拾遗。君子正其本,礼义将自治。莫以鞭与箠,能使疲马驰。莫以刑与戮,能使风俗移。长吏苟有阙,三尺将安施。"目睹时乱,身处党争,而所信奉的应对思路依旧是君子礼义,一代宦情,可见一斑。道学观念下的伦理分析依照传统规范对执行者的具体言行作出君子小人的简单归类,而在"道"的永恒性与超越性下,政事运作的具体背景与实际效果往往被忽略,政治环境通常被抽象为考验士人品行的一般外部条件,而立足传统道德的名节砥砺亦因之凸显。

正德进士、给事中周祚《杂诗》曰:"二仪愆恒运,日月斯晦蚀。阴阳靡协和,风雨失其职。天道垂常象,君子重刑式。百揆理四时,允为天子翼。一物苟失所,忧怀动颜色。邈哉古圣贤,旁招暨幽侧。重华辟四门,尼父取

① (清)张廷玉等:《明史》卷二百三十,中华书局1997年版,第1553页。
② (明)叶向高:《答刘云峤》,载(明)陈子龙等选辑:《明经世文编》卷四百六十一,中华书局1962年版,第5050页。
③ (清)朱彝尊:《明诗综》卷五十五,乾隆刊本。

三益。周公致太平,吐哺不终食。"①正德年间,先是刘瑾擅权,后有江彬跋扈,群臣党附,然朝中正人在列,与之颉颃。周氏位卑名微,自无太大政治建树,但其志已明,既以"天子翼"自命,则以天下忧之,面对风雨失职的政治局面,广开言路、召贤纳谏则是习惯的应对思路,"四门""三益""吐哺"的古圣典故正见其志行所在,即职能分属而论,纳谏与召贤多为上层职守。对一般官员而言,孔门"三益"中的"直"遂成为最为突出的品格要求。

襄毅少保秦纮"廉介绝俗,妻孥菜羹麦饭常不饱。性刚果,勇于除害,不自顾虑,士大夫识与不识称为伟人"②。御史韩邦奇作诗称美,中有"当时刘瑾持朝权,百僚稽首皆争先。少保直节难磷磨,一见不肯矧肯阿"③之句。庶吉士王廷陈恃才放恣,疏谏南巡,赋《乌母谣》刺事,遭罚跪、廷杖、改吏科给事中,出为裕州知州。失职怨望,不省公事,骄蹇如故,又遭弹劾,不得复用。"屏居二十余年,嗜酒纵倡乐,益自放废。士大夫造谒,多蓬发赤足,不具宾主礼。时衣红紫窄袖衫,骑牛跨马,啸歌田野间"④,颇有名士风流。然其《寄颜惟乔》其五亦有"郡已殱豺虎,时翻忌凤麟。奇功元不赏,直节竟无邻。后代看今史,方知社稷臣"⑤之论。可见,无论是功业有成,还是仕途蹭蹬,无论是他人颂美,还是自我标榜,名节向慕之情,固可见矣。

嘉靖六年,锦衣百户王邦奇诬陷朝臣,将兴大狱。杨言抗疏而编,"书奏,帝震怒,并收系言,亲鞫于午门。群臣悉集。言备极五毒,折其一指,卒无挠词"⑥。杨言即事而诗:"云何捐臂指,率尔忤雷霆。瘦骨凭谁惜,贞心只自铭。浮云欣不蔽,果日竟当庭"⑦,其志可见,若其《玉庄驿》"车毂驱羸马,风尘闇敝袍。乾坤嗟孟浪,吾义更难逃"⑧,其情亦同,瘦骨、羸马之言,固可见其清廉操行,或又隐喻着个人行为在党争氛围中微弱无力,然"贞心自铭""吾义难逃"的道德感召却是超越现实的精神力量,志气所至,却又无顾无畏,颇称一代士行楷模。杨言"为吏,多著声绩。溧阳、夷陵皆祠祀之"⑨。朱朴《杨公祠》称:"敬诵杨公传,其如噭叹何。行求前代少,恩感后人多。翠琰非无刻,甘棠未足歌。仪刑空想像,涕泗欲滂沱。直节曾谁桡,

①　(清)朱彝尊:《明诗综》卷四十二,乾隆刊本。

②　(清)张廷玉等:《明史》卷一百七十八,中华书局1997年版,第1231页。

③　(明)韩邦奇:《苑洛集》卷十一,上海古籍出版社1987—1989年版,文渊阁四库全书本。

④　(清)张廷玉等:《明史》卷二百八十六,中华书局1997年版,第1888页。

⑤　(明)王廷陈:《梦泽集》卷六,上海古籍出版社1987—1989年版,文渊阁四库全书本。

⑥　(清)张廷玉等:《明史》卷二百零七,中华书局1997年版,第1412页。

⑦　(清)胡文学:《甬上耆旧诗》卷十一,上海古籍出版社1987—1989年版,文渊阁四库全书本。

⑧　(清)胡文学:《甬上耆旧诗》卷十一,上海古籍出版社1987—1989年版,文渊阁四库全书本。

⑨　(清)张廷玉等:《明史》卷二百零七,中华书局1997年版,第1412页。

精灵信不磨。愿焉宾陆相,千载食嘉禾"①。涕泗感慨的核心关注并非杨言的吏治官德,却是其抗言直节的不灭精灵。而丰坊之《鸣凤行赠杨给事惟仁》颇当留意:"君不见精卫一小鸟,衔石翻飞东海头。不知身微海复巨,悲鸣誓欲填洪流。又不见螳螂奋臂当车辙,辙不可回躯已裂。安得长遇越勾践,式蛙厉士皆激烈。吁嗟!二物之微古则传,轻生血诚良可怜。哀歌慷慨我故态,今日送子鄞西船。问君此去何为者,一鸣不随立仗马?凤凰池头何足恋,博取声名满天下。忆昔君王初纳谏,终朝虚己明光殿。时有张刘与邓安,正色危言称铁汉。诸公相谢忽几春,世事变化如浮云。龙蛇屈伸总神物,贤者括囊思保身。后江先生愚且狂,有口直欲旋天纲。一入谏垣数十疏,复睹鸣凤鸣朝阳。君王宽仁等天地,何人却有移天势。王章杀身君竟免,唐介高风今有二。吁嗟!先生非狂亦非愚,风前劲草真丈夫。感恩报国元自许,不然安用七尺躯。送君之行劝君酒,富贵于我亦何有。但作昂昂千里驹,何忍喔咿为妾妇。东山骤雨西山晴,白鸟飞去天冥冥。人生梦幻亦如此,请君试听《鸣凤行》。"②表彰激烈之意,溢于言表。而作者丰坊尝与其父学士丰熙哭谏左顺门,纠缠"大礼议"之争。为下诏狱,廷杖遣戍。丰熙卒于戍所。丰坊"家居贫乏,思效张璁、夏言片言取通显。十七年诣阙上书,言建明堂事,又言宜加献皇帝庙号称宗,以配上帝,世宗大悦。未几,进号睿宗,配飨玄极殿。其议盖自坊始,人咸恶坊畔父云"③。其《杂诗》有云"孤松挺穹壁,下临万里波。激湍啮其根,惊飙撼其柯。纷纷穴赤蚁,袅袅缠青萝。群攻未云已,生意当如何。严霜一夕坠,高标复嵯峨。君子固穷节,感慨成悲歌"④。此诗当为前期所作,因于党争之下的名节砥砺自为其时实情,然丰坊终未能守节终身,以议礼背父,附和时局,固为个人禀性、持道不严所致,但"家居贫乏"的经济困境却是士人操行的现实考验,守节不渝者固然有之,而如丰坊般不堪贫苦,折节改行者亦为数不少,但不论操行坚守的实际情形如何,持志守节却始终是绝大多数明代士人身处党争时的基本态度与习惯心态。

嘉靖进士,兵科给事中薛甲,上书言事:"刘永昌以武夫劾冢宰,张澜以军余劾勋臣,下凌上替,不知所止,愿存廉远堂高之义,俾小人不得肆攻讦"⑤。阁臣方献夫等请从甲言,然朱厚熜方欲广耳目,周知百僚情伪,得献

① (明)朱朴:《西村诗集》卷下,上海古籍出版社 1987—1989 年版,文渊阁四库全书本。
② (清)钱谦益:《列朝诗集》丁集第三,影印清顺治九年毛氏汲古阁刻本。按:杨言,字惟仁。
③ (清)张廷玉等:《明史》卷一百九十一,中华书局 1997 年版,第 1313 页。
④ 陈田辑撰:《明诗纪事》第 3 册,上海古籍出版社 1993 年版,第 1311 页。
⑤ (清)夏燮:《明通鉴》卷五十五,中华书局 2009 年版,第 1877 页。

夫议不怿,报罢。于是给事中饶秀遂弹劾薛甲阿附。① 薛甲有《生居》,"生居盈万间,死居才七尺。七尺已有余,万间何戚戚。造物与我身,此身应我役。曷以我身故,令我不自得"。豁达之间,已有置身不顾之情,持礼议论,自不念帝王喜恶。嘉靖庶吉士袁袠,字永之,为张璁所恶,出为刑部主事,调兵部,曾坐失火下诏狱。高叔嗣《简袁永之狱中》曰:"本同江海人,俱为轩冕误。子抱无妄忧,余有多言惧。昔来始青阳,今此已白露。岂乏速进阶,苟得非余慕。罪至欲何言,直以愚慷故。众女竞中闺,独退反成怒。追诵古时人,蒙冤谁能诉。皇心肯照微,与子齐归路"②。比拟前贤,指斥群小,嘉勉之情,隐见其中。又其《送抑之侍御谪兴国》:"别离无奈客心烦,直道南迁荷丰恩",无奈别离下的"直道"称许,正见名节激赏。而正德进士李士允在《送皇甫氏谪黄州》亦有"直道如君复远流",可见,党争之下,大小冤狱,屡屡有之,而被屈入狱者尝得有"直道"之誉,士行名节亦由之鼓舞砥砺。湖广金事冯应京,以廉干闻,开罪税监,被诬,牵连入狱,司勋王士骐《赠冯慕冈二首(冯时在诏狱)》,"伏枕高斋有所思,诸贤莫讶拜恩迟。圣躬不豫仓皇日,正是累臣请代时"③。身系图圄,而心在宫阙,待到帝王临危受困时,依旧赤胆为国,忠心报主,一代士人情志,于兹略见。

万历年间,朝臣上疏抗辩,请立太子,朱翊钧不喜非宠妃郑氏所生长子朱常洛,百般拖延,君臣长期对抗,是为"国本"之争,言者多被罚受惩,然群情不减,朝议纷纷,以立嫡以长的传统伦理对抗至尊君王的个人好恶、阁臣的调和态度。尚书冯琦《壬辰书事赠别钟淑濂张伯任》曰:"世事亦何常,惨舒递相荡。今日非昨日,回首一惘怅。圣人久在宥,君子始用壮。漫同贾生哭,实恃汉文量。日月岂不照,雷霆未敢抗。其日风尘昏,黄云自飞飚。侍臣尽改服,缇骑纷持杖。矫矫山阴公,尺牍还内降。庭蓄留侯策,帝厌王陵戆。赤舄将去国,白麻别命相。省垣及选部,一时尽屏放。就中谁最贤,钟张尤倜傥。两生躯干小,气欲排峦嶂。新从上谷来,胆落临边将。豺狼尽已屏,黎藿谁敢傍。古来直节士,大半投炎瘴。至尊多优容,忍使居一障。视汝舌尚在,幸汝身无恙。莫忘国士遇,宁同庶人谤。所惜正士去,满朝气凋丧。从兹天厩马,静立含元仗。居然言路塞,兼虞祸机酿。傅言半疑信,蓄意多观望。稽首辞九庙,尚欲徼灵贶。国本苟不摇,宁使臣言妄。謇予非诤臣,执经侍帷帐。吏隐类方朔,谏说慕袁盎。威颜尚不接,肝胆终难谅。

① (清)张廷玉等:《明史》卷一百九十六,中华书局1997年版,第1342页。
② (清)钱谦益:《列朝诗集》丙集第十五,影印清顺治九年毛氏汲古阁刻本。
③ (清)钱谦益:《列朝诗集》丁集第六,影印清顺治九年毛氏汲古阁刻本。

知无匡世资，三山行将访。”①不难看出，正气直节的国士感激亦在标志晚明党争之始的“国本”护卫中呈现。然党争既炽，党祸亦烈，牢狱之灾，更为迭兴，士之名节，亦为彰显。

杨涟，字文孺，为人磊落负奇节，万历进士，除常熟知县。举廉吏第一，擢户科给事中，转兵科右给事中，为明光宗所器重。“涟自以小臣预顾命，感激，誓以死报”②，力争移宫，及魏忠贤用事，群小附之，杨涟与赵南星、左光斗、魏大中辈激扬讽议，务植善类，抑憸邪。忠贤及其党衔次骨，遂兴汪文言狱，将罗织诸人。事虽获解，然正人势日危。其年六月，杨涟抗疏劾忠贤，列其二十四大罪。魏忠贤日谋构陷，矫旨斥责，将杨涟、左光斗等削籍为民，其后，再兴狱罗织诬陷，劾杨涟党同伐异，招权纳贿。一时为被逮者，有杨涟、左光斗、魏大中、周朝瑞、袁化中、顾大章，备极牢狱之苦，身罹惨祸，而志不稍逊，时有六君子之称。杨涟《失题》诗有“山色无定姿，如烟复如黛。中有素心人，鸣琴应秋籁”③。即景见情，世事风云变幻，抱持素心，独处清高，其志可见。又《题柏子园青芸阁》诗云“浮云易改三山色，落叶先惊万里心”，虽为写景，实有国事之忧，又言，“繁台兔苑今禾黍，日暮凭阑思不禁”④。《毛诗序》：“黍离，闵宗周也。周大夫行役至于宗周，过故宗庙宫室，尽为禾黍。闵宗周之颠覆，彷徨不忍去而作是诗也”。源自经典的“禾黍”之痛正是杨涟的诗心所在，明祚虽存，然权阉当道，小人弄权，岌岌可危，先天下之忧而忧的传统精神下，自然愁思无限，然“彷徨不忍去”的“禾黍”感慨中实已蕴有舍身报国之志。

左光斗，字遗直，“与杨涟协心建议，排阉奴，扶冲主，宸极获正，两人力为多。由是朝野并称为‘杨、左’”⑤。万燝“少好学，砥砺名行”，纠弹阉党，“当是时，忠贤恶廷臣交章劾己，无所发忿，思借燝立威。乃命群奄至燝邸，捽捽而殴之。比至阙下，气息才属。杖已，绝而复苏。群奄更肆蹴踏，越四日即卒”⑥，“天启中，忤魏珰惨死者，先后一十七人，万公首受其祸……由是钩党之狱兴，而缙绅之祸烈矣”。万燝《登黄鹤楼》诗有：“槛前怀古泪，且为祢衡收”，感慕前贤之中，略见其志。及殁，左光斗哭之以诗，云：“我有白简

① (清)钱谦益：《列朝诗集》丁集第十一，影印清顺治九年毛氏汲古阁刻本。

② (清)张廷玉等：《明史》卷二百四十四，中华书局 1997 年版，第 1627 页。

③ 陈田辑撰：《明诗纪事》第 4 册，上海古籍出版社 1993 年版，第 2316 页。按：此诗前两句出自唐人刘长卿《秋云岭》。

④ (清)朱彝尊：《明诗综》卷六十五，乾隆刊本。

⑤ (清)张廷玉等：《明史》卷二百四十四，中华书局 1997 年版，第 1629 页。

⑥ (清)张廷玉等：《明史》卷二百四十五，中华书局 1997 年版，第 1639 页。陈田《明诗纪事》第 4 册于“四日”之说有所考辨。(上海古籍出版社 1993 年版，第 2322—2323 页)

继君起,与君同游杖下矣。丹心留在天壤间,默默之生不如死"①,诚为同志。又其《送杨大洪②归里诗》有:"触阶流血君方见,叩阍排簾宫始移"③,感怀激烈,其衷可见。魏大中,字孔时。"自为诸生,读书砥行,从高攀龙受业。家酷贫,意豁如也"④。其《息游》云:"一夜秋声万木寒,乾坤何处足弹冠。时名尽向黄金起,世事都堪白眼看。已自故人嗟落魄,更谁同病问加餐。风尘伏枕衡门稳,行路于今转觉难"⑤,忧愤时局,备感艰难,然《秋日元尔见过书怀》称:"名合长贫落,交应久病休。只君看二仲,知我业千秋。明月怀中在,逢人未可投"⑥。《初学记》卷十八引汉赵岐《三辅决录》:"蒋诩字元卿,舍中三径,唯羊仲、裘仲从之游。二仲皆推廉逃名"。宁效古人而长贫,亦不降节失志,其情可见。及其被逮,宿奉圣禅院,留题云:"果不鉴临惟有死,纵然归去已无家"⑦,语虽沉痛,却见视死如归之坦然无畏。

周顺昌,字景文,"力杜请寄,抑侥幸,清操皭然","为人刚方贞介,疾恶如仇。巡抚周起元忤魏忠贤削籍,顺昌为文送之,指斥无所讳。魏大中被逮,道吴门,顺昌出饯,与同卧起者三日,许以女聘大中孙。旅尉屡趣行,顺昌瞋目曰:'若不知世间有不畏死男子耶? 归语忠贤,我故吏部郎周顺昌也。'因戟手呼忠贤名,骂不绝口"⑧。其人可知,其诗《寄怀鹿乾岳年兄》称,"三十功名淹海国,百年心事吊荒台。壮怀自觉愁中尽,薄鬓偏从病里催。世路行藏须努力,月明北望转徘徊"⑨。愁苦之感每见于诗,咀嚼其意,却在家国之忧,其《愁》诗称:"独坐雁声急,风高秋气空。家书千里外,旧事一尊中。北地兵戈满,南园草木丛。朝来看壮发,强半欲成翁"⑩。北地兵戈,南园草木,正是寄寓时事,慨叹年迈,报国之情尽在言表。又其《咏梅》称:"春半梅将尽,中庭尚一枝。玉人何处是,惆怅月明时"⑪。托物言志,梅喻君子,原为通例,将尽的萧瑟正见朝政污浊,而反复出现的月明惆怅既为政治清明之理想寄托,更有感怀现实的报国无门。

---

① （清）朱彝尊:《明诗综》卷六十五,乾隆刊本。
② 《明史》载,汪文言下狱,被逼攀诬杨涟,"文言仰天大呼曰:'世岂有贪赃杨大洪哉!'至死不承"。大洪者,涟别字也。(中华书局1997年版,第1629页)
③ 陈田辑撰:《明诗纪事》第4册,上海古籍出版社1993年版,第2316页。
④ （清）张廷玉等:《明史》卷二百四十四,中华书局1997年版,第1630页。
⑤ （清）朱彝尊:《明诗综》卷六十六,乾隆刊本。
⑥ 陈田辑撰:《明诗纪事》第4册,上海古籍出版社1993年版,第2319—2320页。
⑦ 陈田辑撰:《明诗纪事》第4册,上海古籍出版社1993年版,第2319页。
⑧ （清）张廷玉:《明史》卷二百四十五,中华书局1974年版,第6351页。
⑨ 陈田辑撰:《明诗纪事》第4册,上海古籍出版社1993年版,第2319页。
⑩ （清）朱彝尊:《明诗综》卷六十,乾隆刊本。
⑪ （清）朱彝尊:《明诗综》卷六十五,乾隆刊本。

缪昌期,字当时,尝因张差梃击事,语朝士曰:"奸徒狙击青宫,此何等事,乃以'疯癫'二字庇天下乱臣贼子,以'奇货元功'四字没天下忠臣义士哉!"①为人深疾之,素与杨涟等交厚,诸人去国,率送之郊外,执手太息,后为诬陷下狱,慷慨对簿,词气不挠,五毒备至,毙于狱。其《入槛车》云:"尝读膺滂传,潸然涕不禁。而今槛车里,始悟夙根深。一死无余事,三朝未报心。南枝应北指,视我实园阴。"②慨然赴难,犹存报国之志,其情可勉。

黄尊素,字真长,精敏强执,謇谔敢言,死阉祸。万燝罹难,黄尊素上言:"律例,非叛逆十恶无死法。今以披肝沥胆之忠臣,竟殒于磨牙砺齿之凶竖。此辈必欣欣相告,吾侪借天子威柄,可鞭笞百僚。后世有秉董狐笔,继朱子《纲目》者,书曰'某月某日,郎中万燝以言事廷杖死',岂不上累圣德哉!"③所以持拒权势淫威者,正在青史判断。其《送万元白④》曰:"边境有枭社有鼠,国是纷麻何所底?或为借剑或请缨,书生分内应如此。有友貌癯胆自雄,直披阊阖追龙逢。文章不回明主意,孤臣洒血向谁通?……杖下犹知呼先皇,忠肝尚能通紫极。紫极浮云有时开,先皇恩泽正堪哀。吾今送子及新秋,君恩旷荡不更裘。欲赠龙泉勤拂拭,相看留斩佞臣头"⑤。报国死君,视为分内,同道鼓舞,志气淋漓,一时风尚,略可窥见。

诸君守节直行,身处危难,报国殉道,蹈死不顾。清廉耿介之风因对抗阉党更为凸显,立身行事,持正守节,发言为诗,慷慨淋漓,激扬一代士气,诚为有力。郑明选《寄朱比部二十韵》尝言:"未补冯唐署,能陈晁错书。气高忧国日,名重罢官余。北阙承新谴,南山返故庐。直词元忧慨,时论共咨且。请剑心徒愤,埋轮事已虚"⑥。其时士行宦情,可见一斑。志同道合,相与鼓舞,天下慕从,砥砺名节,竟成一代风习。身列东林的彭汝楠作诗尝言"君子独为洵足耻,党人不与亦何妨。圣明自是如天宥,黾勉同心定我王"⑦。虽肯定同心共德,却不以党人自居。高攀龙则曰:"党者,类也。欲天下无党,必无君子小人之类,而后可。如之何讳言党也?夫君子何党之有,上恶党,故小人之党,反目之为党,一网而君子尽矣。故君国者,不患党,要在明

① (清)张廷玉等:《明史》卷二百四十五,中华书局 1974 年版,第 6362 页。
② 陈田辑撰:《明诗纪事》第 4 册,上海古籍出版社 1993 年版,第 2318 页。
③ (清)张廷玉等:《明史》卷二百四十五,中华书局 1997 年版,第 1637 页。
④ 万燝,字符白。
⑤ 陈田辑撰:《明诗纪事》第 4 册,上海古籍出版社 1993 年版,第 2323 页。
⑥ (清)朱彝尊:《明诗综》卷六十六,乾隆刊本。
⑦ (清)朱彝尊:《明诗综》卷六十六,乾隆刊本。

辨其党"①。黄宗羲撰"东林学案",更申而论之曰:"今天下之言东林者,以其党祸与国运始终,小人既资为口实,以为亡国由于东林,称之为两党,即有知之者,亦言东林非不为君子,然不无过激,且倚附者之不纯为君子也,终是东汉党锢中人物。嗟乎! 此瘱语也。东林讲学者,不过数人已耳,其为讲院,亦不过一郡之内已耳……乃言国本者谓之东林,争科场者谓之东林,攻逆阉者谓之东林,以至言夺情奸相讨贼,凡一议之正,一人之不随流俗者,无不谓之东林,若似乎东林标榜,遍于域中,延于数世,东林何不幸而有是也?东林何幸而有是也? 然则东林岂真有名目哉? 亦小人者加之名目而已矣"②。"风声、雨声、读书声,声声入耳,国家、家事、天下事,事事关心"的"东林"君子虽不愿承认小人的恶意指斥,但对于"君子以同道为朋,能自绝于小人为党"③的事实却坦然居之,虽于大节无违,但附从末流不免意气相争,心存门户之见,渐生流弊。然就其名节而论,"数十年来,勇者燔妻子,弱者埋土室,忠义之盛,度越前代,犹是东林之流风余韵也,一堂师友,冷风热血,洗涤乾坤"④。如此情志,投诸诗篇,何必词句工巧,属对整齐,即此浩然正气,已是铿锵高韵,一代绝唱。

有明三百年,自胡惟庸之奸党、蓝玉之逆党起,成化时有万安的"南党"、刘珝的"北党",明末有阉党和东林及齐、昆、浙、宣诸党,不少文士都丧命于此,如明初诗人孙蕡、黄肃等,而高启等江南文士在某种意义上也是明初南北之争的牺牲品。其后,内阁权重,阁臣彼此抵牾,交结内宦,勾结言官,争议控诉,渐渐分朋结党,相互排斥。任首辅者,如夏言、严嵩、徐阶、高拱、张居正等,擅国权者,如刘瑾、魏忠贤之流,或显或隐,皆各有朋党,附丽羽翼。既成党派,政事翻复,彼此陷构攻讦。晚明梃击、红丸、移宫三案更是党派争诟之极致,《明史·顾宪成传》载:"凡救三才者,争辛亥京察者,卫国本者,发韩敬科场弊者,请行勘熊廷弼者,抗论张差梃击者,最后争移宫、红丸者,忤魏忠贤者,率指目为东林,抨击无虚日。借魏忠贤毒焰,一网尽去之,杀戮禁锢,善类为一空。崇祯立,始渐收用,而朋党势已成,小人卒大炽,祸中于国,迄明亡而后已"⑤。平庸士子经由科举的洗脑,早已失却了大半的作诗精神,谁知刚放下时文便被卷入了党争之中,只纸片字都有可能成为

---

①　(明)高攀龙:《高子遗书》卷十二,上海古籍出版社1987—1989年版,文渊阁四库全书本。

②　(清)黄宗羲:《明儒学案》卷五十八,中华书局1985年版,第1375页。

③　(明)刘宗周:《刘蕺山集》卷四,上海古籍出版社1987—1989年版,文渊阁四库全书本。

④　(清)黄宗羲:《明儒学案》卷五十八,中华书局1985年版,第1375页。

⑤　(清)张廷玉等:《明史》卷二百三十一,中华书局1974年版,第6033页。

他人口实①,哪里还有多余的精力游心翰墨。而贤达名士则激扬讽议,敦厉名节,着意操行,其气节情操堪作中华之脊梁,流于诗篇亦有铮铮之音,但他们于此亦不十分留心。三大案后的党祸于明代士子之气节无疑是一次重创,而在争端中的士大夫意气感激、偏狭执拗,至有"讪君卖直"邀名之嫌,真正的气节之士不过寥寥数人,其于一代士风的号召转移之力亦殊为有限。在文狱党祸的政治压力下,士子们的精神心力已然耗费殆尽,而守卫其心灵深处的名节大义又在现实中屡屡受挫,如此心态下的明诗演进不免要陷入人文缺失的困境。

第三节　传统情绪之下的忠奸审美选择

1936 年 6 月,胡适在致罗尔纲的信中曾说过这样一段话:"旧式文人,可以'西汉务利,东汉务名;唐人务利,宋人务名'一类的胡说,我们做新式史学的人,切不可这样胡乱概括论断。西汉务利,有何根据? 东汉务名,有何根据? 前人但见东汉有党锢清议等风气,就妄下断语以为东汉'重气节。然卖官鬻爵之制,东汉何尝没有? 名利之求,何代无之? 后世无人作货殖传,然岂可就说后代无陶朱猗顿了吗? 西汉无太学清议,唐与元亦无太学党狷,然岂可谓西汉唐元之人不务名耶? 要知杨继盛、高攀龙诸人固然是'士大夫',严嵩、严世蕃、董其昌诸人以及那无数歌诵魏忠贤的人独非'士大夫'乎……我近年教人,只有一句话:'有几分证据,说几分话'。有一分证据只可说一分话,有三分证据,然后可说三分话。治史者可以作大胆的假设,然而决不可作无证据的概论也"②。论学最重证据的胡适先生,向来主张"大胆的假设,小心的考证",在胡适先生所批评的"胡乱概括论断"中,特别有着"严嵩、严世蕃、董其昌诸人以及那无数歌诵魏忠贤的人独非'士大夫'乎"的反问,藏于其后的则是将这些所谓奸佞排斥于"士大夫"范畴之外的一般观念。然而,严嵩等人虽有着毫无疑问的士大夫身份,但传统观念却往往将其置之于外,不予入列。溯其本源,却是民族心理中最为根深蒂固的

---

① 借文字以构陷嫁祸,原为党争惯用手段,如《玉镜新谭》卷九,"爱书"条称,魏忠贤"唆苏杭织造府心腹内监李实,捏疏参论都御史高攀龙、巡抚周起元、周顺昌、黄尊素、李应升等,飞遣骁悍,激变地方。高攀龙投水身死,起元等四命刑毙诏狱。又将无影诗句,逮系扬州府知府刘铎,百计诬害,密串腹弁张体干、谷应选飘空捏坐咒咀,斩绞立杀五命。又将番役搜拿顾同寅、孙文豸,旧书诗章内有讥讽忠贤字样,硬坐妖书枭斩"。[(明)朱长祚:《玉镜新谭》卷九,中华书局 1989 年版,第 132 页]而其后,魏忠贤失势,朝臣又有以昔日取媚魏忠贤之诗勾连阉党,甚至只要略有文字牵连,即视为阉党,实为过激。

② 胡适著,杜春和编:《胡适论学往来书信选》,河北人民出版社 1998 年版,第 826 页。

忠奸之辨。

一、传统回溯与现实政治

原本就是古代道德之重要构成的"忠",因秦汉一统后的帝权专制而格外凸显。"三教所以先忠何? 行之本也"①。所谓"三教",即"法天、地、人,内忠外敬,文饰之,故三而备也"②,其中,"忠法人,敬法地,文法天。人道主忠,人以至道教人,忠之至也;人以忠教,故忠为人教也"③。剔去汉代思想特有的循环色彩,作为人之至道的"忠"更成为不断强化、普及的伦理思想。三纲五常的表面定义虽然没有"忠"的字样,但"君臣、父子、夫妇"的核心内涵却在"忠孝"。儒学经典中的"忠"多是作为道德规范的概念提出,对于具体的行为解释则关注不多,叙事性最强的《左传》称:"公家之利,知无不为,忠也"④;又言"临患不忘国,忠也"⑤,可以算作两条。《孟子》曰"教人以善谓之忠"⑥,意在道德说教。《荀子》称"逆命而利君谓之忠"⑦,则已有了政治行为的关注。随着帝制时代的皇权强化,"忠"的政治价值日渐沉重,而对"忠"的行为指向亦愈加偏向于政治伦理。陆贾《新书》称,"故夫为人臣者,以富乐民为功,以贫苦民为罪。故君以知贤为明,吏以爱民为忠"⑧;司马迁《史记·鲁仲连传》称:"忠臣不先身而后君"⑨;刘向《说苑》曰:"卑身贱体,夙兴夜寐,进贤不解,数称于往古之德行事以厉主意,庶几有益,以安国家社稷宗庙,如此者忠臣也"⑩,《汉书·谷永传》称:"忠臣之于上,志在过厚,是故远不违君,死不忘国"⑪。《晋书》载谯王司马承称:"赴君难,忠也;死王事,义也"⑫。宋曹勋言,"心存卫上谓之忠"⑬,元刘仁本称,"事君

①　陈立:《白虎通疏证》,中华书局 1994 年版,第 371 页。
②　陈立:《白虎通疏证》,中华书局 1994 年版,第 371 页。
③　陈立:《白虎通疏证》,中华书局 1994 年版,第 371 页。
④　《春秋左传正义》卷十三,载(清)阮元校刻:《十三经注疏》(上、下册),中华书局 1980 年版,第 1801 页。
⑤　《春秋左传正义》卷四十一,载(清)阮元校刻:《十三经注疏》(上、下册),中华书局 1980 年版,第 2020 页。
⑥　(宋)朱熹:《四书章句集注·孟子集注》卷五,中华书局 1983 年版,第 260 页。
⑦　(清)王先谦:《荀子集解·臣道篇》第十三,中华书局 1988 年版,第 249 页。
⑧　(汉)贾谊:《新书校注》卷九,中华书局 2000 年版,第 340 页。
⑨　(汉)司马迁:《史记》卷八十三,中华书局 1982 年版,第 2465 页。
⑩　(汉)刘向:《说苑校证》卷二,中华书局 1987 年版,第 34 页。
⑪　(汉)班固:《汉书》卷八十五,中华书局 1962 年版,第 3466 页。
⑫　(唐)房玄龄:《晋书》卷三十七,中华书局 1974 年版,第 1105 页。
⑬　(宋)曹勋:《松隐集》卷三十二,上海古籍出版社 1987—1989 年版,文渊阁四库全书本。

尽职谓之忠"①。

　　尽管理学宗师朱熹曾立足"道"的关怀而阐释"忠"的行为,称"夫子之道不离乎日用之间,自其尽已而言,则谓之忠"②,然而,道学观照下的"忠"虽有着更为广泛的行为意义,亦得到了相当儒者的学理认同,但由儒者的道德关注而产生的社会效力始终不能与朝廷的政治提倡相提并论,况且,尽忠事君本就可以纳入儒学传统的许可范围之中。故而,君权社会中,"忠"的政治指向始终要超过一般意义上的道德规范,成为传统政治伦理的第一要义,"忠"的核心内涵亦全部围绕"君"而展开,传统观念虽君王有着严格的义务要求,但具体执行却极为宽松,但忠君心理却在有意无意的社会激励中不断沉淀累积,而"忠"也就逐渐演变为臣子对于君主的单向义务,君臣义务的对等关系在传统社会的现实政治中并不能完全实现。尽管君王部分应尽义务已经由国家政策而承担,如科举取士制度等,但作为君王品行的道德要求却必须由其个人担负,然而,复杂而严格的贤君言行规范却没有几个皇帝能够完全做到,君主可以未必贤明,臣下却定须忠良,并不对等的义务要求需要有着相应的权利补偿方可维系,由之所形成的便是臣下对于至尊天子的批评意识。如商之忠臣比干称,"主过不谏非忠也,畏死不言非勇也。过则谏,不用则死,忠之至也"③。隋王通称:"忠臣之事君也,尽忠补过"④。《新唐书》唐穆宗言,"朕之阙,下能尽规,忠也"⑤。宋司马光曰:"忠臣之事君也,责其所难,则其易者不劳而正;补其所短,则其长者不劝而遂"⑥。当然,作为规箴君王的具体方式则因个人性格与实际处境而各有不同,《孔子家语·辩政》即言,"忠臣之谏君有五义焉:一曰谲谏,二曰戆谏,三曰降谏,四曰直谏,五曰风谏"⑦。但指摘君过、建言批评,则是被传统政治伦理所认可的忠臣行为。传统礼法历来强调君尊臣卑,但对于谏言犯上的臣子行为却始终有特别的宽容,即其社会学意义而言,或可称之为对忠臣义务的一种权利补偿。但是,使用谏君权利的臣下却往往需要付出相当的代价,虽然亦有或早或晚的道德表彰作为嘉奖,但有时甚至是身家性命的高昂付出,却令不少臣子望而止步。然而,放弃这项权利,同时即意味着放弃相应的忠臣义

①　(元)刘仁本:《羽庭集》卷五,上海古籍出版社1987—1989年版,文渊阁四库全书本。
②　(宋)朱熹:《晦庵集》卷六十七,上海古籍出版社1987—1989年版,文渊阁四库全书本。
③　(唐)李泰:《括地志辑校》卷二,中华书局1980年版,第88页。
④　(隋)王通:《中说校注》第五《问易篇》,中华书局2013年版,第133页。
⑤　(宋)欧阳修、宋祁:《新唐书》卷一百六十五,中华书局1975年版,第5066页。
⑥　(宋)司马光:《资治通鉴》卷二十八,中华书局1956年版,第895页。
⑦　(清)陈士珂:《孔子家语疏证》卷三,凤凰出版社2017年版,第97页。

务,由之则产生了相应的批判对象——谀佞奸臣。《盐铁论》称:"以正辅人谓之忠,以邪导人谓之佞。夫怫过纳善者,君之忠臣,大夫之直士也。孔子曰:'大夫有争臣三人,虽无道,不失其家。'今子处宰士之列,无忠正之心,枉不能正,邪不能匡,顺流以容身,从风以说上。上所言则苟听,上所行则曲从,若影之随形,响之于声,终无所是非。衣儒衣,冠儒冠,而不能行其道,非其儒也。"汉荀悦称:"违上顺道谓之忠臣;违道顺上谓之谀臣,忠所以为上也,谀所以自为也;忠臣安于心,谀臣安于身。"①唐罗隐言:"若夫忠臣之事君也,面诤君之恶,方欲成君之美,而君反以为憎己也;佞人之事主也,面谀主之善,方欲长主之过,而主反以为爱己也。殊不知闻恶而迁善,永为有道之君;悦善而忘恶长为不义之主,是则致君于有道者,岂得不为大爱乎? 陷主于不义者,岂得不为大憎乎?"②宋范仲淹云:"巧言者无犯而易进,直言者有犯而难立。然则直言之士,千古谓之忠;巧言之人,千古谓之佞。"③可知,奸佞观念的形成正在于谏言君王的行为选择,阿谀巧言的佞道事上放弃了对帝王过错的批评权利,自然也无须承担逆鳞而谏的义务与风险,但却将自身置于忠义行为的对立面,忠奸不容的对立心态亦由之形成,更在千百年的政治层累中不断加深、积淀,遂成为民族传统中的一种普遍文化心理。

　　忠奸之辨在对立伊始即有着立场鲜明的道德褒贬,"忠"为人臣大节,作为对立面的"奸"当然成为众口所指的不义行为。《春秋繁露》称:"心止于一中者,谓之忠;持二中者,谓之患;患,人之中不一者也,不一者,故患之所由生也,是故君子贱二而贵一。"④忠者事君而忘身,其心止于君之"一中";而奸者谀君而有私己之念,心持"二中",本不唯一,有悖诚敬之意,为君子所贱。《礼记·王制》:"奸色乱正色,不粥于市。"清孙希旦集解:"奸色,不正之色,若红紫之属也。"⑤明儒杨慎称:"礼注,红,南方之奸色;紫,北方之奸色。五方皆有奸色。盖正色之外,杂互而成者曰奸色。犹正声之外,繁手而淫者,曰奸声也。"⑥古代以青、黄、赤、白、黑为正色,两色相杂而成之色则为奸色。"繁手,手指繁捻而累举如梳齿也"⑦。可见,奸声之"奸"同

---

① (汉)荀悦:《申鉴》卷四,中华书局1954年版,诸子集成本,第22页。
② (唐)罗隐:《两同书》卷下,中华书局1985年版,丛书集成初编本。
③ (宋)范仲淹:《奏上时务书》,载曾枣庄、刘琳主编:《全宋文》第十八·卷三百七十七,上海辞书出版社、安徽教育出版社2006年版,第206页。
④ (汉)董仲舒:《春秋繁露义证》卷十二,中华书局1992年版,第346页。
⑤ (清)孙希旦:《礼记集解》卷十四,中华书局1989年版,第375页。
⑥ (明)杨慎:《丹铅续录》卷六,上海古籍出版社1987—1989年版,文渊阁四库全书本。
⑦ (梁)萧统编,吕延济等注:《六臣注文选·马融·长笛赋》卷十八,上海涵芬楼藏宋刊本,第656页。

样在于驳杂不纯。生活用语的一般表述中同样有着相似的价值判断，"不正"的定位正体现了扬忠抑奸思想的世俗渗透。此外，传统意识范畴中的清浊、刚柔等审美观念中，同样也交织着忠奸之辨的道德影响。至若政治行为的伦理评判，更是明辨忠奸之分，旌忠斥奸。《新语》称："夫进取者不可不顾难，谋事者不可不尽忠；故刑立则德散，佞用则忠亡。"①《淮南子》曰："人主贵正而尚忠，忠正在上位，执正营事，则谗佞奸邪无由进矣。譬犹方员之不相盖，而曲直之不相入。"②唐元结称："忠正不植，奸佞骈生"③，宋叶适亦言，"自古人臣，为忠则忠，为奸则奸，忠奸杂而能济者，未之有也"④。然而，道德伦理的谴责评判终不能代替现实利害下的行为选择，忠奸对抗的势不两立成为传统社会中最为常见的政治现象。唐李翱尝言，"凡自古奸佞之人可辨也，皆不知大体，不怀远虑，务于利己，贪富贵，固荣宠而已矣。必好甘言诌辞，以希人主之欲，主之所贵，因而贤之，主之所怒，因而罪之，主好利，则献蓄聚敛剥之计，主好声色，则开妖艳郑卫之路，主好神仙，则通烧炼变化之术，望主之色，希主之意，顺主之言，而奉承之"⑤。大致勾勒出奸佞之徒贪利固宠的诸般伎俩，凡事皆投君所好的奸辈小人，其意乃在邀宠于上，以巩固禄位，已存私心。而既心求利禄，则不免有贪鄙行为。所谓"仁者无余爱，忠臣无余禄"⑥，忠臣竭诚事君，公而忘身，不计私利，为政清廉。尽管清廉、贪鄙并不能涵盖忠、奸的全部内涵，然"佞言似忠，奸言似信，中人以上，乃可语上"⑦，作为较易辨别的直接行为表现遂成为忠奸之辨的典范标识。相对于指向君上的直谏与取媚，清廉与贪鄙则更多地指向下层，而贪官污吏的斥骂与清官廉吏的感激亦多是来自于身感利弊的现实回应，爱憎分明的民众立场所体现的正是一般观念中的忠奸之辨，由之呈现的则是传统道德下的一种普遍社会心理。

　　作为普遍社会文化心理的忠奸之辨，历汉唐宋元千年递变，已臻成熟，更因明代特殊的文化生态而格外凸显。明太祖朱元璋废相专权，对臣子"忠"尤为提倡，尝言："古有贤士，忠不舍君，意不欲离，虽死不忘，所以谓之忠也"⑧，

① （汉）陆贾：《新语校注·术事第二》，中华书局2012年版，第47页。
② （汉）刘安：《淮南子集释》卷九《主术训》，中华书局1998年版，第640页。
③ （清）董诰等编：《全唐文》卷三百八十，中华书局1983年版，第1707页。
④ （宋）叶适：《水心集》卷二十一，上海古籍出版社1987—1989年版，文渊阁四库全书本。
⑤ （清）董诰等编：《全唐文》卷六百三十四，中华书局1983年版，第2836页。
⑥ （汉）刘向撰，石光瑛校释：《新序校释》卷第八，中华书局2001年版，第1053页。
⑦ （唐）李延寿：《南史》卷三十三，中华书局1975年版，第861页。
⑧ （明）朱元璋：《明太祖集》卷七，黄山书社1991年版，第138页。

又言，"草之劲者，非疾风不显；人之忠者，非乱世难名"①，"昔忠诚之士从君，坚身许之志，故祀患涉难，以尊一人而安天下苍生，立高名，不朽于史册"②，于矢志报君的尽忠行为甚为嘉勉，其称"臣之道其在竭忠"③，又言，"敷露肝胆，备陈国事，虽的否中半，岂不尽己之谓忠哉"④，对于臣下的直言进谏亦鼓励有加。朱瞻基亦言："臣以能直言为贤，不能直言则忠不尽"⑤。君王的提倡、理学的灌输、传统的积淀，使得"忠"的政治指向在明代格外凸显，"能致身于君谓之忠"⑥。"忠爱之笃，进进而不已，夫然后谓之忠。是故忠臣之义，不以尽心于一事与勉强于一旦为足也，必事事皆尽其心，而终身不易焉"⑦。"秉尽己之心谓之忠"⑧。"夫敬君之赐谓之忠"⑨。竭诚报君，志意拳拳。然而，明代君王中的贤者不多，余者或游逸，或荒怠，一般帝王的道德要求少有兼备，日常言行举止更多有不合礼法规范处。明代臣子，视"忠孝"为天彝，至称："君虽待我以薄，甚至以刑戮加于身，然我但当守人臣之义"⑩。然帝王的行为缺陷却使得君臣义务的对等关系严重失衡，作为权利补偿的谏言规箴遂因之凸显。《明史》传赞有云：

> 贾山有言："忠臣之事君也，言切直则不用而身危。""然切直之言，明主之所亟欲闻，忠臣之所蒙死而竭知也。"邓继曾诸人箴主阙，指时弊，言切直矣，而杖斥随之。伊尹曰："有言逆于汝心，必求诸道。"有旨哉，有旨哉！⑪

又曰：

> 直言敢谏之士，激于事变，奋不顾身，获罪固其所甘心耳。然观尹昌隆死于吕震；耿通陷于高煦；刘球之毙，陈鉴之系，由于王振；杨瑄之

① （明）朱元璋：《明太祖集》卷十八，黄山书社1991年版，第415页。
② （明）朱元璋：《明太祖集》卷十八，黄山书社1991年版，第428页。
③ （明）朱元璋：《明太祖集》卷十三，黄山书社1991年版，第258页。
④ （明）朱元璋：《明太祖集》卷二，黄山书社1991年版，第17页。
⑤ （明）杨士奇：《东里别集》卷二《圣谕录》，上海古籍出版社1987—1989年版，文渊阁四库全书本。
⑥ （明）赵㧑谦：《赵考古文集》卷二，上海古籍出版社1987—1989年版，文渊阁四库全书本。
⑦ （明）王直：《抑庵文后集》卷十四，上海古籍出版社1987—1989年版，文渊阁四库全书本。
⑧ 《薛瑄全集》卷十九，山西人民出版社1990年版，第844页。
⑨ （明）潘希曾：《竹涧集》卷五，上海古籍出版社1987—1989年版，文渊阁四库全书本。
⑩ （明）贺士谘：《医闾集》卷三，上海古籍出版社1987—1989年版，文渊阁四库全书本。
⑪ （清）张廷玉等：《明史》卷二百零七，中华书局1974年版，第5483页。

戌,厄于石亨、曹吉祥;乃至戴纶谏游猎,陈祚请勤学,钟同、章纶、廖庄倡复储,倪敬等直言时事,皆用贾祸。忠臣之志抑而不伸,亦可悲夫。①

一时士习风气,可管窥矣。孟森先生曾就"朱元璋纳谏奇,拒谏亦奇,其臣之敢死谏亦奇"的明初奇相,感慨议论:

> 士大夫遇不世之主,责难之心,不望其君为尧舜不止,至以言触祸,乃若分内事也。以道事君,固非专以保全性命为第一义矣。风气养成,明一代虽有极黯之君,忠臣义士极惨之祸,而效忠者无世无之,气节高于清世远甚。盖帝之好善实有真意,士之贤者,轻千里而来告之以善,一为意气所激而掇祸,非所顾虑;较之智取术驭,务抑天下士人之气,使尽成软熟之风者,养士之道有殊矣。②

将明代的谏言士风归于开国君王的养士之道,自有其源流追溯的合理意义。其实,士大夫的引为分内事的责难之心并不仅仅因君王的提倡而生,汉制恢复的文化激励、道德伦理的历史积淀,均为风气养成的重要因素,传统意识甚至是比君王导向更为深沉的文化张力。朱元璋培养士气时,即于忠奸之辨的名节激励尤为重视。其言:

> 人臣于世,死而不忘者有二,何谓死而不忘者二? 其一者,谓生秉忠义,磐石国家,虽死之后,君不忘其忠,国人不忘其正,功播史册,名乘千万年之不朽,虽死,是谓不忘也。其二者,谓生不忠于君,而蠹政害民,将危其国,祸及其家,虽杀身之死,君尚不忘其奸,国人怒其恶,致奸顽名于书史,与忠良之名同流传于后世,永不能泯灭者,亦谓不忘也。所以忠良者,千万年称忠良,福及其家,其奸顽者,千万年刃及其项,祸及其家,亦如之者。③

着意拈出不朽名声包括着"忠"的流芳百世与"奸"的遗臭万年,正体现这位布衣君王对忠奸名声的深刻关注。一代帝王,当然有褒贬忠、奸的奖惩能力,于此,朱元璋颇具自信,但他却将重视"死而不忘"的社会裁决:舆论、

---

① (清)张廷玉等:《明史》卷一百六十二,中华书局 1974 年版,第 4420 页。
② 孟森:《明史讲义》,上海古籍出版社 2002 年版,第 78 页。
③ (明)朱元璋:《明太祖集》卷三,黄山书社 1991 年版,第 46 页。

史书的忠、奸评价,传于后世,永不泯灭。"青史褒贬"是中国传统中足以凌驾君王的最高评判权力,忠、奸之辨的最大张力亦在于此,及身而止的个人荣辱远不能与"死而不忘"的历史记忆相比,忠奸之辨的话题永恒,志士仁人的名节感召均在于此。旌表忠良、贬斥奸佞本为列朝惯例,明祖的加意提倡自有推动之力。然而,有明270年的党争聚讼,名节砥砺更是彰显忠奸之辨的政治现实,门户分立,指斥为党,每以忠奸为喻,而名节砥砺本即为明辨忠奸下的行为操守,三者相互交织,彼此推动,一代士习,由兹作养,忠奸之辨亦因此凸显,于传统心理与现实政治的历史交错中呈现出巨大的文化张力。

二、忠奸之辨的文学表现

文以载道,虽是传统文学观念中极为普遍俗滥的说法,却反映着"一种意义很深的事实","就大体说,全部中国文学后面都有中国人看重实用和道德的这个偏向做骨子"。① 民族心理的文化偏向使得古代文学在相当程度上担任着道德评判的社会功能,自《诗》三百的讽喻美刺起,文学的道德褒贬便成为社会观念的重要表现,更成为具有普遍意义的文学观念。

郑玄称:"诗者,弦歌讽谕之声也。自书契之兴,朴略尚质,面称不为谄,目谏不为谤,君臣之接,如朋友然,在于恳诚而已。斯道稍衰,奸伪以生,上下相犯,及其制礼,尊君卑臣,君道刚严,臣道柔顺。于是箴谏者希,情志不通,故作诗者以诵其美而讥其过"②。

王充曰:"天文人文,文岂徒调墨弄笔,为美丽之观哉? 载人之行,传人之名也。善人愿载,思勉为善;邪人恶载,力自禁裁。然则文人之笔,劝善惩恶也。"③

桓范称:"夫著作书论者,乃欲阐弘大道,述明圣教,推演事义,尽极情类,记是贬非,以为法式。当时可行,后世可修。"④

魏徵言:"载籍之兴,其来尚矣。左史右史,记事记言,皆所以昭德塞违,劝善惩恶。故作而可纪,熏风扬乎百代;动而不法,炯戒垂乎千祀。"⑤

---

① 朱光潜:《文艺心理学》,安徽教育出版社1996年版,第100页。
② (清)严可均校辑:《全上古三代秦汉三国六朝文》,《全后汉文》卷八十四,中华书局1958年版。
③ (汉)王充:《论衡》,中华书局1954年版,诸子集成本。
④ (清)严可均校辑:《全上古三代秦汉三国六朝文》,《全三国文》卷三十七,中华书局1958年版。
⑤ (唐)魏徵:《群书治要序》,载(清)董诰等编:《全唐文》卷一百四十一,中华书局1983年版,第1431页。

柳宗元称:"文之用,辞令褒贬,导扬讽谕而已。"①

白居易称:"古之为文者,上以纽王教,系国风,下以存炯戒,通讽谕。故惩劝善恶之柄,执于文士褒贬之际焉;补察得失之端,操于诗人美刺之间焉。"②

陈舜俞言:"《诗》有美刺,美刺者,善恶之用也。"③

程珌称,"诗与乐皆所以宣天地之和者也,是故以美颂为贵,次则风刺焉,次则讥切焉,又次则怨怒焉,降是则风云显晦,草木英瘁而已耳"④,又言"诗非徒作也,有上下风刺之义焉"⑤。

诵美讥过、记是贬非、劝善惩恶的道德评判成为历代相沿的文学传统,无论是作为理论的抽象提出,还是作为创作的具体实践,均可称之为民族心理的文学体现。时运交移,王朝兴废,治乱更迭,文学演变虽不与政治同步,却非一成不变,自有其盛衰之道,然而蕴于其后的民族心理却历代相沿,贯穿始终,不断沉积,历周秦汉魏、晋唐宋元而更臻成熟。成熟的民族心理自然保持着习惯的文学体现。

"君子常存夫善善恶恶之心,恐其泯然与时而俱化,思有以扬之,而为之言,则固无所系于情,而能当乎理之公也。"⑥

"诗以理性情而约诸正,而推之可以考见王政之得失,治道之盛衰。"⑦

"诗道之关于世教尚矣,其美刺足以正人心,其咏歌足以移风俗,又推其极至于动天地感鬼神,亦固莫诗若也。"⑧

"夫作诗而不足以导扬盛美,刺讥当时,托物联志而见其志,则是'风'不必列十五国,而'雅'不必分大小也。虽工而余不好也"⑨。

相似观点理论的阐发表述正是民族心理的文学延续,对于明人而言,善善恶恶,美刺讽喻的文学传统已成为一种因历史积淀而形成的集体意识,而诸如"诗与政通""美刺""风化"等相关概念早已成为绝大多数士人为诗作文的一般心态与基本立场,其中当然有着科考内容的现实影响,但作为传统心理的观念渗透则更是一种潜移默化的习惯形成。文学表现中

---

① 《柳宗元集》卷二十一《杨评事文集后序》,中华书局 1979 年版,第 578 页。
② 《白居易集》,中华书局 1979 年版,第 1369 页。
③ (宋)陈舜俞:《都官集》卷六,上海古籍出版社 1987—1989 年版,文渊阁四库全书本。
④ (宋)程珌:《洺水集》卷八,上海古籍出版社 1987—1989 年版,文渊阁四库全书本。
⑤ (宋)程珌:《洺水集》卷九,上海古籍出版社 1987—1989 年版,文渊阁四库全书本。
⑥ (明)梁潜:《泊庵集》卷五,上海古籍出版社 1987—1989 年版,文渊阁四库全书本。
⑦ (明)杨士奇:《东里集》卷五,上海古籍出版社 1987—1989 年版,文渊阁四库全书本。
⑧ (明)周是修:《刍荛集》卷五,上海古籍出版社 1987—1989 年版,文渊阁四库全书本。
⑨ 《陈子龙文集·陈忠裕公全集》卷七,华东师范大学出版社 1988 年版,第 376 页。

的道德意识贯穿并融化于从动机到完成的整个创作过程,或隐或显的褒贬态度总可于古人作品中感觉触摸。尽管作为文学表征的风格样式往往因人因时而形态各异,异彩纷呈的明代文学自是一代士人的个性凸显,然而,作为文学共性的道德褒贬却是蕴于其后的成熟心理所呈现出的思维定式。

　　需要指出的是,贯穿270余年明史历程的党争聚讼虽是就政治利益的争夺而展开,而伦理判断始终渗透其中,与之交织的名节砥砺更是传统道德的现实训练,有明一代,特殊的政治生态使得道德褒贬的传统意识尤为凸显,最具政治伦理意味的忠奸之辨当然是最频繁的话题,而作为道德评判的文学表现更是不厌其烦地阐述着这　话题。

　　王振以权宦首为擅权,势倾朝野,正统八年五月雷震奉天殿,翰林侍读刘球应诏陈言。而"初,球言麓川事,振固已衔之。钦天监正彭德清者,球乡人也,素为振腹心。凡天文有变,皆匿不奏,倚振势为奸,公卿多趋谒,球绝不与通。德清恨之,遂摘疏中揽权语,谓振曰:'此指公耳。'振益大怒。会(董)璘疏上,振遂指球同谋,并逮下诏狱,属指挥马顺杀球。顺深夜携一小校持刀至球所。球方卧,起立,大呼太祖、太宗。颈断,体犹植。遂支解之,瘗狱户下"①。宦官历来为士人不耻,作为近侍的太监通常的弄权手段则是取媚君王、博宠于上、施威于下的奸佞行为,朝臣与太监对抗自然成为颇具典型的忠奸抗衡。刘球死后,余姚布衣成器,"即邑中龙泉山顶为文祭之。祭毕,以馊颁诸同志,其文历述古今权奸之祸,凡三千余言,人谓之'祭忠文',命其地谓'祭忠坛'。诗曰:万古兴亡泪满笺,一坛遥忆祭忠年。大书笔在凭谁执,高调歌沉待我传。无地可投湘水裔,有天应照越山颠。布衣闵世尤堪吊,何处松楸是墓田"②。论者称:"迹其所为,若谢翱、王炎午之于文信国,皆非有为而为之者"③。文天祥历来被认为是忠节正气的典范形象,谢翱的西台恸哭、生祭忠良更是传统道德心理的淋漓展现,成器的祭忠行为自然有着前贤的影响,但特意点明的"非有为而为之",所强调的则是这一行为的无目的性,所谓的"非有为"乃是一种无须督促的自觉行为,藏于其后的根本动机则是作为民族传统心理的忠奸之辨。民间的旌表行为随时感激而发,然而,不管是否曾亲自过问,所有的忠良冤案均有着至尊天子的名义审定,故而,朝廷的表彰每每滞后,通常的惯例是前朝

---

① 　(清)张廷玉等:《明史》卷一百六十二,中华书局1997年版,第1145页。
② 　(明)李乐:《见闻杂记》卷一,上海古籍出版社1986年版,第136页。
③ 　(明)伍余福:《苹野纂闻》,中华书局1985年版,丛书集成初编本。

受屈,后代嘉勉。刘球事件的最后结果是,"英宗北狩,振被杀。朝士立击顺,毙之。而德清自土木遁还,下狱论斩,寻痪死。诏戮其尸。景帝怜球忠,赠翰林学士,谥忠愍,立祠于乡"①。趋附王振的马顺居然被朝臣当场击毙,忠奸对立下的朝士意气可见一斑。倪谦为作《刘忠愍公祠堂记》,系之以诗曰:

> 人臣事君,其道曰忠。苟利于国,不有厥躬。侃侃刘公,有学有操。横经讲筵,引君入道。天忽示变,为戒孔昭。宜修德政,蓄其自消。吁谟远猷,乃具入告。犯讳触奸,祸机是蹈。谓公必毙,我柄斯专。岂意假手,毙尤烈焉。泰山鸿毛,等于一死。碟鼠踣麟,快彼惜此。帝念忠说,曰我良臣。恤以渥典,幽愤以伸。爰配乡贤,五忠一节。爰作斯祠,式专对越。公归来只,顾兹烝尝。公神在天,千载耿光。我作此诗,永歌公德。子子孙孙,承祀无忒。②

纪事之中,美刺已明;结尾的永歌公德、子孙承祀固为诗家常套,所呈现的正是青史褒贬的集体意识。若称"夫表扬忠义,以树风教,守令之职也"③,引为分内职守的褒扬心态同样有着忠奸之辨的意识贯穿。

值得注意的是,正统年间的大举征伐麓川虽遭批评,但以当时的眼光来看,战争中牺牲的将士同样被视为忠臣而受到褒扬,徐有贞《昭忠诗卷序》称:"昭忠诗者,京师诸荐绅大夫,为贵州都司佥都指挥事王公铬之死而作也。夫边将无交于京师诸大夫,佥都公,南边之将也,京师士大夫曷为为其死而作之诗,贤其人也,贤其人则曷为谓之昭忠,以其死王事也"④,传统道德观念下,死于王事,自然有着称"忠"的资格,"天子旌其忠,而通国慕其忠,故君子以其忠之可昭也,而昭之云尔。虽然,夫既旌于天子之命矣,又曷为其必以士大夫之诗昭之邪?曰:天子以政令赏罚于上,士大夫以言辞美刺于下,上下相为表里,以通观戒,扬善而抑恶,修人纪而植世教,古之道也。今世之为将臣者,岂独此公哉,其位高于公,权重于公,宠盛于公者,比肩而立也,使人人皆克如公之以死勤事,则岂有失地丧师之辱哉?岂有缓急不得其用而误国者哉?然则,君子之昭其忠,盖将以激夫不忠者而劝之忠也,激

---

① (清)张廷玉等:《明史》卷一百六十二,中华书局1997年版,第1145页。
② (明)倪谦:《倪文僖集》卷十五,上海古籍出版社1987—1989年版,文渊阁四库全书本。
③ (明)倪谦:《倪文僖集》卷十五,上海古籍出版社1987—1989年版,文渊阁四库全书本。
④ (明)徐有贞:《武功集》卷四,上海古籍出版社1987—1989年版,文渊阁四库全书本。

夫不忠而劝之忠,固诗之为贵者也"①。曾为一代阁臣的徐有贞特意点明了
士大夫作诗昭忠的政治意义,流露其中的正是传统美刺观念的延续,其"在
史馆,修何尚书文渊事,赋诗曰:温州太守重来归,昔和廉退今何违。却金馆
在已如扫,掩月堂寒空掩扉。人间固有假仁义,天下岂无公是非。老夫忝秉
春秋笔,不作谀词取世讥"②。然而,文学的道德褒贬却不能代替现实的政
治选择,正是这位徐有贞在冤杀于谦的事件中扮演了极不光彩的角色,其后
又遭共谋夺门之变的曹吉祥、石亨诬陷入狱。史称徐有贞为才有过人者,
"假使随流平进,以干略自奋,不失为名卿大夫。而顾以躁于进取,依附攀
援,虽剖符受封,在文臣为希世之遇,而誉望因之隳损,其亦不免削夺。名节
所系,可不重哉"③。史家的名节关注正是道德褒贬的传统表现。然而,徐
有功的褒扬忠义虽因个人的最后品行而不免褪色,但作为士大夫的一种基
本态度表现却算不得伪情。

　　忠奸之辨作为一种根深蒂固的传统心理,在道德评判的巨大张力下,渗
透于整个传统社会,即或不学之弄权太监亦有此等念头。杨源,字本清,幼
习天文,授五官监候。正德元年,刘瑾等乱政,杨源借天象上言,劝武宗抑远
宠幸。"迨十月,霾雾时作,源言:'此众邪之气,阴冒于阳,臣欺其君,小人
擅权,下将叛上。'引譬甚切。瑾怒,矫旨杖三十,释之。又上言:'自正德二
年来,占得火星入太微垣帝座前,或东或西,往来不一,乞收揽政柄,思患预
防。'盖专指瑾也。瑾大怒,召而叱之曰:'若何官,亦学为忠臣?'源厉声曰:
'官大小异,忠一也。'又矫旨杖六十,谪戍肃州。行至河阳驿,以创卒。其
妻斩芦荻覆之,葬驿后。"④权宦刘瑾虽不学狡狠,但于忠奸之辨亦有一种市
井立场的理解:即高官被重用,得厚禄,自当效忠,而官职低微者,受皇恩既
浅,效忠程度自可降低,带有交换色彩的世俗观念所强调的是君臣之间的利
益相应,与士大夫以忠君为天职的精英意识自不相同,然而,字里行间中仍
可看出刘瑾对于忠臣的道德认可。然而生理、心理的特殊原因,使得包括刘
瑾在内的许多太监们并不能如同朝臣大夫般尽忠守节,特殊心态下的任性
行为往往不顾名节,不惜置身于忠臣的对立面,然而,即便如此,他们仍不能
接受奸佞的批评,闻之必怒,虽有个人心理的作用,但作为一般道德的忠奸
之辨隐然可见。

　　权阉原为士人所不耻,对于宦官的道德要求本就不高,忠奸对立中每有

---

①　(明)徐有贞:《武功集》卷四,上海古籍出版社 1987—1989 年版,文渊阁四库全书本。
②　(明)陆楫:《蒹葭堂杂著摘抄》,中华书局 1985 年版,丛书集成初编本。
③　(清)张廷玉等:《明史》卷一百七十一,中华书局 1974 年版,第 4577 页。
④　(清)张廷玉等:《明史》卷一百六十二,中华书局 1997 年版,第 1148 页。

不屑情绪夹杂其中,然而,对本以尽忠为天职的士大夫群体而言,忠奸之辨的道德褒贬就更为凸显了。《明史·奸臣传》称:

> 《宋史》论君子小人,取象于阴阳,其说当矣。然小人世所恒有,不容概被以奸名。必其窃弄威柄、构结祸乱、动摇宗祏、屠害忠良、心迹俱恶、终身阴贼者,始加以恶名而不敢辞。有明一代,巨奸大恶,多出于寺人内竖,求之外廷诸臣,盖亦鲜矣。当太祖开国之初,胡惟庸凶狡自肆,竟坐叛逆诛死。陈瑛在成祖时,以刻酷济其奸私,逢君长君,荼毒善类。此其所值,皆英武明断之君,而包藏祸心,久之方败。令遇庸主,其为恶可胜言哉。厥后权归内竖,怀奸固宠之徒依附结纳,祸流搢绅。惟世宗朝,阉宦敛迹,而严嵩父子济恶,贪黩无厌。庄烈帝手除逆党,而周延儒、温体仁怀私植党,误国覆邦。南都末造,本无足言,马士英庸琐鄙夫,饕残恣恶。之数人者,内无阉尹可依,而外与群邪相比,罔恤国事,职为乱阶。究其心迹,殆将与杞、桧同科。①

官修正史的褒贬定位自然有着特殊的政治关注,于君子小人的道德辨析外,又特意标明了"动摇宗祏、屠害忠良"的政治恶迹。关于列入奸臣传的诸臣,史家略有争议,赵翼即称"周延儒不过一庸相耳,以之入《奸臣传》,未免稍过"②,关于胡惟庸亦略有争议,对于严嵩,"从嘉靖以来比较著名的史家对严嵩的评价也大多都不利,像李诩、焦竑、李贽、沈德符、郑晓、朱国祯、谢肇淛、谈迁等,他们或为严嵩说些好话,或对徐阶某些做法提出批评,或对严嵩并未做出'奸佞'的结论,但似乎也都对严嵩提出非议"③。然而,明代史家对于严嵩的态度虽有同情宽松,但社会的舆论谴责却略不为贷,钱谦益称,严嵩"凭藉主眷,骄子用事,诛夷忠良,颓败纲纪,遂为近代权奸之首,至今儿童妇人,皆能指其姓名,戟手唾骂"④。严嵩起家寒素,初仕而贫,"一官系籍逢多病,数口携家食旧贫"⑤,寒窗苦读,储才馆阁,借丁忧守制,归隐钤山,"结茅植援,耽书履素,棳簪弁而冠鹬,闲甘脆而茹粝"⑥,清誉满

---

① (清)张廷玉等:《明史》卷三百零八,中华书局 1997 年版,第 2026 页。
② (清)赵翼撰,王树民校证:《廿二史劄记校证》卷三十一,中华书局 1984 年版,第 729 页。
③ 梁希哲、王剑:《关于严嵩评价的史料问题》,《史学集刊》1996 年第 4 期。
④ (清)钱谦益:《列朝诗集》丁集第十一,影印清顺治九年毛氏汲古阁刻本。
⑤ (明)严嵩:《钤山堂集》卷二,齐鲁书社 1996 年版,四库全书存目丛书本。
⑥ (明)崔铣:《洹词》卷十一《钤山堂集序》,上海古籍出版社 1987—1989 年版,文渊阁四库全书本。

世,相交皆为当世君子,如李梦阳、何景明、王鏊、王守仁之流。若其《赋少师杨公石斋》即有"省身成砥砺,比德象坚贞。色染云岚古,阴留竹柏清。补天功已巨,障海力犹劢"①,固为颂美杨廷和之意,实喻己志。尽管其得志用事之后,媚上陷忠,纵子贪鄙,遂为士林所不耻,然而,对其守贫持节的钤山养望却颇有同情之论。"分宜大宗伯以前极有声,不但诗文之佳,其品格亦自铮铮。钤山隐居九年,谁人做得南大司成分馔?士子至今称之"②,"韩魏公常言保初节易,保晚节难。在北门九日,宴诸曹诗有曰:莫羞老圃秋容淡,要看寒花晚节香。即如我嘉靖间分宜严公(嵩)做礼部尚书以前,人品尽好。嘉禾吴公鹏做工部尚书以前,人品亦好。只多做了首相与太宰,便弄到大不好田地,世间如二公者甚多"③。明代士大夫对严嵩的早年品行,多为肯定,并不疑其伪情,毕竟清贫难守,令节不保终为常事,至对于其于夏言、徐阶间的倾轧相争亦有所宽容。时论世评所最不能容忍的便是其柔媚事主、陷害忠良的奸佞行为。嘉靖猜忌,太阿独操,严嵩每以忠谨之貌固宠,年逾古稀,尚不惜损伤身体,代朱厚熜试服丹药,虽自称"尽忠报主",却可见其邀恩保位之心态。如此行径固为失节,于君王个人而言,却也有些"忠"的意味。其招致毕生骂名的恶迹乃是其构陷忠良的难脱罪责。④

礼科给事中沈束以严嵩擅政不予大同总兵官周尚文恤典,上疏奏请,指斥"当事之臣,任意予夺,冒滥或悖蒙,忠勤反捐弃,何以鼓士气,激军心"⑤,严嵩大恚,激帝怒,下吏部都察院议。朝臣请宽恕者,多获罪。沈束后因他故得释。其后,庚戌之变,京畿被屠,刑部郎中徐学诗,愤然曰:"大奸柄国,乱之本也。乱本不除,能攘外患哉?"⑥上疏直斥严嵩奸贪异甚,内结权贵,外比群小,阴险莫测,贪黩无厌。然其时严嵩受宠,方士陶仲文密言嵩孤立尽忠,学诗特为所私修隙耳。结果徐学诗被下诏狱,削籍为民。而"学诗疏

---

① (明)严嵩:《钤山堂集》卷四,齐鲁书社1996年版,四库全书存目丛书本。

② (明)朱国祯:《涌幢小品》卷九,上海古籍出版社2005年版,第3304页。

③ (明)李乐:《见闻杂记》卷十一,上海古籍出版社1986年版,第1016—1017页。

④ (清)阮葵生《茶余客话》载:"李穆堂绂记闻最博,而持论多偏。在明史馆日,每谓严嵩不当入奸臣传。纂修诸公争之。李谈辩云涌,纵横莫当,诸公无以折之。杨农先学士椿,独从容太息曰:'分宜(号)当日,尚可为善,独恨杨继盛无知小生,猖狂妄言,织成五奸十罪三疏,传误后人,使分宜含冤莫白。吾曹今日修史,但将继盛竭力抹倒,诛其饰说诬贤,并将五奸十罪,条条剖析,且辩议恤议谥之非,则分宜之冤可白。'穆堂闻之,目怡神谔,口不能答一字,自此不复申前说。"李绂与严嵩同乡,严嵩在乡人中口碑极佳,至今尚然,然杨椿以忠奸对立的反驳更有着无可比拟的传统张力,纵横莫当的李绂自然"口不能答一字"。

⑤ (清)张廷玉等:《明史》卷二百零九,中华书局1974年版,第5531页。

⑥ (清)张廷玉等:《明史》卷二百一十,中华书局1974年版,第5553页。

虽不见用,然天下传诵,以为名言"①。其时,朝臣竞相弹劾严嵩,若叶经、谢瑜、陈绍与学诗皆同里,时称"上虞四谏",一时风气,略可窥见。而更具震撼的弹劾来自于疾恶如仇的锦衣卫经历沈炼,沈炼在奏疏中列举严嵩父子的十大罪状,结果被杖责数十,谪佃保安,沈炼被贬后,日相与詈嵩父子为常。且缚草为人,醉则聚子弟攒射之。或踔骑居庸关口,南向戟手詈嵩,复痛哭乃归。严嵩得知后,便思报复,借白莲教攀诬沈炼,以"谋叛"问斩,长子充军极边。其余二子被杖杀。严嵩父子权位既固,招奸弄权,忠奸已成水火之势,朝臣弹劾,如潮汹涌。王宗茂、杨继盛、周冕、赵锦均持"誓以一死以易天下之治"之志,慷慨谏言,蹈死不顾,其中以兵部员外郎杨继盛所罹之祸最为惨烈。杨继盛曾以"十不可、五谬"弹劾仇鸾而下诏狱,贬狄道典史。严嵩用事,因恨仇鸾,特意提拔,然而,杨继盛抵任一月,即以叛君十罪,欺上五奸,奏劾严嵩,被谗下狱,倍极诸般苦刑,"始终为铁脊之汉","杖死醒后,臀肉尽脱,股筋断落,脓血续涌,不亡如缕。又日夜笼匣,身关三木,痛不得抚,痹不得摇。昼不见日,夜不见星,药饵断绝,饮食沮抑,从古被逮之苦未有如此之烈者也"②。杨继盛在被将杖前,或遗之蚺蛇胆。却之曰:"椒山自有胆,何必蚺蛇哉!""岂有怕打之杨椒山者",朝审途中,士民"观者如堵,至拥塞不能行",颂为义士,斥嵩为老贼,杨继盛感慨吟诗:"风吹枷锁满城香,簇簇争看员外郎。岂愿同声称义士,可怜长板见亲王。圣明厚德如天地,廷尉称平过汉唐。性癖从来归视死,此身原自不随杨。"③至临刑时,杨继盛坦然就死,赋诗曰:"浩气还太虚,丹心照千古。生平未报恩,留作忠魂补。"④天下相与涕泣传颂之,忠肝义胆,可为一叹。

　　前后相继的弹劾行为、赴难蹈死的忠臣义节,本身即包含着忠奸之辨的伦理判断。昭雪之后的建祠、铸像诸行为亦是相似的心理表现。相关的文学表现更将这一传统发挥得淋漓尽致。徐渭有《沈参军(青霞)》诗为沈炼而作,"参军青云士,直节凌邃古。伏阙两上书,裸裳三弄鼓。万乘急宵衣,当廷策强虏。借剑师傅惊,骂座丞相怒。遗帼辱帅臣,筹边著词赋。截身东市头,名成死谁顾",以诗为史,褒贬自寓。郭本《哭杨焦山继盛》言:"滚滚数行泪,远为杨焦山。反复读谏草,五内皆湣然。自昔如弦直,累累死道边。机事渊海深,孰能察其端。天声震西北,地轴摇东南。日月复薄蚀,山湮谷成渊。问地地不语,吁天天不怜。孤愁何所极,塞于天地间。"感激忠良的

①　(明)焦竑:《玉堂丛语》卷四,中华书局1981年版,第126页。
②　(明)杨继盛:《杨忠愍集》卷二,上海古籍出版社1987—1989年版,文渊阁四库全书本。
③　(明)杨继盛:《杨忠愍集》卷三,上海古籍出版社1987—1989年版,文渊阁四库全书本。
④　(清)张廷玉等:《明史》卷二百零九,中华书局1974年版,第5542页。

哀痛叹惋中,同样蕴藏着扬忠斥奸的基本判断。至若戏曲小说的严嵩更是以奸佞出场,若《宝剑记》①《鸣凤记》《喻世明言·沈小霞相会出师表》《一捧雪》等,莫不指斥奸佞,褒扬忠义。细究史实,严嵩之恶,虽多在其子严世蕃,然而既身居首辅,未能尽忠,且纵子为患,固难脱其咎。明人何良俊尝言,"严介老之诗,秀丽清警,近代名家鲜有能出其右者。作文亦典雅严重,乌可以人而废之,且怜才下士亦自可爱。但其子黩货无厌,而此老为其所蔽,遂及于祸。又岂可以子而废其父哉?"②持论虽有中允之处,然而,对于严嵩诗予以认可者实为少数,陈田《明诗纪事》不录其人,后世对其诗的关注更少,忠奸之辨的传统张力,可见一斑。

又如"明世记诵之博,著作之富,推慎为第　"③,杨慎"二十四举正德六年殿试第一,授翰林修撰"。《明诗纪事》称:"升庵诗,早岁醉心六朝,艳情丽曲,可谓绝世才华。晚乃渐入老苍,有少陵、谪仙格调,亦间入东坡、涪翁一派"④。早期的杨慎以状元才气入诗,高明优爽,鸿博绝丽,自有六朝风韵,需要指出的是,杨慎是八股时文的状元,才子后的乾坤腐儒方是其人格本相。观其谏巡游,议大礼,修书述学,谪居感忧的行为即可发现这位才子背后的儒家人格。远离江南繁华、出身官宦的杨慎少年得志,很早就获得学优则仕的实践机会,实在与吴中的才子风流有着本质的不同。病中的才子无法寄情山水,最能流露日常诗酒风流后的真切关怀,如其《病中秋怀》:"炎荒避地廿年过,杞国忧天奈尔何? 杂种犬羊纷北虏,妖氛牛斗更南倭。浮云江汉愁心结,新月关山涕泪多。身佩安危有诸老,舌扪孤孽且长歌。"⑤其绝笔《六月十四日病中感怀》尚念:"迁谪本非明主意,网罗巧中细人谋。"⑥陷入党争自是杨慎的不幸,但临终前忠奸的申辩却是理学体制下一切失意儒士的永恒反思,虽才子亦不能免,况为时文状元欤? 明代士人,每以名节自勉,身处党争氛围下则总不免失意,杨慎的忠奸心态同样有其典范意义。

在明代政治生态而格外凸显的忠奸之辨,更交织于道德褒贬的传统文学观念,成为明人诗作的常见心理模式,如"忠良怒切齿,奸宄竞攀援""忠

---

① 焦循《剧说》称"李仲麓之《宝剑记》则指分宜父子",董康《曲海总目提要》:"开先特以诋严嵩父子耳"。

② (明)何良俊:《四友斋丛说》卷二十六,中华书局1959年版,第239页。

③ (清)张廷玉等:《明史》卷一百九十二,中华书局1997年版,第1316页。

④ 陈田辑撰:《明诗纪事》第3册,上海古籍出版社1993年版,第1399页。

⑤ (明)杨慎:《升庵集》卷二十八,上海古籍出版社1987—1989年版,文渊阁四库全书本。

⑥ (清)钱谦益:《列朝诗集》丙集第十五,影印清顺治九年毛氏汲古阁刻本。

良坐荼毒,陨涕盈道路""鸱鸮诗奏忠谁白,松柏歌成恨岂销""未识庞萌真老贼,妄期侯景作忠臣""贪夫柄国忠良没,巨敌临郊社稷危""既拒伍胥忠,还甘太宰佞"。特定生态下的文学表现有着深刻的民族烙印,所体现的正是作为心理范式的忠奸之辨。

三、忠奸声名与文坛盟主

有明一代,与党争相映成趣的一个文学现象便是文人结社,如同党争的渊远流长,文人结社亦自有传统。侧重于政治的党与文化色彩颇重的社①之间虽略有旨趣的不同,但作为明代士人生活的共同构成,参与者又多有重叠,不免有所关联,而借文化交际以培养政治感情又为官场通例,党、社之间不免有所纠缠,文艺行为中往往交织政治色彩,而政治相争的意气风习同样渗透于文艺行为。晚明党争最烈,然文人结社亦最盛,以至于"朝之党,援社为重;下之社,丐党为荣"②,渐有相融之势。其实,作为群体性的集合,通常有一个共同主题,参与者的共同兴趣、共同关注均可成为这一主题,然而,参与成员大多有着共同的知识结构,朝中党人自然经过八股科举的淘洗,而社中文人也多数接受过道学的熏陶,基本的道德判断、伦理意识自然相似,尽管这些基本的相同点未必会成为社团的核心关注,但却是结盟的起码条件。"异道不同谋"或者应是明代的党、社相融的重要前提条件,一般而论,攀附权宦的阉党与朝中正士不会结社唱和,奸佞之徒亦不会与忠良之士为伍,即便结社初期因劣迹不明而相为接纳,一旦恶行表露,通常会被排斥于外。明人最重名节砥砺,忠奸之辨更为大节所在,在"重道轻文"的一般传统之下,诗文结社历来有着余暇燕集的意味,以余暇为余事自然合理合法,所叙所状多在自得情趣,可以不必时时刻刻负载道义。然而,作为民族心理的忠奸之辨所体现的则是一种普遍的道德关注,在明代的党争聚讼与名节砥砺中往往呈现为另一种特殊的文学张力——文坛盟主的影响。

明祖开国,旷然复古,宋濂师古崇道,醇深演迤,居文臣之首,其后杨士奇以阁臣身份领袖文坛,雍容典雅,黻黻文治。嗣后,李东阳出入宋、元,溯流唐代,擅声馆阁。宋濂虽品秩不高,却为朱元璋之近侍,杨士奇、李东阳更是身居高位,近日的位置自然有着特别的号召力,但李东阳的时代却远不能与杨士奇的宣德治世相比,王振弄权至有土木之变,其后,曹吉祥、汪直恃宠专擅,扰乱朝政,正德时又有刘瑾横行,而朝臣与权宦的争斗亦随之而烈。

---

① 参见谢国桢:《明清之际党社运动考》,辽宁教育出版社 1998 年版,第 1—9 页。
② (清)朱一是:《谢友人入社书》,载《为可堂集》,清末刻本。

李东阳屡称"世路风波无定所,天涯时节忽惊心"①,"莫道茶陵水清浅,年来平地亦风波"②,朝政时局关注下的政治心态尽在"风波"之感,"吾生苦多难,忧患为樊笼。柔肠结成寸,意气惨不融"③,忧国之心中却也流露出柔弱禀性,尽管《怀麓堂集》中的"忧国"一词即出现 34 次,但这位"白头夜中长忧国""忧国暗催青鬓改"的阁臣却在与刘瑾的政治抗衡中表现出了"不当"的软弱:阁臣刘健、谢迁、李东阳上疏请诛刘瑾等人,朱厚照不从,刘瑾执掌司礼监,三人即日辞位,独留李东阳,虽再疏恳请,不许。史称:"初,健、迁持议欲诛瑾,词甚厉,惟东阳少缓,故独留。健、迁濒行,东阳祖饯泣下。健正色曰:'何泣为? 使当日力争,与我辈同去矣。'东阳默然"④。其实,顾命辅臣,自不能一日尽去,故刘瑾择其软弱者留之,独留李东阳的根本原因虽在于此,但禀性中的柔弱却是众目所睹。刘健的正色喝泣已是名节心态下的当面批评,而独留内阁的李东阳委蛇避祸,委曲匡持,弥缝其间,多所补救,阳为调剂,阴护正人。然而,如此的行为却同样有着"不当"的软弱性,"气节之士多非之。侍郎罗玘上书劝其早退,至请削门生籍"⑤。更有投诗劝讽曰:"文章声价斗山齐,伴食中书日已西。回首湘江春草绿,鹧鸪啼罢子规啼",末句盖以鸟语"哥哥行不得也,不如归去",劝其归退⑥。门生请削籍,刺诗以劝归,所体现的正是本性柔弱的李东阳在党争、名节中的尴尬处境,尽管就实际政治意义而言,李东阳的行为自有其合理意义,但在明代士人的名节意识下,在忠奸之辨中表现的软弱却被放大了许多,持身廉正的李东阳自然不会被指为奸佞,但与政治身份相关的文坛盟主却不免移让,而接主文柄的却是户部郎中李梦阳。

李梦阳,"弘治六年举陕西乡试第一,明年成进士,榷关,格势要,构下狱,得释"⑦。十八年,应诏上书,指斥国戚张鹤龄。因后母金夫人泣诉,被系锦衣狱,寻宥出,夺俸。途遇寿宁侯,詈之,击以马箠,堕二齿,寿宁侯不敢校也。其后,"刘瑾等八虎用事,尚书韩文与其僚语及而泣。梦阳进曰:'公大臣,何泣也?'文曰:'奈何?'曰:'比言官劾群奄,阁臣持其章甚力,公诚率诸大臣伏阙争,阁臣必应之,去若辈易耳。'文曰:'善。'属梦阳属草。会语

① 《李东阳集》第一卷,岳麓书社 1984 年版,第 253 页。
② 《李东阳集》第一卷,岳麓书社 1984 年版,第 643 页。
③ 《李东阳集》第一卷,岳麓书社 1984 年版,第 146 页。
④ (清)张廷玉等:《明史》卷一百八十一,中华书局 1997 年版,第 1250 页。
⑤ (清)张廷玉等:《明史》卷一百八十一,中华书局 1997 年版,第 1250 页。
⑥ 此诗为多种明代笔记所引,多未标名氏,蒋一葵《尧山堂外纪》卷八十七称为扬州陆沧浪所作。
⑦ (清)张廷玉等:《明史》卷一百七十四,中华书局 1974 年版,第 7346 页。

泄，文等皆逐去。瑾深憾之，矫旨谪山西布政司经历，勒致仕。既而瑾复摭他事下梦阳狱，将杀之，康海为说瑾，乃免。瑾诛，起故官，迁江西提学副使，李梦阳不往揖巡按御史，且敕诸生毋谒上官，即谒，长揖毋跪。又得罪诸官，羁广信狱。诸生万余为讼冤，不听。以冠带闲住去"①。

由正史所载的一生行事中，李梦阳的禀性品格已略可窥见。本传称其"既家居，益跅弛负气，治园池，招宾客，日纵侠少射猎繁台、晋丘间，自号空同子，名震海内"②。即史载的表面叙述而言，跅弛负气下的治园招宾，纵侠射猎造就了其"名震海内"的声势影响。"跅者，跅落无检局也。弛者，放废不遵礼度也"③，逾越礼法的傲世行为，原是历代才士在失意时的习惯表现，在极重礼仪规范的传统社会中，任才放旷、不受拘束的违礼行为备受世人瞩目，名声鹊起实是不足为奇的自然结果。《明史·文苑传》称："弘、正之间李梦阳、何景明倡言复古，文自西京、诗自中唐而下，一切吐弃，操觚谈艺之士翕然宗之。明之诗文，于斯一变"④，俨然为文坛之主，但"操觚谈艺之士"的"翕然宗之"却不是单凭跅弛负气的"名震海内"可以造就的，尤其在礼法社会，放旷不羁的越礼行为虽引人关注，却未必能得到尊重。文坛盟主乃至其"名震海内"的深刻原因实在于有明一代砥砺名节、明辨忠奸的士人心态。

在党争、名节交织下的明代仕途中，官员们入狱被贬虽为常事，但更多情况下的身陷囹圄却是颇为荣耀的事情，在忠奸之辨的传统心理中，入狱成为"忠节"的典范象征，士人入狱，往往能博得清议支持，赢得令名。李梦阳先因格势要而入狱，后因指斥国戚而再次入狱，草疏弹劾刘瑾，入狱几死，其后，因忤上官再次入狱被贬，后又因为朱宸濠作《阳春书院记》被指为逆党，被逮。屡屡入狱的李梦阳无疑是明代党争聚讼的牺牲品，但同时也在砥砺名节的士人心态中赢得了极大的声誉。尤其是与权宦刘瑾抗争过程中的坚决表现，使其在忠奸之辨的传统心理中获得了更大的社会认同，与李东阳"因循隐忍"的"软弱"表现形成鲜明的对照。尽管就政治策略乃至实际作用而言，李东阳的阴庇正士未必逊色于李梦阳的刚直抗争，然而，传统社会的文化和结构更要求"以德性的实践来解决政治问题"⑤，明代政治聚讼所凸显的名节砥砺、忠奸之辨正是这一传统的表现。李东阳的"软弱"为气节之

① （清）张廷玉等：《明史》卷一百七十四，中华书局1974年版，第7347页。
② （清）张廷玉等：《明史》卷一百七十四，中华书局1974年版，第7347页。
③ （汉）班固：《汉书》卷六，中华书局1962年版，第198页。
④ （清）张廷玉等：《明史》卷一百八十五，中华书局1974年版，第7307页。
⑤ ［美］A.麦金太尔：《德性之后》，龚群、戴扬毅等译，中国社会科学出版社1995年版，第172页。

士诟病，"西涯公处于刘瑾、张永之际，不可言臣节矣"①，同与其列的李梦阳同样深表不满，"弘治时，宰相李东阳主文柄，天下翕然宗之，梦阳独讥其萎弱"②。对于文坛前辈李东阳，李梦阳并不否认"我师崛起杨与李，力挽一发回千钧"③，视之为师，但其对杨一清的格外标举却另有用意，"盖成、弘时长沙为一世宗匠，献吉并举杨、李，不欲专主齐盟，轩杨正所以轻李也"④，李梦阳评点杨一清《石淙诗稿》，每以高格古调相许，虽为论诗，但作为普遍意识的名节心理已在其中。诗以言志，文如其人，李东阳的政治"软弱"自然也成为其诗歌之弊。李梦阳为李东阳所作寿诗，仅以"文章班马则，道术孟颜醇"⑤一句称其文章，而盛赞其书法，已见微意。至李东阳去世后，更有"柄义者承弊袭常，方工雕浮靡丽之词，取媚时眼"⑥之论。虽未明言，然所指已明，然玩味其词，所指泛泛，究其根本却在李东阳的政治品格。四库馆臣称："（李）东阳如衰周、弱鲁，力不足御强横"⑦，虽为论文，其后却是相似的政治关注。陈田先生称："平心而论，茶陵诗文固自可传，而空同复古之功，亦不可没。从古文人相轻，由来已然，论者固不必为之左右袒矣"⑧。然而，这样平心静气的持论却不会在渗透着党争聚讼与名节砥砺下的明诗生态中出现。

李东阳被贬作赋称："疾余生之蠡特兮，性重刚而习坎。吾既婵直获斯厉兮，孰复讼心于颠颔。悲群志之诡异兮，恒忌胜而营已，与已好则曰好兮，忍懵蛾眉而攻毁綮，圣人无小大兮，吾闻大道以天下为公，彼党同以掩饰兮，綮非侍而谓忠，惟古人之丑伪兮，进四夷而投北胡。今士之媿秽兮，廉之则云伐德"⑨，依旧是忠奸之辨的习惯心理，然而，"重刚""婵直"禀性下的骨鲠态度，却是名节心态下最为推重的士人品行。天下文士对于李梦阳的"翕然宗之"实有此种心理的推动之力，李梦阳的本身才力，以及复古口号在当时文学发展中的合理意义亦是不能忽视的影响号召⑩，但忠奸名节作

---

①　（明）崔铣：《洹词》卷五，上海古籍出版社1987—1989年版，文渊阁四库全书本。
②　（清）张廷玉等：《明史》卷二百八十六，中华书局1997年版，第1885页。
③　（明）李梦阳：《空同集》卷二十，上海古籍出版社1987—1989年版，文渊阁四库全书本。
④　（清）钱谦益：《列朝诗集》丙集第三，影印清顺治九年毛氏汲古阁刻本。
⑤　（明）李梦阳：《空同集》卷二十八，上海古籍出版社1987—1989年版，文渊阁四库全书本。
⑥　（明）李梦阳：《空同集》卷四十五，上海古籍出版社1987—1989年版，文渊阁四库全书本。
⑦　（清）永瑢等：《四库全书总目》卷一百七十，中华书局1965年版，第1490页。
⑧　陈田辑撰：《明诗纪事》第2册，上海古籍出版社1993年版，第1136页。
⑨　（明）李梦阳：《空同集》卷一，上海古籍出版社1987—1989年版，文渊阁四库全书本。
⑩　研究者于此论述颇详，可参见廖可斌先生《明代文学复古运动研究》、黄卓越先生《明永乐至嘉靖初诗学观研究》、陈书录先生《明代诗文的演变》及其他研究者的相关论述。

为明诗生态中一种极具张力的传统心理,同样不应忽略。其实,非只李梦阳一人,在以其为核心的文学复古派①中,实多同道。

何景明,"志操耿介,尚节义,鄙荣利,与梦阳并有国士风"。"刘瑾窃柄。上书吏部尚书许进劝其秉政毋挠,语极激烈。已,遂谢病归。逾年,瑾尽免诸在告者官,景明坐罢。……李梦阳下狱,众莫敢为直,景明上书吏部尚书杨一清救之"。"九年,乾清宫灾,疏言义子不当畜,边军不当留,番僧不当宠,宦官不当任",权宦"钱宁欲交欢,以古画索题,景明曰:'此名笔,毋污人手。'留经年,终掷还之";"廖鹏弟太监銮镇关中,横甚,诸参随遇三司不下马,景明执挞之。其教诸生,专以经术世务"②,卑视权贵,铮铮傲骨,亦为名节之士。

郑善夫,"以清操闻。时刘瑾虽诛,嬖幸用事。善夫愤之,乃告归,筑草堂金鳌峰下,为迟清亭,读书其中,曰:'俟天下之清也。'""武宗将南巡,偕同列切谏,杖于廷,罚跪五日。善夫更为疏草,置怀中,属其仆曰:'死即上之。'幸不死,叹曰:'时事若此,尚可靦颜就列哉!'乞归未得,明年力请,乃得归"③。

许天锡,"刘瑾肆虐加甚,大愤。六月朔,清核内库,得瑾侵匿数十事。知奏上必罹祸,乃夜具登闻鼓状。将以尸谏,令家人于身后上之,遂自经。时妻子无从者,一童侍侧,匿其状而遁。或曰瑾惧天锡发其罪,夜令人缢杀之。莫能明也"④。

王廷相,"裁抑镇守中官廖堂,被诬。时已改督京畿学校,逮系诏狱,谪赣榆丞"⑤。

顾璘,"数与镇守太监廖堂、王宏忤,逮下锦衣狱,谪全州知州"⑥。

刘麟,"刘瑾衔麟不谒谢,甫五月,摭前录囚细故,罢为民。士民醵金赆不受,为建小刘祠以配汉刘宠"⑦。

此外,若边贡、熊卓、王守仁、何瑭、崔铣等均曾与刘瑾等权宦势要有过不同程度的抗争,或入狱,或被贬。不难看出,在声势浩大的复古阵营中,忠义名节或是诗文之外的共同行为标志。李梦阳《朝正唱和诗跋》称:"诗倡

---

① 据廖可斌先生《明代文学复古运动研究》所述前七子复古派阵营而论。
② (清)张廷玉等:《明史》卷二百八十六,中华书局 1974 年版,第 7349—7350 页。
③ (清)张廷玉等:《明史》卷二百八十六,中华书局 1974 年版,第 7357 页。
④ (清)张廷玉等:《明史》卷一百八十八,中华书局 1974 年版,第 4988 页。
⑤ (清)张廷玉等:《明史》卷一百九十四,中华书局 1974 年版,第 5155 页。
⑥ (清)张廷玉等:《明史》卷二百八十六,中华书局 1974 年版,第 7355 页。
⑦ (清)张廷玉等:《明史》卷一百九十四,中华书局 1974 年版,第 5152 页。

和莫盛于弘治,盖其时古学渐兴,士彬彬乎盛矣。此一运会也……自正德丁卯之变,搢绅罹惨毒之祸,于是士始皆以言为讳,重足紧息,而前诸倡和者亦各飘然萍梗散矣,赖皇帝明圣,断殛元恶,伸拔英类,于是海内之士复矫矫吐气,此又一运会也"①。正德二年,刘瑾矫诏榜"奸党",勒令致仕,而唱和者即"各飘然萍梗散",可见唱和者与刘瑾的对立关系,权阉的"奸党"恰是士人心中的忠良——原是忠奸之辨在党争中的最一般表现,唱和者以"朝正"为名,正是同样的思路。据此,不难看出,名节心态下的忠奸之辨虽不是诸子结社唱和的原因,却是唱和者们的基本心态与共同关注。当权阉专擅时,阁臣李东阳以委曲隐忍而失士心,郎中李梦阳则以重刚婞直而得清誉,此消彼长,"异军特起,台阁坛坫,移于郎署"②。李梦阳虽以诗文名重天下,然藏于其后的个人名节却是明诗生态中不能忽视的重要原因。

　　同样的现象亦发生在后七子的复古运动中,"后七子复古运动不仅是一场文学运动,而且具有浓厚的政治色彩。在它的发展前期,它与反对严嵩集团的斗争紧密相关。在某种程度上甚至可以说,没有反严嵩集团的斗争,就没有后七子复古运动"③。鲜明的忠奸立场实已将后七子的基本心态呈现无遗。

　　李攀龙,"九岁而孤,家贫,自奋于学","厌训诂学,日读古书,里人共目为狂生"。任职顺德知府,有善政。上官交荐,擢陕西提学副使。乡人殷学为巡抚,檄令属文,攀龙怫然曰:"文可檄致邪?"拒不应。念母思归,谢病不起,"既归,构白雪楼,名日益高。宾客造门,率谢不见,大吏至,亦然,以是得简傲声"④。又"有边将触法不至死者,柄臣子(严世蕃)怒其不赂,必欲置诸辟,而竟不能夺之于鳞从末减"⑤。

　　王世贞,"奸人阎姓者犯法,匿锦衣都督陆炳家,世贞搜得之。炳介严嵩以请,不许。杨继盛下吏,时进汤药。其妻讼夫冤,为代草。既死,复棺殓之。嵩大恨。吏部两拟提学皆不用,用为青州兵备副使"⑥。

　　杨继盛入狱时,王世贞、宗臣、吴国伦等皆去看望,行刑时又苦祭于刑

①　(明)李梦阳:《朝正唱和诗跋》,载(清)黄宗羲编:《明文海》卷二百六十二,中华书局1987年版,第2763页。
②　陈田辑撰:《明诗纪事》第2册,上海古籍出版社1993年版,第1135页。
③　廖可斌:《明代文学复古运动研究》,上海古籍出版社1994年版,第193页。
④　(清)张廷玉等:《明史》卷二百八十七,中华书局1974年版,第7377页。
⑤　(明)殷士儋:《李攀龙墓志铭》,载《沧溟集》附录,上海古籍出版社1987—1989年版,文渊阁四库全书本。
⑥　(清)张廷玉等:《明史》卷二百八十七,中华书局1974年版,第7399—7380页。

场。吴国伦更"倡众赙送,忤严嵩,假他事谪江西按察司知事"①。

可见,后七子行事亦持重名节,明辨忠奸,傲视权贵,无亏士行。虽无李梦阳屡屡入狱的士林"荣耀",但李攀龙疏狂简傲,不畏权上,持身清峻,"太肮脏于俗态"②却也在明代的党争聚讼与名节砥砺中博得高名。更应留意的是,李攀龙的诗作多为人诟病,"所拟乐府,或更古数字为己作,文则聱牙戟口,读者至不能终篇。好之者推为一代宗匠,亦多受世抉摘云"③。钱谦益称其"高自夸许",朱彝尊指为"妄人",四库馆臣则称,"世贞与攀龙齐名,而才实过之"。然而,好之者却终推其为一代宗匠,王世贞虽指出其诗作的"临摹帖"之弊,却始终推许,甘居其下,李攀龙年龄居长,早倡复古,固为原因,然而,明代士人特有的名节心态却不能忽略。王世贞《艺苑卮言》的最后一条称:

> 大抵世之于文章,有挟贵而名者,有挟科第而名者,有挟他技如书画之类而名者,有中于一时之好而名者,有依附先达,假吹嘘之力而名者,有务为大言,树门户而名者,有广引朋辈,互相标榜而名者。要之,非可久可大之道也。迩来狙狯贾胡,以金帛而买名,浅夫狂竖,至用詈骂谤讪,欲以胁士大夫而取名。唉,可恨哉!④

由其所列数种可恨,正可逆推出其"可敬"的文名,尽管王世贞批评中有着应专以文章求名的纯文学思考,然而,诸种淘汰之后,砥砺名节仍是核心的关注。倨傲权贵、清峻立身的李攀龙所拥有的当然是"可贵"文名了。王世贞尚且如此,同处名节情绪下的明代士人亦大抵相仿。如同李梦阳,李

---

① (清)张廷玉等:《明史》卷二百八十七,中华书局1997年版,第1893页。此外,陈田先生云,徐学诗弹劾严嵩被贬,"知交无从者,俄闻有策蹇朗引:'去国一身轻似叶,高名千古重如山'者,乃谢茂秦也。茂秦豪气,可以挽末世浇薄之风",然未标明出处,今按:以当时士风而论,或不至此。王锜《寓圃杂记》补遗十则载:"常熟章孟端为御史时,多所弹劾。正统初,权贵忌之,罢归。京师士大夫以宋人赠唐子方'去国一身轻似叶,高名千古重如山'句分韵作诗送之,送者皆被远谪。"叶盛《水东日记》卷八载:"正统中,都察院因陈智、李庸事,奏去御史五人,三人出苏州。而成规敢言之士章珪亦无大过,颇为公论所少。杨仲举先生时为王府长史,以'去国一身轻似叶,高名千古重如山'分韵诸诸公赋诗送之。或以忤当道为言,先生毅然曰:'彼固得罪于朝廷,不得罪于乡里,交际之礼,何可废耶?'"陈田《明诗纪事》,此则或为误记。
② (明)李攀龙:《沧溟集》卷二十九,上海古籍出版社1987—1989年版,文渊阁四库全书本。
③ (清)张廷玉等:《明史》卷二百八十七,中华书局1997年版,第1893页。
④ (明)王世贞:《艺苑卮言》卷八,载丁福保:《历代诗话续编》(下),中华书局1983年版,第1088页。

攀龙的主盟文坛,同样有着个人名节的影响因素。

其实,非但李梦阳、李攀龙如此,如袁宏道,"选吴县知县,听断敏决,公庭鲜事"①,又以清望擢吏部验封主事。而钟惺"为人严冷,不喜接俗客,由此得谢人事"②。虽非显赫事迹,但就个人名节而言,均无瑕疵③。袁宏道虽于物色财货颇为用心,更有著名的"五快活",然而,特定社会风气下,作为一种个体行为的对抗情绪,所体现的思想叛逆并不背离于传统的根本道德,况且在袁宏道的低俗品位之后尚有"出处志节"的高尚情怀④。可见,在党争聚讼与名节砥砺交织所观照下的明诗生态中,影响久远的文学流派代表人物通常要有忠奸名节的基本保证,如严嵩,位高权重,从者如云,其诗才颇佳,然而,非但不成流派,即便诗名,亦多因其人而湮灭。其间微尚,固可知矣。

---

① (清)张廷玉等:《明史》卷二百八十八,中华书局1974年版,第7398页。
② (清)张廷玉等:《明史》卷二百八十八,中华书局1974年版,第7399页。
③ 钟惺曾被卷入晚明党争,然而,其时诸党交诉,意气相争,钟惺虽非东林立场,却无名节亏损。参见邬国平先生《竟陵派与明代文学批评》(上海古籍出版社2004年版)相关论述,第15—25页。
④ 参见易闻晓先生《公安派的文化阐释》(齐鲁书社2003年版)相关章节。

第六章　思想学术中的诗歌表述

明代诗歌虽然离开了科举的关注视野,但是作为一种文化传统与社会心理,沦为"时文之余"的诗歌依旧是天下士人的身份标识。从某种程度上讲,士人的文雅风流或可称之为一种知识修养的外在表现。士人情志的诗歌投寄中自然有着知识理念的渗透,标志士人身份的诗歌无疑有着知识载体的象征意义,自然也可视为一种普遍的思想载体。无论是知识谱系的形成,还是一般信仰的构建,传统思想学术对于诗歌主体无疑有着极为普遍而深刻的影响,更以一种意识层面的心灵关注渗入有明一代的诗歌生态。

言及明代,理学与心学自然是躲不过的话题,就文学发展而言,一般的看法是理学抑制,心学推动。这个论断虽然有些简单武断,但还是有一定道理的,进入统治意识的理学思想与科举相结合,对士人思维、心态进行强制性的规范,这自然会扼杀性灵;心学,尤其是王学左派,作为一定程度上对理学的反动,自会冲破理学的篱藩,解放思想,开拓一片新天地,文学也随之出现新的气象。需要注意的是,理学与心学同源异流①,除了彼此反动的一面外,二者还有互补的一面,理学为士子规定了外在的行为规范,心学则是要让本心成为道德的主体,其实是要把外部所强加的伦理原则转变为自身先天的素质,以减轻实践的难度,二者的根本目的都是要依赖圣人学说,建立一种天下之"道",以作为永恒的伦理法则和士人精神,并以之为标准塑造一种士人品格,以走出文字狱的阴影,对抗社会中的利欲狂潮。"诗言志"与"诗如其人"是传统诗学的两大原则,人品要远比诗品重要,在明诗已经失去独立品格的情况下,理学与心学竭力保持着士人的独立品格,以诗歌主体的尊严维护着诗人个体的尊严。明代绝不乏敢死谏的臣士,他们的诗或许没有太高的艺术表现,但却有掷地有声的气节蕴含其中;明代亦不乏游戏人生的文士,他们的诗虽多流滑,但却有睥睨王侯的潇洒流荡其间。正因他们分别在理学与心学中找到了自己的独立人格,诗歌传统才得以延续。明代文人心态是明代文化中最亮丽的一道风景线,明诗虽然不济,但亦从一个侧面记录了这道景色,其中自然留下不少精彩。

除却精彩的心态风景线外,思想潮流的诗歌表述同样有着深刻的意义。

---

① 广义上的理学通常包括心学在内,已是学界共识。

韦勒克先生曾言，"对于表达哲学史和一般思想史中某种知识的诗文所做的评注，其价值无论怎样估计都不会过分"①。除却本身的哲学史、思想史自身价值外，更有文学史、批评史的相关价值，同时更有着文化史与心灵史的深刻意义，内蕴如此深广的诗歌当然不能以单一的文学审美来品评估计。况且"近代如薛敬轩、陈公甫、王伯安、赵梦白、高云从诗并佳，特以理学、事功、风节掩之。今重其人，不知爱其诗，故为表出"②。这正是明诗文学生态的特色之一，诗人身份往往为理学、事功、风节所掩盖，世之所重在其学问德行，功业气节，虽然不被重视，但对于明代士人而言，作为身份标识的诗歌行为并不缺少，自然也不乏佳作。王世贞即称："讲学者，动以词藻为雕搜之技；工文者，则举拙语为谈笑之资。若枘凿不相入，无论也。七言最不易工，吾姑举诸公数联，如：'翼轸众星朝北极，岷嶓诸岭导南条'，'天连巫峡常多雨，江过浔阳始上潮'，此薛文清句也；'溪声梦醒偏随枕，山色楼高不碍墙'，'狂搔短发孤鸿外，病卧高楼细雨中'，'千家小聚村村暝，万里河流处处同'，'残书汉楚灯前垒，小阁江山雾里诗'，'化石未成犹有泪，舞鸾虽在不惊尘'，此庄孔旸句也；'竹林背水题将徧，石笋穿沙坐欲平'，'出墙老竹青千个，泛浦春鸥白一双'，'时时竹几眠看客，处处桃符写似人'，'竹径傍通沽酒寺，桃花乱点钓鱼船'，此陈公甫句也；'万里沧江生白发，几人灯火坐黄昏'，'半空虚阁有云住，六月深松无暑来'，'春山日暮成孤坐，游子天涯正忆归'，'沙边宿鹭寒无影，洞口流云夜有声'，'春岩过雨林芳淡，暗水穿花石溜分'，'且留南国春山兴，共听西堂夜雨声'，'天迥楼台含气象，月明星斗避光辉'，'幽人月出每孤往，栖鸟山空时一鸣'，'山色古今余王气，江流天地变秋声'，'棋声竹里消闲昼，药里窗前对病僧'，'月绕旌旗千嶂暗，风传铃柝九溪寒'，此王文成句也，何尝不极其致"③。然而，文学生态的关注视野，却不仅停留于"发现佳作，故为表出"的"开掘"意义，而是要在诗与诗学、主体心志、思想学术的交织互渗中描述明代士人的思想脉络、诗歌旨趣、文化心理，"无论怎样估计都不会过分"的价值亦于中凸现。

---

① ［美］韦勒克、奥斯汀·沃伦：《文学理论》，刘象愚等译，江苏教育出版社2005年版，第125页。

② （清）乔亿：《剑溪说诗》卷下，载郭绍虞编选，富寿荪校点：《清诗话续编》（二），上海古籍出版社1983年版，第1112页。

③ （明）王世贞：《弇州四部稿》卷一百四十九，上海古籍出版社1987—1989年版，文渊阁四库全书本。

第一节　儒学主潮之下的诗歌理念——
以从祀四先生为例

　　传统诗学"言志""缘情"的本旨论争虽难定论,但一般观念中,言志抒情的诗歌并非哲理的最佳载体;然而,作为传统士子的人生构成,诗歌却成为古代知识阶层的群体标识之一。离开一般美学意义与诗学标准,作为士人身份象征的诗歌没有也不应受到内容的规限,正是在这层意义上,哲理之诗以一种人生体验与哲学思辨的文本投射,极自然地进入了传统士人的诗歌视域。"诗中谈理,肇自三《颂》"①,《诗》三百的经典特质自然有着导夫先路的范式意义。周秦诸子的哲学辨析已多韵语②,魏晋士人则有"寄言上德,托意玄珠"的玄言诗,其后,和尚道士亦将各自的思想纳入诗中,爰及赵宋,理学勃兴,并以一种知识信仰的辐射渗入诗中,遂有了儒者的理学诗。唐诗之外的宋诗完成了传统诗歌基本样板构建,以后的诗"所说不能出唐宋之范围,皆可分唐宋之畛域"③,元明间,进入官方意识形态的理学成为士子教育的必备常识,诗歌却大抵局囿于唐诗的光华之下,列于宋诗板块的理学诗自然不被提倡。然"有明文章事功,皆不及前代,独于理学,前代之所不及也"④,理学作为明代最为凸显的文化标识,其于一代士人心态、言行风尚影响至巨。理学与诗歌作为明代士子最为典范的身份标志,二者的绾结极其自然的水到渠成。然而,复古宗唐诗风弥漫下的明代理学诗作自不能完全循着宋代理学诗的路数演进,其间的变化微尚正可折射出宋明理学在不同文化生态下的诗歌体现。

　　南宋末的刘克庄、严羽或是最早的宋诗批评者,刘氏称:"唐文人皆能诗,柳尤高,韩尚非本色,迨本朝则文人多,诗人少。三百年间,虽人各有集,集各有诗,诗各自为体,或尚理致,或负材力,或逞辨博,少者千篇,多者万首,要皆经义策论之有韵者尔,非诗也。"⑤严氏亦称"近代诸公,乃作奇特解

---

① （清）张宜谦:《茧斋诗谈》卷一,载郭绍虞编选,富寿荪校点:《清诗话续编》(二),上海古籍出版社 1983 年版,第 792 页。
② 邓廷桢《双研斋笔记》卷三称"诸子多用韵文",朱维之《中国文学底宗教背景》指出,《老子》《庄子》"这两部先秦时代的经典确是伟大的文艺作品,因它们是无比的哲理诗"。
③ 钱锺书:《宋诗选注·序》,人民文学出版社 1989 年版,第 10 页。
④ （清）黄宗羲:《明儒学案·发凡》,中华书局 1985 年版,第 17 页。
⑤ （宋）刘克庄:《竹溪诗序》,载《后村集》卷二十三,上海古籍出版社 1987—1989 年版,文渊阁四库全书本。

会,遂以文字为诗,以才学为诗,以议论为诗,夫岂不工,终非古人之诗也。"①刘克庄的"非本色""非诗",严羽的"非古人之诗"是立足于诗歌审美标准的严厉批评,作为参照系的则是唐诗。刘、严的抨击对象是整个宋诗,更准确的说法或者应该是"宋调"②,"理致""材力""辨博"与"文字""才学""议论"的指摘切中肯綮,却大致标举出"宋调"的外部特征,理学诗自然也被囊括其中。许是一般观念中道学家形象刻板与诗的意趣灵动扦格不入,抑或作为理学诗之滥觞的"邵康节体"过于平白流滑,难入正统诗家的法眼,宋儒的理学诗作远不及理学本身得到认可。刘克庄在为《吴恕斋文集》作序时即称:"近世贵理学而贱诗赋,间有篇咏,率是语录、讲义之押韵者耳"③,刘克庄的批评自是其维护捍卫诗歌本色的一贯论调,然而,"后村'经义策论之有韵者'一句最道着宋诗之病,然其自作则亦有时而不免,岂知而故犯者邪"④,一代精神品格的内在凝聚并非一人一时可以转移,作为一种文化心理的时代积淀,自会不自觉地体现于笔下。刘克庄抨击理学诗的直接触因或在于《文章正宗》的编选,刘克庄自称:

> 《文章正宗》初萌芽,西山先生以诗歌一门属余编类,且约以世教民彝为主,如仙释、闺情、宫怨之类,皆勿取。余取汉武帝《秋风辞》,西山曰:"文中子亦以此词为悔心之萌,岂其然乎。"意不欲收,其严如此。然所谓"携佳人兮不能忘"之语,盖指公卿郡臣之扈从者,似非为后宫设。凡余所取而西山去之者大半,又增入陶诗甚多,如三谢之类,多不入。⑤

语中已隐有不满之意,书名《文章正宗》,"'正宗'云者,以后世文辞之多变,欲学者识其源流之正"⑥,真德秀的遴选宗旨显然有着正本清源的意

---

① (宋)严羽著,郭绍虞校释:《沧浪诗话校释》五,人民文学出版社1983年版,第26页。
② 钱锺书先生在《谈艺录》(中华书局1984年版,第236—238页)中即言"诗分唐宋乃风格性分之殊非朝代之别","唐诗宋诗,亦非仅朝代之别,乃体态性分之殊。天下有两种人,斯分两种诗……唐诗多以丰神情韵擅长,宋诗多以筋骨思理见胜。严仪卿首创断代言诗,《沧浪诗话》所谓本。朝人尚理,唐人尚意兴云云。曰唐曰宋,特举大概而言,为称谓之便,非曰唐诗必出唐人,宋诗必出宋人也"。关于唐、宋诗的辨析,可参看胡明先生《关于宋诗》(《文学评论》1997年第1期)、《关于唐诗》(《文学评论》1999年第2期)。
③ (宋)周密:《癸辛杂识·续集下》,中华书局1988年版,第207页。
④ (元)刘埙:《隐居通议》卷十,上海古籍出版社1987—1989年版,文渊阁四库全书本。
⑤ (宋)刘克庄:《后村诗话》前集卷一,中华书局1983年版,第4—5页。
⑥ (宋)真德秀:《文章正宗纲目序》,载《全宋文》第313册,上海辞书出版社、安徽教育出版社2006年版,第176页。

味。作为当时的文坛宗主,刘克庄的遴选自然有其关于诗歌"正宗"的理解与判断,然而,其为诗歌"正宗"所选的诗作竟然被真德秀删去大半,这无疑是在某种程度上对刘克庄诗学"正宗"观念的一种颠覆。碍于情面,刘克庄当时虽未力争,却不心甘①。暂时压抑的声音在对整个宋代诗坛的评判反思中吐露,力求"本色"的诗学捍卫中正暗含着其对于诗歌"正宗"观念的辩护。"正宗"历来是传统士人意识中的重要观念,由之而始,道学家与诗者便就这个涉及文化哲学导向的诗学命题展开了旷日持久的讨论。明人曹安《谰言长语》称:

> 宋真西山集古之诗文曰《文章正宗》,其于诗必关风教而后取。庐陵赵仪可讥之曰:"必关风教云乎,何不取六经端坐而诵之,而必于诗?诗之妙正在艳冶跌宕。"梁石门寅辩赵之言为非,由是言之,诗学汉魏盛唐,有关风教,去艳冶跌宕,等而上之,其惟三百篇乎?康衢之谣,虞廷赓歌,五子之歌,洪范数语,又三百篇之权舆也,古诗之祖也,读诗者不可不知。②

赵仪可,名文,宋末人,著有《青山集》,其墓志铭言"江右诸儒先称词赋家,必及赵仪可"③,自可以诗者目之。梁寅,《明史·儒林传》称其"自力于学,淹贯《五经》、百氏……结庐石门山,四方士多从学,称为梁五经,又称石门先生"④,自是儒学一脉。赵、梁之争辩正是刘克庄与真德秀遴选分歧的延伸。曹安,"字以宁,号蓼庄,松江人。正统甲子举人。官安邱县教谕","素负才名,著述甚富"⑤,作为理学规范下的举人,其"祖述三百"的源流辨析或可算作道学的支脉。清儒顾炎武则称:"真希元《文章正宗》其所选诗,

---

① 刘克庄于《题郑宁文卷》一诗称:"昔侍西山讲习时,颇于函丈得精微。书如逐客犹遭绌,辞取横汾亦恐非。筝笛岂能谐雅乐,绮纨原未识深衣。嗟余老矣君方少,勤向师门叩指归。"其自注云:"西山先生编《文章正宗》如《逐客书》之类,止作小字附见,内诗歌一门,初委余裒集,余取《秋风辞》,西山欲去之,盖其议论森严如此,郑君试以此意求之,可也。"按:郑宁文的诗集有真德秀所作跋文,刘克庄自谦的语气之中隐然有着不予接纳的排斥心理。

② (明)曹安:《谰言长语》,中华书局1991年版,丛书集成初编本,第1页。

③ (元)程文海:《赵仪可墓志铭》,载《雪楼集》卷二十二,上海古籍出版社1987—1989年版,文渊阁四库全书本。

④ (清)张廷玉等:《明史》卷二百八十二,中华书局1997年版,第1855页。

⑤ (清)永瑢等:《四库全书总目》卷一百二十二,中华书局1965年版,第1053页。文渊阁四库全书本《谰言长语》前提要,多"素负才名,著述甚富"一句。

一扫千古之陋,归之正旨。然病其以理为宗,不得诗人之趣"①,四库馆臣循顾氏之说而加以引申,"故德秀虽号名儒,其说亦卓然成理,而四五百年以来,自讲学家以外,未有尊而用之者。岂非不近人情之事,终不能强行于天下欤",并指出"道学之儒与文章之士各明一义,固不可得而强同"②的分歧所在。同样的思路还体现于对另一部颇具影响力的"理学诗选"——《濂洛风雅》的品评中:

> 朱子欲分古诗为两编而不果。朱子于诗学颇邃,殆深知文质之正变,裁取为难。自真德秀《文章正宗》出,始别为谈理之诗。然其时助成其稿者为刘克庄、德秀特因而删润之。故所黜者或稍过,而所录者尚未离乎诗。自履祥是编出,而道学之诗与诗人之诗千秋楚越矣。夫德行、文章,孔门即分为二科。儒林、道学、文苑,《宋史》且别为三传。言岂一端,各有当也。以濂洛之理责李杜,李杜不能争,天下亦不敢代为李杜争。然而天下学为诗者,终宗李杜,不宗濂洛也。此其故可深长思矣③。

金履祥的《濂洛风雅》以一种实践行为继续着关于诗歌"正宗"的争夺。元明以降,理学毫不动摇地占据着官方意识形态的主导地位,成为一般士人最为普遍的知识构成,然而,尽管有着"李杜不能争"的权威特性,理学却未能借此宗主诗坛,"天下学为诗者"中虽不乏四书八股浸润下的秀才举人,然"终宗李杜,不宗濂洛"的诗学格局却昭示出唐宋之后诗歌的哲学品位与文化属性。明代以理学开国,天下一宗朱学,"学者非五经孔孟之书不读,非濂洛关闽之学不讲"④,《五经大全》《四书大全》《性理全书》的颁布风行更有着规范思想的普及意义。理学之盛,固当凌驾宋元,然而,即便如此背景下的理学势力,亦未能树帜文苑。

"谢方石选集《伊洛遗音》而谓近世道学诗,为识者所姗笑,殊不知,程朱佳什,正合唐人也,可谓知言矣。陶之不喜亦不惧,即正心也,杜之安为动主理,信然即定性也。则宋人所谓道学者,先已得之矣"⑤。谢铎,字鸣治,

---

① (清)顾炎武,黄汝成集释:《日知录集释》卷三,上海古籍出版社1985年版,第233页。
② (清)永瑢等:《四库全书总目》卷一百八十七,中华书局1965年版,第1699页。
③ (清)永瑢等:《四库全书总目》卷一百九十一,中华书局1965年版,第1737页。
④ (清)陈鼎:《东林列传》卷二,上海古籍出版社1987—1989年版,文渊阁四库全书本。
⑤ (明)黄佐:《岩居稿序》,载(清)黄宗羲编:《明文海》卷二百三十八,中华书局1987年版,第2460页。

别号方石,弘治初,以翰林侍讲擢南京国子祭酒,后因疾辞官,屏迹山中,著书自乐,绝意仕进,言者称其"学行纯正,宜表率当世"①,明儒邵宝所撰《谢方石先生挽词》称其:"海隐本非唐少室,山居真似宋徂徕"②,"唐少室"当指唐代少室山布衣李筌,李筌曾为《阴符经》作注,然其"欲其文奇古,反诡谲不经。盖糅杂兵家语,又妄托子房、孔明诸贤训注,尤可笑,惜不经柳子厚一搉击也"③,"本非"的定位明确了谢铎的纯儒身份,随后的"真似宋徂徕"更将其比作宋代理学"三先生"之一的石介。万斯同撰《儒林宗派》,谢铎亦在其列。"著书自乐"的谢铎曾有《续西山读书记》《伊洛渊源续录》,《伊洛遗音》之用意大抵亦如同此类著作,仿效前人,继踵先贤。黄绾《谢文肃公行状》于谢氏颇为推崇,称其"于书无不读,其所为文甚多,尤长于诗,盖其精识绝人,论议归于一是"④,然述其著作,竟不及此,于取舍微尚中可知《伊洛遗音》之选,固不得士心矣。谢铎所谓"尤长于诗"远不在道学身份与承继前儒的理学诗选,乃在唐音的模拟相似,"自高杨张徐,诸人学唐尽有好者,后李西涯、谢方石、张亨父及沈石田律诗甚多生意,循唐人绳墨,自能杰然"⑤,如此方是明代诗学主流所接纳的诗家正调。安磐《颐山诗话》载:"庄定山云,'天地以来元有此,蓬莱之外更无山',李西涯录为佳句。国初王当宗诗:'三代以来方有学,六经之外更无书',定山毋乃太相袭欤。近见谢方石集有'唐舜以来皆是道,许巢之外更谁班。两汉以来皆智力,六经之外几删修。秦晋以来宁有治,虞周之上不同风'。方石未免坐此病也"⑥。所病之处固在句式立意的因袭,然王诗亦非首创,宋人家铉翁《圯上行》即有:"三代以还惟有汉,六经之外更无书",溯其源流,原为宋调,于明诗的主流审美倾向而言,却是更大的诗病。然而,对于理学谱系下的明儒谢铎而言,三代之风、六经之学作为一种经典的文化理念,其于诗中的流露亦是自然之事,亦如《伊洛遗音》的选集,均是一种道统责任感的具体实践。如明儒张吉,有诗称:

　　　　吾道作配者,阴阳与柔刚。勋华昔继作,四海蒙休光。鸿猷垂万

①　(明)吴宽:《匏翁家藏集》卷五十五,商务印书馆1926年版,四部丛刊本。
②　(明)邵宝:《容春堂集》前集卷六,上海古籍出版社1987—1989年版,文渊阁四库全书本。
③　(宋)黄庭坚:《跋翟公巽所藏石刻》,《全宋文》第106册,上海辞书出版社、安徽教育出版社2006年版,第288页。
④　(明)黄绾:《谢文肃公行状》,载(清)黄宗羲编:《明文海》卷四百五十,中华书局1987年版,第4863页。
⑤　(清)胡文学:《甬上耆旧诗》卷七,上海古籍出版社1987—1989年版,文渊阁四库全书本。
⑥　(明)安磐:《颐山诗话》,上海古籍出版社1987—1989年版,文渊阁四库全书本。

世，象尼独彰彰。孟轲氏既没，欲济嗟无航。世儒味糟粕，醉梦纷几场。坠绪竟莫寻，千载空彷徨。卓哉程夫子，挺生伊洛傍。遗经究终始，邹鲁风再扬。珍重紫阳翁，肆力为尤强。斯文旧正印，截截归大方。奈何百岁下，通途忽榛荒。伪儒事粉饰，周身袭逢章。秉圭立朝廷，那惜正风亡。低心拜二氏，正邪一秕穅。谢丈上蔡流，指摘中膏肓。舟中偶披阅，雅志薄云翔。欲仗镆铘铦，为君诛彼狂。①

此语可谓中的。非只谢铎一人，明代理学诸儒，承二程朱陆遗绪，以续接道统为念，大抵皆以恢扬圣学为任，立言行事中多有此意贯穿。道学思想成为一般士人的知识构成与基本信仰，诗歌则是儒者的身份标识与士人的交际媒介，二者的绾结正在情理之中。然而，由刘克庄与真德秀“正宗”争辩发端，元明间的道学与诗文背道而驰，“天下之学术分也久矣。谈道学者訾诗文，工诗文者嫉伊洛”②，其实，重道轻文本是道学之儒的一贯态度，但理学一统的知识背景下，“轻道”却非文章之士所敢秉持的文学主张，所以辨析立异处，乃在诗文本色的维护，在诗歌言理议论的程度，在道学的头巾气息，“押韵语录”的反诘即发自诗歌自身特性的审美判断。《濂洛风雅》已是“手段拙劣的道学末流慌慌张张在与文艺家争抢滩头阵地了，目的是与风花雪月的诗人争意识形态的影响与文化哲学的导向”③。就传统社会的意识形态与文化哲学而言，儒学有着无可置疑的主流地位，道学先生相与争夺的对象亦大多为儒学主潮浸润之下的文章之士，基本的意识导向与文化倾向并无太大分歧，道学末流的争夺显然离开了自己的思想阵地，更以“正宗”的姿态涉足于并不熟悉的诗歌领域，文艺家立足本色的辩驳回应虽然有力，然“濂洛之理”的宗主地位却不因之动摇，而作为知识信仰的道学对诗歌的渗入也不会中止。但道学末流于诗歌领域的争夺失败使得宋调流弊成为明代儒者作诗的前车之鉴，“禅家戒事、理二障，余戏谓宋人诗病正坐此。苏、黄好用事，而为事使，事障也；程、邵好谈理，而为理缚，理障也”④。远承刘克庄、严羽的抑宋思路，标榜复古、崇尚唐诗的明人最不欣赏宋诗，由

① （明）张吉：《古城集》卷五，上海古籍出版社 1987—1989 年版，文渊阁四库全书本。其诗序称：舟中读谢鸣治先生所作《伊洛渊源续录序文》，其间有曰：“自是以来，犹有窃吾道之名，以用于昏浊之世。借儒者之言以盖其佛老之真！”呜呼！先生之言盖有所指、我知之矣，然先生既引而不发，愚亦安敢明言，聊布短章，以诵其志。
② （明）黄佐：《岩居稿序》，载（清）黄宗羲编：《明文海》卷二百三十八，中华书局 1987 年版，第 2460 页。
③ 胡明：《关于宋诗》，《文学评论》1997 年第 1 期。
④ （明）胡应麟：《诗薮》内编卷二，上海古籍出版社 1979 年版。

之形成了明代诗学主流审美意识的重唐音、抑宋调。在如此诗学背景下,明代道学的诗歌表现自不同于宋元理学末流的争抢"正宗",更多则是以一种知识理念的文化渗透进入诗歌,以作为常识的一般知识结构借助诗人主体的性情才思折射出来。谢铎《伊洛遗音》的选辑亦不过承续道统而已——而此亦是明代儒士的一般心态,并无自许"正宗"的意识,却已遭到主流审美意识的讥嘲。然而,即便如此,相似的行为仍可于明儒中发现。明儒冯从吾即曾选辑《理学诗选》,自跋曰:

> 选理学诗与选唐人诗异,选唐人诗,论诗不论人,所谓人以诗重也;选理学诗,论人方论诗,所谓诗以人重也。呜呼,学者将人以诗重乎,抑将诗以人重乎? 读是编可以自悟矣,辑成,复书此以谂同志①。

《理学诗选》的"诗以人重"显然已经明确放弃了"诗家正宗"的争夺,"论人方论诗"的遴选取向所关注的更是诗人主体的身份甄别,由之而延伸的则是对诗人品行气节、道德学问的关注。儒者的重"人"和诗家的重"诗"有效地避免了关于"正宗"的冲突,这或者应算作道学之儒与文章之士长期争讼后的彼此谅解。明代的儒学主潮与明代诗学审美主流的并行与渗透中正可看到明儒的深刻反思与积极应对。

> 夫道盈天壤间,粗之于鸟兽草木,精之于道德政事,三百篇为诗之经,兴比赋不同,要之本性情,归礼义。今之诗犹古之诗也,辞有工不工,道曷尝有二哉。自严沧浪论诗,谓有别才。近方石谢氏又集伊洛以来诗一帙为道学诗,是诗与道学判然二家,胶之乎论矣。诗不关理,奚取于工,必直指道而后为道学诗,则二雅为经而国风可无删。必《烝民》物则,方为知道,而多识之训,吾夫子亦何取于鸟兽草木之名而学之也。②

辞有工否,道则无二。"道之外无物,物之外无道,是天地间无适而非道也"③,作为贯通天人的普遍存在,理学之"道"存在于万事万物之中,诗

---

① (明)冯从吾:《少墟集》卷十六,上海古籍出版社 1987—1989 年版,文渊阁四库全书本。

② (明)吴时来:《自得园四稿序》,载(清)黄宗羲编:《明文海》卷二百六十六,中华书局 1987 年版,第 2788 页。

③ (宋)朱熹编:《河南程氏遗书》第四,(台湾)商务印书馆股份有限公司 1978 年版,第 80 页。

歌亦不例外。理学视野下的"诗""道"的基本关系大抵如此,同时,明儒亦认识到不同载体对"道"的表现差异,作为明代儒学主流的文字流露,诗歌所载之"道"的内容自无不同,至于载"道"的形式则有着相当的自由空间,对于诗歌的自身特性亦予以足够的认可。从韩愈的"文者,贯道之器"到朱熹的"文皆是从道中流出",随着理学在意识形态领域的威权日重,道本文末成为传统士人的基本判断。明代理学最盛,重道轻文自是士人的一般文艺观念。然而,需要指出的是,所谓的"轻文"是与"重道"相比较而言的,作文害道,当然舍文求道;但在"重道"的前提保障之下,"文"则不必"轻",其实,文的"载道""贯道""明道"所体现的正是二者的合一。"自理学先生土苴文词,修词之士亦反唇讥之,则理学、文林判而为二"①,理学先生、修词之士间的历史聚讼在道统观念下得以认真思考,有鉴于宋元道学末流的流弊,循着"载道"思路,明代士人于"文""道"合一有着颇为深刻的理解:

> 道在天地间,惟文乃能载之,苟无文,则道将不能以言传,虽传亦不能久远。古先圣贤所贵乎文字者,以其为载道之器也。②
>
> 道与文不相离,妙而不可见之谓道;形而可见者之谓文。道非文,道无自而明;文非道,文不足以行也,是故,文与道非二物也。道与天地并,文其有不同于天地者乎? 载籍以来,六经之文至矣,凡其为文,皆所以载道也。③
>
> 无文则道曷见也,是以因文见道,道成而文字忘。今未见道而舍文,文非文,道非道。④
>
> 黄虞之后,周孔以前,文与道合为一。秦汉而下,文与道分为二。六经理道既深,文辞亦伟;秦汉六朝工于文,而道则舛;宋儒合乎道,而文则浅庸。⑤
>
> 夫文,载道之器也,惟作者有精粗,故论道有纯驳。使于其精纯者取之,粗驳者去之,则文固不害于道矣。而必以焚楮绝笔为道,岂非恶稗而并剪其禾,恶莠而并掩其苗者哉。⑥

① (明)邹观光:《答邹尔瞻》,载(清)黄宗羲编:《明文海》卷一百五十六,中华书局1987年版,第1574页。
② (明)邵亨贞:《野处集》卷二,上海古籍出版社1987—1989年版,文渊阁四库全书本。
③ (明)王祎:《王忠文公集》卷二十《文原》,上海古籍出版社1987—1989年版,文渊阁四库全书本。
④ (明)王文禄:《文脉》卷三,中华书局1985年版,丛书集成初编本。
⑤ (明)屠隆:《鸿苞节录》卷六《文者》,清咸丰刊本。
⑥ (明)程敏政:《皇明文衡序》,载《皇明文衡》,商务印书馆1926年版,四部丛刊本。

　　无论是"文""道"分合的历史梳理,还是"文""道"相依的哲学思辨,以理学作为一般知识背景的明代士人固然重道,却不轻文。发明道学固是儒者本职,写诗作文则是可以选择的媒介载体,更是凸显身份的最佳标识。"文显于目也,气为主。诗咏于口也,声为主。文必体势之壮严,诗必音调之流转,是故文以载道;诗以陶性情,道在中矣"①,明代的诗学主流以唐诗为宗,自以性情为重;明代的思想主流以理学为宗,固以道统为念,"诗陶性情,道在其中"成为两大主潮的历史合流。其实,宋代的几位理学大儒,如邵雍、朱熹等,多数诗作都是极有性情的,邵雍称:"经道之余,因闲观时,因静照物,因时起志,因物寓言,因志发咏,因言成诗,因咏成声,因诗成音,是故哀而未尝伤,乐而未尝淫,虽曰吟咏性情,曾何累于性情哉?"②朱熹更有"急呼我辈穿花去,未觉诗情与道妨"的任情论调,并不见道学的头巾气。"夫邵子以诗为寄,非以诗立制。履祥乃执为定法,选《濂洛风雅》一编,欲挽千古诗人归此一辙,所谓华之学王,皆在形骸之外,去之愈远"③,是论诚然。宋代理学大儒的"以诗为寄"被后世末流僵化为"以诗立制",更以之与诗人争夺"正宗",以此一统诗家。极端的卫道思想已经忽视了诗歌自身属性,将理学与诗歌置于统辖与被统辖的对立面,然后又要将二者糅合在一起,其结果自然只能沦为被人讥病的"押韵语录"了。前儒"以诗为寄"堪为榜样,末流的弊端更是前车之鉴,在旷然复古的文化氛围中,身预崇尚唐音的诗学潮流,明代理学诸儒的诗歌取向固然笼罩于道为至尊的理念先导之下,"诗人以比兴之体,发圣人义理之秘",当理学观照下的人生体验与哲学思辨发而为诗时,不同文学生态下的理学诗声自然有些许异于宋调的声响。

　　有明一代,理学最盛,众儒芸芸,以明末黄宗羲《明儒学案》所录而计:"河东学案"15 人;"三原学案"6 人;《崇仁学案》10 人;《白沙学案》12 人;《姚江学案》3 人;《浙中相传学案》18 人;《江右相传学案》33 人;《南中相传学案》11 人;《楚中学案》2 人;《北方相传学案》7 人;《闽越相传学案》2 人;《止修学案》1 人;《泰州学案》18 人;《甘泉学案》11 人;《诸儒学案》15 人;《诸儒学案·中》10 人;《诸儒学案·下》18 人;《东林学案》17 人;《蕺山学案》1 人,凡 168 人,若其碌碌无名者,更不知数,其中得以从祀孔庙者,不过四人:敬轩先生薛瑄,谥文清,隆庆五年诏从祀孔子庙庭,称先儒薛子;敬斋先生胡居仁,谥文敬,万历乙丑从祀孔庙;白沙先生陈献章,谥文恭,万历十

---

① (明)王文禄:《文脉》卷一,中华书局 1985 年版,丛书集成初编本。
② (宋)邵雍:《击壤集·自序》,上海古籍出版社 1987—1989 年版,文渊阁四库全书本。
③ (清)永瑢等:《四库全书总目》卷一百六十五,中华书局 1965 年版,第 1419 页。

三年诏从祀孔庙,称先儒陈子;阳明先生王守仁,谥文成,万历中从祀孔子庙。对传统士子而言,从祀孔庙无疑是莫大的荣耀,随同孔孟程朱歆飨天下读书人的香火,乃是胜过封侯拜相的无上功烈,更是一生立言行事的最高褒奖。从祀四人自是明代诸儒之楷模典范,论学开宗,卓领一代,风范后学。

一、敬轩先生薛瑄

"我国朝从祀四先生,咸真修实悟,有光圣门,而文清薛先生崛起永宣之际,于吾道尤有草昧功,盖一代理学大儒"①,四儒之中,薛瑄最早得以从祀,其在生时,山东诸生即以"今夫子"目之,华盖殿大学士李贤誉为"本朝理学一人"②,殁后,天下士子私淑尤多,论称:"国朝理学真儒,首文清薛公"③,"我朝真儒上追往哲,下开来学,惟瑄一人而已"④。清儒于明学素来不屑,一以"空疏""浅陋"目之,《明史·儒林传》即称:"有明诸儒,衍伊洛之绪言,探性命之奥旨,锱铢或爽,遂启歧趋,袭谬承讹,指归弥远。到专门经训,授受源流,则二百七十余年间,未闻以此名家者。经学非汉、唐之精专,性理袭宋、元之糟粕,论者谓科举盛而儒术微,殆其然乎"⑤,《四库全书总目》的贬抑更是随处可见,论明代学术则称"其学各抒心得,及其弊也肆。空谈臆断,考证必疏",论明人著述则曰,"妄谬殆不足道""汩乱古经""皆不免于穿凿""何其诞也""私意穿凿""经学至是而弊极矣""胶固不解"⑥,然其于薛瑄的著作却颇有好评,其称:

考自北宋以来,号为大儒者,朱子之外,率不留意于文章。如邵子《击壤集》之类,道学家谓之正宗,诗家究谓之别派。相沿至庄昶之流,遂以"太极图儿大,先生帽子高";"送我两包陈福建,还他一匹好南京"等句,命为风雅嫡派。虽羽翼之者,大言劫制,究不足以厌服人心。明代醇儒,瑄为第一。而其文章雅正,具有典型,绝不以语录、方言纵情破格。其诗如《玩一斋》之类,亦间涉理路,而大致冲澹高秀,吐言天拔,

---

① (明)冯从吾:《少墟集》卷十三《薛文清先生全书序》,上海古籍出版社1987—1989年版,文渊阁四库全书本。

② 参见《薛瑄全集》,山西人民出版社1990年版,第1633页。

③ (明)崔尔进:《薛文清公文集序》,载(明)薛瑄:《薛瑄全集》,山西人民出版社1990年版,第959页。

④ (明)杨瞻:《从祀真儒以光圣治疏》,载(明)薛瑄:《薛瑄全集》,山西人民出版社1990年版,第1634页。

⑤ (清)张廷玉等:《明史》卷二百八十二,中华书局1974年版,第7222页。

⑥ (清)永瑢等:《四库全书总目》,中华书局1965年版,第1、64、65、67、68、111、140、141页。

往往有陶、韦之风。盖有德有言，瑄足当之。然后知徒以明理载道为词，常谈鄙语无不可以入文者犹客气矣①。

　　四库馆臣的学理梳理中暗含着对于理学诗作的一般判断：道学家自许的正宗，终归不是诗家的本色，就诗而言，仍为别派，褒贬之意已然隐寓其中。其实，在为《仁山集》所撰提要中，四库馆臣已经肯定了《击壤集》"以诗为寄"的美学取向，然对于仿效邵雍的庄昶、陈白沙等却没有太多的价值认可，溯其本源，或即在清人对明代学术的偏见与歧视。儒者之第一要义在学术，明学既然空疏鄙陋，纠缠于门户之争，由学知人，由人论诗，其诗自然已在第二等了。然而"语录讲义之押韵者"宋人已自厌之，连并宋诗都不欣赏的明人又怎会步趋末流呢？其论薛瑄，先有明代醇儒第一的定位，然考其诗文，则"文章雅正，具有典型，绝不以语录、方言纵情破格"，诗篇"冲澹高秀，吐言天拔，往往有陶、韦之风"，了无道学先生语调。对于一代理学名儒的如此文字，四库馆臣匆匆以"有德有言"一语作结，并无深论，意旨却颇明了，作为明儒之冠的薛瑄自为道德君子，因人论诗，人品既高，诗品亦佳，所论浅泛，诚不能"厌服人心"。这位承继宋儒道统的明代理学典范如何能在诗文中一洗陋习？作为明代道学先生的楷模，诗歌却不过"间涉理路"，隐藏其后的又是怎样的诗歌生态与诗人心境？"濂洛关闽之后，以斯道为己任者寥寥其人。在元则有鲁斋许公，静修刘公，国朝则有文清薛先生，皆所谓道学之儒者，是也"②，首祀孔庙的薛瑄于道学延继有着承上启下的枢纽意义，既开明代理学之宗，其于躬行礼教、道德历练间的性情投寄、性情礼义、天理人欲、种种关系的取舍处理，大抵有着引领一时风气的范式意义，推而论之，或可为有明一代理学诸儒之诗情、诗心、诗风之先导。

　　明初，太祖朱元璋诏示，"一宗朱子之书，令学者非五经孔孟之书不读，

---

① 按：此段文字录自文渊阁四库全书本。《敬轩文集》提要部分，与《四库全书总目》卷一百七十所载《薛文清集·提要》之文字有较大出入。其称："考自北宋以来，儒者率不留意于文章。如邵子《击壤集》之类，道学家谓之正宗，诗家究谓之别派。相沿至庄昶之流，遂以'太极圈儿大，先生帽子高'，'送我两包陈福建，还他一匹好南京'等句，命为风雅嫡派。虽高自位置，递相提唱，究不足以厌服人心。《刘克庄集》有《吴恕斋文集序》曰：'近世贵理学而贱诗赋。间有篇咏，率是语录讲义之押韵者耳。'则宋人已自厌之矣。明代醇儒，瑄为第一。而其文章雅正，具有典型，绝不以俚词破格。其诗如《玩一斋》之类，亦间涉理路。而大致冲澹高秀，吐言天拔，往往有陶、韦之风。盖有德有言，瑄足当之。然后知徒以明理载道为词，常谈鄙语，无不可以入文者，究为以大言文固陋，非笃论也。"（第1486页）

② （明）乔宇：《薛文清公行实序》，见《山西通志》卷二百十三，上海古籍出版社 1987—1989年版，文渊阁四库全书本。

非濂洛关闽之学不讲"①,成祖朱棣下令辑成《性理大全》,颁行天下,程朱理学成为独尊的正统,更成为科举考试的经典教材,朱注《四书》被定为开科取士的规程和科试答卷的标准,国家政策的干预使得明初思想变成了朱学的诠释,"此亦一述朱,彼亦一述朱"②。薛瑄无疑则可算作"述朱"的典范,其不止一次地称道,"四书五经,周、程、张、朱之书,道统正传,舍此而他学,非学也"③,"濂洛关闽之书,一日不可不读;周程张朱之道,一日不可不尊,舍此而他学,则非矣"④,极端的推崇中虽有着"卫道者"的色彩,却已旗帜鲜明地标出了自己的学术旨归。《明史》称其"尝曰:'自考亭以还,斯道已大明,无烦著作,直须躬行耳'"⑤。斯道已明,直须躬行,寥寥数字,却也大致标明了薛瑄于道统延续中的自我定位与历史选择,矩矱程朱、躬行践履成为这位明代理学大师恪守的人生信念,而其诗歌态度、美学认知自然也循着程朱道学的脉络延伸。

宋代理学诸儒对于诗文的态度是很明确的:诗文妨道,乃至害道。程颐以为,但凡为文作诗,必须"专意""用心"方得为工,而此,必然妨害学者的情性修养,故当以闲事视之,宁可不为⑥。朱熹亦称,"才要作文章,便是枝叶,害着学问,反两失也"⑦,"今言诗不必作,且道恐分了为学工夫,然到极处,当自知作诗果无益"⑧。薛瑄于诗文的基本态度亦大抵如此,"作诗、作文、写字,疲弊精神,荒耗志气,而无得于己。惟从事于心学,则气完体胖,有休休自得之趣。惟亲历者知其味,殆难以语人也"⑨,此言直可看作朱熹"诗不必作"一言之注脚,又曰,"用力于词章之学者,其心荒而劳;用力于性情之学者,其心泰然而乐"⑩,则是于心理层面为朱熹的"作诗无益"论进行辩护。薛瑄早岁"性善诗,人以为天授云",12岁时,其父任职马湖,当地"土官子弟喜其幼而能文,争负至其家,请为作诗词,教读书,晚奉小豚送之,以为常。尝著《平云南赋》,上沐国公,公大奇其才",17岁时,靳人陈宗问参

---

① (清)陈鼎:《东林列传》卷二,上海古籍出版社1987—1989年版,文渊阁四库全书本。
② (清)黄宗羲:《明儒学案》卷十,中华书局1985年版,第179页。
③ (明)薛瑄:《薛文清公读书录》卷五,三晋出版社2015年版,第780页。
④ (明)薛瑄:《薛文清公读书录》卷五,三晋出版社2015年版,第967页。
⑤ (清)张廷玉等:《明史》卷二百八十二,中华书局1974年版,第7229页。
⑥ (宋)朱熹编:《河南程氏遗书》第十八,(台湾)商务印书馆股份有限公司1978年版,第262页。
⑦ (宋)黎靖德编:《朱子语类》卷一百三十九,中华书局1986年版,第3319页。
⑧ (宋)黎靖德编:《朱子语类》卷一百四十,中华书局1986年版,第3333页。
⑨ 《薛瑄全集》,山西人民出版社1990年版,第1069页。
⑩ 《薛瑄全集》,山西人民出版社1990年版,第1075页。

政河南行部,行至荥阳,舟中偶触云:"绿水无忧风挡面",因不得对句,语与薛父,薛父与薛瑄谈及,瑄不思即答:"青山不老雪白头"。即以"青山不老雪白头"一句而言,"善诗"之评已为不虚。然而这位幼而能诗且善诗的"奇童",非但谢绝了陈宗问欲以奇童荐诸朝的好意,数年之后,薛瑄从学于范汝舟、魏希文诸儒,修习宋诸儒性理诸书,久之,薛瑄称"此道学正脉也",遂尽焚诗赋草,专精性命,至忘寝食①,"尽焚诗赋"的行为正是"作诗妨道"意识的自觉体现,更是初涉理学的薛瑄于道学文艺观的躬行实践。

道学家的诗歌态度虽然明确干脆,但却非决绝的禁止不作,如前所言,在保证"重道"的前提下,文是可以不必"轻"的。诗歌"妨道""害道"之处原在劳神分心,耗费了学者的修养工夫。既然如此,那么只要不劳心,不耽误学道的工夫,偶尔的诗歌创作亦不妨事。朱熹于此有段极为精彩的论述。

> 诗者,志之所之,在心为志,发言为诗。然则诗者岂复有工拙哉? 亦视其志之所向者高下如何耳。是以古之君子德足以求其志,必出于高明纯一之地,其于诗固不学而能之。至于格律之精粗,用韵属对比事遣词之善否,今以魏晋以前诸贤之作考之,盖未有用意于其间者,而况于古诗之流乎? 近世作者乃始留情于此,故诗有工拙之论,而葩藻之词胜,言志之功隐矣。②

借助"诗言志"的经典命题,朱熹将诗歌的美学特征——艺术技巧纳于"志向高下"的主旨判断之下,君子德盛志高,作为"志"之载体的诗自然也就"不学而能",进德修业的人格锻炼本身即是"放心养志"的诗学训练,自不分心"妨道"。所谓格律、用韵等诗艺细节的工拙本已落于诗之第二义,古人并不留意,近人的"留情"才是"害道"所在,如此,"作诗"与"道学"的矛盾便在"诗言志"的经学话语遮掩下自然解决了。"不学而能"的诗歌便于诗艺精粗的不留意中堂而皇之成为儒者的正当余事,"间隙之时,感事触物,又有不能无言者,则亦未免以诗发之"③。对"诗"情感特殊,却又恐怕"陷溺"害道,朱熹于"道学"与"作诗"间周旋调和的良苦用心,不仅为这位

---

① 参见《薛文清公年谱》,载《薛瑄全集》,山西人民出版社 1990 年版,第 1700—1701 页。

② (宋)朱熹:《答杨宋卿》,载《全宋文》第 246 册,上海辞书出版社、安徽教育出版社 2006 年版,第 37 页。

③ (宋)朱熹:《东归乱稿序》,载《全宋文》第 250 册,上海辞书出版社、安徽教育出版社 2006 年版,第 303 页。

理学宗师自身的诗情投寄，更为后世儒者的情志寄寓赢得了正当合法的价值认可。尽管周敦颐、程颢、邵雍都曾以"孔颜乐处""曾点意思"的圣贤言行作为"吟风弄月"的合理性依据，尽管邵雍甚至已有"所作不限声律""殊无纪律诗千首"的具体实践，但缺乏理性思辨的模拟古圣并不具备太强的感染力，朱熹引经据典的理论阐释显然有着更为彻底的说服力，而在后世理学官方化背景下，朱熹的儒宗地位自然有着不同凡响的号召力，"不学而能""不计工拙"的诗歌创作也便成为理学主潮下的士人余事。

也正因此，21岁即"尽焚诗赋"的薛瑄仍旧留下了5篇赋，各体诗歌1398首①，其称，"作诗、作文、写字，皆非本领工夫，惟于身心上用力最要，身心之功有余力，游焉可也"②，自是朱熹的一贯腔调，同样也抬出了儒家经典作为根据，《论语·学而》曰，"弟子入则孝，出则弟，谨而信，泛爱众，而亲仁，行有余力，则以学文"③；《礼记·少仪》称"士依于德，游于艺"④，以"余力"游于"诗"成为经典认可的合理行为，而这位道学醇儒遂将"修己教人"外的"余力"全副交与艺文。诗在薛瑄心中的的确确被当作了"余事"——并非"时文之余"，乃是"性理之余"，成为几乎每日必需的余事、暇时必然的余事。所谓"长夏飞霜几砚清，公余景物称诗情"⑤最是写照，案牍公事之外良辰美景原是诗情的良媒：元夜观灯则"诗从见月添新兴，人喜观灯得俊僚"⑥；正旦回京则"归到台中添喜气，红梅花底觅诗情"⑦；寓馆锦城，见海榴落英，竹笋新出，石砌绿苔则有"小屋知心静，繁花觉眼明。少陵今远矣，谁与论诗情"⑧；杏花开后的清明时节，放眼郊外，见"风转绿芜浮晓色，气催黄鸟变春声。山连少室峰峦秀，地入梁园草树平"。更有"此景真堪供眺赏，恨无知己论诗情"⑨之叹。襄阳见雪，则咏出"空阶密雪下无声，叶落层层盖已平。尽日戟门清似水，端居谁与论诗情"⑩，雪景本就极易引发诗情，雪之纯洁又与人品之高洁相通，持身方正的薛瑄为官清廉，因雪自警，有感

---

① 据《河汾诗集》，其中古选59首，长短歌行62首，五律261首，七律319首，七绝407首，五绝17首，凡八卷，1130首。

② 《薛瑄全集》，山西人民出版社1990年版，第1069页。

③ （南宋）朱熹集注，郭万金编校：《论语集注》第一，商务印书馆2015年版，第84页。

④ （清）孙希旦：《礼记集解》卷三十五，中华书局1989年版，第933页。

⑤ （明）薛瑄：《文清公薛先生文集》卷九，三晋出版社2015年版，第337页。

⑥ （明）薛瑄：《文清公薛先生文集》卷八，三晋出版社2015年版，第328页。

⑦ （明）薛瑄：《文清公薛先生文集》卷八，三晋出版社2015年版，第321页。

⑧ （明）薛瑄：《文清公薛先生文集》卷六，三晋出版社2015年版，第242页。

⑨ （明）薛瑄：《文清公薛先生文集》卷七，三晋出版社2015年版，第292页。

⑩ （明）薛瑄：《文清公薛先生文集》卷四，三晋出版社2015年版，第176页。

而作,正是诗家常事。唐相国郑綮善诗,或曰:"相国近为新诗否?"对曰:"诗思在灞桥风雪中驴子上。此何以得之?"①盖言平生苦心也。所言颇为诗家称道。然薛瑄《四景为张给事题四首》其一则曰:"仙家楼观郁嵯峨,雪岭冰溪眼底过。驴背探春春信早,诗情不必灞桥多"②。反用郑綮之意,诗情何必定在驴背灞桥;仙观雪岭,触目即是诗思,何须苦心索求。以"余力"游于"诗"的创作态度于中可见一斑,所谓"才要作文章,便是枝叶",落脚处本在"要"字,亦即"有意为之"之"要",即已属意,必分心而作,则已废了问学功夫。薛瑄的用意亦在于此,苦心作诗已是"要作文章",自然不足为道,诗为余事,当以余力为之,工拙不计,触景即发,无心而作,迥异于诗家的创作观正是道学身份的彰显。

　　诗歌虽被薛瑄明确定位为以余力游之的余事,然见景而生、因事而感、随时而发的四溢诗情却使得诗歌成为其立身处世所不可或缺的人生构成。登临游历,同僚酬唱,莫不有诗。朱子有言"作诗间以数句适怀亦不妨,但不用多作,盖便是陷溺"③,朱老夫子于此虽处处留心,却屡屡犯戒。一宗考亭的后学薛瑄虽也称"自七情肆而天理微,九窍邪而人欲横,虽老生宿儒专专于讲诵者,尚溺于语言文字,不知主敬以救其弊,况他乎哉"④,力主居敬复性,要"向自家身心上做工夫"。然略览其集,《十二景为衍圣公孔彦缙赋》24 首,《舟中杂兴柬韩克和刘自牧王尚文宋广文》18 首,《行台杂咏简黄宪长暨诸宪僚》20 首,《太常许卿送菜戏简》10 首,《送李永年大参致仕》10 首,连篇累牍的应酬文字,俯拾即是。朱熹言,"好景尽将诗记录",薛瑄则曰,"如此山川元不恶,可无诗句记春秋"⑤,大体相类的思路正是两位道学夫子的"溺诗"证据。朱熹为自己辩解道,"诗之作,本非有不善也。而吾人之所以深惩而痛绝之者,惧其流而生患耳,初亦岂有咎于诗哉?然而今远别之期近在朝夕,非言则无以写难喻之怀"⑥,虽然入情入理,诗非不善,惧其流患,非咎于诗的论调倒也延续了"余力作诗"的一贯主张,然"难喻之怀"的用心抒写实已是诗人语气。有了先圣的创作实践与理论辩护,后学薛瑄的赋诗显然更为心安理得了,毁其少作的焚稿行为之后,仍旧咏言不辍,其《久不作诗偶赋》更有"案头彩笔倦长吟,陡觉诗情动不禁"之句,直是诗人

---

① (宋)计有功:《唐诗纪事》卷六十五,中华书局 2007 年版,第 2205 页。
② (明)薛瑄:《文清公薛先生文集》卷五,三晋出版社 2015 年版,第 206 页。
③ (宋)黎靖德编:《朱子语类》卷一百四十,中华书局 1986 年版,第 3333 页。
④ 《薛瑄全集》,山西人民出版社 1990 年版,第 801 页。
⑤ (明)薛瑄:《文清公薛先生文集》卷七,三晋出版社 2015 年版,第 274 页。
⑥ (宋)朱熹:《晦庵集》卷七十七,上海古籍出版社 1987—1989 年版,文渊阁四库全书本。

情状。虽未像朱熹那样标明身份,划清与诗家的界限①,然而,以承继道学自任的薛瑄自然也不肯以诗人自居。其实,随着诗歌融入士人生活,作诗成为一般读书人的身份标识与交流手段、感情辅助,不管是否心甘情愿,传统士子大多是可以贴上诗人标签的,唯在创作态度、用心程度及技巧工拙等处区别,这一点,自赵宋以降,传统诗歌两大板块形成之后,尤为凸显。在天下书生皆诗人的一般氛围下,加上其以余力游焉的诗歌态度,薛瑄的诗人身份早已被理学醇儒的夺目光环遮掩。身处如此诗歌生态之下的薛瑄,自不必刻意回避自己的诗人身份——尽管有诗歌千首传世,将其视作诗人却不多。然而,除却理学醇儒的第一身份外,薛瑄仍然是位不折不扣的性情诗人。

门人阎禹锡为其《河汾诗集》作序称:"自汉魏而下,名作诗赋者无虑数千百家,中间闻道者几何人也? 洪惟我朝,作养人林,百余年间,惟睹我先师河东薛文清公,了明斯道而允迪之。"于业师的颂美推崇中,先以"明道"标出薛瑄的立身所在,再称其《读书录》"发挥斯道,无余蕴也",待将薛瑄道学醇儒的身份完全表明后,方论其"支言诗赋","皆发于情,本于性,一动静,一语默,一行止,一草木,一水石,近而一尘之微,远而天地之大,触景动中,皆沛然形诸比兴而卒归于道,初无雕刻意"②。阎禹锡以道学受知薛瑄,"得其大指",在其看来,诗赋之作本是"余事支言",言行举止,山水草木,触景动中,吐而为诗,不计工拙。显然于其师的诗文态度与人生定位有着切身感知的准确把握,然其着眼之处大抵仍在理学眼光下的价值判断,论诗务以"道"为旨归:虽然承认"先师吟风弄月之趣",然此"趣"却一定要与闻道、世教相关联,更于"皆本于道"诗意发端中,获得"吾与点也"的圣人认可后方能接受;许为前贤知音的则是邵雍、朱熹,最后落脚处却是"为此诗者,其知道乎"的圣人语录。

弟子的判断自然不错,对"无烦著作,直须躬行"的薛瑄而言,身体力行的践履、体会经典中所承载的圣人心意,以不贵言语的实践态度昌明道学,方是正途,至于文字著作却非有心为之,所著《读书录》"惟体验身心,非欲成书也"③,需要指出的是,其于身心的道学体验同样亦在"余力游焉"的诗歌中体现。"俯仰千年道,常看万卷书"④原是薛瑄一生志业写照,"真传已觉千年远,大道还从六籍求",圣人之意,载于六经,读经悟道、修身养性成

① (宋)罗大经《鹤林玉露》卷十六称,"胡澹庵上章荐诗人十人,朱文公与焉,文公不乐,誓不复作诗,迄不能不作也",可知,朱熹对诗人身份的忌讳。

② (明)阎禹锡:《河汾诗集序》,载《薛瑄全集》附录,山西人民出版社1990年版,第955页。

③ (清)黄宗羲:《明儒学案》卷七,中华书局1985年版,第111页。

④ 《薛瑄全集》,山西人民出版社1990年版,第347页。

为薛瑄读书问学的一贯思路。若其读《抑》诗,"相在尔室。尚不愧于屋漏,无曰不显,莫予云觏;神之格思。不可度思。矧可射思"①。则曰,"此即川流不息之意,其要在谨独,予诵此诗,深有警于心"②,又称,"苟能力行之,可以至天德"③,全是收敛身心的涵养功夫。若"《思齐》一诗,修身齐家治国平天下之道备焉,读之有以远想前王之盛"④,其于诗中读出的则是对儒学理念中圣王时代的向往。孔子于《诗》之"天生烝民,有物有则。民之秉彝,好是懿德"称"为此诗者,其知道乎"⑤,薛瑄于此阐释曰,"以有一物必有一理而言,谓之'则',以秉执此常理而言,谓之'秉彝',以是理之美得于心而言,谓之'懿德'。则也,彝也,德也,皆理也,理即道也,故曰'为此诗者。其知道乎'"⑥。完全是循着圣人思路的理学腔调,着眼处全在于"道",并不见"诗"。非但《诗经》如此,即便唐人诗作,以理学之心读之的薛瑄亦每见其"道":"韦应物诗曰,所愿酌贪泉,心不为磷缁。亦可以为守身之戒";"少陵诗曰:水流心不竞,云在意俱迟。从容自在,可以形容有道者之气象";"少陵诗:寂寂春将晚,欣欣物自私。可以形容物各付物之气象,江山如有待,花柳自无私,唐诗皆不及此气象"⑦,"人实不易知,更须慎其仪,杜诗之近理者也"⑧,其于唐诗的观照大抵仍就修身慎行,体会道学立论,略无诗情。

　　对于寄道于诗,以诗言道的宋儒邵雍,薛瑄的审视角度就更为微妙了。"康节首尾吟,多盛极虑衰之意"⑨,"邵子诗'玄酒味方淡,太音声正希'。乃形容阳稚之意"⑩。其于太极变化,《易》理周转的体悟自是理学解诗一贯思路。然其又曾作《读邵康节击壤集二十首》,予邵雍以"乾坤清气产英豪,大隐天津道德高","清风百世谁招得,望断嵩高送去鸿"的称美,其状写邵康节"小车游处情何适,大笔挥时兴自豪","万象有情浑自得,诗囊还载小车儿"的诗意人生亦颇传神。⑪ 邵氏"雪月风花闲讽咏,溪云水竹自游

---

① 《毛诗正义》卷十八,载(清)阮元校刻:《十三经注疏》(上、下册),中华书局1980年版,第555页。

② 《薛瑄全集》,山西人民出版社1990年版,第1341页。

③ 《薛瑄全集》,山西人民出版社1990年版,第1344页。

④ (明)薛瑄:《薛文清公读书续录》卷二,三晋出版社2015年版,第926页。

⑤ (宋)朱熹:《四书章句集注·孟子集注》卷十一,中华书局1983年版,第329页。

⑥ 《薛瑄全集》,山西人民出版社1990年版,第1405页。

⑦ 《薛瑄全集》,山西人民出版社1990年版,第1079—1080页。

⑧ 《薛瑄全集》,山西人民出版社1990年版,第1178页。

⑨ 《薛瑄全集》,山西人民出版社1990年版,第1187页。

⑩ (明)薛瑄:《薛文清公读书续录》卷一,三晋出版社2015年版,第885页。

⑪ (明)薛瑄:《文清公薛先生文集》卷十,三晋出版社2015年版,第406页。

遨"的孔颜乐处固为薛瑄心慕,而"每与真儒论大道,时从国老和新诗","剧论直穷天地外,清吟多在水云间"①,道学与作诗间的两相调停,同样是其孜孜所求。邵雍之诗"不限声律,不沿爱恶,不立固必,不希名誉"②,率性而发,颇为诗家诟病。于此,薛瑄却屡称,"后学难窥《击壤集》,先天都属弄丸翁","空余首尾诗垂世,谁识秋风八月高","首尾诗成多寓兴,调高白雪少人听",以"道"之崇高提升诗体,更称,"莫道千年清响绝,知音还自有钟期","宝匣瑶琴遗响在,几何人识伯牙怀",直以邵康节之知音自居。以阐明圣学为任的理学同调固是引为同道的先决条件,但能以伯牙、子期相喻的知音比拟却非"同为道学"所能涵盖的。"妙意都应穷卦画,余情聊尔托诗篇","余事尽从吟咏见,感时怀古兴滔滔",③固是邵康节理学立身,诗意人生之写照,然其中实已蕴含着薛瑄的夫子自道。魏了翁《邵氏击壤集序》称:"邵子平生之书,其心术之精微,在《皇极经世》;其宣寄情意,在《击壤集》。凡立乎皇王帝霸之兴替,春秋冬夏之代谢,阴阳五行之运化,风云月露之霁暧,山川草木之荣悴,惟意所驱,周流贯彻,融液摆落,盖左右逢原,略无毫发凝滞倚着之意"④。此言移于薛瑄又有何不可,性理学问在《读书》二录,情志寄寓见《河汾诗集》,天地万物,统于心中笔端,率意流出,并无滞涩。知音之谓,当以道学诗情并举,方得完整。

醇儒薛瑄虽因道学诗情的两相呼应,将邵康节引为知音,但诗作却不落"击壤"窠臼。明人蒋一葵即言,"文清以理学名,其诗则非宋调"⑤,清儒朱彝尊亦曰:"文清《读书录》专以宋儒为师,其诗有云'吾意六籍外,尚多古人书。一朝秦焰烈,焚荡无遗余。掇拾煨烬者,补缀诚区区。讹关固已多,尽信宁非愚。独有群圣心,昭哉难翳如。多谢宋诸老,万世开迷涂',宜于诗亦宗击壤矣。而集中五言醇雅,有陶孟韦柳之风。予尝谓宋之晦庵,明之敬轩,其诗皆不堕宋人理趣,未见有碍于讲学,又何苦而必师击壤派也"⑥。薛瑄以诗为余事,不计工拙,更无论格调风尚,本无派系观念,唐音宋调更非留心所在,唯是寄托情怀,宣泄心志而已,理学思辨虽偶然也借诗表出,却非主流。以《敬轩文集》所录薛瑄诗赋而论,"情"字出现凡 171 次,"理"字出现 71 次,"性"字出现有 27 次,"道"字虽出现 271 次,但其中包括了诸多如

---

① （明）薛瑄:《文清公薛先生文集》卷十,三晋出版社 2015 年版,第 406 页。
② （宋）邵雍:《击壤集》自序,上海古籍出版社 1987—1989 年版,文渊阁四库全书本。
③ （明）薛瑄:《文清公薛先生文集》卷十,三晋出版社 2015 年版,第 406 页。
④ （宋）魏了翁:《鹤山集》卷五十二,上海古籍出版社 1987—1989 年版,文渊阁四库全书本。
⑤ （清）朱彝尊:《明诗综》卷二十一,乾隆刊本。
⑥ （清）朱彝尊:《明诗综》卷二十一,乾隆刊本。

"闻道""人道"之类的听说之"道","远道""道中"的路途之"道",等等,所言理学之"道"处并不超过 50 次,由此而论,敬轩诗作固以寄情为主,作为本职的"道学性理"并未太多地侵占作为余事的诗歌空间。必须指出的是,当时的诗学审美主流一以唐诗为宗,鄙薄宋诗,同僚友人间的应酬唱和则是其时诗坛活动的重要构成,而这种群体性的诗歌行为所贯穿的则是诗坛主流的审美风尚,唱和的内容亦大抵不出"情"字——无论其真挚还是敷衍。"理学"虽成为明代士人的一般知识背景,却无法成为唱和的话题——道学先生不肯,诗家不情愿,主流诗学的审美判断亦不接纳。在如此诗歌生态下,薛瑄当然不能以"理学"作为诗歌酬唱的内容(或者这也是他将邵雍引作知音的原因之一),只能依照主流诗学的审美认知,进入作为士人交流的诗歌酬唱中。对以余力游于诗的薛瑄而言,所作的只是要将自己的心志情意真切平实地表达出来而已。进入诗歌世界的道学醇儒,也与一般诗家一样的吟风弄月,水光山色、花草木石均是笔下宣情寄意的载体,当然,"发乎情,止乎礼义"则是不可或缺的先决条件,醇雅平淡的诗风亦由此形成。

薛瑄诗作几乎篇篇有景,或行道,或游历,或登临,或感怀。寺观庙宇、山川草木、雪雨风花,无不入诗,若《宿山亭》:"山深邮舍孤,入门晚色静。四顾足乔林,萧萧北风劲。向夕起重霏,窗户倏已暝"①,《游君山寺》:"疏篱野蔓悬,老圃寒泉注。径转山房深,重与绝境遇。白云檐外生,清风竹间度。庭花杂无名,岁晏色犹故"②,状景贴切,临写平实,澄心妙悟,萧疏平淡之意油然而生;又《过徐州》:"风寒堤柳落,波减岸石稠。白见高城堞,苍出远山丘"③,《武陵晓泛》:"碧水寒依岸,苍林远护堤。沙光摇野马,人语散凫鹥"④,目力所至,依次入笔,远近交错,以动写静,不事雕琢而意境全出。钱锺书先生曾言,"宋明理学诸儒,流连光景,玩索端倪,其工夫乃与西土作者沆瀣一气","向'风月景山水'中,安身立命,进德悟道",孔子、曾皙的"以怡情于山水花柳为得道",实为后儒先导。⑤ "道通天地有形外,思入风云变态中"⑥,"欲观万物自得意"的因"景"见"理"并不同于"押韵语录"的死板说教,理学诸儒以"孔颜乐处""曾点意识"为入手处,于山水风月中悟道明理,其于传统诗学的感悟直观并无太大破坏,却颇有着于诗中发明义理

①　(明)薛瑄:《文清公薛先生文集》卷一,三晋出版社 2015 年版,第 69 页。
②　(明)薛瑄:《文清公薛先生文集》卷一,三晋出版社 2015 年版,第 75 页。
③　(明)薛瑄:《文清公薛先生文集》卷二,三晋出版社 2015 年版,第 110 页。
④　(明)薛瑄:《文清公薛先生文集》卷六,三晋出版社 2015 年版,第 234 页。
⑤　参见钱锺书:《谈艺录》(补订本),中华书局 1984 年版,第 236—238 页。
⑥　(宋)程颢:《二程集》卷一,中华书局 1981 年版,第 482 页。

的意义。中国诗歌历来以"情""景"交融的美学境界为尚,哲理思辨本非所长,以"景"悟"道"更有着范式突破的美学意义。宋儒的初试中自不免有落入"理障"的歧途,却是极好的前车之鉴,而特定文学生态下的明代理学诸儒则大多可沿着前贤的路径,继续着"理""景"交融的美学突破。明儒第一薛瑄的诗作自然也有着这样的突破,其见萱草丛生则曰:"自是春风造化机,织成锦翠烂相依。细看一种生生意,真宰无言识者稀"①;见石榴繁茂则曰"庭前双榴树,叶密枝相交。时当四五月,吐花红夭夭。人爱花烂熳,我爱花始苞。尧夫有妙识,造化满即消"②,于花草竞生中领会宇宙运行玄机;《率成》诗曰:"舟过水无迹,云收天本清。外物自纷扰,吾心良独明"③,《睡起口号》称:"黄梅熟后无风落,翠薜看来冒雨生。学向静中方识味,道全身内不干名。"④则是于景物的动静转化中参悟养心问道的修身要旨;《冬至》一诗:"万古天开只此时,却怜春意正如丝。群生已向无中见,一气还从静处移。匝地寒风徒凛凛,行天化日渐迟迟。吾心欲说知何似,静里仍含未动机。"⑤则于时序节令的秩序变化中觅得万物运行的永恒规律,动静互蕴的物候描写渗透着阴阳相生的太极之理。若其《池边笋生》:"绿锦池塘春已深,池边青笋欲成林。贪看物理添新趣,不管滔滔岁月浸。"⑥《锦城寓馆》:"清晨坐书合,初日照花林。宿露泫庭竹,晴天啭野禽。心无一念杂,窗绝半尘侵。道理无边在,悠然思转深。"⑦怡心美景,情思哲理,相生相融,因景生情,因景悟道,因理得趣,反观于景,则景为情中景、理中景矣。循着宋儒的思路,明代道学诸儒将哲学思辨投射于诗歌的写景寄情,所呈显的正是传统思维中整体感悟的民族特色,并不刻板的理学诠释于"以理言诗"的诗学命题无疑有着拓展诗境、深化诗思的范式意义。身预其潮,薛瑄的此类诗作也自然有着不应遗忘的诗学史乃至文学史意义。

其实,抛却理学醇儒的身份名头,薛瑄还是位极富性情的诗人。虽称许"《诗》三百篇,天道人事无不备"的经学判断,却也道出过"《诗》一经,性情二字括尽"的诗学理解,更称,"凡诗文出于真情则工,昔人所谓'出于肺腑'者是也。如《三百篇》、《楚辞》、武侯《出师表》、李令伯《陈情表》、陶靖节

---

① (明)薛瑄:《文清公薛先生文集》卷五,三晋出版社2015年版,第198页。
② (明)薛瑄:《文清公薛先生文集》卷二,三晋出版社2015年版,第103页。
③ (明)薛瑄:《文清公薛先生文集》卷五,三晋出版社2015年版,第221页。
④ (明)薛瑄:《文清公薛先生文集》卷八,三晋出版社2015年版,第322页。
⑤ (明)薛瑄:《文清公薛先生文集》卷七,三晋出版社2015年版,第274页。
⑥ (明)薛瑄:《文清公薛先生文集》卷四,三晋出版社2015年版,第172页。
⑦ (明)薛瑄:《文清公薛先生文集》卷六,三晋出版社2015年版,第243页。

《诗》、韩文公《祭兄子老成文》、欧阳公《泷冈阡表》,皆所谓'出于肺腑'者
也,故皆不求工而自工,故凡作诗文皆以真情为主"①。如此的重情主张自
与宋调划清了界限,"真情为工"的诗学思路中固然有着不计技巧工拙的
"余事"心态,却亦体现了儒家"修辞立其诚"的一贯主张。虽于肺腑之情有
着相当的肯定,但作为理学家的薛瑄,其诗中所吟咏的"性情",却有着浓重
的道学色彩——温柔敦厚、平和中庸。薛瑄"少性急易怒,(其父)尝大书于
牖曰:'暴怒犹有,亦宜戒之'"②,其亦自言"气直是难养。余克治用力久
矣,而忽有暴发者,可不勉哉。二十年治一怒字,尚未消磨得尽,以是知'克
己最难'"③。然薛瑄的诗中却极少有金刚怒目式的愤慨,更不消说使性撒
气的骂詈了。其于陶诗的关注亦仅在"所以见诸诗,淡泊出天造。掩卷思
其人,清风起林杪"而已,以至其因忠直遭王振构陷入狱,几乎丧命,削籍归
里时,亦不过称:"孤臣泣血省愆尤,诏释羁缧出凤州。满目山光迎马首,一
鞭归思绕林丘。罢官已是安时命,报国空惊不自筹。遥想到家春已暮,麦黄
蚕老稼盈畴"④;孤臣的自怨交织着心灰意冷的失望,一腔的愤懑不平完全
压抑于"怨而不怒"的平和词气中,结尾的田园气息更以归隐的恬淡完全掩
盖了无端被贬的激愤。更大的愤懑亦仅于古人思慕中发出,"浩浩沧浪水
自清,曾闻渔父扣舷声。四知稀复思杨震,千载谁能慕屈平。得失真如鸥吓
凤,高低应似莺嘲鹏。何当挽取天河水,一洗人间两眼明"⑤,际遇相似下的
同情感召最能激起、放大胸中的不平之气,然而,词句虽显激昂,性情仍属
"不怒"的中庸范畴。回乡不久后,其子不幸亡故,薛瑄作《哭少子治》:"患
难归来始自怜,悲伤何事又相煎。一经赖尔传先业,二竖婴人殒少年。遗卷
不堪寻旧墨,荒冈忍复见新阡。伤心问寝寒斋夜,鸿雁行中讶失联。"⑥今昔
比照下的往事回首中,痛惜之情溢于字里行间,然而,接连的沉重打击并未
使这位理学家失去应有的风范:哀挽悼念的语调虽然低沉,"遗卷""问寝"
等日常琐事寄托中虽有悲情无限,但大旨仍不出"哀而不伤"的儒家规范。
但我们却不能即此批评薛瑄"伪情",如其言"人之为学,当于性情上用功尤
切"⑦,这位道学醇儒毕生理学训练唯在复性克己,对其而言,中正和平的君

① 《薛瑄全集》,山西人民出版社 1990 年版,第 1190 页。

② 《薛瑄全集》,山西人民出版社 1990 年版,第 913 页。

③ 《薛瑄全集》,山西人民出版社 1990 年版,第 1022 页。

④ (明)薛瑄:《文清公薛先生文集》卷九,三晋出版社 2015 年版,第 358 页。

⑤ 《薛瑄全集》,山西人民出版社 1990 年版,第 553 页。

⑥ (明)薛瑄:《文清公薛先生文集》卷九,三晋出版社 2015 年版,第 359 页。

⑦ 《薛瑄全集》,山西人民出版社 1990 年版,第 1261 页。

子风范既是理想所趋,更是躬行所在,其于诗中所体现的正是这种"君子"
性情,是其一生用心用力所在,固不得以道学末流之伪情做作视之。薛瑄于
"竹"极为喜爱,自言"生平苦爱竹,义若君子交"。从《诗》三百的"瞻彼淇
奥,绿竹猗猗。有匪君子,如切如磋"到王徽之的"何可一日无此君",竹与
君子间的文化隐喻日渐沉淀为传统士人的一般观念。白居易《养竹记》
即言:

> 竹似贤,何哉? 竹本固,固以树德,君子见其本,则思善建不拔者。
> 竹性直,直以立身,君子见其性,则思中立不倚者。竹心空,空以体道,
> 君子见其心,则思应用虚受者。竹节贞,贞以立志,君子见其节,则思砥
> 砺名行,夷险一致者。夫如是,故君子人多树之为庭实焉。①

宋儒家铉翁称:"伯夷之清,柳下惠之通,史鱼之直,子桑伯子之简,闵
子之特立独行,皆士君子之美德也,而竹兼此五德,是故举世贵之,比德于
竹"②。元儒汪克宽曰:"古之君子,比德于竹,其荫物似仁,抱节似义,遇风
磬折似礼,中虚似智"③,"竹"成为君子人格的文化象征,凝结于士人心理
深处的集体无意识。士人生活中的养竹爱竹,笔下诗中的歌竹咏竹,溯其发
端,大抵于此,所谓"比德于竹者有在焉,因又以知一时咏歌之者,未必不有
取于淇澳之遗意也"④,敬轩之爱竹亦在于此。如其见东平行台有竹,翳于
恶木荒草,便命仆芟治,嘉植,还要"作诗纪颠末,庶为同心谣",护竹、纪诗
的举措之后正是追求君子人格的文化心理。又其《孟城驿雪中咏竹》称:
"独彼凌云竹,郁有冒雪青。飘萧散寒叶,修直摇苍茎……赏玩竟朝夕,似
当西南朋。乃知岁寒操,匪独松柏贞。矢心又不如,愧我为物灵"⑤。见
"竹"思齐的道德自省正是君子"性情"的体现,并于松柏意象的比附中凸显
了"君子比德于竹"的心理积淀。《敬轩文集》中,"竹"字凡出现121次,每
叙美景,则多半有竹。"以竹为朋,因竹进德"的文化心理是薛瑄"慕竹"行
为的源初动机与文化远源。除却以竹为朋外,薛瑄尚以兰、莲、梅、菊为友,
号为"五友",多有题咏,然而,其余四友,均与竹相类,是传统文化中可以标

---

① (唐)白居易:《白居易集》,中华书局1979年版,第936—937页。
② (宋)家铉翁:《友竹亭诗卷后记·则堂集》卷四,上海古籍出版社1987—1989年版,文渊
　阁四库全书本。
③ (元)汪克宽:《环谷集》卷五,上海古籍出版社1987—1989年版,文渊阁四库全书本。
④ (明)梁潜:《泊庵集》卷五,上海古籍出版社1987—1989年版,文渊阁四库全书本。
⑤ (明)薛瑄:《文清公薛先生文集》卷二,三晋出版社2015年版,第97页。

志君子德行的成熟象征物。所谓"五友留连兴趣多,相看长是动吟哦",固然仍于君子"性情"用力也。

"人惟肖天地,亦具天地性。性无物不存,存性惟一敬……一敬苟不存,万欲皆奔纵。身心坠卑污,纲常灭天正。禽兽将同归,人类孰与共。噫嘻敬怠间,狂圣越天阱"①,涵养主敬是程朱力主的修身要法,薛瑄奉此为圣典,兢兢检点。除所号为"敬轩"外,并作《持敬箴》以自警,至于"为学时时处处是做工夫处,虽至鄙至陋处,皆当存谨畏之心,而不可忽。且如就枕时,手足不敢妄动,心不敢乱想,这便是睡时做工夫,以至无时无事不然","静而敬,以涵养喜怒哀乐未发之中,动而敬,以省察喜怒哀乐中节之和"②,力主践履躬行的薛瑄更以一生的品行磨砺实践着内外兼备的笃敬涵养,"近而屋漏无所愧,远而天地无所怍"③,"欣戚情怀浑索寞,升沉声誉总悠然"④,皆是"河东薛夫子"⑤的风范写照,时时刻刻的定心涵养、敬诚专一孕育出道统支持下的自由精神、浩然之气,无所畏惧,无所羁绊,若其《偶题》"磊磊落落塞胸臆,推荡始觉心和平。丈夫志量包宇宙,细故那得风波生"⑥,襟怀洒落,不逊"光风霁月"。以此情怀投诸诗篇,固非王韦诗风可限也,若其《醉吟楼歌为刘金宪父赋》云:"四时风景佳,翁来日登赏。赏心苦未足,呼酒涤尘想。一觞一咏自风流,兴酣万物良悠悠。傲睨五岳众山小,吞吐七泽三江秋。有时醉倚阑干望八极,便欲排风御气仍丹丘。却思李杜文章伯,只今已作神游客。举杯且复一招之,招之共饮楼头月。月光入口清心魂,唾珠洒作澄江雪。"⑦极具太白风韵,虽置于唐诗亦不为弱,亦可知薛瑄儒者身份之下依然有诗人的性情气质。

"权势利达无以动其心,死生利害无以移其志"⑧,薛瑄一生正行,出处进退,辞受取与,莫不合乎礼义规范,"富贵不能淫,贫贱不能移,威武不能屈"的君子人格在他身上得到了淋漓尽致的体现,无论是安贫乐道的恬淡怡然,还是入狱临刑的无畏坦然,抑或仗义执言的气节凛然,儒学理念的信仰与秉承始终是贯穿其中的浩然元气,这脉坦荡淋漓的浑然正气造就了一代醇儒。光明俊伟的仕宦生涯、刚直耿介的夫子品格、正道亢行的处世原

---

① 《薛瑄全集》,山西人民出版社 1990 年版,第 120—121 页。
② (明)薛瑄:《薛文清公读书续录》卷五,三晋出版社 2015 年版,第 988 页。
③ 《薛瑄全集》,山西人民出版社 1990 年版,第 802 页。
④ (明)薛瑄:《文清公薛先生文集》卷十,三晋出版社 2015 年版,第 403 页。
⑤ 《薛瑄全集》,山西人民出版社 1990 年版,第 615 页。
⑥ (明)薛瑄:《文清公薛先生文集》卷二,三晋出版社 2015 年版,第 113 页。
⑦ (明)薛瑄:《文清公薛先生文集》卷三,三晋出版社 2015 年版,第 139 页。
⑧ (明)许赞:《崇真儒隆圣治疏》,载《薛瑄全集》附录,山西人民出版社 1990 年版,第 1630 页。

则，莫不折射出这位儒者对儒学道义的人生诠释，"但得文章如布帛，不须诗句比金膏"①，平实雅正的诗歌世界是这位道学夫子的情志寄托，"不胜爱国输忠念，无限思亲感旧情"②自是忠臣孝子心声，"吏情更有山林趣，绿树门前画戟双"③原为不恋名利的隐逸情思，"古剑匪新器，古瑟匪新音。虽无适俗态，知己在所寻"④则是高古自期的人格熏陶，"为邦谁似朱夫子，道与湘漓昼夜流"⑤则是继任道统的使命自许，道学躬行与诗歌人生并行不悖，相得益彰。河东薛文清，首祀孔庙，引领一代儒风，其言其行，其学其诗，于有明儒者诚然有着不可或缺的典范意义。

二、敬斋先生胡居仁

胡居仁，字叔心，余干人。"弱冠时，奋志圣贤之学，游康斋吴先生之门，遂绝意科举，筑室梅溪山中"⑥，后游历访学，"归而与乡人娄一斋、罗一峰、张东白为会于弋阳之龟峰，余干之应天寺。提学李龄、钟城相继请主白鹿书院。诸生又请讲学贵溪桐源书院。淮王闻之，请讲《易》于其府"⑦。性行淳笃，"父病，尝粪以验其深浅，兄出则迎候于门，有疾则躬调药饮。执亲之丧，水浆不入口，哀毁骨立，非杖不能起，三年不入寝室"⑧。其师崇仁吴与弼，其学虽"刻苦奋励，多从五更枕上汗流泪下得来"⑨，时时处处克己安贫却不免拘迫浅近。而胡居仁主敬持守，"家世为农，至先生而婆甚，鹑衣脱粟，萧然有自得之色，曰：以仁义润身，以牙签润屋，足矣"⑩，求静中涵养功夫，以义理学术润身，更近朱学"主敬涵养"之正脉，颇得正史之誉："闇修自守，布衣终其身，人以为薛瑄之后，粹然一出于正，居仁一人而已"⑪，四库馆臣亦称《胡文敬集》"近里著已皆粹然儒者之言，不似吴与弼书动称梦见孔子也"⑫。

粹然醇正一如薛瑄的胡居仁所持的基本诗歌态度，自然是朱熹所言的

---

① 《薛瑄全集》，山西人民出版社1990年版，第544页。

② （明）薛瑄：《文清公薛先生文集》卷九，三晋出版社2015年版，第365页。

③ （明）薛瑄：《文清公薛先生文集》卷四，三晋出版社2015年版，第173页。

④ （明）薛瑄：《文清公薛先生文集》卷一，三晋出版社2015年版，第76页。

⑤ （明）薛瑄：《文清公薛先生文集》卷八，三晋出版社2015年版，第319页。

⑥ （清）黄宗羲：《明儒学案》卷二，中华书局1985年版，第29页。

⑦ （清）黄宗羲：《明儒学案》卷二，中华书局1985年版，第29页。

⑧ （清）黄宗羲：《明儒学案》卷二，中华书局1985年版，第29页。

⑨ （清）黄宗羲：《明儒学案·师说》，中华书局1985年版，第3页。

⑩ （清）黄宗羲：《明儒学案》卷二，中华书局1985年版，第29页。

⑪ （清）张廷玉等：《明史》卷二百八十二，中华书局1997年版，第1856页。

⑫ （清）永瑢等：《四库全书总目》卷一百七十一，中华书局1965年版，第1496页。

"不去讲义理,只去学诗文,已落第二义"①。在其所定的《丽泽堂学约》中便明确规定:"凡学以德行为先,才能次之,诗文末焉"②,又称,"凡入丽泽堂者,一以圣贤之学为宗,削去世俗浮华之习,尚节行,惇信义,毋习虚诞之文以干利禄,毋作草率之诗以取时宠"③。诗文被毫无疑问地视为"末事",较之一般意义上的道学余事,更下一级。若其称,"今之学者,有气高者则驰骛于空无玄妙之域;明敏者类以该博为尚,科名为心;又其下者,不过终于诗句浮词,以媚世取容,而已未尝知有圣贤之学也"④。诗句浮词已居最末,相似的心态还反映于他的科举态度中,尽管"动依古礼,不从流俗"⑤的胡居仁更倾向于古代"乡举里选法",但却认为隋唐以诗赋文辞取士,"弃本务末,习尚雕琢,空言无实,已非待士之体,尚望其得人也哉……迨及我朝,纯以经义策论取士,虽未能尽复成周之制,亦非隋唐空言取士之比也"⑥。虽然绝意仕进,不屑科举功利,但道学立场下的比较排序,诗文自在经义之后。当然,就正本清源的思想角度而言,诗文之下,尚有他物。"今天下第一无用是老释,第二无用是俗儒所作诗对与时文,如农工商贾,皆有用处,皆有益于世,如农之耕,天下赖其养;工之技,天下赖其器用;商虽末,亦要他通货财。如老释与俗儒在天下,非但无用,又害了人心。昔见一俗儒,作诗贺人寿,过数日,其人将去,糊窗壁。此儒吃恼。吾曰,也只好糊窗子,更好作何用? 诗以理性情,文以载道义,又何咎焉,乃不去身心性情上理会,所以无用也"⑦。其实,老释虽居最末,却非儒学范畴,俗儒诗作仍为儒行之最末事。贺寿诗被用作糊窗子,正是明代风行的诗歌应酬风气,此类草率轻浮之诗已屡遭世人诟病。胡居仁的严厉抨击亦在于此,至于那些"理性情,载道义"的诗文虽非人生头等大事,却也不至于禁绝不作。

关于诗的发生,胡居仁在《流芳诗集后序》中有一番极具理学色彩的性理阐述:

> 诗有所自乎? 本于天,根于性,发于情也。盖天生万物,惟人最灵,故有以全乎天之理,而万事万物莫不该焉。当其未发,而天地万物之理

① (宋)黎靖德:《朱子语类》卷一百四十,中华书局 1986 年版,第 3334 页。
② (明)胡居仁:《胡文敬集》卷二,上海古籍出版社 1987—1989 年版,文渊阁四库全书本。
③ (明)胡居仁:《胡文敬集》卷二,上海古籍出版社 1987—1989 年版,文渊阁四库全书本。
④ (明)胡居仁:《胡文敬集》卷二,上海古籍出版社 1987—1989 年版,文渊阁四库全书本。
⑤ (清)黄宗羲:《明儒学案》卷二,中华书局 1985 年版,第 29 页。
⑥ (明)胡居仁:《胡文敬集》卷二,上海古籍出版社 1987—1989 年版,文渊阁四库全书本。
⑦ (明)胡居仁:《居业录》卷五,上海古籍出版社 1987—1989 年版,文渊阁四库全书本。

森然具于其中,而无朕兆之可见者,性也,心之体也;事物之来,惕然而感乎内,沛然而形于外者,情也,心之用也。由其理无不备,故感无不通,既感无不通,则形于外者,必有言以宣之。情不自已则长言之,又不自已则咏歌之,既形于咏歌,必有自然之音韵,诗必叶韵,所以便咏歌也。咏歌发于性,性本于天,此诗之所自,学诗者所当知也。①

究其所本,实不过《诗大序》的那段经典论述,"诗者,志之所之也,在心为志,发言为诗,情动于中而形于言,言之不足,故嗟叹之,嗟叹之不足,故咏歌之,咏歌之不足,不知手之舞之足之蹈之也"②。但其中却夹杂了许多关于心性、物理的理学诠释。以心之体、用辨析"情""性",而"心具众理,众理悉具于心。心与理一也。故天下事物之理虽在外,统之在吾一心,应事接物之迹虽在外,实吾心之所发见"③,发乎情志的诗学逻辑虽然不变,但情志之前已经有了理学心性的观照,"本于天,根于性"自然成为"发于情"之前的诗歌所自。"有太极便有阴阳,有阴阳便有天地,有天地便有人物,有人物便有性情,有性情则形于言语咏歌,自不容己,此诗之所以作也。诗既作,又足以正性情,辨得失,兴教化,感人心,动天地,格鬼神,此诗之本末功用也"。④ 然而,在胡居仁眼中,诗的发生虽获得了理学的逻辑认可,但具体的演变过程却是今不如古,格以代降。《诗经》之后,"世降风移,变而为骚,又变而为排韵,为顺体为调为律诗联句,则诗之体制义理,性情风韵,衰坏尽矣"。不胜慨叹道:"后世王道不行,教化日衰,风气日薄,而能言之士,不务养性情,明天理乃欲专工于诗,以此名家,犹不务培养其根,而欲枝叶之盛也,其可得乎?"⑤并以此提出如何作诗的方法态度:

> 诗不可作乎? 曰:何为不可哉? 但务养性情,明道义,使吾心正气和,则诗之本立矣;绝去巧丽,对偶声律之习,熟读三百篇,玩其词,求其义,涵泳讽味,使吾心之意与之相孚而俱化,则性情以正,声律以和,不拘字数、句语多寡,但求韵叶,以便歌咏,则庶乎近之矣。⑥

① （明）胡居仁:《胡文敬集》卷二,上海古籍出版社1987—1989年版,文渊阁四库全书本。
② 《毛诗正义》卷一,载（清）阮元校刻:《十三经注疏》(上、下册),中华书局1980年版,第270页。
③ 引敬斋胡氏语,载（清）熊赐履:《学统》卷五十六,凤凰出版社2011年版,第606页。
④ （明）胡居仁:《居业录》卷八,上海古籍出版社1987—1989年版,文渊阁四库全书本。
⑤ （明）胡居仁:《胡文敬集》卷二,上海古籍出版社1987—1989年版,文渊阁四库全书本。
⑥ （明）胡居仁:《胡文敬集》卷二,上海古籍出版社1987—1989年版,文渊阁四库全书本。

身为经典的《诗》三百自然成为这位道学先生的诗歌楷模。"诗虽三百篇，然人情之邪正，风俗之美恶，政事之得失，无不备见。学者欲择善，而固执之，莫切于此。故孔子谓，何莫学夫诗。程子谓，学诗使人长一格价"①。又言"世之谈诗者皆宗李杜，李白之诗清新飘逸，比古之诗温柔敦厚，庄敬和雅，可以感人善心，正人性情，用之乡人邦国以风化天下者，殆犹香花嫩蕊，人虽爱之，无补生民之日用也。杜公之诗，有爱君忧国之意，论者以为可及变风变雅，然学未及古，拘于声律对偶，《淇澳》、《鸤鸠》、《板荡》诸篇，工夫详密，义理精深，亦非杜公所能仿佛也"②。道学观念下的诗歌关注，一以有裨世用、风化天下的为念，作为诗教发端的《诗》三百自然有着无可企及的地位，原是理学家的论诗惯例。其实，非但道学家如此，在儒学主潮之下，以《诗经》为最高典范实已成为传统士人的"诗学公理"。

"诗之善者，读之此心有所感发兴起，诗之不善者，读之此心有所惩创羞恶，此方谓之善读诗"③。作诗读诗的全副关注唯在性情涵养、道义陶冶，其于具体的艺术技巧，乃至格律规则自也不为留意了。《元宵夜吟》即称："吟诗苦才悭，不能精格律。倦卧似无聊，幸不违心术"④。原本言志抒情的诗歌基本变为这位理学先生修养心性的文学记录。《和朱子韵》云："圣贤警示意非轻，要为斯人正性情。三复服膺增悚惧，昏愚只恐是虚生。"⑤《读书自感》称："频复多由志不强，七情胜处失闲防。身心自觉沈沦久，羞读颜渊好学章。"⑥见贤思齐，慎独自省，时时可见。又其《除夜吟》曰："雨雪潇潇值岁除，奉亲才暇更观书。明朝又复更年月，拟用新功涤旧污。"⑦《正旦入斋》云："庆罢新年一乐余，携书踏雪到精庐。工夫自此宜加励，岁月虚过更咎谁。"⑧年节尚且如此，其学行可见一斑。《明儒学案》称胡居仁"严毅清苦，左绳右矩，每日必立课程，详书得失以自考"⑨，正可与此相为印证。

周敦儒主张以"主静无欲"修身，而朱熹则讲究主敬涵养，收敛身心，专一谨畏，"静""敬"之间，有相通重合，又有不同。信从朱学的胡居仁虽然承认"静"的涵养作用，但"主敬操持"却是根本立场。"所谓静者，只是以思虑

①　(明)胡居仁：《居业录》卷八，上海古籍出版社1987—1989年版，文渊阁四库全书本。
②　(明)胡居仁：《胡文敬集》卷二，上海古籍出版社1987—1989年版，文渊阁四库全书本。
③　(明)胡居仁：《居业录》卷八，上海古籍出版社1987—1989年版，文渊阁四库全书本。
④　(明)胡居仁：《胡文敬集》卷三，上海古籍出版社1987—1989年版，文渊阁四库全书本。
⑤　(明)胡居仁：《胡文敬集》卷三，上海古籍出版社1987—1989年版，文渊阁四库全书本。
⑥　(明)胡居仁：《胡文敬集》卷三，上海古籍出版社1987—1989年版，文渊阁四库全书本。
⑦　(明)胡居仁：《胡文敬集》卷三，上海古籍出版社1987—1989年版，文渊阁四库全书本。
⑧　(明)胡居仁：《胡文敬集》卷三，上海古籍出版社1987—1989年版，文渊阁四库全书本。
⑨　(清)黄宗羲：《明儒学案》卷二，中华书局1985年版，第29页。

未萌,事物未至而言,其中操持之意常在也。若不操持,待其自存,决无此理"①。"静坐中有个戒慎恐惧,则本体已立,自不流于空寂,虽静何害"②。心存此念,发而为诗,平静总是此般操持戒慎之意。《舟中自感》:"风雨篷窗不昧时,客中情绪总依依。静思成已功难处,私意才行行即亏。"③《静中感怀》:"物我难容一发私,岂论谁是与谁非。人心固是参天地,百计劳劳只自卑。"④

　　向慕列圣前贤原是士人常见心态,胡居仁亦不例外,只不过这位理学先生的希慕谱系大体全由道学前贤构成,"颜渊刚且明,已私方可克。曾氏极弘毅,战兢终易箦。中庸首谨独,屋漏无愧恧。集义孟子贤,浩然气充塞。降自汉唐下,谁能践斯域。河洛程氏兴,焕开千载惑。大哉敬义功,外方并内直。致知务穷理,为我开闿阈。践履极其纯,昭然万世则。晦庵集其全,精微尽剖析。穷理务反躬,万世立人极"⑤。又有《谢程子》诗,其云:"整齐严肃问明教,直内工夫尚有疑。入到湛然虚静处,始知夫子不吾欺"⑥。正是粹然儒者的心态流露。当然,这位终身布衣、固守清贫的节士亦不免于古人中寻觅知音,"工夫未至力先疲,才罢吾伊细咏诗。暂借余闲养情性,莫将过苦败身躯。圣经浩博有余味,人事纷纭无尽期。赢却当年陶处士,萧然一枕卧皇羲"⑦。吾伊书声之后的咏诗行为自是余暇时的性情修养,然而其于陶渊明的最大关注,却不在陶诗的平淡朴素,乃是困处贫病中的乐道精神。至于"有爱君忧国之意"的杜诗,同样亦成为胡居仁于圣贤经籍之外的游心所在,"清淡四檐月,氤氲半篆烟。圣贤名教外,细玩杜陵编"⑧。难得的诗歌关注导自儒学经典中的诗教认可,而诗文之为第二义却是始终的态度,"程子以诗文害道,非是诗文害道,是作诗文者,志局于此,所以为道之害。若道义发于诗文,又何害?不合他专心致力于此,期于工巧,便与圣贤为己之心不同,于圣贤为学工夫必荒。杜子美、韩退之当初若能做圣贤工夫,不学诗文,其造必不止此"⑨。虽非禁绝诗文,但圣贤道统依旧是压倒一

① (明)胡居仁:《居业录》卷二,上海古籍出版社1987—1989年版,文渊阁四库全书本。
② (清)黄宗羲:《明儒学案》卷二,中华书局1985年版,第31页。
③ (明)胡居仁:《胡文敬集》卷三,上海古籍出版社1987—1989年版,文渊阁四库全书本。
④ (明)胡居仁:《胡文敬集》卷三,上海古籍出版社1987—1989年版,文渊阁四库全书本。
⑤ (明)胡居仁:《胡文敬集》卷三,上海古籍出版社1987—1989年版,文渊阁四库全书本。
⑥ (明)胡居仁:《胡文敬集》卷三,上海古籍出版社1987—1989年版,文渊阁四库全书本。
⑦ (明)胡居仁:《胡文敬集》卷三,上海古籍出版社1987—1989年版,文渊阁四库全书本。
⑧ (明)胡居仁:《胡文敬集》卷三,上海古籍出版社1987—1989年版,文渊阁四库全书本。
⑨ (明)胡居仁:《居业录》卷三,上海古籍出版社1987—1989年版,文渊阁四库全书本。

切的核心关注,"操存腔里心,酬应世闲事。世人不知此。只去学文字"①。
"情不自已"的诗文虽被认可,但道学统摄下性情流露才为合法,故而,胡居
仁眼中的山水风景,每每成为感悟道心的媒介。《游卧龙庵》曰:"庐山奇秀
甲天下,我今来作庐山游。卧龙庵里驻孤迹,前贤遗教空追求。峰头瀑布泻
飞练,涧里寒潭六月秋。释子不识吾儒趣,且言二教元无异。道一缘何教有
三,何独儒家能治世。"②《游龟峰》则云:"我来游龟峰,屹然在青苍。欲穷
此理妙,应难尽其详。太极本无极,动静生阴阳。阴阳有变合,五行自相当。
造化自此成,阖辟乃其常。"③《偶成》一诗,最是其心写照,"辋川清致贪看
竹,湖上林公好咏梅。问我寒窗何所事,关闽濂洛意徘徊"④。

　　布衣终身的胡居仁"事亲讲学之外,不干人事"⑤,每称"学以为己,勿
求人知",生活阅历的拘狭虽不废其治学修身,但是诗情的激发则不免欠
缺。这位平民理学家对诗亦无太大的兴趣。尽管终不免有"情不能已"的
志意倾吐,但理学浸润下的情感心志始终粹然醇正,虽然也有"附小诗于
后,幸望采纳"⑥,"谨录诗文数篇以献,并求教正"⑦的应酬行为,但诗为"末
事"却是贯穿始终的基本态度。"(淮)王欲梓其诗文,辞曰尚需稍进"⑧,
"稍进"的关注自然不在诗艺技巧,实在修身养性的道学训练。虽然如此,
但可有可无的诗歌人生终究还是记录了这位从祀孔庙的文敬先生的真实心
态——即或道学气息浓重,却非伪情。

三、白沙先生陈献章

　　陈献章,字公甫,新会人。以正统十二年(1447)乡试第九名入京会试,
中副榜,三年后,再试不第。从学吴与弼半载。还乡后"读书穷日夜不辍。
筑阳春台,静坐其中,数年无户外迹"。复游太学,"祭酒邢让试和杨时《此
日不再得》诗一篇,惊曰:'龟山不如也。'扬言于朝,以为真儒复出。由是名
震京师"⑨。既归,地方官员交荐,"召至京,令就试吏部。屡辞疾不赴,疏乞

---

① (明)胡居仁:《胡文敬集》卷三,上海古籍出版社1987—1989年版,文渊阁四库全书本。
② (明)胡居仁:《胡文敬集》卷三,上海古籍出版社1987—1989年版,文渊阁四库全书本。
③ (明)胡居仁:《胡文敬集》卷三,上海古籍出版社1987—1989年版,文渊阁四库全书本。
④ (明)胡居仁:《胡文敬集》卷三,上海古籍出版社1987—1989年版,文渊阁四库全书本。
⑤ (清)黄宗羲:《明儒学案》卷二,中华书局1985年版,第29页。
⑥ (明)胡居仁:《胡文敬集》卷一,上海古籍出版社1987—1989年版,文渊阁四库全书本。
⑦ (明)胡居仁:《胡文敬集》卷一,上海古籍出版社1987—1989年版,文渊阁四库全书本。
⑧ (清)黄宗羲:《明儒学案》卷二,中华书局1985年版,第29页。
⑨ (清)张廷玉等:《明史》卷二百八十三,中华书局1997年版,第1864页。

终养,授翰林院检讨以归"①。南归后,侍母讲学,屡荐不起,终老岭南。因居白沙村,世称白沙先生。

《明儒学案》称陈献章"学宗自然,而要归于自得。自得故资深逢源,与鸢鱼同一活泼,而还以握造化之枢机,可谓独开门户,超然不凡"②,诚为中的之论。陈献章尝言"学者以自然为宗,不可不着意理会"③,又称:"此学以自然为宗旨也。……自然之乐,乃真乐也"。④ 而得意门生湛若水亦屡称其师学宗自然,更称"先师石翁又发出自然之说,至矣。圣人所以为圣,亦不过自然"⑤。"自然"无疑成为白沙学说的核心理念。"宇宙内更有何事?天自信天,地自信地,吾自信吾;自动自静,自阖自辟,自舒自卷;甲不问乙供,乙不待甲赐;牛自为牛,马自为马;感于此,应于彼,发乎迩,见乎远。"⑥以此心观物,则悟,"一痕春水一条烟,化化生生各自然。七尺形躯非我有,两间寒暑任推迁"⑦;推及万物运行,即云,"正翁眼时元活活,到敷散处自乾乾。谁会五行真动静,万古周流本自然"⑧。作为自然之"要归","自得"实为一种境界,"忘我而我大,不求胜物而物莫能挠。孟子云,'我善养吾浩然之气'。山林朝市一也,死生常变一也,富贵贫贱威武一也,而无以动其心,是名曰'自得'。自得者,不累于外物,不累于耳目,不累于造次颠沛,鸢飞鱼跃,其机在我,知此者谓之善学,不知此者虽学无益也"⑨。即表面而言,自然、自得的为学宗旨似与道家主张颇为相近,而陈献章的确也曾受到过道家的影响⑩,但是,溯其学理思路的主流,却始终是儒学内涵的一脉相沿。其称:"天下未有不本于自然,而徒以其智收显名于当年、精光射来世者也。《易》曰:天地变化草木蕃,时也。随时诎信,与道翱翔,固吾儒事也。吾志其行乎"⑪,明白无疑地表明了自己的儒学立场。其《读张地曹偶拈之作》更言"濂洛千载传,图书乃宗祖。昭昭圣学篇,授我自然度"⑫,宣称自己的自然主张导自圣学经籍、濂洛图书的儒家正统,极力划清与道家"自然"的

---

① (清)张廷玉等:《明史》卷二百八十三,中华书局1997年版,第1864页。

② (清)黄宗羲:《明儒学案·师说》,中华书局1985年版,第5页。

③ 《陈献章集》卷二,中华书局1987年版,第192页。

④ 《陈献章集》卷二,中华书局1987年版,第192—193页。

⑤ (明)湛若水:《甘泉文集》卷七,上海古籍出版社1987—1989年版,文渊阁四库全书本。

⑥ 《陈献章集》卷三,中华书局1987年版,第242页。

⑦ 《陈献章集》卷六,中华书局1987年版,第683页。

⑧ 《陈献章集》卷六,中华书局1987年版,第647页。

⑨ (清)黄宗羲:《明儒学案》卷五,中华书局1985年版,第89页。

⑩ 参见黄明同:《陈献章评传》,南京大学出版社1998年版,第28—29页。

⑪ 《陈献章集》卷一,中华书局1987年版,第71页。

⑫ 《陈献章集》卷四,中华书局1987年版,第305页。

界限。其《夜坐》诗称:"不著丝毫也可怜,何须息息数周天。禅家更说除生灭,黄老惟知养自然。昔与蜉蝣同幻化,祇应龟鹤羡长年。吾儒自有中和在,谁会求之未发前"①。明辨佛、道的正本清源中所凸显的正是白沙先生的儒者身份,而诗文之中屡屡出现的"吾儒"自称,更是有意无意的自明心迹。

儒者的自然自得成为白沙思想的本旨所在,发于自然,而归于自得,圆满自在的哲理体系涵盖了陈献章的整个人生,无论是立身行事,还是述学思辨,乃至著述书法,莫不以此为宗。至其作诗论诗,更笼罩于自然这一最高审美理想的观照之下。尝言,"大抵诗贵平易洞达,自然含蓄不露,不以用意装缀,藏形伏影,如世间一种商度隐语,使人不可模索为工"②。而白沙诗作亦每以自然平易为尚,如其《送客》:"浓绿新春酒,疏红隔水花。官人坐马醉,江路绕山斜。桃李成春径,牛羊散暮沙。林泉无宿客,兴尽且还家"③。清新淡雅,颇见韵致;又《东轩独坐》曰:"桃花寂寞梨花开,山中薄酒三五杯。村西有客可人意,风雨今朝期不来"④,寻常字句之中,无安排之迹而有回味之意。林待用云,"先生诗涵养粹完,脱落清洒,独超造物牢笼之外,而寓言寄兴于风烟水月之间。盖有舞雩陋巷之风焉"⑤。清人宋长白称,"陈白沙诗于宋儒六子之外,自立门庭,其真率处皆澹雅可歌"⑥。然而,单一的平淡审美风格远不能涵盖这位儒者的"自然诗学"。论称:

> 白沙之诗,五言冲淡,有陶靖节遗意,然赏者少。徒见其七言近体,效简斋康节之渣滓,至于筋斗、样子、打乖、个里,如禅家呵佛骂祖之语。殆是《传灯录》偈子,非诗也。若其古诗之美,何可掩哉?然谬解者,篇篇皆附于心学性理,则是痴人说梦矣。⑦

即诗体特征及艺术风格而论,杨慎的这段审美评析颇为中允。自然平淡的白沙诗作有着显而易见的陶令遗韵,况且陈献章尚有和陶十二首,《示

---

① 《陈献章集》卷五,中华书局1987年版,第423页。
② 《陈献章集》卷一,中华书局1987年版,第74页。
③ 《陈献章集》卷四,中华书局1987年版,第332页。
④ 《陈献章集》卷六,中华书局1987年版,第549页。
⑤ (清)朱彝尊:《明诗综》卷二十四,乾隆刊本。
⑥ (清)宋长白:《柳亭诗话》下册,(台北)大西洋图书公司中华古籍重刊本,第208页。
⑦ (明)杨慎:《升庵诗话》卷七,载丁福保辑:《历代诗话续编》(中),中华书局1983年版,第779页。

李孔修近诗》更云，"或疑子美圣，未若陶潜淡。习气移性情，正坐闻道晚"①。其于陶渊明的追慕之情，已略可窥见。此外，陶渊明更是白沙诗中极常见的形象，其若，"新筜压两壶，落英携满袖。我非陶长官，庐山还九九"②。"霜前淡淡花，瓢内深深酒。今日陶渊明，庐山作重九。"③"诗将秋景淡，菊共老人开。时节陶潜醉，江山宋玉哀。"④"葛巾旋把陶潜酒，烟水将归范蠡船。"⑤"黄菊花开又一年，南山无分对陶潜。"⑥"管勾仙家碧酒春，醉乡今日属何人。天高地迥无人到，试就陶潜一问津。"⑦"唤醒陶令醉，惊觉华山眠。"⑧"争持渊明杯，来接子桑饭。"⑨"黄菊有名花，渊明无酒官。"⑩"短世渊明醉，长愁子美歌。高情谁复尔，久别公如何"⑪。"往往诗囊随李贺，深深酒盏寄渊明。"⑫"渊明无钱不沽酒，九日菊花空在手。我今酒熟花正开，可惜重阳不再来"⑬。"林下一壶谁共醉，渊明只好对高僧。"⑭俯拾皆是。朱彝尊即言，"白沙虽宗击壤，源出柴桑"⑮，亦为有据。然而，细玩其辞，则可发现，陈献章对于陶渊明的关注实在菊花与酒，以及借此所体现的隐逸心态，而其中尤以酒为核心关注，每当陈献章自拟陶渊明时，莫不以此为喻。"对花无阿堵，笑我似陶潜。节去杯盘在，公来更隐兼。"⑯"谁将此菊种江滨，物色当年漉酒巾。若道渊明今我是，清香还属隔江人。"⑰"不辞拼作陶潜醉，受尽长河一日风。"⑱"病里春秋六十更，酒杯无日不渊明"⑲。白沙嗜酒，"酒"在白沙诗中总共出现385次，他若"杯""饮""醉"等相关字

① 《陈献章集》卷四，中华书局1987年版，第303页。
② 《陈献章集》卷五，中华书局1987年版，第535页。
③ 《陈献章集》卷五，中华书局1987年版，第523页。
④ 《陈献章集》卷四，中华书局1987年版，第381页。
⑤ 《陈献章集》卷五，中华书局1987年版，第410页。
⑥ 《陈献章集》卷六，中华书局1987年版，第654页。
⑦ 《陈献章集》卷六，中华书局1987年版，第656页。
⑧ 《陈献章集》卷四，中华书局1987年版，第352—353页。
⑨ 《陈献章集》卷四，中华书局1987年版，第285页。
⑩ 《陈献章集》卷四，中华书局1987年版，第383页。
⑪ 《陈献章集》卷四，中华书局1987年版，第379页。
⑫ 《陈献章集》卷五，中华书局1987年版，第441页。
⑬ 《陈献章集》卷四，中华书局1987年版，第327页。
⑭ 《陈献章集》卷六，中华书局1987年版，第682页。
⑮ （清）朱彝尊：《明诗综》卷二十，乾隆刊本。
⑯ 《陈献章集》卷四，中华书局1987年版，第357页。
⑰ 《陈献章集》卷六，中华书局1987年版，第568页。
⑱ 《陈献章集》卷六，中华书局1987年版，第678页。
⑲ 《陈献章集》卷五，中华书局1987年版，第467页。

眼亦有极高的出现频率。酒成为关联陈白沙与陶渊明的历史媒介，正是在酒的世界中，二人心境得以重叠相通，酒作为一种内涵丰富的传统文化载体，融合着各种人生境界，无论是归隐的自得，还是微醉的自乐，抑或穷愁失意的麻醉，均可投寄其中，而作为晚辈的陈献章对前贤陶渊明的感慕追仿亦在于此。

尤应注意的是，屡为后代文士所推崇的陶诗却并未得到陈献章的太多认可，陈献章的自拟陶潜，在酒、在花，却不在诗。虽然共同审美指向的诗风有着必然的相似，但陈献章却一再辩称，否认与陶诗的关系，其在《饮陂头》一诗中即称，"入崦花丛密，遵陂石路高。柴门过午饭，村老对春醪。水白都如练，风清不作刀。自然五字句，非谢亦非陶"①。尽管风格极似，但"非谢非陶"却是其对自身明白无疑的诗学定位。而在《批答张廷实诗笺》中，又言"醉以涸俗，醒以行独，醒易于醉，醉非深于《易》者不能也。汉郭林宗，晋陶渊明，唐郭令公，宋邵尧夫，善醉矣"②。于陶潜的着眼处仍在"善醉"，并非"能诗"。庄昶是陈献章最为推许的当世诗人，曾有"百炼不如庄定山"之誉，更称"今代名家谁李杜，先生高枕自羲皇。乾坤兀兀中流柱，风月恢恢大雅堂。莫道白沙无眼孔，濯缨千顷破沧浪"③。屡屡唱和，颇为诗道知己。庄昶亦称，"才力凡今我与翁，百年端许自知公"④，然其于白沙诗作的定位则同样是"为经为训真谁识，非谢非陶亦浪猜"⑤。可见，以诗而论，节士陶渊明并非陈献章的企慕楷模。

白沙尝言，"大抵论诗当论性情，论性情先论风韵，无风韵则无诗矣。今之言诗者异于是，篇章成即谓之诗，风韵不知，甚可笑也。情性好，风韵自好；性情不真，亦难强说"⑥。诗主性情，同样为其自然本旨的诗学投射。其言，"受朴于天，弗凿以人；禀和于生，弗淫以习。故七情之发，发而为诗，虽匹夫匹妇，胸中自有全经，此风雅之渊源也。而诗家者流，矜奇眩能，迷失本真，乃至旬锻月炼，以求知于世，尚可谓之诗乎"⑦。自然而然的性情之发，成为作诗的第一要旨。又称，"言，心之声也，形交乎物，动乎中，喜怒生焉，于是乎形之声，或疾或徐，或洪或微，或为云飞，或为川驰，声之不一，情之变

---

① 《陈献章集》卷四，中华书局1987年版，第336页。
② 《陈献章集》卷一，中华书局1987年版，第74页。
③ 《陈献章集》卷五，中华书局1987年版，第406页。
④ （明）庄昶：《庄定山集》卷四，上海古籍出版社1987—1989年版，文渊阁四库全书本。
⑤ （明）庄昶：《庄定山集》卷四，上海古籍出版社1987—1989年版，文渊阁四库全书本。
⑥ 《陈献章集》卷二，中华书局1987年版，第203页。
⑦ 《陈献章集》卷一，中华书局1987年版，第11页。

也,率吾情盎然出之"①。溯其源流,依旧是儒学传统下的诗"发乎情",而其对于性情的特别强调,亦同样限于"止乎礼义"的规范之中。所谓"玄酒初无味,名家岂在诗"。在陈献章看来,名家得以显名于世者,并不在其诗作本身,而在性情,但这个性情却非饮食声色的常人之欲,乃是古人性情。"欲学古人诗,先理会古人性情是如何,有此性情,方有此声口,只看程明道、邵康节诗,真天生温厚和乐,一种好性情也"②。白沙诗学所以为本旨的"性情"亦在于此。对理学家而言,性情发端之处已被视为天理的道学思想所渗透,所谓"止乎礼义"在很大程度上已经由外在的行为规范演变为内在的道德诉求,无须特别提倡,因为所发"性情"中已然蕴含着道学思想的传统浸润。故而,道学先生陈献章屡屡强调的古人性情乃是温厚和乐的醇儒性情,却非如归隐无为的高士情怀,故其每每声辩,己诗非陶诗。大弟子湛若水在《重刻白沙先生全集序》中亦称:

> 白沙先生之诗文,其自然之发乎? 自然之蕴,其淳和之心乎? 其仁义忠信之心乎? 夫忠信、仁义、淳和之心,是谓自然也。夫自然者,天之理也。理出于天然,故曰自然也。在勿忘勿助之间,胸中流出而沛乎,丝毫人力亦不存。故其诗曰:"从前欲洗安排障,万古斯文看日星。"以言乎明照自然也。夫日月星辰之照耀,其孰安排是? 其孰作为是? 定山庄公赞之诗曰:"喜把炷香焚展读,了无一字出安排。"以言其自然也。又曰:"为经为训真谁识,非谢非陶莫浪猜。"盖实录也。夫先生诗文之自然,岂徒然哉? 盖其自然之文言,生于自然之心胸,自然之心胸,生于自然之学术,自然之学术,在于勿忘勿助之间,如日月之照,如云之行,如水之流,如天葩之发,红者自红,白者自白,形者之形,色者自色,孰安排是? 孰作为是? 是谓自然。③

儒学理念中的忠信、仁义、醇和一归于自然,而"自然者,天之理也。理出于天然,故曰自然"。理学思路下的"自然"诠解完全剔除了道家的"驳杂色彩",勿忘勿助的自得心态下俨然一派醇儒气象。较之陶谢,相同审美宗旨下的白沙诗歌虽然有着字句风格的表面相似,但不同的哲学理念与身份定位却导致了更深层面上的关注差异。陈献章称,"诗本温厚

---

① 《陈献章集》卷一,中华书局 1987 年版,第 5 页。
② 《陈献章集》卷一,中华书局 1987 年版,第 74 页。
③ 《陈献章集》附录三,中华书局 1987 年版,第 896 页。

和平,深沉婉密,然后可望大雅之庭"①。又云:"作诗尚平淡,当与风雅期"②,平淡风格之下,依旧是深沉的儒学关怀与难以割舍的风雅情结,自不同于一般吟咏的文士雅兴与单一层面的自然审美。理学先贤的性情诗作自然成为仿效追慕的对象,理学诸儒虽多能为诗,然于诗最具兴趣且以之作为道学性情之寄托者,自以邵雍为最。相似身份下的相近性情自然有着天生的亲近,除去屡屡效仿、次韵邵雍的击壤体外,尧夫诗更成为白沙诗作中如同陶潜酒一样的习惯意象,若其在《寄定山》中便以"诗变尧夫酒变陶"相为标榜。所谓"击壤亦唱尧夫诗","尧夫方爱陈公甫","只学尧夫也不孤"。康节诗已然成为陈献章儒者人生中的重要文化标识,"雪月风花还属我,不曾闲过邵尧夫"③,"尧夫击壤歌千篇,大醉起舞春风前"④,道学先生的诗意风流于中体现,而此等温厚和乐的性情方是白沙诗学的核心关注,所谓的诗主性情,亦由此展开。若其《读韦苏州诗》即云:"五言夙昔慕陶韦,句外留心晚尚痴。敢为尧夫添注脚,自从删后更无诗。"⑤虽然承认对陶韦诗风的欣赏,但特意点出的"句外留心"却更体现出白沙诗学的基本关注并不在诗之词句,乃在诗后所蕴藏的文化内涵。故而,陈献章虽于邵雍诗作颇为推崇,却称"拍拍满胸都是春,一声未唱已通神。新诗若道尧夫是,只问尧夫是底人"⑥。又云,"诗到尧夫不论家,都随何柳傍何花。无住山僧今我是,夕阳庭树不闻鸦"⑦。从"尧夫何人"的追问与再到"诗到尧夫不论家"的诗人身份否定,正是"学宗自然"的思路体现,所谓自然之境原是一种不求经营的"无意"为之,水云自生的"无法"圆活,巧夺造化的"无工"天成,陈献章对于康节诗的表象否定亦在于此。在这位道学先生眼中,诗歌之重唯在所载之道、所蕴之意,至于外在辞句实为皮相,不足为念。由此则引出了陈白沙颇为著名的诗歌主张——"诗之工,诗之衰也"。

对于晋魏至唐的诗家作者,陈献章"恨其拘声律、工对偶,穷年卒岁,为江山草木、云烟鱼鸟粉饰文貌,盖亦无补于世焉。若李杜者,雄峙其间,号称大家,然语其至则未也"⑧。对于李杜的微词正是道学思路

① 《陈献章集》卷二,中华书局1987年版,第207页。
② 《陈献章集》卷五,中华书局1987年版,第537页。
③ 《陈献章集》卷六,中华书局1987年版,第636页。
④ 《陈献章集》卷四,中华书局1987年版,第315页。
⑤ 《陈献章集》卷六,中华书局1987年版,第627页。
⑥ 《陈献章集》卷六,中华书局1987年版,第627页。
⑦ 《陈献章集》卷六,中华书局1987年版,第684页。
⑧ 《陈献章集》卷一,中华书局1987年版,第11页。

的习惯论调,其又称:"南朝姑置勿论,自唐以下几千年于兹,唐莫若李杜,宋莫若黄陈,其余作者固多,率不是过。乌虖,工则工矣,其皆三百篇之遗意欤? 率吾情盎然出之,不以赞毁欤? 发乎天和,不求合于世欤? 明三纲,达五常,征存亡,辨得失,不为河汾子所痛者殆希矣?"①河汾子即隋代大儒王通,其所痛者正是诗者"上陈应刘,下述沈谢,四声八病,刚柔清浊,靡不毕究"②尽失自然之意的工巧追求,而此亦即陈白沙之深恶痛绝所在。所谓"功名悲梦蝶,文字耻雕虫"的鄙薄忧患实在文字求工的"害道""夺志",故有"文字费精神,百凡可以止"的告诫。诗以求工,则诗衰,故而,自然吟出的诗作便是绝妙好诗,"古文字好者,都不见安排之迹, 似信口说出,自然妙也。其间休制非一,然本于自然不安排者便觉好"③。其《与客谈诗》亦曰:"风雅余三百,唐音仅几家。梦犹将影说,痒莫隔靴爬。岂是安排定,胡为孟浪夸。超然不到处,应是用心差"④。如其《偶成》言,"贤圣当为天下极,何人不共此心灵。从前欲洗安排障,万古斯文看日星"⑤。刻意的安排被视为诗家障碍。白沙作诗,亦不以工拙为念,率意而为。庄昶称其诗"了无一字出安排",王世贞则言:"陈公甫先生诗不入法,文不入体,又皆不入题,而其妙处,有超乎法与体与题之外者"⑥,不计法度的率性抒写虽无求工之意,却得超然之妙。而此正即陈白沙自身的诗学实践。不求专工的诗学实际固是白沙"学本自然"的思路贯穿,却也有着传统理学思想的一般渗透——作诗已为道学余事,更不当求工溺志。

　　然而,虽否定诗歌的工巧追求,但陈献章于诗为小技却有着特别的辩护。其称:"仆才不逮人,年二十七始发愤从吴聘君学。其于古圣贤垂训之书,盖无所不讲,然未知入处。比归白沙,杜门不出,专求所以用力之方。既无师友指引,惟日靠书册寻之,忘寝忘食,如是者亦累年,而卒未得焉。所谓未得,谓吾此心与此理未有凑泊脗合处也。于是舍彼之繁,求吾之约,惟在静坐,久之,然后见吾此心之体隐然呈露,常若有物。日用间种种应酬,随吾所欲,如马之御衔勒也。体认物理,稽诸圣训,各有头绪来历,如水之有源委

---

① 《陈献章集》卷一,中华书局 1987 年版,第 5 页。
② 《陈献章集》卷一,中华书局 1987 年版,第 5 页。
③ 《陈献章集》卷二,中华书局 1987 年版,第 163 页。
④ 《陈献章集》卷四,中华书局 1987 年版,第 365 页。
⑤ 《陈献章集》卷五,中华书局 1987 年版,第 440 页。
⑥ (明)王世贞:《读书后》卷四,上海古籍出版社 1987—1989 年版,文渊阁四库全书本。

也"①。由博返约、专主静坐的治学途径所强调的是本心之体的涵养功夫，而外在的经史研读却是"可舍之繁"，其称"为学须从静中坐养出个端倪来，方有商量处……但只依此下工，不至相误，未可便靠书策也"②。往圣先贤的道统承接在自得于心的"心传"，却非寻摘字句的死读，"往古来今几圣贤，都从心上契心传。孟子聪明还孟子，如今且莫信人言"③。莫信人言的主张正暗含着直接对话圣贤的学术旨归。"圣贤之言具在方册，生取而读之，师其可者，改其不可者，直截勇往，日进不已，古人不难到也"④，对于古代圣贤言论的"师""改"态度正为"自得"之学的体现。这位读尽"天下古今典籍，旁及释老、稗官、小说"的陈献章曾叹曰"夫学贵乎自得也，自得之，然后博之以典籍，则典籍之言我之言也；否则，典籍自典籍，而我自我也"⑤。主体的自我选择获得了极大的合理认可，对于放弃自我的寻章摘句者而言，即或是圣贤经典，亦不过如糟粕耳。

> 六经，夫子之书也。学者徒诵其言而忘味，六经一糟粕耳，犹未免于玩物丧志。⑥

> 圣人与天本无作，六经之言天注脚。百氏区区赘疣若，汗牛充栋故可削。世人闻见多尚博，恨不堆书等山岳。……讲下诸郎颇淳朴，谁敢作嘲侮先觉。读书不为章句缚，千卷万卷皆糟粕。⑦

> 朽生何所营，东坐复西坐。搔头白发少，摊地青葵破。千卷万卷书，全功归在我。吾心内自得，糟粕安用那。⑧

屡屡出现的"糟粕"之论，虽然有着特定的语境预设，然而将死板的书本知识视为无用的信心言论却在一定程度上形成了对儒家典籍的部分颠覆。师心自得的主体凸显为个人性情的抒发提供了极大的便利，传统治学思路中的博究经史因书卷皆糟粕的观念而渐失尊位，本为儒者小技的诗歌则因主体的态度不同而有了"大小"之别。

---

① 《陈献章集》卷一，中华书局1987年版，第145页。
② 《陈献章集》卷一，中华书局1987年版，第133页。
③ 《陈献章集》卷六，中华书局1987年版，第645页。
④ 《陈献章集》卷一，中华书局1987年版，第19页。
⑤ （明）张诩：《白沙先生行状》，载《陈献章集》附录二，中华书局1987年版，第879页。
⑥ 《陈献章集》卷一，中华书局1987年版，第19页。
⑦ 《陈献章集》卷四，中华书局1987年版，第323页。
⑧ 《陈献章集》卷四，中华书局1987年版，第288页。

　　　　夫诗,小用之则小,大用之则大,可以动天地,可以感鬼神,可以和
　　上下,可以格鸟兽,四时行焉,百物生焉;皇王帝霸之褒贬,雪月风花之
　　品题,一而已矣。小技云乎哉?①

　　　　先儒君子类以小技目之,然非诗之病也。彼用之而小,此用之而
　　大,存乎人,天道不言,四时行,百物生,焉往而非诗之妙用?会而通之,
　　一真自如,故能枢机造化,开阖万象,不离乎人伦日用而见鸢飞鱼跃之
　　机。若是者,可以辅相皇极,可以左右六经,而教无穷,小技云乎哉?今
　　之名能诗者,如吹竹弹丝,敲金击石,调其宫商,高者为霓裳羽衣、白雪
　　阳春,称寡和,虽非韶濩之正,亦足动人之听闻,是亦诗也,吾敢置不足
　　于人哉?②

　　"小技云乎哉"的追问之后正是信心自任的主体精神,而此或可算作道
学观照下,儒者为诗歌功用辩护所发出的最强音。尽管其于诗歌之用的诠
释依旧遵循着儒学正统的教化思路,但主体心灵的内在超越却使得承载心
志性情的诗歌可以获得"辅相皇极,左右六经"的无上意义,确也突破了经
学视野下的诗歌小技观念。

　　陈献章关于诗歌的小技辨析虽为自身的诗歌行为寻得了合法性,但作
为功用层面的价值认可却加深了其"诗工则诗衰"的诗学观念,正因此,白
沙一面不断作诗以言志抒情,一面却不断批评雕琢求工的当时诗风。尽管
陈献章并未明言自己颇为浓厚的诗歌兴趣,但具体的行为事实却已证明了
这位道学先生确实是有点"诗癖"的,以至有时在与友人学生的信件往来中
亦不免讨论诗的用韵,甚至称,"作诗非难,斟酌下字轻重为难"——实已有
些"求工"的嫌疑了。其族孙陈炎宗更是一语道破:

　　　　族祖白沙先生以道鸣天下,不著书,独好为诗。诗即先生之心法
　　也,即先生之所以为教也。今读先生之诗,风云花鸟,触景而成,若无以
　　异于凡诗之寄托者,至此心此理之微,生生化化之妙,物引而道存,言近
　　而指远,自非澄心默识,超然于意象之表,未易渊通而豁解也③。

　　白沙先生"独好为诗"的兴趣表明正凸现出诗歌在其理学人生中的特

---

① 《陈献章集》卷一,中华书局1987年版,第4页。
② 《陈献章集》卷一,中华书局1987年版,第11—12页。
③ (清)陈炎宗:《重刻诗教解序》,载《陈献章集》附录一,中华书局1987年版,第700页。

殊地位,"尤善诗"的父亲陈琮①或对遗腹子陈献章有着些许遗传影响,然而,更大的诗歌兴趣却来自其道学人生的培养积淀。视书卷为糟粕的陈献章无意著述,讲求道学心传,发自性情的诗歌自然成为托意言志的最佳载体。"以道为诗"的陈白沙在"以诗载道"的过程中又不断积累着对于诗歌的兴趣。其称:

> 作诗当雅健第一,忌俗与弱。予尝爱看子美、后山等诗,盖喜其雅健也。若论道理,随人深浅,但须笔下发得精神,可一唱三叹,闻者便自鼓舞,方是到也。须将道理就自己性情上发出,不可作议论说去,离了诗之本体,便是宋头巾也,大概如此,中间句格声律,更一一洗涤,平日习气,涣然一新,所谓濯去旧见,以来新意,作诗亦正用得著也。②

不难看出,陈献章于雅健诗风的关注提倡实在于蕴藏其后的精神性情,一再强调要"笔下发得精神","就自己性情上发出",如前所述,此等精神性情并非凡人情欲,仍是理学浸润的古人性情。而其于议论为诗的批评,同样立足于道学心传的立场,白沙并不反对以诗言道说理,其所抨击的乃是妨害性情抒发、将诗歌变为书本、千篇一律的生硬灌输,正与其视书本为糟粕的思路同出一辙。其《随笔》诗云:"子美诗之圣,尧夫更别传。后来操翰者,二妙少能兼。"③在杜甫、邵雍的称美与后代文士的慨叹中实已寄寓了陈献章的最高诗歌理想——兼备二妙,不离诗之本体的传道寄意。而白沙的诗歌人生或可理解为在自然宗旨下对此理想的不断追求。屈大均称:

> 白沙先生善会万物为己,其诗往往漏泄道机,所谓吾无隐尔。盖知道者,见道而不见物,不知道者,见物而不见道。道之生生化化,其妙皆在于物,物外无道。学者能于先生诗深心玩味,即见闻之所及者,可以知见闻之所不及者。物无爱于道,先生无爱于言,不可以不察也。先生尝谓人,读其诗止是读诗,求之甚浅,苟能讽咏千周,神明告人,便有自得之处。庞弼唐云,白沙先生诗,心精之蕴,于是乎泄矣。然江门诗景,春来便多,除却东风花柳之句,则于洪钧若无可答者何耶? 盖涵之天

---

① "陈琮,生有异质,髫龄能文,喜歌吟,尤究心理学。"《编次陈白沙先生年谱》,载(明)陈献章:《陈献章集》附录二,中华书局1987年版,第803页。陈琮《乐芸诗》一卷,见王命璇、黄淳:《万历新会县志》卷七,清顺治间修补本。
② 《陈献章集》卷一,中华书局1987年版,第72页。
③ 《陈献章集》卷五,中华书局1987年版,第517页。

衷,触之天和,鸣之天籁,油油然与天地皆春,非有所作而自不容已者
矣。然感物而动,与化俱徂,其来也无意,其去也无迹,必一一记其影
响,则亦琐而滞矣。此先生之所以有诗也①。

　　是言颇为切当。白沙无意著述,心会万物,借诗明道,词句表象,所重在
意,在道学心传。其诗固不当仅以一般文学之诗读之。正是在此意义上,陈
献章方对弟子湛若水称,"子何不学夫诗以应世"②,以诗为应世手段,指点
门生。作为得意弟子的湛甘泉对于乃师的诗歌行为亦有着颇称到位的理解
把握。"夫白沙诗教何为者也? 言乎其以诗为教者也。何言乎教也? 教也
者,著作之谓也。白沙先生无著作也,著作之意寓于诗也。是故道德之精,
必于诗焉发之"③,并选取陈献章古体诗 160 余首,逐一讲解,名之曰《白沙
子古诗教解》。文以载道是最具传统张力的文学观念,就整体而言,陈献章
以诗为著述的道学传承并未突破这一传统,理学视野下的诗教关怀依旧是
儒家传统的历史延续,然而,作为具体知识的承载方式、个体思想的表达途
径,特别标举的"诗教"却也堪称主流意识下的创新之举。
　　以诗为教的主张或许有些标新的意味,但白沙立身的忠孝大节却恪守
礼法,足称典范。陈献章尝言"名节,道之藩篱。藩篱不守,其中未有能独
存者也"④,对于节妇义士每多表彰,"宋有中流柱,三人吾所钦"⑤,建祠祭
文,褒扬忠良,更言"千秋万岁难磨灭,乃见中流砥柱人"⑥,所谓"却到陵夷
排乱贼,方知名节是忠臣"⑦亦是正统名节心态。相似的关注还见于对节妇
的记述表彰,"风俗当年坏一丝,直到于今腐烂时。欲论千古纲常事,除是
渠家节妇知"⑧。理学思路中历来有追慕三代的复古传统,当时风俗不及上
古淳朴亦是常识观念,况且白沙所处时代,亦非太平治世,其眼中的社会
"滔滔复滔滔,风俗日益下"⑨,"仲尼不作周公梦,天下共嗟吾道衰"⑩,"滔

---

① （清）屈大均:《广东新语》卷十二,中华书局 1985 年版,第 347—348 页。
② （明）湛若水:《甘泉文集》卷十七《精选古体诗自序》,上海古籍出版社 1987—1989 年版,
　文渊阁四库全书本。
③ （明）湛若水:《诗教解原序》,载《陈献章集》附录一,中华书局 1987 年版,第 699 页。
④ 《陈献章集》卷二,中华书局 1987 年版,第 236 页。
⑤ 指文天祥、张世杰、陆秀夫。
⑥ 《陈献章集》卷一,中华书局 1987 年版,第 72 页。
⑦ 《陈献章集》卷五,中华书局 1987 年版,第 403 页。
⑧ 《陈献章集》卷六,中华书局 1987 年版,第 636 页。
⑨ 《陈献章集》卷四,中华书局 1987 年版,第 301 页。
⑩ 《陈献章集》卷六,中华书局 1987 年版,第 643 页。

滔终夜心,四海皆名利"①,身处其中,维系纲常伦理自是责无旁贷的道学使命,白沙"诗教"以明道为任,本就有着淳厚世风的现实指向,至其个人立身行事更是不苟。

陈献章以事母而请归不仕,《乞终养疏》中拳拳孝心已见其亲,其后,虽事亲居家,讲学论道,寄意山水,然爱君忧国之念,每见诗篇。《与世卿闲谈兼呈李宪副》称:"秦倾武穆凭张俊,蜀取刘璋病孔明。万古此冤谁洗得,老夫无计挽东溟"②,实寓时事之感,贫病交困之下,尚言"多病一生长傍母,孤臣万死敢忘君"③。当"宪庙升遐,哀诏至广,白沙哭之恸,有诗曰:三旬白布裹乌纱,六载君恩许卧家。溪上不曾携酒去,空教明月管梅花"④,可知,白沙虽身处江湖之远,忠君忧国之念却始终不忘。至其殁前数日,早具朝服朝冠,令子弟扶掖,焚香北面,五拜三叩首曰:"吾辞吾君",复作一诗云:"托仙终被谤,托佛乃多修。弄艇沧溟月,闻歌碧玉楼。"曰:"吾以此辞世。"⑤临终之际,面北叩拜的辞君行为正是其贯穿一生的忠君体现,而念念不忘的"醇儒"之辨正是这位从祀先生对自身的盖棺定论。陈献章虽然终生作诗不辍,却始终不肯正面承认诗人身份,藏于心灵深处的关怀始终在道学儒者。白沙尚且如此,明代理学生态下的诗歌微尚,固可知矣。

饶宗颐先生称,"明代理学家多能诗,名高者前有陈白沙,后有王阳明,而白沙影响尤大。此一路乃承宋诗之余绪,推尊杜甫、邵雍二家,取道统观念,纳之于诗"⑥。以诗而言,白沙的名头影响或在阳明之上,但以思想的影响力而论,虽然同祀孔庙,非止白沙,即便薛瑄、胡居仁,亦远不能与阳明相为抗衡。

四、阳明先生王守仁

王守仁,字伯安,余姚人。因筑室会稽山阳明洞,自号阳明子,世称阳明先生。出生时,祖母梦神人自云中送儿下,因名云。五岁不能言,异僧拊之,更名守仁,乃言。豪迈不羁,15岁出塞外,纵观山川形胜。弱冠举乡试,学大进。好言兵,且善射。登弘治十二年进士。授刑部主事,改兵部。刘瑾矫旨逮南京科道官,因抗疏营救而下诏狱,廷杖四十,谪贵州龙场驿丞。后刘

① 《陈献章集》补遗,中华书局1987年版,第692页。
② 《陈献章集》卷五,中华书局1987年版,第440页。
③ 《陈献章集》卷五,中华书局1987年版,第476页。
④ (明)蒋一葵:《尧山堂外纪》卷八十六,上海古籍出版社2002年版,续修四库全书本。
⑤ (明)张诩:《白沙先生行状》,载《陈献章集》附录二,中华书局1987年版,第872页。
⑥ 饶宗颐:《陈白沙在明代诗史中之地位》,《东方杂志》复刊第一卷第二期。

瑾被诛,始得迁擢。以右佥都御史,巡抚南、赣。消弭民变,宁王宸濠反,三战而擒叛藩。世宗即位,升南京兵部尚书,封新建伯。然不予铁券,岁禄亦不给。其后,思恩、田州土酋叛反,王守仁受命入广征讨,平乱后,以归师袭八寨、断藤峡,安定西南,功成病甚,疏乞骸骨,不俟命而归。卒于途中,年五十七。《明史》赞曰"王守仁始以直节著。比任疆事,提弱卒,从诸书生扫积年逋寇,平定孽藩。终明之世,文臣用兵制胜,未有如守仁者也"①。立足阳明功业的史家赞颂自有可取之处,然而,有明一代,文臣以武功著者却未必以王守仁为最,与科举取士相绑缚的选官制度使得明代政治风云人物大多有着清一色的进士身份,其中并不乏军功卓越者,如于谦、杨一清、袁崇焕等,均可跻身于"文臣以武功著者"之列。与之相较,王守仁的特出,实在文臣之文,事功卓越自为锦上添花②,然波及百世的深广影响依旧导自其"震霆启寐,烈耀破迷"③的思想张力。

　　王守仁尝言,"吾平生讲学,只是'致良知'三字"④,又称,"良知之外,别无知矣。故'致良知'是学问大头脑,是圣人教人第一义"⑤。更言,"我此良知二字,实千古圣贤相传一点骨血也"⑥。甚至借用佛学语汇加以发明,称良知"二字真吾圣门正法眼藏"⑦。阳明论学,向来主张简易,称"凡工夫只是要简易真切。愈真切,愈简易;愈简易,愈真切"⑧,若其《咏良知》诗所称,"问君何事日憧憧?烦恼场中错用功。莫道圣门无口诀,良知两字是参同"⑨。特意拈出的"致良知"自是一生论学的精要提炼,而其庞大复

---

① (清)张廷玉等:《明史》卷一百九十五,中华书局1997年版,第1337页。

② 马士琼《王文成公文集原序》即言:"古今称绝业者曰'三不朽',谓能阐性命之精微,焕天下之大文,成天下之大功。举内圣外王之学,环而萃诸一身,匪异人任也。唐、宋以前无论已,明兴三百年,名公巨卿间代迭出,或以文德显,或以武功著,名勒旗常,固不乏人,然而经纬殊途,事功异用,俯仰上下,每多偏而不全之感。求其文起八代之衰,道济天下之溺,忠犯人主之怒,勇夺三军之气,所云参天地,关盛衰,浩然而独存者,惟我文成夫子一人而已。"儒家传统中历来有立德、立功、立言的不朽追求,王阳明的卓越功勋诚然为其增色不少,然而,马序中的不朽排序与传统并不一致,于首列性命,此列大文的序列中,正可看出后世的关注所在。此外,如严复《王阳明集要三种序》即称:"夫阳明之学,主致良知。而以知行合一、必有事焉为其功夫之节目。其言既详尽矣,又因缘际会以功业显。终明之世,驯至于昭代,常为学者宗师。"视其功业仅为显名之具,核心关注仍在阳明的良知之学。

③ (清)黄宗羲:《明儒学案·师说》,中华书局1985年版,第7页。

④ (明)王守仁:《王阳明全集》卷二十六续编一《寄正宪男手墨二卷》,上海古籍出版社1992年版,第990页。

⑤ (明)王守仁:《王阳明全集》卷一《答欧阳崇一》,上海古籍出版社1992年版,第71页。

⑥ (明)王守仁:《王阳明全集》卷三十三补录,上海古籍出版社1992年版,第1179页。

⑦ (明)王守仁:《王阳明全集》卷五文录二,上海古籍出版社1992年版,第178—179页。

⑧ (明)王守仁:《王阳明全集》卷六《寄安福诸同志》,上海古籍出版社1992年版,第223页。

⑨ (明)王守仁:《王阳明全集》卷二十,上海古籍出版社1992年版,第790页。

杂的心学体系亦由此展开。作为整个王学体系的核心宗旨与主干脉络,
"致良知"大致有两层含义:一是何为"良知"? 所关注的是做什么的问题;
一是如何到达"良知",所针对的是怎样做的问题。

　　良知的最早提出,或在孟子,其曰:"人之所不学而能者,其良能也。所
不虑而知者,其良知也。孩提之童,无不知爱其亲者,及其长也,无不知敬其
兄也。亲亲,仁也。敬长,义也。"①在孟子看来,不虑而知的良知良能与道
德规范的仁义要求有着先天的相同认识。王阳明承而论之,曰:"良知者,
孟子所谓'是非之心,人皆有之'者也。是非之心,不待虑而知,不待学而
能,是故谓之良知。是乃天命之性,吾心之本体,自然灵昭明觉者也"②。不
虑而知、不学而能的先验认知延续了孟子的"良知"思路,然而,"天命之性"
"吾心本体""灵昭明觉"的定位中却已加入了自身的学理思辨。王阳明云
"良知是天理之昭明灵觉处,故良知即是天理"③。既言,"夫心之本体,即
天理也。天理之昭明灵觉,所谓良知也"④。又云"吾心之良知,即所谓天理
也"⑤。显然,在王学体系中,良知、天理、心之本体等概念彼此相通,实为一
体,其中则蕴含着"心即理"的重要命题。王阳明又称,"夫在物为理,处物
为义,在性为善,因所指而异其名,实皆吾之心也。心外无物,心外无事,心
外无理,心外无义,心外无善"⑥。"心即理也。天下又有心外之事,心外之
理乎?"⑦格外凸现的本心推崇,正与陆九渊的心学主张相近,然其又言:"心
之体,性也,性即理也。天下宁有心外之性? 宁有性外之理乎? 宁有理外之
心乎"?⑧ 却又夹缠了朱熹所主张的性即理,而王阳明对于心、性、理的三者
统一,正见其调和朱、陆的哲学思辨:朱熹重理,在突出普遍规范时不免忽视
主体意愿;陆九渊重心,在夸大主体意志时不免忽略普遍之理;后起之王守
仁既不满于朱学的"析心与理为二",又有鉴于陆学"专求本心,遂遗物理之

① (宋)朱熹:《四书章句集注·孟子集注》卷十三,中华书局 1983 年版,第 353 页。
② (明)王守仁:《阳明先生集要·理学编》卷二《大学问》,中华书局 2008 年版,第 150 页。
③ (明)王守仁:《阳明先生集要·理学编》卷三《答欧阳崇一书》,中华书局 2008 年版,第
　　198 页。
④ (明)王守仁:《阳明先生集要·理学编》卷三《答舒国用书》,中华书局 2008 年版,第
　　180 页。
⑤ (明)王守仁:《阳明先生集要·理学编》卷三《答顾东桥书》,中华书局 2008 年版,第
　　208 页。
⑥ (明)王守仁:《阳明先生集要·理学编》卷三《与王纯甫书》,中华书局 2008 年版,第
　　239 页。
⑦ (明)王守仁:《阳明先生集要·理学编》卷一《传习录一》,中华书局 2008 年版,第 29 页。
⑧ (明)王守仁:《阳明先生集要·文章编》卷三《书诸阳伯卷》,中华书局 2008 年版,第
　　905 页。

患",以理不离心、此心即理的良知本体完成了普遍之理与主体意愿的统
一。作为心之本体的良知,同时亦是万物存在的根据,"人的良知,就是草
木瓦石的良知。若草木瓦石无人的良知,不可以为草木瓦石矣。岂惟草木
瓦石为然,天地无人的良知,亦不可为天地矣。盖天地万物与人原是一体,
其发窍之最精处,是人心一点灵明"。心与万物一体无间,心外无物,"良知
是造化的精灵。这些精灵,生天生地,成鬼成帝,皆从此出,真是与物无
对"①。良知既是具有主体意识的心之本体,又是内在于万物的普遍本体,
二者的合一又表现为一个具体化过程,更成为评定是非取舍的普遍准则。
其称,"只致良知,虽千经万典,异端曲学,如执权衡,天下轻重莫逃焉"②,又
言:"是非之心,不虑而知,不学而能,所谓良知也。良知之在人心,无间于
圣愚,天下古今之所同也。世之君子惟务致其良知,则自能公是非,同好恶,
视人犹己,视国犹家,而以天地万物为一体"③,以得之先天的"是非之心"
成为贯穿修齐治平的判断标准,所谓"人人自有定盘针,万化根源总在心。
却笑从前颠倒见,枝枝叶叶外头寻"④,作为人生定盘针的"良知"原在本
心,无须外求。王阳明通过赋予心(良知)以双重规定而在一定程度上肯定
了个体性与普遍性的统一,并以此出发,重视个体在是非判断中的能动性以
及意志的专一、坚毅与自主性在行为中的作用,肯定豪杰(狂者)的独立人
格,并主张以"成己"为道德修养的目标;同时又强调以普遍天理规范主体
思维、意向活动,并提出"无我"的整体主义原则。当然,作为理学家,王阳
明在总体上更注重普遍性的原则⑤。"乾坤由我在,安用他求为? 千圣皆过
影,良知乃吾师"⑥,自求于心的良知本体成为阳明学说的核心理念。

　　本体既已大致阐明,如何"致良知"便是顺理成章的进一步思考。"知
是心之本体,心自然会知:见父自然知孝,见兄自然知弟,见孺子入井自然知
恻隐,此便是良知不假外求。若良知之发,更无私意障碍,即所谓'充其恻
隐之心,而仁不可胜用矣'。然在常人不能无私意障碍,所以须用致知格物
之功胜私复理。即心之良知更无障碍,得以充塞流行,便是致其知。知致则

---

①　(明)王守仁:《阳明先生集要·理学编》卷二《语录》,中华书局 2008 年版,第 118 页。
②　(明)王守仁:《王文成公全书》卷二十六续编一《五经亿说十三条》,中华书局 2015 年版,
　　第 1123 页。
③　(明)王守仁:《阳明先生集要·理学编》卷四《答聂文蔚书》,中华书局 2008 年版,第
　　285 页。
④　(明)王守仁:《王阳明全集》卷二十,上海古籍出版社 1992 年版,第 790 页。
⑤　参见杨国荣:《王学通论》,华东师范大学出版社 2003 年版,第 63 页。
⑥　(明)王守仁:《王阳明全集》卷二十,上海古籍出版社 1992 年版,第 796 页。

意诚。"①良知不假外求,剔除私智物即可恢复良知本体,充塞流行。所谓"个个人心有仲尼,自将闻见苦遮迷。而今指与真头面,只是良知更莫疑"②,正即此而发。然而,王学体系中的"致良知"虽于心之本体上下功夫,却非深居端坐、一无所事的心理过程,"人有习心,不教他在良知上实用为善去恶功夫,只去悬空想个本体,一切事为,俱不着实,不过养成一个虚寂。此病不是小小,不可不早说破"③。着意点出的"在良知上实用为善去恶功夫"正体现出阳明学说的思想特征——知行合一,而此正即王学与陆学的区别所在。"知之真切笃实处,即是行;行之明觉精察处,即是知,知行工夫本不可离"④,由知到行,由行到知,即知即行,即行即知,知行关系间的双向转化、动态合一正是"致良知"的实现过程,其中涵盖着一系列儒学命题:惟精与惟一合一、下学与上达合一、博文与约礼合一、格物与诚意合一、穷理与居敬合一、明善与诚身合一、事上磨炼与不动心合一、亲民与明明德合一、道向学与尊德性合一等⑤。"我辈致知,只是各随分限所及。今日良知见在如此,只随今日所知扩充到底;明日良知又有开悟,便从明日所知扩充到底。如此方是精一功夫。"⑥实践中的良知扩充,日积月累而无所间断,"天地间活泼泼地,无非此理,便是吾良知的流行不息。致良知便是必有事的工夫。此理非惟不可离,实亦不得而离也:无往而非道,无往而非工夫"⑦,以此等"活泼泼"的良知精灵,反身求道,充乎自得,经纬天地,纲维人纪,统贯古今,变通幽明,风行之下,遂成一代潮流。

　　然而,阳明心学对程朱学说的局部纠正却在明代特殊的理学生态中引起了巨大的震撼,其称,"夫道,天下之公道也;学,天下之公学也,非朱子可得而私也,非孔子可得而私也。天下之公也,公言之而已矣"⑧。虽非个体立场的圣贤品评,但"公道公学"下的非议却也将前贤身上的神圣色彩褪去不少。"圣人可学而至"的心理虽与程朱无异,但具体的实践路径却不尽相同,程朱的知先行后变为知行合一,朱熹"格物致知"的修身方法亦被重新

---

① (明)王守仁:《阳明先生集要·理学编》卷一《传习录一》,中华书局 2008 年版,第 36 页。
② (明)王守仁:《王阳明全集》卷二十,上海古籍出版社 1992 年版,第 790 页。
③ (明)王守仁:《阳明先生集要·理学编》卷二《语录》,中华书局 2008 年版,第 140 页。
④ (明)王守仁:《阳明先生集要·理学编》卷三《答顾东桥书》,中华书局 2008 年版,第 204 页。
⑤ 参见张祥浩:《王守仁评传》,南京大学出版社 2006 年版。
⑥ (明)王守仁:《王文成公全书》卷三《传习录下》,中华书局 2015 年版,第 119 页。
⑦ (明)王守仁:《王文成公全书》卷三《传习录下》,中华书局 2015 年版,第 152 页。
⑧ (明)王守仁:《阳明先生集要·理学编》卷四《答罗整庵少宰书》,中华书局 2008 年版,第 253 页。

诠释为"格心""求心",尽管王学在于朱、陆的调和整合中,始终保持着对天理规范的积极关注,所倡导的"良知"亦有源自《大学》《孟子》的合法性,但其于心体的抬高无疑促进了主体意识的觉醒,虽然有着不同于陆九渊的现实关注,对于普遍之理亦有着相当的认可,但指向内心的良知之致毕竟偏离了朱学体系的理学路径,故而,在其殁后,桂萼等即称其:"事不师古,言不称师。欲立异以为高,则非朱熹格物致知之论"①,以致禁为邪说。其中固然掺杂着猜忌妒恨的偏私意气,但正统理学家对阳明学说的评判始终存在,如其后的顾宪成、高攀龙、张杨园、陆稼书、陆世仪,乃至顾炎武、王夫之等均有立场不同的非议。正统理学的评判正体现出阳明心学对于朱学体系的突破,正统理学以普遍道德的崇高与尊严制约感性的情欲,视为天理当然的自觉原则对于主体意愿不免忽略,而这一弊端在理学盛行的明代社会尤为凸现,王阳明的良知提倡正是在承认普遍道德的前提下,将其内化,使之与主体意愿的相融合一,以消除二者间的对抗,阳明心学对于程朱理学的承接与反动正在于此,理学笼罩下的心学突破,强化了天理道心下的个体意识,主体意志因之凸现,为困窘于抽象道德原则下的传统士人开拓出一片昭明疏阔的心灵空间,流风所及,天下士人靡不翕然向从,论者至称,"国朝理学,开于阳明先生。当时法席盛行,海内谈学者无不禀为模楷,至今称有闻者,皆其支裔也"②。虽有些过分推崇,然一代宗匠王守仁的深刻影响却可由之略窥。

阳明治学,"始泛滥于词章,继而遍读考亭之书",后"出入于佛、老者久之"③。至居夷处困,乃悟"格物致知之旨,圣人之道,吾性自足,不假外求"④,凡三变而始得其门。王阳明"年十一时,过金山寺,龙山公与客酒酣赋诗未成,阳明从旁曰:'金山一点大如拳,打破维扬水底天。醉倚妙高楼上月,玉箫吹彻洞龙眠。'客大惊异,复使赋《蔽月山房》诗,随应曰:'山近月远觉月小,便道此山大于月。若人有眼大如天,还见山小月更阔。'客益奇之"⑤。年少才捷已足令人称异,而诗中所蕴之哲学思辨、高耸气象更非常人所及。21岁于官署中格竹,生病"自委圣贤有分,乃随世就辞章之学"⑥。

① (清)夏燮:《明通鉴》卷五十四,中华书局2009年版,第1851页。
② (明)焦竑:《澹园集》卷十四《刻传习录序》,中华书局1999年版,第132页。
③ (清)黄宗羲:《明儒学案》卷十,中华书局1985年版,第181页。
④ (清)黄宗羲:《明儒学案》卷十,中华书局1985年版,第181页。
⑤ (明)蒋一葵:《尧山堂外纪》卷九十,上海古籍出版社2002年版,续修四库全书本。
⑥ 《王阳明年谱》,载(明)王守仁:《王文成公全书》卷三十二附录,中华书局2015年版,第1390页。

会试下第,归余姚,结诗社于龙泉山寺。尝作《雪窗闲卧》云:"梦回双阙曙光浮,懒卧茅斋且自由。巷僻料应无客到,景多唯拟作诗酬。千岩积素供开卷,叠嶂回溪好放舟。破虏玉关真细事,未将吾笔遂轻投"①。"小视玉关破虏,不肯轻投笔翰"正是王阳明此期沉溺辞章的心态折射。

进士及第后,"观政工部。与太原乔宇、广信汪俊、河南李梦阳、何景明、姑苏顾璘、徐祯卿、山东边贡诸公以才名争驰骋,学古诗文"②。特定范围下的兴趣推动,于此而极。而王阳明的诗文反思亦由此而生。弟子王畿追述道,"弘正间,京师倡为词章之学,李、何擅其宗,先师更相倡和。既而弃去,社中人相与惜之,先师笑曰:'使学如韩、柳,不过为文人,辞如李、杜,不过为诗人,果有志于心性之学,以颜、闵为期,非第一等德业乎?'"③其实,"遍读考亭之书",中举及第的进士王阳明有如此态度并不为奇,诗文居于德业之下原是极普遍的道学观念。王阳明自称,"蚤岁业举,溺志辞章之习。既乃稍知从事正学,而苦于众说之纷挠疲尔,茫无可入,因求诸老、释,欣然有会于心,以为圣人之学在此矣"④。可知,鄙薄诗文正是其"稍知从事正学"的心态折射,然而,居敬持志的循序致精,终无所得,求诸仙佛,则有遗世入山之意。《又次李金事素韵》称:"虽缪真诀传,颇苦尘缘熟。终当遁名山,练药洗凡骨。缄辞谢亲交,流光易超忽。"⑤《化城寺》其一云:"仙骨自怜何日化,尘缘翻觉此生浮。夜深忽起蓬莱兴,飞上青天十二楼。"⑥所谓"世外烟霞亦许时,至今风致后人思。却怀刘项当年事,不及山中一著棋。"⑦烟霞棋局的关注中正有着如同早年"不肯轻投笔翰"般的沉溺心态,唯是对象不同而已。其时,京中旧游俱以才名相驰骋,学古诗文。王阳明叹曰:"吾焉能以有限精神为无用之虚文也!"⑧诗文兴趣更见消退,若其《徐昌国墓志》中亦称:"始昌国与李梦阳、何景明数子友,相与砥砺于辞章,既殚力精思,杰然有立矣。一旦讽道书,若有所得,叹曰:'弊精于无益,而忘

① (明)王守仁:《王阳明全集》卷二十九,上海古籍出版社 1992 年版,第 1064 页。
② (明)黄绾:《阳明先生行状》,载(明)王守仁:《王文成公全书》卷三十七附录六,中华书局 2015 年版,第 1612 页。
③ (清)黄宗羲:《明儒学案》卷十二,中华书局 1985 年版,第 253 页。
④ (明)王守仁:《阳明先生集要·理学编》卷四《朱子晚年定论序》,中华书局 2008 年版,第 327 页。
⑤ (明)王守仁:《王阳明全集》卷二十,上海古籍出版社 1992 年版,第 766 页。
⑥ (明)王守仁:《王阳明全集》卷十九,上海古籍出版社 1992 年版,第 667 页。
⑦ (明)王守仁:《王阳明全集》卷十九,上海古籍出版社 1992 年版,第 666 页。
⑧ 《王阳明年谱》,载(明)王守仁:《王文成公全书》卷三十二附录,中华书局 2015 年版,第 1386 页。

其躯之毙也,可谓知乎? 巧辞以希俗,而捐其亲之遗也,可谓仁乎?'于是习养生。"①亦是虚文无益的相似思路。其后,告病归越,筑室阳明洞中,行导引术,渐及先知。复因人伦之念、爱亲本性而彻悟仙、释二氏之非。复归京师,与湛若水一见定交,共以倡明圣学为事。

正德元年(1506),以直节忤刘瑾,被谪龙场,庶吉士倪宗正赠诗称,"一峰鸣初日,悠悠别上林。流离文士命,慷慨逐臣心。但得精神继,何忧瘴疠侵。风花长满月,应不废吟哦"②,文士流离的"不废吟哦"固是作为惯例的气节鼓舞,却也可窥见王阳明在时人眼中的诗人定位。如前所述,明代诗歌作为进士身份的象征、体面的官场交际工具,几乎无人不为,诗才、诗兴颇佳的王守仁自不能免,即便困厄龙场,却也"不废吟哦"。《谪居粮绝请学于农将田南山永言寄怀》曰:"谪居屡在陈,从者有愠见。山荒聊可田,钱镈还易办。夷俗多火耕,仿习亦颇便。及兹春未深,数亩犹足佃。岂徒实口腹? 且以理荒宴。遗穗及鸟雀,贫寡发余羡。出耒在明晨,山寒易霜霰。"③《采薪》云:"朝采山上荆,暮采谷中栗。深谷多凄风,霜露沾衣湿。采薪勿辞辛,昨来断薪拾。晚归阴壑底,抱瓮还自汲。薪水良独劳,不愧吾食力!"④颇见清苦,却又不乏自得之乐。楚人有间于新娶而去其妇者。其妇无所归,去之山间独居,怀绻不忘,终无他适。王阳明闻其事而悲之,为作《去妇叹》五首,其一曰:"委身奉箕帚,中道成弃捐。苍蝇间白璧,君心亦何愆! 独嗟贫家女,素质难为妍。命薄良自喟,敢忘君子贤?"⑤借弃妇薄命以抒自身悲愤原是诗骚传统,王守仁寄诗言志,其情可见。王阳明居夷处困,动心忍性,端居默坐,忽于一夜而彻悟:"圣人之道,吾性自足,向之求理于事物者误也。"⑥龙场悟道后的王阳明非但寻得安身立命的精神归宿,更以此发端,建立了庞大的心学体系。

王阳明本人的诗歌行为虽未因"龙场悟道"而中止,但其诗人身份却日渐为其学术事功所掩盖。钱谦益称:王阳明"在郎署,与李空同诸人游,刻意为词章。居夷之后,讲道有得,遂不复措意工拙,然其俊爽之气,往往拥出于行默之间"⑦,无意工拙的诗歌实践正是道学思路的一贯延续,如同多数

---

① (明)王守仁:《阳明先生集要·文章编》卷三,中华书局2008年版,第923页。
② (明)倪宗正:《倪小野先生全集》卷五,清康熙四十九年倪继宗清晖楼刻本。
③ (明)王守仁:《王阳明全集》卷十九,上海古籍出版社1992年版,第695页。
④ (明)王守仁:《王阳明全集》卷十九,上海古籍出版社1992年版,第702页。
⑤ (明)王守仁:《王阳明全集》卷十九,上海古籍出版社1992年版,第692页。
⑥ 《王阳明年谱》,载(明)王守仁:《王文成公全书》卷三十二附录,中华书局2015年版,第1396页。
⑦ (清)钱谦益:《列朝诗集》丙集第四,影印清顺治九年毛氏汲古阁刻本。

道学先生一样,诗文始终被王阳明视为"道德"余事。如其所称:

> 诗文之习,儒者虽亦不废,孔子所谓"有德者必有言"也。若着意安排组织,未有不起于胜心者,先辈号为有志斯道,而亦复如是,亦只是习心未除耳。①
>
> 种树者必培其根,种德者必养其心。欲树之长,必于始生时删其繁枝;欲德之盛,必于始学时去夫外好。如外好诗文,则精神日渐漏泄在诗文上去;凡百外好皆然。②

不难看出,王守仁于诗文之业虽未废绝,但"德"却始终是根本关注所在,其《书玄默卷》称:

> 玄默志于道矣,而犹有诗文之好,何耶? 弈,小技也,不专心致志则不得,况君子之求道,而可分情于他好乎? 孔子曰:"辞达而已矣。"盖世之为辞章者,莫不以是藉其口,亦独不曰"有德者必有言,有言者不必有德"乎? 德,犹根也;言,犹枝叶也。根之不植,而徒以枝叶为者,吾未见其能生也。③

引为惯例的根叶之喻正是王阳明对于德、言关系的基本判断,其于"诗文之好"的担心则在溺志分心,有碍德业。王阳明的这番话因"予别玄默久,友朋得玄默所为诗者,见其辞藻日益以进"④而发,略带责备的教诲之中当然有着对早年诗歌行为的忏悔反思。朱熹曾言"为文字夺却精神,不是小病。每一念之,惕然自惧,且为朋友忧之"⑤。溯其学理逻辑,却是程朱一脉,尝称"程先生云:'学者为气所胜、习所夺,只好责志。'又云:'凡为诗文亦丧志'"⑥。阳明论学,颇重立志,"夫学,莫先于立志。志之不立,犹不种

---

① (明)王守仁:《阳明先生集要·理学编》卷四《与杨仕鸣》,中华书局 2008 年版,第 255—266 页。
② (明)王守仁:《阳明先生集要·理学编》卷一《传习录三》,中华书局 2008 年版,第 84—85 页。
③ (明)王守仁:《王文成公全书》卷八《书玄默卷》,中华书局 2015 年版,第 332 页。
④ (明)王守仁:《王文成公全书》卷八《书玄默卷》,中华书局 2015 年版,第 332 页。
⑤ (宋)朱熹:《答吕子约》,《全宋文》第 247 册,上海辞书出版社、安徽教育出版社 2006 年版,第 303 页。
⑥ (明)王守仁:《王阳明全集》卷八文录五《书顾维贤卷》,上海古籍出版社 1992 年版,第 274 页。

其根而徒事培拥灌溉,劳苦无成矣"①。然"夫立志亦不易矣",必须去得私
欲,精一专心,方得其成。所谓"野夫非不爱吟诗,才欲吟诗即乱思",诗文
分心丧志,无助于君子求道,自然不被提倡,至若雕琢字句,以求工巧,漏泄
精神,更在排斥之列。"慨夫后儒之没溺词章,雕镂文字以希世盗名","逮
其后世,功利之说日浸以盛,不复知有明德亲民之实。士皆巧文博词以饰
诈,相规以伪,相轧以利,外冠裳而内禽兽,而犹或自以为从事于圣贤之学。
如是而欲挽而复之三代,呜呼其难哉"②。以功利追求绑缚在一起的"巧文
博词"自然为道学先生王阳明深恶痛绝,其诗亦称"高言诋独善,文非遂巧
智。琐琐功利儒,宁复知此意"③。可见,与薛瑄一样,早岁能诗溺诗的王守
仁不仅依照道学的规范放弃了自身的诗歌兴趣,而且毫无例外地将诗歌视
为道学余事。尽管阳明心学与程朱理学有着相当的差异,但作为儒学主潮
下的基本诗歌态度却一般无二。

　　然而,主张"良知"的王阳明毕竟于主体意愿有着更多的关注,知行合
一的道德践履并不等同于惺惺警省的敬畏涵养。尝言:"圣人之学,不是这
等捆缚苦楚的,不是妆做道学的模样"④,更称,"圣人教人,不是个束缚他通
做一般:只如狂者便从狂处成就他,狷者便从狷处成就他"⑤,由此生发出其
特有的狂者品格:"狂者志存古人,一切纷嚣俗染不足以累其心,真有凤凰
翔于千仞之意,一克念,即圣人矣。"⑥凤凰翔于千仞的无待气象原是信心自
任的人格独立,"我今信得这良知真是真非,信手行去,更不着些覆藏。我
今才做得个狂者的胸次,使天下之人都说我行不掩言也罢"⑦。信奉良知,
放手行事,便可达到狂者的胸次,视天下毁誉于无物,实为一种精神境界的
极度自由。但王阳明眼中的狂者典范并非世俗观念中的疏狂人物,却是孔
门弟子曾点:

　　　　(孔子)问志于群弟子,三子皆整顿以对。至于曾点,飘飘然不看
　　那三字在眼,自去鼓起瑟来,何等狂态。及至言志,又不对师之问目,都

---

①　(明)王守仁:《阳明先生集要·理学编》卷四《示弟立志说》,中华书局 2008 年版,第
　　313 页。
②　(明)王守仁:《王阳明全集》卷八文录五《书林司训卷》,上海古籍出版社 1992 年版,第
　　282 页。
③　(明)王守仁:《王阳明全集》卷十九,上海古籍出版社 1992 年版,第 731 页。
④　(明)王守仁:《王阳明全集》卷三《语录三》,上海古籍出版社 1992 年版,第 104 页。
⑤　(明)王守仁:《王阳明全集》卷三《语录三》,上海古籍出版社 1992 年版,第 104 页。
⑥　(明)王守仁:《阳明先生集要·理学编》卷二《语录》,中华书局 2008 年版,第 138 页。
⑦　(明)王守仁:《阳明先生集要·理学编》卷二《语录》,中华书局 2008 年版,第 137 页。

是狂言。设在伊川，或斥骂起来了。圣人乃复称许他，何等气象！

　　其实，非但孔子称许，朱熹亦称其意"有凤凰翔于千仞底气象"①，阳明所本，正在于此。当然，与朱熹"若不得圣人为之依归，须一向流入庄老去"的道心关注不同，王阳明对曾点的认同却在主体精神的高耸自由。其诗有云："处处中秋此月明，不知何处亦群英？须怜绝学经千载，莫负男儿过一生！影响尚疑朱仲晦，支离羞作郑康成。铿然舍瑟春风里，点也虽狂得我情。"②而写作此诗的背景则是："中秋月白如昼，先生命侍者设席于碧霞池上，门人在侍者百余人。酒半酣，歌声渐动。久之，或投壶聚算，或击鼓，或泛舟。先生见诸生兴剧，退而作诗"③，尚另有一首，曰："万里中秋月正晴，四山云霭忽然生。须臾浊雾随风散，依旧青天此月明。肯信良知原不昧，从他外物岂能撄！老夫今夜狂歌发，化作钧天满太清。"④其情可见。

　　与狂者品格相得益彰的则是王阳明的豪杰精神。王守仁早年尚任侠，习骑射，本就有豪杰之志，后有志于道，亲睹世风衰弊，而每生豪杰整顿之意，"今夫天下之不治，由于士风之衰薄；而士风之衰薄，由于学术之不明；学术之不明，由于无豪杰之士者为之倡焉耳"。"非豪杰之士无所待而兴者，吾谁与望乎！"⑤其在《祭元山席尚书文》中称席元山"真可谓豪杰之士，社稷之臣"⑥。所持标准则是"世方没溺于功利辞章，不复知有身心之学，而公独超然远览，知求绝学于千载之上；世方党同伐异，徇俗苟容，以钩声避毁，而公独卓然定见，惟是之从，盖有举世非之而不顾；世方植私好利，依违反覆，以垄断相与，而公独世道是忧。义之所存，冒孤危而必吐；心之所宜，经百折而不回。"⑦王阳明的豪杰精神实与狂者品格相通，亢行于世，师心自任，唯以良知是从，胸怀洒落。"夫君子之所谓敬畏者，非有所恐惧忧患之

①　(宋)黎靖德编：《朱子语类》卷二十七，中华书局 1986 年版，第 688 页。
②　(明)王守仁：《王阳明全集》卷二十，上海古籍出版社 1992 年版，第 787 页。
③　《王阳明年谱》，载(明)王守仁：《王文成公全书》卷三十四附录，中华书局 2015 年版，第 1470 页。
④　(明)王守仁：《王阳明全集》卷二十，上海古籍出版社 1992 年版，第 787 页。
⑤　(明)王守仁：《阳明先生集要·文章编》卷一《送别省吾林都宪序》，中华书局 2008 年版，第 836 页。
⑥　(明)王守仁：《王阳明全集》卷二十五《祭元山席尚书文》，上海古籍出版社 1992 年版，第 962 页。
⑦　(明)王守仁：《王阳明全集》卷二十五《祭元山席尚书文》，上海古籍出版社 1992 年版，第 962 页。

谓也,乃戒慎不睹,恐惧不闻之谓耳。君子之所谓洒落者,非旷荡放逸,纵情肆意之谓也,乃其心体不累于欲,无入而不自得之谓耳。"①摆脱了敬畏拘束的洒落自得方为豪杰精神,而在此意义之上,其《李白祠》称:"千古人豪去,空山尚有祠"②。又称"由来康节是人豪"③,核心关注虽在二人的豪杰洒落,但却也在一定程度上承认了歌诗行为的"洒落之乐"。若其《与徽州程华二子》称:"句句糠秕字字陈,却于何处觅知新?紫阳山下多豪俊,应有吟风弄月人。"④千年积累的诗歌传统使得后人作诗莫不取之古人陈言,所谓的"新意"并不在诗句,却在诗心,而儒者豪俊与吟风弄月的关联之处正即信奉良知的心体之乐。

王阳明的良知之学虽于诗歌没有特别的提倡,但"大抵学问功夫只要主意头脑是当,若主意头脑专以致良知为事,则凡多闻多见,莫非致良知之功。盖日用之间,见闻酬酢,虽千头万绪,莫非良知之发用流行,除却见闻酬酢,亦无良知可致矣"⑤。而日用之间的见闻酬酢,原是包括诗歌行为在内的,所谓"从来尼父欲无言,须信无言已跃然。悟到鸢鱼飞跃处,工夫原不在陈编"⑥。对于注重本心体悟的阳明心学而言,诗歌却也算作一种诱发志意的良媒。

> 古之教者,教以人伦。后世记诵词章之习起,而先王之教亡。今教童子,惟当以孝弟忠信礼义廉耻为专务。其载培涵养之方,则宜诱之歌诗以发其志意,导之习礼以肃其威仪,讽之读书以开其知觉。今人往往以歌诗习礼为不切时务,此皆末俗庸鄙之见,乌足以知古人立教之意哉!大抵童子之情,乐嬉游而惮拘检,如草木之始萌芽,舒畅之则条达,摧挠之则衰痿。今教童子,必使其趋向鼓舞,中心喜悦,则其进自不能已。譬之时雨春风,霑被卉木,莫不萌动发越,自然日长月化;若冰霜剥落,则生意萧索,日就枯槁矣。故凡诱之歌诗者,非但发其志意而已,亦以洩其跳号呼啸于咏歌,宣其幽抑结滞于音节也;导之习礼者,非但肃其威仪而已,亦所以周旋揖让而动荡其血脉,拜起屈伸而固束其筋骸

---

① (明)王守仁:《阳明先生集要·理学编》卷三《答舒国用书》,中华书局 2008 年版,第180 页。
② (明)王守仁:《王阳明全集》卷十九,上海古籍出版社 1992 年版,第 667 页。
③ (明)王守仁:《王阳明全集》卷二十,上海古籍出版社 1992 年版,第 755 页。
④ (明)王守仁:《王阳明全集》卷二十,上海古籍出版社 1992 年版,第 735 页。
⑤ (明)王守仁:《阳明先生集要·理学编》卷三《答欧阳崇一书》,中华书局 2008 年版,第196 页。
⑥ (明)王守仁:《王阳明全集》卷二十,上海古籍出版社 1992 年版,第 744 页。

也;讽之读书者,非但开其知觉而已,亦所以沈潜反复而存其心,抑扬讽
诵以宣其志也。凡此皆所以顺导其志意,调理其性情,潜消其鄙吝,默
化其粗顽,日使之渐于礼义而不苦其难,入于中和而不知其故。是盖先
王立教之微意也。①

究其学理脉络,依旧是传统教化思路的延续,用于童子启蒙的"歌诗习
礼"虽可见其于诗歌的特别推重,却无太多新意。尤需注意的是,作为启蒙
的歌诗并未限制于《诗经》——当然,《诗》三百自是毋庸多言的核心教材。
在这段文字中,王阳明特意强调了诗歌对于童子之情的诱导、培养、宣泄,就
教育学而言,或可称之为一种素质教育,就文学批评而言,或可称之为对诗
言志的一种心理诠释,而在阐释中,实已蕴含着王阳明对于诗歌功用的价值
认可。

> 古人为治,先养得人心和平,然后作乐。比如在此歌诗,你的心气
> 和平,听者自然悦怿兴起。只此便是元声之始。《书》云"诗言志",志
> 便是乐的本。"歌永言",歌便是作乐的本。"声依永,律和声"。律只
> 要和声,和声便是制律的本。何尝求之于外?②

人心涵养成为作乐、歌诗的"元声之始","志"则成为乐、诗、歌的根本
所在,个体心志的凸现自是阳明学说的一贯主张,而诗、乐、礼的绾结思考,
虽于诗歌没有特别的关注,却是"见闻酬酢"以至"良知"的思路体现。王守
仁尝言:

> 作文字亦无妨工夫,如"诗言志",只看尔意向如何,意得处自不能
> 不发之于言,但不必在词语上驰骋。言不可以伪为。且如不见道之人,
> 一片粗鄙心,安能说出和平话?③

对于文字功夫的认可,导自于"意得处"的"不能不发",虽亦是道学传
统下的习惯思路,对于言为心声的特别强调却可略窥到阳明的特色,"若养

---

① (明)王守仁:《王阳明全集》卷二《训蒙大意示教读刘伯颂等》,上海古籍出版社1992年
版,第87—88页。
② (明)王守仁:《王阳明全集》卷三《语录》,上海古籍出版社1992年版,第113页。
③ (明)钱德洪:《刻文录叙说》,载(明)王守仁:《王阳明全集》卷四十一,上海古籍出版社
1992年版,第1576页。

得此心中和,则其言自别"①,——全部的文字功夫,不在词语,乃在其心。
邹守益请刻王阳明《文录》,王阳明命钱德洪类次。且遗书曰:

> "所录以年月为次,不复分别体类,盖专以讲学明道为事,不在文
> 辞体制间也。"明日,德洪掇拾所遗请刻,先生曰:"此便非孔子删述《六
> 经》手段。三代之教不明,盖因后世学者繁文盛而实意衰,故所学忘其
> 本耳。比如孔子删《诗》,若以其辞,岂止三百篇;惟其一以明道为志,
> 故所取止。此例《六经》皆然。若以爱惜文辞,便非孔子垂范后世之心
> 矣。"德洪曰:"先生文字,虽一时应酬不同,亦莫不本于性情;况学者传
> 诵日久,恐后为好事者掇拾,反失今日裁定之意矣。"先生许刻附录
> 一卷。②

可见,王守仁虽以"讲学明道"为志,但对"本于性情"的应酬文字亦有
一定认可,所谓"吟咏有性情,丧志非所宜",良知学说中本就包含着对个体
志愿的积极关注,所以对"诗"的忧惧排斥亦仅因其"夺志"而已,但本于性
情、不得不为的文字则不在此列,即某种意义而言,此种文字功夫亦可称之
为一种"致良知"的实践。而此,亦即阳明心学对于诗歌的最大宽容。——
当然,需要表明的是,"良知"中已然包括了作为天理的普遍道德,在其统摄
下的性情,已被先天地赋予了合乎儒学主流要求的正当性。

阳明心学,波及后世,影响至巨,一代风气,为之转移,儒林文苑,莫不熏
染,关于心学思潮的文学影响,方家论述已详,毋庸赘言。需要特别指出的
是,王阳明的心学主张虽与程朱理学略有分歧,但道学关注下的基本诗歌态
度却大体相似,儒学主流下的诗歌始终是道德余事。追慕狂者豪杰的王阳
明虽也曾出入佛老二氏,但有志于道的士人品格始终不渝,忠孝大节更是不
苟,"平生忠赤有天知,便欲欺人肯自欺"③。"忧时漫有孤忠在,好古全无
一艺工"④。"从亲心已孝,报国意尤忠"⑤。即或身陷困厄,颠沛流离,此心
不易,"万死投荒不拟回,生还且复荷栽培。逢时已负三年学,治剧兼非百

① (明)钱德洪:《刻文录叙说》,载(明)王守仁:《王阳明全集》卷四十一,上海古籍出版社
1992年版,第1576页。
② 《王阳明年谱》,载(明)王守仁:《王文成公全书》卷三十二附录,中华书局2015年版,第
1487页。
③ (明)王守仁:《王阳明全集》卷二十,上海古籍出版社1992年版,第773页。
④ (明)王守仁:《王阳明全集》卷二十,上海古籍出版社1992年版,第738页。
⑤ (明)王守仁:《王阳明全集》卷二十,上海古籍出版社1992年版,第798页。

里才。身可益民宁论屈,志存经国未全灰。正愁不是中流砥,千尺狂澜岂易摧"①。龙场悟道,此心自足,不假外求,一归良知,"人人有路透长安,坦坦平平一直看。尽道圣贤须有秘,翻嫌易简却求难。只从孝弟为尧舜,莫把辞章学柳韩。不信自家原具足,请君随事反身观"②。德业、辞章的次序并未因心学高揭而改变,发明圣道始终是心灵深处的不变关怀。王阳明"虽在迁谪流离、决胜樽俎之际,依然坐拥皋比,讲学不辍,俾理学一灯,灿然复明,上接尧、舜、周、孔之心传,近续濂、洛、关、闽之道统,继往开来,直欲起一世之聋聩而知觉之"③。尽管身具一般儒者所没有的豪杰气魄,尽管有着寻常文臣所难企及的卓越武功,王阳明终归身列从祀孔庙的道统谱系。讲学明道的王守仁,一身志业唯在良知,身后的世界虽然异彩斑斓,却非这位心学宗师的由衷志愿,褪去阳明身上的传奇色彩,依旧是位谆谆醇儒。

从祀四先生的诗歌实践与诗学关注,大体标明了有明一代儒学主潮下的诗歌旨趣。"士志于道","道"是远比"诗"更为典范与深刻的士人标识。对于理学训练下的传统儒者而言,将诗歌视为道学余事自是毋庸置疑的基本态度,尽管各自的性情、兴趣各不相同,但以诗为第二义,乃至更低层次的"末事"却大体相近。经典所认可的"情动于中,不得不发"成为个体诗歌行为最被认可的合理辩护,但合乎儒学规范的性情之正却是必需的前提,践履圣道的具体方式各不相同,对于诗歌行为的宽容程度亦不尽同。与"道"相近,诗歌自然为轻,但"文以载道"的文学观念却早已于为诗奠定了儒学传统中立足之地,道学、性情、诗歌得以根据个人要求而随意结合,自由表现,作为余事的诗歌仍旧有着载道陶情的存在价值,有时甚至成为发明道学的直接媒介。从祀四先生的诗歌人生,同旨异趣,态度相似,风格迥异,自可视为明代道学诗情之"具体而微者",至其游历授徒,讲学论道,虽不专就诗而言,然言传身教,潜移默化,其于明诗文学生态的转移影响固不得忽视矣。

第二节 非主流知识界的诗歌兴趣

传统学术,以儒学为主,有明学术,以理学为宗。即学术大旨而言,纳入儒学范畴的明代理学正是传统主流思想的一脉相沿。然而,即具体思想而论,却颇见分歧。

---

① (明)王守仁:《王阳明全集》卷二十,上海古籍出版社1992年版,第720页。
② (明)王守仁:《王阳明全集》卷二十,上海古籍出版社1992年版,第790页。
③ (清)马士琼:《王文成公文集原序》,载(明)王守仁:《王阳明全集》卷四十一,上海古籍出版社1992年版,第1621页。

　　原夫明初诸儒,皆朱子门人之支流余裔,师承有自,矩矱秩然。曹端、胡居仁笃践履,谨绳墨,守儒先之正传,无敢改错。学术之分,则自陈献章、王守仁始。宗献章者曰江门之学,孤行独诣,其传不远。宗守仁者曰姚江之学,别立宗旨,显与朱子背驰,门徒遍天下,流传逾百年,其教大行,其弊滋甚。嘉、隆而后,笃信程、朱,不迁异说者,无复几人矣。要之,有明诸儒,衍伊、雒之绪言,探性命之奥旨,锱铢或爽,遂启岐趋,袭谬承讹,指归弥远。至专门经训授受源流,则二百七十余年间,未闻以此名家者。经学非汉、唐之精专,性理袭宋、元之糟粕,论者谓科举盛而儒术微,殆其然乎。①

　　清人的科举评判姑且不论,王学于朱学的承接与反动原是儒学发展的内部分歧,包括心学在内的广义理学始终是有明一代的思想主潮。

　　从"学士大夫视周程朱子之说如四体然,惟恐伤之"②,"此亦一述朱耳,彼亦一述朱耳"③,再到心学的风行天下,"鼓动海内",非止士人,即或天子庶民亦莫不沾被其道。然而,作为一代主潮的理学思想虽然有着无法比拟的巨大影响力,却不能涵盖整个传统思想,甚至不能代替整个儒学。官方提倡的理学之外,尚有科举以外的古学传承,而制义、八股之外的经史学问同样亦是广义范畴的儒者之学。所谓"专门经训,授受源流"270余年无名家正是官修史书对有明一代经史学问的定位批判。正史记载的缺席虽不能成为古学中断的证明,但古学于明代思想中的地位却可由此屡窥。以独立于科举功令文字之外为特征的古学本身就带有浓厚的民间色彩,明以理学开国,缺乏官方提倡、制度保证的古学自然不被青睐,虽然同为儒者之学,却不幸地成为被排斥于主潮之外的非主流思想。

　　作为儒学补充的佛、道思想,虽非主流,但历经千年传统的交融互动,却已成为传统文化的有机构成。梁任公曾有这样一段妙论:

　　　　依我看来,应该这样做:某地方供祀某种神最多,可以研究各地方的心理;某时代供祀某种神最多,可以研究各时代的心理,这部分的叙述才是宗教史最主要的。至于外来宗教的输入及其流传,只可作为附

---

①　(清)张廷玉等:《明史》卷二百八十二,中华书局1997年版,第1854页。

②　(明)黄佐:《眉轩存稿序》,载(清)黄宗羲:《明文海》卷二百三十九,中华书局1987年版,第2461页。

③　(清)黄宗羲:《明儒学案》卷十,中华书局1985年版,第179页。

属品。此种宗教史做好以后,把国民心理的真相,可以多看出一点。①

　　梁先生以文化心理的视角关注中国宗教,诚为独到。传统社会的"祭孔"自唐初以来,即被列为国家祭祀要典,历代不绝,爰及有明,尊崇益彰。孝宗朱祐樘曰:"古之圣贤,功德及天下,后世立庙以祀者,多矣。然内而京师,外而郡邑,及其故乡,靡不有庙。自天子至于郡邑长吏,通得祀之,而致其严且敬,则惟孔子为然"②。武宗朱厚照敕孔子后人更称:"兹惟我国家之盛事,非独尔家之荣也"③。有明一代,各时各地孔子祭祀虽蔚然称盛,且增列四贤从祀,但随处可见的佛寺道观却也香火不断,信徒广布,其于明代社会文化心理的影响亦为不浅。作为一般知识的佛、道思想,凭借宗教信仰与哲学思辨的双重渗透于传统社会中呈现出巨大的知识张力,辐射于整个传统文化。在明代,还应关注的一个非主流思想便是由传教士带来的西学,尽管中、西文化的初次对话并未激起太多的思想火花,但一代士人的普遍文化心理却于异质文明的首次接触中昭示。

　　较之理学,古学、佛学、道学、西学自非主流,但思想的知识张力对于士人心灵的渗透影响却也不容忽视,自然也有着别样的诗歌表现与诗学思考。

一、古学思维与诗学逻辑

　　亲历明室隳圮,开一代朴学风气之先的顾炎武,以亡国之痛的深刻反思,对有明学术抨击不贷,认为古学弃于明,经学亡于明,剽窃之风盛于明,改宣传窜古书之习猖獗于明,制义所利在"空疏之人",最以明人无学④。后儒多承顾氏之言,指斥明学"空疏""浅陋"。考据学风下的四库馆臣更是贬抑不止,《经部总叙》称,明正德嘉靖之后,"其学各抒心得,及其弊也肆(如王守仁之末派,皆以狂禅解经之类)。空谈臆断,考证必疏"⑤。关于明人著述的提要中,如"妄谬殆不足道""汩乱古经""于经义丝毫无当""皆不免于穿凿""何其诞也""私意穿凿""非解经之体""于经义无关""经学至是而弊极矣""胶固不解""明人解经,真可谓无所不有矣"之类的批评比比即是⑥。

───────────

① 梁启超:《中国历史研究法补编》,(台北)商务印书馆1966年版,第204页。
② 《幸鲁盛典》卷十四,上海古籍出版社1987—1989年版,文渊阁四库全书本。
③ (清)孔继汾:《阙里文献考》卷九,山东友谊书社1989年版,第184页。
④ 分别见顾炎武《日知录》中《书传会选》《别字》《窃书》《改书》《朱子〈周易本义〉》等条目。
⑤ (清)永瑢等:《四库全书总目》,中华书局1965年版,第1页。
⑥ (清)永瑢等:《四库全书总目》,中华书局1965年版,第1、64、65、66、67、68、111、112、113、140、141、142页。

此外,如全祖望、王鸣盛、钱大昕、章学诚、崔述、江藩、龚自珍、陈澧、李慈铭、王先谦、罗振玉、梁启超等著名学者,亦持有相似的批评态度①。

明代官修的三部《大全》凭借科考制度而确定无上的权威地位,"二百余年间以此取士,一代之令甲在焉",明代经学的一般发展亦局限于此。"有明儒者之经学,其初之不敢放轶者由于此,其后之不免固陋者亦由于此"②,故顾炎武云:"八股行而古学弃,《大全》出而经说亡"③。明代科举,以四书为重,五经亦仅选一经应考。如此背景下的儒生治经,则多不录经文,或串说大意,或敷衍语气,力求服务于时文之作,务在藻饰辞章之用,功利之心日重,经史学问愈轻,古学之弃,亦在情理之中。即此而论,前述诸家关于明学"空疏""浅陋"实有所指,可称切中其弊。然而,需要指出的是,诸家多以朴学的立场关注明代经学,作为评判的尺衡则是征实有据的学术品格,明代经学自然备受指责。但是,当代学者却以新的学科意识,用全新的眼光,从文学的角度对明代《诗经》学作出了新的审视,"《诗经》是一部文学典籍,考证所得是其筋骨,义理所得是其血肉,只有文学的研究,才能真正获得《诗经》活泼泼的灵魂。而明人所抓的正是《诗经》的灵魂。他们以群体的力量改变了《诗经》学原初的经学研究方向,开创了《诗经》文学批评的新航线"④。对于儒家经典的文学还原当然不是官方的思路,更非视文学为余事的理学诸儒所能产生的观点,实为非主流思想下的一种经学实践,正因此,偏离了主流经学意识的明代《诗经》文学研究才尘封百年,少人问津。而明代《诗经》的文学研究本身所体现的即是一种经学观照下的诗歌关注。如万时华所言:"今之君子,知《诗》之为经,而不知《诗》之为诗"。《诗》之为诗的定位正是明代古学的一大特色。

王世贞《艺苑卮言》即云:"诗不能无疵,虽《三百篇》亦有之,人自不敢摘耳。其句法有太拙者:'载狁歌骄'(三名皆田犬也);有太直者:'昔也每食四簋,今也每食不饱';有太促者:'抑罄控忌','既亟只且';有太累者:'不稼不穑,胡取禾三百廛';有太庸者:'乃如之人也,怀昏姻也,大无信也,不知命也';其用意有太鄙者,如前'每食无簋'之类也;有太迫者:'宛其死矣,他人入室';有太粗者:'人而无仪,不死何为'之类也。《三百篇》经圣

① 参见杨晋龙:《明代诗经学研究》第一章第一节《负面评价的传承》,台湾大学中国文学研究所1997年博士学位论文。
② (清)永瑢等:《四库全书总目》卷五,中华书局1965年版,第28页。
③ (清)顾炎武,黄汝成集释:《日知录集释》卷十八,上海古籍出版社1985年版,第1390页。
④ 刘毓庆:《从经学到文学》,商务印书馆2003年版,第17页。

删,然而吾断不敢以为法而拟之者,所摘前句是也。"①虽然忐忑不敢,但终究发出了经典文字的艺术批评。至孙月峰《批评诗经》于《小雅·车攻》篇云:"'嚣嚣'字终觉与无声相碍。大抵此四句,微属痕迹",更是完全立足诗歌技巧的挑剔指疵,已是有"诗"无"经"了。

明人于《诗经》的文学关注或讲章旨、节意,分析词章,揣摩词气,为写八股服务;或侧重于欣赏诗境、诗法,于经文关键处施以圈点,外加眉批、旁批、尾批等。不汲汲于文字诠解,较少认真分析诗意,而是凭着一丝灵悟,发诗中妙趣。或通讲大意,带有分析;或汇辑前人特别是同代学者之说,而以汇辑有文学研究意味之语为主;此外,则是将《诗经》作为文学史上的经典来对待的诗话著作②。尽管其中有着明显的时代烙印——时文科举的影响,《四库全书总目》谓魏浣初《诗经脉》云:"惟大致拘文牵义,钩剔字句,摹仿语气,不脱时文之习。"③谓万时华《诗经偶笺》云:"钟惺、谭元春诗派于明末,流弊所极,乃至以其法解经。《诗归》之贻害于学者,可谓酷矣。"④谓朱泰贞《礼记意评》云:"如场屋之讲试题,非说经之道也。"⑤四库馆臣的批评虽然尖刻,但八股评点的影响却是不能回避的,值得注意的是,关于《诗经》的文学评点虽受时文习气影响,但其作为对"诗"的评点,对于激起世人对一般诗文的评点兴趣亦有相当的推动之力。如戴君恩的《读风臆评》:"纤巧佻仄,已渐开竟陵之门。其与经义,固了不相关也。"⑥背离经义,虽为正统指斥,却成为竟陵派的文学先导。

明人对于《诗经》的文学关注,或可理解为一种道学压抑下的诗歌情怀。对理学训练下的明代士人而言,四书五经几乎成为唯一合法的,可以不妨志害道的知识来源。枯燥的性理道德并不能得到时时刻刻的人人遵守,必然的情感投寄固然多种多样,作诗言志虽然合理合法,终不免有"丧志""废神"的流弊担心。而以文学眼光关注有着特殊地位的《诗》三百或是更为合法的投寄行为,涵养诗篇,求探诗人深情的文学解读中或已暗藏了自身的情感投寄,而此,或可称之为明代经学观照下,一种特殊的诗歌关注。

---

① (明)王世贞:《艺苑卮言》卷一,载丁福保辑:《历代诗话续编》(中),中华书局 2006 年版,第 964 页。
② 参见刘毓庆:《从经学到文学》,商务印书馆 2003 年版。
③ (清)永瑢等:《四库全书总目》卷十七,中华书局 1965 年版,第 141 页。
④ (清)永瑢等:《四库全书总目》卷十七,中华书局 1965 年版,第 143 页。
⑤ (清)永瑢等:《四库全书总目》卷十七,中华书局 1965 年版,第 195 页。
⑥ (清)永瑢等:《四库全书总目》卷十七,中华书局 1965 年版,第 140 页。

如果说关于《诗经》的文学关注,尚不免浸润着科举文化的色彩,那么专意经史的"古学"行为显然有着鄙薄功名的独立品格。

苏正,字秉贞,"早从翰林修撰张洪习举子业,中岁尽弃去之,专意古学,诸经子史,皆尝肆力,以故发为文辞根据艺实,丽则不靡,古诗似汉魏,律诗如盛唐,著述之文体,法西汉,一时才名高出,两浙流闻"①。

陈仁锡,字明卿,"久不第。益究心经史之学,多所论著"②。

费昭霁"少时尝习程文,欲取科第以见于世,已而弃去,卖药城东,一意古学","家贫好学,博闻强记,而尤工于诗,平居凡有所感遇,有所触发,有所怀思,有所忧喜,有所美刺,一于诗发之"③。礼部尚书吴宽为其《中园四兴诗集》作序,慨然自叹曰:"予自官于京师,承乏太史氏,四方之人以京师为士林,而又以馆阁为词林,争有所求,然率不过庆贺哀挽之作而已,幸其或为贞孝节义事,正吾所当咏歌者,又无从核其事之有无,漫出数语应之,至于中之所欲言者,反为所妨,而未暇于作,常欲峻绝求者,以力追古人而未能也。"④

吴宽的处境心态于明代进士群体颇为典范,《明史》称其"行履高洁,不为激矫,而自守以正。于书无不读,诗文有典则"⑤,读书广博的吴宽尚以不能"力追古人"为憾。而科第生态下的古学追求在相当情况下则成为仕途失意者的精神寄托。

兵部主事王惟俭,因事被削籍归。家居二十年,"初被废,肆力经史百家"⑥。

礼部主事杨循吉,字君谦,"请致仕归,年才三十有一。结庐支硎山下,课读经史,旁通内典、稗官"⑦。礼部右侍郎程敏政寄以古诗三十六句,曰:

　　舣舟阊门下,揽衣涉南濠。居人爱杨子,力任细书劳。手校日弗给,续晷焚其膏。坐令书满家,一一排干旄。丽藻并奇字,史汉兼庄骚。剖击无终穷,人徒识仪曹。焉知漆雕意,古学非时髦。有如万里鸿,妙

---

① (明)张宁:《方洲集》卷二十三,上海古籍出版社1987—1989年版,文渊阁四库全书本。
② (清)张廷玉等:《明史》卷二百八十八,中华书局1997年版,第1897页。
③ (明)吴宽:《匏翁家藏集》卷四十二,商务印书馆1926年版,四部丛刊本。
④ (明)吴宽:《匏翁家藏集》卷十,商务印书馆1926年版,四部丛刊本。
⑤ (清)张廷玉等:《明史》卷一百八十四,中华书局1997年版,第4885页。
⑥ (清)张廷玉等:《明史》卷二百八十八,中华书局1997年版,第1898页。
⑦ (清)张廷玉等:《明史》卷二百八十六,中华书局1997年版,第7351页。

与江云高。又如幽兰芳,嫣然媚衡皋。恭惟圣所传,慎此义利操。明明君子心,道体求丝毛。忧违乐乃行,不负人中豪。巨舰乘安流,向尔空飞涛。芸编亦自幸,非君孰吾遭。岂若夸毗子,悻然立蓬蒿。相去日已远,令我心郁陶。故人颇谐寡,聊饮玉色醪。题诗寄濠上,临风愧投桃。①

其时翰林,"学问该博称敏政,文章古雅称李东阳,性行真纯称陈音,各为一时冠"②。学问该博的程敏政于杨循吉得以肆意古学的羡慕之中正隐藏着自身不能为之的遗憾,褒美之下的悻然而立、临风而愧所折射出的正是与吴宽自叹的相似心态。

"明代学风,驰骛于空疏议论者较多,而笃实缜密则非所趋重"③,虽非主流趋势,却也未曾中斩。尽管承受着科举文化的巨大压力,面临着现实取舍的尴尬与困难,然而,当明代复古思维以理学姿态在官方意识形态中出现时,以读书稽古为特征的古学则依旧是其在民间学术中的繁衍模式。杨慎、陈耀文、胡应麟、焦竑、方以智等读书博古,崇尚考据,即在心宗盛行的时代,古学一线仍不绝如缕。

状元杨慎早在 24 岁时便了却科举缘,却因大议礼得罪嘉靖皇帝,被贬谪南荒 35 年,朱厚熜先后 6 次大赦而不赦,依例可免而不许。远离京师、羁留他乡的人生困厄却玉成了这位才子的古学之志。王世贞言:"明兴。称博学,饶著述者,盖无如用修"④。李调元称:"(升庵)著述之富,古今罕俦。""著述宏富,奥雅奇丽。"⑤李慈铭亦曰:"有明博雅之士,首推升庵所著《丹铅录》、《谭苑醍醐》诸书,证引赅博,洵近世所罕有"⑥。杨慎卑视当世俗学,尝据曾点言志抒发议论,称"今之学者,循声吠影,徒知圣人之所与,而不知圣人之所裁也……使实学不明于千载,而虚谈大误于后人也"⑦。又言,"今世学者……惟从宋人,不知有汉唐前说也。宋人曰是,今人亦是之;

---

① (明)程敏政:《篁墩文集》卷八十八,上海古籍出版社 1987—1989 年版,文渊阁四库全书本。
② (清)张廷玉等:《明史》卷二百八十六,中华书局 1997 年版,第 1884 页。
③ 邓广铭:《谈谈有关宋史研究的几个问题》,载邓广铭、漆侠:《两宋政治经济问题》,知识出版社 1988 年版,第 1 页。
④ (明)王世贞:《弇州四部稿》卷一百四十九,上海古籍出版社 1987—1989 年版,文渊阁四库全书本。
⑤ (清)李调元:《童山文集》卷三《升庵著述总目序》,清嘉庆刊本。
⑥ (清)李慈铭:《越缦堂读书记·诗文别集·升庵集》,中华书局 2006 年版,第 675 页。
⑦ (明)杨慎:《升庵集》卷四十五,上海古籍出版社 1987—1989 年版,文渊阁四库全书本。

宋人曰非，今人亦曰非。高者谈性命，祖宋人之语录；卑者习举业，抄宋人之策论"①。杨慎治学，尊经崇史，以经史相为表里②，博通百家，称"小说亦可证正史之误"③，反对"荣古陋今，党往仇来"，考订是非，"憎而知其善"，征信博通，"凡六经三史诸子百家中有疑于辞，悖于理者，皆精察而明辨之"④，开有明一代博古考据风气。而此种考据习气，亦辐射于诗。列为儒经的诗三百自不必说，举凡文字训释、制度礼俗、名物地理、古音古韵莫不旁征博引、以证其说。对于一般诗歌的论析，亦常见其法，校勘文字，阐释语词，考订讹误，辨析渊源，虽然反对宋人对杜甫的"诗史"之论，自己却"尝欲以汉唐以下事之奇奥罕传者汇之，而以苏、李、曹、刘、李、杜、韩、孟诗证之，名曰：诗史演说"⑤，评论诗作，亦屡用"诗史"，更有《廿一史弹词》传世。其实，宋人"诗史"观的评判原为诗歌之文学本色的辩护，根本的抨击实在宋人"道德性理"下的文学褪色。这位才子虽然肯定诗歌的缘情特质，但古学理念下的诗歌关注中却每以读书学问为重。考辨阮籍《咏怀》诗："西游咸阳中，赵李相经过"中的"赵李"之典，发见前人之误，即叹："乃知读书不详考深思，虽如延年之博学，会孟之精鉴，亦不免失之，况下此者耶？"⑥其于杜甫："读书破万卷，下笔如有神"则申而论之曰："此子美自言其所得也。读书虽不为作诗设，然胸中有万卷书，则笔下自无一点尘矣。近日士夫争学杜诗，不知读书果曾破万卷乎？如其未也，不过拾《离骚》之香草，丐杜陵之残膏而已"⑦。力主"诗之盛衰，系于人之才与学"⑧。明言："人人有诗，代代有诗。古之诗也，一出于性情，后之诗也，必润以问学。性情之感异衷，故诗有邪有正；问学之功殊等，故诗有拙有工，此皆存乎其人也"⑨，对于个体才学的关注自然放大了诗学视野，故其为诗，不专主一家，自三百篇以降，莫不博采广收，然于列代诗作之弊又多有指斥，溯其所本，正在古学训练："博古"，自然眼界放宽，"考据"则目力犀锐，当七子风行之时，升庵杨慎，卓立艺苑，

---

① （明）杨慎：《升庵集》卷五十二，上海古籍出版社 1987—1989 年版，文渊阁四库全书本。
② （明）杨慎：《升庵集》卷四十七，上海古籍出版社 1987—1989 年版，文渊阁四库全书本。
③ （明）杨慎：《升庵集》卷四十七，上海古籍出版社 1987—1989 年版，文渊阁四库全书本。
④ （明）张素：《丹铅余录原序》，载（明）杨慎：《丹铅余录》，上海古籍出版社 1987—1989 年版，文渊阁四库全书本。
⑤ （明）杨慎：《升庵集》卷四十七，上海古籍出版社 1987—1989 年版，文渊阁四库全书本。
⑥ （明）杨慎：《升庵诗话》卷十二，载丁福保辑：《历代诗话续编》（中），中华书局 1983 年版，第 875 页。
⑦ （明）杨慎：《升庵诗话》卷十四，载丁福保辑：《历代诗话续编》（中），中华书局 1983 年版，第 932 页。
⑧ （明）杨慎：《升庵集》卷五十四，上海古籍出版社 1987—1989 年版，文渊阁四库全书本。
⑨ （明）杨慎：《升庵集》卷三，上海古籍出版社 1987—1989 年版，文渊阁四库全书本。

诚然有故矣。

杨慎虽以博学著称,然"所作《丹铅录》诸书,不免瑕瑜并见,真伪互陈。又晚谪永昌,无书可检,惟凭记忆,未免多疏"①。这位"明世记诵之博,著作之富"推为第一的才子遂受到了河南进士陈耀文的挑战批评。陈耀文,字晦伯,累官陕西行太仆卿,后辞归,杜门著书,友人李蓘《晓梦陈晦伯》云:"人皆竞荣达,君独嗜编撰。廿载历中外,蹉跎寡青眼。朅来共为郎,相过每一莞。溪水鸣小筵,花林具薄馔。修礼或五浆,餐和讵一盏。直衷肩卫鳅,博物跂郑产。鼯鼠涣群疑,竹书征脱简"②,其志行可见一斑。陈耀文少有神童之号,日记千言,一目数行,记诵甚博,著有《经典稽疑》《正杨》《学林就正》《学圃萱苏》《天中记》《花草粹编》等数种,王世贞即言:"以仆所见,当今博洽之士,陈晦伯可称无二"③。至有"巨擘词垣,推为雄长"④之誉。焦竑《与陈晦伯书》说:"不佞结发时,从事铅椠,即闻明公盛名,博洽好古者也。顷与二三同志,论列海内文学之士,靡不以明公为称首。每读所撰著,窃有以得于心,夫其文理贯综,叙致雅畅,经疑证隐,语类搜奇,收百代之阙文,采千载之遗韵,顿挫万汇,囊括九围,非旷代之通材,孰与于此?"⑤同样博洽好古的陈耀文,与杨慎有着相似的治学思路,一样的博征旁引与征信考据,其著名的《正杨》也正是因为有着相同思路的关注才"考正其非,不使转滋疑误"的。而其对于诗歌的关注,亦同样延续杨慎博古考据的思路,订讹勘误,辨析源流,然较之才子杨慎,却多了些许学究气息,有时甚至有专呈博雅多识之弊。

沿此思路而更有创获者则为澹园焦竑。焦竑,字弱侯。为诸生时即"有盛名",然久困科场,后以殿试第一人官翰林修撰,后主持顺天乡试,被劾谪官,遂不出。焦竑"博极群书,自经史至稗官、杂说,无不淹贯。善为古文,典正驯雅,卓然名家"⑥。亳州李文友称其"文章南国多门下,翰墨西园集上才"⑦。四库馆臣更言,"明代自杨慎以后,博洽者无过于竑"⑧。焦竑对于杨慎颇为推崇,曾专力收集杨氏著作,校订编辑为《升庵外集》一百

---

① (清)永瑢等:《四库全书总目》卷一百一十九,中华书局 1965 年版,第 1026 页。
② 《御选明诗》卷二十八,上海古籍出版社 1987—1989 年版,文渊阁四库全书本。
③ (明)王世贞:《弇州四部稿》卷二百零六,上海古籍出版社 1987—1989 年版,文渊阁四库全书本。
④ (明)陈耀文:《学林就正·序》,齐鲁书社 1996 年版,四库全书存目丛书本。
⑤ (明)焦竑:《澹园集》卷十三《与陈晦伯》,中华书局 1999 年版,第 109 页。
⑥ (清)张廷玉等:《明史》卷二百八十八,中华书局 1997 年版,第 1897 页。
⑦ 陈田辑撰:《明诗纪事》第 5 册,上海古籍出版社 1993 年版,第 2522 页。
⑧ (清)永瑢等:《四库全书总目》卷一百四十六,中华书局 1965 年版,第 1247 页。

卷,其于古学考据亦有着与杨慎相似的思路——广博征信——而此亦可称为古学的基本特征。焦竑辨伪古籍、比较版本、辑佚逸文、考订史实,举凡名物、地理、典章、礼俗,莫不征考,焦竑于古学视野下的诗歌关注同样集中于考据功夫,《焦氏笔乘》中所辑录的屈原、王维、白居易等诗人的逸诗逸句比比皆是,足见其博精,对于诗文典故的考证更是其读书博古的兴趣所在,若考证杜诗"左担犬戎屯"中的地名"左担",韩愈诗"鼠雀同驱嚇"中"嚇"的出处,王维诗"銮舆迴出千门柳"的"千门"用典,皆为此例。焦竑于小学尤为关注,称之为"九流之津涉,六艺之钤键",于文字、音韵、训诂颇为用力,辨正俗字,考订古音。著有《毛诗古音考》的陈第在其《毛诗古音考杂咏诗》中称:"晚逢焦太史,印可谂心灵","晚逢金陵焦太史,却将字字比南金",其功可见,而于纠正诗人的字词讹误更是乐此不疲,"唐人用事之失""(刘)禹锡误用事""杜诗误""(陆)士衡诗误""东坡误用事""(黄)鲁直以莩为笋",俯拾即是。或为琐碎,却见其精细求据,于空言性理的明代学风中或不多见。焦竑于"士习华竞,惟游靡之技是攻"①的风气极为不满,对于"词意龃龉,不相随属,大都貌如鲁卫,而意相燕越。甚者取古人胜语离合之,以相矜严。大弓宝玉,攘窃公行,优孟叔敖,神情迥绝"②的剽窃文风更是深恶痛绝,"世顾好空言而鲜事实,优焉而叔敖之衣冠,丐焉而贫女之珣翠,究以枝叶而为世道忧"③,深处的忧患意识或导自于其务实征信的古学训练。然而,需要指出的是,这位时文状元却没有杨慎般的幸运,25 年间,曾 7 次落第,至 50 岁时,方才高中。焦竑尝自称因"举业萦怀"而"嗜古而无成,有其志而未暇",虽为谦逊,却是实情,多年的时文训练,自然有着道学观念的潜移默化,弟子陈懿典即称"先生之学,以知性为要领,而不废博综……其精神所注在大道与经世"④,而其讲学则"以汝芳为宗,而善定向兄弟及李贽,时颇以禅学讥之"⑤,被列为王学左派,其本人更是一位以纂史为志的翰林修撰,思想、身份的复杂,自然增其"广博",而其对于诗歌一般关注中却也夹缠着理学、心学的观念。

　　"自明初以八股取士,士之伏案诵习者,不外四书五经之高头讲章,冀

---

① (明)焦竑:《澹园集》续集卷一《合刻韩范二公集序》,中华书局 1999 年版,第 754 页。
② (明)焦竑:《澹园集》续集卷一《祭盛仲交文》,中华书局 1999 年版,第 555 页。
③ (明)焦竑:《澹园集》续集卷一《合刻韩范二公集序》,中华书局 1999 年版,第 755 页。
④ (明)陈懿典:《尊师澹园先生集序》,载(明)焦竑:《澹园集》附编二,中华书局 1999 年版,第 1214 页。
⑤ (清)张廷玉等:《明史》卷二百八十八,中华书局 1997 年版,第 1897 页。

以此攫科名,登仕版……其能博习经史,自拔于流俗者,已寥寥可数"①,布衣胡应麟实为其中卓然挺立者。胡应麟,字符瑞,号石羊生,"生少迁懘,好谈长生,轻举术","九龄受书里中师业,已厌薄章句,日从宪使公箧中窃取古《周易》《尚书》、十五国风、《檀弓》、左氏及庄周、屈原、司马迁、相如、曹植、杜甫诸家言,恣读之"②,尝曰:"吾乡范祖干、金履祥皆以布衣而传名后世,何今世今义科名重焉?"③"万历四年举于乡,久不第,筑室山中,构书四万余卷,手自编次,多所撰著。"④与焦竑的不断应考不同,胡应麟的科举生涯实因"家严督谕"而展开,这位"轩盖浮荣,雅非夙愿"⑤的石羊生"自丁丑一赴公交车,旋绝进取念,亦以奉宜人慈训,不忍暂离也"⑥。对于"意殊不在一第"⑦的胡应麟而言,"达人委元化,哲士戒迷涂。一枝遂鹪鹩,九万匪所图。乐志追仲长,潜耀希王符"⑧。"奕奕孝标生,漂流寄东越。长生本经世,不朽惟大业。伊余后千载,束发慕贤达。"⑨前贤诸儒的著述事业方为所慕,"勉哉事大业,岁月如风飘。无穷有令闻,不朽宁金貂。下帷第发愤,惜阴竞蓬茅。六经鼓元气,百氏罗秋毫"⑩。沉潜于六经百氏的读书博古乃为其志。"聚书三十冬,插架三万轴。开卷时忻然,三公岂吾欲"⑪,"博洽必资记诵,记诵必藉诗书",作为藏书家的胡应麟,历来主张"书之为用,枕籍揽观"⑫,既

---

① 张舜徽:《霜红龛笔记补遗》,载《清人笔记条辨》卷一,辽宁教育出版社 2001 年版,第 13 页。
② (明)胡应麟:《少室山房集》卷八十九,上海古籍出版社 1987—1989 年版,文渊阁四库全书本。
③ 吴晗:《胡应麟年谱》"嘉靖三十八年条"引《兰溪县志》卷五《胡应麟传》。
④ (清)张廷玉等:《明史》卷二百八十七,中华书局 1997 年版,第 1894 页。
⑤ (明)胡应麟:《少室山房集》卷一百一十一,上海古籍出版社 1987—1989 年版,文渊阁四库全书本。
⑥ (明)胡应麟:《少室山房集》卷九十一,上海古籍出版社 1987—1989 年版,文渊阁四库全书本。
⑦ (明)王世贞:《弇州续稿》卷六十八,上海古籍出版社 1987—1989 年版,文渊阁四库全书本。
⑧ (明)胡应麟:《少室山房集》卷十六,上海古籍出版社 1987—1989 年版,文渊阁四库全书本。
⑨ (明)胡应麟:《少室山房集》卷十三,上海古籍出版社 1987—1989 年版,文渊阁四库全书本。
⑩ (明)胡应麟:《少室山房集》卷十五,上海古籍出版社 1987—1989 年版,文渊阁四库全书本。
⑪ (明)胡应麟:《少室山房集》卷六十九,上海古籍出版社 1987—1989 年版,文渊阁四库全书本。
⑫ (明)胡应麟:《少室山房集》卷九十,上海古籍出版社 1987—1989 年版,文渊阁四库全书本。

已博泛群籍，"酷有考订之癖"更求精核，尝言"学者诚博阅古今，渔猎既广，识见自融，而加以精心综核，即前代之事，信亡弗可考者"①。对于宋儒王性之②所言的"读千载之书而探千载之迹，必须尽见当时事理，如身履其间，丝分缕解，终始备尽，乃可以置议论"③极为推崇，且称"如宋洪景卢，明杨用修，非不旁搜广涉，正以轻于立论，遗诮后人"④，引为前车之鉴。其撰《经籍会通》，校综坟典，掇拾补苴，"以为博雅之前驱"⑤，鉴于"唐宋以还，赝书代作，作者日传"，胡应麟"取其彰明较著，抉诬摘伪，列为一编"⑥，成《四部正讹》，考正百家，统宗六籍。"弄笔墨锐，意成一家言自树不朽"的胡应麟"尤嗜读书，身所购藏，几等邺架，经史子集，网罗渔猎，时有发明，不敢以鸿硕自居，不致以空疏自废"⑦。独立于有明空疏学风之外的胡应麟旁征博考，考订精核，颇具时名，更博得了清人的相当认可，四库馆臣于明人著作历来轻蔑诋毁，然于胡应麟却颇见称许，其云，"明自万历以后，心学横流，儒风大坏，不复以稽古为事，应麟独研索旧文，参校疑义，以成是编，虽利钝互陈，而可资考证者亦不少。朱彝尊称其不失读书种子，诚公论也"⑧。又称："当嘉隆之季，学者惟以模仿剽窃为事，而空疏弇陋，皆所不免。应麟独能根柢群籍，发为文章，虽颇伤冗杂，而记诵淹博，实亦一时之翘楚矣。"⑨于清代朴学风气下，得此评价，诚然不易。而读书嗜古的胡应麟还是位颇具才名的诗人，十三四为歌诗，已"稍稍闻里社中"。王世贞更誉其"才高而气雄，其诗鸿郁瑰丽，迥绝无前"⑩。陈子龙则称"元瑞如中贾张肆，不皆珍异，却无物

---

① （明）胡应麟：《少室山房集》卷二十三，上海古籍出版社1987—1989年版，文渊阁四库全书本。

② 宋儒王铚，字性之。宋陆游《老学庵笔记》卷六："王性之，记问该洽，尤长于国朝故事，莫不能记。对客指画诵说，动数百千言，退而质之，无一语缪。子自少至老，惟见一人。"《四库全书总目》卷一百五十八亦称其"以博洽名"。（中华书局1965年版，第1359页）

③ （宋）王铚：《传奇莺莺事辨正》，《全宋文》第182册，上海辞书出版社、安徽教育出版社2006年版，第178页。

④ （明）胡应麟：《少室山房集》卷二十三《华阳博议》下，上海古籍出版社1987—1989年版，文渊阁四库全书本。

⑤ （明）胡应麟：《经籍会通》，北京燕山出版社1999年版，第3页。

⑥ （明）胡应麟：《四部正讹·引》，朴社出版社1933年版，第1页。

⑦ （明）胡应麟：《少室山房集》卷一百一十一，上海古籍出版社1987—1989年版，文渊阁四库全书本。

⑧ （清）永瑢等：《四库全书总目》卷一百二十三，中华书局1965年版，第1064页。

⑨ （清）纪昀：《少室山房集总目提要》，（明）胡应麟：《少室山房集》，上海古籍出版社1987—1989年版，文渊阁四库全书本。

⑩ （明）王世贞：《石羊生传》，载（明）胡应麟：《少室山房集》，上海古籍出版社1987—1989年版，文渊阁四库全书本。

不有"①,持论虽有微词,然其广博征信的古学品格却可于中略见。而胡应麟的诗歌关注之中自也不可避免地渗透着淹博精核的学术训练与酷爱考订的个人兴趣。

汪道昆尝言,"成都博而不核,弇山核而未精,必求博而核,核而精,宜莫如明瑞当之,则千古自废,其诸搏扶摇而契溟涬者耶"②,是言颇称中的,胡应麟在《黄尧衢诗文序》中称:"古之世之称材者,词章问学出于一;而今之世之称材者词章,问学出于二。夫诗而枚、曹也,杜、李也,古之人有不必文兼也者,乃其诗藻绘蕃萉,故未尝废问学也。自南渡严氏之说兴,而诗自三唐外汰百家矣。文而左、马也,扬、韩也,古之人有不必诗兼也者,乃其文渊综富硕,故未尝废问学也"③。由之,对于宗主两汉盛唐的狭窄取向与模拟文风极为不满,更强调词章、问学不当判为两途,尝言"陆澄著书,力殚于经年,文为学困也;任昉属辞,才尽于晚岁,诗为学困也。束皙刘昼作赋,并见讥,艺士蹭蹬词场,是又禀赋所拘,非必学问之累"④,实是对"作诗不关学问"的矫正,足见其于学问的重视。在这篇序文中,胡应麟对黄尧衢寄寓相当的期望,其称,"经国大业,不朽盛事,皆尧衢所自有,余何能为尧衢役,尧衢勉矣,格有所必程,法有所必比,辞有所必炼,思有所必抽,入之九渊而毋堕于魔,放之八极而毋荡于幻,举之千仞而毋激于峭,按之万钧而毋滞于蠃,博而核之,精而莹之"⑤,不难看出,其中实然饱含着胡应麟的夫子自道,"博而核之,精而莹之"正是其于古学观照下的最高诗学理想。而这一思想更贯穿于他的诗歌评论中,明末的胡震亨于有明诗学有这样一段评论:

> 明兴,说诗者以博推杨用修,以雅推徐昌谷,以儁推王弇州,用修之书,搜隐摘奇,往往任胸援引,非必尽确,后贤訾驳正未已;昌谷所论,止于五言,不及近体,习汉魏者之偏撰,习唐音者之朴学也;弇州《卮言》,通论文笔,唐诗特其一二,其论初盛诸家尽多解颐,至中晚,草草塞责矣;尝疑之,未敢置喙,后见其末年自悔,书曰,吾为此书时,年未四十,

① (清)朱彝尊:《明诗综》卷四十七,乾隆刊本。
② (明)汪道昆:《太函集》卷二十六,齐鲁书社 1996 年版,四库全书存目丛书本。
③ (明)胡应麟:《少室山房集》卷八十六,上海古籍出版社 1987—1989 年版,文渊阁四库全书本。
④ (明)胡应麟:《少室山房笔丛》卷二十二,上海古籍出版社 1987—1989 年版,文渊阁四库全书本。
⑤ (明)胡应麟:《少室山房集》卷八十六,上海古籍出版社 1987—1989 年版,文渊阁四库全书本。

语不甚切而伤猥，未为定论，恐误人，乃益爽然，服叹此老之未易窥也。胡《诗薮》，自骚、雅、汉魏六朝，三唐宋元，以迄今代，其体无不程，其人无不骘，其程且骘，亦无弗衷。唐诗，其论诗中之一也，而论定于是。元美才地高，书所腹也；元瑞见地实，书所目也。即元美亦称其上下千古，周密无漏而刻深，成说诗一家言，此可征矣。吾尝谓近代谈诗，集大成者，无如胡元瑞。①

所谓的"集大成"，自然有着囊括三家博、雅、俊的意味，然大成之誉，尤在其博，亦即王世贞所称的"周密无漏而刻深"正体现出胡应麟诗学中广博征信的古学精神。《诗薮》一书，举凡诗体演变、诗史源流、体格声调、兴象风神、法式情境，莫不论之，堪称"周密无漏"②。而涉及源流、时代、真伪的各种考辨更随处可见，如《胡笳十八拍》《香奁集》之归属，关于历代诗人作品的考索更俯拾皆是③。而其言及《诗薮》撰写态度时更称："《诗薮》一书，悉是肝腹剖露，只字毋敢袭前人，前人藻鉴有当于衷，必标着本书，使之自见，其有不合，即名世巨公，不复雷同。汪司马作序，谓仆于于鳞、元美抗论，醇疵时有出入，无偏听，无成心，数言真知仆者"④，古学精神，淋漓尽显，即此而论，大成之论，固堪当之。

其后，则有桐城方以智承前其后，方以智，字密之，崇祯进士，尝官翰林院检讨。方氏"纷论五经，融会百氏，插三万轴于架上，罗四七宿于胸中"⑤，所著《通雅》正文 52 卷，另有卷首的五子目总论 3 卷，分别是"音义杂论""读书类略""小学大略""诗说""文章薪火"。包罗广博，考证精核，四库馆臣称其"崛起崇祯中，考据精核，迥出其上。风气既开，国初顾炎武、阎若璩、朱彝尊等沿波而起，始一扫悬揣之空谈。虽其中千虑一失，或所不免。而穷源溯委，词必有征，在明代考证家中，可谓卓然独立矣"⑥，"海内宗密之

---

① （明）胡震亨：《唐音癸签》卷三十二，上海古籍出版社 1981 年版，第 333 页。
② 陈国球先生《胡应麟诗论研究》称："《诗薮》因为心中有初学者在，所以就由入门而至成家，由培养识力到汇通诗法，整个过程都在论述的范围之内。"（香港华风书局 1986 年版，第 182 页）可见《诗薮》之广博，而由胡应麟的关注视野，亦可略见当世之诗风、学风，其作《诗薮》亦有着对当时的剽窃、空疏风习的救弊关怀。
③ 参见王嘉川：《布衣与学术——胡应麟与中国学术史研究》，商务印书馆 2005 年版，第 495—496 页。
④ （明）胡应麟：《少室山房集》卷一百一十六，上海古籍出版社 1987—1989 年版，文渊阁四库全书本。
⑤ （清）朱彝尊：《明诗综》卷七十三，乾隆刊本。
⑥ （清）永瑢等：《四库全书总目》卷一百一十九，中华书局 1965 年版，第 1028 页。

先生盖五十余年。博闻大雅,高风亮节,为近代文人之冠"①。方以智博采三教西学,集古学之大成,开朴学之先河,堪为明学殿军。"密之学风,确与明季之空疏武断相反,而为清代考证学开其先河,则无可疑"②。方氏"性好为诗歌,悼挽钟、谭,追复骚雅,殊自任也"③,"乐府古诗,磊落嵚崎,五律亦无浮响,卓然名家"④。《博依集》《流离草》自是以智传奇一生之写照,而最足以凸现这位学术集成者对一代诗歌的文化思考当是方氏的诗学关注。方氏平论明诗各派,皆切中流弊而不隐其善,足见其博学精核。

> 诗者,志之所之也。反复之,引触之,比兴而已矣。世亦有知比者,未可以言兴也。兴之为比深矣,赋之为比、兴更深矣。数千年之汗青蠹简,奇情冤苦犹之草木鸟兽之名,供我之谷呼击节耳,何谓不可引故事? 何谓不可入议论? 何谓不可称物当名? 何谓不可逍遥吞吐指东画西,自问答自慰解耶? 故曰:"兴于诗","何莫学夫诗",诗之广大配天地,变通配四时,惜乎日用而不知。虽兴者亦未必知也。水不澄,不能清,郁闭不流,亦不能清。发乎情,止乎礼义。诗以宣人,即以节人。老泉曰:"穷于礼而通于诗",立礼成乐,皆于诗乎端之,《春秋》律《易》,言之者无罪,闻之者足以戒,皆于诗乎感之。道不可言,性情逼真于此矣。言为心苗,有不可思议者,谁知兴乎? 知《易》为大譬喻,尽古今皆譬喻也,尽古今皆比兴也,尽古今皆诗也,存乎其人,乃为妙叶,何用多谈?⑤

虽就传统的"兴"法议论,却别有深意,兴是与传统诗歌意象关系最为密切的表现方式,明诗之摹唐,全在意象风调,方以智重谈比兴自由深意,王夫之亦有相似的看法。他们所看到的正是兴象背后所蕴含的深层历史意义,而此并非庸庸俗儒可以通过字句规摹所获得的。接连使用的"尽古今"中正蕴含着一种历史意识的深刻贯通,若其称"法娴矣,词赡矣,无复怀抱,使人兴感,是平熟之土偶耳。仿唐溯汉,作相似语,是优孟之衣冠耳"⑥,"词与意,皆边也。素心不俗,感物造端,存乎其人,千载如见者,中也",⑦法、词、意不

---

① (清)张英:《桐城方氏七代遗书·序》,载(清)方昌翰:《桐城方氏七代遗书》,光绪十四年刊本。
② 梁启超:《中国近三百年学术史》,东方出版社1996年版,第186页。
③ (明)方以智:《稽古堂文集》卷二《又寄尔公书》,桐城方氏七代遗书本。
④ (清)朱彝尊:《明诗综》卷七十三,乾隆刊本。
⑤ (明)方以智:《通雅》卷三《诗说》,黄山书社2019年版,第65—66页。
⑥ (明)方以智:《通雅》卷三《诗说》,黄山书社2019年版,第64页。
⑦ (明)方以智:《诗说》,上海古籍出版社1987—1989年版,文渊阁四库全书本。

过是诗之边缘，纵工好，亦不过土偶衣冠，可亘古存见其人的"怀抱""素心"方是诗之核心，中边之喻体现了这位古代科学家的物理思辨，而可使人千载感兴的"怀抱""素心"的人文指向显然不仅仅是个人情志，所谓"尽古今皆比兴也，尽古今皆诗也。存乎其人，乃为妙叶"①，"尽古今"的终极关怀正是钱牧斋之"天地运世，阴阳剥复之微"的根柢所在，有明诗学，于斯可尽矣。

二、佛道影响的诗歌渗透

作为一种历经千年历史积淀的宗教信仰与人生哲学，无论是本土的道教，还是外来的佛家，在传统文化臻于烂熟的明代，远不能与居于正统的理学相提并论，但却依然以非主流的地位保持着极为深广的社会文化影响力，更于传统生活中呈现出巨大思想张力。

佛、老二氏虽未得到儒学主潮下的官方认可，却博得了明代君王的青睐。曾出家皇觉寺、起身平民的太祖朱元璋，在扫平天下时，又得到周颠、铁冠道人的相助，定鼎后，虽然崇儒尊孔，却也不废礼佛事道。成祖朱棣起兵靖难因相人袁珙、卜者金忠之鼓动，更得力于怪僧道衍姚广孝，建祚后，于释老亦颇为尊礼。其后生息安定，承平之余，诸帝皆有礼事佛道之行为。"明代诸帝佞释老，其所好者实为二氏中之术数、方说耳。方术所以能歆动人主，除当时之风尚外，复与帝王之个人之性格、癖好、周遭之人物，于夫历史背景有关，其影响轻重，亦视此而别。"②此论不虚。从某种意义而言，作为国家最高祭司的封建天子，保佑太平、延永国祚始终是其挥之不去的传统职责，源自原始时代的心理积淀与传统社会有限科学观念相为混杂，遂成为明代君王尊奉佛道的一般心理。诸如服食、房内的企慕长生中虽然夹缠着个人享乐的思想，但这一集体意识实亦蕴含其中——作为国家象征的帝王，其生命的无限延续自然可视为"延永国祚"。有明帝王于释、道二家的崇礼心态大抵如此，至于二氏的教义哲理却非关注的重点所在，无论是立身处世的言行规范，还是治国安邦的政治理念，始终保持着儒家思想的普遍关怀，无论个人的溺陷深浅，天子身份下的代言朝廷始终以儒学标准为念，以嘉靖溺道之深，虽于夏言的不戴道冠深为不满，却也不能当庭指斥。然而，明代帝王的这种崇奉心态却为佛道二教提供了发展便利。此外，宫廷生活的枯寂和无聊以及个人的脾性使得多数内宫后妃和颇具妇人性格特点的太监对

---

① （明）方以智：《通雅》卷三《诗说》，黄山书社2019年版，第66页。
② 杨启樵：《明清史抉奥》，香港广角镜出版社1984年版，第150页。

于佛道二教亦有着相当的热情,整个皇宫大内的崇佛事道虽基本在神佛善恶的宗教信仰层面展开,但却因其特殊的地位而造就了广泛的社会影响。

　　明代僧、道由相关衙门僧录司、道录司管理,"僧凡三等:曰禅,曰讲,曰教。道凡二等:曰全真,曰正一"①。并有严格的度牒制度,更明确规定:"凡僧道,府不得过四十人,州三十人,县二十人。民年非四十以上、女非五十以上者,不得出家"②。洪武二十八年,还令天下僧道赴京考试给牒,不通经典者黜之。然而,事实的发展却非规定可以限制。弘治元年,兵部尚书马文升即上疏称,"今天下一百四十七府,二百七十七州,一千一百四十五县,共额设僧三万七千九十余名。成化十二年,度僧一万,二十二年,度僧二十万,以前各年所度僧道不下二十余万,共该五十余万……其军民壮丁私自披剃而隐于寺观者,又不知几何"③。发展之速,人数之众,可见一斑。"孝宗初,诏礼官议汰。礼官言诸寺法王至禅师四百三十七人,剌麻诸僧七百八十九人。华人为禅师及善世、觉义诸僧官一百二十人,道士自真人、高士及正一演法诸道官一百二十三人,请俱贬黜"④,数目巨大的裁汰贬黜正可反映出僧、道的一时兴盛。赵翼《廿二史劄记》亦有"成化、嘉靖中方技授官之滥"条,专论方士之干宠得官,佛道之势,于中略见。僧道既然滥度,相应的寺观自然得以大肆兴建,修斋设醮,佛事道场更是屡屡兴作。而且,佛道二教的兴盛本就有着民间的信仰基础,元代,僧、道地位高于儒者,民众多有借出家以避赋役者,虽非本心,但却在无意中扩大加深了佛道的影响。朱明继统,虽然尊孔崇儒,民间的佛、道信仰虽然不及元时兴盛,但作为一种民间意识的延续却未中止,布衣天子朱元璋的尊礼佛道或者也夹杂着这样的民间情绪,而其后诸帝的佛道青睐更促进了民间的崇信热情。

　　由天子而庶民的佛、道关注虽多就宗教信仰而展开,于佛道玄理并非深入涉及,但却已创造了不少诗歌契机。"创修寺观遍于天下,妄造经典多于儒书"⑤虽于正统儒学有着一定的冲击影响,但遍及天下的寺庙道观却为天下寒士创造了更多读书应举的机会,同时,藏于名山秀岭的宝刹仙宇本身即是与山林清泉相为一体的秀美景观,眼前胜景,行之笔下,僧寺道观自然成为明人诗作中屡见不鲜的吟咏对象。仅明人沈榜《宛署杂记》所收与宛平

---

①　(清)张廷玉等:《明史》卷七十四,中华书局1997年版,第493页。

②　(清)张廷玉等:《明史》卷七十四,中华书局1997年版,第493页。

③　(明)马文升:《端肃奏议》卷三,上海古籍出版社1987—1989年版,文渊阁四库全书本。

④　(清)张廷玉等:《明史》卷三百零七,中华书局1997年版,第2021页。

⑤　(明)马文升:《端肃奏议》卷三,上海古籍出版社1987—1989年版,文渊阁四库全书本。

寺庙相关名人诗作就接近百首,至若明代各地方志中,更是比比皆是。此外,修斋设醮、佛事道场等法事行为亦颇见于明人笔下,随意翻检《列朝诗集》,即可见"醮罢星辰校绿章,虚坛夜夜降祠光"①,"考鼓吹笙送上清,醮坛将罢日初生"②,"落成牛酒国亲供,建醮香花天女献"③,"烟霞自护祈年阁,星斗曾传醮夜辰"④之语。如前所述,明代君王于诗歌的兴趣诚然有限,但其于仙佛僧道却不吝笔墨,举凡敕建宫观寺院,大多会有一篇御制的文字,而其中通常会有"系之以诗"的惯例,如《宛署杂记》卷十八所列《御制朝天宫新建碑》《御制重修朝天宫碑》《御制大德观碑》《御制大德显灵宫碑复》《御制洪恩灵济宫碑》《御制重修洪恩灵济宫碑》《御制大隆善护国寺碑》《御制大圆通寺碑》《御制大圆通寺重修碑》,均为如此,以宛平一地之管或可略窥全豹,尽管其中的多数诗文系为词臣代作,但"御制"的头衔毕竟体现出一种帝王于佛道的诗歌关注。朱元璋曾写过一首《题神乐观道士》:"仙翁调鹤欲扶穿,万里风头浩气雄。翎背隐乘空廓外,丹光横驾宇寰中。飞符到处雷神集,役剑长驱疠鬼穷。见说黄芽心地转,更于何趣觅仙宗。"⑤朱棣在寻访张三丰不获,"御制诗赐之,有'若遇真仙张有道,为言竚竢长相思'之句"⑥,其情可见。

　　值得关注的尚有祥瑞现象的关注。"帝王之兴,其受命之祥,卓然见于《书》《诗》者多矣,《河图》《洛书》《玄鸟》《生民》之诗,岂可谓诬也哉!恨学者推之太详,(流入)谶纬⑦,而后之君子亦矫枉过正,举从而废之……故夫君子之论,取其实而已矣。"⑧以苏轼之才学尚且有如此认识,祥瑞思想入人之深,或可略知。儒学元典的祥瑞记载与后世的流为谶纬,使得君王对于祥瑞有着一种微妙的认识。洪武时,南郊甘露降,群臣有献诗颂德者。太祖曰:"人之常情,好祥恶妖,然天道幽微莫测,若恃祥而不戒,祥未必皆吉,睹妖而能惩,妖未必皆凶。盖闻灾而惧,或者蒙休,见瑞而喜,反以致咎。何则?凡人惧则戒心常存,喜则侈心易纵。朕德不逮,惟图修省之不暇,岂敢以此为己所致哉"⑨,颇见警省。即便如此,这位雄主也曾作过一篇颂美嘉

① (清)钱谦益:《列朝诗集》闰集第一,影印清顺治九年毛氏汲古阁刻本。
② (清)钱谦益:《列朝诗集》丁集第十五,影印清顺治九年毛氏汲古阁刻本。
③ (清)钱谦益:《列朝诗集》丁集第十一,影印清顺治九年毛氏汲古阁刻本。
④ (清)钱谦益:《列朝诗集》丁集第十一,影印清顺治九年毛氏汲古阁刻本。
⑤ (明)朱元璋:《明太祖集》卷二十,黄山书社1991年版,第453页。
⑥ (清)傅维鳞:《明书》卷一百六十,中华书局1985年版,丛书集成初编本。
⑦ 文渊阁四库全书本无"流入"二字。
⑧ (宋)苏轼:《苏氏书传》,中华书局1985年版,丛书集成初编本。
⑨ (明)余继登:《典故纪闻》卷三,中华书局1981年版,第53页。

瓜祥瑞的文字①,而其身后的子孙皇帝亦大体延续着相似的心态——一种于欢喜之中保持警省的微妙态度。其实,儒家元典中的圣王祥瑞本就蕴含着一种远古时代的宗教崇拜,但儒学于现实的积极关注却将之理性化、历史化,使之成为圣王至治的文化象征。帝王微妙态度正是这一儒学思想的体现。然而,"见瑞而喜"毕竟是人之常情,后世子孙更没有朱元璋的远见卓识,所以关于祥瑞的拍马文字并不为少,至嘉靖时而大盛,"世宗朝,凡呈祥瑞者,必命侍直撰元诸臣及礼卿为贺表,如白龟、白鹿之类,往往以此称旨,蒙异眷,取卿相"②。帝王的"异眷"关注自是莫大的推动力,相应的祥瑞诗文更是蜂拥而至。然而,这一特殊诗歌现象的形成并非完全导自于儒家的祥瑞思想,而是道家的斋醮关注。朱厚熜专意玄修,不理朝政,其崇道的目的固在长生,但保佑太平、延永国祚却也在关注范围之中,举凡国政大事、刑狱建嗣,至于祈雨祷雪的传统祭祀更在涵盖之中,偶然的应验,便可使朱厚熜兴奋不已,标志太平的祥瑞也就应运而生了。若"最工巧最称上意者"的"青词宰相"之一袁炜曾有一副最为时所脍炙的对联云:"洛水玄龟初献瑞,阴数九,阳数九,九九八十一数,数通乎道,道合元始天尊,一诚有感;岐山丹凤两呈祥,雄鸣六,雌鸣六,六六三十六声,声闻于天,天生嘉靖皇帝,万寿无疆。"③即此已可窥见其余祥瑞诗歌的基本内容和根本关注。无论是作诗的群臣,还是欣赏诗歌的嘉靖,统摄其中的并非粹然醇正的儒家观念,却是杂而多端的道教思想,而诸如玄龟、白鹿、灵芝之类的所谓祥瑞,同样出自内容庞驳的道教经典。

当然,更为普遍广泛的诗歌行为则来自士人与僧道的交往。传统诗歌在很大程度上已经成为明代士人身份的风雅标志,作为一种体面得体的交往媒介,应酬诗作在明代诗歌中占有极大的比重。而在明代宫廷崇佛事道的风气之下,僧人、道士有时甚至成为交结权贵的渠道。"京师巨刹……皆

---

① 见《明太祖集》卷二十《嘉瓜赞》,黄山书社1991年版,第349页。尽管其序文称,"古今五谷之嘉,草木之祥,根培沃壤,不过数尺丈余之地产生,所有祥庆,必归主临之者,于朕无干",赞诗曰:"上苍鉴临,地祇符同。知我良民,朝夕劝农。天气下降,地气上升。黄泉沃壤,相合成形。同蒂双产,出自句容。民不自食,炙背来庭。青云颜采,有若翠琼。剖而饮浆,过楚食萍。民心孝顺,朕何有能。拙述数句,表民来诚。愿尔世世,家和户宁。有志子孙,封侯列公。虽千万世,休允劝农",不具其功,归美于民。然而"普天之下,莫非王土;率土之滨,莫非王臣",天下的"主临者"当然是这位独裁君王了。若其所称"凡数尺数丈数亩地内,五谷草木,祯祥惟庆于主临之者,若尽天地间,时和岁丰,或乃王者之祯有之,王祯不在乎微末之中",忧国爱民之情固然不伪,但其于祥瑞的微妙心态亦可略见。

② (明)沈德符:《万历野获编》卷二,中华书局1959年版,第54页。

③ (明)沈德符:《万历野获编》卷二,中华书局1959年版,第59页。

中官所建。寺必有僧官主之,中官公出,必于其寺休憩。巧宦者率预结僧官,俟其出则往见之,有所请托结纳,皆僧官为之关节。近时大臣多与僧官交欢者以此"①。嘉靖时,"(陶)仲文恩宠日隆,久而不替,士大夫或缘以进"②,当然,其中亦不乏刚直之士,天顺年间,供奉王振香火的智化寺主持僧官然胜,"读书解文事。时阎禹锡以国子监丞掌武学事,胜则往拜焉,禹锡托故不见。他日馈茶饼,却之;以诗投赠,又却之,终始不与往还"③。阎禹锡的老师正是有"明儒第一"之誉的薛瑄,"文清之学,端亮严峻,俗士不敢入,邪说不得乱"④,作为醇儒薛瑄的得意门生,阎禹锡自然不愿与僧侣交往,况且这样的交往还多少夹杂着攀附权贵的意味,于是便更加不肯了。然而,由然胜的赠诗行为却可看出诗歌在士大夫与僧、道交往时所扮演的角色,阎禹锡的刚介行径实为罕见,有明一代的多数士人均与僧、道保持颇为密切的诗歌往来。随意翻开明人的诗集,总可找到几首与僧道的唱和之作,而在堪作明代诗坛特色的林立诗社中,也每每可以觅得僧袍道冠的影子。庞大的僧道群体对于整体社会有着极为广泛的渗透,而其本身的流动性,如化缘、云游等行为更促进了其与各色人等的交往,士人自然也在其中。

　　就多数明代士人而言,历经千年的相互融摄,佛、道思想作为传统知识的有机构成部分,实已成为儒学主流的有益裨补,对于缓解进取人生的巨大压力有着颇为重要的积极意义。其实,非只明代士人,自佛、道兴起后,历代失意士人大多以参禅入道作为自己的减压方式。且佛、道教义中的慈悲、爱生等观念与儒学中的仁爱主张颇有相通之处,而佛、道的厌世、出世更与儒者的"独善"有着相似的行为取向——隐逸山林,寄意游心于山水之间。在明人诗作中,游历名山古刹,求访高僧真人,于山水风色中洗涤俗世情怀,乃是极寻常的诗歌素材,相关的一些佛、道行为,如斋戒诵经、服食长生亦屡见于明人笔底,而明人别号中的"居士""道人"字样更比比皆是。当然,这些现象并非明代特有,乃是佛道影响的传统积淀于文化臻于成熟的明代社会中所自然呈现出的思想张力。不同于皇宫、民间的宗教信仰,佛、道思想更多地以一种人生哲学的智慧思辨渗透于士人社会,对于承载士人心灵的诗歌自然也有着更为潜移默化的深刻影响。"参禅打坐""游仙采药"莫不成为明人诗中的常见语汇,至若空幻、贪嗔、顿悟、棒喝、丹鼎、芝草、餐霞、控鹤等佛、道语汇,更是随手拈来,毫不见外。释、老观念的融入诗歌正体现出传

① (明)陆容:《菽园杂记》卷五,中华书局1985年版,第59—60页。
② (清)张廷玉等:《明史》卷三百零七,中华书局1997年版,第2024页。
③ (明)陆容:《菽园杂记》卷五,中华书局1985年版,第60页。
④ (清)孙奇逢:《中州人物考》卷一,上海古籍出版社1987—1989年版,文渊阁四库全书本。

统士人的一种文化观念:处于儒学观照下的诗歌历来被视为"余事",而佛、道
思想更是处于儒学主潮下的非主流地位,文化角色的相似性自然为作为"余
事"的诗歌与非主流的佛、道思想提供了相融的契机,以余暇为之的诗歌余事
表达隐逸、无争的仙、佛企慕,原是传统士子于儒学进取外的心灵休憩,对于
理学浸润下的明代士人更是如此。至于理学,包括心学对于释、老思想的汲
取,历来是聚讼颇多的学术公案,尽管儒者一再宣称自身学术的纯正性,但
佛、道二氏影响却始终是不容忽视的存在。明代士人中学佛慕道者,亦为数
不少,发为诗歌,自见仙佛之气;而对于僧、道而言,作为知识标识的传统诗歌
则是其自高身价的资本,谈禅论道间的诗歌交往亦是体面的交际手段,如"金
陵吴越间,衲子多称诗者,今遂以为风。大要谓僧不诗,则其为僧不清;士大
夫不与诗僧游,则其为士大夫不雅"①,一代风习或可略窥。明人何良俊曾言
"佛氏证果,止于三乘。而道家所从入者,其门甚多,世传有三千六百家。
盖剑术、符水、服金丹、御女、服日精月华、导引、辟谷、搬运、飞精、补脑、墨子
服气之类皆是,不可以一途限也。总之大道惟一而已,其余则谓之仙,纵或
得成,亦只是幻,佛氏之所甚不取者"②。何良俊尊佛抑道的态度姑且不论,
但道家之学"杂而多端"确也分散了道士的诗歌兴趣。《列朝诗集》中仅列
道士 6 人,而高僧、名僧竟有 111 人之众,《明诗综》收录道士 20 人,并称:
"古今诗僧传者不少,黄冠率寥寂无闻,唐惟上官仪、吴筠、曹唐稍能诗。然
仪、唐皆不终于黄冠,则不得以黄冠目之矣。惟元时道教特盛,所称丘、刘、
谭、马、郝、王、孙七真者,大半有集。迄于至正,如张雨伯雨,马臻志道,是皆
轶伦之才。明初仅张宇初、余善二人,无戾风雅己尔,余皆卑卑,鲜足当诗人
之目。此外龙虎山人张留绅有诗,见临川胡琰《大明鼓吹》,又黄征君俞邰
编《明史·艺文志》,有余和叔《同亭诗悦》一卷,武当道士张蚩蚩《适适吟》
一卷,安仁冲虚山道士颜服膺《潜庵咏物诗》六卷。"③其实,明代道士能诗
者远不止此,《百可漫志》中称"江右郭忠恕,号清狂道人,以画史鸣一时。
其为诗亦非易及者",据《东谷赘言·卷上》,其曾与王阳明有交往。又《蓬
窗日录·卷七》中有蜀青羊宫道人以帚蘸墨涂壁题诗、萨真人诗等。笔记
而外,方志之中亦收录不少,虽然不能与诗僧相为抗衡,但黄冠能诗者亦为
不少,此外,如炼丹养气的各种口诀,为记忆方便,往往编为韵语,此类亦可
列入广义的诗歌范畴,而编歌诀本身亦可称之为广义的诗歌训练。

---

① (明)钟惺:《隐秀轩集》卷十七《善权和尚诗序》,上海古籍出版社 1992 年版,第 251—
　　252 页。
② (明)何良俊:《四友斋丛说》卷二十,中华书局 1959 年版,第 201 页。
③ (明)朱彝尊:《明诗综》卷八十九,乾隆刊本。

最后,再略谈一下明代的"三教合一"。最早的"三教合一"论应该算是东汉末年的《牟子理惑论》,此后,儒、释、道各家关于"三教合一"的议论思考便在三教之间的相争相融中演进。历代儒生、僧人、道士亦多即此阐发议论,降及朱明,太祖朱元璋于"三教合一"更是大加倡导,尝作《三教论》为之申论,其称:"夫三教之说,自汉历宋,至今人皆称之。故儒以仲尼,佛祖释迦,道宗老聃,于斯三事","仲尼之道,祖尧舜,率三王,删诗制典,万世永赖,其佛仙之幽灵,暗助王纲,益世无穷,惟常是吉。尝闻:天下无二道,圣人无两心。三教之立,虽持身荣俭之不同,其所济给之理一,然于斯世之愚人,于斯三教,有不可缺者"[①] 以儒为主,佛、道为辅的三教互补因开国帝王的明确提倡而更为凸现,甚至被后儒称之为"抉微扼要,万古至言"[②],非但影响着后代君王对于佛、道的态度,更成为有明一代颇为凸现的社会态度。"盖我太祖高皇帝天纵之质,博通三教,作养人材,儒风既盛,禅学并兴。当时若姚广孝、诉哭隐[③]、泐季潭、琦楚石诸僧,皆高才博学,与宋景濂、沈士荣诸学士,往复论难,各明其道。而成祖继之,表章六经,尊信朱子,法严机新,豪杰辈出。虽异教之徒,亦皆砥砺振作以自见,无有蠢然游食,以厉民者。"[④]论辩相融,一时风气,固可见矣。作为有明文臣第一的宋濂是融合三教的儒者典范,而明代最具影响力的思想巨匠王阳明更曾出入仙佛,于堪作代言的宋濂、王阳明身上已可略窥明代儒者的"三教合一"思想,至于士子诗文中的三教杂糅更是屡见不鲜[⑤]。明代道士对于"三教合一"亦抱有积极的态度,张三丰、张宇初均有相关的思想阐述,明初道士无垢子何道全更言,"道冠儒履释袈裟,三教从来是一家。红莲白藕青荷叶,绿竹黄鞭紫笋芽。虽然形服难相似,其实根源本不差。大道真空元不二,一树岂放两般花"[⑥],颇为形象地表述出三教同源的基本观念。无独有偶,明末四大高僧之一的云栖祩宏曾亦有一首《题三教图》,其曰:"胡须秀才书一卷,白头老子丹一片。碧眼胡僧袒一肩,相看相聚还相恋……想是同根生,血脉原无间。后代儿孙情渐高,各分门户生仇怨,但请高明完此图,录取当年祖宗面"[⑦],就图而生的诗歌表达有着同样的思想关注,另外一位著名的禅僧元贤尝作诗自

---

① (明)朱元璋:《明太祖集》卷十,黄山书社1991年版,第214—216页。

② (明)沈德符:《万历野获编》补遗卷一,中华书局1959年版,第787页。

③ 原文如此,疑为"诉笑隐"之误。

④ (明)董穀:《碧里杂存》上卷,中华书局1985年版,丛书集成初编本。

⑤ 参阅周群《儒释道与晚明文学思潮》(上海书店出版社2000年版)、黄卓越《佛教于晚明文学思潮》(东方出版社1997年版)等诸先生的相关论述。

⑥ 唐大潮:《明清之际道教"三教合一"思想论》,宗教文化出版社2000年版,第113页。

⑦ (明)云栖祩宏:《云栖法汇·山房杂录·诗歌》,清光绪刻本。

评"老汉生来性太偏,不肯随流入世廛。顽性至今犹为化,刚将傲骨救儒禅"①。而其所以挽救儒禅的方法则是弥合三教,以佛教释儒道,使佛教儒道化②。明代四大高僧云栖袾宏、紫柏真可、憨山德清、藕益智旭力倡三教一家,福建儒者林兆恩创立三一教,而风靡明代社会的道教劝善书,《太上感应篇》《阴骘文》《功过格》中更多有三教合一的思想体现,加之心学思潮的影响,更在明末的特殊背景中形成了一股强劲的社会思潮,"理学家谈禅,讲内丹;佛教徒论正心诚意,治国平天下;道教徒讲明心见性,谈解脱。这一切都成为一种普遍现象"③。三教互融的行为往往表现为诗歌之中的用语驳乱、思想杂糅,尽管由于基本身份的不同,有着以儒融佛道,还是以道融儒佛抑或以佛融儒道的不同立场,然而三教殊途,习善共辙,以劝善戒恶为旨归的人生关注,却成为三教相融的基本立场,而劝善戒恶遂成为明代诗歌中极为常见的观念。《列朝诗集》中的"善"字出现 317 次,"恶"字出现 235 次,而《明诗综》中的"善"字出现 214 次,"恶"字出现 98 次,仅作为抽象的概念表述即如此之多,至于具体思想、行为的诗歌描述就更为寻常了。

朱国祯尝言,"三教互相攻击,此低秀才、泼和尚、痴道士识见。儒者能容之、用之,暗禁末流,方见广大"④。用之、容之、暗禁末流的自是可取的儒者态度,而儒学主潮外佛、道二氏,所以能够融入传统,几经盛衰而不为中斩,其根本原因正在传统文化中的这种宽容精神。其实,在三教合一的思想之下,佛、道中有识之士亦有着相似的融合取向,而在儒学主流的强大张力下,"三教合一"往往表现为以儒为主、释道互补的一般模式,对于教派自身的独立发展或为衰落⑤,但于传统文化的包容和谐精神而言,却可称之为一种成熟的表现。这一现象一直延续到承明制而无所改的清朝,康熙即作诗称,"颓波日下讵能回,二氏于今亦可哀。何必辟邪犹泥古,留资画景与诗材"⑥,画景与诗材的定位似乎象征着佛、道的衰落,其实未必,正是在极为

---

① (明)元贤:《鼓山永觉老人传》,《续藏经》第一辑第二编,商务印书馆 1923 年版。

② 李霞:《道家与中国哲学》(明清卷),人民出版社 2004 年版,第 403 页。

③ 唐大潮:《明清之际道教"三教合一"思想论》,宗教文化出版社 2000 年版,第 143 页。

④ (明)朱国祯:《涌幢小品》卷二十八,上海古籍出版社 2005 年版,第 3765 页。

⑤ "明代是宗教发展的一个较为特殊的时期,随着宋、明理学显学地位的确立,作为中国自身的宗教道教和较早传入中国的佛教,都逐渐走向了衰微。宗教学术无法与新儒家们那种平民化的学术思想相对抗,所谓三教合一的趋势的主流,实际还是宗教的儒化。这主要是由于随着专制主义皇权统治的不断强化,宗教作为统治工具的作用,已经最大限度地减弱。明代的宗教只是比较突出地表现在了对于少数民族地区(尤其是蒙、藏地区)的统治作用"。(白寿彝总主编:《中国通史》第 15 册,上海人民出版社 1996 年版,第 1056 页)

⑥ (清)玄烨:《御制诗集》初集卷三十一,上海古籍出版社 1987—1989 年版,文渊阁四库全书本。

普遍寻常的士人生活中,佛、道思想完成了从哲思到诗学、从生活到诗歌的无所不在的渗透影响,由之所折射出的巨大张力或不逊色于作为教派力量的一时膨胀,对于儒学主潮下的非主流思想而言,也正因其恰当地融入了士子的传统人生,才得以在和谐包容的文化精神中自由地呈现其知识张力。就诗歌创造与诗学理论而言,明代的释老二氏自然没有突破传统的新意,但就这些并不新颖的程套之中,却可看到非主流思想的习惯延续,更可在其无所不在的渗透影响中感触一代士人心境,体会传统文化的臻于成熟,领悟和谐包容的文化精神。

三、西方宗教与传统诗歌的精神沟通

在天朝意识下的朝贡制度中,所有交往对象都被列作蛮夷之邦,根本无法和中国取得对等的地位。而在交通技术的限制下,能够建立比较频繁的往来关系的范围也不过周边数国。在漫长的千年历程中,中国也未曾真正遇到一个可以在各方面和自己相匹敌的真正对手,"中""西"完全是两个不平等的感念,二者之间也不可能产生平等并置的对话平台。鸦片战争后,接踵而至的民族灾难粉碎了"天朝上国"的一贯形象,打破了"中国中心"的世界观念,国人开始正视西方,并在危机的压力下喊出了"中学为体,西学为用"的口号,"中西"二字的联用才日趋普遍。语义学的简单追溯所透视出的是封建时代对外交往观念中的不平等性。然而日后震撼东方的西学正是这种不平等的观念下进入中国的。

当疲惫的明帝国在不失天朝体面的预设心态中,停止了郑和的航海活动,开始缩减朝贡规模的现实思考时,达伽马、哥伦布、麦哲伦的世界远航已将东、西方的正面相遇提上议程,15世纪末的地理大发现拉开了全球化时代的交往帷幕,宗教改革后的耶稣会士在虔诚而坚贞的信仰中开始了基督教文明与儒家文化的对话尝试。1551年,方济各·沙勿略在上川岛望华而逝。1557年,范礼安开始在澳门传教。1582年,罗明坚获准在肇庆建立教堂,前辈不懈累积的适应性传教策略集大成于利玛窦,这位出色的意大利神父,以其对中国文化的敏锐观察、深刻领悟[1],明智而恰当地选择了中国化的传教方式,成功地进入中国文化传统。在瞿太素的建议下,利玛窦蓄发留

---

[1]　《利玛窦札记》开篇第一卷即称:"我们在中国已经生活了差不多三十年,并且游历过它的最重要的一些省份,而且我们和这个国家的贵族、高官以及最杰出的学者们友好交往。我们会说这个国家本土的语言,亲身从事研究过他们的风俗和法律;并且最后而又最重要的是,我们还专心致志日以继夜地攻读过他们的文献。"[意]利玛窦、[比]金尼阁:《利玛窦中国札记》,何高济、王遵仲、李申译,中华书局1983年版,第1页。

须,脱僧袍,戴儒冠,穿儒服,形象的贴近为利玛窦与士大夫的交往增添了相当的亲和力,但真正对话平台的搭建则来自利玛窦对中国典籍的熟悉。张尔岐《蒿庵闲话》称利玛窦"四子五经皆通大义"①,应为谦称其"尽通经史之说"②。借助中国本土的话语资源,利玛窦在闲谈交流中以非群众形式的隐蔽方式来布道,他巧妙地阐述了基督教学说并论证了其"补儒"立场,博得了士大夫的同情,更掩盖了传教的根本目的。以致明代以叛逆著称的思想家李贽在对这位"中极玲珑,外极朴实"的标致人大加赞赏后,却不无疑惑地说,"但不知到此何为,我已经三度相会,毕竟不知到此何干也。意其欲以所学易吾周孔之学,则又太愚,恐非是尔"③,叛逆的李贽对周孔之道有着十足的信心,"太愚""恐非"的语词背后依旧是天朝的态度。其《赠西人利西泰》诗曰:

> 逍遥下北溟,迤逦向南征。刹刹标名姓,山山记水程。回头十万里,举目九重城。观国之光未,中天日正明。④

万里跋涉的行程描述之后,依然是上国心态的展露,"观国"一语,出自《易经·观》:"六四,观国之光,利用宾于王。象曰,观国之光,尚宾也",《正义》曰:"居观之时,最近至尊,'观国之光'者也。居近得位,明习国仪者也,故曰'利用宾于王'也。"又称:"以居近至尊之道,志意慕尚为王宾也。"虞翻曰:"坤为国,临阳至二,天下文明,反上成观,进显天位,故观国之光。王谓五,阳阳尊,宾坤,坤为用,为臣,四在王庭,宾事于五,故利用宾于王矣。《诗》曰:'莫敢不来宾,莫敢不来王'。是其义也"。⑤ 荀勖《晋四厢乐歌》之《猗欤》章即有"我有宾使,观国之光。贡贤纳计,献璧奉璋"⑥。李贽的用意正与此同,尾句"中天日正明"的双关寓意中不无上邦文明的自豪。在李贽与其他文人⑦为利玛窦所修改润色的奏章中,更是渲染出一派仰慕华夏

---

① (清)张尔岐:《蒿庵闲话》卷一,齐鲁书社1997年版,四库全书存目丛书。
② (清)应㧑谦:《天主论》,载(清)姚椿:《国朝文录》卷四,光绪二十六年上海扫叶山房刊本。
③ (明)李贽:《续焚书》中华书局1975年版,第35页。
④ (明)李贽:《焚书》卷六,中华书局2009年版,第247页。
⑤ (唐)李鼎祚:《周易集解》卷五,上海古籍出版社1987—1989年版,文渊阁四库全书本。
⑥ (宋)郭茂倩:《乐府诗集》十三,中华书局1979年版,第186—187页。
⑦ 利玛窦称自己的奏章经过当时的礼部官员曹于汴的修改,并称曹是"极为仗义的大官"。见[意]利玛窦、[比]金尼阁:《利玛窦中国札记》,何高济、王遵仲、李申译,中华书局1983年版,第294、296页。

的虔诚气象,其称:"逖闻天朝声教文物,窃欲沾被其余,终身为氓,庶不虚生。……伏念堂堂天朝,方且招徕四夷,遂奋径趋阙廷……又臣先在本国,忝预科名,已叨禄位,天地图及度数,深测其秘,制器观象,考验日晷,并与中国古法吻合,倘蒙皇上不弃疏微,令臣得尽其愚,披露于至尊之前,斯又区区之大愿,然而不敢必也。臣不胜感激待命之至。"①

　　谦卑得体的文辞与天朝的俯视心态丝丝入扣,"(万历)帝嘉其远来,假馆授粲,给赐优厚,公卿以下重其人,咸与晋接"②。君王的准许、公卿的交友,天朝以一贯的礼仪模式接纳了利玛窦——这位非常中国化的泰西儒生——而不是传教士。儒者的定位,使得士大夫交往关注集中于知识交流。张瑞图《赠利玛窦》诗曰:

　　　　著书相羽翼,河海互原委。孟子言事天,孔圣言克己。谁谓子异邦,立言乃一揆。方域岂足论,心理同者是。诗礼发冢儒,操戈出弟子。口诵圣贤言,心营锥刀鄙。门墙堂奥间,咫尺千万里。③

　　"心理同者是"的判断延续了陆九渊"东海有圣人出焉,此心同此理同也;西海有圣人出焉,此心同此理同也"④的思路,学理意义上的本源认同,极大地消解了异域学术的文化隔阂。如邹元标在《答西国利玛窦》中即称:"仆尝窥其奥,与吾国圣人语不异,吾国圣人及诸儒发挥更详尽无余,门下肯信其无异乎? 中微有不同者,则习尚之不同耳。门下取《易经》读之,乾即曰统天,敝邦人未始不知天,不知门下以为然否。"⑤尽管有理解的误差,然在"和实生物,同则不济"的儒学精神下,平和的论学交往已跃然纸上。而其排斥佛老的述学立场更博得了士大夫的心理认同,"西极有道者,文玄谈更雄。非佛亦非老,飘然自儒风"⑥。于中足见利玛窦在明人心中的西儒形象。直至康熙时,清人尤侗在《外国竹枝词》中仍称:"天主堂开天籁齐,钟鸣琴声自高低。阜城门外玫瑰发,杯酒还浇利西泰。"⑦虽然诗中的教堂有着利玛窦传教事业的象征意义,但祭奠的模式依然是中国的传统,中国士

---

①　《熙朝崇正集》卷二《贡献方物疏》,中华书局 2006 年版,第 19—20 页。
②　(清)张廷玉等:《明史》卷三百二十六,中华书局 1997 年版,第 2165 页。
③　《熙朝崇正集》,载吴相湘主编:《天主教东传文献续编》,(台北)学生书局 1966 年版,第644 页。
④　(宋)陆九渊:《象山全集》卷三十六,(台湾)中华书局 1981 年版,四部备要本。
⑤　(明)邹元标:《愿学集》卷三,上海古籍出版社 1987—1989 年版,文渊阁四库全书本。
⑥　(明)汪廷讷:《坐隐先生全集》卷五,明万历三十七年环翠堂刻本。
⑦　(清)尤侗:《西堂乐府》,上海古籍出版社 2002 年版,续修四库全书本。

大夫把他看作一位向往中华文明的西方学者,对于宗教观念淡漠的中国人
而言,天主教和佛教并无不同,利玛窦所隐藏的核心关注就这样被中国文化
所误读。然而,文化理解的误读着实减少了意识本位的根本冲突,在中西礼
仪之争之前,都是一种融融的气氛,学术交流之后的传教工作亦不显声色、
不被关注地进行着,偶有的反对声音大多来自对利氏排佛的不满以及自居
正统的一般排外心理。

　　以利玛窦、艾儒略为代表的传教士们淡泊名利、远离女色、禁欲修行,这
些与理学人格契合的言行无疑为他们赢得了特别的尊敬。在重视言行合一
的传统视野中,高洁的现实操行甚至给他们带来了"先生""师"的誉称。以
至于西学论敌钟声始称艾儒略"恭愨廉退,尤俨然大儒风格"①,即便是激烈
的天主教反对者陈侯光亦不得不在其《辩学刍言序》中称:"近有大西国夷,
航海以来,以事天之学倡,其标号甚尊,其立言甚辨,其持躬甚洁……世或喜
而信之,且曰圣人生矣"②。若亲近者,更是师友视之,若抄本《熙朝崇正
集》收录71位"闽中诸公赠泰西诸先生"诗作84首,其情可见。何乔远赠
诗云:"吾喜得斯人,可明人世目。顾虽兼行持,蓬庐但一宿"③,更以"艾
公"相称,苏负英诗曰:"吾师海外至"④,黄鸣乔诗曰:"才能万里见先生"⑤,
林绍祖诗曰:"吾师论道乌山前,开卷不玄也不空"⑥。由"番僧"而"吾师"
"先生"的称谓转化暗示着传统士大夫对艾儒略的心理接纳,此外,如潘师
孔诗曰:"独怜九万程,畏途安可敷? 孰赐吾先生? 耶稣意良苦"⑦,林一儁
诗称:"多缘大主恩无外,亦赖吾师志不慵"⑧。对传教事业的关注视角本身
即已是交往深入的体现——自然也是传教士的努力结果。而天启五年,唐

①　钟声始:《天学再征》,载吴相湘主编:《天主教东传文献续编》,(台北)学生书局1966年
　　版,第952页。
②　徐昌治辑:《明朝破邪集》,北京出版社1997年版,四库未收书辑刊本,10辑第4册,第
　　401页。
③　《熙朝崇正集》,载吴相湘主编:《天主教东传文献续编》,(台北)学生书局1966年版,第
　　645页。
④　《熙朝崇正集》,载吴相湘主编:《天主教东传文献续编》,(台北)学生书局1966年版,第
　　677页。
⑤　《熙朝崇正集》,吴相湘主编:《天主教东传文献续编》,(台北)学生书局,1966年版,第
　　648页。
⑥　《熙朝崇正集》,载吴相湘主编:《天主教东传文献续编》,(台北)学生书局1966年版,第
　　670页。
⑦　《熙朝崇正集》,载吴相湘主编:《天主教东传文献续编》,(台北)学生书局1966年版,第
　　673页。
⑧　《熙朝崇正集》,载吴相湘主编:《天主教东传文献续编》,(台北)学生书局,1966年版,第
　　680—681页。

景教碑的出土则成为诗文酬赠的又一关注热点,如苏负英诗曰:"荒碑阅陕涌,古石武荣坰;石锾圣架迹,碑纪贞观年"①,谢懋明诗:"祥碑留十字,篆架隐百年"②,吴维新诗:"著书千百言,磨碑印十字"③,周之夔诗:"中国犹传景教碑"④,唐碑中的"十字"有着中、西对话传统的溯源意义,景教石碑的实物见证无疑延伸了交往的历史。"古已有之"——自是传统心理的典范,王化远播、四方咸宾原是三代、汉唐之寻常事,在久已有之文明的宣教下,"心理本同"自在情理之中,而"本同"的落脚点正是儒家的圣学道统,终极关注依旧是天朝本位。当然,传统的心理惯性只是字里行间的隐性流露,赠诗之中凸现的仍是对"西儒"艾儒略的尊敬。

需要特别指出的是,传教士所获得的理解与尊敬并非士大夫与之交游的核心关注,"(传教士)大都聪明特达之士,意专行教,不求禄利。其所著书多华人所未道,故一时好异者咸尚之"⑤。华人所未道的西方科学和数学方是其最初立足点与吸引力所在,传教士以天文仪器、时钟地图等日常之物由形而下的技术传播进入形而上的知识交往,无论是徐光启"欲求超胜,必须会通"的接纳眼光,还是方以智西学"详于质测,而拙于通几"的总体判断,所体现的均是明末优秀士人对异域学术的积极关注。更应注意的是,西学的形而下传播路线已在知识结构底层对常识观念形成了巨大的冲击,但形而上的儒学谱系却凭借天朝意识下的圣学特质,牢固地掌握着知识世界的统治权,其中的危机却是不言而喻的,一旦国家在交往中严重受挫,导致了天朝形象的瓦解,精英们所依赖的学术传统无可皈依,知识信仰所面临的则是天崩地解式的崩溃。可惜的是,几个世纪后,这一切终于不幸地成为现实。

最后要约略述及的则是明代的伊斯兰教,主张三教并蓄的朱元璋虽曾颁布过"凡蒙古、色目人,听与中国人为婚姻,不许本类自相嫁娶。违者杖八十,男女入官为奴"⑥的歧视法令,但其对伊斯兰教的宗教态度却颇为宽

① 《熙朝崇正集》,载吴相湘主编:《天主教东传文献续编》,(台北)学生书局1966年版,第678页。
② 《熙朝崇正集》,载吴相湘主编:《天主教东传文献续编》,(台北)学生书局1966年版,第674页。
③ 《熙朝崇正集》,载吴相湘主编:《天主教东传文献续编》,(台北)学生书局1966年版,第688页。
④ 《熙朝崇正集》,载吴相湘主编:《天主教东传文献续编》,(台北)学生书局1966年版,第650页。
⑤ (清)张廷玉等:《明史》卷三百二十六,中华书局1997年版,第2166页。
⑥ (明)叶俊等辑:《新刻御颁新例三台明律招判正宗》卷三,明万历四十六年建邑余氏双峰堂刻本。

容,尝制《至圣百字赞》:"乾坤初始,天籍注名。传教大圣,降生西域。受授天经,三十部册,普化众生。亿兆君师,万圣领袖。协助天运,保庇国王,五时祈祷,默祝太平。存心真主。加惠穷民。拯救患难,洞彻幽冥,超拔灵魂,脱离罪业,仁覆天下,道贯古今。降邪归一,名清真教。穆罕默德,至贵圣人。"①而对伊斯兰教最具好感的明武宗则作诗曰:"一教兀兀诸教迷,其中奥妙少人知。佛是人修人是佛,不尊真主却尊谁。"②颇见信崇,乃至于正德十四年禁令民间蓄猪。帝王的贬抑态度的微妙变化中夹杂着政治手段、个人脾性的渗透。但对伊斯兰教真神的尊崇敬仰则成为不同文化相交相融的最大契机,伊斯兰教"异于中国者,不供佛,不祭神,不拜尸,所尊敬者惟一天字。天之外,最敬孔圣人。故其言云:僧言佛子在西空,道说蓬莱住海东,惟有孔门真实事,眼前无日不春风"③。儒者的笔记记载自不免有炫耀的成分,但对"天"的崇敬却是伊斯兰教和儒家思想对话的重要基点。明代的伊斯兰教信徒非但有着功勋卓著的开国名将,如常遇春、冯胜等,并有航海太监郑和以及叛逆的思想家李贽,更应留意的则是,有明一代有数十位回族进士以及成百上千的科考者。参加科考的回族士人是必须经历理学的灌输和训练的,而回族士人的欣然应考与朝廷一视同仁的态度正折射出一种在最高崇拜相通之基础上的对话精神,其中,有如朝廷重臣马文升者,亦有如清官楷模海瑞者,固为儒臣典范,于进士群体而言,作为官场应酬、情志抒发的诗歌大多有着相似程式格套,很少有明确的宗教特色,但进入交往的诗歌行为中同样隐藏一种建立在"天"之基点上的伊斯兰教和儒家思想的对话。

① (明)朱元璋:《御制至圣百字赞》,载(清)刘智:《天方典礼择要解》卷一,清乾隆五年京江童氏刻本。

② (明)王岱舆,余振贵点校:《正教真诠、清真大学、希真正答》,宁夏人民出版社1988年版,第11—12页。

③ (明)陆容:《菽园杂记》卷五,中华书局1985年版,第20页。

第七章 社会变迁中的诗歌职守

元朝的百年统治虽于儒学思想有着部分吸纳,但游牧民族的草原本色却造就了更为深广的社会冲击:礼乐政刑的松弛荒废、儒生士子的地位下移,任情尚质的文化精神中有着强烈的世俗指向。代元而兴的明王朝凭借百年衣冠的恢复激情,尊儒右文,兴礼作乐,尽复汉官威仪,蔚然成风的文化复古迅速扭转了前朝风习中的世俗指向,秩序重建中的古典信念成为压倒任情取向的社会主潮。以一种宏观的文化视角来看,明代复古的思维模式是将相当的精神气力用于塑造理想模式下的正统文化,以求摆脱前朝统治的世俗影响,其于社会政治制度、美学文化、道德信仰中的逾迈汉唐、上追三代,所试图恢复的正是古典时代那种表面上的纯粹状态。"在这个意义上,它接近于从文明的运动状态转向人类在前文明阶段上的那种实际静止状态。换个方式说,它可以被定义为一种使某个特定阶段上的社会停滞不前的企图,或者是通过固定社会成长的动态因素,以遏制某种有威胁的变化"①。明初的立国思路在很大程度上是以元季的礼法废弛作为前车之鉴的,等级错乱的社会无序被视为最大的亡国威胁,参酌古礼的汉制恢复正是要固定社会成长的礼法因素,以遏制这一危险。"古典主义,不须进一步说明,即可知其现在及过去都表现了压制力量。古典主义是专治政治的聪明配对。它在古代世界和中世纪帝王时代都是如此"②,从这层意义上讲,明代的复古自然也是一种表现压制力量的古典主义,而其压制的对象正是作为世俗表现的纵情任性。

复古思维对于个体性情的认可大体停留于"发乎情,止乎礼义"的经典认可,而此亦即传统社会对于个体性情的基本态度。即便是被列为官方学术,得以独尊的程朱理学,虽然有着"存天理,灭人欲"的明确口号,但其所摒弃的"人欲"并非"像现代文学家过敏地理解的那样特指性欲,更不是指人的一切自然生理欲望",而是指"与道德法则相冲突的感性欲望"③。所谓"克己复礼",儒学规范历来主张对个体不正当欲望的自我克制,礼仪制

---

① [英]阿诺德·汤因比:《历史研究》,刘北成、郭小凌译,上海人民出版社2005年版,第222页。

② [英]里德:《现代艺术哲学》,孙旗译,台北东大图书有限公司1967年版,第122—123页。

③ 陈来:《宋明理学》,辽宁教育出版社1991年版,第3—4页。

度不过是表现于外的行为规限。然而,与专治政治相配对的古典主义终不免有着强行压制的张力表现,作为官方意志体现的程朱理学对利于统治的道德法则自然有着特别的提倡。"但是,每个社会的道德本身所提出的品德是不是有无限发展的可能性呢?这是不可能的。遵守道德就意味着履行责任,任何责任都是有限的,都会受到其他责任的限制……再有我们的所有责任也是受我们的其他自然需要限制的……毫无节制的道德和道德所产生的毫无节制的倾向,常常会使道德本身最先受到损害。这是因为,既然道德的直接目的在于规定世俗生活,那么它一旦扰乱了它所规定的生活,就会把我们抛弃在生活之外"①。十分不幸的是,复古思维下的理学道统于特定的历史背景中成为明王朝的基本文化精神,更在朝廷彰表、科举命题等统治行为中表现为一定程度上的"毫无节制的道德和道德所产生的毫无节制的倾向"。理学规范下的道德训练成为传统社会的普遍存在,道统观照下的身心修养更是品格塑造的必需路径。传统道德中的品德塑造原本有着对正当人欲的合理认可,但渗透着统治意识的道德教条却在反复灌输的过程中日渐表现为僵化的压制力量,而对"存天理,灭人欲"的命题理解亦日趋狭隘,道德本身已经不可避免地受到了损害。当渐进的道德自省在社会生活中成为外在的强制条律时,已经在一定程度上超出了限制感性冲动的本来意义,扮演了法律的角色,虽然道德与法律有着程度很高的相通性,但终究不能等同,道德的这一"越位"实已扰乱了其所规定的世俗生活。就一般士人而言,具体的责任履行终究有限,受制于社会现实、自然需要的实际道德遵守很难与理想中道德规范完全重合,但依托官方意志所体现道德条律却大体否认了各种制约的现实存在,由之造成的则是言行裂痕的加深与心理压力的加重。

　　长期的礼教禁锢引发了张扬个性的任情对抗,反复称说标榜的理学道德因"越位"的僵化而失去了原本的崇高意义,古典主义的强压控制因之松懈,由之带来的则是纵情任性的主体解放,更于晚明②社会呈现为迥异于古典取向的文化心态,关于"假道学""伪理学"的士行抨击充斥一时,其中虽然不乏对于真道学、真理学的叹惋、维系,但借批评而高揭的任情旗帜下正有一种潜藏已久的世俗取向。"以肯定人性与欲望为基本内容的新潮流,并不是从晚明突然开始的,它的酝酿期至少可以上溯到元末明初"③,循着

---

① [法]涂尔干:《社会分工论》,渠东译,生活·读书·新知三联书店 2000 年版,第 195 页。

② 就本质而言,晚明并非时间意义上的概念,关于晚明时期的上、下限很难给出确切的时代划分,学界于此亦无定论。

③ 章培恒:《明代的文学与哲学》,《复旦学报(社会科学版)》1989 年第 1 期。

"至少"的上溯，我们或者可以把这个酝酿期前移至任情尚质的元代社会。"晚明时代，是一个动荡时代，是一个斑驳陆离的过渡时代……你尽可以说它'杂'，却决不能说它'庸'；尽可以说它'嚣张'，却决不能说它'死板'；尽可以说它'乱世之音'，却决不能说它是'衰世之音'。它把一个旧时代送终，却又使一个新时代开始。它在超现实主义的云雾中，透露出了现实主义的曙光"①。并不凡庸的斑驳时代打破了古典主义的沉闷，"嚣张"的"乱世之音"中杂糅着纵情任性的世俗取向。天理、人欲的对立与协调，雅、俗文化的激荡与交汇，成为不可回避的时代话题。引发和造就这个斑斓时代的非思想因素则是明中叶之后的经济形态变迁。

第一节　经济形态的诗歌影响

一般而言，作为审美实践的文学"不是基于一般社会实际之上；甚至它们并不是一般社会实践的组成部分，而是另一类型的社会实践，与其他类型的社会实践紧密地联系在一起"②。不可分割的先天联系使得特殊的文学实践同样取决或依赖于一定的社会状况。社会的发展变革均会对文学产生相应的影响，尽管艺术的"一定的繁盛时期决不是同社会的一般发展成比例的，因而也决不是同仿佛是社会组织的骨骼的物质基础的一般发展成比例的"③，但作为生态背景的社会状况对文学的影响却不容忽视。作为物质基础的经济形态虽与文艺的发展没有固定的比例关系，但其对社会状况的直接作用却可间接地改造作家作品，转移文学风尚，在特定情形下，有时甚至会产生更为深刻的直接影响。

传统中国的社会构成和文明特征均与这片广袤土地上最为发达的农业形态有着极为密切的关系，传统社会的经济构成虽不限于农业，但农耕经济却依托中华大地的气候地理、自然生态成为毋庸置疑的主导经济模式，无论是政治结构，还是思想观念，农耕经济对于传统生活的深刻影响不言而喻。几乎所有的封建王朝都将以农为本作为自己的立国思路，士农工商的基本序列更是传统时代最为一般的社会层级分布模式，而传统文学大体发生、发

① 嵇文甫：《晚明思想史论》，东方出版社1996年版，第1页。
② ［美］勒内·韦勒克、奥斯汀·沃伦：《文学理论》，刘象愚等译，江苏教育出版社2005年版，第100页。
③ 《马克思恩格斯选集》第2卷，人民出版社1995年版，第28页。韦勒克在引用马克思的这段论述时，还特意增加了一段说明。参见［美］勒内·韦勒克、奥斯汀·沃伦：《文学理论》，刘象愚等译，江苏教育出版社2005年版，第117页。

展于这一基本经济形态所构建的物质基础之上,传统社会的主体文化精神亦培植酝酿于"耕作居于支配地位"①的农业形态,作为文化符号的文学实践自然也深烙着农业文明的印迹。

如同每一个在战乱之后的新兴王朝一样,明代的传统农业经济在建国之初即得到特别的重视、鼓励。深味稼穑艰难的朱元璋"利用其专制权力去严密地管理他的帝国,以使他保持其简单的农业经济。农业生产是国家压倒一切的利益所在,其他经济活动不被认真对待"②。以农为本的经济建设所针对的是连年战乱后的社会凋敝,竭尽全力的农业恢复虽是现实必需,却也包含着汉制恢复的文化心理。"大一统"的国家信念不仅要在初创时代解决生活必需品的基本满足,更须成为这一满足的持续保证,家给人足、民安物阜的社会富庶历来被视为盛世的典范标志,朱明王朝规模汉唐的国家建设必须由农业的恢复而展开,并以之作为整个社会的基本经济形态,而此亦即构建明代主流文化的物质基础,由农业文明所孕育的传统精神更普遍渗透于有明一代的正统诗文中。

然而,作为主导的农业经济并不能涵盖传统社会的全部经济模式,古老的《周易》中已有"日中为市,致天下之民,聚天下之货,交易而退,各得其所"的商业记载,商人虽居四民之末,却也是社会的有机构成,通功易事、分业相助亦始终是被认可的经济思路,非主流的工商业对于传统社会的影响虽不能与作为居于支配地位的农耕经济相提并论,却也不能一笔抹杀。而在重本抑末的传统观念下艰难发展的工商业有时亦在特定的社会背景下呈现出相当的文化影响力。诗歌作为传统文化的正宗载体,经济生活固非其核心关注,然明诗视野所呈现的社会图景中却也勾勒出了兴废繁滋的经济侧影;赋诗唱和中的微妙态度亦蕴含着经济变迁影响下的士商互动;生计压力下的作诗谋利更是经济关系的现实体现。从具体内容到创作主体,从倾诉对象到创作动机,明代经济生活的历史变迁以其无所不在的普遍张力向明诗和明诗的创作主体提出了"安身"的新命题,作为传统人文精神之重要载体的明代诗歌当然有其作为回应的言说姿态。

一、明诗视野中的经济侧影

传统诗歌"感事触物"的创作动机对于状写对象向来没有太多限制,风

① 《马克思恩格斯全集》第 12 卷,人民出版社 1962 年版,第 757 页。
② [英]崔瑞德、[美]牟复礼编:《剑桥中国明代史:1368—1644 年》下卷,杨品泉、张书生等译,中国社会科学出版社 2006 年版,第 94 页。

花雪月、山川胜景、人物古迹、王道兴废、政教得失、风土民俗,莫不可以成为士人言志抒情时的触媒契机、美学观照、生命寄托。关系民生的经济生活虽非古代诗家性情图谱中的主体构成,却也在关切民生的入世精神下被摄入包罗万象的诗歌视野中,明诗自然也不例外。

无论是现实状况的必然选择,还是切身经历下的民间本色,抑或汉统恢复的心理驱动,明祖朱元璋以农为本的立国思路中表现出了强烈的抑商色彩,尝谕户部曰:"人皆言农桑衣食之本,然弃本助末,鲜有救其弊者。先王之世,野无不耕之民,室无不蚕之女,水旱无虞,饥寒不至,自什一之涂开,奇巧之技作,而后农桑之业废,于是一农持末百家待食,一女事职而百夫待衣,欲民之毋贫得乎?朕思足食在于禁末作,足衣在于禁华靡,宜令天下四民,各守其业,不许游食,庶民之家不许衣锦绣"①。虽然承认四民的"各守其业",却明确地将"黜末"列为"业本"的前提手段,更曾明确规定"农民之家,许用细纱绢布,商贾之家,止许穿绢布;如农民之家,但有一人为商贾者,亦不许穿细纱"②。百年衣冠的恢复本就包含着等级尊卑的秩序重建,平民服饰面料的官方规定正是贵贱有别的民间体现,其所体现的正是重农抑商的国家态度以及开国君王对农业社会中俭朴风气的特意提倡、保持。

在重本抑末的传统思想与国家政策下,明初的工、商业发展实是步履维艰。连年战乱后的荒芜景象同样是工商业所必须面对的社会现实。元末明初的王冕感于时事,尝作《谩兴》十九首,其三云:"草木何摇撼,工商已破家。饶州沉白器,勾漏伏丹砂。吴下难移粟,江西不运茶。朝廷政宽大,应笑井中蛙。"③烽烟四起的元季乱世,民不聊生,基本的生命安全尚不能保障,何言生产。"候时转物"的商业行为更因交通的险阻不通而废弃。明王朝的一统虽基本满足了天下子民的安全需要,但百废待兴的凋敝社会既没有可供交换的余钱余物,更不具备可以刺激工商业的购买力,再加之国家抑商政策的严格控制,钞关掌管舟车,属户部,抽分厂掌管竹木,属工部。管盐课的有转运司,有提举司,又由御史加以稽查,茶课亦与之相同,征商之法,纤悉具备④,工商经济的社会生态实难称佳。又如,广平府吏王允道进言,磁州临水镇地产铁,元时尝于此置铁冶都提举司,岁收铁百余万斤,请如旧,置炉冶铁。朱元璋曰,"朕闻治世天下无遗贤,不闻天下无遗利,且利不在官则在民,民得其利,则财源通而有益于官,官专其利,则利源塞而必损于

---

① (明)朱元璋:《宝训》卷三,台湾"中研院"历史语言研究所影印本 1968 年版。
② 《明会典》卷五十八,上海古籍出版社 1987—1989 年版,文渊阁四库全书本。
③ (明)王冕:《竹斋集》卷中,上海古籍出版社 1987—1989 年版,文渊阁四库全书本。
④ 参见陈宝良:《明代社会生活史》,中国社会科学出版社 2004 年版,第 100 页。

民,今各冶数多,军需不乏,而民生业已定,若复设此,必重扰之矣。杖之流海外"①。王允道因奏言不当即被杖流或者有些冤枉,但其请如元制的谋利行为实为明祖所深讳,严法驭下虽是朱元璋的一贯作风,然重农安民的坚决态度却可于中略见,其谕户部曰,"我国家赋税已有定制,樽节用度,自有饶余。减省徭役,使农不废耕,女不废织。厚本抑末,使游惰皆尽力田亩,则为者疾,而食者寡。自然家给人足,积蓄富盛。尔户部正当究心,毋为聚敛以伤国体"②。聚敛言利有伤国体的态度正是农业文明下的传统思路,如此氛围下的工商业自然只能在国家控制之下"安守其业"地缓慢发展。如明代茶法参照唐宋旧例,"制尤密,有官茶,有商茶,皆贮边易马。官茶间征课钞,商茶输课略如盐制"③。洪武时"官给茶引,付产茶府州县,凡商人买茶,具数赴官纳钱给引,方许出境货卖"④。如同盐引一样,严格的茶引制度所体现的正是国家对于茶叶的专卖控制。高启《采茶词》云:"雷过溪山碧云暖,幽丛半吐枪旗短。银钗女儿相应歌,筐中摘得谁最多。归来清香犹在手,高品先将呈太守。竹炉新焙未得尝,笼盛贩与湖南商。山家不解种禾黍,衣食年年在春雨。"⑤"高品先将呈太守"的官员优越性正可折射出官府在茶叶贸易中的垄断地位,而湖南商人的异地收购则须有官给茶引的许可,先官后商的逼真描述中却也略可窥见明代茶法之制。国家对于重要物资的禁榷专卖原是明初经济生活的重要内容,诗人的状写用意虽不在此,却也是当时情形的侧面写实。

　　凭借天下一统的恢复热情、雷厉风行的政令效力,朱元璋休养生息的重农政策取得了极大的成效。诸如奖励垦荒、放奴为民、右品抑富、轻徭薄赋、督修水利、培植桑麻、移民屯田、劝课农桑等兴农措施使得农业经济迅速恢复并显示出了蓬勃的生机,人口、耕地、粮食产量均得以大幅增长。耕作技术的进步使得一些地区甚至出现了经济性作物的规模种植与农林牧副渔综合生产的雏形。其时,如陶安知饶州,民为之歌云:"千里榛芜,侯来之初。万姓耕辟,侯去之日"⑥。方孝孺之父、济宁知府方勤克,视事三年,户口增数倍,一郡饶足。济宁人歌之曰:"孰罢我役?使君之力。孰活我黍?使君

① (清)顾炎武,黄汝成集释:《日知录集释》卷十二,上海古籍出版社1985年版,第942—943页。
② 《明太祖实录》卷一百七十七,台湾"中研院"历史语言研究所影印本1968年版。
③ (清)张廷玉等:《明史》卷八十,中华书局1997年版,第526页。
④ 《明会典》卷三十二,上海古籍出版社1987—1989年版,文渊阁四库全书本。
⑤ (明)高启:《高青丘集》卷二,上海古籍出版社2013年版,第84页。
⑥ (清)朱彝尊:《明诗综》卷一百,乾隆刊本。

之雨。使君勿去,我民父母"①。民间的由衷歌美自然有别于文人的粉饰,安乐和平的治世之音背后正是经济恢复的繁荣盛况,以至在经历了四年靖难战争之后的明帝国,依然"宇内富庶,赋入盈羡,米粟自输京师数百万石外,府县仓廪蓄积甚丰,至红腐不可食。岁歉,有司往往先发粟振贷,然后以闻"②。更成为朱棣讨安南,征漠北,使西域,下西洋,招徕四夷,浚通运河,营建北京等一系列帝国壮举的物质后盾。

　　农业经济的发展造就了明代社会的富庶,剩余产品、剩余劳力以及购买能力、购买欲望均得以保证。天下一统的安定局面保证了交换的安全、便利,实则营造出一个广阔的商品市场,虽不曾得到政府的直接鼓励与支持,但明代工商业却已于经济发展的自我运作中开始走向繁荣。冯坚为南丰典史时,政平讼理,民怀其德,歌曰:"山市晴,山鸟鸣。商旅行,农夫耕。老瓦盆中冽酒盈,呼嚣隳突不闻声。"③"商行""农耕"的描述正是太平气象下的百废兴作。又若王祎《渑池县丞王侯驱虎歌》中称:"贾客凌晨聚"④,贝琼《青林道中》亦言"贾客晨冲雾"⑤,虽系客行常情,但于诗家颇为频繁的叙述中却也略见候时转物的商业渐兴,张羽诗中更有"商船无数青山绕"⑥之句,商业的复兴端倪已约略可见。徐贲的《贾客行》颇应留意:"贾客船中货如积,朝在江南暮江北。平生产业寄风波,姓名不入州司籍。船头赛神巫唱歌,举酒再拜醵江波。纸钱百垛不知数,黄金但愿如其多。须臾神去风亦息,全家散福欢无极。相期尽说莫种田,种田岁岁多徭役。"⑦"姓名不入州司籍"的漂泊人生中,商贾的社会待遇大体可见,"平生产业寄风波"的朝暮转徙中,面临着自然、社会中的各种经商风险,"赛神""拜醵"的祭祀保佑正是无助心态下的习见行为,"纸钱百垛不知数,黄金但愿如其多"的求利心理自是商贾的一般心理,而"但愿如其多"的心态正为积聚阶段的商家常

---

① (清)张廷玉等:《明史》卷二百八十一,中华书局1997年版,第1845页。
② (清)张廷玉等:《明史》卷七十八,中华书局1997年版,第513页。按:洪武二十年,辽东奏称,见储粮粟"足够数年边用",洪武二十八年,户部尚书郁新奏称,山东济南府广储、广丰二仓"储蓄既多,岁久红腐"。永乐二年,广西桂林的地方官即奏称,储粮过多,已有腐烂,永乐六年,陕西亦有类似报告,永乐十年,四川按察司副使周南奏称,在梧州、长寿县"见积仓粮五万余石,每岁所发不过五百石,约可支百年"(《明太宗实录》),这些地方基本上没有受到战争影响,正可作为洪武以来的农业发展的证据。
③ (清)朱彝尊:《明诗综》卷一百,乾隆刊本。
④ (明)王祎:《王忠文公集》卷三,上海古籍出版社1987—1989年版,文渊阁四库全书本。
⑤ (明)贝琼:《清江诗集》卷六,上海古籍出版社1987—1989年版,文渊阁四库全书本。
⑥ (明)张羽:《静庵集》卷三十二,上海古籍出版社1987—1989年版,文渊阁四库全书本。"绕"作"逸",据《列朝诗集》《御选明诗》改。
⑦ (明)徐贲:《北郭集》卷一,上海古籍出版社1987—1989年版,文渊阁四库全书本。

情。与种田农耕相较，亦不过"岁岁少徭役"而已，并无特别的优越感。勤谨辛苦、毫不张扬的安守其业正是明初商贾的一般写照。

随着农耕技术的提高、农具质量的改良、水利作用的发挥，农业经济持续发展，尤其是明代中后期，由于容易种植、耐旱高产的玉米、番薯的传入，大大增强了应对饥馑的生存能力。"明代农业进步最突出的表现，是商品性农业在明代中后期获得大规模发展，以生产粮食为主、家庭纺织原料为辅的自给自足性质的单一经营格局被逐渐突破，农民越来越深地卷入市场网络之中"①。除桑棉甘蔗等经济作物外，颜料作物、油料作物以及茶树、花卉、果木、蔬菜、药材、烟草等均有了长足的发展，种植面积不断扩大。木棉"遍布于天下，地无南北皆宜之，人无贫富皆赖之，其利视丝、枲，盖百倍焉"②。"蚕桑之利，莫甚与湖，大约良田一亩，可得叶七八个，每二十斤为一个，计其一岁锄垦壅培之费，大约不过二两，则其利倍之"③。利润驱动之下，图利种棉、桑者日益胜过农田种稻者，尤以江南为盛。宋元以来的"苏湖熟，天下足"甚至因之变为"湖广熟，天下足"④。由之带来则是日益频繁的商品交换：苏州常熟"货布用之邑者有限，而稇载舟输，行贾于齐鲁之境常什六"⑤；常州江阴县"纺花为布，率三日一匹，抱粥于市"⑥；嘉定所产棉布"商贾贩鬻，近自杭歙清济，远至蓟辽山陕，其用至庙，而利亦至饶"⑦。农业经济的职能指向由最初的完成赋役、养家糊口开始转向追求营利的商品生产，"以粮食生产为主体的农业结构被与商品生产密切相关的经济作物以及加工这些经济作物的手工业为主体的新型农业结构所替代。这些变化虽然还是局部的、个别的，没有导致中国传统经济结构的质的变化，但却是这种质的变化的预兆，其积极意义是不言而喻的"⑧。与之相应，明代的工

① 白寿彝总主编：《中国通史》第 15 册，上海人民出版社 1996 年版，第 339 页。
② （明）丘浚：《大学衍义补·治国平天下之要·制国用·贡赋之长》，上海书店出版社 2012 年版，第 204 页。
③ （明）徐献忠：《吴兴掌故集》卷十三"农桑"，（台北）成文出版社 1989 年版。
④ 此处白寿彝先生说，又有论者指出，"苏湖熟"意义包含着财政的重要地位，并不完全指该地的粮食运销全国各地，"湖广熟"所体现的则是区域分工和粮食调剂（参见陈学文、李伯重、范金民等先生相关论文）。但太湖地区的粮食产量对于全国始终有着重要的意义，而明代的分工、调剂正折射出当时农业经济的商业化倾向。
⑤ （明）冯汝弼、邓韍：嘉靖《常熟县志》卷四《食货志》，明嘉靖刻本。
⑥ （明）张衮：嘉靖《江阴县志》卷四，明嘉靖刻本。
⑦ （明）张应武：万历《嘉定县志》卷六，明万历刻本。
⑧ 白寿彝总主编：《中国通史》第 15 册，上海人民出版社 1996 年版，第 340 页。林金树先生称："商业性农业的空前发展与社会分工的进一步扩大，是商品经济繁荣和社会文明进步的显著标志，也是晚明生产力发展的重要表现，历来为治明代经济史者所注意"，参见万明主编：《晚明社会变迁问题与研究》，商务印书馆 2005 年版，第 47 页。

商业经济无论是在经营规模还是影响深度上均出现了前所未有的发展势头。明人王锜称：

> 吴中素号繁华，自张氏之据，天兵所临，虽不被屠戮，人民迁徙实三都、戍远方者相继，至营籍亦隶教坊。邑里萧然，生计鲜薄，过者增感。正统、天顺间，余尝入城，咸谓稍复其旧，然犹未盛也。迨成化间，余恒三四年一入，则见其迥若异境，以至于今，愈益繁盛，闬檐辐辏，万瓦甃鳞，城隅濠股，亭馆布列，略无隙地。舆马从盖，壶觞罍盒，交驰于通衢。水巷中，光彩耀目，游山之舫，载妓之舟，鱼贯于绿波朱阁之间，丝竹讴舞与市声相杂。凡上供锦绮、文具、花果、珍羞奇异之物，岁有所增，若刻丝累漆之属，自浙宋以来，其艺久废，今皆精妙，人性益巧而物产益多①。

这段关于吴中经济的记载屡为后世研治明代经济、风俗者所称引，亲历见闻的今昔描述堪称一节典范的区域经济简史，而明中叶以后的工商之盛亦于中可略见一斑。如陆深《江南行》所歌："江南佳且丽，沃野多良田……东通沧海波，西接阖城烟。既饶鱼稻利，复当大有年。登眺何郁郁，井市互纠缠。商贾竞启关，逋流愿受尘"②。堪为补证。频繁的贸易往来造就了许多商品集散地——马头③。若"今天下大马头，荆州、樟树、芜湖、上新河、枫桥、南濠、湖州市、瓜州、正阳、临清等处。最为商货辏集之所"④。而这些马头，作为"物所出所聚处。苏、杭之币，淮阴之粮，维扬之盐，临清、济宁之货，徐州之车骡，京师城隍、灯市之骨董，无锡之米，建阳之书，浮梁之瓷，宁台之鲞，香山之番舶，广陵之姬，温州之漆器"⑤。已然具有专业化特色市场的味道。薛瑄《临清曲》已曰："临清人家枕闸河，临清贾客何其多"⑥，至李

---

①　(明)王锜：《寓圃杂记》卷五，中华书局1984年版，第42页。

②　(明)陆深：《俨山集》卷四，上海古籍出版社1987—1989年版，文渊阁四库全书本。

③　按：《资治通鉴·唐穆宗长庆二年》："史宪诚据魏博，又于黎阳筑马头，为度河之势。"胡三省注："附河岸筑土植木夹之至水次，以便兵马入船，谓之马头。"于慎行《谷山笔麈》卷十四称：马头之名始此。按：马头即今码头。《古今小说·蒋兴哥重会珍珠衫》："兴哥久闻得'上说天堂，下说苏杭'，好个大马头所在，有心要去走一遍。"(清)韩泰华《无事为福斋随笔》卷上："水陆商贾聚集之所曰马头。"可知，在明清人眼中，马头实有商业都会的意味。

④　(明)叶权：《贤博编》，中华书局1987年版，第22页。

⑤　(明)王士性：《广志绎》卷一，中华书局1981年版，第5页。

⑥　《薛瑄全集》，山西人民出版社1990年版，第154页。

东阳《临清二绝》更称:"十里人家两岸分,层楼高栋入青云。官船贾舶纷纷过,击鼓鸣锣处处闻。"①"折岸惊流此地回,涛声日夜响春雷。城中烟火千家集,江上帆樯万斛来。"②可知其盛。又若"樟树镇在丰城、清江之间,烟火数万家,江、广百货往来与南北药材所聚,足称雄镇"③。而唐文凤《清江镇》则称:"镇市清江上,居民栋宇连。淮盐堆客肆,广货集商船。草色春迷地,波光暖浸天。凌晨征棹发,万灶起炊烟"④,诗、史互证,足见繁华。"在封建社会,贩运是各类商业活动的基础,贩运商则是从商人员的主体。商贩活动的活跃程度直接影响到铺商、居间商、货币商的兴衰。这一点治史者已有普遍共识。"⑤商贾云集的马头盛况正是贩运贸易的发达标志,与之相应的则是工商业的整体兴盛。

除去码头市镇外,商业都会的城市经济更是空前繁荣。天子脚下的都城北京自不必说,"今天下财货聚于京师","自古帝王都会,易于侈靡。燕自胜国及我朝皆建都焉,沿习既深,渐染成俗,故今侈靡特甚。余尝数游燕中,睹百货充溢,宝藏丰盈,服御鲜华,器用精巧,宫室壮丽,此皆百工所呈能而献技,巨室所罗致而取盈。盖四方之货,不产于燕,而毕聚于燕。其物值既贵,故东南之人不远数千里乐于趋赴者,为重糈也"⑥。此外,如各省进京会试的举子、地方官吏与京官的交往应酬等均潜藏着巨大的商机。"京师以南,河南当天下之中,开封其都会也。北下卫、彰,达京圻,东沿汴、泗,转江、汉,车马之交,达于四方,商贾乐聚"⑦,金陵"北跨中原,瓜连数省,五方辐辏,万国灌输。三服之官,内给尚方,衣履天下,南北商贾争赴"⑧。各省都会,店铺林立,商货辏集。至若苏杭地区,更是繁盛。王世贞即不无自豪地称:即"财赋之所出","百技淫巧之所凑集","驵侩诪张之所倚窟"而论,"今天下之称繁雄郡者,毋若吾吴郡。而其称繁雄邑者,亦莫若吴邑"⑨。曾为南宋都城的杭州城"接屋成廊,连袂成帷,市积金银,人拥锦绣,蛮樯海

① 《李东阳集》第一卷,岳麓书社 1984 年版,第 623 页。
② 《李东阳集》第一卷,岳麓书社 1984 年版,第 623 页。
③ (明)王士性:《广志绎》卷四,中华书局 1981 年版,第 85 页。
④ (明)唐文凤:《梧冈集》卷三,上海古籍出版社 1987—1989 年版,文渊阁四库全书本。
⑤ 万明主编:《晚明社会变迁问题与研究》,商务印书馆 2005 年版,第 88 页。
⑥ (明)张瀚:《松窗梦语》卷四,中华书局 1985 年版,第 77 页。
⑦ (明)张瀚:《松窗梦语》卷四,中华书局 1985 年版,第 82 页。
⑧ (明)张瀚:《松窗梦语》卷四,中华书局 1985 年版,第 83 页。
⑨ (明)王世贞:《弇州续稿》卷二十八,上海古籍出版社 1987—1989 年版,文渊阁四库全书本。

舶,栉立街衢,酒帘歌楼,咫尺相望"①。贝琼所谓"钱塘实都会,西湖天下奇。朱楼起相对,上有千蛾眉",可知不虚。又如山人岳岱诗曰"两岸烟花迷贾客,万家杨柳挂新秋"②,"淮海岷江都会地,繁华雄盛古扬州"③,所述即为扬州胜景。大本鄞人张得中曾作两京水路歌,描述当时之交通便利,其《北京水路歌》则有"杭州旧是临安府,藩臬三司列文武。坐贾行商宝货烦,锦绣街衢百万户。北出关门景如画,竹篱人家酒旗挂。高亭临平谈笑间,等闲催上长安坝","平望吴江眼中过,繁华地属姑苏郡。枫桥尚忆张继诗,夜半钟声又信疑。望亭无锡人烟多,既庶且富闻弦歌","古淮大道通南北,物阜民康军饷储。漕运循规事专一,密密征帆蔽天日。桅樯接踵连舳舻,舵楼按歌吹筜箎","杨清临清当要冲,百工纷纷共阗集。卫河度口夹马营,故城小市犹传名"④。便利的交通,频繁的贸易,"燕赵秦晋齐梁江淮之货,日夜商贩而南,蛮海闽广豫章南楚瓯越新安之货,日夜商贩而北"⑤。实已将都会城市、马头市镇以及农村集市联结为一个触角广布的经济网络。若蔡文范《自瀛德趋东昌道中杂言》所云:"馆矰津亭接,临川市暨连。木绵随处有,贾客半吴船。露脆秋梨白,霜含柿子鲜。山东饶地利,十二古来传。"⑥往来集市间的贾客商船已然将当地的经济作物以及农业特产全部吸入庞大的无形商业网络中了。

作为与商业经济的互动,明代手工业亦有着长足的发展,如矿冶、纺织、陶瓷、造船、造纸、印刷等,均形成了颇具规模的发达气象。如盛泽、濮院、王江泾、双林、菱湖、乌镇、南浔等镇因丝织业而发展;枫泾、朱泾、朱家甬、新泾、安亭、魏塘、碛石等镇则由棉纺织业而发展,浙江崇德县石门镇以榨油业而盛,嘉善县千家窑镇以陶瓷业而发展。此外如江西景德镇以陶瓷著称,广东佛山则以铁器闻名。若小说所描写的盛泽镇"居民稠广,土俗淳朴,俱以蚕桑为业。男女勤谨,络纬机杼之声,通宵彻夜。那市上两岸绸丝牙行,约有千百余家,远近村坊织成绸匹,俱到此上市。四方商贾来收买的,蜂攒蚁集,挨挤不开,路途无伫足之隙;乃出产锦绣之乡,积聚绫罗之地。江南养蚕所在甚多,惟此镇处最盛"⑦。更有诗为证:"东风二月暖洋洋,江南处处蚕

---

① 崔溥著,葛振家点注:《漂海录》卷二,社会科学文献出版社1992年版,第100页。
② (清)钱谦益:《列朝诗集》丁集第八,影印清顺治九年毛氏汲古阁刻本。
③ (清)钱谦益:《列朝诗集》丁集第九,影印清顺治九年毛氏汲古阁刻本。
④ (明)余永麟:《北窗琐语》,历代笔记小说集成本,河北教育出版社1995年版。第59—67页。
⑤ (明)李鼎:《李长卿集》卷二,万历四十年豫章李氏家刻本。
⑥ (清)钱谦益:《列朝诗集》丁集第十五,影印清顺治九年毛氏汲古阁刻本。
⑦ (明)冯梦龙:《醒世恒言》第十八卷,岳麓书社1993年版,第304页。

桑忙。蚕欲温和桑欲干,明如良玉发奇光。缫成万缕千丝长,大筐小筐随络床。美人抽绎沾唾香,一经一纬机杼张。咿咿轧轧谐宫商,花开锦簇成匹量。莫忧八口无餐粮,朝来镇上添远商。"①又如"前明数百布号,皆在松江枫泾、朱泾乐业,而染坊、踹坊商贾悉从之"②,非但有字号标志,更有着相关行业的规模经营。赵慎徽于朱泾棉布业有诗赞曰:"万家烟火似都城,元室曾经置大盈。估客往来多满载,至今人号小临清。"注称:"明季多标行,有小临清之目。"③韩奕《湖州道中》即有"南浔贾客舟中市"之句。沈蓉城的《枫泾竹枝词》则称:"贸易隆盛百货后,包家桥口集人烟。男携白布来市中,女挈黄花向务前"④,可见其盛。"景德镇陶器为天下冠"⑤,罗洪先《景德镇观御器》称:"砖埴周官旧,祠禳汉时专。从知器尚白,始合道中玄。玉食金铺上,瑶坛壁月前。因怜尘土质,犹得报陶甄"⑥,除却理学家的哲理思辨外,"周官汉时""玉食瑶坛"的描述中亦可见其历史悠久、质地精良。又若永和镇亦以瓷名,唐文凤有诗曰:"永和古名市,益国是家乡。窑变胚胎器,街存瓦砾墙。山川夺秀色,天地启珍藏"⑦。陶瓷业的发达与当地的土质构成关系极大,"山川夺秀色,天地启珍藏"的诗笔称赞中正透露出对古镇繁荣的先天关注。相对而言,图书业的发展所受的地理制约就要小一些,成化时的陆容即言,"国初书版,惟国子监有之,外郡县疑未有。观宋潜溪《送东阳马生序》可知矣。宣德、正统间,书籍印版尚未广。今所在书版,日增月益"⑧。又明唐之淳《石鼓诗》中有"拓本利商贾"⑨之句,足见当时刻书范围之广泛。万历时的藏书家胡应麟称,"今海内书,凡聚之地有四:燕市也,金陵也,阊阖也,临安也,闽、楚、滇、黔,则余间得其梓,秦、晋、川、洛,则余时友其人,旁诹阅历,大概非四方比矣。两都、吴越,皆余足迹所历,其贾人世业者,往往识其姓名"⑩。可见,中叶后的图书刻印流通已遍及全国。

---

① (明)冯梦龙:《醒世恒言》第十八卷,岳麓书社1993年版,第304页。

② (清)顾公燮:《消夏闲记摘抄》中卷,涵芬楼秘笈本。

③ 嘉庆《朱泾志》卷一,转引自樊树志:《晚明史》,复旦大学出版社2003年版,第136页。

④ 顾炳权编:《上海历代竹枝词》,上海书店出版社2001年版,第101页。

⑤ (明)王世贞:《弇州续稿》卷一百三十一,上海古籍出版社1987—1989年版,文渊阁四库全书本。

⑥ (明)罗洪先:《念庵文集》卷二十一,上海古籍出版社1987—1989年版,文渊阁四库全书本。

⑦ (明)唐文凤:《梧冈集》卷三,上海古籍出版社1987—1989年版,文渊阁四库全书本。

⑧ (明)陆容:《菽园杂记》卷十,中华书局1985年版,第128—129页。

⑨ (明)唐之淳:《唐愚士诗》卷二,上海古籍出版社1987—1989年版,文渊阁四库全书本。

⑩ (明)胡应麟:《少室山房笔丛》卷四,上海古籍出版社1987—1989年版,文渊阁四库全书本。

如同帝王的诗歌态度,明代国家对于工商业的态度大抵保持着传统的惯例,既不十分限制亦不鼓励扶持,明初"抑商"的政策因"立本"而发,一旦农耕经济得到了相应的恢复发展,对于工商业的压制自然放松。明代的政府"没有为商业服务和监督商业活动的机构,也没有担保财务协议的部门;但它也不妨碍交换、交易或协议的执行。它的确——尽管间接地——提供了有利于商业的各种条件,如重开大运河,容许漕运船夫携带货物自行交易而不是付给他们相应的工资,改实物纳税为以银纳税,如在明中叶实行的那样。但是这些政策带来的结果基本上不是存心想取得的。一部分原因是,政策是意识形态方面的事;一部分原因是,国家不想'与民争利'"①。"明代满足于与商业保持一种适度的寄生关系,认为这正是保存古代的农业理想,也不担心会造成一种与新势力相抗衡的经济"②。意欲逾迈汉唐的朱明帝国所追求的是一种农业文明精神下的盛世气象,自然经济下的家给人足、社会富庶方是典范的繁盛标识。然而,"黜末"政策下的"农本"发展却培育并造就了商业经济的发展,于以农立国、规模汉唐的明王朝而言,由压抑中逐渐兴起的工商业正是其颇具典范意义的经济形态。散布于明人诗作中的"经济生活"虽也有些时代气息,但更多的却是传统惯例下的纪事咏物、民生关切。正宗文体的广袤视野虽未遗漏传统的"末业",但关于商业繁华的形容描写或为治世景象的点缀,或是戒奢劝俭的反衬,并未有特别的留意,明诗中的此类"经济侧记"虽不乏诗史互证的史料意义,却不过是一代"诗史"所勾勒出的姿彩万千的社会图景中的一道侧影而已。

二、赋诗态度中的士商互动

如果说明诗视野中的经济侧影更多的是一种文学传统的惯例表现,那么在明诗中所体现出的商贾态度则蕴含着更为明显的时代意识。《周礼·冬官》载:"国有六职,百工与居一焉"③。所谓六职:"坐而论道,谓之王公;作而行之,谓之士大夫;审曲面势,以饬五材,以辨民器,谓之百工;通四方之珍异以资之,谓之商旅;饬力以长地财,谓之农夫;治丝麻以成之,

---

① 〔英〕崔瑞德、〔美〕牟复礼编:《剑桥中国明代史:1368—1644年》下卷,杨品泉、张书生等译,中国社会科学出版社2006年版,第641页。

② 〔英〕崔瑞德、〔美〕牟复礼编:《剑桥中国明代史:1368—1644年》下卷,杨品泉、张书生等译,中国社会科学出版社2006年版,第641页。

③ 《周礼注疏》卷三十九,载(清)阮元校刻:《十三经注疏》(上、下册),中华书局1980年版,第905页。

谓之妇功"①。以"百工"为关注点的六职区分并未有贵贱等级的序列差别。现代社会学中,"技术、权威和经济控制被挑选出来作为区分职业的基本方法,因为它们是权力的基本方面——它们提供了实现理想目标的重要方法和路径"②。借鉴这一思路,或者可以对古代社会中的职业声望略微考察。"声望是对'道德价值'的量度,地位的道德价值反映了人们对具有社会意义的资源和报酬的控制,也即他们的权力和特权。由于职业在权力上是不同的,所以职业的特权和声望就有所不同"③。论道的王公与执行的士大夫需要有特殊的文化知识——我们可以视为一种特殊的专业技术,而作为政策的制定与执行者,所具有的权威、经济控制能力当然高出其他职业,自然拥有最高的威望。即古代社会的百工、商旅、耕织而论,在特定生产条件的限定下,关系衣食的耕织行为当然拥有更高的经济控制能力。即技术含量而言,早期的农业生产与织布技能或不在"审曲面势"的百工之下,农耕的声望排序自在百工之前。"通四方珍异"的商旅本身不事生产,其互通有无的贸易行为在传统视角看来,亦没有太高的技术含量。而且在自给自足的小农经济中,一般商品的需求流通均十分有限,而"珍异"的消费对象更限制在少部分人手中,其经济控制能力自然是最弱的,职业声望亦最低。《周礼·春官宗伯》明确规定:"以禽作六挚,以等诸臣:孤执皮帛,卿执羔,大夫执雁,士执雉,庶人执鹜,工商执鸡"④。礼以别异,士庶工商的挚礼差异正是其等级的区别。《左传》亦言:"国家之立也,本大而末小,是以能固。故天子建国,诸侯立家,卿置侧室,大夫有贰宗,士有隶子弟,庶人、工商,各有分亲,皆有等衰"⑤。《国语·晋语》载:"公食贡,大夫食邑,士食田,庶人食力,工商食官"⑥,依赖官廪、缺乏独立能力的工商自然声望有限。其后,历朝历代皆以农为本,崇本抑末,而四民的声望次序亦成为农耕社会中的普遍观念。《汉书·食货志上》:"士农工商,四民有业。学以居位曰士,辟土

① 《周礼注疏》卷三十九,载(清)阮元校刻:《十三经注疏》(上、下册),中华书局1980年版,第905页。
② [美]戴维·格伦斯基编:《社会分层》,王俊译,华夏出版社2005年版,第230页。
③ [美]戴维·格伦斯基编:《社会分层》,王俊译,华夏出版社2005年版,第231页。
④ 《周礼注疏》卷十八,载(清)阮元校刻:《十三经注疏》(上、下册),中华书局1980年版,第124页。
⑤ 《春秋左传正义》卷五,载(清)阮元校刻:《十三经注疏》(上、下册),中华书局1980年版,第1744页。
⑥ 徐元诰撰,王树民、沈长云点校:《国语集解·晋语四》第十,中华书局2002年版,第350页。

殖谷曰农,作巧成器曰工,通财鬻货曰商。"①至宋孟元老《东京梦华录·民俗》尚称:"其士农工商,诸行百户,衣装各有本色,不敢越外。"②其实,随着技术的进步、社会生产力的发展,交换的需求、规模亦在不断扩大,不断增长的内部贸易刺激了工商业经济的相应发展,豪商巨贾历代不乏,富甲一方的资本实力当然有着强大的经济控制能力,但于官本位的传统社会中,其职业声望终为有限。从刘邦"令贾人不得衣丝乘车,重租税以困辱之"③再到朱元璋的服饰限制,直至正德元年,尚"禁商贩、吏典、仆役、娼优、下贱皆不许服用貂裘"④。农本思路下的官方态度大抵保持着作为惯例的裁抑立场,然而,现实经济导向下的民间观念却已有了地位与态度的变化。

"家家种田耻商贩"是刘基于元末明初的诗句,明人何良俊亦称:"余谓正德以前,百姓十一在官,十九在田,盖因四民各有定业。百姓安于农亩,无有他志。官府亦驱之就农,不加烦扰。故家家丰足,人乐于为农。自四五十年来,赋税日增,繇役日重,民命不堪,遂皆迁业。昔日乡官家人亦不甚多,今去农而为乡官家人者,已十倍于前矣。昔日官府之人有限,今去农而蚕食于官府者,五倍于前矣。昔日逐末之人尚少,今去农而改业为工商者,三倍于前矣。昔日原无游手之人,今去农而游手趁食者,又十之二三矣。大抵以十分百姓言之,已六七分去农"⑤。赋役压力下的弃农就商成为普遍的社会行为。如"江西地方千里,大率土狭而人稠。闾阎小民,虽力作啬用,不能自给,操末技以食与四方,恒十之五"⑥。"(抚州)民务耕作,故地无遗利。土狭民稠,为商贾三之一";"吉水之土瘠薄削隘,物力无所出,计亩食口,仅可得什三焉。民多取四方之资以为生"⑦。地薄人稠的先天条件,再加上物科夫差的百端催迫,生存压力下职业转移在所难免。晋人从商亦有着相似的背景:"山西土瘠天寒,生物鲜少,故禹贡冀州无贡物……太原以南多服贾远方,或数年不归,非自有余而逐什一也。盖其土之所有不能给半,岁之食不能得,不得不贸迁有无,取给他乡"⑧,万历阁臣永济张四维亦称"吾蒲

① (汉)班固:《汉书》卷二十四,中华书局1962年版,第1117—1118页。
② (宋)孟元老:《东京梦华录注》卷五,中华书局1982年版,第131页。
③ (汉)司马迁:《史记》卷三十,中华书局1959年版,第1418页。
④ (明)俞汝楫编:《礼部志稿》卷十八,上海古籍出版社1987—1989年版,文渊阁四库全书本。
⑤ (明)何良俊:《四友斋丛说》卷十三,中华书局1959年版,第111—112页。
⑥ 《费宏集》卷十二《送亚参孙之江西序》,上海古籍出版社2007年版,第417页。
⑦ (明)查慎行:《西江志》卷二十六《风俗》,载《中国方志丛书》,(台北)成文出版社1989年版。
⑧ 唐基田:《晋乘蒐略》,见张正明等主编:《明清晋商资料选编》,山西人民出版社1983年版,第23页。

介在河曲,土陋民伙,田不能以丁授,缘而取给余商计。坊郭之民,分土而耕菑者,百室不能一焉。其挟轻资、牵车牛走四方者十而九"①。迫于生计的职业流动自是无奈之举,但弃农经商的行为确也带来了谋生压力的缓解、生活质量的改观,商贾的职业声望亦随之提升。如王燧《商贾行》云:"扬州桥南有贾客,船中居处无家宅。生涯常在风波间,名姓不登乡吏籍。前年射利向蛮方,往平行贩越海洋。归来戴货不知数,黄金绕身帛满箱。小妇长干市中女,能舞柘枝歌白苎。生男学语未成音,已教数钱还弄楮。陌头车轮声格格,耕夫卖牛买商舶"②。"生涯常在风波间"的漂泊风险虽然依旧,但明初"黄金但愿如其多"的理想却已变成了"黄金绕身帛满箱"的现实,更重要的是,"耕夫卖牛买商舶"的趋慕行为已然显示出民间态度的转变。晚明百姓"或给帖充斗秤牙行,或纳谷作枭籴经纪,皆投揣市井间,日求升合之利,以养妻孥,此等贫民天下不知几百万矣"③。谋生压力下的逐末选择已在改变着职业声望的传统序列。

　　"士农工商,各执一业;又如九流百工,皆治生之事业"④,入列《明儒学案》的冯应京以"治生事业"平视四民职守,已然包含着对商人地位的提升、认可。而被视为名教异端的何心隐则有着更为鲜明的职业序列,"商贾大于农工,士大于商贾,圣贤大于士",其称"农工欲主于自主,而不得不主于商贾。商贾欲主于自主,而不得不主于士"⑤。士商农工的价值重估正是晚明经济变迁的观念反映,而作为衡量标尺的"自主"中正包含着经济控制能力的关注。如前所述,明中叶后,农业生产的商品化、工商业经济的发达,已经将原本自给自足的农业经济卷入市场之中,而沉重的赋役,以及税制的货币化、白银在交换中的日益重要,更使得农业生产对于商品交易的依赖程度大大加深。若顾彧《竹枝词》所述:"平川多种木棉花,织布人家罢缉麻,昨日官租科正急,街头多卖木棉纱"⑥正是实情。松江"产木棉花甚少,而纺之为纱,织之为布者,家户习为恒业,不止乡落,虽城中亦然,往往商贾从旁郡贩绵花列肆,吾土小民以纺织所成,或纱或布,侵晨入市,易绵花以归,仍治而纺织之,明旦复持以易,无顷刻间,纺者日可得纱四五两,织者日成布一

①　(明)张四维:《条麓堂集》卷二十《海峰王公七十荣归序》,上海古籍出版社2002年版,续修四库全书本。
②　(明)王燧:《青城山人集》卷三,上海古籍出版社1987—1989年版,文渊阁四库全书本。
③　(明)吕坤:《去伪斋集》卷二,清道光七年开封府署刻本。
④　(明)冯应京:《月令广义》卷二,齐鲁书社1996年版,四库全书存目丛书本。
⑤　《何心隐集》卷三,中华书局1960年版,第53—54页。
⑥　(明)顾彧:《竹枝词》,载(清)应宝时、俞樾、方宗诚:《同治上海县志》补遗,同治十一年刊本。

匹,燃脂夜作,男妇或通宵不寐,田家收获,输官偿息外,未卒岁,室庐已空,其衣食全赖此"①。吴伟业《木棉吟》先状"眼见当初万历间,陈花富户积如山"之盛况,最末则结以"天边估客无人到,门里妻孥相向啼"②的凄凉,农工"不得不主于商贾",可见一斑。又如冯迁《病卧十日城中米价腾踊感而赋此》亦有:"斗米新腾价百钱,布匹虽行贱如水。尽言久旱江水枯,贾舶商船难到此"③,商业流通对于经济生活的深刻影响不言而喻。

　　士农工商的经济控制能力因社会发展而改变,相应的职业声望亦随之升降,民间视野中的四民次序自然因之重新排列,士阶层虽然大体保持着四民之首的职业声望,但其于原居四民之末的商贾态度却已于经济形态的现实张力中发生着逐渐的改变。"仁者,爱人",作为中华文化中的普遍价值,民生关注始终是传统诗歌的不变视角,"食力谓工商农庶人之属也"④,对于"陈力就业乃得食"的工商庶民,士人的笔端悯叹,历代不绝。即商人而论,从汉乐府《孤儿行》中"腊月来归,不敢自言苦。头多虮虱,面目多尘土"⑤的行贾孤儿,再到唐人《贾客词》中"贾客灯下起,犹言发已迟。高山有疾路,暗行终不疑。寇盗伏其路,猛兽来相追。金玉四散去,空囊委路岐。扬州有大宅,白骨无地归"⑥的商旅风险,对于行商疾苦的同情自是诗家常情,但执末锄禾于烈日之下、耕作不辍而挣扎于温饱间的农民却是更为广泛、更为由衷的关切对象。明代的四民序列虽因经济的变迁而有所改变,但诗歌中的仁者同情却大抵保持着传统的惯例,从宣宗的《悯农诗》再到一般士人对于农家辛苦的普遍关念,无论是主复古的七子,还是讲性灵的公安,对农民疾苦的同情哀眷终究是最为寻常的感慨情绪。当然,频繁的商业往来,士商的接触增多,对于行商之苦的同情理解亦随之增进。如杨士奇《商妇词》:"贩茶近在青山侧,贩珠远求沧海浔。全家衣食需多少,渺渺鲸波愁妾心。"⑦商妇立场下的哀怨视角固为诗家常法,但以贾客的风波安危为愁的心事状写显然要比"商人重利轻离别"的无情批评更具同情意味。又如徐祯卿《贾客词》:"万里长舻转贩频,愁风愁水亦劳辛。绿窗夜倚襄阳泊,却

①　(明)樊维城、胡震亨等纂修:天启《海盐县图经》卷四,明天启四年刊本,第169页。
②　钱仲联编:《清诗纪事》,凤凰出版社2004年版,第358页。
③　(清)朱彝尊:《明诗综》卷六十八,乾隆刊本。
④　《礼记正义》卷二十三,载(清)阮元校刻:《十三经注疏》(上、下册),中华书局1980年版,第1433页。
⑤　(宋)郭茂倩:《乐府诗集》四十八,中华书局1979年版。
⑥　《全唐诗》卷五百八十五,中华书局1979年版。
⑦　(明)杨士奇:《东里集》续集卷五十七,上海古籍出版社1987—1989年版,文渊阁四库全书本。

掷金珠挑丽人"①,虽然对商贾掷金拥美的行为颇为不满,但"亦劳辛"的怜悯认可中,却有包含着对商人及时享乐的行为理解。再若王世贞《偶书》其五:"贾客狎风波,黄金如山积。人云贵明珠,遂适海外国。垂老鲸鲵身,鸣呼竟何惜。"②对商人的趋利行为虽持批判态度,然惋惜哀叹之情尽在言表。而于慎行所作《贾客乐》称:"广陵贾子江东客,大舸珂峨倚江侧。朱楼绣箔月如霜,醉卧炉头小玉床。五更解船大江去,鼍浪鲸风何处住。洞庭秋水接天来,五两成林夜半开。西登三峡立百丈,滟滪如牛不得上。环环布帆欲退飞,猿鸣一声泪沾衣。钱刀睹快狎风色,归来金多头已白。同时陇上饭牛子,睡起烟皋夜吹笛。"③奢华略状,便是早行之苦、风浪之险、凄楚之泪,载金而归已是白头,却是他人钱财。结尾"饭牛"者的逍遥自得正是强烈的反讽写照,诗题虽为《贾客乐》,所叙实为商者之苦。哀悯之情,尽显于辞。《喻世明言》第十八卷"杨八老越国奇逢"有古风一篇,单道为商的苦处:"人生最苦为行商,抛妻弃子离家乡。餐风宿水多劳役,披星戴月时奔忙。水路风波殊未稳,陆程鸡犬惊安寝。平生豪气顿消磨,歌不发声酒不饮。"由别亲离家而餐风宿水,再及旅途奔波,一般行商者的普遍艰辛于兹可见。小说引诗"人生最苦为行商"的定位与尚书黄珣《应制劝农》中"四民皆天职,嗟农独苦辛"④的判断,正相成趣,世俗观念中的商贾同情与朝廷视角的农民关切自是不同层面的"仁爱"体现,至于"最苦""独苦辛"的定位原是不同立场下的同情感慨,而闽商李晋德的辛苦感触则源自身在其中的真切体验:"四业惟商最辛苦,半生饥饱几曾经。荒郊石枕常为寝,背负风霜拨雪行。"⑤"四海为家任去留,也无春夏也无秋。堂前未得供餐粥,说到班衣两泪流。"⑥商贾的谋生辛苦亦因贸易行为的频繁而为士人渐为了解。世代经商,至曾祖时改换门庭的泉州举人李贽言"商贾亦何可鄙之有?挟数万之赀,经风涛之险,受辱于关吏,忍诟于市易,辛勤万状,所挟者重,所得者末"⑦,而嘉靖三十二年进士,右佥都御史南海庞尚鹏亦称:"夫商人冒不测之险,而行货绝域,远逾数千里。单骑孤囊,昼有风尘之警;颓垣苇户,夜无

① (明)徐祯卿:《徐迪功外集》卷一,清抄本。
② (明)王世贞:《弇州四部稿》卷十四,上海古籍出版社1987—1989年版,文渊阁四库全书本。
③ (明)于慎行:《穀城山馆集》卷四,上海古籍出版社1987—1989年版,文渊阁四库全书本。
④ (清)朱彝尊:《明诗综》卷二十九,乾隆刊本。按:《明诗综》卷四十九又收许国《拟御制劝农诗》,与此相同,待考。
⑤ (明)李晋德:《客商一览醒迷·附悲商歌三十首》,山西人民出版社1992年版,第298页。
⑥ (明)李晋德:《客商一览醒迷·附悲商歌三十首》,山西人民出版社1992年版,第301页。
⑦ (明)李贽:《焚书》卷二,中华书局1975年版,第47页。

衽席之家。彼强颜为此者,欲规什一之利,以自封殖焉耳。"①土之于商的体
谅理解可见一斑。又《醒世恒言》第十七卷"张孝基陈留认舅"中老尚书所
言的"农工商贾虽然贱,各务营生不辞倦。从来劳苦皆习成,习成劳苦筋力
健"②则是务实传统下的民生关切,所谓"暖衣饱食非容易,常把勤劳答上
苍"③,作为儒家伦理的民间诠释,家训式④的告诫每每包含着社会生存的
现实关注,"士子攻书农种田,工商勤苦挣家园"⑤,勤劳视野下的四民平等
正导自于对商人辛苦的理解认同。

　　与民间立场的同情态度不同,朱明政权以农为本的立国思路虽未因商
业的作用发挥、影响扩大而改变,但部分施政者的"抑商"观念却基于国家
整体经济的发展思考而发生变化。"以经济自负"的弘治阁臣丘濬即主张,
"民自为市,则物之良恶,钱之多少,易以通融准折取舍"⑥。反对政府干涉
市场,承认"利之所在,民不畏死",请求解除海禁,鼓励对外贸易,恢复市舶
司,抽税管理,"不扰中国之民而得外邦之助,是亦足国用之一端也"⑦。
"亦足国用之一端"的价值认可正包含着对工商业经济的地位认可。吏部
尚书倪岳认为"抑末固为政之理,而通商亦富国之术"⑧。将"抑末"视作
"为政之理"的思路中已然揭示出"以农为本"的立国政策并非完全出于纯
经济的考虑,而固本态度下的"富国"肯定正导自于其对商业之经济作用的
积极关注。万历首辅张居正称:"古之为国者使商通有无,农力本穑,商不
得通有无以利农,则农病;农不得力本穑以资商,则商病。故商农之势,常若
权衡……欲物力不屈,则莫若省征发,以厚农而资商;欲民用不困,则莫若轻
关市,以厚商而利农"⑨。农商互补的经济思想已然突破了"抑商"的传统
观念。张瀚在其《松窗梦语》中即称"善为国者"当"令有无相济,农末适

---

① (明)庞尚鹏:《庞中丞摘稿二·辽东屯田》,载(明)陈子龙等选辑:《明经世文编》卷三百
　五十八,中华书局 1962 年版,第 3864—3865 页。
② (明)冯梦龙:《醒世恒言》卷十七,华夏出版社 2013 年版,第 232 页。
③ (明)冯梦龙:《醒世恒言》卷十七,华夏出版社 2013 年版,第 232 页。
④ 按小说为此诗设定的背景是:老尚书家财万贯,生有五子,却只教长子读书,以下四子农工
　商贾,各执一艺。那四子心下不悦,却不知甚么缘故,央人问老尚书,遂引出此诗。
⑤ (明)冯梦龙:《醒世恒言》卷十七,华夏出版社 2013 年版,第 232 页。
⑥ (明)丘濬:《大学衍义补·治国平天下之要·制国用·市籴之令》,上海书店出版社 2012
　年版,第 227—228 页。
⑦ (明)丘濬:《大学衍义补·治国平天下之要·制国用·市籴之令》,上海书店出版社 2012
　年版,第 229 页。
⑧ (明)倪岳:《青溪漫稿》卷十四,上海古籍出版社 1987—1989 年版,文渊阁四库全书本。
⑨ (明)张居正:《张太岳集》卷八《赠水部周汉浦榷竣还朝序》,上海古籍出版社 1984 年版,
　第 99 页。

均"。储巏亦言:"古之为民者四,货殖者,盖商之流,王政所不可无也"①。遗民黄宗羲更以民用的立场重新阐释"古圣王崇本抑末之道",称"世儒不察,以工商为末,妄议抑之。夫工固圣王之所欲来,商又使其愿出于途者,盖皆本也"②,承认工商"皆本",明确否定了以之为末、妄议抑之的正统观念。随着国家经济思想中的商业认可,商人的社会地位自然有了相应的提升。

除去观念的转变外,明中叶之后,经商成功的社会现实更使得商人地位有了进一步的提高。在明中叶前期,各地商贩已有落定迹象,晚明时的商人聚居于重要的商会城市,不仅在异地设铺开店,而且还在那里兴修住屋群落,营建乡人地盘,同时还出现了朝廷在社会权利上对商人的又一让步——"商籍",原为四民之末的商人不仅拥有异地居住权,还可就地参加科举③。早期的行商积聚经数年的发展通常会演变为定居的商贾,既少却了奔波之苦,更照顾了安土重迁的传统情绪,商人的定居不仅促进了当地的经济发展,而自身的一些职业道德因由之凸现。"坐贾者,倚市廛,居奇货,其朴质不逮农工,其豁达不逮裨贩……然不敢恣为奸利,懋迁有无,心济以信,其有作伪罔利者,取济一时,久亦无以自立,此则贾人自然之法式也"④。无论是受制于现实的经营规则,抑或导自于传统的道德影响,但与正统伦理相符的商人道德无疑成为士商互动的最大契合点。若一代思想巨擘王阳明即称:

> 古者四民异业而同道,其尽心焉,一也。士以修治,农以具养,工以利器,商以通货,各就其资之所近,力之所及者而业焉,以求尽其心。其归要在于有益于生人之道,则一而已。士农以其尽心于修治具养者,而利器通货,犹其士与农也;工商以其尽心于利器通货者,而修治具养,犹其工与商也。故曰:四民异业而同道。⑤

"同道"的指向关注正是四民平等的思想发端,只要能与治世处调停得心体无累,"虽终日做买卖,不害其为圣为贤"的心学思路于学理层面高度

---

① (明)储巏:《柴墟文集》卷六《赠曾舜善冠带还莆序》,齐鲁书社1996年版,四库全书存目丛书本。
② (清)黄宗羲:《明夷待访录·财计》,载《黄宗羲全集》第1册,浙江古籍出版社1985年版,第41页。
③ 参见许敏:《商业与社会变迁》,载万明主编:《晚明社会变迁问题与研究》,商务印书馆2005年版,第114—122页。
④ 章太炎:《革命之道德》,见汤志钧编:《章太炎政论选集》,中华书局1977年版,第315页。
⑤ (明)王守仁:《王阳明全集》卷二十五《节庵方公墓表》,上海古籍出版社1992年版,第941页。

认可了商贾的存在意义,而直接引发王阳明这段论析的正是去士从商的墓表主人方麟"与其二子书,皆忠孝节义之言,出于流俗,类古之知道者"①。又如李梦阳所作的《明故王文显墓志铭》中,蒲商王现训诸子曰,"夫商与士,异术而同心。故善商者,处财货之场而修高明之行,是故虽利而不污。善士者引先王之经,而绝货利之径,是故必名而有成,故利以义制,名以清修,各守其业,天之鉴也"②。亦是相同的论调。值得注意的是,这位文坛盟主虽与商贾多有交往,但在其专门的《贾论》中却痛斥"贾之术恶",而其批判的关注点正在商贾的淫侈奢靡,"不务仁义之行而徒以机利相高"③。即此可知,士人对商贾的最大认可仍旧来自传统伦理下的道德许可。

明代士人为商人及其亲属所作的大量寿序碑传自是说明士商关系的文献证据,这些文字大多交织着金钱交易,自不免有阿谀的色彩,但是,明代士人的文集中仍旧保留了相当数量为商人而作的寿序碑传,无论是自行编撰,还是后人裒辑,古人的文集通常有着颇为严格的遴选原则,这些文字的保留,除"大全"的传统意识外,亦于一定程度上体现出士人对此类文字的认可,这当然也可算作对于商人态度的一种转变,然而,约略翻检这类文字,即可发现不同程度的道德关注:

> (社成公)起家千金,富好行其德……汴上远近诵公朴质,人争趋公……公居常衣不帛,食不肉,每食脱粟之饭,瀚濯之衣,泊如也④。

> (汪姓商人)纯朴温厚,言讷讷不出诸口,绝市嚣俗,知交皆郡荐绅世胄长者。无事闭户坐阅书史,不碌碌趋浮沉。有贷母钱,酌贫剧应之,不琐琐计子钱。郡中富室皆靡然向风慕效矣⑤。

孙君"其业益大,然恂恂如寒士。邑之人士,皆乐与之游;而有以缓急告者,时能赒恤之,于是,君年七十,里之往为寿者,皆贤士大夫也"⑥。
商人倪良玉"治生无他奇,惟勤俭是务","生平不为侏儒俳优之乐,不

---

① (明)王守仁:《王阳明全集》卷二十五《节庵方公墓表》,上海古籍出版社 1992 年版,第 941 页。
② (明)李梦阳:《空同集》卷四十六,上海古籍出版社 1987—1989 年版,文渊阁四库全书本。
③ (明)李梦阳:《空同集》卷五十八,上海古籍出版社 1987—1989 年版,文渊阁四库全书本。
④ (明)方承训:《方邾邺复初集》卷二十九《从叔太礼公状》,齐鲁书社 1996 年版,四库全书存目丛书本。
⑤ (明)方承训:《方邾邺复初集》卷三十三《江处士传》,齐鲁书社 1996 年版,四库全书存目丛书本。
⑥ (明)归有光:《震川先生集》卷十三,上海古籍出版社 1981 年版,第 336 页。

为六博围棋之娱,宴客有节,不为流连长夜之饮","蔬水适于膏粱,韦布适于纨绮,徒步适于车骑""与人交,推心置腹,不设城府"。①

士人视角下的道德尺衡成为撰写此类文字的基本文化情绪,如归有光的《东庄孙君七十寿序》即特别称其"(孙)君非独饶于赀,且优于德也"②,将之列为"以是为之序"的重要原因。当然,友人请托的情面难却,以及贴补生计的润笔收取均是为作此类文字的一般原因,但商贾所具有的传统道德却始终是这类文章的一般关注,尽管其中有着不可避免的饰美成分,但其所呈显的伦理取向却可说明士人对于商贾的接纳关注。隆庆二年进士、翰林编修李维桢,"乐易阔达,宾客杂进。其文章,弘肆有才气,海内请求者无虚日,能屈曲以副其所望。碑版之文,照耀四裔。门下士招富人大贾,受取金钱,代为请乞,亦应之无倦,负重名垂四十年"③。颇称应酬文字的典范作者,"乐易阔达"的性格导致了"应之无倦"的文章行为,门下士的招揽乞请使其写就了大量的商人墓表碑传,然其却言:"国有四民,士为上,农次之,最后者工商,而天下讳言贾。新安贾人生好援内贵人,死而行金钱谀墓者之门,以取名高。士大夫至讳与贾人交矣。"④明确点出士大夫讳与贾人交往的原因所在:攀附太监,以财求名——而此正即传统士行之不耻。同样,这位"文多率意应酬,品格不能高"的高产作者仍旧以"贾人有孝弟者,又讳不为传,何也"⑤作为自己文学行为的合法辩护。汪道昆更言:"司马氏曰:儒者以诗书为本业,视货殖辄卑之。藉令服贾而仁义存焉,贾何负也。"⑥"仁义存焉"成为商贾与儒者平等对话的道德平台,所谓,"士商异术而同志,以雍行之艺,而崇士君子之行,又奚必缝章而后为士也"⑦。道之所存,士之所志,能够服膺仁义、践履道德的古代商人已然具备了君子人格的基本内涵,至于外在身份的职业归属并无太大意义。如沈周《义商行》曰:"商程无山川,逐利是所征。商车无岁月,徇义岂其情。程君倜傥怀,久矣客辽城。前年聘少房,镒金酬娉婷。娉婷来归际,掩面泪纵横。谓翁坐逮赇,鬻夫未能盈。失身驯及妾,包羞履君庭。彦宽未毕说,毅遣诚亟行。人妻我可夺,人急我可乘。酬金弗汝责,毁券迹亦平。既以赎伉俪,复以赎笞搒。父子与夫妇,

---

① (明)顾宪成:《泾皋藏稿》卷十七,上海古籍出版社1987—1989年版,文渊阁四库全书本。

② (明)归有光:《震川先生集》卷十三,上海古籍出版社1981年版,第337页。

③ (清)张廷玉等:《明史》卷二百八十八,中华书局1997年版,第1895页。

④ (明)李维桢:《大泌山房集》卷一百零六,齐鲁书社1996年版,四库全书存目丛书本。

⑤ (明)李维桢:《大泌山房集》卷一百零六,齐鲁书社1996年版,四库全书存目丛书本。

⑥ (明)汪道昆:《太函集》卷二十九《范长君传》,齐鲁书社1996年版,四库全书存目丛书本。

⑦ (明)汪湘:《汪氏统宗谱》卷一百一十六《弘号南山行状》,万历刻本。

载造遂欢迎。义利在天地,有若水火争。达人识所向,遐迩腾芳声。我闻诘彦宽,辗尔无答应。徐云勿多扬,我初不为名。我即低头拜,古谊重光荣。赞言欲劝薄,拙斐惟勉成。"①前抑后扬的态度正折射出士人的核心关注。明代中叶以来的商业繁盛虽然使得商人的地位得以提升,但在有明一代,乃至整个传统视域中的士商互动中,"异术而同志"的道德认同感始终是士商之间最为基本、广泛、深刻的契合点。无论是由衷的赞许,抑或应酬的饰美,表现于文字的道德关注所体现出的是明代士人对于商贾的基本文化态度。

　　士为四民之首的地位保持来自其所拥有的文化优势,除去科举入仕的改换门庭外,儒雅风流的文化标识更是社会各色人等的仰慕所在,商贾亦不例外。凭借雄厚的经济实力,商人仿效传统士人的审美趣尚,通过各种各样的文化标榜行为以抬高自己的身份,"储古法书。名画、琴剑、彝鼎诸物,与名流雅士赏鉴为乐"②。而商人不计花费,"倾赀延士""遍交名士"的行为亦屡屡见之。官本位社会中的商业行为莫不受到官员的限制,于现任官员和未来官员的士大夫交往,对于日后的经商发展自有益处,如湛甘泉"在南太学时讲学,其门生甚多。后为南宗伯,扬州仪真大盐商亦皆从学。甘泉呼为行窝中门生,此辈到处请托,至今南都人语及之,即以为谈柄"③。得列门生后的请托行为正可窥出部分商人附庸风雅、结纳文士的经济动机,这些商人的文化行为虽然动机不纯,却也在一定程度上推动了文化繁荣。需要指出的是,商人的文化行为并不能据此一笔抹杀,传统文化氛围熏染下的真心向慕者并不为少,如盐商程良学与文人雅士结交,"雠故经籍,玩弄古钟鼎、琴剑以终日,不问家人生产",并结为"竹西社"④。又如闽商李晋德所云,"膝下娇儿已长成,江湖赢得一虚名。诗书未得灯前课,不教无方启后人"⑤,对于后代教育关注依然保持着"读书为高"的传统意识。

　　不管动机如何,商贾对于士人的钦慕始终是明代社会的一般文化趋势,至于标识士人身份的诗歌行为,亦每每有之。《明诗综》载:"明以贾客而称诗者众矣。若歙州之郑作、程诰,龙游之童珮,皆贾也。然郑、程皆受学于李空同,童执经于归太仆,则不得以贾人目之"⑥。一时风气可于"众矣"二字

---

① (明)沈周:《石田诗选》卷六,上海古籍出版社1987—1989年版,文渊阁四库全书本。

② (明)李维桢:《大泌山房集》卷八十二《中书舍人吴君墓志铭》,齐鲁书社1996年版,四库全书存目丛书本。

③ (明)何良俊:《四友斋丛说》卷四,中华书局1959年版,第32页。

④ (明)欧大任:《欧虞部文集》卷五《竹西集序》,清刻本。

⑤ 李晋德:《客商一览醒迷·附悲商歌三十首》,山西人民出版社1992年版,第299页。

⑥ (清)朱彝尊:《明诗综》卷九十七,乾隆刊本。

窥见。郑作"家本商贾,读书苦吟,为人负气任侠,故其诗雄浑跌宕,有风骨"①。童珮"字子鸣,龙游人。世为书贾。佩独以诗文游公卿间,尝受业于归有光。其殁也,王世贞为作传,王穉登为作墓志,盖亦宋陈起之流也"②。王伯毂称其"诗皆性灵,读之潇潇有云气"③。朱彝尊以其曾受学名家而不以贾人视之,实已许为士人,而其真正关注则在这几位商贾毫不逊色于士人的诗情诗艺。又其所列,秦中贾人谷淮,"能仿文徵仲书法,兼善音律,日以文翰为业,其家诋为书痴,其诗殊有雅致"④。江阴贾客周俊"诗颇清越,如'海风吹雨散,江月伴潮生','乱鸦千树晓,新水一篙秋','市酒薄于水,渔灯密似萤','风前双鬓逢秋短,海上孤城过雨寒',俱出尘埃之表"⑤。"为闽贾沈翁赘壻,继其业"的黄徽曾得侍郎何穉孝称赞,为之作《诗贾传》,其略曰:"唐人以诗名,桑门闺秀,皆进乎技,贾人缺焉。季美诗不妨贾,贾不掩诗,遂无前人"⑥。再如吴德符,"溪南巨族也,少从父祖业鹾,客武林,歙人占籍武林亡虑十三四,率富商名贾,以赀力泉货自雄……而生顾翘然自奋于诗歌,凡众所竞趋,裘马舆隶,毛嫱子都,亡一足芥其中而滑其好,即书画鼎彝指一间染焉而有未尝数数者,僦居委巷,栖一室,青苔黄叶中,捻髭拥褐,朝呻夕吟"⑦,而歙人程伯阳"家贫,卖药自给,诗多漫与而沉思者,自入法"⑧。不论经营门类,亦不论贫富差别,屡见不鲜的商贾诗作中自有个人兴趣的推动,但作为普遍存在的群体性的诗歌行为所体现的正是向慕士人风流的商人文化取向,而得以形成一时风气的社会背景则是商业经济发达,以及由之带来的商人地位变迁与士人态度的转变。士商之间的往来唱和,商贾诗集的文人序跋所体现的正是"异术同志"下的同道交往,商人的诗作虽也偶尔涉及自己的经商体验,但究其诗情主流,却与一般士人的感物比兴大体相同,士商互动的诗歌话题依旧延续着传统视域下的情志表述,并未有特别的商人色彩。明人之前的诗歌传统已有千年积淀,已然烂熟的正宗文体并不会因商业经济的发达、商人地位的提升而改变,相反,作为传统文化的精神载体,其所表现的则是一种文化张力的惯性延续——以习惯的模式

---

① (清)朱彝尊:《明诗综》卷九十七,乾隆刊本。
② (清)永瑢等:《四库全书总目》卷一百七十八,中华书局1965年版,第1604页。
③ (清)钱谦益:《列朝诗集》丁集第十,影印清顺治九年毛氏汲古阁刻本。
④ (清)朱彝尊:《明诗综》卷九十七,乾隆刊本。
⑤ (清)朱彝尊:《明诗综》卷九十七,乾隆刊本。
⑥ (清)朱彝尊:《明诗综》卷九十七,乾隆刊本。
⑦ (明)胡应麟:《少室山房集》卷八十一,上海古籍出版社1987—1989年版,文渊阁四库全书本。
⑧ (清)朱彝尊:《明诗综》卷九十七,乾隆刊本。

包容、吸纳异质元素。正因如此,明代的诗歌传统虽未将商贾排斥在外,但士商互动的认可却以儒家伦理为中心而展开,以向慕姿态进入士人文化圈的商人作者,当然不会于标志士人身份的诗歌中取得独立品格。

但无论是对行商疾苦的诗歌同情,抑或围绕诗歌而展开的士商交往,确然已体现出了明代经济生活中的人文变迁。

三、作诗行为中的治生指向

明诗中的经济生活大抵以一种传统惯例的姿态描述、记录着 270 余年的历史图景,而经济生活中的明诗所折射出的却是治生压力下的现实指向。"发乎情,止乎礼义"历来是诗学传统中的典范法则,但原本心灵层面的"止乎礼义"此时却受到了来自世俗世界的现实冲击,义利之辨的重新思考引起了文学的功利性反思,东林领袖顾宪成为商人倪良玉所作墓铭曰:"以义诎利,以利诎义,离而相倾,抗为两敌。以义主利,以利佐义,合而相成,通为一脉。人睹其离,翁睹其合。此上士之所不能訾,而下士之所不能测也。曾何愧乎名卿硕人之烈"①。合成利、义,通为一脉虽是对墓铭主人的褒扬,但上士不訾、下士不测的社会态度却暗含着对"言利"的充分认可。"宋儒先生口不言利,而许鲁斋乃有治生之论。盖宋时可不言治生,元时不可不言治生,论不同而意同。所谓治生者,人己皆给之谓,非瘠人肥己之谓也。"②仓廪实而后知礼节,基本生理需要得以相对满足后,方可有更进一层的积极行为。宋、元儒者的"意同"正在于此,而"论不同"的原因则在于宋元社会迥异的儒者地位。恢复汉制的明王朝以理学开国,重开科举,再兴礼乐,似也造就了如同宋儒般"不言治生"的社会地位与生存状态。但出身贫民的明太祖朱元璋却依照"淡泊可以仰心,俭素可以养德"③的治国思路制定出了自古最薄的官俸标准,再加之折色制度的变相缩减,官员维生、应酬多有拮据之状。及第为宦者尚且如此,身处科举途中的一般士人,就更须为生计打算了。明代人口总数以及识字人数均超过前代,科举名额却未依照比例而增加,这就决定了绝大多数士人要长期滞留于科举途中,家资优厚者,固不必言,"元明以来,士之能致通显者大概藉资于祖、父"④。孤立无依者,却亦一如元儒,"不可不言治生"。王阳明的弟子即曾就此求问:"许鲁斋言学者

① (明)顾宪成:《泾皋藏稿》卷十七,上海古籍出版社 1987—1989 年版,文渊阁四库全书本。
② (清)沈垚:《落帆楼文集》卷九,上海古籍出版社 2002 年版,续修四库全书本。
③ 《明太祖宝训》,台湾"中研院"历史语言研究所影印本 1968 年版。
④ (清)沈垚:《落帆楼文集》卷二十四,上海古籍出版社 2002 年版,续修四库全书本。

以治生为首务,先生以为误人,何也? 岂士之贫,可坐守不经营耶?"①王阳明答曰:"但言学者治生上,尽有工夫则可。若以治生为首务,使学者汲汲营利,断不可也。且天下首务,孰有急于讲学耶? 虽治生亦是讲学中事。但不可以之为首务,徒启营利之心"②。

　　王阳明"误人"批评在于以"治生"为首务所导致的"营利之心"萌启,但于学者的"治生工夫"却不否认。无论是弟子的切问,还是王阳明"学何贰于治生"下的心体调停,其所体现出的正是"不可不言"的治生关怀。于明代士人而言,科举及第自是最大的治生关怀,但有限的名额、拥挤的途径却使得绝大多数士人陷入仕进无门的经济窘况,生计压力之下职业流动大抵有"训蒙处馆,养家糊口;入幕,成为幕宾;儒而医,成为职业医生;弃儒就贾,甚而士商相混;包揽词讼,成为讼师;弃巾,成为山人或名士"③数途,其中,就馆为师历来是最为常见亦最能维系士人体面的流动方向,但庞大的人口基数却不可避免地带来了巨大的职业压力。东南素以人文称盛,若苏州府长洲县"士之多占胶庠者,约五百以上。此五百人者,计十之六食其土之毛,无所事哺。又廪于官者二十人,借岁饩,比于笔耕。其他无田可租,无廪可支者,率授徒里巷,齿牙阁阁,传经授书,日得百钱,易斗米以黔吾突。迩岁以来,经师林立,执经称弟子者,乃反落落如晨天之星,令流俗有医多病少之笑"④。士人生计之艰,可见一斑。再若幕宾虽有失颜面,讼师、山人或被无行之讥,却尚可保留儒者身份。"秀才行医,白菜作齑"⑤,为医者虽然身份变换,却"得以衣冠出入里巷,与学士大夫交游"⑥,更重要的是,悬壶济世的医道与儒家的仁道有殊途同归的仁爱蕴意。至若传统四民的首末互动却是跨幅更大的职业流动。

　　"君子喻于义,小人喻于利",明辨义利历来是儒家重要的道德尺绳之一,明中叶之后的商人地位虽有了相当的提高,但一般士人对于商贾的最大认可、接纳却在其符合儒家伦理的道德行为。所谓士商互动,自然有着文化渗透的双向性,商贾的风雅倾慕所体现出的是儒道的吸纳、同化之力,在此

①　(明)王守仁:《王阳明全集》卷三十三补录,上海古籍出版社 1992 年版,第 1171 页。
②　(明)王守仁:《王阳明全集》卷三十三补录,上海古籍出版社 1992 年版,第 1171 页。
③　陈宝良:《明代儒学生员与地方社会》,中国社会科学出版社 2005 年版,第 297 页。
④　(明)江盈科:《置学田记》,载万历《长洲县志》,见《稀见中国地方志汇刊》,第 11 册,第 1080 页。
⑤　(明)李开先:《李中麓闲居集》卷六《病愈谢屏岩李医序》,齐鲁书社 1996 年版,四库全书存目丛书本。
⑥　(明)陈尧:《梧冈文正续两集合编》卷六《罗后溪六十双寿序》,齐鲁书社 1996 年版,四库全书存目丛书本。

层面的士商对话所使用的基本话语全部来自士人传统；士人的弃儒就商虽是生存压力下的无奈选择，但进入商场的士人亦必须遵循贾道的职业原则：喻于利。"士而成功也十之一，贾而成功也十之九"①，巨大的差距瓦解了士农工商的等级界限，科举不第者的弃儒就商于明代社会中渐为普遍。袁宏道尝有诗曰"海阳多贾人，纤啬饶积聚。握算不十年，丰于大盈库。富也而可求，执鞭所忻慕。金口亲传宣，语在《述而》处。师与商孰贤，赐与回孰富？多少穷乌纱，皆被子曰误"②。诗中所蕴的不平牢骚自不必言，但穷富对照下的生存现实、成功难易却已造就了"执鞭所忻慕"的心态转移。迫于生计转变身份的士人所抱持的大抵是治生关怀下的求利心态，如此背景下的士人当然无暇继续为诗作文的文人雅事，况且孜孜为利的商人品格本就与传统文学的基本精神格格不入，商贾虽亦不乏能诗者，却大多有着商海成功的经济前提，有些甚至就是子承父业而不问生计的商家子弟，较之举业不得、弃儒为商的士人，其数量远远不及。即此而言，士商互动对于明代诗歌作者产生了一定程度上的分流影响。更应注意的是，虽然文学史认可了游子思妇的里巷歌谣，但诗歌在传统中历来是士子的专利，是读书人的身份象征，随着士人的地位下移、职业流动，这种专利属性自然也渐渐失效了。晚明讲学，士农工商，贩夫走卒，皆得与列听者，诗歌的作者范围虽未如此广泛，却也绝非儒者专事。复杂的作者身份对于诗歌的视角拓展自是有利，但作为文化象征的诗体尊严却受到了一定程度的消减。

较之被迫放弃士人身份的知识分子而言，可以保持衣冠、继续诗文儒雅之事的明代士人虽或有些可资自得的文化优越感，但本人以及家庭成员的衣食温饱依旧是必须面对的经济难题。所谓"读书要有福，无福者读书不成。如人家子弟，有志读书，若无衣食之忧，户役之扰，疾病之累以夺其心，便是有福。纵使无忧于衣食，无忧于户役，若身常有疾，则不能遂志，即是无福"③。衣食、户役、疾病关注下的读书福气中，除去个人健康的生理条件外，其余两项均是涉及经济的生计问题。即以疾病而言，无论求医问药，还是日常营养，亦须财力支撑。就晚明士风的"日习于不竞"，范濂曾言："士之所处在清苦，其势不得不流而为近利；所望在进取，其心不得不趋而为好名。不知近利好名，正今之士人对病药石也。先民有曰：'善不可为'。又

---

① 《丰南志》第五册《百岁翁状》，见张海鹏、王廷元：《明清徽商资料选编》，黄山书社1985年版，第251页。

② （明）袁宏道著，钱伯城笺校：《袁宏道集笺校》卷九，上海古籍出版社1981年版，第386页。

③ （明）陆容：《菽园杂记》卷七，中华书局1985年版，第86页。

曰:'善且不可为,而况于恶乎?'此万世之龟鉴也。嗟嗟,世道愈漓,法网愈密,亦可畏矣。吾愿同心之士,日以中原之诗相勖焉。其庶乎无忝于衣冠也哉。"①立足士人经济困境的"近利"辩护或者夹杂着个人的切身体会,作为药石的"近利好名"所以针砭的正是士人的"清苦之病",自也是先言治生的思路体现。"近利好名"的士心所趋虽不免要为士风不竞承担责任,却是生计压力下的无奈选择。身处其中的明代士人,亦只能持守"善且不可为,而况于恶乎"的古训,以"战战兢兢,如履薄冰"的儒经态度②相为勉励,维系着心灵层面的"无忝衣冠"。钟惺亦言:"士苟欲自遂其高,则其于衣食之计,当先使稍足于己,乃可无求于世。今人动作名士面孔向人,见人营治生计,即目之为俗。及至窘迫,或有干请乞丐,得与不得,俱丧其守,其可耻又岂止于俗而已乎?"③所言颇是,衣食不安,实难持守,温饱困窘之下,纵怀高志亦无力践履其实。所谓"通人作俗事,自有深意",其"深意"之发端亦即于此,至言"大抵士未有不近情而能全节者,但不可为贪鄙人藉口耳"④,依旧是士行维持下的心态关注。

于一般文士而言,"营治生计"的手段大抵在笔底诗文,"作文受谢,自晋宋以来有之,至唐始盛"⑤,然鬻文获财乃至巨万的李邕为杜甫作诗所讥,

---

① (明)范濂:《云间据目抄》卷二,江苏广陵古籍刻印社1983年版,笔记小说大观本,第114页。
② "中原之诗"或当指《诗经·小宛》篇,其曰:"宛彼鸣鸠,翰飞戾天。我心忧伤,念昔先人。明发不寐,有怀二人。人之齐圣,饮酒温克,彼昏不知,壹醉日富。各敬尔仪,天命不又。中原有菽,庶民采之。螟蛉有子,蜾蠃负之。教诲尔子,式谷似之。题彼脊令,载飞载鸣。我日斯迈,而月斯征。夙兴夜寐,毋忝尔所生。交交桑扈,率场啄粟。哀我填寡,宜岸宜狱。握粟出卜,自何能谷?温温恭人,如集于木。惴惴小心,如临于谷。战战兢兢,如履薄冰。"朱熹言:"此大夫遭时之乱,而兄弟相戒免祸之诗。"季本。亦云:《小宛》,世乱兄弟惧以无辜致罪,而相戒以免祸之诗。"钟惺说:"此诗是一篇家箴,不独处乱世宜然。"《毛诗振雅》亦曰:"盖守身事亲,是人生日用学问,不独处乱世为然,而乱世为甚。然则处乱世无他,苟免之道亦只是寻常守身事亲而已。末一章模出一'敬'字,则事亲守身之本也。"范濂"以中原之诗相勖",正有相戒守身之义,而作为人生日用学问的"守身事亲"却无不需要经济基础的支持,若个体一身尚可姑息,但传统观念中的"事亲""养家"则更是不能回避的生计问题。
③ (明)钟惺著,李先耕、崔重庆标校:《隐秀轩集》卷二十三《阮裕》,上海古籍出版社1992年版,第432页。
④ (明)钟惺著,李先耕、崔重庆标校:《隐秀轩集》卷二十三《阮裕》,上海古籍出版社1992年版,第432页。
⑤ (宋)洪迈:《容斋随笔·续笔》卷六,中华书局2005年版,第286页。又宋王楙《野客丛书》卷十七驳称:"作文受谢,非起于晋宋,乞米受金,为人作传,不足道也。观陈皇后失宠于汉武帝,别在长门宫,闻司马相如天下工为文,奉黄金百斤为文君取酒,相如因为文,以悟主上,皇后复得幸。此风西汉已然。"司马相如作文之事或未为实,但作为流传的故事本身,或即带有当时风气的印记。

唐代文士拒收润笔之事亦颇见记载,一时风气约略可见。然而,明代士人即或博取功名,所得官俸亦甚微薄,捉襟见肘下,不免依赖诗文字画贴补家用,至若未通仕籍者,更不免作文鬻利,收取润笔。其风炽盛,远过唐人。若"嘉定沈练塘龄闲论文士无不重财者,常熟桑思玄曾有人求文,托以亲昵,无润笔。思玄谓曰:'平生未尝白作文字,最败兴,你可暂将银一锭四五两置吾前,发兴后待作完,仍还汝可也。'唐子畏曾在孙思和家有一巨本,录记所作,簿面题二字曰'利市'。都南濠至不苟取。尝有疾,以帕裹头强起,人请其休息者,答曰:'若不如此,则无人来求文字矣。'马怀得言,曾为人求文字于祝枝山,问曰:'是见精神否?'(俗以取人钱为精神)曰:'然'。又曰:'吾不与他计较,清物也好。'问何清物,则曰:'青羊绒罢。'"①收取润笔已为士人通习,并不为耻。又若"陈元(崇)使高丽,大振风采,方物、侍妓一无所纳,国人无以狎之,因请造其殿记。公不允,君臣恳礼数四,乃为握管。夷王燕谢,献紫金瓶一枚,公怫去,王强之。公使索文欲毁裂玉,乃收瓶谨谢焉。归朝,或谓公既已为文,受瓶可已。公言:造文润笔,固亦有名。吾以天朝儒(臣),为彼记殿,体势重矣。受瓶则吾行为卖文也。忽诸"②。故事是否属实,姑且不论,但"既已为文,受瓶可已"的朝议时论以及陈氏所自言的"造文润笔,固亦有名",均折射出一般士人对于收取润笔的普遍认可。

当然,更大的认可则来自所收润笔的用途,强起为文的都穆,"工文章,凡润笔之资,与异母弟共用,次及二儿,或推及门人弟子,食贫时多至不能备后事并药饵"③。顾东桥视友人王韦之子王子新犹如己出,王韦故去,"人有丐先生文者,先生辄命以其润笔物送子新"④。养亲济友的日用开销均可纳入传统士人立身持家的合理支出,在此层面上的收取润笔大抵有着无可厚非的正当意义。而江南才子唐寅的润笔态度所呈现的却是另一种士人风流,因科场案受挫折的唐伯虎颓然自放,放诞不羁。尝断炊数日,作诗曰:"十朝风雨若昏迷,八口妻孥并告饥。信是老天真戏我,无人来买扇头诗。"⑤"青衫白发老痴顽,笔砚生涯苦食艰。湖上水田人不要,谁来买我画中山。"⑥"荒村风雨杂鸡鸣,輠釜朝厨愧老妻。谋写一枝新竹卖,市中笋价

①　(明)李诩:《戒庵老人漫笔》卷一,中华书局1982年版,第16页。
②　(明)祝允明:《野记》,中华书局1985年版,丛书集成初编本。
③　(明)李乐:《见闻杂记》卷十一,上海古籍出版社1986年版,第1011页。
④　(明)顾起元:《客座赘语》卷七,中华书局1987年版,第209页。
⑤　《唐寅集》卷三《风雨淹旬,厨烟不继,涤砚吮笔,萧条若僧,因题绝句八首奉寄孙思和》,上海古籍出版社2013年版,第109页。
⑥　《唐寅集》卷三《风雨淹旬,厨烟不继,涤砚吮笔,萧条若僧,因题绝句八首奉寄孙思和》,上海古籍出版社2013年版,第109页。

贱如泥"。① 所状清苦艰辛,正是失意功名者的一般写照,而诸如"扇头诗""画中山"之类的文艺行为更成为其赖以为生的主要手段。所谓"儒生作计太痴呆,业在毛锥与砚台。问字昔人皆载酒,写诗亦望买鱼来"②,正是世态实情。其《言志》诗又称:"不炼金丹不坐禅,不为商贾不耕田。闲来写就青山卖,不使人间造孽钱。"③迥异佛、道,不同农商的职守定位下正是儒生身份的心底关注,"不使人间造孽钱"的高标态度中,既有难抑的愤世感慨,更暗含着对自身"货卖"行为的辩解。复杂情绪推动下的唐寅以风流放旷的生活方式对抗社会,宣泄不满,佯狂买醉:"人生不向花前醉,花笑人生也是呆"④,"眼前富贵一枰棋,身后功名半张纸"⑤。疏狂放浪的处世态度换得"内园歌舞黄金尽,南国飘零白发生"⑥,但于借以谋生的诗赋字画却每每"自惭称作者",谦逊原非唐寅本色,"书画诗文总不工,偶然生计寓其中"⑦,正是言有所本的切身感受。又陈献章善画梅,人持纸求索者,多无润笔,遂题其柱云:"乌音人人来。"或诘其旨,乃曰:"不闻鸟声曰'白画,白画'。"客为之绝倒。⑧ 雅谑之中,实则暗含着这位事亲居家的白沙先生于润笔的关注留心,一代儒者自不会主动索求润笔,但"居常只谩过,即事始知贫"的陈献章却不免遭际"一室无多事,贫家每作难。从来无厚积,况复不能悭。贷粟干知友,营材入远山"⑨的生计尴尬。于贫至借贷的艰难情状下,留意润笔,正为常情。若其曾"作《潮州三利溪记》,盛言太守周鹏之功。鹏,道州永明县人,濂溪先生之后也,故下语尤真切。后知其妄,悔之,作诗云:'欲写生平不可心,孤灯挑尽几沉吟。文章信史知谁是,且传人间润笔金'"⑩。陈献章自悔文章之失实,落足却在"人间润笔",此类文字既不可征信,可资生计的"润笔"遂成为无奈之下的最佳解嘲。可见,白沙先生虽不妄作文字,却也不拒润笔,而此,正为明代儒者的一般润笔态度:虽不汲汲

---

① (明)《唐寅集》卷三《风雨浃旬,厨烟不继,涤砚吮笔,萧条若僧,因题绝句八首奉寄孙思和》,上海古籍出版社 2013 年版,第 110 页。
② 《唐寅集》卷三《风雨浃旬,厨烟不继,涤砚吮笔,萧条若僧,因题绝句八首奉寄孙思和》,上海古籍出版社 2013 年版,第 110 页。
③ (明)顾元庆:《夷白斋诗话》,载(清)何文焕辑:《历代诗话》,中华书局 2004 年版,第 802 页。
④ (明)蒋一葵:《尧山堂外纪》卷九十一,上海古籍出版社 2002 年版,续修四库全书本。
⑤ 《唐寅集》卷一《闲中歌》,上海古籍出版社 2013 年版,第 30 页。
⑥ 《唐寅集》卷二《漫兴》,上海古籍出版社 2013 年版,第 80 页。
⑦ 《唐寅集》卷三《风雨浃旬,厨烟不继,涤砚吮笔,萧条若僧,因题绝句八首奉寄孙思和》,上海古籍出版社 2013 年版,第 109 页。
⑧ (明)蒋一葵:《尧山堂外纪》卷八十六,上海古籍出版社 2002 年版,续修四库全书本。
⑨ 《陈献章集》卷四,中华书局 1987 年版,第 368 页。
⑩ (明)朱国祯:《涌幢小品》卷十六,上海古籍出版社 2005 年版,第 3479 页。

索取,却也来者不拒,当然,对于作文对象、诗文表述亦大抵有着程度不一的选择标准。

　　虽出于无奈,作文润笔毕竟获得了生计压力下的合理存在,而鬻文行为中的商业因素自然因之滋长。正统进士叶盛曾言,"三五年前,翰林名人送行文一首,润笔银二三钱可求;事变后文价顿高,非五钱一两不敢请,迄今犹然"①,至成化间,翰林名士的一篇文章,润笔已过二两白银,而到正德之后,更高达四五十两②。润笔费用的飞涨正是商业因素的力量张显,数十倍的差距并非因物价上涨而造成,乃是一般士人趋利尚俗的恶果。最初不得不为的谋生之作,已于商业潮流的影响之下蜕变为求利媚俗的工具。明人集中的家谱序言、送行序记、墓志碑铭数量尤夥,却多是些毫无生气的通顺文字,大多皆因"利"字寓于其中。相较而言,鬻"诗"求利的行为则要少一些,篇幅短小的诗歌在"文""钱"贸易中虽算不得青睐对象,但附庸风雅者的求取行为却也屡见不鲜,此类作品亦为数不少。此外,诗歌又常与字、画相伴出售,在明代数量庞大的书法作品以及题画诗中亦有不少因利而为的诗作,较之一般的应酬文字,此类作品就更为低下了。总之,无论是无奈的被动握笔,还是有意的求利挥毫,商业化的诗歌行为虽在一定程度上缓解了明代士人的谋生压力,但对于明诗本身的发展却算不得有利的条件。以"求利"为目的的诗文创作虽是特定文学生态下的必然产物,但其于文学言志抒情的传统终究造成了某种意义上的职能分流。

　　尽管明中叶之后经济形态有了相当复杂的变化,农业经济的商品化、工商业经济的发达,国家专卖控制的放松,整个社会被越来越多地卷入市场活动中,全国性的商业网络渐具规模,商人的经济控制能力日益彰显,甚至出现了以各种形态进行的合法或非法的海上贸易。但以农为本的立国思路始终未变,甚至于"对田赋收入地过分依赖也一反以前几个王朝注重从贸易和商业中获取收入的共同倾向"③,农业依旧是国家收入的主要

---

①　(明)叶盛:《水东日记》卷一,中华书局1980年版,第3页。按:叶盛于下文又举一例为证:尝记一日过钱原溥翰检第,强予宿。初不知其意。黎明起,而其夙所约张士谦先生来,一相者继亦来,相者目先生良久首曰:"此大人平生不得弟兄气力。"先生大笑而却之,曰:"吾永乐中为进士、庶吉士、中书舍人,时年向壮,有志文翰,昼夜为人作诗写字,然未尝得人一叶茶,非如今人来乞一诗,则可得一赆见蜕帕。向非吾弟贸易以资我,我何以至今日耶!"由此观之,当时润笔亦薄已。

②　(明)俞弁:《山樵暇语》卷九,齐鲁书社1996年版,四库全书存目丛书本。

③　[英]崔瑞德、[美]牟复礼:《剑桥中国明代史:1368—1644年》下卷,杨品泉、张书生等译,中国社会科学出版社2006年版,第149页。

经济来源①,农业社会的主流文化特质亦未改变。"明代中国是一种文化的产物,这种文化按照一种古代农业社会的理想把自己概念化"②,在如此文化生态下,"尽管金钱的威力有所上升,但是士绅的价值和标准依然统治着社会。如果没有趣味的调节力量,财富是不可能以简单的形式转化成社会地位的。而商人只能影响而不能控制这种力量的规定作用,这还必须从士绅那里学习。只要士绅精英还能够找到开发金融财富的方法,只要选拔官吏还是通过科举而不是财富贡献,士绅就依然保持着统治地位"③。经济的变迁虽然形成了剧烈的社会冲击,但农业经济形态的主流延续以及科举制度下士人地位的保持,却意味着明诗的文学生态并未招致根本性的破坏,部分生态因素的变化自然会产生相应的影响力,却未必能影响明诗的发展主脉。明中叶以来的商业繁盛虽未能直接改造作为正宗文体的传统诗歌,却已于社会层面完成了商人地位与士人态度的转变;经济压力下的治生言利更以基本的生计影响渗入士人的诗歌行为,并随着商业经济的发达,呈现出左右创作的巨大张力。

第二节　世俗观念的诗歌渗透

明代社会经济的巨大变迁曾引起了许多学者至今仍在继续探寻的一个中心问题:资本主义萌芽。中外研究者就不同立场、不同角度的分析论辩虽未能达成共识,但许多相关议题却得到了深入研究论证。晚明经济是否具备了资本主义的萌芽虽不能确定,但无论是既有的研究成果,还是这一问题备受关注的学术现象,都已说明这一经济形态的变迁对于传统社会不容忽视的文化触动。尽管明代社会基本保持了农业文明的主流文化特质,但商品经济中毕竟蕴含着属于另一种制度的文化特质,它的发达自然对传统文化构成了相当的冲击。诗歌作为传统文化的正宗载体,以农耕经济为基础的封建文化是其重要的生态条件,明代的商业发达虽未对这一生态构成毁

---

① 谢和耐称,明初的农本政策"为未来确定了一种暂行的方向,即明清帝国的主要基础将是农业。因此,在14世纪的国家经济中产生了一种明显的变化。如果说宋代国库的大部分是由经商税所维持的,而商业经济在蒙古人统治时代仍保持着一种重要性,那么国家的主要收入以后就由农民提供了"。(参见[法]谢和耐:《中国社会史》,耿昇译,江苏人民出版社1997年版,第339页)
② [英]崔瑞德、[美]牟复礼:《剑桥中国明代史:1368—1644年》下卷,杨品泉、张书生等译,中国社会科学出版社2006年版,第665页。
③ [英]崔瑞德、[美]牟复礼:《剑桥中国明代史:1368—1644年》下卷,杨品泉、张书生等译,中国社会科学出版社2006年版,第672—673页。

灭性的破坏,但亦造成了相当的影响。就社会风俗而言,金银的魔力在商业经济中得以淋漓尽致地展现,相伴而生的则是尚奢习气与重利思潮,这些都形成了对传统道德的巨大挑战。与此同时,因长期礼教禁锢所引发的性情思潮亦因商业经济的文化冲击而呈现出席卷一代士风的巨大张力。

一、性情思潮的再起

明以理学开国,道学条律因朝廷的提倡、科举的维护,以及复古情绪的推动而在整个社会中表现为高度一致的思想统摄:"师无异说,士无异学,程朱之书,立于掌故,称大一统"①。"学者视诸大儒之说,有如法家律例,一字不得轻有出入,又必一一求合于异同之间以为按据,否则人且以杜撰谯之。"②日益僵化的道学理解抹杀了原本的人性色彩,反复灌输的道德条律成为必须执行的法令,传统的儒学规范因专治意识的渗透而演变为令人窒息的高压控制,不可避免地导致了一般士人的言行脱节。"王阳明看到了外在的道德律令与主体的道德行为的分裂所造成的普遍作伪的风习,也看到了'礼'的规范不合人情而造成作伪的事实,然而,主观上想挽救传统社会'纪纲凌夷'的动机,使他极力想把作为外在道德律令的'天理'化作人的内心的道德自觉,用'良知'去'知善知恶',来再造一个把'天理'作为行为的真实动机和出发点的社会道德氛围"③。标举"良知"、倡言心学,"举起道学革命的旗帜;一扫二百余年蹈常袭故的积习,而另换一种清新自然的空气。打倒时文八股化的道学,而另倡一种鞭辟近里的新道学"④。得以从祀孔庙的王守仁眼见"纪纲凌夷""病革临绝",士行陵替,揭"致良知"之说,起而振之,简明切实,"当士人桎梏于训诂词章间,骤而闻良知之说,一时心目俱醒,恍若拨云雾而见白日,岂不大快! 然此窍一凿,混沌遂亡"⑤,"开发也余,收来不足"的阳明先生并未料到,因针砭时弊而对内心道德自觉的强调⑥却造成

---

① (明)董其昌:《容台文集》卷一《合刻罗文庄公集序》,齐鲁书社1996年版,四库全书存目丛书本。

② (明)罗洪先:《念庵文集》卷四《谷平先生文集序》,上海古籍出版社1987—1989年版,文渊阁四库全书本。

③ 萧萐父、许苏民:《明清启蒙学术流变》,辽宁教育出版社1995年版,第50—51页。

④ 嵇文甫:《晚明思想史论》,东方出版社1996年版,第1页。

⑤ (明)顾宪成:《小心斋札记》卷三,齐鲁书社1996年版,四库全书存目丛书本。

⑥ 如王阳明曾曰:"圣贤教人如医用药,皆因病立方,酌其虚实温凉阴阳内外而时时加减之,要在去病,初无定说。若拘执一方,鲜不杀人矣,今某与诸君不过各就偏蔽箴切砥砺,但能改化,即吾言已为赘疣。若遂守成为训,他人误己误人,某之罪过可复追赎乎?"[(明)徐爱:《传习录序》,载(明)王守仁:《王阳明全集》卷四十一,上海古籍出版社1992年版,第1567页]

了对外在道德约束的忽视,理学高压下骤然解放的心体越出了"天理"的规范约束,从心行事,"遂非名教所能羁络"。

> 今诋学朱子者,曰支离也,玩物也,义外也。讲求制度名物者,谓增霸者之藩篱;而温清定省之仪节,等于扮戏。以是垂则后学,其谁不曰吾自有良知!六经任我驱使,读书训诂可鄙也,而穿凿武断、离经背道之讲说显行于世矣,谁不曰吾自有良知!制度仪节,傀儡具耳;而苟且佻薄简略戏慢之行,众以为风雅圆融,无可无不可矣,谁不曰吾自有良知!公议皆世俗之论,名教特形迹之麤也。甚至踪迹诡秘,举良知以自解,曰吾一念自信而已。乡评不许,举良知以自文,曰良知自信,乃贤者所为,与乡党自好者不侔也。而贪色好货、争名角利之习,可肆行而无忌矣。①

良知成为违越礼教规范的绝佳借口,学术的裂变导致了道德规范的失效。"王氏之学遍天下,几以为圣人复起,而古先圣贤,下学上达之遗法,灭裂无余,学术坏而风俗随之,其弊也。至于,荡轶礼法,蔑视伦常,天下之人恣睢横肆,不复自安于规矩绳墨之内,而百病交作"②。后世理学家于正统立场下的学术抨击虽不免夹杂着些过激情绪,但其于心学流弊的社会批判却颇为"切要中肯"。

在王阳明的心学体系中,"'心'被区划为'道心'(天理)、'人心'(人欲)。'道心'反对'人心'而又须依赖'人心'才能存在,这当中即已蕴藏着破裂其整个体系的必然矛盾。因为'道心'须通过'人心'的知、意、觉来体现,良知即是顺应自然。这样,知、意、觉则已带有人类肉体心理性质而已不是纯粹的逻辑的理了。从这里必然发展出'天理即在人欲中','理在气中'的唯物主义"。"'道心'与'人心'既不能分,'心'与身又不能分,这样,'理'、'天理'也就愈益与感性血肉纠缠起来,而日益世俗化了"。③"尽管王阳明在实质上始终将吾心置于普遍天理的抑制之下,但他既然赋予良知以个体性和普遍性之双重规定,那么就无法阻止个体性原则以他并不企望的形式展开"④,其后的泰州学派即将自我(个体)之意抬至"主宰"的地位,

---

① (清)张烈:《王学质疑·总论》,载徐世昌等:《清儒学案》卷二十三,中华书局 2008 年版,第 884 页。
② (清)陆陇其:《三鱼堂文集》卷二,上海古籍出版社 1987—1989 年版,文渊阁四库全书本。
③ 李泽厚:《中国思想史论》(上),安徽文艺出版社 1999 年版,第 248—249 页。
④ 杨国荣:《王学通论》,华东师范大学出版社 2003 年版,第 614 页。

远远越出了理学以及阳明心学本来的精神边界。以此展开的王门后学"都以对当时尊奉的历史传统与社会秩序的抨击和瓦解为目标,他们把俗人与圣人,日常生活与理想境界、世俗情欲与心灵本体彼此打通,肯定日常生活与世俗情欲的合理性,把心理的自然状态当成了终极的理想状态,也把世俗民众本身当成圣贤,肯定人的存在价值和生活意义"①。心学思想中的世俗品质被发挥得淋漓尽致,而以彰显个性为标识的人文觉醒在与作为权力意志的异化"天理"相对抗时,更造就了一脉活泼泼的性情思潮。

讲求"童心"的李贽称,"自然发于情性,则自然止乎礼义,非情性之外复有礼义可止也。惟矫强乃失之,故以自然之为美耳,又非于情性之外复有所谓自然而然也"②,视"情"为万物本原,"独抒性灵"的袁宏道言:"理在情内③,"欲拂情以为理,故去治弥远"④,"顺人情可久,逆人情难久"⑤,圣人言语"都近情,不执定道理以律人"⑥。张潮于《幽梦影》更称:"情之一字,所以维持世界",友人曹冲谷亦言"情字如此看方大,若非情之维持,久已天崩地裂"⑦。英雄定具深情在《诗归》中屡屡评说:"英雄定具深情"⑧,"英雄本色,却字字不离儿女情事,便自有圣贤作用,不是一味英雄人所为"⑨。周铨《英雄气短说》亦云:"故天下一情所聚也。情之所在,一往辄深。移之以事君,事君忠;以交友,交友信;以处世,处世深。故《国风》许人好色,《易》称归妹见天地之心……故未有不得于情,能大其英雄之气者。"⑩闵景贤《鸳鸯谱题辞》云:"凡忠臣孝子节义事功,莫非大有情人,则此情为位育真种子,比假经济、假道学、假名理、假禅、假法,皆不及情也。"⑪汤显祖于

①　葛兆光:《中国思想史》第二卷,复旦大学出版社 2001 年版,第 317 页。
②　(明)李贽:《焚书》卷三,中华书局 2009 年版,第 132 页。
③　(明)袁宏道著,钱伯城笺校:《袁宏道集笺校》卷四十四《德山麈谈》,上海古籍出版社 1981 年版,第 1285 页。
④　(明)袁宏道著,钱伯城笺校:《袁宏道集笺校》卷四十四《德山麈谈》,上海古籍出版社 1981 年版,第 1285 页。
⑤　(明)袁宏道著,钱伯城笺校:《袁宏道集笺校》卷四十四《德山麈谈》,上海古籍出版社 1981 年版,第 1291 页。
⑥　(明)袁宏道著,钱伯城笺校:《袁宏道集笺校》卷四十四《德山麈谈》,上海古籍出版社 1981 年版,第 1291 页。
⑦　(清)张潮:《幽梦影》,青岛出版社 2010 年版,第 170 页。
⑧　(明)钟惺、谭元春辑:《唐诗归》卷一,清刻本。
⑨　(明)钟惺、谭元春辑:《唐诗归》卷二十三,清刻本。
⑩　(明)周铨:《英雄气短说》,载王云五编:《晚明小品文选》第一册,商务印书馆 1937 年版,第 12 页。
⑪　(明)闵景贤:《鸳鸯谱题辞》,载《明清性灵小品》,湖北辞书出版社 1994 年版,第 133—134 页。

《耳伯麻姑游诗序》中称："世总为情,情生诗歌,而行于神。天下之声音笑貌大小生死,不出乎是。"①认为人生一切皆出于情。《牡丹亭记题词》更言:"情不知所起,一往而深,生者可以死,死者可以生。生而不可与死,死而不可以复生者,皆非情之至也。"②袁黄《情理论》云:"夫世人之劝人阻人者,以刑赏,以天道之吉凶,以名义之衮钺,是独以理行者也。而善劝阻,则以情。情联之,则琴瑟埙篪;情走之,则千里命驾;情迫之,则等一死于鸿毛,指汤火而偕赴;情羞之,则暮夜之金不收,呼蹴之物不饵。一往而深,无根而固。"③谭元春评诗语中有"此情常留天地之间,则人生有趣,生趣不坠,则世界灵活"之句④。章世纯更对门人刘士云称,"孰为天理,人情而已"⑤。冯梦龙《情史序》则言,"六经皆以情教也。《易》尊夫妇,《诗》有《关雎》,《书》序嫔虞之文,《礼》谨聘奔之别,《春秋》于姬姜之际详然言之,岂非以情始于男女,凡民之所必开者,圣人亦因而导之,俾勿作于凉,于是流注于君臣、父子、兄弟、朋友之间而汪然有余乎! 异端之学,欲人鳏旷以求清静,其究不至无君父不止。情之功效亦可知矣"。⑥

不同层面、不同视角、不同程度的尊情思想喷薄激荡,蔚然成潮。情为万物所生,列贤英雄莫不具备,圣经典籍莫不承载,更成为人间一切行为最为恒久、最为强大的原动力。冯梦龙的《情偈》颇是一篇典范的纲领文字:"天地若无情,不生一切物。一切物无情,不能环相生。生生而不灭,由情不灭故。四大皆幻设,惟情不虚假。有情疏者亲,无情亲者疏。无情与有情,相去不可量。我欲立情教,教诲诸众生。子有情于父,臣有情于君。推之种种相,俱作如是观。万物如散钱,一情为线索。散钱就索穿,天涯成眷属。若有贼害等,则自伤其情。如睹春花发,齐生欢喜意。盗贼不必作,奸宄不必起。佛亦何慈悲,圣亦何仁义。倒却情种子,天地亦混沌。无奈我情多,无奈人情少,愿得有情人,一起来演法。"⑦尽管其中依旧保持着父子君臣的纲常关注、济世安民的仁者心怀,但以"情"为核心的演法传布显然有

① 《汤显祖全集》诗文卷三十一《耳伯麻姑游诗序》,北京古籍出版社1999年版,第1100页。
② 《汤显祖全集》诗文卷三十三《牡丹亭记题词》,北京古籍出版社1999年版,第1153页。
③ (明)袁黄:《两行斋集》卷一《情理论》,内阁文库藏明天启四年刻本。
④ (明)谭元春:《古诗归》卷十四,明闵振业刻三色套印本。
⑤ (明)章世纯:《示门人刘士云》,载(清)周亮工:《尺牍新钞》卷三,上海杂志公司1935年版,第69页。
⑥ (明)冯梦龙:《情史·詹詹外史序》,载《冯梦龙全集》第7册,凤凰出版社2007年版,第3页。
⑦ (明)冯梦龙:《情史·龙子犹序》,载《冯梦龙全集》第7册,凤凰出版社2007年版,第1—2页。

着迥异于正统礼法思路的世俗特色。三教杂取的思想混杂姑且不论，对于"情"的高度推崇正是对"礼以饰情"之观念的再次突破。与游牧民族的对于农耕礼法的文化漠视不同，晚明性情思潮的前导则在于对于名教礼法的过度重视维护，汉统恢复的文化情绪与科举取士的知识训练不仅迅速转变了元朝统治下的越礼任情，更造就了明代士人对于道统延续的特别珍惜，理学高压形成虽然有着国家专治的权力渗透，但士阶层的普遍珍惜却是不容忽视的因素。理学思路下的身心训练，正是明道成圣指向下的道德实践，其所体现出的是一种在世俗沉沦中的心灵超越。然而，当理学成为政治权力控制下的意识形态话语时，"天理"之类的绝对真理则演变为一种严厉的制度和训诫的规则，成为对士人心灵的约束。特别是，其于世俗世界的极端鄙夷和对超越世界的过度推崇，恰恰可能使得始终生活在世俗中的人变得无所适从①，这些看上去绝对高尚的道理因为过度高尚纯粹而与社会脱节，而身处其下的士人则不免面临着言行分裂的立身尴尬，守志亢行、砥砺名节者固然有之，但一般士行所表现出的却是难以恪守的普遍作伪风气，理学教条沦为道德标榜的口头装饰、博取功名的案头教材。"惟世之号称贤士大夫者，乃始或有以之而相讲究，然至考其立身行己之实，与其平日家庭之间所以训督期望其子孙者，则又未尝不汲汲焉惟功利之为务；而所谓圣贤之学者，则徒以资其谈论、粉饰文具于其外，如是者常十而八九矣"②，"功利之徒，外假天理之近似，以济其私，而以欺于人"③，"外假仁义之名，而内以行其自私自利之实，诡辞以阿俗，矫行以干誉"，"士皆巧文博词以饰诈，相规以伪，相轧以利，外冠裳而内禽兽，而犹或自以为从事于圣贤之学"④。言辞激烈的士风批判中正凸现出阳明心学"补偏救弊，契圣归宗"的救世宗旨与现实关注。而由良知学说引发的性情思潮所延续的却是相同的思路。无论是汤显祖的"以人情之大窦，为名教之至乐"，还是冯梦龙的"借男女之真情，发名教之伪药"，其所体现的现实抨击实与阳明心学的斥伪批判一脉相承。名教礼法既已沦为无法真正践履的条律空言，成为功利之徒借以阿俗干誉的掩饰工具，自然也就失去了其应有的普遍约束力。挣脱伪道学的羁

①　参见葛兆光：《中国思想史》第二卷，复旦大学出版社2001年版，第303页。

②　（明）王守仁：《阳明先生集要·文章编》卷三《书卷·书黄梦星卷》，中华书局2008年版，第909页。

③　（明）王守仁：《阳明先生集要·理学编》卷四《象山文集序》，中华书局2008年版，第321页。

④　（明）王守仁：《王阳明全集》卷八文录五《书林司训卷》，上海古籍出版社1992年版，第282页。

绊,彰显久被压抑的性情成为相当一部分士人的文化取向,觉醒的人文思潮迅速体现出荡决一切的文化张力,高张的性情思潮再次席卷了已然变质的名教礼法。

二、奢僭风气的流行

心学思路下的性情尊崇为晚明社会的礼法蔑视提供了有力的思想辩护,纵情任性的世俗精神以叛逆的姿态横扫矫揉造作的礼法规范,若徐渭言"达人志冥鸿,岂为网罗厄"①,汤显祖欣赏的是"离致独绝"的自然文字,要求"奇发颖竖,离众独绝,绳墨之外,粲然能有所言"②。袁宏道讲究"文章新奇,无定格式,只要发人所不能发,句法字法调法,一一从自己胸中流出"③,皆有一种不为羁绊的精神流动其中。除去思想层面的性情冲击外,商业经济的发展对于农耕文明下的礼法规范同样有着相当力度的观念冲击。经济的变迁改造着社会风俗,金钱的威力随商业的发达而凸现,深刻地影响着士民风气与时代信仰。学术演进中的性情思潮与经济变迁的重利意识相互激荡,彼此推进,从不同层面共同导致了有明一代士风民情的历史嬗变。

顾炎武《天下郡国利病书》中的《歙志风土论》历来被视为明代风俗变迁的典范记载,其曰:

> 国家厚泽深仁,重熙累洽,至于弘治,盖慕④隆矣,于时家给人足,居则有室,佃则有田,薪则有山,艺则有圃,催科不扰,盗贼不生,婚媾依时,闾阎安堵,妇人纺绩,男子桑蓬,臧获服劳,比邻敦睦,诚哉一时之三代也。岂特宋太平,唐贞观,汉文景哉。诈伪未萌,讦争未起,芬华未染,靡汰未臻,此正冬至以后,春分以前之时也;寻至正德末,嘉靖初则稍异矣,出贾既多,土田不重,操资交捷,起落不常,能者方成,拙者乃毁,东家已富,西家自贫,高下失均,锱铢共竞,互相凌夺,各自张皇,于是诈伪萌矣,讦争起矣,芬华染矣,靡汰臻矣,此正春分以后,夏至以前

---

① (明)徐渭:《徐文长三集》卷四,载《徐渭集》,中华书局1983年版,第81页。

② 《汤显祖全集》诗文卷三十三《萧伯玉制义题词》,北京古籍出版社1999年版,第1162—1163页。

③ (明)袁宏道著,钱伯城笺校:《袁宏道集笺校》卷二十三《答李元善》,上海古籍出版社1981年版,第786页。

④ 当为"篡隆"。《尔雅·释诂》:"篡,继也。"《尔雅注疏》卷一,载(清)阮元校刻:《十三经注疏》(上、下册),中华书局1980年版,第2569页。

之时也；迨至嘉靖末隆庆间，则尤异矣，末富居多，本富尽少，富者愈富，贫者愈贫，起者独雄，落者辟易，资爱有属，产自无恒，贸易纷纭，诛求刻核，奸豪变乱，巨猾侵牟，于是诈伪有鬼蜮矣，讦争有戈矛矣，芬华有波流矣，靡汰有丘壑矣，此正夏至以后，秋分以前之时也；迄今三十余年，则夐异矣，富者百人而一，贫者十人而九，贫者既不能敌富，少者反可以制多，金令司天，钱神卓地，贪婪罔极，骨肉相残，受享于身，不堪暴殄，因人作报，靡有落毛，于是鬼蜮则匿影矣，戈矛则连兵矣，波流则襄陵矣，丘壑则陆海矣，此正秋分以后，冬至以前之时也。①

比以节令的历史回溯暗蕴着现实的焦虑——冬至以后的朱明帝国何夫何从？作者叹曰："嗟夫，后有来日，则惟一阳之复，安得立政闭关，商旅不行，安静以养微阳哉？"②《易》学思路下的国运关注中饱含着民风再朴的深切期望，背后所隐藏却是深沉的现实危机。对于商旅的批判自是正统儒者的思路，但因商业发展所带来的民情嬗变却于此可见一斑。相似的记载在明代方志中屡见不鲜：

嘉靖《太平县志》载："国初，新离兵革，人少地空旷，上田率不过亩一金，是时，惩元季政媮，法尚严密，百姓或奢侈逾度，犯科条，辄籍没其家，人罔敢虎步行。丈夫力耕稼，给徭役，衣不过细布土缣，仕非宦达官员，领不得用纻丝；女子勤纺绩蚕桑，衣服视丈夫子，士人之妻非受封，不得长衫束带。居室无厅事，高广惟式……至宣德、正统间，稍稍盛，此后法网亦渐疏阔……"③

嘉靖《江阴县志》载："国初时，民居尚俭朴，三间五架。制甚狭小；服布素，老者穿紫花布长衫，戴平头巾，少者出游于市，见一华衣，市人怪而哗之；燕会八簋，四人合坐，为一席，折简不盈幅。成化以后，富室之居，僭侔公室，丽裾丰膳，日以过求，其衰也，维家之索，非前日比矣。"④

江、浙地区的府县方志关于明代风俗描述有着大抵相近的变迁模式。明初，贵贱尊卑各安其位，士农工商各安其业，重本抑末的经济政策与严格执行的等级秩序下，整个社会俭朴淳厚，"望其服，而知贵贱，睹其用，而明等威"⑤，呈现出一派农耕模式下的典范风气。几十年的休养生息，民力舒

---

① （清）顾炎武：《天下郡国利病书》第2776册，商务印书馆1926年版，四部丛刊本。
② （清）顾炎武：《天下郡国利病书》第2776册，商务印书馆1926年版，四部丛刊本。
③ （明）曾才汉、叶良佩：嘉靖《太平县志》卷二，明嘉靖刻本。
④ （明）张衮：嘉靖《江阴县志》卷五，明嘉靖刻本。
⑤ （明）张瀚：《松窗梦语》卷四，中华书局1985年版，第76页。

解,财赋聚积,渐开升平气象。商业发展,贸易往来,遂成繁华盛况,而士风民情亦随之转移。"迨天顺、成化之际,民益富庶,复崇侈尚靡,以襟度好事相高"①,"习俗奢靡,故多僭越,庶人之妻,多用命服,富民之室,亦级兽头,不能顿革也"②。"细民弃本事末,豪右亦颇崇华黜素,竞势逐利,以财力侈靡相雄张,冠昏丧祭盖有不能如古礼者"。③ 然而,"英、武之际,内外多故,而民心无土崩瓦解之虞者,亦由吏鲜贪残,故祸乱易弭也。嘉、隆以后,资格既重甲科,县令多以廉卓被征,梯取台省,而龚、黄之治,或未之觏焉。神宗末年,征发频仍,矿税四出,海内骚然烦费,郡县不克修举厥职。而庙堂考课,一切以虚文从事,不复加意循良之选。吏治既以日媮,民生由之益蹙"④。政治风气的整体滑坡导致了法纪的松弛,作为表率的官员群体表现出普遍的言行分裂,以帝王为首的贪财行为更使得万历之后的金钱威力大为滋长,重压之下的农民被迫离开土地,迁转流徙,相当一部分人则为可以被自由雇佣者,万历年间嘉兴府崇德县石门镇的油坊"坊须数十人,间日而作。镇民少,辄募旁邑民为佣。其就募者,类赤身亡赖……二十家合之,八百余人。一夕作,佣直二铢而赢"⑤。"赤身亡赖"正是失去土地的农民,又如苏州"生齿最繁,恒产绝少,家杼轴而户纂组,机户出资,机工出力,相依为命久矣"⑥,雇工经营已是寻常现象。即工商业发展而言,传统意义下的"民生益蹙"却是一定程度上的促进因素。商品经济的持续扩张、商人财富的不断积累、金钱威力的继续提升,使得晚明的奢靡僭越之风更甚从前。"流风愈趋愈下,惯习骄奓,互尚荒侈"⑦,"万历以后,迄于天、崇,民贫世富,其奢侈乃日甚一日"⑧。"民贫世富"的社会畸态正是朝纲解纽下的经济发展模式,缺乏规范制约下的财富剧增每每表现出纵肆无忌为炫耀心态,寻求心理补偿的富商大贾亦习惯以侈靡违禁的僭越行为来博得世人尊重,提升社会地位。尤当注意的是明代士人对奢侈行为所进行的合法性辩护。陆楫在《蒹葭堂杂著摘抄》曰:

---

① (明)冯汝弼、邓韍:嘉靖《常熟县志》卷四,明嘉靖刻本。
② (明)曹一麟、徐师曾:嘉靖《吴江县志》卷十三,明嘉靖四十年刊本。
③ (明)陈艮山:《正德淮安府志》卷四,正德十三年刊本。
④ (清)张廷玉等:《明史》卷二百八十一,中华书局1997年版,第1845页。
⑤ (清)袁国梓:康熙《嘉兴府志》卷十八,清康熙二十一年刻本。
⑥ 《明神宗实录》卷三百六十一,台湾"中研院"历史语言研究所影印本1968年版。
⑦ 《博平县志》卷四,转引自邢义田等主编:《社会变迁》,中国大百科全书出版社2005年版,第299页。
⑧ (清)陈荚缵等修、倪师孟等纂:《乾隆吴江县志》卷三十八,乾隆修民国年间石印本。

　　论治者类欲禁奢,以为财节则民可与富也。噫! 先正有言,天地生财,止有此数。彼有所损,则此有所益,吾未见奢之足以贫天下也。自一人言之,一人俭则一人或可免于贫;自一家言之,一家俭则一家或可免于贫。至于统论天下之势则不然。治天下者,将欲使一家一人富乎?抑亦欲均天下而富之乎? 予每博观天下之势,大抵其地奢则其民必易为生,其地俭则其民必不易为生者也。何者? 势使然也。今天下之财赋在吴越,吴俗之奢,莫盛于苏杭之民。有不耕寸土而口食膏粱,不操一杼而身衣文绣者,不知其几何也,盖俗奢而逐末者众也。只以苏杭之湖山言之,其居人按时而游,游必画舫肩舆,珍羞良酝,歌舞而行,可谓奢矣。而不知舆夫舟子,歌童舞妓,仰湖山而待爨者不知其几。故曰:"彼有所损,则此有所益。若使倾财而委之沟壑,则奢可禁。不知所谓奢者,不过富商大贾、豪家巨族,自侈其宫室车马,饮食衣服之奉而已。彼以粱肉奢,则耕者庖者分其利;彼以纨绮奢,则鬻者织者分其利。正《孟子》所谓通功易事,羡补不足者也。上之人胡为而禁之? 若今宁绍金衢之俗,最号为俭,俭则宜其民之富也。而彼诸郡之民,至不能自给半游食于四方。凡以其俗俭而民不能以相济也。要之先富而后奢,先贫而后俭。奢俭之风,起于俗之贫富,虽圣王复起,欲禁吴越之奢难矣。"或曰:"不然。苏杭之境,为天下南北之要冲,四方辐辏,百货毕集,使其民赖以市易为生,非其俗之奢故也。"噫! 是有见于市易之利,而不知所以市易者,正起于奢。使其相率而为俭,则逐末者归农矣。宁复以市易相高耶? 且自吾海邑言之,吾邑僻处海滨,四方之舟车不一经其地,谚号为小苏州。游贾之仰给于邑中者,无虑数十万人,特以俗尚甚奢,其民颇易为生尔。然则吴越之易为生者,其大要在俗奢,市易之利,特因而济之耳,固不专恃乎此也。长民者因俗以为治,则上不劳而下不扰,欲徒禁奢可乎? 呜呼! 此可与智者道也。①

　　不嫌冗长的摘引这段文字是因为其于社会史、思想史的双重特殊意义,傅衣凌、杨联陞以及后来的余英时先生,均对此文中的"现代精神"极为关注,"在反奢侈传统源远流长的明代中国,陆楫居然转为奢侈作公开的辩护,这不能不说是价值观念上的一个重大的改变"②。尽管先秦时的《管

---

① (明)陆楫:《蒹葭堂杂著摘抄》卷六,中华书局 1985 年版,丛书集成初编本。
② 余英时:《士与中国文化》,上海人民出版社 2003 年版,第 547 页。

子·侈靡篇》中已有类似的思想论述①,但农业文明下的道德传统却始终不曾予以重视。"承父(陆)深荫,入国子监读书"②的陆楫虽然以"可与智者道"的理解角度反对禁奢主张,溯其发端却是仁者的民生关怀,而统论天下的奢、俭辨析正基于"民贫世富"的社会观察。"奢"的行为与百姓的"赖以市易为生"相济而成,富商大贾,豪家巨族的"自侈"为耕、庖、鬻、织者提供就业营利的机会,有着"通功易事,羡补不足"的积极意义。对于传统道德的背离源自于对社会现实的深刻反思,"因俗为治"的安民思路正是特定经济形态下的无奈选择,"欲徒禁奢可乎"的追问中更暗含着规范发展商品经济的理性诉求。

　　然而,旷然复古的明代中国当然不会,也不能循此思路有更进一步的思考和举措。禁奢崇简,淳朴民风始终是朝臣奏疏、士人笔记乃至民间议论的基本关怀,但议论批评之外的奢侈风气却在"民贫世富"的生存需要中,"炫富以求尊重"的商贾心态下愈演愈烈。成化、天顺时已"崇侈尚靡"的常熟县在嘉靖时,更是"崇栋宇,丰庖厨,溺歌舞,嫁娶丧葬,任情而逾礼"③。"吴江号为繁盛,四郊无旷土,其俗多奢少俭,有陆海之饶,商贾并辏。精饮馔,鲜衣服,丽栋宇;婚丧嫁娶下至燕集,务以华缛相高;女工织作,雕镂涂漆,必殚精巧"④。淮安府"衣饰云锦,豪富绮靡;至于巾裙,奢侈异制,闺阁丽华炫耀,庸流优隶混与文儒衣冠相杂,无分贵贱,且宴会、室庐、衣帽,今皆违式,奢侈无忌"⑤。而道德立场下的世风批判则始终是与之相俱的社会声音。"成化时,九卿以灾异陈言,内一款:'军民服色器用,近多僭越,服用则僭大红织金罗段遍地锦,骑坐则僭描金鞍革占镀银鞦辔,首饰则僭宝石珠翠。今四方丝贵金少,率皆坐此。宜严加禁约,违者即重罪而没入之。此侈风在今更甚,尤宜禁止'。"⑥弘治时的户部侍郎何瑭曾在其《民财空虚之弊议》中将"风俗奢僭"与"官吏剥削,差科繁重,生齿蕃多"并列为四弊。⑦ 嘉靖时的山西按察史乔世宁则将"风俗侈"与水旱、盗贼、赋役繁重、吏贪暴并视为"天下民贫极"的原因,更称"救时急务,惟惩贪禁侈而已"⑧。万历阁臣沈鲤《学政条陈疏》更建言:"俗尚奢靡宜矫之,以趋于俭朴,风会浇漓,宜

　　① 参见郭沫若:《侈靡篇的研究》,《历史研究》1954年第3期。
　　② (清)朱彝尊:《明诗综》卷五十五,乾隆刊本。
　　③ (明)冯汝弼、邓韍:嘉靖《常熟县志》卷四,明嘉靖刻本。
　　④ (明)曹一麟、徐师曾:嘉靖《吴江县志》卷十三,明嘉靖四十年刊本。
　　⑤ (明)宋祖舜、方尚祖:天启《淮安府志》卷二,明天启刻本。
　　⑥ (明)余继登:《典故纪闻》卷十五,中华书局1981年版,第268页。
　　⑦ (明)何瑭:《柏斋集》卷一,上海古籍出版社1987—1989年版,文渊阁四库全书本。
　　⑧ 参见(明)乔世宁:《丘隅意见》,中华书局1985年版,丛书集成初编本。

挽之，以归于淳厚，诸如此类，皆关系世道隆污，民生休戚，其得之而酿为福也"①。范濂慨言："风俗自淳而趋于薄也，犹江河之走下而不可返也。自古慨之矣。吾松素称奢淫黠傲之俗，已无还淳挽朴之机。兼以嘉隆以来，豪门贵室，导奢导淫，博带儒冠，长奸长傲。日有奇闻叠出，岁多新事百端。牧竖村翁，竞为硕鼠；田姑野媪，悉恋妖狐。伦教荡然，纲常已矣。居间捉笔，且嚎且嗔"②。李乐愤曰："余生长青镇，独恨其俗尚奢，日用、会社、婚葬皆以俭省为耻。贫人负担之徒，妻多好饰，夜必饮酒。病则祷神，称贷而赛。"③张瀚叹称："今之世风，上下俱损矣。安得躬行节俭，严禁淫巧，祛侈靡之习，还朴茂之风，以抚循振肃于吴、越间，挽回叔季末业之趋，奠仅释余桑榆之忧也。"④陈全之疾呼"近日士夫家酒非内法，果非远方珍异，食非多品，器皿非满案，不敢作会。尝数日营聚，然后敢发书。苟或不然，人争非之，以为鄙吝。故不随俗奢靡者鲜矣。风俗颓弊如是，居位者忍助之乎"⑤。作诗讽喻更是由来已久的诗歌传统。如薛蕙《元夕篇》："可怜豪侈谁能似，可怜行乐心无已。曲罢频移歌舞筵，醉后重游灯火市。月市星衢游未遍，东城南陌时相见。妖童绣勒五花马，倡女银车九华扇。妖童倡女繁华子，双去双来帝城里。粉色偏从月下明，衣香故向风前起。调笑行歌欢未阑，浮影流光夜遂残。朝来试过狭邪路，堕𪨗飘花那忍看。"⑥冯琦《观灯篇》"灯烟散入五侯家，炊金馔玉斗骄奢。桂烬兰膏九微火，珠帘绣幌七香车。长安少年喜宾客，驰骛东城复南陌。百万纵博输不辞，十千沽酒贫何惜。夜深纵酒复征歌，归路曾无醉尉诃。六街明月吹笙管，十里香风散绮罗。绮罗笙管春如绣，穷檐蔀屋寒如旧。谁家朝突静无烟，谁家夜色明于画。夜夜都城望月新，年年郡国告灾频。愿将圣主光明烛，普照冰天桂海人"⑦。无论是御史阁臣的进言于上，还是有识之士的忧虑激愤，抑或美刺传统下的诗歌行为，明中叶之后，列朝不绝的批评之声正导自于社会习俗的奢靡相高、僭越风行，触目皆是的风俗指斥却可视为士风民情之嬗变的另一重证据。

　　朝野上下的风俗批判大抵循着农业文明下的传统道德展开，"观风俗知得失"历来是传统社会中极为重要的政教思路，"为政之要，辩风正俗，最

①　（明）沈鲤：《亦玉堂稿》卷三，上海古籍出版社 1987—1989 年版，文渊阁四库全书本。
②　（明）范濂：《云间据目抄》卷二，江苏广陵古籍刻印社 1983 年版，笔记小说大观本。
③　（明）李乐：《见闻杂记》卷十一，上海古籍出版社 1986 年版，第 1020—1021 页。
④　（明）张瀚：《松窗梦语》卷四，中华书局 1985 年版。
⑤　（明）陈全之：《蓬窗日录》卷六，上海书店 1985 年版，又见于刘元卿《贤奕编》卷一。
⑥　（清）钱谦益：《列朝诗集》丙集第十二，影印清顺治九年毛氏汲古阁刻本。
⑦　（清）钱谦益：《列朝诗集》丁集第十一，影印清顺治九年毛氏汲古阁刻本。

其上也"①,"夫国之长短,如人之寿夭,人之寿夭在元气,国之长短在风俗"②,更是历代士人的普遍关注。明人的奢俭批评正是传统范式的习惯延续,而基于农耕道德的俭朴复归则成为普遍的应对思路。故而,对于士行失范的抨击虽然猛烈不贷,但风气变易的原因追溯却大多指向商贾的趋利炫耀,若"扬俗尚侈,蠹之自商始"③之类言论屡屡见之,且有"奢靡风习创于盐商,而操他业致富者群慕效之"④的论调。不同经济形态下的商贾文化对于农业社会的风俗转移自然有着不可推卸的责任。一般商人于特定文化心态下的奢俭行为不仅表现于一时一地,更随其贸易行为,"传之京师及四方,成为风俗"⑤,因职业的需要,商人通常与社会各界保持着较为广泛的往来,凭借其膨胀的财富与优越的生活自不免有着潜移默化的观念影响。

　　然而,经济变迁的外部推动固然重要,源自士人思想内部的观念转变亦是不当忽视的有力因素。在明代商业崛起发展的同时,"补偏救弊"的阳明心学风动天下,王学本就对于传统道德规范下的个体意愿极为尊重,循着阳明先生开辟的"良知"路径,部分后学门徒更将个体性原则推向极致,所谓"吾心须是自心作得主宰,凡事只依本心而行,便是大丈夫"⑥。又言,"平时只是率性而行,纯任自然,便谓之道……凡儒先见闻,道理格式,皆足以障道"⑦。由之而生的主情思潮更推引着士人沿着纵情任性的方向渐变,以至疏狂自放,浮薄游冶,非但不足为世范,更"漉其泥而扬其波",与世浮沉,流弊所致,"礼法于是而驰,名教于是而轻,政刑于是而紊,僻邪诡异之行于是而生,纵肆轻狂之习于是而成"⑧。

　　儒生士子之谈吐言行、衣冠服饰,越礼违制,奢僭无涯。若王丹丘《建业风俗记》称:"嘉靖初年,文人墨士,虽不逮先辈,亦少涉猎,聚会之间,言辞彬彬可听。今或衣巾辈徒诵诗文,而言谈之际,无异村巷。又云嘉靖中年以前,犹循礼法,见尊长多执年幼礼。近来荡然,或与先辈抗衡,甚至有遇尊

---

① (汉)应劭撰,王利器校注:《风俗通义序》,中华书局1981年版,第1页。
② (宋)苏轼:《上神宗皇帝书》,载《苏轼文集》卷二十五,中华书局1986年版,第737页。
③ (明)邹守益:《扬州府学田记》,载(清)阿克当阿、姚文田等:《(嘉庆)重修扬州府志》卷十九,广陵书社2014年版,第519页。
④ 石国柱、许承尧:《民国歙县志》卷一风土,民国十六年铅印本。
⑤ 邓之诚:《中华二千年史》卷五下,中华书局1983年版,第442页。
⑥ (清)黄宗羲:《明儒学案》卷三十二,中华书局1985年版,第721页。
⑦ (清)黄宗羲:《明儒学案》卷三十二,中华书局1985年版,第703页。
⑧ (清)陆陇其:《三鱼堂文集》卷二,上海古籍出版社1987—1989年版,文渊阁四库全书本。

长乘骑不下者"①。摘录这段文字的顾起元更慨叹曰:"噫嘻,先生所见,犹四十年前事也,今则又日异而月不同矣! 石城许先生尝有述怀诗:'若使贾生当此日,不知流涕又如何。'嗟乎,难言哉!"②又引长者言曰:"正、嘉以前,南都风尚最为醇厚。荐绅以文章政事、行谊气节为常,求田问舍之事少,而营声利、畜伎乐者,百不一二见之。逢掖以呫哔帖括、授徒下帷为常,投赘干名之事少,而挟倡优、耽博弈、交关士大夫陈说是非者,百不一二见之。"③"嗟乎难言"的感慨与"百不一二"的怀念中正可见一代士风之转移嬗变。万历时,礼部尚书冯琦上疏奏事,更称"士习之坏于今特甚。民间之物力日耗,士人之风尚日奢,鄙淡素为固陋,矜华丽为豪爽;游闲公子竞高富贵之容,铅椠儒生亦侈衣冠之美,甚而服多不衷,巾多异式,冠而缀玉,舃且拖珠;通都大邑比比皆然,即穷僻之乡且浸淫成俗矣,幸而云霄得路,遂谓富贵逼人,车马甚都,服食俱侈,不急之应酬一日多于一日,无名之浮费一科甚于一科,一月赁房价有至四五两者,一日张宴费有至二三两者,务为观美,争相征逐。纵有质素之士,竟不欲为,而习尚已成,转难立异"④。崇祯阁臣杨嗣昌亦奏称:"海内士大夫,自神皇末年,相习奢侈,凡宫室车马衣服器用之属,无不崇饰华丽,迈越等伦"⑤。奢侈之风既盛,积聚之习顿起。"宪孝两朝以前,士大夫尚未积聚……至正德间,诸公竞营产谋利。一时如宋大参(恺)、苏御史(恩)、蒋主事(凯)、陶员外(骥)、吴主事(哲),皆积至十余万,自以为子孙数百年之业矣"⑥。"正嘉以前,仕之空囊而归者,闾里相慰劳,啧啧高之,反是则不相过。嘉、隆以后,仕之归也,不问人品,第问怀金多寡为重轻,相与姗笑为痴物者,必其清白无长物者也"⑦。"弘、正间,闽俗淳厚,仕宦以富腴为耻……近士夫竞尚奢华,娥姣溢闾,高筵骈都,婚嫁矜逾,非广厦千间,良田万顷,不足以供之"⑧。好利成风,廉耻渐失,吏治可知。《明史·循吏》列传所"略举"的 129 位循吏中,正统以前占了 114 人之多,景泰至正德占 10 人,嘉靖以后仅 5 人,其中 1 人还是起于弘治,终于嘉靖的。洪武至正统 81 年,景泰至正德 71 年,嘉靖至万历 122 年,时间最长,循吏能举出的

---

① (明)顾起元:《客座赘语》卷六,中华书局 1987 年版,第 169—170 页。
② (明)顾起元:《客座赘语》卷六,中华书局 1987 年版,第 169—170 页。
③ (明)顾起元:《客座赘语》卷一,中华书局 1987 年版,第 25 页。
④ (明)冯琦:《肃官常疏》,见万历《青州府志》卷十八,万历四十三年刊本。
⑤ 《杨嗣昌集》卷三十三《访据疏》,岳麓书社 2008 年版,第 789 页。
⑥ (明)何良俊:《四友斋丛说》卷三十四,中华书局 1959 年版,第 312 页。
⑦ 万历《新会县志》卷二,第 41 页,万历三十七年刊本。
⑧ (明)陈益祥:《陈履吉采芝堂文集》卷十三《木钺》,齐鲁书社 1996 年版,四库全书存目丛书本。

代表最少①。吏治与士风关系最是近密,政治风习的廉贪变迁正是明代士风日趋奢僭的直接标识。

与奢靡风习并行的则是人欲的恣肆横流,"人情以放荡为快,世风以侈靡相高,虽踰制犯禁,不知忌也"②。衣食住行的物欲奢靡自不必言,声色犬马的人欲恣肆更是晚明的世情常态。谢肇淛曰:"今时娼妓布满天下,其大都会之地动以千百计,其它穷州僻邑,在在有之,终日倚门献笑,卖淫为活,生计至此,亦可怜矣。"③晚明士人惑溺声妓,不以为恶,更以之为风流韵事,著之诗文,轻薄者至以科举名次批评妓女,如冰华梅史《燕都妓品序》有"状元""榜眼""探花"之目,曹大章《秦淮士女表》、萍乡花史《广陵士女殿最表》等则有"金陵十二钗""秦淮八艳"之称④。又如袁宏道"目极世间之色,耳极世间之声,身极世间之鲜,口极世间之谭"的五大快活:

> 目极世间之色,耳极世间之声,身极世间之鲜,口极世间之谭,一快活也。堂前列鼎,堂后度曲,宾客满席,男女交舄,烛气熏天,珠翠委地,皓魄入帐,花影流衣,二快活也。箧中藏万卷书,书皆珍异。宅畔置一馆,馆中约真正同心友十余人,人中立一识见极高,如司马迁、罗贯中、关汉卿者为主,分曹部署,各成一书,远文唐宋酸儒之陋,近完一代未竟之篇,三快活也。千金买一舟,舟中置鼓吹一部,妓妾数人,游闲数人,泛家浮宅,不知老之将至,四快活也。然人生受用至此,不及十年,家资田产荡尽矣。然后一身狼狈,朝不谋夕,托钵歌妓之院,分餐孤老之盘,往来乡亲,恬不知耻,五快活也。⑤

在这著名的五大快活中,显然有着一种特别的叛逆精神,诸如列鼎度曲、藏书著述包括泛游江上,本为士人雅致,然而,却被掺入了男女交舄、入帐风流、罗贯中、关汉卿、妓妾、游闲等世俗因素,最后的荡尽家资、恬不知耻更是对正统道德的彻底颠覆。再若张岱《自为墓志铭》中的诸般爱好,"少为纨绔子弟,极爱繁华,好精舍,好美婢,好娈童,好鲜衣,好美食,

---

① 参见徐泓:《明代社会风气的变迁》,载邢义田等主编:《社会变迁》,中国大百科全书出版社2005年版。

② (明)张瀚:《松窗梦语》卷七,中华书局1985年版,第139页。

③ (明)谢肇淛:《五杂组》卷十五,辽宁教育出版社2001年版,第163页。

④ 参见陈宝良:《明代社会生活史》,中国社会科学出版社2004年版,第88—89页。

⑤ (明)袁宏道:《袁宏道集笺校》卷五《龚惟长先生》,上海古籍出版社1981年版,第205页。

好骏马,好华灯,好烟火,好梨园,好鼓吹,好古董,好花鸟,兼以茶淫桔虐,书蠹诗魔"①。虽也不废诗书,但诸般种种的市井嗜好,却早已越出了正统儒家的行为规范。曾为万历阁臣余有丁尝作《帝京午日歌》,颇可留心,诗中有曰:"徐日中天万户动,景风清道千人从。青牛白马纷如驰,玉路金羁无数控。簪履襟裾何若郁,五侯七贵相迎送。妖童挟弹臂飞鹰,娼妓凝妆髻盘风。陌上相望不相知,络绎追寻海子湄。"②自是当时京城风习,又言,"公子王孙合沓归,摩肩击毂忘来路。人生行乐须及时,隙中之驹草头露。有歌有舞宜亟为,虚名虚利何须骛。君不见楚屈原,汨罗之水空潺湲,又不见晋介推,绵上之山何累累。嗟嗟二子徒殉名,忠君不忘捐其生。遂令后人诵此义,竞舟禁火传为异。我辈牛逢明盛朝,康衢击壤歌舜尧。曼倩陆沉在金马,长卿著书茂陵下。得时则驾失则行,何能踸踔与世争。请君醉我一斗酒,酒后耳热发狂走。为君醉书午日歌,午日歌兮奈我何"③。佯狂醉歌下的及时行乐虽也称士人常情,然而前文所铺垫的却是妖童娼妓的纵情游冶,更当留意的则是其于屈原、介子推的态度,"嗟嗟二子徒殉名,忠君不忘捐其生",虽然有着道德层面的忠烈认可,所谓"虚名虚利何须骛","徒殉名"的字里行间正暗含着不甘仿效的特别意味。即便写作此诗时的余有丁尚未入阁,但即或是普通士人身份下这样彰显的行乐态度,乃至视前贤之忠烈苦节为不屑,一代士风之蔑视成法,违礼越分,固可知矣。

　　突破理学一统的晚明思想界呈现出夺目的斑斓异彩,"这短短数十年,一方面是从宋明道学转向清代朴学的枢纽,另一方面又是中西方文化接触的开端。其内容则先之以王门诸子的道学革新运动,继之以东林派的反狂禅运动,而佛学,西学,古学,错织于其间"④。这幕热闹生动的"思想史剧"自"五四"起就成为论者关注的热点,晚明被看作是颇具独立精神的时代,晚明文学亦随之大受青睐,作为晚明思想重要载体的晚明诗歌记录了这个充满生气的时期,成为明诗中最受宠爱的部分。然而,现代学者于特定文化生态中的提倡赞赏却不能代言传统儒者的士风批判。所谓"天下之坏,人知坏于公卿大夫,而不知早坏于其所守以为士之日"⑤。刘宗周已言,"士习之坏,非一日矣。大都上无教而下无学,沦胥以没。昔之视为物怪人妖者,

①　《张岱诗文集·文集》卷五,上海古籍出版社 2014 年版,第 372 页。
②　(明)余有丁:《余文敏公文集》卷十二,明万历刻本。
③　(明)沈榜:《宛署杂记》卷二十,北京古籍出版社 1983 年版,第 273—274 页。
④　嵇文甫:《晚明思想史论》,东方出版社 1996 年版,第 1 页。
⑤　(明)李腾蛟:《族子季玉四十一序》,载《半庐文稿》卷一,宁都李氏家藏稿 1919 年刊。

今以为布帛菽粟,互相熏染,以至于此"①。顾炎武更称:"盖自弘治、正德之际,天下之士厌常喜新,风气之变,已有所自来,而文成以绝世之资,倡其新说,鼓动海内,嘉靖以后,从王氏而诋朱子者,始接踵于人间,而王尚书发策谓今之学者偶有所窥则欲尽发先儒之说而出其上;不学则借一贯之言以文其陋;无行则逃之性命之乡以使人不可诘,此三言者,尽当日之情事矣。"②程朱信徒的批评自然不遗余力,"自姚江之徒以不检饬为自然,以无忌惮为圆妙,以恣情纵欲、同流合污为神化,以灭理败常,毁经弃法为超脱,凡一切荡闲逾检之事,皆不碍正法,天下有此便宜事,谁不去做,而圣学之藩篱决矣"③。遗民大儒的亡国反思更是痛切:明季之士,"废实学,崇空疏,蔑规模,恣狂荡,以无善无恶尽心意之用,而趋入于无忌惮之域"④,"闻其说者,震其奇诡,歆其纤利,惊其决裂,利其呴呕;而人心以蛊,风俗以淫,彝伦以悖,廉耻以堕。若近世李贽、钟惺之流,导天下于邪淫,以酿中夏衣冠之祸,岂非逾于洪水、烈于猛兽者乎"⑤。始作俑者的王守仁是否有难脱之罪,李贽、钟惺之流是否要承担亡国的责任,自然有着可以商榷、讨论的空间。现代学者视野下的晚明文学中迥异于传统的文化特质诚然有些超越时代的魅力,但奢僭风气对于社会规范的破坏冲击却始终有着不可推卸的历史责任。"所谓规范不仅仅是一种习惯上的行为模式,而是一种义务上的行为模式,也就是说,他在某种程度上不允许个人任意行事。只有建构完整的社会才能拥有道德和物质的最高地位,它不可避免地要为个人立法。同样,也只有集体构成的道德实体才能凌驾于私人之上。而且,除了人们日复一日形成的短期关系以外,惟有上述那种连续性,即不断延续的特性才能维持规范的存在"⑥。风行天下、愈演愈烈的奢僭行为所印证的正是任情纵性的个人主义。习惯的变迁、义务的逃避,私人情欲凌驾于道德实体之上,一定意义上的传统断裂正导致了规范的失效、社会的解体。

三、儒学路向的俗化

尽管儒学经典历来有着"人皆可以为尧舜"的理论认可,但圣人本性的

---

① (明)刘宗周:《复魏子一》,载《刘子全书遗编》卷四,《刘宗周全集》第三册上,浙江古籍出版社2012年版,第401页。

② (清)顾炎武,黄汝成集释:《日知录集释》卷十八,上海古籍出版社1985年版,第1421页。

③ (清)徐世昌:《清儒学案》卷十二《敬庵学庵》"张伯行",中国书店1990年版,第251页。

④ (清)王夫之:《礼记章句》卷四十二,载《船山全书》,岳麓书社1993年版,第1468页。

⑤ (清)王夫之:《读通鉴论》卷末·叙论三,载《船山全书》,岳麓书社1993年版,第1178页。

⑥ [法]涂尔干:《社会分工论》,渠东译,生活·读书·新知三联书店2000年版,第17页。

普遍具备只是将社会全体纳入儒学视野的关怀之下,使得每一个社会成员获得儒学体系下的一般合法地位,并预设了全体社会成员共同的儒学信仰,儒学思路下的礼法建构正是以此为基础而展开的。所谓“一阴一阳谓之道,继之者善也,成之者性也,仁者见之谓之仁,知者见之谓之知。百姓日用而不知,故君子之道鲜矣”①。“道”的随处可见正如“人皆可以为尧舜”的本性具备,同样以“普遍存在”的超越姿态而进入社会,而正因仁者、智者、百姓的个人因素才导致了对“道”的领悟差异,社会的等差正由此形成,所谓“礼别异,乐合同”的儒家秩序,正饱含着对普遍的道德共性与具体的个体区别,以及由此形成的社会层级的充分认可。“从一般意义上说,儒教从来都是全民性的宗教。天子治下的每一个臣民,在儒教的宗教生活体系中都有自己的地位。因此,儒教的世俗化问题,不是把原来没有宗教信仰的纳入信仰行列,而是把原由上层享用的宗教礼仪和宗教教义扩散到下层民众中”②。对儒学主流下的传统社会而言,天子臣民的原有地位来自礼乐文明的秩序设计,对于“道”的继承、弘扬、阐发始终是士阶层责无旁贷的历史使命,修齐治平的传统路线所体现的是一种通过个体的自身不断完善,借助政治力量,自上而下地将“明道”理想推行、实践于整个天下,而此亦成为历代儒者的最为普遍的“明道”模式,明代社会亦不例外。然而,日趋拥挤的科举仕途非但造就了竞争,更使得多数士人始终停留于由“修身齐家”而“治国”的过渡阶段中,更为重要的是,明中叶之后,政治腐败、官德失范、时局动荡,更兼宦官专擅、党争倾轧,修齐治平的理想路线实已在残酷的政治现实中大大受挫。与此同时,工商业的发达导致了商贾地位的提高,弃儒就商成为生计压力下的常见行为,一般民众日渐成为不容忽视的社会力量与文化存在。在此背景下的阳明心学对于“人皆尧舜”的旧话重提,当然有着特殊的人文关怀。其言:

> 心之良知是谓圣。圣人之学,惟是致此良知而已。自然而致之者,圣人也;勉然而致之者,贤人也;自蔽自昧而不肯致之者,愚不肖者也。愚不肖者,虽其蔽昧之极,良知又未尝不存也。苟能致之,即与圣人无异矣。此良知所以为圣愚之同具,而人皆可以为尧舜者,以此也③。

①　《周易正义》卷七,载(清)阮元校刻:《十三经注疏》(上、下册),中华书局1980年版,第78页。

②　李申:《中国儒教史》下卷,上海人民出版社1999年版,第749页。

③　(明)王守仁:《王阳明全集》卷八文录五《书魏师孟卷》,上海古籍出版社1992年版,第280页。

无论是作为道德本性的良知存在，抑或圣人、贤人、愚不肖的个体差异，究其学理思路实是传统儒学的一脉相承。而真正具有儒学转向意义则是其知行合一观念下的民间关注。其称"凡为愚夫愚妇立法者，皆圣人之言也"①，更言"与愚夫愚妇同的，是谓同德。与愚夫愚妇异的，是谓异端"②。又如，弟子(钱德)洪与黄正之、张叔谦、汝中丙戌会试归，为先生道途中讲学，有信有不信。先生曰："你们拿一个圣人去与人讲学，人见圣人来，都怕走了，如何讲得行。须做得个愚夫愚妇，方可与人讲学"③。"先做愚夫愚妇，方可讲学"的换位思辨与民间关注直接开启了明代儒学转化的世俗路向，其后，王门诸子则以规模巨大的社会讲学活动将儒学的民间化推向极致。

若灶夫王艮素以"此道贯伏羲尧舜以来，不以贵贱贤愚，惟有志者传之"为任，"谓'百姓日用即道'，虽僮仆往来动作处，指其不假安排者以示之，闻者爽然"④。居庐讲学，乡中人，若农若贾，暮必群来论学。时闻逊坐者，则曰：坐坐，勿过逊废时⑤。无论是听者的农贾身份，抑或废弃虚礼的务实表现，均体现出这位王门后学的世俗取向。弟子王栋更称，"自古农工商贾业虽不同，然人人皆可共学。孔门弟子三千，而身通六艺者才七十二，其余则皆无知鄙夫耳。至秦灭学，汉兴，惟记诵古人遗经者，起为经师，更相授受，于是指此学独为经生文士之业，而千古圣人与人人共明共成之学，遂泯没而不传矣。天生我师，崛起海滨，慨然独悟，直超⑥孔、孟，直指人心，然后愚夫俗子，不识一字之人，皆知自性自灵，自完自足，不假闻见，不烦口耳，而二千年不传之消息，一朝复明矣"⑦。其于乃师的称美虽不免过誉，但王艮将"独为经生文士之业"的"共明共成之学"推向愚夫俗子的转移之功诚不可废。门下陶匠韩贞，"无问工贾佣隶，咸从之游，随机因质诱诲之，愿化而善良者以千数。每秋获毕，与群弟子班荆跌坐，从容论学数日，兴尽，则挐舟偕之，赓歌互咏，往别村聚讲如前。踰数日，又移舟随所欲往，盖偏所知交而还，见者欣赏，若群仙嬉游于瀛阆闲也"⑧。与经生文士的雕章摘句、专意时

① (明)钱德洪：《论学书》，载(清)黄宗羲：《明儒学案》卷十一，中华书局 2008 年版，第236 页。
② (明)王守仁：《阳明先生集要·理学编》卷二《语录》，中华书局 2008 年版，第 118 页。
③ (明)王守仁：《阳明先生集要·理学编》卷二《语录》，中华书局 2008 年版，第 124 页。
④ (清)黄宗羲：《明儒学案》卷三十二，中华书局 1985 年版，第 710 页。
⑤ (明)李春芳：《贻安堂集》卷九《崇儒祠碑记》，齐鲁书社 1996 年版，四库全书存目丛书本。
⑥ 文渊阁四库全书本作"真宗"。
⑦ (清)黄宗羲：《明儒学案》卷三十二，中华书局 1985 年版，第 741 页。
⑧ (清)李颙：《二曲集》卷二十二《韩乐吾》，中华书局 1996 年版，第 281 页。

文相比,民间讲学的逍遥活泼诚然有着更近圣贤本心的直截路径,王艮尝为韩贞赋诗曰,"莽莽群重独耸肩,孤峰云外插青天。凤凰飞上梧桐树,音响遥闻亿万年"①,可见嘉许。颜钧一生讲学,"三月为程",豫章聚讲"会集四方远迩,仕士耆庶,及赴秋闱群彦,与仙禅、贤智愚不肖等"②京城讲学,则"市童、野叟、仆夫、奄人之群,亦征立身宅命之计"③,李贽在忆及罗汝芳讲学盛况时称:"若夫大江之南,长河之北,招提梵刹,巨浸名区,携手同游,在在成聚,百粤、东瓯、罗施、鬼国、南越、闽越、滇越、腾越,穷发鸟语,人迹罕至,而先生墨汁淋漓,周遍乡县矣。至若牧童樵竖,钓老渔翁,市井少年,公门将健,行商坐贾,织妇耕夫,窃屦名儒,衣冠大盗,此但心至则受,不同所由也。况夫布衣韦带,水宿岩栖,白面书生,青衿子弟,黄冠白羽,缁衣大士、缙绅先生,象笏朱履者哉! 是以车辙所至,奔走逢迎,先生抵掌其间,坐而谈笑。人望丰采,士乐简易,解带披襟,八风时至。"④

规模空前的社会讲学直接以最广泛的民间大众作为传"道"对象,所授之"道"以"良知"为发端,以"百姓日用"为切入角度,以"愚夫愚妇"为阐述立场,"余谓紫阳之学所以教天下之君子,阳明之学所以教天下之小人"⑤。此处的"君子""小人"并非道德尺度的划分,而是社会身份的区别,朱子理学与阳明心学的关注差异所呈现出的正是明代儒学流衍中的世俗转向。明初的崇古隆礼,八股取士在奠定理学立国之基调的同时,实际上已经导致了寓理于礼的操作取向,当原本抽象的理学作为治国之本依托于具体的政治建设时,便不由得成为文官制度下的政绩风向标。政事的兴废成为检验理学的主要标准,政事的日趋腐败引起了士子们对理学的怀疑,当明道实践的传统路线受阻于明中叶以后的政治生态时,由经济形态变迁所带来的社会变动却为这一路线提供了转向的契机,既然自上而下的行道思路不能完全实现,那么自下而上的明道模式未尝不是可以选择的路径。有明一代,"学术之分,则自陈献章、王守仁始""有明之学,至白沙始入精微,其吃紧工夫,全在涵养。喜怒未发而非空,万感交集而不动,至阳明而后大。两先生之学,最为相近"。⑥ 从陈白沙"自然真乐"的尝试探索到王阳明"致良知"的

①　(明)许子桂:《乐吾韩先生遗事》,载《颜钧集》附录一,中国社会科学出版社1996年版,第190页。

②　《颜钧集》卷三《自传》,中国社会科学出版社1996年版,第23页。

③　(明)吴焕文:《纪游》,载《颜钧集》附录一,中国社会科学出版社1996年版,第77页。

④　(明)李贽:《焚书》卷三,中华书局1975年版,第125页。

⑤　(清)焦循:《雕菰集》卷八《良知论》,商务印书馆1936年版,丛书集成初编本。

⑥　(清)黄宗羲:《明儒学案》卷五,中华书局1985年版,第78页。

体系构建,心学成为取代理学的学术新主潮。学术思想是社会心态的深层底蕴,更是维系一代士风的精神信念。由理学而心学的意义不仅是学术的裂变,更是心灵的革命。

在心学盛行的时代,李贽不仅与罗汝芳、王龙溪等心学传人过往甚密,更曾拜王襞为师,在其所著《明灯道古录引》中则自许为周、邵、陈、王四先生"门庭之内"的"吾家道统子孙"。尽管自言"某生于闽,长于海,丐食于卫,就学于燕,访友于白下,质正于四方。自是两都人物之渊,东南才富之产,阳明先生之徒若孙及临济的派、丹阳正脉,但有一言之几乎道者,皆某所参礼也,不扣尽底蕴固不止矣"①,对"道"不止追求正是士人品格的始终保持,驳杂的思想虽远非儒学一家可限,阳明心学本就与佛、老二氏纠缠甚多,杂糅三教的李贽思想中仍旧有着鲜明的心学色彩,复杂人格中始终有着儒学传统的深刻关怀。尽管曾给小说戏曲以绝高的地位,尽管对自己的识、才、胆有二十分的自信,但这位叛逆的狂狷者依然用传统的诗文记录着自己的人生,《赠利西泰》成为这位兼修儒法佛道的思想家与西方传教士利玛窦间的交游见证;《过桃园谒三义祠》一诗结以"千载原无真弟兄,但闻季子位高金多能令嫂叔霎时变重轻"的人格追问,显然是其评点戏曲小说的一贯思路。《石潭即事》:"若为追欢悦世人,空劳性情损精神。年来寂寞从人谩,祇有疏狂一老身"②——最是卓吾一生写照。李贽诗直率流畅,一气呵成,而其对于自身著述的期望更是令人深思,"盖我书乃万世治平之书,经筵可以进读,科场当以选士。非漫然也"③,心灵深处仍是儒家的普世关怀。

所谓"混世不妨狂作态,绝弦肯与俗为名? 古来材大皆难用,且看楞伽四卷经"④。高才自负的混世狂态正来自深刻的"道统"关怀,而操守品行的清节自持却是可以孤标傲俗的个人资本。李贽痛斥"人益鄙而风益下矣! 无怪其流弊至于今日,阳为道学,阴为富贵,被服儒雅,行若狗彘然也"⑤。更言"败俗伤世者,莫甚于讲周、程、张、朱者也",称其"展转反覆,以欺世获利,名为山人而心同商贾,口谈道德而志在穿窬"⑥。措辞强烈的抨击怒骂中正是更高一重意义上的"卫道"形象,平生禀性、个人遭际使得这位极具叛逆性的狂狷"卫道"者以一种逆俗求异的行为模式承载着特定

---

① (明)李贽《焚书》增补一,中华书局 1975 年版,第 256—257 页。
② (明)李贽:《续焚书》卷五,中华书局 2009 年版,第 114 页。
③ (明)李贽:《续焚书》卷一,中华书局 2009 年版,第 45 页。
④ (明)李贽:《藏书》卷三十二,中华书局 1974 年版,第 1089 页。
⑤ (明)李贽:《续焚书》卷二,中华书局 1975 年版,第 200 页。
⑥ (明)李贽:《焚书》卷二,中华书局 1975 年版,第 46 页。

时代下的思想裂变。但就"士志于道"的传统职守而言,却始终保持着清醒的意识,不肯与世俗"和光同尘"。由此发端的越礼违分,虽也表现出了强烈的世俗色彩,但溯其本心,却是一种士人意识的社会反抗。"自由就是服从,但是用卢梭的话说,'服从我们自己制定的法律就是服从我们自己',而且没有人会自己奴役自己。"①自我凸显下的性情自由所服从的是士人为自己制定的法律,在此思路下对社会"礼法"的愤而遗弃,虽于行为层面也有与世俗意识的部分合流——还有一部分愤而出世的隐居行为,更完全是精英意识的一种典范表现模式。即此而论,因士人性情挥洒而表现出的世俗姿态尚不能称之为完全意义上的世俗意识,更为深刻彻底的世俗关怀仍来自于儒学思想的民间化。

　　李贽尝称,"当时阳明先生门徒遍天下,独有心斋为最英灵",而其本人亦沿着"百姓日用是道"的民间化思路表现出了积极思辨的世俗关注。对于儒学经典命题——明明德,其言"夫欲明知明德,是我自家固有之物,此《大学》最初最切事也",更称,"然吾之明德果安在乎? 吾以谓其体虽不可见,而实流行充满于家国天下之间,日用常行,至亲至近,谁能离之?②""明德"的流行存在自是心学思路下的习惯阐述,而"自家固有"的着意标举,"家国天下"与"日用常行"特别并称,正暗含着对于"百姓日用"的民间关注。在其著述中,除去"藏于山中以待后世子"的《藏书》以及近世学者必"焚而弃之"的外,"独《说书》四十四篇,真为可喜,发圣言之精蕴,阐日用之平常,可使读者一过目便知入圣无难,出世之非假也"③。日用平常中的圣言阐发正是儒学民间化的典范表现。再若其著名的论断:"穿衣吃饭即是人伦物理;除却穿衣吃饭,无伦物矣。世间种种皆衣与饭类耳,故举衣与饭而世间种种自然在其中,非衣食之外更有所谓种种绝与百姓不相同者也"④。更是"百姓日用是道"的思路延伸。对于基本生活要素的关注正是民间立场下积极思辨,衣食之欲有着如同"良知""道德"般的客观普遍性,所谓"明于庶物,察于人伦",道蕴其中,穿衣吃饭成为可以明道悟道的直接途径,"理所具有的客观性、普遍性、原理性,从既定的纲常的彼岸转移到情欲的此岸,也就是使位相来一个逆转"⑤。位相的逆转所体现出的正是儒学

① ［英］以赛亚·伯林:《自由论》,胡传胜译,译林出版社2011年版,第185页。
② （明）李贽:《续焚书》卷一,中华书局2009年版,第4页。
③ （明）李贽:《焚书》自序,中华书局1975年版,第2页。
④ （明）李贽:《焚书》卷一,中华书局1975年版,第4页。
⑤ ［日］沟口雄三:《中国前近代思想的演变》,索介然、龚颖译,中华书局2005年版,第111页。

思想的自上而下的转移路向。李贽在"舜好察迩言"的诠解中，更依照"本来无我，故本来无圣"的思路，将百姓日用处中的"如好货，如好色，如勤学，如进取，如多积金宝，如多买田宅为子孙谋，博求风水为儿孙福荫，凡世间一切治生产业等事"皆认为"共好而共习，共知而共言"的"真迩言"①。民间立场下的直接切入成为把握道学精神的逻辑起点，日用生活的一般关注则是体悟圣人意志的有效途径，一般民众生活进入儒学视野，并成为圣贤道德的实际载体，所表现的正是一种学理层面上的世俗关怀，较之性情挥洒下的世俗姿态自然有着另一层意义上的深刻彻底性。

最有思想、最为反叛的文化巨子李贽无疑是有明一代中最有光彩的人物②，但无论是代表官方意识形态的《明史》，还是正统儒家意志体现的《明儒学案》却都不肯接纳这位天下闻名的李卓吾。尽管这位极端的叛逆者自信"罪人著书甚多具在，于圣教有益无损"，但其淋漓恣肆的思想文字还是把他屏隔于"圣教"之外。晚明开启了由古典向近代的漫长过渡，李贽则毫无疑问的是站在十字路口的彷徨灵魂与荷戈斗士，其身上汇聚了文化转型时期的思想冲突，崇拜者以为圣人，反对者则视作洪水猛兽③。叛逆且狂狷的李贽虽是晚明思潮的先导，但其节行操守却是一般晚明士子不能学、不愿学的。袁中道在《李温陵传》中曾特意标出其目：

> 为士居官，清节凛凛，而吾辈随来辄受，操同中人，一不能学也；公不入季女之室，不登冶童之床，而吾辈不断情欲，未绝嬖宠，二不能学也；公深入至道，见其大者，而吾辈株守文字，不得玄旨，三不能学也；公自少至老，惟知读书；而吾辈汩没尘缘，不亲韦编，四不能学也；公直气劲节，不为人屈，而吾辈胆力怯弱，随人俯仰，五不能学也。若好刚使气，快意恩仇，意所不可，动笔之书，不愿学者一矣；既已离仕而隐，即宜遁迹入山，而仍徘徊人世，祸逐名起，不愿学者二矣；急乘缓戒，细行不修，任情适口，枭刀狼藉，不愿学者三矣。④

"五不能学"所烘托出的高洁士行正折射出这位"名教叛逆"始终不渝

---

① （明）李贽：《焚书》卷一，中华书局1975年版，第36页。
② 李贽是最受关注的明代人物之一，方家的各种论述甚详。关于李贽的思想、人格分析，可看看左东岭、许建平等相关论述。
③ 参见嵇文甫：《晚明思想史论》，东方出版社1996年版，第71页。
④ （明）袁中道著，钱伯城点校：《珂雪斋集》卷十七《李温陵传》，上海古籍出版社1989年版，第725页。

的精英关注:清节持守、进知不辍、刚介不阿的立身品格更是传统士人精神的真正践履,袁宏道尝作诗称:"天地愁结成,圣贤愁眷属。举眼皆针锋,何处可容足。儒生有毛病,道理充穷腹。百虑堆作城,万想锻成狱。突有大安人,手持无羽镞。欲解大地罗,先肆弥天毒。扇海作洪炉,燎山煮精玉。何不触其嗔,悬崖求所欲。"①比以圣贤的艰辛叙述中正见无限推崇之意,愁思百炼狱、先肆弥天毒的安人形象俨然有些宗教改革者的殉道情怀,然而,"传统的政治已经凝固,类似宗教改革或者文艺复兴的新生命无法在这样的环境中孕育。社会环境把个人理智上的自由压缩在极小的限度之内,人的廉洁和诚信,也只能长为灌木,不能形成丛林"②,李贽被捕自杀的悲剧结局正是一种事实的陈说,后学"吾辈"们虽然推重却不能不愿的态度亦导源于此——当然,个人禀性的刚柔区别亦是不应忽略的因素。

晚明政治恶化下的明哲保身淡化了士人身份下的清节持守,挥洒性情的晚明士人以不拘礼法的言行举止寄寓着对社会现状的愤慨不平,百姓日用既然蕴有圣人之道,汩没尘俗的行为当然也可获得儒学世俗化的学理辩护,不愿、不敢批判的"随人俯仰"往往表现为从俗从众的民间趣尚,而此正是相当一部分晚明士人的另一种履道方式。任情放纵的世俗姿态虽有着强烈的自适表现,颇成风气的群体行为亦有着相当的社会影响,但精英意识下的传统关注却终是难释的情怀。如倡言"五快活"的袁中郎非但居官有为,更在顾宪成辞官后,发出了"今吴中大贤亦不出,将令世道何所倚赖"的忧时感叹,可见"中郎正是一个关心世道,佩服'方巾气'人物的人,赞《金瓶梅》,作小品文,并不是他的全部"③。晚明士人身上的雅、俗人格因儒学的世俗化而获得了普遍存在的合理意义。修齐治平的传统路线可以明道,而进入民间的日用关心同样可以阐发圣道,士志于道的基本关怀并未转移。儒学路向的世俗化虽未改变"士""道"之间的文化纽结,但于传统士人的行为规范却有着巨大的分解影响。王龙溪主讲太平九龙会,"始而至会者,惟业举子也,既而闻人皆可以学圣,合农工商贾,皆来与会"④,由举子而农工商贾的范围扩大,对于儒学的发展、传播、实践自然有着积极意义,但是"人皆可以学圣"的理念表述却模糊了"士人"的原有身份特征,"学道成圣"的

---

① (明)袁宏道著,钱伯城点校:《袁宏道集笺校》卷八《送王静虚访李卓师》,上海古籍出版社1981年版,第371页。

② 黄仁宇:《万历十五年》,中华书局1982年版,第205页。

③ 《鲁迅全集》卷六,人民文学出版社1981年版,第228页。

④ (明)王畿:《龙溪王先生全集》卷七《书太平九龙会籍》,齐鲁书社1996年版,四库全书存目丛书本。

人生路径抹杀了士农工商的外在职业区别、社会等级,"道"之面前,四民平等,却无形中造成了"士"的地位下移。更重要的是,对于内在精神的特别关注则造成了对外在行为规范的忽略,学圣成为无须言行训练的心理过程,由之带来的则是不受拘束的行为放纵。邹颖泉语录载,"李卓吾倡为异说,破除名行,楚人从者甚众,风习为之一变。刘元卿问于先生曰:'何近日从卓吾者之多也'。曰:'人心谁不欲为圣贤,顾无奈圣贤碍手耳。今渠谓酒色财气,一切不碍菩提路。有此便宜事,谁不从之'"①。正统意识下的李贽批评或可商榷,但于世风人情的心理剖析却颇为到位。破除名行的"心中成圣"没有任何的外在规范约束,酒色财气的世俗追求可以与学道成圣并行不悖,不受检约的便宜行事蔚然成风,自然导致了士行规范的全面解体。传统之"士"历来有着享用礼仪的等级特权,历代积淀的士行规范正有着"礼"的精神贯穿,即此而言,儒学世俗化下的士行失范正可视为这一层面上的"礼"的崩溃。地位下移的晚明士人,更面临着言行规范的失效解体,确然可以嗅到些元代的味道了。

四、诗歌传统的自守

经济形态的变迁、学术思想的裂变,使得潜藏于文化底层的尚情特质再次浮出水面,喷吐而出的性情思潮突破了"天理"的压抑,奢侈僭越的流布风行蔑视着"礼法"的规限,对"礼以饰情""礼以别异"的正统观念构成了强烈的社会冲击。天理道学、名教礼法历来被视作根植于农业文明之"雅"文化的典范标识,而心学的崛起与工商业的发展却以其特殊的文化影响在不同层面凸现出了世俗意识的巨大张力。明代的商品经济虽于农业经济中兴起,但趋利求变的商品经济始终要以社会需要为转移,社会民众的好恶取舍成为商业活动的行为指向,世俗意识的社会影响力自然随之扩展。此外,如商人地位、金钱威力的提高以及在此之下的奢僭行为均可视为世俗意识的张力凸现。

治生言利的经济压力,士商互动的现实冲击,以及儒学世俗化所导致的身份模糊,均已不同程度地动摇了士为四民之首的社会地位,作为精英文化的代言身份虽未转移,但心学思辨中的个体凸现以及性情思潮下的不羁士风已然表现出愈演愈烈的世俗取向。如同难以释怀的世道关心,汇聚着雅、俗品格的晚明士人当然也继续着正统文学观念下的诗歌传统。以"绝假纯

---

① (明)邹守益:《颖泉先生语录》,载(清)黄宗羲:《明儒学案》卷十六,中华书局2008年版,第345页。

真"之童心观世的李卓吾虽然落发为僧,但闻得妻子黄氏去世噩耗后,"自闻讣后,无一夜不入梦,但俱不知是死",作诗六首悼亡:"结发为夫妇,恩情两不牵。今朝闻汝死,不觉情凄然"①,反复追念妻子之贤德,"反目未曾有,齐眉四十年"②。"中表皆称孝,舅姑慰汝劳。出朋日夜往,龟手事香醪"③。"慈心能割有,约己善持家"④。送友怀人则有"我乃无归处,君胡为远游?穷途须痛哭,得意勿淹留! 旅鬓迎霜日,诗囊带雨秋。蓟门虽落莫,应念有焦侯"⑤之句,得焦弱侯书则吟:"易感平生泪,难忘故旧书。三春鸿雁影,一夜子云庐"⑥之句,落寞难眠,听雨感叹:"万卷书难破,孤眠魂易惊。秋风且莫吹,萧瑟不堪鸣"⑦;老病日侵,闻雁而赋:"独雁虽无依,群飞尚有伴。可怜何处翁,兀坐生忧患"⑧,全为寻常士情写照,并无丝毫"异端"色彩。再若,因故科场失意的汤显祖不仅有"昨日辞朝心苦悲,壮年不待与明时"⑨的悲叹,亦有"谁到叶公能好龙,真龙下时惊叶公。谁道孙阳能相马,遗风灭没无人知"⑩的激愤,甚至在 37 岁忆及乡试中举时,依旧有"童子诸生中,俊气万人一。弱冠精华开,上路风云出。留名佳丽城,希心游侠窟。历落在世事,慷慨趋王术。神州虽大局,数着亦可毕"⑪的神采飞扬。江淮饥疫,则有"西河尸若鱼,东岳鬼全瘦。南北异肌理,生死一气候。山陵余王气,户口入鬼宿。犹闻吴越间,积骨与城厚"⑫。堪为诗史的惨象壮写正见忧民关注,对于神宗的开矿求利,更称:"中涓凿空山河尽,圣主求金日夜劳。赖是年来稀骏骨,黄金应与筑台高"⑬,时事指斥之中正见忧国之情。"学道勿太拘,自古称狂士"的冯梦龙虽然"逍遥艳冶场,游戏烟花里",却称"吾志在《春秋》",更言,"吾惧吾之苦心,土蚀而蠹残也。吾其以《春秋》传乎哉"⑭,任寿

---

① (明)李贽:《焚书》卷六,中华书局 2009 年版,第 232 页。
② (明)李贽:《焚书》卷六,中华书局 2009 年版,第 232 页。
③ (明)李贽:《焚书》卷六,中华书局 2009 年版,第 232 页。
④ (明)李贽:《焚书》卷六,中华书局 2009 年版,第 232 页。
⑤ (明)李贽:《焚书》卷六,中华书局 2009 年版,第 245 页。
⑥ (明)李贽:《续焚书》卷五,中华书局 2009 年版,第 119 页。
⑦ (明)李贽:《续焚书》卷五,中华书局 2009 年版,第 123 页。
⑧ (明)李贽:《焚书》卷六,中华书局 2009 年版,第 233 页。
⑨ 《汤显祖全集》诗文卷三《别沈君典》,北京古籍出版社 1999 年版,第 42 页。
⑩ 《汤显祖全集》诗文卷三《别荆州张孝廉》,北京古籍出版社 1999 年版,第 42 页。
⑪ 《汤显祖全集》诗文卷八《三十七》,北京古籍出版社 1999 年版,第 245 页。
⑫ 《汤显祖全集》诗文卷八《丁亥戊子大饥疫》,北京古籍出版社 1999 年版,第 265 页。
⑬ 《汤显祖全集》诗文卷十二《感事》,北京古籍出版社 1999 年版,第 510 页。
⑭ (明)冯梦熊:《麟经指月·序》,载高洪钧编:《冯梦龙集笺注》,天津古籍出版社 2006 年版,第 1 页。

宁知县,清廉有为,更博得钱谦益"晋人风度汉循良"①之誉,若其为"久赴棘闱不售""放情诗酒"的亡友毛允遂所作挽诗云:"三凤才无忝,孤云意独闲。濡毫成急就,落简必函关。兴寄杯中圣,名留湖山上。疑君尸解去,应有鹤飞还。"②虽无涕泪之悲,然"应有鹤飞还"的企盼中已见牵念,而豁达无碍的生死态度亦是士人风流下的诗家常情。自适求乐的袁宏道虽然宣称:"野花遮眼酒沾涕,塞耳愁听新朝事。邸报束作一筐灰,朝衣典与栽花市。新诗日日千余言,诗中无一忧民字。旁人道我真聩聩,口不能答指山翠。自从老杜得诗名,忧君爱国成儿戏。言既无庸默不可,阮家那得不沉醉?眼底浓浓一杯春,㤉于洛阳年少泪"③。忧国忧民的儒者情怀虽被特别剔出,野花遮眼、沉醉山色的诗酒风流依旧是士人传统的诗歌延续。况且,这位惠民勤政,曾得"二百年来无此令矣"④之誉的袁中郎更有着难舍的君子之忧:无论是"屈指悲时事,停杯忆远人"⑤;"痛民心似病,感时泪成诗"⑥;"客里关心辽左书,梦中失路京华道"⑦的时政关切,抑或"自从貔虎横行后,十室金钱九室空"⑧;"青天处处横豺虎,鬻女陪男偿税钱"⑨的怒目斥骂,忧愤之际的诗情宣泄,非但大抵揭示出这位公安领袖的另样风采,更是诗歌怨刺传统的一脉延续。

"在文学史上,凡是一个上升阶级的思想世界与一个衰亡阶级的思想世界发生冲突的时候,前者在向后者进行冲击时,经常是用真实和自然作为战斗的口号……而一个上升阶级在生活的需求和力量中越来越喷涌而出

---

① (清)钱谦益:《牧斋初学集》卷二十《冯犹龙寿诗》,载《钱牧斋全集》第 1 册,上海古籍出版社 2003 年版,第 713 页。

② (明)冯梦龙:《挽毛允遂》,载高洪钧编:《冯梦龙集笺注》,天津古籍出版社 2006 年版,第 229 页。

③ (明)袁宏道著,钱伯城笺校:《袁宏道集笺校》卷十六《显灵宫集诸公以城市山林为韵》其二,上海古籍出版社 1981 年版,第 651 页。

④ (明)袁中道著,钱伯城笺校:《珂雪斋集》卷十八《吏部验封司郎中中郎先生行状》,上海古籍出版社 1989 年版,第 757 页。

⑤ (明)袁宏道著,钱伯城笺校:《袁宏道集笺校》卷二《登高有怀》,上海古籍出版社 1981 年版,第 94 页。

⑥ (明)袁宏道著,钱伯城笺校:《袁宏道集笺校》卷三《赠江进之》,上海古籍出版社 1981 年版,第 135 页。

⑦ (明)袁宏道著,钱伯城笺校:《袁宏道集笺校》卷十二《冬尽偶成》,上海古籍出版社 1981 年版,第 545 页。

⑧ (明)袁宏道著,钱伯城笺校:《袁宏道集笺校》卷二十七《竹枝词》其二,上海古籍出版社 1981 年版,第 893 页。

⑨ (明)袁宏道著,钱伯城笺校:《袁宏道集笺校》卷二十七《竹枝词》其十二,上海古籍出版社 1981 年版,第 895 页。

时,它就越来越猛烈地摆脱所有的束缚。这个阶级能够和要求生活的,就是自然和真实"①。虽然我们无法将明代的各类思想一一标明阶级身份,但与专制相配的古典主义的或可称之为某种意义上的"衰亡阶级的思想",而推重性情、彰显自我的李贽、汤显祖、袁宏道等或可纳入"上升阶级"的范畴。从李贽的"童心"到汤显祖的尊"情",再到袁宏道的"性灵",堪以表征一代的美学口号,所体现出的正是晚明士人以人格自由对抗古典主义专制的文化精神。而自然和真实的正是这一文化精神最为典范的审美特征与核心追求。李贽尝论称:"拘于律则为律所制,是诗奴也,其失也卑,而五音不克谐;不受律则不成律,是诗魔也,其失也亢,而五音相夺伦。不克谐则无色,相夺伦则无声,盖声色之来,发于情性,由乎自然,是可以牵合矫强而致乎?故自然发于情性,则自然止乎礼义,非情性之外复有礼义可止也"②。可见自然实已成为凌驾于"发于情,止乎礼义"之上的美学准则。汤显祖亦称"予谓文章之妙不在步趋形似之间。自然灵气,恍惚而来,不思而至",只有"自然灵气"的贯注,"笔墨小技"才可达到"入神而证圣"的境界③。推许"独抒性灵,不拘格套"的袁宏道更屡屡以"真人""真文""情真""真声"作为品评议论的尺衡,其称"情至之语,自能感人,是谓真诗,可传也"④,又言"行世者必真,悦俗者必媚,真久必见,媚久必厌,自然之理也"⑤。可见,"真"已成为性灵诗学中的最高审美追求。尽管晚明士人同样有着强烈的诗文名世意识,但明诗的高峰却未在此出现,能诗者的数量虽然庞大,但可以跻身一流的出色诗人却寥寥无几,晚明诗集中最为出色的部分大抵是那些清新可人的小诗,这些虽可说是自然与真实的贯彻,但终究还是古典主义曾有过的视角,而晚明思潮下的诗歌传统似乎也只有在这条思路中才能最为彻底、最为得体地实践自然、真实的美学诉求。成熟的传统文体始终无法彻底接纳激进新变的时代精神,更为淋漓尽致的挥洒、贯彻则需要在民间意识观照下的通俗文体中才可实现。

　　明初,欲一洗前元弊俗的朱元璋在重开礼乐的"雅"文化建设中,曾以平民立场下的俭朴视角、正统儒学中的教化观念对民间娱乐活动予以严格

---

① [德]梅林:《论文学》,张玉书、韩耀成、高中甫译,人民文学出版社1982年版,第270页。
② (明)李贽:《焚书》卷三,中华书局1975年版,第133页。
③ 《汤显祖全集》诗文卷三十二《合奇序》,北京古籍出版社1999年版,第1138页。
④ (明)袁宏道著,钱伯城笺校:《袁宏道集笺校》卷四《叙小修诗》,上海古籍出版社1981年版,第188页。
⑤ (明)袁宏道《叙小修诗》:《袁宏道集笺校》卷五十四《行素园存稿引》,上海古籍出版社1981年版,第1570页。

的控制、过滤。"洪武二十二年三月二十五日奉圣旨:'在京但有军官军人学唱的,割了舌头;下棋打双陆的,断手;蹴圆的,卸脚;作买卖的,发边远充军。'府军卫千户虞让男虞端故违吹箫唱曲,将上唇连鼻尖割了。又龙江卫指挥伏颙与本卫小旗姚晏保蹴圆,卸了右脚,全家发赴云南。"①榜文虽就军官军人所发,但朝廷的贬抑态度却十分明确。其后,"永乐九年七月初一日该刑科署都给事中曹润等奏:乞敕下法司,今后人民倡优装扮杂剧,除依律神仙道扮,义夫节妇,孝子顺孙,劝人为善,及欢乐太平者不禁外,但有亵渎帝王圣贤之词曲、驾头、杂剧,非律所该载者,敢有收藏传诵、印卖,一时挚送法司究治。奉旨:但这等词曲,出榜后,限他五日,都要干净将赴官烧毁了,敢有收藏的,全家杀了"②。虽未禁绝,但种种限制,尤其是对于违制者的严厉制裁,更是沉重的打击。其实,如同勤俭本色的保持,出身民间的朱元璋对通俗文艺亦有着相当的兴趣,如刘辰《国初事迹》所记:"太祖令乐人张良才说平话,良才因做场,擅写'省委教坊司'招子,贴市门柱上。有近侍入言。太祖曰:'贱人小辈,不宜宠用。'令小先锋张焕缚投于水。尽发乐人为穿甲匠,月支五斗"。③可见,余暇时的朱元璋亦以听平话作为娱乐手段,乐人张良的罹祸原因并非"说平话",乃是擅写招子的违例行为,其根源则在"宜远小人"的君王规范以及严法治国的明祖作风。再如高明的《琵琶记》,或称"高皇帝微时,常见此记而奇之"④,或言曾"遣使征辟,辞以心恙不就","既卒,有以其记进(朱元璋)",来源虽异,但对明祖的推许态度却纪录一致:"《五经》、《四书》如五谷,家家不可缺。高明《琵琶记》如珍羞百味,富贵家其可缺耶"⑤。比之儒经的高度认可正导自于"子孝妻贤"的教化关注。而此亦成为通俗文艺最为正大光明的存在理由。若正统时,"吴优有为南戏于京师者,锦衣门达奏其以男装女,惑乱风俗。英宗亲逮问之,优具陈劝化风俗状,上命解缚,面令演之。一优前云:国正天心顺,官清民自安云云。上大悦曰:此格言也,奈何罪之? 遂籍群优于教坊,群优耻之。驾崩,遁归于吴。"⑥英宗大悦的称为"格言"正是明祖认可思路的一脉延续。可见,虽然面临着种种限制禁锢,但通俗文艺却以裨益世风的教化功能在复古风潮中获得

---

① (明)顾起元:《客座赘语》卷十,中华书局1987年版,第346页。
② (明)顾起元:《客座赘语》卷十,中华书局1987年版,第346—347页。
③ 参见(明)刘辰:《国初事迹》,中华书局1985年版,丛书集成初编本。
④ (明)蒋一葵:《尧山堂外纪》卷七十六,上海古籍出版社2002年版,续修四库全书本。
⑤ 参见(明)黄溥:《闲中今古录摘抄》,中华书局1985年版,丛书集成初编本。
⑥ 参见(明)都穆:《都公谭纂》卷下,中华书局1985年版,丛书集成初编本。

了不废存在的意义。尽管"祖宗开国,尊崇儒术,士大夫耻留心词曲"①,但伦理层面的价值认可却已为后世文人大夫染指通俗文艺埋下了合理合法的伏笔。随着农业的发展、人口的增长、工商业的发达、城市的繁荣,崛起的市民文化不仅迫切要求着与之相应的文艺模式,同时,亦为通俗文艺的发展提供了适宜的文化生态。同时,专制渗透下的理学控制因政局、经济的变迁而呈现疲态,阳明心学的崛起造就了性情思潮再起,更引发儒学的世俗化。相伴而生的奢僭风行更造就了一定程度上的正统颠覆。以世俗化、民间化为特征的文化变迁并未为正统文体——诗歌造就适宜的文学生态,但通俗文艺却获得了良好的发展机缘。"名人才子,踵《琵琶》、《拜月》之武,竟以传奇鸣,曲海词山,于今为烈"②;"近世士大夫,去位而巷处,多好度曲"③,"年来俚儒之稍通音律者,伶人之稍习文墨者,动辄编一传奇"④,"今则自缙绅、青襟,以迨山人、墨客,染翰为新声者,不可胜记"⑤,士人青睐,固可见矣。"今游惰之人,乐为优俳。二三十年间,富贵家出金帛,制服饰器具,列笙歌鼓吹,招至十余人为队,搬演传奇;好事者竟为淫丽之词,转相唱和;一郡城之内,衣食于此者,不知几千人矣。"⑥"优伶之鬻伎吾乡者,至数千人"⑦一时风尚,竟成规模。与传奇、戏曲并为称盛则是小说的繁荣,作者的扩大、读者的增加,至若印刷的发展、刻工的廉价、书坊的介入均是不可忽视的原因。

　　随着通俗文艺的繁盛,有益教化的伦理认可虽依旧是毋庸多言的基本立场,但对于其中优秀作品的文学认可亦逐渐提升。李贽即言:"诗何必古选,文何必先秦。降而为六朝,变而为近体;又变而为传奇,变而为院本,为杂剧,为《西厢》,为《水浒传》,为今之举子业,大贤言圣人之道,皆古今至文。"⑧文体变迁视野下的高度重视,显然有着教化之外的判断关注,贯穿其中的正是自然、真实的"童心"视角。袁宏道不仅将词、曲、小说与《庄》

① (明)何良俊:《四友斋丛说》卷三十七,中华书局1959年版,第337页。
② (明)沈宠绥:《度曲须知》卷上,载中国戏曲研究院编:《中国古典戏曲论著集成》五,中国戏剧出版社1959年版,第198页。
③ (明)齐悫:《詅痴符序》,载陈与郊:《樱桃梦》卷首,万历间海昌陈氏刻本。
④ (明)沈德符:《顾曲杂言》,载中国戏曲研究院编:《中国古典戏曲论著集成》四,中国戏剧出版社1959年版,第206页。
⑤ (明)王骥德:《曲律》卷四杂论下,载中国戏曲研究院编:《中国古典戏曲论著集成》四,中国戏剧出版社1959年版,第167页。
⑥ (明)张瀚:《松窗梦语》卷七,中华书局1985年版,第139页。
⑦ (明)陶奭龄:《小柴桑喃喃录》卷上,明崇祯八年刻本。
⑧ (明)李贽:《焚书》卷三,中华书局1975年版,第98页。

《骚》《史》《汉》并列,更称"云霞满纸"的《金瓶梅》胜过枚乘的《七发》①;"少年工谐谑,颇溺滑稽传。后来读水浒,文字益奇变。六经非至文,马迁失组练。一雨快西风,听君醋舌战"②。可见其对《水浒传》的文学欣赏、高度推许以及对"六经"、《史记》的微词批评均来自世俗立场下的娱情视角,正是其性灵自适思想的一脉贯穿。至如汤显祖、冯梦龙等,更以在通俗文体中的自由挥洒实践着"摆脱所有束缚"自然和真实。在此思路之下的冯梦龙更表现出了对民歌的特别关注,其曰:"书契以来,代有歌谣,太史所陈,并称风雅,尚矣,自楚骚唐律,争妍竞畅,而民间性情之响,遂不得列于诗坛,于是别之曰山歌,言田夫野竖矢口寄兴之所为,荐绅学士家不道也,唯诗坛不列,荐绅学士不道,而歌之权愈轻,歌者之心亦愈浅,今所盛行者,皆私情谱耳,虽然,桑间濮上,国风刺之,尼父录焉,以是为情真而不可废也,山歌虽俚甚矣,独非卫衡之遗欤,且今虽季世,而但有假诗文,无假山歌,则以山歌不与诗文争名,故不屑假,苟其不屑假,而吾藉以存真,不亦可乎?"③这段纲领性的文字大体阐明了冯梦龙衷辑民歌的原始动机、理论支持、美学宗旨。这位墨憨斋主人以圣裁《诗经》的情诗收录作为自己行为的合法辩护,欲将荐绅不道、诗坛不列的"民间性情之响"表彰提出,"自然和真实"则是贯穿始终的价值判断和美学诉求。袁宏道亦有着相似的声音,"吾谓今之诗文不传矣。其万一传者,或今闾阎妇人孺子所唱《擘破玉》、《打草竿》之类,犹是无闻无识真人所作,故多真声,不效颦于汉魏,不学步于盛唐,任性而发,尚能通于人之喜怒哀乐嗜好情欲,是可喜也"④。反复强调的"真"与"任性而发"正是民歌的美学价值所在。而明人对民歌的关注由来已久:

> 元人小令,行于燕赵,后浸淫日盛,自宣正至成弘后,中原又行《锁南枝》、《傍妆台》、《山坡羊》之属。李崆峒先生初自庆阳徙居汴梁,闻之以为可继《国风》之后,何大复继至,亦酷爱之。今所传《泥捏人》及《鞋打卦》、《熬鬏髻》三阕,为三牌名之冠,故不虚也。自兹以后,又有《耍孩儿》、《驻云飞》、《醉太平》诸曲,然不如三曲之盛。嘉隆间,乃兴

① (明)袁宏道著,钱伯城笺校:《袁宏道集笺校》卷六《董思白》,上海古籍出版社1981年版,第289页。

② (明)袁宏道著,钱伯城笺校:《袁宏道集笺校》卷十《听朱生说〈水浒传〉》,上海古籍出版社1981年版,第419页。

③ (明)冯梦龙:《叙山歌》,载《明清民歌时调集》,上海古籍出版社1999年版,第269页。

④ (明)袁宏道著,钱伯城笺校:《袁宏道集笺校》卷四《叙小修诗》,上海古籍出版社1981年版,第188页。

《闹五更》、《寄生草》、《罗江怨》、《哭皇天》、《乾荷叶》、《粉红莲》、《桐城歌》、《银纽丝》之属，自两淮以至江南，渐与词曲相远，不过写淫媟情态，略具抑扬而已。比年以来，又有《打枣竿》、《挂枝儿》二曲，其腔调约略相似。则不问南北，不问男女，不问老幼良贱，人人习之，亦人人喜听之。以至刊布成帙，举世传诵，沁入心腑。其谱不如从何来，真可骇叹！①

　　沈德符对于民歌风行的"骇叹"自是风化立场下"荐绅不道"的正统态度，而祖述"元人小令"的源流追溯正体现出元代世俗文化的影响延续。"风俗溺人，难于变也"，通行百年的"故元之习"并未可完全禁绝移除②，由文人参与而造就的俗文学的"革命潮流"虽为特定文化情绪下旷然复古、兴礼制乐的国家行为所压抑，但却继续保持着下层渗透的民间路线，更引起了一代文坛宗主的高度推许。李梦阳"尝聆民间音矣，其曲俚，其思淫，其声哀，其调靡靡，是金元之乐也，奚其真？"③深不为然的态度正是传统士人的一般认识，而作为辩论对手的王叔武则特意标明了"真者，音之发而情之原也，非雅俗之辨也"④，不论雅俗的立场声明实则使得"真诗乃在民间"的话题绕开了民歌文化在所难免的俚俗特征，而直指"真"的精神本质，"音之发而情之原"的本原定位实则于"礼失而求之野"的"国风传统"暗相契合，均可视为不同角度下的诗学源头，正是这一层面上，这位文坛盟主才对"真诗乃在民间"给予了极大的认可。而儒经的先例、子曰的辩护、诗学的传统正构成了民歌为士人所接纳的基本心理。其后，随着民歌日渐流行兴盛，李开先、徐渭、李维桢、袁宏道、袁中道、冯梦龙亦以不同的视角旧话重提，但基本的认同心理却大体一致，孔圣裁制的国风榜样始终是最为有力的价值辩护。与小说一样，民歌亦曾被视为可以标举一代的文化特征，伦理层面的价值认可当然是无须多言的首要条件，但蔚然称盛，乃至表征一代的文化影响却非随意可至，所表现出的正是通俗文体在世俗潮流中对于时代精神的淋漓展现，而此，却是作为文学正宗的诗歌所无法胜任的。

---

①　(明)沈德符：《万历野获编》卷二十五，中华书局1959年版，第647页。
②　关于明代社会生活中的元俗保存，可参见陈宝良：《明代社会生活史》(中国社会科学出版社2004年版)相关论述。
③　(明)李梦阳：《诗集自序》，载(清)黄宗羲：《明文海》卷二百六十二，中华书局1987年版，第2763页。
④　(明)李梦阳：《诗集自序》，载(清)黄宗羲：《明文海》卷二百六十二，中华书局1987年版，第2763页。

正统诗歌并非没有世俗化的倾向,关注视野的民间延伸,以及部分世俗观念的诗歌渗透,都可在一定程度上理解为士人本位下的世俗表现,比较而言,白话诗或可算作更为典范的民间表现。"从二千五百年前的白话文学——《国风》"起,白话诗便开始了自己的文学传统,以白话写作的诗歌行为在历朝历代均可觅得。"民歌、嘲戏、歌妓的引诱、传教与说理——是一切白话诗的来源"①,明代白话诗的路径亦大抵循此四端而展开②。比较而言,民间的歌谣、歌妓的引诱原是更为贴近世俗文化的白话路径,明代士人不仅有"真诗乃在民间"的关注,与青楼歌妓亦有着频繁的交往,但明代通俗文学在此方向上已有了宋元的积累,词、曲、传奇无疑是比诗更适宜,也更受欢迎的文体模式,至若民歌俚曲的流行称盛,更是这一白话路径的典范表现。此外,明人的乐府诗虽也有些白话的特色,但却是文人拟作乐府的传统延续,自然不是白话诗主流。可见,明代白话诗的大抵在嘲戏与说理两端展开。现代白话先驱胡适之先生即言,"明诗正传,不在七子,亦不在复社诸人,乃在唐伯虎、王阳明一派"③,风流才子唐伯虎与心学宗师王阳明正堪为明代白话诗于嘲戏、说理两脉上的典范代言。若唐寅的《绝句》十二首,"皆张打油语也。子言乃谓其能道意中语"④,若《所见》:"杏花萧寺日斜时,瞥见娉婷软玉枝。撮得绣鞋尖下土,搓成丸药疗相思。"⑤《牡丹》:"谷雨花开结彩鳌,牙盘排当各争高。满城借看挑灯去,从此青骢不上槽。"⑥信口而出,戏谑嘲戏之中虽也略见酸苦之情,即诗之文学价值而言,却诚为有限。又若王阳明的《答人问良知》二首:"良知即是独知时,此知之外更无知。谁人不有良知在,知得良知却是谁。"⑦"知得良知却是谁?自家痛痒自家知。若将痛痒从人问,痛痒何须更问为。"⑧《答人问道》:"饥来吃饭倦来眠,只此修行玄更玄。说与世人浑不信,却从身外觅神仙。"⑨求诸本心的"致良知"自是王学宗旨,然说理的白话终究淡乎寡味,了无诗意。明人的白话打

---

① 胡适:《白话文学史》,东方出版社 1996 年版,第 158 页。

② 此外,尚有一种应用层面的白话诗,如为童蒙识字所编的诵习诗歌,一些经史常识的记忆诗诀,以及商贾百工的行业口诀等,为便于记忆,大多整齐叶韵,亦可勉强称之为一种广义上的白话诗。这类诗诀,历代皆有,明代的此类白话诗,亦数量颇多。

③ 胡适:《王阳明之白话诗》,载《胡适文集》,人民文学出版社 1998 年版,第 52 页。

④ 《唐寅集》补辑卷三,上海古籍出版社 2013 年版,第 419 页。

⑤ 《唐寅集》补辑卷三,上海古籍出版社 2013 年版,第 420 页。

⑥ 《唐寅集》补辑卷三,上海古籍出版社 2013 年版,第 420 页。

⑦ (明)王守仁:《王阳明全集》卷二十,上海古籍出版社 1992 年版,第 791 页。

⑧ (明)王守仁:《王阳明全集》卷二十,上海古籍出版社 1992 年版,第 791 页。

⑨ (明)王守仁:《王阳明全集》卷二十,上海古籍出版社 1992 年版,第 791 页。

油倒也屡见记载,若同为江南才子的沈周尝作《老景》曰:"今日残花昨日
开,为思年少坐成呆。一头白发催将去,万两黄金买不回。有药驻颜都是
妄,无绳系日重堪哀。此情莫与儿曹说,直待儿曹自老来。"格律虽卑弱,然
摹写衰老之景,人不能道也①。又如三山郑汝昂,善诗且多滑稽,尝寄亲戚
令广东者一绝云:"三尺儿童事未谙,饥来强扯我蓝衫。老妻牵住轻轻语,
爹正修书去领南。"可谓善晓人者②。虽用语俚俗,却也颇具趣味。至如翟永
龄,滑稽多端,"近闻无锡邹氏,有字光大者,连年生女,俱召翟燕饮,翟作诗
戏之云:去岁相招云弄瓦,今年弄瓦又相招。寄诗上覆邹光大,令正原来是
瓦窑"③。已全为嘲戏,诗意无存。论者有言,"诗至于打油,恶道也。就而
论之,刺之不入骨,听之不绝倒者,弗工也。若施半村、王古山、陈秋碧、郑玉
山、金幕桢、王次山、朱企斋、杨万壑、段钟石,皆擅此长"④。虽亦有工拙之
别,却终难脱"恶道"之名。若唐伯虎之《登山》:"一上一上又一上,一上直
到高山上。举头红日白云低,四海五湖皆一望。"⑤再如袁宏道之《西湖》:
"一日湖上行,一日湖上坐,一日湖上住,一日湖上卧"⑥。纵出名家之手,亦
非诗道之幸事。至于纯然说理的白话诗,更历来是诗家的批评对象,缺乏形
象的"押韵语录"甚至被屏于诗歌范畴之外,此类"白话诗"乃是不以诗人自
居的道学先生在诗为小技的观念下所选择的一种明道方式,在其眼中,往往
是见"道"而不见"诗"的。可知,胡适先生于文学革命立场下"正传"定位
并不适宜于明代文学生态下的诗歌发展,以白话为表征的诗歌世俗化也不
可能将成熟的正宗文体引入可以与民间潮流相适应的新鲜道路上来,反而
大大消退了传统诗歌的本来特色,甚至由此造成了某种意义上的"诗亡"
现象。

　　无论是工商经济的发展、士商地位的变迁,还是性情思潮的再起、奢僭
风气的流行,以及儒学路向的世俗转移,其中已然蕴含着国家纲纪的松弛、
社会规范的解体、经济结构的调整、思想学术的裂变等一系列文化要素在不
同程度上的历史转换。堪为文化转型期的晚明不像是一个时代的结束,而
更像是一个时代的开始。明代文化必须解决蒙元统治所带来的文明冲击。
在元代,士人地位全面下移,造成知识文化的社会普及和雅俗文化的大融

① (明)姜南:《半村野人闲谈》,中华书局1985年版,丛书集成初编本。
② (明)陈蓍:《百可漫志》,中华书局1985年版,丛书集成初编本。
③ (明)陆粲:《说听》卷下,历代笔记小说集成本,河北教育出版社1995年版。
④ (明)周晖:《金陵琐事》卷四,(台北)成文出版社1983年版,第506页。
⑤ 《唐寅集》附录三,上海古籍出版社2013年版,第591页。
⑥ (清)朱彝尊:《明诗综》卷五十七,乾隆刊本。

合,文人的参与推动了俗文学的繁荣,当明代文人地位恢复时,已经进入文人世界的俗文学却不能切割,文人传奇、文人小说、案头剧可以从文体上消解雅俗的冲突,但俗文学中的纵情任性,已经与游牧文明中的蔑视礼法相互融合,在文化中形成一种强大的尚情特质,明代文化必须接纳这种文化才能走向成熟,恢复汉统的激情可以推迟却不能阻止这个接纳,浩浩荡荡的世俗思潮经历了明初的压抑潜藏,随着明中叶以来的社会文化变迁,终于在晚明喷薄而出,而传统文化亦由此走向了成熟后的终结。但作为传统文学正宗的诗歌却无法担任这一思潮中的弄潮儿,诗缘情而发,但诗歌所抒之情必须要经过"礼义"的过滤,而此时的"礼义"则面临着来自社会现实的价值挑战,这实在是明诗的不幸。世俗潮流下日趋复杂的作者身份,虽未能改观生计压力下的作者减少,却模糊了诗歌作为士人身份的标识意义,造成了一定程度上的诗体尊严失落;而获得认可的其他通俗文体则凭借与一般民众的天然亲和力在一定程度上造成了诗歌读者的分流。士风民情的嬗变导致了明诗生态的严重萎缩,成熟的传统文体虽仍可在已然萎缩但未彻底破坏的文学生态中维系着自己的人文职守,却已被蓬勃兴起的通俗文体夺取了往日的光彩,这是历史的选择,尽管不一定是文学史的规律。

结　语　生态视野下的意义诠释

　　"明诗是中国诗史、中国文学史中不可缺少的一环",这应该是最为通行、最为普遍的明诗意义,甚至也可称之为是无法驳斥的永恒判断。对于无法更改的历史存在,"不可缺少的环节"已然成为一种习惯的逻辑套式与评判话语,非只明诗,即或元诗、清诗,乃至唐诗、宋诗亦均可作为被置换的对象　　既定历史序列中相扣的环节当然有着相似的构成属性,此既不能少,彼亦不可缺。然而,完全相似的历史共性并不足以诠释研究对象的全部意义,"不可缺少的一环"实则是部分对于整体的一种普遍逻辑关系,而其作为哲学思辨所抽象出一种共同意义并不具备多少可供开掘的价值深度,一目了然的线性叙述亦很难构建出内涵丰富的客体形象。由此遂引出了"如果没有这一环节"的假设扩展,而"不可缺少"的意义亦在作为对立的假设命题中获得了容量扩展,在"如果没有"的历史推演中,因"缺少"而表现出的断裂、失序乃至崩溃,虽在不同层面丰富了"不可缺少"的意义内涵,然而,并不存在的历史虚构实为一种逻辑逆推,假设的"缺少"与事实的"不可缺少"构成了一种典型的二元对立模式,在此思路下的意义推衍不免忽略了许多重要的中间过程,同时也可能因态度的对立而放大一些次要因素,以至在一定程度上影响了意义阐释和价值判断的原生性、真实性与准确性。其实,诗史、文学史乃至文化史的演变发展如同大河之有源,前后相继,滔滔入海,虽因流经地域的不同,会出现纷杂多样的水文现象,甚至会出现逆流,但始终一脉贯穿,不能任意截取。截之,非但其后之河流顿绝,即前段河源亦因中流塞断而不知所之,况且,注入生命的河流非比机械链条,本就无法裁截。明诗作为中华文化长河中一段活水,自然有其作为中华文明整体构成的历史意义,但其作为个体生命的存在意义,则需立足其流经地域的生态环境,即其所表现出的水文现象进行分析,如此,方可真正把握其于文化长河中的独立存在意义,而此,正即明诗文学生态研究的核心意义所在。

　　"诗者,天地之心也","感人心者,莫先乎情,莫始乎言,莫切乎声,莫深乎义。诗者,根情,苗言,华声,实义。上自贤圣,下至愚骏,微及豚鱼,幽及鬼神,群分而气同,形异而情一,未有声入而不应,情交而不感者"①,在古人

---

① （唐）白居易:《与元九书》,载《白居易集》,中华书局1979年版,第960页。

眼里,言志达情的诗歌并非竹帛绢纸上所镌刻书写的方块字,乃是一种在天人合一的宇宙意识下的鲜活生命,它饱含着惊神泣鬼的至性真情,承载着兼济独善的人文关怀,浸润着超脱飘逸的释道智慧,担负着沟通天地的朝圣使命。从本质上讲,传统诗学实际上是一种生命诗学,无论是它对诗歌本质的生命体认,还是弥漫于其中的"生命术语",都说明了这一点。明诗当然也是这样一种生命存在。虽然已经有了千年的传统,但明诗"并不是某种已疏异了的存在的死气沉沉的延续","其实是一种精神性保持和流传的功能,并且因此把它的隐匿的历史带进了每一个现时之中"①,明诗的演变中贯穿着传统精神的文化延续,有明 270 余年的历史变迁藏匿其中,却有着与历史记载不同的生命活力。"古典作品的复制和保持的整个结果,乃是一种富有生气的文化传统,这种传统不只是保存现存的东西,而且承认这种东西为典范,把它们作为范例流传下来。在所有的趣味变迁中,我们称之为'古典文学'的整个范围一直作为一切后来人的永恒范例而存在"②。作为"后来人"的明人,其诗歌行为大约亦可称之为"古典作品的复制和保持",自然也造就了"一种富有生气的文化传统"。无论是传统诗学的生命本色,抑或精神延续、历史藏匿中的生命活力,乃至"富有生气的文化传统"的展开,其所呈现出的正是作为生命存在的明诗意义。诗歌的生命本质当然要求有适宜生长的生态环境,如同其他的生命体一样,旺盛的生机往往于适宜的生态中显示,当环境变得不适,生态遭到破坏时,生命便开始渐渐枯萎。然而,作为被孕育的对象,却无法选择、决定自身所处的生态,明诗生命的生存发展,延续变迁自然也发生于一定的文学生态中,但这个生态却非按照诗歌的发展意愿而形成的,并不一定是最适宜的诗歌生态。

其实,这一点从明诗被屏于"一代有一代文学"之外的历史定位已可略窥。唐诗、宋词、元曲以及明清小说作为毫无争议的一代文学当然难分轩轾,诗歌领域由来已久的唐、宋之争更是"风格性分"之殊,那么在此之后的诗史座次根据何种标准排列?乃至于一般观念中的"唐诗优于宋诗"又如何理解呢?艺术风格的丰富多样?作家作品的数量?诗艺的创新突破?格律技巧的使用纯熟?反映现实的深刻程度?社会反响的热烈程度?还是其他品评诗歌的尺度?这种整体性的定位评价显然并未遵循某种单一的衡量尺度,其表现出的实为一种整体感知、宏观把握的文学识度。其中虽也包含

---

① [德]汉斯-格奥尔格·加达默尔:《真理与方法:哲学诠释学的基本特征》上卷,洪汉鼎译,上海译文出版社 2004 年版,第 212—213 页。

② [德]汉斯-格奥尔格·加达默尔:《真理与方法:哲学诠释学的基本特征》上卷,洪汉鼎译,上海译文出版社 2004 年版,第 212—213 页。

着一般诗学标准的价值参照,但以朝代分野的预设前提实已暗含了对于"时代"因素的特别关注,亦即列朝诗歌在自己的时代中是否处于生长适宜的生态环境,文学生态的是否适宜直接决定着诗歌生机的旺盛与否,而立足于此的生命力展现则是构成一代诗歌整体印象的基本元素——从某种意义上讲,传统诗论中备受推崇的"元气"正是诗歌生命力于文学生态中的展现。即此而言,诗史座次的整体排序或可理解为以朝代为分野的生命力关注,文学生态的是否适宜则是直接影响排名的重要因素。甚至于,"一代有一代文学"的文化遴选亦有着大体相同的思路。按照由低级向高等的生物进化模式,后起之作应该高于前辈作品,但苏轼的词未必就高过李白的诗,《红楼梦》也未见得就胜过杜诗,可见,文学的整体发展路径很难与由低到高的生物进化过程进行严格的类比。唐诗、宋词等并不是进化链条中的最后环节,如宋诗、清词的失选并不是因为某种文学标尺上的逊色。而是因为作为一代表征的文学种类当然是一代之中最具有生命活力、最能体现时代精神的文体类型,而这一文体必然在自身所处的时代拥有最为适宜的生态环境,故而,唐诗、宋词、元曲、明清小说才可成为宏观文学识度整体把握下的"一代文学"。与"一代文学"距离遥远的明诗,在诗史排序中的座次亦不靠前,可见,明诗所处的时代并未为其营造出适宜的文学生态。

代元而兴的明王朝非但是在战乱之后所建立的一般意义上的"大一统"国家,更以汉制恢复、礼乐重修等一系列旷然复古的国家文化行为,显示出逾迈汉唐的开国规模。除去一般意义上的统一喜悦外,百年衣冠的汉制恢复放大了"混一而后大振"的心理效应,更造就了一代明诗的高亢发端。重建汉官威仪的恢复激情成为朱明帝国极为重要的童年经验之一,深刻影响着有明一代的文化复古,更与传统观念下的其他意识一道融为贯穿明诗始终的汉唐情结。传统信念中的古典理想在夹缠着民族集体意识的文化心态中演变为明代社会的普遍观念,规模汉唐的文化复古更成为明诗生态中最为典范的心灵背景。作为关系有明一代文运的精神气象,并不仅限于易代之际,百年衣冠的恢复激情以其典范的象征意义与深广的文化内蕴延续、辐射于明诗的整个历程。从明初的恢复心理,再到移祚后的遗民心态,以及作为插曲的革除遗忠,基本文化心态下的集体意识与时代精神始终贯穿其中,虽然每每体现为超越诗歌文本的深层关注,却于明诗文学生态有着极为深远的文化影响与精神渗透。在传统的"大一统"信念以及普遍的华夷意识之下,恢复汉统的明人决不情愿将移祚于元朝的宋王朝作为自己的仿效对象。诗与政通,当夹缠着民族集体意识的普遍文化心态投射于诗学观念时,遂形成了对宋诗的普遍贬斥。就对外交往中的诗歌行为而言,无论是帝王的赐诗,还是使臣间的赋诗,以及咏物纪行的习惯模式,对于出使事件的诗歌关注,均一如既往地延续着作为常识观念的天朝意识,以及在此意识下的上邦心态,并不积极的明诗态度折射出了精英阶层的有限热情,而对外交往中的新鲜成分亦未能在天朝心态下的传统河流中激起太多的涟漪。

最高权威的诗歌兴趣历来是为文学生态中最不容忽视的影响因素,传统观念下的帝行规范中,诗歌虽未遭受特别的排斥压抑,却也不属于可以提倡的君王行为。明代的创业、守成之君,虽或有些个别的诗歌兴趣,却受限于国务的繁忙,帝王身份的顾虑,不得着意提倡鼓励,荒于朝政的君王虽然"有闲",却被声色嬉戏转移了兴趣,无暇顾及。明代君王虽也偶然作诗,亦保持着维系天子形象的赐诗、赋诗行为,但其所表现出的诗歌态度实在算不得热衷,有限的君王兴趣已然使得明诗生态中的日照时间大大缩短,而因明初二祖的禀性心理所造就的文祸寒流更以君主心理与士人志行间的巨大裂痕,严重地破坏了明诗生态。作为最为接近至尊权威的核心权力阶层,阁臣与太监同样有着不容忽视的社会张力,其于诗歌的兴趣关注,或可理解为是足以影响明诗文学生态的温度因素,以儒起身的阁臣群体尽管大都能诗,浓淡不一的诗歌兴趣,却受制于地位身份、言行规范的限制,对于诗歌的兴趣亦只能于经典所认可的言志载道范畴中呈现为一种有无之间的"余事"关注。"窃帝王之威福"的明代太监虽然没有阁臣的身份顾虑与道统观念,但其有限的知识修养,以及在宫廷氛围中濡染形成的审美趣味与世俗心态,却不可能产生真正的诗歌关注。尤其是专擅太监为抬高身价的附庸风雅更使士人进退维谷,对抗者致祸,委蛇者尴尬,攀附者失德,于一代诗歌并无提倡之力,却有摧残之实。最高权威与核心权力阶层的诗歌态度大体相近,既不会特别贬抑,却也没有积极的鼓励提倡,有限的上层关注虽称不上抑制发展的不利条件,却也在一定程度上造成了明诗生态的先天不足。

选贤任能历来是权力阶层最为核心的统治关注,朱明以八股取士,取士制度之下的"时文"遂成为明代帝王、阁臣远胜于寻常诗赋文章的核心关注。权力阶层的积极关注成为八股时文的最佳生态条件,于诗而言,自然不算有利条件,然而,更为不利的条件则来自八股时文的制度土壤——科举取士。较之帝王、阁臣的外部提倡,科举制度作为帝王思想、士人志尚、道学理念等价值信仰的稳定综合体,于士人心志实然有着更为深远的内在影响。关切其身科名及第已是发自士子本心的直接关怀,而作为制度的八股取士更有着源自传统观念与权力阶层的支持,自然有着不可转移的导向力量,天下士人,风行向从,被明代科举制度排斥于外的诗歌自然不幸地成为"时文余事",在八股程文的制度土壤中艰难而顽强地继续着自己的生命,记录着有明士人的残余心态,恪守着抒情言志的精神职责。而将全段精神耗于场屋的明人更极自然地将已成习惯的时文套路渗透于明代的诗歌创作、诗学批评、选本刻行之中,诗与时文在某种程度上的艺术相通被科第心态放大,再作用于诗,如此生态下的明诗自不免要"有似八股"了。

对于通过科举的仕宦阶层而言,"八股"的"敲门砖"功能虽然结束,但以儒家经典为考试内容的科举影响并不因此终结,曾经的进身之阶演变为任官之道,开始在"公共生活"的政治历练中展开了"道"的理想实践。摆脱了余事的地位诗歌堂而皇之地进入了士大夫的生活。对于受职居官的明代士大大,身处由传统张力、道学氛围所构建的人文生态之下,退公之余的赋诗言志虽是个人情怀的挥洒,而文学情调中却每夹缠难以挥去的政治情绪。诗以言志的诗学传统本就包含着积极的政治关注,学优而仕者每每有着相同的入世关怀、进取精神,长期的理学训练更使得道学理想不断渗入士人心志。有明一代,理学影响下的"忠孝"观念虽被视为天理,官俸微薄下的清廉持守亦分外艰难,但仕宦阶层寄情言志的诗歌表现却无大异,前代忠臣孝子、清官廉吏仍是不变的讴歌对象,报国、守节亦为诗中常见之志。然而,属于社会行为的"仕"并不仅限于传统道德的独自完善,仕宦人生的实际展开必须有着相当的社会接触,必然的社会交往成为仕宦文化极为重要的构成部分。诗歌雅事历来是士人身份的最佳文化标识,应酬唱和亦是历代延承的士人传统,应酬诗文自然成为明代官场社交中不可或缺的组成部分,有时甚至成为整个社交活动的核心内容。在科第八股以及视诗为余事的道学观念的压力之下,应酬成为明人大量作诗的社会驱动力,其中虽不乏才情兼备的优秀之作,也导致了一定层面上的明诗"繁荣",却也造成了极大的负面影响,应酬习气下的批量创作既非表情而发,又多为模拟程式,遂成为有明诗歌的最大流弊。而明代政治文化中的名节砥砺与党争聚讼亦渗透于在官场应酬中所展开的诗歌之中。导源于传统,受激于现实的名节心理成为明人诗作的习惯表现,而在明代政治生态而格外凸现的忠奸之辨,更交织着道德褒贬的传统文学观念,亦成为明人诗作的常见心理模式,然而,平庸士子经由科举的洗脑,早已失却了大半的作诗精神,谁知刚放下时文便被卷入了党争之中,只纸片字都有可能成为他人口实,哪里还有多余的精力游心翰墨。在文狱党祸的政治压强下,士子们的精神心力已然耗费殆尽,而守卫其心灵深处的名节大义又在现实中屡屡受挫,如此心态下的明诗演进不免要陷入人文缺失的困境。与明代党争相映成趣的一个文学现象便是文人结社,就一般理解而言,侧重于政治的党与文化色彩颇重的社之间虽然旨趣不同,但作为明代士人生活的共同构成,参与者又多有重叠,不免有所关联,借文化交际以培养政治感情又为官场通例,党、社之间不免有所纠缠,文艺行为中往往交织政治色彩,而政治相争的意气风习同样渗透于文艺行为,甚至在一定程度上了造成了对文坛盟主的影响。

离开了科举关注视野的明代诗歌依旧是天下士人的身份标识,标志士人身份的诗歌无疑有着知识载体的象征意义,自然也可视为一种普遍的思想载体。对于诗歌主体历来有着极为普遍而深刻的影响的传统思想学术则以一种意识层面的心灵关注渗入明诗生态之中。理学为士子规定了外在的行为规范,心学则是要让本心成为道德的主体,其实是要把外部所强加的伦理原则转变为自身先天的素质,以减轻实践的难度,二者的根本目的都是要依赖圣人学说,建立一种天下之“道”,以作为永恒的伦理法则和士人精神,并以之为标准塑造一种士人品格,“诗言志”与“诗如其人”是传统诗学的两大原则,人品要远比诗品重要,在明诗已经失去独立品格的情况下,理学与心学竭力保持着士人的独立品格,从一个侧面记录士人心态的明诗虽也留下不少精彩,然而,“士志于道”,“道”是远比“诗”更为典范与深刻的士人标识。对于理学训练下的传统儒者而言,将诗歌视为道学余事自是毋庸置疑的基本态度,但“文以载道”的功能认可却为诗在儒学观念中觅得了合法的立足之地,道学、性情、诗歌得以根据个人要求而随意结合、自由表现,作为余事的诗歌仍旧有着载道陶情的存在价值,有时甚至成为发明道学的直接媒介。较之理学,古学、佛学、道学、西学自非主流,但思想的知识张力对于士人心灵的渗透影响却也不容忽视,自然也有着别样的诗歌表现与诗学思考。

随着农业的发展、人口的增长、工商业的发达、城市的繁荣,崛起的市民文化迫切要求着与之相应的文艺模式,同时,专制渗透下的理学控制因政局、经济的变迁而呈现疲态,阳明心学的崛起造就了性情思潮再起,更引发了儒学的世俗化。相伴而生的奢僭风行更造就了一定程度上的正统颠覆。以世俗化、民间化为特征的文化变迁并未为正统文体——诗歌造就适宜的文学生态,但通俗文艺却获得了良好的发展机缘。明王朝虽凭借百年衣冠的恢复激情,以蔚然成风的文化复古迅速扭转了前元风习中的世俗指向,然而“风俗溺人,难于变也”,通行百年的“故元之习”并未可完全禁绝移除,由文人参与而造就的俗文学“革命潮流”继续保持着下层渗透的民间路线,俗文学中的纵情任性,更与游牧文明中的蔑视礼法相互融合,在文化中形成一种强大的尚情特质,明代文化必须接纳这种文化才能走向成熟,世俗思潮经历了明初的压抑潜藏,随着明中叶以来的社会文化变迁,终于在晚明喷薄而出,但作为传统文学正宗的诗歌却无法担任这一思潮中的弄潮儿,过滤诗情的"礼义"面临着现实的价值挑战,日趋驳杂的作者身份造成了某种意义上的诗体尊严失落,而其他通俗文体则在一定程度上造成了诗歌读者的分流。国家纲纪的松弛、社会规范的解体、经济结构的调整、思想学术的裂变等一系列文化要素在不同程度上的历史转换导致了明诗生态的严重萎缩,而无奈的明诗亦只能在已然萎缩但未彻底破坏的文学生态中艰难地维系着自己的人文职守。

失宠于君王、附庸于时文、消磨于应酬的明诗,既于道统观照下的余事态度中承受着文狱与党争的高压,又在社会经济的变迁中面临着其他文体的竞争,更于蔚然成风的复古运动中给自己戴上了一副沉重的镣铐。如此的文学生态实在不能算作"适宜",与能孕育出"一代文学"的唐诗生态相比,更有天壤之别。尽管识字人数的增多带来了作者与读者的数量增加,促进社会上下流动的科举制度也大体保持着对士人的一般尊重,诗坛文苑对于唐诗的诚挚提倡与逼真实践亦是前所未有,但处于不适生态中的明诗却远未能重现唐诗的辉煌,成为可以表征一代的文学典范。有限的积极因素并未能改变明诗文学生态中的不适,国家理想、民族情绪下的继承唐诗终究是明人无力完成的文化使命。然而,明诗却依旧在并不适宜的文学生态中顽强地发展着,直到把手中的接力棒交给清人,从某种角度而言,这样的发展实在是一种"徒劳而无益的挣扎",但是,如果翻检一下明代诗歌的发展脉络,我们或许会对明代的诗歌与诗人产生一种同情,甚至是尊敬,因为我们可以看到一大批才子和非才子们在并不适宜,有时甚至是恶劣的诗歌文学生态中艰难地实践着自己的理想。他们不断批判,不断思考,为了一个无法实现的目标不断努力,由之呈现出的生命张力自可算作明诗的不废价值。更为重要的是,在并不适宜的文学生态中,明诗虽未呈现出如唐诗般的蓬勃生机,亦非明代最具生命活力、最能体现时代精神的文体类型,却依旧保持着传统诗学的生命本色,在载道言志的诗歌职守中坚持着传统精神的人文延续,感事缘情的正统文体更是社会心态、文人心路、思想文化的侧影与实录,有明270余年的历史变迁藏匿其中,"富有生气的文化传统"由此展开,而作为生命存在的明诗意义亦于兹昭示。因流经地域的生态所限,文化长河中的明诗段落并未呈现出滔滔的气势,婉约的雅致,但其表现出的水文现象却饱含着人文流淌的鲜活生机,更倒映、折射出周遭环境的人情风物、时代变迁,当然是可以独立存在的生命活水。而对这段诗歌活水的生命诠释、文化剖析、历史理解则构成了明诗文学生态研究的主体内容与核心意义。

明诗文学生态研究是以一种宏观多元的研究视角,以诗歌与史实为根基,在社会现象与思想学术的交织考察中还原出明诗并不适宜的文学生态,同时又在不适生态的考察中重新定位明诗,开掘、诠释明诗背后的生命存在、精神内涵、文化意义,并在明代社会文化、思想学术、士民心态、政治经济、生活观念等的综合考索、细致思辨中大致理出明诗的嬗递过程及其背景原因,在宏观的历史理解识度与文化承续意识中引申出关于 270 余年明诗格局与精神内涵的诗史断制与认知结论,以一种大文学观、大历史观、大文化观,在整个中国传统文化的发展脉络中把握明诗演变的文化历程,探究藏于其后的士人心态、社会风尚、历史变迁、人文底蕴。需要特别指出的是,关于“文学生态”的提法①,虽与近年来备受关注的生态研究有相通之处,但其落足点与当下的生态批评并不相同。“文学生态研究”是将文学当作一种生命体,以一种有机融合的宏观视角,通过对有可能影响这一生命体生存、变化的诸多因素的考察,还原、构拟文学的原生体,即此以观察、反思文学的发展轨迹、整体风貌,诠释、开掘深藏其后的生命存在、时代精神、文化底蕴,这与目前“生态文学”“生态文艺学”在文学与文艺理论中发掘、考索生态意识的研究思路、学术旨归并不相同。

对于文学生态研究而言,将“视文学为生命”是其必然的逻辑起点,就古人而言,文学更多被视为寄寓志向情感的一种生命体,深刻地融入于其人生历程之中,成为传统文化中最为鲜活的心灵载体。作为文学正宗的诗歌自然居于首位,传统诗学中随处可见的生命诠释已无可辩驳地证明了这一点。文学既然是鲜活的生命存在,古代文学便不是故纸堆中了无生气的古老文字所造就的遗产,旧典群籍中生机勃勃的性情、思想、精神正是其最具价值的核心部分,对于古人作品的真正理解并不能依靠单一的审美评判以及彼此割裂的背景分析来完成,首先需要以一种“同情之理解”作为文学生态研究的基本态度。“盖古人著书立说,皆有所为而发;故其所处之环境,所受之背景,非完全明了,则其学说不易评论。而古代哲学家去今数千年,其时代之真相,极难推知。吾人今日可依据之材料,仅当时所遗存最小之一部;欲藉此残余断片,以窥测其全部结构,必须备艺术家欣赏古代绘画雕刻之眼光及精神,然后古人立说之用意与对象,始可以真了解。所谓真了解者,必神游冥想,与立说之古人,处于同一境界,而对于其持论所以不得不如是之苦心孤诣,表一种之同

---

① 作为词汇的“文学生态”,算不得新鲜概念,从 20 世纪末,生态便被视为下个世纪的最大关键词,备受关注,诸如文化生态、政治生态、经济生态、社会生态等相似的语词在学者的各类研究中屡见不鲜,而“文学生态”在古代文学研究中的提出与使用亦有着大体相似的学术背景,虽已经有不少学者作出了极具学术价值的可贵探讨,但多数情况下仍是作为一个恰当的内涵丰富的学术表述而使用,尚未呈现出明晰的学理思路。

情,始能批评其学说之是非得失,而无隔阂肤廓之论"①。而对于"所处之环境,所受之背景"的完全明了则需要以还原本貌的历史意识,"以汉还汉,以魏晋还魏晋,以唐还唐,以宋还宋,以明还明,以清还清;以古文还古文家,以今文还今文家;以程、朱还程、朱,以陆、王还陆、王……各还他一个本来面目,然后评判各代各家各人的义理是非。不还他们的本来面目,则多诬古人。不评判他们的是非,则多误今人。但不先弄明白了他们的本来面目,我们绝不评判他们的是非"②。不诬古人、不误今人的本来面目正是对于历史真相的高度尊重。将文学视为生命,以"同情之理解"的切入态度,还原历史,构拟一代文学生态,这便是文学生态研究的基本学理思路。明诗文学生态的研究正循此展开:将全部舞台让给明人与明诗,随其充分表演:唱念做打,嬉笑怒骂,"迭开风气递登场",尽由明人、明诗在台上完成,研究者只需编排出"文学生态"的布景纲目,并就每个纲目的传统源流与史实序列推送、引导出对于文学生命的历史诠释和文化阐述,以点带线,以线带面,以明诗文学生态中产生巨大影响的重要因素为切入点,以问题意识关联全篇,从问题入手,因问题生发,绝不做看似面面俱到而了无轻重差别的平面化陈列与格套式叙述,亦不为点水式的浅层次分析判断。以"论"带"史","论"从"史"出,于宏观的整体把握与微观的史实辨析中构拟有明一代的诗歌原生态。

明诗生命的留存生态中有着无数待以解读的历史符号、文化遗产,在文学生态的还原重构中更寄寓着一层特殊的阅读期望,我们的时代自然不是数百年前的明朝,但我们却依旧是生活在这片古老土地上的炎黄子孙,我们的生活方式更加不同于数百年前的明人,但我们的身上却依然流淌着千年不尽的祖辈热血。明代文学生态下的曲折心态是明人在其文化生态下的生存写照,成败经验中的历史相似实不乏可资借鉴的当下意义,诸如社会风气的变迁、士人心态的转移、科举制度的利弊、功利之外的学术理性、合理的商业发展诉求、权势高压下的品格保持、金钱威力增长下的道德走向、兼容并蓄的主流文化精神等等,均可以引发一些相似、相关现实的人文关怀。一再强调并努力贯穿的"同情了解"正是这一方向的努力,不仅要解读明诗,更要读懂明代的文化心灵,还希望读出当下的历史反思。明诗文学生态研究的议论阐述自然有着构拟一代诗史断制的学术期望,但不同于一般时代序列的问题关注,亦期望着能引起一些读诗、读史的现实反思。

---

① 陈寅恪:《冯友兰〈中国哲学史〉上册审查报告》,载《金明馆丛稿二编》,生活・读书・新知三联书店 2001 年版,第 281 页。
② 胡适:《国学季刊发刊宣言》,载《胡适文集》第 3 册,人民文学出版社 1998 年版,第 371 页。

参考文献

一、古籍

贝琼:《清江诗集》,文渊阁四库全书本。

边贡:《华泉集》,文渊阁四库全书本。

不题撰者:《翦胜野闻》,江苏广陵古籍刻印社1983年版,笔记小说大观本。

蔡清:《虚斋集》,文渊阁四库全书本。

曹安:《谰言长语》,中华书局1991年版,丛书集成初编本。

曹端:《曹月川集》,文渊阁四库全书本。

查继佐:《罪惟录》,四部丛刊本。

陈诚:《西域行程记　西域番国志》,中华书局1991年版。

陈洪谟:《继世纪闻》,中华书局1985年版。

陈洪谟:《治世余闻》上篇卷一,中华书局1985年版。

陈继儒:《陈眉公集》,影印明万历四十三年史兆斗刻本,续修四库全书。

陈鼐:《百可漫志》,中华书局1985年版,丛书集成初编本。

陈全之:《蓬窗日录》,上海书店1985年版。

陈田辑撰:《明诗纪事》1—6册,上海古籍出版社1993年版。

陈献章著,孙迫海点校:《陈献章集》,中华书局1987年版。

程敏政:《篁墩集》,文渊阁四库全书本。

程敏政:《明文衡》,无锡孙氏小绿天藏明刊本,四部丛刊。

储巏:《柴墟文集》,明嘉靖四年刻本,四库全书存目丛书。

董毅:《碧里杂存》,中华书局1985年版,丛书集成初编本。

都穆:《都公谭纂》,中华书局1985年版,丛书集成初编本。

范濂:《云间据目抄》,江苏广陵古籍刻印社1983年版,笔记小说大观本。

方孝孺:《逊志斋集》,明刊本,四部丛刊。

方孝孺:《逊志斋集》,文渊阁四库全书本。

费宏:《太保费文宪公摘稿》,影印明嘉靖四十三年吴遵之刻本,续修四库全书。

冯从吾:《冯少墟集》,文渊阁四库全书本。

魏同贤主编:《冯梦龙全集》,上海古籍出版社1993年版。

冯梦龙等编:《明清民歌时调集》,上海古籍出版社1999年版。

高岱:《鸿猷录》,中华书局1985年版,丛书集成初编本。

高攀龙:《高子遗书》,文渊阁四库全书本。

谷应泰撰:《明史纪事本末》,上海古籍出版社 1994 年版。

顾璘:《息园存稿诗》,文渊阁四库全书本。

顾宪成:《泾皋藏稿》,文渊阁四库全书本。

顾炎武撰,华忱之点校:《顾亭林诗文集》,中华书局 1959 年版。

归有光:《震川文集》,文渊阁四库全书本。

郭绍虞编,富寿荪点校:《清诗话续编》,上海古籍出版社 1983 年版。

何景明:《大复集》,文渊阁四库全书本。

何良俊撰:《四友斋丛说》,中华书局 1959 年版。

何乔新:《椒邱文集》,(台北)文海出版社 1960 年版,明人文集丛刊。

何乔远:《名山藏》,续修四库全书。

胡居仁:《胡文敬集》,文渊阁四库全书本。

胡应麟:《少室山房集》,文渊阁四库全书本。

皇甫录:《皇明纪略》,中华书局 1985 年版,丛书集成初编本。

黄道周:《黄石斋先生文集》,影印藏清康熙五十三年郑玫刻本,续修四库全书。

黄淮:《省愆集》,文渊阁四库全书本。

黄溥:《闲中今古录摘抄》,中华书局 1985 年版,丛书集成初编本。

黄省曾撰,谢方校注:《西洋朝贡典录》,中华书局 1982 年版。

黄瑜:《双槐岁钞》,上海古籍出版社 2012 年版。

黄虞稷撰,瞿凤起、潘景郑整理:《千顷堂书目》,上海古籍出版社 2001 年版。

《黄宗羲全集》,浙江古籍出版社 1985 年版。

黄宗羲:《明儒学案》,中华书局 1985 年版。

黄宗羲:《明文海》,中华书局 1987 年版。

黄佐:《翰林记》,文渊阁四库全书本。

江盈科撰,黄仁生辑校:《江盈科集》,岳麓书社 1997 年版。

姜南:《半村野人闲谈》,中华书局 1985 年版,丛书集成初编本。

姜清:《姜氏秘史》,豫章丛书本。

蒋一葵:《尧山堂外纪》,明刻本,续修四库全书。

焦竑撰,顾思点校:《玉堂丛语》,中华书局 1981 年版。

焦竑撰,李剑雄校点:《澹园集》,中华书局 1999 年版。

解缙:《文毅集》,文渊阁四库全书本。

金幼孜:《金文靖集》,文渊阁四库全书本。

康海:《对山集》,文渊阁四库全书本。

况钟著,吴奈夫、张道贵、丁凤麟校点:《况太守集》,江苏人民出版社 1983 年版。

郎瑛:《七修类稿》,中华书局 1959 年版。

李昌祺:《运甓漫稿》,文渊阁四库全书本。

李东阳:《怀麓堂集》,文渊阁四库全书本。

李东阳:《李东阳集》,岳麓书社 1984、1985 年版。

李开先:《李中麓闲居集》,明嘉靖至隆庆刻本,四库全书存目丛书。

李乐:《见闻杂记》,瓜蒂庵藏明清掌故丛刊。

李梦阳:《空同集》,文渊阁四库全书本。

李攀龙撰,李伯齐校点:《李攀龙集》,齐鲁书社1993年版。

李时勉:《古廉集》,文渊阁四库全书本。

李贤:《古穰集》,文渊阁四库全书本。

李诩撰,魏连科点校:《戒庵老人漫笔》,中华书局1982年版。

李贽:《焚书、续焚书》,中华书局1974年版。

练子宁:《练中丞集》,文渊阁四库全书本。

廖道南:《殿阁词林记》,文渊阁四库全书本。

林鸿:《鸣盛集》,文渊阁四库全书本。

刘基:《诚意伯文集》,文渊阁四库全书本。

刘基:《太师诚意伯刘文成公集》,明刊本,四部丛刊。

刘若愚:《酌中志》,上海古籍出版社2005年版。

刘元卿:《贤奕编》,中华书局1985年版,丛书集成初编本。

刘宗周:《刘蕺山集》,文渊阁四库全书本。

龙文彬纂:《明会要》,中华书局1956年版。

娄坚:《学古绪言》,文渊阁四库全书本。

陆粲:《庚巳编》,中华书局1985年版。

陆粲、顾起元撰,谭棣华、陈稼禾点校:《庚巳编 客座赘语》,中华书局1987年版。

陆粲:《陆子馀集》,文渊阁四库全书本。

陆粲:《说听》,历代笔记小说集成本,河北教育出版社1995年版。

陆容:《菽园杂记》,中华书局1985年版。

陆深:《停骖录摘抄》,中华书局1985年版,丛书集成初编本。

陆深:《俨山集》,文渊阁四库全书本。

罗伦:《一峰集》,文渊阁四库全书本。

吕毖辑著:《明朝小史》,玄览堂丛书本,(台湾)正中书局1981年版。

吕柟:《泾野先生文集》,影印明万历二十年刻本,续修四库全书。

倪谦:《倪文僖集》,文渊阁四库全书本。

倪岳:《青溪漫稿》,文渊阁四库全书本。

钱谦益:《列朝诗集》,影印清顺治九年毛氏汲古阁刻本。

钱谦益撰,钱曾笺注,钱仲联标校:《钱牧斋全集》,上海古籍出版社2003年版。

乔世宁:《丘隅意见》,中华书局1985年版,丛书集成初编本。

丘濬:《重编琼台会稿》,文渊阁四库全书本。

沈榜:《宛署杂记》,北京古籍出版社1982年版。

沈德符:《万历野获编》,中华书局1959年版。

沈鲤:《亦玉堂稿》,文渊阁四库全书本。

沈錬:《青霞集》,文渊阁四库全书本。

沈周:《石田诗选》,文渊阁四库全书本。

宋濂:《宋学士文集》,正德中刊本,四部丛刊。

宋濂:《文宪集》《宋景濂未刻集》,文渊阁四库全书本。

苏伯衡:《苏平仲集》,文渊阁四库全书本。

孙承泽著,王剑英点校:《春明梦余录》,北京古籍出版社 1992 年版。

孙一元:《太白山人漫稿》,文渊阁四库全书本。

谈迁:《国榷》,中华书局 1958 年版。

谈迁著,罗仲辉、胡明校点校:《枣林杂俎》,中华书局 2006 年版。

谭元春著,陈杏珍标校:《谭元春集》,上海古籍出版社 1998 年版。

汤显祖著,徐朔力笺校:《汤显祖全集》,北京古籍出版社 1999 年版。

唐枢:《国琛集》,中华书局 1985 年版,丛书集成初编本。

唐顺之:《荆川集》,文渊阁四库全书本。

唐文凤:《梧冈集》,文渊阁四库全书本。

唐寅:《唐伯虎全集》,北京市中国书店 1985 年版。

唐之淳:《唐愚士诗》,文渊阁四库全书本。

陶安:《陶学士集》,文渊阁四库全书本。

陶奭龄:《小柴桑喃喃录》,明崇祯八年刻本。

陶宗仪:《南村辍耕录》,中华书局 1959 年版。

汪道昆:《太函集》,影印明万历刻本,续修四库全书。

王鏊:《震泽集》,文渊阁四库全书本。

王夫之:《船山全书》,岳麓书社 1993 年版。

王夫之等撰:《清诗话》,上海古籍出版社 1999 年版。

王祎:《王忠文公集》,文渊阁四库全书本。

王畿:《龙溪王先生全集》,明万历十五年萧良干刻本,四库全书存目丛书。

王九思:《渼陂集》,明崇祯十三年张宗孟修补本,四库全书存目丛书。

王冕:《竹斋集》,文渊阁四库全书本。

王锜撰,张德信点校:《寓圃杂记》,中华书局 1984 年版。

王慎中:《遵岩集》,文渊阁四库全书本。

王士性著,吕景琳点校:《广志绎》,中华书局 1981 年版。

王世贞:《弇州山人四部稿》《续稿》,文渊阁四库全书本。

王守仁撰,吴光等编校:《王阳明全集》,上海古籍出版社 1992 年版。

王守仁:《王文成全书》,文渊阁四库全书本。

王燧:《青城山人集》,文渊阁四库全书本。

王直:《抑庵文集》,文渊阁四库全书本。

文徵明:《甫田集》,文渊阁四库全书本。

吴宽:《家藏集》,文渊阁四库全书本。

吴与弼:《康斋文集》,文渊阁四库全书本。

夏完淳:《夏内史集》,影印清南江嘉庆吴氏听彝堂刊艺海珠尘本,续修四库全书。

夏燮撰,沈仲九标点:《明通鉴》,岳麓书社1999年版。

夏言:《桂洲诗集》,影印明嘉靖二十五年曹忭、杨九泽刻本,续修四库全书。

夏原吉:《夏忠靖集》,文渊阁四库全书本。

谢迁:《归田稿》,文渊阁四库全书本。

谢肇淛:《五杂组》,辽宁教育出版社2001年版。

谢榛著,李庆立校笺:《谢榛全集校笺》,江苏古籍出版社2003年版。

徐贲:《北郭集》,文渊阁四库全书本。

徐阶:《世经堂集》,明万历间徐氏刻本,四库全书存目丛书。

《徐渭集》,中华书局1983年版。

徐一夔:《始丰稿》,文渊阁四库全书本。

徐有贞:《武功集》,文渊阁四库全书本。

徐祯卿:《迪功集》,文渊阁四库全书本。

薛瑄撰,孙玄常等点校:《薛瑄全集》,山西人民出版社1990年版。

严讷:《严文靖公集》,明万历十五年严治刻本,四库全书存目丛书。

严嵩:《钤山堂集》,明嘉靖二十四年刻增修本,四库全书存目丛书。

颜钧著,黄宣民点校:《颜钧集》,中国社会科学出版社1996年版。

杨基:《眉庵集》,文渊阁四库全书本。

杨继盛:《杨忠愍集》,文渊阁四库全书本。

杨爵:《杨忠介集》,文渊阁四库全书本。

杨涟:《杨忠烈公文集》,影印清顺治十七年李赞元刻本,续修四库全书。

杨荣:《杨文敏集》,文渊阁四库全书本。

杨慎:《升庵集》,文渊阁四库全书本。

杨士聪:《玉堂荟记》,中华书局1985年版,丛书集成初编本。

杨士奇:《东里全集》,文渊阁四库全书本。

杨嗣昌:《杨文弱先生集》,影印藏清初刻本,续修四库全书。

杨一清:《石淙诗稿》,明嘉靖间刻本,四库全书存目丛书。

姚福:《青溪暇笔》,说库本。

叶权撰,凌毅点校:《贤博编》,中华书局1987年版。

叶盛:《菉竹堂稿》,清初钞本,四库全书存目丛书。

叶盛撰,魏中平校点:《水东日记》,中华书局1980年版。

叶子奇:《草木子》,中华书局1959年版。

尹直:《謇斋琐缀录》,国朝典故本。

永瑢等:《四库全书总目》,中华书局1965年版。

于敏中等编纂:《日下旧闻考》,北京古籍出版社1981年版。

于谦:《于忠肃集》,文渊阁四库全书本。

于慎行:《谷城山馆诗集》,文渊阁四库全书本。

余继登撰,顾思点校:《典故纪闻》,中华书局1981年版。

余永麟:《北窗琐语》,历代笔记小说集成本,河北教育出版社1995年版。

袁宏道著,钱伯城笺校:《袁宏道集笺校》,上海古籍出版社1981年版。

袁凯:《海叟集》,文渊阁四库全书本。

袁炜:《袁文荣公诗略》,明万历三十三年袁氏家刻本,四库全书存目丛书。

袁中道著,钱伯城点校:《珂雪斋集》,上海古籍出版社1989年版。

岳正:《类博稿》,文渊阁四库全书本。

湛若水:《湛甘泉先生文集》,清康熙二十黄楷刻本,四库全书存目丛书。

张大复:《梅花草堂笔谈》,瓜蒂庵藏明清掌故丛刊。

张瀚著,盛冬铃点校:《松窗梦语》,中华书局1985年版。

张居正撰:《张太岳集》,上海古籍出版社1984年版。

张宁:《张方洲奉使录》,明天启三年樊维城刻盐邑志林本,四库全书存目丛书。

张溥:《七录斋诗文合集》,影印明崇祯九年刻本,续修四库全书。

张四维:《条麓堂集》,影印明万历二十三年张泰征刻本,续修四库全书。

张廷玉等:《明史》,中华书局1997年版。

张燮:《东西洋考》,中华书局1981年版。

张以宁:《翠屏集》,文渊阁四库全书本。

张宇初:《岘泉集》,文渊阁四库全书本。

张羽:《静居集》,文渊阁四库全书本。

赵翼著,栾保群、吕宗力校:《陔余丛考》,河北人民出版社1990年版。

赵翼著,王树民校证:《廿二史劄记校证》,中华书局1984年版。

郑真:《荥阳外史集》,文渊阁四库全书本。

钟惺著,李先耕、崔重庆标校:《隐秀轩集》,上海古籍出版社1992年版。

周晖:《金陵琐事》,历代笔记小说集成本,河北教育出版社1995年版。

周亮工:《闽小记》,瓜蒂庵藏明清掌故丛书本。

周顺昌:《忠介烬馀集》,文渊阁四库全书本。

朱国祯:《涌幢小品》,明代笔记小说大观本,上海古籍出版社2005年版。

朱权等:《明宫词》,北京古籍出版社1987年版。

朱彝尊:《明诗综》,清康熙本。

朱彝尊著,黄君坦校点:《静志居诗话》,人民文学出版社1990年版。

朱元璋:《明太祖文集》,文渊阁四库全书本。

朱瞻基:《大明宣宗皇帝御制》,明内府钞本,四库全书存目丛书。

祝允明:《怀星堂集》,文渊阁四库全书本。

祝允明:《野记》,历代小史本。

庄昶:《定山集》,文渊阁四库全书本。

宗臣:《宗子相集》,文渊阁四库全书本。

邹元标:《愿学集》,文渊阁四库全书本。

《明会典》,文渊阁四库全书本。

《明集礼》,文渊阁四库全书本。

吴文治主编:《明诗话全编》,江苏古籍出版社 1997 年版。

《明实录》,台湾"中研院"历史语言研究所影印本 1968 年版。

周维德编:《全明诗话》,齐鲁书社 2005 年版。

《性理大全书》,文渊阁四库全书本。

二、近 人 著 述

白寿彝总主编:《中国通史》第八、九卷,上海人民出版社 1996 年版。

步近智、张安奇:《顾宪成高攀龙评传》,南京大学出版社 1998 年版。

晁中辰:《明成祖传》,人民出版社 1993 年版。

陈宝良:《明代儒学生员与地方社会》,中国社会科学出版社 2005 年版。

陈宝良:《明代社会生活史》,中国社会科学出版社 2004 年版。

陈宝良:《飘摇的传统——明代城市生活长卷》,湖南出版社 1996 年版。

陈宝良、王熹:《中国风俗通史·明代卷》,上海文艺出版社 2005 年版。

陈大康:《明代小说史》,上海文艺出版社 2000 年版。

陈登原:《中国文化史》,辽宁教育出版社 1998 年版。

陈广宏:《竟陵派研究》,复旦大学出版社 2006 年版。

陈国球:《明代复古派唐诗论研究》,北京大学出版社 2007 年版。

陈来:《宋明理学》,辽宁教育出版社 1991 年版。

陈良运:《中国诗学体系论》,中国社会科学出版社 1992 年版。

陈书录:《明代前后七子研究》,江西人民出版社 1994 年版。

陈书录:《明代诗文的演变》,江苏教育出版社 1996 年版。

陈戍国:《中国礼制史》先秦卷、元明清卷,湖南教育出版社 2002 年版。

陈卫平、李春勇:《徐光启评传》,南京大学出版社 2006 年版。

陈文新:《明代诗学》,湖南人民出版社 2000 年版。

陈翊林:《张居正评传》,中华书局 1934 年版。

陈正宏:《明代诗文研究史(1368—1911)》,上海文化出版社 2000 年版。

曹树基:《中国人口史·第四卷·明时期》,复旦大学出版社 2000 年版。

邓绍基、史铁良主编:《明代文学研究》,北京出版社 2001 年版。

东方朔:《刘宗周评传》,南京大学出版社 1998 年版。

多洛肯:《明代浙江进士研究》,上海古籍出版社 2004 年版。

樊树志:《崇祯传》,人民出版社 1997 年版。

樊树志:《晚明史(1573—1644 年)》,复旦大学出版社 2003 年版。

樊树志:《万历传》,人民出版社 1993 年版。

方志远:《明代城市与市民文学》,中华书局 2004 年版。

方祖猷:《王畿评传》,南京大学出版社 2011 年版。

冯惠民、李万健等选编:《明代书目题跋丛刊》,书目文献出版社 1994 年版影印本。

葛兆光:《中国思想史》,复旦大学出版社 2001 年版。

龚杰:《王艮评传》,南京大学出版社 2001 年版。

龚鹏程:《晚明思潮》,商务印书馆 2005 年版。

郭厚安:《弘治皇帝大传》,辽宁教育出版社 1994 年版。

郭英德:《明清传奇戏曲文体研究》,商务印书馆 2004 年版。

郭英德:《明清文人传奇研究》,北京师范大学出版社 1992 年版。

郭英德主编:《中国古代文学通论·明代卷》,辽宁人民出版社 2004 年版。

韩经太:《中国诗学与传统文化精神》,四川人民出版社 1990 年版。

韩儒林主编:《元朝史》,人民出版社 1986 年版。

何冠彪:《生与死:明季士大夫的抉择》,(台湾)联经出版事业有限公司 1997 年版。

何怀宏:《选举社会及其终结》,生活·读书·新知三联书店 1998 年版。

何宗美:《明末清初文人结社研究》,南开大学出版社 2003 年版。

胡凡:《嘉靖传》,人民出版社 2004 年版。

胡经之主编:《中国古典文艺学丛编》,北京大学出版社 2001 年版。

胡明:《古典文学纵论》,辽海出版社 2003 年版。

胡明:《胡适思想与中国文化》,广西师范大学出版社 2005 年版。

《胡适文集》,人民文学出版社 1998 年版。

胡益民:《张岱评传》,南京大学出版社 2002 年版。

黄冕堂、刘锋:《朱元璋评传》,南京大学出版社 1998 年版。

黄明同:《陈献章评传》,南京大学出版社 1998 年版。

黄强:《八股文与明清文学论稿》,上海古籍出版社 2005 年版。

黄卓越:《佛教与晚明文学思潮》,东方出版社 1997 年版。

黄卓越:《明永乐至嘉靖初诗文观研究》,北京师范大学出版社 2001 年版。

黄卓越:《明中后期文学思想研究》,北京大学出版社 2005 年版。

嵇文甫:《晚明思想史论》,东方出版社 1996 年版。

纪念伟大航海家郑和下西洋 580 周年筹备委员会、中国航海史研究会:《郑和下西洋》,人民交通出版社 1985 年版。

贾文昭主编:《中国古代文论类编》,海峡文艺出版社 1988 年版。

贾征:《潘季驯评传》,南京大学出版社 1996 年版。

简锦松:《明代文学批评研究》,台湾学生书局有限公司 1989 年版。

蒋寅:《古典诗学的现代诠释》,中华书局 2003 年版。

李焯然:《丘濬评传》,南京大学出版社 2005 年版。

李渡:《明代皇权政治研究》,中国社会科学出版社 2004 年版。

李国祥、杨昶主编:《明实录类纂》,武汉出版社 1991 年版。

李剑雄:《焦竑评传》,南京大学出版社 1998 年版。

李锦全:《海瑞评传》,南京大学出版社 1994 年版。

李圣华:《晚明诗歌研究》,人民文学出版社 2002 年版。

李小林、李晟文主编:《明史研究备览》,天津教育出版社 1988 年版。

李洵:《正德皇帝大传》,辽宁教育出版社 1993 年版。

李云泉:《朝贡制度史论——中国古代对外关系体制研究》,新华出版社 2004 年版。

梁漱溟:《中国文化要义》,学林出版社 1987 年版。

廖可斌:《明代文学复古运动研究》,上海古籍出版社 1994 年版。

林金树、高寿仙:《天启皇帝大传》,辽宁教育出版社 1993 年版。

林延清:《嘉靖皇帝大传》,辽宁教育出版社 1993 年版。

刘海峰:《科举学导论》,华中师范大学出版社 2005 年版。

刘小枫编:《中国文化的特质》,生活·读书·新知三联书店 1990 年版。

刘毓庆:《从经学到文学——明代〈诗经〉学史论》,商务印书馆 2003 年版。

刘志琴:《晚明史论——重新认识末世衰变》,江西高校出版社 2004 年版。

柳诒徵编著:《中国文化史》,东方出版中心 1988 年版。

楼宇烈:《中国佛教与人文精神》,宗教文化出版社 2003 年版。

卢苇:《中外关系史》,兰州大学出版社 1996 年版。

罗炽:《方以智评传》,南京大学出版社 1998 年版。

罗宗强:《明代后期士人心态研究》,南开大学出版社 2006 年版。

吕澂:《中国佛学源流略讲》,中华书局 1979 年版。

吕大吉:《宗教学通论新编》,中国社会科学出版社 1998 年版。

孟森:《明史讲义》,上海古籍出版社 2002 年版。

敏泽、党圣元:《文学价值论》,社会科学文献出版社 1997 年版。

牟钟鉴、胡孚琛、王葆玹:《道教通论——兼论道家学说》,齐鲁书社 1991 年版。

南炳文、何孝荣:《明代文化研究》,人民出版社 2006 年版。

南炳文、汤纲:《明史》,上海人民出版社 1985 年版。

潘星辉:《明代文官铨选制度研究》,北京大学出版社 2005 年版。

戚世隽:《明代杂剧研究》,广东高等教育出版社 2001 年版。

启功、张中行、金克木:《说八股》,中华书局 2000 年版。

钱基博:《中国文学史》,中华书局 1993 年版。

钱茂伟:《明代史学的历程》,社会科学文献出版社 2003 年版。

钱穆:《国史大纲》,商务印书馆 1996 年版。

钱穆:《国学概论》,商务印书馆 1931 年版。

钱穆:《中国学术思想史论丛》,安徽教育出版社 2004 年版。

钱锺书:《谈艺录》,中华书局 1984 年版。

钱仲联主编:《历代别集序跋综录(元—明)》,江苏教育出版社 2005 年版。

卿希泰主编:《中国道教史》,四川人民出版社 1996 年版。

饶龙隼:《明代隆庆、万历间文学思想转变研究》,西南师范大学出版社 1995 年版。

容肇祖:《明代思想史》,(台湾)开明书店1982年版。

商传:《明代文化志》,上海人民出版社1998年版。

沈定平:《明清之际中西文化交流史——明代:调适与会通》,商务印书馆2007年版。

史卫民:《元代社会生活史》,中国社会科学出版社1996年版。

史小军:《复古与新变——明代文人心态史》,河北教育出版社2001年版。

宋云彬等:《中国大文学史》,上海书店出版社2001年版。

孙立:《明末清初诗论研究》,广东高等教育出版社2003年版。

台湾"中央图书馆"编:《明人传记资料索引》,中华书局1987年版。

谭天星:《明代内阁政治》,中国社会科学出版社1996年版。

唐君毅:《中国文化之精神价值》,广西师范大学出版社2005年版。

田继周等:《少数民族与中华文化》,上海人民出版社1996年版。

万明主编:《晚明社会变迁问题与研究》,商务印书馆2005年版。

王春南、赵映林:《宋濂、方孝孺评传》,南京大学出版社1998年版。

王春瑜:《明清史散论》,东方出版中心1996年版。

王尔敏:《明清社会文化生态》,(台湾)商务印书馆1997年版。

王汎森:《晚明清初思想十论》,复旦大学出版社2004年版。

王凯旋:《明代科举制度考论》,沈阳出版社2005年版。

王其榘:《明代内阁制度史》,中华书局1989年版。

韦政通编:《中国思想史方法论文选集》,(台湾)大林出版社1981年版。

邬国平:《竟陵派与明代文学批评》,上海古籍出版社2004年版。

吴承学:《晚明小品研究》,江苏古籍出版社1998年版。

吴晗:《读史劄记》,生活·读书·新知三联书店1956年版。

吴晗:《朱元璋传》,人民出版社1985年版。

吴晗辑:《朝鲜李朝实录中的中国史料》,中华书局1980年版。

吴震:《聂豹　罗洪先评传》,南京大学出版社2001年版。

吴志达:《明清文学史(明代卷)》,武汉大学出版社1991年版。

吴智和主编:《明史研究论丛》(1—6辑),(台北)大立出版社1982、1983年版。

夏咸淳:《情与理的碰撞——明代士林心史》,河北大学出版社2001年版。

夏咸淳:《晚明士风与文学》,中国社会科学出版社1994年版。

萧公权:《中国政治思想史》,辽宁教育出版社1998年版。

萧华荣:《中国诗学思想史》,华东师范大学出版社1996年版。

萧启庆:《元代史新探》,(台湾)新文丰出版公司1983年版。

谢国桢:《明末清初的学风》,人民出版社1982年版。

谢国桢:《明清笔记谈丛》,上海书店出版社2004年版。

谢国桢:《明清之际党社运动考》,中华书局1982年版。

徐定宝:《黄宗羲评传》,南京大学出版社2002年版。

徐朔方、孙秋克:《明代文学史》,浙江大学出版社 2006 年版。

徐朔方:《汤显祖评传》,南京大学出版社 1993 年版。

许建平:《李贽思想演变史》,人民出版社 2005 年版。

许苏民:《顾炎武评传》,南京大学出版社 2006 年版。

严迪昌:《清诗史》,浙江古籍出版社 2002 年版。

杨国荣:《王学通论——从王阳明到熊十力》,华东师范大学出版社 2003 年版。

杨建波:《道教文学史论稿》,武汉出版社 2001 年版。

杨镰:《元诗史》,人民文学出版社 2003 年版。

杨懋春:《中国社会思想史》,(台湾)幼狮文化事业公司 1986 年版。

杨昭全:《中国—朝鲜·韩国文化交流史(Ⅰ、Ⅱ)》,昆仑出版社 2004 年版。

易闻晓:《公安派的文化阐释》,齐鲁书社 2003 年版。

余英时:《士与中国文化》,上海人民出版社 2003 年版。

余英时:《宋明理学与政治文化》,广西师范大学出版社 2006 年版。

袁行霈、孟二冬、丁放:《中国诗学通论》,安徽教育出版社 1994 年版。

袁震宇、刘明今:《明代文学批评史》,上海古籍出版社 1991 年版。

张德健:《明代山人文学研究》,湖南人民出版社 2005 年版。

张德信、谭天星:《崇祯皇帝大传》,辽宁教育出版社 1993 年版。

张宏生:《明清文学与性别研究》,江苏古籍出版社 2002 年版。

张晶:《辽金元诗歌史论》,吉林教育出版社 1995 年版。

张显清、林金树等:《明代政治史》,广西师范大学出版社 2003 年版。

张学智:《明代哲学史》,北京大学出版社 2000 年版。

张治安:《明代政治制度研究》,台北联经出版事业有限公司 1992 年版。

张仲谋:《明词史》,人民文学出版社 2002 年版。

章太炎:《国学演讲录》,华东师范大学出版社 1995 年版。

赵毅、罗冬阳:《正统皇帝大传》,辽宁教育出版社 1993 年版。

赵园:《明清之际士大夫研究》,北京大学出版社 1999 年版。

赵园:《制度·言论·心态——〈明清之际士大夫研究〉》,北京大学出版社 2006 年版。

赵中男:《宣德皇帝大传》,辽宁教育出版社 1994 年版。

郑克晟:《明清史探实》,中国社会科学出版社 2001 年版。

郑利华:《明代中期文学演进与城市生活形态》,复旦大学出版社 1995 年版。

郑利华:《王世贞研究》,学林出版社 2002 年版。

郑天挺主编:《明清史资料》,天津人民出版社 1981 年版。

中国古籍善本书目编委会编:《中国古籍善本书目》,上海古籍出版社 1989 年版。

中国科学院图书馆整理:《续修四库全书总目提要》,中华书局 1993 年版。

中国社会科学院历史研究所明史研究室编:《明史研究论丛》(第 1—2 辑),江苏人民出版社 1982 年、1983 年版。

中国文化书院讲演录编委会编:《论中国传统文化》,生活·读书·新知三联书店1988年版。

钟林斌:《公安派研究》,辽宁大学出版社2001年版。

周明初:《晚明士人心态及文学个案》,东方出版社1997年版。

周齐:《明代佛教与政治文化》,人民出版社2005年版。

周群、谢建华:《徐渭评传》,南京大学出版社2006年版。

周群:《刘基评传》,南京大学出版社1995年版。

周群:《儒释道与晚明文学思潮》,上海书店出版社2000年版。

周群:《袁宏道评传》,南京大学出版社1999年版。

周伟民:《明清诗歌史论》,吉林教育出版社1995年版。

周玉波:《明代民歌研究》,凤凰出版社2005年版。

朱保炯、谢沛霖编著:《明清进士题名碑录索引》,上海古籍出版社1980年版。

朱东润:《张居正大传》,百花文艺出版社2000年版。

朱易安:《中国诗学史(明代卷)》,鹭江出版社2002年版。

朱则杰:《清诗史》,江苏古籍出版社2000年版。

左东岭:《李贽与晚明文学思想》,天津人民出版社1997年版。

左东岭:《明代心学与诗学》,学苑出版社2002年版。

左东岭:《王学与中晚明士人心态》,人民文学出版社2000年版。

《明清史国际学术讨论会论文集》,天津人民出版社1982年版。

三、外　文　译　著

[德]傅海波、[英]崔瑞德编:《剑桥中国辽西夏金元史(907—1368年)》,史卫民等译,中国社会科学出版社1998年版。

[德]加达默尔:《真理与方法:哲学诠释学的基本特征》,洪汉鼎译,上海译文出版社2004年版。

[德]卡尔·雅斯贝斯:《时代的精神状况》,王德峰译,上海译文出版社2003年版。

[俄]弗·伊·多博林科夫、阿·伊·克拉夫琴科:《社会学》,张树华译,社会科学文献出版社2006年版。

[法]涂尔干:《社会分工论》,渠东译,生活·读书·新知三联书店2000年版。

[法]谢和耐:《中国社会史》,耿昇译,江苏人民出版社1997年版。

[法]谢和耐:《中国与基督教》,耿昇译,上海古籍出版社2003年版。

[美]戴维·格伦斯基编:《社会分层》,王俊等译,华夏出版社2005年版。

[美]费正清:《费正清论中国:中国新史》,薛绚译,(台湾)正中书局1994年版。

[美]韦勒克、奥斯汀·沃伦:《文学理论》,刘象愚等译,江苏教育出版社2005年版。

[日]沟口雄三:《中国前近代思想的演变》,索介然、龚颖译,中华书局1997年版。

[英]崔瑞德、[美]牟复礼编:《剑桥中国明代史:1368—1644年》,杨品泉、张书生等

译,中国社会科学出版社 1992 年版。

　　[英]崔瑞德、[美]牟复礼编:《剑桥中国明代史:1368—1644 年》下卷,杨品泉、张书生等译,中国社会科学出版社 2006 年版。

　　[英]阿诺德·汤因比:《历史研究》,刘北成、郭小凌译,上海人民出版社 2005 年版。

后　记①

修订完参考文献后,这篇60余万字的博士论文似乎算是结束了,然而,难以抑制的感激回望却是压倒疲惫酸楚的心灵触动,还有着必须要说的话,写出来,才算真正的结束。

我想我是十分幸运的,又遇到了一位道德文章俱优、人品学问并佳的授业恩师——胡明先生。初列门墙,恩师便教给我们一个读论文、写论文的诀窍:"做论文,除了遍读这一专题有关的材料之外,更要紧的还是要从相关论文中搜索它们引用了些什么材料,舍弃、遮掩、省略甚至歪曲了些什么材料。仔细揣摩、认真排比这些材料,不仅可以作出驳议,提出商榷,更重要的是可把这个专题研究推向深入,引导出更深层次的结论来。"这段源自胡念贻先生处的作文诀窍显然饱含着恩师多年学术训练的技术领悟与经验积累。"鸳鸯绣了从教看,莫把金针度与人",骤得"金针"的喜悦尚未褪去,恩师便已开始了独具特色而严格的论文训练,要求我们反复读,不断写,不拘题目大小,篇幅短长,一概写出成形文字交给他看,关于博士论文的选题即是在反复的文章训练中结合我们的个人兴趣、特长而拟定。交给恩师不久后的习作,密密麻麻的批评圈点总是布满纸张,大到章节纲目,小至标点符号,批评鼓励,并行其间。自己不成熟的文字在恩师红笔下的反复修改中逐渐长进,自然欣喜,但每每念及恩师繁重的审稿、编辑工作,眼中的红色笔迹,总有一种难以言说的感动、温暖。从日常的文章训练,到论文的选题开题,再到写作计划的调整,恩师皆悉心指导,既充分尊重学生志愿,又对其中出现的偏差一一仔细纠正,即便在自己住院期间,还始终关怀着我们的论文进度,在此,还应特别感谢师母柳芳女士——在恩师住院的时候,宁可自己受累,也不愿打扰我们的学习进程。进入博士论文撰写过程后,恩师常对我说,读原始材料,出自己的见解,放胆写;字数多不要紧,放手写。正是在恩师的鼓励下,才有了这60余万字的论文。初稿呈交之后,一如既往,每隔一段时间,便会得到一两张密密麻麻的修改意见,恩师的庶务并未减少,但自己所呈交的文章却是平日习作的数十倍,面对这饱含关爱的文字,除却满怀感激地竭力修改外,更言何为。恩师眼光犀锐,标准极高,待人又极谦和,对

---

① 此系博士论文原后记,意义殊甚,移录于此,兹以为记。

学生更是和颜悦色,从未有半句严词相向,望如何如何的"好吧"总有无穷力量要你不敢懈怠。三年来虽感精进不少,但限于个人才学识力,固知难以允孚师望,对于恩师的标准亦只能尽力接近而已,至少以一种丝毫不苟、端正认真态度回报恩师的深切关爱,以这心血凝结的60万言回馈恩师三年来的心血倾注。忆及问学三年,恩师以社科院特有的聊天方式传道授业解惑。学业之外,举凡学者的师门渊源、治学路径,全国各地的人文古迹,乃至绩溪胡氏流衍脉络,莫不是令人神往的话题,恩师学识渊博,见地卓远,儒雅有度,侍坐师门,如沐春风。于治学做人的言传身教中,恩师有时也会谈及他所受到的不公挫折,谈钱锺书先生对他的特别叮嘱,每当言及此处,恩师的语调总是特别的意味深长,虽未明言,拳拳关爱之心,学生却已深悟,笔下虽然言语无力,胸中感激却是无尽。

所谓的"又一次幸运"是因我硕士阶段的恩师刘毓庆先生而言,三年来,他与师母张三香女士一如既往地视我如子,除去萦绕心间的满怀感激外,我同样无法用语言表述。

我的幸运来自两位恩师的心血培育、关爱厚遇,他们将是我铭记一生的不尽感激。

还要感谢的是,在论文开题中给予我指导帮助的陶文鹏先生、刘扬忠先生、蒋寅先生、王达敏先生;相关文献问题,还曾得到过刘跃进先生、杨镰先生的指导帮助,于此申致谢忱;此外,王保生老师、董之林老师、李超老师、吴子林老师等均给予我许多帮助,在此一并致谢。

读博三年,与学友们的愉快相处、切磋砥砺,获益不少,同样感谢他们。

同时,向一直以来,曾给予我诸多帮助和支持的山西大学文学院的各位老师致以谢意。

最后要由衷感谢的是使我能够不断向前的永恒动力和坚强保障——我的父母。

责任编辑：王　淼
封面设计：毛　淳　徐　晖

图书在版编目（CIP）数据

明诗文学生态研究/郭万金 著. —北京：人民出版社,2021.1
（国家社科基金后期资助项目）
ISBN 978－7－01－022276－9

Ⅰ.①明…　Ⅱ.①郭…　Ⅲ.①古典诗歌-诗歌研究-中国-明代
　Ⅳ.①Ⅰ207.22

中国版本图书馆 CIP 数据核字（2020）第 119106 号

明诗文学生态研究
MINGSHI WENXUE SHENGTAI YANJIU

郭万金　著

人民出版社 出版发行
（100706　北京市东城区隆福寺街 99 号）

中煤（北京）印务有限公司印刷　新华书店经销

2021 年 1 月第 1 版　2021 年 1 月北京第 1 次印刷
开本：710 毫米×1000 毫米 1/16　印张：38.75
字数：679 千字

ISBN 978－7－01－022276－9　定价：130.00 元

邮购地址 100706　北京市东城区隆福寺街 99 号
人民东方图书销售中心　电话（010）65250042　65289539